EN EL VIAJE

EN EL VIAJE

Anaí López

Grijalbo

En el viaje

Primera edición: junio, 2019

D. R. © 2019, Anaí López

D. R. © 2019, derechos de edición mundiales en lengua castellana:
Penguin Random House Grupo Editorial, S. A. de C. V.
Blvd. Miguel de Cervantes Saavedra núm. 301, 1er piso,
colonia Granada, delegación Miguel Hidalgo, C. P. 11520,
Ciudad de México

www.megustaleer.mx

ISBN: 978-607-317-824-2

Impreso en México – *Printed in Mexico*

El papel utilizado para la impresión de este libro ha sido fabricado a partir de madera procedente
de bosques y plantaciones gestionadas con los más altos estándares ambientales, garantizando
una explotación de los recursos sostenible con el medio ambiente y beneficiosa para las personas.

Penguin
Random House
Grupo Editorial

Gracias con todo mi corazón

a Andrés, por pensar, hablar y vivir juntos todo esto.

A nuestros amigos. Por su amor y nuestras historias.

A mi padre, el abuelo Lalo, por jugar.

Para Esteban

Entre la libertad y la seguridad, siempre
aposté por la libertad.

MARGUERITE YOURCENAR

VIERNES

1

Javiera Durán mira llover desde el asiento trasero del Peugeot. Son las siete de la mañana y el tráfico en el Periférico hacia la salida a Querétaro va casi detenido. Javiera y sus amigos salieron hace media hora de casa de Lorenzo en la colonia Nochebuena. La idea era salir desde las cinco precisamente para brincarse el tráfico matutino, pero se les fue haciendo tarde por una cosa y por otra. Ahora están secuestrados en este Peugeot raspado y sucio y en una Liberty que viene tres coches atrás, rodeados de automovilistas resignados a los que todavía les queda al menos una hora en el tráfico antes de llegar a sus trabajos, y que meten el acelerador, el freno y después el scroll en el celular, a ver qué hay de nuevo cinco segundos después de haberlo ojeado por última vez. Javiera también suelta el celular en el asiento después de checar por enésima vez Twitter, Facebook, Instagram, Snapchat y el último like de la última selfie que se hizo contra la ventana llovida y la ciudad gris en el fondo, con filtro Clarendon que siempre resalta muy bien sus ojos color aguamarina y los tonos de su larga melena blonda, natural y sin extensiones. Puso muchos hashtags, pero ninguno dice lo que de verdad estaba pensando cuando publicó la foto. Se supone que aquí había ríos. Río San Joaquín, Río Consulado, Río Magdalena, hace memoria. Río Churubusco, Río Piedad. ¿En qué momento desaparecieron? ¿Por qué? ¿En qué momento se volvió tan monstruosa, tan seca y tan gris esta ciudad? Javiera se estremece pensando en toda la porquería, uñas y pelos que deben circular por sus entrañas, toda la caca que generan millones de seres humanos todos los días. ¿Habrá manera de saber cuánto es en kilogramos? ¿Lo sabrá Google? A Javiera le da morbo escatológico y piensa en buscarlo, pero le queda treinta y dos por ciento de batería y no quiere gastársela porque no sabe en cuánto tiempo podrá cargar el celular. Cierra los ojos y trata de dormirse pero no puede. Mira de reojo los ejemplares de *Podar el alma. Jardinería y meditación* que Lorenzo tiene arrumbados en el asiento trasero junto con un montón de papeles, chamarras, paraguas, envolturas de chocolates y botellas vacías de Coca Cola de medio litro, pero claudica en cuanto se da cuenta de que para quitarle el plástico a un ejemplar necesitaría una llave o una pluma o los dientes, y además, a mí la jardinería y la meditación me valen tres kilos de madres, piensa. ¿Por qué seguimos viviendo aquí? Entre puros edificios pinches y árboles atrapados entre cables de luz. Si hay tantos lugares increíbles en el mundo, ¿por qué nos aferramos a vivir atorados entre un muro de contención, un vendedor de linternitas y un río de coches?

—¿Tienes un cigarrito, güera? —pregunta Mauro desde el asiento del copiloto.

—Ya cómprate los tuyos, ¿no?

Mauro no responde y Javi le pasa un Marlboro de su cajetilla pensando que lleva diez años regalándole cigarros a un tipo que tiene dinero suficiente para comprarse una tabacalera.

—Quedamos que en el coche no se fuma, güey —le gruñe Lorenzo desde el volante.

—Eso es discriminación, Lencho —dice Mauro con el cigarro entre los dientes, buscándose el encendedor en los bolsillos del pantalón. Javiera trae uno en su mochila, pero no lo saca a propósito para que Mauro sufra un poco buscando; es su pequeña venganza por su gorronería. Mauro se voltea hacia Javiera otra vez:

—¿Fueguito?

—Cabrones, llevo cinco meses y una semana sin fumar, no se mamen —insiste Lencho.

—Tú eres fuerte, compadre —dice Mauro—. Pasaste de fumarte veinte cigarros al día...

—Treinta —precisa Lencho.

—Y como cincuenta en la peda, ¿no? —dice Mauro.

—¡Más! —dice Javi.

—Más —repite Mauro—, lo lograste, estás del otro lado del arcoíris, man. Eres una mente superior. Puedes soportar que la gente te fume alrededor. Es más. *Debes* soportar que la gente te fume alrededor. Porque vamos a estar ahí siempre, ¿sabes? Siempre va a haber algún fumador molesto que vas a tener que soportar, no puedes huir de ellos. Así que digamos que ésta es tu prueba de fuego. Por cierto... ¿fuego? —esta vez Mauro extiende la mano hacia Javi sin voltear. Ella sigue reteniendo el encendedor.

—Aquí el único fumador molesto eres tú. Éste es *mi* coche. Y si a esas vamos, ponte a prueba tú y aprende a fumar cuando nos paremos en la gas, cabrón.

Javi sonríe. Tres segundos después, Mauro empieza a aplaudir.

—Bravo, Lench. Me siento muy orgulloso de ti. Ya no fumas tabaco, pero sigues siendo un adicto al azúcar refinada. Cuando bajes los treinta kilos que te sobran, entonces me vienes a...

—Mauro, párale —interviene Javi, sin éxito.

—¡Azúcar refinada! —resopla Lorenzo—. Lo dice el cabrón que se mete hasta el agua de los floreros.

—Incluyendo azúcar —añade Javiera.

—Se *metía*. Ahora soy un adicto en recuperación.

—¿Así les dicen ahora a los yonquis rompehuevos?

—A ver, a ver, a ver, estamos haciendo un viaje juntos después de dos años. Hagan el favor de comportarse, chingada madre —suplica Javiera.

—Tres, tres años llevamos sin hacer un viaje —corrige Mauro—. ¿Sabes qué es lo que más me molesta de ti, Lorenzo? Tus *flatulencias*, cabrón.

—Se callan o me bajo —dice Javi.

—¿Cuánto tiempo llevas sin coger, eh? —continúa Mauro.

—¿Cuánto llevas tú?

—Ya estuvo.

Javiera abre la puerta del coche y se sale al Periférico llovido.

—Esta loca…

Mauro sale tras ella.

—¡Oye! ¡Javiera!

Javi se detiene.

—Préstame fuego, ¿no?

—¡Ay, no mames!

Javi se aleja a zancadas y le avienta el encendedor. Mauro se agacha a recogerlo y se prende el cigarro. Luego corre y la abraza por la espalda para detenerla.

—¿A dónde vas, chata?

—Me voy al coche de Denisse —responde, agitando los pies a centímetros del pavimento.

Irene, Karla y Denisse ven la escena desde la Liberty sin entender nada.

—¿Qué carajos…? —dice Karla.

—No puede ser, acabamos de salir y ya empezaron con sus tonterías —Denisse niega con la cabeza.

—¿Voy? Creo que voy a ir —Irene pone la mano en la manija de la puerta. En realidad quiere salir para fumarse un cigarro. Denisse tampoco deja fumar en su camioneta. Irene ve cómo Mauro carga a Javiera con el cigarro prendido en la boca y se la cuelga por encima del hombro—. Voy. De todos modos esto está parado —dice Irene.

—Espérate —insiste Karla—. Está lloviendo. No les des bola a estos idiotas.

Pero Irene no hace caso, se baja de la camioneta y alcanza a Javiera y a Mauro.

—¿Qué pedo, qué pasa?

—¡Bájame! —manotea Javiera.

Los automovilistas los miran con interés, agradeciendo el espectáculo. No todos los días se ve a una rubia portentosa colgada de cabeza agitando las piernas a la orilla del Periférico. Mauro la baja.

—Pídele perdón a Lencho —ordena Javiera.

—No mames, ya sabes que así nos llevamos, güey. Es como si no nos conocieras —Mauro chupa el cigarro con impaciencia.

—¿Perdón de qué? —Irene se prende su propio cigarro protegiendo la flama de las incipientes gotas que siguen cayendo. En ese momento llega Karla.

—De lo que dijo este idiota —explica Javiera.

—¿Qué dijo? —quiere saber Karla.

Mauro no responde.

—No mames, Mauro, ¿tienes treinta años o tres? ¿Qué le dijiste a Lorenzo? —insiste Karla.

Pero Mauro sigue callado, viendo los coches.

—Le dijo gordo y pedorro —suelta por fin Javi.

Irene se congela. De pronto se pone una mano en la boca, como para no escupir la carcajada. Karla no se reprime y se empieza a partir de risa. Javiera se contagia. Las tres se ríen como histéricas y Mauro le da otra chupada larga a su cigarro antes de volver caminando al Peugeot.

15

—Locas. Todas locas.

Lencho los ve por el retrovisor sin entender, mientras le da un trago a una botella de Coca Cola. Daría algo por prenderse un cigarro él, pero uno de mota, que tiene lista para armar un toque apenas se le presente la oportunidad.

Irene y Karla se vuelven a subir a la camioneta de Denisse, y Javi y Mauro regresan al Peugeot.

—Que dice Denisse que te vayas más despacito, que no le pises tanto —bromea Javi al llegar al coche.

—Ja —Lencho sonríe sin ganas, mirando el tráfico detenido.

Mauro se sube al coche con el cigarro prendido sólo por molestar a Lencho, pero lo lanza por la ventana en cuanto cierra la puerta. Antes de abordar, Javi toma su celular del asiento, agarra a Mauro de la cara con una mano y con la otra prepara la selfie.

—Volteen, tetos.

Lencho hace cuernos metaleros con la mano. Mauro, con los cachetes estrujados, le pinta dedo al aparato. Javiera se sube al coche y publica la foto con la leyenda #RíosDeAmigos. Le dan noventa y dos likes.

2

—Si todo sale bien, en seis horas y quince minutos vamos a estar en Real de Catorce —Denisse revisa el Waze en su iPhone de última generación. Los cambia cada año, igual que sus coches, para que no se devalúen ni se deprecien.

Una mesera joven y mal encarada con delantal a cuadros se acerca, lista para tomar la orden.

—Le encargo unos huevos rancheros y dos taquitos de maciza, por favor —Lencho le entrega una carta rota y mordisqueada con fotografías de los platillos.

—Yo te pido unas enchiladas verdes y una gordita de chicharrón, gracias —indica Denisse en tono ejecutivo, y se vuelve hacia su teléfono mientras le unta mermelada a un bolillo.

Irene y Javiera voltean a verse discretamente. Denisse lo percibe y está a punto de explicar que en su dieta actual, los fines de semana es libre de comer lo que se le antoje, pero decide ahorrarse explicaciones no pedidas.

—No te mates de hambre —le dijo Irene años atrás, en unos tacos después de una fiesta donde Denisse mordía rábanos de guarnición en un grito depauperado, porque estaba haciendo una dieta espartana—. Es nada más comer bien, güey. De todo, pero poquito.

—Para ti es fácil decirlo, Irene, pesas cincuenta desde que tienes veinte.

—Claro que no, Denisse.

—Yo le pido un panucho —dice Javi.

—Para mí nada más una lechuga, porque me voy a comer el panucho de ella —dice Mauro.

—Ya quisieras, cabrón —revira Javi, bajito.

Todos se ríen.

—Yo unos huevos revueltos con jamón, por favor —dice Karla—. ¿Y me regala tortillas?

—Es que a Karla le encanta la tortilla —dice Mauro, bajito pero audible. Hay risas. Karla le pega con la carta antes de devolvérsela a la mesera.

—Y yo un consomé, ¿le encargo limones y aguacate, por favor? —Irene le entrega la carta a la mujer. Se da cuenta de que Denisse rodó los ojos y explica—: Me la estoy llevando leve con la comida, esta semana no he comido nada de carne.

—Haces bien —dice Karla—, para entrarle a este asunto, lo mejor es comer ligero.

Mauro se termina el panucho de Javi y una tostada de tinga. Su apetito no le pasa desapercibido a Karla. Javiera se come las lechugas que acompañaban al panucho y unas cucharadas del consomé de Irene. Karla piensa que es un avance respecto a hace unos años, en los que Javiera sobrevivía a base de conejitos de chocolate y vino blanco. Denisse le insistió sin éxito que fuera a una clínica de desórdenes alimenticios gracias a la cual ella dejó de subir y bajar de peso estrepitosamente, y ahora se mantiene en un sobrepeso voluptuoso que no consigue bajar por más energía que gasta pensando en lo que se come, se comió, habría de comerse, debería no haberse comido y quizá comerá. Javiera también lo piensa, pero no se lo come.

—¿Cómo le hace la cabrona? No entiendo —se preguntaba Denisse en otra ocasión, años antes, compartiendo con Lencho unas papas fritas de gajo espolvoreadas con queso cheddar en un local de cervezas artesanales.

—No te tortures. Por lo menos tú sí disfrutas la comida.

—Pero demasiado… —se rio ella.

—Está bien, sólo se vive una vez. ¿No? —concluyó Lorenzo.

—¿Pero ya desde ahorita hay que cuidarse tanto de qué comer? No nos vamos a meter el peyote hoy mismo, ¿o sí? —dice Javiera en el restaurante de la carretera.

—"Meter el peyote." No mames, Javi. Ni que fuera una tacha —la regaña Mauro.

—Perdón. Se me olvida que estamos en un viaje espiritual, hermanos —Javiera se mece y forma una letra "V" con cada mano.

Todos se ríen, pero es cierto que si accedieron a hacer este viaje todos juntos después de tres años, fue precisamente con esa idea.

—¿Tú de qué te preocupas, Mauro? Si ni vas a comer peyote —dice Karla.

—Ya veremos.

—¿No que estás en recuperación y en abstinencia total? —insiste Irene.

—Ya veremos —repite Mauro, críptico, y le roba otro cigarro a Javiera.

Irene y Javi se miran con preocupación.

—¿Y cómo le vamos a hacer, dónde vamos a conseguir los cactos, o qué? —Javiera apaga su cigarro en un cenicero de barro medio roto y de paso remata la última colilla de Mauro, que se quedó prendida.

—¿Pues cómo que dónde? En el desierto —responde Mauro—. Claro que si quieres te puedes quedar en Real de Catorce y tomártelos en malteada con chispas de chocolate y mezcal junto con los turistas pendejos que nomás van al reven.

—Bueno, pero tampoco te enojes —lo molesta Denisse.

—No me enojo, güey.

—Se supone que Claudio contactó a un don que vive en el desierto y nos va a ayudar a encontrarlos —dice Irene, sin poder disimular su entusiasmo—. Vamos a acampar en su rancho.

—Tú estás como si fuéramos a Disneylandia, ¿verdad, pinche Irene? —nota Karla.

—He estado leyendo. Esa planta suena increíble.

—Pero con su respetito, ¿no? —Denisse cruza los brazos.

—Se supone que este don sabe y te acompaña en la experiencia —dice Irene.

—¿Es huichol? —inquiere Denisse—. ¿Será un chamán, o qué?

—Los verdaderos marakanes no andan de guías de turistas —gruñe Mauro—. Para ellos esa planta es sagrada. El culto del peyote es más viejo que las religiones más viejas del mundo.

—Sí. Adam nos platicó mucho de eso —admite Irene.

Hay un amago de silencio incómodo que Javiera rompe de inmediato:

—Pues a mí me vale que el señor este sea huichol o "macramé" o vil mortal mientras sepa qué darme si me pongo malita.

—¿Qué te va a dar, Javi? Te dará un zape, si bien te va.

Todos se ríen.

—¿Tú de qué te preocupas, güera? Te has metido ácidos y hongos, ¿no? Tienes bastante experiencia con psicodélicos —dice Irene.

—Güey, después del pinche susto cuando comí marihuana sin querer, ya me la pienso dos veces pa' meterme algo diferente.

Lencho, que está sentado junto a ella, la empuja con el hombro.

—Ay, sí, tú, "sin querer" —se sacude las manos tras zamparse una mantecada en dos bocados—. Yo la verdad ya estoy más que listo para comer algo natural, pa' variarle a lo químico y lo destilado.

—¿Y el fitupish, Gordi? —esta vez Javiera lo empuja con el hombro a él.

—La mota no es un químico, chula.

—Si te contara la cantidad de químicos que le echan a la chingadera panteonera que te fumas… —apuntala Mauro.

—El día que la legalicen y la pueda plantar en mi balcón… —Lencho alza las manos sin terminar la frase.

—Ay, ahora resulta que necesitas permiso para plantar —Karla chasquea la lengua—. Admítanlo, la mayoría de los pachecos son unos huevones. Prefieren comprarle a un dealer que…

—¿Que irme al bote? —interrumpe Lencho—. Yo, la neta, sí —da un trago a su botella de Coca Cola y continúa, viendo a Mauro—: Además, ¿tú con qué

18

jeta me hablas de los químicos que me fumo, cabrón? Cada papel enrollado de ésos que te fumas tú es veneno puro.

—Ah, claro, que dejaste de fumar, ¿verdad, Lench? —pregunta Karla.

—Tabaco, sí. Hace cinco meses.

—Y una semana —agrega Mauro, con sorna.

—Felicidades, güey, qué chido —Karla le aprieta el brazo a Lorenzo.

—Gracias.

—Y ahora se convirtió en *ese* exfumador de hueva que espanta el humo y no deja fumar en el coche —dice Mauro.

—Como aquí la señorita —Irene abraza a Denisse, quien sólo encoge los hombros.

—La diferencia es que Denisse sigue *vendiendo* el veneno, aunque ya no se lo meta, ¿verdad? —dice Mauro.

Denisse agarra otro bolillo.

—¿Ya vas a empezar? ¿Tan temprano?

—¿Qué marca llevas tú? ¿Delicados? —pregunta Karla.

—Faros y Chesterfield. Y antes de que empiecen a chingar, sepan que Philip Morris es una de las empresas más responsables con el medio ambiente y la comunidad —expone Denisse.

—¿Con qué comunidad? ¿La de los cancerosos del mundo? —se ríe Lencho.

—La comunidad de los muertos —dice Mauro.

La carcajada es general. Denisse le avienta a Mauro una servilleta sucia hecha bola:

—¿Con qué cara criticas si sigues fumando como fumas, eh?

—Porque soy perramente adicto a la nicotina. Eso significa que estás haciendo muy bien tu trabajo, Denisse. Te deberían dar un bono.

Denisse le pinta huevos con la mano.

—¿Hace cuánto lo dejaste tú, Den? —pregunta Javiera, tratando de distender un poco la cosa.

—En febrero van a ser dos años.

—¡Dos años ya! —Javiera se pone los brazos sobre la cabeza, mostrando su abdomen perfecto para deleite de sus amigos y envidia de sus amigas—. No mames con el pinche tiempooooo cómo se está pasandooooo.

—Ya sé —suspira Irene, tallándose la cara—. ¿Y Claudio ya llegó a Real? —pregunta con el corazón acelerado, intentando sonar casual. Sabe que Denisse la está viendo, y evita devolverle la mirada por temor a delatarse.

—Él voló de Quebec a Chihuahua —explica Lencho.

—Parece que se montó un viaje para unos canadienses por el norte, de ahí jalaba a Real, no sé si en coche o en qué —completa Mauro.

—Así o más exótico el güey —se ríe Karla.

A Irene le molesta que Claudio no le haya dicho nada y que los demás estén tan enterados de sus ires y venires. No es que Irene y él hayan hablado mucho a últimas fechas, pero todavía hace nueve días Claudio le escribió un WhatsApp diciendo "nos vemos en el desierto".

19

—Pinche Claudio, ¿hace cuánto no lo vemos? ¿Un año? —Lorenzo hace memoria.

—Vino a México cuando lo de mi mamá —le recuerda Irene—. Y a ver mil pendientes con sus papás —añade con rapidez.

—Ah, claro, es cierto.

Y se hace otro silencio espeso, de esos que urge romper como sea, pero nadie parece decidirse por una frase que logre el efecto hasta que Javiera vuelve a salvar la causa preguntando:

—¿Pero entonces qué hace el peyote, exactamente? ¿Hay visuales? ¿Te disocias? ¿Es como el ácido o diferente?

—No mames, ¿ni siquiera lo googleaste? —la regaña Irene.

—No tuve tiempo, reina. Yo sí trabajo —dice Javiera.

Irene baja la mirada con culpa. De unos meses a la fecha ha estado viviendo de su herencia.

—No mamen, están todos de un picky, güeyes… —Karla le da una mordida a una concha medio dura, pensando que mejor se hubieran quedado en la ciudad y se hubieran juntado para tomar unas chelas y unos mezcales y ya. ¿Por qué aferrarse a hacer este viaje? ¿No estarán forzando las cosas? Tuvieron una época memorable, los años de la universidad fueron increíbles, pero hagan lo que hagan, aquellos reventones legendarios no van a volver.

—Según los libros de Castaneda, el "mescalito" puede responderte cualquier pregunta —comenta Lorenzo.

—¡No, pues hay que preguntarle los números del Melate! —Karla aplaude una vez.

—Jajajajaja.

—Dicen que te hace vomitar, ¿es cierto? —pregunta Javi, con reparo.

—Tú ni te agobies, con tu ayuno de faquir la libras sin guacarear —se ríe Mauro.

Javi se levanta haciendo ruido con la silla, toda sentida. Irene va tras ella.

—Te pasas, cabrón. Te hiper mega pasas —lo regaña Denisse.

—¡Güey, no la estaba jodiendo! ¡Es neto que ayunar es lo mejor para que el peyote no te regañe!

—La cuenta, por favor —dice Lencho, y busca su cartera.

Irene se termina el cigarro y se come una menta. Pagan rápido. Tienen práctica de años. Mauro va al baño con su mochila amarilla colgada al hombro. Carajo, ¿no puedes hacer nada bien?, se reprocha. Siempre la cagas, Roblesgil. Siempre. El baño no tiene asiento ni agua corriente, sino un gran tambo de agua con una palangana para jalarle. Hace mucho que Mauro no enfiesta con sus amigos. Sus mayores divertimentos de los últimos meses han sido ir al cine y tomarse una cerveza de repente. Cuando fue al desierto por primera y única vez con Claudio, su amigo desde la infancia, tenían diecisiete años. A Mauro no le fue bien. Se consideraba versado en sustancias psicoactivas, pero la mescalina lo tomó por sorpresa.

—¡A ver a qué horas, chato! —le grita Lencho, tocando el claxon desde el Peugeot.

Mauro se enjuaga las manos con la palangana y se las seca con los jeans. Caminando hacia el coche se prende el sexto cigarro de la mañana y se dice que no debería haber venido a este viaje. María se lo advirtió. Aunque María sabe que no puede prohibirle nada porque prohibirle algo a alguien, en especial a un adicto, no sirve de un carajo. Los ojos de María. Tristes. Un día Mauro se lo dijo:

—Tienes los ojos tristes.

—¿Cómo que tristes?

—Los tienes así… como del perrito al que le duele la muela —y Mauro inclinó la cabeza haciendo un mohín.

María puso la mano sobre su taza de café y contestó, sonriendo:

—¿Y a ti qué más te duele?

3

Irene es la hija única de Raúl Hernández y Anna Hofmann, una austriaca que llegó a México hace treinta y dos años a conocer las pirámides de Teotihuacán, y se quedó porque estaba harta de su pueblito en Austria y de su padre alcohólico "funcional", aunque ella asegura que fue por amor. Disciplinada y trabajadora a un grado obsesivo, sacó adelante a Irene trabajando como secretaria en la embajada de Austria en México, ya que Raúl era un aspirante a músico que jamás dio el golpe. Anna le guardaba un resentimiento monumental por eso y porque un día descubrió que la engañaba con otra mujer. Cuando lo enfrentó, Raúl se fue con la otra y tan pronto pudo, se casó con ella. Se llamaba Gloria. Anna jamás pudo comprar una gelatina, una mantequilla, escuchar una canción ni estar en contacto con nada ni nadie con ese nombre. Incluso despidió a una empleada muy confiable y eficiente cuando se enteró de que su segundo nombre era Gloria. Con sus padres divorciados desde que tenía doce años, Irene creció dividida. Anna nunca reanudó su vida sentimental y se dedicó a machacarle a Irene en alemán y en español que Raúl las había abandonado y traicionado a las dos. Por mucho tiempo, Irene creyó esta versión y defendió a su mamá, pero en su adultez temprana comenzó a preguntarse si la infidelidad de su padre no tuvo que ver con los eternos reclamos de Anna, con su constante humillarlo y hacerlo sentir menos. Además, lo cierto es que Raúl siempre le cayó mucho mejor. Pese a que su madre nunca profesó la religión, Irene terminó haciendo el bachillerato en una escuela católica porque era más barata que otras escuelas privadas. La escuela ofrecía un servicio social haciendo misiones en Oaxaca, y fue ahí que Irene encontró una válvula de escape y donde su vida dio un salto cuántico. En misiones Irene se sentía en su elemento, se potenció en ella una tendencia salvadora y heroica que siempre tuvo latente.

—Una Navidad cuando era chiquita le pedí a Santa Claus que me trajera un venado con la pata rota para poder cuidarlo —le había dicho a Denisse la noche en que se hicieron amigas. Ambas cursaban el último año de prepa.

—Me estás choreando.

—Te lo juro.

—Estás muy chistosa, pinche Irene. ¿Quieres más?

Irene vio la anforita rellena de vodka con duda.

—Bueno, pa'l frío.

Irene bebió. Era noche cerrada y helaba. Era la primera misión de ambas. Estaban durmiendo en un salón de escuela, junto con otras cuatro chavas y otros cinco chavos; habían tapado las ventanas huecas con cartones, en parte para detener el frío y en parte porque durante el día los niños de la comunidad no dejaban de asomarse para ver qué estaban haciendo los "misioneros". Entre el frío y los ronquidos de Lorenzo, a quien también acababan de conocer, ni Irene ni Denisse podían dormir, así que optaron por salirse con sus cobijas y ponerse a fumar y a platicar recargadas en la pared de lámina. Reavivaron un pequeño fuego. Había una luna siniestra, que asomaba intermitente entre nubes que no dejaban ver las estrellas. Con la barriga caliente y la lengua floja por el vodka, Irene le preguntó a Denisse por qué había entrado a misiones.

—¿La neta, la neta?

—Porfa.

—Entré por León.

—¿Por León, e-el…?

—El misionero, sí.

—¿Pero él no anda con…?

—Mariana, sí.

Se quedaron calladas un segundo y luego se rieron.

—Los dos llegaron a mi escuela a invitarnos a esta cosa y vi a León y dije: "Yo a éste me lo meriendo".

—Chopeado en café con leche —dijo Irene.

—Exacto.

—Con mantequilla y pasadito por el horno.

—Obviamente.

Se rieron otra vez. Irene estaba encantada. Le gustaba sentirse grande, hablar de hombres, tomar a escondidas. También le gustó la facilidad con la que se reía con Denisse. Las dos tenían una risa fuerte, desparpajada. Irene empezó a tener novios pronto. Tuvo el primer novio "serio" a los catorce. Pero con las mujeres siempre tuvo amistades raras y fugaces, y con ninguna recordaba haberse reído tanto. A lo mejor era por el vodka.

—¿Y tú qué? —preguntó Denisse.

—¿Yo qué de qué? ¿Me pasas otro?

Denisse le pasó un Alita y a Irene le costó trabajo encenderlo. Denisse se lo quitó, lo encendió en contra del viento y se lo pasó. Soltando el humo, aclaró:

—¿Tú tienes galán, o…?

—Pues… más o menos. Ando saliendo con alguien pero pues… no sé.

—¿Ya lo hicieron?

—¿Eh? Ah… este… no.

Irene era virgen. A veces eso era motivo de orgullo y a veces de vergüenza. En ese momento se estaba sintiendo como una imbécil por serlo.

—Hace poquito estuvimos a punto.

—¿A punto…?

—Pero mi mamá nos cachó.

—Noooo.

Denisse se arremangó la cobija y empujó un poco las ramas con la punta de su bota. El fuego se avivó.

—¿Cómo estuvo, o qué?

Irene se había cerciorado de que Anna, su madre, no estuviera en la casa. El coche no estaba, pero Irene igual recorrió cada habitación para asegurarse. Decidió no ir a su cuarto y quedarse en la sala para escucharla entrar. Cuando ella y el galán estaban sin pantalones, y ella sin brasier, de repente Irene volteó y ahí estaba su madre. Como una aparición, salida de quién sabe dónde y parada ahí desde quién sabe cuándo. Con un cigarro prendido en la mano, como siempre. El galán de Irene volteó dos veces, como en las caricaturas: a la primera no entendió y a la segunda se paró del sillón de un brinco.

—Buenas noches, señora.

—Mi mamá ni siquiera lo volteó a ver —le dijo Irene a Denisse.

—*Irene, geh sofort in dein Zimmer, der Jugendlich muss jetzt gehen. Wir müssen reden.*

—Irene, sube a tu cuarto inmediatamente. Este joven se va, y tú y yo vamos a hablar. Pero todo esto en alemán. Es que mamá es austriaca —explicó Irene.

—Qué miedo —dijo Denisse—. Me imagino ahí a la Führer…

—Ándale —se rio Irene—. Mi mamá está loca. Dice que todo lo hace por mí, pero lo único que hace es alejarme —soltó el humo de su cigarro. Luego se quitó un trocito de tabaco de la lengua.

—Tu mamá por lo menos te sobreprotege. Mi mamá me odia —dijo Denisse.

—¿Cómo crees que te va a odiar?

—¿Piensas que no existen mamás que odian a sus hijos? Sí existen. Tengo un hermano gay y una hermanita sádica, yo soy la única hija normal que tiene mi mamá, pero como soy gorda, no me soporta.

—De qué hablas, Denisse, no estás gorda.

Irene pensó que además Denisse tenía unas facciones muy lindas. A la luz de la fogata y de la luna extraña de esa noche se veía radiante, con su pelo largo y abundante, y su piel de muñeca de porcelana. Pero prefirió no decírselo. Temió sonar condescendiente o de plano medio lesbiana.

—Mi mamá me cerraba la despensa con llave desde que tenía nueve años —explicó Denisse.

—Nooooo.

—Te lo juro.

—¿Y tu jefe?

—Pffft… mi papá es otro caso. Se casó con su alumna.

—No manches —Irene abrió mucho los ojos.

—Ya estaba divorciado de mi mamá, pero igual fue una nacada.

Le dieron otro sorbo a la anforita. El último. Irene no sabía si prenderse otro cigarro. Lo hubiera hecho sin pensarlo, pero no quería que Denisse creyera que era una atascada. Irene ya llevaba como siete cigarros y Denisse sólo tres. Al mismo tiempo, Denisse pensaba si abrirse otro paquete de barritas de piña. Ya se había comido dos en la conversación, pero tan discretamente que Irene ni se había dado cuenta. Decidió abrir un paquete de cacahuates y le ofreció a Irene.

—Qué rico, me encantan los japoneses con limón.

—A mí también. Son los mejores —afirmó Denisse.

—Totalmente.

—¿Y qué onda con Adam? —preguntó Denisse de repente, en tono de confidencia.

—¿Adam?

—Hey.

—¿El que dio la plática de Cristo ayer?

Alto, blanco y barbado, como buen conquistador llevando el apostolado a los indígenas, sólo que sin barba. Pulsera tejida. La ceja partida por un accidente de infancia, una risa fuerte y clara como cascada.

—Toma tu cruz y sígueme. Toma tu cruz, toma tu dolor, y sígueme. Yo soy el hijo del hombre. Soy tu desvelo, tus lágrimas. Todo lo viví en la cruz, en carne viva, y mi derramada fue la ofrenda de mi amor por ti. Yo soy la palabra. Soy agua viva y te saciaré.

—Habla muy padre —dijo Irene.

—*Muy*. Tenía a medio mundo echando lágrima, ¿viste? Y luego qué tal cuando al final cada chavito pasaba con él y les iba poniendo su cruz de madera y les decía algo…

—Me mató.

—Sí, ¿no? Estuvo padrísima la primera comunión.

Irene era una católica tardía. Se había aprendido el Padrenuestro hasta los dieciséis años y a veces se le olvidaban partes. Pero sentir que podía hacer alguna diferencia en la vida de gente tan jodida como la de la sierra, hablar con las mujeres y que le sonrieran los niños y le pidieran que los cargara, la ponía como una droga. Lo de Denisse era más una fascinación antropológica que comenzó a desarrollarse cuando se dio cuenta de que León nunca le iba a hacer caso. En las tardes tenían que ir a las casas de lámina con piso de tierra donde vivían hasta siete de una familia en un mismo cuarto a llevarles "la palabra". Irene, obediente y metódica, lo hacía a pies juntillas; se sentaba en el piso de tierra o ante la mesa que pocas casas tenían y se ponía a leerles fragmentos de la Biblia; pero a Denisse le daba flojera hacer eso así que se sentaba en la hamaca que casi todas las casas tenían y simplemente los escuchaba. De ahí surgió su pasión por el comportamiento humano, que ella tradujo equivocadamente como el interés por el comportamiento de consumo cuando tuvo que elegir carrera poco después, y se decidió por Mercadotecnia.

—¿Sabías que Adam tiene una fundación? —continuó Denisse aquella noche, jugando con la anforita vacía.

—No, ¿de qué? —se interesó Irene.

—Se organizó con unos cuates y se van a los restaurantes cuando cierran a recoger la comida que sobró antes de que la tiren, y la reparten en barrios pobres. Van a uno diferente cada noche.

—¿Neta?

En afán de salvar un área verde, Adam era capaz de seducir con su elocuencia y su sonrisa a delegados, señoras adineradas y jefes vecinales por igual. Si había un deslave, una inundación o un terremoto, era el primero en sumarse a los brigadistas o en organizar envíos de víveres. Armaba proyectos sociales al vuelo, convenciendo a sus conocidos de apoyar gratis: cursos de verano para niños en rancherías, conciertos de guitarra para cárceles y asilos. Se la vivía corriendo y desde los veinte años dormía cinco horas al día.

—¿Y por qué me preguntas qué onda con Adam, o qué?

Denisse se le quedó viendo a Irene con malicia.

—Te digo si te lanzas a la camioneta por la botella de vodka —y agitó la anforita—: Necesitamos refil. Y unas papas.

La camioneta estaba como a diez minutos de ahí, caminando en la oscuridad. Si alguien la cachaba con una botella, podía meterse en un problemón.

—Ok —Irene se levantó como resorte y agarró la linterna. Denisse la jaló de regreso.

—¡Es broma, tonta! ¿Siempre eres así?

—¿Así cómo?

—Así de... linda.

Y lo dijo con un tono socarrón que a Irene le chocó. Y es que todo el tiempo, todo lo que Irene hacía era para que la gente pensara eso: que era "linda". Y el que se lo escupieran y se lo espejearan así, sin anestesia, no le gustó. Denisse dijo de pronto:

—Hoy Adam te estaba viendo cañón a la hora de la comida.

—¿En serio?

—Neta.

Irene sintió hormigas por todo el cuerpo, un fogonazo de intriga y de posibilidad. Al día siguiente durante el desayuno se sonrieron, en la tarde Adam llegó a la casa de la familia que Irene estaba visitando y no pudieron irse sin comerse unas menudencias de gallina que a Irene le causaron arcadas, pero que no pudo rechazar porque para aquella familia eran un banquete. Adam se dio cuenta y, caminando de regreso a la escuela, la molestó:

—Vi que te gustaron mucho las menudencias...

Descubierta, Irene se puso roja y se tapó la cara para reírse.

—No te gustaron, te encantaron.

Irene comenzó a soltar lágrimas de risa nerviosa.

—Como que hasta te quedaste con ganas de repetir...

Irene despegó las manos y exclamó:

—¡No friegues! Ahora nomás falta que las repita toda la tarde…

Adam soltó una carcajada. La siguió picando con el tema y siguieron riéndose todo el camino de vuelta a la escuela. Al día siguiente se fueron sentados juntos en la camioneta que los llevó de regreso a la ciudad, hablando sin parar. Se enamoraron tiernamente, eufóricamente, inflamados por la vocación de apostolado y el amor al prójimo. Volvieron de misiones a la sierra de Oaxaca al año siguiente y también hicieron un par de viajes aparte, solos, lanzándose a parajes recónditos de la Sierra Tarahumara donde no se bañaban en dos semanas y regresaban a la ciudad con cinco kilos menos, los pies llenos de ampollas, y un bicho intestinal persistente que a Irene tardó cuatro años en quitársele.

Ahora, diez años después, Irene mira por la ventana del Peugeot de Lorenzo. Cincuenta minutos más allá de la ciudad todavía quedan pinceladas de vida urbana: una vulcanizadora, una tiendita, un bloque de casas todas iguales, con su tinaco y su parabólica, igual de deslavadas que la nostalgia que envuelve a Irene. Daría algo, algo importante, por echar el tiempo atrás. Hace años se siente completamente perdida. Le da miedo comer peyote. Teme no tener la fuerza interna para cabalgar algo así. Para surfear la ola, como solía decir Mauro. Pero se repite que casi siempre que se ha atrevido a hacer cosas nuevas, le ha ido bien. Recuerda la primera vez que fumó mota. Mauro y Lencho estaban ahí, igual que hoy. Lencho va manejando, concentrado, llevando el ritmo de una canción de Moderat con las manos sobre el volante. A Lorenzo le gusta escuchar discos. Si se puede, completos. Odia poner música fragmentada, no tiene playlists y le parece una aberración que alguien tenga una sola canción de Queen y tres de Soda Stereo, por decir algo, en sus aparatos. Es muy alto y corpulento, y cuando Irene lo conoció, usaba una cola de caballo hasta la cintura; ahora lleva el pelo corto, prolijo. Se ve mucho mejor. Además bajó un poco de peso, hasta Denisse lo notó. Una tarde lluviosa en las vacaciones antes de entrar a la universidad estaban ella, Lencho y Adam en un Vip's tomando café y fumando muchos Camels sin que afuera escampara. De repente Irene declaró:

—Quiero probar mota.

Adam nunca fumó, lo suyo siempre fue la cerveza y el ron. Pero a Irene le daba curiosidad. Durante el último año había crecido en ella la sospecha de que su papá había sido consumidor. Conviviendo ahora con fumadores asociaba el olor, la presencia de encendedores en lugares infrecuentes, tarjetas de presentación cortadas para hacer filtros. Una vez Irene encontró un frasquito misterioso entre la ropa de su papá y Raúl le había dicho "es orégano, mijita". Lencho por esas épocas fumaba en fiestas y de pronto le regalaban, pero no compraba todavía. Ese día se desvivieron por conseguirla.

—Güey, Lench, la primera vez que fumé mota fue ahí en tu chabolo, ¿verdad? O fue en casa de Denisse…

—No, no. Fue en el chabolo.

Así llamaba Lencho al cuarto de azotea de su casa, donde dormía y escribía con cierta independencia y vistas a los tinacos y los cables, pero también a los volcanes cuando el aire estaba limpio.

—¿Y quién la consiguió por fin? —pregunta Irene.

—Yo meroles, ¿quién va a ser? —Mauro se despereza en el asiento de atrás—. Estabas chistosísima ese día. Te reías como una pinche loca del manicure.

—Jajaja, sí es cierto.

—Te volviste una reventada, pinche Irene —Mauro le da un empujoncito.

—Pasaste de tener años mozos a tener años mochos y de ahí te perdimos —dice Lorenzo.

—Todo fue su culpa —ríe ella.

—No te hagas la mustia. Aguantabas más que todos juntos. Chupabas como cosaca.

—Se me hace que son mis genes caucásicos.

—Entraste a misiones a descubrir a Dios y te hiciste aficionada a la sangre de Cristo —dice Mauro.

—Pinche hereje —se ríe Lencho.

Mauro también se ríe. Le gusta hacer reír. Por un momento se siente casi bien, casi contento, y recuerda esa noche ventosa en Malinalco, durante aquel rave legendario, cuando le entregó a Irene una capsulita rosa fosforescente con un corazón en el centro: "Toma, flaca; éste sí es el verdadero cuerpo de Cristo".

—Dejen de burlarse de mí —dice Irene—. Todos éramos unos ñoñazos. Sobre todo ustedes dos. Tú con tu look rastafari…

—Corrección —dice Lencho—. Por esas épocas tocaba metal.

Lencho había tenido varias facetas. Cuando usaba el pelo hasta la cintura y camisetas de bandas metaleras, para los amigos era MetaLencho o MetaLench. Luego se fue por el reggae y se convirtió en RastaLench, aunque las rastas no le duraron mucho porque le daban comezón y en la playa siempre olía como a trapo mojado. Después se quedó solamente con el atuendo oscuro, sin estoperoles, cuando le entró por lo dark. En la actualidad, como empleado de una casa editorial, era simplemente GodiLench.

—O GorrrdiLench —dijo Javiera años atrás en un concierto de Plastilina Mosh donde Lorenzo se comió tres pizzas de Domino's él solo, repitiendo que estaban chiquitas.

—GordiLench es un pleonasmo —replicó Mauro, y a todos les dio mucha risa.

Pocos entenderían por qué Irene y Adam, tan piadosos y virtuosos, acabaron emborrachándose y hermanando con un tipo crispado y tosco como Lorenzo; o con Mauro, un niño millonario que creció escuchando que era genio, pero que se declaró en cruzada contra el sistema desde muy temprana edad. El que más claro lo tiene es justamente Lencho, aunque hay discrepancias. Él recuerda que cayó en misiones porque Topo Gigio, su profesor de Historia de la cultura en sexto de prepa, se lo impuso como condición para no reprobarlo. Era un tipo somnífero y Lencho había optado por no entrar a sus clases. Usaba esa hora para ensayar con su banda. Fue una mala idea porque el profesor era el coordinador de la prepa.

—¿Misiones? ¿No se supone que la educación es laica? —se quejó Lencho.

—No lo estoy mandando para que rece, Lorenzo; lo estoy mandando porque necesita un poco de humildad.

—Y una guitarra eléctrica —susurró.

—¿Perdón?

—Lo que necesito es una guitarra eléctrica, profesor.

Topo Gigio amenazó a Lencho con reprobarlo no sólo de la materia, sino del curso completo. Lencho fue a una junta de misiones mentando madres, listo para largarse. Pero entonces vio a Denisse, igual que ella vio al tal León cuando fue a dar la plática a su respectiva prepa. Después de su primera misión, Denisse se empezó a llevar mucho con Irene, y Lencho se le pegó a Adam, que ya era novio de Irene, para estar cerca de Denisse. Lencho fue muchas veces a repartir sobras de restaurantes a Ciudad Neza y a Chalco para solidificar el vínculo con Adam. Con el tiempo ya no fue necesario y nada más se emborrachaban juntos. Al principio Lorenzo le tiró la onda a Denisse, o al menos él lo asegura, aunque Adam siempre le increpó no dar a tiempo "el garrazo" con ella. Tanto lo repitió que el término quedó acuñado entre los hombres del grupo. Pronto Denisse y Lencho se hicieron buenos amigos, y así se quedaron.

Javiera y Karla no estaban en misiones, pero eran amigas de Denisse desde la secundaria y empezaron a llevarse con sus nuevos amigos. Mauro era el mejor amigo de Adam desde la infancia, y también comenzó a frecuentarlos. Él y Javiera pronto empezaron a andar juntos. Durante aquel primer año de conocerse, solían caer todos a casa de Denisse, que estaba en Tepepan y les quedaba lejos a casi todos, pero tenía jardín y ahí se armaban buenas fiestas. A todos les gustaba la música electrónica y Muse era su religión compartida, aunque en otros gustos musicales divergían y tenían discusiones inacabables. En realidad, lo que más los unía era que tenían una extraña capacidad para hablar y hacerse reír los unos a los otros sin demasiado esfuerzo, y una auténtica vocación por la fiesta, ritual al que siempre asistían acicalados. En los albores de su amistad se veían todos los fines de semana. Empezaban los jueves, en plan tranquilo. A veces en casa de Denisse o en el chabolo de Lencho. El viernes buscaban alguna fiesta. Mauro era un mago en el arte de llevar la noche y siempre conseguía material de primerísima calidad. El domingo crudeaban en la casa de alguno. Si era temporada de fut, iban al estadio.

—De esa época me encantaba que había esta onda de reventar todo el fin de semana por toda la ciudad —recuerda Lencho con nostalgia, al volante del Peugeot.

Mauro coincide:

—De repente llegabas a la primera fiesta del viernes con una banda y llegabas a la segunda y había otra banda, pero llegabas a la tercera del sábado y te encontrabas a gente de la primera, y al final la cuarta era como el after de todos.

—Jajajaja, exacto —sonríe Lencho.

—También íbamos al Ideal —recuerda Irene.

—Y al Mata… —suspira Mauro.

—Y al Milán… —Lencho rebasa un camión.

—Nosotros reventando a lo bestia y tu mamá pensando que andabas enseñándoles a rezar a los niñitos pobres —Mauro se inclina hacia Irene.

—Momento. Yo no enseñaba a rezar "a los niñitos pobres". Yo les enseñaba *la palabra* a niñas que parían desde los trece años y no sabían lo que eran unos zapatos —dice Irene, con una mezcla de gravedad y autoparodia.

—Un fin de semana al mes. Los otros tres tú y Adam perdían los zapatos en la peda —señala Lencho.

—Y la Führer era la que se ponía a parir —añade Mauro.

—Jajajaja.

—Mierda —Lencho mete segunda para frenar y pone las intermitentes.

—¿Qué pedo? —Mauro se asoma desde el asiento de atrás.

El tráfico está completamente detenido. Esperan unos minutos hasta darse cuenta de que la cosa no se mueve, y poco a poco todos se bajan de los coches. Denisse se aproxima al Peugeot con su smartphone en alto como si fuera el oráculo.

—Hay una huelga de traileros —anuncia.

—No mames… —dice Irene.

Javiera ve su propio teléfono:

—Sip. En Twitter dicen que hay gente aquí parada desde las tres de la mañana.

—No pus ya valió madres —Lencho mira a su alrededor con apremio.

—¿Y si nos regresamos? —sugiere Karla.

—¿Por dónde, chata? ¿Por aire? —Lencho señala el muro de contención a mitad de la carretera.

—¿Con quién dejaste a Alicia? —Denisse le pregunta a Karla.

—Con Mercedes y con mi mamá.

—¿Le dejaste testamento? Yo creo que ya no la vas a volver a ver —dice Mauro.

Denisse le da un manotazo en el brazo, reprimiendo una carcajada con falso escándalo:

—¡Qué te pasa, güey!

—Estamos atrapados, dudes —declara Javiera.

—No, pues se me hace que me voy a armar un toque —anuncia Lorenzo.

—¿De plano? —dice Karla.

—Pus sí. Vamos a estar aquí un buen rato. ¿Qué hacemos, si no?

4

Lencho se pone a limpiar hierba sobre un recibo telefónico, recargado en el costado de su coche.

—Pero aquí está muy balcón, ¿no? Hay gente por todos lados —Karla mira a su alrededor. La carretera es un estacionamiento interminable. Está nublado y hace frío, pero no llueve.

—Les vamos a terminar convidando, esto en dos horas va a ser como la "Autopista del Sur", vas a ver —presagia Mauro.

—¿Ésa cuál es? —pregunta Javi.

29

—Un cuento de Cortázar. Si quieres te lo platico, güeris, hay tiempo.

—Carajo, les dije que esto no era buena idea —se lamenta Denisse—. Güey, yo tengo que estar el domingo en la noche de regreso en México pase lo que pase. Tengo una junta súper importante el lunes en la mañana.

Lencho bufa. Denisse es quien siempre ha cohesionado al grupo, pero le aterra comer peyote y puso mil trabas para no ir al desierto. Curiosamente también puso la camioneta y una tienda de campaña profesional donde caben cuatro. Pero todo con mucha ambivalencia.

Irene está dentro del Peugeot, escrutando un objeto entre sus manos. Es un camafeo con el ojo turco. Pertenecía a una tía abuela suya e Irene lo tuvo guardado mucho tiempo hasta que decidió traerlo al desierto como amuleto. Algo de este obstáculo de la huelga de traileros no le cuadra. No puede creer que un plan tan esperado se trunque de esta manera. No sabe si decírselo a sus amigos, pero lo que la hizo decidirse a ir al desierto fue un sueño. Tan vívido que lo sintió casi como una premonición. Karla, que estudió Psicología, alguna vez le explicó:

—Los sueños nunca anuncian lo que va a pasar. Ésas son supersticiones. Los sueños hablan de nuestros deseos reprimidos.

—Entonces puede que sí anuncien lo que va a pasar —respondió Irene.

—¿Cómo?

—Pues si ves un deseo en tu sueño y lo entiendes, igual y lo puedes cumplir.

Karla se acercó para darle un beso en la sien.

—Jajaja, te amo, pinche Irene.

—¿Qué prefieren? ¿Embotellamiento en la carretera para siempre o comezón en la ingle para siempre? —pregunta Javiera, recargada en el coche de Lorenzo a la orilla de la carretera.

—Jajaja, obvio comezón en la ingle —responde Mauro.

—No sabes lo que dices —dice Denisse.

—Jajajaja.

—A ver, volteen —dice Javi, sosteniendo el teléfono para una selfie grupal—. Vente, flaca.

Irene baja del coche para la foto.

—Si alguien pone cara de felicidad ahorita, lo mato —dice Denisse.

—Hashtag: quitarrisas —Javiera toma la foto.

La selfie es un compendio de risas a medias y perplejidad, aderezado con cuernos, dedos y huevos.

A los cuatro minutos Lencho tiene un porro perfectamente forjado. Se alejan unos metros de la carretera y hacen un círculo para fumar.

—Dense leve, que está potente —les avisa.

—Yo paso, gracias —dice Mauro, con las manos detrás de la espalda.

Lencho le tiende el gallo a Denisse, quien también lo rechaza:

—Yo estoy manejando.

—Vamos a estar aquí un rato, ¿eh? Yo creo que da tiempo a que se te baje —opina Lencho.

En realidad lo que más apuro le da a Denisse es el monchis: la mota siempre le desata un hambre de lobo. Pero la situación es inusual y recuerda que además es su fin de semana libre para comer lo que quiera, así que Denisse le da al porro un par de caladas bien dadas. Se pone a toser.

—Uy, ¿te regañó? —dice Lencho.

Denisse asiente mientras sigue tosiendo. Javiera le pega en la espalda y dice:

—Mota que te hace toser...

—Seguro te ha de poner —completa Mauro.

Denisse se aparta de Javiera y le pasa el toque a Karla:

—Nop —Karla alza la mano y resopla—. No puedo creerlo, güeyes. Me conocen hace milenios y nunca se acuerdan de que no fumo.

—Estás fumando ahorita —señala Irene.

—Pero del que mata y no pone —Karla alza su Marlboro encendido.

—Pero tú haces Ironmans y triatlones y la chingada, ¿no, Karli? Como que fumar tabaco no va con ese perfil —dice Denisse.

—Más bien hago ejercicio para compensar un poco tanta madre que le meto a mi cuerpo.

—¿Y si mejor lo dejas? —sugiere Denisse.

—¿Y si mejor me dejas en paz?

—Uuyuyuy... ok, ok —Denisse se gira, alzando las manos.

—¿Qué tanto te pasa con la mois, o qué? —quiere saber Javiera, mientras fuma del churro con una mano y también sostiene un cigarrillo con la otra.

—Me da sueño, me apendejo, no puedo platicar. Luego hasta me da ansiedad —enuncia Karla.

Javiera le pasa el porro a Irene, y aguanta el humo al decir:

—Chale, qué lástima, Karli.

—Para ti. Yo no la extraño. No puedes extrañar algo que no te cae chido.

—Sí puedes, créeme —dice Mauro.

Irene y Javiera sueltan una risita ambigua.

—A mí se me hace irresponsable manejar pacheco, la neta —dice Karla.

Nadie se atreve a mencionar todas las veces que Karla manejó con copas después de infinidad de fiestas caseras. Lencho replica:

—Yo puedo hacer cualquier cosa pacheco. Puedo cortar cebolla, puedo coser botones, puedo manejar. Se llama tolerancia. Pasa con todas las sustancias. Entre más te metes, menos efecto te hace —explica.

—Sé lo que es la tolerancia, rey —gruñe Karla.

—¿Y entonces para qué fumas si ya no te pone, Lench? —pregunta Javiera, que fuma cuando alguien le ofrece y rara vez tiene en su casa—. Yo con dos jalones ya ando bien high —se ríe.

—Yo igual —dicen Irene y Denisse al mismo tiempo, y también se ríen.

—No es que no me ponga, es que no me inhabilita —explica Lencho.

—Pero sí te pone mucho menos, güey... —incide Mauro.

—Pues sí. Pero si lo dejara tipo seis meses, volvería a ser como la primera vez —argumenta Lorenzo.

—Pero nunca te vas a aguantar seis meses para comprobarlo… —dice Denisse.

—Nunca digas nunca —responde Lencho.

—¿Está abierta la camioneta? —le pregunta Karla a Denisse.

—Vamos, yo quiero agua —responde Denisse, mostrando la llave.

—Yo también. Me va a dar la seca tipo ya —Javiera encoge el cuerpo y se frota las manos mientras las sigue hacia la Liberty.

Vuelven a quedarse solos Mauro, Irene y Lencho. Irene siente los primeros efectos relajantes de la mota mientras ve a sus amigas alejarse y el plomizo interminable del cielo y el parque vehicular. El aire huele a llanta quemada, huevo cocido y un vago recuerdo de Drakkar Noir.

—¿Por qué casi todo el mundo tiene coches grises? —se pregunta en voz alta.

—¿Porque se empuercan menos? —especula Lorenzo.

—Se empuercan igual, pero se nota menos —opina Mauro.

—Por eso me cae bien Karla —dice Irene.

—¿Por qué?

—¿Por qué, de qué?

—Si asocias libremente, hazlo en voz alta, por favor —pide Mauro.

Irene se ríe.

—Me cae bien porque tiene un coche rojo.

—Sí, es atrevida esa Karla —dice Lencho.

—Qué güey te viste, gordo, me cae —dice Mauro.

—¿Con qué? —Lorenzo no sabe de qué le está hablando.

—A ver, ya dinos bien qué pasó con ella.

—¿Con quién?

—Con Karla.

—¿Cuál Karla?

—*Forever young…* —canta Mauro—. Dios mío, ¿así era yo también cuando era pacheco? Díganme que no. ¿Cómo que cuál Karla? Karla de Tuya, güey.

—¿*Nuestra* Karla?

—Ésa. Ahí tenías una buena oportunidad. Yo al principio la veía muy… ¿cómo decirlo? Dispuesta contigo.

—Sí. Hasta que se embarazó y tuvo una hija —refunfuña Lencho.

—Porque no te apuraste, chato.

—Lo que nadie sabe es que el verdadero papá de Alicia en realidad es Lorenzo —bromea Irene.

—Jajajaja. Exacto. Es un secreto mejor guardado que los aliens que viven en el sótano de la Casa Blanca —dice Mauro.

—Y del Parlamento Ruso —dice Irene.

—Y de las Tepoznieves de Tepoztlán —dice Mauro.

—Jajajaja, teto.

—¿La convertiste al lesbianismo tú también, gordo? —lo molesta Mauro.

Lencho no se ríe, sigue negando con la cabeza.

—Ya, neta, tengo curiosidad. ¿Por qué no se armó con Karla?

—¿Es en serio? Me estás hablando de hace diez años, Mauro.

—Ya sé.

—¿Qué caso tiene hablar de por qué no me acosté con una morra hace diez años?

—Es que estaba guardando su flor para Berenice —dice Irene en tono cursi, y recarga la cabeza en el brazo de Lencho.

—¡Claro! Bere. Cómo olvidar a Bere —dice Mauro—. Fue Bere, digo breve, pero la quisimos —suspira falsamente.

Irene se ríe y Lencho suelta una trompetilla.

—Pinches latosos.

La verdadera razón por la que Lencho no cedió ante los encantos de Karla y no le puso un dedo encima, a pesar de que ella era bastante liberada sexualmente y una noche Lencho sacó la guitarra y estuvo cantando rolas de Pearl Jam y todo el mundo se fue y ellos dos se quedaron y hablaron hasta el amanecer, fue porque sabía que si lo hacía, lo tenía todo perdido con Denisse. Luego el problema fue que se hizo *demasiado* amigo de Denisse como para cortejarla. Cuando se lo planteó así a sus amigos (los puros "machines") un mediodía en el estadio muchos años atrás, usando justamente la palabra "cortejar", Claudio recitó, haciendo un efecto de altavoz con las manos:

—Señores pasajeros, estamos a punto de comenzar nuestro descenso para aterrizar en la Friendzone…

Todos soltaron una carcajada.

—Cómo chingan.

—El garrazo, mi hermano, hay que dar el garrazo. ¡Con todas las morras te pasa lo mismo! —Adam le dio un zape.

—Tengo un nuevo apodo para Lench: Lent —dijo Claudio.

—Duuuuuuh —vociferaron todos, y se rieron después, como niños.

Esa misma noche, en una cantina de la Escandón y después de varios tequilas, Lencho teorizó que fue gracias a su "friendzonismo" y su no dar el "garrazo" que se había conservado la amistad entre todos ellos y que se había preservado la "banda".

—Imagínense que me tiro a Karla o a Denisse y sale de la chingada. Hubiéramos perdido a la mitad de los activos femeninos de esta congregación.

—Y si aquí Adam no se hubiera cogido a Irene, ninguno estaría aquí —observó Mauro.

Todos se rieron, Adam tan fuerte que trascendió el escándalo de la cantina y llamó la atención de un par de mesas contiguas: podía tener una risa muy estridente, y brindaron ruidosamente. Claudio se fue diez minutos después, de malas, con algún pretexto.

—Hay otras facetas en mi persona además de mi vida sexual, ¿eh? —dice Lencho, recargado en el Peugeot estacionado sobre la carretera hacia Querétaro.

—¡Es cierto! Hay otras facetas. Cuéntanos de tus grupos musicales —Mauro da dos palmadas—. ¿Cómo se llamaba tu grupo de reggae? ¿Los Man lovers?

—*One* lovers. A ver. Facetas de mi vida *actual*.

En ese momento, ven que Denisse, Javiera y Karla vienen caminando de vuelta hacia ellos. Ya hay varios automovilistas fuera de sus autos.

—Oigan, ¿dónde habrá un baño? —suplica Javiera.

—Sí, cómo no, ¿lo quieres con sauna o con bidet? —dice Mauro con acento ejecutivo.

Denisse se parte de risa y contagia a los demás. Irene trata de reírse con ganas, pero no puede. Tiene como oxidada esa función.

—Ya, tetos. Neta me meo —Javiera junta las rodillas con las manos metidas en la chamarra. Ella y los demás voltean a ver el descampado junto a la carretera sin decir palabra—. No mamen, esto es como el parque del violín. Alguien acompáñeme, por piedad.

A los diez minutos de caminar juntas en busca de un lugar para hacer pipí lejos de la autopista y en medio de la nada, Denisse y Javiera se detienen.

—Aquí ya está bien, ¿no? —dice Denisse.

Javiera mira a su alrededor:

—Pus va. ¿Traes papel?

—Agarré kleenex.

—Essso.

—Tú júntate conmigo, mamita —Denisse chasquea la lengua.

—Hazme casita.

—No seas marica. No hay nadie.

Las dos se dan media vuelta, se bajan los pantalones y los calzones, y se colocan dándose la espalda para hacer pipí, vigilando así los flancos mutuos. Es un ritual que han aplicado en diversas playas y campamentos donde han estado a lo largo de los años.

—¿Qué pasó con tu cuchufleto ese que tenías para mear parada? —pregunta Javi.

—Lo di de baja.

—¿Pero sí sirven o no sirven esas madres?

—Pues sí, pero es como incómodo, raro. Es como usar ahí… cosas artificiales. Luego lo tienes que estar enjuagando y no sé qué. Si las viejas no podemos mear paradas naturalmente, pues no meemos así, y punto. Que viva la aguilita.

—Güey, tampoco los tampax y las copas menstruales existen naturalmente y sin ellos nos morimos —dice Javi.

Denisse siempre ha dado bandazos con temas de liberación femenina. Cuando estaban en la universidad, por un buen rato no se depiló las axilas, pero sí el bigote y las piernas.

—¿Cuál es el sentido de dejarte los pelos del sope si te vas a rasurar todo lo demás? —le dijo Irene.

—El tema es decidirlo yo. ¿Ok? No los pinches estándares estéticos machistas. yo decido qué me rasuro y qué no. ¿Va?

—Ok, ok.

Irene apeló a la prudencia y la dejó en paz, pero a los dos meses Javiera le soltó a Denisse a rajatabla:

—Ya rasúrate esos pinches pelos, Den. Pareces la mamá de Tarzán. Así no va a haber pito que se te acerque.

Denisse le dijo que fuera a chingar a su madre, pero a la semana ya no tenía pelos en las axilas y se había teñido los de la cabeza de morado.

Javiera saca su celular.

—¿A poco hay señal aquí? —pregunta Denisse.

—No. Pero mira, la última foto ya iba en setenta y dos likes.

Denisse se acerca y lee la leyenda que acompaña la foto de Instagram: "Sin peyote y en un pedote".

—No sé si sea la mejor idea del mundo que todos tus followers sepan que vamos a ir a comer peyote, Javiera.

—Dirás íbamos.

—Eso. Íbamos.

Javiera guarda su teléfono en el bolsillo trasero de sus jeans:

—Güey, a todo el mundo le vale madres lo que los demás hagan. Yo puedo ver que un güey se va a inyectar heroína, paso la foto y al segundo se me olvida.

—¿Entonces para qué te la pasas subiendo todo lo que haces?

—Pus no sé, es divertido.

—Me gustó más *Plegarias atendidas*.

—¿Vas a comparar los cuentos de Javier Marías con un novelón como *Corazón tan blanco*? Estás loco, Mauro.

—Marías es un gran cuentista.

—También David Foster Wallace es un gran cuentista. Ése no es el punto —dice Lencho.

—¿Entonces cuál es el punto?

—¿Desde cuándo lees cuentos tú, cabrón?

Mauro no responde, fuma recargado en el cofre del Peugeot. Lencho lo molesta:

—Yo me quedé en que "son literatura menor" y que "novela de menos de quinientas páginas no es novela" y no sé qué.

Mauro lee cuentos desde que menguó su memoria y su capacidad de concentración, pero no se atrevería a admitirlo. Siguen esperando que la huelga de traileros se disuelva y el tráfico avance, lo cual no pinta para suceder pronto. Lorenzo limpia hierba concentrado. Tiene lo que queda de su Coca Cola en el cofre del coche, junto a él. No puede evitar fijarse en las piernas muy bien torneadas de una mujer muy fea con un conjunto rosado de corte secretarial que baja de un Athos y se pone a fumar, mirándolos de reojo. Lencho pondera ofrecerle un jalón del nuevo porro que está preparando, para darle variedad a la situación.

—No puedo creer que hayas dejado de fumar tabaco, gordo —dice Mauro.

—Ni yo.

Lencho ya llevaba rato con mucho dolor en la espalda baja que atribuía a su postura para trabajar. Nunca fue al médico y sobrevivió a base de Paracetamol y frotamientos alternados de Lonol y un preparado de marihuana durante meses. Llegó al hospital por otras razones, a donar sangre para la mamá de una compañera del trabajo, y después de informarle que no podía donar, le dijeron que tenía el colesterol por las nubes, a punto de tener un infarto o de hacer un coágulo. En cuanto escuchó la palabra "infarto", salió y se compró unos parches de nicotina. Engordó nueve kilos, pero pesaba tanto que ya le daba igual. Mes y medio antes de hacer este viaje se puso a dieta por primera vez en su vida. Sigue frotándose Lonol todas las noches, pero ya le duele menos la espalda.

—Entre fumar mota y fumar tabaco no hay ninguna diferencia. En las dos hay combustión y se te joden los pulmones —Mauro tiró la ceniza en el pavimento.

—Pues sí, pero la mota no tiene nicotina, cabrón. Con lo cual no tengo que fumarme treinta toques al día, me fumo dos. Y entre semana, ni eso.

—¿Ya no quemas pa' ir a chambear?

Lencho niega.

—Ésa ni tu mamá te la cree.

—No tengo mamá, cabrón.

—Ah, sí es cierto.

—La marihuana sola no ha matado a nadie. El tabaco mata a seis millones de personas al año. Este pinche mundo está al revés.

—En serio te has vuelto un militante, ¿eh? Quién te viera.

—Pus ya ves.

Mauro repara en que Lencho está tirando las semillas de la marihuana junto con las ramitas y todo lo que pueda romper o hacer que prenda mal el papel para fumar.

—No tires los cocos, güey —lo regaña.

—No mames, ¿a poco tú los guardas? —se burla Lencho.

—Nunca sabes cuándo te vas a quedar sin dealer y los vas a tener que sembrar.

—Si te quedas sin dealer, te buscas otro o te vas a Uruguay o a Canadá o a cualquiera de los estados del gringo donde la marihuana es legal, cabrón —continúa Lencho.

—Como sí tengo para un boleto de avión… —Mauro se rasca el brazo.

—Y pensar que de morro te fuiste en avión privado a Disneylandia, ¿no?

—Con Mickey Mouse a bordo —Mauro asiente una vez.

—Pinche Mauro… —se ríe Lencho—. Cuando todavía no eras un pinche renegado social que no ha terminado ni la prepa.

—Exactamente, *Godi* —Mauro clava el anzuelo.

—Oye, yo por lo menos hago lo mío —se defiende Lorenzo.

—¿Escribir?

—Hago libros.

—Hacer libros no es lo mismo que escribir.

—Hago libros —repite Lencho.

—De jardinería y de esoterismo —Mauro da la estocada.

Lorenzo se ha pasado las noches de los últimos quince años leyendo y escribiendo. Terminó la carrera de Letras y consiguió trabajo en una editorial chica, donde trabajó durante años. Luego se fue a una editorial grande, donde gana lo mismo y trabaja mucho más, pero al menos la gente ubica su "marca". Cada vez escribe mejor, y cada vez le aterra más publicar. Últimamente lo que más seguridad parece darle a Lencho es la coca. La usa nada más en la fiesta y lo hace sentir poderoso, inteligente, fascinante. Pero cuando se pasa, se pone muy idiota. Y en lugar de seducir a las mujeres, las decepciona. Lencho lo intuye. Por eso no trajo ni una grapa a este viaje, aunque a cada rato se arrepiente.

—¿Y ya tampoco escribes pacheco? —pregunta Mauro.

—Poco. Lo bueno es que en la oficina no fumo.

—¿Ya ni te llevas el hitter para darte un jalón a la hora de la comida?

Lencho no responde porque en ese momento lame el papel para cerrar el porro. Empieza a hacerle el cucurucho a la punta y desvía la ráfaga de preguntas:

—¿Y tú por qué andas tan roto, güey? ¿Rockefeller Roblesgil te quitó tu domingo?

—No me hables de ese güey, por favor. Estamos de vacaciones.

Lisandro Roblesgil es el papá de Mauro, un abogado laboral que está podrido en millones. La mamá y la hermana de Mauro salen en revistas de celebridades y forman parte de la crema y nata del jet set mexicano. Renata, la hermana de Mauro, llama a Irene, Lencho y a toda su banda de amigos Los Olvidados. Se casó muy joven en una boda fastuosa y de gran cobertura en prensa, pero cuando quiso concebir un hijo, no pudo. Después de ocho años, tres inseminaciones fallidas y dos episodios de depresión se ha vuelto dependiente de diversos fármacos psiquiátricos. Pero eso no sale en las revistas de sociales.

Lencho insiste:

—No te hagas, Mauro. Seguro ahora tu jefe te está "castigando" con diez mil pesos a la semana.

—¿No me estás oyendo? Mis papás no me están dando un solo pinche peso.

—¿Y de dónde sacaste para dar este rol?

—No sé, yo lo veo colgadísimo —dice Irene viendo a Mauro desde la Liberty.

—Yo no lo veo tan mal, Irene.

—¿Neta? Es una momia, Karla. Ve lo pálido y lo flaco que está.

—Tiene más canas arriba de la frente, eso sí.

Mauro es alto y flaco, pecoso, castaño claro y canoso temprano. Las primeras canas le salieron a los veintidós. Usa el pelo siempre muy corto, pero la barba ha pasado por todos los tamaños. Ahora no la lleva.

—No sé, yo lo veo entero. Ya no anda diciendo desvaríos como hace un año —afirma Karla, mientras revisa su teléfono.

—¿En qué anda, eh? ¿Lo mandaron por fin otra vez a rehabilitación? —pregunta Irene.

—No, creo que está viendo a alguien —Karla está concentrada en la pantalla.

—¿*Saliendo* con alguien?

—Carajo, otra vez se fue la señal —Karla le pega al tablero de la Liberty.

Irene checa su propio teléfono. Lo que ya casi no tiene es batería.

—Yo tampoco tengo señal. Pero todo bien, ¿no?

—No sé. Mercedes me marcó, no sé para qué.

—No te preocupes, seguro no es nada —la tranquiliza Irene.

—Es que es la primera vez que se queda con Alicia.

—Pero ya la conoce perfecto. Y también está tu mamá, ¿no?

—Sí.

—¿Cuántos años tiene ya Alicia?

Karla sonríe.

—Cumple nueve en diciembre.

—Ahí está, no es como si tuviera dos meses.

—Sí, pues no —sonríe Karla.

Irene se sale de la camioneta para fumar. Al abrir la cajetilla se percata de que tiene colillas: la ha estado usando como cenicero para no tirarlas al suelo.

—Chale, perdí mis cigarros —Irene abre la puerta de la Liberty, levantando sudaderas, chamarras y gorras, con ansiedad.

—¿No son éstos? —Karla levanta una cajetilla de Camel que está casi en las narices de Irene.

—Ah, sí —se ríe.

—Andamos pachequitos, ¿verdad?

—Pssss poquito…

—Jeje.

Karla se sale también de la camioneta para acompañarla a fumar. Ven a dos niños que miran la televisión en una camioneta Toyota. Junto a ellos va sentada una empleada doméstica y adelante el papá o el chofer, es difícil saber. Ambos están absortos en sus teléfonos. Irene le ofrece un cigarro que Karla declina y pregunta:

—¿Y Alicia ha visto a su papá?

A Karla le cambia el semblante:

—Justo se apareció hace poco, en el verano.

—Uffff.

—Ya sabes, hace su grandiosa aparición… ¡tatáaaaan! Alicia se pone toda loca de felicidad y luego el imbécil vuelve a desaparecer.

—¿Otra vez?

—Claro, obvio. Esta vez a Ali el gusto le duró como dos meses. Un día le canceló una ida al cine, al otro sábado igual, y después no volvió a hablar. Misma historia de siempre.

—Chale. ¿Y Alicia no le llama?

—Sé que se muere de ganas, pero se aguanta. Tiene su orgullo la chamaca, no creas —dice Karla, sin poder ocultar la satisfacción que le produce.

Irene suelta el humo pesadamente, negando con la cabeza:

—Pinche Paco.

Una vez Irene leyó que cuando empezó el boom del éxtasis en Estados Unidos, en los campus universitarios proliferaban camisetas con la frase "Don't get married for six weeks after XTC". Después de lo que le pasó a Karla, Irene pensó que las camisetas deberían decir simplemente "Don't have sex on XTC". Y si puedes, no te beses, no te mires, no nada. Casi le duele la cabeza sólo de acordarse de las horas interminables hablando con Karla, viéndola llorar, decidiendo si tenía al bebé o no, luego decidiendo si le avisaba a Paco, que era amigo (y ni siquiera tan amigo) de Mauro; luego, sin decidirse a contarle o no a su familia. Karla creció con su madre y con su abuela, ambas profesionistas esforzadas; era buena estudiante, y si es fuerte anunciar que estás embarazada a los diecinueve años, peor aún con las expectativas que Karla traía a cuestas. Fueron casi cuatro meses en la indecisión y la tortura. Finalmente un día Karla reunió a sus tres amigas en su casa y les anunció:

—La voy a tener.

—¿"La"? —brincó Denisse.

—*La*. Hoy fui a un ultrasonido. Es una niña y se va a llamar Alicia.

—¿En el país de las quesadillas? —trató de bromear Javiera, pero Denisse le dio un codazo. Todas estaban como engarrotadas, ninguna se levantó a abrazarla.

—¿Cómo te decidiste? —Irene se prendió un cigarro. Javiera se prendió otro en automático. Karla lo hubiera hecho, pero esta vez se aguantó. Denisse llevaba rato metiendo y sacando la mano de una bolsa de Rucas de chocolate.

—Hablé con ellas.

—No mames. ¿Qué te dijeron? ¿Tu abuela no se infartó? —dijo Javi.

—Las dos se cagaron, pero me dijeron que estaba estúpida si pretendía abortar a estas alturas.

—Sí, pues sí —dijo Denisse, bajito.

—¿Sí pues sí qué? —rugió Karla.

—Güey, yo siempre te dije que si te decidías a no tenerlo le tenías que meter velocidad al asunto.

Karla ya no replicó. Y tampoco les dijo que durante todos esos meses de dilema se la pasó recordando obsesivamente la sensación del pelo de Paco, cortado casi a rape; la suavidad de sus brazos y de sus nalgas, su sabor a tabaco y chicle de uva, la música electrónica sonando a lo lejos, el olor a cigarro encerrado en la tienda de campaña, la forma de sus ojos y la manera en que repetían "wow, wow, wow" mientras se acariciaban sin control. Aquella noche en un rave en Malinalco, legendaria para la banda por otros motivos además de la concepción de Alicia, era la segunda vez que Karla y Paco se veían. Karla no era una belleza clásica, era morena y de nariz aguileña, pero por aquellas épocas usaba un corte de pelo asimétrico y llevaba una arracada en la nariz. A Paco le encantó, y en la fiesta en casa de Mauro donde se conocieron se esmeró por robarle un beso toda la noche.

—Eres eléctrica —le repetía.

Logró besarla ya que Karla iba de salida y el beso los dejó con ganas. Su encuentro en el rave estuvo tan intenso como el encuentro previo y las tachas que se comieron prometían, pero ella no se vino y a él le costó trabajo. No usaron condón porque a Karla acababa de terminar de bajarle y se arriesgó a cambio de no mermar el placer. Embarazarse era posible pero no probable. Ganó la posibilidad.

—Lo que le pasó a Karla es lo más chingón, concebir un hijo en Eme es lo más hermoso que podría pasarle a alguien —dijo Mauro.

—¿Qué estás diciendo, imbécil? —Denisse le dio un puñetazo en el brazo. Estaban esperando en el Péndulo de Perisur tomándose un café mientras Lencho se compraba unos pantalones en el Palacio de Hierro, meses después del rave en Malinalco y casi nueve años antes del viaje al desierto.

—El MDMA es un regalo del hombre para el hombre. Derrumba las barreras que nos separan y nos acerca en una confianza pura.

—Qué poético andas hoy.

—Gracias.

Mauro se prendió un cigarro. Todavía se fumaba en espacios interiores por esos años.

—Es una madre que se fabrica en un laboratorio y que te chupa la serotonina, no le cuelgues medallitas que no tiene, Mau.

—No te chupa nada, tu cerebro secreta dopamina y noradrenalina naturalmente y la metilendioximetanfetamina las libera… —se interrumpió y suspiró—: ¿Neta quieres que te explique toda la psicofarmacología?

—No, gracias, para trabalenguas ya tuve con Bizbirije.

—Yo no sé qué tanto ladras del Eme, si bien que le entras en las fiestas, Denisse.

—Pero el punto es que es ilegal.

—Ajá. ¿Y quieres saber por qué?

—Me imagino que me lo vas a decir.

—Pues sí. Porque la policía antinarcóticos en el gabacho hizo que la OMS la prohibiera cuando estalló el New Age en los ochenta…

—¿La qué? —interrumpió Denisse, y se prendió un cigarro.

—El New Age.

—No, la otra cosa.

—La OMS. La Organización Mundial de la Salud. Y la prohibieron porque todo Dios se estaba dando Molly, sobre todo los psicólogos a sus pacientes. Esa madre estaba abriendo emociones como nada. No sabes lo que esos güeyes lucharon contra la prohibición.

—Pero por algo la prohibieron… —insistió Denisse.

Mauro se llevó la mano a la barbilla, falsamente intrigado.

—Mmmm… curiosamente lo hicieron sin que hubiera un solo caso de intoxicación o de sobredosis, como ha sucedido con casi todas las sustancias prohibidas que te hacen *pensar*.

—¿Sabes qué estoy pensando? Que quiero otra galleta —Denisse buscó al mesero con la mirada.

Mauro continuó:

—Todas las sustancias que afectan el sistema nervioso son drogas. Estos pinches cigarros que nos estamos fumando, para empezar. Tú misma te la pasas diciendo que te encanta el café.

—Porque es una delicia.

—Y porque tiene cafeína, que también le hace cositas a tu cerebro —Mauro agitó los dedos cerca de la cara de Denisse—. Hasta el perfume que te pones y la cremita que te untas le hacen cositas a tu cerebro, güey.

—Pero yo no me las unto para que me conecten con la humanidad y me revelen los misterios de mi alma.

—Mta.

Denisse bebió de su taza de latte, que entonces tomaba con leche entera y no deslactosada.

—De todas formas lo sostengo, güey. Concebir un hijo en Eme es lo más chingón que le podría pasar a alguien —concluyó Mauro.

—Como tú no vas a mantener a esa niña… Joven, ¿me regala otra galletita de avena? —Denisse juntó las manos, viendo al mesero con gesto infantil.

Mauro rompió un sobre con azúcar, vertió los gránulos sobre un plato y comenzó a hacer trazos con la yema del dedo.

—¡Karla está embarazada, Mau! Em-ba-ra-za-da. Va a ser mamá. Óyete tantito lo que estás diciendo.

Mauro dejó el azúcar, tomó su cigarro y dirigió una larga bocanada al techo sin responder.

—A Karla ya se le jodió la vida —siguió Denisse.

—¿Cómo sabes?

Denisse no respondió. Mauro repitió la pregunta.

—¿Cómo sabes?

Denisse se levantó de la mesa. La madera gastada crujió bajo sus flats.

—Voy al baño.

Mauro le gritó desde su lugar:

—¡Oye las cosas horribles que estás diciendo tú!

Karla decidió avisarle a Paco. En parte lo hizo porque pensó que tenía derecho a saber que iba a ser papá, y en parte porque aquellos "wow" le golpeteaban el vientre y las ideas al tiempo que las células se reproducían. La respuesta de Paco después de un largo silencio fue:

—Estoy a punto de entrar a un examen. ¿Te marco al rato?

Y nunca marcó.

—Oye, güera, ¿y cómo vas con la búsqueda de depa? —le pregunta Denisse a Javi.

—Mal. Todo está carísimo.

Javiera y Denisse están sentadas en una piedra a mitad del descampado, después de hacer pipí. Javiera se fuma un cigarro. A Denisse le dio un poco de taquicardia la mota y quiso detenerse un rato antes de volver al coche.

—Pus es que quieres vivir en la Condesa, madre.

—Ni modo que vaya al cerro, güey. Trabajo en Polanco —rebate Javi.

—¿Le hablaste al abogado que te recomendé?

—Sí. Y me salía más caro un mes de abogado que la renta de un año.

—Dicen que es perrísimo, ¿eh? Deberías darle un shot.

—Denisse…

—Ta bien, ta bien.

Javiera había transitado por un matrimonio breve con un mal divorcio que la había dejado en números rojos y de vuelta en casa de sus papás después de dos años de pelea.

—Puta madre, muero de hambre —suspira Denisse.

—¡Pero si acabamos de desayunar!

—Es el monchis, güey.

—El hambre de monchis es mental —dice Javiera.

—Mi estómago no opina lo mismo.

Javi agarra una rama que está tirada por ahí y se pone a dibujar figuras indefinibles en la tierra. De pronto dice:

—Mi amiga Gema me acaba de conectar una chamba.

—¿De modelaje?

—Sip.

—¿En serio? ¿Dónde?

—Es para una firma de ropa interior.

—¡Qué increíble, güera!

—No sé… me da miedo hacer el casting.

—¿Por?

—Sólo vieron mis fotos, nada en persona. No sé… nadie te agarra de modelo después de los veinte, Den. Yo ya tengo diez más que eso.

—No digas pendejadas, Javiera. Eres una pinche belleza. Ve la cara que tienes.

—Se me están cayendo las nalgas.

—No digas estupideces.

Javiera ha llegado a pensar que llama tanto la atención en la calle como podría hacerlo alguien con una joroba grotesca o con un lunar gigante a media cara. Pero para su buena o su mala suerte, es por ser groseramente guapa que Javi tiene que vivir con las miradas atravesándola todo el tiempo, bombardeada por clichés: "Juventud, divino tesoro", "seguro es tonta", "seguro es bien puta". No es que no le guste ser atractiva. Disfruta mirarse en los espejos, ponerse cualquier cosa, desde un vestido ajustado hasta unos pantalones de pordiosero y verse espectacular, y está consciente de su poder. Pero a veces ese poder la asusta. "Como te ves, me vi; como me ves, te verás…" le repite Susana, su mamá, una exguapa que siempre ha competido ferozmente con ella, y que desde que Javi tiene uso de razón, se las arregla para hacerla sentir culpable.

—Tápate un poquito ese escote, mi vida. Hace frío —le dijo una vez cuando estaban saliendo al atrio de una iglesia después de una boda. Javiera tenía catorce años y llevaba puesto un vestido corto muy parecido a uno que le había visto a Sarah Jessica Parker en *Sex & The City*. Ya medía el 1.75 que mide hoy.

—No hace frío, ma.

—Tápate que tu papá está viendo para acá.

Javiera nunca entendió ni quiso entender qué quiso decir su madre con ese comentario, pero su expresión y su tono la marcaron para siempre. Javiera no sólo se tapó con el chal que su madre le tendía con insistencia, sino que a partir de ese momento buscó la manera de taparse literalmente, de apocarse, de disminuirse. Fue adoptando así el papel de frívola que no da golpe en la vida y de torpe que mete el pie en charcos profundos y se pierde por Tepito yendo al súper. Siendo una niña eternamente se libraba también de tener que hacerse cargo de su hermanito. Fabio es menor que Javiera y tiene retraso mental; a sus veinticinco años habla y actúa como un niño de cuatro, a *muy* alto volumen. A veces puede ser muy dulce y tierno y hasta cae en gracia, pero casi siempre resulta profundamente irritante. A lo largo de los años lo han inscrito a toda suerte de terapias, clases especiales y talleres de oficios. Pero a Fabio lo único que le gusta es estar en la computadora, viendo videos.

—Además a mí nunca me ha gustado modelar —dice Javi—. A mí lo que me gusta es la moda, güey.

—Ya lo sé. Eres buenísima, tienes un ojo increíble —la motiva Denisse.

—Sí. Por eso trabajo en una pinche tienda de ropa de judías del terror —se lamenta.

—No tendrías que hacer eso, Javi.

—Güey, piqué piedra vistiendo maniquís junto al pasillo de las verduras por años. No hubo manera de crecer. Tú te acuerdas.

—Pues sí, pero tal vez no has buscado en el lugar correcto. ¿Ya hablaste con mi head hunter?

Lencho se fuma el nuevo porro a unos pasos del Peugeot. La mujer fea de las piernas torneadas comparte ahora cigarrillos con otros dos ejecutivos. Lencho se pregunta si no debería fumar más cerca de ellos para que el olor llame su atención y con suerte atraiga nuevas amistades. De todas formas si alguien llamara a la policía para apresarlo por consumir y transportar estupefacientes, nunca llegaría con este atasco en la autopista.

—Denisse le debería pasar unos kilos a Javiera y así ya se emparejan —dice Mauro, viendo a sus amigas acercarse por el costado de la carretera después de ir al baño.

—Cállate. Serás perfecto, cabrón —le ladra Lorenzo.

—Yo digo que las dos están muy bien, pero podrían complementarse… proporcionalmente.

—Proporcionalmente… qué mamadas dices. Mejor deberías de arreglar tus desmadres y volver a intentarlo con Javi, es lo mejor que te ha pasado en la vida, cabrón —dice Lorenzo.

—Tú no tienes idea de qué es lo mejor que me ha pasado en la vida —Mauro chupa su propio cigarro cien por ciento tabaco.

—Se te fue viva.

—No hables de lo que no sabes, Lencho. Neta.

Lorenzo y Mauro ven cómo Javiera y Denisse llegan a la Liberty con Irene y Karla, abren la puerta del copiloto y segundos después se tronchan de risa de algo. Mauro desea con toda su alma que ocurra un milagro y puedan encontrarse con Claudio, su mejor amigo, en Real de Catorce.

—¿Y qué es lo que extrañas más? —le pregunta Lencho de pronto.

—¿Qué extraño de qué?

—De todo lo que dejaste. ¿El trago, la coca, las tachas...?

Mauro mira sus tenis y niega.

—¿Qué?

—No soy un pinche fenómeno de circo, cabrón.

—Perdón.

—Tengan tantito pinche respeto, carajo.

—Ya, ya estuvo, lo siento, güey. Perdón.

Lencho se da la vuelta para dirigirse a la camioneta y ofrecerle una fumada a sus amigas, cuando escucha que Mauro dice:

—El ácido.

—¿Qué? —Lorenzo voltea.

Mauro lanza la colilla al asfalto, la pisa y responde, casi para sí:

—Lo que más extraño es el ajo.

✳ ✳ ✳

Horas después, todos están metidos en la Liberty. Se terminaron unas galletas Marías blandas y medio rotas y unos Rancheritos que Denisse se compró en la tienda de la caseta después del desayuno y que Irene y Javiera reprobaron en silencio en ese momento, pero agradecieron muchas veces en voz alta hace un rato. Hay menos de la mitad de una botella de agua de medio litro y una lata de cerveza tibia que todos se pasan como si fuera el santo grial. El mayor pánico es que se están acabando los cigarros, y los demás automovilistas están cuidando los suyos. Ya jugaron todos los juegos de cartas que pudieron jugar dentro del coche, porque para colmo siguió lloviendo intermitentemente y ni siquiera pudieron usar el cofre como mesa. Ahora Mauro tiene un papel pegado en la frente con el nombre de un personaje y tiene que adivinar quién es.

—Ok. ¿Soy hombre o mujer?

—Sólo puedes preguntar cosas que se respondan con "sí" o "no". A los diez "no", vales madres —explica Irene.

—Ok. ¿Soy hombre? —pregunta Mauro.

—No —responden todos.

—Soy la madre Teresa de Calcuta.

—Jajajaja, ya cabrón, esto es serio —dice Javi.

—¿No soy la madre Teresa?

—No, güey.

—Ok. ¿Estoy viva o muerta?

Javi responde:

—Muerta.

—¡Sólo podemos contestar sí o no! —la regaña Karla.

—Uta perdóooooon, güey —Javi exagera el tono fresa.

—¿Puedes dejar de escribir en tu teléfono? Me desconcentras —pide Mauro viendo a Irene, que lleva un rato tecleando en su celular.

—Estoy viendo lo de mi mudanza y se me va a acabar la pila —explica Irene sin quitar la vista de la pantalla del teléfono—. Además estoy pacheca y me tardo el triple en redactar. ¿Se dice "el servicio debía ser contratado" o "debería ser contratado"?

—Depende de si ya lo contrataste o si apenas lo vas a contratar —dice Lencho.

—Y el que lo desparangaricutirimicuarice será un gran desparangaricutirimicuarizador —recita Denisse.

—Jajajajajaja.

—¿A poco ya te vas a Mérida? Qué rápido —dice Lorenzo.

—La semana que entra —asiente Irene.

—O sea, en tres días… —observa Mauro.

Irene vuelve a asentir, marcadamente.

—¿Cuándo empieza tu maestría? —pregunta Lencho.

—El otro lunes.

—Qué fuerte. Es el fin de una era —suspira Karla.

Javiera siente un hueco en el estómago. En parte es por hambre y en parte porque no tiene ganas de ahondar en la idea de que su amiga se va de la ciudad, así que sigue molestándola:

—Es que se tarda en escribir porque escribe mayúsculas, minúsculas y abre y cierra los signos de interrogación.

—Oh, pues. Es deformación profesional.

Risas. Irene deja por fin el teléfono:

—Ya, ya. Listo, ya estuvo.

—Ok. Sigue preguntando, Mau —dice Karla.

—A ver. Quedamos en que soy mujer y estoy muerta. ¿Soy actriz?

—No —dice Lorenzo.

—¿Soy cantante?

—No —responde Karla.

—¿Entonces qué chingados soy?

Lencho lo zapea:

—¡Síguele! Pregunta más cosas.

—Quiero un cigarro.

—No se puede. Estamos en escasez. Quedamos que cuando termináramos este Quién soy —lo reprime Irene.

—¿Sabes quién soy? Soy el que va a arañar las vestiduras si no me salgo a fumar ahorita.

—Aguántate, chingá. Sé un hombre —lo reprende Lencho.

—Llevas cuatro "no's" —precisa Karla.

—Oh, pérense.

—Pregunta cosas coherentes, cabrón —dice Lencho.

—Oigan, ¿y si se nos acaba el agua y la comida, y esto no se mueve nunca, qué vamos a hacer? —interrumpe Denisse, en paranoia.

—Estamos en la carretera a Querétaro, no en el desierto de Mongolia, alesbiánate —dice Karla.

—Jajajaja.

—Sí, no pasa nada —Lencho le aprieta un poquito el cuello. Denisse sonríe.

—En el peor de los casos aplicamos el canibalismo —Mauro hace como que le muerde un brazo a Javiera.

—Sigue preguntando, Mauro, antes de que se te vaya el pedo —dice Karla.

—No se me va el pedo, ¿ok?

—Bueh…

—A ver. ¿Soy africana?

—No —responde Karla.

—¡Sí! —corrige Irene.

—¿Sí? —duda Lorenzo.

—Totalmente africana —asegura Irene.

—Háganle caso a la Miss —recomienda Javiera, viendo a Irene.

—Llevas seis "no's" —dice Karla.

—¡Ni madres! Sigo en cuatro.

—Cinco —concede Karla.

—¿Salgo en libros?

—Sí —responden todos.

En ese momento a Mauro se le despega el papelito de la frente y se cae. Todos se abalanzan para recuperarlo.

—¡No! ¡Pérate! —exclama Karla.

—¡Aaaaa!

Mauro se tapa los ojos.

—No vi nada.

—¿Seguro? —dice Denisse.

—No soy un tramposo, güey, te lo aseguro —responde Mauro, serio—. Si quisiera ver, ya hubiera visto en el espejo.

—Ok, ok, vale —dice Irene. Luego revisa su teléfono y anuncia—: Oigan, los dones de la mudanza me están pidiendo mi ubicación, pero yo no estoy en mi ubicación sino en otra ubicación… ¿veldá?

—Jajajaja.

—Puedes jalarla de Maps y se la mandas por WhatsApp —sugiere Denisse.

—A ver…

Mientras Irene vuelve a maniobrar con su teléfono, Javiera lame el papel y se lo pega de nuevo en la frente a Mauro. Él se lo refuerza y recapitula:

—A ver. Estoy muerta, soy africana y salgo en libros. Si salgo en libros, eso significa que soy famosa.

—Muy —dice Irene —viendo su pantalla.

—Famosísima —agrega Javiera.

—¿Soy medio puta?

46

Todos se ríen.

—Sí, más o menos —dice Lencho.

Denisse respinga.

—¿A ver, por qué?

—Ok, no eras bien puta —corrige Lencho—. Digamos que tus maniobras en la alcoba afectaron el destino de…

—¡Le estás dando pistas! Cállate, teto —Javiera le agarra el brazo.

—Ya sé quién soy.

—¿Quién? —dicen todos a la vez.

—Soy Cleopatra, emperatriz de Egipto —anuncia Mauro.

—¡No mames! —Karla se lleva las manos a la cabeza, impresionada.

—¿Sí o no?

—¡¡Sí!! —gritan Denisse y Javiera.

—¿Cómo supiste? —se ríe Lencho.

—¡No mamen! —Irene ve su teléfono con los ojos como platos.

—¿Qué pasa? —Denisse se alarma.

—El Waze dice que aquí adelantito hay una salida. ¡A doscientos metros! —Irene levanta la vista de su teléfono y señala la carretera.

—¿Neta? ¿A ver? —Lorenzo agarra el celular de Irene para ver el mapa—. Es una salida a Tula —precisa, incrédulo.

—¿Y para qué queremos ir a Tula si vamos a Real de Catorce? —dice Javiera.

—¿Prefieres seguir parada aquí hasta mañana? —rezonga Mauro—. Vámonos a donde sea, pero a la verga de aquí.

—De acuerdo —dice Lencho.

—El Waze dice que la carretera a Tula nos saca adelante de este desmadre —señala Karla, viendo su propio celular.

—¡Chingón! —dice Irene.

—¿Pero cómo salimos de aquí? —dice Javi.

Todos descienden de la camioneta. El Peugot y la Liberty están estacionados en el carril de alta velocidad, completamente rodeados de coches y camiones, todos parados. No hay forma de pasar.

—Yo digo que nos la juguemos —dice Lencho, con tal envergadura que nadie le rebate.

Un minuto después, Denisse está al volante de la Liberty y Lencho del Peugeot. Los demás le van pidiendo permiso a los coches y los camiones para que se hagan un poquito hacia delante o hacia atrás, a la derecha o a la izquierda, para que los vayan dejando pasar. Un trailero se agazapa en su asiento cuando Irene le pide que se mueva.

—Por favor, señor, ¿qué le cuesta? —suplica Irene.

El trailero emite un sonido ininteligible, negando con la cabeza.

—Ese trailero amarguetas no se quiere quitar —Irene informa a sus amigos.

—Es la filosofía mexicana de si yo me jodo, que se jodan todos, qué asco —dice Denisse.

—Ha de llevar aquí diez horas. Seguro está cagado —opina Karla.

—¿Y a mí qué que esté cagado? Si ese güey no se mueve, no salimos —protesta Lencho.

—¿Qué hacemos? —pregunta Javiera.

—Me va a oír ese pendejo —dice Lencho, enfilándose hacia el trailer. Irene lo detiene.

—Espérate, Chench, eso no va ayudar.

—Que vaya alguien que no traiga una gafa mortal, por favor —pide Karla.

En ese momento se les acerca un treintañero con barba de candado y camisa a cuadros que va cargando a un niño como de dos años, dormido sobre su hombro.

—Están intentando salir al acotamiento, ¿verdad? —les pregunta.

—Sí, pero ese trailer no se quiere quitar. Si no se mueve, no salimos —le explica Denisse.

—Pendejo… —murmura el padre de familia. A Lencho le cae en gracia que maldiga frente a ellos y hasta piensa en regalarle un poco de su marihuana, para que se dé un chill más tarde, cuando llegue a donde sea que vaya.

—¿Entonces? —Mauro señala el trailer—. ¿Quién más se rifa?

Karla y Mauro acompañan al padre de familia con todo y niño en brazos, pero regresan con malas noticias:

—Está dormido —dice Karla.

—¡Dormido mis huevos, se está haciendo! Ya me colmó este imbécil, me va a oír —declara Denisse, y acto seguido se dirige a la ventanilla del trailer, decidida y misteriosa. En menos de un minuto, el trailer se empieza a mover. Denisse regresa con una sonrisa triunfal.

—¿Qué hiciste? —le pregunta Irene mientras se sube corriendo a la Liberty junto con ella.

—Billete mata choro —ríe Denisse—. ¡Vámonos!

Mientras se sube al Peugeot, Karla exclama:

—¡Real de Catorce, toma dos!

—Jajajaja.

Pronto están en el acotamiento y luego en la desviación hacia Tula. El padre de familia y su hijo van tras ellos en un Clío, seguidos de un par de coches más. En todos se celebra la hazaña. Irene aprieta el amuleto de su tía con una sonrisa. Tal vez su sueño sí resulte ser un presagio, después de todo. Lorenzo no se acordó de regalarle mota al papá.

5

Denisse le echa las luces a un Ford Fiesta que viene despacio en el carril de alta.

—Muévete, brother.

El Fiesta titubea pero se mueve finalmente al carril central y Denisse puede acelerar otra vez por el de alta. Después de un largo rodeo por carreteras aledañas despobladas, salpicadas de matorrales, piedras y zonas industriales, finalmente han retomado el camino hacia San Luis Potosí por la autopista 57, que rebana el país. Karla, Mauro y Lencho van en el Peugeot; Denisse, Irene y Javiera, en la camioneta.

Y porque brillas al caminar mientras amarras tu pelo y piensas en cantar…

La Liberty no es de Denisse, es de su hermano Diego. Denisse maneja una Jeep Patriot del año que la compañía le presta mientras esté en sus filas y que ella podría comprar si quisiera, pero hasta ahora no ha querido. Tampoco quiso llevársela al viaje, dada la naturaleza de la excursión. Dos días antes le dijo a Lencho por teléfono:

—¿Y si nos agarra la policía ahí con el peyote y la compañía sale embarrada?

Lencho la llamó exagerada, pero ella prefirió no correr riesgos. La Liberty es más añosa y no trepa a 120 kilómetros por hora en tres segundos como el "avión" de Denisse.

—No manches, es un milagro —Denisse sigue festejando la hazaña en la autopista—. Nos llegamos a quedar parados cien metros más adelante, y ya no alcanzamos a salir.

—Estuvo cabrón —repite Irene, que también sigue alucinada.

—¡Qué churro que viste esa salida!

—Más bien qué tetos que no vimos el mapa antes.

—Bueno, eso sí —se ríe Denisse.

Irene toma un trago de agua y mira por la ventana la tarde y el paisaje transformado.

—Me gustan los cielos del Bajío.

—¿Por?

—Las nubes son súper bajas. Y como planas de abajo… como si volaran sobre una charola invisible.

—Alguien sigue pacheco —se ríe Denisse.

—No taaaanto.

—Nah.

Irene se ríe y voltea a ver a Javiera, que viene dormida en el asiento de atrás. Perdida, babeando.

—Ésta ya se fundió.

Denisse la ve por el espejo retrovisor.

—Sácale una foto ahorita y súbela a Instagram.

—Jajaja, qué mala —Irene voltea de nuevo—. Se le va a torcer el cuello, pobre.

—¿Entonces Alicia ya va a cumplir nueve años? ¿Neta? —pregunta Denisse.

—Neta. ¿Pues cuántos creías que tenía?

—No sé, como cinco… qué cabrón se ha pasado el tiempo.

—Ya sé —Irene mira sus manos.

—Yo siento que se empezó a pasar en chinga desde que terminamos la universidad. Antes de eso el tiempo iba lentísimo y de repente, ¡fum! en chinga. ¿Por qué será?

—Yo creo que conforme tienes más años, el marco de referencia es más amplio. Cuando tienes seis, dices "es que cuando era chiquita fui al funeral de mi abuelita..." y eso fue hace un año. Se te hace mucho porque has vivido muy poco.

—Claro —dice Denisse.

—En cambio ahora, empiezas a hablar de hace cinco años, y hace diez y hace quince... cada vez son bloques de tiempo más chonchos.

—Ya sé. Qué horror.

—Ni pex, manita. Así es esto.

—¿Neta nueve años cumple Alicia?

Irene asiente.

—O sea, ¿ya le va a bajar, o qué?

Irene se ríe. Juega a quitarle y ponerle el plástico a su cajetilla de cigarros.

—Cuando Karla se embarazó ya nos conocíamos, ¿verdad?

—No chingues, Denisse. Se embarazó en el rave en Malinalco. ¡Ahí estabas! ¿Qué pedo con tu memoria?

—No me regañes. ¿Cuánto tiempo llevábamos de conocernos cuando fue ese rave?

—Un año más o menos, y Alicia nació en diciembre del siguiente.

—Sí es cierto, un escorpioncito. ¿O es sagitario?

—Creo que sí, sagitario. A ver, memoria de teflón. ¿Dónde nos conocimos tú y yo?

—Este... ¿en casa de Lench?

Irene se lleva una mano a la cara:

—No mames. No puedo creerlo.

—Sí me acuerdo, sí me acuerdo, no te sulfures. Fue en la misión esa de la comunidad que estaba junto al río, ¿no? La de los guajolotes.

Irene eleva las manos.

—¡Gracias, Dios mío!

—Nos salimos a fumar porque Lorenzo estaba roncando y estuviste horas contándome de Adam.

—Corrección. A mí en ese momento Adam todavía me valía madres y *tú* me dijiste que yo le gustaba.

—Ay sí, ahora resulta que yo fui la que te lo echó a andar, ¿no? —se ríe Denisse—. ¿De quién era amigo Paco, el papá de Alicia? ¿Tú te acuerdas?

—De Mauro.

—Ah, claro, Karla y él se conocieron antes en una peda de Mau.

—Exacto.

—Por un momento pensé que la peda había sido de Randy.

—No, a Randy lo conocimos después, cuando Adam empezó a subirse a la ambulancia —aclara Irene.

—¡Ah, claro! ¡Randy era el chofer de la ambulancia! ¡Ya no me acordaba de eso! Qué loco que a Adam le dio por subirse a una ambulancia...

—Los sábados. No le bastaba con las dos carreras y sus mil cosas —Irene le pone el plástico a la cajetilla y recuerda algo que la hace sonreír—: Una vez un ahijadito suyo de la sierra, un chavillo ahí que apadrinó en su primera comunión, se empeñó en que Adam le hiciera su disfraz de pastorela. Se estuvo toda una noche pegando plumas con Resistol en una tela.

—¿De qué era el disfraz?

—De búho. Hazme el favor.

—¿Desde cuándo hay búhos en las pastorelas? —Denisse se extraña.

—El cura que la montó era muy creativo.

—No mames —Denisse se ríe, cambia la velocidad y rebasa a un Ibiza. Hace mucho que adelantaron a Lencho, quedaron de encontrarse en la siguiente caseta. De pronto aventura—: Hacía mucho que no hablábamos de él, ¿no?

Irene encoge los hombros.

—Cada vez me cuesta un poquito menos.

Denisse desprende una mano del volante y le aprieta la mano a Irene un momento:

—Eso está chingón —regresa al volante y suspira—. Alicia ocho años. Uf. Eso significa que ya son diez desde el rave en Malinalco…

—Nueve —precisa Irene.

—Qué locura esa fiesta, ¿no?

—Fue mi primer rave. Y mi primera tacha —dice Irene.

—¿De veras? ¿No fue en Ixtapa?

—No. Ahí ni pude chupar, estaba con antibióticos por lo del bicho ese que me dio en la sierra.

—Sí es cierto, ya me acordé. Esa tacha de Mali te cayó fatal, ¿no? Me acuerdo que estabas bien trabada.

Irene todavía se acuerda de la ansiedad, el no saber dónde estar ni cómo estar y más bien no querer estar en ningún lado, el chocar de dientes y el dolor de las manos por no poder dejar de estirar los dedos como si fueran membranas de pato.

—Irene, tienes que relajarte —le había ordenado Javiera—. Tienes que dejar de controlar. Deja de controlar, güey. Deja pasar al placer. A ver, toma agüita.

Por esas épocas, Javiera era la reina de la fiesta, una psiconauta experta. Las drogas sintéticas le caían de maravilla. En ese momento difícil del viaje, cuando la sustancia está explotando y de repente hay quien no se acomoda con la situación, bastaba que Javiera volteara a verlo con sus ojos azules, casi negros por la dilatación de las pupilas, o se le embarrara en un abrazo dulce y perruno para aliviar cualquier malestar. Siempre sabía qué hacer. Cuándo dar agua y cuándo dar una cuba. Cuándo poner a la gente a bailar y cuándo a respirar. Cuándo netear. Mauro nunca fue así. Pensaba que el viaje de cada quien era el viaje de cada quien y entera responsabilidad de quien lo surcaba. Si alguien se ponía en sus manos para una excursión psíquica podía llevarlo bien, pero no perdía tiempo con novatos ni con gente "mal calibrada" —como él decía—. Con Irene hizo su mejor esfuerzo, pero su instrucción de "surfear la ola" no funcionó y más bien contribuyó a potenciar el mal rato. Aquella vez tocaban Hallucinogen, Skazy, Total Eclipse y otros músicos que nunca habían estado en México. Javiera y Mauro estaban vueltos locos, brincando por el inmenso jardín que por cincuenta horas

51

alojó a tres mil asistentes, sus tiendas de campaña y un centenar de baños Sani-Rent, insuficientes. Por esos días Javiera y Mauro estaban enamorados. Su relación era explosiva, siempre se peleaban y se mandaban al diablo con la misma intensidad con la que se reconciliaban. Pero esa noche no discutían, sólo volaban a toda velocidad en las alas de Cupido, completamente salidos. Mauro se había delineado los ojos; Javiera llevaba puestas unas alas de libélula que ella misma había fabricado.

—Me dejaron sola, culeros —le dice Irene a Denisse en la Liberty, y arranca el aluminio de su cajetilla para comenzar a cortarlo en pedacitos.

—Yo te estuve buscando, pero te perdí la pista como dos horas —se justifica Denisse—. Güey, se iban a madrear a Adam, ¿no te acuerdas?

Adam había ido por agua y chelas en el peor momento. Dejó a Irene encargada con Javiera justo cuando le empezó a reventar la tacha, y en la fila de las bebidas, que era larguísima, Adam se puso a platicar con una chava que resultó ser novia de un raver.

—Un güey súper agresivo, ¿no? Me contó Adam que estaba pasadísimo, súper acelerado —dice Irene.

Denisse hace memoria.

—Como si se hubiera metido anfetas o speed o algo más fuerte —añade Irene.

—Es que había cada chaca-raver en ese lugar… —dice Denisse.

—Sí, no, una fauna… ¡Y qué atasque de gente! Yo me acuerdo de esos Sani-Rent y me dan arcadas —Irene arruga la nariz y saca la lengua—. El caso es que en un segundo el raver este de las rastas güeras ya había sacado a Adam de la fila de las chelas, y entre él y otro lo hicieron salirse al estacionamiento.

—¿Ah, sí?

—No sé. Eso me contó Adam después —aclara Irene.

—No sé, yo de lo que me acuerdo es que de repente ya estábamos todos ahí afuera. No sabes qué miedo.

—Y que Adam se los choreó a lo grande, ¿no?

Denisse ignora la pregunta y sigue narrando:

—La vieja por la que empezó todo nada más repetía "cálmate, Max, cálmate…".

—¿Se llamaba Max?

—O Rex o alguna mamada así… "Nada más estábamos platicando, Max, ya, güey, todo cool, todo cool", y el tipo se la espantaba como mosquita —describe Denisse.

—¿Pero qué les dijo Adam?

—¿De qué?

—Me contó que se los choreó, creo que con alguna parábola de Jesús o algo así.

Denisse arruga la frente, tratando de recordar.

—Yo no llegué a eso. Yo sólo vi que Lencho y Mauro se metieron y pararon el pedo antes de que empezaran los madrazos.

—Órale —dice Irene—. Pero acabaron brothers, ¿no? Y el rastudo hasta le acabó regalando a Adam un guato de mota.

—¿Ah, sí? Yo no vi eso.

—Pero tú estabas ahí, ¿no?

—¡Además Adam ni fumaba!

—Pues se lo ha de haber dado a Lencho o a Mau —supone Irene.

—¿Pero tú dónde estabas? Cuando se terminó el desmadre todo el mundo te andaba buscando y no te veíamos —pregunta Denisse.

Irene voltea sutilmente para comprobar que Javi siga dormida en el asiento de atrás.

—Estaba con Claudio —confiesa Irene.

—¿Ah, sí?

—Esa noche lo conocimos. ¿Te acuerdas? Venía recién llegado de España.

—Ah, sí. Era la época en que hablaba como gachupín.

Cuando la dejaron sola a mitad del rave y de su malviaje iniciático con MDMA y otras sustancias dudosas que contenía esa pastilla de éxtasis, Irene, quien incluso encontrándose en estados alterados era incapaz de abandonar su sentido práctico, decidió quedarse en el mismo lugar y no perderse buscando a la gente. Traía puestos unos pantalones prestados con estampado de piel de leopardo, un top imitación cuero y un chaleco rojo que sí era de ella y que de pronto le dio un calor insoportable. Al tratar de quitárselo, el cierre se atoró. Desesperada, intentó sacárselo por la cabeza. Fue justo en ese momento que Claudio la vio por primera vez. La imagen le pareció cómica y enternecedora. Nadie los había presentado. Reconoció a Irene porque Adam le había mandado fotos.

—No sabes la chava que conocí —le había dicho por Skype, mordiéndose los nudillos de las manos entrelazadas.

—¿Está buenísima o qué? —Claudio se estaba comiendo un bocadillo de calamar.

—Llora después de coger.

Claudio empezó a reírse.

—No mames, ¿pues qué haces? Aplícate, cabrón.

—Jajajaja. No, idiota. Llora de emoción.

—Hey. Tranquis. A ver, aguanta —Claudio se aproximó a Irene para ayudarla.

Irene tenía el corazón desbocado. Estaba tan puesta al ver a Claudio que pensó que era una especie de truco visual causado por la tacha. Claudio la ayudó a desatorar el cierre y a quitarse el chaleco. Al hacerlo emergió un rostro pálido con las pupilas dilatadas y expresión de pánico, los rizos castaños empapados en sudor.

—Eres Irene, ¿verdad? —ella asintió—. Soy Claudio.

En ese momento todo le hizo más sentido a Irene. A ella también le habían hablado mucho de Claudio. Tanto, que había soñado con él antes de conocerlo. Hubiera querido decir algo, pero no podía ni hablar, tenía la mandíbula tensa y rechinaba los dientes sin control. Claudio la vio tan mal que le dijo:

—¿Quieres salir de aquí?

Irene asintió. Claudio la tomó de la mano y se abrió paso entre la gente alejándose de la música. Estaba sonando un psycho trance muy intenso y Claudio pensó que eso podía estar contribuyendo al malestar de Irene. En el camino hacia la salida, agarró una botella de agua de la hielera de unos desconocidos. Pasaron junto a una chica con la cabeza completamente rapada y tatuada, vestida toda de negro, que bailaba con otra con rastas hasta los pies; bordearon y atravesaron grupos con toda clase de tatuajes, perforaciones, sombreros, gorros rastafaris, gorros vietnamitas y atuendos híbridos entre el punk, el reggae y psicodelia de los sesenta. Una fauna que hervía y bailaba sin parar tomada por la música y por diversas sustancias de alta y mediana potencia. Se detuvieron cerca de un enorme laurel alejado en el vasto jardín. El fresco le sentó bien a Irene, que se dejó caer de rodillas sobre el pasto. Claudio repitió la misma indicación de Javiera:

—Respira.

—No puedo —respondió Irene, clavando las uñas en la tierra.

—Respira como los bebés, infla la pancita. Despacio.

Así lo hizo Irene varias veces. Mientras tanto Claudio miraba a lo lejos, a ver si lograba divisar a Adam o a Mauro.

—Es tu primera pasta, ¿verdad?... Tu primera traca.

Irene respondió:

—No sé qué me pasa. Todo el mundo me dijo que esto era lo máximo, que me iba a sentir feliz y no sé qué.

—No te preocupes por lo que todo el mundo te dijo. Eso vale madres. Respírale. Toma agüita —giró la rosca.

Irene tomó la botella abierta y se la empinó. Claudio la detuvo.

—Pero poquita... traguitos, traguitos. Eso. Si tomas mucha, te puedes sentir mal.

—Claudio te hizo un paro, ¿verdad? —dice Denisse en la Liberty.

—No te imaginas, Den.

—Se siente bien el pastito, ¿verdad? —dijo Claudio.

Irene afirmó con la cabeza, planchando el pasto con sus manos muy abiertas y tensas. Claudio se sentó a su lado y se prendió un cigarro. La cara de Irene se iluminó. Claudio se dio cuenta.

—¿Quieres uno?

—Porfa.

El cigarro le supo delicioso a Irene. Fumando con los dedos muy estirados, por momentos sentía que empezaba a tranquilizarse y disfrutar, pero al segundo siguiente la angustia volvía a oleadas.

—No puedo.

—¿Qué no puedes?

—Todo se ve... todo se oye...

Claudio sabía que lo mejor que podía haber hecho por ella era tocarla, dejarla sentir al menos sus manos, que descubriera el placer del contacto físico que detona la sustancia, pero no era apropiado. De repente tuvo una idea.

—Mira, toma —dijo mientras sacaba un pequeño iPod gris y desenredaba unos audífonos. Ayudó a Irene a ponérselos, y giró el buscador para ver la lista de canciones, pero no supo decidir si a Irene le gustaría más Airbag o Astounded; cambió a la función de playlists, pero no sabía si a Irene le gustaba el punk o el rock en español o la selección llamada España profunda que un amigo vasco le había pasado.

—Respírale. Toma agüita —repitió.

Pero en ese momento Irene se levantó y se echó a caminar sin dirección. Claudio fue tras ella, la alcanzó, le ayudó a ponerse los audífonos, y disparó con la primera canción que soltó el Ipod. A los pocos segundos, Irene cerró los ojos, volvió a arrodillarse y mientras acariciaba el pasto, empezó a cantar con un hilo de voz, muy desentonada:

—*I've got you under my skin... I've got you...*

Y ladeaba la cabeza y tensaba la mandíbula. Claudio sonrió. Cuando viajó al sur de México con su familia por primera vez, en un Atlantic con asientos de plástico imitación piel que se calentaban demasiado y hacían que se le formaran charcos de sudor en las corvas, uno de los cassettes que sus papás ponían hasta el cansancio eran los éxitos de Ella Fitzgerald.

—*So deep in my heart you're really a part of me...* —siguió Irene.

Claudio le puso una mano en la cabeza con calidez, la quitó de inmediato y se preguntó dónde podría conseguir una cerveza. Acababa de llegar y estaba completamente sobrio y muerto de sed. Irene se recostó en el pasto y comenzó a rodar sobre sí misma. Claudio reaccionó a tiempo para quitarle del camino una piedra puntiaguda, volvió a preguntarse dónde estaba Adam, y luego pensó que nunca en su vida había sentido unas ganas tan desesperadas por abrazar a una mujer.

—¿En serio nunca se lo contaste a nadie? —pregunta Irene, con un montón de pedacitos de aluminio desperdigados sobre su regazo en la camioneta.

Denisse no responde, sólo niega con la cabeza. La pregunta la irrita y la ofende.

—Ándale, tú síguele por ahí, pinche Irene.

—No te lo estoy preguntando en mal plan, Denisse.

—¿Y en qué otro plan me lo podrías preguntar?

—No sé, a veces siento que la güera sabe algo —Irene baja la voz y voltea a ver a Javi. Ya no tiene la boca abierta, pero se ve profundamente dormida, con la cabeza recargada contra la ventanilla.

—Y si supiera, ¿realmente importaría? Digo, a estas alturas, ¿de veras importa? —dice Denisse.

Una hora después de estar rodando por el pasto y enterrando las uñas en la tierra ante la vigilancia de Claudio, Irene tocaba el rostro de Adam sin parar. Finalmente se habían encontrado en la fiesta.

—Te amo. Te amo tanto, pero tanto, pero tanto...

Aunque Adam nunca se metía nada más que alcohol, sabía acompañar. Era otra de sus cualidades. Le encantaba bailar, y cuando se le trepaban las copas le daba por brincar y ponerse querendón. Irene a veces decía que era su cachorro.

—Yo te amo a ti, mi amorcita hermosa, mi flaquita chula.

—No. Eso sólo lo estás diciendo. Yo lo estoy sintiendo aquí —y ponía la mano de Adam sobre su pecho—, y aquí —y ponía la mano de Adam sobre su panza—. Yo te amo más que al firmamento. Tus ojos son lo más bonito que he visto. Todo el universo está en tus ojos.

—Flaquita, detente, que me sonrojas —se rio Adam.

—Si te pasa algo, me muero. Prométeme que te vas a cuidar, siempre, toda la vida.

—Te lo prometo. Pero no sufras, amori. Estamos de fiesta.

Soplaba un viento fuerte en Malinalco. Mientras Irene y Adam se miraban, se besaban, se acariciaban y se prometían al compás de un trance más amigable, Claudio los miraba de lejos, hundiendo la cara en un vaso de cartón con cerveza. Mauro llegó de pronto y lo rodeó por la espalda con su brazo tatuado. Un tatuaje que rezaba "Love never dies". Era el primero que se hacía.

—Un tatuaje culero sacado de una película más vieja que tu mamá —lo jodía Lencho.

Mauro se había hecho el tatuaje llevado por un fervor fugaz despúes de ver *Drácula* de Bram Stoker, pero eventualmente aceptó que Lencho tenía razón, incluso pensó en quitarse el tatuaje, pero nunca lo admitió en voz alta.

—Cómo te extrañé, pinche Claudio —Mauro lo apretaba contra sí igual que apretaba los dientes.

—Ese Mau. Yo también, cabrón, yo también.

Se abrazaron larga y amorosamente, como sólo se abrazan los amigos que compartieron sus primeras patinetas y revistas de encueradas.

—No sabes el pinche cague que nos acabamos de llevar con Adam.

—Sí, me contó. Pero ya todo bien, ¿no?

—Sí, todo bien —dijo Mau—. Todo de huevos. Mira, ella es Javiera, mi chava.

—Hola —dijo Claudio, deslumbrado. Javiera deslumbraba a quien fuera que la notara en la calle o en la vida.

Javi agitó sus alas de libélula y luego se le colgó a Claudio con uno de sus abrazos perrunos.

—Bienvenido.

El grupo de amigos tenía apenas un año de haberse conformado a raíz de las misiones, y Claudio había estado en España casi dos, así que de la banda no conocía a nadie más que a Adam y a Mauro. El pico de la tacha ya había bajado, los demás seguían puestos pero más tranquilos. Eran las dos de la mañana.

—Adam y Mau nos han hablado un chingo de ti —dijo Javi.

—Puras cosas horribles nos han contado, no te preocupes —dijo Lencho, integrándose a la conversación.

Javiera los presentó, sin dejar de bailar en su lugar.

—Él es Lencho. Bueno, Lorenzo. Mejor conocido como Lench, Chench, Chaque-Chench y otros derivados.

—… del cannabis —dijo Lencho, mostrando un porro recién hecho.

—Uf, gracias —Claudio juntó las manos—. No saben lo que necesitaba un poco de weed.

—Allá en España puro hash, ¿no? —preguntó Javi, mientras Lencho quemaba cuidadosamente el cucurucho del porro para desprenderlo y dejar expuesta la hierba bien desmenuzada y prensada.

—Sí, y todo mezclado con tabaco. Es un coñazo.

—"Coñazo"... —repitió Javi, sonriendo.

—Pero tú fumas tabaco, ¿no? —dijo Mauro.

—Poco —respondió Claudio—. Además allá el toque no rola, ¿sabes? El que lo prende se lo puede quedar horas, y uno a la mexicana está así de "¿ya?, ¿ya me toca?" —señaló un reloj imaginario en su muñeca.

En ese momento recibió el porro de las manos de Lencho junto con un encendedor para hacer los honores de prenderlo.

—Por favor —dijo Lencho.

—Gracias, mano.

En cuanto Claudio prendió el toque, volvió a soplar el viento. Fuerte. Incluso se oyeron algunos grititos despeinados por ahí. Claudio vio cómo, unos metros más allá, Irene se reía mientras apretaba los ojos y Adam la envolvía con su chamarra.

—Chale, qué ventarrones —dijo Lorenzo.

—Cierren sus ojitos —recomendó Javi.

Mauro entrecerró los ojos volteando a verla.

—Estaban dos pachecos. ¿Traigo los ojos rojos?... Pus tráaaaitelos.

Javiera se carcajeó:

—El chiste más viejo de la centuria.

—Pero te encanta, no te hagas.

Javiera y Mauro se besaron, y Mauro le agarró las nalgas sin ningún empacho. Al separarse, Javi se puso a trenzar la larga melena de Lorenzo.

—Es tan lindo tu pelo, Chench... me encanta.

—Gracias, hermosa —contestó Lencho, alargando las eses, haciéndose el amanerado.

—Es como de comercial de shampoo. Podrías hacer comerciales de shampoo.

—Para Neandertales —dijo Mauro.

—Cállate —le gruñó Javi—. No le hagas caso a este baboso, gordito.

—Nunca le hago caso, no te preocupes. Tú síguele, güera, eso que estás haciendo está bien rico.

—No te espantes, Claudio, así nos llevamos —dijo Javi.

—No, no, ta bien —se rio Claudio. Tenía una risa cristalina. Otra vez miró por encima de las cabezas de la gente buscando a Irene. No la vio, tampoco a Adam. Tal vez ella de plano se había hartado de la fiesta, o quizá se habían ido a la tienda de campaña a retozar. Sintió una punzada bajo el esternón temiendo que se hubieran ido definitivamente. Y desde ese momento, una parte de él supo que siempre preferiría ver a Irene en los brazos de otro que no verla.

—Te voy a hacer una trenza francesa —dijo Javi, con la melena de Lencho en una mano y el toque en la otra. Le dio dos jalones rápidos y se lo pasó a Mauro.

Mientras Mauro se pasaba el cigarro que ya tenía prendido a la mano donde tenía la chela para recibir el toque, sintió por todos ellos un amor de explotar. Estaba feliz de volver a ver a su amigo más antiguo y de tener a estos amigos nuevos, y el viento soplaba y Mauro sentía que el mundo era un lugar absolutamente perfecto. Perfecto. Pero temía que si lo decía en voz alta se diluiría. Fumó y le pasó el gallo a Lencho, que estaba sintiendo algo similar por sus amigos mientras las uñas de Javiera le hacían piojito, pero tampoco lo hubiera externado, por miedo a sonar cursi. Si algo temía Lencho con toda su alma, en la escritura y en la vida, era sonar cursi.

Denisse se apareció en ese momento con un chongo alto medio deshecho y perlas de sudor en el rostro pálido. Cuando la vio, Lencho sintió un alivio monumental.

—Qué ondita, banda. ¿Tienen agüita?

—¿Mágica? —Javiera le tendió una botella de agua que Denisse recibió alzando las cejas con travesura.

—¿A poco tiene cristal?

—Nop. Pero *podría* tener…

Denisse abrió la botella y dijo, antes de darle un trago:

—Yo ya estoy hasta el dedo, no gracias.

—¿Qué pasó con el guapísimo? —quiso saber Javiera—. ¿Sí te lo pudiste apachurrar o no?

—No, güey, me lo bailé a morir pero tenías razón, era gay hasta Neptuno. Pero por lo menos se dejó sobar los bracitos.

—Te lo dije desde que lo vimos, mensa.

—Sí, pero estaba buenísimo y la esperanza nunca muere. ¿Eso es una bacha?

Lencho le pasó la bacha a Denisse y tuvo ganas de arrodillarse ante ella y pedirle matrimonio bajo todos los rituales del mundo y decirle,Gracias, gracias porque estás aquí otra vez y porque estás en el mundo, no te vayas a bailar ni a sobarle los brazos a nadie nunca más, seré tu casa y tu cueva y tu concha y todo lo que tú quieras. Pero en lugar de eso le dijo:

—Le queda un jalón, aguas, no te vayas a quemar.

Tratando de prender la bacha, Denisse se percató de algo:

—¡Madres! Tú eres Claudio —lo señaló.

—Efectivamente —se rio él.

—Soy Denisse —lo abrazó con calidez y al separarse y verlo dijo, sin poder creerlo—: Son idénticos.

—Bueno, nada más de perfil —Claudio ladeó la cabeza y sonrió. Y desde ese momento, a Denisse le cayó bien.

Claudio se rio de nuevo. Apenas podía creer estar en México otra vez. Haber regresado para aterrizar en este jardín ventoso, con esta gente nueva a quien tenía la extraña sensación de ya conocer. Lo único que podía mejorar ese momento eran unos tacos de suadero… y volver a ver a Irene.

—¿Y Karla? —Lencho irguió su metro noventa de estatura para ver por encima de las miles de cabezas que brincaban en el jardín—. ¿Fue al baño, o qué?

—Quién sabe. Estaba con Paco, mi cuate. Hace como una hora que no los he visto —Mauro intentaba sacarle la última, última fumada al gallo, con maestría.

—¿Karla se fue hace como una hora versión tacha, o una hora normal? —dijo Lencho.

—Una hora según el meridiano de Greenwich —aclaró Mauro, con una seriedad glacial.

Otra vez Javiera se tronchó de risa, otra vez ella y Mauro se besaron, y en ese momento, la mirada de Claudio volvió a divisar a Irene y a Adam y la fijó en ella, sin muchas ganas de disimular. Mauro siguió la dirección de sus ojos.

—¿Qué hacen esos tórtolos?

—*Candy flipping*. No mames, qué rico —dijo Javiera. Pero lo que ella estaba señalando era un trío cercano conformado por dos chicos y una chica que se abrazaban muy juntitos y se acariciaban midiendo la velocidad.

—Uy, Eme y ácido… qué combinación —Lorenzo se relamió.

—¿Traemos ácidos? —Javiera brincó ante Mauro.

Mauro no respondió la pregunta.

—Pero yo no digo esos tórtolos, yo digo ésos —Mauro señaló a Irene y a Adam, que seguían aparte, hablando abrazados.

—Que ya dejen de echar novio y se vengan a bailar, ¿no? —sugirió Denisse, al verlos.

—Déjalos. A Irene apenas se le está bajando el bad trip —opinó Javi.

—¿Qué le dieron a esa morra? Andaba más trabada que una trabadora de Jalisco —dijo Mauro.

—Una pastilla rosa. Y se la diste tú. Hasta le dijiste que era el cuerpo de Cristo —lo regañó Denisse.

—¿Le di una completa?

—No mames, Mauro, te pasas —gruñó Claudio, sin humor.

—Ups —Mauro encogió los hombros con falso remordimiento. Luego sacó una mini bolsita de plástico con otras dos tachas, sonriendo—. ¿Pus qué? ¿Otra?

Denisse pasó. Claudio se había bajado del avión de Madrid hacía seis horas y se había ido directo a Malinalco en autobús. Estaba a punto de alegar que tenía jet lag, pero algo lo distrajo.

—¿Qué le está dando Adam a su chica? ¿Una cuba? —subrayó el "a su chica" como haciendo parecer que no recordaba el nombre de Irene—. No jodas, que le dé agua, se va a deshidratar —criticó.

—Tú no te apures, esos dos se saben cuidar —dijo Lencho.

Javi agregó:

—Se van a la sierra juntos, salvan jaguares y matan pobres. Digo, matan a la pobreza.

Todos soltaron una carcajada.

—Mejor toma agüita tú, pa' pasarte esto —Mauro le puso a Claudio una de las pastillas rosas en la mano.

Claudio ya no objetó. Recordó que una vez en un boliche de su colonia, con Mauro y Adam y otros amigos de la secundaria, estaban hablando de escamoles, sesos, lengua y otras comidas inusuales, y Claudio explicó:

—Cuando estaba morrito y estábamos comiendo y había algo nuevo, tipo tofu o alguna chingadera así que se veía de la verga, y yo empezaba con que "no me gusta", mi mamá siempre me decía: "Ni lo has probado, Claudio, no puedes decir que algo no te gusta si no lo pruebas. Si lo pruebas y no te gusta, está bien, no te voy a insistir. Pero tienes que probarlo primero" —Claudio exageró el tono aleccionador de su mamá. Luego hizo una pausa dramática y añadió—: Sigue siendo el pinche consejo más cabrón que me ha dado mi jefa hasta hoy.

Todos se rieron y Mauro alzó una lata de Coca Cola para brindar:

—A huevo.

Habían pasado cinco años desde entonces. La del rave en Malinalco no era la primera tacha de Claudio, pero sí la primera en ese lugar, con esa gente y siendo un adulto en su país. Era difícil negarse, y altamente probable que sí le gustara.

—El que parte y comparte se lleva la mejor parte —Javi dividió la pastilla rosa en dos mitades con sus uñas negras y se puso una mitad en la punta de la lengua para que Mauro la recibiera con un beso. Lencho y Claudio se partieron la otra, y Claudio observó la suya con cierto reparo.

—Wow, qué color. ¿Es de tu mismo dealer de siempre?

—Yeps, son del Kranky —dijo Mauro—. Calidad suprema, bro; no worries.

—Están verguísimas —aseguró Lencho.

—Salud —Javi alzó su botella de agua.

Cuando Claudio chocó con ella su vaso de cerveza, se dio cuenta de que Irene lo estaba mirando por encima del hombro de Adam. Fueron tres segundos que, en otro espacio y en otro tiempo, duraron tres años o tres milenios. Se sostuvieron la mirada con curiosidad y sin pudor. Claudio sintió que una ráfaga lo atravesaba. Al siguiente mili segundo que pudo ser un año luz, Irene volvió a hundir la cara en el pecho de Adam, como una niña pequeña. Y Claudio sintió que le arrebataban el único dulce que realmente había querido en toda su vida. El único pan que hubiera devorado con hambre de verdad.

En la Liberty, Irene voltea a ver a Javiera, quien sigue dormida. En algún momento se envolvió con su chamarra.

—Güey, cómo jetea esta vieja.

—No tienes una idea. Jamás había visto algo igual —dice Denisse, la ve por el espejo retrovisor. Baja la voz para contarle a Irene:

—Una vez, cuando vivíamos en la Portales, después de un fin de semana de mega reven con Mauro, llegó a la casa como a las diez de la mañana, se quedó jetona y vestida en el sillón de la sala y no se levantó hasta las nueve de la mañana del otro día.

—¿Neta?

—Bueno, sí. Se levantó una vez, se tomó un vaso de agua, se armó un gallo todo cucho, se lo fumó entero, y se volvió a jetear hasta el día siguiente.

—Pobrecita, estaba reponiendo sueño perdido —dijo Irene, con filo. Denisse sonrió—. Me estoy haciendo pipí. ¿Cuánto falta para la caseta?

—Creo que ya no mucho. Güey, Javiera era un desastre. No se acordaba de pagar una sola cuenta, nos cortaron la luz dos veces. No agarraba una pinche escoba la cabrona.

—Pero se armaba unos reventones de no mames —dice Irene.

—Legendarios —admite Denisse.

—Ey.

—Y se encargaba de todo, ¿eh? De que no faltaran hielos, de conseguir que alguien fuera a limpiar al día siguiente…

—Que casi siempre era Mauro…

—Jajaja, siempre muy bañadito, con el cigarrito en la boca…

—Todo un caballero, el pinche Mau.

Las dos se ríen. Denisse baja el volumen de nuevo:

—Pero para otras cosas era un horror, pinche Javiera. Era incapaz de guardar la comida en el refri, podía llenarse de hongos el queso si no lo guardaba yo, y no lavaba un puto traste. Una vez dejé que se le juntaran sus platos sucios una semana así ya, en plan de hacer presión, ¿ya sabes? Un día no los vi, ni en el fregadero ni tampoco en las puertitas de la cocina. ¿Sabes dónde me los fui a encontrar?

—¿Dónde?

—En el bote de basura del estacionamiento.

—Jajajaja, pinche loca.

—Pero lo peor era cuando se traía a alguien a dormir, sus cogidas escandalosas eran una hueva.

—Sobre todo cuando tú no tenías con quién echar pata…

—Qué cabrona eres —dice Denisse.

—Perdón, lo tenía que decir —Irene se ríe bajito.

—No, tienes razón. Pero sí era una escandalosa. Cuando tronó con Mauro se desató. Yo vi despertar en ese depa por lo menos a quince güeyes diferentes.

—Cuánto duraron juntos, ¿eh? —pregunta Irene.

—¿Javiera y Mauro? Creo que ni dos años…

—Eso ya es un rato.

—Es más de lo que yo he durado con alguien —se lamenta Denisse.

—Es más de lo que Javiera duró con su marido…

—Cierto.

Denisse recuerda algo y suelta una risita:

—¿Te acuerdas de su "santuario del amor"?

—Cómo olvidarlo.

—Ese cuarto con su cortina de chaquiras rojas, su lámpara neón y sus sábanas de satín morado del Target…

—Me acuerdo perfecto. Me imaginé cosas horribles en ese cuarto —Irene mira por la ventana.

Denisse despega la vista de la carretera para verla.

—Ya sé. Con Claudio.

Alicia tenía tres años, y Adam e Irene llevaban cinco de novios. Irene le había hablado a Denisse a las diez de la noche, llorando. Insistió en verla y quedaron en el Sanborn's de División del Norte, que les quedaba a medio camino. Irene quiso ir al bar. Era una noche de junio y llovía a cántaros. Sólo estaba ahí una parejita más y el tipo que tocaba el piano eléctrico.

Preso en la cárcel de tus besos por tu forma de hacer eso a lo que llamas amor...

Irene le contó a Denisse:

—Javiera dijo que se quiere dar a Claudio ahora que regrese de viaje. No. *Encamar* fue la palabra. "Se me hace que ahora que Claudio regrese, me lo voy a encamar." Eso dijo la pendeja.

—¿Y? —respondió Denisse.

En ese momento apareció una mesera de corbatita y chaleco rojo con una cuba para Irene y un daiquirí para Denisse.

—¿Qué pedo con tus bebidas de anciano retirado?

—Déjame en paz —Denisse sorbió del popote de su coctel decorado—. Hace años que tronó con Mauro, ¿qué tiene que Javi quiera encamárselo? —continuó Denisse.

—Güey, son amigos.

—Pero de todas formas Claudio se la pasa fuera de México, ¿no? Anduvo en Sudamérica y en Canadá y en pinches... África.

—Eso mismo dijo la babosa de Javiera.

—Si esos dos cogen es su pedo. ¿A ti qué?

—¡¿A mí qué?!

Irene se empinó el vaso y se terminó la cuba en cinco sorbos. Era la segunda. Dejó el vaso en la mesa, muy cerca de los cacahuates, y le clavó la mirada a Denisse.

—Me mato si se lo coge. Me muero.

Y al segundo siguiente, se soltó a llorar con desesperación. Voltearon un par de comensales y hasta el tipo del piano eléctrico dejó de tocar por un momento. Denisse estuvo a punto de escupir involuntariamente el cacahuate que se acababa de meter a la boca y la cerró.

—¿Te gusta... Claudio?

—Ya no puedo más, güey. No puedo... —sollozaba Irene.

Denisse se aseguró de tener la boca cerrada y le pasó a Irene una servilleta.

—Sueño con él todas las noches. No puedo más.

Denisse seguía perpleja.

—Pero si Claudio y Adam son...

—Ya, ya, ya, todo lo que me quieras decir, yo ya me lo dije, Denisse, me lo llevo diciendo cuatro años, chingada madre, no me juzgues, por favor.

—Ok, tranqui —dijo Denisse, por decir algo.

—Nadie lo sabe. Eres la primera persona a la que se lo digo.

—Ok, ok.

Irene se destapó la cara para mirar a Denisse y alzó un dedo para enfatizar:

—Y no voy a dejar a Adam. Nunca. Adam es el amor de mi vida.

—Está bien, está bien.

Denisse veía llorar a Irene, sin salir de su impacto.

—¿Y Claudio qué dice o qué?

—¿Qué dice de qué?

—¿No sabe?

—¡Claro que no sabe, güey! ¡Ni se te ocurra decirle, Denisse! Te mato —y se sonó para después asegurar—: Claudio me odia.

—¿Cómo crees que te va a odiar?

—Es un mamón conmigo. ¿No te has dado cuenta?

El acelere altruista de Adam era un terreno en donde Irene se sentía segura, donde se podía manejar. Con Claudio se sentía torpe, nunca sabía bien qué hacer. Todo el tiempo tenía la sensación de que Claudio creía que era tonta o cobarde o que en cualquier momento descubriría que en realidad era una farsante. Y es que Claudio escondía sus sentimientos por ella tras una máscara de sarcasmo. Pero cuando veía el efecto que tenía en Irene, lo frágil que era, siempre se apuraba a rescatarla, soltándole algún piropo disfrazado de camaradería que la dejaba confundida, esperanzada y rabiosa, a veces por varios días.

—¿Tú crees que sería capaz de cogerse a Javiera? —dijo Irene.

—No creo. Anduvo con su mejor amigo —depuso Denisse.

—Pero hace como mil años.

—Es igual. Claudio es muy sensato, no creo que le moviera a ese atole, la neta.

—Javiera es la vieja más buena que existe sobre la Tierra —sufría Irene.

—Ay, Irene, ¿y tú crees que con todo lo que viaja ese güey no se ha dado a cincuenta morras igual de buenas?

Irene la fulminó con la mirada.

—Perdón. Es que no me acostumbro. O sea… no ubico. ¿Tú? ¡¿Con Claudio?!

—¿Sabes qué? Olvídate de lo que te acabo de contar. Sácalo de tu sistema, ¿va? —Irene agarró su vaso de cuba ya vacío, tirando el recipiente de los cacahuates a la alfombra sin querer.

—Me meo, neta me meo —dice Irene en la Liberty—. Y quiero un cigarro.

—Ya mero llegamos a la caseta —responde Denisse.

—¿Neta no me vas a dejar fumar?

—Es la camioneta de mi hermano. ¿Se le quema un asiento y qué le digo?

—Que fuiste misericordiosa con tu mejor amiga.

—Cálmate, misericordiosa —se ríe Denisse. Luego pregunta, seria—: ¿Cuánto tiempo tienen Claudio y tú sin verse?

—No tanto. Desde lo de mi mamá. Pero vino de pisa y corre, y ahí casi ni hablamos, estuvo raro.

—¿Y en Viena en serio no pasó nada?

Irene guarda silencio, baja la mirada y dice:

—No sé. Ya ni sé.

Voltea a ver a Denisse:

—¿Puedes creer que el imbécil tiene un hijo?

—Ya sé. Es fuertísimo. Fuertísimo. Todavía no me cae el veinte —Denisse agita la cabeza viendo la carretera.

—Con eso se encargó de que todo valiera madres.

—Pero ya había valido madres, Irene.

Irene estruja su cajetilla. En cuanto me baje de este puto coche me voy a prender tres cigarros a la vez, piensa.

—¿No? —insiste Denisse—. Valió madres desde el principio.

—¿Traen agua?

Ésa es Javiera. Irene y Denisse se voltean a ver, preguntándose exactamente lo mismo sin decirlo. ¿Qué tanto escuchó? ¿Desde dónde y hasta dónde?

—Buenos días, princesa —Irene le pasa la botella de agua.

—Dos kilómetros para la caseta —canturrea Denisse, pasando el letrero.

—Nos estábamos acordando del rave en Mali —dice Irene, pendiente de su expresión.

—Uf... qué trip.

Aquella noche de marzo en Malinalco bailaron hasta el amanecer. Todos. Irene, Adam, Javiera, Mauro, Denisse, Lencho, Claudio y hasta Karla, después de estar con Paco, sin saber que por dentro se le empezaba a gestar una revolución celular. El viento no dejaba de soplar y traía olor de tabaco, sudor, marihuana y jazmín. Bailaron descalzos sobre el pasto sucio de colillas, vasos de cartón y tierra removida. Bailaron gozosos, con las neuronas revolucionadas y el corazón abierto. De repente se escuchó, no muy lejos:

—¡Un doctor! ¡Un doctor, por favor!

Cerca de ellos había un pequeño grupo rodeando a un tipo que se había colapsado sobre el pasto. Tenía la cabeza rapada salvo por una larga rasta y los brazos, el torso y el cuello completamente tatuados.

—Este güey ya crackeó —dijo Mauro.

—¿Se desmayó? —se acercó Irene.

—No estoy muy segura, tiene un ojo medio virolo —observó Denisse.

—Creo que lo perdimos —precisó Javiera.

—¿Tú no eres paramédico, cabrón? —le preguntó Lencho a Adam.

Adam se acercó titubeante y se inclinó sobre el tipo. Sabía primeros auxilios básicos, pero técnicamente era un chofer de ambulancia, él nunca lidiaba con las emergencias.

—Eh, compadre —lo llamó—. A ver, háganle tantito espacio, que le dé aire —manoteó. Luego comprobó que el chico tuviera pulso y le inclinó la cabeza ligeramente hacia atrás. ¿Cuántas tachas se habrá metido este imbécil? ¿Combinadas con qué?, pensó Adam—. Mejor háblenle al servicio médico del festival —vociferó.

—¡Qué servicio médico ni qué vergas! —exclamó con marcado acento norteño uno de los amigos del tipo. Y sin preámbulos le acercó un toque prendido a los labios—. A ver. Quémale, mi Charrín.

Desde el pasto, el tipo de la rasta abrió el ojo, le dio un jalón al porro, su amigo le dio la mano y lo alzó hasta ponerlo en pie. El desmayado dio unos pasos erráticos, como de potro recién nacido, hasta que se mantuvo en sus dos pies. El amigo le levantó una mano y el tipo sonrió con la mirada cristalina y medio perdida, celebrado entre aplausos y vivas.

—No mames —se rio Claudio.

Buscó a Irene con la mirada. Se estaba tronchando de risa con una risa escandalosa, que superaba la de Denisse y la del propio Adam. Denisse era como una metralleta de carcajadas, se reía con todo el cuerpo, pero Irene además se encorvaba y graznaba. Dándose cuerda entre los tres, en ocasiones llegaron a contagiar a desconocidos durante un ataque de risa. Una vez, años después, acampando todos juntos en la playa, Claudio le dijo a Irene:

—Tienes risa de bruja.

—¿De bruja? —preguntó ella.

—Sí, así como de cacle, cacle... —Claudio se arqueó, torció las manos y se las frotó para hacer la mímica.

Mientras los ravers del norte se alejaban abrazados rumbo a la enfermería y por más cervezas, Irene dejó de reírse y miró a Claudio, sonriendo. Ya se le habían disipado los síntomas del pico de la tacha y ahora estaba en un valle apacible sintiéndose contenta, amorosa y comunicativa.

—Bienvenido a México —le dijo.

—Gracias —volvió a reír Claudio, e Irene pensó que tenía una risa como la de Adam, pero versión manantial.

—¿Ya estás mejor? —le preguntó él.

—Creo que sí.

—Te ves menos asustada.

Adam se acercó y rodeó a Claudio. Trenzaron sus brazos.

—Cómo te extrañaba, manito. Hasta creciste, ¿eh?

—¿Se te hace?

—Gracias por cuidarme a mi flaquita hace rato.

—Fue un placer.

Irene y Claudio volvieron a sonreírse, pero esta vez Irene bajó rápidamente la mirada. Denisse se aproximó:

—Qué fuerte. Son iguales. *Iguales.*

Adam y Claudio voltearon a verse.

—Como dos gotas de agua, y perdón por no usar una mejor metáfora, estoy un poco frito, como ustedes comprenderán —dijo Lencho.

—Nadie espera que seas brillante en estos momentos, gordo.

—Gracias, Den.

—¿Los vestían igual cuando eran chiquitos? —se unió Javi.

—Como hasta los tres años, luego ya no nos dejamos —dijo Adam.

—Pero en la escuela a veces se turnaban para faltar a las clases y pasar lista por el otro —contó Mauro.

—Jajajaja.

—¿Quién nació primero? —preguntó Irene.

—Adam, por cuatro minutos —explicó Claudio—. Aunque el hermano "responsable" siempre he sido yo... —y al decirlo, escupió de risa.

Pasando la caseta, Denisse estaciona la Liberty en batería frente a los baños.

—Qué fiestón, ese de Mali. Creo que no he vuelto a bailar igual —Javi se pone los botines para bajar de la camioneta.

—¿Al final tú y Mau sí hicieron candy flipping? —Denisse voltea a verla.

—Porsufakinpuesto, ¿tú qué crees?

—Uf... ese año parecía que nos íbamos a comer el mundo —suspira Denisse.

Irene ya tiene un cigarro entre los dientes y ambas manos en la manija de la puerta para bajarse al baño cuando dice:

—Sí. Lo malo es que el mundo nos comió a nosotros.

6

Treinta y nueve semanas después de esa noche ventosa en Malinalco, Karla tuvo a Alicia en el hospital Materno Infantil Magdalena Contreras. Entró al quirófano con Patricia, su mamá. El parto duró cuarenta y cinco minutos. Todos los amigos fueron juntos a conocer a la bebé, cargados de globos y ropita y regalos inútiles para una recién nacida como patines del diablo y camisetas de futbol, y se carcajearon a tal grado con la descripción cargada de ironía y dramatismo que Karla les hizo del parto que hubo quejas de las habitaciones aledañas y casi los sacan del hospital. Karla entró a la universidad para estudiar Psicología cuando la niña cumplió seis meses. Ese mismo año, poco antes, poco después, Lorenzo entró a Letras, Denisse a Mercadotecnia, Javiera a Administración de Empresas e Irene a la Normal de maestros; Adam ya estaba más avanzado en sus dos carreras: Sociología y Estudios Latinoamericanos. Fue en la UNAM donde conoció a Raymundo Otero, mejor conocido como el Randy. Morelense de origen, manejaba una ambulancia para pagarse la renta de un cuartito en la ciudad y los gastos de estudiante. Empezaron a hacer rondas para ir a la universidad. Agarraban Insurgentes Sur a ciento veinte a las seis de la mañana y estaban en la Facultad en siete minutos. Randy lo invitó a subirse con él a la ambulancia que manejaba. Todos pensaban que Adam lo hacía como una más de sus actividades altruistas, pero era sobre todo porque le encantaba la velocidad. Adam comenzó a decirle a Randy de las fiestas con su banda, y él hizo migas con Javiera, sobre todo. Era más reventado que todos los amigos de Adam juntos, y solía probar drogas con nombres impronunciables, sólo para impresionar. Tenía una tendencia a insistir con las mujeres más de la cuenta, lo que en alguna fiesta generó un amago de bronca que felizmente se sofocó sin consecuencias. Pero adoraba a Adam, y en la borrachera solía repetir que era como el hermano que nunca tuvo.

Mauro seguía debiendo sexto de prepa. Dijo que la cursaría abierta, pero los meses se le empezaron a escurrir en otros quehaceres. Sobre todo en leer. Mauro pasaba días y noches fumando y devorando libros. En una semana tranquila se leyó *Moby Dick*, todos los cuentos de Mellville, las crónicas de Monsiváis y todo *Asterix y Obelix* por cuarta ocasión. No discriminaba. Le gustaba la ficción lo mismo que el ensayo, la poesía, los cómics e incluso el teatro. Lorenzo era más purista. No soltaba a un autor hasta que no lo exprimía, más o menos como le pasaba con la música. En una ocasión casi le dio una crisis nerviosa porque no lograba encontrar por ninguna parte un ejemplar de *Franny y Zooey*, la última obra de J. D. Salinger que le faltaba, en el inglés original. Claudio le salvó la vida trayéndosela de uno de sus viajes.

Claudio se quedó a un punto de pasar el examen de Medicina en la UNAM. Ni siquiera esperó los resultados. Cuando todos los candidatos se apelotonaban ante las listas de admisiones, Claudio estaba buceando en Chinchorro. Los papás de Claudio y Adam eran biólogos moleculares, investigadores renombrados del Politécnico Nacional. Gabriel era ateo, Silvia católica. Trabajaban juntos. Adam y Claudio conocieron Cuba siendo adolescentes porque sus padres hacían colaboraciones frecuentes con el Centro de Inmunología Molecular. Fue en las aguas de Guardalavaca donde los gemelos aprendieron a bucear. Tanto Silvia como Gabriel eran muy exigentes con los hijos, fanáticos del desempeño. Su abuelo, el padre de Silvia, había sido un renombrado cirujano de tórax y cuando ella supo que Claudio quedó fuera de las listas para Medicina, sufrió una gastritis incorregible durante un mes.

—Estoy seguro de que el güey hubiera pasado perfecto ese examen. Fue como un pedo inconsciente para seguir viajando —dijo Mauro con cierto pavoneo, desparramado en la silla forrada en seda veneciana del comedor de su casa.

—Mauro, esa boca —le espetó Luisa, su madre.

—Cálmate, Freud —dijo Renata.

—La neta, es admirable. Se necesita valor para salirse de las garras de la Máquina.

—"La máquina"… pffft. Wow, qué chido, ¿eh? Wow. Qué fregón ser un parásito que no hace nada.

—Y tú harás mucho, Renata —respondió Mauro.

—Yo estudio una carrera, para tu información.

—Eso no tiene ningún mérito, cualquiera paga una colegiatura y calienta las bancas de una cafetería. Además, si le dicen "carrera", no puede ser bueno.

—Dijo el Huevón Mayor —replicó Renata.

—Niños… —rogó Luisa, y sonó la campanita para que Itzel, quien esperaba la señal de pie en el salón contiguo con su uniforme negro y blanco impecable y muy planchado, jugando QuadraPop en su celular, entrara al comedor para retirar los platos.

—De todas formas en cuanto te cases con el imbécil de Rafa toda la historia del arte que te entró por un agujero te va a salir por otro.

—¡Mauro!

Luisa miró a Lisandro, su marido, con súplica. Pero estaba entretenido leyendo noticias en su propio celular, y agitando los hielos de su tercer Bourbon de la tarde.

—¿Y qué clase de carrera es ésa? —siguió Mauro—. Historia del arte no es una carrera. Es un maldito libro que sacas de la biblioteca y lo devuelves en dos días. No necesitas cuatro años para aprender historia del arte, no mames.

Lisandro respingó y miró a'Mauro por un segundo, pero de inmediato volvió a su celular, como si estuviera viendo algo muy importante. En realidad era una nota sobre la presunta paternidad de Luis Miguel.

—Y a todo esto, ¿de qué vive ese muchacho?

—¿Quién?

—Claudio López.

—Ay, no sé, mamá. Vale madres.

—Sus papás no ganarán mucho, ¿no? Con sus sueldos de profesores.

—No son profesores, son investigadores y son unos picudos. Estudian las modificaciones de los genes para preparar medicamentos y vacunas para la diabetes y el *cáncer*, por piedad —gruñó Mauro, ruborizado.

—No le estarás dando dinero tú, ¿verdad? —Lisandro Roblesgil abrió la boca por primera vez en la comida.

Lo cierto es que Mauro sí le había prestado dinero a Claudio en más de una ocasión, porque sus papás se habían negado a financiarle su semestre sabático. Pero desde el principio supo arreglárselas. Trabajaba de mesero, daba clases particulares de inglés o de español según donde estuviera; mientras rolaba por el norte lavó coches y trabajó de jardinero.

—Sí, papá. Lo mantengo. Es mi puta.

Luisa se tapó la cara y a Itzel se le deslizó un cuchillo embarrado de espinacas que dio varias vueltas sobre su eje en el pulidísimo parquet antes de estabilizarse. Lisandro le sostuvo la mirada un segundo a su hijo, se terminó su Bourbon y volvió a su celular. Itzel salió del comedor con la charola llena de platos sucios a toda velocidad.

—Uy, qué malo soy, qué *outsider*, qué rebelde... con mis amigos Los Olvidados —se burló Renata—. Mejor diles dónde vive la zorrita con la que andas. ¿Cómo se llama? ¿Francisca? ¿Ramona?

—Javiera. Mejor diles a mis papás quién se quedó a dormir el sábado.

—Mejor diles por qué tu cuarto siempre huele a mota.

—¿Quién es Javiera? —quiso saber Luisa—. ¿Dónde vive?

Mauro no respondió. La familia de Javiera vivía en un departamento en Mixcoac, lo cual para los Roblesgil era el equivalente a vivir en el cerro de las antenas.

—Ay, no sé, ma, no tengo idea —dijo por fin. Y se levantó ruidosamente del comedor y se encerró en su cuarto a leer y fumar hasta el otro día.

Al año siguiente, Claudio repitió el examen para entrar a la UNAM. Esta vez lo hizo para Arquitectura, y sí entró. Sus padres respiraron con alivio durante un semestre hasta que Claudio se inventó un intercambio a Bogotá y no regresó en todo un año. Perdió la matrícula y no le revalidaron materias. Claudio no tenía un plan formal para su vida adulta, pero tenía dos cosas muy claras: quería conocer el mundo y no quería estar cerca de Irene. No podía dejar de pensar en ella por más que se esmeraba en conocer otros parajes y otras chicas, y eso lo llenaba de rabia porque Irene era la única cosa, el único ámbito en su vida donde no tenía margen de acción, donde no podía escoger. Así que trataba de mantenerse lejos, pero tarde o temprano volvía a la Ciudad de México, a veces pidiendo prestado para trasladarse porque el presupuesto aún no se lo permitía, cuando ya no podía más. Tarde o temprano necesitaba verla, como si algo vital dependiera de ello. Irene tardó bastante tiempo en comprender que estaba loca por Claudio. Fueron años antes de que pudiera admitirlo ante sí misma y otros más para atreverse a ponerlo en palabras, cuando se lo confesó a Denisse aquella noche en el bar del Sanborn's de División del Norte.

Todo había sido culpa de un beso. Después de que Claudio regresó de las playas del sur para hacer su segundo examen para entrar a Arquitectura en la UNAM, hubo una fiesta en casa de Karla. Una especie de bautizo simbólico de Alicia cuando cumplió un año. Marisol, la bisabuela, y Adam, fueron los padrinos. Cuando Adam le sugirió a Karla que podía invitar a un amigo suyo sacerdote, jesuita, joven y de mente abierta para que le echara agua bendita a la niña y así llevar a cabo el sacramento en forma, Karla se escandalizó y dijo que a su hija no había que sacarle ningún demonio. Adam no insistió más, y llegó a la fiesta con un enorme pastel de la Sirenita y un arreglo de flores. Karla se moriría si llegara a enterarse de que en un momento, cuando todos estaban sirviéndose la comida, Adam cargó subrepticiamente a la nena y se la llevó a la cocina con el pretexto de ir a buscar unas cucharas para servir, y apelando a la consigna de que cualquier católico puede tomar la investidura sacerdotal para llevar a cabo un sacramento *in extremis*, sirvió un poco de agua de garrafón en una taza, la bendijo y se la echó en la cabeza a la niña encima del fregadero, bautizándola furtivamente por lo que pudiera ofrecerse.

La fiesta se extendió hasta la noche, pero a eso de las ocho se tronó un transformador en la colonia y se quedaron sin luz. Ya estaban todos bastante enfiestados así que decidieron seguir la tertulia a la luz de las velas. "Tráete tu bocinita", le había escrito Lencho a Claudio en un mensaje. Claudio acababa de regresar de Puerto Escondido y cuando su hermano le abrió la puerta de la casa de Karla, tuvo una sensación inquietante. Por el calor en el Pacífico, Claudio se había cortado el pelo y rasurado la barba; hacía mucho que no se parecía tanto a su mellizo. Claudio llevaba tres cuartas partes de su vida intentando diferenciarse de Adam, pero en ese momento volvía a sentirse su clon, y eso lo molestaba y lo intrigaba al mismo tiempo. Adam no pareció percatarse. Lo saludó con un abrazo medio apurado, anunciando que iba por chelas.

—¿Te acompaño?

—Nah, voy y vengo de volada.

—¿Irene? —preguntó Claudio con un tono que intentaba sonar a "por qué no está contigo", pero en realidad era sólo eso: un "dónde está".

—Ahí adentro. Bienvenido, bro.

Claudio lo vio alejarse por la calle hacia su coche con una punzada de malicia y posibilidad. Entró a casa de Karla con cautela. Aquello parecía un concierto distorsionado, con las pantallas de los celulares encendidas y la flama de una que otra vela titilando por ahí. *You make me feel myself... will you stand in this land? Will you stand in this land forever?* Que esté sola, por favor, que esté sola, suplicó Claudio en silencio como no había suplicado por nada desde una mañana en la Peña del Cuervo, donde estuvo seguro de que su hermano se le moría.

—¿Tan rápido regresaste de la tienda? —dijo la voz de Denisse.

Claudio estuvo a punto de aclarar que él no era Adam, pero no la contradijo. En lugar de eso volvió a preguntar:

—¿Irene?

—En la cocina.

Claudio avanzó con una tormenta eléctrica recorriéndole el cuerpo. Irene estaba golpeando una bolsa de hielos contra el piso para aflojarlos. Estaba sola. Se incorporó de pronto y dejó la bolsa, intuyendo su presencia. No había más luz en la cocina que la linterna de su celular y la flama errática de una vela gastada. Irene le sonrió con un filo de incertidumbre. Claudio tenía el corazón a todo galope. Sabía que no tenía mucho tiempo.

—Hey —dijo ella, con una familiaridad dudosa.

Claudio no contestó. La tomó entre sus brazos y se pegó a sus labios. Irene soltó un gemido inesperado. Se besaron durante un minuto, estrechándose, disolviéndose en el otro. Irene se dio cuenta casi de inmediato de que no era Adam a quien besaba. Era otro el aliento, otro el sabor de la saliva, la sensación de la piel, los movimientos, la respiración. Pero a partir de ese mismo instante de conciencia tomó la decisión de ignorarla y de negarla. Para ella, siempre sería Adam quien la besó con arrebato aquella noche sin luz en el primer cumpleaños de Alicia. Para Claudio, con ese beso había sellado su sentencia de muerte. Junto con la traición se compró la penitencia. Quedó enganchado a Irene como las raíces de una ceiba a una roca, y en el fondo lo sabía desde que entró a aquella cocina. Sabía que no iba a salir bien librado de ese beso. Y así había sido siempre. Cada vez que había intentado hacerle una maldad mayor o menor a su hermano por ser el bueno, por ser el perfecto, por reforzarse él mismo como el villano en esa dualidad, se había metido el pie al mismo tiempo. Fingiendo ser Adam consiguió llevarse el coche de sus papás a una fiesta del colegio Juan Bosco tres años antes. Perdió una apuesta y le tocó ir con el dealer para recoger las tachas para todos sus amigos. Se habían prohibido las vueltas a la izquierda en Insurgentes y Claudio ya iba medio mareado con tres cervezas, nervioso de llevar las pastillas en los bolsillos de la chamarra, y se le olvidó el reglamento. La policía lo detuvo en la esquina con Antonio Caso y lo primero que vieron fue una bacha de mota en el cenicero del coche. Desde ahí todo estuvo perdido. A sus papás les costó diez mil pesos sacarlo del problemón y su mamá, escandalizada y en pánico, no tuvo ganas de lidiar con temas de drogas. El hijo de una amiga suya llevaba años luchando contra una adicción a la cocaína que tenía medio desmoronada a toda la familia, así que Silvia decidió darle solución pronta y radical al asunto y mandar a Claudio con un tío suyo, sin hijos y con mal carácter, a Valencia. Y es que Claudio ya tenía antecedentes. En quinto de prepa chocó el Civic de su papá por practicar con Mauro el malabar de hacer porros con una mano mientras manejaban con la otra. Sus papás no supieron que fue por eso que se abolló la salpicadera del Civic, pero su mamá una vez le encontró mota en una caja de Faros y fue un escándalo. (En realidad Silvia había entrado al cuarto de su hijo buscando un cigarro a hurtadillas, cuando supuestamente llevaba un año sin fumar.) Las amistades de Claudio también la inquietaban. En la prepa, al igual que Adam, Claudio se llevaba mucho con Mauro Roblesgil y con otro chico, Polo Armenta, quien también tenía mucho dinero y a veces esnifaba coca en el baño de la escuela. Una vez fue descubierto y estuvieron a punto de expulsarlo, pero no pasó de una suspensión y un reporte que lo obligó a presentar todos los finales: su papá era uno de los principales benefactores del colegio.

—Lo has tenido todo demasiado fácil, Claudio López —repetía Silvia entre lágrimas, regresando del MP en el Civic—. Ése es el problema. *Ése* es el problema.

Silvia y Gabriel no hubieran imaginado que Polo se cagó de miedo y declinó el plan de ir a Real de Catorce a comer peyote cuando Mauro y Claudio se aventuraron a ir en tren con otros amigos más "hippies" la primavera antes del fin de curso. Cuando Claudio les anunció que lo habían castigado mandándolo a España, todos sus amigos repetían que era un suertudo, pero Claudio no tenía ganas de irse a España ni a ningún lado en ese momento. Estaba terminando la preparatoria, planeaba ir a acampar a la playa y frecuentar el estadio durante el verano con sus amigos, pero lo que más ilusión le hacía era festejar su mayoría de edad en un fiestón que estaba organizando con su hermano, dentro de pocas semanas. Todo se truncó en cuestión de días. En cuanto presentó su último examen final de la prepa, Claudio estaba subido en un avión hacia lo desconocido. Festejó su cumpleaños dieciocho en un bar de mala muerte con sus tíos Luján y Fina y un amigo de ellos que se la pasó metiéndole monedas de dos euros a la máquina tragaperras y exclamando "ahí va la hostia", y donde tuvo que tomarse una cerveza a escondidas afuera del bar porque sus tíos tenían la consigna de no dejarlo beber. Y mientras todo esto sucedía, Adam no había dicho nada. Ni una palabra. Lo había despedido en el aeropuerto con un abrazo, diciéndole: "Cuídate, carnalito, vas a estar bien", pero no había intervenido en una sola de las discusiones monumentales que Claudio tuvo con sus padres a lo largo de esos días para evitar su exilio. Con este resentimiento llegó Claudio a la fiesta de Alicia, y se fue con la misma culpa con la que salió de un estacionamiento público cerca del MP años atrás, después de avergonzar a sus intachables padres y de haberlos orillado a cometer un acto de corrupción.

Se escucharon voces aproximándose. Irene se desprendió del beso de repente, como quien despierta de un sueño de caída con un sobresalto. Claudio salió de la cocina como una sombra, sin decir palabra, y dejó a Irene con el corazón desbocado, recargada contra el mismo fregadero donde horas antes Adam había bautizado a Alicia. Segundos después entraron Javiera y Mauro. Luego Adam con las cervezas que acababa de comprar. Se fueron pronto de la fiesta porque a Claudio se le había olvidado llevar la bocina que le pidió Lencho, y la cosa se diluyó en menos de una hora. Alicia ya llevaba un buen rato dormida.

Desde el rave en Malinalco, Irene había comenzado a soñar con Claudio con frecuencia, pero después de esa noche en la cocina de Karla los sueños se volvieron insistentes y le daba diarrea cada vez que se enteraba de que él estaba por regresar a la ciudad después de un viaje. "Siempre que se describen los síntomas del amor se habla de lágrimas, suspiros, palpitaciones y toda una lista de eufemismos baratos. Nunca se habla de lo que le hace a tus intestinos. De toda la caca y el semen inútiles que se derraman en nombre del amor", había escrito Lencho en su muro de Facebook. Irene había sido la primera en darle megusta. Le siguieron otros treinta y ocho, cifra que a Irene se le hizo escueta, y esa insignificancia fue como una alarma, un recordatorio de que vivía en una sociedad mucho más espantada y mojigata de lo que habría querido admitir. Cuando Irene se lo dijo a Lencho, en una fiesta donde terminaron tomando brandy Fundador cuando se acabó todo el trago, Lencho dijo:

—¿Ves? Por eso no publico en serio.

Mauro estaba terminando de prepararse una cuba cuando intervino:

—¿Cómo que "por eso"? ¿Porque los pobres mortales pendejos no te van a entender, o porque te aterra que no te aplaudan?

—Te crees muy sabiondo, cabrón. Con tus "ceremonias" de LSD. ¿Qué le has dado tú al mundo?

—No le avientes el pedo a Mauro, Lorenzo. El escritor eres tú —Denisse metió la mano en una bolsa de Ruffles de queso.

Esa noche Lencho tomó más de la cuenta, y luego se encerró en "el cuartito" (así llamaban a la habitación en turno que existía en algunas fiestas caseras, no en todas, donde hubiera una superficie lisa, una tarjeta bancaria, un billete enrollado y gente inhalando coca). Cuando salió del cuartito, sintiéndose lúcido y poderoso, listo para impresionar a Denisse con una disertación sobre Octavio Paz y su ensayo sobre el amor y el erotismo, ella ya se había ido.

—¿Y dónde anda tu hermano ahora? —le preguntaba Irene cada tanto a Adam, sintiendo que la pregunta le quemaba los labios.

Está loco. Ahorita anda piscando fresas en California, respondía, creo que anda en Buenos Aires manejando un colectivo, contestaba al semestre siguiente.

Adam tardó en platicarle a Irene la razón por la que su hermano se había ido de México. Estaban tomando cervezas con Mauro en un lugarcito de poca monta, pero que tenía terraza para fumar cuando todos los fumadores habían sido exiliados de los espacios interiores.

—Eran sobre todo tachas lo que traía —narró Mauro—. Tachas y mois. También traía varias botellas en la cajuela, para la fiesta. Pus el güey se les puso al brinco a los polis, siempre le han cagado, ¿verdad? —volteó a ver a Adam—: Seguro se puso así en plan de "mis derechos" y "eso es anticonstitucional" y no sé qué. Pero el imbécil ya iba medio grifo y traía aliento a alcohol y valió madres en cinco minutos.

—A mí se me hace que hasta le plantaron más de lo que traía... —aventuró Adam.

—Puede ser.

—¿Y luego qué pasó? —preguntó Irene, en ascuas.

—Fue un pinche escándalo de no mamarás —dijo Mauro.

—Se lo llevaron a la delegación, llamaron a mis papás, tuvieron que dar una lana para que lo soltaran —recordó Adam—. Mi mamá lloraba como loca. Estuvieron varios días viendo qué hacían con él, si lo mandaban a narcóticos anónimos o qué. De repente se le prendió el foco a mi jefa y se acordó de mi tío Luján, un primo suyo que no tiene hijos y que tiene un genio de la chingada, y lo mandaron a España para que pusiera los pies en la tierra. Así repetía mi papá: "Tienes que poner los pies en la tierra, Claudio".

Irene los escuchaba boquiabierta.

—¿Y todo esto fue cuando estaban acabando ustedes la prepa?

—Sí. Acabandito. Tú y yo todavía no nos conocíamos, amori —Adam bebió de su Victoria.

—Qué fuerte. Nunca me imaginé que tus papás podían reaccionar así con un tema de drogas —dijo Irene, con la colilla ya apagada entre los dedos, sin saber dónde tirarla.

—Uy, flaca. No te imaginas. Con ese tema, tolerancia cero.

—¿Y Claudio qué decía?

—Que le bajaran a su drama, que él no era un adicto.

—Uy, pues si no era, se me hace que allá en España se volvió… —se rio Irene.

Claudio sólo vivió seis semanas con sus tíos. Tuvo la suerte de caer en un barrio con muchos estudiantes y en el bar de la esquina donde compraba cigarros hizo migas con unos chicos de Segovia y de Alicante que estaban compartiendo un piso, como les dicen allá a los departamentos, y se fue a vivir con ellos. Eran siete repartidos en tres cuartos y un solo baño, y a Claudio lo dejaban dormir en el sofá de la sala a cambio de que lavara los platos de todos, todos los días. El invierno que pasó allá tenía las manos tan secas y partidas que le sangraban. Uno de sus compañeros de piso trabajaba de ayudante en un bar y le consiguió trabajo lavando platos también ahí. Con lo poco que ganaba empezó a pagar la renta de su sofá para ya no tener que lavar platos en el piso, y empezó a viajar todo lo que podía. De aventón con conocidos en los fines de semana largos cuando iban a visitar a sus familias, en autobuses, y cuando podía darse el lujo, en trenes. Los tíos protestaron al principio y llamaron a Silvia, muy agobiados.

—Es que ya te digo, Silvi, que es que no hubo nada que hacer. Se largó sin decir agua va, este chico tiene un morro que se lo pisa. Se ha ido a vivir a un piso con otros diez pringaos… qué te voy a decir, ha de ser como una comuna jipi aquello.

—¿Qué hacemos, Gabriel? —consultó Silvia con su marido después de colgar el teléfono con su primo.

Gabriel fue a la cocina, se preparó un sándwich de roast beef y se lo comió con toda calma antes de dar su opinión:

—Yo creo que es una experiencia formativa. Ya regresará cuando se le acabe el dinero.

Pero Claudio no regresó. Conoció todo lo que pudo de España, un poco de Europa central y llegó hasta Marruecos y Turquía. También conoció el hambre.

De por sí comía frugalmente en sus viajes porque casi todo lo que ganaba de lavaplatos en el bar se le iba en transportes, pero una vez en París le robaron los pocos euros que llevaba. Era la primera vez que estaba en la ciudad y llegó pensando que lo primero que vería serían los vitrales de la catedral de Notre Dame reflejados en el Sena mientras un acordeón gemía con *La vie en rose*. En lugar de eso llegó a la estación de trenes de noche y ya en el metro tuvo su primer altercado con el vendedor de la taquilla, porque se empeñaba en venderle un pase para un mes cuando Claudio insistía, en inglés, que lo necesitaba sólo para cuatro días. El asunto se distendió finalmente cuando Claudio dijo en su raquítico francés:

—*Un voyage, s'il vous plaît* —mostrándole con desesperación un billete de cinco euros que traía suelto en el bolsillo del pantalón. A partir de ahí comprendió que a los franceses les gusta que se les hable en su idioma, aunque sea mal, pero que al menos se intente.

Una vez en el metro, el vagón semi vacío estaba lleno de grafitis, olía a meados y había un grupo de negros escandalosos que hablaban un francés atropellado, a gritos. Claudio sintió miedo. Intentó tranquilizarse y convencerse de que lo sentía por prejuicio, porque nadie se estaba metiendo con él. Pero igual transpiraba sin control. Cuando salió en la estación Bastille para buscar el hostal que había contactado por internet, se dio cuenta de que ya no traía su cartera. Nunca supo si fueron los negros o alguna de las personas que pasaron cerca mientras discutía con el empleado de la taquilla del metro, mientras dormía en el tren o si simplemente la perdió a lo estúpido. Desde entonces aprendió a llevar su dinero y su pasaporte por debajo de la ropa cuando viajaba. Esa noche se ofreció a lavar platos en todos los establecimientos del barrio a cambio de dinero o algo de comida, y en todos lo mandaron al diablo. Estaba a punto de desmayarse de hambre cuando se apiadó de él una mujer, la dueña de una *boulangerie*. Tenía unos cincuenta años mal conservados, la tienda a pie de calle, y vivía subiendo por una larga escalera intrincada de madera vieja y un intenso olor a humedad, en una buhardilla. Había viajado a Puerto Vallarta en su juventud y se había enamorado de México, así que al saber que Claudio era mexicano, lo sentó a la mesa y lo alimentó. Al primer bocado de pan con queso, a Claudio se le salió una lágrima de gratitud. La mujer abrió un vino tinto y le contó historias de sus días en México mezclando francés con las tres palabras que recordaba en español. Claudio la escuchó con toda su atención aunque apenas comprendía lo que decía. Luego la mujer le ofreció su cama, con ella dentro. Cuando Claudio se disculpó y le dijo, entre muchos *mercis* y *pardons*, que tenía que irse, la mujer lo echó casi a patadas escaleras abajo, repitiendo:

—*Tu est un connard! Un grand connard!*

Era mediados de septiembre. Esa noche Claudio durmió en un parque, agazapado con su chamarra y cubierto con una caja desarmada que se encontró en la basura, pero con la barriga contenta y los ojos llenos con las luces de la ciudad luz. Antes de quedarse dormido, estuvo un rato riéndose solo, recordando las escenas surrealistas de su llegada a París y de cómo truncaron sus ideales de un plumazo. Al día siguiente se rio más al darse cuenta de que no era un parque, sino el jardín del cementerio Picpus donde había pasado la noche. Cuando pasaron casi dos años y llegó el momento de volver a México para estudiar una carrera, Claudio ya estaba completamente enganchado. Lejos de poner los pies en la tierra, como repetía su papá, aquellos meses de "castigo" se encargaron de despegárselos, o más bien de colocárselos en la Tierra, pero en toda su extensión, y de descubrirle su inacabable capacidad de asombro y adaptabilidad. Más allá de los destinos o de la gente que conoció, le fascinó la sensación de poderío y de autonomía que le dio el descubrirse capaz de moverse y sobrevivir en lugares desconocidos. El mundo se le reveló como un terreno vastísimo, lleno de mundos coexistentes, pero a su alcance: asibles. Comprendió que para abarcar todos esos mundos no necesitaba nada, *nada*, salvo sus ganas. Se volvió un adicto.

Tanto Irene como Claudio pensaron que la distancia geográfica disiparía su deseo por el otro, pero con el paso de los años sólo se potenció, como suele ocurrir con todo lo prohibido. La tendencia de Irene a idealizar las cosas no le ayudaba. Las historias excéntricas de Claudio le causaban fascinación y también algo de miedo, y contribuían a inflamar y a veces a demonizar la imagen mental que tenía de él. Entre más tiempo pasaba Claudio fuera, más soñaba Irene con él, más fantaseaba con los reencuentros. Mientras tanto, estudiando para maestra en la Normal, se la pasaba sufriendo discriminación por parte de sus compañeras de aula y de sus maestros por igual. El apellido alemán no ayudaba.

—¿Eres Hofmann como Giny la de *Chiquilladas*? —la molestaba una compañera bajita y rechoncha que se creía muy simpática, de nombre Wendy.

—¿Qué es *Chiquilladas*? —preguntaba Irene, perdida.

Su cultura televisiva era nula, durante su infancia no había televisión en su casa y su mamá la obligaba a dormirse todos los días a las siete de la noche. En la adolescencia comenzó a rebelarse un poco con los horarios y a ver la tele en casa de una vecina.

—Eres la novia de Chiquidrácula. Qué mello, qué mello.

La broma de Wendy, digna de primero de primaria, fue muy celebrada entre las potenciales maestras de educación básica, a las que *Chiquilladas* les había llegado como refrito entre los programas ochenteros que a veces reponía el Canal 2, y así era como Irene era recibida en la Normal todos los días: "Qué mello, qué mello". El primer semestre trató de encajar, luego se dedicó a sobrevivir. Odió la carrera desde el primer día. Pero había idealizado tanto ser maestra, una maestra *de verdad*, que no podía darse el lujo de tirar la toalla.

—Ya salte de ahí de una pinche vez —le dijo Denisse una tarde, en una fonda cerca del metro Juárez donde solían comer los miércoles; Irene agarraba el metro en la estación Normal después de clases y Denisse caminaba desde la joyería de tres pisos de un amigo de su papá donde le pagaban mil quinientos pesos al mes por hacerle sus inventarios. Por las tardes o por las mañanas, también iba a la universidad. Se la vivía corriendo. Así anduvieron todos durante los años de carrera. Esta vez también Karla se les había unido. Alicia tenía año y medio, la había dejado en su casa con su abuela para ir a la universidad como todos los días, pero decidió faltar a su clase de Metodología de la Investigación porque había escuchado fatal a Irene al teléfono.

—No me puedo salir. No puedo —repetía Irene, tallándose la cara, muerta de angustia.

—¿Por qué? Danos una buena razón —Karla tenía la boca llena de coditos con crema.

—Porque la educación es el único espacio en este país donde todavía se puede hacer algo. Los niños necesitan buenos maestros. Si no, nos va a cargar la chingada. No es broma.

—Entonces estudia Pedagogía, sé guía de Montessori, no sé… —observó Denisse.

—Exacto. No tienes ninguna necesidad de fletarte a esas pinches nacas —concluyó Karla.

—Güey, no seas racista —brincó Irene.

—¡Las primeras racistas son ellas contigo, güey!

Irene le dio un sorbo a su agua de limón sin contradecirla.

—Es que Adam y yo hemos hecho un montón de planes… queremos poner una escuela en la sierra de Chihuahua en cuanto acabemos de estudiar y nos casemos.

—Güey, ¿tú crees que si llegas a montarle una escuela a los tarahumaras te van a pedir un título de maestra normalista? —Denisse pescó con un totopo frijoles refritos de un plato.

—Pues igual y no, pero yo quiero hacerlo bien.

Cada vez que Irene y Adam estaban juntos, ella se torturaba.

—Soy una loser.

—No digas eso, loquita.

Se veían una vez a la semana, a Adam no le daba tiempo de más. A veces Irene lo alcanzaba en la universidad los sábados después de su última clase y retozaban en los jardines, conocidos entre los estudiantes como las islas, donde siempre se les terminaban uniendo uno o más amigos para fumarse un toque y tomarse una cerveza e inaugurar el fin de semana. A veces Lencho llevaba su guitarra y se le unían otros amigos para una tocada informal. Si era entre semana, Irene y Adam se veían en un cafecito cerca de la casa de ella que sus amigas habían bautizado como el café del Prichito. Lo llamaban así porque lo frecuentaba un señor canoso que se creía muy carismático y que siempre estaba aleccionando y dándole catequesis "informal" a jovencitos y jovencitas, hablándoles de las maravillas de ser amigos de Jesús. Irene, Karla, Denisse y Javi se burlaban de él y habían comenzado diciéndole el Preacher, luego Preachercito, y de ahí terminó en Prichito, porque era entre preacher y priest.

—Se me hace que es perverso. Se le nota a leguas.

—Tú qué sabes, Karla. A lo mejor es buena persona —se esforzó Denisse.

—Un día deberíamos averiguarlo. Que alguien se haga pasar por oveja descarriada y a ver qué hace —sugirió Javiera.

—Vas —le dijo Irene.

—Paso. A ese señor seguro le huele la voz.

—Jajajaja.

Cuando Irene le contó del Prichito, Adam se rio: tenía un umbral bastante alto para aguantar burlas religiosas. La segunda vez que Irene intentó criticarlo, Adam ya no se prestó. Ese día estaban los dos solos en el café, pero el Prichito no estaba ahí.

—Tú andas en mil cosas, amori. La escuela es lo único que yo hago y ve: estoy hecha una piltrafa —sufrió Irene.

—No es lo único que haces —dijo Adam, repasando los dedos de la mano de ella como si quisiera comprobar que estuvieran completos—. Sin ti, tu casa no caminaría.

—Pues sí, eso sí.

Lo cierto es que Irene era una gran administradora de su hogar. Como Anna, la mamá de Irene, trabajaba todo el día, Irene iba al súper, al banco, pagaba las cuentas, lidiaba con plomeros y asuntos vecinales y daba instrucciones a la señora que les ayudaba, antes o después de irse a la Normal.

—No, pues es que sí son como una pareja muy funcional tú y tu mamá —observó Karla tiempo después. El comentario horrorizó a Irene. A los dos meses ya se había salido de su casa y estaba viviendo con Javiera y Denisse en la Portales. Pero el intento duró poco tiempo. Su mamá se rompió la tibia y el peroné resbalándose por las escaleras llovidas que bajaban al estacionamiento de empleados de la embajada y no había nadie que la cuidara.

Adam ya había terminado las dos carreras y llevaba tiempo involucrado en proyectos de apoyo a desplazados. Primero por desastres naturales, catástrofes y marginación, y recientemente estaba metido hasta el cuello en un proyecto de reubicación de desplazados por violencia en Michoacán. En una ocasión, él y sus amigos (todos menos Claudio, que no estaba en el país) estaban tomando cubas y botaneando junto a la alberca de un tiempo compartido setentero que la mamá de Karla tenía en Ixtapa, y que bautizaron como el departamento de Mauricio Garcés. Karla y Alicia, que tenía casi cinco años, chapoteaban cerca de la orilla, mientras Adam les describía a todos:

—Imagínense. Llega el narco a las comunidades y les dice a los campesinos: "La cosa está así, ya no vas a sembrar maíz, ahora vas a sembrar amapola".

—¿Amapola? —Javi arrugó la nariz.

—De ahí sale el opio y todos sus derivados. Heroína, morfina... —explicó Lencho, abriéndose una Coca y dudando si agregarle ron. Ya llevaba cuatro cubas.

—Ah.

Adam continuó:

—Entonces los campesinos dicen nel. Y los narcos dicen va. Y matan a uno, y luego a dos, para que la gente sepa quién manda. Muchos campesinos se niegan a sembrar amapola, pero otros se doblan por necesidad. El maíz se vende a tres pesos por kilo y la amapola a trescientos.

—Ufff... —Denisse negó con la cabeza.

—Pero muchos sí se van de ahí.

—Qué bueno que no todos se corrompan —opinó Lencho.

—En parte es por no corromperse —siguió Adam—, pero también se van porque quedarse es peligroso. Si te cae una brigada del ejército a buscar sembradíos y te apañan, te jodiste. Los capos no protegen a estos compas. Los que se joden más en todo este desmadre siempre son los campesinos.

—Pa' variar... —se lamentó Irene.

Mauro se untó bloqueador en los empeines, que siempre se le quemaban con el sol:

—Está cabrón, cuando uno piensa en narcotráfico piensa en puros sicarios y sombrerudos con lana, pero el negocio del narco se sostiene con pura gente pobre que no tiene de dónde más sacar recursos.

—Exactamente —Adam bebió de su cuba.

Karla subió a Alicia al borde de la alberca para darle una galleta y explicó:

—Las cárceles están repletas de mujeres pobres que nunca habían cometido delitos, pero las apañaron transportando drogas. El eslabón más bajo de la cadena de producción y distribución siempre es el más bapuleado por el narco y por la ley.

Karla se había sumado recientemente a las filas de Adam. En el equipo de voluntarios con quienes trabajaba había psicólogos que apoyaban a las viudas, los huérfanos y gente de todas las edades que arrastraban diversos y profundos traumas. Karla iba una vez al mes a San Andrés Ixtacamaxtitlán, en la sierra de Puebla, donde un grupo de cincuenta y dos desplazados se había establecido recientemente; no podía ir más seguido porque estaba trabajando de psicóloga en una prepa y haciendo su formación como terapeuta. Adam iba a Puebla con mucha más frecuencia.

—Qué bueno que Karla se dé sus vueltas. Así te lo cuida —le dijo Denisse a Irene en otra ocasión, antes de saber de sus sentimientos por Claudio.

—Qué pinches locuras dices... —se escandalizó ella.

—¿Me pones bloqueador en la espalda? —Javi le entregó el frasco a Mauro y se giró.

Mientras Mauro le repartía la crema parsimoniosamente, dijo:

—Lo bueno es que iba a ser una guerra para "sacarnos de las garras de la violencia"... En esta guerra no se acaba con los narcos sino con todos los demás.

—Porque los narcos no se crean ni se destruyen, sólo se transforman... —dijo Javi. Todos se rieron con pesar.

Irene dudó entre comerse un pepino o prenderse un cigarro. Hizo lo segundo.

—Qué horror. ¿Cuándo van a legalizar, carajo?

Cantó un mirlo y sonó el océano a lo lejos.

—Y el gobierno tampoco les echa ni un lazo a estos compas, ¿no? —Lencho revolvió su nueva cuba con el mango de un tenedor, a falta de agitadores.

—Pues el gobierno hace cosas —respondió Adam—. Todo el tiempo está dando que si mantas, que si despensas, que si el Prospera...

—El puro paternalismo... —Mauro se espantó una abeja rondante.

—Exacto. Yo lo que quiero es aprovechar el movimiento que están haciendo estas comunidades para generar un proyecto de desarrollo integral —explicó Adam, con entusiasmo—, donde la gente sea la que decida qué necesita y lo haga en comunidad. Que proyecten a futuro.

—¿Pero en una onda de vivienda, o qué…? —interrumpió Denisse.

—Sí. Pero no sólo eso. O sea, la idea no es llegar y construirles sus casitas Ara de concreto horribles todas igualitas. Las casas las diseñarían ellos con los recursos que tengan a la mano. Piedra, madera, palma, lo que haya. El chiste es que la gente se ponga las pilas para hacer algo propio. Hacer un verdadero proyecto de educación y desarrollo comunitario. Con vivienda y también con espacios culturales y de convivencia.

—Ya de una vez que pongan registro civil, salón de belleza y café cantante —bromeó Javiera. Todos se rieron.

—Tipo kermés, ¿no? —sonrió Adam—. Ya, en serio. Imagínense una comunidad con casas hechas de materiales locales, sustentables, con biblioteca, con ludoteca…

Le brillaban tanto los ojos al describirlo, que Irene lo tomó de la cara con ambas manos, conmovida, y le plantó un beso sabor a tabaco y pepino con Tajín.

Cada vez que Adam se iba, Irene se despedía con desasosiego, temerosa de no volver a verlo. Sabía que manejaba muy rápido y que andaba por carreteras remotas con letreros de "Circule bajo su propio riesgo", mensaje que aludía a la presencia de narcos más que a la calidad de los caminos, y donde no se podía circular de noche porque de hacerlo era factible no amanecer al día siguiente. Pero tres o cuatro días después, siempre regresaba. Tostado por el sol y con muchas historias que contar, siempre a casa de sus papás. Repetía que no le convenía rentar un departamento para lo poco que estaba en la ciudad. Además, románticos como eran, Irene y Adam tenían la idea de irse a vivir juntos por primera vez cuando se casaran.

—Yo jamás me casaría con un tipo con el que no he vivido por lo menos seis meses —dijo Denisse caminando al metro con Karla de regreso de comer con Irene en la fonda por el metro Juárez—. Imagínate que sale con alguna cosa rara.

—¿Como qué?

—No sé… que ronca como camión, o que mea la taza del baño… o que le da por tocar la batería en las madrugadas.

—A mí se me hace que Irene y Adam van a ser de esas parejas que duran mil años de novios, pero nunca se casan —presagió Karla.

—No la chingues —dijo Denisse, pero luego añadió—: O de los que se divorcian al año.

A Irene y Adam les gustaba hablar de cuando se casaran y vivieran juntos. Pasaban muchas horas jugando ese juego imaginario, echados en el pasto de los jardines de la universidad. A veces cuando veía alguna cosa bonita, un mantel, un posavasos, Irene lo compraba y lo guardaba, pensando en su hogar de casada. También tenía una carpeta virtual con vestidos de boda y peinados. A ella le daba igual casarse por la Iglesia, pero sabía que a Adam le hacía ilusión; procuraba no hablar mucho de eso con sus amigas porque siempre se ponían medio mordaces.

—Me cagan las viejas que se casan porque es la única alfombra roja que van a pisar en su vida —declaró Denisse en un taxi volviendo de una fiesta.

Pero la parte favorita de Irene en su fantasía de la boda era el momento en que el sacerdote preguntaba si había algún impedimento, como en las películas, y Claudio emergía entre los feligreses para detenerla.

—No sé si es la Normal o es la vida o qué, pero neta estoy exhausta —continuó diciéndole a Adam aquella tarde en el café del Prichito—. Creo que debería ir al doctor.

—Mejor deja de fumar.

—No voy a dejar de fumar.

Adam sabía que esa discusión era un caso perdido, así que no insistió. Irene se prendió un cigarro en ese momento y se metió una menta a la boca.

—¿Estás comiendo bien? —quiso saber Adam.

—Todo el mundo me pregunta lo mismo. No sé. Creo que sí.

—A ver, ¿qué desayunaste hoy?

—Este… un pan con mermelada —recordó Irene—, y una guayaba.

—Eso no es nada. Necesitas proteínas, flaca.

—¿Entonces qué hago? ¿Me pongo a hacerme enchiladas todas las mañanas?

—Pues de menos un huevito con jamón.

Esa misma tarde, Adam ya le había mandado por internet un cuadro alimentario con algunas recetas fáciles "para estudihambres". Así era siempre. Adam atendía de inmediato cualquier necesidad que Irene manifestara, cualquier inquietud. Si ella mencionaba que le gustaría ver tal película, al día siguiente llegaba con el DVD. Si notaba que se estaba resfriando, le compraba vitamina C. Era así sobre todo con ella, pero también con sus amigos. Generoso, pendiente. Se acordaba de los cumpleaños, era el único que seguía dedicando los libros que regalaba, el primero que llegaba al hospital cuando internaban a algún familiar y el primero en abrir pista en las bodas y los quince años. Irene nunca entendió cómo le daba la vida para tanto, cómo le alcanzaba el corazón.

Irene se repetía que no quería abandonar la carrera de maestra por no decepcionar a Adam, pero en el fondo a quien no quería decepcionar era a su madre. En alemán, la madre de Irene solía repetir una frase: "No hay mayor placer que la dicha del deber cumplido". A Irene se le grabó a fuego. Esa dicha del deber cumplido era algo que Irene perseguía todos los días, desde que despertaba y hasta que hundía la cabeza en la almohada, treinta y cinco o cuarenta cigarros después.

En los veranos, Claudio venía siempre un par de semanas, sin importar el lugar del mundo donde estuviera. Nunca se quedaba en casa de sus padres, siempre caía a la casa de Lencho o de alguien. Adam estudiaba y trabajaba, así que Irene pasaba mucho tiempo con sus amigos y Claudio se les pegaba. Fue así como se hizo tan amigo de todos: no tanto por Adam, sino por Irene, aunque Mauro ayudaba a justificar su presencia. Siempre que Irene y Claudio volvían a verse y que ella le decía que seguía en la Normal, él la llamaba romántica.

—¿Y cómo va el romance con la educación?

—Pues cada vez menos romántico como Goethe y cada vez más como Edgar Allan Poe.

Claudio soltó una carcajada y al mismo tiempo sintió un escalofrío en la base de la espalda al escuchar la perfecta pronunciación de Irene y el movimiento de su lunar en el labio inferior, casi en la comisura, al decir *Goethe*.

—¿Por qué? ¿Ya de plano se está poniendo siniestro?

—Del terror. Mi única esperanza es que ya teniendo a los niños enfrente, cambie la cosa.

—Ya.

—Pero últimamente sueño con que llegan al salón y no tienen cabeza.

Claudio volvió a reírse.

—No te rías, es muy neto.

La risa de Claudio obligó a Adam a voltear. Estaban en el metro, camino a un concierto de Muse. El metro venía atascado y al entrar en masa al vagón, habían quedado medio separados. Irene y Claudio terminaron en una esquina y Adam en otra, con Mauro y Denisse. Javiera y otros dos elementos añadidos a la banda en esa época, conocidos como el Inge y el Godainz, junto con la novia de éste, quedaron en medio. Ésa fue la primera vez que Adam sintió un aguijonazo al ver juntos a Irene y a Claudio. La segunda vino muchos años después. En ambas optó por desconfiar de su intuición, y se forzó a alegrarse por la amistad que crecía entre ellos.

—¿Y ahora dónde anduviste? ¿Nadando con pirañas en el mar Rojo? —bromeó Irene.

—Algo así. Enseñando buceo en Singapur.

—No yaaaaa.

—Es neto —dijo él.

—¿Por qué?

—¿Por qué, qué?

—Pues todo el… plan exótico.

—Pues es que uno tiene que echar mano de las monadas que sabe hacer para sobrevivir, comadre.

—Ya —se rio Irene—. Por ahí escuché que Singapur es súper civilizado, ¿no? Súper limpio y primer mundo y no sé qué.

—Algo así. A ver, te enseño una foto…

Claudio trató de sacar el celular del bolsillo de su pantalón, pero estaban tan apretujados en el vagón que era toda una maniobra.

—Mejor ahorita que salgamos —dijo Irene.

—Mejor. Sí está chido, pero tienen un gobierno autoritario disfrazado de democracia y hay pena de muerte por posesión de drogas.

—¿Y cómo aguantaste?

—¿Qué cosa?

—Sin meterte nada.

—Oye, si tampoco soy tan atascado… —en realidad estuvo a punto de decir "tampoco soy Mauro", pero se reprimió. Luego añadió—: No sé. Yo creo que el ahorro me tenía muy motivado.

—¿Por qué?

—Con lo que gané en esa chamba ya tengo para rolar más por Asia sin preocuparme por tener que comer rata o suela de zapato.

Irene volvió a reírse y bromeó:

—Estás cañón. Eres como Ulises Ruiz región cuatro.

—Ulises Ruiz *era* región cuatro —corrigió Claudio.

—Bueno, eso sí —Irene bajó la cabeza, sintiéndose un poco tonta. Claudio pareció adivinarlo porque le apretó el cuello agregando:

—En cambio tú sí que eres una hija de la era digital.

Toda la noche se miraron. Corearon canciones, gritaron, silbaron, tomaron cervezas, prendieron cigarros y toques, cenaron tacos. Pero lo más importante de la noche fueron las veces que se miraron.

Let's conspire to ignite all the souls that would die just to feel alive…

Era una situación absurda. Ninguno de los dos volvió a mencionar jamás aquel beso en casa de Karla, ni hizo el intento por repetirlo. Pero los dos lo sabían, y se lo recordaban con miradas. Nunca hubieran sido capaces de ponerlo en palabras porque eso hubiera sido un terremoto, un tsunami. Así de destructor. Así que mirarse era lo único que podían hacer, de lo que se daban permiso. Ése era su aliciente, su pequeño lujo, la razón por la que Claudio agarraba tres aviones, incluyendo una escala de doce horas en Cantón y un vuelo de China Eastern a San Francisco lleno de chinos sorbiendo huevos cocidos con estruendo y lanzan las cáscaras al pasillo. La razón por la que Irene siempre estaba ahí, impasible en su existencia, esperándolo. Para hablar y estar un poco, y aprovechar cada instante en que comprobaban que nadie más los estaba viendo, y mirarse.

7

Los planes de llegar a Real de Catorce esa misma tarde de viernes se trastocaron por el atasco de la huelga de traileros en la autopista, el rodeo que dieron después, y por una búsqueda necia para comer en un restaurante llamado Los Milagros donde Lencho aseguró que se comía el mejor chivito tapeado de Querétaro. El restaurante no aparecía en internet, Lencho no se acordaba bien dónde quedaba (aunque aseguraba que sí) y estuvieron dando vueltas cincuenta minutos sin encontrarlo, para terminar atorados en el tráfico de hora pico en el centro y finalmente encontrar que Los Milagros sí existió, pero llevaba como cinco años convertido en centro de yoga, pilates y spinning. Terminaron ya no comiendo sino cenando en un local de tacos de guisado a las afueras de la ciudad, desesperados y medio famélicos. El local tenía sillas plegables de cerveza Carta Blanca, estaba tapizado con imágenes religiosas y lo único que había para beber era sangría

Señorial y atole de cajeta. Lencho tuvo que ir a buscar una tienda para comprar una Coca Cola.

—Un día tenemos que buscar un buen chivo tapeado. De veras. Es imperdible —dice ahora, echándole salsa a un taco de rajas con queso.

—Un día deberíamos perderte a ti y no volver a llevarte a ningún viaje, cabrón —dice Mauro.

Hay risitas escuetas. Todos están devorando sus tacos con concentración. Incluso Javi le está encajando el diente a uno de nopales.

Muchos años atrás, en una de sus reflexiones bajo los influjos del ácido lisérgico, Mauro le había dicho a sus dos seguidores:

—Todo se trata de la comida. La comida gobierna todos los aspectos de nuestra vida. El hambre es lo que nos hace seguir adelante, *buscar comer*. Regimos nuestra vida por nuestros horarios de comida. Socializamos en torno a la comida. Le sacamos fotos a lo que nos vamos a comer y se lo enseñamos a cientos, miles de personas. La industria alimentaria es una bestialidad, nos estamos cargando el planeta nada más por tragar.

—¿Entonces qué hacemos, mi Mau? ¿Huelga de hambre? —preguntó el Inge, el más entusiasta de sus pupilos.

El Inge empezó a ensayar con Lencho cuando éste intentó formar una nueva banda, ya trabajando en la primera editorial. Respondió a un anuncio que Lencho puso en una cafetería de Coyoacán: "Se busca bajista capaz, con respeto por el rock alternativo". El Inge tenía un conocimiento musical que podía llegar a intimidar al propio Lencho, sobre todo de música electrónica. Con el tiempo se fue convirtiendo en el DJ oficial de las fiestas y era encantador. (Si la fiesta resultaba muy etílica, solía incluir playback de "Cuando calienta el sol" de Luis Miguel, interpretado por Adam.) Pero el Inge vivía en San Felipe de Jesús, uno de los barrios más peligrosos de la ciudad, y aunque los invitó varias veces a su casa presumiendo que su madre preparaba unas enchipotladas prodigiosas, nadie tomó el riesgo de ir a Sanfe a probarlas. Lo que sí aceptaban casi todos de buena gana procedente de San Felipe de Jesús eran drogas de excelente calidad. La banda musical no prosperó, pero el Inge se volvió asistente regular a las sesiones ceremoniales de LSD que Mauro instauró por las mismas épocas.

—No sólo de pan vive el hombre —concluyó Mauro en aquella sesión, dejando al Inge muy meditabundo.

Lo repite ahora, críptico, en los tacos de guisado a las afueras de Querétaro:

—No sólo de pan vive el hombre.

Pero nadie le da bola.

—¿Pudiste hablar con Mercedes? —le pregunta Irene a Karla—. ¿Qué quería cuando te habló?

—Ah. Todo bien. Quería mi contraseña de iTunes. Parece que sin mi contraseña no hay películas en mi casa —Karla rueda los ojos.

Denisse interviene:

—A lo mejor querían ver algo muy específico.

—De hecho sí. Mercedes quería ponerle a Alicia *La historia sin fin*.

—¡No mames! Esa peli es más vieja que las arañas. Una niña nacida en este milenio seguro le escupe —opina Mauro.

—¿Qué te pasa, güey? ¡*La historia sin fin* es un peliculón! Yo la volví a ver hace poco, remasterizada. La animación se ve súper actual —comenta Lencho con la boca llena.

—¿Quién es tu personaje favorito? —pregunta Denisse.

—Atreyu, a huevo —responde Lencho.

—El mío también —Denisse le pone aguacate a una tortilla.

—La emperatriz —dice Mauro—. Yo tuve un crush serio con ella.

—¡La emperatriz sale en una sola escena! —dice Irene.

—Pero es el motor de toda la historia. Todo se trata de salvar a la emperatriz —argumenta Mauro.

—Pero el que la salva en realidad es el chavillo que está leyendo… ¿cómo se llamaba? —dice Karla.

—Sebastian —dice Lencho.

—No, Bastian —recuerda Karla—. Bastian Baltasar.

—Claro —asiente Lencho.

—Está padre Sebastian —dice Javi—. Si yo tengo un hijo, se podría llamar así: Sebastian.

Mauro sonríe con ternura.

—¿No querrás decir *Sebastián*? —pregunta Lencho.

—No, *Sebastian* —subraya Javiera.

—¿Como Joan Sebastian? —se burla Mauro.

Todos se ríen. Javiera le pinta huevos.

—¿Me pasas dos más de picadillo, compay? —le pide Lorenzo al muchacho que sirve los tacos detrás de una cadena de ollas de barro con diferentes guisados—. Con arroz y huevito, por favor.

—Picadillo. Buaj. No sé cómo pueden comer eso —se estremece Javiera.

—¿Cómo que cómo? Masticando, chata.

—¿Qué te aflige, o qué? —Irene sorbe de su sangría.

—Me revienta que maten a los animalitos. Ya lo saben.

—Los mataron todos tus antepasados, güera. Gracias a eso tienes un cerebro capaz de hacer sumas y restas para que no te hagan pendeja con el cambio —dice Mauro.

—¿Alguna vez has visto a un cerdito bebé, cabrón? —le increpa Javiera.

—¡Y los pollos! Una vez vi un video. Los tienen todos hacinados y les parten el cuello como si fueran lápices —describe Denisse.

Al imaginarlo, Javiera siente una arcada, recordando una tarde a los diez años de edad en que vomitó doce veces, intoxicada por un pollo de pollos Río.

—Pero esto no es pollo ni cerdo. Es una vaquita que se sacrificó para hacerme feliz. Gracias, vaquita —Lorenzo recibe con alegría sus tacos de picadillo.

Karla se limpia las manos con una servilleta y luego se las empieza a tallar con media rodaja de limón para quitarles la grasa, diciendo:

—Lo que está de la chingada es la sobreproducción de animales para cubrir la demanda alimentaria. ¿Saben que lo que más contamina la atmósfera son los pedos de las vacas?

—¿De qué estás hablando? —Irene arruga la nariz.

—¡Más que todo el fucking parque vehicular! La producción masiva de carne es lo primero que va a descongelar los polos y a causar la catástrofe ecológica que nos va a dejar sin cultivos y sin comida y arrancándonos las piernas los unos a los otros para sobrevivir.

Lorenzo y Mauro se ríen con la descripción catastrófica de Karla, pero Irene y Javiera lucen aterradas. Mauro agrega:

—Pero nada más a los jodidos. Los ricos, los políticos y los padres de la Iglesia van a seguir comiendo caviar en sus palacetes, chaqueteándose con alguna gordibuena de YouTube, sin enterarse de un carajo.

—Probablemente —asiente Karla.

Lencho deja su taco en el plato de plástico y levanta los brazos, dramático:

—¡La nada! ¡Ahí viene la nadaaaa!

—Qué horror. ¿En serio crees que así acabe la humanidad? —Irene mira a Karla mientras despedaza una servilleta.

—Si nos apendejamos, sí —dice Mauro.

—Pero *sólo* si nos apendejamos —subraya Karla.

Mauro se levanta de la mesa y se recarga en el marco del local sin puertas y abierto a la calle para prenderse un cigarro, diciendo:

—Lo primero que hay que hacer es pintarle huevos a Monsanto.

—Uta, sí. Qué horror de cabrones… —Karla baja la mirada.

—¿Qué es eso? —Javiera dobla y desdobla una tortilla fría.

—No mames, ¿no sabes qué es Monsanto? —Irene se levanta para ir a fumar.

—Nop. Perdóname la vida —Javiera la sigue.

—Pues Monsanto es una compañía gringa gigantesca que básicamente se ha dedicado a explotar la tierra a la mala y a chingarse a todo el mundo en el camino —explica Mauro.

—Pero todo eso fue porque había que alimentar a un chingo de gente… —argumenta Denisse.

—¿Pues para qué anda cogiendo tanto y teniendo tantos hijos la gente? —opina Lencho.

—Exacto —se ríe Karla—. Si nos reprodujéramos menos no necesitaríamos tanta comida.

—Dijo una feliz madre de familia —la molesta Mauro.

Karla le avienta un popote desde su lugar.

—Pero esos güeyes han tenido un chingo de demandas, ¿no? —dice Irene.

—Son unos chacales —dice Mauro—, tienen a los agricultores por los huevos. Por culpa de esos pendejos, todos los granos que nos tragamos son modificados genéticamente.

—Y se salvan de todas las demandas nomás porque tienen varo —completa Karla.

Mauro se gira hacia la calle, con repentino malestar.

—¡Culeros! ¡Qué horror! —Javiera está escandalizada. Se pone a escribir en su celular con el cigarro entre los dedos, consternada—: Lo estoy posteando en este momento. O sea, la gente tiene que saber esto. ¿Por qué nadie sabe esto?

—¿Porque sabes cuántos likes va a tener ese post? Dos —dice Mauro.

Lencho se limpia la boca, se termina su Coca Cola, tamborilea sobre la mesa, y exclama:

—Señoras y señores, nos va a cargar... ¡¡la nadaaaaa!!

Pero esta vez nadie se ríe. Denisse ve el reloj de su celular:

—Ya es tarde. Yo digo que busquemos dónde dormir y mañana salimos tempranito para llegar a Real a buena hora.

—De acuerdo —dice Karla.

Lorenzo disiente:

—Yo digo que ya nos sigamos ahorita. Así ya dormimos y despertamos allá.

—Exacto —dice Irene.

—El último tramo es rudo, yo no lo haría de noche —señala Mauro.

—Qué prudente. ¿Cuándo te volviste prudente? —lo abraza Javiera.

—Siempre lo he sido, mi reina. Con el único que soy imprudente es conmigo mismo.

Javiera se ríe.

—A ver, estoy abriendo Airbnb —anuncia Denisse—. Seguro hay algo por aquí donde podamos quedarnos.

—Sí, mejor. Además puede haber retenes —añade Lorenzo—. Espero que traigan sus drogas bien escondiditas.

—La mota a los huevos, chavos —dice Mauro.

Lencho se ríe.

—¿Ahí traes la tuya? —Javiera ve a Mauro, atenta a su reacción, con una mezcla de temor y esperanza de que sea cierto y Mauro no se esté drogando con nada más que con nicotina y alquitrán. Él sonríe y de inmediato se prende otro cigarro. El último antes de subirse a los coches y no poder fumar en otro buen rato. Javiera suelta a Mauro y plantea:

—Güey, ¿y si mejor conseguimos el peyote y lo hacemos en la playa o algo así? ¿En serio tenemos que acampar en el desierto de Mongolia y todo el desmadre?

Irene se escandaliza:

—No mames. ¿Desde cuándo te volviste tan nena, Javiera?

—Eso le pasa a la gente cuando se casa con políticos, se vuelve comodina —dice Mauro.

Irene, Karla y Lencho se miran con reparo. Denisse apenas reacciona, sigue concentrada en su celular. Javiera replica:

—No me "volví" nada. ¿Ok? Y si a comodines vamos... —voltea a ver a Mauro.

—Okeeey... aliviánense, banda, estamos de viaje —dice Lencho.

Javiera insiste:

—Una amiga del yoga me contó que en el Estado de México hacen unas ceremonias de peyote bien bonitas. Un chamán te guía y todo. Sólo tienes que llevar tu sleeping, una piedra de poder o una mamada así, y quinientos pesos. Hasta los puedes pagar en el Oxxo, son de recuperación.

Mauro suelta una trompetilla.

—Pero para que se recupere el "chamán" de la peda que se va a poner con ese varo...

Todos se ríen, menos Javiera.

—Bueno, no sé, la cosa es que hay peyote en otras partes... —dice en voz apenas audible, pero Irene la escucha:

—Corrección. No *hay* peyote en otras partes. Crece en el desierto mexicano. Que lo corten y lo trafiquen es otra cosa. Para comer peyote hay que ir a Wirikuta. O se hace como ritual o no se hace —termina Irene.

Mauro la secunda:

—Me cagan esos chamantinflas de cuarta que nada más están sacándole dinero a la gente. Qué pinche sacrilegio.

—Cálmate, sacrilegio —Javi arroja su colilla, molesta.

—Esta chingadera no jala —anuncia Denisse de pronto, viendo su teléfono—. ¿Ustedes tienen señal? —pregunta con agobio.

—Nop —dice Javi, también preocupada. No ha tenido buena conexión prácticamente desde que salieron de la ciudad.

—¿Entonces qué hacemos? —dice Irene, prendiéndose su propio segundo cigarro de preabordaje.

Todos esperan la respuesta de Denisse, que parece llevar la voz cantante de sus destinos esa noche.

—Pues agarremos camino y si vemos algo dónde quedarnos, nos paramos.

Lencho pega una vez en la mesa.

—Va.

Pagan la cuenta y vuelven a los coches. Javiera y Mauro viajan separados. Al cabo de hora y media manejando, suena el teléfono de Lencho en el Peugeot.

—¿Qué pasó? —contesta Irene, que va de copiloto junto a él.

—Estoy muerta. Paremos a dormir donde sea, por piedad —suplica Denisse desde la Liberty.

—¿No quieres que maneje alguien más? —dice Lencho.

—NO.

—Ok.

8

Toman la salida hacia el primer pueblo que encuentran, en los límites del estado de Guanajuato. Un pueblo anodino y deslucido como los hay tantos en México, con su placita, su edificio municipal y su quiosco. Con una escuelita primaria y sin hospital, pero con numerosas tienditas. Son las nueve de la noche y hay poca actividad. Las farolas de la calle titilan, las cortinas de los pocos comercios han cerrado y unos lugareños toman caguamas afuera de una miscelánea aún abierta, en torno a un Volkswagen desvencijado. Denisse y Lorenzo estacionan los coches con las intermitentes puestas, como subrayando que están de paso. Denisse y Lencho se bajan a preguntar en la tiendita. Los demás bajan de los coches y se ponen a fumar y a ver sus teléfonos.

—Ya, dejen esas chingaderas, ¿qué tanto hacen? —gruñe Mauro.

A los dos minutos, Javiera guarda el suyo. Mauro aprovecha y se le acerca.

—¿Me perdonas? Soy un imbécil.

—Mejor ya supéralo, ¿no? —dice Javi.

Mauro mira sus tenis.

—Además mi divorcio no es un capítulo de mi vida que me guste estar recordando, neta… —añade Javi.

Mauro asiente y tímidamente toma una de sus manos, que besa y suelta de inmediato. Karla señala el letrero del local de enfrente:

—"Mike. Papelería, regalos y algo más." Cómo me *caga* el "algo más". ¿Qué diablos significa eso? ¿Por qué no puede decir "papelería" y ya?

—Verdulería el vegetal. Verduras, legumbres y algo más —recita Mauro.

—Jajaja.

—Estética El Transexual. Chichis, pito y algo más —dice Javiera.

Todos se parten de risa.

En ese momento salen Denisse y Lorenzo, quien anuncia:

—Aquí no hay nada, pero nos dijeron que en el siguiente pueblo hay una posada.

Irene no parece convencida.

—¿Será…?

Se la juegan. La posada existe y se llama Rubí. El pueblo es todavía más insípido que el anterior y están a punto de irse porque no hay estacionamiento y Denisse no quiere dejar la camioneta en la calle desértica, pero Lorenzo le advierte que si buscan en otro pueblo perderán más tiempo y seguramente va a ser lo mismo. Además el posadero les dice que hay alberca. Sin bajar las maletas, van a verla. Está camino a las habitaciones y a medio llenar, casi completamente cubierta de hojas.

—Si la van a ocupar, se las limpio —se ofrece el joven. Le dicen que no gracias y cuando se va, Karla comenta:

—Se parece a la que sale en *Y tu mamá también*.

—A tu mamá también le va a dar zika si se mete ahí… —dice Javi.

Todos se ríen y comienzan a subir a las habitaciones por una escalera de caracol desvencijada. En el quinto peldaño, Irene le pregunta a Denisse:

—¿Ya habrá llegado Claudio a Catorce?

—Ni idea. Pregúntale a Lencho, con él ha estado hablando.

—¿Y no le puedes preguntar?

—¿Cuántos años tienes, Irene? ¿Cinco?

—Me acaba de mandar un whats. Ya está en Real —se escucha decir a Lencho, unos escalones abajo.

—Ah, qué bueno —Irene se sonroja, tiene el corazón acelerado.

—¿Ya tienes señal, gordo? —Javi pregunta con súplica desde el pasillo.

El contacto virtual tampoco había ayudado a la relación platónica entre Irene y Claudio. Él nunca subía demasiadas fotos de sus viajes, defendía la experiencia de primera mano y aborrecía la tendencia a documentarlo todo. En aquel concierto de Muse al que fueron todos, le enfureció tanto que el tipo que estaba parado delante de él tuviera su teléfono en alto grabando todo el tiempo, que se lo arrebató y lo arrojó al suelo. Luego le pidió disculpas, pero el daño estaba hecho: cuando Irene vio ese arranque de violencia en Claudio, se asustó. Pero no fue peor que el miedo que sentía las contadas veces que Claudio subía una foto a Facebook o a Instagram, e Irene temía encontrar algún indicio de que esta vez, ahora sí, en ese destino, él hubiera conocido a otra mujer. Una especial, o al menos suficiente. Cuando el pánico se disipaba venía la rabia de que estuviera lejos, y le ponía megusta y comentarios a sus fotos sólo para que la tuviera presente y no la olvidara. A veces optaba por el silencio, a ver si así la extrañaba. Lo cierto es que sí lo conseguía. Si había alguien que sufría con la conexión inconexa de las redes sociales era Claudio. Echaba de menos a sus amigos y sentía un malestar pastoso cada vez que veía las legendarias fotos grupales que Javiera tomaba en las fiestas, con su talento para capturar momentos especiales. Pero era algo más que melancolía. Con la distancia física, se imponía también una distancia afectiva. Cuando estaba lejos, Claudio no buscaba a sus amigos y a su familia aun cuando el internet ofrecía todos los recursos para hablar con frecuencia. Además de estar lejos, estaba lejano. Una tarde, Claudio comprobó que esa distancia era una barrera que él mismo levantaba para protegerse. Fue el día que vio en Facebook la foto de Irene con su flamante anillo de compromiso, que no era de diamante sino de turquesa, honrando su espíritu ecologista, abrazada de Adam en la Torre Latinoamericana. Claudio estaba en Barcelona cuando la vio, sentado en la silla endeble y medio rota de un locutorio de medio pelo en el barrio Gótico. Su primer impulso fue apagar su celular. Sabía que sonaría en cualquier momento con la llamada de Adam: no había cosa que terminara de suceder en la vida de uno o de otro si no hablaban primero para comunicárselo, y no hubiera podido soportar la voz risueña de su hermano empezando a decir "¿qué crees, carnalito…?". Ahí mismo, Claudio cerró también su cuenta de Facebook. Luego se fue a vagar por la Rambla hasta que encontró un bar de mala muerte cerca del puerto donde se puso ciego de absenta hasta olvidarse de su nombre.

—Bienvenidos al hostal del Piojo Alegre… —dice Lencho, comprobando el funcionamiento de las persianas de vidrio grueso enmarcadas en aluminio dorado de la pensión Rubí—. Orgullosamente atrapado en los setenta.

—*Setentas* —corrige Javiera mientras abre una cortina pesada y polvosa.

—Los *setenta*, bonita —explica Lencho con condescendencia—. Ya estás indicando el plural con el "los".

—Pero se dice "los pantalones", no "los pantalón"…

—Perdón que interrumpa su profundísima disertación —dice Mauro—, ¿eso es una cucaracha?

Irene se acerca.

—Creo que es un escarabajo. No hace nada.

Javiera se sienta en una de las camas matrimoniales con colchas rasposas color azul rey.

—No mames, a esta cosa se le sienten los resortes.

Denisse se sienta en la cama de enfrente.

—Este colchón es de hule espuma.

—De todas formas yo no voy a dormir por tus ronquidos —le dice Mauro a Lencho—. ¿Alguna dama está interesada en pasar la noche con el editor más sexy de Tenochtitlán para que yo pueda dormir?

—¡Yo!… —grita Javi, todos voltean— no.

Todos sueltan una carcajada y Lencho sonríe a su pesar.

—No mames, Javi, chiste de primaria —dice Irene.

—Pero bien que se rieron, tetos.

Karla anuncia desde el baño:

—No hay agua caliente.

—De milagro hay agua —dice Javi—. A ver, ¿qué prefieren? ¿Colchón de hule espuma para siempre, o agua fría para siempre?

Todos lo piensan unos segundos.

—Ninguno de los dos —dice Irene.

—Tienes que escoger uno —indica Javi.

—Colchón de hule espuma.

—No sabes lo que estás diciendo, Irene. Cuando te duela la espalda después de una semana durmiendo en ese colchón, hablamos —dice Denisse.

—Exacto. Al agua fría te acostumbras, y hasta es buena para la piel —añade Javi.

—Oigan, buenos para la piel, ¿quién va a ir por el ron y las Cocas? —Denisse da dos palmadas.

—¡Zafo! —gritan todos, menos Karla, que está en el baño.

—Karli, te toca ir por las viandas —grita Lencho, desde el cuarto.

—No mames, ¿por qué? —asoma Karla.

—Porque no zafaste.

—¡Porque no me enteré! ¡Estaba en el baño!

—¿Vamos a chupar hoy? ¿No vamos a comer peyote mañana y se supone que tenemos que estar limpios y puros y no sé qué? —dice Javi.

—Nomás una cubita para dormir bien —dice Lencho.

—Traes tu Jack, ¿verdad, gordo? —pregunta Mauro.

—Ts, papá —Lorenzo suelta un silbidito.

Otra de las ideas fijas de Lencho es el Jack Daniels. Siempre que hay una fiesta lleva uno, supuestamente para él, pero termina invitándole cubas a todo el mundo y a él siempre le tocan dos, si bien le va.

—Bueno, va de nuez… ¿Quién va por las Cocas? —repite Denisse.

—¡ZAFO!

—Mauro —lo señala Irene.

—Nel.

—No zafaste.

—¡Yo ni voy a chupar!

—Lástima, Mar-ga-rito —canta Irene. Ella tampoco piensa tomar, pero no lo dice para que no la empiecen a joder.

—Oh, que la… Bueno, va —dice Mauro—. Pero que alguien vaya conmigo. Además necesitamos hacer una vaca, yo no tengo un peso.

—¿Cómo no traes un peso? ¿Tu jefe es dueño del noventa por ciento de la riqueza de este país junto con otros siete cabrones y tú no tienes para unas Cocas? —lo molesta Denisse.

—¿Cómo la ves?

—Rockefeller ya no le está dando un clavo —Lencho ve a sus amigas y alza las cejas con suspicacia.

—¿Eso es neto, Mau? —pregunta Irene, muy en serio.

Mauro saca un cigarro y en lugar de dar explicaciones, ordena:

—A ver, cada quien ponga cincuenta.

—Ya, ya, dejen. Yo traigo, yo voy —dice Denisse.

—Gracias —dice Mauro.

—Pero ten para cigarros, Den —Irene le da un billete de cincuenta.

—Ok.

Denisse extiende la mano y todos le dan billetes de cincuenta y de veinte.

—Ya, ya con eso.

—Güey, yo tengo que pasar a un cajero, nada más me quedan como cien pesos en efectivo —dice Javi.

—Todavía te tenemos que dar para las casetas —añade Karla.

—Traigo el TAG. Luego hacemos cuentas —dice Denisse—. Cigarros. ¿Cocas? ¿Ron? ¿Qué más?

—Hielos —dice Karla.

—¿Quién me acompaña?

Lencho se para de la cama en la que está sentado como propulsado por uno de sus resortes.

—Vamos.

A Denisse le da gusto que reaccione sin dudarlo. Además tiene ganas de platicar con él, no han viajado juntos en todo el trayecto en coche.

Lencho y Denisse están abordando el Peugeot en la calle desolada frente a la posada cuando Irene, Javiera y Karla los alcanzan.

—Nada más déjame sacar mi repelente y mi Omeprazol, porfis, Lench —pide Irene.

—¿Traes antiácido? Thank god! A mí se me olvidó —dice Javiera.

—Qué horror, güeyes. Estamos hechos unos viejos —dice Karla—. Antes nos deteníamos el pelo pa' guacarear y ahora nos compartimos antiácidos.

—Jajajajaja.

—Yo necesito sacar mi cargador —pide Karla.

Lencho les abre la cajuela del Peugeot.

—¿Echaron todas las mochilas en la cajuela de Lorenzo, o qué? —pregunta Denisse.

—Sí. En tu troca van las tiendas y todo lo de la acampada, acuérdate —dice Irene.

—Oh, bueno, entonces mejor vámonos en la camioneta, pues —Denisse baja del Peugeot.

Cuando Lencho y Denisse están arriba de la Liberty, Lencho baja la ventanilla del lado del copiloto y exclama:

—¡No se vayan a tomar mi Jack!

—Si se tardan, no respondo —dice Karla.

—¡No se les olviden los puchos! —Irene junta las manos.

—Ok.

Lencho levanta el pulgar y la Liberty se aleja por la calle solitaria, levantando polvo.

9

Denisse y Lencho recorren el pueblo de cabo a rabo en la Liberty sin encontrar un mini súper, una miscelánea ni nada que se le parezca.

—¿Sabes cómo le dicen a los Oxxos en Yucatán? Opórporos —ilustra Lencho.

—Jajaja, ¿neta? ¿El "por" es por las equis?

—Exacto.

—Pues aquí ni opórporos ni nada, este pueblo está más muerto que Juan Gabriel —Denisse escanea el panorama, inquieta.

De pronto Lencho ve una luz prendida al fondo de una calle:

—¡Mira! ¿Eso es una tiendita?

Sí es. Y milagrosamente está abierta. Pero parece rústica y desprovista.

—Chale, yo sí pensé que íbamos a encontrar un Oxxo o un Extra o algo así. Quería pagar con tarjeta. Ya traigo poco cash —dice Denisse mientras se estaciona, intranquila.

Lencho abre su cartera y anuncia:

—Yo traigo doscientos.

—Yo también, por ahí.

—Para un Bacachá y unas Cocas alcanza.

—Me preocupan las casetas. En las locales luego no hay TAG —Denisse apaga la camioneta con preocupación.

—Ahorita hacemos cuentas con los demás y mañana tempranito buscamos un cajero —la tranquiliza Lorenzo.

—Va.

Entran a la tienda. El lugar es todo periódico. Periódico en las estanterías, periódico en las canastas y los huacales de fruta, granos y frijol. Todo tiene un olor dulzón a fruta madura, casi pasada. Suena la televisión en la trastienda, con una telenovela. Las estanterías lucen raquíticas: un jabón zote, un vinagre de manzana, una caja de cereal.

—¡Mira, hay Honey Smacks! —señala Denisse—. Hace *años* que desapareció ese cereal.

—Es lo chido de los pueblos, que te encuentras productos "retro".

—Jajaja. ¿De qué año serán?

Lencho no responde, está escrutando las estanterías con cierto agobio.

—No mames, aquí no va a haber nada.

—Cocas seguro sí hay. Las Cocas no faltan en el pueblo más pitero del mundo.

—Bendito capitalismo.

—¿Hola? —llama Denisse, luego se dirige a Lencho—: Y si no hay Bacachá, con tu Jack ya la armamos para hoy, ¿no?

—Entre todos nos lo vamos a acabar en media hora. No va a durar nada.

—Güey, por mí mejor. Yo la neta estoy tronada. Prefiero descansar bien.

—Claro —dice Lencho, con cierta decepción. Hacía meses que no se veían y tenían tres años sin estar todos juntos. Esperaba pasar con sus amigos un fin de semana intenso, extremo, como los de antaño. Estamos de viaje, que no sean abuelos. ¡Es viernes, carajo!, piensa. Al menos había dejado en su mochila esa marihuana poderosa. Con ella seguro todos despertarían y la noche ofrecería algo interesante.

—¿Y cómo va la chamba? —dice Lencho mientras estudia la fecha de caducidad de una bolsa de Sabritones.

—No mames, Lorenzo, llevamos diez años de conocernos. Pregúntame algo que no sea de cajón.

—¡Hace meses que no nos vemos! Yo todavía fumaba la última vez que nos vimos. Neta me interesa saber cómo vas en la chamba.

Denisse se ríe y niega. No sabe si creerle. Una de tantas tardes de sábado o domingo en su casa de Tepepan, Mauro le dijo:

—No puedo creer que con el cerebro que tienes, te dediques a estudiar el puto consumo.

Lencho estaba ahí y sonrió. Denisse se dio cuenta.

—El que debería estudiar su puto consumo de sustancias eres tú, cabrón —Denisse dejó a Mauro callado.

—Me jode que Denisse dedique su vida a una pinche marca, y sobre todo una marca de mierda, y encima a una sub marca de una marca de mierda —comentó Mauro ese mismo día por la mañana, mientras él, Irene y Lorenzo viajaban a bordo del Peugeot, antes de detenerse por la huelga de traileros.

—Ésa es sólo una manera de verlo —dijo Irene.

—¿Cuál es la otra?

—Alguien podría decir que Denisse es brand manager de una empresa importante y es una vieja muy chambeadora y muy chingona, y gana mejor que todos nosotros juntos.

—Pero no es feliz —dijo Mauro.

—"Feliz." ¿Neta estás usando esa palabra? ¿Tú? —respingó Lencho, viendo a Mauro por el espejo retrovisor.

Mauro no respondió. Irene retomó:

—¿Cómo sabes que Denisse no es feliz, Mau?

—Se le nota.

Si fuera feliz, ya hubiera logrado bajar de peso, pensó Irene. Y de inmediato se contradijo mentalmente: ella siempre había tenido la misma talla y seguía sintiéndose completamente perdida. En su último año en la Normal le tocó hacer prácticas en una primaria por el Ajusco. Las instalaciones eran paupérrimas, pero eso no la sorprendió, ya había visto la pobreza extrema en Oaxaca y en Chihuahua. Lo que no había visto era la violencia que podía palpitar en un contexto urbano. Ahí los niños de seis años se agarraban a golpes con los de diez, y no había manera de completar una lección de matemáticas o de español sin estar deteniendo peleas o castigando niños que le toqueteaban las nalgas en cuanto se daba la vuelta para apuntar algo en el pizarrón. La zona estaba además controlada por una banda de criminales juveniles conocidos como los Panchitos. Usaban espuelas, cadenas y navajas, y robaban y violaban o protegían a quienes ellos decidían. En el barrio eran magnánimos. Todos los días, Irene tenía que estar lista a las seis y media en punto de la mañana en la esquina de Periférico y Picacho donde la recogía la maestra Eloísa, la directora de la escuela, una mujer con mal carácter pero con una vocación de servicio implacable que Irene siempre admiró. Pasaba en un Volkswagen rojo modelo 90 junto con las otras dos maestras que daban clases en la escuela Plutarco Elías Calles. Las cuatro subían juntas al Ajusco y a las tres de la tarde bajaban juntas otra vez. Pero una tarde de mayo las cosas se trastocaron. Salieron tarde de la escuela porque la maestra Eloísa tuvo que esperar a los papás de un niño que ese día le había clavado un lápiz en la oreja a otro compañero de clase, y se les adelantó la lluvia. Todo el camino se enlodó y el vocho de la maestra Eloísa se quedó varado a medio recorrido. Sacaron los celulares, avisaron a quien pudieron, pero antes de que alguien más llegara a socorrerlas, llegaron los Panchitos. Sacaron a las cuatro mujeres del coche, las aventaron al lodo y les estaban arrancando los pantalones cuando uno de los malandrines exclamó:

—¡Espérense, es la maestra, es la maestra!

Sus compinches se detuvieron. Dos de ellos reconocieron a la maestra Eloísa de cuando habían pasado por la Plutarco Elías Calles, años atrás. Las ayudaron a ponerse de pie y a sacar el vocho del lodo. Un mes después terminaron las prácticas e Irene no quería saber más de la docencia. Había bajado cinco kilos porque la angustia le quitaba el hambre y desarrolló una afonía crónica por pasársela gritando en el salón. Adam hizo lo que pudo por animarla y no dejarla claudicar, pero Irene se sentía vencida.

—No sé qué me pasa. Cuando estábamos con los niños en la sierra y jugábamos Cebollitas y Quemados y la madre, estaba rayada. Pero yo creo que eso era porque estaba contigo.

—No es porque estabas conmigo. Tú eres increíble con los niños, flaca. Cuando empieces a enseñar en una primaria normal, va a ser diferente, vas a ver.

Ese verano acamparon todos en Maruata. Fue uno de los veranos en que Adam estaba trabajando y no pudo ir, pero Claudio no faltó. Caminando los dos juntos hacia una palapa para conseguir cervezas frías para todos, Irene le contó a Claudio lo de las prácticas y le confesó:

—Aborrezco ser maestra. Lo odio.

—¿Qué es lo que más odias? —Claudio indagó, serio.

—Todo. Levantarme, vestirme, preparar la clase, seguir el programa estúpido de la SEP. No sabes lo que es la educación en este país. Está podrido desde las entrañas. Los niños aprenden pura madre. ¿Has visto lo que hacen en Finlandia? No dejan tareas. Estamos a años luz, es una mamada.

—Pues vete a Finlandia.

Irene soltó una carcajada.

—No tienes que poder algo que no quieres —dijo Claudio.

Irene se le quedó viendo, asintió y se sinceró:

—Sí, eso es lo que me está pasando. La verdad ya no estoy teniendo muchas ganas de poder. Ya, me vale madres decirlo. ¡Mundo: no quiero ser maestra!

Claudio se rio.

—Pero no quiero ser una pinche quitter. ¿Sabes?

—Quítate esos pinches términos de la cabeza. Winner, loser, quitter, no hay nada que le haga más daño a la humanidad. ¿Qué tiene de malo dejar algo? A veces hay que dejar cosas para caminar en la vida, güey. Dejar una droga que te hace mierda, dejar a tus padres, dejar a una pareja que te golpea. Si esto no te gusta, no te tortures, busca otra cosa. Nomás se vive una vez.

Llegaron a la palapa. Una mujer agitaba un abanico de palma ante un anafre, sudando la gota gorda. Le pidieron permiso para abrir el pequeño refrigerador donde guardaba las cervezas y meterlas en la hielera que llevaban. También le preguntaron si tenía hielos, pero no había.

—Voy a decir una mamada. ¿Puedo decir una mamada? —Irene abrió y cerró la mano con la que había cargado la hielera.

—Adelante, por favor —dijo Claudio.

—Ok. Como que siempre en mi vida me fue más o menos bien en todo… ¡No te rías, pinche Claudio!

—No me estoy riendo —sonrió.

Irene continuó:

—Siempre la armé en la escuela, me iba bien con los güeyes, ¡hasta en las clases de manejo la armé, carajo! Y ahora con esto me siento una estúpida, una inútil… me supera.

Claudio empezó a meter las cervezas en la hielera. Irene le ayudó.

—¿Has leído *El Libro Tibetano de la Vida y de la Muerte*? —preguntó él.

—Noup.

Claudio pensó un poco y tomó una lata de Coca vacía que había en el bote de basura del local y la puso sobre una mesa. Al fondo, el Pacífico, majestuoso. Luego recogió una piedra del suelo y se la pasó a Irene.

—A ver, pégale a esta lata.

—¿Qué?

—Pégale. Tírala con la piedra.

Claudio se colocó junto a la lata. Irene lo hizo, y con buena puntería, logró derribarla. Al hacerlo festejó como niña chiquita. Claudio se rio por contagio.

—¡Qué puntería!

Irene levantó ambos pulgares, haciendo un bailecito. A Claudio le fascinaba estar con Irene en la playa. Tostada y con los rizos alborotados y amarrados con pañuelos de colores se veía preciosa, pero además estaba relajada, ligera; nunca vio a una mujer tan cómoda con las incomodidades de la arena, la falta de un baño y las limitaciones de la acampada. No le tenía miedo al agua y nadaba sorprendentemente bien para ser fumadora. En el mar Irene estaba en su elemento. Y su cuerpo... Claudio se hubiera pasado la mañana entera desamarrando con parsimonia el cordón tras el cuello de ese bikini, mordiendo esos hombros... pero en tres días, apenas y había logrado rozarla con algún pretexto.

—Vientos. Otra vez —Claudio le pasó la piedra.

Cuando Irene lanzó la piedra por segunda ocasión, Claudio movió la lata y la piedra siguió de largo.

—¡Oye, ese era un tiro perfecto! —protestó Irene.

Claudio levantó la lata y la lanzó de vuelta al bote de basura, también con buena puntería.

—Ok. ¿Moraleja? Porque hay una moraleja, ¿verdad? —dedujo Irene.

—Aunque sientas que ya diste en el blanco, el blanco se sigue moviendo. El blanco en la vida no es fijo. Es más. No hay tal blanco. Todo se mueve, nada se queda estático, nada es definitivo. Cuando sientes que dominas algo, siempre hay algo más a lo que te tienes que moldear y algo nuevo que aprender.

Ese día cada uno de los campistas (Mauro, Javiera, Denisse, Irene, Claudio, Lorenzo) tomó una gota de ácido y fue uno de los más felices que Irene recuerda. Los seis nadaron y jugaron en las olas, hablaron sin parar, montaron caballos por la tarde, se deleitaron con el horizonte y se rieron hasta que les dolieron las vísceras. A la mañana siguiente, Adam llegó de sorpresa y por la tarde a Irene le dio un ataque de ansiedad después de fumarse un porro. Lo atribuyó a la dosis de LSD del día anterior y a la potencia de la marihuana de Michoacán (aunque ya se había fumado varios toques de esa misma mota en días anteriores). Cuando pasó la ansiedad le dio migraña, y Adam se dedicó a cuidarla. Volvieron a la ciudad al día siguiente. Claudio regresó a Buenos Aires, donde estaba viviendo en ese momento, e Irene continuó en la docencia. Al término de ese mismo verano empezó a dar clases en cuarto de primaria en un colegio privado en el norte de la ciudad. Tal y como Adam lo auguró, en una escuela "normal" fue distinto. Había niños difíciles, pero también había un aparato que la protegía. Había premios y castigos. Un programa que seguir. Una bata que la uniformaba. *Reglas.* Los niños no la enamoraban y ella no enamoraba a los niños como lo había soñado en sus fantasías más entrañables. Pero tenía un trabajo digno, salía a las tres de la tarde todos los días y gozaba de todas las vacaciones del calendario escolar. Al fin y al cabo, lo había conseguido. Sin embargo, todo el tiempo la perseguía una molesta vocecita de frustración: si ella había remado cuatro años contra corriente y se había hecho maestra incluso a pesar de sí misma, fue para ayudar a los niños más jodidos de su país, y a ésos los había dejado atrás, para nunca más volver, en un Volkswagen del año 90. Cuando Adam se la llevó a ver el atardecer a la punta de la Torre Latino y le propuso que se casaran, aceptó de inmediato. Porque lo adoraba y también porque tenía la esperanza de que si no podía enamorarse de los niños ajenos, quizá lo haría de los propios. Y sobre todo, aceptó porque esperaba que con ese compromiso lograría, al fin, exorcizar a Claudio.

—Yo también siento que Denisse no está muy contenta —dijo Irene en voz alta, desde el asiento del copiloto del Peugeot—. A mí me dijo que igual y había cambios en su chamba.

—¿Cambios? ¿Se va a poner a vender explosivos en lugar de cigarros? —sonrió Mauro.

—Es un trabajo —Irene defendió a su amiga.

Mauro chasqueó la lengua, viendo por la ventana.

—Denisse es el típico caso de los que fracasan cuando triunfan.

—¿De dónde te sacaste esa frase tan dominguera? —dijo Lencho.

—¿En qué te hace pensar esa frase? —preguntó María, año y medio antes, avanzando con las manos enfundadas en los bolsillos de su chamarra.

Mauro levantó una rama a su paso. Estaban caminando por Chapultepec.

—¿Los que fracasan cuando triunfan? Pues… me suena a que un día logras todo aquello por lo que luchaste y cuando por fin lo tienes, te das cuenta de que no era eso lo que querías… o algo así —respondió Mauro.

—¿En quién estás pensando? —preguntó María.

Mauro se quedó en silencio.

—No le des muchas vueltas —indicó ella.

—Pues el primero que se me viene a la cabeza es mi papá. Tiene todo, todo el prestigio, toda la lana… sus zapatos italianos, su coche italiano, todas las chingaderas italianas que se pueden tener. Pero se la vive… *hinchado*. Y como tieso. Como si trajera un tapón en el culo. Y otro en el hocico para no tomarse todo el alcohol de la Europea. Y no se ríe y no habla por miedo de que se le vaya a salir.

María sonrió con la imagen:

—O sea que se puso un tapón…

—Exacto —se rio Mauro, con pesar—. Pero yo qué chingados sé. Yo he fracasado en todo, así que no puedo opinar.

—¿Hace falta tener éxito para poder opinar?

—Pero vivimos con dinero, ésa es una realidad. ¿Qué tiene de malo hacer lana? —quiso saber Irene, buscando su botella de agua bajo el asiento del Peugeot. No era una pregunta retórica, realmente quería respondérsela.

—No es hacer lana, el pedo es venderse —dijo Mauro.

—Pero todo el mundo se vende en algún nivel. Todos nos vendemos. ¿O no? —meditó Irene.

Mauro se arrimó al centro del asiento trasero:

—A ver, yo lo veo así. No es lo mismo ir a un restaurante y que te vendan un pescado preparado de puta madre… un róbalo a la sal que te vas a comer con un Chablis…

—Uf, qué rico —Lencho se relamió.

—… que pararte en un semáforo y que se te crucen enfrente tres pinches camioncitos que van quemando diesel, uno tras otro, cada uno con una pantalla gigante y chinga pupilas para que compres un puto *rastrillo* —continuó Mauro.

—La publicidad es una mierda —dijo Irene.

—Una mierda. Todo el tiempo te está embarrando en la cara lo feo que eres y lo jodido que estás —concluyó Mauro.

—¿Vieron *The Corporation*? —dijo Lencho.

—Porsufakinpuesto. Hace como diez años —dijo Mauro.

Lencho de todas formas le expuso a Irene:

—Es un docu que explica cómo las grandes corporaciones funcionan basadas en un comportamiento psicópata. O sea… aunque naveguen con bandera de buena onda y digan que apoyan el comercio justo y la chingada, en realidad les valen madres sus empleados y el medio ambiente y hasta sus clientes, todo lo que les interesa es ganar más y más, y le pasan por encima a quien sea. Unas se están acabando los bosques, otras explotan chavitos para hacer smartphones o usan el mar como excusado…

—¿Y los gobiernos? ¿Por qué no les ponen un estate quieto? —Irene se giró en el asiento delantero para verlos a los dos.

—Los gobiernos se hacen pendejísimos, están totalmente vendidos a las compañías —replicó Lencho.

—Bienvenidos a la posmodernidad, chavos. Vivimos en la era en que los mercados y los bancos son los que mandan y los gobiernos son sus peones —declaró Mauro—. Las personas se han convertido en pinches hormiguitas obreras trabajando para una élite de ricachones.

Lencho tragó saliva, sintiéndose aludido.

—Es la nueva esclavitud —siguió Mauro, encarrerado—. La banda le chinga porque cree que si puede ganar varo y pagar el gym y llenar el puto carrito del Costco, ya la hizo. Pero todo el mundo anda más erizo que nunca, no hay llenadera. Porque todo se trata de alimentar al Monstruo, y el Monstruo no se llena jamás.

—Pero tampoco hay que ser tan bajones, güey. Aquí en México la gente está dando batalla. Los pueblos indígenas siguen fuertes —dijo Irene.

—Uta, pero fuertes en desnutrición infantil… —Mauro rio escéptico.

—No es cierto —dijo Irene—. Está Cherán, en Michoacán, ahí las mujeres sacaron al narco y ahora se autogobiernan. Y justo en Wirikuta hace poco el gobierno estuvo a punto de casi casi regalarles el desierto a empresas extranjeras para hacer un basurero tóxico y todos los pueblos de la región se resistieron y los sacaron a patadas.

—Qué chingón —sonrió Lencho.

—Pero esos ojetes van a regresar. El gobierno está regalando el país y nadie va a poder evitarlo —concluyó Mauro, cáustico.

—No estoy de acuerdo. Podemos hacer una revolución. Ya lo hemos hecho. ¡Somos cien millones de personas! —exclamó Irene.

Mauro sonrió apenas, amargo:

—Cien millones totalmente divididos y apendejados.

Irene ya no replicó.

—Dicen que es más fácil pensar en el fin del mundo que en el fin del capitalismo —intervino Lencho.

A Mauro le sonó la frase:

—¿Eso quién lo dijo?

Lencho hizo memoria, pero no recordaba. Mauro especuló:

—¿Žižek?… ¿Walter Benjamin?

—Chicoché y la Crisis —lee Denisse de la portada de un cassette polvoriento de entre otros que están expuestos en una repisa de la tiendita del pueblo.

—Grandiosos —ironiza Lencho—, lo malo es que no tenemos dónde ponerlo.

—¿Estará en Spotify? Lo podemos buscar.

—Seguro.

—¡Holaaaaa! —vuelve a llamar Denisse, pero sólo se escucha la telenovela.

—Se me hace que no hay nadie.

En ese momento emerge una anciana, ancianísima, encorvada, con delantal y calcetas azul marino tejidas, como de las escolares, que se arrastra desde la trastienda donde sigue sonando la televisión, ahora con un comercial de atún Dolores.

—Buenas, señora. ¿Tiene Cocas? —pregunta Lencho.

La anciana se da la media vuelta y se aleja de nuevo, sin decir ni sí, ni no, ni voy a ver.

—No mames con Mumm-Ra —susurra Lencho.

—Pobre… —se ríe Denisse.

—Malditos espíritus del mal, transformen este cuerpo decadente… en Mumm-Ra, el inmortaaaal —recita Lencho.

Denisse le da un golpe en el brazo, entre lágrimas de risa quedita.

—Ya, güey. Además no son "malditos", son "antiguos".

La anciana reaparece dos minutos después con una sola lata de Coca Cola, la cual tiene un misterioso anillo negro y pegajoso alrededor de la tapa. Denisse y Lencho se voltean a ver.

—No, es que… queríamos una botella familiar —aclara Lencho.

—Grande —completa Denisse.

—Grande. De hecho, si tuviera *dos* botellas…

La anciana se mete a la trastienda otra vez. Los dos dicen al mismo tiempo:

—Qué pedo.

Y se ríen. Y se sostienen un instante la mirada. Lencho la baja y Denisse aprovecha para examinarlo. Se arregló los dientes, después de mucha insistencia por parte de los amigos. Se pregunta cómo tendrá las uñas de los pies. Le da miedo verlas. Desde que se las vio en Ixtapa la primera vez que fueron todos juntos al departamento de Mauricio Garcés, antes de que Karla se embarazara de Alicia, Denisse decidió que esas uñas le darían tirria para siempre. Cuando se lo dijo a Karla tiempo después, camino al baño de la biblioteca de cu durante una tarde de viernes en las islas, Karla se rio y la regañó:

—Güey, todo fuera como eso.

—No mames, Karli. Se le enroscan cabrón. Es como Gárgamel.

—Hay gente a la que se le enroscan las emociones, güey. Todo fuera como ir al podólogo.

—Es que no son las uñas, güey... es la desidia. No echarle ni tantitas ganas. El no quererse. Eso es lo que me da pa'bajo de Lorenzo.

—Hay gente perfectamente bien bañada y peluqueada que no se quiere un carajo, ¿eh?

—¿En quién estás pensando?

—No estoy pensando en nadie en especial. Nada más estoy diciendo que deberías darle chance a Lorenzo. No seas tan frívola, güey.

Eso último le ardió a Denisse.

—¡Frívola! ¿Me acabas de decir frívola, Karla de Tuya?

—No te claves.

—Güey, ya estoy hasta la madre de que me quieran emparejar a huevo con Lorenzo nomás porque es "el gordito" de la banda. Hasta la madre.

—No es por eso. Es porque se caen de huevos y se llevan de huevos. Los dos usan lentes, por amor de Dios. Están hechos el uno para el otro, ¡tienen un chingo en común!

—Sí, lo gordos.

—¡Denisse!

Si Denisse supiera por qué Lencho tenía así los dientes y las uñas de los pies, se le partiría el corazón. Sabe que su mamá murió de un infarto cuando Lencho tenía trece años, y que él estaba con ella cuando ocurrió. Lo que no sabe es que estaban acomodando las cosas del súper y ella comenzó a sentirse mal, con náuseas, acidez y dolor de espalda. Pensó que era porque habían comido pesado y por cargar las bolsas del súper. Se fue a recostar a su cuarto y ya no despertó. Lencho daría lo que fuera por quitarse de la cabeza la imagen de su mamá colgando los embutidos en el garabato de la cocina, y todos los hubieras añadidos. Lencho y su hermano Toño vivieron desde entonces con su padre, Ángel, un inmigrante español autodidacta y orgulloso de ello al grado de la sabiondez. Llegó de España en los años sesenta, cuando la época fuerte de la inmigración española ya había pasado, y durante un año durmió detrás del mostrador de la tienda de su tío. En ese mostrador leyó todo lo que cayó en sus manos y trabajó tan duro que cinco años después ya tenía su propia ferretería. Y ésta era una historia que le gustaba mucho repetir. Don Ángel nunca fue cariñoso, y con la viudez se encerró en sí mismo todavía más. Lo único que les dio a sus hijos fue sustento, muchos libros para leer, y una afición frustrante por el Athletic Club, equipo al que sólo podían ver jugar por televisión. La afición por los toros nunca logró contagiárselas, aun cuando los llevaba a la Monumental Plaza de Toros México siempre que había buen cartel. Eso era lo único que hacían juntos. Fuera de esas ocasionales tardes de domingo, Ángel nunca estaba. Si había que comprar uniformes, libros o materiales para la escuela, Lencho era quien tenía que estar al pendiente y encargarse. Varias veces tuvieron llamadas de atención de la escuela porque se les pasaba la fecha de pago de la colegiatura. Los niños jamás pisaron un dentista y cuando un amigo de la secundaria invitó a Lencho a pasar un fin de semana en Tequisquiapan con su familia, él pescó un hongo en un baño del parque acuático, no tuvo a quien decírselo y lo fue dejando pasar hasta que se agravó. Denisse no lo sabe y quizá sea mejor así. A Lorenzo no le gustaría que ella sintiera pena por él.

—Ok. Estamos condenados al capitalismo y al neoliberalismo y todo eso —dijo Irene—. ¿Pero y entonces qué hacemos? ¿Cuál es la alternativa?

—El comunismo está muerto. Ahí sí: para atrás, ni para agarrar vuelito —opinó Lencho.

Mauro reflexionó con un cigarro apagado en la mano:

—El pedo del comunismo es que falla en el mismo sentido que el capitalismo, aunque parezca lo opuesto. Los dos pretenden administrar los bienes de la tierra como si fueran administrables. Y bajo esa lógica, todo termina siendo de unos poquitos, que son quienes ponen las reglas del juego. Nuestro mayor problema en realidad es con la ley, porque siempre se impone arbitrariamente, aunque el que la impone diga que aplica para todos. Díganme, ¿qué cosa en esta vida aplica para todos? Nada.

—¿Pero entonces para dónde nos hacemos? No se puede ser tan pesimista, güey —dijo Lencho.

—A mí me gusta más "anarquista"…

Irene observó la carretera plana desde el Peugeot. Tierra y cielo, sin interrupciones. Sin concreto vertical. Se sentía bien salir de la ciudad. Comenzaba a hacer calor, Irene se quitó la chamarra:

—¿Pero qué propones entonces? ¿Que nos salgamos del sistema y nos vayamos todos a vivir al campo a hacer homeschooling y vida comunitaria y cultivar nuestras propias lechugas, o qué?

—Pues no estaría mal. Pero el pinche Monstruo es tan rapaz que si nos apendejamos, hasta eso va a terminar convirtiendo en mercancía —dijo Mauro.

—Uta. Creo que estabas menos denso cuando te metías drogas, cabrón —Lencho bajó la ventanilla.

Cinco años atrás, Mauro cerró los ojos. Estaba sentado en una colchoneta con las piernas cruzadas, descalzo, con las manos sobre las rodillas. El Inge y Julieta, otra integrante de sus "sesiones", como Mauro las llamaba, estaban sentados en otras colchonetas, formando un triángulo. Escuchaban "Música con flauta y piano", de Schubert rodeados de velas. La sesión de ácido se celebraba en la "torre" de Mauro, un apéndice de la mansión porfiriana de la familia Roblesgil en el Paseo de la Reforma, que otrora había sido granero. La torre estuvo inhabilitada durante décadas hasta que, en la adolescencia, Mauro se obsesionó con mudarse ahí. Subiendo una angosta escalera había un espacio habitable, y ahí se instaló. Desde niño había crecido observando el jardín que se desplegaba afuera y estaba consciente de todos sus cambios. Gracias a su madre sabía cuándo resurgían las nochebuenas, cuándo floreaban las acacias y cómo habían crecido el hule y las magnolias. Sus padres y su hermana también tenían vista al jardín desde sus habitaciones en la casa, pero nunca reparaban en esas cosas. Luisa parecía haberlas olvidado, engullida por otras prioridades. Para Lisandro, las jacarandas eran sólo unas flores moradas que ensuciaban el parabrisas de su Alfa Romeo; y las enormes palmas caídas, una molestia que a veces estorbaba el camino para salir y que el jardinero tenía que quitar. Mauro y sus "seguidores" habían consumido dos gotas de LSD cada uno aquella tarde. Mauro respiró profundo, llenándose del aroma del jazmín junto a la ventana, y dijo:

—Tenemos que trascender la materia. La codicia es el peor mal de este mundo. La *codicia*. Las ganas de tener más y más aunque ya tengas. Porque nunca es suficiente. Nunca. Porque nunca podremos asir lo material. Y entre más inalcanzable se vuelve, más violenta es la necesidad de poseerlo. Nada existe por separado. Ni siquiera la muerte. La muerte no existe porque en la naturaleza no hay divisiones, todo es parte de un ciclo interminable.

—Porque todo renace —dijo Julieta, dejando correr lágrimas con los ojos cerrados.

—Porque todo renace y porque todo es un gran conglomerado vital que late, todos estamos hechos de lo mismo —siguió Mauro—. Hay que desintegrarse. Hay que dejarnos fundir con lo eterno, con lo que *es*. Las estructuras que nos hemos inventado, los límites, las barreras, nuestra adoración a nuestros cuerpos y a nuestros intelectos y al dinero y a las cosas, nos amarran y nos anulan.

—Es muy fácil "desprenderse de lo material" cuando tu papá es el cabrón más rico de México y no tienes que mover un puto dedo para sobrevivir y comprarte tus dulces —le dijo el Inge, riendo en un tono ligero que disfrazaba el dolor del reproche, unos años después de aquella sesión de ácido. Él y Mauro estaban buscando discos en el centro una de las últimas tardes que pasaron juntos. Mauro hubiera querido decirle que eso era lo de menos. Que de dónde sacara para sus "dulces" era lo de menos. Que dejara de pensar nada más en el dinero que tenía o dejaba de tener, que le diera un poco de crédito a sus ideas. Pero, en lugar de eso, dejó el disco de Frank Zappa que tenía entre las manos y le contestó:

—¿Fácil? No es fácil, Inge, créeme. Nada es fácil.

—Sí, no. El pedo no es hacer lana —subrayó Mauro esa mañana de viernes en el Peugeot—, sino hacerla sin a huevo chingarte al vecino y sin vender tu alma. Hacer algo creativo, chingá. Algo que *ames*.

—¿Eso significa que ya vas a trabajar, cabrón? —atajó Lencho.

Mauro lo ignoró y continuó:

—Ser libre es gastar el mayor tiempo de nuestra vida en aquello que nos gusta hacer, dijo por ahí un sabio uruguayo.

—Qué bonito. ¿Vas a cobrar por nómina o por comisión? —siguió molestándolo Lencho.

—Yo no me estoy poniendo de ejemplo, güey. Yo soy un paria, soy un puto desastre —replicó Mauro—. Pero ve al Claudio. Ese güey no tiene ni carrera y le está yendo cabrón armando viajes.

Irene sintió una punzada. Se había pasado casi una década comparando a los dos hermanos, casi siempre buscando argumentos a favor de Adam.

Uno de los más poderosos era la inestabilidad de Claudio. Irene había crecido con una madre que siempre ninguneó a su hombre por ser incapaz de proveer. Por muchos años se aferró a pensar en Claudio como un vagabundo sin oficio ni beneficio, y pensándolo así podía aferrarse sin titubeos a los brazos de su Primer Gran Amor. El saber que a Claudio le estaba yendo tan bien le daba gusto, pero también era como una Gran Bofetada con Guante Blanco.

—Pero a ver. Eso de que todos tendrían que hacer algo creativo y algo que amen es una ilusión —opinó Lencho—. Alguien tiene que recoger la basura y arreglar los cadáveres y destapar los excusados.

—¿Y quién dice que esa gente no está haciendo lo que ama? —dijo Mauro.

Lorenzo soltó una larguísima trompetilla como respuesta. Mauro defendió su postura:

—Ok. Pon tú que no. En todo caso, para eso tendría que servir la tecnología. Para que las máquinas hagan los trabajos pinches y dejar que la gente se dedique al ocio creativo, en lugar de seguir haciendo los trabajos pinches usando la tecnología nada más para ver el maldito telefonito todo el día —Mauro hace la mímica de scrollear en una pantalla.

—Güey, pero hay banda que está sufriendo porque todo se está haciendo automático y se están quedando sin trabajo —dijo Irene.

—Pues sí, ¡pero ahí es donde hay que darle la vuelta al pedo! ¡El capitalismo nos tiene tan doblegados que sufrimos cuando no podemos ser esclavos, no mames! —exclamó Mauro.

Lorenzo interrumpió la discusión:

—Les voy a enseñar algo chingón de la tecnología y el capitalismo. ¿Están listos?... Se llama Spotify...

Y al decirlo, Lencho cambió el disco en su teléfono y comenzó "Unfinished Sympathy" de Massive Attack. La música invadió el coche como una presencia y le erizó a Mauro los pelos de las pantorrillas. Irene miró por la ventana. Le gustaba esa canción. No le encantaba, pero le gustaba la letra.

—Denisse debería cantar. Canta increíble —dijo de pronto.

—Ya sé, carajo —la secundó Lencho.

Hacía años, Irene le había dicho:

—Deberías inscribirte a American Idol o algo así, Den. Seguro ganarías en uno de esos concursos, te lo firmo.

—¿Quieres que me vuelva alcohólica en seis meses? —respondió Denisse.

—¿Por qué te volverías alcohólica? —se rio Irene.

—¿No me has visto? Cada vez que se aparece un mariachi en una boda necesito como tres tequilas para animarme a cantar.

La única ocasión en que Denisse cantó sobria para un público, tenía once años. Era el cumpleaños de su padre y estaba toda la familia. Sus papás estaban a punto de separarse, todo el mundo lo sabía, pero nadie lo decía. Denisse practicó "More than words" en la guitarra durante toda la semana para darle la sorpresa a su papá. Su abuela Irina preparó cordero y kafta, pero Denisse no probó la comida de lo nerviosa que estaba. Cuando llegó el momento de cantar, a su papá le entró una llamada y regresó de atenderla cuando Denisse ya estaba terminando la canción. Su mamá le rogó que volviera a empezar, pero las lágrimas no la dejaron. Los aplausos la siguieron hasta su cuarto, donde se encerró el resto de la tarde.

Mauro anunció:

—Perdón. Pero lo único que interesa es si Denisse Libien está preparada para recibir el garrazo de Lorenzo este fin de semana. Todo lo demás es *peccata minuta*.

—Cómo chingas, Roblesgil —negó Lencho.

Mauro hizo eco con sus manos:

—Señores pasajeros, ésta es la última llamada para abordar el vuelo Catorce con destino al futuro.

—Qué dramático —se rio Lencho con escozor.

—¿Por qué la última llamada? —quiso saber Irene.

Mauro vio por la ventana, serio de pronto.

—Porque después de este fin de semana, puede que algunos ya no nos volvamos a ver.

Lencho y Denisse se abren la bolsa de Sabritones "retro" en la tiendita de los periódicos mientras esperan a que la anciana vuelva con las dos Cocas familiares.

—¿De qué es la junta a la que tienes que llegar el lunes, o qué? —le pregunta Lencho.

—Es con un cliente.

—¿Quién? ¿Un fumador?

Denisse se ríe.

—No, teto. Con directivos de FEMSA.

—Ésos son los de Coca Cola, ¿no?

—Exacto. Y los de Opórporo.

—Van a ver temas de distribución… —supone Lencho.

Denisse asiente:

—Al parecer Camel tiene el look and feel en la mayoría de las tiendas, necesitamos más presencia en puntos de venta.

—Ya.

Lencho tiene fresca la conversación de la mañana en el coche con Irene y Mauro; escucha la importancia que Denisse le da a todo el tema, cómo incluso su tono de voz adquiere otra inflexión cuando habla de su trabajo, y se siente compelido a decirle algo, pero no sabe qué.

—¿Y a huevo tienes que ir tú? —es lo mejor que se le ocurre.

—Soy gerente de marca —obvia Denisse.

—¿Y no puedes delegar?

Denisse suelta una carcajada.

—Uy, manito, cómo se nota que no eres jefe.

—Afortunadamente —dice Lencho, con sentimientos encontrados.

—¿Tú también sigues vendiendo tu cuerpo al corporativismo literario internacional? —pregunta Denisse, con filo.

—Sigo. Y creo que seguiré —dice él con cierto orgullo compensatorio—. La vida Godínez tiene sus ventajas, como bien sabes.

—Totalmente. Hay gente que tiene que chambear en tres cosas diferentes para sobrevivir. Deberíamos sentirnos afortunados de estar en una nómina y de que nos depositen cada quincena.

—Claro.

Aunque sientas que te van a cortar la cabeza en cualquier momento, pensó Lencho. A causa de ese temor, el último año Lorenzo había trabajado un enorme porcentaje de fines de semana y jornadas hasta las tres de la mañana. Ya era amigo del empleado nocturno del Seven Eleven de enfrente de la oficina, que le tenía listas sus Cocas y sus Pingüinos cada vez que Lencho le tocaba en la ventanita corrediza después de las doce. Eso, hasta hace diez semanas, en que Lencho decidió bajar un poco de peso de una buena vez, pensando en ver a Denisse en este viaje; ahí su amigo del Seven le tenía lista su Coca Light, sus nueces mixtas y su manzana envuelta en unicel.

—Se me hace que Mumm-Ra ya se olvidó de nosotros —Lencho ve hacia el interior de la tienda.

—Se ha de haber clavado viendo la telenovela.

—Sí, pero clavado el pico.

Denisse suelta una carcajada:

—¿Crees que se murió?

—Qué extrema eres —se ríe Lencho—. Yo decía que se durmió la pobre.

—¿Clavar el pico no es morirse?

—No, es dormirse —responde Lencho, muerto de risa.

Denisse se tapa la boca, riéndose con falsa culpabilidad.

—Chale, qué horror.

Luego busca algo en su bolsa.

—¿Quieres ver algo en serio del terror?

—¿A ver…?

Denisse saca su celular y busca una foto. Le muestra la pantalla a Lencho. Él señala:

—¿Tu papá?

—Sip. Y su mujer. Mírala. Pinche anoréxica del infierno, está toda botoxeada. A los cincuenta va a parecer envase de tetrapak.

Denisse abre los ojos y pone rígida la cara y la boca para ilustrar la imagen, Lencho se ríe para darle por su lado aunque piensa que la madrastra está buenísima.

—¿Pues cuántos tiene?

—Cuando se casó con mi papá tenía como veinticinco y yo tenía doce.

Lorenzo ladea la cabeza, haciendo cuentas que de pronto le da flojera hacer.

—No, pus sí está flaquita… ¿De cuándo es esta foto?

—Hace dos semanas, en el cumple de mi papá.

En la foto también aparece Denisse, rodeando a Horacio con ambos brazos, como si se hubiera olvidado de todo lo que lloró en aquel cumpleaños en que su papá se fue a hablar por teléfono y no la escuchó cantar. Los dos sonríen con los dientes, pero Lencho ve tristeza en los ojos de Denisse en la foto y tiene ganas de abrazarla, pero se contiene. En lugar de eso le dice:

—Sales súper bien.

—¿Tú crees? —sonríe ella.

Denisse comienza a pasar varias fotos.

—Ahí no se nota bien lo flaca que está el reptil, te voy a buscar una donde se le ven los brazos de niño de Biafra que tiene…

Lorenzo se detiene en una imagen.

—Espérate, ¿ella es tu hermana Diana?

Denisse regresa la foto.

—¿Cómo la ves?

—¡Está enorme! ¿Sigue bailando?

—¡Claro! Es una capa. Ahora anda haciendo unas cosas loquísimas de acrobacia y anda de giras por el gabacho y no sé qué tanto.

—¿Ya no te tortura? —dice Lencho.

—Vieja culera… me metía envolturas de chocolates en la mochila para que mi mamá las encontrara y me cagoteara —cuenta Denisse con el tono de quien ya puede imprimirle algo de humor y cariño al trauma.

—Me contaste. Era cruel tu hermana. ¿Y Diego cómo va?

Denisse sonríe ante la mención de su hermano.

—De pelos. Está haciendo pura vivienda sustentable. Hace poco se ganó un premio de arquitectura en Bogotá.

—Wow.

—Y ya están a punto de darles a su niña a él y a Nacho.

—¿En serio? ¿Ya vas a ser tía?

—Ojalá y esta vez todo salga bien —Denisse cruza los dedos—. Esa niña va a ser una pinche consentida. Yo ya tengo el clóset lleno de vestiditos y madres que le he comprado.

—Tu hermano salió del clóset bien chavo, ¿verdad?

—Sip. Como a los quince. Tiene unos pantalones…

—¿Tus papás no se cagaron?

—Lo bueno es que son dizque liberales y en esa época se andaban separando. Además no conoces a Diego. A los tres años decía "voy a subirme a ese árbol" o "voy a pintar esa pared de amarillo con mis nalgas" y todo el mundo se cuadraba. Siempre ha hecho lo que ha querido.

Denisse muerde otro sabritón, le entrega la bolsa a Lencho y se sacude las manos.

—Quítame esto de enfrente.

Lencho toma la bolsa sonriendo. Denisse pregunta con tiento:

—¿Y tú? ¿Con Toño qué ha pasado, ya volvieron a hablarse?

Todo el chisporroteo de risas y ligereza se desvanece de pronto, como si un nubarrón hubiera entrado a la tienda.

—¿Qué te digo...? —y Lencho continúa con otra pregunta—: ¿Cómo se va a llamar tu sobrina? ¿Ya saben?

—¿La hija de Diego?

—Ajá.

—Siena. Como mi mamá.

10

Irene, Mauro, Karla y Javiera sólo sacan el repelente y el cargador de la cajuela del Peugeot, pero deciden esperarse a bajar las maletas hasta que Denisse y Lencho regresen de la tienda. Calculan que no tardarán. Los cuatro quitan unas cuantas hojas de la alberca y se sientan en la orilla para meter los pies en el agua turbia y fumar cigarros "sin que nos estén chingando" —dice Mauro.

—Tampoco se emocionen, que quedan pocos puchos —dice Irene.

—Ésta ya la había visto. La mandaste al chat, ¿no? —dice Javi, viendo una foto de Alicia en el celular, y pasándoselo a Irene.

—Está increíble. ¿No tienes más? —le pregunta Irene a Karla.

—El cel es de Javi, el mío se está cargando en la recepción —dice Karla.

—Ah, sí es cierto —recuerda Irene, y se pregunta si todavía sufre reminiscencias de desmemoria y distracción producto de los porros de la espera en la autopista, cuyos efectos le duraron una eternidad.

—Luego les enseño otras. Pinche Alicia, está cagadísima —Karla sonríe, orgullosa como un pavorreal.

Irene le pasa el teléfono a Mauro, que amplía la foto con los dedos para verla mejor. Alicia le está dando la mano a Mercedes, la pareja de Karla. Están corriendo hacia un juego en Six Flags con caras de emoción.

—Son unas aventadas, se suben a todo. Qué bueno, porque yo soy una maricona para esas cosas.

—Y no es lo mismo ser maricona que ser lesbiana, cabe aclarar —dice Mauro.

—Desde luego que no —Karla le sigue la corriente.

Irene y Javi se ríen.

Sin dejar de ver la foto, Mauro cita:

—"Caía, caía, caía. ¿Es que nunca iba a dejar de caer? Y como no podía hacer nada más que caer, Alicia se puso a hablar de nuevo."

—Pinche Mauro freak —dice Javiera, y voltea a ver a Karla. A su pesar recuerda la vez que fueron a verlo a un hospital psiquiátrico deprimente donde estuvo internado cinco días. Antes tuvieron que pasar a Suburbia a comprarle unos pants porque les avisaron que los pantalones con los que llegó al hospital estaban hechos jirones. Este Mauro es otro. Se parece al Mauro del que Javi se enamoró cuando Alicia ni siquiera había nacido. Lo malo o lo bueno es que en ese momento no se dio cuenta de lo enamorada que estaba.

—¿Freak? Para freaks, Lewis Carrol —dice Mauro, y voltea a ver a Karla—: Me alegro de ver a tu hija así.

—¿Así, cómo? —Karla frunce el entrecejo.

—En un plano abierto, sin ti. Por años siempre salían tú y ella en el photo booth, exactamente con la misma sonrisa, en la misma posición.

—¿Cuál?

—Alicia sentada en tu rodilla izquierda —responde Mauro.

Karla mira a sus amigas, negando, como diciendo "este loco".

—Te lo juro. Podemos checarlo.

Se hace un silencio tenso.

—Tus fotos empezaron a cambiar mucho desde que se fueron de la casa de tu mamá.

Karla se alebresta.

—¿Qué estás insinuando, pinche Mauro? ¿Estás diciendo que con esas fotos estaba yo compensando algo, o qué?

—Ahora sí que no lo dije yo.

Karla niega otra vez, incrédula. Irene y Javiera se aferran a sus cigarros como a una tabla en el océano de la incomodidad.

—No te lo estoy diciendo en plan hostil, Karla, no te pongas defensiva. Neta me da gusto que te hayas hecho cargo de tu hija. Era lo que tenías que hacer.

—¡Karla se hace cargo de Alicia hace un chingo! —interviene Irene.

Karla sigue:

—¿Por qué tienes que ser tan pinche sabiondo y soberbio, cabrón? ¿Por qué tienes tan claro lo que todo el mundo tiene que hacer si no puedes hacerlo contigo?

—Yo nunca he dicho que sé lo que tengo que hacer conmigo. Yo soy un puto desastre —repite, igual que por la mañana en el Peugeot.

—Pero con un chingo de opinionismo —apuntala Javi.

Mauro cambia de posición, suspira y dice:

—Lo siento, morras. No fue un comentario en mala onda. De veras que no. Alicia es maravillosa —le devuelve el teléfono a Karla, luego recuerda que no es de ella y se lo da a Javi.

Karla sonríe al ver la imagen de su hija y su novia antes de que Javiera guarde su teléfono y dice, sincera:

—Gracias. Lo es.

También es idéntica a Paco, piensa Mauro, pero se muerde la lengua. Saca su paquete de Tigres y se prende uno. Se escuchan ladridos de perros muy a lo lejos, la televisión del posadero y los pies de los cuatro chapoteando en el agua. De pronto Mauro suelta el humo y dice:

—Te tengo otra pregunta incómoda, Karl.

Las tres se ríen con nervios y se miran con cara de "madres, y ahora qué", hasta que Karla dice:

—A ver. Dispara.

—¿Por qué Mercedes?

Karla le sostiene la mirada a Mauro.

—¿Y por qué no?

Irene y Javi se ven de reojo, se hace un silencio expectante.

—Yo me sumo a la inquietud de Mau. Perdón, pero no entiendo dónde está el bonus —admite Javiera.

—¿A qué te refieres? —pregunta Karla.

—Pues si quieres que te lo diga así, al chile…

—Sin albur… —añade Mauro, y se quita trocitos de tabaco de la lengua.

—Ok, literalmente al chile —dice Karla.

—Exacto —se ríe Mauro—. ¿Qué chiste tiene el mamey cuando puedes tener el chile cuaresmeño?

—No mamen —se ríe Irene.

—Resumiendo lo que dice Mau —sigue Javi—, o sea, en el caso de los hombres gays lo entiendo. Tienen un extra, hay un pene de más en la ecuación. ¿Pero las chavas, qué? ¿Qué les suma en el sexo?

—Es que no nada más es el sexo —dice Irene, ligeramente incómoda, tratando de solidarizarse con Karla. Pero Karla no parece incómoda, sino divertida con el interrogatorio.

—O sea, perdón, pero a mí me pueden hacer miles de cosas muy ricas con la mano y con la lengua —dice Javi, y al decirlo evita cruzar miradas con Mauro—, pero tarde o temprano… o sea… necesito un pito. Lo siento.

Todos se ríen.

Karla había afirmado lo mismo toda su vida. Lo cierto es que tardó cerca de una década en curarse de Paco, el papá de Alicia. No era algo racional. Intelectualmente Karla podía explicarse que Paco era un tipo con el que se había acostado una sola vez, puestísimos con sendas pastillas de éxtasis. Nunca tuvieron un vínculo real, además de Alicia. Pero cada vez que se aparecía y buscaba a la niña y después se desaparecía, Karla se quedaba prendada de él de la peor de las maneras. Se enganchaba. Decía que era por la nena, que le dolía por ella. Eso era cierto en parte, pero luego yendo a terapia como parte de su formación, Karla comprendió que era personal. Que le dolía por ella, por haber engendrado una hija juntos y que para él eso no significara nada. En su cabeza comprendía que no hubiera vínculo, pero algo primario, algo animal en su ser, le dolía por ese abandono. En aras de desengancharse de Paco, Karla salió con muchos hombres. Disfrutaba mucho el ligue y el sexo, y eso le daba una tregua en su montaña de obligaciones entre la carrera, luego la maestría, el trabajo, las idas a las comunidades donde apoyaba a Adam, más tarde el entrenamiento físico y siempre la nena. Pero cuando intentaba enamorarse, algo salía mal. Siempre. El único hombre que consiguió removerla y hacer que se olvidara de Paco por un rato era casado. Y para colmo, se llamaba Francisco. Karla acababa de salirse de casa de su mamá y su abuela para hacer, por fin, una vida aparte con su hija.

—No mames, se buscó un papá, carajo —resopló Denisse al enterarse del nuevo romance de Karla—. ¿Cómo puede una psicóloga hacer algo tan pendejamente básico?

—Güey, ser psicóloga no tiene nada que ver. Es como los médicos que fuman —Irene revolvió el azúcar en su café con leche y luego movió su silla para hacerle espacio a alguien que llegó a sentarse en la mesa de junto: el Prichito tenía a un séquito de padres e hijos en aquella ocasión.

—Dice Karla que el tipo está en proceso de separación —Javi encogió los hombros, sorbiendo de su té de limón.

—Mis huevos —negó Denisse—. Eso dicen todos.

Y días después, le dijo a Karla:

—Tú no estás para ser la segunda opción de nadie.

Pero Karla tardó en llegar a esa conclusión. Incluso dejó de contarle de Francisco a Denisse porque llegó el punto en que se hartó de que la sermoneara. Uno de los momentos más angustiantes que Karla recuerda con su hija fue cuando a los cuatro años tuvo una infección de anginas y le dio una fiebre altísima que no se le bajaba con Tempra ni con Motrín ni con nada. Era viernes santo y el pediatra no contestaba el teléfono. Francisco, que tenía hijos adolescentes, estaba en el departamento de Karla y recomendó llenar con hielos la tina de plástico en la que bañaba a Alicia y sumergirla ahí. A la niña sólo le subió la fiebre y empezó a delirar.

—Karla por fin encontró al pediatra y le dijo que lo de los hielos era la peor pendejada que podía hacer —les contó después Irene a sus amigas.

—¿Por qué? —preguntó Denisse.

—Para bajar la fiebre, el agua tiene que estar tibia. Si está fría, las moléculas se aceleran para producir más calor, y sube más la temperatura —le explicó después Karla a Francisco, según ella en buen plan, pero sin poder ocultar un tono de reclamo.

—No, pues perdón por querer ayudarte a ser mamá.

—No quiero que me ayudes a ser mamá. Llevo cuatro años siendo mamá, bien o mal. Quiero que no tengas que largarte un sábado en la noche cuando estamos empiernados en mi cama después de coger y yo estoy toda sensible. ¿Eso va a pasar?

Silencio.

—Hey, Fran. ¿Eso va a pasar algún día?

No pasó. Y como Karla no tenía madera masoquista, pronto se cansó. Francisco se fue, Paco aguzó una vez más, y luego llegó Tinder. Karla empezó a acostarse con un hombre diferente, primero cada mes, luego más seguido. Otra vez hubo muchas opiniones al respecto entre los amigos.

—Güey, eso de Tinder es el diablo —opinó Mauro.

—A mí me late, está cagado —dijo Javi.

—Es como decadente, ¿no? —insistió Mauro.

—Cálmate, defensor del cortejo tradicional bajo los influjos del alcohol —rezongó Lencho.

Estaban él, Denisse, Javiera y Mauro tomando unas cervezas y fumando de un bong de reciente adquisición en casa de Lorenzo, cuando ya vivía en su departamento de la Nochebuena. Irene estaba viviendo entonces en Viena, y Claudio viajando por la India. Sonaba "Sexual Healing" de Marvin Gaye. Mauro siguió argumentando:

—No sólo es por defender el cortejo tradicional. Da pa'bajo eso de sentarse en el excusado y empezar a scrollear viejas a ver cuál te das, como si fueran reses.

—No mames… —Javiera se tapó la cara, riéndose con ansias.

—Imagínate que te enamoras de alguien que conociste en Tinder. ¡Nunca vas a saber si la primera vez que te vio estaba cagando en el baño!

—¡Diujjj, Mauro, no mames! —Denisse lo empujó, y prendió el encendedor sobre la boquilla de la pipa rellena de agua.

—También ayuda a muchos tímidos, ¿eh? —opinó Lencho. Él mismo había usado Tinder alguna noche solitaria de sábado y no le había ido tan mal, para variarle un poco al "amor propio", como él lo llamaba—. No todo el mundo tiene los looks o la lana para ligar —se desplomó en el sillón—. Coño, qué rico…

—El bong es el mejor toque, ¿no? —sonrió Javi, con los ojos completamente acuosos.

—Séeeeeee.

—No se trata de lana ni de "looks" —Mauro siguió en lo suyo—. Cabrón, los seres humanos se aparean desde hace miles de miles de años. Eso no va a dejar de pasar. Siempre hay un roto pa' un descosido. Si algo podría salvarnos como especie es que sigue sin haber nada más rico en este mundo que frotarse contra otra pinche piel. El pedo no es encontrar con quién coger. ¿Sabes cuál es nuestro pedo? Que nosotros solitos nos estamos poniendo como bienes de consumo.

—Güey, yo conozco parejas muy contentas que se han conocido en Tinder. Lo importante es encontrarse. Como sea —declaró Denisse, y sintió un nudo en la garganta al decirlo.

—De acuerdo —Javiera chocó su cerveza con la de ella.

—Cálmense con su des-Tinder —dijo Mauro.

—Eres una pinche lacra —le gruñó Denisse.

Mauro le dio un trago a su cerveza y se levantó al baño concluyendo:

—Ahí me avisan cuando pongan su kinder.

—¿Te puedo confesar algo? —Denisse abre ahora una bolsa de cacahuates japoneses. Los Sabritones ya se terminaron y Lencho se está tomando la Coca de lata con el anillo negro misterioso que les ofreció la anciana en primer lugar. Están sentados en unos huacales, todavía esperando a que la mujer aparezca con las Cocas grandes.

—Venga.

—A lo mejor me dan la subdirección.

—¿De Philip Morris? —pregunta escandalizado, luego modera el tono—: ¿En serio?

Denisse se ríe.

—No, de mi marca nada más. Pero es un súper ascenso.

—Mucha responsabilidad, ¿no?

Denisse encoge los hombros.

—¿Sabes de cuánto es el bono de Navidad?

—¿De cuánto?

—Doscientos mil —Denisse se muerde el labio.

—No seas mamón... —Lorenzo alza las cejas.

—Está cañón, ¿no?

—Sí, pues sí.

—Por eso no quiero faltar el lunes. Ahorita no puedo dar paso sin huarache.

—No, pues no.

—Me estás dando el avión, ¿verdad, pinche Lorenzo? —Denisse le da un empujoncito.

—Nel —se ríe.

—En realidad piensas que me ascienden a la subdirección de Mordor, ¿verdad?

Lencho suelta una carcajada. Él mismo no pudo haberlo dicho mejor. Agarra un cacahuate y decide cambiar de tema.

—Los güeyes para los que freelanceo... ésos sí que viven en Mordor.

—¿Por?

—Nah, equis. Es que están hasta Santa Fe, pero la verdad es que nunca voy, todo se los mando por mail.

—¿Pero de qué es el freelance, o qué?

—Nada. Ahí unas mamadas, unos cuentos...

—¿Estás escribiendo?

—Sí.

—¿¿Neta??

—No te emociones, no es nada de qué sentirse orgulloso, Denisse. De hecho son publicaciones anónimas.

—¡No importa! ¿Dónde estás escribiendo?

—¿En serio quieres saber?

Denisse asiente. Lencho baja la cabeza con una risita nerviosa.

—Por fa dime.

En la alberca mohosa, Karla soltó el humo de otro cigarro.

—En casa de mi prima —dice Karla—. Ahí conocí a Mer.

—¿A poco? —Irene se sorprende, saca el penúltimo cigarro del paquete de Tigres.

—¿Lo compartimos? —Javiera señala el cigarro.

—Claro —asiente Irene, y se lo pasa a Javiera para que lo prenda—. Chale, me perdí de tantas cosas cuando estuve en Viena...

—Tampoco te perdiste de tanto, básicamente todos estábamos en depresión mayor —dice Mauro.

Las tres se ríen, pero sólo un poquito. Javi le da el golpe al cigarro y se lo pasa a Irene:

—¿Conociste a Mercedes antes o después de ir con la bruja que te recomendé?

—¡Ah! Qué viaje eso. Ya ni me acordaba. Después, meses después...

Era una noche de viernes, la cita de Karla en Tinder le canceló porque le dio influenza, o al menos eso alegó. Alicia ya tenía plan de dormir con una amiguita así que Karla se lanzó a la cena de cumpleaños de una prima suya que, como primera opción, le había dado flojera. Se puso a platicar con Mercedes, quien también era psicóloga, sin conocerla y sin saber que era gay, y conectaron de inmediato. Estuvieron hablando toda la noche. A Karla no se le cruzó por la cabeza que Mercedes tuviera otras intenciones, y hasta le hizo ilusión tener una nueva amiga.

—¿Qué tenemos de malo tus amigos tetos de siempre? —preguntó Javiera, bromeando, cuando Karla le contó de Mercedes—. No, ve y haz otros amigos, por favor. Ve y me cuentas.

Una semana después, cuando Mercedes le llamó para ir a comer, Karla aceptó encantada. Quedaron en el Cancino. Era una tarde fría y gris, y el vino les alborotó la dopamina. Karla se rio a carcajadas como no lo había hecho en años, como sólo se reía con sus amigos. Otra vez platicaron hasta que levantaron las mesas y tuvieron que salir del local sorteando cajas de refrescos apiladas cerca de la puerta. Mercedes propuso seguir la plática en su casa. Por ahí de las dos de la mañana, le preguntó a Karla:

—¿Te estás haciendo güey, o en serio no sabes que me muero por besarte?

—Güey, ¡¿y qué hiciste?! —preguntó Denisse al teléfono. Se había salido de una junta para atender la llamada y daba brincos de emoción en el estacionamiento de ejecutivos de la Philip Morris Cigatam.

—No mames, me quedé congelada, güey. O sea... te juro que yo cero me imaginaba que por ahí fuera la cosa.

—¿¿Y entonces??

—Güey, para cuando me di cuenta ya me estaba besando.

—¡¡¡Aaaaaaaaa!!!! —en eso Denisse vio pasar a uno de sus subalternos y se recompuso—. ¿Y luego?

Lo primero que Karla pensó mientras Mercedes la besaba fue, Qué suave se siente, qué raro que no tenga barba. Luego, Qué estoy haciendo. Bueno, chingue a su madre, una experiencia. Luego se acordó de una lesbiana en la universidad que la estuvo invitando a salir insistentemente, al grado de que Karla tuvo que decirle que la dejara en paz. Luego de otra amiga gay de la maestría que se quejaba:

—El mundo está lleno de turistas sexuales con novios y maridos que sólo se vienen cuando cogen con mujeres, pero se matan antes que reconocerlo.

Karla se sintió patética de pronto. Pinche desesperada que lleva años sin dar una con los machines y ahora está viendo si con una vieja sí la arma, se dijo. De pronto escuchó la voz de Mercedes:

—¿Cómo le hago para que te salgas de tu cabeza?

—No sé. Pero haz algo.

—¿Y qué hizo? —pregunta Javi en la alberca de la pensión Rubí, agitando los pies descalzos en el agua turbia.

Karla está a punto de decir algo, pero nada más se ríe y baja la cabeza mordiéndose un labio. Hay un estallido general de risas, aplausos y festejos.

—Güey, Karli, cuéntale tu historia a Lencho para sus historias eróticas —dice Irene.

—¿Tú crees que no se la he contado?

—Jajajajaja.

—¿Lencho escribe historias eróticas? —Mauro se sorprende.

—Te lo juro —dice Irene.

—No mames, tengo unas que le van a encantar —dice Javi.

Mauro perfora una hoja de árbol con la punta encendida del último Tigre del paquete.

—¡¿Escribes cuentos porno?! —exclama Denisse y casi se cae del huacal de la tiendita del pueblo.

—Pft... —Lencho se lleva las manos a la cabeza—: Bueno, a mí me gusta más decirle "literatura erótica".

—¡No mames! Por favor déjame leer algo. Te lo ruego —Denisse da unas palmaditas.

—Ni de pedo.

—Please. Morrrrrfis.

—No hay manera —se ríe Lencho. Y hay algo en su ademán, en la forma en que coloca el cuerpo, o en su olor a sudor y desodorante que de repente le llega a Denisse junto con el viento de la calle, que la obliga a detenerse y mirarlo de nuevo. Siempre le ha gustado el porte de este tipo, su sonrisa. Y de repente piensa que si siempre lo desdeñó por sus dientes y sus uñas y su peso, fue porque no la dejaban apreciar lo demás.

—¿Te hiciste algo, Lorenzo?

—¿Yo?

—Te ves... algo. Diferente.

—Dejé de fumar.

—Ya sé. Pero bajaste de peso...

—Le bajé a todo, manita. A todo.

Denisse se ríe, pero Lencho se queda serio.

—Pero hay algo más, ¿verdad?

Lencho se hace el interesante.

—¿Tienes chava?

Lencho se ríe y niega con la cabeza, sin aclarar nada. No tiene novia, pero no piensa sacar a Denisse de la duda. Son pocas las oportunidades que un tipo como él tiene de hacerse el interesante.

La anciana aparece en ese momento con las dos Coca Colas familiares. Cada una en un brazo, como si fueran tanques de oxígeno. Está a punto de tropezarse y caer. Lencho, en un movimiento felino, salta el mostrador hacia el interior y alcanza a detener a la vieja antes de que se vaya de bruces. La anciana empieza a manotear y a maldecir con palabras ininteligibles. Mientras Lencho la regresa a su centro de gravedad, Denisse saca un billete de cien y lo deja sobre el mostrador sin esperar cambio.

—¡Gracias, señora!

—Los dos salen de la tiendita con las Cocas y con una prisa inexplicable.

—Ok, pero no me has respondido la pregunta —dice Mauro, en la alberca de la posada Rubí.

Karla sonríe, estira sus pies descalzos y los mira. Se toma su tiempo.

—¿Por qué Mercedes? En esencia, Mau, porque me hace el amor más rico que cualquier ser humano en este planeta. Hombre o mujer.

—Ah, carajo —dice Javi.

Irene silba.

—Y eso va más allá de con qué o cómo me lo hace —continúa Karla—. Se trata de la persona, ¿me entiendes? De cómo es, de cómo nos hacemos sentir.

—¿Por qué Adam? —le había preguntado Denisse a Irene años atrás. Habían regresado de Maruata hacía una semana, Claudio ya estaba en Buenos Aires, otra vez lejos, y le había dejado a Irene una copia de *El Libro Tibetano de la Vida y de la Muerte*. Irene llevaba cinco días llorando a la menor provocación. Respondió:

—¿Por qué Adam? Por todo. Porque es un tipazo, sensible, comprometido, chambeador, generoso, entregado...

—Palomita, palomita, palomita. El hombre perfecto —dijo Denisse—. ¿Y Claudio?

Irene ya le había contado a Denisse lo que sentía por Claudio para ese momento. Se detuvo. La respuesta que pensaba que tenía en la punta de la lengua no estaba ahí cuando la llamó. ¿Por qué Claudio? No podía pensar en características, sólo en momentos, flashazos, miradas, sueños. Adam le escribía cartas dulcísimas en cada cumpleaños, pero no podía recordar una sola frase concreta escrita en ellas. En cambio había una que le serruchaba la cabeza, una que Claudio le dijo estando ya muy borracho, casi yéndose de una fiesta en el departamento de Javiera y Denisse en la Portales: "Qué pinches labios hermosos tienes".

—No sé por qué Claudio. No tengo la menor idea —le respondió esa tarde a Denisse.

—¿Crees que Mercedes sea la buena? ¿Ya te quedaste ahí? —le pregunta Irene a Karla en voz alta, en la alberca de la posada.

—Yo creo que eso nunca se sabe.

—De acuerdo —Javiera asiente.

—Pero justo estamos teniendo un tema ahí... —admite Karla.

—¿Por? —pregunta Irene.

—Pues es que lleva meses chingue y chingue con que se quiere casar.

—¿¿Y?? —Irene descruza las piernas y las vuelve a cruzar.

—No sé. A mí se me hace un convencionalismo social de hueva, la verdad —responde Karla.

—Pero hay todo un tema legal de protección y eso, ¿no? —dice Irene.

—El contrato matrimonial sirve para repartirse los bienes que adquiera la pareja, básicamente —instruye Mauro.

—Cosa que tampoco sirve de un carajo —dice Javi, amarga.

—Pues sí, pero Mercedes no lo quiere hacer por eso. Quiere el ritual, compartirlo oficialmente con la gente que queremos y bla, bla, bla.

—A mí eso me suena increíble —dice Irene.

—Pues te sonará, pero hemos discutido bastante fuerte por eso últimamente.

—No mames, Karl, ¿por? —se aflige Javi.

—Porque te gusta jugar a la reata, no te hagas —se adelanta Mauro. Y lo dice agitando el índice hacia Karla, con una vocecita duendesca que les arranca una carcajada a todas.

—No mames, no es por eso.

—Eso es lo que dices, pero en el fondo… —Mauro vuelve a señalarla.

—La reata es lo de menos, neta. Ya tuve mi dosis —dice Karla.

—No puedes tronar, güey. Eres la única emparejada en esta congregación de solteros —suplica Irene—. Tienes que demostrar que sí se puede.

—Es que me caga sentirme presionada. Mer dice que son mis neuras de no querer terminar de asumirme como gay —extiende una mano hacia Mauro, concediéndole razón—. Yo le repito que estoy con ella, que qué más quiere. Pfft… es un pedo.

—Yo que tú me casaba, ¿qué es lo peor que puede pasar? Ah, sí, la historia de Javiera… —dice Mauro, jodón.

Javiera le lanza a la cara una hoja mohosa.

—Qué poca.

—¿Tú qué quieres?

—No sé. En serio que no sé.

Irene y Claudio caminaban por la playa cargando entre los dos la hielera llena de cervezas de regreso al campamento en Maruata.

—No sé —repitió Irene—. No sé a qué me gustaría dedicarme si no fuera esto.

—No lo pienses como chamba, piénsalo como algo que te haga levantarte con ganas todas las mañanas. ¿Qué te mama? Di lo primero que se te venga a la cabeza, no importa que sea una locura.

Irene volteó a verlo. Su sonrisa, sus ojos hermosos reflejando el brillo del mar con esas rocas lunares al fondo y la brisa fuerte alborotando su pelo. Y pensó: "Esto. Amo esto. Me mama *esto*. Este día, el océano, tú". Pero en lugar de decirlo desvió la mirada, se rio con nervios y repitió:

—No sé, neta no lo sé. Estoy en el hoyo…

—No estás en el hoyo.

Claudio guardó silencio. Siguieron caminando hasta que Irene preguntó, con inquietud:

—¿A ti por qué te gusta viajar?

Claudio lo pensó.

—Pues… es que es una locura, si te pones a pensarlo. Te la pasas lejos de tu casa, comiendo comida rara, durmiendo en donde puedes, extrañando gente —al decir esto último, la miró.

Irene aflojó un momento el brazo y, en el entendimiento tácito, bajaron la hielera para descansar un momento.

—¿Entonces, cuál es el kick? —dijo Irene, con ironía.

—Pues… es una cosa muy loca de estar. De realmente *estar*. Ahí. De vivir la realidad hasta los huesos. En ese sentido viajar se parece mucho a la meditación.

Irene recordó el único viaje a Europa que hizo con su mamá, el cual había sido su único viaje largo, cuando tenía diecisiete años. Todo el tiempo se la pasó soñando despierta con un chavo con el que se besó en una fiesta poco antes y preocupada por un examen extraordinario que tenía que llegar a presentar regresando de las vacaciones. No podía decirse que estuvo en el presente. Aunque aquel viaje era un tour con todo arreglado. Tal vez si hubiera tenido que preocuparse por cómo transportarse y solucionar cosas todos los días, hubiera *estado* realmente, viviendo la realidad hasta los huesos. Hubiera sido una auténtica viajera, y no una vil turista.

Llegaron al campamento.

—¿Y hay algo que *no* te guste de viajar? —planteó Irene.

Depositaron la hielera sobre la arena y abrieron dos cervezas. Mauro dormía con una Vogue de Javi abierta sobre la cara. Lencho, Javiera y Denisse estaban en el agua.

—¿No te caga saber que no eres de ahí? —Irene se quitó el pareo que llevaba amarrado a la cintura y comenzó a extenderlo sobre la arena.

—¿Cómo? —Claudio le ayudó a estirarlo contra el viento.

—La vez que fui a Europa con mi mamá estábamos en Roma, comiendo en un lugar con toda la bandita del tour mafufo con el que íbamos, y había una primaria enfrente. De repente salieron todos los chavitos con sus mochilas, echando desmadre y hablando en italiano, y me sentí una pendeja.

—¿Por?

Reforzaron las esquinas del pareo con sus sandalias y se sentaron sobre él, viendo el mar. Irene continuó:

—Me cagó no ser de ahí. Estaba en Roma, pero no. Nunca iba a ser de Roma porque no nací ahí… no había vivido ahí lo suficiente. Estar en Roma para mí siempre iba a ser una probadita, como tocarle la esquinita de la camisa a un rock star en medio de una multitud —Irene volteó a verlo—: ¿No te pasa? ¿No te caga estar en un lugar alucinante y saber que nunca vas a conocerlo de veras, que nunca va a ser realmente *tuyo*?

Claudio no tardó demasiado en responder:

—Es que no me interesa hacer "míos" los lugares.

—Cálmate, desapegado… —Irene se acercó la botella a los labios con molestia.

—¿A poco tú conoces realmente la Ciudad de México?

Irene dio un trago pensativo. Claudio siguió:

—Eres de ahí, pero sólo conoces una parte de esa monstruosidad. Todo es una probadita. Nunca vamos a ver todo ni a conocer todo. De nada.

Irene ladeó la cabeza, Claudio tenía un punto. Ella añadió:

—La vida es una probadita.

—Así es.

Chocaron las cervezas. Irene sonrió, pero estaba tomada por una sensación extraña. Era envidia. Pura y dura. Envidia de la pasión de Claudio. Él detectó su malestar y lanzó otra pregunta:

—¿Qué te gusta del mar?

—¿A mí?

—Sí.

Irene se puso a buscar sus cigarros.

—Uta... no sé.

—Sí sabes. Di lo primero que se te ocurra.

Irene se rio con nervios. Luego hizo un pausa. Entrecerró los ojos y respiró profundo, llenándose los pulmones de aire salado.

—Pues... cuando estoy en el mar siento... es como si estuviera delante de mí misma. Y como si hubiera vivido desde siempre y fuera a vivir para siempre.

—Ah, cabrón.

—Me pachequeé durísimo, ¿verdad? —Irene se rio.

—Claro que no. Está increíble.

—Pero no da para una vocación...

Claudio volteó a verla:

—Pero da para una pregunta.

Irene recordó esa frase yendo en el Peugeot, oyendo a Massive Attack, a punto de detenerse en seco en la autopista por la huelga de traileros, cuando escuchó a Mauro concluir:

—No sé, güeyes. En un mundo como éste en el que vivimos... utilitario, consumista y pendejo, hacer lo que uno ama es el acto más revolucionario del que alguien puede ser capaz.

—Ándale, Mau, te toca mocharte con un Tigre —dice Irene en la alberca de la posada del Piojo Alegre.

—Ya se me acabaron.

—¡¿Ya te acabaste tus Tigres de la caseta?! —pregunta Javiera con escándalo.

—Puta, ¿por qué tardan tanto estos güeyes? Háblales, ¿no? —le pide Karla a Javiera.

Denisse y Lorenzo se dirigen a la Liberty con los refrescos.

—Qué bárbaro, Pantro. ¡Cómo detuviste a esa doña! ¡Qué reflejos!

Lencho no puede ocultarlo: se siente lo máximo. Y se siente todavía más cuando Denisse le dice:

—¿Quieres manejar?

—Seguro.

Suben a la Liberty. Lencho acomoda el asiento y los espejos. No se da cuenta de que su pantalla vibra con una llamada de Javiera.

—Me acuerdo cuando tenías el Chevy —dice Lencho, pero Denisse está distraída, viendo hacia la calle. La anciana salió de la tienda para echarle agua con un vaso de yogurt Alpura a unos arbustos raquíticos de la calle.

—Qué pedo con Mumm-Ra...

Lencho se queda callado unos instantes y al arrancar, dice, serio:

—Todos seremos Mumm-Ra algún día.

Denisse se queda pensando en la frase y agrega:

—Y eso, si nos va bien.

Cuando están dos calles más adelante, Denisse se lleva la mano a la boca, con un grito ahogado.

—¿Qué? ¿Qué pasa? —frena Lencho.

—¡Chale! Se nos olvidaron los cigarros.

Lorenzo da media vuelta, pero la cortina de la tienda ya está cerrada. Tocan varias veces pero nadie abre.

—Carajo, ¿y ahora? —Denisse se angustia.

—No mames, esa ruca se tardó siglos en darnos dos Cocas, pero bajó esa cortina hecha la madre…

—Eso nos pasa por burlarnos de ella.

—Jajaja, no creo, Den.

—¿Qué hacemos?

—Pues ni modo. Que no fumen.

—¡No jodas, Lorenzo, nos van a matar!

—Que vayan ellos por sus cigarros.

—Fue lo único que nos encargaron. Nos dieron dinero, güey…

Lencho se talla la cara:

—Karla diría que fue un acto inconsciente o algo así.

A Denisse se le ocurre algo:

—¿A lo mejor en la tiendita del otro pueblo donde estuvimos antes…?

—¿Tú crees?

—Estaban esos güeyes chupando caguamas afuera de la tienda, igual y cierran tarde.

Lencho suelta una trompetilla y mira su reloj:

—Puta madre. ¿Qué hora es?

—No contestan —anuncia Javi, viendo apagarse la pantalla de su celular. Luego la vuelve a accionar para ver Instagram y comprobar que la foto de sus amigos y ella en la alberca mohosa del Piojo Alegre sigue en cincuenta y un likes, igual que hace media hora. Refresca la aplicación, extrañada, y comprueba que no carga fotos nuevas—. Aquí los datos nomás no jalan, ¿verdad?

—Lo más grave es que ya no tenemos cigarros… —se lamenta Irene.

—Bueno, ya, tampoco nos vamos a morir por no fumar un rato —se resigna Javi—. Mejor cuéntanos ahora sí, Mau.

—Sí, ahora que eres bendito entre las mujeres —Irene se arrima, con actitud de chisme.

—¿Eso es una bendición? —se ríe él.

Irene le pega en la pierna con la punta del pie. Siguen sentados en torno a la alberca. Karla fue al baño.

—Ya, no te hagas. Platícanos —insiste Irene.

—¿De qué, o qué?

—De la chava con la que estás viviendo —dice Javiera.

Mauro arruga la frente, como si le estuvieran hablando en un idioma extraño. Luego comprende y se empieza a reír.

—¿María?

—Te dije que así se llamaba —le dice Irene a Javiera.

—¿No me dijiste otro nombre?

—Ya, no te des tu taco, pinche Mau. ¿Quién es? —insiste Irene.

—¿Qué les han contado, a ver? —se divierte Mauro, y se pega en la pierna para matar un mosco.

—Yo platiqué con el Inge hace poco y me dijo que era una morra con la que estabas ahora y que… —Javiera se corta.

—¿Y que…?

—Que te estaba enganchando a la heroína —Javiera baja la mirada.

Irene salta en su lugar.

—¿Qué? ¿Te estás metiendo heroína, Mauro? No jodas.

Mauro no responde, le gusta este despliegue de preocupación. Se pega en el brazo.

—Como pueden ver, tengo el brazo todo picoteado… pero de zancudos.

Irene y Javi sonríen con cierto alivio.

—Si no me muero de un pasón, me voy a morir de paludismo, no mames.

Irene se rasca:

—Sí, a mí también me están devorando. Ese repelente no me hizo nada.

—Yo traigo uno buenísimo, es orgánico, de Mazunte, pero está en mi maleta —dice Javi.

—Vamos. Yo quiero ver si ya cargó mi cel y ponerme mis tenis, me está dando frillín —Irene sube los pies y se quita una hoja mojada que se le quedó pegada.

—Vamos.

11

En la calle no hay ni un alma y el alumbrado público es bastante pobre. El Peugeot es el único coche estacionado en la calle además de una camioneta Van destartalada, mucho más allá. Todavía se escucha el ladrido lejano de los perros, engarzado ahora con el rugido de la carretera y el programa de deportes que está viendo el posadero.

—Si no hemos llegado al desierto, entonces no sé qué es esto —se estremece Irene.

—Esto no es el desierto, el desierto está lleno de plantas y bichos y animales; esto es el infierno —dice Mauro.

Irene abre la cajuela del Peugeot. Una de las mochilas rueda en cuanto lo hace. Irene se queja:

—Güey, ¿qué clase de tienda de campaña trae Denisse para que no quepa ni una maleta en su cajuela?

—Una muy pro. Creo que hasta tiene cuartos —Javi suelta el humo.

—¿Neta? —Irene se detiene y señala—: ¿Qué haces, Javi? ¿Eso es un toque?

—Sí, sobró desde hace rato —Javi termina de sacarle un jalón a la bacha—. Ya no tiene mucho. ¿Quieren? A falta de cigarros…

—Por lo menos fúmatelo adentro, güey —dice Mauro, prudentemente.

—Ay, por favor, estamos en provincia —Javi quita una cobija mal doblada para sacar su mochila, con el porro entre los labios.

De pronto se escucha una voz que les congela el espinazo:

—¿Para dónde van, jóvenes?

La patrulla está tan abollada y polvorienta que lo primero que piensa Irene es que no son policías de verdad. Voltea hacia Javi. El churro ya no está en sus manos.

—Nos estamos quedando en este hotel, mi poli, ¿qué pasó? —dice Mauro, tratando de impostar calma.

Todo el tiempo habla el copiloto. El conductor sólo los mira, mudo, con los ojos caídos e inyectados como si los hubiera tenido sumergidos en cloro.

—¿Qué era eso que estaban consumiendo?

—¿De qué? —se adelanta Irene.

—Lo que estaban fumando.

Mauro responde por Javi:

—Nada. Un cigarrito, poli.

—Eso que estaban fumando aquí no se puede, ¿eh?

Javiera siente que se le hunden las entrañas. Ya valió madres, piensa. Ya valió. Mauro también está nervioso pero se contiene.

—Era un cigarro —repite.

—A ver, levanta tu pie —ordena el policía, señalando la sandalia de Javiera.

—¿Mande? —responde ella, intentando ganar tiempo.

—Que la güera levante su pie.

Mauro mira a Javiera e inclina sutilmente la cabeza, indicándole que obedezca. Despacio, Javiera despega la suela del pavimento y Mauro, con un movimiento presto y discreto, patea la bacha arrastrando el pie hacia atrás, propulsándola hacia un arbusto. Pero en el trayecto, la colilla choca contra la pierna de Karla, que justo está saliendo de la posada.

—¿Qué pasa? —pregunta temerosa al ver las caras congeladas de todos y la presencia de la patrulla.

Nadie dice palabra. La tensión está tan instalada y estancada como el aire del lugar. No sopla una brizna de viento.

—Uuuuuy, conque un cigarrito, ¿eh? Qué pena, jóvenes. A ver, enséñenme sus mochilas —dice el policía copiloto, descendiendo de la unidad con un rechinido de puerta y mostrando un uniforme abrillantado y recosido.

—No, poli, no se ponga así, estamos de vacaciones —suplica Irene.

—Para revisarnos necesitan una orden —interviene Karla.

Los policías se miran, el conductor mudo sonríe.

—Aquí no estamos en la ciudad, güera. Si quieres nos vamos ahorita mismo aquí a la presidencia municipal, ¿eh? A ver qué opina el juez.

—Está bien, vamos —dice Karla, envalentonada.

Mauro adelanta un paso:

—A ver, tranquilos todos, estamos aquí vacacionando…

—Lo que vimos amerita que los revisemos. A ver, comandante.

Rechina la otra puerta y el conductor mudo baja. Javiera toma la mano de Irene y piensa: Si salgo viva de esto, voy a hacer algo que valga la pinche pena. Voy a cuidar a mi hermanito, no lo voy a dejar solo.

—El consumo no es un delito —intenta Mauro—. Y estamos aquí en el hotel, poli, denos chance. Háganosla buena.

—Pero la posesión sí es delito —el policía cruza los brazos sobre una panza prominente.

—Podemos traer hasta veinte gramos, ¿no? —Javiera voltea a ver a Mauro.

—Cinco —corrige él, en voz baja.

—No se preocupen, allá en la presidencia tienen báscula —se burla el policía; el otro sonríe.

—No traemos nada —suplica Javiera, juntando las manos.

—Eso es lo que vamos a revisar. Abran esas mochilas.

Ninguno de los cuatro reacciona. Tienen miedo. Saben que el paquete de mota está escondido en algún lugar en la mochila de Lencho, una Jansport negra. Pero el policía señala una morada con cubierta impermeable, a todas luces la más costosa que hay a la vista. Es la de Denisse.

—Ahí en esa mochila, ¿qué? ¿Qué hay en esa mochila?

Mauro se apresta a abrirla. Mientras el policía hurga entre ropas y calzones de Denisse ante la mirada vidriosa de su secuaz, Mauro gira la cabeza señalándoles la Jansport a sus amigas lo más discretamente que puede. Irene comprende la señal y agarra la mochila de Lencho.

—Eh, manitas abajo. ¿Qué estás intentando, güera?

—Dijo que abriéramos las mochilas —responde Irene, con un hilo de voz.

—¿Vengo vestido de mariachi? A ver si vamos entendiendo cómo es aquí la ley.

Irene deja la mochila, pero la pone lo más al fondo que puede en la cajuela, a ver si con eso ganan tiempo. Karla voltea hacia el interior del hotel, como esperando a que alguien entre o salga, a que el posadero levante las pinches posaderas de la tele y se asome a ver por qué sus huéspedes llevan veinte minutos en la calle, piensa. Pero todo sigue estático, la reproducción de un gol sonando a lo lejos. ¿Y Denisse y Lencho? ¿Dónde carajos están?

—El único que toca las mochilas es el güero —indica el policía, señalando a Mauro—. A ver, esa mochilita amarilla…

Mauro traga saliva y toma su mochila. No quiere abrirla. Adentro trae la más valiosa de sus posesiones, la cual no serviría para salir de este embrollo. Tampoco se atreve a pronunciar la frase mágica de "cómo nos podemos arreglar". La corrupción le destrozó la vida y además no tiene un centavo que ofrecer. Aunque podría haber otra salida… una salida con un costo muy alto para él.

—Ábrela —ordena el policía.

Mauro abre el cierre de su mochila. Karla repite:

—Necesitan una orden de cateo.

—Cállate —resolla el hombre, y un tufo a cerveza rancia flota con un repentino correr de viento.

Karla se petrifica. El policía comienza a hurgar en la mochila de Mauro.

—Nada más era un toquecito —suplica Javi—. ¡Ya ni siquiera tenía nada!

El policía hace a un lado un papel doblado en la mochila de Mauro, extrae una bolsa de plástico y la abre: una Colgate casi por terminarse, un cepillo de dientes gastado, un paquetito de condones, aspirinas y antidiarreicos. Javiera mira de reojo a Mauro, quien aprieta los puños, abochornado y furioso de sentirse expuesto, injusta y gratuitamente expuesto.

—Además la marihuana ya es legal en muchos países, en casi todo Estados Unidos es legal, ¿no sabía? —sigue diciendo Javi en una verborrea nerviosa.

Los policías sueltan una risita socarrona.

—Pero acá no —dice el que habla.

Irene se adelanta:

—Porque no les conviene. No le conviene ni al narco ni al gobierno porque mientras sea ilegal, es un negociazo.

—Eso —dice Karla, aguerrida—. Mientras en Estados Unidos se hacen millonarios con la marihuana, nos siguen vendiendo las armas para que acá nos matemos como moscas para que no les "entren" nuestras cochinas drogas. Pero por supuesto les sigue llegando su opio, sus metanfetaminas, su coca bien blanqueadita…

—A ver, la mochila roja —interrumpe el agente.

Es la de Javiera, quien se la entrega a su pesar.

—Un paso atrás —ordena.

Javiera obedece pero sigue hablando. Asume que el policía no está poniendo atención y que lo que diga no hará ninguna diferencia, pero ella habla por decir lo que sea, por hacer lo que sea para no transitar por ese momento:

—Usted seguro tiene hijos. Imagínese que alguno de nosotros fuera su hijo. Imagínese que ahorita se fuera a la cárcel por un triste guato. Cuando salga, ya no le dan trabajo, se queda marcado de por vida. O lo encierran y usted no lo vuelve a ver. También pasa, ¿eh? Bueno, eso ya lo ha de saber…

El policía respinga. Irene también decide hablar mientras no la callen:

—Los consumidores son los que siempre se joden, pero a los asesinos que mueven el negocio desde arriba nadie los toca, ¿verdad?

—¿No que nada más era un toque? —el policía voltea a ver a Javiera.

—¿Qué?

—Dijistes que traen un guato.

Todos se miran, tensos.

—Yo no dije eso.

El policía se incorpora.

—A ver. Ya se me acabó la paciencia. Vénganse, comandante. Vamos a revisar todo esto a la de ya.

Los policías hacen a un lado a los amigos, quienes se quedan a un metro del Peugeot, viendo a los uniformados con impotencia.

Mauro inteviene:

—¿Qué se siente ser parte de la mafia que tiene a este país lleno de huérfanos y bañado en sangre?

Sin detenerse, el policía responde, socarrón:

—No, si los que traen la mota son ustedes...

Los hombres se ríen entre dientes. Y Mauro piensa: Esto es el poder en México. Esto. Un alcohólico y un grifo, con mal sueldo y con poder, que no necesariamente es un pequeño poder, porque con la 'ley' de su lado pueden hacer lo que quieran. Hoy, ahorita, estos hijos de puta pueden hacernos lo que quieran y no habría consecuencias. ¿Por qué chingados vine a este viaje? ¿Para *qué*?

—La mochila negra —ordena el uniformado.

Karla cierra los ojos. Irene siente que se le va a salir el corazón. Es la Jansport de Lencho.

—A ver. Deme una buena razón para que la marihuana siga siendo ilegal en este país —Karla se suma a la argumentación inútil y desesperada.

—Es por salud pública, señorita.

—¡Si esto fuera un tema de salud "pública", prohibirían el alcohol y el tabaco antes que cualquier cosa! —exclama Karla.

—Prohibirían las garnachas —dice Javiera, muy seria. Y el comentario le arranca otra risita al policía mudo.

—Prohibirían las drogas de farmacia, para empezar —sigue Karla—. ¿Sabe cuánta gente matan al año los puros medicamentos para el dolor?

Irene complementa:

—Mire, así se la pongo: ¿cuánta gente se suicida todos los días con aspirinas y alcohol? Miles. ¿Cuánta gente dice: "Me voy a matar fumando un chingo de marihuana"?

El policía mudo deja a un lado la Jansport. Hay un suspiro momentáneo de alivio.

—Lo que está prohibido nunca ha tenido que ver con salud. Lo prohibido es prohibido para tener control sobre la gente y sobre el dinero —dice Mauro.

—Porque además resulta que *cualquier* cosa que se prohíba, se vuelve más atractiva. No sé si le suene familiar... —termina Karla.

El policía líder vuelve a agarrar la mochila de Lencho como movido por una intuición. Saca unos calcetines enrollados, que deja a un lado. Los cuatro amigos agradecen en silencio no saber en dónde está escondida la marihuana exactamente. Irene incluso tiene la esperanza momentánea de que Lencho se la haya llevado en el último momento para hacer un porro en el camino. ¿Pero dónde carajos están? Irene comienza a preocuparse también por ellos.

Karla sigue disparando:

—Cuando el alcohol se volvió legal en Estados Unidos, se acabaron las mafias. ¿Y hubo más alcohólicos? No. ¿Cree que la criminalización de las drogas ha reducido el número de adictos o de muertos por consumo? Para nada.

—Y hasta han aumentado —dice Mauro.

—Exacto. Han aumentado. Hay más adictos que nunca —sigue Karla—. Yo hice mi tesis de eso, señor.

Entonces el policía acerca otro par de calcetines deportivos a su nariz. Comienza a desenrollarlos.

Irene ya siente huangas las piernas antes de afirmar:

—La marihuana por sí sola no ha matado a una sola persona…

Emerge al fin una bolsa Ziploc con la marihuana bien prensada, verde y fragante.

—… hasta hoy —se rinde Irene.

Los cuatro se quieren morir. El copiloto mudo sonríe ampliamente, y no está salivando de milagro. El policía líder se frota las manos, triunfal.

—Bueno, pues parece que vamos a tener que pasar adelante…

Javiera intenta con un último recurso:

—Eso es para una amiga que tiene… dolores.

El policía cruza los brazos, incrédulo.

—No me digas. Pa' sus reumas, ¿no?

—Viene con nosotros, pero fue a la tienda con otro amigo. En cualquier momento van a llegar —dice Javi.

Los policías lucen contrariados, no saben si ceerle. Javi se da cuenta y le echa leña al fuego:

—Vienen para acá en una camioneta. Una Liberty. Conocen… gente.

Irene, Karla y Mauro se miran con apremio, sin saber si esta estrategia es un acierto o una estupidez. El policía cantante finalmente declara, mofándose:

—Pues qué bueno que conocen "gente", así les consiguen celda con aire acondicionado. ¡Ámonos! —y les señala la patrulla.

Ése es el otro momento en que alguien debería decir "cómo nos arreglamos" o alguna frase similar, pero ninguno se atreve o quiere hacerlo. En el fondo todos tienen más coraje que miedo y siguen esperando a que lleguen sus amigos y eso le dé un giro a las cosas.

—¿Qué? ¿Me los traigo de las orejas?

Karla camina hacia la puerta trasera de la patrulla. Antes de subir, aventura:

—A lo mejor usted no tiene hijos. Pero yo sí tengo una. Tiene ocho años.

El policía tamborilea sobre la portezuela con hastío.

—Las drogas se consiguen fácil. Cuando mi hija quiera, va a conseguir mota o coca o tachas más fácil que pedir una pizza, con el detalle de que por ser ilegal, le pueden vender lo que sea. Rebajado o adulterado. Y mi niña podría acabar en el hospital o… —Karla se interrumpe y golpea tres veces sobre el techo de la patrulla—. Lo que están haciendo no sirve de nada. Nada más están haciendo un cagadero. Este problema no se va a resolver así.

El policía finalmente responde a la provocación:

—Pues dile a tu hijita que le hable a su papi, porque tú hoy te vas al bote y ahí te vas a quedar.

Karla se sube a la patrulla hecha un remolino y dice en voz baja:

—Pues disfruta tu botín, pendejo…

Pero el policía alcanza a escucharla. Y todos se dan cuenta de que escuchó. Mauro susurra "mierda". Javi está lívida. Irene está a punto de ponerse a llorar.

El policía se gira hacia Mauro y chasquea los dedos:

—A ver. Tú. Vas a seguir apoyando a mi comandante con la revisión de sus pertenencias. Ustedes... —se dirige a las mujeres— pasen aquí conmigo para un cateo —y al decirlo, deja a la vista la pistola metida en su cinturón.

—¿No que nos íbamos a ir al palacio municipal? —protesta Mauro.

—Éste va a ser el procedimiento. Luego dicen que les metemos más de lo que traen. Así que vamos a comprobar primero. Pasen acá conmigo —insiste, tocando el codo de Javiera, quien lo quita de inmediato.

—Yo también podría traer algo metido entre la ropa, ¿eh? —insiste Mauro.

—Luego vamos contigo, güero. Primero las damitas, a ellas siempre les dan a guardar las cosas... —y se dirige hacia Karla, quien sigue en la patrulla—: ¿Te bajas o te bajo?

Ya valió, se repite Javi. Mientras camina hacia el costado de la patrulla, todo lo que pasa por su cerebro recién estimulado con tetrahidrocannabinol es una película que cada tres segundos termina con los cuerpos violados y mutilados de cuatro jóvenes tirados a las afueras de ese pueblo inmundo, entre montones de basura.

El policía pone una sucia camisa a cuadros abierta sobre el cofre de la patrulla y ordena:

—Dejen aquí los celulares, las carteras y el efectivo.

—¿Ahora es asalto? —Karla se para junto al Peugeot.

—Cállate, Karla. Por fa —suplica Irene.

—Pinche país podrido...

En ese momento, el policía mudo extrae de otra bolsa la botella de Jack Daniels. Le pregunta a Mauro, con una voz aguda que no corresponde con su físico:

—¿A dónde iban? ¿Al desierto?

Mauro siente un golpe de adrenalina. No responde.

—Allá está peor que aquí, ¿eh? Ahí está el ejército y ésos sí andan repartiendo plomo. Tuvieron suerte de que los encontráramos nosotros —pero su sonrisa arriscada y su mirada turbia no infunden sosiego alguno.

—Aquí las tres. Quietecitas. Las manos en el cofre. Separen las piernas y abran los brazos.

Mauro voltea y ve a sus amigas aterradas, girándose mientras el policía copiloto se deleita mirándoles el trasero y los escotes sin ningún empacho. Mauro no tiene dinero pero tiene eso: un as bajo la manga. Sólo que usar esa carta implicaría traicionarse a sí mismo. Traicionar todo lo que, bien o mal, ha logrado últimamente con su miserable vida.

El policía comienza por Karla. Le toca primero las piernas, después le pasa las manos alrededor de la cintura. Karla fantasea con girarse y patearle los huevos. Y que Mauro reaccione y le reviente la botella de Jack Daniels al otro policía en la cabeza. Y escapar. Y que esto se convierta en una gran historia que contar en lugar de una realidad pesadillesca. ¿Dónde *vergas* están Lencho y Denisse?

El policía se aproxima a Irene.

—Quieta.

Javiera ve que el policía empieza a tocar a su amiga, cierra los ojos y le viene un flashazo. Un cuarto de hotel con tapiz de flores de lis color vino; una imitación de Renoir en la pared y una voz ronca, flemática, muy parecida a ésta, ordenándole:

—Quieta, quietecita.

Irene lleva un rato sin Dios que la acompañe. Con los años se fue desencantando de la Iglesia, su doble discurso y su acumulación de riqueza; los sacramentos y los dogmas de fe poco a poco le fueron pareciendo más carentes de sentido. Pero aunque Irene era racional y pragmática, no podía con la vida sin ayuda; sin algo externo a ella que le diera sentido y resonancia a lo que hacía y pensaba. La religión es la droga más difícil de dejar, le había dicho Claudio. Irene pasó muchos años así, queriendo creer sin creer, rezando sin rezar. Pero esa noche, mientras el uniformado deja las manos correosas y resecas sobre su cadera unos segundos más de lo necesario, Irene se pone a musitar un Padrenuestro.

—Oiga, ¿qué hace?

Mauro voltea y ve que el policía está ahora con Javiera y está metiendo las manos en los bolsillos delanteros de sus jeans. Más tarda en hacerlo que Mauro en soltar la mochila que tiene entre las manos y plantarse delante del tipo.

—Oficial, ¿puede venir tantito…? Tengo que hablar con usted.

12

Cuando Denisse y Lencho regresan a la posada Rubí después de un peregrinaje de cincuenta minutos para conseguir cigarros y unas cuantas cervezas, se encuentran a Javi, Mauro, Irene y Karla encerrados en uno de los cuartos, sentados dos en cada cama. Pálidos. Irene se pone de pie cuando los ve entrar.

—¡¿Dónde estaban?!

—Fuimos por sus cigarros. No había una puta tiendita abierta, casi tuvimos que regresar a Querétaro —Denisse avienta una bolsa de plástico llena sobre la cama.

—¿Qué hacen todos aquí metidos? —pregunta Lencho, divertido con la escena—. ¿Estaban duros los moscos, o qué? —se mete al baño.

Irene abre la bolsa y hurga para encontrar una cajetilla de cigarros como un miserable buscando un pan. Está a punto de preguntar si no había otra cosa más que Alas, pero Denisse se adelanta:

—Fumen en el pasillo, plis.

Irene está tentada a mentarle la madre, pero no lo hace y se sale del cuarto para fumar. Karla y Javiera la siguen en cuanto abren sus latas de cerveza.

—Qué caritas. Fumaron de mi fitupish, ¿verdad? —se ríe Lencho, saliendo del baño.

—Nos bajaron todo —dice Javi.

Lencho se congela:

—¿Qué?

—¿Quién? —pregunta Denisse.

—La tira —gruñe Karla—. Tanto cuidarnos de los pinches retenes, y mira, nos extorsionan en la puerta del hotel.

—Estaban grifísimos los hijos de puta —dice Javiera.

Mauro no abre la boca. Golpea enérgicamente un paquete nuevo de cigarros contra la palma de la mano opuesta.

—A ver, a ver. Tranquilidad. ¿Todos están bien? ¿Enteros? —pregunta Lencho, paternal.

—Sí. Pero nos bajaron todo el varo —cuenta Irene.

—De todas formas no teníamos mucho… —añade Karla, viéndola.

—Eso sí. El pedo es que nos confiscaron lo demás.

—¿Qué? —pregunta Lencho, alarmado—. ¿Qué es "lo demás"?

Todos se quedan callados.

—¡¿Les bajaron mi ganja?! ¿Cómo la encontraron?

—Güey, era lo que estaban buscando desde el principio —dice Karla—. Hurgaron en todas las mochilas.

—¿En *todas*? —Denisse se preocupa de que alguien haya visto una pomada que trae para las hemorroides.

—Pusieron a Mauro a "buscar" mientras el otro poli nos "cateaba" —explica Irene.

Denisse se lleva una mano a la boca, alarmada:

—No mames. ¿Y las…?

—No. No nos hicieron nada. Pero sólo porque Mau se los choreó —dice Karla.

—¿Qué les dijiste? —Lencho voltea a verlo.

—Nada. Un "choro" —responde él, de malas.

—No nos quiere decir, se está haciendo el interesante… —dice Javi.

—Uta, qué mal trago, amigos —Denisse abraza a Irene y a Karla.

—Qué poca madre —Lencho conforta a Javi—. Pinches tiras culeros.

Cuando Javiera siente la manaza cálida y firme de Lencho rodeando sus hombros, se suelta a llorar.

—Están bien, güeris. Tranquis —dice Denisse.

—Es que… mi cel, güey.

—¿¿Te quitaron tu cel?? —Denisse la mira, incrédula.

Lencho voltea a ver a los demás.

—¿Y a ustedes no?

—El de Irene y el mío de churro se estaban cargando en la recepción —dice Karla—. Mau ni tiene.

Mauro encoge los hombros:

—Es lo bueno de ser un prángana.

—Carajo, lo siento muchísimo, güera. Pero vamos a tomar un chingo de fotos y en todas te vamos a taguear, ¿va? —dice Denisse.

Javiera llora más fuerte. Karla la abraza. Sabe que el celular no es la única razón por la que Javi está llorando, y le gustaría llorar también para quitarse el susto de encima.

—O compramos una cámara normalita chafona y nos tomamos fotos grupales a ciegas como las que tomabas antes, ¿te acuerdas? —dice Irene.

—Javiera Durán: la one and only precursora de la selfie —Lencho le revuelve el pelo.

Mauro casi sonríe al recordar esa época. Javi se desprende del abrazo de Karla y va al baño por papel para sonarse diciendo:

—La verdad es que *todos* nos choreamos a lo grande a esos pendejos, ¿no?

—¿Qué tanto les dijeron, o qué? —Lencho, que ya se tomó dos cervezas en el camino hacia el hotel, abre una de las Coca Colas familiares que él y Denisse compraron en la tienda de la anciana.

—Les dijimos los basics, güey. Sobre la pendejada de que la mota siga siendo ilegal en México y todo eso... —Javi se suena.

—Javiera les dijo que si realmente fuera por un tema de salud, prohibirían las garnachas —sonríe Irene.

—¡No mames, no des ideas! —dice Lorenzo.

Hay risas.

—Si prohibieran las garnachas, en dos días habría puestos subterráneos repartidos por toda la ciudad donde te venderían las gorditas de chicharrón, los pambazos y las tortas de chilaquil. Hasta podríamos poner uno y forrarnos —opina Denisse.

—Me gusta tu visión empresarial, Den —Karla levanta su lata de Carta Blanca.

—Gracias.

—¿Y qué más les dijeron a los tiras? —quiere saber Lencho.

—La prohibición siempre ha sido un tema discriminatorio. En Estados Unidos ha servido para apañar negros y latinos y ponerlos a chambear en las cárceles. Es mano de obra gratuita —dijo Claudio, seis años antes, en la mesa de la casa de sus padres.

—¿En serio? —Irene estaba sentada frente a él, junto a Adam.

—Hay un montón de marcas conocidas que se fabrican en las prisiones.

—¿Como cuáles? —se interesó Silvia, la madre de Claudio y Adam.

—Son muchas. Una es esta marca famosa de ropa interior... Victoria...

—¿Victoria's Secret? —Irene percibió la mirada de Silvia al decirlo y sintió vergüenza. Sólo tenía un par de calzones de esa marca, pero eran de sus favoritos. Unos los había usado precisamente el día anterior, Adam se los había quitado en un hotel de Avenida Patriotismo.

—Es una nueva forma de esclavitud. La mayoría de las cárceles en el gringo son privadas y tienen que llenar un número de camas. Apañar gente por consumir o mover drogas ilegales es garantía de que se llenen...

Claudio, Adam, Irene y Gabriel, el papá de los gemelos, celebraban el cumpleaños de Silvia en *petit comité*. Estaban ya en la sobremesa, achispados con dos botellas de vino. Un pastel de hojaldre, el favorito de Silvia, a medio terminar sobre la mesa. La puerta hacia el jardín, abierta junto a la mesa. A Irene siempre le fascinó esa casa en Coyoacán. Era de una sola planta, dividida en dos secciones conectadas por un patio interior en medio de un jardín pequeño con una hamaca ancha y muchas cactáceas y macetas colgantes. La casa estaba hecha de adobe, piedra, madera y ladrillo, con techos inclinados, pisos de barro y una chimenea rústica. Parecía una casa de campo en medio de la ciudad, con dos grandes ventanales que daban al patio y jardín. Toda la casa estaba decorada con objetos sencillos pero muy selectos de distintas partes del mundo, traídos de los viajes de Silvia y Gabriel, pero lo que más resaltaba era el arte mexicano: telares chiapanecos, cojines poblanos exquisitamente bordados, canastas de mimbre tabasqueño. En la sección separada por el patio estaban las habitaciones de Adam y Claudio, que eran más como estudios de trabajo con sendos escritorios y libreros, cada una con un tapanco donde descansaban los colchones para dormir. Siempre tuvieron gatos. A Irene le gustaba pensar que ambos habían crecido en esa casa tan sencilla y tan hermosa, donde todo el día sonaban cassettes de música clásica en un viejo estéreo, aunque ninguno de los dos conservó aquella afición, quizá de tanto que se las remacharon. Desde los siete años, Silvia los metió a clases de piano y los hacía repetir escalas en el coche, camino a la escuela. Terminaron hartos del tema. Adam, que era más físico, prefirió el karate y el futbol y Claudio… con Claudio nada fue tan claro nunca.

—Me cagan los gringos y su doble moral —dijo Adam—. Muchas leyes, mucho orden, pero te venden armas hasta en las farmacias y luego los morros se andan matando en las escuelas como si estuvieran en el gotcha. Están majaretas.

—Lo que está majareta es la sociedad. Pobres chavos crecen en una pinche soledad y un aislamiento que los pira —concluyó Claudio.

—Bueno, ¿y qué me dices de su choro de la democracia y la libertad para ir a invadir a todo el mundo? —sumó Irene.

—Hay norteamericanos adorables. Tampoco generalicen —dijo Silvia.

—Sí. Los mexicanos —dijo Claudio.

Hubo risitas.

—Pero por algo existe la prohibición en todo el mundo, Claudio —intervino Gabriel.

Claudio miró a su padre y le explicó, casi con pereza:

—Sí, porque estos cabrones son expertos en masificar y vender todo lo que sea vendible, y una de las cosas más vendibles es la tragedia familiar de las gordas. Digo, las drogas.

Irene fue la única que se rio con el juego de palabras y de inmediato sofocó la carcajada, que cayó en saco roto.

—Pues esa tragedia me suena *muy* familiar… —Gabriel le dirigió a Claudio una sonrisa que pretendía ser bromista pero que estaba cargada de reproche.

—Cámara, jefe —musitó Claudio y giró su copa vacía sobre el mantel, sin ganas de discutir. Estaba de visita después de trabajar seis meses en el puerto de Singapur juntando dinero para seguir conociendo Asia; se estaba quedando en casa de Lencho. Adam estaba a poco más de un año de terminar sus dos carreras y a Irene todavía le faltaba un rato en la Normal. Días antes, habían estado con todos los amigos en el concierto de Muse.

Adam intervino a favor de su hermano:

130

—Lo de Claudio fue una estupidez de escuincles idiotas en la fiesta, deberían ver lo que son verdaderos problemas de drogas.

Adam estaba pensando en los niños de las ladrilleras que inhalaban pegamento a mitad de la calle, pero Silvia se adelantó:

—Como los de su amigo Mauro, por ejemplo... —se levantó de la mesa—. ¿Carajillos?

—Yo —dijo Gabriel.

—Yo —Adam alzó la mano.

—No gracias, Silvia —dijo Irene, que empezaba a sentir el ardor de la gastritis.

Claudio detuvo a su madre desde su lugar antes de que se metiera en la cocina:

—¿Qué con Mauro, mamá?

—¿Qué con Mauro, Claudio? A ver. ¿Por dónde empiezo? Era un muchacho brillante. Encantador. ¡Y no ha terminado ni la prepa! ¿Suficiente?

—Se deschabetó y desperdició todo su talento —dijo Gabriel—. Todo por culpa de la cocaína... o no sé qué diablos se meta.

—O por culpa de los papás que tiene... —sugirió Irene.

Silvia se quedó congelada en la puerta de la cocina. Irene se arrepintió una vez más en cuanto lo dijo y se le subieron los colores. Claudio la miró sonriendo con los ojos y añadió:

—Además... es que escúchense: "Era" brillante. "Desperdició" su talento... coño, tampoco lo den por muerto tan pronto, ¿no?

Adam tomó la mano de Irene y trató de aligerar la situación:

—Bueno, la neta es que Roblesgil siempre ha estado bastante loco —se rio y buscó la sonrisa aprobatoria de su novia.

—Perdón —dijo Claudio—. Mauro es el tipo más cuerdo que yo conozco. Y si tiene problemas con las drogas, por el que deberían estar preocupados es por él, y no por el grandísimo "talento" que desperdició.

—No más desperdicio que haber desaprovechado la oportunidad de ser el mejor cirujano de México... —Silvia vio a Claudio y continuó con falsa congoja—: Ups. Creo que dije algo inapropiado... me voy a escabullir.

Gabriel y Adam intercambiaron una mirada. Desde la puerta de la cocina, Silvia concluyó:

—Por cierto, los norteamericanos no son los únicos violentos, ¿eh? En Egipto te cuelgan en la horca por tráfico de drogas y en Arabia Saudita te cortan la cabeza con un sable.

—No, pues qué bonito... —bufó Adam.

—¿Por iniciativa de quién, mamá? Te recuerdo que la estúpida "guerra contra las drogas" la empezó Nixon.

Pero Silvia ya había cerrado la puerta de la cocina tras ella. Irene siguió su movimiento con la mirada y la detuvo un momento en los magníficos bordados huicholes de Refugio González que estaban enmarcados en el pasillo junto a la cocina con sus miles de colores y figuras alucinantes, y que siempre le habían fascinado. Años antes, el verano que Claudio volvió de España y se conocieron en Malinalco, la vio observándolos y se acercó para decirle, en tono de travesura:

—¿Ya viste? Por todos lados hay peyotes.

Irene sonrió, pero el comentario no tuvo resonancia para ella en ese momento. Pasarían muchísimos años antes de que Irene considerara probar ese cacto.

Mientras Silvia estaba en la cocina, Adam le quitó una morona de pastel a Irene de la comisura de los labios. Cuando se acercó para darle un beso, Claudio irrumpió:

—Joder, ya puestos a prohibir, hubieran lanzado una iniciativa mundial así de grosa para prohibir los combustibles fósiles, o para frenar la puta carrera armamentista. Algo que hubiera impactado al mundo, pero que de veras hubiera servido para algo.

Gabriel intervino:

—Ustedes saben que estoy en contra de la violencia y a lo mejor voy a decir una barbaridad. Pero de veras pienso que la prohibición ha rendido sus frutos. Tú acabas de estar en Singapur, Claudio. Es una de las ciudades más limpias y productivas del mundo y las drogas están penadísimas.

Irene miró a Claudio con complicidad, recordando la conversación que habían tenido días antes.

Silvia salió de la cocina anunciando:

—La máquina se atascó otra vez. Pero ya se están haciendo los espressos.

Y volvió a sentarse después de quitar de la silla a Lolo, el gato consentido de la casa, que le había ganado su lugar. Silvia lo había rescatado siendo diminuto afuera de un Superama cuando los gemelos tenían seis años. Ahora era enorme, gris y tenía un detalle que a Silvia siempre le maravilló: un ojo color verde y el otro azul.

—Estábamos hablando de Singapur —Gabriel actualizó a Silvia.

—Ah. Qué maravilla de ciudad. Es top en ciencia y tecnología, completamente verde. A ti te encantaría, Irene —Silvia barrió con la mano unas moronas de pastel.

Irene sonrió por educación.

—Es un paraíso —terminó Silvia.

—Un paraíso donde te fusilan por fumarte un churro… no sé, a mí me parece un paraíso un poco incongruente, la verdad —declaró Adam—. Prefiero libertad antes que orden y progreso.

Irene le dedicó una sonrisa plena al fin, y él besó su mano. Claudio se empinó su copa de vino sin nada.

—Bueno, si la prohibición ayudó a que mi hijo el trotamundos no se fumara un "churro" en seis meses, no está tan mal —Silvia se rio, sirviendo en las copas lo poco que quedaba en la botella.

—Pero me tomé un *chingo* de slings, mamá. Estaba borracho todos los días.

Irene se rio de nuevo. Adam la imitó con una ligera dilación. Llegó la empleada con los carajillos en una charola. Se detuvo antes de colocarla sobre la mesa porque Silvia levantó entonces su copa:

—Qué bonito. Muy bien. Pues, Hakuna Matata.

Gabriel y Adam alzaron sus copas y soltaron una risita, era una broma familiar que solían gastarle a Claudio. Irene no se sumó. Sabía que a Claudio le repateaba. Y además le recordaba una escena desagradable con sus propios padres. Irene tenía ocho años y acababan de salir del cine de ver *El rey león*. Ella y Raúl caminaban de la mano por la banqueta rumbo al estacionamiento y mientras mecía sus brazos, él cantaba: *Hakuna Matata, una forma de ser... nada que temer... sin preocuparse es como hay que vivir...*

De pronto Anna los rebasó bajándose a la calle, cantando también pero con una irritante carga de recriminación:

—*Hakuna Matata, nada que comer...*

Los padres de Irene no se hablaron el resto de la tarde, que desde ese momento perdió todo su color.

Silvia repartió los carajillos y cuando le pasó el suyo a Claudio, lo jaló hacia sí y le dio un beso en la sien. Fue un gesto que Irene agradeció en silencio. Pero inmediatamente después, Silvia remachó:

—La hija de Maru Cirera recorrió Japón y escribió un blog de viajes precioso. Hasta ganó dinero con eso. ¿Por qué no haces eso tú, Rochita?

Claudio cerró los ojos. Irene vio venir tormenta. Gabriel secundó a su mujer, acariciando a Lolo:

—O puedes tomar fotos submarinas cuando buceas y venderlas.

Claudio dejó el vaso corto sobre la mesa con molestia:

—¿Qué les importa cómo hago dinero? ¿Les he pedido dinero alguna vez?

—Ya hijito, no te pongas defensivo, por favor —Silvia encajó el cuchillo en el pastel mil hojas.

—Uno se defiende cuando lo atacan, madre. Es ley natural. Me extraña que tú no lo sepas.

Gabriel intentó bromear:

—Por lo menos agradécenos que te pagamos tu viajezazo, ¿no?

—El primer avión, nada más. Gracias —Claudio alzó la mano y de milagro no levantó el dedo medio.

—Voy ahí afuera tantito —Irene se levantó con su cajetilla de Marlboro.

—¿Vas a fumar? Te acompaño.

—El tabaco mata y no pone. Es la droga más ojete que hay —proclama Lencho.

—Te vas a morir tú primero por esta chingadera, te lo apuesto —Mauro se sirve Coca Cola y deja la botella familiar en el tocador imitación madera de la habitación.

—En el infierno me pagas, cabrón —dice Lencho.

—Yo me voy a ir al cielo, cabrón. Aunque no lo creas —Mauro se sale al pasillo con un cigarro recién prendido.

Lencho espanta el humo.

—Deberían prohibir el tabaco. Me cae de madres.

—¡No deberían prohibir NADA! Es un tema personal, que cada quién se haga bolas —dice Karla desde el baño, lavándose los dientes—. Nadie está para decirte qué te metes al cuerpo y qué no. Es como si te dijeran qué ropa te puedes poner. Que se vayan al diablo —escupe la pasta en el lavabo.

—¡Eso! —aplaude Irene.

Karla se enjuaga, sale del baño y apaga la luz.

—¿Pero y los niños, Karla? ¿Y tu hija? ¡Piensa en tu hija! —Javiera le jala la camiseta fingiendo dramatismo.

—Cálmate, Rosa de Guadalupe —dice Karla.

—No, es neto. ¿Cómo piensas manejar ese tema con Alicia? —se interesa Denisse, que come papas adobadas echada en la cama.

—Pus... dándole harta información y diciéndole que lo que sea, lo pruebe después de los dieciocho.

—Como eso segurísimo *sí* va a pasar... —ironiza Mauro.

—Jajajaja.

Mauro bebe Coca Cola y va por su segundo Alas. Daría lo que fuera por una de esas latas de Carta Blanca. Pero después de lo que sucedió con los policías, se siente al borde de un abismo peligroso.

—Pero a ver. Si las drogas dejan de ser ilegales, ¿qué? —Denisse se incorpora un poco.

—Hay un chingo de drogas que son legales, ¿eh? Nada más te recuerdo. Ahorita mismo nos estamos metiendo azúcar, tabaco y alcohol —dice Karla.

—Tres de las más heavys... —Irene cae en cuenta.

Denisse cierra la bolsa de papas y se sacude las manos:

—Bueno, que legalicen las ilegales, pues. ¿Entonces qué? ¿China libre? ¿Que cada quién se meta lo que quiera cuando quiera, o qué?

—De eso vive tu compañía tabacalera, del libre albedrío —la jode Mauro, a través de las persianas de cristal.

Denisse no se engancha, sabe que es inútil. En lugar de eso, subraya:

—Por lo menos el tema tendría que regularse bien, ¿no?

—Es que justo ése es el punto —dice Irene—. Se necesita regulación, no prohibición.

—¿Cuál es la diferencia?

—Cuando catalogas algo como ilegal y lo prohibes y castigas, tratas a los adictos y a los consumidores como criminales, y no lo son —afirma Karla.

—Nada más Mauro —dice Lencho.

Mauro sonríe, falso, con todos sus dientes.

—Los adictos también pueden ser buenos clientes, ¿eh? —dice Karla.

—Las clínicas de rehabilitación privadas cuestan un dineral, ¿verdad, Mau? —pregunta Denisse.

—No sé. Yo no pagué nada.

—Jajajaja.

Karla se termina su cerveza y aplasta la lata:

—En algunos países ya legalizaron todo.

—Como en Ámsterdam, ¿verdad? —Javi se sienta en una de las camas y se quita los botines para cambiarlos por sus chanclas.

—Ámsterdam no es un país, güera —corrige Lencho.

—Ya *sé*.

—El ejemplo más chido es Portugal. El consumo ha bajado muy cabrón desde que despenalizaron todas las drogas —dice Karla.

—¿Todas? —Irene se sorprende—. ¿Cuándo fue eso?

Mauro se acerca a la puerta para escuchar mejor.

—Hace un buen rato ya. Pero obviamente tienen un programa de prevención y de reinserción social cabroncísimo —Karla tira la lata en el basurero y busca entre las bolsas de la tienda—. Oigan, ¿ya no hay más chelas?

—Nel. En la tiendita que encontramos abierta sólo había ocho —explica Denisse.

—Mau no ha tomado nada. ¿Y las otras tres, dónde están? —dice Javiera.

En ese momento, Lencho eructa. Todas se ríen. Karla insiste:

—Bueno. ¿Por lo menos consiguieron Bacachá? Necesito un trago de verdad o reviento.

Lorenzo niega:

—En los pueblos de estas latitudes y en estos horarios, lo único que hay son Cocas y frituras caducas.

Karla se avienta sobre la cama soltando un gruñido de frustración.

—¡Aaaargh!

—Pero ahí está mi Jack, ¿no? —supone Lorenzo.

Irene y Javiera se miran con congoja.

—¡No mamen! ¿¿También se apañaron mi Jack??

Lencho se sale y se mete al otro cuarto, encabronado. Se escucha cómo azota la puerta del baño.

—Casi es mejor que no haya tanto chupe, güey. Yo ya chupo y al día siguiente amanezco toda hinchada… —Javiera se toca las mejillas.

—No puedo creer que estés diciendo eso. *Tú* —Mauro se termina su Coca y abre un Pulparindo.

—¿Por qué *yo*? —se ofende Javiera.

—No, por nada.

—Yo nunca fui alcohólica, ¿eh? El que ese imbécil me acusara, no significa nada.

Denisse, Irene y Karla se miran.

—Ta bien, perdón… —Mauro se sale al pasillo, sintiéndose un estúpido una vez más.

—Lo peor del chupe es que engorda, no hay nada que engorde más —subraya Denisse, revolviendo las bolsas—. ¡¿Dónde están los putos chocolates Tin Larín que compré?!

—Chance se quedaron en el coche… —dice Javi.

—Zafo. Ni de pedo vuelvo a salir a esa calle mientras no haya luz del sol —dice Denisse.

Irene se acerca al tocador-bar:

—Mañana vamos a hacer peyote, está bueno llevársela leve. ¿Sabían que el alcohol es algo así como la segunda causa de muerte en el mundo?

—Me vale madres —dice Karla—. Yo quiero un chupe.

Karla se levanta de la cama, va hacia el tocador y toma un vaso de plástico.

—¡No puedo creer que sea viernes y no tengamos con qué envenenarnos!

—Tenemos tabaco y Coca Cola, ¿qué más veneno quieres? —se ríe Irene.

—No puedo creer que no tengamos *hielos* —se lamenta Javiera—. Por lo menos se hubieran traído una Coca Light…

Karla se sirve un vaso de refresco a regañadientes y sale de nuevo al pasillo. Ve que Mauro está sentado en la escalera de caracol, al fondo. Se sienta junto a él.

—¿Estás bien?

—Chingón, de poca madre —Mauro alza el pulgar con exageración.

—Estuvo horrible lo de hace rato, ¿no?

—De la verga.

Mauro agita la pierna derecha repetidamente, haciéndola rebotar con el pie. Es un tic que adquirió hace un par de años y que se le exacerba cuando siente ansiedad. Karla lo sabe, pero no lo comenta.

—¿Qué les dijiste a esos tiras? —pregunta.

Mauro toma el vaso de plástico de Karla y le da un par de sorbos a su Coca. Luego responde:

—Perdón por lo que te dije hace rato en la alberca.

—¿De qué?

—De tus fotos con Alicia. Me la mamé.

—Un poco. Pero ya sabemos que así eres —dice Karla, medio en broma y medio en serio.

Mauro se termina la Coca en tres sorbos y eructa con discreción.

—Perdón.

—No worri.

—Ahorita te consigo otra.

—No hay pex.

—María estuvo en Portugal, ¿no? —Mauro saca un cigarro y se busca el encendedor en los bolsillos. Otra vez lo perdió—. ¿Tienes fuego?

—Sí, estuvo ahí un par de años —Karla le prende el cigarro, luego se prende uno ella—. ¿Ya me vas a contar qué les dijiste a los policías?

Mauro observa el fondo del vaso de plástico como si guardara algún misterio.

—Lo que pasa es que a mi jefa, apostar la pone. O sea… no es la adicta temblorosa que está formada afuera del Casino Life a las diez de la mañana, sudando frío, para empezar a meterle fichas a las maquinitas…

María sonrió con la descripción de Mauro.

—Pero le apuesta macizo —siguió él—. Le apuesta a los caballos, a los galgos, a lo que se meneé. Cuando se hizo legal la apuesta en México, mi papá entró en pánico.

María escuchaba a Mauro con ambas manos colocadas sobre una taza humeante de café. Estaban en una cafetería con mesas en la calle, con el parque cruzando la acera. Era un día soleado y fresco de otoño, pero pasaba mucha gente pidiendo dinero y vendiendo globos y otras cosas y por momentos llegaba un olor a caño. Eran demasiados estímulos para Mauro, que agitaba la pierna sin parar.

—¿Nos movemos para adentro? —sugirió María.

Mauro le mostró su cajetilla de cigarros, obviando que adentro no se podía fumar. María no insistió. Un minuto después pasó una familia de cinco, tocando un tambor y una trompeta desafinada. Mauro se puso de pie:

—Vale madres… —tomó su taza y señaló el interior del local con la cabeza. María tomó su propia taza y lo siguió. Le sorprendió la iniciativa de Mauro y entonces comprendió que estaba lidiando con alguien muy frágil, pero con voluntad propia.

Dentro se estaba mucho mejor. El único ruido era el de la máquina de espressos y no era tan molesto; estaba más calentito y olía a café tostado. María se quitó el suéter. Mauro desvió la mirada casi de inmediato, pero la mantuvo lo suficiente como para calcular una talla 34 B… ¿O C? Gustavo Cerati cantaba "Adiós" desde alguna bocina. Cuando se sentaron, María comentó:

—Bien por ese movimiento. Yo no sé si lo hubiera logrado cuando era fumadora.

—¿A poco fumabas?

—Uf. Me hubiera soplado cinco orquestas de ésas con tal de seguir afuera.

—No tienes pinta de adicta.

—Una vez cuando tenía quince años, mi papá me cachó fumando y me zarandeó.

—Eso no te vuelve adicta. Los adictos fumamos con gripa, fumamos con cruda, fumamos mientras guacareamos. Toda la vigilia fumamos.

—Creo que con lo de guacareando sí te fallo…

Mauro sonrió, y se dio cuenta de que no había usado esos músculos faciales en muchos meses.

—No es tan fácil ser catalogado como adicto, ¿eh? Hay que cumplir con bastantes características —dijo María.

Mauro tomó la cuchara. La mano le temblaba. Prefirió dejarla junto a la taza.

—De entrada, hay una gran diferencia entre el uso y el abuso de algo —María volvió a poner las manos sobre su taza.

—No es lo mismo alguien que se fuma un porrito todas las noches que alguien que está pacheco todo el día… —sugirió Mauro.

—Y aun ahí hay diferencias. Alguien puede ser dependiente de una sustancia y no necesariamente ser adicto.

—Ok… —meditó Mauro.

María continuó:

—Alguien puede ser dependiente de la insulina, o de los laxantes, o de una medicina para la presión. Eso no implica que se tome cincuenta laxantes al día, o que descuide a su familia o ponga en riesgo su trabajo o se meta en problemas económicos para mantener su consumo, como le sucede a un adicto.

Mauro soltó en ese momento un bostezo involuntario, que quiso reprimir sin éxito.

—Perdón, perdón… es el pinche Orfidal, hace que me esté jeteando todo el tiempo.

—No te preocupes.

—Y luego siento… como si trajera una camisa de fuerza por dentro. Y tengo unas pesadillas culerísimas y ansiedad. No sé si eso es por la olanzapina o por el Anapsique.

—Chécalo con tu psiquiatra, igual te tiene que ajustar algo.

—No quiero tomar chochos para siempre.

María lo miró con profunda empatía. Mauro nunca había conocido a alguien que mirara de esa forma. Continuó:

—Veo a mi hermana con el Prozac y es como ver a un puto fantasma sonriente. Se ve "normal", pero no sé… es como si viviera con un delay, como si le hubieran botoxeado un cacho de alma.

Cuando Lencho regresa del baño al cuarto de las chicas, Denisse está sentada en una de las camas con el contenido de su cartera volcado sobre la colcha, contando cada centavo que trae.

—A ver, a mí me quedan exactamente sesenta y cinco pesos con diecisiete centavos. ¿Tú cuánto traes?

—A mí me quedan cincuenta pesos y feria —dice Lencho, abriendo su cartera.

—¿Ése es todo nuestro presupuesto? —pregunta Irene desde el pasillo con un nuevo cigarro, asomada tras las persianas.

—Si a ustedes les bajaron todo, pues sí —dice Lencho.

Denisse cae en cuenta de algo, asustada:

—No mamen, ¿y el hotel?

—Ya lo pagamos. Lo pagamos llegando, ¿te acuerdas? —aclara Lencho.

—Uf, por lo menos —Javiera sube los brazos hasta tocar el marco de la puerta con la punta de los dedos. Tanto Denisse como Lorenzo alejan la vista de su cintura diminuta.

—No puedo creer que nos bajaron todo —dice Irene.

—Fúmale pa' fuera, güey. Se está metiendo todo el humo —Denisse agita la mano.

Irene rueda los ojos y se aleja de la ventana. Javiera se recarga en el marco de la puerta:

—Es una mamada que te quieran encerrar por un gallo. Traer un gallo no significa que te vayas a fumar un plantío entero de marihuana y agarrar un machete y matar a tus vecinos.

—Si te fumas un plantío de marihuana no te levantas pero ni a *mear* en una semana —dice Lencho.

—Jajaja.

Denisse guarda su cartera en su bolsa y se levanta por otro vaso de Coca Cola. Ya queda poca y se le cae algo sobre el tocador al servirse. Mientras va por papel de baño y limpia, pondera:

—A mí lo que me parece muy sospechoso es que las drogas que te aplanan las emociones y te apendejan sean legales, y las que NO son legales sean las que te despiertan y te hacen… cuestionarte las cosas.

—¡Piiiing! ¡Bingo! ¡Bravo, Denisse! —aplaude Javiera.

Denisse se sigue resistiendo:

—Pero también hay que admitir que los chochos pueden ser maravillosos, güey. Hay veces que no puedes ni con tu alma.

—Hay veces que no quieres *sentir* —dice Irene.

Hay un amago de silencio incómodo que Lorenzo se apura a interrumpir:

—Todo depende de cómo le entres. Cualquier cosa es mala en exceso. La tele, la comida, el sexo…

—¡Hasta el agua! —Irene guarda su colilla en la cajetilla de las colillas y se come una menta.

—Como esas chingaderas que te tragas todo el día —Javiera le quita el paquetito de mentas y lo agita.

—Se me hace que por eso tienes gastritis, güey —señala Denisse.

—¡Me las trago porque no me gusta quedarme con el sabor del cigarro! —explica Irene.

—¡Entonces deja de fumar! —Lencho alza las manos.

—Dejas de fumar y dejas las mentitas. Dos pájaros de un tiro —Denisse chasquea los dedos.

Dejar de fumar. Irene odia pensar en eso, aunque piensa en eso todo el tiempo. Sobre todo de un año a la fecha.

—¿Ustedes cómo le hicieron? Yo entre más pienso en dejarlo, más miedo me da.

—Pues es que justo eso tienes que hacer: dejar de pensar —responde Lencho.

—Ya. Lo mismo me dijo mi papá —recuerda Irene.

Lencho sigue:

—Para dejar el cigarro necesitas dos cosas: un chingo de paletas, y hacerte a la idea de que vas a tener que pasarte unas semanas distrayéndote como sea.

—El cigarro te lo tienes que quitar como unos pinches zapatos que te aprietan, y ya —finaliza Denisse.

—Yo me puedo pasar toda la semana sin fumar y no me acuerdo —dice Javiera, y en ese momento se prende un cigarro.

De pronto, Lencho señala afuera del cuarto:

—Miren el tamaño de esa mariposa negra…

Todas se asoman. La mariposa está en una esquina del techo del pasillo y es enorme.

—Ay, carajo. Qué miedo —dice Irene.

—¿Ésas no son de mala suerte? —se estremece Denisse.

—Dicen que significan muerte… —Javiera también siente un escalofrío.

Lorenzo saca su teléfono y se aproxima.

—¡No! —grita Javiera.

—No la voy a matar, nomás voy a sacarle una foto.

—¡Guarda ese teléfono, Lorenzo! —suplica Javiera—. ¿No ves que me duele, chingada madre?

—A mi papá lo quemaban con cigarros de chiquito. Todavía tiene las marcas. Me lo contó estando él pedísimo cuando yo tenía diez años, creo estaba muy morro como para saber eso, pero es casi lo único que sé de su infancia.

Mauro abrió cuatro sobres de azúcar mascabado al mismo tiempo y los vertió en la taza de café, ya medio tibio. Las manos todavía le temblaban un poco.

—Lisandro es de un pueblo de Michoacán. Nunca hemos ido. No conozco a nadie de su familia, es como si hubiera salido de una coladera. Dice que sus papás se murieron y a él lo crió un tío suyo que era abogado. No sé. A veces hasta me pregunto si su apellido y su nombre son verdaderos o se los mandó poner. "Lisandro Roblesgil" —dijo con tono telenovelero—. Pero como es güero de rancho, pues cuelan…

—¿El tío lo quemaba?

—¿Perdón?

—El tío de tu papá. El abogado.

—Sí. Ese tío suena a que era un locazo. Ponía a mi papá a leer en voz alta y cuando se equivocaba, lo ponía a cargar libros como Cristo. O de plano lo quemaba cuando se portaba mal.

—¿Tu papá te exigía mucho a ti cuando eras niño?

—De morrito, sí. Pero siempre fui bien ñoño así que nunca tuvo motivos para cagotearme. Luego le valió madres, y yo me volví más ñoño todavía para que me pelara. No funcionó.

—¿Por qué?

—Porque se dedicó a hacer lana y todo lo demás se fue a la verga, básicamente. Para eso le terminó sirviendo tanta inteligencia…

—¿Piensas que tu papá es inteligente?

Mauro revolvió el contenido de la taza con vigor y respondió:

—Se llama a sí mismo *patriota*. Hazme el puto favor. Traga libros de historia de México y le gusta citar al güey… cita a Benito Juárez y la madre. Así apantalló a mi jefa y a su familia, que han sido de mucho varo. Pero es más falso que una moneda de chocolate.

—Siempre lo habías descrito como un tipo más bien callado.

—Cuando está con gente que quiere impresionar, habla hasta por los codos. Se avienta sus chascas y la chingada. Sobre todo cuando hay viejas a la vista. Le fascina impresionar a las viejas.

—¿Y a tu mamá cómo le cae eso?

Mauro meditó la pregunta.

—No sé. Mi jefa está como en su pedo. Creo que nada más quiere a sus perros. Con sus perros es la más linda, aunque obvio ella no recoge sus cacas. Pero bueno. A Lisandro le dice que todo lo que tiene es gracias a ella y que sin ella él no sería nada. Se lo dice cuando cree que nadie está oyendo… o a lo mejor sí sabe. La cosa es que él dobla las manitas y acaba haciendo todo lo que ella quiere. Mi madre sigue siendo una escuincla mimada.

—Que siempre gana…

Mauro dejó por fin la cuchara.

—No, no siempre. Ha perdido un chingo de lana.

—No me refería al juego.

Mauro volvió a sonreír, comprendiendo:

—Pues sí, con nosotros perdió. Yo soy un puto desastre, eso ya lo sabemos, pero mi hermana era bonita, lista, y una cabrona bien hecha. Mi mamá y ella se juntaban y eran como un par de pubertas, andaban siempre jijí, jajá. Yo me la vivía solo como perro, se me hace que por eso me puse a leer tanto… y luego a drogarme tanto… —Mauro lamió la cuchara—. Luego Renata se casó con un pazguato que mis jefes acabaron manteniendo, y llevan años tratando de embarazarse y no pueden.

—Sí, me lo contaste.

—Me acuerdo que en su boda, ya pedísima, mi hermana llegó a abrazarme y me dijo: "Ya bájale a tu desmadre, ¿eh? Que te necesito entero para que cuides a tu sobrino". En ese momento hasta pensé que ya estaba embarazada y mi impulso fue mandarla a guacarear.

Renata tuvo una boda de espectáculo en el convento de las Vizcaínas. Mauro fue solo, sin pareja. Había terminado con Javiera unos meses antes. Iba con unos Converse negros y con una camisa sin corbata. Durante la fiesta estuvo rodeado de chicas de la alta sociedad que lo seguían como moscas a la miel. Mauro no era feo, y su aspecto flacucho y enfermizo le daba un halo vulnerable que fascinaba a las mujeres. Era introvertido y encima tenía fama de drogadicto, lo cual además de reforzar su fragilidad, lo hacía atractivo para las chicas que andaban en busca de experiencias. Por esas épocas, Mauro se había vuelto un purista del LSD. Concluyó que debía consumirse sólo en plan ritual y no en la fiesta, porque en la fiesta se perdía la profundidad de la experiencia. Empezó a armar sus sesiones. Seguía fumando marihuana cotidianamente y de repente aceptaba una rayita en una fiesta si se la ofrecían, y se tomaba sus cubas. Pero su religión era el ácido lisérgico. Además de su atractivo decadente, trataba muy bien a las mujeres y las hacía reír. Encima de todo, era millonario.

—Eres como personaje de *The O.C.*, cabrón —le dijo Randy una vez en una fiesta, enfrente de un grupo extenso.

La carcajada estalló y Mauro palideció de vergüenza. Javiera se dio cuenta y lo salvó diciendo:

—Nah. Es demasiado prángana.

Y le revolvió el pelo.

Entonces todavía estaban juntos. Tenían veintidós años cuando terminaron y después Mauro tuvo varias novias. No sólo amantes, no sólo movidas. A Mauro le gustaba generar todo el halo especial del enamoramiento, sacar los libros, las citas y las canciones, perderse en devaneos. Pero apenas se ponía realmente serio con alguna, aparecía otra más atractiva. Llegó a romper algún corazón. Algunas de sus novias eran del jet set, otras no. Pero todas eran psiconautas ávidas que veían en Mauro a un gurú más que a una pareja, y que lo aburrían muy

141

rápido. Una de ellas era Julieta, amiga de Renata desde la infancia y una de las aprendices de drogas más osadas y extremas que Mauro llegó a tener. Una vez hicieron candy flipping y comieron amanita muscaria y hongos cambodianos el mismo fin de semana. Después de terminar con Mauro, Julieta se casó con un actor famoso y tuvo tres hijos rubiecitos que desde muy chicos aprendieron a sonreírle a la cámara. Salen en portadas de revistas y Julieta tiene un estudio de yoga y es la personificación de la salud física y mental. Mauro está completamente seguro de que se sigue metiendo algo, pero no sabe bien qué.

—Yo soy un drogadicto y Renata no es un buen mamífero, porque no puede parir. Qué jodido, ¿no? Pobre Luisita. Conmigo ya pedió las esperanzas. Pero a mi hermana no deja de chingarla con que vamos a no sé qué nuevo ginecólogo y a no sé qué tratamiento en Suiza y la verga —Mauro rascó azúcar del fondo de su taza—. Como dices... mi mamá siempre quiere ganar.

—O perder.

Mauro volvió a chupar la cuchara y levantó la vista.

—¿Cómo?

—Cuando tu mamá apuesta, a lo mejor lo que quiere es perderlo todo —dijo María.

—¿Y de qué le serviría eso?

—Por la fantasía de que exista algo que lo resuelva todo de un plumazo. Como diciendo: "Ésta sí es la buena. Una más y ya".

Mauro se quedó pensativo.

—¿Pero a qué te refieres?

—A que las cosas cambien. A que dejen de ser como son.

A Mauro le hizo sentido.

—Y así nos ha de pasar a todos los hasta el huevo, ¿no? A ver si con esta inyección, ya. A ver si con esta raya, con esta pasta, con esta rebanada de pastel...

—A ver si con este ácido... —completó María.

Mauro bajó la mirada y sacó un cigarro que no se iba a poder prender.

—Les dije que soy un adicto rehabilitado.

—¿A los tiras? —pregunta Karla.

Mauro agita la pierna y mira hacia abajo, a través del barandal. Ahí sigue la alberca mohosa, cubierta de hojas.

—Güey, después de que hablaste con el panzón se largaron como pedos. Es como si les hubieras dicho el código... del código da Vinci.

Mauro se ríe. No esperaba reírse esa noche y lo agradece. Pero no explica más. Karla por fin comprende que no va a hacerlo.

—Pues lo que les hayas dicho, gracias.

Mauro inclina la cabeza una sola vez, sintiendo cómo se le trepa una raya de batería a su alma revuelta.

—Comper.

Mauro y Karla voltean. Atrás de ellos están Javiera, Irene, Lorenzo y Denisse, esperando a pasar.

—¿Y ora? ¿Es peregrinación, ya nos vamos, o qué? —Karla se hace a un lado.

—Vamos abajo. Dice Denisse que se mete mucho el humo al cuarto —explica Irene, con tono de queja.

—Yo nada más dije que necesitaba *aire* —aclara Denisse.

—Pus vamos. Lo bueno es que ya no hay moscos —Karla se levanta del peldaño donde estaba sentada y baja la primera.

Mauro termina por seguirlos a todos. Una vez abajo, en el patio, Irene y Javi se sientan en unas sillas medio oxidadas junto a la alberca, Mauro vuelve a meter los pies en el agua turbia y Denisse se pone a limpiar sus lentes empañados con la esquina de su suéter, diciendo:

—Es que... no sé, amigos. Esto ya no me está latiendo. ¿Cómo vamos a llegar a Real de Catorce sin dinero?

—Güey, todavía tenemos las tarjetas, sólo nos bajaron el cash. Mañana sacamos de un cajero, ¿cuál es el pedo? —dice Irene, implorante.

—¿De qué cajero? Estamos en tierra de nadie entre Guanajuato y San Luis y luego empieza la terracería para llegar a Catorce —argumenta Denisse.

—En Catorce hay cajeros —asegura Lorenzo.

—¿Neta? —dice Javiera—. Pensé que era tipo... pueblo fantasma.

Karla levanta los ojos discretamente.

—¿Pero y las casetas que faltan? ¿Y si tenemos alguna emergencia? —se angustia Denisse.

—Güey, con qué poquito te amilanas, me cae —dice Irene.

—No me amilano, es que...

Irene la interrumpe:

—Sobrevivimos al hampa, ¡deberíamos estar celebrando!

Karla alza los brazos con falso entusiasmo:

—¡Yey!

—No mames, mi fitupiiiiish... —Lencho se talla la cara.

—Estaba buenísima esa mota —dice Javiera.

—Buenísima —dice Irene.

—Güey, la verdad es que los dealers son unos rifados —dice Lencho—. Se la juegan, al menos dan un servicio. Además se perdería todo esto de que llegan, se fuman un toquecito contigo... Sólo por eso no deberían legalizarse las drogas, para que no desaparezcan los dealers.

—Y hay que admitir que lo clandestino también tiene su atractivo, ¿no? —dice Denisse, quitándose una ramita del pie mojado.

—Pues sí, también.

Karla se mosquea.

—No jodas, Lorenzo. ¿Cientos de muertos a cambio de que la banda se pueda echar un gayito con su dealer?

—Estoy hiperbolizando, Karl. No me regañes.

Irene se levanta medio entumida de la silla oxidada y mientras se estira, se lamenta:

—Es que pinche país, qué mamada... Secuestrados entre el gobierno, el narco y los gringos...

—Y la Rosa de Guadalupe —agrega Javiera.

—Jajajajaja.

—Chale. ¿Qué podemos hacer? —se aflige Denisse.

—¡Fumarnos un toque! Ah, no, que nos la robó la policía... —dice Javiera.

Irene se cubre la cara con las manos:

—¡Buaaaaaa!

—Hijos de puta. Ahorita se han de estar dando un festín los cabrones... —sufre Lorenzo.

—Pero siempre serán unos miserables y tendrán que vivir consigo mismos hasta que se mueran —concluye Mauro.

—Eso sí. ¡Salud, amigos! —exclama Javiera.

Pero todos tienen las manos vacías.

—Mierda. Ya no tenemos ni Coca Cola. ¿Y ahora qué hacemos? —dice Irene.

—Dormir —dice Denisse.

—Nel. Yo digo que castiguemos a Lencho y a Denisse por no habernos traído Bacachá y habernos dejado erizos y en manos del crimen organizado —Karla voltea hacia la alberca mohosa y sucia, con cara de travesura.

—¿Al pantano? —Irene abre grandes los ojos.

—Yo digo que te echemos a ti por psicópata —Denisse ve a Karla.

—No mames, esa alberca está de infección de oído como mínimo —opina Javi.

—Ándenle, aunque sea con un Chin Champú. Para que esta noche se ponga interesante. Si no, qué depresión... —opina Karla.

—¿Entre seis? —dice Javiera, incrédula.

—Bueno. Zapatito blanco, zapatito azul. O lo que quieran —dice Karla.

—Venga.

—Va.

—¿Mau?

Mauro se lo piensa y de pronto se pone de pie:

—Va. Lo bueno es que hoy no me bañé.

—Yo paso —Lencho levanta las manos y se aleja.

—¡No seas marica, güey! —exclama Karla.

—¡No seas pinches autoritaria! ¿No que mucha libertad? —replica él.

Todos se miran, Lencho se encamina a la escalera de caracol.

—Chench, juega, güey —pide Javiera.

—Nel.

—¿Y si te obligamos? —juega Irene.

—¿Sí? ¿Y quién me va a obligar, a ver?

—Uy, no lo hubieras dicho, cabrón... —Mauro va hacia él. Las demás lo siguen.

—¡No mamen! —Lencho se saca su celular del bolsillo, lo deja en un peldaño de la escalera y trata de escapar.

—¡Agarren al hiperbólico! —grita Javiera.

La risa hace que Lencho baje la guardia y entre los otros cinco lo cercan, lo someten, lo arrastran hacia la alberca y lo avientan al agua.

—Y ahora, ¡tú! —Mauro agarra a Javiera.

—¡No mames! ¡Estás pend...!

Javiera no termina la frase porque Mauro la carga y la lanza al agua. Inmediatamente después, Irene empuja a Mauro, muerta de risa.

—¡No mames, está helada! —grita Javiera en cuanto sale a la superficie.

—Nádele, nádele —dice Lencho, braceando hacia la orilla.

Denisse corre por el patio dando gritos y se esconde en un rincón. Lencho va por ella chorreando agua, la carga y se avienta junto con ella. Denisse grita.

—¡¡AAAAAAAH!!

Irene agarra a Karla, empiezan a luchar en la orilla de la alberca para aventar a la otra al agua.

Desde la alberca, Mauro exclama:

—Señoras y señores, tenemos un espectáculo de camisetas casi mojadas...

—Ya, baboso, no me hagas reír —pide Karla.

En ese momento Irene la jala, pero Karla no se suelta y en un efecto de polea, terminan cayendo las dos al agua mohosa.

—Está chido, es como agua orgánica —Lencho saca del agua una especie de alga con bichitos pegados.

—¡Guácala!

—Ha de estar llena de minerales, como el lodo del Mar Muerto —dice Mauro.

—Muertos pero de pulmonía vamos a acabar, no mamen —Karla se echa el pelo hacia atrás.

—¿Quién va por las toallas? —dice Javi.

Todos gritan:

—¡ZAFO!

13

Cuando Fernando Durán, el papá de Javiera, se enteró de que su hija era novia de Mauro, el hijo de Lisandro Roblesgil, el abogado, se tragó la preocupación. No era la clase de hombre que hacía tormentas en un vaso de agua. Pero cuando Javiera llegó un lunes a las once de la mañana después de irse de fiesta con Mauro cuatro días, la mandó a bañarse, le preparó unos huevos revueltos y un café, y la hizo sentarse en la mesa del comedor. Él se sentó frente a ella con su cajetilla de Camel y su encendedor, como siempre que se instalaba por más de cinco minutos en alguna parte.

—Come, por favor.

Javiera vio los huevos haciendo bizcos, en ese limbo entre la cruda y la peda conocido como la creda.

—Por lo menos tómate el café. No tiene azúcar.

Javiera lo vio dudosa. Su papá tenía triquiñuelas para meterle azúcares en contra de su voluntad. Jarabe de agave, miel de nopal, de romero, de eucalipto...

la exploración naturista no tenía límites en esa casa cuando de alimentar a Javiera se trataba.

—No te hemos visto el pelo desde el jueves. ¿Estás yendo a la universidad?

—Pfffft, pa, ¿neta? Déjame dormir y al rato platicamos, ¿sí?

—¿Estás yendo o no?

Javiera acababa de empezar a estudiar Administración de Empresas en una universidad de medio pelo porque su papá la presionó para estudiar algo. Javiera no tenía el promedio para entrar a la universidad pública y Fernando sólo pudo pagarle la carrera en ese lugar. Siempre fue mala estudiante y la habían expulsado de dos secundarias. Lo que Javi quería en realidad era trabajar como sobrecargo y empezar a ganar dinero mientras viajaba. Había sido un tema de mucho debate en casa y ese día salió a relucir una vez más.

—Porfa, pa, contáctame.

—Ya no conozco a nadie en el medio, Javi.

—¿Cómo no? Te sigues llevando con Oscar Vasco. Está en Aeroméxico, ¿no?

—Primero quiero que tengas una carrera. Es importante que tengas una carrera.

El papá de Javiera había tenido un retiro prematuro y forzoso cuando Mexicana de Aviación colapsó. Llevaba casi treinta años trabajando en el área administrativa; estudió técnico superior en control de tránsito aéreo, pero no pudo ejercer porque no pasó el examen médico… o al menos ésa fue la versión que le dio a su familia. En realidad Fernando se enteró de que harían doping a los candidatos después de haberse puesto una fiesta loca el fin de semana anterior y, temeroso de perder su lugar, le pidió a su primo, que estaba tomando Roacután para el acné y no se estaba metiendo ningún tipo de droga, que le llenara un frasquito con pipí. Fernando lo llevaba entre las piernas por si había inspecciones previas, y al llegar a la clínica le dio la mano al enfermero con un sudor frío. En el cubículo fingió orinar y al salir entregó el frasco con la orina prístina del primo bien portado. Todo parecía haber salido bien, pero al salir del baño, lo pasaron a hacerse un examen de sangre, y ahí todo se fue al traste. Gracias a sus buenas calificaciones y a que tenía un tío en la Academia de Aviación, Fernando no fue expulsado, pero no pudo desempeñarse en lo que le gustaba. Treinta años después de sentirse un mediocre y de tratar de congratularse con su sueldo, su esposa guapa, sus hijos y sus contadas vacaciones, de un día para el otro se quedó sin trabajo, con una liquidación más bien simbólica, y le fue mejor que a muchos de sus compañeros que se fueron sin nada. Trató de conseguir trabajo en otras aerolíneas, pero al tener más de cincuenta años nadie quiso emplearlo, entonces se sumó a la lucha del sindicato de Mexicana y estuvo en pleitos legales durante varios años. Lisandro Roblesgil estaba en el equipo legal de la esquina rival y fue uno de los abogados que más entorpecieron el proceso. Fernando nunca buscó poder, sólo liquidaciones justas, por eso cuando las circunstancias exigieron que se metiera a la grilla más dura, y que de paso se metiera una raya en cada reunión, comenzaron las tensiones con sus compañeros. Susana, su mujer, se había puesto a vender seguros, en parte para apoyar con los gastos y en parte porque fue una salida digna e irrebatible que la eximía del cuidado de su hijo especial, con quien nunca supo bien cómo lidiar, pero a quien siempre se dirigía con diminutivos y arrumacos compensatorios. Fernando se quedó en casa a cargo de Fabio, y eventualmente el sindicato lo fue sacando de la jugada.

—Ser sobrecargo es muy matado, Javi. Tú te estás imaginando el cuento de hadas de que te subes al avión y mágicamente aterrizas en Nueva York o en las Maldivas. No sabes lo que desgasta volar, la friega que es estar sirviéndole a la gente. Olvídate. Acaba de estudiar la carrera y luego vemos —era el argumento repetitivo de Fernando.

Más que volar o viajar, lo que a Javiera le apasionaba era la moda. Pero no sabía dibujar ni un muñeco con palitos y bolitas y, de no estudiar diseño de modas, no tenía idea de cómo dirigir esa inquietud.

—¿Y por qué no modelas? —le preguntaba todo el mundo.

Lo había intentado. A los quince años estaba con Denisse y con otra amiga de la secundaria comiendo en un Burger King cuando un fotógrafo de catálogos de Liverpool le dejó su tarjeta, y cuando la citaron a su primera sesión de fotos, toda la familia estaba muy entusiasmada. Al principio Javi estaba fascinada de que la peinaran y la maquillaran y la vistieran, se sentía como en una prolongación de sus juegos de muñecas y le encantaba verse más grande. Luego todo ese ritual empezó a volverse un tedio. Acababa tan agotada de las sesiones de trabajo en las que tenía que estar parada durante horas sobre tacones imposibles y luces achicharrantes recibiendo órdenes con muy pocas pausas que llegaba a su casa y se desplomaba en la cama sin cuerpo para nada más. De por sí no le iba bien en la escuela, y empezó a reprobar las materias que normalmente pasaba. Fue ahí cuando empezó a dejar de comer. Con las otras chicas era una competencia tan feroz, un estarse midiendo la longitud de las piernas y la estrechez de la cintura todo el tiempo, que en su afán de estar *algo* más que las demás, Javiera se dio a la tarea de estar más flaca. Comenzó a torturarse, a controlar, a caerse mal. Un día Fernando encontró en el baño un cuaderno donde Javiera había escrito que se daba asco y vergüenza por haberse comido una quesadilla, y entonces supo que aquello tenía que parar. Cuando le anunció a Javiera que la historia del modelaje se había terminado, ella primero se rebeló por sistema, y después sintió un alivio inconfesable. Pero el daño estaba hecho. Javiera no intentó suicidarse y nunca perdió la menstruación ni el pelo ni los demás horrores sobre los desórdenes alimenticios que Fernando veía en internet con espanto, pero a ella nunca se le quitó lo de controlar y medir todo lo que se comía. Y por no estar midiendo, se acostumbró a comer poco. El alcohol era la única forma de azúcar que se permitía y para quemarlo no faltaba al gimnasio al día siguiente.

—Oye, ¿Javiera es bulímica? —Irene formuló la pregunta con tiento, ella y Denisse llevaban poco tiempo de ser amigas. Iban caminando rumbo a la sala en el cine, comiendo palomitas.

—Cero bulímica. Odia vomitar —respondió Denisse—. Más bien se me hace que es anoréxica. Se aguanta y no come.

—Uffff… ¿aquí está bien?

—Perfecto.

Se sentaron. Denisse se comió un puñado de palomitas mientras decía:

—Está cabrón, ¿no? ¿Quién puede vivir sin tragarse nunca una rebanada de pizza? Unas papas, un pastel… aunque lo eches pa' fuera después.

—Alguien con mucha fuerza de voluntad —concluyó Irene.

Otra noche, ese mismo año, estaban en la azotea de Lorenzo, en plena fiesta, y alguien le pasó a Denisse otra bolsa de palomitas, éstas de caramelo. Denisse estiró el brazo, pero en lugar de tomar la bolsa, alzó la mano en señal de alto.

—Estas madres son adictivas. Si empiezo, me sigo.

Javiera estaba ahí, ya muy borracha, y le dijo:

—¿Qué es eso de que "me sigo"? No mames, Denisse. ¿Qué no tienes ningún autocontrol? Ni que fueras perrito que se hace pipí en la calle. Cierra la boca y ya.

Hubo risas salvadoras, pero Denisse nunca se sintió tan avergonzada. Esa madrugada, torturada por las palabras de Javiera, bajó de su cuarto a la cocina catorce veces a cortarle rebanadas a un queso manchego de dos kilos. Mientras se comía la última rebanada, lloraba. Pero no pensaba en la gordura, sino en que nunca se había enamorado y que no quería morirse sin amar. Denisse habló de la noche del queso manchego por primera vez en una sesión de grupo en una clínica de desórdenes alimenticios. Pero eso fue muchos años después, cuando Alicia ya sabía andar en bicicleta.

Javiera tenía otro problema que truncaba su potencial vocación. A su mamá también le fascinaba la moda y Javi siempre asoció el fashionismo con la vanidad de Susana y con su mirada comparativa y competitiva, con el *Hola Moda* y con los reclamos por la falta de dinero con los cuales Susana torturaba a Fernando antes de ponerse a vender seguros y también después. De vez en cuando su madre llegaba a una boda con un modelo de marca y se armaba la campal, porque Fernando sospechaba que se lo había comprado dándole un sablazo al fondo de ahorro que tenían para Fabio, y que Fernando cuidaba religiosamente. Susana siempre argumentaba que se lo pagaba con sus comisiones de la venta de seguros, y Fernando por lo general decidía creerle y no lo corroboraba. Desde muy joven, Javi decidió diferenciarse de su madre inventando su propio estilo para vestir, buscando prendas en mercados y botaderos de ropa. Cada tanto tiempo invertía en una falda o un abrigo de muy buena calidad, y con su talento natural para mezclar texturas y colores, se las arreglaba para verse a la delantera sin esfuerzo aparente.

—Come, Javi.

—No quiero, pa.

Fernando le acercó el plato de huevos revueltos a su hija y se prendió un Camel. A Javiera le dio asco, había fumado sin parar por cuatro días y ahora no podía ni oler el humo.

—¿Tienes idea de lo que se descompensó tu cuerpo con el reventón que te diste este fin de semana? ¿Sabías que los derivados de las metanfetaminas descalcifican los huesos? ¿Quieres tener los dientes podridos y la espalda fregada a los treinta?

—Ay, ay, ay, bájale a tu intensidad, pa —Javi frunció el ceño y se puso la mano en la frente—. Yo no sé qué piensas que me estoy metiendo, o qué.

—No sé. Pero necesitas equilibrar un poco, mijita.

Si no, te vas a morir, pensó Fernando, pero se lo guardó. Desde que Javi empezó a dejar de comer, Susana y él transitaron por muchas medidas y facetas: rogarle, obligarla, manipularla, condicionarla, asustarla, castigarla. Ninguna había funcionado. A estas alturas Fernando sabía que lo único que podía hacer era no dejar de ofrecerle a su hija comida y argumentos. Esperó a que Javiera se tomara el café, y dijo:

—Ok, sé que te quieres dormir así que voy a ir al grano. No voy a darme golpes de pecho y regañarte por llegar a estas horas como si yo nunca lo hubiera hecho...

Javiera resopló discretamente. Ahí venía *ese* choro...

—Tú sabes que tu madre y yo tuvimos nuestra época...

Javiera lo sabía bien. En el tocador negro del cuarto de sus papás, junto a varias fotos familiares, había una grande en un marco imitación piel donde salían Fernando y Susana de novios, abrazando a Miguel Bosé en el Nueve, un local gay con la mejor música y el mejor reventón de toda la Ciudad de México en esa época. En el Caribe amarillo en el que su mamá la llevaba a la escuela, Javiera escuchó muchas veces un cassette de Cecilia Toussaint y otro de Mecano. Entre los selectos recuerdos de infancia que Javiera conserva, está el de su mamá ajustándose el fleco alto y rubio en el espejo retrovisor, diciendo que Ana Torroja tenía mucho mejor look que Madonna, y el de cantar "Barco a Venus" con su hermano Fabio, mientras iban todos a dar la vuelta el fin de semana.

No había persona en el mundo que Fabio quisiera más que a su hermana. La adoró desde una tarde, cuando Javi tenía diez años y Fabio cinco, en la que se la pasaron jugando a los rocanroleros. Se pintaron la cara, Javi se alborotó el pelo, él se puso una peluca que Susana tenía guardada, y sus guitarras eran la escoba y el jalador. Estuvieron horas brincando, gritando y revolcándose en la alfombra del departamento al son de un cassette de Van Halen. Javiera no había vuelto a dedicarle a Fabio una tarde de juegos, pero lo trataba sin contemplaciones ni condescendencia, como a un igual, y eso Fabio lo agradecía, en contraste con la zalamería culpable de su madre y la sobreprotección melancólica de su padre. Además, lo cierto es que a Javi, desde niña, las excentricidades de su hermano la divertían.

—*Déeeesaloja... sabes que nunca has ido a ver a un ser humano...* —cantó Fabio a gritos, sacando la cara por la ventana del Caribe.

Javiera se partió de risa y lo corrigió:

—No es así, burris. Es: *Déjalo ya, sabes que nunca has ido a Venus en un barco...*

Tiempo después, cuando Javiera ya tenía catorce años, yendo en el mismo coche, pero en el asiento delantero, su papá le explicó el significado de esa canción, mientras fumaba.

—Habla de un adicto.

—¿Qué es eso?

—Alguien que dice que está bien pero se la pasa encerrado en su cuarto, no quiere salir, la luz de la calle le hace daño y vive en un mundo oscuro. Y se inventa fantasías para vivir, como que va a Venus en un barco…

—… *Pero lo único que haces es hundirte* —completó Javiera, cantando.

—Exactamente, mi niña. Qué lista eres, condenada —Fernando le pellizcó la mejilla.

Javiera sonrió, pero la descripción del adicto la impactó y se le quedó marcada.

Aquella mañana de domingo, Fernando le dio un sorbo a su propia taza casi vacía de café. Javiera todavía no probaba los huevos revueltos.

—¿Puedes neta ir al grano, papi? Me funcionan como dos neuronas ahorita.

—Cuando yo era un reventado, Javi, la fiesta me la pagaba yo. Y me duraba lo que me duraba la feria.

—¿Ok…?

Fernando levantó el salero de la mesa, lo volvió a dejar en su lugar y declaró:

—No quiero que el papá de Mauro Roblesgil te esté financiando tus jarras.

—No me las financia —Javi susurró, negando.

—Sí te las financia. Porque no te las estoy pagando yo, y claramente no te las estás pagando tú, y hasta donde sé, tu novio, el tal Mauro, tampoco trabaja. ¿O sí?

Javi bajó la mirada hacia el plato. Huevos, huevos.

—De ahora en adelante, voy a darte para la colegiatura de la universidad y se acabó. Para todo lo demás, te rascas con tus uñas. ¿Estamos?

—Si quieres que trabaje, conéctame en Aeroméxico.

—Tú no vas a ser sobrecargo. Vas a estudiar una carrera y vas a ver cómo te pagas tus jarras. Fin de la discusión.

Tus "jarras". La "feria". Así o más forever este loser, pensó Javi. Y sintió un vahído. Sabía que si no se dormía de inmediato, iba a entrar en un estado insomne de dar vueltas en la cama durante horas con el cuerpo agotado y la cabeza a mil revoluciones por minuto.

—Y puedes vivir en esta casa mientras estés estudiando. Si no, tú ves cómo le haces.

Javiera se comió un bocado de huevo revuelto, se terminó el café y acató. Podía ser una reventada, pero siempre obedecía a su padre. Todo lo hacía, en el fondo, por complacerlo.

Una semana después, Javiera ya tenía trabajo como mesera en el Angus. Las propinas eran buenas y sólo se necesitaban dos cualidades: tener una memoria aceptable y un cuerpo sobresaliente. La primera a veces le fallaba; más de una vez recibió regaños de los capitanes del restaurante porque en una mesa llevaban veinte minutos esperando la cuenta que le habían pedido a Javiera y en otra no les había llevado ni las cartas. Afortunadamente no tenía que servir la comida, pero las bebidas sí, y entre el vestido largo, los tacones, las irregularidades de la alfombra y su torpeza natural, una vez se le derramó el contenido entero de la charola de bebidas antes de llegar a su destino.

—Es que no estás agarrando bien la charola, güera. La tienes que cargar así, no así —le explicó Claudio en una asesoría emergente por Skype, mientras hacía la demostración con un libro de Khalil Gibran—. O sea, la tienes que sostener con las yemas de los dedos, no con la palma de la mano. Si la sostienes así, la controlas mejor.

Todo marchó muy bien ese fin de semana, hasta que a Javi se le volcó de nuevo la charola entera: dos aguas minerales, dos Campari sodas y tres tequilas con sus respectivos jugos de limón y sangritas. Esta vez, encima de un cliente.

—Te juro que no fue mi culpa, capi. El señor levantó la mano para saludar a alguien justo cuando llegué con las bebidas. Él le pegó a la charola —suplicó Javiera.

Y en efecto, así había sido. El propio cliente corroboró la versión de Javi y al irse le dejó una propina generosa. Y es que nadie se resistía a la sonrisa de Javiera Durán. Siempre tenía a los señores y los ejecutivos que poblaban el lugar muertos de risa con sus ocurrencias y fascinados con las pecas de su escote, y si alguno se quería pasar de listo o hacerle alguna insinuación, Javiera se lo capoteaba con gracia, o en el peor de los casos, le llamaba al capitán, que para eso estaban ellos, para cubrir a las chicas cuando los señores se ponían demasiado necios, además de para regañarlas, jugar a seducirlas y mirarles el trasero al pasar. Lo que más padecía Javiera de su trabajo no eran los capitanes ni los clientes, sino las otras hostess. Le tenían una envidia radioactiva, que se redobló después del último incidente con la charola, cuando los jefes resolvieron que Javi no llevara más bebidas a las mesas. Esto la colocó en un lugar de cierto privilegio que sus compañeras no pudieron tolerar: ninguna se detuvo a considerar que la medida se había tomado por su torpeza.

—¿Y a ti cómo te caía que Javiera trabajara ahí? —preguntó María en una caminata con Mauro por el centro.

—Me daba igual, la neta. Javi estaba muy por encima de todo eso, siempre se supo capotear muy bien a los moscones que la asediaban. Se hacía bien pendeja, pero siempre ha sido más lista que el hambre.

—¿Que el hambre...?

Mauro sonrió.

—No se te va una, ¿verdad?

Se detuvieron en el semáforo de Isabel la Católica y 5 de Mayo. Esta vez Mauro había escogido la ruta del paseo: comenzaron en Balderas y pasaron por el Barrio Chino, donde compraron rollos primavera para llevar. Mauro siguió describiendo con entusiasmo mientras cruzaban la calle:

—Pinche Javiera era una bala. No sabes el reven que manejábamos. Hubo un fin de semana especialmente loco. Decidimos echar un maratón... El chiste era echar por lo menos una raya y un palo en el baño de cada antro que pisamos. Arrancamos el jueves en la noche y acabamos el lunes, con un saldo de tres ajos, ocho tachas y siete papeles. Bueno, y mucho ron —se rio.

—¿Llevaste la cuenta?

Mauro soltó el aire con una risa trunca.

—Sí, la neta sí lo conté. Por esa época todavía llevaba la cuenta de lo que me metía.

Mauro se percató de que no había aclarado cuántos antros-baños visitaron. Estaba evaluando si decirlo cuando María preguntó:

—¿Y sobrios?

—¿Qué cosa?

—¿Pasaban tiempo juntos sin enfiestar?

Mauro lo pensó.

—Pues sí. A veces íbamos al cine o algo. O crudeábamos. Casi siempre que estábamos "sobrios", estábamos crudeando —se rio y miró sus zapatos al caminar. Cayó en la cuenta de que tenía esos Converse negros desde la secundaria—. Uno que otro domingo nos tirábamos con un porrito a ver una peli y a no hacer nada.

Una sombra de nostalgia lo envolvió. María se dio cuenta y se detuvo en la esquina de Madero para mirarlo. Mauro había quedado enmarcado como para foto, con el edificio La Esmeralda detrás. El viento de otoño lo despeinaba, igual que a un novio de María, en el mismo lugar, muchos años atrás. Mauro volteó hacia el edificio y asoció, burlándose:

—El imbécil de Roblesgil envidia la colección de Monsiváis. Imagínate. No entiende que hay cosas a las que hay que dedicarles tiempo y amor y no sólo cochino dinero.

María reemprendió:

—Dijiste que tú y Javi terminaron por esa época. ¿Qué pasó?

La sonrisa de Mauro se esfumó.

—No saben dónde comí ayer. O sea, así o más retro y decadente… —comentó Renata.

Estaban en el vestíbulo del Rufino Tamayo. Habían invitado a Lisandro Roblesgil y a otros notables con sus familias a la preapertura de una exposición, y Mauro estaba ahí, vistiendo esos mismos Converse negros y unos jeans que contrastaban con los atuendos de su acicalada familia.

—¿Dónde comiste, nena? —preguntó Luisa.

—En el Angus de la Zona Rosa, qué horror —Renata soltó una risita.

Mauro se quedó sin aire.

—¡Uy! Ese restaurante era de mis tiempos —dijo Luisa—. ¿Y qué hacías ahí?

—Fuimos al Marquis a ver cosas del desayuno de pedida. Se nos antojó caminar un poquito por Reforma y nos dio hambre. Rafa se acordó del Angus de cuando iba con sus papás de chiquito.

—*Oh la jeunesse… une fraction de folie*[1] —sonrió Luisa, y le quitó un pelo de la cara a su hija, su sol, su imagen y semejanza, su foto en Careyes a los veinticuatro años, exacta.

---

[1] Ah, la juventud… un chispazo de locura.

—¿Y qué tal? Me acuerdo que el rib eye era bueno —intervino Lisandro, con entusiasmo inusitado después de cuatro copas de vino.

—Bueno, hay una gran variedad de carnes en ese lugar —Renata le clavó una mirada maliciosa a su hermano—. Recomiendan mucho un corte que se llama Javiera Durán.

Dos días después, Mauro estaba con sus padres en el despacho de Lisandro, con su mobiliario exageradamente italiano e innecesariamente costoso. "A dos de poner columnas romanas como Saul Goodman", había comentado Lencho un día, y los dos se habían reído mucho. Con los dedos blancos de apretar el respaldo del sillón de piel, pero con el tono socarrón con el que siempre se dirigía a los miembros de su familia, Mauro preguntó:

—¿Alguna buena razón para hacer lo que me están pidiendo?

—Porque no queda bien. Porque no se ve bien. Nos rebaja, ¿es tan difícil de entender? —dijo Luisa—. ¿Qué pasa si uno de los socios de tu papá va a comer a ese lugar?

—Van a pensar "esa vieja es un portento, qué suertudo el pinche Mauro Roblesgil". Eso van a pensar.

Sus padres ni siquiera sonrieron con la ocurrencia. No tenían sentido del humor. Luisa siguió hablando por los dos.

—Mauro, no lo voy a discutir. Terminas con ella. Punto. Si quieres ofrécele algo de dinero para que se quede tranquila.

Mauro se quedó helado y luego se tronchó de risa.

—¿Neta acabas de decir eso, mamá? ¿Estás viendo el Canal 2 o qué?

—No entiendo qué quieres decir.

—Sonaste a villana de telenovela. "Ofrécele algo de dinero" —la imitó Mauro, exagerando el tono displicente—. Pero deshazte de esa bastarda —agregó.

—Ay, bueno, hijito. Tómalo como quieras —dijo Luisa.

Lisandro reforzó su mutismo y se puso a ver su celular, como siempre que había un tema familiar pero algo tremendamente importante lo obligaba a desviar su atención. Curiosamente, la iniciativa de obligar a Mauro a terminar con Javiera había sido de él, después de ver una foto suya en el Facebook de su hija la noche que regresaron del Tamayo.

—¿Y si no termino con ella, qué?

—Ni siquiera fue que amenazaran con desheredarme, ni nada de veras grave —le siguió contando Mauro a María—. Pero dejar de ir a ese viaje… estaba cabrón, llevaba soñando con él toda mi vida.

Estaban a punto de cruzar Isabel la Católica para entrar a Regina, esta vez sin semáforo. Venían coches y ambos estaban esperando el mejor momento para aventurarse a pasar.

—Íbamos a ir a la Antártida. Yo vivía obsesionado con los icebergs desde morro. Si hubiera sido Europa o Brasil o cualquier otra cosa, me hubiera valido madres.

Mauro se lanzó a cruzar. María lo detuvo poniendo una mano en su codo, protectora. Dejaron pasar un coche más y cruzaron juntos.

—¿Y valió la pena? —preguntó María, ya del otro lado.

Se internaron en la calle peatonal.

—Al final fue un viaje de la verga. Fue el último viaje que hice con mi familia, de hecho. Tenía veintidós años.

—Suenas arrepentido.

—¿De haber ido a ese viaje?

María negó:

—De haber terminado con Javiera.

Mauro bajó la mirada. Sin levantarla, aseguró:

—No, de eso no me arrepiento. Fue lo mejor.

—¿Lo mejor para quién?

Mauro guardó silencio. Siguió con la mirada el curso elíptico que trazó un niño pequeño a bordo de un monopatín. Dijo de pronto:

—Para ella. Fue lo mejor para ella.

14

—Tú eres una diosa. Yo soy un pobre pendejo mantenido y no quiero que te desperdicies con alguien como yo.

—No mames. ¿Me estás cortando, Mau?

Estaban en la torre de Mauro. Era primavera. El jardín estaba regio y las jacarandas en su esplendor. Llevaban un año y medio juntos. Javiera estaba sentada en el borde de la ventana de ladrillos y Mauro de pie, abrazándola por la cintura.

—No te estoy cortando, Javiruchis. Me estoy mandando al diablo yo mismo, me estoy arrojando a los infiernos renunciando a tus ojos índigo y a tu amor.

—Güey, a mí no me enredes con tus choros. Si me estás tronando, mejor sé honesto, cabrón. Por lo menos.

Mauro resopló y le dijo, sintiéndose un imbécil:

—Ok. La neta, la neta, güera, prefiero ser tu amigo para toda la vida que tu amante para el reventón un ratito.

—No lloré. Dije, "Ovarios pa' qué los quiero, amachinen, ahorita los necesito" —dice Javi—. Me quedé en su cuarto, todavía estuvimos viendo unos videos del LSD y la psicodelia, y cogimos por última vez. La neta me esmeré en esa cogida. Dije, "Tenga, para que no se te olvide lo que es bueno, cabrón".

—Wow —dice Irene.

En la posada Rubí, bautizada como la posada del Piojo Alegre, trasnochando antes de seguir el camino hacia Real de Catorce, están las cuatro acostadas con las luces apagadas, aunque la luz de una farola insidiosa se cuela desde la calle. Irene y Denisse comparten una cama matrimonial, y Karla y Javiera, la otra. Irene pregunta:

—¿A poco ya andaba Mau en esas ondas de la psicodelia cuando tronaron?

—Ya. Ya empezaba —dice Javiera.

—*To really use your head you have to lose your mind…* —recita Irene, con tono burlón.

154

—Uta, cómo repetía esa pinche frasecita... —dice Denisse.

—Lo más cabrón fue que la acabó cumpliendo, el teto... —se ríe Irene.

La broma no resuena demasiado, a todas les duele recordar a Mauro así. Karla se gira hacia Javiera:

—Pero bueno. Estábamos hablando de ti, no de Mau. Le diste un último revolcón de antología. ¿Y luego qué hiciste?

—Me fui a mi casa, estuve moqueando un rato y luego le hablé a un delicioso que me había estado tirando la onda en el restaurante. Esa misma noche me lo cené.

—Tú no pierdes el tiempo, ¿verdad? —le reclamó Mauro poco después, festejando el cumpleaños de Lencho en un bar de Coyoacán que tenía beer pong, cuando se dio cuenta de que Javi andaba desatada, ligándose a uno diferente cada cinco minutos—. Pinche Javiera...

Tú me tronaste a mí, pendejo. Yo no me estaba cogiendo a nadie más mientras estaba contigo, tú te lo perdiste, pensó Javi. Pero no se lo dijo. En lugar de eso le dio un beso ultra cachondo, lo dejó perplejo y caliente en medio del bar, y se fue a jugar beer pong con sus amigos.

—Me acuerdo perfecto. Yo estaba embarazada y me moría de envidia de ver el desmadre que se traía esta babosa —dice Karla.

Irene se pone de lado para hacerse más espacio en la cama:

—Mauro se quedó hecho una mierda un buen rato.

—¿Cómo sabes? —se interesa Javiera.

—Uta, porque Adam y yo lo traíamos pegado como hijo. Nos decía de todas sus fiestas y sus cosas como si fuéramos su date.

—Ándenle, acompáñenme a esta cosa y les juro que los dejo en paz —les pidió Mauro—. Por fa.

—La fiesta era en un caserón en Contadero —les cuenta Irene a sus amigas—. Era ridículo. Tenía tres albercas, cuatro canchas, jaguares...

—¿Jaguares? —Denisse se destapa los ojos y se pone como diadema el antifaz negro con el que suele dormir.

—O tigres. Ya no me acuerdo. La casa principal era como rollo suizo, pero también estaba el ala china con su pagoda. Nunca había visto una cosa más ostentosa y más naca en toda mi vida —describe Irene.

—Jajajaja.

—¿De quién era la casa? Bueno, la peda —pregunta Karla.

—De Polo Armenta. Un güey que iba en la misma prepa con Adam, Claudio y Mau.

—Sí, lo llegué a topar —dice Javi—. No era mala gente, pero era como hijo de papi literal, todo lo que hacía su papá era como si lo hiciera Dios. Esa pinche casa era inmensa. Ir a la cocina era una hueva...

—Exacto —se ríe Irene—.Te vas a ir a dormir y se te olvidó el agua y es de pfffta...

—Pero seguro tiene un negro mamado que le sirve el agua —dice Javiera.

—Y lo llama con una campanita —sugiere Denisse.

—No, con la *mente*—dice Karla.

—Jajajajajaja.

Irene sigue describiendo:

—La cosa es que la grandiosa fiesta consistía en un grupito de mirreyes tripeando pero pesado. Cuando llegamos estaban unos en el jardín, tirados o viéndose las manos. Cuando pasamos junto a ellos, Polo nos dijo:

—A ésos no los pelen, son parte de la decoración.

—¿Qué les pasó? —preguntó Irene, sin aguantarse la curiosidad.

—Dos palabras: Keta Mina.

—Eso no son dos palabras, son dos sílabas, Polito —dijo Mauro.

—Jajajaja, pinche Mau, no te me pongas cultural, brother.

Siguieron cruzando el inmenso jardín por un camino de adoquín hacia otra terraza, donde se celebraba la fiesta propiamente dicha.

—¿La ketamina no es anestésico para caballos o algo así? —preguntó Adam.

—Sí, güey, está loquísimo —contó Polo—. Lo hice la semana pasada. Nunca había tenido unos visuales así...

—He visto banda que se disocia —dijo Mauro, con cierto reparo—. Eso no está tan chido.

—¿Cómo que se disocia? —preguntó Adam.

—Puedes pensar, pero no sientes tu cuerpo —explicó Mauro.

—Qué horror —musitó Irene.

—Pues sí, pero eso es sólo si te pones hasta el dedo —dijo Polo—. Además el efecto nada más dura una hora, así que está tranqui —Polo se aproximó a los tres y continuó en un tono de confidencia—: Pero brother... o sea, no te la pinches recontra mames. Lo que *realmente* está cool es el DMT.

Irene volteó a ver a Adam buscando complicidad para burlarse de Polo con la mirada, pero Adam estaba sonriéndole al anfitrión, instalado en su papel de Mister Encantador. Tenía una enorme facilidad para hacerse querer por cualquier tipo de fauna. A veces hasta parecía deporte. Además de llevarse con raros como Polo y Randy, en las bodas siempre sacaba a bailar a las tías y a las primas solteras, aumentando sus niveles de adoración.

—¿No te dan celos? —le preguntó Denisse a Irene un año nuevo en un salón de baile tropical, viendo a Adam desde la mesa mientras él terminaba de bailar una canción con Javiera y empezaba la siguiente con Karla.

—Cero. Está cool. Además así me deja descansar tantito —respondió Irene con una sonrisa, y bebió de su cuba, sin sed.

—¿Cómo es el DMT, o qué onda? —preguntó Adam, entusiasta, en casa de Polo.

¿Qué diablos te importa a ti el DMT? Tú ni mota has probado, pensó Irene. Adam le caía mal cuando se ponía en ese plan. Le caía mal seguido, pero todavía no alcanzaba a darse cuenta.

—Uf, brother, no sé, es muy intenso. Viajezazo. Es la sustancia natural que tu cerebro secreta cuando naces y cuando te mueres.

—Es el ingrediente activo de la ayahuasca —completó Mauro, viendo a Irene—. Le llaman "la molécula de Dios".

—Exacto, exacto —dijo Polo, y abrazó a Adam—: Tú que andas en la búsqueda espiritual, te encantaría. Realmente conectas con algo muy, muy, muy cabrón.

—Adam ya encontró, ya conectó y ya comulgó. Si Adam toma DMT, levita —se rio Mauro.

—No está para hacerlo cada fin, la neta. Bueno, a lo mejor alguien tan atascado como tú sí, Mau —Polo le puso la mano en el hombro—. Seguro tú ya lo hiciste, ¿no?

—Digamos que yo ahorita estoy incursionando en una etapa más… lisérgica —dijo Mauro, con una falsa modestia que no era falsa ni era modestia.

—¿Y a ti qué te dejó el DMT, Polito? —preguntó Adam.

Polo se detuvo:

—¿Qué me dejó? Frito, cabrón, básicamente frito —Polo se rio tan fuerte de su propio chiste que todos tuvieron que secundarlo—. Qué chingón. ¡Qué gusto verlos, cabrones! ¡Qué gusto, carajo! —Polo abrazó a Mauro y a Adam obligando a Irene a dar un paso atrás, con incomodidad. De repente Polo recordó su presencia y le regaló una sonrisa encantadora con blanqueo dental profesional.

—¿Qué te tomas, chula?

Irene tardó en responder porque justo entonces vio a Claudio. Hacía diez meses que no se veían, uno de los periodos más largos que pasaron sin encontrarse. Estaba hablando con una chica muy guapa, pero de esas guapas sin nada especial además de su guapura, una guapa sin alma, quiso decirse Irene. Pero igual sintió el arpón de los celos. Estaban sentados en unos sillones chill out, con montones de cojines, ante un jacuzzi. Más allá continuaba el jardín cuasi selvático, con la reproducción de un barco pirata como decoración. Otra guapa y otro mirrey estaban metidos en el agua.

—¿Y ya? ¿Ésa era toda la banda que había? —pregunta Javiera.

—Sí. Era una fiesta exclusiva, *petit comité*.

Irene sintió no haber llevado traje de baño. Le encantaban los jacuzzis, y las tinas, y las aguas termales y todo lo que tuviera agua muy caliente. Aborrecía el frío con toda su alma. Quiso reclamarle a Adam por no haberle avisado que podía llevar traje de baño.

—Tú serías feliz en un temazcal —le había dicho Claudio en Maruata.

—Te encanta rostizarte. Eres como un pollo —solía molestarla Adam. Y la cara que ponía al decir "poio" por un momento volvía a enamorarla y la libraba de cualquier pensamiento, palabra, obra u omisión.

Esta vez, después de los saludos, los abrazos y la repartición de los Jägermeisters, Claudio les dijo a todos:

—Le estaba diciendo a Roxana que en España se parten el culo de risa con el "ahorita".

—¿Cómo? —Adam se sentó y le dio un sorbo a su Jäger.

—Sí, con la expresión "ahorita" que usamos en México —explicó Claudio.

—O sea, el "ahorita" que no significa "ahorita", sino al rato lo hago —dijo Mauro—. O algo que acaba de pasar.

—Jajajajaja.

—En mi casa había una maid que mi mamá se cagoteaba todo el tiempo porque era bien lenta y siempre que mi jefa le reclamaba que por qué no había lavado los platos, o la ropa o equis, la vieja esta decía: "Ya ahorita lo iba a hacer" —narró Polo.

—O sea, ahora mismo… pero en un futuro incierto… posiblemente haga algo que debería haber hecho —dijo Mauro.

—Algo así.

—Jajajajaja.

—Pero será hecho pronto. Quién sabe cuándo, pero en algún momento, pronto sucederá —añadió Irene.

Todos se rieron y ella se regodeó en el bálsamo de la aceptación social. Claudio le dirigió una de sus miradas sonrientes. Ella se había puesto bonita esa noche. Sabía que iba a verlo. Bonita pero sin esfuerzo, un efecto logrado después de pasarse una hora probándose diferentes atuendos. El Jäger había empezado a calentarle el cuerpo y a soltarle la lengua, y hasta meditó si su ropa interior podía servirle para meterse al agua caliente. Qué delicioso se ve hoy ese cabrón, se deleitó y se torturó Irene.

—Esa noche en casa de Polo, Claudio traía una barba así, cerrada, sin bigote… era lo más sexy jamás —le contó tiempo después a Denisse en aquel bar con *Preso*, cubas y daiquirís.

—O sea… ¿cómo barba sin bigote? ¿Como el Mago Frank?

—Pft, no, bye. Ya me arruinaste la escena para siempre, cabrona.

—Jajaja.

Polo y sus invitados estuvieron hablando del "ahorita", el "tantito", el "órale" y mientras recibía su segundo Jägermeister de la mano de su anfitrión, Adam contó un chiste:

—Estaba un chilango en Nueva York y que se pierde en el Bronx. En eso se le aparece un negro inmenso de dos metros en un callejón y le dice al chilango: "*I'm gonna rape you*". Y el chilango le dice: "*¿Mande?*", y el negro: "*No, no 'monday'. Right now!*".

—Jajajajajajajaja.

—¿Y Claudio qué hacía ahí? ¿Por qué estaba en México? —Karla está acostada boca arriba en la cama. Junto a ella, Javiera está sentada con la espalda recargada en la cabecera, quitándose pelos de la barbilla con una pinza, al tacto.

—Quién sabe, fue una de sus visitas exprés —dice Irene.

Denisse voltea a verla en la oscuridad. Irene la ignora y sigue:

—Todo iba bastante chido, la verdad, hasta que sacaron la coca. Era una montaña en una charola de plata, en medio de la mesa.

—Diosss, qué cliché —dice Karla—. ¿De casualidad no rolaban también un espejo?

—No, güey, espérate. La *mesa* era un espejo. La mesa de tres por tres —dice Irene.

—No, ya... —Karla hace una trompetilla.

—Y se puso de hueva porque una vez que la sacaron, ya no pararon. O sea, rolaba y a los cinco minutos otra vez. Adam, Claudio y yo era así de "no, gracias", pero cada vez se ponían más insistentes.

—Tú que dijistes a tus apóstoles: mis pases dejo mis pases doy... —Denisse recita con voz ronca.

Todas se ríen.

—Uta, ya sé. Los cocos son así. Quieren que a huevo te metas, tienen apostolado los cabrones —dice Karla.

—Ahí viene el coco y te comerá... —canta Javiera.

—Qué idiota. Deberías perder tu celular más seguido, parece que comiste cotorro —se ríe Irene.

—¡Carajo, no me hubieras recordado! —Javi hace rabieta y le avienta una almohada. Luego se levanta, se pone sus chanclas y prende la luz del baño, una luz blanca como de quirófano de película de terror, diciendo:

—Pues ya te la hubieras dado, güey.

Irene cambia de posición de nuevo:

—A mí la coca no me gusta, me deja tragando sabor a aspirina y no me gusta que me baje la peda. ¿Qué caso tiene ponerte pedo para dejar de estar pedo?

—No te quita la peda, nomás te quita lo bulto. Además, ¿qué es un poco de sabor a aspirina contra esa pinche incomodidad social? —dice Javiera, haciendo pipí con la puerta del baño abierta.

—¿Tú cuándo te has metido coca, Irene? —pregunta Karla, con curiosidad.

—En la despedida de soltera de esta babosa, ¿no te acuerdas? Tú y ella me pusieron hasta el moco y me obligaron a inhalar en el baño del Jacalito.

—Aaaaaah, sí —recuerda Karla—. Tengo un vago recuerdo...

—"Me obligaron." Cálmate, "me obligaron" —se burla Javi y se tira un pedo largo y sonoro—. Denisse, por favor —dice.

Todas se carcajean.

—¡Guácala, Javi! ¿Qué fue eso? —Karla se tapa la cara con la almohada.

—Si traes silenciador, me lo pongo, güey —respondió Javiera antes de jalarle al excusado y apagar la luz—. ¿Alguien tiene repelente? Me están devorando.

—Ahí en el baño lo dejé. ¿Me lo pasas ahorita que te pongas? —pide Karla.

—Ah, y también probé coca en una fiesta de Randy —recuerda Irene—. Esa vez, al día siguiente sentía que me moría de tristeza. Por eso no quise entrarle la vez del jacuzzi.

—Ese bajón es porque te metes chafeces, Irene. Ésta es pura de Colombia —le dijo Mauro esa noche en la terraza de Polo.

—Uta, qué situación. Y Adam que no se metía nada... —dice Denisse.

Javiera vuelve a sentarse en la cama junto a Karla y le da el repelente:

—No se metía nada, pero seguro le estaba tupiendo duro a los Jägers.

Irene asiente y sigue narrando:

—Polo se metía rayas cada vez más largas. De repente dijo: "Me voy a hacer una con mi nombre, güey", y Mau le dijo: "Como si lo supieras escribir, cabrón".

—Jajaja, pinche Mauro —se ríe Javiera.

—¿La otra vieja qué hacía? —pregunta Karla.

—¿La tal Roxana? Igual. Meterse rayas y chupar. No abrió la boca en toda la noche más que para pegar los morros al vaso y taparse la nariz.

—¿Qué son los morros? —dice Javiera.

Irene para la trompa como tronando un beso y, dejándola así, responde:

—Esto. Esto son los morros.

—Uta. Parece que anduviste con Claudio y no con Adam —observa Javiera.

Denisse le pega con el pie a Irene debajo de la sábana, Irene le regresa el golpe, molesta.

—Yo para esto ya estaba metida en el jacuzzi. Me metí en ropa interior. Pum. Me valió madres.

—Pinche Irene —se ríe Javiera.

—Un poco para escapar de la maldita charola, ¿ya sabes?

—Claro.

—Entonces Adam empezó todo necio conmigo de que vamos a bailar, vamos a bailar. Yo metida en el jacuzzi y él jalándome pa' fuera.

Denisse se levanta y se dirige al baño sin ponerse sus chanclas.

—¿Qué música había? —pregunta Javi.

—No sé, un playlist ahí. Un DJ Shuffle —responde Irene.

—Lorenzo se hubiera retorcido —opina Denisse, y entrecierra la puerta del baño.

Irene chasquea la lengua:

—Lorenzo a esas alturas hubiera estado tan hasta el dedo que le hubiera valido pito que le pusieran a Dulce María.

—Totalmente —se ríe Karla.

—Lencho y Mauro son lo más de hueva en coca —dice Javiera.

—Lo MÁS —subraya Denisse, desde el baño—. Se ponen a hablar de libros…

—O sea, de quién la tiene más grande… y chau fiesta —termina Javi.

—Bueno. De repente empezó a sonar la de *suavemente, bésame…* —canta Irene—. ¿Ubican?

—¡Claro! Ésa era del viaje de la secu, ¿se acuerdan? —dice Karla, y Javiera y Denisse se ríen con una familiaridad que Irene nunca podrá compartir, porque las conoció hasta que estaban todas terminando la prepa.

—¡No puedo creer que no les haya contado esto! —dice Irene.

—A lo mejor a mí sí, y ya se me olvidó —confiesa Denisse.

—Pues Adam al final me sacó del jacuzzi a la de a huevo y se puso a darme vueltecitas. Y todo el mundo así de "eh, eh, eh, eh", ¿ya saben?

—Uta, Adam y sus vueltecitas… —Javi rueda los ojos—. Todo lo baila igual. El rock, la cumbia…

Karla es la única que se da cuenta del tiempo verbal que usa Javiera, pero no lo resalta. Suena la cadena del baño.

—Qué horror. ¿Y no te congelaste? —Javiera le da un par de tragos a una botella de agua.

¿No te mega encabronaste?, piensa Karla, pero lo que dice es:

—¿No te resbalaste?

—De milagro no, pero fue uno de los momentos más incómodos de mi vida. Todos ahí viéndonos, yo ahí en calzones y bra...

Denisse apaga la luz del baño y regresa a la cama.

—Dime que eran negros. Por favor dime que era negros —Javi junta las manos con todo y pinza.

—No, pendeja. Eran blancos transparentes con ositos —dice Irene.

—Y con rajita de canela.

—¡Diiiiiiuuuu, pinche Javiera!

Todas se carcajean. Irene siente brotar la risa del fondo de sus entrañas. Hasta le suena rara. Y se da cuenta de que es la primera vez que se ríe así en años, con su risa de bruja. Y piensa que sólo por esto, ya valió la pena el viaje. De pronto, Javi deja de reír y se incorpora en la cama:

—Cht, espérense, ¿qué fue eso?

Todas guardan silencio.

—¿Qué? —dice Karla.

—Oí algo, un ruido en la calle, como... un golpe.

Irene se estremece, se pega a Denisse.

—No mames...

Se escucha un motor arrancar. Es la Van, que se aleja. Todas sueltan el cuerpo.

—Uta, qué pinche paranoia... —resopla Karla.

—¿Le avisaron al posadero lo que pasó con los polis? Debería cerrar la puerta, güey...

—Estaba cerrada cuando bajamos a la alberca hace rato, me fijé —asegura Irene.

Karla cambia de posición y retoma:

—Bueno, ¿y luego qué pasó, flaca? —está encantada de escuchar a Irene hablando así de Adam. Durante un tiempo no pudo siquiera pronunciar su nombre.

Irene sigue narrando:

—Pues de repente se acabó la rola esta de "Suavemente", y empezó un reggaetón inmundo. Pero inmundo. De esas veces que es incómoda la pinche canción de lo mala que es... que no quieres ni voltear a ver a la gente que está ahí, ¿ya saben?

—Ya séeee. Es horrible —se ríe Denisse.

Pero lo más horrible fue que cuando Irene volteó hacia el sofá rogando que Claudio tuviera para ella una mirada piadosa, de preferencia humorística, idealmente cómplice, él no la estaba mirando. Estaba recibiendo el billete enrollado de las manos de la guapa sin alma, e inclinándose sobre la mesa-espejo para verse a sí mismo esnifando una raya de doce centímetros. Pero Irene no les cuenta eso a sus amigas.

—¿Y en qué acabó la cosa? —quiere saber Karla.

Irene se perdió varios minutos entre los pasillos laberínticos de la casa de Polo después de dejar su ropa interior secándose bajo la vigilancia de una mucama, y de vestirse con su propia ropa sin nada debajo. Cuando volvió a la terraza, Adam exponía:

—El chiste es ayudar a los desplazados, pero no resolverles las cosas. Que aprendan a no depender del paternalismo del gobierno y se pongan las pilas para hacer algo propio. Hacer un verdadero proyecto de vivienda sustentable y de desarrollo comunitario.

Irene conocía ese discurso de memoria y ya no la conmovía tanto como antes.

—Qué chido proyecto, güey. Pues habla con mi papá, güey —dijo Polo, limpiándose la nariz.

—Tu papá es uno de los principales promotores del desplazamiento social, cabrón —dijo Claudio, sagaz.

Irene y Mauro se miraron. Adam se rascó la barbilla. Polo soltó una carcajada falsa y compensatoria. Claudio siguió:

—Es verdad. Todos los mega proyectos que hacen las empresas con el gobierno… carreteras, minas, presas y tal, generan más desplazados que nada.

—Pero en esos casos por lo menos reubican a la gente y les dan dónde vivir —dijo Adam, conciliador.

Claudio se prendió un cigarro. Irene lo miraba envuelta en una cobija, no le importaban todos los desplazados del mundo, lo que no podía entender era por qué evitaba su mirada.

Polo declaró:

—Pues no sé, pero yo la neta creo que ahorita el país está mejor que nunca. Hay mucha desigualdad y todo eso, pero yo creo que ahorita que las empresas y el gobierno están más fusionados que nunca, es el momento para México.

—No es el momento para México, Polo, no chingues —dijo Mauro.

—El país es un cementerio y, de los que están vivos, la mitad vive en pobreza —añadió Adam con el tono más amistoso del que fue capaz.

Polo empezó a prepararse otras tres rayas, y Claudio un tabaco liado.

—Ok. Ok, López, entiendo tu punto. Pero esto sí te lo aseguro: mi papá es bien consciente de la situación social y está haciendo muchas cosas por ayudar.

—¿Como qué? —Mauro le prendió un cigarro a Irene.

—Pues… con el negocio de la construcción, por ejemplo. Les vende barato el material de construcción a las colonias jodidas para que pongan sus parques y así.

—¿Y por qué no se los regala? —brincó Irene.

Polo tardó en contestar porque estaba inhalando en ese momento. Al levantar la cabeza miró a Irene:

—¿A ti cuando te regalan algo, lo valoras de verdad?

—Pues claro. ¿Por qué no lo voy a valorar?

Claudio sonrió mientras prensaba el tabaco en el papel de fumar.

—Eso dices, guapa, pero vas a ver. Un día vas a ver que lo único que atesoras realmente es lo que te compraste con el sudor de tu frente.

Como todo lo que hay aquí, por ejemplo. Todo te lo has ganado con el sudor de tu frente, ¿verdad, imbécil?, pensó Irene.

—Nadie ayuda desinteresadamente —aseguró Mauro—. Nadie con ese nivel de poder. Se los digo muy neto.

—¿Tu papá también hace labor social, Mau? —pregunta el otro mirrey, que durante la velada habló muy poco e Irene nunca retuvo su nombre, que era Luis.

—Claro. Mi papá, la familia de mi mamá, todos donan, todos hacen galas de caridad, les mama. Pero nadie da paso sin huarache. Hasta los que no buscan ganar, buscan ganar algo. Las empresas buscan visibilidad como socialmente responsables, los mochos buscan ganarse el cielo y colgarse medallitas. Pero todos ponen sus condiciones para ayudar. ¿Sí o no? —Mauro miró a Adam.

—Pues sí —admitió Adam—. Los que trabajamos en social siempre tenemos ese dilema con las donaciones. ¿Qué tanto es tantito? ¿Dejo que Comex me invada las casas con letreros de su marca a cambio de que me dé la pintura? ¿El fin justifica los medios? Es una bronca, la verdad —y se terminó su tercer Jäger.

—Pero sí hay gente que ayuda desinteresadamente —intervino Irene—. En el campo la gente te da todo lo que tiene. Dejan de comer para darte a ti. Un pollo, unos frijoles, su casa, lo que tengan. Y lo hacen con un gusto que no se puede creer.

—Entre menos tienes, menos temes perder —dijo Claudio, y lamió el papel para cerrarlo.

—La gente humilde es maravillosa —dijo Adam y se giró hacia Irene—: Estaría padre que siguieras viniendo a apoyarlos.

Irene sintió un golpe de calor en las tripas. De incomprensión, casi de traición.

—Los apoyo estudiando para maestra y lo sabes.

—Uyuyuy… detecto cierta tensión matrimonial aquí, ¿eh? —dijo Polo.

—Va a haber divorcio —añadió Luis.

Él, Roxana y Polo soltaron una carcajada. Adam los secundó para quitarle peso a la situación y le plantó a Irene un beso más largo de lo necesario. Cuando se separaron, Irene se encontró con los ojos de Claudio tras una nube de humo. Él los desvió de inmediato.

Polo empezó a prepararse otra raya, larga también, contundente.

—Yo les voy a decir una cosa. Estar quejándose de que si los pobres y los desaparecidos y la chingada es estar viendo nada más el lado negativo de las cosas y eso no está bien. Es más. Eso es ser desagradecido. Cuando hay fortuna, hay que agradecerla y hay que aprovecharla. Como aquí Claudio, que le ha sacado provecho a lo de tener familia en España para darse la gran vida, ¿verdad, cabrón? —y le dio una palmada tan fuerte que casi lo tira del sillón.

—Hey, momento. Yo no aprovecho nada, ¿eh? Para viajar, trabajo, cabrón.

—Séee, séeee, eso dicen todos los hippies —Polo soltó una carcajada. Roxana y Luis se sumaron.

Claudio se levantó a prepararse otro trago.

Irene apretó la mano de Adam y le pidió:

—¿Nos podemos ir, porfa?

163

Polo la escuchó y manoteó:

—Epa, epa, epa. No se vayan, tranquiquis, queda mucha coca. A ver. Sírvele otro trago a tu mujer. Hablemos de otra cosa, hablemos de otra cosa. Por eso nunca hay que hablar de política. Arruina amistades. Mi papá siempre lo dice y tiene razón, cabrones, tiene razón. Yo, por encima de todo en esta vida, los adoro, porque son mis hermanos —y como los tenía a todos muy lejos para abrazarlos, Polo se abrazó a sí mismo.

Esa noche Irene no llegó a dormir a su casa. Adam insistió en irse a un hotel, pero ya estando ahí, Irene evitó el sexo. Se inventó un ardor estomacal y se encerró en el baño. Abrió la llave de la regadera y se puso a llorar con desesperación. Se sentía profundamente sola. Amaba a dos hombres y eso era lo mismo que no tener a ninguno. Cuando volvió a la cama, Adam ya estaba dormido. Ella se recostó a su lado y se le agazapó como koala, aferrada a su espalda y a la imagen de Claudio metiéndose coca, siendo malo, siendo frívolo, siendo inconveniente, como tabla de salvación. Al día siguiente despertó cruda y con la sensación nefasta de tener que atender algo tedioso. Vio su celular, tenía diez mensajes de su mamá. Habían quedado de ir al centro a buscar piezas y composturas para varias cosas de la casa. Aquel día en el centro fue especialmente caluroso y atiborrado de gente, Irene se la pasó fatal, tomando agua y fumándose cigarros dolorosos con asco, arrastrándose de una tienda a la otra con su mamá entre caras largas y monosílabos, pensando en Claudio y sintiéndose culpable y miserable. Pero hoy recuerda ese día con cierta añoranza. Al final de la jornada, Anna y ella se tomaron un café largo con muchos cigarros en la terraza del hotel Majestic, hablando de la familia de Austria, sobre todo de la tía Theresa, quien estaba viuda y sola, ya casi sin salir de su departamento en Viena, y caminando de regreso al estacionamiento, Anna, quien no era afecta a dar regalos espontáneos, se detuvo en una tienda y le compró a Irene unos pequeños aretes de plata que conserva hasta hoy. Cuando se los vio puestos, le dijo, cariñosa:

—*Die stehen dir sehr gut, Schatz.*[2]

—Pues qué bueno que me libré de ir a esa fiesta —retoma Javi en la pensión Rubí—. Se me hace que troné con Mau justo a tiempo.

—Güey, lo que está increíble es que tú y él hayan podido seguir siendo amigos después de que cortaron —dice Irene, fumando en la puerta de la habitación, para no ahumarla.

—A mí se me hace que se quedaron con ganas... —aventura Denisse, y se levanta al baño una vez más.

—Yo creo que siempre se han adorado muy cabrón —concluye Irene.

Javiera ve el techo con la cabeza apoyada entre las manos en la semi oscuridad del cuarto, con la luz blanquecina de la calle como una ampolla dolorosa.

—Lo que es increíble es que Mau y yo hayamos seguido siendo amigos después de que me enteré de la *verdadera* razón por la que me tronó...

---

[2] Se te ven lindos, tesoro.

—Sí, no mames, qué fuerte, güera —dice Denisse, antes de emparejar la puerta del baño.

—Estuvo de la chingada —recuerda Karla.

Cinco años después de terminar con Mauro, Javiera se casó. Una noche antes, Mauro le llamó por teléfono, pasadísimo de alguna combinación macabra, y con voz susurrante, le dijo:

—Adorada, divina... necesito decirte algo de importancia capital.

—Mauro, vete a dormir.

—Por favor. Necesito liberarte.

Javiera se rio con nervios.

—¿Liberarme de qué, o qué?

—¿Sabes por qué terminé contigo?

De un segundo a otro, Javi sintió que el teléfono pesaba tres veces más en su mano.

—Te troné porque te llamaron pobre y golfa. Pero el que era un muerto de hambre espiritual, el que se estaba prostituyendo era yo. Fui un desalmado y en este momento asumo toda la responsabilidad, la abrazo y te la entrego. Haz con ella lo que quieras.

Javi se quedó impávida. Con temblor en las manos y en la voz, preguntó en serio y hasta con preocupación:

—Mauro, ¿sí ubicas que me caso mañana?

—El tiempo emocional opera de maneras inusitadas. Mi tiempo para decirte la verdad es ahora.

—Opérate los huevos, cabrón. Ahorita es mi tiempo de decirte vete a la chingada.

Javiera lanzó el teléfono contra la pared en su suite del resort de Acapulco y lloró todo lo que hubiera querido llorar aquella tarde en la torre de Mauro, cuando terminaron. El novio actual no estaba con ella en ese momento: seguía socializando con invitados y parientes en la terraza del resort. Al día siguiente, antes de la boda, la maquillista se tardó una hora en disimularle a Javiera la hinchazón de la cara.

—Yo no sé cómo se presentó Mauro en tu boda al día siguiente —dice Karla.

—¿Por qué crees que al final lo corrí?

Se escucha la cadena del baño y vuelve a salir Denisse.

—Lo hubieras corrido al principio —dice Karla.

—No me quería amargar.

—Hiciste bien —opina Irene. Luego apaga el cigarro en un vértice del marco de la ventana esmerilada para guardar la colilla en su cajetilla-cenicero.

—Además, si dejáramos de hablarle a Mau por cada pendejada que dice... —dice Javi.

—Y es que en el fondo es un buen tipo —opina Karla.

—Es adorable el hijo de puta —afirma Javiera.

Denisse vuelve a meterse en la cama, suspirando:

—Daría algo por volver a verme como en tu boda, güera.

—Esa vez enflacaste cabrón —dice Karla—. ¿Cuánto bajaste, Den?

—Dieciséis kilos.

—Wow.

—Te veías muy bien —Irene cierra la puerta del cuarto y regresa a la cama.

Denisse había bajado de peso con una dieta a base de licuados de proteínas, sin una gota de alcohol, por las calorías. En la boda de Javiera bebió lo que no había bebido en más de tres meses y casi se muere. Denisse se recorre un poco en la cama para hacerle lugar a Irene, quien le pregunta:

—¿Por qué vas tanto al baño, tienes seguidilla o qué?

—Tomé mucha Coca, yo creo —responde Denisse, mintiendo mal, y desvía—: Hoy me sorprendió Mau. Estuvo muy bien portado. Esperaba verlo mucho peor. ¿Será cierto que ya no se mete nada?

—Nada ilegal, quieres decir... —precisa Karla.

—Yo ya no me fío, güey. A lo mejor se está dando sus pases y por eso anda tan despierto... —Javi frunce el entrecejo.

—Cero parece que se esté dando pases. Ni siquiera anda tan verborréico. ¿O sí? —dice Denisse.

—¿Con quién anda saliendo ahorita, eh? —Irene se dirige a Karla. Javiera se adelanta:

—Que no está saliendo, está *viviendo* con una morra.

—Yo no sé nada. Hay que preguntarle a él —Karla intenta sonar convincente.

—Bueno, ya hay que dormirnos —Javiera se gira en la cama rasposa—. Apaguen la luz.

—No hay ninguna luz. Es la luz de la puta calle —dice Irene.

—Jajajaja, rólate tu antifaz, Denisse —sugiere Karla.

—Ni cagando.

Karla gira sobre sí misma sin encontrar acomodo:

—Estos colchones están de la verga —protesta—. A ver si no amanezco toda jodida de la espalda.

—¿Qué tiene tu espalda? —pregunta Irene.

—La traigo mal desde hace rato. Yo creo que es por pasar mucho tiempo sentada o no sé.

—No mames, estamos hechas unas rucailas —suspira Javiera.

—Se me hace que tanta Coca nos espantó el sueño —dice Irene—. Den, cántanos algo.

Denisse canta:

—*En el mar la vida es más sabrosa...*

—El único pedo es que vamos al desierto —dice Javiera.

Todas se ríen. Javiera corrige:

—Por eso les digo que en el desierto... rólate el peyote y el copaaaaaaal.

—Jajajajajajaja.

—Tengo miedo, tengo miedo, tengo miedooooo —Denisse vibra la voz como soprano y se cubre la cara con la sábana.

—Nah. No es de tanto miedo —dice Irene, tratando de convencerse a sí misma.

—Cuéntanos qué tanto has leído o qué —pide Javiera.

—Pues leí que lo mejor es ir sin expectativas. Además, mañana vamos a estar en ese rollo todo el día. Mejor ahorita hay que descansar.

—Sí, Miss —Javiera hace voz de niña chiquita.

—Buenas noches, muñecas —susurra Karla.

—Buenas noches —responden todas.

Se acomodan para dormir. Denisse vuelve a ponerse su antifaz, Javiera saca el suyo y se está poniendo unos tapones en los oídos cuando de repente Irene susurra:

—Oigan, como que huele a chocolate, ¿no?

—¿Neta? —Javiera aguza el olfato.

—En serio. Huele a chocolate.

Denisse se petrifica. Irene se da cuenta. Se le acerca.

—¡TÚ hueles a chocolate!

Karla se incorpora en la cama:

—¡No mames, Denisse! ¿Estás comiendo chocolates a escondidas sin compartirnos?

Denisse se tapa la cara y empieza a reírse con una risa queda y nerviosa.

—¡Perra del mal! —Javiera le avienta la almohada rellena con bolitas de unicel.

—¡Todas muriéndonos de hambre y tú dándote chocolatitos en el baño! —exclama Irene, con falsa indignación.

Denisse se seca las lágrimas de risa y se levanta de nuevo.

—Tenía hambre, güey. No hemos comido nada desde las siete —y emerge del baño con un solo Tin Larín que avienta sobre la cama.

—Si ya saben cómo soy, ¿para qué me invitan?

Todas se descosen de risa.

Denisse señala el chocolate:

—Nada más quedó éste. Sólo eran tres. Se los juro.

—¡Óiganla! ¡*Sólo* eran tres! —Javiera la señala.

—Bueno, ¿lo quieren o no?

—A huevo —Irene se abalanza sobre el chocolate, pero Karla se lo gana. Las dos empiezan a luchar por él, muertas de risa. Irene consigue arrebatárselo y corre por la habitación.

Se escuchan dos golpes en la pared y la voz de Lencho:

—¡Ya duérmanse, carajo!

—Uy.

Cinco minutos y un Tin Larín después, las cuatro por fin empiezan a quedarse dormidas, hasta que Javi comienza a sollozar:

—¿Qué te pasa güeris? —susurra Denisse.

—Nada... me caga lo de mi cel. ¿Está mal?

Karla le hace un cariñito en el brazo:

—Ya no sufras por eso.

—Sí. Más bien descansa un poco de ese pedo —sugiere Irene.

Javiera le revira:

—Así te voy a decir cuando te quedes sin cigarros, güey: "No sufras, descansa un poco de ese pedo".

Todas se ríen.

—El otro día leí una frase: "Nunca puedes tener suficiente de aquello que no quieres".

María cambió de posición en el sillón individual. Notó que Mauro se había rasurado la barba y se había cambiado la camiseta de la última semana. Tenía mejor color.

—¿Y qué piensas de eso? —dijo María.

—Pues estuve pensando en todo lo que platicamos de las adicciones y demás. Y sí, me cuadra. Cuando necesitas más y más de algo es porque en realidad no quieres eso, quieres otra cosa.

—¿Y tú qué quieres?

Mauro se quedó viendo la flama de la vela que titilaba en la mesita lateral. María solía prenderla por alguna razón. A Mauro le recordaba el cirio pascual siempre encendido en la casa de su abuela Celsa, pero aquí no había ninguna virgen o santo a quien estuviera dedicado el fuego.

—Por lo pronto hoy me gustaría ir al cine. Hay una peli chida de Kurosawa en la Cineteca.

—¿Cuál? —preguntó María, tratando de no mostrarse sorprendida.

—*Ikiru*. Le dije a Karla. ¿No jalas?

—Tengo planes, pero gracias.

—Y tal vez me tome una chelita después. Una. ¿No hay pex?

—No tienes que pedirme permiso. Nada más… ya sabes la pregunta.

—¿Por qué me la quiero tomar? ¿Qué estoy sintiendo cuando digo "quiero una chela"?

—Así es —asintió ella.

—Hoy, la neta, creo que es sólo porque se me antoja.

María sonrió y puso las manos sobre las rodillas.

—Ok. Nos vemos mañana entonces.

Mauro tuvo ganas de abrazarla y estrujarle las mejillas, pero en lugar de eso se levantó del sofá y de camino a la puerta alisó los flecos del tapete con la punta de su tenis.

—Nada más saca la basura cuando salgas, por fa —pidió ella.

Mauro se llevó dos dedos a la frente.

—Sí, señora.

Y salió al pasillo, al patio interior y a las escaleras de caracol para subir a la azotea, silbando.

15

4 de mayo, Ciudad de México

Fumarme la noche. Otra vez. Insomnia inducida.

¿Para qué chingados estamos aquí?

Voy a escribir lo primero que se me venga a la cabeza. Sin censurarme. Al fin y al cabo esto nadie lo va a leer.

Estamos aquí gracias al momento en que algo pasa y prestas atención y te das cuenta de que hay otro en el puto planeta aparte de ti. Y lo ves completo, no fraccionado; no en función de tu necesidad inmediata de ser atendido en una gasolinera o en una caja de banco, o ser reconocido o adulado, o frotado. *This is water* lo dice mucho mejor. Yo siempre seré un pobre pendejo a la sombra del Wallace. Nunca podría describir algo como:

Era una de esas chicas fatalmente bonitas y tenía una figura núbil y fantasmagórica que se deslizaba en todos los sudorosos vericuetos de las poluciones nocturnas de los miembros del instituto. Era tímida, iridiscente, indómita, pélvicamente sinuosa, de busto exuberante, dada a unos tímidos movimientos de mano para quitarse el pelo blondo delante de la frente de color crema, movimientos que enloquecían a tope a Bruce Green.

Nunca podré escribir algo así. En noches como ésta, viendo ese tinaco Rotoplass y esos cables imposiblemente dispuestos, ese concierto electro punk irritante y caótico de cables enredados como mi cabeza, nunca escribiré algo digno de ser leído. Pero sé que ésa es justamente mi mente hablando. El maldito piensachueco. "La mente es un esclavo excelente pero un amo terrible." Ese amo que me tortura y me juzga y me critica y me estrangula... sé que algún día lo dominaré. Un día soltaré el piensachueco y el terror, y me atreveré a publicar algo.

Ajá.

PENDEJO. Iluso. Lo cierto es que estoy destinado a la mediocridad. En realidad lo asumo ya con relativa tranquilidad. Sé que no soy Scorsese, ni DaVinci, ni Fittipaldi; ni siquiera soy un triste Zabludovsky. Vaya, ni a Gamboín voy a llegar. Nunca diré, haré ni pensaré nada lo suficientemente valioso para trascender en la humanidad. Y tal vez eso me salve de terminar como el Wallace. Tal vez eso me salve del suicidio. Nunca seré lo bastante brillante y por lo tanto tampoco seré lo suficientemente psicótico ni trágicamente lúcido y espero que nunca tan fatalmente deprimido como para matarme.

Mientras, ¿qué soy? Un empleado. Una pinche hormiga obrera que no trabaja para una reina ni para una patria, ni siquiera para un Dios. Trabajo por puñetero y mezquino dinero. Y mientras gano dinero y consumo pendejadas que cuestan dinero, quemo hidrocarburos y maltrato a Gaia que me da de tragar zanahorias, nueces y maíz y me da de fumar marihuana todos los días. Y me da agua. Pensando en mí todo el pinche día. Lorenzo Echeverría, con sus mil apodos y su apellido de expresidente sin el parentesco ni el poderío. Autorreferencial, obsesionado, puerco, tragando donas Bimbo sin control. Fumándome otra noche. Por lo menos no soy borracho. Y de algún modo eso me hace todavía más patético. Ni siquiera tengo el valor de ser un alcohólico, de ser un buen Bukowski, un Dylan Thomas, un Whitman. Soy un triste pacheco, un chelero nocturno que ni a bohemio llega. Merezco ser aniquilado. Merezco y debería aniquilarme. Podría ser el primer escritor que se suicida con sobredosis de Coca Cola. Qué posmoderno sería eso.

¿Por qué no lo hago? En primer lugar, porque no tengo el valor. En segundo, porque de repente me ha sucedido que soy capaz de ver a alguien aparte de mí. Y verlo completamente, y no sólo en función de si puede cobrarme un cheque, hacerme un sándwich o lamerme una herida. Y eso, aunque no necesariamente le otorga un sentido a que yo esté en este mundo, le da sentido a *mi existencia en él*. Es decir, a mi noción y mi conciencia de mí en la existencia. Una existencia en la que me voy a dedicar a tragar, a cagar y a dormir cada día de mi vida, donde no me voy a acordar del noventa por ciento de las pendejadas que me pasan, donde una inepta con uñas decoradas o un tipo de corbata tejida me va a tratar de la cola en una oficina burocrática después de cuatro horas de espera (aunque ellos seguramente también tienen familias y problemas... *This is water, this is water*...), donde algún día chocaré en la carretera o me asaltarán a mano armada; me dolerá el cuerpo, se enfermará, y se van a morir casi todos los que conozco, incluido yo. Pero ese sentimiento, ser capaz de *ver* a otro, de amarlo como le dicen a eso, hace que te valga tres kilos de verga que te vas a arrugar, a arruinar y lo que rime con eso que signifique que te vas a pudrir.

Y no es lo único, hay otras cosas.

Carajo, hay otras cosas.

Tomar agua fría cuando te rompes de sed, respirar delante del mar, leer a David Foster Wallace y a Whitman aunque me cague que sean gringos, ver por tercera vez *Breaking Bad* aunque sea gringa. Comer ese taco sancochado de suadero de Los Cocuyos de Bolívar, esa quesadilla de pechuga de pollo con rajas con crema del parador gastronómico del Hospital Español, volver a escuchar *In Rainbows* por vez número trece mil. Ver un cielo de colores o una luna o una estrella furtiva detrás de ese tinaco, asomando improbable: un pequeño milagro; y tratar de entender todo el universo y las causas y los misterios y por supuesto no entender nada, porque esas cosas no están para entenderlas; pero al menos experimentar el vértigo de *querer* entender. Escribir en este mismo cuaderno, pero en el café Gaby's de la Juárez. Ver los ojos de Denisse cuando se ríe, escucharla hablar con esa voz grave pero dulce, modulada, preciosa que tiene. Ver a Javiera deambulando por el depa con su pijama de ositos...

¿Otra chela? Otra.

No sé por qué pierdo el tiempo. Por qué escribo todo esto. Por qué le dedico tantas horas de todas mis noches a escribir lo que pienso, como si sirviera de algo. Porque aparte del amor y de mis musas (no mames, qué pinche cursi... mis "¡musas...!") el resto de mis pensamientos diarios son cuántas tortas de milanesa me tragué y cuántas Cocas me tomé hoy, o si las Cocas incluyeron pases (no hoy, por cierto); cómo si hago ejercicio y me pongo bien mamado va a pasar no sé qué... las chichis de Katy Perry (con o sin chaqueta incluida), los poemas de Miguel Hernández, los goles del Athletic, la pinche guitarra que está arrumbada en el rincón del estudio, juntando polvo, y que me lamento cada vez que la veo porque representa otra de mis malditas frustraciones, otra de las cosas que no acabé de ser; en ultimísimo lugar pienso en el libro que estoy editando, actualmente titulado *El poder de las semillas en tu equilibrio emocional*, y qué pasaría si un día publico algo mío y recibe una buena crítica, un premio, por lo menos una mención en algún periódico pitero, en algún blog pitero. ALGO. Lo que sea. Y fantaseo con la presentación de un libro que yo haya escrito. E imagino que Toño está ahí. Y que Adam está ahí. Y Denisse y Javiera y los demás. Pero no puedo hacerme pendejo. Eso no va a pasar. Nunca puedo hacerme pendejo y ésa es una de mis más grandes tragedias.

Es jodido ser escritor. (Porque yo soy escritor aunque nadie me lea. Soy escritor porque escribo como un poseso todos los putos días. ¿Por qué? No sé.) Bataille me consuela cuando dice que la literatura rechaza la utilidad, la escritura no puede ser útil porque es la expresión de la parte esencial del hombre, y lo esencial en el hombre no es reductible a la utilidad. La verdadera literatura es transgresión pura y se hace en defensa de la libertad. Aunque sea invención, es sincera, es verdadera. Es lo contrario a la mentira. Ay, Wallace, cómo me parte el corazón que te hayas quitado del mundo.

Pero una vez más: ¡qué alivio no ser tú! El saber que no voy a ser tú, y ni siquiera Gamboín, me da paz y una extraña sensación de libertad: puedo cagarla, nadie va a reparar en ello, nadie va a recordarlo. Me exenta. Puedo masacrar a la humanidad con mis pendejadas literarias y no habrá consecuencias. Gozar del anonimato es quitarse la insoportable losa de la responsabilidad. El miedo de matarse.

Otro cigarro. ¿Cuántos van? No quiero contar las colillas. No quiero pensar en infartos.

La trascendencia. Eso a que llamamos trascendencia, ¿es eso o es ego? Hablando en plata, lo cierto es que he llegado a pensar que soy la persona más bondadosa de la tierra. La más digna de que un Dios me ame y me salve. Aunque ésa es una de las cosas de las que más me enorgullezco: de mi ateísmo. Y por otro lado sospecho que todo el mundo piensa así. Todo el mundo se cree especial y más importante que los demás. De otra forma, nadie soportaría vivir consigo mismo todos los minutos de sus miserables vidas. Otros días pienso que soy un ser horrible. Absolutamente egocéntrico. Pero por lo menos yo lo reconozco. Lo cierto es que nadie tiene un ápice de autocrítica. Por eso todo el mundo se apresura a destrozar un texto o cualquier cosa que pueda criticar, nadie admite que no sería capaz de escribir el nombre de su delegación sin faltas de ortografía antes de vomitar sobre una creación ajena.

Qué paradójico. Qué sutil. Estamos trazados por líneas imaginarias y al lado de cada una hay una faceta radicalmente opuesta a la otra. Contraria. Somos la división encarnada. Podemos derretirnos a besos y caricias lo mismo que torturarnos con púas y aceite hirviendo. Llorar con una canción y propinarnos el dolor más intenso posible con el solo poder de nuestra mente. Los humanos nos provocamos los unos a los otros y a nosotros mismos un abanico de sentimientos extremos dentro de los cuales no cabe el aburrimiento.

¿Para qué estamos aquí?

Para entretenernos.

We exist to amuse each other.

Eso podría servir de algo. ¿O estoy muy pacheco?

Cinco de la mañana otra vez. Lo que estoy es agotado. A jetear, Lorenzo. A dormir el sueño de los injustos. Gracias a quien sea porque como sea, y a pesar de nosotros mismos, en un rato saldrá el sol.

SÁBADO

16

Irene despierta a las 6:45 de la mañana después de una mala noche. Durmió poco, inquieta, incómoda en ese colchón de hule espuma con las sábanas rasposas y con Denisse, quien no dejó de moverse. Se sienta en la cama y se da cuenta de que soñó con Claudio. Casi no puede creerlo: Hoy voy a ver a Claudio, piensa. *Hoy*. Y siente ganas y pánico en la misma proporción. Pánico porque este viaje al desierto no lo está haciendo por Claudio, sino por Adam. Claudio ya tiene otra vida en Canadá. Tiene una mujer y un hijo. Y se reprocha por lo que pasó en Viena, y vuelve a preguntarse si no fue todo su culpa, y recuerda lo que Claudio le dijo en los Dinamos, un día antes de la boda de Javiera:

—Yo quiero estar contigo. No me importa si es en un pinche iglú o en el desierto de Mongolia o en un departamento de veinte metros.

Irene se pregunta si en alguna parte Claudio sigue sintiéndose igual que esa tarde hace tres años. Y si fuera así, se pregunta si esta vez ella sabría qué hacer con ello. Si la culpa o el pánico no la detendrían. Pero no. Es imposible. Esa historia se acabó y yo tengo un plan. Me voy a Mérida a empezar de cero y todo va a estar bien, se dice. Ya estoy inscrita en la maestría, el departamento de mi mamá ya está prácticamente empacado. Sólo faltan los cuadros y los cacharros de la cocina, el lunes llegando tengo que conseguir plástico burbuja. Pero antes tengo que hacer esto. Tengo que comerme ese cactus amargo con mis amigos y cerrar este ciclo, aunque Karla diga que los ciclos nunca se cierran del todo. Aunque sólo haya puertas emparejadas o entreabiertas. Los sentimientos se le revuelven a Irene con un concierto en las entrañas. Se mete al baño y se prende un cigarro. No le importa que Denisse la regañe por haber fumado adentro, de todas formas ya se van a largar de ahí. ¿Por qué tengo que pensar en todo *tanto*, carajo?, se reprocha. Tengo que dejar de pensar. Tengo que dejar de controlar todo y de llenar todo con expectativas. Cada persona es distinta y mi experiencia con el peyote va a ser única. Eso decía Adam, que jamás lo probó pero leyó al respecto como un fanático después de convivir mucho con huicholes en Jalisco: decía que cada experiencia con el *hikuri* era tan única como la persona que lo probaba, y que la planta daba respuestas. El problema de Irene es que, en todo este tiempo y con toda su preparación, no ha sido capaz de formularse una sola pregunta.

Irene nota con pesar que tiene un grano en la punta de la barbilla. ¿Por qué justo hoy, carajo? Trata de exprimírselo pero no sale nada y no quiere que se le ponga peor, así que lo deja en paz. Se toma su omeprazol de rigor y se pone sus flip flops para bañarse. En cuanto abre la regadera recuerda que Karla dijo desde el día anterior que no había agua caliente. Con tedio, se pone unos shorts y una camiseta y va a la recepción de la posada para preguntarle al encargado si hay algún calentador que se pueda prender. En la recepción no hay nadie. Tampoco en la alberca ni en una bodega trasera. Irene regresa al cuarto. Las demás siguen dormidas. Se fuma otro cigarro en el balcón, con dos mentas. No hay nada que Irene deteste más que el agua fría, pero hoy va a ver a Claudio y no quiere estar toda sebosa. Aunque Claudio esté con una pelirroja de revista y tengan un bebé como de un año del cual Irene no ha querido saber ni su nombre. Comprueba con cierto alivio que el chorro de la regadera sale tibio. Mientras se lava el pelo, el azulejo amarillo con flores blancas le recuerda otra regadera, en San Miguel de Allende. Habían ido ella y Adam de fin de semana con Silvia y Gabriel para un festival de cortometrajes donde el hijo de una pareja de amigos suyos presentaba un corto. Se pasaron dos días viendo películas y comiendo delicioso. En una de esas comidas, después de ver un corto serbio con el tema del levirato, Silvia se puso achispada con el vino y contó:

—A mi abuela la hicieron casarse con el marido de su hermana.

—¿Cómo, cómo? —dijo Irene, confundida.

—Su hermana se murió cuando dio a luz a su tercer hijo. A mi abuela la hicieron casarse con su cuñado para que cuidara a sus sobrinos como si fueran sus propios hijos.

—El levirato era una práctica muy común entre las familias hasta hace un tiempo —explicó Gabriel.

Silvia le quitó a su marido una viruta de pan que tenía en el suéter.

—Lo bueno es que tú no te hubieras podido casar con nadie si yo me hubiera muerto en el parto de estos dos porque no tengo hermanas.

—¿Fue natural tu parto, o tuvo que ser cesárea? —Irene rascó el fondo de su recipiente con helado para mantener las manos y la boca ocupadas, llevaba una hora sin fumar y dentro del restaurante no se podía.

—No, no, claro que fue parto natural, y además fue en agua.

—¿En serio? —Irene vio a Adam.

—A mí no me preguntes, yo no me acuerdo de nada —se rio él.

—Fue precioso. En esa época no había tantos partos en agua, me lo aventé con una amiga partera en su casa de Cuernavaca. Teníamos ubicado un hospital cerca, por cualquier cosa, pero no hizo falta. Fue mágico, ¿verdad, amore? —Silvia miró a Gabriel.

—Menos cuando me mordiste —dijo él.

Todos se rieron. Silvia continuó:

—Me enteré de que estaba embarazada de gemelos el día de mi cumpleaños. Desde entonces todo fueron buenos augurios, la verdad.

—Embarazarse de gemelos siendo ustedes biólogos tuvo que ser muy especial, ¿no? —dijo Irene.

Gabriel sonrió con nostalgia y Silvia suspiró:

—Fue grandioso, Irene. Fue como tener dos mitades de un entero de felicidad.

Y alcanzó la mano de su hijo por encima del mantel, mirándolo con los ojos húmedos, amor de madre enamorada. A Irene Silvia no le caía del todo bien, a veces le parecía sobrada y snob, lo cual la hacía sentir mal porque sabía que

Silvia la quería mucho. Le daba regalos, se interesaba por su carrera y siempre le preguntaba por su mamá. En ese momento, por primera vez Irene se sintió capaz de tener hijos con Adam algún día, y dejarlos esporádicamente con esta mujer, quien seguramente los iba a querer con lágrimas en los ojos, como quería a sus hijos. La tarde del domingo, Irene y Adam dejaron a sus papás viendo un cortometraje cantonés que no se les antojaba demasiado, y se dieron una escapadita al hotel. Irene se metió a la regadera para quitarse el día de caminata de encima y Adam se le unió. La hizo girar hacia la pared y poner las manos sobre los azulejos y le lamió el cuello. Irene casi nunca lograba terminar en esa posición. Hacía falta tiempo y dedicación, y eso no solía suceder en un quickie de regadera. Pero esa vez decidió pensar que el que estaba detrás de ella era Claudio. Nunca lo hacía, sentía que era una traición *real* estar pensando en un hermano mientras estaba en la cama con el otro. Estando sola fantaseaba todo lo que le daba la imaginación. Incluso tenía sus playlists para inspirarse: una para cada uno. Para soñar despierta, para elevarse o torturarse o convencerse de que todo estaba bien. A veces se sentía ridícula. Denisse le había dicho que era como Candy Candy, poniéndose el soundtrack de Terry o de Anthony según el caso. Irene no sabía quién era Candy Candy, pero le sonó grave.

—¿Qué es esto de Boyhood 1 Boyhood 2? —preguntó Adam un día, buscando música en el coche mientras ella manejaba de regreso del hospital. Adam se había lesionado el brazo ayudándole a Denisse y Javiera con su mudanza y manipulaba el teléfono de Irene con el cabestrillo puesto.

—Pon el 1. Está bueno.

Esa tarde en San Miguel, dándole la espalda a Adam, a Irene por primera vez no le importó. Imaginando que era Claudio el que la abrazaba por la espalda y le agarraba el pelo en esa regadera, se vino en dos minutos y como nunca.

En el baño de la posada, tocan a la puerta tres veces, fuerte. Irene se asusta.

—¿Ya, reina? Llevas como una hora ahí —llama Javiera desde afuera.

—Es que me tardé siglos en enjuagarme el pelo. No sabía que querías entrar.

Irene se envuelve en su toalla y abre. En el marco de la puerta está Javiera con un gorro de plástico en la cabeza.

—Buenos días, doña Florinda —le dice Irene.

—Pícatelo.

Javiera le pone pasta a su cepillo y canta desafinada:

—*Me levanté muy rara el día de hoy, me siento bien pero me siento mal...*

Comienza a cepillarse los dientes y mientras Irene se pone crema y se desenreda el pelo, la mira de reojo.

—Güey, ¿siempre que te lavas los dientes te sale sangre?

Javi asiente balbuceando "hhm" mientras hace otro buche y vuelve a escupir. Karla entra al baño en ese momento.

—No mames, me está matando la espalda.

—Buenos días —dice Javiera.

—Nada de buenos. ¿Traen algo fuerte?

—Todo lo que quieras. Ahí, en mi neceser —indica Irene.

—Apesta a cigarro.

Irene no dice nada.

—¿Y Denisse? —pregunta Javi.

—Fue al cajero con Lencho, yo desde ayer les di mi tarjeta para que me sacaran dinero —informa Karla, viendo un frasco de Excedrin en el neceser de Irene.

—Chale, no se me ocurrió —se preocupa Javi.

—Es nada más tener algo de cash para llegar a Real. Allá no vamos a necesitar gran cosa —dice Karla—. ¿Se puede uno bañar o salen ranas de los hoyos de la regadera?

—Salen ranas —responde Irene.

—Lo sabía.

Javiera se unta una crema en la cara y se lamenta:

—Puta madre. Se me está colgando la piel, carajo.

Karla se traga el analgésico con los restos de agua de su termo y la mira:

—¿De dónde?

—De aquí, ve. A los lados, junto a la nariz. Voy a envejecer igualito que mi mamá.

—¿De qué estás hablando? —Irene se desenreda el pelo con trabajos, olvidó traer el acondicionador.

—Cuando cumpla treinta y cinco me voy a arreglar todo. Me vale —dice Javi.

—Y cuando cumplas cuarenta y cinco vas a parecer lagartija —opina Karla, quitándose la pijama.

—Guey, bájale. Estás más guapa que nunca, cabrona —dice Irene.

Karla se le acerca por atrás a Javiera y se le pega para molestarla:

—Y estás todavía más rica ahora que eres una *cougar* divorciada.

—Déjame en paz, culera —Javi suelta una risita exagerada, de las que tapan algo—. ¡Oye! Me iba a bañar yo.

—Te gané —Karla se mete a la regadera.

Javiera terminó la carrera de Administración sin pena ni gloria, pero terminó. Fernando quiso celebrar y los llevó a un restaurante tailandés carísimo donde Javiera no se comió más que un par de dumplings y donde Fabio se la pasó recitando a voz en cuello el contenido de la carta. Javiera hizo un esfuerzo consciente por no reírse ni festejarle sus rarezas. No quería que Susana empezara a repetir cómo no había nadie en el mundo con quien Fabio estuviera tan tranquilo y tan contento como con ella. Empezó a buscar trabajo, pero no tuvo suerte. Adam le revisó y le editó su currículum, logrando que su trabajo en el Angus sonara como algo administrativo, y así consiguió un par de entrevistas, pero los horarios eran infames y la paga raquítica, así que cuando Vicky, su prima, le propuso asociarse para traer ropa de Estados Unidos, Javi no se lo pensó dos veces. Vicky necesitaba poder traer más maletas sin pagar cargos extra y le ofreció a Javi el treinta por ciento de lo que ganaran. Javi era intuitiva, rápida para elegir, tenía buen gusto y resultó ser una máquina para comprar. Además tenía un gran asset

176

adicional: una credencial falsa del staff de Vogue que sacaba "casualmente" junto con su tarjeta de débito al momento de pagar, y que con su 1.75 y su cabellera rubia a veces colaba, y a veces no. A veces le tocaba una cajera nefasta, con pelos amarillos ralos de la América Profunda y el cuerpo con forma de blizzard de Dairy Queen y ojos chiquitos y opacos a punta de realities de MTV, que sólo veía la credencial con desdén, y nunca se hubiera atrevido a mirar a Javiera a los ojos porque se hubiera pulverizado de envidia. Pero a veces la credencial surtía efecto y la gringa resultaba zalamera.

—*Oh, are you a model?*

—*What? Yeah...* —respondía Javi, con timidez estudiada.

Y a veces le hacían descuento sobre el descuento. Una vez en un Aeropostale las empleadas hasta se sacaron fotos con ella. Cada noche, una vez que regresaban del outlet al Best Western donde se hospedaban siempre, Javiera y Vicky tenían que quitarle las etiquetas a todo para no tener problemas en la aduana, calcular los precios inflados en que venderían cada prenda y anotarlos. Se dormían pasadas las dos de la madrugada y al día siguiente a las siete ya estaban en pie para ir de compras otra vez. Vicky se quedaba con la mayor parte de las ganancias, entre otras cosas, porque era la que tenía una cartera de clientas ya establecida entre sus conocidas. Pero como era una venta informal siempre le pedían pagar en plazos, y ahí era donde empezaba la verdadera monserga. A veces Vicky se tardaba hasta un año en lograr que alguien terminara de pagarle una blusa y unas botitas impermeables, y entonces decidió "apoyarse" en Javi para hacerlo.

—Vas en el coche con ella y de la nada saca el teléfono y empieza a hablarse golpeado con quién sabe quién para que le pague unas pijamas de Pink —le relató Irene a Karla.

—Uta, qué horror.

Pero lo cierto es que los amigos agradecían los viajes de Javi porque siempre les traía encargos y cosas de Amazon que le llegaban al hotel. Sobre todo Denisse, cuyas listas podían llegar a ser ridículamente extensas. Incluso llegó a ir con Javi a San Diego un par de veces: le salía casi igual de caro el boleto de avión que pagar el exceso de equipaje. Entre otras cosas, Javiera llegó a transportar algo de marihuana bien escondida. En ese tiempo todavía no era legal la marihuana recreativa en California, y dedicó una tarde entera a sacarse el certificado de los Green Doctors para poder comprar *medical marihuana*. Les describió a sus amigos:

—Era una oficinucha en Venice Beach, como éstas donde pagas el agua atrasada. Te hacen llenar un formulario larguísimo en donde básicamente libras a los Green Doctors de cualquier pedo. Luego me entrevistó un Doctor Chapatín con el pelo grasiento que estaba más pacheco que nada y que me iba preguntando síntomas que iba leyendo de una lista.

—¿Y tú qué le decías? —preguntó Lorenzo.

—¿Pues qué crees? Yo a todo decía que sí.

—*Headaches?*

—*Yes.*

—*Insomnia?*

—*Yes.*

—*Back pain?*

—*A huevo que yes.*

—Y te ponen el sello. No te revisan, no te piden comprobante médico, nada. Luego firmas más madres, y pagas. Pagué como ochenta dólares por un permiso de seis meses.

—¡Qué robo! —se escandalizó Adam.

—Güey, hasta tenían el cajero automático ahí mismo. O sea, ridículo.

—Pinches gringos, son puro teatro... —bufó Mauro.

—¿Para qué hiciste todo ese show? Aquí le hablas al dealer y ya —opinó Lencho.

—Pero nunca sabes qué mierdas te estás metiendo.

En realidad Javi había hecho todo el numerito por traerle algo especial a Lencho por su cumpleaños. Ya tenía preparado y ensayado todo el discurso que iba a dar si la agarraban en las aduanas, un drama sobre el retraso mental de su hermano y cómo sólo el cannabis podía ayudarlo. Pero no fue necesario. Ni esa vez ni las otras dos que se la jugó, hasta que se le terminó el certificado de los Green Doctors y le dio flojera y codera renovarlo.

El gusto de los productos importados se les terminó a los amigos cuando Javi recibió un mail con una oferta de trabajo. Uno de sus currículums le había llamado la atención a un ejecutivo que la quería como asesora de modas en Grupo Walmart. El sueldo era bajo, pero tenía prestaciones y al menos le alcanzaba para pagar una renta compartida. Con lo que ganaba con la ropa le alcanzaba para sus gastos, pero no para salirse de su casa. Susana y ella se estaban sacando los ojos y ya cada vez tenía menos tolerancia para los decibeles de Fabio, así que aceptó y se mudó con Denisse a la Portales.

—Por un rato estuvo bien, la gente estaba cagada, éramos puros chavos —le describió Javiera a Rodrigo, el que habría de ser su marido, en una de sus primeras citas, mucho tiempo después.

—Qué padre, hermosa. Esas primeras experiencias laborales son súper importantes. Te forman el carácter. Yo en el banco me hice quien soy —Rodrigo la miraba con embeleso y sin soltarle la mano ni siquiera para comer.

—Escoger las combinaciones de ropa que se van a anunciar en los pasillos al lado de las teles y las papayas no era my highest idea of fashion, pero bueno. Estuvo bien un rato.

Rodrigo apretó su mano y se rio con ternura:

—Wow. No sabes cómo admiro a las mujeres que luchan. Eres una guerrera, hermosa —besó su mano.

Guerrera. Javi se sintió volar.

Un día, mucho antes de conocer a Rodrigo, cuando comenzaba en Grupo Walmart, Javi fue a supervisar una sesión de fotos para un catálogo de ropa, y ahí conoció a Gema, una modelo con la que hizo migas de inmediato. Rompieron el hielo con la pregunta incómoda de siempre:

—¿Y tú por qué no modelas?

Javi no tenía ganas de contar todo su drama juvenil de la explotación y la anorexia, así que sólo respondió:

—Porque para modelar se necesita un aguante que yo, la neta, no tengo.

Gema sonrió.

—Las modelos son como las santas modernas. Nadie se da cuenta —dijo en una ocasión Mauro, viendo un catálogo de Intimissimi en la torre con el Inge—. Entregan su vida, sacrifican su cuerpo para ser miradas, para ser deseadas, para darle a este horrible mundo un poco de belleza, un sorbo de paraíso —Mauro le mostró la revista—: Míralas. Tienen que aparentar que son felices pero se sacrifican como nadie. No comen. ¡No comen! Son el cordero expiatorio para el festín de la humanidad.

La sesión de ácido ya había terminado, pero los dos seguían bastante high. Eran las cinco de la mañana.

—La moda es el puro acelere, flaco. El puro atasque sin digestión. A lo que sigue y a lo que sigue y a lo que sigue. El culto a la imagen está muy cabrón —negó para sí el Inge.

—Pero te lo compras porque los empaques están formidables —Mauro volteó la revista de nuevo para mostrarle a su amigo otra modelo fabulosa luciendo costillas y encajes—. Nos hemos vuelto expertos en empaques —concluyó.

—No creas que esto es lo único que yo hago. Si sólo hiciera esto, me moriría —le dijo Gema a Javiera mientras le retocaban el maquillaje. Y le contó que estaba en el book de una agencia de escorts y edecanes—. No te creas que es una de estas agencias chafas donde contratan desde las chavas que están en mini shorts en las gasolineras anunciando aditivos, hasta las que te reciben en una premiere. No, o sea, esta agencia es high class.

Javiera se retrajo un poco. Gema leyó su ambivalencia y aclaró, sin que se lo pidiera:

—Lo padre es que tú llegas hasta donde tú quieres.

Ese día, Gema y Javi se despidieron de beso y abrazo, y Gema le dio la tarjeta de su jefa:

—Mónica se va mañana de viaje. Llámale hoy.

En poco tiempo, Javi encontró en Mónica a la mentora que nunca había tenido. Compartían un sentido del humor similar y hablaban durante horas.

—Lo que tú tienes es clase, corazón. *Estilo*. Y eso no se hereda ni se hurta —le decía Mónica con frecuencia.

Mónica era bajita, pero con los tacones temerarios que usaba podía llegar al 1.60, tenía una abundante cabellera oscura que usaba suelta y le gustaba agitar; se sentaba en los sillones con los brazos estirados sobre el respaldo y se reía con estruendo. Después de varios vodkas en su despacho, un día le confesó su secreto a Javiera:

—Lo que más importa no es cómo te ves, corazón: es el espacio que ocupas.

—De un día para el otro, la pinche Javiera pagó toda el agua atrasada del depa, compró una lavadora de trastes y llegó con unos pinches stilettos —le contó Denisse a su hermano Diego, cenando juntos. Omitió que Javiera también se estaba metiendo mucha coca.

Durante una comida en el Giornale de Santa Fe donde estaban las cuatro amigas, Javi describió:

—Güey, ayer salí con un tipo, Renzo, que me decía que no puede estar sin novia o sin ligue o sin algo porque si no, se pone mal. Prefiere *pagar* que estar solo. Yo pensaba que las viejas eran las más desesperadas cuando están solteras y cero, los güeyes están peor.

—Eso de ser "escort" más bien es como la antesala de la putería, ¿no? —soltó Karla, a bocajarro.

—Ay, Karla, no mames —minimizó Javiera.

Irene miró a Denisse con preocupación, pero ella tenía la vista clavada en su tenedor, revolviendo los restos de puré de papa que había dejado en su plato.

—Yo llego hasta donde quiero —aseguró Javi, y le dio un sorbo largo a su copa de vino.

Irene intervino:

—Karla tiene razón. Esto no es la mesereada en el Angus, güera. Te puedes poner en riesgo.

—Lo tengo bajo control, güey. ¿Ok? No hay ningún pedo. Neta.

Se hizo un silencio y hubo un intercambio de miradas. Irene aventuró:

—Si no hay ningún pedo, ¿por qué nos pediste que no le dijéramos nada a Mau y a ellos?

Javiera soltó los cubiertos.

—Porque no quería que se pusieran a cuestionar ni a juzgar, que es exactamente lo que ustedes están haciendo.

—No estamos juzgando, güey… —fue lo único que atinó a musitar Denisse.

Karla no se amilanó:

—Está bien. Si lo que quieres es cobrar por sexo, hazlo. Ya estás grandecita. Pero entonces asume lo que estás haciendo y no te hagas pendeja.

Javiera se terminó el vino y dejó la copa sobre la mesa, ruidosamente.

—No quiero cobrar por sexo, ¿ok? Lo que quiero es poder invitarles una comida a mis amigas sin tener que contar los pinches centavos, ¿es mucho pedir?

Y se levantó y agarró su bolsa para irse. Karla torció el cuello para seguir su movimiento, diciendo:

—No, a ver, no nos la quieras voltear y hacernos sentir culpables, Javi, no chingues.

Javiera no respondió y caminó a la salida, sin volver atrás.

—¡Espérate, güeris! —le pidió Irene—. Carajo…

Al final, Javiera ni siquiera invitó la comida. Mientras esperaban el coche afuera del restaurante, Denisse regañó a Karla:

—Te pasaste, güey. No tenías que ser tan dura.

Karla se sentía mal, pero lo disimuló. En el fondo sabía que tenía razón.

—Mira, yo sé que estás contenta de que esta babosa por fin tenga para la luz. Pero tú vives con ella. Cuídala.

Javiera parecía haber nacido para ser escort. Arreglarse, verse despampanante, acompañar a señores a cenas y eventos y hacerlos reír para Javi era como coser y cantar. Pero lo mejor era el dinero. ¡Por fin tenía dinero! Por fin tenía libertad. Se compró un coche, mandó al diablo al Grupo Walmart y se dedicó a hacerse de toda la ropa que durante años solamente pudo mirar en los escaparates, a llenar de regalos a su familia y a sus amigos y a invitarles las fiestas.

—No te gastes todo —le aconsejó Denisse—. Ahorra algo. Aprovecha ahorita que puedes.

Pero Javiera no le hizo caso. Tampoco hizo caso cuando Denisse la previno de un tipo que Javiera comenzó a acompañar con frecuencia, de nombre Mauricio. Era el dueño de una disquera digital. No estaba de mal ver, era bajito y de edad incierta: tenía el pelo casi blanco pero la cara joven, sin arrugas. Se llevaba muy bien con Javiera y tras un par de salidas, hicieron migas.

—Ahora sí te pasaste, Durán —le dijo Mauricio una noche en que Javiera se apareció con un vestido bermellón, radiante—. A ver si no te vas de boca con esos tacones.

—¿Por qué no eres capaz de soltarme un pinche piropo?

—Porque te vas a malcriar —y le dio una nalgada.

—¿Con quién vas a salir? —preguntó Denisse otra noche, preparándose unas quesadillas mientras Javiera quemaba un hilo saliente de un top de tirantes delgados, muy sexy, con el encendedor de la estufa.

—Con Mauricio.

—O sea, vas a chambear.

—No voy a chambear. Es mi amigo.

—Tu amigo que te paga por salir con él.

—Déjame en paz.

La amistad se fue convirtiendo en otra cosa. Mauricio intensificó los comentarios irónicos que disfrazaban su adulación.

—Creo que neta le gusto —Javi se mordió un labio.

—Pero es un ruco, ¿no? —dijo Irene.

Estaban en una tienda en Polanco y Javiera llevaba diez minutos insistiéndole a Irene que se llevara una blusa de seda, que pensaba cargar a su tarjeta. No se lo había dicho a nadie, pero ya le debía como trescientos mil pesos al banco.

—No está *tan* ruco. Creo que sí me lo daba.

—¿Y eso quién lo decide?

—Pues nosotros. O sea, no es parte de la chamba. No es lo que hago. O sea, yo no me prostituyo, no mames.

—No, claro que no —Irene pasó la mano por el rack de ropa, con inquietud.

—Mi chamba es acompañar gente. Karla los escucha y también cobra por eso, ¿no?

—¿Eso te dijo? No, bueno, qué manera de hacerse pendeja. Y encima se llama *Mauricio* el cabrón. Esa babosa no liga dos más dos —despotricó Karla cuando Irene se lo contó.

Javiera siguió en un juego de seducción cada vez más intenso con Mauricio, sin que él le planteara nada en claro, hasta que Mónica la citó en su oficina.

—Qué cosa tus botas, ¿eh? —dijo al separarse del abrazo y del beso en cada mejilla y analizar el outfit de Javiera de arriba a abajo.

—¿Te gustan?

—¡Me encantan! ¿Son de ante?

—Más bien son de "antes" —se rio Javiera—. Las encontré en una tienda retro y tengo un zapatero remendón que es un mago.

Mónica soltó una carcajada.

—Pues están divinas.

Mónica la invitó a sentarse y le ofreció un agua mineral. Javiera la aceptó.

—¿Con o sin vodka? —se giró Mónica, pícara—. Te sugiero que sea con.

—Bueno —sonrió Javi—. Gracias.

Mónica le entregó a Javiera su vaso burbujeante, con todo y rodaja de limón, y se sentó en el sillón amplio frente a ella estirando el brazo sobre el respaldo.

—Sé que tú y Mauricio Bocazo se están acercando mucho, me da mucho gusto que se haya dado algo tan especial entre ustedes —Mónica bebió.

—A mí también, es un tipazo, la verdad —Javi miró el vaso que sostenía con ambas manos.

—Como sabes, esto es un negocio, así que si estás dispuesta a seguir adelante con Mauricio, te tengo que decir cuáles serían las condiciones. Para empezar, tus honorarios.

"Seguir adelante." Javiera se quedó petrificada. Mientras escuchaba a Mónica decir cantidades que en sus tiempos de comerciante y de vestir maniquíes en Walmart no hubiera soñado ganar, la palabra "puta" venía a su cabeza una y otra vez, y ella trataba de espantársela como una mosca molesta.

—Eso ya es quitándole el setenta por ciento para la agencia —dijo Mónica—. Si el cliente quiere dejar propina por el servicio, eso es tuyo. Al final creo que puede ser un acuerdo atractivo para ti.

Javiera estaba muda.

—Nuestros clientes son selectos, y a Mauricio lo conoces bien. No te mandaría con cualquiera de entrada. De todas formas nuestras chicas tienen un número para emergencias. Cualquier problema que pudiera surgir, marcas y tienes a alguien por ti en diez minutos.

"Nuestras chicas." De repente Mónica se le reveló a Javi como lo que era: Una *madame* de alto pedorraje, pensó. Y se preguntó cómo fue su historia, con cuánta gente se acostó para llegar a tener su propia agencia. Pero en lugar de eso dijo:

—No creo que haga falta marcarle a nadie. Mauricio es un tipo educado.

—No está de más que lo sepas. Mi prioridad es cuidarte, corazón. Piénsalo.

Javi lo pensó manejando de camino a su departamento. Hizo cuentas de todo lo que podía comprar con ese dinero. Para empezar, podía darle una buena rebajada a la deuda con el banco y si las cosas iban bien y se administraba, dentro de poco tiempo incluso podía dar el enganche para un departamento. Pero sobre todo, tenía veinticuatro años y estaba loca por acumular experiencias. Además, Mauricio le gustaba. Le iban a pagar un dineral por acostarse con alguien que le gustaba. Mientras estacionaba el coche en la pensión a media cuadra de su edificio, sonrió y se dijo "fuck it, voy a hacerlo".

La noche del esperado encuentro con Mauricio, Javi fue al baño de su habitación en el Condesa DF y se tomó una selfie metiéndose unos billetes en el brasier de encaje, parando la trompa en actitud de zorra. Pensó mandarla al chat del grupo de sus amigas con un batallón de emoticones sorprendidos y muertos de risa con la leyenda "a punto de cobrar por sexo", un poco por obtener su aprobación o su absolución, pero se arrepintió un segundo antes de que Mauricio tocara a la puerta.

—¿Todo bien, Durán? Ven acá de una vez.

El encuentro estuvo bien, aderezado con champaña y coca. Mauricio no resultó demasiado emocionante en la cama y Javiera gimió compensatoriamente. Ya recostados, Mauricio, vulnerable, se abrió con ella. Por primera vez abandonó su coraza de ironía y empezó a quejarse de su esposa:

—La pendeja quiere la casa de Valle. Hazme el favor. Sabe que me tiene por los huevos con los niños. Pues que se joda. Que la divorcie el Papa, yo no le doy un peso más.

Y básicamente dijo lo mismo, repetidamente, durante media hora, hasta que en una pausa, Javi se levantó de la cama.

—¿A dónde vas?

—Al baño.

—Estoy hablando contigo, no te he dado permiso de que te vayas —la jaló de vuelta a la cama, apretándole el brazo más fuerte de lo necesario.

El tono imperativo desconcertó a Javi. Trató de retomar el matiz juguetón que siempre usaba con él:

—Profesor, ¿puedo tomar el letrerito para ir a hacer pipí?

—Mejor hazme encima.

Y lo dijo con una seriedad que a Javiera le heló la sangre. Pero de inmediato se rio y aligeró:

—Córrele. Aquí te espero.

Javiera tardó cinco minutos en salir del baño. No sabía qué hacer. Pensó en salir por su celular con cualquier pretexto y llamar al número de emergencias que Mónica le había dado. Pero desistió, se convenció de que Mauricio era un tipo decente, y prefirió ahorrarse la incomodidad. Regresó a la cama y estuvieron metiéndose rayas, tomando y cogiendo hasta las cuatro de la mañana. Hubo nalgadas y jalones de pelo y palabras soeces, nada que Javiera no hubiera hecho antes pero nunca con un hombre con quien estaba por primera vez, y que estaba pagando por ello. Cuando Javiera estaba lista para irse, Mauricio la abrazó por la espalda y susurró en su oído:

—¿Cuántas veces te viniste, eh?

Ella soltó una risita, le lanzó un beso y se fue. No había tenido un solo orgasmo.

Javiera no quiso volver a ver a Mauricio. Se lo dijo a Mónica en una llamada rápida y torpe en la que Mónica se dijo ocupada y colgó, cortante. Javi le mandó mensajes para tomar un café y ella nunca contestó, hasta que el viernes Mónica le envió uno solo, sucinto: "Lobby Four Seasons, 8 p.m., Gonzalo Baltazar". Y la foto del hombre.

Javi acató. Chamba es chamba, se dijo. Respiró con alivio cuando llegó y comprobó que se trataba de una cena de negocios. Gonzalo Baltazar era un brasileño añoso que estaba por cerrar un acuerdo millonario para importar fundas para celulares con chaquiras y lentejuelas. Mientras él y otros dos hombres hablaban de sus asuntos, Javi intentó hacerle la plática a las mujeres que los acompañaban. Una tenía una cirugía de busto y de cara muy bien hechas, y la otra una de nariz muy mal hecha, ambas de edades inciertas. Podrían tener lo mismo veintinueve años traqueteados que cincuenta bien llevados. Las dos miraban el cuerpo joven de Javiera y su piel tersa con odio. Hubiera querido decirles: "Pero no soy feliz, tengo deudas y hoy comí de la chingada". Pero en lugar de eso trató de ser simpática.

—Lo mejor de estas cenas es cuando te quitas los zapatos llegando a tu casa, ¿no? La que parecía más joven, sonrió.

—Bueno, no. Lo mejor es cuando ves tu estado de cuenta —Javi se tronchó de risa y le apretó un brazo. Por lo general, esas aproximaciones cargadas de confianza y familiaridad de Javiera bastaban para desarmar tanto a hombres como a mujeres, pero no fue el caso esta vez.

—No entiendo qué quieres decir —la mujer se zafó lentamente y se alisó el pelo, dejando muy a la vista su anillo de casada. La otra también mostró el suyo y con la misma mano rodeó el brazo de su marido. Incómoda, Javiera se excusó para ir al baño. Se tardó de más y al caminar de regreso por el pasillo interno del hotel, alguien la acorraló. Era Mauricio. Tenía la cara roja, los ojos inyectados, y apestaba a una prolongada borrachera de tequila.

—¿Cómo está eso de que ya no quieres verme?

Javiera dedujo de inmediato que tratar de dialogar o justificarse no era operante. Pidió, firme:

—Déjame pasar.

—Tú no decides. Yo decido. Yo pagué por ti. ¿Te acuerdas?

—Con permiso.

Mauricio la detuvo golpeando con ambas manos sobre la pared. Javi se estremeció.

—¡Qué te esperes, chingá! ¿No te enseñaron que el cliente siempre tiene la razón?

Javiera pensó en darle una patada en los huevos. Era la única manera de salirse de ahí. Se detuvo porque lo conocía, porque habían compartido algo. Se arrepintió toda su vida de no haberlo hecho. Mauricio se le empezó a embarrar, de pronto suplicante:

—No dejes de verme. Te doy todo. Todo. Tú dime. Dime qué quieres.

—Por favor déjame pasar.

—Me estoy haciendo una casa en Tepoztlán. Sólo para mí, ni mis hijos van a ir. Quiero que tú vivas ahí, que seas la princesa de mi reino.

—Con permiso, me están esperando.

—¡No! ¡Espérate, caraja madre!

Unas personas que iban pasando voltearon con un respingo y Mauricio se dio cuenta. Miró a su alrededor e impulsivamente empujó a Javi al interior de un saloncito vacío. Antes de que Javi pudiera reaccionar, Mauricio la agarró por el cuello y la hizo arrodillarse ante él. El movimiento fue tan brusco que la alfombra le raspó las rodillas hasta sangrar. Mauricio se abrió la bragueta. Javiera instintivamente se hizo para atrás.

—Quieta. Quietecita.

Javiera nunca sintió tanto miedo y tanto asco en toda su vida. Vio un cuadro imitación de Renoir en la pared detrás de Mauricio, y no pudo creer que en el mundo siguieran existiendo cosas bonitas cuando existía este sofoco, estas arcadas, este mutismo. Mientras Mauricio empujaba y gemía, repetía:

—Te crees mucho, ¿no? Te crees muy bonita. Crees que lo controlas todo nomás porque estás guapita.

Por favor que no se venga, por favor, por favor, era lo único que Javiera podía pensar. El cielo pareció escucharla porque de repente Mauricio se quitó, ordenando:

—Voltéate.

A Javiera le costó ponerse de pie, las piernas apenas la sostenían. Antes de que Mauricio pudiera someterla de nuevo contra la pared, le dio el empujón más potente que le permitieron sus escasas fuerzas y salió corriendo del saloncito, del pasillo y del hotel. En la calle se sintió perdida. No sabía si llamar a un taxi, si pedir un Uber. Sentía que cualquier hombre podía violarla. Terminó metiéndose en un Vip's y llamó a Denisse para que fuera por ella.

—Tienes que denunciarlo —le dijo una hora después, compartiendo ahí mismo una ensalada que Javiera no tocó.

—¿Qué denuncia voy a meter si estaba ahí, puteando?

A Denisse le pareció muy fuerte escuchar esa palabra dicha por Javiera, y de esa manera.

—No importa, güera. Un abuso es un abuso.

—Güey, lo último que quiero es un pinche escándalo ni volver a verle la jeta a ese cabrón. Mejor ahí muere.

Javi cambió de número y no volvió a ver a Mónica. Por un tiempo temió que la buscara y que Mauricio la encontrara, o toparse con cualquiera de los dos. Denisse hizo cambiar las cerraduras del departamento, Javi se cortó el pelo hasta el cuello, se lo pintó de castaño y durante un tiempo salía lo indispensable y nunca andaba sola por la calle, iba de la puerta de su casa al Uber y de vuelta lo mismo. Comenzó a buscar trabajo de inmediato y dejó de meterse coca. No lo hizo por gusto. Cada vez que empezaba a prepararse una raya se acordaba de Mauricio y le daban unas ganas incontrolables de vomitar. Pero eso no se lo dijo a sus amigas, a quienes paulatinamente les fue contando lo que había sucedido con

Mauricio. A sus amigos jamás se los dijo. La suerte de Javiera siempre fue peculiar. Cuando estaba en la universidad le robaron el mismo coche dos veces en diez días, y a la semana siguiente se le inundó por dentro con una lluvia torrencial. Las penurias siempre le caían juntas, y esta vez no fue la excepción. Estaba en la cocina calentando cera en un cacharro para depilarse cuando sonó su celular. Tuvo miedo de contestar porque era un número desconocido, así que lo dejó sonar. A los cinco segundos Denisse entró a la cocina, tendiéndole su propio celular a Javiera. Estaba a punto de salir para la oficina.

—Es tu mamá. Güey, tengo que volar —dijo con prisas.

—¿Bueno?

—Javi...

El tono de voz de Susana le hizo pensar lo peor.

—A tu papá le dio un infarto.

Javi soltó la taza de peltre que tenía en la mano. Denisse la vio girar hasta que paró. Prefirió ver eso que a Javiera pegando de gritos:

—¿Se murió? ¿Se murió mi papá? ¡Carajo, mamá, contéstame!

—Tranquilízate, Javi, por favor. Está estable. Estamos en el Ángeles.

Javiera estaba demasiado alterada para manejar y Denisse no podía llevarla, esa mañana tenía junta con su jefe, y faltar a las juntas con el jefe no tenía justificación, en especial porque Denisse estaba enamorada de él.

—Por favor, Den.

—A lo mejor Karla te puede llevar...

—Karla está en la fucking sierra de Puebla con Adam. Por favor.

Denisse la llevó al Ángeles y luego voló a su junta. Cuando Javiera entró al cuarto del hospital y vio a su papá rodeado de monitores, canalizado y con electrodos, se le fue encima y se echó a llorar sobre su pecho como una niña. Susana le gruñó:

—Javi, por favor, ¿no ves cómo está?

Pero Javi no le hizo caso. Fernando llenó de besos la cabeza de su hija.

—Voy a estar bien, mi amor.

Media hora después, en el pasillo afuera del cuarto, Javiera y Susana tuvieron una discusión muy áspera sobre quién de las dos debía quedarse esa noche en el hospital. Javiera insistía en hacerlo, Susana alegaba que de ninguna manera. Y de hecho anunció que no pensaba moverse de ahí hasta que dieran de alta a su marido. Javi hizo una rabieta y Susana terminó tomándola del brazo y casi empujándola al elevador.

—Ahorita te necesitamos en la casa con Fabio.

—No tenemos que partirnos a la mitad, así, tan radical. Podemos turnarnos, ma.

—Tu papá me necesita, Javi.

—¡Y Fabio también! ¡Tú eres su mamá!

Susana abrió los ojos como si le hubieran revelado las tablas de la ley de golpe y en contra de su voluntad.

—Fabio, ¿quieres más palomitas? —preguntó Denisse.

—Sí. Y otro Chocomilk, me gusta mucho el Chocomilk —dijo Fabio con su tesitura de barítono de ochenta decibelios.

Denisse se encontró con Javiera en la cocina.

—Fabio quiere más palomitas y un Chocomilk.

—Ok.

—Ya me tengo que ir, güera.

—¡No! No te vayas por favor.

—Güey, no me quiero echar los *Avengers* por tercera vez. Además está lo de Irene y Adam.

—¡¿Es hoy?!

—Un latte alto con vainilla, por favor, señorita. Javiera, ¿cuántas veces te pedimos algo, por Dios? —dijo Susana al teléfono desde la fila del Starbucks del hospital.

—¡Pero ya llevo tres días encerrada con Fabio, mamá! Es la fiesta de compromiso de mis mejores amigos. ¿No le podemos hablar a Chelo?

—Chelo va hasta el lunes y no creo que pueda quedarse a dormir, pero si quieres háblale.

—Va.

—Híjole, niña, por una vez que tienes que cuidar a tu herma…

Javi colgó antes de que su madre terminara la frase y de inmediato le marcó a Chelo y le ofreció el doble de lo que le pagaban por hacer la limpieza dos veces a la semana para que pasara la noche en la casa de sus papás. Chelo aceptó, con la condición de poder irse a las siete de la mañana del sábado porque tenía que llegar a la primera comunión de su sobrino, del que era madrina, y se tardaba por lo menos dos horas en llegar a su casa en Santa Ana Tlacotenco.

—Va, va, no te preocupes. A las siete estoy ahí.

—Poquito antes, Javi, por favor.

—Es nada más una cena, llego a dormir.

—Ok.

—¡Mil gracias, Chelo!

Fue una de esas veladas con mucha expectativa de celebración que no prendieron ni pagaron. Irene y Adam habían reservado en un bar nuevo de la Roma. Se encontraron ahí con Denisse, Javi, Mauro y Karina, su novia de aquellas épocas. Empezaron poniéndose de malas porque no les respetaron la reservación porque no estaban completos (faltaban Lencho y Karla) y ya que entraron les dieron un lugar malísimo en la terraza, estaba helando y los tragos estaban prohibitivos. Finalmente llegó Lencho y decidieron irse a otro bar. Antes pasaron por unos tacos, pero estaban muy grasosos y Javi pasó de probarlos. En el segundo bar la cosa iba mejor, pero cuando iban por el segundo mezcal, Javiera anunció, viendo su teléfono:

—Que Karla no viene.

—¿De plano? —dijo Adam, con malestar.

—Dice que Alicia está fatal de la panza, vomitando y no sé qué.

Irene bajó la mirada, consternada:

—Qué poca. Esto era importante.

Adam la abrazó.

—Ni modo. Así vas a estar tú en unos años, amori, perdiéndote las pedas por cuidar a los chamacos.

—¿Y quién dijo que me las voy a perder *yo*, güey? —reviró Irene.

Todos se rieron y brindaron con el comentario. Luego Mauro suspiró:

—La cosa es que tenemos una baja.

—Creo que vamos a ser dos —dijo Lencho.

—No mames —saltó Adam.

—No es mi mejor día, bro —replicó Lencho.

—¿Mucha chamba, o qué? —preguntó Irene.

—No, no mames —repitió Adam, sin dejarlo explicarse—. A ver, pilas —aplaudió—. Necesitamos conseguir una fiesta.

Consiguieron una con Randy. Era el cumpleaños de una prima suya y él mismo los previno:

—Nomás que no sé cómo vaya a estar.

Al final fueron todos. La fiesta era en una casa en Lindavista, a la que se tardaron una hora en llegar porque había un choque en el Circuito Interior. La acción ocurría en el garage de una casa, con globos y una pelota giratoria de discoteca setentera colgando del techo, todo con motivos de superhéroes de Marvel. Varios de los asistentes estaban disfrazados. El comportamiento de la fauna era errático, había gente sumamente eufórica y otra arrinconada, como catatónica. Cuando entraron a la cocina a dejar las cervezas que acababan de comprar, se encontraron con el Avispón Verde vomitando en el fregadero.

—O. Mai. Gad —dijo Javi.

—Ahuecando, chatos —Mauro se giró en automático hacia la puerta, jalando a Karina.

—No jodas, nos tardamos dos horas en llegar —bufó Adam.

—Ok. Entonces un chupe. Now —dijo Irene, buscando la mesa de las bebidas con la mirada.

Pásame la botellaaaaa voyabeber en nombre dellaaaaa... El volumen de la música era insoportable incluso para ellos, acostumbrados a bailar psycho trance en los raves.

Randy no estaba ahí, les informaron que había ido a comprar tragos y no contestaba el teléfono. Lo esperaron media hora. Los primeros en claudicar fueron Irene y Adam. Mauro y Karina se les pegaron.

—Vámonos, te doy aventón —le dijo Lencho a Javiera al tercer intento fallido de intervenir en la música y llevarse un zape de Thor Martillo.

Iban de regreso por el Circuito a la altura de Marina Nacional cuando Javi abrió la ventana.

—Chale. No me siento bien.

—Yo tampoco —dijo Lencho.

—Pero del nabo. No sé qué me pasa, no chupé tanto.

—Fue el pastel.

—¿Qué del pastel?

—Era spicy.

—¿¿Qué??

Javi no había comido nada en todo el día. Estaba muerta de hambre y a falta de comida en la fiesta se devoró una rebanada de pastel de chocolate que inocentemente descansaba sobre una mesa larga con mantel de macramé. Se estaba limpiando las moronas de las manos cuando pasó junto a ella el Capitán América, con los ojos inyectados, y alzó ambos pulgares al verla masticar el pastel.

—Yeaaaaah.

—Oye, ¿sabes dónde está el baño? —le preguntó Javi. El Capitán América señaló el fondo de la casa.

Javi subió unas escaleras de alfombra verde mullida cuyas paredes estaban atiborradas de fotos de distintas parejas el día de su boda, algunas de generaciones anteriores, en sepia. Ahí se topó con cinco mujeres haciendo cola para entrar al baño, a las que les sacaba por lo menos una cabeza y que la miraron como una aparición. Javi llevaba tres minutos formada, escrutando a los novios de la pared cuando otra futura novia se asomó desde el barandal de la escalera y anunció:

—Güera, nos vamos.

—Estoy esperando, Irene —Javiera señaló la puerta del baño con la cabeza.

—La chava que está dentro lleva como quince minutos —intervino una chaparrita de lentes y gorrito rastafari.

—Vámonos de aquí antes de que aparezca Randy y nos intensée —rogó Irene—. Ya sabes cómo se pone.

—Ok.

—¡¿Tenía marihuana el pastel?! —Javiera hiperventilaba sin control en el coche de Lorenzo, que entonces no era el Peugeot, sino un Tsuru—. ¿Por qué nadie me dijo?

—Yo me enteré hasta el final, ya que nos íbamos. De repente sentí una vara entre los dientes. ¿Estás bien?

—No. Te. Pinches. Mames —Javiera clavó las uñas en el asiento, y se preparó para morir tres veces.

Ese mismo día había sido uno de los peores que Lencho recordaba. Después de mucho debatirse, había entrado a un taller literario al que lo había invitado un colega de la editorial donde trabajaba, de nombre Axel (@xel en las redes). Lorenzo llevaba dos sesiones como escucha y la dinámica le había parecido bastante ligera. Los integrantes del taller eran dos actrices (una joven y otra no), un ama de casa, un abogado publicado y Axel, que además de editor era un bloguero y twittero que a la mínima oportunidad mencionaba su número de followers y se auto denominaba un influencer. Ah, y había escrito un largometraje (que llevaba como cinco años en preproducción). Todos comandados por un hombre de barba gris, voz de trueno y un puñado de obras bien recibidas por la crítica intelectual: el Maestro. Lencho hasta pensó que les caía bien porque cuando le tocó comentar un cuento del abogado hacía dos jueves y una obra de teatro de la actriz joven el anterior, sintió que sus aportaciones habían sido más o menos inteligentes y sus chascarrillos, celebrados. Lencho nunca había leído nada en voz alta, siempre había escrito para sí mismo y sólo le enseñaba sus textos a su hermano Toño y rara vez a sus amigos. Este cuento era una idea de hacía años que había estado puliendo durante meses. Era una historia de amor imposible. El domingo anterior había regresado de una fiesta bastante achispado de coca y decidió darle un repaso al texto. Cortó, agregó, movió, desbarató, copió y pegó. Terminó a las siete de la mañana y se fue a la oficina en vivo. En esa última lectura el cuento le pareció por fin robusto, potente, incluso publicable. Decidió no volver a leerlo hasta el jueves en que, sin escapatoria ni pretextos, le tocaba llevar algún escrito para compartir en el taller. Llegó a la Casa de Cultura ya nervioso, iba tarde porque había tenido problemas para estacionarse y le había costado encontrar un lugar dónde sacar fotocopias (era protocolo del taller que quien leyera llevara sus trabajos impresos, con copias para todos). Antes de entrar se dio un par de jalones con el hitter en el coche, para relajarse. Al llegar se confundió y repartió mal las copias, una de las actrices y el ama de casa tuvieron que ayudarlo a armar los juegos ahí mismo, se tardaron quince minutos eternos. Al leer se equivocó varias veces. No tenía práctica. El Maestro tuvo que decirle "más despacio" en tres ocasiones. Le temblaba la voz, le temblaban las manos y sudaba sin parar. Cada tanto una gota de sudor se desprendía de su cara y se impactaba contra el papel. Lencho se secaba la frente con servilletas llenas de moronas de galletas de Surtido Rico mientras de reojo veía a la gente garabatear sobre las hojas impresas. Se quemó con un cigarro que tuvo prendido durante toda la lectura y que se le consumió entre los dedos. Jamás, ni en su experiencia más fuerte con alguna droga, había sentido una zozobra semejante. Cuando terminó de leer, se hizo un silencio de sepulcro que el Maestro cortó con un carraspeo. Lorenzo se prendió otro cigarro de inmediato.

—Gracias, Lorenzo. ¿Rocío?

Siempre empezaban a comentar de izquierda a derecha, empezando por quien estuviera sentado junto al Maestro, y él hablaba al final.

—¿Por qué "Aurora"? —comenzó la actriz añosa.

—Bueno, no es el título definitivo, en realidad…

—Lorenzo, tú no puedes hablar ahora —lo regañó el Maestro—. Ya conoces las reglas, sólo puedes explicarte o aportar algo hasta el final.

—Es que ella me preguntó…

Todos lo fulminaron con la mirada.

—Sí, perdón —retrocedió.

No hubo clemencia. Rocío le dijo que nunca había visto tantos clichés juntos; la actriz joven usó ejemplos de obras de Shakespeare para decir que el cuento tenía más forma que fondo; el ama de casa dijo que prefería ver una telenovela de Televisión Azteca que leer este cuento; y el abogado publicado opinó que su pretenciosidad era pantagruélica. Se regodearon, se relamieron. Para cuando llegó el turno de @xel, a Lencho se le habían terminado los cigarros, pero se sentía tan disminuido que ni siquiera tenía el valor de pedir uno. Axel estiró los brazos por encima de su cabeza y dejando al descubierto la banda elástica de sus calzones marca Abercrombie & Fitch, suspiró:

—Hay que tener respeto por las letras, brother. Pero para eso primero hay que tener respeto por uno mismo.

Lencho no supo si fue agresión directa o acto inconsciente, pero en cuanto Axel lo dijo, el ama de casa le quitó de enfrente el plato de galletas de Surtido para pasarlas al otro lado de la mesa. Cuando llegó el turno del Maestro, Lencho ya estaba tan abrumado que no podía escuchar. De muy lejos le venían frases sueltas como "trabajar la estructura" y "rasurar adjetivos", pero nada lo retenía, nada lo asimilaba. Tiempo después se lamentó porque intuía que lo que le dijo el Maestro fue lo único más o menos rescatable y tangible para trabajar su texto. Había dejado de tomar notas desde que habló el abogado y ahora sólo dibujaba cubos y triángulos lastimeros en el revés de la última página de su cuento, sin atreverse a levantar la mirada; el papel y la pluma como último resquicio salvo en el mundo.

—¿Por qué lo cambiaste todo? —le dijo Mauro cuando Lencho se atrevió a contarle lo sucedido, unas semanas después.

—No sé, no sé…

—Pinche Lorenzo. ¿Sabes cuál es tu pedo? Que eres un escritor sensible que vive amordazado por un editor punitivo y criticón.

—Rasura tus adjetivos —bromeó Lencho, sonrojado.

—Rasúrate tú los huevos. Se me hace que por eso no coges.

La noche de la lectura, Lorenzo todavía fue a tomarse una cerveza con los talleristas después de la masacre. Otra de sus dinámicas grupales era ir con el Maestro a una cantina a la vuelta de la Casa de Cultura al terminar el taller. Los acompañó porque no quería que pensaran que estaba avergonzado; como cuando uno se cae y se levanta riéndose, para aparentar que no dolió el golpe. En realidad estaba aturdido, con la adrenalina aún a tope, anestesiándole un poco la humillación.

—Fue la novatada, ¿no? —quiso bromear con Axel.

Pero Axel solamente sonrió, sin alcanzar a emitir la ansiada risa que Lencho esperaba. Axel le dio un sorbito a su cuba de Appleton y envuelto en condescendencia, dijo:

—Para escribir hay que aguantar vara con la crítica. Ni modo. Tú síguele, bro —y se levantó para rodear la mesa y sentarse a la derecha del Maestro.

Ésa fue la última vez que Lencho platicó con @xel. En la oficina comenzaron a evitarse, y Lencho no volvió al taller. Esa noche se subió a su Tsuru hecho mierda, con ganas de cualquier cosa menos de ir a un bar mamón de la Roma para festejar el compromiso de Irene y Adam. Estuvo redactando un mensaje excusándose para zafarse. Le costó trabajo porque tenía taquicardia y las manos le temblaban. Creyó que era por el shock, pero luego comprendió que fue por haber estado tomando tanto café barato de cafetera durante la tortuosa sesión de tres horas. "Queridos míos, los amo pero mi panza sufre esta noche. Sean felices hasta que la muerte los separe." Al releerlo le pareció de una calidad literaria vomitiva. No sólo era un mal escritor, era un editor deleznable. Quiso ponerse a llorar. En ese momento sonó el teléfono. Era Irene:

—¿Dónde estás? No nos quieren dejar pasar a la mesa si no estamos todos.

Pensó que ver a sus amigos lo haría sentir mejor, y estaba esperando un buen momento de la noche para contarles lo que le había sucedido. Pero ahora estaba en el balcón de su departamento, agarrando a Javiera con miedo de que se aventara a la calle.

—Siento arañas, siento arañas, quítame esto, ¡quítamelo!

Días después llegó a pensar que quizá tuvo suerte de que Javiera se pusiera así y haber tenido que cuidarla, porque si no, el que se hubiera aventado por el balcón esa noche hubiera sido él.

—No volví a fumar mota en años —le contó Javiera a Rodrigo, su marido.

—¿Neta? ¿Años?

—Por lo menos un año. Güey. Acabé en el hospital.

—Se le paralizó la mitad del cuerpo, decía que no lo sentía; se hacía bolita y lloraba, no dejaba de decir "me voy a morir, me voy a morir" —le relató Lencho a Mauro y a Adam en una cantina—. Estaba yo cagado. Me la llevé a la clínica a la vuelta de mi casa, le pusieron oxígeno y con eso como que se le bajó la histeria que traía, luego la mandaron a dormir y a tomar muchos líquidos.

—¿Así nomás? ¿No le dieron nada? ¿Un tranquilizante, algo? —preguntó Mauro, escandalizado.

—Nel. Que para darle algo había que esperar al R1 para que autorizara y que quién sabe a qué horas iba a llegar.

Adam le dio un trago largo a su cuba.

—Qué bad trip, mano, pobre Javi. Yo por eso no fumo, cabrón.

—Es que la marihuana comida es otro pedo. Tarda en hacerte, pero pega mucho más fuerte y dura muchísimo más —le explicó Lencho.

—¿Y cómo acabó la cosa? —quiso saber Mauro.

Cuando terminó la pesadilla, otra apenas empezaba. Javi por fin se quedó dormida por ahí de las cinco de la mañana. Se despertó al baño a las nueve, al ver su celular tenía doce llamadas perdidas de Chelo.

—Mierda. Mierda mierda mierda mierda mierda.

Salió disparada del departamento de Lencho y cuando llegó a casa de sus papás se encontró una nota de Chelo: "Me tube que ir Jabi perdon". Y un reguero de sangre. A Javi se le detuvo el corazón.

—¿Fabito? ¿Dónde estás, enano?

Lo encontró en su cuarto, mirándose la mano sangrante con perplejidad.

—Me duele.

—¿Qué te pasó?

—Quería mi Chocomilk, pero Chelo no estaba, no había nadie.

Fabio había roto un vaso de vidrio y se había cortado la mano con un pedazo. El corte no había sido demasiado profundo, pero había bastado para hacer un reguero aparatoso.

—Espérate, chaparro. No te pasó nada. Te voy a lavar, ¿ok?

En eso estaban cuando Susana entró a la casa como un vendaval. Chelo le había llamado preocupada porque no encontraba a Javi.

—¿Qué le hiciste a mi bebé? ¡¿Qué le hiciste?!

—¡Aaaaay, me arde! —gritaba Fabio con la mano bajo el chorro del agua del lavabo—. ¡Quita el agua, quita el agua!

Susana gritaba, Fabio gritaba, Javi gritaba:

—¡Está bien, nada más se cortó!

Pero era como si su voz no existiera, como cuando en un sueño se grita con desesperación sin que salga la voz. Muda. Otra vez. En ese momento Javi sintió un vahído y quiso escapar de su vida como fuera. Vio un pedazo de vidrio tirado y ponderó muy seriamente agarrarlo y encerrarse en el otro baño del departamento.

—¿Y qué hiciste? —le preguntó Denisse, horas después.

—Barrer los vidrios. Trapear. Hablar con mi jefe por teléfono y aguantar el cague de mi vida.

A Fernando lo dieron de alta a los pocos días, pero tuvo que dejar de fumar y de beber y se puso de un humor imposible. A Javiera se le instaló como una infección persistente el pánico de tener que hacerse cargo de Fabio si su padre llegaba a faltar. Empezó a tener pesadillas repetitivas de perder a una niña, su hija, entre los racks de ropa de un supermercado. Durante el día, al respirar sentía que no le cundía el aire. Era tan desesperante la sensación que incluso trató de dejar de fumar, pero en cuanto se lo propuso empezó a fumar más que nunca, lo cual sólo aumentaba su ansiedad. Estaba gravemente endeudada con las tarjetas y apenas le alcanzaba para la renta. Comenzaron las tensiones con Denisse porque durante varios meses ella sola cubrió los gastos del departamento, ya que Javiera alegaba que no podía buscar empleo porque tenía que cuidar a su hermano y a su papá mientras Susana trabajaba. Un día Fernando le sugirió:

—Vente a la casa un rato, en lo que te estabilizas.

Javiera se lo pensó pero decidió otra cosa: endeudarse un poco más e irse sola a la playa para olvidarse un poco del mundo. Durante seis días en Huatulco no salió, no enfiestó. Se dedicaba a dormir. Dormía en la cama, dormía en la playa, dormía en la hamaca y en las tumbonas de la alberca. Hasta que en el penúltimo día, estaba caminando en la orilla de la playa cuando la brisa le arrancó el sombrero. Javi corrió por él (le había costado ochenta dólares en Max Mara) y de pronto, un caballero reluciente de bronceado perfecto y sonrisa de anuncio de pasta de dientes lo rescató y se lo entregó diciendo:

—No sabía que las sirenas usaban sombrero.

Era Rodrigo Sánchez Palma.

17

—Güey, nunca me había pasado algo así… romántico, lo que se dice romántico —les contó Javi a sus amigos a su regreso de Huatulco—. Caminamos horas, hablamos de mil cosas, de nuestras infancias, de nuestros papás, de todo. Ni me di cuenta de cuándo empezamos a caminar de la mano por la playa.

—¡Qué padre, güera! —exclamó Irene.

Cliché, cliché, cliché, pensó Lorenzo.

—No sé cómo decirlo. Como que él *sí me ve*, ¿me entienden? Todos los demás tipos con los que he estado pues sí, mucha atracción, y chido y divertido. Pero Roy neta es un romántico. O sea, me agarra de la cara así y me ve a los ojos y me dice unas cosas que...

—Eres bella como una estrella, comamos paella —recitó Mauro. Estaba que se lo llevaba la más salvaje de las chingadas.

Roy había ocupado un alto puesto en un banco y ahora era el coordinador de opinión pública de su padre, que había sido presidente municipal en Ciudad Altamirano y se había postulado para la gubernatura de Guerrero. Roy tenía una labia notable, buen sentido del humor y mucho, pero mucho dinero. A Javiera se la pasaba haciéndole regalos costosos, paseándola por todos los lugares ostentosos de la ciudad y hablando de su belleza en voz alta. Por primera vez, un hombre la estaba tratando como lo que realmente era: una reina.

—Ya quiero que tú y Adam lo conozcan —le dijo Javi a Irene, saliendo juntas del baño en un bar de la Condesa—. No sabes lo comprometido que está con la educación y todo eso. Realmente quiere cambiar al país.

En la mesa del mismo bar, Karla le dijo a Denisse, en tono preocupado:

—Es que siento que Javiera sigue en la pura manía. No ha bajado desde lo que le pasó con las escorts y luego con lo de su papá. Cuando venga la caída, no va a estar nada padre.

—No seas ave de mal agüero, Karla. Todos los psicólogos son unos pinches pesimistas. Déjala que sea feliz —atizó Denisse.

—Parece un buen tipo —dijo Irene, viéndolos bailar una salsa con vueltecitas la noche en que finalmente se los presentó a todos. Era el cumpleaños de Roy, y había hecho una fiesta con taquiza de jabalí en el roof garden con alberca de su edificio en Polanco. Javiera estaba radiante, parecían salidos de una revista.

—Es un priísta de mierda, un pinche dipu*table*. La va a tronar en un mes, en cuanto haya paseado su culo por todo México —sentenció Mauro.

Pero a los tres meses Roy sorprendió a Javiera con un viaje a Las Vegas, y en una mesa de Blackjack hizo voltear un cubilete del que emergió tremendo diamante de compromiso.

—Javiera Durán, estoy loco por ti. Antes de que despierte de este sueño, dime que puedo amarte por toda la eternidad.

—Carajo, se me olvidó traer sombrero —Javi revuelve su mochila en la pensión Rubí. De la mochila emergen tangas enredadas de colores y tres frascos de crema de distintos tamaños. De pronto voltea y ve la maletita de Irene perfectamente ordenada, con un sombrero impermeable tipo explorador hasta arriba—. ¿Tú traes uno extra?

—Nop. Pero si quieres lo compartimos —dice Irene, con tono de inevitable.

Javiera nota algo y señala la ropa de Karla sobre la cama:

—Güey, ¿a poco todavía tienes esa t-shirt?

—¡Sí! Me encanta.

—No mames, te la regalé hace milenios, ya tírala —y sigue revolviendo su mochila desastrosa, dejando a Karla ligeramente incómoda.

Irene termina de atarse un pañuelo de colores en la frente y se pone una gota de perfume en la base del cuello y otra en las muñecas.

—¿Traen pantalones largos y botas con buena suela? En el desierto hay un chingo de plantas espinosas.

—Sí, Miss Irene —responde Javiera.

—¿Eso es un bikini? —Karla señala a Javi.

—Sí, ¿qué tiene? —responde ella mientras se amarra el cordón negro detrás del cuello.

—Vamos al desierto. ¿Para qué quieres un bikini? —Irene suelta una risita.

—Pues en el desierto hace calor, ¿no?

Karla voltea con Irene:

—Pinche Javiera. Seguro se imaginó en su sesión de fotos junto a los cáctuses.

Karla se echa en una de las camas y empieza a posar, sexy; cruza las piernas y lanza besos mientras Irene le sigue el juego y le toma fotos imaginarias. Javiera le avienta una almohada con la funda desteñida a Karla.

—Pinches cábulas.

Pero Karla continúa:

—¿Cómo son las frases hippies que siempre ponen las viejas guapas cuando suben una foto narcisista para no poner nada más "miren qué guapa soy"?

—El universo es universal —sugiere Irene, con voz cursi.

—*Be greatful* —recuerda Karla.

—*Beyond blessed!* —asocia Irene.

—No mames. Buenísimo —Karla aplaude una vez.

—Despréndete... siente el tantra que tentra —participa Javi, uniéndose al enemigo.

—¡Copaaaaal! —exclama Irene.

Las tres se ríen a carcajadas. Se escuchan golpes en la puerta.

—A ver a qué horas —dice Mauro, asomándose entre las persianas.

Las amigas exageran sus risas, como adolescentes, subrayando la euforia del momento. Karla abre la puerta. Mauro tiene unas ojeras hasta los pies. Javiera de inmediato se pregunta si está bien, si se metió algo raro. En realidad Mauro tuvo pesadillas toda la noche. Estuvo soñando con unos bichos horrendos, como langostas, que se colaban por todos los rincones de su cuarto por más que él cerraba puertas y ventanas, y que brincaban hacia él prensándose de sus extremidades. Mauro sentía dolor físico mientras lo soñaba.

—El desierto nos espera —Mauro se acomoda su propio sombrero de paja—. ¿Qué tanto hacen, cacatúas?

—Besarnos —responde Javi.

—Chulearnos la ropa —dice Karla.

—Prestarnos maquillaje —agrega Irene.

—Abrazarnos en público —dice Karla.

—Ya, ya, ya... I get the picture —Mauro rueda los ojos.

—Todas las libertades de las que gozamos las mujeres a cambio de no tener sueldos equitativos con los hombres —dice Irene.

—Cálmate, me too.

—Jajaja.

Bajan por la escalera de caracol con sus mochilas y salen a la calle, que sigue tan desangelada como la noche anterior. Mauro inspecciona con apremio la cajuela del Peugeot y pregunta:

—Oigan, cacatúas, ¿nadie vio mi mochila? Una amarilla con negro, chiquita.

—¿No se la llevaron los tiras? —especula Karla.

—No creo, traía pura mierda —dice Mauro.

—¿No estará en la camioneta? —sugiere Javi.

—Nel. Estaba aquí —Mauro revuelve el contenido de la cajuela con inquietud—. Igual y se la subieron ustedes sin querer a su cuarto...

—No creo —dice Irene—. Pero ve a checar, si quieres. El cuarto se quedó abierto.

—Te acompaño —dice Javi—. Creo que quiero hacer pipí.

Mientras Mauro revisa el cuarto de las chicas, Javi le pregunta, suspicaz, desde el baño:

—¿Qué traes en esa mochila, o qué?

Mauro responde agachado, mirando debajo de una de las camas.

—Speed. Me lo voy a meter por el orto.

Javiera sale del baño. Mauro comenta:

—Debajo de esta cama hay una colonia de bichos muertos.

—Ya, neta, Mauro.

—Ya, neta. Me voy a meter ayahuasca por el lagrimal. No. Es más. Me voy a pintar de verde para ser un peyote y comerme a mí mismo.

Javiera suelta una carcajada en contra de su voluntad. Mauro sale de debajo de la cama, calcula mal y se pega en la cabeza.

—¡Au!

Javiera se inclina para sobarlo.

—¿Estás bien?

Mauro posa la mirada inevitablemente en su pecho, en su escote, en su cuello, y se estremece. Se incorpora refunfuñando:

—Ya dejen de preocuparse tanto por mí, carajo.

Tras meter sus mochilas en el Peugeot, Irene y Karla instintivamente miran a su alrededor con paranoia, temiendo que vuelvan a aparecerse los policías. Irene se espanta el pensamiento con otra idea.

—Igual y lo que trae Mauro en esa mochila son sus medicinas.

—Igual —dice Karla.

—¿Algún día dejaremos de preocuparnos por él?

—Mira, mientras no acabe vendiendo postales de las Adelitas y de los Beatles en un coche destartalado, todo bien.

—Sin dientes... diciendo que los aliens se lo llevaron y lo regresaron.

—Sin dientes... pinche Irene —se ríe Karla—. Como la canadiense de Claudio.

—¿Qué?

—Se volvió un esperpento. Yo creo que por eso la dejó.

Irene se petrifica.

—¿Cómo?

—¿Cómo, qué?

—¿Cómo que la dejó?

—Claudio se separó de la mamá de su hijo. Ya tiene rato. No mames que no sabías.

A Irene se le desboca el corazón. En ese momento reaparecen Javiera y Mauro.

—No estaba la mochila —dice Mauro.

—¿Se quedó chimuela? —Irene mira fijo a Karla.

—Bueno, exageré. Pero güey, la mujer parió y se convirtió en un gremlin —Karla saca su teléfono y empieza a buscar algo—. Creo que hay una foto de Facebook por aquí...

Javiera se abalanza sobre el teléfono de Karla como si fuera la última gota de agua en el desierto.

—¿Qué foto? ¿Mi última foto? ¿A ver?

—Cálmate, Gollum. Estabas llevando muy bien lo de tu abstinencia, ¿qué pasó? —la molesta Mauro.

—Déjame en paz —gruñe Javiera.

Irene sólo quiere ver a la canadiense, pero controla sus ímpetus para no delatarse. En ese momento, la polvorienta Liberty de Denisse da vuelta en la esquina y se estaciona frente a la posada. Mauro se aproxima a la ventanilla de lado de Lencho.

—¿Lixto? ¿Nos vamos?

Denisse y Lencho traen caras largas, hay tensión evidente entre ellos. Ambos bajan de la camioneta. Lencho niega ligeramente con la cabeza viendo a sus amigos, tratando de transmitirles su preocupación.

—No pudimos sacar dinero —anuncia Denisse—. El cajero estaba fuera de servicio.

—Chale —dice Javi.

—El más cercano ya está en Matehuala —explica Lencho.

—Como a tres horas —agrega Denisse.

Todo el mundo augura y teme la llegada de la siguiente oración:

—¿Saben qué, güeyes? Yo voy a pasar —anuncia Denisse, cruzando los brazos y recargándose en la camioneta.

Tras un silencio, Mauro se pone a imitar a una gallina:

—Pwaaaaaack...

Denisse se defiende:

—Güey, perdóname la vida si no me muero de ganas de acabar como en Acapulco hace tres años.

—¿Acabar cómo?

El traqueteo escandaloso de un camión de carga, que justo pasa cimbrando el pavimiento, cubre la pesadez del momento. Luego Lencho se adelanta:

—El peyote es otro pedo, Denisse. Es una planta, no una madre fabricada en un laboratorio a la que le ponen no sé cuánta mamada.

197

—¡La mescalina es un alucinógeno! —exclama Denisse.

—A ver, vamos a calmarnos. En Real de Catorce hay cajeros. Ya lo checamos —concilia Irene.

—El tema es llegar hasta allá. Si tenemos cualquier emergencia y no traemos dinero, va a ser un pedo —se aflige Karla.

—¿Ya te estás rajando tú también? —ladra Mauro.

—La cosa es que ya perdimos un día. Ya les dije, yo no puedo faltar el lunes a la oficina, tengo una junta importante —insiste Denisse.

—¿Qué? ¿Te van a ascender a directora regional del Cuarto Reich? —se ríe Mauro.

Lencho sonríe, Denisse evita su mirada.

—¡Ya dijimos que llegamos el domingo en la noche! —repite Irene, temiendo que se note su desesperación. Ha vivido por este viaje los últimos meses.

Mauro hace un esfuerzo por calmarse y dice:

—A ver. Somos seis. No se pueden largar. En el Peugeot no vamos a caber cuatro con la tienda y las maletas. Bueno, eso suponiendo que seas buen pedo y nos dejes tu tienda...

Denisse se altera:

—La tienda se las dejo, eso no tiene un pedo, Mauro. ¿Cuándo he tenido un pedo en prestarles algo?

—Bájenle de watts —suplica Javiera, bajito.

—Cuatro en el Peugeot con maletas y tienda no cabemos ni en drogas —interviene Lencho, viendo a Denisse. Pero Denisse no abre la boca.

—¡Qué pinches egoístas! ¿Van a hacer que todos nos regresemos? —Mauro empieza a alterarse.

Javiera interviene:

—A ver, paz en la Tierra. Yo me voy con Denisse y Karla. Así ya nada más son tres en el Peugeot. Tan-tan.

—No mames, Javiera... —Irene se lleva las manos a la cabeza.

—Yo también trabajo el lunes —explica.

—¡En una tienda de ropa! —ruge Mauro.

Lorenzo reprime un "tssss" que en un contexto más ligero le hubiera salido natural. Todas ven a Mauro con reproche.

—Qué poca —musita Javi.

Mauro se aleja unos pasos y al regresar, declara:

—Ok, perdón. Les da culo el peyote. ¿Saben qué? A mí también. La vez que lo hice no me fue nada bien. Pero en ese momento me daba miedo ver muchas cosas que ahora no me da tanto miedo ver, la neta.

—Cómo se nota que tú no tienes *nada* a qué llegar —ataja Denisse.

Mauro está por replicar cuando Karla adelanta un paso, con suspicacia:

—¿Y tú de qué te preocupas, Mau? Tú dijiste que no ibas a comer peyote.

Mauro baja la mirada.

—Puta madre. Estoy harto de que me traten como el pinche adicto. *Harto.*

—¿Ah, sí? —dijo María.

Mauro volteó a verla. El cuadro atrás de ella, ligeramente inclinado, como siempre. El tapete con los flecos revueltos. Había migas de pan.

—No entiendo la ironía —dijo él.

María cambió ligeramente de posición y arremetió:

—De pronto ser "el adicto" es como una buena excusa. Si eres "el adicto", entonces se asume que no tienes que hacer nada. No se espera nada de ti. Te exime de responsabilidades. Te disculpa. Es muy cómodo ser el adicto. ¿Estás seguro de que quieres dejar de serlo?

Mauro apretó los dientes, hirviendo en rabia.

—¿Sabes qué? Creo que ya no quiero hablar más contigo hoy.

—¡Quedamos, Mauro! —repite Karla, afuera de la pensión.

—Deja de preocuparte por mí. Yo ya veré qué hacer. Me he cuidado solo todo este tiempo.

—Uta, y te has cuidado cabrón de bien —dice Javi.

—Mira quién habla —dispara Mauro.

—¡Bueno, ya estuvo! —clama Irene—. Esto no se trata de nosotros. Saben muy bien de quién se trata.

Todos guardan silencio.

—Los *wixárika* viajan desde Jalisco —describió Adam—. Son del municipio con la pobreza extrema más extrema de todo el estado. La mayoría de los huicholes no tiene ni acta de nacimiento. Se tardan como cinco horas en bajar de la sierra y luego como otras diez horas en un redilas para llegar a la ciudad más cercana. Es la banda más pobre que he visto y la más… no sé… liviana. Abrazan la vida como nadie.

—Qué chido —sonrió Denisse.

Estaban los ocho, incluido Claudio, en una despedida de solteros mixta antes de la boda de Javiera, sentados en torno a la alberca del roof garden de Roy, quien se había ido de bachelor con sus amigos a Cancún, pero les prestó su espacio. Todos estaban comiendo tortas ahogadas que Adam había llevado y mientras masticaban y se esforzaban por no dejar escurrir la salsa, lo escuchaban con toda su atención.

—Cada año hacen peregrinaje al desierto de San Luis Potosí para recordar el origen del mundo y venerar a su planta sagrada.

—El *hikuri* —completó Claudio.

—¿El qué? —preguntó Irene.

—El peyote —aclaró Claudio, con un halo de misterio—. Lo han hecho desde siempre. Por cientos de generaciones.

Adam asintió y le dio una mordida a su torta.

—Lo hacen desde antes de la conquista, ¿no? —participó Mauro.

—¡Desde mucho antes! Fray Bartolomé lo documentó, pero quién sabe cuánto tiempo llevaban haciéndolo —dijo Claudio.

—Órale, qué intensos —opinó Javiera.

Adam terminó de masticar, se limpió las manos y luego les contó, solemne:

—Estuve en una ceremonia en Wirikuta hace poco.

Javiera casi se atragantó con la lechuga que se estaba comiendo.

—¿Tú?

—Es una de las cosas más chingonas que he visto.

—¿Qué hacen o qué? —Karla se irguió en la tumbona.

—No se los voy a contar. Quiero que vayamos —sonrió Adam.

—¿Quieres ir a una ceremonia de peyote? —Claudio alzó las cejas.

—No sé si a una ceremonia, el choque cultural puede estar cabrón. Pero esa planta sí la quiero probar. Y quiero hacerlo con ustedes.

Todos se miraron con intriga y travesura.

—Necesitamos que vaya alguien que le sepa —sugirió Irene.

—Claudio y yo ya lo hicimos una vez —dijo Mauro, mirando a su amigo.

—Por eso les digo que mejor contratamos un guía o algo… —dijo Karla.

Todos se rieron. Mauro le puso huevos con la mano.

—¿Adam López se va a drogar? Eso no me lo pierdo por nada del mundo —aplaudió Denisse.

—No me voy a drogar —sonrió Adam.

—Nomás se va a fundir con el cosmos —dijo Mauro.

—Ok. Se va a poner hasta el socket —dijo Javi.

—Nos *vamos* a poner —concluyó Claudio, y le sonrió a Irene, que era un amasijo de sentimientos encontrados.

Adam abrió su mochila de piel y sacó la pluma fuente con la que siempre escribía.

—¿Alguien trae dónde anotar?

Nadie traía. Adam arrancó una servitoalla.

—Ok. En este momento, en esta servilleta, estoy redactando un manifiesto que *todos* vamos a firmar, donde se decreta y consta en actas que vamos a ir juntos al desierto a comer *hikuri*… y puto el que se raje.

Todos se rieron con emoción y nervios. Y todos firmaron. Era junio. En la servitoalla quedó escrito que el viaje sería en otoño porque en el verano el calor es insoportable en el desierto, explicó Adam. El viaje no sucedió. Hasta ahora: tres años después.

—Se lo debemos —dice Mauro recargado en el Peugeot. Irene lo mira con lágrimas en los ojos.

Pero Denisse sólo aprieta los labios.

—Es que no me late. Todo está saliendo mal…

—¡Y también todo está saliendo bien! —rebate Irene.

Denisse enuncia:

—Güey, primero lo de los traileros, después el robo…

—¡Y de todo la hemos librado! Tú misma dijiste que lo de la carretera había sido un milagro, güey —insiste Irene.

Denisse vuelve a recargar la espalda en la camioneta, negando.

—Además todo pasa por algo. Eso tú siempre lo dices, Karl —añade Irene.

—Pero no lo digo como la gente supersticiosa lo entiende. Las cosas no pasan por algo que *va* a pasar, pasan por algo que ya pasó…

Lencho da un paso adelante.

—A ver, Denisse, ya estamos a más de la mitad del camino. Si le pisamos, llegamos a San Luis en un par de horas. Estamos ahí. Nos regresamos mañana en la tarde. El lunes en la mañana vas a estar en tu junta como reina y con ocho horas de sueño, te lo prometo.

Pero Denisse sigue muda. Y Javiera y Karla, ambivalentes. Y todos se quedan parados sin decir nada y sin mirarse en esa calle triste y polvorienta, con los ladridos de unos perros invisibles discutiendo a lo lejos.

18

Los seis desayunan fruta medio pasada y pan dulce medio duro que compran en la tiendita de la anciana con el poco dinero que les queda. Una vez que Denisse ocupa su lugar en la Liberty, Irene la interroga:

—Oye, ¿que Claudio se separó de la canadiense?

—¿En serio?

—¿Tú no sabías?

—¡No, güey! La vez que cenó en mi casa no nos dijo nada, y cuando lo de tu madre, menos.

En ese momento Karla y Javiera abren la puerta de la camioneta.

—Averíguame, por piedad —le alcanza a decir Irene antes de que sus amigas aborden.

—Irene, relájate un chingo. ¿Ok?

Todos matan por un café. Se paran a cargar gasolina, pero en la gasolinera no hay tienda, con lo cual tampoco hay café ni cervezas. Real de Catorce se ha convertido en una especie de Meca a la cual llegar después de un auténtico peregrinaje, un oasis donde habrá comida decente, marihuana y todo lo que echan de menos. Los coches van como el club de Toby: las niñas con las niñas y los niños con los niños. En el Peugeot suena "Cuatro Caminos" de Café Tacvba; y en la Liberty, una playlist de Karla llamada Verano Peligroso. Hay una euforia peculiar y eléctrica; muchos nervios por el peyote pero pocas ganas de hablar de ello. Irene mira el ojo turco entre sus manos con una sonrisa de esperanza renovada.

—¿Quién ha sido su mejor sexo? —pregunta Denisse.

Irene guarda su amuleto y hace un recuento mental de los hombres con los que ha estado, concluye que nunca en su vida se empapó como lo hizo bajo la lluvia en el bosque de los Dinamos tres años antes, aunque nada más fue un faje y con una culpa monumental. En lugar de eso responde:

—Yo creo que Adam.

—Eso no te lo cree ni tu mamá —dice Javiera.

—Ya no tengo mamá, imbécil.

—Por eso te digo que no te lo cree ni tu papá.

—¿Por qué no pudo haber sido Adam mi mejor sexo? ¡Anduvimos siete años! —Irene hace un mohín.

—Por eso —la molesta Javiera.

—No es con cuántos le pongas, ¿eh? Es lo que llegas a conocer a una persona lo que hace un buen sexo —argumenta Irene.

—Yo estoy de acuerdo contigo, flaca —dice Karla.

—¿Verdad?

—Típico que está el novio con el que aprendes a coger, ¿no? —dice Denisse.

—Típico —se ríe Javi.

—¿Mauro fue el novio con el que aprendiste a coger, güera? —pregunta Irene.

—Par favaaaaar —Javi rueda los ojos.

Todas se ríen.

—Pues yo creo que él sí piensa eso, ¿eh? —dice Irene.

Javi se gira desde el asiento del copiloto para verla:

—Claro que no. Él ya traía carrera también. Güey, cuando empezamos a andar estábamos casi en la universidad.

—¿Y qué tal era? Digo, ¿cómo lo ves ahora, en retrospectiva?

—La verdad es que Roblesgil no cantaba mal las rancheras —Javiera se esfuerza para no sonreír.

Denisse suspira como sólo ella lo hace:

—Güey, es lo máximo la etapa inicial de una relación cuando estás enculadísima, ¿no?

—Tú no has pasado de esa etapa, Denisse —la molesta Javiera.

—Y tú sí, ¿no, idiota? —Denisse la empuja con su mano libre.

—Niñas, estense quietas o les voy a poner un reporte —bromea Irene.

—Jajajaja.

—Yo tengo curiosidad —dice Karla viendo a Irene—. ¿Cómo se cuidaban Adam y tú?

—Pus con pastillas.

—¿Neta?

—Él me acompañó al ginecólogo y todo.

—¿Te cae? —Javi vuelve a girarse hacia ella.

—Le daba pavor que me embarazara. Me recordaba que me tomara la pasta todos los días. A veces hasta veía que me la tomara.

—¿Pero eso no lo prohíbe la religión católica? —pregunta Denisse.

—Güey, una cosa es ser creyente y otra cosa es ser imbécil. ¿Cómo no te vas a cuidar? O sea… —Javiera bufa.

—Güey, para los católicos cuidarse es pecado, abortar es pecado… Todo lo que implique NO tener a los niños que se podrían tener es pecado —enuncia Karla.

—No mames, ni que fuéramos cuatro y tuviéramos que poblar el planeta —opina Javi.

—Exacto —se ríe Karla.

—Como que para ser tan mochos, tú y Adam se iban muy por la libre, ¿no? —dice Denisse.

—Pues sí, para unas cosas, sí. Él no creía en el pecado ni en el infierno ni nada de eso.

—¿Y entonces en qué creía? —Javi cruza los brazos.

—Ufff. Ésa era su eteeeerna discusión con Claudio...

—¿De veras *crees* que este cuate era hijo de Dios?

—A ver, carnal. Es un hecho histórico que Jesús vivió y fue un disidente político. Era un verdadero revolucionario —dijo Adam.

—Y hoy en día lo volverían a linchar, con todo y sus trillones de seguidores. Es más. Serían sus trillones de seguidores los que lo volverían a linchar —dijo Claudio.

—Lamentablemente es posible, sí.

Adam y Claudio estaban al fondo de la sala de casa de Gely, la novia de Godainz, el amigo de Javiera de las épocas de Walmart, en su cumpleaños. Una fiesta en casa del diablo, por la salida a Toluca, que pintaba de flojera y que terminó siendo una borrachera monumental con gelatinas de vodka.

—Pero entonces sí crees que nació de una virgen, que es uno con una paloma y con Dios padre, que te lo comes cuando te comes la hostia y que subió al cielo... y a la estratósfera... y al espacio... en cuerpo y alma, sin oxígeno suplementario. Y que un día va a regresar después de dar vueltas por el cosmos por miles de años a decir tú sí, tú no, tú sí, tú no. ¿Por qué? Porque se me hincha. Tú crees *todo* eso.

—Creo en el amor de Cristo vivo.

Claudio se rio.

—Con eso no me estás diciendo nada. Vámonos a lo terrenal, ¿va? Ayúdame tantito. Los sacerdotes, los representantes de Cristo en la Tierra. ¿Crees que un sacerdote, que *cualquier* sacerdote, aunque viole niños y tenga helicópteros, puede confesar y perdonar los pecados de alguien más?

—Un pecador no puede perdonar a nadie.

—¿Y eso quién lo determina? Para algunos tú serías un pecador nada más porque tienes sexo sin estar casado. Y te aviso que según los diez mandamientos, fornicar es pecado mortal.

Adam sólo negaba sonriendo y le daba sorbitos a su cuba.

—Aunque claro, si te confiesas, no hay pedo. ¡Pero espérate! Al siguiente miércoles lo vuelves a hacer. Chin, ¡al fuego eterno! Ah, pero lo bueno es que el jueves te puedes volver a confesar... ¡qué conveniente!

—No va por ahí, Claudio, neta. No te desgastes.

—No, es que explícame, de veras me gustaría entender. ¿Cómo puedes decir: Esto sí me late de la religión pero esto no? ¿Dónde está el límite? ¿A qué te suscribes? ¿Cuál es tu parámetro? ¿La Biblia?

—La Biblia es el libro más manipulado y toqueteado de la historia.

—¿Entonces cómo chingados funciona esto? A ver, el reglamento de tránsito es el reglamento de tránsito —Claudio le dio dos golpecitos a la palma de su mano con el dorso de la otra—. No puedes decir "no me late lo de pararme en los altos, pero sí me late lo de la vuelta continua a la derecha"...

—El reglamento de tránsito cambia a cada rato —dijo Adam.

Pasó Mauro con un vasito de plástico relleno de mezcal y se quedó ahí, escuchándolos.

—¡Exacto! Cambia a cada rato, igual que la Biblia. Con lo cual un día va a haber un nuevo concilio y la Iglesia va a decir que los curas ya se pueden casar, igual que un día decidieron que el limbo no existe, pero para esto ya dejaron cientos de generaciones de chavos frustrados, pederastas o con hijos abandonados porque el celibato era *la palabra de Dios*.

—Güey, antes hasta la masturbación era pecado —intervino Mauro.

—Sigue siendo, ¿no? —dijo Claudio.

—No, pero antes era súper generalizado. Castigaban a *todo el mundo* por chaquetearse. Cuando la Iglesia ya no pudo, se metió la ciencia. Los doctores aseguraban que masturbarse era malo para la salud. Inventaron técnicas y aparatos especiales para que los chamacos no se pudieran agarrar sus fufulines.

—Qué mamada —se rio Adam.

—Aquí la palabra clave es *control*. Ése siempre ha sido el objetivo de la Iglesia: controlar. Arreglárselas para que siempre haya alguien metiéndose con tu vida privada —Claudio volvió a enfatizar con las manos.

—Pues ahí tienes la confesión... —dijo Mauro.

—Ya, de eso estábamos hablando antes —dijo Adam, tratando de brincarse el tema, sin éxito.

—No hay nada más alucinante que un cabrón que no tiene mujer ni hijos ni familia, juzgando y opinando sobre matrimonio y relaciones sexuales. Es de risa —Mauro se empinó su vasito.

—Son inauditas las cosas que somos capaces de aceptar con tal de que alguien nos dé las putas *instrucciones* —dijo Claudio.

Adam replicó:

—A ver. Yo tampoco estoy de acuerdo con algunos manejos y lo saben. Pero la Iglesia es humana y es imperfecta, güeyes.

Mauro estuvo a punto de replicar algo, pero en ese momento pasó Javiera, lo jaló de ambas manos y se lo llevó a bailar.

—Eso es lo que me caga, Adam. *Eso* —siguió Claudio—. Cómo los católicos siempre sacan el as bajo la manga de "la Iglesia es imperfecta" para justificar sus cagadas, en lugar de asumir que toda ella es un invento humano y dejar que la gente decida por...

Pasó entonces el Godainz, muy borracho, y los abrazó:

—Estamos en una party, men, relájense, quiéranse, no se claven, sólo se vive una vez. Hashtag carpe diem, hashtag viva la familia.

Y se fue a bailar.

—Tú estás hablando de instituciones y reglas, Claudio. Yo estoy hablando de otra cosa.

—¿De qué? —Claudio cruzó los brazos.

—Te lo digo en una palabra: amor.

—No me chingues, Adam. Deja de darme respuestas prefabricadas. Eres un tipo pensante, échale tantito razonamiento.

—Yo no tengo que razonar lo que siento ni lo que hago.

—Si no razonaras lo que haces serías un perro y te harías pipí en la calle. Estás razonando cada cosa que haces, nomás te aviso.

—No estaría mal parecernos un poco más a los perros, la verdad.

Claudio rodó los ojos y bebió de su cerveza. Adam siguió:

—Un día vente conmigo a la sierra. Es más, vamos en invierno. Esa gente vive en casitas con techos de lámina y soporta temperaturas de veinte grados bajo cero. Y siempre están con una sonrisa en la cara. Vamos un día. Me encantaría que fueras conmigo.

—No, a ver, no te me escapes, cabrón. Todos sabemos que tú eres un güey muy movido y muy comprometido socialmente y eso está chingón. Falta gente como tú en el mundo. Neta. Lo que yo no entiendo es por qué a huevo ese compromiso tiene que estar ligado a los discursos delirantes de una pinche secta.

—"Secta" —Adam silbó—. Wow. Que no te oiga mi mamá.

—Mi mamá sabe perfectamente cómo pienso.

—"Secta" —repitió Adam—. Parece que nunca has entrado a una catedral.

—Una catedral vale por su arquitectura. Y Dios no bajó a hacer ninguna catedral, como bien sabrás. Todas se hicieron a punta de maltrato y explotación.

—Igual que el pinche teléfono que traes en el bolsillo —sonrió Adam.

Claudio se llevó la mano al bolsillo instintivamente, con incomodidad.

—Quiero entenderlo, cabrón. ¿Por qué no puedes ser una persona moral… si quieres espiritual… y ya? ¿Por qué la membresía en la pinche Iglesia católica?

—Porque es Cristo el que me mueve.

—¡Cristo es un comercial! ¡Un puto slogan!

—Claudio…

—¡Lo usaron para hacer un negocio! ¿Qué no lo ves? A veces es ojiazul y pestañudo y mira con ojitos enamorados a las pubertas y a las señoras desde un calendario de pollería, a veces chorrea sangre desde la cruz por tus pecados… ¿Qué presentación te gusta? Llévelo, llévelo. Hay para todos.

—Yo no lo veo así, Claudio. Cristo ofreció un camino, y yo decidí seguirlo.

—¿Sabes qué Adam? El pedo es que no hay camino. Esto es a ciegas, nos guste o no. Tu religión es pura ortopedia. Y ni siquiera funciona. No ayuda a caminar.

—No te creas, Mau. Con Berenice, los meses que anduvimos, le pusimos macizo.

En el Peugeot, Lorenzo ve por el espejo lateral para rebasar y una vez que lo hace, le da un trago a su Coca Cola.

Amor y dulzura, fuerza y coraje, cuatro puntos cardinales con los que navega… y cuando se pierde porque siente miedo, olvida el pasado, no piensa en futuro y eso es suficiente…

—Es la única vieja con la que has partido la papaya, ¿no? —dice Mauro.

—Nah. Hubo otras. En la prepa y así… —elude Lorenzo—. Novias, pues.

—Berenice mataba por casarse, gordo. Se le notaba a leguas. Si le hubieras dicho de coger en la casa de los sustos, lo hubiera hecho.

—No mames, era una tipaza, güey.

Mauro busca una bolsa o algo para tirar una cáscara de plátano.

—Era linda. Hacía unas quesadillas bien ricas. Y querer casarse no tiene nada de malo, gordo. Nomás digo que se le notaba.

—¿Qué tanto buscas?

—Dónde tirar esto —Mauro le muestra la cáscara de plátano.

—Tíralo por la ventana, es basura orgánica.

Mauro abre la ventanilla un poco más y lanza la cáscara a unos arbustos a la orilla de la carretera. De soslayo mira una familia de cactáceas de brazos delgados como ramilletes y una única palmera, coronada por un amasijo de hojas puntiagudas. Al fondo, un macizo montañoso azulado: la Sierra Madre Oriental. Mauro siente una alegría inusual, la cual manifiesta como mejor le sale manifestar los afectos: dando lata.

—Nunca se me va a olvidar cuando hicimos todos la caminata por la ciclopista hasta Cuernavaca y Bere llegó con su maletita rosa de rueditas.

Lencho sonríe apenas.

—Tuviste que cargarle la mentada maletita como cinco horas —Mauro se ríe.

Lencho niega con culpabilidad. Repite:

—Era muy linda, Bere.

Mauro deja de reírse.

—¿Entonces por qué la dejaste?

Lorenzo no responde.

—Sucumbiste a la presión social, cabrón. No aguantaste que te estuviéramos dando cábula de la maletita rosa.

Lo que sucedió en realidad fue que Berenice quería irse a vivir con Lorenzo, y él le dio largas. No estaba listo. Un día en el Marie Callender's de Insurgentes, la cafetería favorita de ambos por los postres, sobre todo por el pay de plátano con cajeta, Berenice lloraba con una canción de Whitney Houston de fondo.

—No estás enamorado.

—Sí estoy enamorado, chaparrita.

—Pero no tanto como yo.

—¿Qué te hace pensar eso?

—Cuando el amor es verdadero, no lo dudas.

So I'm saving all my love for you…

—Esto no es como en las películas. No me gusta sentirme presionado.

Pero la presión se puso cada vez peor. Lencho no tenía corazón para terminar con ella y además le gustaba tenerla cerca, pero al cabo de unos meses, Bere se fue de viaje una semana con sus "amigas" y regresó con la noticia de que se había reencontrado con su novio de la secundaria. Lencho sintió un mazazo en el alma y se puso una de las peores borracheras de su vida. Repetía, abrazado de Adam:

—Volver con el ex es necrofilia, cabrón. *Necrofilia.*

Pero a las pocas semanas comenzó a sentir un enorme alivio.

—¿Cuándo anduvieron? —pregunta Mauro—. ¿Fue antes o después de la boda de Javiera?

—Antes, güey. Mucho antes.

—¿Fue cuando Denisse tuvo su novio o cuando tuvo su amante bandido?

—Pues… como en medio, más o menos —Lencho no tiene ganas de tocar el tema de los galanes de Denisse; continúa—: Aprendí buenos trucos en la cama con Bere, no te creas.

—¿A ver, como cuáles?

Lencho no responde. Mauro adivina:

—¿Misionero y misionero con piquete?

—Tú te burlas, cabrón, pero después de Javiera no has vuelto a dar el golpe con las morras.

—Eso no es cierto. Tuve más viejas que todos. Estuvo Karina, Lola, Alexa, Julieta…

—Tus groupies del ácido. Ya, ya. ¿Cuánto duraste con cada una?

—¿Importa?

—Claro que importa. No es a cuántas viejas te tires, es que te las tires con calidad.

—Yo me las tiré con calidad extrema. Primerísima.

—Pinche Mauro —se ríe Lorenzo—. Todavía me acuerdo de cómo te las choreabas, cabrón. Hasta parecía que sí las querías.

—Es que sí las quería. ¿Me puedo fumar un cigarro?

—Ni cagando.

—Gracias.

—Ser un buen amante lleva su tiempo. Hay que conocer bien a una mujer, saber lo que le gusta —dice Lencho.

—Cálmate, don Juan.

—No tiene ningún mérito cogerte a una vieja en cinco minutos. Para ser un buen amante hay que ponerse ahí, mostrarte con todos tus defectos… con tus heridas, güey. Para ser un buen amante tienes que asumirte vulnerable.

—Todo eso está muy bonito, pero cada vez que dices "buen amante" como que me tiembla el ojo, cabrón.

—A ver, les propongo una dinámica. Que cada quien diga un consejo o un gran tip que le daría a la humanidad para tener buen sexo —propone Javi.

Hay gritos y aplausos en la Liberty.

—¿O sea tú dices posturas y así? —pregunta Karla.

—Nah, eso funciona diferente para cada quien.

—Totalmente. Yo llevo siglos tratando de hacer tu postura esa de la silla y sigue sin funcionarme —Denisse mira un segundo a Javiera.

—Pero eso es porque no la haces bien.

Denisse le enseña el dedo a Javi, que mira hacia el asiento de atrás:

—Pero sí me entienden, ¿no? Hay gente a la que le gusta vendarse los ojos y hay gente a la que no…

—Me caga vendarme los ojos. Me pongo de un ansioso… —dice Irene.

—¿Ves? No a todo el mundo le gusta que le embarren chocolate ni hacer striptease.

—Me zurra hacer striptease —dice Karla.

—¿Neta? ¡A mí me fascina! —confiesa Denisse—. Y hablar sucio me encanta. ¿A ustedes no les gusta hablar sucio?

—A mí de repente —admite Javiera.

—A mí sólo si el momento es *muy* kinky —se ríe Irene.

—A mí no me encanta, como que me desconcentra —dice Karla.

—Bueno, ya me entendieron, ¿no? Esto tiene que ser un tip de sexo u-ni-ver-sal —Javiera subraya cada sílaba.

—¿O sea que le sirva a todo el mundo, en cualquier rincón del planeta? —Denisse se emociona.

—Eso mero.

—¿Sea gay o sea buga? —pregunta Karla.

—Sí, a huevo.

—Ah cabrón… —Irene se muerde las uñas.

—Yo empiezo —dice Javi.

—Ok, ok.

—El tip universal para el buen sexo de Javiera Durán es —espera unos segundos para generar expectativa y luego dice, muy seria—: Entrar en acción.

Hay un silencio, un poco porque todas están tratando de entender la frase y un poco porque se esperaban algo más emocionante.

—Eso suena como tip de la Cosmo —dice por fin Irene—. Es como "comunícate con tu pareja, hablen de lo que les gusta" —continúa con tono cursi de revista femenina.

—¡No mames! Esto es beyond. Es aprendizaje de muchos años que estoy compartiendo con ustedes —Javiera pega en el techo de la camioneta.

—¿Entrar en acción es para ti algo así como… tomar la iniciativa? —pregunta Karla.

—En parte. O sea, si quieres disfrutar de un buen sexo no puedes estar ahí nada más echada como muerta, ¿están de acuerdo? Hay que echarle ganitas, moverse, buscarle, pues. Sólo así puedes ir descubriendo tú también qué te gusta y qué no. ¡Entrar en acción, chatas!

—De acuerdo —dice Denisse.

—Ok, ok… sí, me suena —admite Karla.

Irene piensa en todas las veces que le dio pena buscar cierta posición que había visto en una revista o llevar la mano de un hombre a determinado lugar. Y piensa que el haber empezado una vida sexual temprana no le quitó al sexo el gusto pecaminoso y la sensación culposa que sus clases de moral de la prepa le habían infundido.

—Va, ¿quién sigue?

—Espérense, espérense, ¿me voy por el libramiento o derecho? —dice Denisse.

—Derecho, derecho —señala Karla—. Seguimos por la autopista forever. Si llegas a Monterrey, ya te pasaste.

—Jajaja, ok.

I said oh, girl! Shock me like an electric eel…

—Ok. ¿Quién sigue? —aplaude Javiera.

—A ver, voy yo —dice Irene.

—¡Yuhuuuuuu! —exclama Karla.

—Eso lo quiero escuchar —dice Denisse.

—¿No que coger con el mismo güey no tiene chiste? —increpa Irene.

—Te estamos molestando, flaquis.

—Además tuviste un galán en Austria, ¿no?

—Mark. Sí, Mark estuvo muy bien… —Irene recuerda con una sonrisa.

—A ver, ya échalo —Javiera toma agua de una botella y se las ofrece a las demás. Irene la toma y mientras la abre, dice:

—A ver, mi consejo universal para el buen sexo es: busca el placer.

—A huevo —dice Javiera—. Si estás ahí nada más esperando viendo a ver en qué momento el güey…

—O la vieja —interrumpe Karla.

—O el transexual… —dice Denisse.

—Jajajaja.

—Esperando a ver a qué hora el transexual se inspira y hace algo para que sientas rico, estás perdiendo tiempo muy valioso —concluye Irene.

—Totalmente de acuerdo —dice Javi—. Güey, luego una está ahí, haciendo wawis como una fakin geisha medieval, pensando que eso es lo que prende al güey, y lo que más prende a un güey…

—O vieja… —interrumpe Karla.

—… es ver que tú te la estás pasando chido también —Javiera completa la frase—. Karli, no te me ofendas, pero ya estás sonando como Vicente Fox con sus "los" y "las".

—Los y las niños y niñas mexicanos y mexicanas… —Denisse imita el tono del expresidente.

—Los tenedores y las tenedoras… —sigue el juego Irene.

—Jajajajaja.

—Naaah, yo digo que Karla es la que tiene las mejores chichis —dice Lencho, al volante.

—Demasiado grandes para mí. A mí me gusta que me quepan en una mano. Voto por Javi, si acaso Irene —dice Mauro, masticando.

—Lo que pasa es que tú tienes las manos chiquitas, güey. Y ya sabes lo que dicen…

Mauro le avienta a Lencho un cacahuate japonés.

—Y tú te pones los zapatos medio número más grande.

—Y tú te escondes detrás de tu papel del frito esotérico, pero se me hace que llevas por lo menos dos años sin desflemar el chile cuaresmeño.

—Finísima persona —dice Mauro, defensivo.

Lencho ve que le puede, aprovecha para picarlo:

—… Sacas a remojar la brocha…

—Pfffft.

—… Le das de comer a la nutria…

—Qué horror, cabrón —Mauro empieza a mover la pierna sin darse cuenta.

—¿Hace cuánto? —Lencho pregunta, serio.

Mauro guarda silencio. Sin soltar la bolsa de cacahuates, se pone un cigarro en la boca que no piensa prender. Lencho atiza:

—Se me hace que últimamente, el porno y tú son uno mismo.

—Me *caga* el porno. Se me hace lo más decadente que existe.

—¿Por qué decadente?

—No sé. Es como el lucro con nuestra... animalidad —Mauro se rasca la cabeza.

—Güey, hay cosas muy buenas. Te voy a pasar una página japonesa que está de locura.

—Mejor pásame uno de tus cuentos... —Mauro voltea a verlo.

Lorenzo reprime una sonrisa y se le suben un poco los colores.

—¿A poco te pone la literatura erótica?

—Cabrón, yo empecé a *leer* por la literatura erótica.

—¿Neta? —se ríe Lencho.

—Todo me daba hueva hasta que vi *Historia del Ojo* en el escritorio de mi papá, lo abrí por la portada y ya no pude parar.

—¿La *Historia del Ojo* de Bataille? Qué intenso.

—Pues con eso topé, qué quieres. Me metía al estudio cuando mi jefe no estaba y volvía a dejar el libro ahí. Me tardé como dos meses en acabarlo. Desde entonces supe que nada pone más que una escena erótica brutalmente escrita.

Lorenzo se descose de risa.

—No mames. ¿Cuántos años tenías?

Denisse ve el Peugeot por el espejo retrovisor.

—¿De qué irán hablando esos dos güeyes?

—¿De qué va a ser? De libros —Irene bosteza.

Denisse se ríe.

—Vas, Karla —dice Javiera.

—Uy, no sé... está difícil que sea un tip universal.

—Ya, di lo que sea, llevas horas pensando —presiona Irene.

Karla se despereza y anuncia:

—Ok, ok. Ya lo tengo.

—¿A ver? —Javiera da dos palmadas.

—Para mí el consejo universal del buen sexo sería... relajarse y respirar.

—¿De plano? —dice Javiera.

—Güey, es total. Yo tenía mil pedos para venirme y en cuanto aflojé el cuerpo y empecé a respirar bien, fue como magia —interviene Denisse—. Y además el orgasmo así es como más intenso, ¿no?

—¿En quién estás pensando, Den? —pregunta Irene, con travesura.

Denisse se muerde el labio sonriendo, aunque lo adecuado sería llorar.

Mucho antes de entrar a las filas directivas de Philip Morris, Denisse trabajó en Unilever, haciendo mercadotecnia para la línea de margarinas. Su jefe se llamaba Orestes Pardo, era un tipo exigente y perverso, un seductor que jugaba al tímido. Denisse no tardó en comenzar a fantasear encuentros sexuales con él en los largos trayectos a la oficina, y no llevaba ni un mes en su puesto cuando los materializó y se metió en su cama. O sea, en la de ella. Con él. Orestes se volvió su noche, su día, su siempre y su nunca, su anhelo, sus ansias, su tormento. Nunca se enamoró Denisse como de Orestes Pardo, con su gusto por los trajes caros y los tacos de cochinada; con su mala pronunciación del inglés y su afición por el soft rock ochentero. Nunca repitió Denisse tantas veces, bajo todos los influjos y estados de ánimo posibles, la misma canción:

—Ya, ahora sí, a la chingada.

Y las amigas sólo se miraban, incrédulas.

—Me usa. Todo el tiempo me usa. Yo hago toda la chamba y él se cuelga todas las medallas. Ayer en la junta con los directivos se atrevió a insinuar que él había hecho el bench making que yo me tardé el mes entero haciendo.

—¿Y no le mentaste la madre? —preguntó Karla.

—Obvio sí, ya en la noche le dije que se había pasado. Y me salió con lo mismo de siempre: "Todo lo hago por tu desarrollo, guapa. Para que subas tu escalón".

Karla hizo el ademán de meterse el dedo en la boca para vomitar.

Cuando Denisse se fue del café, Javiera comentó:

—Qué hijo de puta.

—Es un imbécil —dijo Irene.

—Yo ya no le voy a decir nada, neta. Que haga lo que quiera —Karla alzó las manos.

Semanas después, Javiera llegó al mismo café con una noticia:

—Le regaló una cartera Louis Vuitton.

Javiera y Denisse compartían entonces el departamento en la Portales. Alicia tenía cuatro años.

—¿Y eso está mal? —preguntó Irene.

—No, güey. ¡*Ella* se la regaló a él!

—Noooo.

—Sí. Y hace como un mes también le caché un reloj en su clóset y me dijo que era para su papá. Mentira. Todo se lo compra a ese cretino.

—Carajo… —Karla negó, ofuscada.

—Güey, mejor dejemos de criticarla, neta —dijo Irene.

—No la estamos criticando, güey, estamos preocupadas —arguyó Javiera.

—Denisse está sufriendo consigo misma. Ustedes no saben lo que es tener todo el tiempo la cabeza y el corazón en lucha. Sientes que te descoses, güey. Que te partes —a Irene se le cortó la voz y se puso a revolver el poco café que le quedaba en la taza.

Javiera y Karla voltearon a verse, extrañadas, pero ya no dijeron nada.

Denisse aguantaba sin ver a Orestes fuera de la oficina cinco días, siete si bien le iba, y luego volvía a sus brazos. Orestes la enloquecía sexualmente y hacía algo que ningún otro hombre había hecho: la hacía sentir profundamente deseada. El problema era que con la misma facilidad la rechazaba, con lo cual Denisse oscilaba entre el alboroto inusual de su sex appeal, y la más oscura de las inseguridades.

—Un día me dice que tengo los ojos más hermosos que ha visto, y al siguiente me pendejea en frente de todo el equipo. Siento que me voy a volver loca —sollozó en un Italianni's cerca de su trabajo.

—Ya, a la chingada, Denisse —sentenció Karla.

—Ya, ya, ahora sí —repitió ella.

—Renuncia —dijo Javiera.

—Sí, se acabaron las escapadas al hotelito de aquí a la vuelta —suspiró Denisse.

—No, ¡renuncia al trabajo! Cámbiate de chamba —dijo Irene.

Denisse la vio como si hubiera dicho un disparate.

—¡No puedo renunciar! Si renuncio me quedo sin liquidación y además Orestes me va a promover. En seis meses podría ser brand manager de galletas y pastas.

Irene se tapó la cara con ambas manos. Denisse les rogó a sus amigas que no comentaran nada con los hombres del grupo. Pero Irene no se aguantó y le contó a Adam. Y Adam no se aguantó y les contó a los demás.

—¿Con su jefe? Chale… —dijo Claudio por Skype.

—Si le da un aumento, todo bien —opinó Mauro días después, en la cantina de siempre, en la Escandón. Lencho no dijo palabra. Bebió de su cerveza y consideró comerse un pan para el coraje cuando sintió la mano de Adam en su hombro:

—Es tu oportunidad, Lench.

—¿Por qué o qué?

—Cuando todo se vaya a la verge, tú te pones de colchón y así por fin Denisse va a saber lo que vales.

—No mames, ése es el peor consejo que he oído, cabrón —dijo Mauro.

—¿Por qué?

—*Más* se va a instalar en la friendzone si hace eso. Pinche paño de lágrimas. Nadie quiere ser el paño de lágrimas de una morra, cabrón.

—Bueno, puede ser —Adam se empinó su Bohemia y Lorenzo no se comió un pan, sino unas memelas de tasajo.

La conversación duró exactamente diez minutos, luego se pusieron a hablar de futbol y no volvieron a tocar el tema sino hasta muchos meses después.

Fue esa misma semana cuando Javiera dijo en voz alta que pretendía encamarse a Claudio cuando regresara a México, y cuando Irene no pudo más y le confesó su amor secreto a Denisse en el Sanborns. Esa misma noche, ya que el pianista y los demás comensales se habían marchado, Denisse le confesó otra cosa a Irene:

—Orestes es casado.

—No chingues, Denisse.

—No quiero que nadie se entere.

—No mames.

—Güey. No quiero que Karla sepa.

—¡Pero si a ella le pasó lo mismo!

—¡Por eso! Y yo la estuve jodiendo de un hilo con Francisco. Además está súper psicologitis y superioridad y no quiero que empiece a decirme que si mi papá y si mis hermanos perfectos y yo luchando por ganarme un lugar y la chingada.

El que Orestes fuera casado explicaba muchas cosas: que Denisse nunca se los hubiera presentado, que siempre se quejara ambiguamente de que él "no le daba su lugar" y "no la trataba como su prioridad".

—Tu papá se acabó casando con su amante, ¿no? —preguntó Denisse al tercer daiquirí de esa noche.

—Sí. Y nos destrozó la vida —Irene clavó el aguijón.

—Por lo menos mi papá se esperó a divorciarse para irse con su alumna —Denisse agarró un puñado de palomitas.

—¿Y cómo sabes que se esperó? A lo mejor sólo lo hizo público pero ya andaban desde antes.

Denisse abrió los ojos como platos y luego sacó las uñas.

—No mames, mi papá *jamás* hubiera hecho esa gatada.

Irene se retrajo.

—Perdón, güey. Ya ni sé lo que estoy diciendo —Irene bajó la mirada, aunque después añadió—: Luego uno hace gatadas porque está enamorado.

—Como yo de ese imbécil —se lamentó Denisse—. Y como tú de Claudio —remató.

Irene se quedó trabada, luego volvió a echarse a llorar. Las cubas le habían abierto la llave del llanto fácil. Pidió:

—Ya te dije: olvídate de lo que te conté.

Denisse se terminó las palomitas, levantó la mano para llamar al mesero para pedirle más, y dijo:

—Por lo menos no son siameses, güey. Eso sí estaría medio friqui.

Denisse empezó a reírse sola, e Irene terminó contagiándose. Pronto estaban las dos descosidas en una risa maniaca y desesperada en el bar vacío del Sanborns, la madrugada de un día laboral.

Pasaron las semanas y llegó Claudio a México. Irene estaba toda crispada con Javiera por lo que había dicho de que se lo quería "encamar" cuando volviera a la ciudad, pero al final fue lo último por lo que tuvo que preocuparse. Estaban en una fiesta en casa de Adam en Coyoacán, que fue la sede aquella vez porque sus papás se habían ido de congreso. Había mucha gente y Randy había llevado un par de barriles de cerveza. Pese a que el jardín lucía espléndido, con colgantes de vidrio soplado en las ramas de los árboles, la mayoría de los asistentes se había congregado en la cocina. El Inge tocaba una canción de Johnny Cash en la guitarra, sentado en el extremo de la mesa alargada de madera, coreado únicamente por un tipo bajito de barba y cabello muy negros, hirsutos y largos; sombrero vaquero también negro, chaleco negro de cuero, botas con estoperoles, muchos tatuajes y lentes oscuros.

—Qué hueva ser ese güey —Denisse lo vio a través de su gin tonic, recargada en la barra de azulejo poblano—. Tener que ponerte el disfraz todos los pinches días, ¿no? ¿Qué pasa si un día quieres ponerte unos pinches tenis y unos pants? No puedes. Porque a huevo te tienes que poner la bota con el estoperol que combine con el tatuaje.

—Sí, qué cansado —coincidió Irene.

—Agotador. Pero seguro duerme con pijama de patitos —dijo Karla.

—Jajajaja.

Mauro se les unió con un mezcal:

—A mí me encanta que existan estos personajes. Son un pinche deleite.

Las tres se rieron, dándole la razón. La escena se paralizó con efecto de disco rayado cuando Claudio entró por la puerta de la mano de una mujer. Ni siquiera era una guapa sin alma, era la reencarnación de la Pachamama, con ojos profundos, sonrisa beatífica y piel morena, cuarenta kilos de peso y un turbante sij en la cabeza. Claudio, a su vez, lucía una barba larga amarrada de la punta y un man bun. Venían casi llegando de tomar ayahuasca en un bosque en Huixquilucan.

—No mames, hasta acá me olió a copal —dijo Javiera cuando los vio entrar.

En ese momento, a Irene le pasaron un toque y le avisaron:

—Aguas, es hidropónica.

Irene le dio sus dos jalones reglamentarios y uno más; tosió, pasó el toque, y para aplacarse la tos se terminó de un tirón el mezcal que tenía en la mano. Veinte minutos después de saludar a Claudio y a la Pachamama con el hígado retorcido, entró en un malviaje poderoso. Lo primero que vio fue a Denisse coreando una canción que sonaba desde la sala:

I just can't look, it's killing me and taking control... Jealousy, turning saints into the sea...

Sin dejar de cantar, Denisse volteó a verla. Y lo hizo con una mirada tan directa y tan frontal, que Irene se sintió expuesta, segura de que Denisse había ventilado y divulgado sus sentimientos ocultos. Vio a Claudio y a su acompañante platicando con un pequeño grupo donde estaban Lencho y Karla, y la escuchó a ella, a la flaca del turbante, con efecto megafónico:

—Al yagé le llaman la liana de la muerte porque tocas lo más oscuro de ti mismo.

Irene estuvo segura de que el mensaje era para ella. El contexto se distorsionó por completo ante sus ojos.

—Luchas contra ti mismo para hacerte digno de los dioses. Mueres y renaces —siguió narrando la chica.

—Es como una abducción alienígena —añadió Claudio, hablando en serio pero con un filo irónico que buscaba aligerar un poco la experiencia que relataba su acompañante. Pero cuando estallaron las risas, y Claudio se rio viendo a Irene, ella se quiso morir. Me odia, se dijo. Me odia, siempre me ha odiado, siempre ha pensado que soy una pendeja. Siempre. Irene estuvo segura de que el Inge se reía de ella a carcajadas y claramente leyó la palabra "puta" en los labios de Javiera. Incapaz de moverse de la silla donde estaba sentada, empezó a buscar a Adam con la mirada, pero no lo veía por ninguna parte. A lo mejor ya sabe. A lo mejor ya se enteró y se fue. Dios mío. No, no, por favor.

—Adam, ¿dónde está Adam? —Irene jaló con desesperación el brazo de Mauro, que pasó cerca de ella. Mauro notó de inmediato el rictus de angustia y la palidez fantasmal de Irene.

—Hey. Chill, flaca. ¿Estás bien?

Los ojos de Mauro le transmitieron a Irene algo de calma fugaz, pero su sonrisa era indudablemente socarrona. Él también se estaba burlando de ella. ¿Por qué tendría que ser de otra manera?

—El chamán nos dijo que cuando vomitas, vomitas algo interno —continuó relatando la Pachamama, a lo lejos, pero a la vez tan cerca que parecía que le estuviera gritando al oído.

En ese momento Adam entró a la cocina, bailando.

—¿Qué pasa, gente? La fiesta es allá afuera.

—La fiesta está en todas partes, hermano —Mauro alzó su vasito de mezcal y todos festejaron el comentario.

Irene se sintió chinche. Todos se la están pasando bien menos yo. Soy la apestada. Claro, ya todos saben que soy un asco de persona y prefieren ignorarme, pensó.

—Te vuelves uno con el universo. Hacer el trabajo es como hacer un triatlón espiritual —concluyó la Pachamama.

En ese momento, Adam vio a Irene. Su expresión llegó a la percepción distorsionada de ella con una mezcla de lástima y profundo reproche. Irene quería salir corriendo de ahí, meterse en un hoyo, llorar dos años, pero no podía moverse. Vio cómo Denisse empezó a aproximarse a ella, muerta de risa. ¿De qué se está riendo esta pendeja? ¿De qué?, se torturó Irene. De pronto ya no fue sólo una sospecha. Irene estaba absolutamente segura de que Denisse les había dicho a todos que estaba enamorada de Claudio. A *todos*. Incluyendo al propio Claudio.

—¿Quieres agua? —Denisse le preguntó.

—¿Para qué? ¿Para ahogarme?

Y entonces, sin que Irene la llamara, la risa brotó de sus entrañas. Carcajadas incontenibles, su risa de bruja magnificada, lastimosa. Se rio los segundos suficientes para reducir el volumen a su alrededor y luego, desde un lugar oscuro y primario desconocido por ella hasta entonces, la auténtica bruja reprimida brotó y escupió, como quien escupe un sapo:

—Pobrecita, Denisse. Vas a pasarte la vida esperando a que Orestes se divorcie.

En la cocina se hizo un silencio tal que de pronto se escucharon con claridad los acordes de "Get Lucky" desde la sala. Denisse se fue llorando. El día siguiente fue para Irene un infierno mucho peor que el malviaje de la fiesta: era un infierno real. Denisse no le contestó el teléfono en toda la mañana y cuando Irene se plantó en su casa, no quiso abrirle. Irene le rogó que la perdonara por lo que dijo. Denisse no la perdonó y dejó de hablarle cuatro meses. Fueron de los peores que Irene recuerda porque después de aquella fiesta, Claudio se dedicó a viajar por todo México con su novia la Pachamama. Irene sentía que se iba a volver loca de celos. Todos los días se metía a las redes sociales con pánico de encontrar una foto de ellos en algún paraje exótico, y se los imaginaba cogiendo salvajemente en la selva chiapaneca y en el cañón del Sumidero y en el Chepe y en todos los escenarios donde Adam le contaba que estarían y donde la pantalla de la computadora nunca los mostraba, porque después de su viaje de ayahuasca se habían propuesto no llevar teléfonos al viaje. Esto Irene lo ignoraba y el no ver fotos de ellos duplicaba su tortura y alebrestaba su imaginación. Se pasaba noches de insomnio elucubrando que tal vez Claudio y la Pachamama se habían casado ya bajo algún ritual prehispánico, mientras ella parecía destinada a ser la novia eterna de Adam, como quien descansa en formol. Pero lo peor de todo era que, al no hablarse con Denisse, no tenía nadie con quién desahogar sus temores. Ella seguía siendo la única que sabía de sus sentimientos por Claudio. Las amigas la veían desesperada y trataban de interceder por ella con Denisse.

—Ok. Se le salió que Orestes es casado. La cagó. Ya, dale chance, Denisse. No te vamos a juzgar por cogerte a un casado —le aseguró Javiera—. Todas hemos hecho cien mil estupideces.

—Incluyendo cogernos a un casado —completó Karla.

Fue emergiendo más información. Resultó que cuando conoció a Denisse, Orestes tenía apenas ocho meses de haber firmado el acta de matrimonio. Si bien Karla no la juzgó, se dedicó a recordarle a Denisse lo que ella misma había repetido hasta el cansancio cuando Karla anduvo con Francisco apenas un año antes, y que ahora no quería ver ni enfrentar:

—Un pinta cuernos es pinta cuernos forever. Si deja a su esposa, que no la va a dejar, te va a hacer lo mismo a ti. Y esos güeyes no se separan. Yo tuve que aprenderlo a la mala.

Denisse no estaba de humor para sermones. Volvió al tema de Irene para hacer un escape por la tangente.

—La cosa es que *se lo pedí* a Irene, güey. Le hice jurar que no iba a decirlo.

—La verdad nos hará libres —Karla sirvió agua caliente en su taza.

—¿Qué? —Javiera arrugó la nariz—. ¿De dónde es eso, de Insta?

—No, mensa. Lo dijo San Ignacio de Loyola.

—¿Y qué coños significa?

Karla dejó la bolsa de té de menta sobre un plato y acercó la taza a sus labios, soplando.

—Pues, como yo lo entiendo, es que cuando mientes tienes que "cuidar" tu mentira, ¿sabes? No puedes dejar cabos sueltos, tienes que estar cuidando a quién le cuentas y a quién no, a veces tienes que decir *más* mentiras para tapar esa mentira. En cambio si dices la verdad, te ahorras todos esos pedos. Eres libre.

—Güey, yo no sé. Y no es por justificar a Irene, entiendo que la cagó, pero esa mota estaba fuer-ta-za —medió Javiera.

Denisse estalló:

—¡Uno no puede vivir justificando a la gente porque estaba peda o estaba pacheca! Que se haga responsable, carajo.

Se hizo un silencio. El Prichito estaba soltándole una perorata a una de sus jóvenes, haciendo esfuerzos por hacerla reír sin mucho éxito. Javiera estuvo a punto de hacer la broma de que podían pedirle consejo espiritual, pero Karla se le adelantó:

—Es una estupidez que Irene y tú estén peleadas, neta.

—¡Y es nuestro pedo!

Javiera remarcó:

—No es "nuestro". Es TU pedo, Denisse. Irene está zurrada de que no le contestes el teléfono.

Denisse arrastró la silla para levantarse, haciendo mucho ruido.

—¿Saben qué? Ahí se ven.

Denisse dejó cien pesos sobre la mesa y se fue, seguida por la mirada curiosa de la jovencita y de la protesta del Prichito, por distraerla.

Ni siquiera con toda la presión de sus amigas, Denisse reveló el secreto de Irene sobre Claudio. Meditó la frase de Karla y pensó que tal vez decir la verdad la hubiera liberado, pero era una verdad que no le pertenecía.

Claudio, por su parte, de un día para el otro se fue a Barcelona, con un trabajo nuevo que un amigo le consiguió en una tienda del aeropuerto.

—¿Y la Pachamama? —le preguntó Irene a Adam, "casual", cuando se enteró.

—¿Qué Pachamama?

—La novia de Claudio. ¿Cómo se llama?

—Laura. "Pachamama"… ¿De dónde te sacaste eso? —Adam se tronchó de risa.

—¿Qué pasó con ella?

—No sé. Parece que no prendió la mecha. Claudio no me contó mucho.

Ésa fue la noche más feliz de todo el semestre para Irene. Estaba tan chispeante, los ojos le brillaban de tal manera, que Adam volvió a reconocer en ella a la chica dulce, intensa y entregada de la que se había enamorado, y finalmente se decidió a concretar un plan que llevaba mucho tiempo postergando. Se fue a San Andrés Ixtacamaxtitlán a supervisar la integración de varias familias de desplazados a la comunidad, y a su regreso se llevó a Irene al mirador de la Torre Latino, que había sido el escenario de su primer beso, y le puso una turquesa de compromiso en el dedo. Con los nervios, balbuceó:

—Perdón que no sea un diamante. Los diamantes no me laten… cargan con mucha sangre… mucha esclavitud.

—Yo sé. No te preocupes —se rio Irene, y se preguntó por qué diablos las palabras "sangre" y "esclavitud" se estaban colando justo en ese momento.

Adam no alcanzó a decirle nada más, ninguna propuesta formal, porque Irene de inmediato se le colgó del cuello, eufórica, repitiendo "sí, sí, sí" como si quisiera sofocar otra palabra, que sonaba al mismo tiempo en su cabeza.

—¿No te dijo nada Denisse?

—Nop. Nada —respondió Javiera al teléfono.

Irene no lo podía creer. Le había contado de su compromiso a todas sus amigas y esperaba que eso removiera un poco a Denisse y la ablandara para reconciliarse. Pero lo único en lo que Denisse podía pensar, comer, desayunar, cenar, soñar y respirar por esos días era Orestes, Orestes, Orestes, sin tregua y sin pausa. Cierto día laboral hubo una cena de la oficina, Orestes le dijo "paso por ti" y Denisse se hizo la película delirante de que irían como pareja. Se compró un conjunto para la ocasión y se las arregló para salirse antes del trabajo para ir al salón. Mientras se hacía el pelo y las uñas, fantaseaba y editaba en su cabeza la conversación completa de esa noche, en la que Orestes le anunciaba que dejaría a su esposa porque había descubierto que no existía mujer más electrizante y fabulosa que Denisse sobre la faz de la Tierra. Al final Orestes se disculpó, había salido tardísimo de la oficina y no le daba tiempo de pasar por ella.

—Te mando un Uber, guapa.

Denisse declinó y llegó al evento en el hotel Marquis de Reforma con mala espina. Se veía realmente muy guapa, y mientras se espantaba a los compañeros de trabajo, jóvenes y mayores, que la asediaban, miraba sin cesar hacia la puerta. Por fin llegó Orestes. Con su esposa. Una flaquita insulsa y anodina con una cruz benedictina al cuello y un brillantito en la nariz con el que intentaba decir "soy mala". Orestes se la presentó como si cualquier cosa.

—Jessica, ella es Denisse. Está en margarinas.

Denisse se quedó sin fuerzas. Se disculpó y se metió al baño y luego a su coche y se fue a su casa temblando de pies a cabeza. Apenas llegó se tomó un gin tonic furibundo con Javiera. Pero Javiera estaba agotada entre traslados al hospital, peleas con su mamá y cuidar a Fabio, así que se fue a dormir. Denisse se tomó otro vodka tonic, ya sola. Y otro. Al cuarto le marcó a Orestes, y estuvo hablando sin parar durante dos horas. Mientras hablaba, le daba tragos a pelo a la botella de vodka, porque ya se había acabado el agua tónica. Cuando despertó al día siguiente, no se acordaba de nada salvo de la primera frase que le había dicho al teléfono:

—Te amo como nadie te va a amar en tu pinche vida.

Denisse agarró el coche para irse a la oficina, le subió al volumen y cantó a todo pulmón una canción de GTR que le fascinaba a Orestes y que Denisse siempre quiso imaginar que le dedicaba a ella cuando la ponía: *When the heart rules the mind one look and love is blind...* Todavía estaba borracha. Llegó a la oficina dando tumbos y soltando risitas, con un arete diferente en cada oreja. A las once de la mañana le sobrevino una cruda de espanto. Corrió al baño para vomitar, y tuvo que regresar ocho veces. Hizo lo posible por ser discreta, pero su semblante la delataba, y para la hora de la comida, todos sus compañeros le habían pasado ya un remedio distinto para la cruda. Orestes la evitó todo el día, pero antes de irse pasó por su escritorio, le dejó una flor cortada de la jardinera del corporativo y le dijo:

—Vete a descansar, preciosa.

Eso apaciguó un poco el corazón atribulado de Denisse, y cuando recibió un mail de Orestes con una notificación de Google Calendar para una junta a las nueve de la mañana el lunes, pensó que era para hablar de los resultados de la evaluación que acababan de hacer en su área. Pero Orestes no le mandó un solo mensaje en todo el fin de semana, y para el lunes Denisse tenía el estómago hecho un nudo de angustia. Llegó a la oficina temiendo lo peor. Y cuando entró a la sala de juntas y vio que solamente Orestes estaba ahí, sus temores se confirmaron. Tenía puesta una corbata roja y se había quitado la barba de candado.

—Quería hablar un poquito de tu evaluación. Tu relación con el cliente y tu productividad son indudablemente tus mayores fortalezas. Has sido un gran elemento para este equipo. Pero voy a tener que pedirte que pases a recursos humanos a firmar una carta de renuncia y a empezar el trámite para tu liquidación.

Denisse sintió que se tardó una eternidad en responder:

—¿Qué?

—Lo siento muchísimo, créeme, pero no tengo alternativa.

—¿Cómo puedes decirme eso con esa pinche frialdad? Estás hablando conmigo, carajo. Por lo menos habla *conmigo*, no soy una empleada más.

Orestes se aflojó un poco, sólo un poco, y dijo en voz baja:

—Tú sabes que esto no puede seguir.

—En la evaluación salí perfecto. Todo el equipo me calificó bien. ¿Cómo chingados vas a justificar mi despido? ¿Eh?

Orestes carraspeó y balbuceó:

—Impuntualidad.

—¡¿Qué?!

—Saliste baja en puntualidad.

—¡Llegué tarde *un día* la semana pasada! ¡Porque el papá de mi roomy acababa de tener un infarto y la llevé al hospital!

—Lo siento, guapa.

Denisse tuvo ganas de agarrar la pluma Montblanc que ella misma le había regalado, y clavársela en el cuello.

—Guapas tus patas, cabrón.

—Denisse…

—Púdrete. Púdrete. Vete a la chingada, hijo de la grandísima puta. Eres una maldita culebra. No vales nada, nada, nada. Te maldigo a ti y a todas las pinches generaciones de culebras sin corazón que van a salir de tus entrañas. Te vas a quedar solo y podrido porque no sabes amar.

Todo esto lo vociferó Denisse pero ya que estaba manejando sola por Reforma, llorando a mares. Cuando llegó a tocar el timbre, no había nadie, y tuvo que esperar hasta las tres y media. Cuando Irene llegó de trabajar, todavía con su bata de maestra de escuela puesta, se encontró con Denisse sentada en un escalón de su edificio.

—Felicidades por tu compromiso.

—¿Qué pasó? —Irene se sentó junto a ella en el escalón.

—Me corrió y me cortó. O me cortó y me corrió, no sé en qué orden —Denisse tenía un kleenex hecho bola en una mano y sus anteojos en la otra, cansada de llorar.

—¿Ya comiste?

Irene puso una pasta, sacó una manta, dos cervezas que acabaron siendo seis, y se dispuso a escuchar a Denisse despotricar por horas. Pero esta vez no fue así. A la segunda cerveza Denisse lloró durante diez minutos seguidos, y después quiso ver una película que la hiciera reír. Vieron *Loco por Mary*. No hablaron de lo sucedido en la cocina de los papás de Adam cuatro meses atrás, ni en esa ocasión ni después. Dos días más tarde fue la desastrosa noche de la celebración del compromiso de Irene y Adam, con el malviaje de Javiera con el pastel de chocolate con mota y el malviaje doble de Lorenzo después de la pulverización masiva que sufrió en su taller literario. Al día siguiente, Fabio se cortó tratando de prepararse un Chocomilk.

Poco después Denisse consiguió trabajo en Procter & Gamble, en el área de detergentes. Todos le dijeron que usara su liquidación para hacer algún viaje pero prefirió ahorrar el dinero. No volvió a saber de Orestes, pese a que él le escribió una profusa carta de recomendación llena de elogios y culpa. Subió siete kilos. Lencho hizo su mayor esfuerzo por no convertirse en su paño de lágrimas. Por supuesto, fracasó.

19

—Ok. Mi consejo universal para el sexo tiene que ver con el de Karla —anuncia Denisse en la Liberty.

—¿Cuál era el de Karla? —bromea Javiera.

—Relájate y respira —repite Karla.

—Ah, sí, relájate y respira. Los y las. Pero sobre todo *las* —dice Javi.

Karla le da un patín al asiento delantero, donde va sentada Javiera.

—Ok. Y el consejo sería el siguiente… —dice Denisse.

—Esperen… —Javiera empieza a hacer redobles de tambor sobre el tablero de la camioneta. Cuando termina, le da pie a Denisse, quien dice:

—No pienses, siente.

Y se mete a la boca un puñado de churritos de amaranto.

—Ufff. Qué fuerte. ¿Cómo le haces para parar la pinche cabeza mientras coges? —dice Karla.

—Ya sé, es desesperante —Denisse mastica.

—Güey, coger con mota es lo máximo —asocia Irene.

—¡Lo máximo! —se emociona Javi—. Para mí es casi por lo que más me gusta fumar.

—¡Y para comer! —dice Irene.

—Bueno, sí. Uf, para comer —admite Denisse—. Una vez me comí un paquete de galletas Marías rellenas de cajeta en el monchis, y lloré de felicidad. Se los juro.

Todas se ríen.

—Chale, pues ésa yo me la pierdo, ni modo —Karla se mira las uñas.

—Güey, ahorita para lo del cuello, fumar te alivianaría cabrón —dice Irene.

—No es el cuello, es la espalda.

—Igual y fumada te cae mal, ¿pero y si la comes? —sugiere Denisse.

Javiera salta en su lugar:

—Ah, no, eso sí no te lo recomiendo para nada, ¿eh? La vez de la pedida de Irene y Adam acabé en el hospital.

—Me acuerdo —dice Denisse.

—¿Tú llegaste a fumar con Adam pa' coger? —Javiera le pregunta a Irene con curiosidad.

—Un par de veces, pero él nunca quiso probar.

—Ándale, un jaloncito nada más. Se siente increíble —Irene le insistió a su novio, acercándole una pipa que había comprado en Coyoacán, a diez minutos del hotel de Tlalpan donde estaban.

—¿Y si me gusta?

—Si te gusta pus… vas a tener que comprar. O gorronear.

Adam se rio con su risa de cachorro y le desabrochó la blusa a Irene.

—Tú eres la única droga que necesito.

Y así parecía porque, durante muchos años, hicieron el amor prácticamente cada día que se vieron, aunque Irene se tardó más de un año en tener su primer orgasmo y Adam nunca lo supo. Muchas veces Irene se preguntó qué hubiera pasado si Adam hubiera fumado mota. Si eso hubiera ayudado a disiparle el fantasma de Claudio que se le metía en la cama más seguido de lo que a veces podía maniobrar. ¿Cómo era eso de que se había separado de la mamá de su hijo? Moría por saber, pero no se le ocurría cómo colar la pregunta en medio de la dinámica confesional.

—Güey, también es típico que no soportas algo que hace el güey en la cama y te da mucha pena decírselo —comenta Javiera.

—¡Ay! Eso es horrible —dice Irene.

—Pues sí. Así como lo oyes. Tres orgasmos seguiditos tuvo la Bere esa vez, cabrón —presume Lencho al volante del Peugeot. Mauro responde con incomodidad, por decir algo:

—Órale.

—No me crees, ¿verdad?

—Yo no dije eso.

—¿Crees que los fingió?

—¡Yo no estoy diciendo nada! Pinche gordo, esos temas no se tocan, cabrón.

—Es que luego con las viejas eso es desesperante —continúa Lencho, sin importarle—. Juras que todo va chingón y la vieja parece prendidísima y luego te salen con que no, que nunca se vinieron.

Mauro sólo niega, viendo por la ventana, con ganas de taparse los oídos. Lencho continúa:

—No estoy hablando de Berenice, ¿eh? Con ella me quedó clarísimo que sí se vino todas esas veces.

—Qué bueno, gordito. Enhorabuena. Si empiezas a hablar de tus episodios de impotencia, me bajo.

—Dime la verdad, cabrón. A ti también te saca de onda eso de las mujeres. A todos los hombres les pasa. Confiésalo.

—¿Qué?

—¡Que nunca sabes lo que está pasando ahí realmente!

—Nah... sí sabes. Si realmente quieres saber, sí sabes —Mauro voltea a verlo.

—¿Tú crees que ellas los lleguen a fingir?

—¿Quiénes?

—Las de allá adelante —Lencho señala la Liberty con la cabeza.

Mauro sonríe y se vuelve a colgar el cigarro apagado entre los dientes:

—Yo creo que la única que no los finge es Karla, güey.

Lencho se ríe con algo de exageración y le da un zape a Mauro:

—Búscate otro disco, ándale. Sé útil.

Denisse no quiso saber nada de los hombres por un buen rato, hasta que Javiera se hizo novia de Roy, y tres meses después llegó a su casa cacareando su anillo de compromiso. La boda se organizó en un dos por tres, así que Denisse tuvo poco tiempo para bajar de peso.

—¿Qué son esas madres? —Irene señaló unas pastillas que Denisse sacó de un frasco, comiendo las cuatro en el Giornale.

—Pastillas para adelgazar. Pero no hay pex, son naturales. Mi prima me las recomendó.

—Naturales mis huevos —dijo Karla—. Las pastillas para adelgazar tienen estimulantes que te quitan el hambre. Déjatelas de tomar pero ya, si no quieres acabar como en *Requiem for a Dream*.

—¿Qué es eso? —preguntó Javiera, masticando un apio.

—Una peli donde básicamente todos se van a la verga con las drogas.

—Pero *muy* a la verga —enfatizó Irene.

Javiera estuvo a punto de decir, Si quieres adelgazar, cierra el pico, pero se reprimió.

Denisse de todas formas siguió tomándose las pastillas otros cinco días hasta que le dio una taquicardia espantosa yendo en el coche. Nunca supo si fue por las pastillas, pero decidió dejar de tomárselas y aceptó la cita con un nutriólogo que Siena, su mamá, le recomendó. Luego sucedió algo inesperado: sin querer queriendo, encontró un acompañante para la boda de Javiera.

Fue una tarde de lluvia caótica en la Ciudad de México, con inundaciones por doquier. Denisse había tardado una hora en cruzar el puente de Río Becerra y todavía traía los limpiadores funcionando a tope. A través de la cascada y el vaho de su parabrisas alcanzó a divisar un Wings y decidió meterse hasta que dieran las nueve, las once o la bendita hora en que pudiera volver a circular para llegar a su casa. Pidió un café y el plato de fruta más grande que había en la carta. Iba muy bien con su dieta. Se tomaba tres licuados especiales al día que tenían toda la proteína que necesitaba y entre horas sólo comía frutas y a veces chocolates. No era ésa la indicación que le dio el nutriólogo. De hecho él le había mandado una dieta balanceada con cinco raciones de verduras al día, omitiendo harinas y grasas, y contabilizando los lácteos y las proteínas, con la que Denisse claudicó a los tres días: no tenía el tiempo ni el temple para someterse a un régimen así. Lo de los licuados se lo dijo la misma prima de las pastillas y a Denisse le pareció más inocuo y manejable. Cuando se sentó en el gabinete de aquel

Wings, había perdido cinco kilos en un mes y estaba súper motivada. Pidió la clave de internet, se puso sus lentes y sacó su Ipad para trabajar en un reporte. De repente le llegó un café que ella no había pedido con una notita que decía "¿Eres actriz?", con el dibujo de una carita feliz. Denisse levantó la mirada y lo vio. Un tipo de aspecto bonachón, con camisa a cuadros, una calva naciente y anteojos le sonreía con una sonrisa confiada y afable. Se llamaba Alejandro Zambrón y lo primero que Denisse pensó al verlo fue: "Seguro saldría bien en las fotos".

Al mes de conocerse, Zambrón, quien vivía con su mamá "para ahorrar", ya estaba prácticamente instalado en el departamento de Denisse. Javiera casi nunca estaba porque se quedaba con Roy. Una vez Denisse les contó a sus amigos que Zambrón le partía su papaya todas las mañanas y la carcajada fue de tal magnitud que la frase quedó acuñada entre los referentes del grupo para aludir a una relación "seria". Además Zambrón hablaba de hijos y casamientos. Denisse nunca había experimentado esa clase de devoción, pero había algo que le provocaba una picazón molesta. Sus amigas se daban cuenta.

—Yo no la veo enamorada —dijo Irene.

—Ella dice que está tranquila —Karla encogió los hombros.

—Decir "estoy tranquila" al mes de andar con un güey es como suicidio sentimental —opinó Javiera, que estaba radiante y sumamente acelerada con lo de su vestido de novia, que fue la única parte de los preparativos de su boda en la que tuvo voz y voto, porque la mamá de Roy, su futura suegra, le había dicho:

—Preciosa, tú no te preocupes por nada. Tu boda es tu día y tienes que disfrutarlo. Yo me encargo de todo.

Y Javiera le había dicho a sus amigas:

—Van a ir un chingo de políticos y así. Me parece perfecto que Bibi se encargue.

En aquel café entre semana, Karla las increpó:

—¿Qué quieren? ¿Que Denisse esté cortándose las venas como con Orestes?

—Queremos que esté feliz —concluyó Irene.

Pero definir la felicidad por esos días era complicado, y Zambrón tenía otro atributo considerable.

—¿Qué hace tu novio? —le preguntó a Denisse su abuela Irina, viendo cómo Alejandro se servía un platito con aceitunas negras del trinchador.

—Es médico —sonrió Denisse.

—¿Ah, sí?

Estaban en una comida familiar en casa de la abuela. La mesa de los entremeses estaba repleta de delicias libanesas que Denisse no probó. Sonaban canciones de trova. A la abuela Irina le fascinaban Mercedes Sosa y Violeta Parra, y Denisse creció escuchándolas. Era la primera vez en veintisiete años que Denisse se aparecía en una de esas comidas con un acompañante. Se había tomado dos oportos apenas llegó. Él, en cambio, lucía bastante tranquilo y en su elemento con su Sidral Light.

—¿Cuál es tu especialidad, Alejandro? —le preguntó Siena, la mamá de Denisse, ya en la mesa.

—Trabajo para una compañía de seguros.

Diana, la hermana menor de Denisse, lo atacó "en broma":

—O sea, te dedicas a buscar razones para *no* pagarle a la gente que quiere usar su seguro médico —y lo señaló con el tenedor.

Hubo risitas. Denisse quiso esconderse debajo de la mesa. Sabía que esto iba a pasar.

—Diana, no seas mordaz, por favor —terció su madre.

—No se preocupe, señora, ya estoy acostumbrado —dijo Zambrón, con la boca llena de tabuleh—. A los que estamos en esto nadie nos quiere.

Siena se rio más de lo necesario y le sirvió más vino.

—Si no hubiera médicos en las compañías de seguros, no habría seguros médicos —entró al quite Diego, el hermano mayor de Denisse. Ella le sonrió y él le guiñó un ojo.

La familia de Denisse acaparó la conversación durante el resto de la comida, lo que le permitió a Zambrón empacharse con tranquilidad, mientras Denisse hermanaba con el vino tinto y con un pastel de dátil bajo la mirada de reproche de su mamá, que no le dijo nada porque Denisse estaba más delgada y tenía novio, y porque Siena estuvo entretenida contándole todas sus dolencias físicas a Zambrón.

A Horacio, el papá de Denisse, nunca lo conoció. Tres veces agendaron cenas y comidas para conocerse y tres veces Horacio canceló pretextando trabajo y viajes. Era ingeniero metalúrgico y pasaba mucho tiempo fuera. Cada vez que le cancelaba a Denisse, lo hacía entre muchos diminutivos y palabras cariñosas, como era su estilo con ella, haciéndola sentir adorada y despreciable en la misma proporción.

Una noche, Javiera anunció:

—Me quedan veinte días de ser soltera. Quiero ir a un lugar raspa.

Se metieron los siete y Roy a un local en la Zona Rosa, con globos de colores enmarcando la entrada y animadores entregando tarjetas en la puerta, invitando a la gente a pasar.

—Dos por uno en bebidas nacionales, dos por uno, damitas gratis…

Era un antro de mala muerte con fachada secretarial y trastienda gay, donde empezaron con una botella de Barcardí y terminaron con Anís del Mono. Agarraron una borrachera formidable y bailaron toda la música mala de la década y de todas las anteriores. Estaba tan fuerte que tenían que hablar a gritos.

—Pobre Alejandro, míralo, está ahí como dedo —Irene señaló a Zambrón con el índice de la mano con la que sostenía su cuba.

—¿Qué? —gritó Denisse.

—¡Que te vayas con Zambrón!

—¡No te oigo!

Irene jaló a Denisse hacia la calle con el pretexto de fumarse un cigarro. Se les unieron Lencho, Mauro y Adam. Una vez afuera, Mauro les ofreció cigarros a todos menos a Adam, que no fumaba.

—Güey, no le va a pasar nada a Alejandro por estar solo un rato, está chido que se lleve bien con todos —Denisse recibió fuego de Lencho.

—¿Con todos? ¡Adam se lo ha soplado solo toda la noche! —dijo Irene. Adam alzó las manos como curándose en salud.

—¿Sí o no? —insistió Irene, viéndolo.

—Si tu novio no te cae bien, no lo enjaretes —dijo Lencho.

—¡No lo estoy enjaretando! Tú sí que enjaretas a tus novias borrachas, ¿eh?

—Uy, golpe bajo —Mauro pateó una corcholata.

Meses antes, cuando Berenice todavía figuraba en sus vidas, terminó muy mal en la fiesta de cumpleaños de Gely. Berenice era una chica conservadora pero esa noche, además de zamparse cuatro gelatinas de vodka, fumó mota y tomó shots de tequila como si fuera cualquier cosa. Terminó cayéndose de borracha y las amigas de Lencho tuvieron que ayudarla a vomitar en el baño.

—Berenice se palideó porque estaba tratando de integrarse, todo lo contrario a tu güey —rebatió Lencho.

—Lo que pasa es que es tímido —Denisse dio una calada, viendo para otro lado.

—Lo que pasa es que estás cagada de que tu amiga se casa y quieres llegar con galán a la boda —disparó Mauro, sin filtros. Estaba especialmente insoportable desde que supo del compromiso de Javiera.

—Qué poca —rugió Denisse.

Mauro se dio media vuelta y se alejó por la calle. Nadie le preguntó a dónde iba ni si pensaba volver.

—¿De qué amiga que se casa habla? —dijo Adam.

—Según yo, de Javiera, ¿no? —asumió Lencho.

—Ah, yo creí que de esta muñequita… —Adam abrazó a Irene por la espalda y la llenó de besos en el cuello.

—Nosotros todavía ni tenemos fecha… —Irene miró su anillo de turquesa con reproche.

En ese momento se escucharon desde el interior los acordes de una salsa: *Pasa y y siéntate, tranquilízate, al fin ya estás aquí, ¿qué más te da?*… Lorenzo se emocionó:

—¡Wow! ¡"La cita"!

—¡Me encanta esa canción! —aplaudió Irene—. ¿Vamos a bailar?

Lencho miró a Adam como pidiéndole permiso, y él inclinó la cabeza, parsimonioso:

—Por favor.

Irene y Lorenzo pisaron sus cigarros a medio terminar y se metieron de nuevo al antro. Denisse se quedó sola con Adam, quien la rodeó con un brazo y le dijo:

—Güey, estás hecha un avión ahorita. La neta, la neta, yo, si fuera vieja y fuera tú, me pondría a ligar.

Era viernes. Denisse terminó con Zambrón el domingo. Pero él no se dejó. Lloró, se arrodilló, y al final se fue de la casa de Denisse anunciando:

—Te voy a reconquistar.

Sacó toda la artillería. Flores, serenata con mariachis, mensajes de amor las veinticuatro horas. Pero lo que finalmente desarmó a Denisse fue un playlist que le mandó y que empezaba con "Querida" de Juan Gabriel.

—No pude. Ahí sí no pude. Me derretí —le contó a Irene.

La reconciliación fue intensa y toda esa semana Denisse llegó a sentir que de verdad estaba enamorada. Lo cierto es que Alejandro besaba rico y abrazaba rico y era súper rico estar acompañada. Pero quince días después, Denisse llegó a la despedida de soltera de Javiera anunciando:

—Se acabó Alejandro Zambrón.

—¿Por qué? ¿Qué hizo? —preguntó Javi, sorprendida.

—Nada. Pero no me hace reír.

Atrévetete salte del clóset, destápate, quítate el esmalte, deja de taparte que nadie va a retratarte, levántate, ponte hiper…

La mañana después de la despedida de soltera "oficial" de Javiera, sólo con mujeres, la camioneta de Denisse amaneció con una marca de llave a todo lo largo del costado derecho y con una rajadura en el parabrisas. Pensaron que habían sido unos vivales o los del valet parking de uno de los antros por los que circularon, escuchando a Calle Trece en los trayectos. Pero sin decirlo, todas sospecharon que había sido Alejandro Zambrón.

—¿Qué es lo que más extrañas? —pregunta Lorenzo.

—¿De qué?

—De estar con una morra.

Mauro recorre hacia atrás todo lo que le permite el asiento del Peugeot, lo reclina un poco y sube los pies al tablero.

—Yo creo que la sensación de su pelo cayéndome en la cara cuando está encima de mí.

—¿De quién?

—¿Qué?

—¿El pelo de quién?

—¿Qué te importa?

—Oh, bueno.

—Y también extraño las nalgas, pero la parte donde *empiezan* las nalgas, justo abajito de los riñones… ufff. Eso lo extraño muy cabrón.

—¿Ya me vas a decir cuánto llevas sin coger? —voltea Lencho.

—No. ¿Cuánto tiempo llevas *tú* sin coger?

—No tanto —responde Lencho, con seguridad—. Me eché un tinderazo hace como un mes.

—¿Con quién?

—¿Cómo que con quién? Con una morra.

—¿Cómo se llama?

—Lorena, creo.

—¿Lorena, *creo*?

Lencho toma su Coca del portavasos y la abre con una mano puesta en el volante.

—¿Quieres que te ayude con eso? —se ofrece Mauro.

Lencho niega, desenrosca la tapa con presteza y le da un buen trago. Regresa la botella a su sitio y de pronto suelta una conclusión inesperada:

—No sé, güey, yo creo que el tema de mojar la brocha y ligar y todo eso es más un tema de seguridad que de otra cosa.

—¿O...key? —Mauro alza las cejas y voltea a verlo.

—O sea, lo que hace a un hombre es la seguridad.

—¿La seguridad bancaria?

—No, idiota. La seguridad en sí mismo.

—Ah.

—No importa si eres un pinche feo como Ringo Starr, o si estás gordito como yo o todo cucho como tú...

—Gracias, güey.

—O sea, ya sabes a lo que me refiero. El tema no es estar galán o tener varo ni nada de eso. Lo he visto mil veces. Hay tipos que están bien pinches federales y que tienen a las morras a sus pies...

—Como Claudio —dice Mauro.

—¿Claudio? —se extraña Lencho.

Mauro se ríe. Lencho lo zapea.

—Ya, cabrón, te estoy hablando en serio.

—¡Entonces no digas pura pendejada, güey!

Mauro está a punto, ahora sí, de prender el cigarro nada más por joder a Lencho, que continúa con su perorata:

—Es un tema de sentirse poderoso. De sentirse cabal, cabrón...

—¡Cabal! —Mauro repite bajito.

Lencho sigue viendo al frente, manejando:

—... de hacerle saber a la vieja que puedes protegerla. Aunque ella se proteja sola y pueda solita y todo eso, pero ya sabes lo que quiero decir. O sea, ve por ejemplo al pinche Woody Allen. Un tipo ahí, todo enclenque, todo neurótico, y las vuelve locas.

—¿Porque es un puto genio...?

—Bueno, pero no deja de ser un neurótico insoportable. Y es un seductor.

—Y un pederasta.

—Bueno, pero es un seductor porque es un tipo seguro de sí mismo, y eso es porque...

—Dos años —interrumpe Mauro.

—¿Qué?

—Llevo dos años sin coger. ¿Te puedes callar, por favor?

—No mames. ¿Con quién fue la última?

Mauro lo ve.

—Da igual. Respirar, relajarse, moverse y todo lo demás está chido, pero no es lo más importante —dice Karla en la Liberty.

—¿Entonces? —pregunta Javi.

—Yo creo que el mejor consejo del mundo mundial para el sexo y para todo en esta vida es brincar los veintes.

—Jajajaja.

—¡Es neta! En los veintes todo es del terror. Te sientes una pendeja, insegura, la cagas sin parar… Yo desde que tengo treinta me siento en otro pedo.

—Tienes treinta hace como tres meses, güey —la molesta Denisse.

—Pero igual aplica.

—Qué chingadera. Ya quisiera yo ahorita verme como a los veintidós —sufre Javi.

—Güey, te ves *mucho* mejor, te lo aseguro —le dice Irene.

Javi encoge los hombros, no muy convencida. Hace apenas unos días se arrancó su primera cana y no se atreve ni siquiera a mencionarlo. Envejecer la espanta. Como si se avecinara una tragedia, como si se fuera a acabar la vida. Luego recuerda que una vez yendo en autobús hacia Querétaro por trabajo en Walmart, vio a un grupo de ancianos que viajaban juntos y que se estuvieron riendo como niños, de mil tonterías, durante buena parte del viaje. Se consoló diciéndose que si la vejez es algo que a todo el mundo le pasa, no puede estar tan mal. Pero fue un consuelo temporal. No le da miedo el deterioro, la enfermedad. Le da miedo simplemente dejar de ser joven. No sabe si podría manejarse en un mundo donde no fuera joven. Y desde hace unos años ha tenido la mordiente sensación de que la cosa se está precipitando, de que su *joie de vivre* va menguando con cada decisión que va tomando en su vida adulta, que la cosa se está yendo en picada sin remedio. En algún lugar espera que este viaje pueda redimirla, pero no sabe cómo. A veces piensa en Mauro con nostalgia, pero Javiera no tiene ganas de ir a Venus en un barco.

—¿Pero para ti qué implica ser joven? ¿Es lo físico, o es una actitud, o es el reven y el desmadre o qué? —le preguntó Karla una vez en la que Javi le contó de sus reparos con la edad, abriendo una botella de mezcal en una fiesta.

No pudo responder. Era una combinación de muchas cosas y ni ella misma lo tenía claro. Pero siempre lo resumía mentalmente con la misma imagen: el baño de un antro con espejos de propaganda, tratando de subirse al lavabo con una cuba en la mano, muerta de risa, y Mauro bajándole los calzones, susurrando en su oído:

—Me tienes hecho un pendejo.

—Sí, no, pasando los veintinueve no te pendejean tan fácil. Por lo menos ya sabes para dónde… —continúa Karla, en la Liberty.

—Uta, pero para dónde es el baño de niñas, güey. Yo no tengo la más pálida idea de para dónde voy —dice Javiera.

Irene se suma, viendo a Karla:

—Exacto. Tú sabes para dónde vas porque eres una chingona, yo tampoco tengo puta idea —se ríe.

Denisse mira a Irene por el espejo retrovisor:

—¿Y tu maestría, güey?

Irene se queda pensando. "Maestría" suena parecido a "maestra" y suena a un siguiente paso muy lógico. Se oye serio, respetable, y eso a su madre, fanática de la respetabilidad, le hubiera causado una enorme satisfacción. ¿Por qué decidió Irene suscribirse a esas máximas? Podría haberme rebelado, piensa; podría haber mandado todo a la chingada y haberme vuelto un desmadre. ¿Por qué no lo hice? ¿Por qué siempre he tenido que portarme bien? Irene piensa que se rebeló a su manera, como pudo, y que si no llegó a más quizá fue porque no tenía apoyo para hacerlo frontalmente. No tenía papá. Si se dejaba caer al abismo, no había quien la cachara. Y eso es precisamente lo que le está pasando en este viaje: le da miedo soltarse. Es el miedo que acompaña al vértigo, que no es más que las enormes ganas de dejarse caer.

—Pues como que se me antoja mucho lo de empezar de cero en otra ciudad —responde de pronto.

—Eso está bien padre —sonríe Karla.

—Y además ha sido un desmadre organizar todo para irme, así que… —Irene baja el volumen al final de la frase. Javiera lo detecta.

—Pero no te estás yendo a huevo, ¿o sí? —pregunta, suspicaz.

—No, no. O sea está chido, voy a volver a hacer lo mío después de mucho tiempo, eso está padre.

—¿Lo tuyo, dar clases o qué? —continúa Javiera.

—Pues sí, si no, ¿qué?

—Pensé que eso te cagaba. Bueno, al menos así siempre lo sentí. Igual y me equivoco.

—No mames, era una chamba increíble —intercede Denisse—. Tenías prestaciones, un horario increíble, vacaciones junto con los chavitos…

—Bueno, sí, era una chamba muy cómoda —admite Javiera.

—¡Cero cómoda, güey! Te reto a que te plantes delante de treinta malandrines de nueve años a explicarles la raíz cuadrada —aboga Karla.

Se ríen.

—No crean, a veces sí me pregunto si no estoy neceando con el tema… —confiesa Irene, viendo a Javi.

—Güey, te han pasado mil cosas estos años. Date chance. Si ya decidiste irte a Mérida, vete a Mérida —opina Karla.

—Stick to the plan —dice Denisse.

—Exacto. No te exijas tanto ni te hagas bolas —Karla pone la mano sobre la rodilla de Irene, maternal, y ella asiente, con una sonrisa tensa.

Con los ojos cerrados iré tras de él, con los ojos cerrados siempre lo amaré…
Javiera canta:
—*Con los ojos cerrados yo confío en él…*
Todas se unen:
—*Con los ojos cerrados yo le quiero creer, ¡le voy a creer!*
—Jajajaja.
—Qué chida era Gloria —suspira Javiera.
—Ey.

—Sólo te voy a pedir una cosa, gordo. Cuando te vuelvas escritor, nunca vayas a escribir sobre mí —Mauro junta las manos.

—Eso no te lo puedo asegurar, carnal.

—Te dejo que escribas sobre mí algún día si me respondes una pregunta. Pero tiene que ser con la verdad y nada más que la verdad.

—A ver.

—Quieres con Javi, ¿verdad?

Lencho sonríe nervioso y se ajusta los lentes.

—Sacabas sus calzoncitos de su cajón cuando vivía en tu depa y los olías, no te hagas.

Lencho se ríe, un poco más fuerte de lo habitual.

—Sí. Y me hacía collares con sus uñas y su hilo dental.

—Pinche perverso.

—Si ya sabes cómo soy, ¿pa' qué me preguntas?

—Te lo estoy preguntando muy en serio.

Lencho lo mira de reojo para corroborar que su tono empate con su mirada. Gana tiempo dándole un trago a su Coca. Finalmente responde:

—¿Quién podría no desear a Javiera Durán?

—No te pregunté eso. Pregunté si *tú* quieres con ella.

Lencho vuelve a despegar la vista de la carretera un instante para ver a Mauro.

—¿Te ardería si quisiera con ella?

Mauro se cuelga el mismo cigarro apagado con el que ha venido jugando todo el camino, esta vez en la oreja, y agita la pierna derecha.

—Si Javiera te llegara a pelar, gordo, sería tan surrealista que... no sé.

—¿Qué?

Mauro ve la carretera:

—Me mataría de risa.

Denisse le pasa una bolsa de papas a Javiera para que se la abra y se come unas gomitas de una bolsa abierta que tiene en el posavasos. Sin pensarlo demasiado, dispara:

—Güey, la neta, eso de que conforme creces ya no te pendejean tan fácil, no sé, ¿eh? Ve lo que nos acaba de pasar a Javi y a mí con César.

Como si fuera una mala broma, justo en ese momento se termina la canción y con ella el playlist que venían escuchando. Un silencio denso lo invade todo. Tanto que ninguna repara en el cielo espectacular y en el aire limpio y claro que las rodea más allá de las ventanillas y del aire acondicionado, ni tampoco en que justo pasan debajo de un letrero que reza: "Bienvenidos a San Luis Potosí".

Karla mira la alfombra de la camioneta:

—Ay, Dios mío. César. El oscuro episodio de César...

Denisse mete mal la velocidad y Javiera baja la mirada.

—¿Qué César? —pregunta Irene.

—Tú estabas en Viena. Olvídalo, fue un episodio del terror —dice Javiera.

—¿A poco Irene no sabe? —Karla levanta la cara, sorprendida.

—¿Qué? ¿Qué no sé?

—Mejor otro día con más calmita —murmura Denisse, arrepentida, hundiendo la mano en la bolsa de papas que sostiene Javiera.

—Ay, no mamen. Ya estamos aquí. Por algo lo sacaste a relucir, Den. ¡Cuéntenme, por fa! —pide Irene.

Denisse y Javiera intercambian miradas. Javiera se gira hacia Irene y le avisa:

—Ok. Pero *no* es una historia con happy end.

Javiera ya estaba divorciada y, después de una racha muy mala, subida por fin en un segundo aire. Ella y Denisse andaban en plan de solteras de oro, se habían sacudido las últimas moronas latosas de la culpa y las expectativas de los veintes y estaban ejerciendo plenamente su libertad sexual. En ese momento las dos estaban convencidas de que no querían tener hijos.

—Eran como unas *cougars* precoces —dice Karla.

—Más bien éramos como las de *Sex & The City* nomás que con dos bajas —precisa Denisse.

Todas se ríen.

—¿Cómo conocieron al tal César? —pregunta Irene.

Javiera describe:

—Estuvo loquísimo. Estaba yo en el metro…

—¿Fue cuando te robaron dos veces el coche de tu papá? —interrumpe Irene.

—No, güey, esto fue como diez años después, ubícate, plis. Estaba en el metro porque no encontré las pinches llaves del coche ni mi celular. Equis. La cosa es que de repente veo que este cuate está viéndome así, cabrón.

Javiera estaba acostumbrada a vivir con miradas encima, pero esto era distinto. Era una mirada descarada, indagatoria, casi infantil. Cuando salieron del vagón, el tipo se aproximó a Javi y le dijo, sin preámbulos:

—Eres como una rama de bambú. Haces como si fueras un roble, pero tu fragilidad y tu vulnerabilidad son tu mayor virtud.

Y sin dejarla responder, le dio un abrazo. Estaban a mitad del pasillo y lo único que Javiera atinó a pensar fue, Bueno, aquí con toda esta gente pasando no me va a violar, y se aseguró de traer colgada su bolsa. Pero el tipo la abrazaba con una agradable firmeza y olía a jabón. Al separarse la miró a los ojos con tal compasión que Javiera hasta creyó que el tipo iba a ponerse a llorar. En cambio sonrió y le dijo:

—Gracias.

—O sea, te mega sabroseó… —dice Irene.

—Jajajaja.

—Era como el primo hermano del hombre Nutrioli —dice Javiera.

—Jajajajaja qué horror.

Subieron juntos por las escaleras eléctricas del metro. Fue hasta ese momento que Javiera reparó en su atuendo de camisa blanca y pantalón de manta; un *yapa mala* colgando del cuello y una pulsera de Ganesh. El pelo corto y prolijo, como le gustaba a Javi. César le explicó que era terapeuta, y le agradeció haberse mostrado abierta a esa manifestación de "dar amor sin conocerse" que estaba tratando de implementar después de estudiar la técnica en Holanda. Ya en la calle, le dio su tarjeta y se despidió diciendo:

—Sueña con delfines.

—¿Qué clase de frase mamadora fue ésa? —dice Karla.

—No sé, pero yo en ese momento pensé que era una señal o algo así —responde Javiera.

—¿Por qué? —Irene se extraña.

—No sé, son lindos los delfines. Me gustan. ¿A ustedes no les gustan los delfines?

César no le había parecido nada feo a Javiera y con el paso de los días, al rememorar la escena en el metro, le parecía cada vez más inquietante y más sexy, así que al cabo de un par de semanas le llamó. César la invitó a tomarse un té en su consultorio. Estuvieron hablando por más de una hora.

—Neta parecía súper profesional —Javi sigue narrándoles a sus amigas en la Liberty—. Me hizo soltar la sopa como nadie, hablé por horas de lo de Roy, de mi familia, de todo… Me dijo cosas que nadie me había dicho y todo era así, súper intenso. Pero al mismo tiempo era como… ¿Cómo se dice cuando algo parece de una manera, pero al mismo tiempo parece de otra?

—¿Ambiguo? —sugiere Karla.

—Exacto, súper ambiguo. Así que la segunda vez que nos vimos me le acerqué y le puse la mano en el cuello y me dijo:

—Perdóname, Javi, las mujeres me fascinan, pero no para el sexo.

—¿Eres gay?

—Y él nada más se rio. Les digo, súper ambiguo. Pero era increíble platicar con él. La tercera vez que lo vi, invité a Denisse.

—¿Cómo era su consul? —quiere saber Karla.

—Pues ahí, una casa en la Narvarte, como sesentera… —responde Denisse.

—Era como la casa de su abuelita, güey —añade Javiera.

—Exacto. Olía como a casa de abuelita. Y el consultorio era todo así, como con muebles súper retro. Como si se lo prestara su abuelita, tal cual —agrega Denisse.

—Pero siempre tenía incienso y velas. Y unos cojines grandes tipo hindú para sentarse en el piso —describe Javi.

—Órale —Karla levanta una ceja al imaginarse el lugar.

—Nos empezamos a llevar cabrón los tres —continúa Denisse—. El pinche César era un seductor de serpientes, nos choreaba a lo grande.

—¿Como qué les decía? —Irene cambia de posición en el asiento de la camioneta, pensando lo rico que estaría un cigarro en ese momento, para el chisme.

Denisse y Javiera voltean a verse.

—Uta, ni me acuerdo bien.

Karla se adelanta y le explica a Irene:

—El tipo se decía terapeuta sexual y manejaba un champurrado de psicología transpersonal con Jodorowsky con constelaciones familiares y piedras.

—Madres —dice Irene—. ¿Y tú cómo sabes todo eso?

—Te digo, porque éstas me platicaron mientras tú andabas en Viena.

—Ah, claro —recuerda Irene—. ¿Y entonces?

Denisse retoma:

—Güey, a tal grado llegó la confianza que le teníamos a César, que yo por fin pude soltar lo que me pasó de chiquita.

—No mames, Den —Irene se endereza en el asiento, alarmada—. ¿Lo que me platicaste?

—Sí. Hasta ese momento sólo lo sabías tú. Luego ya lo supo César y esta babosa, y ahora hasta Karla sabe.

—¿Cómo que "esta babosa"? —Javiera le pega con la botella de agua vacía.

—"Hasta Karla sabe" —bufa Karla—. Qué poca.

—Oh, bueno, perdónenme la vida. No es un pinche tema fácil, ¿sí?

Durante una época de su infancia, Denisse pasó los veranos con su familia en Estados Unidos, en la casa de un socio de su papá. Tenían un contrato de venta de químicos para fracking que se renovaba cada año. El socio, de nombre Wilson, era un magnate y le gustaba recibir a la familia de su amigo mexicano y repasar las condiciones del contrato durante un par de semanas entre barbecues y las botellas de finísimo tequila artesanal que Horacio, el padre de Denisse, le llevaba de regalo. El lugar era idílico. La casa, con varias hectáreas de terreno, estaba junto al bosque y detrás pasaba un río. Tenía caballos, una alberca y en el bosque había venados. Denisse y sus hermanos se la pasaban trepados en la bicicleta, metidos en el agua, bronceados y salvajes, comiendo popsicles. Wilson tenía un hijo, Brock, que tenía casi doce años cuando Denisse tenía casi nueve. Algunas tardes Brock, *right after supper,* cuando todavía no se hacía de noche y los adultos estaban jugando cartas o viendo televisión, tomaba la mano de Denisse y le decía:

—*Come on, let's go see the deer.*

Los hermanos de Denisse no estaban invitados y nadie preguntaba por qué. Solamente Siena, su madre, rechistaba.

—Niños, ¿ustedes no quieren ir?

Pero para ese momento Brock ya estaba fuera de la casa con Denisse.

—No seas controladora, Siena, deja que Denisse tenga un amigo propio, se la vive pegada a sus hermanos —repetía cada vez con diferentes palabras Horacio, y luego chocaba su exquisita copa de tequila con la de Wilson.

—Íbamos al garage de la casa y pues nada... en dos veranos dio tiempo de que pasara de todo —explica Denisse en la Liberty—. No me pregunten, porfa. Pero básicamente de todo. Yo pensaba que a mí también me gustaba, pero luego llegaba a la casa sintiendo que algo no estaba bien. La tarde antes de que nos regresáramos a México la última vez, llegó este niño a decirme "let's go see the deer" y yo no quise. No fui. En la noche le conté a mi mamá lo que había estado pasando. Se puso blanca como la pared. Regresamos a México y nunca volvimos a la casa del socio de mi papá, no volvimos a pasar ahí ni un verano. Yo sentí que mis hermanos me odiaron por haberles quitado eso, y también mi papá, porque al año siguiente su contrato con Wilson se terminó. A todo esto, nunca vi un maldito venado.

César se levantó de su silla de piel rústica y abrazó a Denisse durante un minuto entero. Luego la miró a los ojos con su estudiada expresión empática y compasiva y le dijo:

—Eran unos niños. No hubo nada sucio ahí. Perdónate.

—Y después lloré como poseída. Creo que eso estuvo bien, me hacía falta.

—¿Cómo que "perdónate"? ¿Y cuáles niños? Ese cabroncete ya tenía doce años, Denisse. Sabía perfectamente lo que estaba haciendo —dijo Karla. Denisse, Javiera y ella estaban en el departamento de Denisse, uno nuevo, en Bucareli, tomando cervezas.

—César dijo que no fue abuso.

—¿Cómo no va a ser un abuso? ¡Claro que fue un abuso! —vociferó Karla, furiosa.

Javiera, consternada, tenía una mano prensada de su Minerva, y la otra amarrada al brazo de Denisse.

—Y me dijo otra cosa.

—¿Qué?

Denisse tomó valor y dijo, con un suspiro cargado de pesadumbre:

—Me dijo que si yo era tan sensual, era gracias a él. Que tenía que agradecérselo.

—¿Gracias a quién? —respingó Javiera.

—Gracias a Brock.

—¡¡¿¿Quéeee??!!

Karla tiró sin querer la botella de cerveza a medias, la cual se rompió haciendo un reguero aparatoso. Mientras limpiaba y barría los pedazos de vidrio rotos con la ayuda de Denisse y Javi, Karla siguió despotricando:

—Carajo, me cagan esos chamantinflas que se sacan un diploma de cualquier lado y con eso se ponen a chorear a la gente para sacarles dinero llamándose "terapeutas". No mames, por culpa de esos imbéciles la terapia tiene la fama que tiene. Por favor no vuelvan a ver a ese cabrón. Es un perverso.

Pero para cuando Karla lanzó la alerta, el daño ya estaba hecho.

—¿Qué les hizo? —Irene tiene las uñas prensadas en el asiento de la Liberty.

Una noche, César invitó a Javiera y a Denisse a su consultorio. Les dio el té de hierbas de siempre y les pidió que se lo bebieran despacio. Se pusieron a hablar y a los quince minutos, Javiera notó:

—Uf, qué calor. Estoy sudando.

—Yo también, pero como que tengo frío —se rio Denisse.

—Se ven contentas —César dijo desde su silla rústica, beatífico.

—¿En serio? —Javi miró a su amiga.

—Yo sí, estoy contenta. Como en el día de mi graduación de primaria.

César rio de buena gana:

—¿Cómo fue tu graduación de primaria, Denisse?

—No sé, fue un día feliz. Me la pasé bien. Me gustaba mi primaria.

—¿Quién era tu maestro favorito de la primaria?

—Maestro… maestro… —Denisse hizo memoria—, la mayoría eran maestras, pero había uno de dibujo. Se llamaba Jaime, creo.

—¿Y cómo era?

—Alto, bigotón. Estaba rico —se rio.

—¿A ti qué maestro te gustaba, Javi?

—El de deportes siempre traía un hard on, era un asco —se carcajeó.

—¿Nunca tuvieron sexo con algún maestro? ¿Nunca se les antojó?

—Se me hace que les dio GHB el hijo de puta —sospechó Karla en casa de Denisse, la misma noche en que le contaron todo.

—¿Qué es eso? —Denisse arrugó la nariz.

—Una droga de diseño que desinhibe y te pone sexoso y así.

—¿Es al que le dicen éxtasis líquido? —recordó Javiera.

—Sí, pero no tiene nada que ver con la composición del éxtasis. Con esa madre se te pasan las cucharadas o lo mezclas con algún depresor y puedes acabar comatosa, güey.

—No mames. ¿O sea que le tenía que haber hecho caso a mi mamá cuando me dijo que no aceptara bebidas que no abrieran enfrente de mí? —intentó bromear Javiera, pero ninguna logró reírse.

—Tengo como sueño. Pero se siente riquísimo —Denisse se dejó caer sobre los cojines hindúes del consultorio de César, retozando. Él ya las había animado a que se quedaran en ropa interior para permitirse "aumentar su sensibilidad".

—A ver, ¿qué pasa si se sienten un poquito?

—O sea… ¿entre nosotras? —se rio Javiera, con nervios infantiles.

—Un poquito. Miren. Sientan sus manos, sus brazos… qué rico…

—La verdad sí estaba rico —confiesa Denisse.

—Acaríciense. Como amigas. Déjense sentir ese amor que se tienen. Despacio. Javiera y Denisse empezaron a tocarse el cuello, la cara…

—Necesitas un poco de crema humectante, chula —dijo de pronto Javiera. Las dos se troncharon de risa. A César no le causó gracia. Se levantó de la silla donde las observaba y se hincó en la alfombra delante de ellas.

—Eso es miedo. No tengan miedo. Siéntanse. Es sólo amor. Actúen como mujeres. Ya no son unas niñas. Sean mujeres, sean valientes para amar.

Desarmadas por el contenido del té, seducidas por César y con ganas de experimentar cosas extremas, Denisse y Javi accedieron a quitarse la ropa delante de él. Luego César se desnudó, sin dejar de alabar sus cuerpos, y les ordenó que se tumbaran en la alfombra.

—¿No que era gay? —salta Irene en la Liberty.

—Cero gay. Ése era su gancho —explica Javiera.

—¿Y a poco ustedes… se… o sea… entre ustedes…? —Irene mira a una y a otra, azorada.

—No —Denisse voltea a ver a Javiera—. Te quiero mucho, güera, pero no te daba.

—Chale. ¿Por alguna razón en especial?

—Estás muy flaca para mí.

—Ah, yo pensé que te gustan más los penes.

—También. Y los *panes*, sobre todo los panes —dice Denisse.

Todas se ríen a carcajadas, a un volumen excesivo que busca tapar lo abyecto y angustioso de la experiencia con César.

Una semana después, Lencho estaba surfeando la red en busca de algo inspirador y se metió a su página porno japonesa favorita, luego a una alemana y después a una sueca. Se talló los ojos varias veces para asegurarse de que era cierto lo que veía, y estuvo tentado a tirar su marihuana por el excusado porque pensó que estaba teniendo alucinaciones: su más grande fantasía sexual estaba de pronto materializada en la pantalla. Cerró la computadora con pánico y la volvió a abrir al día siguiente, sobrio, para asegurarse de que era cierto. Y lo era. Denisse y Javiera estaban en una misma habitación, de aspecto retro, teniendo sexo con un tipo con la cara fuera de cuadro. Lencho pasó de la confusión al estupor y de ahí a la intriga. No sabía si sus amigas lo habían hecho voluntariamente o si aquel tipo se había aprovechado. En ese caso tenía que decírselos, pero se moría de vergüenza. Unos días después, finalmente reunió el valor y mientras preparaba unos Jacks en la cocina de su departamento les dijo, con una risa exagerada:

—Qué cosas tan locas hay en internet. Andaba navegando y de repente me encontré a dos morras igualitas a ustedes poniéndole con un cuate.

—Güey, cuando lo dijo casi se me sale el corazón —dice Javiera en la Liberty—. El cabrón de César tenía cámaras en su pinche consultorio. Nos pusimos a ver y tenía como veinte videos en esa página.

—Todos de él con diferentes chavas —añade Denisse.

—… Pero nunca sale su cara —acota Javiera.

—No, nunca, pero es él cogiéndose viejas de a una, de a dos y hasta de a más.

—¿Se las liga en el metro, se las terapea y al final se las coge? —recapitula Irene, escandalizada.

—No sé si en ese orden, pero se las coge y luego vende los videos a esta página porno —dice Karla.

Irene no sale de su estupor.

—Carajo. No puedo creerlo. No puedo creerlo. Qué cabrón, qué hijo de puta…

—Estábamos listas para ir a denunciarlo —Denisse voltea a ver a Javi, quien se mira una uña rota.

—¿Y qué pasó?

Lorenzo llegó en su Peugeot al consultorio en la Narvarte a las siete de la mañana y se estacionó en la esquina. Todavía fumaba y se terminó una cajetilla esperando. Finalmente vio llegar a César. Venía solo, a pie, con su camisa blanca y sus pantalones de manta. Lorenzo se bajó del coche sin chistar y lo interceptó en la entrada.

—¿César?

—¿Sí?

—Vas a ir a tu computadora en este momento y vas a eliminar el video de Javiera y Denisse. Que no quede rastro. ¿Está claro?

—¿Perdón? —sonrió César, socarrón—. ¿Y tú eres?

—¿Yo? Soy tu fin, cabrón.

César no despertó hasta cinco minutos después. El puño de Lencho tenía el tamaño de la cabeza de un niño pequeño y con un solo derechazo en la cara tumbó a César, quien al caer se golpeó la mejilla contra un escalón de piedra. Mientras aceleraba por Doctor Vértiz, Lencho tuvo miedo de haberlo matado.

—¿Y no lo mató? —Irene se muerde las uñas.

—No, pero el güey desapareció de la faz de la Tierra. Nunca volvió al consultorio ni a contestar el teléfono ni nada. Estuvimos checando y tampoco vimos más videos —explica Denisse.

—Si siguieran ahí, Fabio ya los hubiera encontrado —Javi suelta una risita.

—A lo mejor sí lo mató —sugiere Irene, agobiada.

—Nel —asegura Denisse—. Le preguntamos a la doña de la papelería de enfrente y nos dijo que lo vio después de ese día sacando unas cajas.

—¿Y cómo supieron que Lencho se lo madreó? ¿Él les contó?

—Nos lo confesó meses después —dice Javiera.

—El baboso nos espantó al pinche César —sonríe Denisse.

—La neta, aventarse un pleito legal hubiera estado de hueva —opina Karla.

—Dímelo a mí —Javiera rueda los ojos.

—Así por lo menos alguien le partió la cara —opina Irene.

—Deja tú eso, güey. Quitó el video —dice Denisse—. Le debemos la vida a Lorenzo, la neta.

—Tuvieron mucha suerte, güeyes —dice Karla, severa—. Qué bueno que no pasó de eso. Pudo ponerse mucho peor.

—Sí, nos hubiéramos vuelto celebridades involuntarias —intenta bromear Javiera.

—Se los digo neta —continúa Karla—. Imagínense que alguna se pasonea y se colapsa ahí, en el consultorio… o que les contagiara algo… No sé, se me ocurren treinta formas en que esto hubiera podido terminar muy mal.

A Denisse le irrita el tono inquisitorial de Karla, pero en lugar de decirle algo, se vuelve hacia Javiera y comenta:

—¿Ya ves, güey? Eso nos pasa por andar de putas.

Javiera sonríe.

—El problema no es lo putas… —dice Karla, y se reprime antes de decir la siguiente frase, que Irene parece adivinar y completa:

—Güey, nadie está exento de hacer pendejadas. Nadie.

—Pues sí, pero hay que cuidarse tantito —termina Karla, casi en un susurro.

Y ya nadie dice nada. De pronto vuelve a la camioneta el temido silencio que dejan las heridas que todavía están medio frescas, expuestas al aire. Irene se recorre al borde de la sección posterior de la Liberty y por el hueco entre los asientos estira los brazos para abrazar como puede a sus amigas y llenarlas de besos hasta donde alcanza. Karla ya no dice nada en un buen rato y se pone a ver su teléfono sin ver nada, con unas inexplicables ganas de llorar.

La caravana llega por fin a Matehuala, la ciudad más cercana a Real de Catorce. Lo primero que hacen es sacar dinero. Cuando Denisse sale del cajero, Irene se le aproxima.

—¿Ya estás más tranquila?

—¿De qué?

—De que ya pudiste sacar denarios.

—Ah… sí, ya —Denisse se cuelga su bolsa cruzada.

—¿Ves? No se acabó el mundo.

Mauro escucha y se acerca:

—Pero si quieres aquí a dos cuadras está la estación de autobuses y seguido sale uno para México, ¿eh? Por si todavía te quieres regresar.

—Cállate, menso.

—Neta. Cualquiera de nosotros se puede regresar tu camioneta —Mauro la sigue molestando.

—*Nadie* se va a llevar mi camioneta, ¿entendido?

Enfrente del cajero hay una tienda donde Denisse compra diversas cosas inútiles, como un llavero, unas chanclas de repuesto y una pelotita antiestrés, además de golosinas. Javiera está formada en la cola para comprar cigarros y una botella de agua cuando Karla la asusta con una máscara de lobo feroz.

—¡Ay, pendeja! ¿Qué es eso?

Karla avienta la máscara junto con otras de Frankenstein, Freddy Krueger y Donald Trump, las cuales están a la venta por el próximo Halloween.

—Hay que escondérselas a Denisse, si no, se va a llevar tres.

—Mejor que me compre un celular… —dice Javi.

—Mejor no. Ésos son nocivos para la salud.

—Juar, juar —Javi rueda los ojos.

—¿Te veo afuera?

—Va.

Karla sale de la tienda con los churritos y el chocolate que acaba de comprar y ve a Mauro, que está sentado en una bardita a unos metros de ahí. Se le acerca.

—No te compraste nada. ¿Quieres algo?

—Estoy bien.

—Si quieres te picho unas papas o algo.

Mauro alza las manos y niega, reforzando:

—Ya bastante paro me has hecho.

—Güey, no me voy a morir por picharte unas papas, no jodas.

—Neta estoy bien. Gracias, Karl.

Karla se sienta junto a él y abre sus churritos.

—Pero si me vas a preguntar otra vez qué les dije a los tiras, no te lo voy a decir —advierte Mauro.

—No te voy a preguntar eso. Te quería preguntar otra cosa.

—¿Qué?

—¿Cómo vas con las meds? ¿Andas tomando algo ahorita?

—Nada más litio. Ya, de mantenimiento.

—¿Y? ¿Te cayó bien?

—Creo que sí. No me siento tan aplanado como pensaba.

—Qué bueno. ¿Y cómo te está yendo con…? —Karla trata de recordar el nombre.

—¿María?

Karla asiente, dudosa.

—¿Sí se llama así?

—Sí. Y así me gusta decirle.

—Ok. ¿Y cómo van?

—Bien. Salvo por el hecho de que me quiero casar con ella y ella no me da bola.

Karla se ríe.

—Eso es bueno. Se llama transferencia.

—Ok. Entonces ya me puedo suicidar —se ríe Mauro. Luego aprieta el brazo de Karla—. Gracias por no decirles nada a estas cacatúas —Mauro señala con la cabeza la tienda donde todavía están sus amigas.

—Se preocupan por ti.

—Yo sé. Pero como que por primera vez en mucho tiempo siento que tengo algo mío, así, de veras mío, y no tengo muchas ganas de que esté toda la banda opinando al respecto. ¿Me entiendes?

—Claro que te entiendo. Ése es tu espacio.

—Y gracias por mandarme con ella.

—Es chida, ¿no? Yo no la conozco mucho.

—Pensé que sí.

—Nop. Sí la topaba de la escuela, pero fue un profesor de la formación el que me dio su dato.

—¿Ah, neta?

Karla asiente.

—Él está clavado en el tema de adicciones y esta chava hizo prácticas con él. Es picuda. Cuando regresó de Portugal fundó este centro de adicciones con unos compañeros.

—¿Ella?

—Sí, ella. Con unos compas.

Mauro luce impresionado, cosa rara en él.

—Wow. Se ve muy chava. Pensé que era como de nuestra edad.

—Ya, ya, no hagan grupitos, ¿eh? —Javiera se acerca con una botella grande de agua—. ¿Quién me presta cinco pesos para el baño? No tengo nada de cambio.

Karla abre su monedero de tela.

En ese momento Lencho empuja la puerta de la tienda con la cadera, mientras sostiene cuatro bolsas con ambas manos, y deja que Irene y Denisse salgan mientras canta:

Oh I get by with a little help from my friends, I get high with a little help from my friends…

—Qué cargamento. ¿Tú eres el señor Bimbo Sabritas? —Javiera hurga en una de las bolsas.

—Cómo chingan. ¿A ver, ustedes qué compraron? —Lencho se asoma a la bolsa de Irene—. ¿Paletitas? Si no nos vamos a meter ácidos, madre.

Javiera expone:

—Cuando estén tripeando y mueran por algo dulcecito que chupar y morder, se van a acordar de nosotros.

—Sin albur —dice Mauro.

Hay risitas.

Mauro divisa otra cosa entre las bolsas de plástico de Lorenzo. Señala con el cigarro:

—¿Eso es un pomo?

—Sip. Mejor que chelas, ¿no? Para no tener que llevar hielo para enfriarlas y todo ese desmadre —dice Lencho.

Mauro se tensa. Irene voltea a verlo.

—El peyote no se lleva para nada con el chupe, ¿eh, güey? Pero nada —previene Mauro.

—Dijo el metodista nacional. No jodas, cabrón —Lencho se encamina al coche con las bolsas, soltando una risita.

Irene lo detiene, seria:

—Es neto eso, Lench. Yo que tú devolvería ese pomo de una vez —le sugiere—. Nadie se lo va a tomar.

—¿Nadie? ¿Quién es nadie?

Lencho mira a sus amigos. Nadie lo apoya, ni siquiera Karla.

—No mames, qué hueva. Parece que vine de viaje con mis abuelos, y eso que ni tengo.

A regañadientes, Lencho está a punto de regresarse a la tienda para devolver la botella cuando su teléfono empieza a vibrar en el bolsillo de su pantalón.

—A ver, ¿me detienes tantito?

Mauro agarra la bolsa donde viene la botella, que resulta ser de tequila. Lencho saca su celular y lo ve:

—Es Claudio.

Irene da un paso automático hacia él. Los demás se quedan en su lugar, expectantes.

—¡Ponlo en speaker! —pide Javiera.

Pero Lencho se aleja, manoteando:

—¿Qué pasó, carnal?... En Matehuala —Lencho los mira mientras escucha—. Ah... ok... ok. ¿Entonces cómo?... Vale. Me mandas la ubicación, ahorita la cargo... Sí, seguro se va a volver a ir la señal. Perfecto. Ahorita nos vemos. Besos, hermano.

Lencho cuelga y les comunica a sus amigos:

—Ya no vamos a Real. Dice Claudio que sería perder mucho tiempo.

—¿Entonces? —Javiera se despega de la barda.

Denisse cruza los brazos, contrariada.

—Ya tenemos comida, latas, cacharros y todo eso, ¿no? Para la acampada —inquiere Lencho.

—Sí, señor —responde Irene.

—Todo eso lo traemos desde México —añade Karla.

—Ok. Entonces nada más hay que comprar bastante agua —Lencho mira hacia la tienda.

—¿A dónde vamos o qué? —Mauro se baja de la barda con el cigarro en la mano.

Lencho ve su celular:

—Listo, ya me llegó a la ubicación.

—¿De dónde?

Luego se guarda el aparato en el bolsillo y responde:

—Nos vamos directo al desierto.

21

Hace calor y la vegetación es baja. El sol de octubre hace brillar hasta la última hoja de los arbustos que salpican el camino árido. El cielo es tan azul que parece irreal. La Sierra Madre sigue flanqueando el camino, a lo lejos. El aspecto de los seis ha cambiado desde la mañana anterior. Las chamarras citadinas han quedado al fondo de la cajuela y han sido sustituidas por paliacates y sombreros, camisetas sin mangas y lentes de sol; las botas gastadas y toscas han reemplazado los tenis estilosos pero incómodos de la ciudad. Ya no se preocupan por que haya señal del teléfono. Algunos lo traen apagado, a otros ya se les acabó la batería. Han entrado a otra dimensión. Lo han asumido finalmente: están de viaje.

Cambian de coches y de lugares. Irene maneja el Peugeot con Lencho de copiloto y Karla atrás. En la Liberty conduce Javiera, con Mauro junto a ella y Denisse atrás, recostada en el amplio asiento. Intenta dormir un poco para reponer la mala noche en el colchón incómodo de la posada Rubí, pero no lo está logrando.

—¡Miren! Unas vías de tren —señala Javiera.

—Cuando vine con Claudio, todavía alcanzamos a hacer el viaje en tren —les cuenta Mauro.

—¿De veras?

—Ey. Salían de Buenavista y llegaban a Estación Catorce. Era lento como la erosión, pero valía la pena. Costaba treinta pesos.

—¿En serio? —Denisse levanta la cabeza y la recarga en su mano.

—Wow —Javiera mira el paisaje, encantada—. Me hubiera fascinado venir a este lugar en tren.

Mauro le sonríe.

—Es una pena que hayan abandonado así los trenes en México, ¿no? Deberían rehabilitarlos —opina Denisse.

—Y también deberían desentubar todos los ríos de la ciudad —dice Javiera.

—A huevo —dice Mauro.

—¿Y cómo les fue esa vez con Claudio, güey? ¿Cuándo fue que vinieron, o cómo estuvo? —quiere saber Denisse.

—Pues fue la primavera antes de terminar la prepa. Ese año nos metimos de todo. Éramos unos atascados... jeje.

—Ya para que tú lo digas... —Denisse entorna los ojos.

—Yo de psicodélicos sólo he probado ácido y hongos. ¿Tú, Den? —Javiera la mira por el retrovisor.

—Yo sólo ácido y mota.

—La mota no es un psicodélico —corrige Mauro.

—¿Cuál es la diferencia? —pregunta Javiera.

—Psicotrópico es cualquier cosa que afecta el sistema nervioso central. Desde la mota hasta las pastillas para dormir. Un día te lo expliqué, Denisse.

—Sí, pero obviamente ya se me olvidó.

—Entonces no todos los psicotrópicos son psicodélicos —concluye Javiera.

—Evidentemente no. Pero todos los psicodélicos *son* psicotrópicos —dice Mauro.

—Y aquel que lo psicotropice será un gran psicotropizador —Denisse extiende los brazos.

Mauro aplaude:

—Bravo, señoritas. Ya se graduaron de teoría I.

—Pero en la práctica llevamos carrera larga... —dice Javiera, y los tres se ríen—. ¿Por qué te da tanto miedo el peyote si te has dado ajos, Denisse?

—No sé, yo creo que porque el ajo lo he usado más para la fiesta y el desmadre, y esto suena a que es otra cosa...

—¿Qué es más fuerte? —Javiera voltea a ver a Mauro.

—¿De qué?

—De los psicodélicos.

—Es que no tienen nada que ver. Los hongos son del reino fungi, el peyote es del reino plantas, el LSD también se fabrica con un hongo... Es como si me preguntas qué es más fuerte, si un gato o un alga.

—Bueno, pero ya sabes... los efectos, y todo eso —dice Denisse.

—Pues es que depende de mil factores. Para cada quien es diferente. Por ejemplo, para mí sigue sin haber nada tan cabrón como el ácido lisérgico.

—... Mismo que dijiste que no volverías a tocar en tu vida —Javiera voltea a verlo.

Mauro quisiera ver sus ojos, saber si hay algo detrás de esas palabras además de la preocupación de una amiga, pero los lentes de sol de Javiera lo dejan en vilo. Denisse comenta de pronto:

—La verdad es que sí es una delicia, el ajiño...

—Cállate, Denisse, que lo vas a antojar —pide Javiera.

—Güey, no me traten como si tuviera cinco años. Es más. Hablen del ajo. Hablen, por favor. Me sirve. Se los prometo.

—¿Como cuando dejas de fumar y pides que te echen el humito? —se ríe Denisse, abriéndose unos Choco Roles.

Mauro voltea a ver a Javiera, que tiene las manos prensadas del volante y el rostro tenso. Odia esta situación. Le gustaría regresar el tiempo diez años y estar en Ixtapa con Javiera entre sus brazos, lánguida, hiper sensible y risueña; mirar sus ojos índigo centellear mientras repetía: "Qué rush...".

—Güey, ¿se acuerdan de ese ajo en Maruata? La vez que fuimos con Claudio, Irene y Lencho —dice Denisse.

—Uf, claro —Javiera rebasa una pickup.

—¿Se acuerdan de cómo nos dio este rollo loquísimo en el atardecer de ver exactamente las mismas figuras en las nubes?

—A huevo. Claudio se alucinó con que era una ciudad turca y no sé qué tanta mamada... —recuerda Mauro.

—Cómo nos reímos esa vez. Me acuerdo y me duele la panza —dice Javi.

—Y cómo bailamos con esos tambores... —suspira Denisse—. Es que bailas *contigo*, ¿no? Siempre bailas solo o con alguien, en ácido bailas contigo mismo.

—*Explorar el inconsciente sin ningún temor, con espíritu valiente sin ningún temor...* —cantó Mauro, desafinado, en el consultorio de María, dieciocho meses atrás. Ella tuvo que hacer un gran esfuerzo por reprimir una sonrisa—. ¿Nunca escuchaste "Conozca el interior" de Les Luthiers? —le preguntó él con entusiasmo infantil—. Habla del ajo.

—Y los visuales... Cómo respira y vibra todo... uf... —Denisse abraza su cabeza.

—Bueno, ya ¿no? —Javiera se gira un segundo, censurándola.

—¿Qué se mueve ahí, químicamente? La serotonina, ¿verdad? —pregunta Denisse.

—Así es, chulas. Igual que con algunos honguitos, la ayahuasca...

—Yo pienso que con las drogas correctas no se busca el placer, sino el conocimiento —siguió Mauro en el consultorio de María—. Con el ácido ves la realidad sin velos, la esencia de las cosas.

—¿Y qué realidad pudiste ver?

—El agua es lo mejor. A mí no me gusta tomar otra cosa cuando estoy en ajo, no me entra —dice Denisse, y rectifica—: Bueno, si me llego a tomar algo, es un gin. Sabe delicioso, súper fresco.

Javiera no comenta nada y Mauro tampoco. Abrir una botella de ginebra estando high de LSD es de las últimas cosas que Mauro recuerda haber hecho antes de despertar en el psiquiátrico con los pantalones rotos y la frente desgarrada, sin camisa y sin zapatos.

—¿Y cuál es el lado oscuro? ¿Dirías que no lo hay? —preguntó María.

—Claro que hay. Por algo estoy aquí, ¿no? —Mauro encogió los hombros y empezó a mover la pierna derecha.

—¿Cuál es el lado oscuro del LSD, para ti?

Mauro lo pensó un poco.

—"El riesgo es desperdiciar el alma, y la esperanza ensanchar sus confines" —citó.

María preguntó, pausada:

—¿Qué es para ti desperdiciar el alma?

Mauro no respondió de inmediato. María aguardó hasta que lo hizo.

—Pues… si el viaje es un ejercicio con tu alma, entonces desperdiciarla sería como quemarla… quemar la mecha rápido, agotarla. Gastártela.

—¿Como si fuera dinero?

A Mauro no le gustó la sugerencia, volvió a ponerse irritable.

—Equis. ¿Siquiera has leído a Michaux?

María dudó en responder a la pregunta y a la provocación; podría haber contestado con otra pregunta o retomado otro punto de la charla, pero decidió no tratar a Mauro como a cualquier paciente. Sabía que así era como él había transitado y huido de otras terapias.

—Conozco a Henri Michaux, sí.

Mauro se relajó un instante, sólo para tensarse de nuevo.

—No sé. Te veo escéptica.

María cambió de posición. Él también.

—No puedo hablar de esto con alguien escéptico que va a condenar el LSD y a tacharlo de droga espantosa de muerte y perdición sin haberlo probado siquiera.

—¿Y tú cómo sabes que no lo he probado? —dijo María.

Mauro inclinó el cuerpo hacia adelante, esperanzado y cauto:

—Entonces sabes que ese pedo es medicina…

María lo pensó unos instantes antes de formular su respuesta:

—Hay muchos tipos de medicina. Está la medicina que actúa sobre el síntoma, que te hace sentir bien, que te quita el dolor, que te restaura. Desde una aspirina hasta la pomada que te untas en un golpe. La música es medicina. El mar es medicina. Y todo eso está muy bien.

—Increíble —subraya Mauro.

—Sí. Pero no lo es todo.

Mauro volvió a recargarse en el respaldo del sillón.

—Tú estás hablando de algo más profundo, Mauro. Estás hablando del conocimiento de sí. Y el conocimiento de sí es la única medicina realmente efectiva. Más que medicina, es como una vacuna, como una capa invisible que te inmuniza, que te hace fuerte, pero fuerte *de verdad*. Contra lo que sea. Contra cualquier tipo de dolor. Del cuerpo o del alma.

Mauro se puso a jalar un hilacho suelto del brazo del sillón, escuchando a María, quien continuó:

—Y para el conocimiento de sí no hay atajos. Es un camino que tiene que andarse, todos los días. Pero luego uno se confunde y accede a las "medicinas" para saltarse ese paso. Para que las cosas "te pasen" en lugar de tomar decisiones y llevar el timón de tu vida.

Mauro guardó silencio. Un minuto, dos. María no dijo una palabra. Esperó hasta que Mauro sugirió:

—Yo creo que el camino se puede hacer acompañado de una sustancia…

—¿No crees que sale muy caro?

Mauro bajó la mirada, estuvo a punto de hacer el chiste de que un gotero de ácido es más barato que una semana de terapia, pero se contuvo. María siguió en la misma línea, como si lo hubiera adivinado:

—No estoy hablando del precio, estoy hablando del costo. El costo psíquico.

Mauro asintió, con la cabeza gacha.

—El uso se maniobra… —dijo María.

—Si no te venden veneno de ratas en lugar de cocaína o te metes un kilo de una sentada… —interrumpió Mauro.

—Exacto. Con un poco de suerte, se maniobra. El problema es el abuso. Que toda tu energía esté puesta en hacer *eso*. Que consumir se vuelva lo único, que se vuelva todo, que se chupe tu vida.

Mauro la vio:

—Que desperdicies el alma.

—Cedral. Real de Catorce. San Tiburcio —Lorenzo lee el letrero desde el asiento del copiloto del Peugeot—. Ya nos estamos acercando, chatitas… ¡Aaaaau!

Our love… our love is all of God's money… each one is a burning sun.

—Oye, Lench —dice Irene, desde el volante.

—Dime, flaquis.

—Está bueno este disco.

—Un poco hipster, Wilco… pero se lo perdonamos.

—Oye, ¿te acuerdas del rave de Malinalco?

—¿Cómo olvidarlo? —Lencho voltea a ver a Karla, pero ella está concentrada leyendo algo en su teléfono.

—Cuando Adam se peleó con un chaca-raver… tú estabas, ¿no?

—Güey… no sólo estaba. Evité que le partieran la cara.

—Qué modesto —dice Karla desde el asiento trasero, sin dejar de ver la pantalla.

—Oh, bueno.

—¿Y cuándo pasó lo de que Adam se lo choreó en grande y el raver le regaló un guato y acabaron brothers? —quiere saber Irene.

Lorenzo mira hacia la carretera, confundido:

—Pues ha de haber sido después, yo no vi nada de eso.

—Ya —Irene frunce el ceño.

—Yo lo único que vi fue a un tipo sediento de sangre —se ríe Lorenzo.

—Que estaba hasta la madre de anfetas o de speed o de algo así, ¿no? —pregunta Irene.

—¿Quién te dijo eso?

—Adam.

—Adam no hubiera sabido distinguir entre un anfeto, un perico y una guacamaya —interviene Karla.

Irene y Lencho se ríen, pero Irene se queda con una sombra de extrañeza. Karla lo nota y dice:

—A lo mejor Adam te contó toda esa historia de la amistad y el guato para no preocuparte, flaca.

—A lo mejor.

Karla se arrima en el asiento y dice:

—A ver, ¿quieren que les lea esto, o no?

—¿Ya lo encontraste? —pregunta Irene.

—Sí, hace horas.

—Venga —Lencho aplaude una vez.

Karla se acomoda, se aclara la garganta y lee de su teléfono:

—"La experiencia psicodélica es un viaje a nuevas esferas de la conciencia. Los alcances y el contenido de las experiencias no tienen límites, pero su rasgo característico es la trascendencia de conceptos verbales, de las dimensiones de espacio y tiempo, y del ego o la identidad. Por supuesto, la droga no produce la experiencia trascendente, meramente actúa como una llave química que abre la mente, libera el sistema nervioso de sus patrones ordinarios y estructuras."

—Exacto. No es que la sustancia "ponga" cosas en tu cabeza, sino que permite que fluya lo que ya está ahí —dice Irene.

—¿De quién es la cita? —pregunta Lencho.

—De Timothy Leary —Karla deja a un lado su teléfono.

—Qué chido —dicen Irene y Lencho, casi a la vez.

—¿Ése no es el que tenía la teoría de que los simios evolucionaron gracias a que comieron hongos alucinógenos? —pregunta Irene.

—No, ése fue Terence McKenna —dice Karla—. El papá de la cultura rave.

—¿No fue Darwin? —bromea Lencho.

—Jajajajaja.

—A mí se me hace que ese güey se las tronaaaaba —Lencho hace voz de pacheco y se fuma una bacha imaginaria.

—¿Darwin? Seguro —juega Irene.

Los tres se ríen. Después se quedan en silencio, disfrutando del paisaje vasto y bajo durante unos minutos, hasta que de pronto, Irene confiesa:

—Me da un poco de miedo, no lo puedo evitar. Pienso en Acapulco y me cago.

—Yo también. La neta —dice Lencho—. El piensachueco me da miedo cabrón.

—¿Qué es el piensachueco? —pregunta Irene.

—Pues cuando la mema se te echa a andar con pensamientos oscuros, güey. Cuando no te puedes salir de tu cabeza y te dice puras cosas feas —explica Lorenzo.

—¿Y por qué crees que te diría cosas feas ahora? —Karla se interesa.

—No sé, por nada en especial, pero me da miedo lo que pueda yo tener ahí escondido, ¿sabes? —Lencho se detiene, pero decide elaborar un poco más—: Que empiece yo a regañarme a mí mismo por pretender ser un chingón, y esas pendejadas.

—¿Por pretender ser un chingón o por no ser tan chingón como crees que deberías ser? —sugiere Karla.

Lorenzo se queda pensando:

—Buen punto. La neta no sé.

—Güey, todos nos exigimos un chingo, tanto por exigencias propias como por las de otros.

Las palabras de Karla resuenan en Irene, que pregunta:

—¿Y qué se hace con eso?

—¿Neta me lo estás preguntando?

—Sí, güey.

—Ir a análisis —responde Karla, categórica.

—Mta... —Lorenzo se desinfla.

Karla sabe que a sus amigos no les gusta que les dé lata con eso. Vuelve al punto de Lorenzo:

—Pero no hay que clavarnos en el miedo y el piensa gacho... ¿o cómo era?

—Piensachueco.

—Eso. Lo de Acapulco fue una pendejez de novatos, güey. La neta no sé cómo pudimos hacerle caso al pinche Randy —dice Karla, ofuscada.

—Estábamos muy pedos —justifica Lencho.

—¡Y además él nos aseguró que la tacha esa era legal! —exclama Irene.

—Es que la ambigüedad legal con las drogas es lo más peligroso que hay —dice Lorenzo.

—Uta, lo más. Te pueden vender lo que sea, al precio que sea, y no tienes puta idea de lo que trae —Karla frunce el ceño.

—Era lo que les decías ayer a los polis, Karli... —recuerda Irene.

—Exacto.

—Güey, es como este compa, Carlitos Noriega, el amigo de Mau —dice Lencho.

—Ah, sí. Qué buen tipo. Se fue a la verga con la heroína, ¿verdad? —recuerda Karla.

—Se murió de un pasón, de hecho —afirma Irene.

—No fue de un pasón —aclara Lorenzo—. Le cagaban las agujas, la heroína la fumaba, así que de un pasón no se hubiera muerto. El pedo fue que le vendieron una tanda adulterada. El mismo fin de semana la palmaron tres de sus compas.

—¿Neta? No sabía que había sido así —Karla está consternada.

—¡Uf, qué horror!

—Está de la chingada —sigue Lorenzo—. Por eso hay que conseguirse dealers fiables.

—Güey, y a veces ni así. Por fiable que sea tu dealer, cualquier cosa es peligrosa si te la das con el estado de ánimo jodido —afirma Karla.

—Ah, claro. Empezando por las drogas que te venden en la farmacia —dice Lorenzo—. Ahí tienen a Michael Jackson, adictazo y pasoneado con chochos recetados.

—Si se usan mal, pueden ser la peor mierda. A mí me cagan las drogas prescritas, en Estados Unidos recetan drogas fuertísimas para todo, como si fueran Redoxon —dice Karla.

—Pero bien que te gustan, no te hagas... —la pica Irene, bromeando—. Yo te he visto drogar a tu propia hija.

—Sí, güey, sobre todo con Tempra infantil. El Tempra infantil me ha dado la vida dos que tres noches de fiebre y terror, no te lo voy a negar.

—Jajajajajaja.

—Y cualquier droga, legal o ilegal, te manda directo a la mierda cuando estás bajón y le metes alcohol a la ecuación —dice Karla.

—Totalmente —la apoya Irene.

—A ver, a ver —refunfuña Lencho—. ¿Cuál es el pedo de mezclar peyote y alcohol, ya, neta, neta?

—Güey, para comer peyote idealmente no deberías ni de comer carne. Tu cuerpo tiene que estar limpio, no mames —alecciona Irene.

—Güey, pero también te dicen que no mezcles el alcohol con mota y todos lo hacemos —insiste Lencho.

—Pero no al principio, no en tus primeras pachecas.

—No mames, Irene. ¿No te tomaste ni una chelita en tus primeras pachecas?

—Cero.

Sin verla, Irene siente la mirada burlona y suspicaz de Lorenzo. Él estaba presente las primeras veces que fumó mota, no podría engañarlo aunque quisiera.

—Bueno, a lo mejor una chelita. Pero no más que eso.

—Pues eso era lo que yo proponía para el desierto. A falta de chelita, un tequilita...

Irene sonríe, negando con la cabeza. Karla se acerca a ellos y declara:

—A ver. El peyote no es un churro ni una tacha. Es una planta sagrada, ¿va? Hay que entrarle con reverencia. Tan-tan. Fin de la historia.

—Gracias —dice Irene.

Lorenzo se queda callado unos minutos, como regañado. De pronto dice:

—¿Ustedes han oído ese choro de que el peyote es el abuelo, la ayahuasca es la abuela y los hongos son los niños?

—Algo había oído —responde Irene—. ¿Y el papá y la mamá, quiénes serían? —bromea.

—Ésos nomás están para traumarte toda tu vida —Karla se ríe.

—Jajajaja.

—Güey, yo leí a Carlos Castaneda en la prepa y el peyote sonaba del terror —dice Denisse en la camioneta.

—¿*Las enseñanzas de don Juan* y todos ésos? —pregunta Javiera.

—¿A poco los leíste, Javiruchis? —Mauro la ve, sorprendido.

Javiera tarda un instante en responder y confiesa:

—La verdad, no. Pero estaban en el librero de mi casa.

—Jajaja.

Denisse abre unas donas Bimbo y le cuenta a Javi:

—Pues son tres libros y la historia se trata de este vato antropólogo que va a investigar y a aprender de un chamán del norte que se llama don Juan, y básicamente se la pasa diez años en un viaje pesado, metiéndose hongos, ayahuasca, peyote…

—"Mescalito", así le dice al peyote —precisa Mauro.

—Ah, sí —recuerda Denisse.

—¿Y qué aprende? ¿Cuál es la conclusión? —pregunta Javi.

Denisse se queda pensando. Mauro responde por ella:

—Que la realidad es lo más chingón.

—¿O sea, estar sobrio?

—Exacto.

—Qué mamada —Javiera se parte de risa.

Mauro abre la ventana a tope y estira el brazo para sentir la brisa en la palma de su mano.

—Además el peyote no tiene nada que ver con lo que describe Castaneda. Yo estoy seguro de que todo se lo inventó.

—¿De plano? —Denisse muerde una dona.

Mauro se gira para tomar otra de la bolsa.

—De plano.

—O sea, ¿tú dices que el nahualismo y el misticismo y todo eso es una tomadura de pelo? —Denisse se alarma.

—No, no estoy diciendo eso.

Mauro medita su respuesta mientras se come la dona. Finalmente dice:

—Yo creo que hay muchas historias de miedo, y que lo místico no debería ser tan inaccesible. O sea… todo este rollo azotado de sacrificio, de que tienes que hacerte digno y si no sufrirás horribles castigos… pffft, me recuerda un chingo al cristianismo.

—No divagues, Roblesgil —pide Javi.

—Ok. En mi humilde opinión, el acceso a las experiencias visionarias debería ser más… "festivo", por así decirlo. Más luminoso, pues.

Denisse se recarga en el asiento trasero y se sacude las manos, pensando en la respuesta de Mauro.

—Bueno, la ayahuasca está súper in ahorita —dice Javi.

—Pues sí, y supongo que tampoco está chido que se vuelva una cosa de pura moda y que se desvirtúe la potencia y la tradición que *sí* tienen estas plantas —dice Mauro.

Denisse comenta:

—Estuve leyendo ahí un par de blogs y de hecho hay banda que critica un chingo que gente como nosotros vaya al desierto a probar peyote.

—¿Gente como nosotros, cómo? —pregunta Javiera.

—Pues… pseudo hippies.

—Tú tienes de hippie lo que yo tengo de intelectual, perdón, Denisse —bufa Javiera.

Los tres se ríen.

—Bueno, chilangos fresoides con ganas de experimentar. Dicen que nos vamos a acabar el peyote.

—¿Quiénes dicen? —Mauro se gira.

—Antropólogos, y así. Alegan que los únicos que deberían tener derecho a usarlo son los grupos que llevan usándolo para su pedo ritual por milenios.

—¿Los huicholes? —pregunta Javi.

—Los huicholes, los tarahumaras, los coras... —dice Mauro.

—Pero eso es discriminación. ¿Quién puede decir quién tiene derecho a comerse un cacto? ¿Qué les pasa? —se ofende Javiera.

Mauro se ríe, divertido. Denisse sigue:

—Claro. Es como si yo te digo: "Tú no puedes comer chocolate, ¿eh? Sólo *yo* puedo comer chocolate porque llevo comiéndolo ocho mil años". ¡No mames!

Javiera añade:

—Estoy de acuerdo. Todos somos humanos, ¿no? Todos nacimos en la Tierra y tenemos un espíritu que alimentar.

—Nunca mejor dicho, querida —Mauro alza la mano y la choca con la mano libre de Javiera.

—Venegas. Estación Catorce. Wadley —enuncia Lorenzo, viendo los letreros del camino—. Ahora sí, manitas. Estamos en cuenta regresiva. Abróchense los cinturones porque *Kansas is going ba-bye...*

Irene tiene una revolución de mariposas en la barriga. El peyote para ella es lo de menos. Está a punto de ver a Claudio y no entiende qué diablos está pasando con su vida. Podría preguntarle a él directamente, pero no quiere parecer una idiota, así que decide interrogar a Karla y a Lencho, intentando sonar casual, sabiendo que no suena nada casual:

—Oigan, ¿y cómo está eso de que Claudio ya no está con...

—¿Con quién? —voltea Lencho, distraído.

—No me acuerdo cómo se llama —miente Irene.

—¿Liane? —dice Karla.

—Sí.

Lencho chasquea la lengua.

—Ese güey es un pendejo.

—¿Por qué? ¿Por dejar a esta vieja?

—No, por embarazarla.

—Yo por un rato lo vibré entusiasmado —participa Karla—. Claro que de eso a reproducirse...

—Pus sí, luego uno se reproduce por las razones equivocadas. Sin ofender a las madres aquí presentes —Lencho se gira un poco para ver a Karla.

—No me ofendes, Lench.

Irene ve un letrero de Estación Catorce a quince kilómetros. Quisiera pedirles que vayan al grano, pero no sabe cómo.

—¿Pero qué pasó? Cuenten bien el chisme —se ríe, esforzándose por aparentar desapego con el tema.

—Lo que yo supe es que desde que el chamaco nació, esta morra se puso súper cucu —relata Lencho.

—¿Cucu, cómo?

—Pues así, obsesiva, acaparadora, súper crazy.

—Madres —dice Irene.

—Exacto. "Madres" —se ríe Karla—. Fue un cambio radical. Físicamente fue muy fuerte. ¿A poco no viste las fotos, Irene?

—Ya casi no me meto a Facebook.

Eso era sólo parcialmente cierto. En realidad era sólo a Claudio a quien no seguía. Se había amarrado los ovarios y le había dado unfollow en todas las redes sociales. Era demasiado sufrimiento verlo con su hijo, por pocas que fueran las fotos que subía o donde lo etiquetaban. Desde entonces sólo sabía de él por sus amigos, o cuando se escribían de vez en cuando algún mail.

—Pero era guapa esta chava, ¿no? —pregunta Irene, con una mezcla de masoquismo y de querer sonar indiferente—. Pelirroja…

Karla vuelve a recorrerse en el asiento.

—Era un avión. Unos ojos verdes de este tamaño, cuerpazo.

—Todo el estilo de Claudio —completa Lencho.

A Irene le hierven las entrañas de celos. Está por gruñirles que ellos no tienen idea de cuál es el estilo de Claudio, pero se aguanta. Lencho continúa:

—Hasta donde sé, Claudio dejó de vivir con la Canaca, pero se rentó un depa ahí mismo en Montreal para estar cerca del chilpayate.

—Y tiene una chamba en puerta aquí en Baja con lo del kitesurf, ¿no? —dice Karla.

—Sí, la próxima semana se va para allá a arrancar bien bien con ese pedo —termina Lencho.

Wow, repite Irene en su cabeza. Wow. No tenía idea de nada de esto. Siente el corazón a todo galope y las manos sudorosas sobre el volante. De pronto la envuelve una nueva oleada de posibilidad, pero la sofoca con un tremendo zape mental. ¿En qué estoy pensando? Me voy a Mérida en tres días. Y Claudio tiene un hijo en Canadá. Con mujer o sin mujer, esto ya valió. Mucho y desde hace mucho, trata de convencerse.

—Ahora el pobre López va a tener que pasársela yendo y viniendo… —dice Lencho.

—Pues eso se la ha pasado haciendo todos estos años, ¿no? —observa Karla.

—Pues sí. ¿Pero cómo se le ocurrió embarazarse a ese pendejo? —repite Lorenzo, negando con la cabeza.

—Tal vez estaba enamorado —dice Irene, sin querer decirlo.

—Nadie en su sano juicio se embaraza al mes de conocer a una morra, por entusiasmado que esté. Lo de Claudio fue un acto fallido cabrón —declara Karla.

—Igual y quiso apostarle un poco a la vida —persiste Irene.

Karla lo medita, pero la idea no parece convencerla.

—No creo. Claudio no se hubiera amarrado de esa manera —asegura Karla.

—¿Tú dices que se le chispó, o qué? —Lencho voltea a verla.

—Nada se "chispa" en esta vida, gordo. Más bien se lo buscó —dice Karla con gravedad, mirando por la ventana—. Se buscó un castigo por sobrevivir.

22

—¡Güey, esa foto está cabronsísima! —dijo Denisse señalando la pantalla de la televisión—. ¿De cuándo es?

—Es el día del rave en Malinalco, desmemorias —la regañó Irene.

—¡Madres! La prehistoria.

—Güey, esa noche me sentía como disfrazada —dijo Irene.

—¡Sí es cierto! Te pusiste un top de cuero y unos pantalones de leopardo que te prestó no sé quién —recordó Karla.

—Me los prestaste tú, babosa.

—Jajajaja.

El pase de diapositivas mostró otra foto. Denisse se tapó los ojos con una mano y agitó la otra.

—Quiten esa foto mía por piedad. Parezco tamal oaxaqueño.

Era viernes, la víspera de la boda de Javiera con Roy en Acapulco. Tres años antes del viaje al desierto. Siete años después de haberse conocido en misiones y de que Irene y Adam se hicieran novios. Javiera y Roy se habían ido en avión desde la mañana, tenían un par de eventos con la familia de él. A Irene le hubiera gustado irse desde temprano para aprovechar la playa, pero todos trabajaron el viernes. Resolvieron irse en dos coches el sábado temprano. Ahora eran las cuatro de la tarde, la jornada laboral había terminado y estaban ella, Karla y Denisse en la casa de Karla y Alicia, que tenía entonces cinco años y medio. Habían llamado a una masajista y a una manicurista para tener una sesión de acicalamiento antes de la boda. Karla había preparado cocteles de mezcal y estaban las tres en su cuarto, viendo las fotos del video sorpresa que habían preparado para pasarlo durante la fiesta. Había fotos de Javiera y Roy de niños y adolescentes, pero sobre todo de Javiera con la banda. Denisse estaba boca arriba, recibiendo un masaje de Loli, la masajista de confianza de Karla, y Karla un manicure por parte de una experta de nombre Belinda; Irene, con las uñas ya arregladas, tenía los pies metidos en la tina de agua caliente por puro gusto, en lo que Belinda se desocupaba para pintárselas. Denisse censuró la foto siguiente:

—Güey, qué horror. ¿No puedes sacar esa foto? —pidió, horrorizada.

—Nel. No hay forma. Es la única que tenemos de Muse —explicó Karla.

—Estaba hecha una vaca. Te pago si la quitas.

Irene y Karla se miraron pensando lo mismo: Quitar las fotos donde Denisse salía con kilos de más hubiera implicado quitarla de todo el catálogo. Hacía apenas unos meses que se había vuelto delgada a punta de sus licuados de proteínas y chocolates. En ese momento entró Alicia en la habitación.

—Mami, ¿le puedo dar de comer gomitas a Puki?

—No —respondió Karla.

—¿Churritos?

—No.

—¿Palomitas?

—No. No le puedes dar nada a Puki. Puki come lechugas y ya.

Puki era un cuyo de reciente adquisición que no había resultado tan excitan-te como lo parecía en la tienda de mascotas, cuando cabía en la mano de Alicia.

—Vete a hacer tu maleta, mi amora. No has escogido los libros que te vas a llevar a casa de tus titas —desvió Karla.

Alicia salió del cuarto brincando de cojito.

—Qué bueno que te van a hacer el paro para la boda de Javi —dijo Irene.

—Ay, sí —suspiró Karla—. Me urge un fin de semana de tranquilidad.

—Muy tranquilo no creo que vaya a estar el fin de semana... —se rio Irene.

—Yo por eso no voy a tener hijos —declaró Denisse, de la nada.

—¿Por qué de todo? —Karla agitó la mano para que se le secara el barniz.

—Pues como que ya todo se vuelve estar pendiente de ellos.

—Te acostumbras. Lo integras. Somos animales de hábitos —dijo Karla.

—Te voy a poner tantito secador, Karlita.

—Gracias, Beli.

Karla estiró la otra mano.

—Boca abajito, por favor —dijo Loli.

Denisse obedeció y en cuanto se acomodó en la nueva posición y hundió la cara en el colchón hueco de la cama de masajes, Loli preguntó:

—¿Tú y Adam van a tener hijos, Irene?

—Adam quiere tres. Está loco.

Belinda terminó de ponerle el secador a Karla y comenzó a pintarle las uñas de los pies a Irene.

—Lo bueno es que tú les puedes dar clases y ya no pagan escuelas —dijo Karla, medio en broma y medio en serio—. Eso sí es un horror: lo que cuestan las pinches escuelas —se quejó.

—Me estoy deprimiendo nomás de oírte —dijo Denisse.

Todas se rieron.

En ese momento le entró un mensaje a Irene. Se le hundieron las entrañas cuando vio el remitente. Era de Claudio. El contenido era una sola frase: "Toc, toc". Se habían visto en las tortas ahogadas en la terraza de Roy una semana antes, pero él se había ido a Baja California Sur después de eso. Lo único que Irene atinó a decir en voz alta fue:

—¿Claudio no andaba fuera estos días?

—Sí. Llegaba directo a la boda. ¿Por? —respondió Denisse.

—Por nada, voy al baño.

Irene se levantó dejándose el barniz a medio poner y a Belinda con el aplica-dor en vilo. Salió a la sala y se asomó por la ventana que daba a la calle. Ahí estaba Claudio. Revisó el mensaje y comprobó que no lo hubiera enviado al chat grupal. Para su buena o su mala suerte, era un mensaje de texto, no de WhatsApp, exclu-sivamente dirigido a ella. Miró hacia la habitación de Karla, intuyó que no debía decirles nada a sus amigas. Con manos temblorosas, respondió con otro mensaje:

Irene: Hey.

Dos segundos después:

Claudio: Hey.

Irene: Quieres subir?

Claudio: No.

Irene perdió fuerza en las extremidades. No tenía idea de qué responder. Antes de que se le ocurriera algo, Claudio añadió:

Claudio: Te quiero llevar a un lugar. Bajas?

Irene tuvo que sentarse. En ese instante supo que el juego había cambiado. Después de siete años de miradas y evasión, esto era a todas luces una acción dirigida y concreta. Pasara lo que pasara, nada volvería a ser igual. Irene estuvo a punto de responderle que estaba ocupada preparando cosas de la boda de Javi, pero no se hizo caso. Con los pies por delante de su cabeza, entró a la habitación de Karla y anunció:

—Güeyes, me tengo que ir.

—¿Qué?

—¿Por?

Irene empezó a ponerse sus calcetines y sus botines sin pensar en su pedicura y bajo la mirada azorada de Belinda, quien no se atrevió a decirle que las uñas se le iban a arruinar.

—¡Pero es la última última despedida! —suplicó Denisse.

—Ya llevamos como cuatro. Y además la soltera ya no está.

La última despedida había sido una noche de excesos y perdición. Rentaron un cuarto de hotel y el stripper que contrataron era tan nefasto que al momento en que trató de hacer que Javiera se pusiera en cuatro patas para darle nalgaditas, ella se las arregló para ponerlo en cuatro patas y darle nalgadas a él. Circularon litros de alcohol. Gely, la novia de Godaínz, terminó colapsada en una cama, y para sacarla de ahí le metieron un pericazo de coca con la punta de una llave. De ahí se fueron a varios antros, el último fue el Jacalito, donde Irene se metió un buen par de líneas, y terminaron en el Ángel de la Independencia con Javiera en brasier, abrazada a la columna del monumento y con la otra mano pintándole dedo al mundo:

—Miren esta roca, pendejos. ¡Mi roca es más grande que la chichi derecha del puto Ángel de la Independencia!

Al día siguiente, la camioneta de Denisse amaneció con tremendo rayón.

—No te vayas, Irene, no mames. ¿Por qué te tienes que ir? —protestó Denisse, atrapada en la camilla de masajes.

Irene pensó en un pretexto a una velocidad que a ella misma le sorprendió:

—Se me olvidó entregar unos exámenes en la escuela. Tengo que ir a mi casa por ellos y llevarlos.

—Yo te doy aventón al rato —sugirió Karla.

—Tengo que ir ahorita.

—¿Pero regresas? —dijo Denisse, como intentando amarrar a Irene, quien ya tenía un pie afuera del cuarto.

—No sé. Les llamo. Las quiero. ¡Baik!

Irene casi se fue de narices bajando las escaleras del edificio. Cuando por fin llegó a la calle, se le salía el corazón. Claudio la estaba esperando, con semblante serio. Tan serio que Irene temió que algo le hubiera pasado a Adam, y se sintió una estúpida por haber pensado que en todo esto había secrecía y segundas intenciones.

—¿Todo bien? —preguntó Irene.

—Todo bien. ¿Vamos? —y al decirlo, Claudio le pasó a Irene un casco.

—¿Y esto?

Claudio le señaló una moto de doble propósito. Irene la vio con reparo.

—¿Nunca te has subido a una de éstas?

—En motonetas, nada más.

—Tú nomás agárrate bien y si te da mucho miedo, cierras los ojos —Claudio indicó.

Irene ni siquiera preguntó a dónde iban. Durante media hora se la pasó prensada de Claudio, apretando los párpados cada vez que él esquivaba coches en el tráfico. Llegado un punto se relajó y permitió que el viento le pegara en la cara y le llevara el aroma de Claudio. Decidió dejarse llevar. Y por primera vez en su vida sintió la adrenalina de la confianza. Supo que todo iba a estar bien, lo creyó de verdad y deseó con toda su alma vivir por siempre así: sin miedo. Cuando bajó de la moto estaba engarrotada, adolorida y rodeada de bosque.

—¿Dónde estamos? ¿Estamos en los Dinamos? —Irene se apoyó en un pie para desentumecerlo.

—En efecto.

—Nunca había estado aquí.

—Ya sé. Me lo habías dicho.

—No puedo creer que esto exista en la ciudad.

Eso también se lo había dicho. Se sentaron en un chiringuito y pidieron cervezas. Claudio conocía a la doña del local, se llamaba Esperanza. Las cervezas no estaban muy frías. Irene pensó: "Nada más me voy a tomar una". Quería mantener la cabeza fría. Y todo lo demás también. Claudio seguía serio. Irene se puso a hablar sin parar.

—No puedo creer que se case Javi… Es como el fin de una era. Roy parece buen tipo. Es como el cliché del mirrey, pero buena gente… Trata bien a Javi. Ya le tocaba que alguien la quisiera bien. La veo contenta. Eso es lo importante, que esté contenta, ¿no?

Claudio por lo general era un gran interlocutor, pero esta vez no daba tela de dónde cortar. Irene se esforzó:

—Pero tú, cuéntame. ¿Que acabas de estar en Baja California?

—Sí.

—¿En Los Cabos?

—No, muy cerca de La Paz. Estoy tomando unos cursos de kitesurf.

—¿Para?

—Pues ya sabes. Autocapacitación.

—Ya.

—Y está increíble, la verdad.

—¿Cómo es?

—Pues vas como esquiando, sólo que lo que te jala no es una lancha, es un kite, tal cual... un papalote. Se practica en lugares donde el agua es súper plana y el viento es fuerte.

—Suena rudo.

Claudio se rio.

—Puede ser rudísimo. Estás a merced del agua y del aire...

—Te puedes desgarrar un brazo como mínimo, ¿no?

—Te desgarras las... putas vestiduras.

—Jajajaja.

—Pero cuando el agua y el aire se portan dóciles, no mames... es otra dimensión. Vuelas.

Irene se relajó un poco, bebió de su botella ámbar y respiró el bosque. El ambiente estaba cargado de expectativa, ambos sabían que cualquier conversación era un trámite pasajero mientras llegaba la información importante. Pero no había prisa. Sabían que tenían tiempo. Al menos esa tarde.

—Además no sabes la belleza de ese lugar —siguió Claudio—. Imagínate el desierto y el mar, pegados, con los tonos de azul más brutales que has visto.

—Qué chido —dijo Irene con ilusión franca y simple.

—A ti te encantaría. También hay montañas. Y está lleno de cactus...

Claudio alzó las cejas y se sonrieron con sincronía al recordar una conversación reciente. Caminando hacia el elevador del edificio de Roy después de la despedida mixta de Javiera, una semana antes, vieron el exterior de un departamento decorado con una veintena de cactáceas en el pasillo. Irene, con varias cervezas encima, exclamó:

—Wow. Amo los cactus.

—¿Por qué?

—Porque son unas plantas divinas, míralas —señaló Irene, obviando.

—¿Y por qué más?

Adam seguía en el departamento de Roy, recogiendo quién sabe qué. Irene llamó al elevador. Le gustaba la forma en que Claudio la retaba y la obligaba a pensar, a ponerle palabras a sus ideas. Ya no la amedrentaba tanto como años atrás.

—Son unos sobrevivientes. Están llenos de espinas para defenderse, pero dan flores y algunos hasta dan de comer. Son fuertes sin ser ojetes. Son una chingonería. ¿Ya? —terminó con una risita.

Claudio sólo la miró. Sin expresar nada en particular y a la vez expresándolo todo en un blanco que era la fusión de todos los colores. Estaban muy cerca, el pasillo era estrecho. Detrás de Irene, los cactus.

—No me hagas describir lo obvio, güey —suplicó Irene, ya sin risas. Y dio un paso atrás. Estuvo a punto de irse con todo el trasero sobre una biznaga, pero Claudio la detuvo a tiempo. Por un segundo estuvieron lo suficientemente cerca como para husmearse y olisquearse como animales, como no lo habían hecho desde aquel beso robado siete años atrás; fueron apenas unos segundos, pero suficientes como para desearse la semana entera. Entonces Adam apareció en el pasillo, cargando una gran bolsa negra con basura, todo borracho y energético. Se avecinaban días importantes para él.

—Ya estuvo. Ámonos —ordenó, paternal.

Un segundo después, llegó el elevador.

En los Dinamos, Irene y Claudio bebieron de sus botellas de cerveza casi fría.

—He visto fotos de La Paz. Se ve alucinante, hay unos paisajes como lunares, ¿no? Como si no fueran de este mundo —dijo ella.

—*Es* alucinante. Pero lo que yo te diga vale madres. El chiste es que lo veas tú.

—Ya, ya sé.

Y entonces se hizo el silencio que los dos estaban esperando y postergando. Y Claudio se decidió. Se inclinó para sacar algo de su mochila. Era un libro. Lo extrajo con manos trémulas y se lo pasó a Irene.

—Necesito que leas algo, pero no te vayas a reír, por favor.

—Ok.

—Te estás riendo —la señaló.

—No me estoy riendo. ¿Qué es esto?

—Lee lo que está en la marca.

Irene abrió el libro y buscó.

—¿"Veremos…"?

—No, no. El de abajo —indicó Claudio, inquieto. En realidad llevaba las últimas horas muerto de nervios, pero su reacción en esas situaciones era protegerse con recato y distancia—. El de abajo —repitió.

Y entonces Irene leyó en silencio la primera frase, y después todas las demás:

Trato de escribir en la oscuridad tu nombre. Trato de escribir que te amo. Trato de decir a oscuras todo esto. No quiero que nadie se entere, que nadie me mire a las tres de la mañana paseando de un lado a otro de la estancia, loco, lleno de ti, enamorado. Iluminado, ciego, lleno de ti, derramándote. Digo tu nombre con todo el silencio de la noche, lo grita mi corazón amordazado. Repito tu nombre, vuelvo a decirlo, lo digo incansablemente, y estoy seguro que habrá de amanecer.

Irene cerró el libro y leyó el nombre del autor. Se aferró a esas doce letras con la mirada como si se aferrara a la orilla de un precipicio. Había soñado miles de veces con ese momento. Despierta y dormida. Había fantaseado con esa confesión atrapada en el tráfico, en colas de supermercado, sumergida en la tina de su casa, tocándose con culpa. Muchas, muchísimas veces, mientras los niños resolvían problemas de matemáticas en el salón. Siempre lo había sabido. Pero ahora que se había convertido por fin en algo real, quiso lanzarle a Claudio el libro de Jaime Sabines a la cara y odiarlo con todas sus fuerzas. Porque ahora que había despojado ese velo entre los dos, no había escapatoria. No había sueño nocturno ni abrazo de Adam ni lágrimas autocompasivas que sirvieran para evadir o para enjuagar su deseo. Se dio cuenta de que había sido cómodo amarlo en secreto y saberse amada por él sin consecuencias durante todo ese tiempo. Pero Claudio acababa de romper esa burbuja con un estúpido poema, arrastrando con él la seguridad del ideal y del imposible. Ahora Irene tenía que enfrentarse a sí misma y a sus sentimientos, y dudó tener las fuerzas para hacerlo. Una voz que no era suya, dijo de pronto:

—No puedo.

—¿Por qué?

Irene soltó una carcajada cortada y lastimera.

—¿Por dónde empiezo?

—Por donde quieras.

—Adam es tu hermano.

Claudio hizo girar tres veces su botella de cerveza.

—Llevo siete años repitiéndomelo, y no me ha servido de nada. Ya no me importa.

—¿Cómo puedes ser tan frío?

—Eso que acabas de leer. Es cierto, letra por letra.

—¿Pero cómo sabes que es cierto? ¿Cómo sabes que no es nada más porque no se puede? —a Irene se le llenaron los ojos de lágrimas, y Claudio se sintió miserable y dichoso a la vez. Dichoso porque esa angustia en Irene lo hacía saberse correspondido, y miserable por estar provocándole ese sufrimiento.

—No lo sé. Pero decidí que no me puedo morir sin averiguarlo.

—¿Y qué hago con esto? —Irene alzó la mano mostrando el pequeño aro con una turquesa en su dedo anular—. ¿Ya se te había olvidado? Dime. ¿Qué hago?

—¿Me lo estás preguntando en serio?

—Sí.

—Quítatelo.

Y quítate la ropa, y déjame entrar y envolverte de una pinche vez, pensó.

—Estás loco.

Y volvió a levantar su mano con el anillo, como si fuera un escudo protector.

—Esto no es una cosa. Es un compromiso.

—Llevas un año con ese anillo puesto sin saber pa' cuándo. Eso no es un compromiso, es un sistema de apartado.

Irene lo miró sin argumentos y Claudio se reprochó en silencio. Esos ojos de Irene, tan intensos al mirar que a veces parecían a punto del llanto, cuando no estallando directamente en lágrimas fáciles tanto para la congoja como para la risa; esos ojos que siempre le sonreían mientras él le hablaba, aunque su boca estuviera ocupada con sus cigarros, o fingiéndose solemne, tensando ese lunar irresistible y omnipresente. Esos ojos que Claudio tanto había soñado y amado ahora lo miraban con dolor, y eso no le gustaba nada. Apuró la cerveza de un trago y se levantó diciendo:

—Ok. Está bien. Vámonos.

Claudio sacó su cartera, extrajo un billete y lo puso sobre la mesa. Se dio cuenta de que no era un billete local, lo guardó y buscó otro. Mientras hacía estos movimientos, Irene lo veía desde la banca de madera, todavía sentada, con el estómago doblado en veinte partes y el pecho oprimido.

—No puedes hacerme esto.

—¿Qué cosa?

—No puedes soltarme esta pinche bomba y luego decir "ya vámonos". Siéntate, carajo.

Claudio estuvo a punto de sonreír, pensó en la frase tan común y socorrida de, Qué bonita te ves cuando te enojas, pero se la tragó. Lentamente volvió a sentarse a su lado. Se había encendido una esperanza. Apenas una brasa. Sabía que tenía que ser cauto.

—No podíamos seguir así toda la vida —dijo—. Al menos teníamos que decirlo.

Irene sólo negaba con la cabeza.

—¿Estabas dispuesta a vivir en una mentira para siempre?

—¿A qué le estás llamando mentira? Lo que siento por Adam no es una mentira, para que lo sepas.

—¿Y lo que sientes por mí?

Irene volvió a mirarlo. ¿Quién era ese hombre? Era idéntico a Adam y eso a veces podía ser enloquecedor, pero cada poro de su piel, cada expresión y cada guiño exudaban una personalidad distinta, un ser diferente que hacía que cada célula de Irene vibrara con ansiedad y deseo. Muchas veces, viéndolo de lejos, viéndolo hablar, viéndolo bailar, viéndolo viéndola, se sintió dispuesta a todo. Una vez, en una de tantas fiestas caseras, mientras Claudio hablaba con el Inge a un par de metros, se lo dijo a Denisse:

—Podría cruzar el universo entero por besarlo. Así, con un tanque de oxígeno y comiendo avena cruda doscientos millones de años. No me importaría.

—Estás borracha, Irene.

—Los borrachos dicen la verdad.

—Entonces vas. ¿Qué esperas?

—No mames. ¿Estás loca?

—La loca es otra. Con permiso, voy a bailar.

—No podemos. No podemos. Se moriría —Irene delineaba las flores del mantel plastificado de la mesa del local empuñando el dedo con fuerza.

—¿Cómo sabes?

—Lo sé porque así es.

—La vida da muchas vueltas. Muchas.

—Lo perderíamos para siempre. Los dos. Perderías a tu hermano.

Claudio estuvo a punto de replicar cuando se apareció Esperanza.

—Se ve que va a llover.

—Sí, ya vienen los nubarrones —respondió Claudio, cortés.

—¿Les traigo algo más?

—¿Tú quieres algo? ¿Quieres comer algo? —Claudio vio a Irene.

—Muchas gracias, ahorita no —Irene pensaba que era surrealista estar hablando con esa mujer sobre comer algo o más bien sobre no comerlo cuando el mundo se estaba partiendo en dos y estaba a punto de tragársela entera. Esperanza pareció captar la tensión en el ambiente porque de inmediato se dio la vuelta para volver a la casita detrás del restaurante.

—Esperanza. ¿Tienes tequila? —la detuvo Claudio.

Tenía. Era blanco, almacenado en una botella de Fresca, sorprendentemente bueno. Cuando Esperanza llenó los dos vasitos que antes contuvieron veladoras, Irene volvió a repetirse: Uno. Uno y la ropa puesta. Claudio retomó:

—Supongamos que Adam no estuviera en la ecuación, que no lo hubieras conocido antes que a mí.

—Tampoco podría.

—¿Por qué?

—Porque tú te la vives viajando por el mundo, eres un aventurero y yo no soy así.

—¿Tú no eres cómo?

—Yo soy cuadrada. Ordenada. Obsesiva.

—Ok. Pon tú que sí. ¿Cómo sabes que ser así no sirve para viajar? Irene guardó silencio.

—Yo te he visto viajar —dice Claudio—. Para viajar sólo se necesitan tres cosas, y según yo, tú las tienes.

Irene volteó a verlo. Claudio alzó el pulgar, enunciando su primer punto:

—Hay que ser flexible. Ser capaz de dormir en una tienda de campaña o en un hotel de lujo. Eso lo tienes.

Irene comenzó a despegar la etiqueta de su botella de cerveza. Claudio levantó el dedo índice:

—Dos. Tienes que estar dispuesta a extrañar a la gente que quieres, y a no tener a nadie que te cuide si te enfermas.

—Eso está más difícil… —dijo ella.

—Eso es lo más difícil. La tercera es administrarte y llevar bien tus cuentas. Creo que eso se te da…

—Bueno, eso en caso de que uno tenga *lana* que contar —dijo Irene, con filo innecesario.

—Viajar no es tan caro. Es más barato que vivir en la ciudad, pagando renta y coche y todo eso. Lo que necesitas es saber ahorrar y manejar tu presupuesto…

—Ok. Pero a mí me gusta la estabilidad. ¿Va? —interrumpió Irene.

Claudio bajó la mirada. Irene se preguntó si fue demasiado ruda. Se arrepintió de inmediato y agregó:

—Te aburrirías muy rápido de mí.

Claudio sonrió. Se echó hacia atrás y se despejó el pelo de la frente con ambas manos. Irene vio las marcas de sudor en los pliegues de su camisa. Claudio no usaba colonia. Adam, sí. Una que Irene le había regalado y que a ella le encantaba. Si apostaba por Claudio, ¿podría vivir sin oler esa colonia? Qué cosas tan estúpidas estoy pensando, pensó.

Claudio volvió a inclinarse hacia ella. Bebió un trago muy corto de tequila, lo paladeó y dijo:

—Irene, yo no sé en qué pinche concepto me tienes. Pero te voy a decir una cosa, para que te quede muy claro. Yo quiero estar contigo. ¿Ok? No me importa si es en un pinche iglú o en el desierto de Mongolia o en un departamento de veinte metros. El único lugar en donde me siento en mi casa es cuando te veo y nos abrimos una chela y empezamos a platicar de cualquier pendejada. Tú eres mi hogar. Tú, tú, tú.

Irene sonrió. Quiso ponerse a llorar.

—Y eso no significa que no quiera ir contigo a mil lugares. No mames, no te imaginas las cosas que quiero que veas, y que me falta ver y quiero ver contigo. Pero me da igual si no pasa. Si tú estás, tengo todo lo que necesito.

Irene se hubiera lanzado a sus brazos. Ahora, hace diez minutos, hace siete años. Pero por algo no lo había hecho.

—Háblame, carajo.

—¿Qué quieres que te diga, Claudio? No sé qué hacer con todo esto, no sé dónde ponerlo.

—Entonces mándame a la chingada. Pero dame una razón que no tenga que ver con Adam o conmigo. ¿Hay algo que tenga que ver con lo que *tú* sientes?

Irene negó repetidamente.

—¿Tú qué sientes, Irene? ¿Tú qué quieres?

Por un momento no creyó que fuera él. Soñó tantas veces con esos labios, con esos ojos. Ahora los tenía ahí, entregados, dispuestos.

No hay nada peor que el deseo cumplido, había dicho Karla una vez, en la época en que lanzaba frases lapidarias de psicoanálisis a diestra y siniestra. Y aquel día en los Dinamos, Irene por fin comprendió el sentido pleno de aquella frase.

—Llegaste tarde. Llegaste un pinche año tarde —masculló Irene.

—Si me hubieras conocido a mí primero, ¿qué hubiera pasado?

—El hubiera no existe.

—Ok. Totalmente de acuerdo. Ésa te la doy. Vale. Llegué tarde. ¿Cuando tus alumnos llegan tarde qué les haces?

—Les pongo retardo. Si de plano se manchan, ya no entran a la escuela.

—¿Qué es manchado?

—La entrada es a las ocho. A las ocho y veinte se cierra la puerta de la escuela.

—¿Y si traes justificante?

—Ahí tienes que ir a la dirección. Si te dan chance, ya entras al salón.

—Qué burocrático.

—La educación es lo más burocrático que hay en el mundo.

—Yo creo que llegué como a las ocho y cuarto. Dame chance.

—Yo creo que llegaste como a las nueve y media, cabrón.

Claudio se rio. Con su mano detuvo el trazo inquieto de los dedos de Irene sobre el mantel plastificado.

—Sabes que me muero por besarte otra vez. Lo sabes, ¿verdad?

Irene sintió blandas las piernas. Era la primera vez que Claudio mencionaba ese beso robado en la cocina de la vieja casa de Karla en el primer cumpleaños de Alicia.

—Pero no lo voy a hacer si no me lo pides.

Irene respondió, desafiante:

—No te lo voy a pedir.

Claudio sonrió y bebió de su vasito. En ese momento comenzó a sonar el celular de Irene. Era Adam. En la foto de la pantalla aparecía disfrazado de Groucho Marx; se la había tomado en una fiesta de Halloween donde ella se había disfrazado de bruja.

—No contestes.

Irene dudó y dijo muchas veces "carajo" hasta que tocó el botón verde para contestar.

—¿Qué le vas a decir?

Irene se giró, pero no se levantó de la mesa.

—Hey.

Claudio negó, pensando "ya valió madres". Prefirió levantarse y caminó unos pasos. Miró el cielo nublado, el bosque a sus pies. Escuchó a Irene decir:

—Estoy con Claudio. Pasó por la casa de Karla y me dio aventón para llevar unos exámenes que se me olvidó entregar —Irene volteó hacia Claudio, él la miró de reojo—. ¿A las ocho? Va. Nos vemos mañana... Yo también. ¡Duerme algo, porfa! Besito. Bye.

Irene colgó.

—¿Qué exámenes? —preguntó Claudio, sin sentarse.

—Eso le dije a Karla y a Denisse, así por lo menos coinciden las versiones —Irene soltó el teléfono como si le quemara—. Estaba todo preocupado de no poder ir a recogerme a casa de Karla porque está preparando su presentación del lunes.

—Ya —dijo Claudio, seco. Lo último que quería era hablar de Adam en ese momento. Aunque sabía que se avecinaba la presentación más importante de su vida, con la que tal vez haría realidad su gran proyecto de desarrollo social.

Claudio volvió a sentarse junto a Irene y tímidamente le quitó un rizo que le cruzaba el rostro. Irene se estremeció con el contacto.

—Es la primera vez que le digo una mentira a Adam —Irene tomó un segundo sorbo de tequila. De inmediato sintió los músculos relajados y el sexo ávido. Tuvo miedo—. Creo que sí... mejor vámonos. Perdóname —dijo sin mirarlo y sin querer decir una sola palabra de toda la frase.

Un golpe de adrenalina. Así que hasta ahí habían llegado. De pronto Claudio se sintió un estúpido por haber supuesto otra cosa. Estaba casi resignado, pero tenía una última carta que jugar.

—Bueno. Pero antes te quiero enseñar algo.

Caminaron por el bosque. Entre los nubarrones de lluvia inminente había un claro por el que asomaba un rayo de sol que incluso quemaba la piel. Irene caminaba con agilidad pese a no llevar zapatos adecuados. Siempre le había gustado la naturaleza.

—¿Qué ves? —le preguntó Claudio.

—Hojas, ramas, bichos. No sé.

—Mira debajo de tus pies.

Irene obedeció.

—Estás parada sobre una alfombra de hojas secas. Y ve esa cáscara mordisqueada… se la están llevando a cachitos las hormigas.

—Ok… me estoy sintiendo un poco perdida aquí con la clase de ciencias.

Claudio la tomó por los hombros y la hizo girar hacia él:

—Vida y muerte. Todo el tiempo. Todo lo que está vivo se va a morir. Empezando por nosotros.

Irene tragó saliva.

—Nos enseñaron que hay otra vida después de ésta. Y chance sí la hay, pero no va a ser como la conocemos. Eso te lo aseguro. La única vida en la que vamos a tener este cuerpo, bien o mal, es ésta. La única vida en la que vamos a estar conscientes de que estamos vivos. Carajo. Éste es nuestro único chance, Irene. Es nuestra única oportunidad.

Claudio no la había soltado. Estaban muy cerca. ¿Y si se le colgaba de los labios de una vez por todas, sin más? Irene se repitió que quizá su deseo por él se había mantenido vivo sólo porque era prohibido, y al momento de besarlo, ahora con conciencia, sabiendo que era él y no otro, se rompería el encantamiento. ¿Cuál era la diferencia entre amor y deseo? Algo le dijo que para seguir en esta vida con un mínimo de cordura, tenía que comprobarlo. Pero justo en ese momento, Claudio la soltó, vencido.

—Ok. Tienes razón, esto es una locura. Vámonos —y empezó a caminar de regreso al local de doña Esperanza y a la moto y a la ciudad y a esa versión de la historia.

—Claudio, espérate —suplicó Irene.

Claudio se giró. Los ojos de Irene lo dijeron todo. Antes de que pudiera pronunciar una palabra más, Claudio tomó su cara entre las manos y entró en su boca. Y entonces se hizo cierto y claro para Irene: era él. Era éste el aliento. Siempre lo supo. Era ésta la saliva, la lengua y el anhelo. Era éste el hombre. Empezó a llover.

—Ven.

Claudio tomó la mano de Irene, dirigiéndola hacia el bosque. Pero ella se resistió.

—Nos vamos a empapar —se rio—. Vamos a la mesa. Por favor.

Forcejearon un poco. Ganó Irene. Esperanza estaba metida en su casita y ellos dos estaban solos en la mesa debajo del techo de lámina, viendo llover a cántaros. Pasaron la siguiente media hora besándose sin pausa. Irene no salía de su sorpresa al constatar cuán distinto podía saber y sentirse la aparente calca de otra persona.

—No pienses, por favor. Deja de pensar.

—Me cuesta. Perdóname.

—Ven. Por favor. Vamos allá —Claudio señalaba el bosque con insistencia. De repente se arrepintió de haber pedido prestada esa moto y no un coche, donde hubiera podido arrancarle la ropa a Irene sin preocuparse por que pescara un resfriado.

—No. No estoy lista.

—¿Qué diferencia va a hacer?

—No quiero hacerlo así. Necesito hablar con él primero. Por favor.

Entonces se calmaban, se separaban pero sólo un poco —seguían entrelazados de pies o de manos, los rostros a distancia corta— y se ponían a hablar de cualquier otra cosa. Y fumaban. Irene más que Claudio, pero mucho menos de lo que hubiera fumado normalmente.

—¿Y qué es más difícil de aprender? ¿El kitesurf o el buceo?

—Tú sabes bucear, ¿no? —Claudio recordó de pronto.

—Ts —Irene cerró un ojo—. Tengo mi PADI expedido por el hotel Emporio de Puerto Vallarta.

—Jajaja, ¡bien!

—Tú lo sacaste con la UNAM, ¿no?

—Fue la única razón por la que terminé el semestre de Arquitectura. El maestro estaba loco, en las prácticas en Chinchorro nos ponía unos retos loquísimos, pero sí le aprendí.

—Pero ya sabías, ¿no? Desde Cuba.

—Perdí ese certificado.

—Chale.

—Sip. Ya sabes, en las mudanzas siempre se pierde algo. Y además quería saberle mejor, así que al final estuvo bien.

Claudio besó la mano de Irene:

—¿A ti qué te gusta del buceo?

—Hace mucho que no lo hago, pero me gustaba la adrenalina, los miles de bichos y de colores, la sensación de estar en otro mundo... Siempre me cago del miedo al bajar, pero ya que estoy ahí, me raya.

—Pinche Irene. ¿Ves cómo si eres aventurera?

—Pues sí, pero en la vacación...

Claudio suspiró:

—Ésa es justo nuestra gran tragedia, carajo.

—¿Cuál?

—Haber decidido un día que el trabajo y la vacación van por separado.

Claudio bebió de su vasito de tequila. Irene preguntó:

—¿Entonces? ¿Qué te late más ahorita? ¿Estar abajo del mar o arriba?

—Las dos. ¿A ti qué te gusta más? ¿Arriba o abajo? —sonrió Claudio.

—¿A mí?

Irene tardó un segundo en captar el doble sentido.

—Jajaja, qué tonto.

Al cabo de un rato no podían más y se abalanzaban de nuevo sobre el otro. Claudio tenía las dos manos debajo del suéter de Irene y ella tenía su mano adentro de su pantalón. Irene se rio sola al pensar que lo de empaparse terminó siendo un presagio cumplido. Claudio se rio en voz alta:

—Me siento en flashback de la secu.

Irene también se rio, pero sintió una punzada de celos. ¿Con quién habría fajado así Claudio en la secundaria? ¿Qué otra mujer lo habría puesto de esta manera?

—¿Qué pasó con esta chava, la del turbante? —Irene aprovechó la pausa para prenderse un cigarro.

—¿Qué chava?

—Con la que llegaste a la fiesta que hubo en tu casa hace como dos años.

—¿En la que te entró la paranoia y te pusiste media cucu?

Irene se rio con nervios. Pensaba que ese ataque suyo había pasado más o menos desapercibido para Claudio.

—¿Laura? —Claudio también se prendió un cigarro, ocultando la sonrisa que se le escapaba al detectar los celos de Irene.

—Creo que sí —mintió ella—. Pensé que iban en serio. Viajaron juntos y todo, ¿no?

Claudio se separó un poco.

—Es una chava lindísima. Hace medicina holística, es una masajista brutal.

—Órale —Irene ocultó la picazón que le provocaba que se refiriera a ella en tiempo presente.

—Pero he de confesar que después de que hicimos ayahuasca se puso un poco... difícil.

—¿Por?

—Pues le entró como esta onda de tener que decir la verdad a rajatabla, todo el tiempo, sin filtros.

—Uf. Qué cansado —Irene asoció—: De repente es un poco el rollo que le da a Mau, ¿no? De decir todo lo que piensa sin cortarse.

—Ándale, tipo. Pero lo de Laura era mucho más exacerbado.

—La verdad nos hará libres —recitó Irene.

—¿Cómo?

—Nada, una frase que le gusta a Karla.

—Pues es muy cierta... —dijo Claudio—. Lo que pasa es que Laura se clavó en la onda espiritual, pero en un rollo súper maniqueo, ¿ya sabes cómo? Dios es amor, pero *nada más* amor, ¿topas? Yo creo que si hubiera algún Dios, tendría que incluir todas las facetas. Incluida la maldad. Tendría que incluirlo todo.

—Pues sí. Se supone que lo creó todo...

Tras una pausa, Irene aventuró:

—¿Pero y si no hay nada? Últimamente lo he pensado mucho. ¿Qué tal si no hay nada?

—¿Qué tal si no hay "nada" o qué tal si no hay Dios? —tradujo Claudio.

—Bueno, Dios.

—¿Qué sería lo peor que podría pasar si así fuera? ¿Te da miedo lo que vaya a pasar después de que te mueras?

—Más bien me da mucho miedo pensar que estamos solos en el universo. Que no hay nadie pendiente de nosotros, cuidándonos.

—¿Solos? ¡Pero si somos un chingo, Irene!

—Jajajaja.

—Y nos cuidamos entre nosotros.

—A veces, no siempre —dijo Irene.

—¿Pudiste leer *El Libro Tibetano de la Vida y de la Muerte*?

—¿El que me diste en Maruata?

—Ajá.

Irene se miró las uñas.

—La verdad no lo terminé.

—La verdad no pasaste de la página tres…

—¡Claro que no! —se ofendió Irene—. Llegué como a la diez —confesó con una carcajada.

Claudio se rio y puso el libro de Sabines sobre la mesa, delante de ella.

—Éste es igual de sabio, pero más terrenal. Quédatelo.

Irene se guardó el libro en la bolsa, solemne.

Cuando escampó, el camino había quedado intransitable para la moto. Esperanza resurgió de la casita.

—Mejor espérense un ratito, está todo bien encharcado. Les hice unas quesadillas de papa y de hongos —anunció.

Mientras comían volvió a sonar el celular de Irene y el de Claudio con llamadas de Denisse y de la mamá de Irene, pero no contestaron. Claudio trató de acallar la mente revolucionada de Irene a punta de besos. La besó otro buen rato en los Dinamos antes de emprender la partida, acarició y apretó sus manos en cada parada de vuelta en la moto. Para cuando llegaron a la casa de Irene ya eran las doce de la noche. Irene y Anna vivían en un departamento de los años sesenta que tenía una especie de antesala donde había un sillón individual, una mesita y un perchero. La antesala tenía una puerta que daba a la estancia y Anna la cerraba con llave todas las noches. Irene y Claudio se estuvieron ahí todavía un rato antes de despedirse.

—Quiero dormir contigo. Déjame dormir contigo.

—¿Aquí?

—Donde sea.

—No puedo. Ahí está mi mamá.

Claudio negó, sonriendo.

—No puedo creer que todavía vivas con tu jefa.

Irene dio un paso atrás. El comentario le cayó fatal. Si Claudio hubiera estado cerca los últimos años se hubiera enterado de que Irene hizo dos intentos por salirse de su casa. Un año después del amago de mudanza con Denisse y Javiera en la Portales, cuando a su madre se le rompió la tibia y el peroné de un resbalón en las escaleras llovidas del estacionamiento de la embajada, trató de mudarse al departamento de Karla y Alicia, pero a la semana Irene sufrió un ataque violento de migraña y solamente su mamá sabía ponerle las inyecciones. Irene volvió a instalarse en casa de Anna paulatinamente, con la justificación de que le quedaba mucho más cerca de la escuela y de otro modo era meterse en el tráfico una hora cada mañana y otra hora cada tarde. Claudio notó el malestar en Irene.

—Perdón. Sé que no ha sido fácil con tu mamá.

Irene esbozó una sonrisa. Claudio regresó a sus labios, e Irene volvió a recibirlo, ávida.

—Ándale, déjame dormir contigo. ¿A poco tu mamá entra a tu cuarto?

Irene tardó un buen par de minutos en separarse para responder:

—¿Siempre eres así de insistente?

—Sólo cuando estoy enamorado.

Irene sonrió tanto que le dolió.

—¿De quién más has estado enamorado?

Claudio no respondió. Irene se separó unos centímetros para insistir:

—En serio. Quiero saber. ¿Estuviste clavado con Laura?

Irene esperó la respuesta sin querer escucharla. Claudio se puso serio y dijo de pronto:

—Sólo hay dos mujeres de las que he estado perdidamente enamorado, además de Irene Hernández Hofmann.

—¿De quiénes?

—De Rosita Fresita y de mi mamá.

Irene soltó una carcajada. De inmediato se reprimió, se tapó la boca y miró hacia la puerta que conectaba a la casa. Claudio notó su intranquilidad y se puso su chamarra para irse. Se olvidó de tomar su bufanda del perchero.

—Mañana te traes tu pasaporte. Después de la boda de Javi nos vamos —dijo Claudio.

—¿A dónde?

—A donde tú quieras. Nos vamos al aeropuerto y jugamos ruleta con la pantalla.

—Irene… —se escuchó, al fin, la temida voz de Anna.

—Mierda. Shhhh…

—*Bist du das?*

—*Ja, mama. Ich komme gleich!*[1]

Sin importar los susurros suplicantes de Irene, Claudio le arrancó los últimos minutos de besos y caricias en la puerta. Irene cerró la puerta y se metió en la cama como borracha, impregnada de su aliento y su aroma. Se sentía dichosa, y pensó que del mismo tamaño de su dicha debería ser su culpa, pero ésa la tenía anestesiada a punta de besos, y lo agradeció mientras durara. Se fumó el último cigarro del día escuchando una canción, y se preparó para no dormir porque sabía que su cabeza no la dejaría. Pero apenas cerró los ojos, se durmió besando sus propias manos.

---

[1] —¿Eres tú?

—Sí, mamá. Ahora voy.

23

Al día siguiente Irene abrió los ojos y vio el rostro de Claudio junto a ella. Entonces no fue un sueño, pensó. Una sensación cálida y feliz la invadió. Sonrió y dijo, todavía medio dormida:

—Hola, Juanito Frutín.

Una carcajada cristalina la trajo de golpe a la vigilia.

—¿Juanito quién?

Irene se retrajo. No era Claudio el que estaba ahí. Era Adam.

—Buenos días, dormilona.

Irene se sentó en la cama.

—¿Qué hora es?

—Hora de irnos a la boda del año. Apúrale, ya es tardísimo. Te hice un huevito.

La vieja Cherokee del 94 de Adam era su bien más preciado. Llevaba tiempo buscando ese modelo y por fin se la había vendido un tipo que había sido guerrillero en Chiapas y que había partido a Chile llevado por las alas de Cupido, enamorado por primera vez a sus cincuenta y dos años. En esa camioneta había de todo: papeles, planos, ropa, despensas, botiquines, herramientas, juguetes, cacharros, libros y todo tipo de envases y envoltorios. Durante el trayecto a Acapulco, Adam no le preguntó nada a Irene sobre el día anterior. Ni sobre la entrega de los exámenes ni por qué estuvo con Claudio ni por qué su hermano fue a casa de Karla en primer lugar. Esto hizo que Irene se sintiera aliviada y alarmada a la vez. Durante la carretera ensayó varias versiones justificadoras para soltarlas "casualmente", pero se arrepintió de cada una. Todas sonaban inverosímiles y forzadas. Lo único de lo que Adam habló durante todo el camino fue de su presentación del lunes. La noche anterior no había dormido por tenerla lista antes de irse a la boda.

—Es que ya no te conté. La semana pasada se subió al barco un bio constructor picudísimo, amigo de Diego.

—¿Ah, sí?

Adam llevaba varios meses trabajando en el proyecto con Diego Lieben, el hermano de Denisse. La idea era construir cien casas para los desplazados de diversas procedencias ya albergados en San Andrés Ixtacamaxtitlán con materiales de acuerdo al clima, con una cancha de futbol, parques y un centro cultural. Adam le había explicado a Irene, tiempo atrás:

—Es muy loco. El adobe y la piedra son más térmicos que el cemento, pero la gente se empeña en construir esas cosas horribles y heladas con cemento, porque creen que les da "estatus".

Adam iba a 160 kilómetros por hora. Irene ya estaba acostumbrada a su forma de manejar. Al principio se aterraba. Adam le ponía la mano en la pierna y le decía:

—Flaca. Por favor. Te aseguro que no voy a chocar. Te lo prometo. ¿Puedes creerme?

—Tú eres buen conductor. ¿Pero y los demás idiotas? ¿Qué tal que uno se te mete, o algo?

—Si un pendejo se me mete, da igual que vaya a 180 que a 100. Estoy poniendo atención. Por favor relájate.

—¿Y quién es este socio de Diego, o qué? —preguntó Irene de camino a la boda.

—Es un cuate que construye con una técnica que se llama cob. ¿Has oído?

—Nop.

—La base es una mezcla de paja y arcilla, pero no sabes lo resistente que es. También llevan madera, piedra y los demás materiales, pero la base es cien por ciento de material local. No genera nada de desechos. ¿Te imaginas? ¡*Nada* de basura al construir! Queremos poner paneles y captación de agua de lluvias en todas las casas.

Mientras Irene lo escuchaba, borraba discretamente los mensajes de WhatsApp que Denisse le había mandado el día anterior:

Donde estás?

Pq te fuiste así perra? Vienes?? (emoticones de ojos muy abiertos)

Estás con Claudio? (emoticones de fuego)

Qué pasó con Claudio? (emoticones de changuitos tapándose la cara, los ojos y la boca)

Irene sentía el corazón latiéndole en la garganta mientras presionaba borrar, borrar, borrar, borrar.

—Ay, amorcita… reza, reza por favor por que el inversionista se prenda, carajo.

—¿Ya me vas a decir quién es el "impresionista"?

—Es secreto —se rio Adam.

—No manches, ya dime. ¿Es Roy?

—Nah, ese cabrón me bateó de inmediato.

—¿Entonces?

Adam se mordió el labio.

—No puedo. Se te sale en la peda y se jodió la cosa.

—¿Quién te preocupa que lo sepa, o qué?

Adam guardó silencio. Al cabo de un kilómetro, dijo:

—Lo que sí puedo decirte es que es un perro, y que seguro va a poner sus condiciones.

—¿Y si no te laten?

—El güey sólo va a poner dinero. Si quiere poner su plaquita de bronce para pararse el cuello, venga.

—¿Y si quiere colgarse todo el mérito? —Irene llevaba años escuchando a Adam contar historias de frustración, exigencias y caprichos con los inversionistas de sus proyectos.

Adam tardó un instante en responder y lo hizo con la vehemencia de quien trata de convencerse a sí mismo:

—Que haga lo que quiera. Me vale. Yo sólo quiero lo mejor para la gente.

Llegaron a Acapulco en menos de tres horas, pero en la costera había un tráfico terrible y llegaron al hotel casi a las dos. Adam buscó sexo, pero Irene se zafó diciendo que tenía que conseguir un quitaesmalte para arreglarse la pedicura arruinada de la tarde anterior, lo cual era verdad. Se tardó hora y media en volver, Adam ya estaba vestido de guayabera y pantalón de lino y no pudo ocultar su malestar. Irene salió de la habitación cinco minutos después con su vestido puesto y los tacones en la mano, un chongo mal hecho y salpicones de rímel en las ojeras. Al momento de darle la mano, Adam notó algo.

—¿Y tu anillo?

—Híjole… con las prisas lo dejé.

—¿En el baño? Ve por él.

—No, en México. En mi casa.

—¿Qué onda? ¿Ya le dijiste? —Claudio la interceptó afuera del baño del resort donde ya comenzaba la recepción de la boda. En segundo plano se escuchaba un arpa y unos violines tocando la melodía de "Bésame mucho".

—Todavía no. Mañana… —Irene miró hacia sus costados, paranoica. La culpa adormecida de la noche anterior se le había trepado en el trayecto de México a Acapulco como un tsunami—. Es la boda de Javi, carajo… no quiero arruinarla.

—¿Y mientras, qué? ¿Vas a estar fingiendo y besuquéandote con él, o qué?

Irene se crispó. Lo tomó de la mano y se lo llevó a la vuelta del pasillo, donde un grupo de meseros bajaba una docena de cajas de refrescos de una camioneta de Peñafiel. Gritó en un susurro:

—Claudio, no chingues. Tú tampoco elegiste el mejor momento para hablar. Por favor, déjame hacer esto bien —suplicó.

Y le dio la espalda para regresar al jardín y sentarse en las sillas blancas de madera frente al mar, donde ya estaban casi todos los invitados. En el camino, Irene se tropezó con un pequeño escalón que separaba el piso de barro del pasto y estuvo a punto de irse de boca. Claudio reaccionó para socorrerla, pero Irene frenó a tiempo la caída. Claudio la amó con una ternura infinita mientras la vio colocarse bien el zapato y alejarse con su chongo ladeado y la cabeza muy erguida, con pánico de voltear y comprobar que él había visto la escena. Y Claudio intuyó que aquello no iba a terminar bien.

* * *

La ceremonia comenzó a las cuatro de la tarde. Javiera estaba radiante. Con su vestido, de inspiración romana y diseñado por ella, y con sandalias de piso: Roy era un poco más bajito que ella y no le gustaba que usara tacones. Su tocado era de coral, y su ramo, de flores costeras silvestres. Lo atrapó Gely, la novia de Godainz, cuatro horas después. Camino al altar, y al son del *Canon* de Pachelbel, detrás de Javiera caminaban tres niñas de vestidito blanco que lanzaban flores. Una de ellas caminaba demasiado cerca de Javiera y le pisó dos veces el vestido, pero Javiera no perdió el porte ni la sonrisa. Era junio y la ceremonia frente al mar fue extremadamente calurosa. A la entrada repartieron abanicos, pero no aplacaban el calor.

—Hubieran puesto ventiladores. Estoy sudando como pollo —se quejó Denisse.

—A mí se me está encharcando el brasier —Karla se abanicó el escote.

El cura era un anciano parsimonioso y la ceremonia fue larga. No dejó que nadie más que él hiciera las lecturas ni recitara el salmo:

—Mi alma está sedienta de ti, señor, Dios mío.

Todos repitieron:

—Mi alma está sedienta de ti, señor, Dios mío.

—Y de un agüita de limón o algo... tan siquiera que rolen la bendita, ¿no? —murmuró Karla.

Irene le dio un codazo risueño.

—Si alguno quiere venir en pos de mí, que se niegue a sí mismo, tome su cruz cada día y me siga. Pues el que quiera salvar su vida la perderá; pero el que pierda su vida por mi causa la salvará. Palabra del Señor.

—Según manifestó en su último correo electrónico... —dijo Mauro, y Claudio bajó la cabeza intentando no reírse. Una señora volteó a verlos y Mauro le sonrió, exagerado.

Luego sucedió algo completamente fuera de guión.

—Javiera, yo te acepto a ti como mi legítima esposa para amarte y respetarte hasta el último día de mi vida. Seré tu escudero, tu sol, tu sombra, tu noche y tu día...

—Tantito invasivo, nomás... —susurró Karla.

—... para amarte y respetarte hasta el último día de mi vida.

Javiera sonrió pletórica y aliviada por tener talento para los acordeones. Gracias a ellos había logrado graduarse del bachillerato y en esta ocasión tenía uno estratégicamente colocado entre las flores de su ramo. Le había pedido a Lencho que le ayudara a escribir un añadido romántico a los votos oficiales, como el de Roy. Pero cuando empezó diciendo:

—Rodrigo. Yo te acepto como mi legítimo esposo...

Fabio, el hermano de Javiera, empezó a gritar:

—¡Mamá, un barco! ¡Mamá, un barco!

El chico había salido poco de su casa y nunca había visto un barco en vivo y a todo color. En su frenesí se levantó corriendo para verlo de cerca y de camino se tropezó con el zapato de una señora que estaba sentada en la orilla y cuyo stiletto apuntaba hacia el pasillo. Fabio se fue de bruces contra la alfombra tapizada de pétalos. La congregación emitió un grito ahogado, pero al fondo alcanzó a escucharse fuerte y clara la voz de Mauro:

—La puta que lo parió.

Fernando, el papá de Javiera, y Adam corrieron a asistir a Fabio, y tuvieron que alejarlo de la ceremonia porque sus gritos de "el barco" y "quiero ver el barco" no cesaron. Susana, la madre de Javiera, se quedó sentada en su lugar, con un párpado tembloroso y su pamela de Adolfo Domínguez medio chueca, todavía con flores de las que aventaron las niñitas. Con la interrupción, el sacerdote carcamán perdió el hilo, alzó los brazos al cielo y exclamó:

—Oremos.

Nadie supo qué hacer. Javi miró a sus amigos con pánico. No sabía si contradecir al cura y recordarle que faltaban sus votos. Pero en ese momento Rogelio, el papá de Roy, se puso de pie, obedeciendo al párroco, y el resto de los presentes lo siguieron. Una hora después, con un par de tequilas encima, Rogelio abrazaba a Javiera por la cintura y bromeaba:

—Tú no te preocupes, preciosa, que aquí y en China el único "sí quiero" que vale es el que se firma ante un juez, y ése ya lo firmaste.

Llegó la comunión. Adam fue el único de los amigos que se levantó a recibirla, luego rezó sentado, porque no había reclinatorios y arrodillarse en el pasto hubiera sido riesgoso para el lino claro de sus pantalones. Irene todavía comulgaba de repente, cuando se sentía inspirada y no demasiado pecaminosa, que no era el caso aquella tarde. Buscó a Claudio con la mirada. No estaba en la ceremonia, se había ido a caminar. Irene quiso un cigarro con desesperación. Se lo prendió en cuanto el sacerdote pronunció el anhelado "podéis ir en paz", y con el cigarro en la mano abrazó a los novios.

—Aguas, casi le quemas el cachete a Roy —la regañó Javiera.

Al verla de cerca, Irene notó que tenía los ojos hinchados, pero supuso que había estado llorando de la emoción. En realidad fue por culpa de la llamada de Mauro la noche anterior, en la que la había llamado pobre y golfa con un envoltorio de condescendencia lisérgica.

—Te quiero, Javiruchis —dijo Irene—. Que seas muy, pero muy feliz.

—Ya lo soy. ¿Qué no me ves?

Media hora después, Javiera aventaba el tocado de coral contra el lavabo del baño. Se había encerrado ahí con Irene, Karla y Denisse.

—Yo ni soy católica, me vale madres si el Vaticano me avala o no. Pero es *mi* pinche boda, tenía ganas de decir *mis* pinches votos.

—Fue una mamada —dijo Karla. Como si por ser mujer, hubiera sido un desliz menor y hasta cómico dejar a Javi sin voz. Esto lo pensó Karla pero no lo dijo, no quería hacer sentir peor a su amiga.

—Es de pésimo agüero que no haya dicho mis votos. Pésimo. Todo está saliendo mal —Javiera temblaba viéndose en el espejo.

—Claro que no, güera. Un día nos vamos a reír de todo esto, te lo juro —trató de consolarla Irene—. Aliviánate. Disfruta. ¡Es tu día, carajo!

Los setecientos invitados recibieron a Javiera y Roy en el salón-comedor agitando finas servilletas de seda que completaban un servicio de costo exorbitante por persona. La decoración era desmesurada, en cada mesa había un adorno floral gigantesco de lilis, rosas y orquídeas blancas.

—Me siento en velatorio —comentó Claudio.

Todo era ostentoso y ultra producido, pero impersonal, masivo, contratado. El arpa y los violines cursis continuaron durante todo el coctel previo a la cena, que fue eterno. Hubo bocadillos con caviar, jabalí y otros ingredientes sofisticados, pero nada lo bastante sustancioso como para aplacar el hambre de mucha gente a la que no le dio tiempo de comer antes de llegar a la ceremonia. La sed también hizo lo suyo y para cuando llegó la cena, ya toda la concurrencia estaba borracha y bastante aburrida. Rogelio Sánchez, el papá del novio y candidato al gobierno del estado de Guerrero, tomó el micrófono para dirigir unas breves palabras a los novios, y luego dar un largo parabién:

—Quisiera agradecer la presencia de nuestros queridos amigos, el licenciado Bernardo Bermúdez y su esposa, Filiberto Fernández Pascacio y su bellísima esposa... —y así se siguió diez minutos, enunciando los nombres de una decena de queridos amigos reunidos en el enlace de su primogénito, uno por uno con nombre y apellido, sin mencionar el de ninguna de sus esposas.

—Uta. Tenía que hacer su PR el señor... —Karla rodó los ojos.

Pensando que aquello iba a ser un reventón formidable, Lencho, Randy y el Inge se habían metido una raya de cristal terminando la ceremonia, y ahora estaban todos trabados, sin saber qué hacer con el estado paradójico que traían encima. De pronto Lencho se acercó a Adam y le dijo:

—Güey, se me hace que nos vamos a ir al Palladium.

—Estás pendejo. Siéntate, cabrón —Adam lo regañó.

Karla aprovechó que Gely se levantó al baño y se sentó junto a Irene.

—¿Qué les pasa a todos?

—¿De qué?

—Adam y tú están todos raros, Claudio tiene cara de funeral...

Irene bebió de su cuba, inquieta.

—No sé, es que la pinche boda está rara, ¿no?

—Rarísima. ¿Y Mauro, qué? Lo estuve buscando toda la semana para organizar los coches para venir acá y jamás me contestó.

—A mí tampoco. Pero bueno, ya vimos que está vivo.

Denisse llegó tambaleándose a la mesa desde el baño.

—Madres, estoy hasta el dedo. ¿Le echaron algo al tequila o qué?

—¿Le esssharon? —se rio Karla.

—Cállate, putorra. Lo que pasa es que llevo tres meses sin chupar por la dieta. Seguro es eso.

—¿Sin sssshupar? —volvió a imitarla Karla.

Denisse le pintó dedo obscenamente.

De pronto se escucharon aplausos. Todos voltearon. Roy llevaba de la mano a Javiera hacia el centro de la pista.

—¡El baile de novios! —exclamó una señora en la mesa contigua.

—¿Qué van a bailar, eh? —se preguntó Irene de pronto.

Denisse respondió:

—Me dijo Javi que iba a ser una sorpresa de Roy.

—Que Jesuscristo Reventón nos agarre confesados... —bebió Mauro.

—¡Una apuesta! —exclamó Randy.

—Va —Adam pegó en la mesa.

Godainz sacó un billete de cien pesos, lo puso en la mesa frente a él y exclamó:

—La de Benny. ¿Cómo se llama, baby, la que te gusta?

—"Cielo" —respondió Gely.

—Ésa.

—Pero se supone que la escogió Roy, ¿no? —observó el Inge—. Yo digo que una de Maluma o Carlos Rivera o uno de esos —y puso un billete de cincuenta.

—Decídete —dijo Lencho.

Karla interrumpió:

—Rihanna. La de "Diamonds" o la de "Stay" —y puso doscientos.

—¡Ájale! —exclamó Randy.

—¡Rápido! ¡Ya va a empezar! —exclamó Karla.

Gely se adelantó:

—"Marry you", de Bruno Mars. Pero no traigo dinero.

Godainz sacó otro billete de su cartera y preguntó:

—¿Tú, Mau? ¿Cuál dices?

—"Pero sigo siendo el rey."

—¿Cuánto?

—Todo mi reino.

Claudio se rio por primera vez en la velada. En ese momento empezaron los acordes de la canción, con una guitarra eléctrica noventera.

—Ah, caray. ¿Ésa cuál es? Me suena muchísimo… —dijo Adam.

Fue una mañana que yo te encontré, cuando la brisa besaba tu dulce piel, tus ojos tristes que al ver adoré la noche que yo te amé…

—¡No! —Lencho se tapó la boca.

—¿Ése no es Cristian Castro? —Karla arrugó la nariz.

Adam, Godainz y Denisse corearon, exagerados, haciendo la mímica de tocar guitarras eléctricas:

—*Azul, y es que este amor es azul como el mar azul…*

—No, pues ganó la ignorancia —dijo Claudio. Irene se rio. Se sonrieron unos segundos, aprovechando que todos estaban mirando hacia la pista.

—Disculpen, me siento indispuesto… —dijo Lencho, levantándose con cara de asco, seguido de risitas. Pero se quedó de pie junto a la mesa, viendo a los novios bailar, cautivado, igual que todos los presentes. Javiera brillaba con luz propia, y Roy la miraba arrobado. El fotógrafo y el camarógrafo seguían todos sus movimientos a pocos metros, girando junto con ellos.

—"Tu príncipe azul yo seré." No seas mamón… —Lorenzo se talló la cara.

—Les queda perfecto —se rio Karla—. Nuestra güera se pescó a un Luismi. ¡Salud!

Cuando terminó la canción, el recinto se cayó en aplausos y después Roy le cedió la mano de Javiera a Fernando, su padre. Comenzaron los acordes de "Eres tú" de Mocedades.

—¿Ésa también la escogió Roy? —preguntó Gely.

—No, ésa la escogió el papá de Javi. Es bonita —admitió Denisse.

Como una promesa eres tú, eres tú, como una mañana de verano…

Unos minutos antes Javiera se veía preciosa, enamorada, pero en los brazos de su papá su expresión era muy distinta. No estaba manteniendo la sonrisa puesta, consciente de un público. Estaba sincera y plenamente dichosa. Irene pensó en su propio padre, se preguntó si se aparecería en su boda si lo invitaba, si es que un día se casaba. De pronto se le cerró la garganta y la envolvió la melancolía. Escuchó sollozos, volteó y vio a Denisse, que moqueaba directamente detrás de su servilleta, mientras Karla la abrazaba.

—¿Cuando tú y yo nos casemos quieres que escojamos la canción los dos o también quieres que sea sorpresa? —le preguntó Adam a Irene, audible para todos.

Irene sintió la mirada de Claudio atravesándola por el costado y se alegró de que Karla respondiera por ella:

—No, pues que haya democracia, ¿no?

En cuanto terminó "Eres tú", comenzó a sonar "Thinking out loud" de Ed Sheeran.

—¡Ay, me encanta esa canción! —Gely juntó las manos—. Ésa es la que quiero bailar yo, baby.

Godainz le dio una palmada en la espalda.

—Pues suerte, que te salga muy bonita.

Todos se rieron. Gely hizo un mohín y Godainz la besó en la mejilla.

Roy bailó con su mamá y más adelante en la canción se unieron Fernando, Susana, y los papás de Roy; la mamá era rellenita y llevaba puesto un vestido verde corte imperio, de raso parisino.

—Lástima que parece globo de cantoya —comentó Denisse.

También bailaron los hermanos menores de Roy con sus parejas y él y Javiera regresaron a la pista con Fabio, que le dio un empujón a Roy para poder bailar con su hermana, entre muchas risas nerviosas de todos. En cuanto terminó el espectáculo familiar, Lencho anunció, mostrando un porro exquisitamente forjado:

—Bueno, damas y caballeros, creo que es el momento de un fi-tu-pish.

No fue tan sencillo. La playa estaba tapizada de vigilancia y el estacionamiento estaba repleto de guaruras. Irene, Lencho, el Inge, Denisse, Claudio, Randy, Mauro y Adam tuvieron que caminar cinco minutos por la playa hasta que encontraron un lugar apartado para fumar. Claudio mentaba madres. Como Adam no fumaba, esperaba el momento del toque como la oportunidad para estar más o menos a solas con Irene, pero Adam los siguió como si un sexto sentido le dijera que no debía dejar sola a su novia.

—Pues ya prexta, ¿no? Sacatito… —dijo Randy, frotándose las manos.

Lencho sacó el toque. Mientras le quemaba la punta cuidadosamente, dijo:

—Nos lo hubiéramos prendido más allá. ¿Qué nos iban a decir? Somos los amigos de la novia.

—Y su suegro es el futuro gobernador de Guerrero, cuyo lema de campaña es "Mano dura contra el narco" —Mauro alzó el puño cerrado.

—¿Te cae? —respingó Claudio.

—No, me lo acabo de inventar.

—Jajajajajajaja.

—Güeyes, no hay que ser tan criticones con el poder porque un día nos podemos tragar nuestras palabras —dijo Adam, y se dirigió a Claudio—: ¿Te acuerdas de la inauguración del Instituto?

Claudio lo recordaba perfectamente, pero estaba rivalizando internamente con Adam y no quiso darle cuerda. Aprovechó que le pasaron el gallo para no responder.

—Claudio y yo teníamos como once años. Mis jefes estaban inaugurando este Instituto de Estudios Genómicos en la universidad. Bueno, la cosa es que habían invitado al presidente.

—¿De la sociedad de padres de familia? —bromeó Randy.

—No, pendejo, del país, de la nación —aclaró Adam.

—Ah.

—Jajajaja, tetos —Denisse se rio y pasó el toque.

—¿Qué hacían ustedes dos ahí? —preguntó Lencho.

—Ni idea. Pero a mi mamá le gustaba presumirnos cada que podía. Era de flojera —dijo Adam—. La cosa es que el presidente no llegaba y no llegaba. La inauguración era al aire libre, hacía un solazo y todos nos estábamos rostizando. Y mi papá mentaba madres: "Pinche tipo el presidente este, qué se ha creído, piensa que somos sus lacayos y que por ser él tenemos que aguantar su impuntualidad, qué falta de consideración, bla, bla, bla…".

A Claudio pareció olvidársele que estaba haciéndole una semi ley del hielo a su hermano y se sumó:

—Estaba furioso mi jefe. Maldijo las dos horas enteras. Y cuando por fin llegó el presidente con su escolta y toda su faramalla súper imponente, se acercó a saludar a mis jefes y a mi papá le dijo: "Qué gran sombrero".

—No le dijo así —corrigió Adam—. Le dijo: "Doctor. Qué magnífico sombrero panamá".

—Whatever…

—Mi papá se lo quitó en ese mismo instante, pero así, sin pensarlo, y se lo dio al preciso diciéndole: "Es suyo, señor presidente" —narró Adam.

—Wow… —Irene fumó con los zapatos en la mano.

—Qué fuerte —dijo Denisse.

—Me cagó —admitió Claudio—. Mi papá se me cayó desde ese día.

Adam se sorprendió con la afirmación.

—¿De plano?

—Pues… un cuarenta por ciento, sí.

Mauro vio sus pies descalzos. Conocía esa historia. ¿Cuánto se le había caído su propio padre recientemente? ¿Cien, dos mil por ciento?

—Pues yo también le hubiera regalado mi sombrero panameño al preciso —dijo Randy—. Y mis zapatos y mi reloj y mis calzones, qué chingados.

—¡Tómame, preciso! ¡Haz de mí un preciso, o ya de menos un Precioso! —gritó el Inge, abriendo los brazos.

Hubo carcajadas. Cuando terminaron, Lencho depuso, serio:

—Sí, no. El poder no es cualquier cosa… —y le dio un último jalón a la bacha, mirando hacia el mar.

Cuando regresaron a la mesa, estaban tan fumados que por un momento no entendieron qué hacían sus caras en una de las paredes del salón de eventos. Karla los regañó:

—¡Se perdieron el video!

—¿Cuál video? —preguntó Adam.

—¡El de las fotos! —señaló Karla.

—¿Cuáles fotos? —Claudio no entendía nada.

—Chale, el video… —Irene se puso las manos en la cintura, decepcionada, viendo la proyección. Ella había ayudado a armarla y sabía que eran las últimas fotos de la serie.

Mientras siga viendo tu cara en la cara de la luna, mientras siga escuchando tu voz entre las olas entre la espuma…

—Bueno, lo podemos ver en cualquier momento. Lo vemos todos juntos mañana —se consoló Denisse.

En la pared se proyectó una foto de los ocho abrazados, tomada años atrás en las islas de Ciudad Universitaria. Claudio sintió una punzada de nostalgia y por primera vez en los últimos días bajó un poco la guardia y se preguntó si no había cometido un error al pedir prestada esa moto para llevar a Irene a los Dinamos; temió que las consecuencias de esa acción no afectaran solamente a su hermano sino que causaran el cisma de su grupo de amigos. Se alejó sin alcanzar a ver la última foto. Era una donde Adam y él besaban, cada uno, una mejilla de Irene. Ella sintió el brazo de Adam rodeándola y buscó a Claudio con la mirada, pero ya no estaba ahí.

—¿Dónde coños está Mauro? —Karla escaneó el horizonte.

—Se quedó en la playa —dijo Lorenzo.

—¿Qué se trae?

Lencho no respondió. El video concluyó con una foto reciente de Javiera y Roy besándose en su roof garden de Polanco, con un corazón dibujado a su alrededor y una leyenda escrita por Denisse: "Te amamos, Javi. Que seas muy feliz".

Todo el mundo aplaudió, efusivo.

Javiera les lanzó un beso a sus amigos desde su mesa de novios, llorando, conmovida. Denisse le lanzó otro. Después tomó su caballito de tequila, se lo terminó de un trago, lo dejó en la mesa y anunció:

—Bueno. Ahí se ven, culeros. Voy a guerrerear.

Al concluir el video llegó la música para bailar y se terminó el único rato de diversión de la boda: Bibi, la mamá de Roy, había contratado al DJ más caro de todo el estado de Guerrero, y el más malo también. Todos hicieron su mejor esfuerzo por bailar y animar la fiesta, pero pasaban las horas y la música no hacía su parte.

—No mames, este güey tiene tres listas: Stereo Cien, reggaetón y rómpeme las bolas —sentenció el Inge.

Pero después de varios shots de tequila, consiguió ponerse a tono y bailar con todas las solteras de la fiesta. Mientras esto sucedía, los demás se apoltronaron en la mesa. Esta vez Adam no bailaba con las tías ni con las primas, estaba especialmente cariñoso con Irene, quien le echaba ojeadas llenas de extrañeza a su mano desnuda, sin anillo, y desviaba las miradas de ya suelta a ese güey que le dirigía Claudio desde su lugar mientras platicaba con Mauro, quien ya estaba de vuelta después de otro de sus extraños paseos de la noche. Randy y Lencho hablaban de pie en el otro extremo de la mesa, e Irene se esforzaba por escuchar el discurso etílico y repetitivo de Godainz, mientras Gely escribía en su celular. Así llevaban la última media hora.

—A mí mi trabajo me encanta. Me encanta. Sobre todo por los retos, a mí me encantan los retos. Me encanta ser líder. Es difícil ser líder y no jefe. Es un reto —Godainz le dio un trago a su cuba. Era la décima de la noche. Había seguido haciendo carrera en Grupo Walmart, donde había conocido a Javiera cuando ella elegía la ropa de los maniquíes y él formaba parte del cuerpo de ventas.

—¿Y qué hacen de responsabilidad social corporativa? —preguntó Adam.

Godainz se asomó al teléfono de Gely para ganar tiempo y respondió:

—Pues por ejemplo… en marzo sembramos árboles y llevé a mi gente.

—¿Cuántas personas tienes a tu cargo? —preguntó Irene, cortés.

—Son cinco en el equipo, yo ya soy gerente de ventas en el grupo, no sé si sabías.

—Qué padre. ¿Y es mucha responsabilidad?

—Mucha. Hace poco me invitaron a cenar en el corporativo, le dieron un premio de ventas a mi equipo… no saben la vista desde ese lugar. Y la cena estuvo espectacular.

Claudio y Adam lo escuchaban sesgadamente, sin decidirse a intervenir.

—Ya pronto te van a dar camioneta, ¿no, baby? —dijo Gely, sin dejar de escribir en su teléfono. Acababa de subir una foto de ella y Godainz a Instagram y al chat de sus amigas, pero se estaba tardando un rato en poner todos los hashtags correspondientes y eligiendo el bitmoji más adecuado para responder a los comentarios que de inmediato empezaron a llegar al chat.

—Sí. Para el año que entra por lo menos coche, seguro. Voy a tener lugar en el estacionamiento de directivos.

En el extremo opuesto de la mesa, Randy le confesó a Lorenzo:

—A falta de speed… Afrin, cabrón.

—Pffft, ¿neta?

—Con cinco gotas de esa madre tienes para estar todo el día como una moto, papá. Además te pasas las manos así por la cabeza y sientes así… rrrrr… como cosquillas en el cerebro… jeje.

Con los brazos estirados sobre los respaldos de dos sillas y su cuba en la mano, Godainz continuó:

—Yo siempre busco que mi equipo se sienta motivado. La semana pasada tuvimos curso de inducción y es increíble cómo al final se te acerca la gente nueva y te dicen: "Gracias, cabrón, ahora me siento parte de algo".

—Sí, de las juventudes fascistas —dijo Mauro de pronto.

Todos se rieron sin poder evitarlo.

—¿Para qué necesitan tanto argumento y tanta justificación? Es una chamba y ya —se sumó Claudio.

—De acuerdo —dijo Mauro, y aprovechó para apuntalar—: A mí lo que me caga de las empresas es que se los marean con mucha motivación y choro aspiracional, pero les pagan unos sueldos de mierda.

—Claro que no. Roberto gana muy bien —brincó Gely, y sacó un cigarrito Capri.

Mauro la ignoró:

—Es un sistema piramidal peor que el feudalismo. En un banco un cajero gana diez mil pesos al mes y un directivo puede ganar doscientos mil.

—Porque la responsabilidad es mayor. Los directivos tienen a mucha más gente a su cargo —argumentó Godainz, quien empezaba a sentirse incómodo. Gely seguía esperando a que le prendiera el cigarro.

—¿Y qué? La cantidad de trabajo no cambia. Las chingas son las mismas —opinó Claudio.

Irene sonrió discretamente y Adam lo notó. Godainz se revolvió en su silla:

—Pues sí, pero tienes que esforzarte por subir. Si empezaras ganando doscientos mil…

Mauro lo interrumpió sin dejarlo terminar la frase:

—Pero lo peor no es eso. Lo peor es que esa banda ya no distingue entre su vida y su trabajo. Viven para chingarle. Son como pinches… abejitas.

Gely se prendió el cigarro con una vela. Irene notó el aumento de la tensión en la mesa y trató de conciliar:

—Bueno, ya. Cada quién. Lo bueno de este mundo es que hay de todo para todos. Hay gente que se siente como pez en el agua en la vida corporativa. ¡Miren a Denisse! —Irene la señaló. Justo había regresado a la mesa por su bolsa.

—¿Yo qué? —dijo.

—Tienes un minuto para hacer una defensa sólida del mundo corporativo. Go —bromeó Adam.

—No, qué pasó, chavo, estamos chupando tranquilos…

Hubo una carcajada que por un momento aligeró el ambiente.

—Roblesgil anda de pinche lacra, ya sabes —explicó Godainz—. Dice que somos como ovejas.

—Dije abejas, pero da igual. Es lo mismo —Mauro le dio un sorbo a su whisky.

Inspirada por el alcohol y por una rayita que le había invitado el politiquillo con el que estaba platicando, Denisse recargó las manos en el respaldo de la silla vacía, y declaró:

—Las empresas son su gente. Y somos gente que suma, que hace. Si no fuera por las empresas, no habría ese plato ni ese vaso donde te estás tomando tu whisky ni el whisky que te estás tomando ni los calzones que traes puestos.

—No traigo —mintió Mauro, sólo por provocar. Denisse lo sabía así que ignoró el comentario.

—Hacemos que se mueva la economía, hacemos que funcione el país. Pagamos impuestos, miles de familias comen y viven de los sueldos que generan las empresas.

—Y somos líderes de nuestras comunidades —añadió Godainz.

—Exacto. Somos líderes de nuestras comunidades. ¿Lo logré, López? ¿Fue una defensa digna? —Denisse volteó a ver a Adam.

—Dicen que son de gays, y la chingada, pero la neta yo sí le he dado a los poppers —le dijo Randy a Lencho.

—Ah, ¿te cae? Dicen que las venidas son prodigiosas, ¿no?

—Sí, no mames. Y además duras un chingo.

—Eso no sé si sea bueno siempre… —sugirió Lencho.

—¿Por qué no?

—Pues… digo, obviamente no está chido venirte en chinga, pero si llevas dos horas dándole a la matraca, de repente la morra también ha de decir ya, ¿no?

Randy lo miró de reojo, con algo parecido a la compasión.

Denisse ya se había ido, pero la discusión al otro lado de la mesa no había terminado.

—Lo que no se puede negar es el impacto ambiental que generan las grandes compañías —remachó Adam, que por más conciliador que fuera, también tenía sus resentimientos acumulados, igual que alcohol en la sangre—. Como son personas morales, nadie se hace responsable. Sus abogados corrompen a quien sea para no hacerse cargo de nada.

—¿Responsables de qué? ¿A ver, de qué, cabrón? —quiso saber Godainz, ya ofuscado.

Adam se reprimió, no quería pelear, pero Claudio respondió por él:

—Derrames de petróleo, desechos tóxicos, tala indiscriminada… usan la Tierra como su basurero y no hay nadie que los pare.

Mauro sumó, salido en su verborrea, resultado de no una sino varias rayas de coca a lo largo de la noche:

—Se creen más cabrones que los gobiernos por el dinero que manejan. Tienen demasiado poder. Demasiado. Acaparan el mercado, dicen que son democráticas pero se manejan con compadrazgos, con conexiones familiares… vaya, tienen todos los vicios asociados al poder. Y si te atreves a cuestionar algo, vas pa' afuera.

—¿Y tú cómo sabes tanto, Mau, si nunca has trabajado? —Gely intervino de pronto.

Godainz estalló en carcajadas. Irene y Adam no pudieron reprimir una risita. Claudio le puso una mano en el brazo a Mauro, tratando de evitar que respondiera con alguna agresión. Pero Mauro solamente sonrió y Gely siguió hablando.

—Además, las empresas existen por los clientes. O sea, el cliente siempre tiene la razón. Todo se hace por ellos.

—Ése es el argumento más falso y más barato de las empresas —dijo Mauro—. Si al cliente no le gusta, hay otro cliente. Alguien más les va a comprar. Punto. No te engañes, chata. Para las empresas, el *dinero* siempre tiene la razón.

—Pues así como pa' diario, lo que yo me daba era pregabalina —dijo Randy, del otro lado de la mesa—. Te pone muy bien, muy rélax, enfocado.

—¿Pero la pregabalina no es para las convulsiones? —bebió Lencho.

—Pues sí. Por eso ahora descubrí algo mejor… —se acercó Randy.

—¿Qué?

—Tú nada más hablas, Mau. Pero no haces. Por lo menos nosotros hacemos algo —dijo Godainz—. ¿En las empresas sabes qué no hay? Parásitos.

—Tramadol. Con eso ando bien, man. Como planeando… —Randy extendió los brazos y emuló un vuelo.

Se había hecho un silencio tan pesado en la mesa después de la palabra "parásitos" que todos escucharon la última frase de Randy. Mauro se levantó, negando con la cabeza.

—¿Sabes qué? Tienes razón, Godainz. Adoremos al dinero. Veneremos al becerro de oro. Eso es lo que hay que hacer. Para eso aparecimos en el mundo después de miles de millones de años de evolución. Para eso tenemos un cerebro más complejo que todas las galaxias a la redonda. Para estar en una nómina y tener un "carro" como el de nuestro jefe. ¡Salud!

Randy, que no tenía el contexto de la conversación, alzó su vaso y exclamó:

—¡Salud!

Randy comenzó a chocar su vaso con todos en un brindis involuntario y ridículo que hizo que Irene estallara en una carcajada histérica. Contagió primero a Claudio, luego a Adam y después al resto. Finalmente se levantó, secándose las lágrimas, y dijo:

—Voy al baño.

Caminó a la terraza donde había una barra y donde Denisse y Karla hablaban muy animadas con dos tipos con pelo engomado, cutis bronceado y guayabera, como estaban uniformados el noventa y nueve por ciento de los hombres aquella noche. Irene tomó a Denisse de la mano y se la llevó a la playa sin dar explicaciones. Cruzaron la pista donde los novios y otras parejas, entre ellas los papás de Javiera, el Inge y la muy alcoholizada mujer de algún político, bailaban con falso entusiasmo un éxito comercial de los ochenta.

—¿Qué pasa? Me estaba ligando a un bombón —protestó Denisse.

—Seguro es político. Todos aquí son políticos. Qué hueva —dijo Irene.

—Político. Políglota. Pelón. Qué chingados me importa. No lo quiero para que me ponga alumbrado público. Bueno, más o menos.

Denisse se partió de risa, Irene intentó secundarla sin mucho éxito.

—¿No se le abre mucho el escote a este vestido? —Denisse hizo equilibrio con sus pies en la arena irregular.

—Pues se supone que es escotado, ¿no?

—Me hubiera puesto el otro.

—¿El rojo?

—No, el blanco.

—¿Pues cuántos vestidos te compraste para la boda?

—Dos. Bueno, cuatro. Ay, mira, me vale. Si no luzco la pechuga ahorita que estoy flaca, ¿cuándo?

Denisse volvió a reírse sola. Irene no podía reírse por más que quería y sólo veía sus pies enterrándose poco a poco en la arena. Denisse por fin captó que algo grave sucedía y repentinamente recordó:

—¿Por qué no me contestaste los mensajes ayer? ¿Qué pasó con Claudio?

Irene volteó a verla.

—Todo.

—¿Cómo que "todo"?

Irene miró a sus costados.

—¿Cogieron? —preguntó Denisse.

—No. Pero casi.

—Noooooooooo —Denisse se inclinó tanto que Irene tuvo que detenerla para que no se fuera de boca—. ¿Y ahora?

Irene estaba a punto de decirle del ultimátum, que al día siguiente planeaba terminar con Adam, que Claudio le había dicho que se llevara su pasaporte para largarse juntos, pero Denisse se le adelantó:

—Güey, te voy a decir una cosa: neta, neta, nunca te vi un brillo en los ojos como el que tienes hoy, cabrona.

—¿De veras? —Irene sonrió sin querer.

—Irene, pase lo que pase, yo te apoyo, flaca. Estoy de tu lado siempre. Lo sabes, ¿verdad? —y la rodeó con sus brazos (más delgados pero también más fofos por la estrepitosa bajada de peso) con amor, peso muerto, y mucha prisa por regresar a la barra.

Irene volvió de la playa con ánimos renovados, resuelta a transmitirle a Claudio un mensaje reconfortante, hacerle saber de alguna manera que su mente y su corazón estaban con él. Pero cuando volvió al salón lo encontró platicando muy animado con una guapa de vestido rojo, e Irene volvió a sentarse en la mesa con una maraña de celos, culpa, tequila, whisky y THC montando un concierto de confusión y zozobra en su interior. Para remediarlo, llamó al mesero:

—¿Me da un vodka tonic?

A las doce en punto llegó el mariachi. Después de mucha insistencia de Javiera, Denisse se unió a los músicos para cantar:

Si nos dejan nos vamos a querer toda la vida, si nos dejan nos vamos a vivir a un mundo nuevo…

—No mames, otra vez les queda *perfecto* la canción a los novios —comentó Karla.

—No seas amarguetas —le espetó Adam.

—No es amargue. Es la verdad. Para todo le tienen que pedir permiso a sus papás.

Yo creo podemos ver el nuevo amanecer de un nuevo día, yo pienso que tú y yo podemos ser felices todavía…

—Canta cabrón esa Denisse, ¿eh? —Randy soltó un silbidito, sorprendido.

—Ya sé —murmuró Lencho.

—Y se ve muy rica hoy. ¿Bajó de peso?

—Te voy a bajar yo pero las pestañas al pavimento si te le acercas, cabrón.

Irene, Karla y Adam se miraron, Karla agitó la mano. Randy alzó ambas manos en son de paz y se alejó. Dos minutos después, Denisse regresó a la mesa luego de cantar. Entre aplausos de los amigos, hacía caravanas y miraba para todas partes.

—¿Qué se te perdió, guapa? —Adam le pasó su trago.

—¿Y mi ligue?

—¿No era ése? —señaló Karla.

El ligue de Denisse estaba platicando ahora muy animado con Vicky, la prima de Javiera. Denisse se tomó otro tequila de hidalgo y se enfiló hacia la tarima donde se habían instalado los músicos, resuelta a volcar su coraje con el mariachi. Pero justo en ese momento, una tía de Roy subió y no se bajó en la siguiente media hora. No cantaba la mitad de bien que Denisse, pero tenía un pañuelo en la cabeza y alguien comentó que estaba en quimioterapias. Pero sobre todo, estaba tan ebria que cada vez que alguien intentaba relevarla, se aferraba al micrófono como si se le fuera la vida en ello.

—Vela. Lo agarra como si fuera el último dulce de la piñata —protestó Denisse.

—"My precious…" —parodió Lorenzo, y Denisse por fin soltó una carcajada.

—Ella sí que es la auténtica Cantante Calva —siguió Lencho.

Todos los que habían leído a Ionesco en la prepa se descosieron de risa.

La cantante calva se siguió con "Paloma Negra", "Cielo Rojo" y "No volveré".

—¿En serio? ¿No volverá? —Karla juntó las manos.

—A lo mejor vuelve, pero en la maceta —dijo Irene.

—Jajajajajaja.

Godainz se había dormido encima del mantel y Gely trataba de despertarlo para que se fueran.

—Es que está súper cansado. Toda la semana se desveló trabajando —lo justificaba Gely.

El Inge hacía ritmos de otra canción sobre la mesa con unas cucharitas sucias de pastel y Mauro amarraba servilletas de tela de la punta.

—¿Qué haces, güey? —le dijo Adam.

—Una cuerda para suicidarme.

Mientras tanto, Irene buscaba a Claudio con la mirada. Había vuelto a desaparecerse y cada vez que Irene lo perdía de vista se llenaba de congoja. Tenía miedo de no volver a verlo nunca. Era un miedo irracional y no sabía a qué obedecía.

Porque sé que de este golpe ya no voy a levantarme, y aunque yo no lo quisiera voy a morirme de amor…

Los mariachis callaron y Claudio reapareció con el pelo mojado. A Irene le regresó el alma al cuerpo y al mismo tiempo sintió un nudo de sospecha. Se hizo una película en cámara rápida donde Claudio, ardido porque Irene estaba con Adam, se había tirado a la guapa de rojo y se había bañado después. Tuvo ganas de que se la tragara el océano. El mismo donde Claudio se había echado un chapuzón rápido, dejando la ropa en la orilla, para bajarse un poco la pesadez de la borrachera y pensar claro.

—Bueno, señores, esto está oficialmente muerto. Vámonos a dormir —Lencho pegó dos veces en la mesa.

—No seas quitarrisas. A lo mejor es como un… intermedio —dijo Irene, con súplica.

La honestidad del comentario hizo reír a todos sus amigos.

—Temo desilusionarte, flaca —dijo Adam, mostrándole el panorama—. Aquí ya se acabó el mitote.

Ya sólo quedaban unos cuantos borrachos necios y los amigos más cercanos. Se habían ido incluso los familiares de los novios. Javi estaba terminando de despedirse con muchos abrazos y besos de Gema (que siguió siendo su amiga a lo largo de los años a pesar del mal trago con Mónica y el mundo de las escorts) y su grupito de amigas modelos.

—¿Alguien consiguió encajarle el diente a alguno de esos bombones? —dijo Adam, mirándolas.

—Oye… —Irene le dio un golpecito en el brazo.

Claudio bajó la mirada y Karla atizó:

—Aunque el macho se vista de mocho…

—Tsss… —el Inge blandió la mano y Adam bebió de su cuba, incómodo.

—Los bombones desafortunadamente resultaron ornamentales —Lencho agitó los hielos de su vaso.

—Yo casi logro echar una pispireteada con una, pero se me hace que ya se le amalgamó el chicle… —dijo el Inge.

—Pinche corriente —lo zapea Lorenzo.

En medio de las carcajadas llegó Javiera tambaleándose, con un caballito de tequila en la mano.

—Vente, güera, ya deja de socializar —dijo Karla.

—Sí, ya, pinche Jackie O —Adam se levantó y le acercó una silla.

—Güey, cuando se casen, en su puta vida, escúchenme bien, en su reputa vida vayan a dejar que su suegra Bibi les organice la boda —dijo colapsándose en la silla forrada de raso crudo.

—No, pues yo pensé que por eso te habías casado con ese mirrey, para que desde ahora te organicen todo. Salud —Mauro alzó su vaso de whisky a medio terminar. Estaba borracho. Nadie secundó el brindis. Mauro continuó—: Dicen que lo que se promete ante el mar, se tiene que cumplir. Tú por lo menos ya te libraste de eso.

A Javiera se le llenaron los ojos de lágrimas y reviró:

—Yo no sé ni para qué viniste.

Se hizo un silencio marítimo. Nadie entendía qué estaba pasando y por qué había esa hostilidad entre ellos. Justo en ese momento, apareció Roy con una botella de Moët & Chandon.

—¡Estoy casado, cabrones! ¡Casadoooo!

Había estado repitiendo esa frase toda la noche, como una especie de grito de guerra que vociferaba cuando llegaba a departir en alguna mesa. Cada vez que lo hacía recibía aplausos y ovaciones. No fue así en esta ocasión.

—Este shampoo nos lo tenemos que acabar, ¿eh? Puto el que se raje.

Y en cuanto lo dijo, el corcho salió disparado con su sonido sordo, que esta vez no fue seguido por los clamores festivos usuales, sino por un mutismo aplastante. Mauro se levantó de la mesa una vez más. Roy le dio un trago a la botella de champaña, a pelo.

—Qué bueno que ya bajó el calor, ¿no? —fue lo único que se le ocurrió decir a Lencho para salvar el momento.

Acto seguido apareció Randy, muy acelerado.

—Güeyes, qué pedo. Ya se acabó el pomo. Dile a tu amigo Chuy que se convierta el agua en vino, ¿no, güey? —le dijo a Adam.

Claudio sonrió, divertido con la ocurrencia.

—Mis contactos no llegan a tanto —respondió Adam.

—Mejor que se baje del cielo una grúa para llevarse a este bulto —el Inge le dio una palmada en la espalda a Godainz, que en ese momento reaccionó.

—¿Qué? ¿Qué pedo?

—Vámonos, baby. Ya, por favor —suplicó Gely.

—No, no, no, no, no, no, no, no, no. Nada de eso. Nadie se va. Esta fiesta no se puede morir. De eso me encargo yo —declaró Randy.

Javi le hizo una seña discreta para que se limpiara un poco la nariz, que tenía restos visibles de polvo blanco.

—¿Qué transa? ¿Dónde está el pomo? —Godainz arrastró las consonantes, con el pelo parado y aplastado del lado donde se había recargado para dormir y un pegoste de baba en el cachete.

Roy le pasó la botella de champaña y Godainz estaba a punto de empinársela pero Gely lo detuvo, firme:

—Roberto, ya.

—Cállate, pendeja —escupió él.

Gely los miró a todos con vergüenza y con súplica. No era la primera vez que sucedía algo así. En cinco minutos Claudio y Lencho habían metido a Godainz y a Gely en un taxi camino a su hotel. Cuando volvieron, Randy dio varias palmadas diciendo:

—Ok. ¿Ahora sí ya se fueron todos los mala copa? Venga, gente. Vamos a armar una fiesta de verdad.

Se pusieron manos a la obra. Alguien dio una generosa propina al resort para que los dejaran bajar las bocinas a la playa. No les dieron permiso de hacer una fogata, pero sí de dirigir desde la terraza un par de luces. En veinte minutos estaban abastecidos de alcohol. A Irene le sorprendió cuando vio a Claudio regresar de la tienda con Lencho, dispuesto a enfiestar a lo grande. Randy los congregó de nuevo a todos y anunció:

—Ok. Traigo nada más tres nenas. ¿Cómo le hacemos?

Randy mostró tres pastillas color naranja con una W en la palma de su mano.

—¿Éxtasis? —preguntó Denisse.

—Algo mejor: Wave —Randy le guiñó el ojo.

—¿Entonces no son tachas? —preguntó Karla.

—No exactamente. Son como tachas pero son legales. Me las vendieron unos compas en la Condesa. Tienen una tienda y todo.

—¿Cómo que legales? —quiso saber Claudio.

—La composición química reproduce los efectos del éxtasis, pero sin MDMA y anfetamina —explicó Randy, conocedor.

—Ah, chingá —Claudio alzó una ceja, escéptico—. ¿Es como sashimi de tofu, o qué?

Karla se rio.

—Se supone que están perrísimas —dijo Randy.

—¿Tú no las has probado? —preguntó Irene.

—Nop. Pero lo peor que puede pasar es que no pongan, ¿no? —concluyó Randy.

Todos se miraron con duda y curiosidad.

—Miren, chavos, la neta me iba a dar dos yo, pero les regalo dos y me quedo con una, ¿cómo ven?

Irene se la pensó. El MDMA nunca le había terminado de caer bien, le seguía dando ansiedad al principio, pero a veces cuando ya estaba muy borracha y puesta, si se tomaba media pastilla de éxtasis, le daba pila y buena fiesta. Lo malo es que luego no podía dormir, pero lo que más le preocupaba era estar partida en dos como lo estaba esa noche, con toda la tensión de aquella jornada tan rara.

—Vénganos tu reino, yo me echo media —dijo Denisse, arrastrando las sílabas y yéndose de lado.

—Yo la comparto. ¿Dónde está Mauro? —preguntó Lencho.

—Creo que ya se fue —Adam miró a su alrededor.

—Eso es alta traición —bufó Lencho.

—Déjenlo, que se pudra —declaró Javi.

Irene y Karla se miraron alarmadas. Javi no les había contado lo de la llamada, pero intuían que algo grave pasaba entre ellos. Ahora lo asociaban claramente a la desaparición de Mauro de la última semana.

—Yo paso —dijo Adam—. Con mi Bacachá estoy de sobra.

—Yo también —dijo el Inge—. Ahorita ando en "ditox".

—¿De qué, güey? ¿De veneno para ratas? —preguntó Adam.

—Del barniz de uñas de tu mamá, cabrón.

—Jajajaja.

—A ver. Va. Yo también me parto media con alguien —dijo Karla.

—Aprendan de esta morra, es madre de familia y véanla —aplaudió Randy.

—Es la boda de la güera, coño, ni modo de no reventar —Karla se justificó ante quién sabe quién—. ¿Tons? ¿Quién se echa la otra media?

—Yo —dijo de pronto Irene.

Adam la miró con reparo, pero fue Claudio el que dijo:

—¿Segura?

Randy levantó en ese momento la tercera y última píldora anaranjada.

—Ok. Queda una, señoras y señores. Y ésta es, por supuesto, para la feliz pareja, que a partir de hoy va a empezar a olerse sus pedos mutuos y a compartir el excusado aunque no sean parientes.

Hubo risas.

—¿Y tú, Rand? —dijo Javiera.

—Yo me sacrifico, señora de Sánchez Palma, faltaba más.

Lo cierto es que Randy traía otras tres tachas en la bolsa, pero le gustaba hacerse el generoso y el magnánimo.

—Dátelas tú. Yo creo que Roy y yo vamos a pasar, ¿verdad, love?

Roy solamente asintió, agarrando la botella de champaña casi vacía. Ya no podía ni hablar.

—¿Pasar? ¿Por? —se extrañó Denisse.

—Mañana en la mañana salimos a Tailandia. Tenemos que volar a la ciudad y cambiar de avión.

—No manches. ¿A quién se le ocurre poner un vuelo al amanecer siguiente de su boda? —Lencho soltó una trompetilla.

—¿A quién crees? —Javiera rodó los ojos sin añadir más; no quería despotricar contra su suegra con Roy presente, aunque estaba tan borracho que seguramente no se hubiera enterado.

—Mmmmta —Denisse miró al cielo.

—Pero yo no me pienso ir ahorita, ¿eh? —aseguró Javi.

—Más te vale, pinche güera.

—Ok. Entonces todavía queda una traca. A la una… a las dos… —Randy abrió la boca para tragársela, pero Claudio lo detuvo:

—Venga, pues. Yo me echo media.

Irene lo miró sorprendida. En parte Claudio lo hacía porque no quería dejarla sola en la experiencia, sabía que se ponía ansiosa y que Adam no iba a saber cuidarla porque cuando se ponía muy pedo, estaba más bien como para que lo cuidaran a él; por otro lado necesitaba evadirse un poco, y por último tenía la ilusión de poder volver a besar a Irene, esta vez bajo los deliciosos efectos del éxtasis, aunque esto no fuera éxtasis. Algo le decía que quizá sería la última oportunidad.

—Ora sí, bandita. Vamos a reventar ma-rra-no —decretó Randy y se tragó la otra mitad.

El Inge se lució con la música. Fue levantando la fiesta con un buen house que interrumpió con una cumbia arrabalera que tuvo gran respuesta. Luego comenzó un son cubano. Irene y Adam estaban bailando con las clásicas vueltecitas multi propósito cuando Claudio llegó y tocó dos veces el hombro de su hermano.

—¿Me permites?

Adam se congeló por un momento. Irene respondió por él:

—No.

—Está bien. ¿Me permites? —Claudio se dirigió a Irene esta vez.

—Ése es un caballero, chingá. El que le pregunta a la dama —Karla pasó junto a ellos, bailando con uno de los amigos de Roy.

Adam dijo entonces:

—Va. Tengo que ir al baño. Te la encargo, carnal.

Claudio no titubeó. En cuanto Adam se alejó, agarró a Irene y se la pegó al cuerpo. Con una mano amarró la suya, la otra la fijó a su espalda. Irene no sabía que Claudio sabía bailar. En las fiestas donde ponían música tropical siempre estaba en algún rincón, hablando con alguien. Esta vez comenzó a llevar a Irene con cadencia, guiándola acompasadamente con los pies y la cadera. Estaban cerca de la orilla del mar, en una sección de arena plana que hacía buena pista de baile.

—¿Y ahora tú? ¿Estos talentos? —Irene estaba encantada y nerviosa.

—Estuve saliendo con una colombiana.

—¿Ah, sí? —Irene desvió la mirada.

—Sí. ¿Te dan celos o qué?

—Curiosidad nomás.

—Ya.

El piano, los timbales y la trompeta parecían llenar la bahía desde la Quebrada hasta Puerto Marqués.

Que no llore tu guajiro y que sepa que hay aquí mil amigos que te ofrecen el calor de un suelo hermano...

—No me está pegando esta tacha. No me está pegando para nada —dijo Denisse.

—Aguanta, acuérdate que las tracas luego tardan —dijo Lencho.

Los dos estaban sentados cerca de la orilla del mar, viendo las olas romper. Estaban descalzos —los descuidados pies de Lencho convenientemente enterrados en la arena— tomando cubas de Jack Daniels en vasos de plástico rojo. Lorenzo tenía un porro en la mano. Denisse ya había vomitado y se sentía mejor, subida en el segundo aire menos abultado de la borrachera.

—A veces pienso que la música es como un viaje —le dijo a Lencho.

—¿Por qué?

—Cuando escuchas una canción por primera vez como que te trepas, ¿no? Te trepas a la rola como si fuera un camión o un avión y no sabes a dónde te va a llevar. Te puede llevar a cualquier parte.

Después de una tarde y una noche extrañas y erráticas, Lorenzo por fin había terminado como quería y no esperaba terminar: bien puesto, con la mujer que deseaba a su lado. Recién soltera después de que Lencho sintiera pasos en la azotea con el tal Alejandro Zambrón, y soltero también él después de Berenice, con la seguridad que le daba el haberse sentido deseado por una mujer, aunque lo hubiera cambiado por otro al final. No importaba lo que sucediera más tarde, en ese momento se sentía un ganador.

—A veces el viaje es a un viejo destino conocido, ¿no? Cuando repites una rola que te gusta, ya sabes a dónde quieres ir —propuso.

—Pero a veces hasta esos viajes conocidos pueden acabar en un lugar desconocido. Hay algo en la rola en lo que no te habías fijado... oyes bien la letra por primera vez... y descubres algo totalmente nuevo, ¿no?

Denisse le sonreía con el rímel corrido. Lencho pensó que se veía linda estando delgada, pero era como si algo conocido y familiar le faltara.

—Totalmente.

Lencho continuó, muy serio:

—A mí, por ejemplo, el reggaetón en cualquiera de sus formas me lleva directo al inframundo. Sin escalas. Con suplicio, muerte y dolor.

Denisse soltó una carcajada y se recargó en su hombro. Una ola que rompió fuerte envolvió el sonido de su risa.

Me gusta todo lo tuyo, todo me gusta de ti...

—¿Y la colombiana esa qué, o qué? —Irene se mecía con la Sonora Matancera en los brazos de Claudio.

—Pues es que los colombianos sí saben rumbear. La salsa que bailan aquí en México es como de cubano de Miami.

—Órale, qué versado.

—Nah. Tampoco.

Tu frente, tus cabellos y tu rítmico andar, el dulce sortilegio de tu mirar...

Irene se dio cuenta de que Claudio intercambió una sonrisa con el Inge. Fue algo muy sutil, pero significativo. ¿Sabría el Inge lo que pasó entre ellos el día anterior? ¿Quién más lo sabía?

—Déjate llevar. Que te valga madres. Nada más estamos bailando —dijo él.

Mientras la temperatura subía a la orilla del mar, Javiera y Mauro estaban solos en un pasillo interminable y gélido del resort, con gigantescos jarrones de alcatraces y reproducciones de pinturas de Toledo. Mauro había esperado impaciente entre los pasillos el retorno de Javiera al baño para hablar con ella lejos de Roy.

—Javi, perdóname güera, por favor. Soy un pendejo radical. Ayer que te hablé estaba muy pasado.

—Me dijiste puta y pobre. ¿Sí te acuerdas?

—Sí me acuerdo. Y no dije eso exactamente, no entendiste lo que te quise decir.

—Porque además soy pendeja.

—No eres pendeja —Mauro se llevó las manos a la cabeza—. Carajo...

Una semana antes de la boda de Javiera, un día después de las tortas ahogadas en el roof garden de Roy, Mauro había sido invitado por su tío Tirso, el hermano de su madre, a conversar en el jardín de la casa de Reforma. Se celebraban los noventa y siete años de Celsa, la matriarca de la familia y abuela materna de Mauro. El tío Tirso había pasado diez años en el seminario y se había hecho aficionado al vino, consagrado y sin consagrar. Esa noche estaba algo pasado de copas. Mientras caminaban por el jardín, tomaba a Mauro del brazo.

—¿Y tú cómo vas, hijo? ¿Cómo va todo?

—¿De qué, tío?

—Pues no sé, tú cuéntame. ¿Ya estás estudiando? ¿Ya estás trabajando? ¿Tienes novia?

—No, tío. Soy como un monje. Creo que en ese sentido nos parecemos.

El tío Tirso se rio.

—Bueno, pero si sigues viviendo en esta casa en este plan… "monacal", supongo que es porque estás a gusto… porque te llevas bien con tus padres…

—Sigo viviendo en esta casa porque no quiero pagar una renta abusiva por un espacio que no necesito. Esta casa tiene ocho cuartos, tío. Y a mis "padres" no les veo el pelo.

—Ya, ya.

Tirso carraspeó. Se detuvo.

—Mauro, ¿tú sí sabes de dónde viene la fortuna de tu papá?

—Si me dijeras que mi mamá se la ganó apostando a los galgos, no me sorprendería —dijo Mauro, con humor negro. Ya alguna vez había ventilado con Tirso la afición al juego de Luisa. Era su pequeño terreno en común.

—Que no te sorprenda, sobrino, porque sí, así empezó todo. Tu papá invirtió un dinero que se ganó tu madre apostando en Las Vegas. Y lo invirtió muy bien. ¿Conoces el modelo de remate bancario?

—¿Es retórica la pregunta o quieres que te lo explique, tío?

Tirso volvió a reírse. No llegó a sacerdote porque antes se enamoró y se casó con la secretaria del seminario. Ambos eran muy religiosos, por no decir que eran unos mojigatos redomados. Iban a misa y comulgaban todos los días. Tirso fue la comidilla de la familia por mucho tiempo porque su hija menor se embarazó sin estar casada. Cuando nació su nieto, Tirso estaba tan avergonzado que se tardó casi un año en conocerlo. Pero era un tipo intachable. El que estuviera podrido en millones no era ningún impedimento, porque no los ostentaba ni permitía que su familia lo hiciera. Todo lo tenía bien guardado en bancos suizos, y también invertido en el Vaticano, lo cual lo hacía gozar de los favores divinos sin restricciones.

—Me interesa saber qué sabes *tú* de los remates bancarios —dijo Tirso.

—Pues… es cuando la gente no puede pagar sus créditos hipotecarios y los bancos les quitan sus casas y las rematan. A mucha gente le pasó eso cuando tronó la burbuja inmobiliaria en Estados Unidos y en España hace poco. ¿Tiene que ver con tu pregunta de por qué sigo viviendo aquí, o…?

Tirso se rio.

—Eres listo, canijo. De eso no cabe duda. Y eso se lo heredaste a tu padre. Hay que admitir que la inteligencia se tiene o no se tiene, venga uno de donde venga.

Mauro sabía que Tirso estaba aludiendo a los orígenes humildes de su padre y sintió una molestia, como si se le hubiera parado encima una mosca. Tirso apretó el brazo de Mauro un poco más de lo necesario.

—Lisandro me debe un millón de pesos. Se los presté hace más de quince años.

Mauro sintió cómo se le encendían las mejillas de vergüenza. No supo qué decir.

—Cada vez que lo saco a colación, se levanta de la mesa con cualquier pretexto y mi hermana me regaña. Que qué me pasa, que si no es el momento ni el lugar. Le llamo y nunca está, le he mandado correos y hasta citatorios informales. Estoy pensando en meterle a un abogado.

—¿Un abogado al licenciado Roblesgil? —a Mauro se le escapó el sarcasmo sin llamarlo.

—Exacto —dijo Tirso, amargo—. ¿Quién se va a atrever a meterle un abogado al licenciado Roblesgil?

Se rio con su risa de obispo gordo, con los botones de la camisa a punto de reventar y continuó:

—Tu papá ya ejercía y no le iba mal, pero no tan bien como podía irle a un tipo con sus ambiciones. Con el dinero de Las Vegas, tu padre creó una farsa legal. Se hizo de un equipo de gente igual de tramposa que él, y estafaron a más de doscientas familias haciéndoles creer que estaban dando su dinero para comprar casas en remate bancario.

—¿Qué?

—Así como lo oyes, hijo. Las publicaron en el periódico y las subieron a internet… fotos de propiedades que no estaban realmente a la venta, ¡ni siquiera tenían adeudos bancarios!

Mauro comenzó a sentirse mareado. Tirso continuó disparando:

—Diseñó contratos convincentes, a prueba de abogados; consiguió vendedores impecables, puso una oficina en Polanco, por amor de Dios. La gente llegaba como moscas a la miel. ¡Quién no va a querer una casa a mitad de precio! Les hacían creer que dando seiscientos mil pesos de enganche, en ocho meses tendrían su casa, y en ese momento ya pagarían lo que faltaba.

—¿Pero quién puede creer algo así? Las casas estaban ocupadas, ¿no? Bastaba con tocar a la puerta para saber que no estaban realmente a la venta.

—Ah. Es que hay un detalle: no puedes ver la casa por dentro porque está en litigio, ¿ves? En efecto, todavía hay gente que vive ahí. Ya se van a salir, el proceso ya está avanzadísimo, pero mejor no les vayas a tocar la puerta porque luego la gente se enoja, y entonces se empecina, y se ampara, y tarda más en salirse. Tú sé paciente. Así le decían los vendedores a esta gente.

—No puedo creerlo… —musitó Mauro, sin aliento. Y una palabra le parpadeaba insistentemente en la cabeza, con letras neones: naco. Naco de mierda.

—Mi querido Mauro, tú nunca has sufrido necesidades. No tienes una idea de lo ciega que se puede volver la gente con tal de ahorrarse unos centavos.

—Más bien con tal de hacerse de algo propio. Si todo el mundo tuviera la posibilidad de hacerse de una vivienda, estas cosas no pasarían. El sistema podrido y abusivo es el que lo provoca —Mauro le clavó la mirada—: No toda la gente es avariciosa, tío.

Tirso bajó la mirada y alisó el pasto con la punta del zapato.

—No te distraigas, hijo. ¿Tú estás escuchando lo que te estoy diciendo? Olvídate del sistema. Estamos hablando de tu padre.

Mauro estaba como anestesiado. Instalado en ese momento en que se recibe el golpazo pero todavía no llega la información al sistema nervioso, el segundo previo al grito de dolor.

—Lisandro hizo más de ciento veinte millones en un año. Todo lo hizo con presta nombres. Con ese dinero abrió la mitad de sus negocios. ¿Tú crees que tu papá gana con la abogacía? No, Mauro. Tu padre está asociado con mineras canadienses. Invierte en fracking.

Mauro apenas estaba logrando procesar la primera parte de la información.

—¿Pero cómo no los agarraron? ¿Qué hizo la gente cuando se dio cuenta de que no existían las supuestas casas en remate?

—Les cayeron cientos de demandas. Pero los contratos traían letra chiquita. Pasando cierta fecha, ya no procedía ninguna acción legal. Te digo que todo estaba diseñado al centavo. Tu padre jamás puso la cara ni el nombre en nada de esto, no podrían rastrearlo así lo persiguiera el FBI —Tirso hizo una pausa dramática—. Aunque hace poco casi agarran a uno de sus apoderados legales... unos clientes muy enojados que se buscaron un abogado muy perro y le metieron demanda penal y le empezaron a pisar muy fuerte los talones. ¿Sabes dónde acabó este tipo?...—Tirso volvió a pausar—. Muerto y enterrado en San Juan del Río.

Mauro palideció.

—¿Lo... mató?

Tirso se le quedó viendo muy serio y después empezó a troncharse de risa. Tanto que Mauro tuvo ganas de patearle el estómago.

—No, sobrino. Ay, Mauro, no, no. El tipo fingió su propia muerte. Ahorita debe estar en alguna isla caribeña o en algún país nórdico. Quién sabe. Tu papá no es un asesino. Al menos no hasta donde tengo noticia.

—¿Cómo sabes tú todo esto?

Tirso dejó de reír y habló con rencor.

—Porque Lisandro no se aguantó las ganas de contárselo a alguien. Su ego no se lo permitió. Había sido una argucia demasiado brillante como para no presumirla, ¿no? Así que dijo, ¿por qué no contárselo a Tirso en una especie de "secreto de confesión"? Seguro pensó que el bueno de Tirso, el piadoso de Tirso, nunca diría nada. Y tuvo razón. Tirso le ha guardado bien su secreto.

Patearle el estómago, y después reventarle la cara, pensó Mauro. Reventarle la cara a su padre.

—No estás guardando el secreto. Me lo estás diciendo a mí —a Mauro le tembló la voz.

—Pero tú no se lo dirías a nadie...

Porque no soy un chismoso y un traidor, Mauro estuvo a punto de responder, pero el ruido de un vaso rompiéndose a lo lejos distrajo su atención. Renata, su hermana, había salido de la casa y Rafa, su esposo, manoteaba tras ella. Discutían. Mauro pensó que seguramente Renata había vuelto a mezclar algún compuesto con nombre terminado en lam, lan, pan o pam con alcohol. El tío Tirso también los vio.

—Ay, Renatita. Ésa es otra. Pobrecita.

—A ver. ¿Ésa es otra de qué? Bájale a tu maldita condescendencia. ¿Ésta es tu venganza contra Lisandro por no pagarte tus pinches centavos? ¿Venir a contarme que es un ladrón?

Tirso respiró pesadamente. Dobló los brazos sobre su estómago. Sabía que tenía el sartén por el mango.

—Mira, hijo. Es normal que estés muy enojado. Sé que lo que acabo de decirte no es fácil de digerir.

Volvió a tomar el brazo de Mauro, quien se contuvo de soltarse porque sabía que de hacerlo hubiera acompañado el movimiento con un empujón.

—Tú eres muy inteligente, pero yo sé que tienes problemas con las drogas. Toda la familia lo sabe, para qué nos hacemos los locos. Yo rezo por ti todos los días. Todos los días. Pero si quieres salir de tu... enfermedad, porque yo sé que esto es una enfermedad, tienes que romper con tanta... —Tirso buscó la palabra— maldad.

Luego puso la mano sobre el hombro de Mauro, recargándose en él más de la cuenta, y le clavó un par de ojos opacos:

—Te estoy liberando, Mauro. Y algún día me lo vas a agradecer.

Siete días después, en el pasillo del resort de Acapulco, Mauro intentó tomar la mano de Javiera, pero ella se soltó de inmediato:

—No. ¿Qué chingados fue eso de que me querías "liberar"?

—Olvídalo. Ya no importa.

—¿Por qué viniste a mi boda?

—Si no querías que viniera, me lo hubieras dicho.

Javiera negó, dolida. Mauro dio un paso atrás.

—Mírate. Mírate, por favor. Mira tu vestido. Eres un portento, eres una diosa.

—Deja de decirme así. ¿Crees que me sirve de algo que me digas así?

Mauro se guardó las manos en los bolsillos.

—Tienes razón. Soy un inútil para querer. Sólo sé escupir adjetivos. No tengo un gramo de creatividad. Soy una burla de mí mismo.

—Ya. Ya, neta, porfa, ya. Hasta para insultar y criticar hablas sólo de ti.

Mauro se quedó helado.

—Ya me voy —Javiera se dio la vuelta, arrastrando su vestido romano lleno de arena.

—Te regalé un refri.

Javiera se detuvo.

—Y dos pantallas planas y tres aspiradoras y no sé cuánta pendejada de tu mesa de regalos de Casa Palacio. Creo que te compré toda la mesa de regalos. Dije, ¿para qué chingados tiene uno dinero si no es para usarlo? Qué pendejada no usar el dinero cuando uno lo tiene. ¿Verdad?

Javiera no volteó a verlo.

—Ah. Y lo que costó convencer a la mariconada esta de resort y darle mordida a la policía para poder seguir tu fiesta en la playa no lo puso Randy ni el puteque de Roy ni sus papás, para que lo sepas. Lo puse yo.

Javiera se giró apenas.

—Gracias.

Y siguió caminando pasillo abajo. Mauro alzó un poco más la voz.

—Te quiero con toda mi alma, Javiera Durán.

Javi se giró para verlo, al hacerlo perdió un poquito el equilibrio.

—Yo también —admitió—. Pero ya no quiero que estés en mi boda.

Y se alejó caminando descalza. Mauro se quedó cinco minutos de pie en aquel pasillo frío antes de darse la vuelta para irse. Vagó toda la noche por la costera, mascullando cada tres pasos un insulto contra sí mismo y cada dos, un insulto contra Roy.

Me basta lo que tengo para amar mi dulce amor, ven a mí, ven a mí por Dios...

—Ya deja de verme así, por favor —le suplicó Irene a Claudio.

—Nadie nos está pelando. Todo el mundo está en su rollo.

Irene miró a su alrededor. Lo primero que vio fue a Karla besándose con el amigo de Roy. Faltaba tiempo para que conociera a Mercedes y cambiara de "bando". Al verla en pleno beso, Irene pensó: A ver si no le pasa lo mismo que con la tacha en Malinalco; bueno, así Alicia tendría un hermanito. Y se rio sola.

—¿Qué?

—Nada, estaba pensando una idiotez.

—Cuéntame —Claudio le levantó la barbilla a Irene para que lo mirara. Y en cuanto Irene lo hizo, al que vio fue a Adam. Estaba de vuelta del baño y cuando vio a Irene entre los brazos de su hermano, y vio cómo Claudio la veía, y cómo ella desvió la mirada de inmediato, lo supo todo. Y un segundo después, decidió ignorarlo. Negarlo por completo. Lo siguiente que decidió fue tomarse otra cuba y sellarse con alcohol.

—Ca-ra-jo —dijo Denisse, viendo la escena a lo lejos—. Esto ya valió madres.

—¿Qué? —preguntó Lencho.

—La traca. Ahora sí ya me pegó —proclamó Denisse.

El Inge pareció leerle el pensamiento porque en ese momento cambió la música.

—Uf, ¡qué rico me está reventando estooooo! —exclamó Karla, agarrada del cuello del galán, que no estaba en tacha pero sí muy alcoholizado.

Fuego, mantenlo prendido, fuego, no lo dejes apagar...

Al poco rato las bocinas reventaban con electrónica y la fiesta transmutó en un rave. La euforia era masiva y total. Brincando, todos coreaban:

—*Mescaline is the only way of life!*

No era mescalina lo que hervía en sus organismos, ni siquiera era éxtasis, sino una cosa rara, producto de un artilugio químico que desafiaba la prohibición legal, pero que estaba funcionando de maravilla. Al ver el estado de la gente, Randy se sintió espléndido y repartió cuartos y mitades de las dos pastillas que le sobraban entre todos. Adam volvió a treparse al tren estoicamente sin meterse nada adicional, asistido por el dios Baco.

—¡Pa' qué queremos a Hallucinogen si tenemos al Inge! —gritó Denisse.

Dejaron de ocuparse los unos de los otros. Los ligues, las dudas, las intrigas, los celos, las preguntas y las posibilidades quedaron suspendidos en un gran paréntesis. Bailaron juntos, unidos en una comunión perfecta donde cada uno era el mundo para sí mismo. No podían hablar. Ni siquiera lo intentaron. Estaban como atrapados en este estado de adrenalina y de euforia absolutas, sometidos al mandato de los beats que gobernaban sus latidos y sus cuerpos, y de sus almas que pedían silencio.

Dos horas más tarde, se metieron al mar. Empanizaron a Claudio. Randy levantó a Javiera en hombros y se puso a correr por la orilla.

—¡¡¡Que viva la novia!!!

—Los amo, cabrones, los amo, los amo, los amo —repetía después Javiera, abrazada de todos, contagiada de la euforia colectiva.

—Al menos fue una fiesta memorable —dijo Karla, fumando en el jardín de la casa de Adam, dos días después.

—Qué pedo con esas nenas —le dijo Lencho a Randy, viendo el amanecer a la orilla del mar con un cigarro en la mano—. Estoy hasta el rabo.

—Te dije, bro —Randy sonrió, orgulloso.

—No mames, ¡que viva el vacío legal! —declaró Lencho, y los dos brindaron con sus vasos de plástico rojo.

A las siete de la mañana y en vivo, Javi se fue a alistar y a despertar a su nuevo marido para irse directamente al aeropuerto camino a su luna de miel. Antes, Adam se levantó de la tumbona donde se había colapsado durante los últimos cuarenta minutos y se lució con la mejor imitación de "Cuando calienta el sol" de toda su vida. Claudio lo veía con una mueca que era casi una sonrisa. De lejos, Irene los imaginó de niños, jugando en el jardín y en los tapancos de Coyoacán, y sintió que iba a estallar de ternura. Y tuvo la certeza de que todo estaría bien a la larga. Si había amor —y lo había—, al final todos estarían bien. El cómo era lo de menos.

24

Irene saca la cabeza por la ventanilla del conductor del Peugeot y respira el aire cristalino. El sol de otoño abrasa y proyecta una luz fuerte, contrastada, que realza los colores alegres de las fachadas desgastadas de la única escuela del pueblo, del edificio municipal y de la única iglesia. Las vías del tren atraviesan la calle principal con insolencia. Las montañas han quedado lejos. Tres cuadras más allá, el desierto.

—¿Dónde estamos? —pregunta Irene.

Lorenzo ve su celular:

—Se supone que éste es el pueblo donde vive el señor este con el que quedó… ¿Claudio?

—Sí, fue Claudio el que quedó…—dice Karla.

—No, no. Miren: ¿ése no es Claudio? —señala Lorenzo.

De pronto Irene lo ve. Camina hacia ellos en dirección opuesta al sentido de la calle, junto a las vías. Sombrero de paja, camisa de algodón, un paliacate al cuello y una mochila de peregrino profesional. Ese caminar ladeado, casi imperceptible, producto de una caída de infancia que le dejó un leve cojeo.

—¡Ea! Por fin. Claudio López, presente —Lencho sonríe ampliamente, como si tuviera siete años y estuviera viendo a su superhéroe de animación encarnado.

Irene esperaba ver a Claudio con el pelo largo y barba como lo vio en Viena y luego en México, unos meses atrás. Está diferente. Ahora lleva la barba corta y la melena al cuello. La Liberty, que viene adelante, se orilla y se detiene. Mauro desciende y desde el Peugeot, Irene, Lencho y Karla ven como él y Claudio se abrazan y se besan en ambas mejillas.

—Esos putines —dice Lencho.

—A mí me encanta que se saluden así —opina Karla.

Irene también se orilla aunque son los únicos dos coches circulando por la calle. Claudio saluda a Denisse y a Javiera, que no se bajan de la camioneta; luego se aproxima al Peugeot y se recarga en la ventana del lado del conductor, donde está Irene.

—Buenas, buenas, bienvenidos a Wirikuta —sonríe, viéndolos a todos.

—Míralo nomás, al papá —dice Lencho.

—Aló, guapísimo —dice Karla.

—Hola —saluda Irene, casi tímida.

—Qué onda —Claudio le da un pellizco cariñoso en la mejilla, como si fuera cualquier cosa, como si no significara todo lo que significa. Esos ojos, piensa Irene. Cómo extrañaba esos ojos, esas pestañas encima de esos ojos debajo de esas cejas.

—Vinieron todos, no puedo creerlo.

—Teníamos una cita, ¿no? —dice Lencho.

—A huevo —Claudio estira la mano para dársela a Lencho esta vez—. ¿Cómo va el viaje?

—Accidentado —dice Irene.

—Medio desastroso —añade Karla.

—Entonces ha estado chingón.

—Memorable, eso sin duda —dice Lencho.

—Chingón —repite Claudio—. A ver, ¿me hacen cancha? —y rodea el coche para abrir la puerta trasera y sentarse junto a Karla—. ¿Vamos?

—¿Ya? ¿Nos seguimos? —Irene luce inquieta.

—¿Por?

—Es que quería bajarme tantito a estirar las piernas… llevamos dos horas manejando.

—Lo que quieres es fumarte un cigarro, ¿verdad? —deduce Claudio.

—Este… también —confiesa.

Todos se ríen.

—Yo necesito hacer una escala técnica. Y la neta también quiero un cigarro —Karla se baja del coche.

—Y yo necesito encontrar un refil de Coquiu —Lencho muestra su última botella de Coca Cola vacía y busca una tienda con la mirada.

—Por allá hay un changarrín que tiene tiendita y con suerte también hay baño —Claudio señala en dirección a un portón de madera abierto en cuya entrada hay decoraciones híbridas entre Día de Muertos y Halloween.

Karla levanta el pulgar y se dirige hacia allá. Irene se prende su cigarro junto con dos mentas para no oler demasiado a tabaco si Claudio se acerca, cosa que sucede dos segundos después.

—¿Cómo estás?

—Bien, mucho mejor. ¿Tú cómo vas?

—Todo chido —responde Claudio, un poco elusivo—. ¿Por qué no te podías fumar el cigarro en el coche, o qué?

Irene mira a Lencho con reproche.

—Pregúntale a tu amigo.

Lorenzo recarga ambos brazos en el techo del Peugeot. Claudio recuerda:

—Ah, carajo, que dejaste de fumar, ¿verdad, cabrón?

—Hace cinco meses y una semana —asiente Lencho, orgulloso.

Claudio estrecha su mano.

—¡Felicidades, Chench! Qué maravilla, brother. ¿Cómo te sientes?

—Libre, cabrón. Sobre todo libre.

—Yo te lo decía, güey, pero no me creías —Denisse se une a la conversación.

—Ahora nomás falta que dejes de venderlos para que te sientas libre de a de veras —la instiga Mauro, fumando su propio cigarro.

—¿A poco sigues en la Philip Mordor? —pregunta Claudio.

Todos se parten de risa.

—Puta madre, se me olvida que son club —refunfuña Denisse—. ¿Karla fue al baño?

—Sip. Está allá —Claudio le señala la tiendita con la mano.

Denisse camina en esa dirección, Javiera se le une, pero antes regresa sobre sus pasos y le da un abrazo perruno a Claudio.

—No mames, qué gusto verte, Clau.

—Yo también, güeris. Contaba los días para verlos.

Javiera corre detrás de Denisse hacia la tiendita-baño.

—¿Comieron algo? —pregunta Claudio.

—Puras porquerías —dice Mauro.

—¿Carne? ¿Alcohol?

—Desafortunadamente, no —dice Irene—. Nada más una chela.

Claudio se ríe.

—Hasta la mota nos bajaron. No hemos fumado desde ayer —se lamenta Lencho.

—Coño, ¿cómo es eso de que los asaltó la tira?

Lencho había puesto al tanto a Claudio en un mensaje sucinto.

—Estuvo de la chingada —dice Mauro, sombrío.

—Pero Mau nos salvó —Irene lo rodea con un brazo.

Lencho se encamina a la tiendita:

—Platíquenle. Voy a comprar Cocas y una chela. ¿Alguien quiere algo?

—Mejor chelas no, güey —dice Claudio.

—Son para tomárnoslas ahorita, no se calientan.

—Ya mero vamos a comer —Claudio hace un ademán con el que se refiere claramente al peyote—. Olvídate del booze hasta mañana.

—Uta. Qué ñoños me salieron todos —reprocha Lorenzo.

Cuando todos están subidos de nuevo en los coches, Claudio, que va de copiloto en el Peugeot, le indica a Irene:

—Sale. Síguete aquí derecho, por la terracería.

—¿A dónde vamos?

—A buscar al Jefe del Desierto.

* * *

Los coches se detienen en un terreno polvoriento en medio de la nada. A lo lejos se ve una casa de adobe. En el terreno hay ropa colgada, triciclos y juguetes infantiles esparcidos, dos gatos y tres perros que se ponen a ladrar en cuanto los coches se estacionan. Claudio y Lencho se acercan a los perros, tanteándolos, y cuando comprueban que no son agresivos, se internan en el terreno caminando hacia la casa.

—Ahorita venimos —dice Claudio.

Los demás se quedan esperando afuera de los coches. Prenden cigarros.

—¿Aquí vive el chamán? —pregunta Javiera.

—Que no es un chamán —dice Mauro.

—¿Entonces?

—Parece que más bien es un… facilitador que Claudio contactó.

—Ok… —Denisse mira el lugar, pobre y deslucido, con desconfianza.

—¿Vinieron con él la vez que estuvieron aquí? —pregunta Karla.

—No, esa vez vinimos con unos vatos… es una larga historia —Mauro se corta.

—¿Cómo estuvo, o qué? —Irene se recarga en el cofre de la camioneta.

Mauro les cuenta:

—Una morra con la que salí estaba estudiando Comunicación. Quiso hacer un documental de Real de Catorce para una materia. Vinimos con ella y sus compañeritos. Al principio ni pensábamos comer, pero una cosa llevó a la otra y bueh…

—Espérate. ¿*Tú* andabas con una universitaria? Pero estabas acabando la prepa cuando viniste, ¿no? —calcula Karla.

—La cual ni siquiera ha terminado… —Denisse se pone una mano junto a la boca, molestándolo.

Mauro la ignora:

—Sí, Karli, andaba con una universitaria. Siempre he tenido mi sex appeal con las mujeres de la tercera edad… —voltea a ver Javiera.

—Payaso —Javi le avienta un poco de grava con la punta del pie. Tenían esa broma cuando estaban juntos porque Javi es diez meses mayor que él.

—Hola, chicos, ¿están buscando al Jefe?

La voz, dulce y etérea, pertenece a una joven bajita, morena, con un vestido corto de estampado de flores, tenis fosforescentes, un colorido collar huichol y una sonrisa blanca y luminiscente.

—Sí —responde Denisse, inquieta.

—Aaaaaaah. ¿Y andan buscando peyotito, chicos?

Todos dudan en responder. No hace falta.

—Yo les puedo conseguir. También les puedo conseguir changuita, sapito… mi chavo y yo hacemos ceremonias.

—¿Aquí? —pregunta Javiera, con curiosidad.

—Aquí y también andamos por Los Sueños, Las Ánimas, Wadley, Pocitas… Es bien bonita la changuita. Se deberían animar.

—¿La changuita? —repite Denisse.

Mauro camina detrás de la muchacha con el pretexto de ir por algo a la camioneta y discretamente les hace a sus amigas una seña de "no" con la mano.

—No, muchas gracias —responde Irene en cuanto lo ve.

—Aaaaaaah, bueno. Ahí para la otra. ¿El peyotito es tuyo? —la joven señala a Karla.

—¿Cuál?

—Tu coche.

Karla se despega del coche de Lencho, donde está recargada, y lo mira como buscándole algo.

—¡Ah! No, es de un amigo.

—Aaaaaaah, ya. Bueno, chicos. Ahó. Suerte.

Todos se despiden imitando su entusiasmo y la muchacha desaparece como llegó.

—El "peyotito". No mames —Mauro se dobla de risa, contagiando a las demás.

—Está increíble —dice Javiera.

—¡Es una señal! —bromea Irene, sin admitir que el juego verbal la entusiasma de verdad.

Claudio y Lencho emergen en ese momento de la propiedad, seguidos de los ladridos de los perros.

—Mira, Lorenzo. Tu "peyotito" —dice Denisse.

—Ah, cabrón —se ríe él—. Es una señal.

Todos vuelven a reírse. Instintivamente, Irene verifica que trae su amuleto turco en el bolsillo.

—Ahora sí estamos en territorio copal —dice Javiera.

Hay más risitas que Claudio interrumpe.

—No está el don —anuncia, algo contrariado.

—¿Cómo que no está? —Irene voltea hacia la casa.

—¿Y va a estar? —dice Karla.

Claudio explica:

—Anda en el desierto. Lo más seguro es que vuelva hasta la noche. Y no podemos perder más tiempo.

—¿Y entonces? —quiere saber Lorenzo.

—Vamos a tener que ir de cacería nosotros solitos... —deduce Mauro.

—¿Ustedes saben dónde hay peyote? —Karla está escéptica.

Claudio y Mauro miran a su alrededor.

—Pues más o menos. Nos la vamos a tener que jugar —responde Claudio.

—¿Y para la acampada, qué vamos a hacer? —pregunta Irene.

—También.

Comienzan a abordar de nuevo los coches. Denisse sugiere:

—Oigan, ¿no quieren mejor irnos a Real de Catorce de una vez? Dormimos en un hotelito, empedamos, comemos decentemente y santas pascuas.

—No le saqueeee... —dice Mauro—. Eso lo puedes hacer cualquier día.

—No le saco. Es que la cosa no está fluyendo así como que muy fácil, ¿no? —dice Denisse.

—Tú flojita. Ya estamos aquí. Vive la aventura —aconseja Claudio.

Denisse no alega más.

* * *

Conducen otros veinte minutos por el trompicado camino de piedra internándose en el desierto, rodeados de fastuosos cactos columnares. Llegado un punto, Claudio le hace a Javiera la seña de que se detengan. Estacionan los coches en una ampliación de la terracería y Claudio indica que desde ahí siguen a pie. También les dice:

—Bájense agua y una navaja.

Se bajan también los sombreros, Denisse le presta uno a Javi, y por iniciativa de Karla, se reparten bloqueador.

—Mejor ponte jeans, güera —sugiere Karla.

—¿Qué te pasa? Me estoy asando —Javiera se ajusta el lazo del bikini que lleva debajo de su camiseta de algodón; de sus shorts de mezclilla emergen un par de piernas doradas, tan largas que amenazan con atravesar la tierra.

—El terreno está medio hostil —Karla señala con la cabeza—. Y con tu torpeza natural, no te vayas a clavar la nopalera.

—Déjame en paz, güey. Traigo buenos cacles —Javiera alza uno de sus botines campistas con agujetas.

—Como quieras —suspira Karla.

—¿Cómo es la movida, o qué? —Lencho se cambia los anteojos por unos de sol, también graduados.

—Estamos buscando esto:

Claudio les muestra la foto de un peyote en la pantalla de su celular. Es un cacto circular de gajos abultados, verde claro, sin espinas visibles, con flores rosadas.

—Éste es un peyote maduro, es raro verlos. Hay más chiquitos o con más gajos, y no todos tienen flores. Están bien enterrados debajo de los arbustos, hay que fijarse bien.

—¿Y si encuentro uno, qué hago? —dice Javiera.

—Saltas de alegría —dice Mauro.

Todos se internan en la nopalera y empiezan a caminar escrutando la tierra empedrada. Hay arbustos con ramas secas y torcidas, diferentes tipos de cactáceas que aprietan el camino y dificultan el tránsito, y unos arbustos de suaves flores amarillas: las gobernadoras.

—¡Aaaaaau! —grita Karla.

—¿Tas bien? —Javiera se detiene.

—Me acabo de espinar horrible.

Javi le ayuda a quitarse una docena de espinas de la parte trasera del muslo que penetraron pese a los jeans. Karla tiene que bajárselos para que Javiera pueda maniobrar.

—¿Quién se iba a clavar la nopalera, madrina?

—Carajo…

—No te hagas, nomás lo hiciste para que te torteara… —dice Javiera.

—Jajajaja, chale, me descubriste, güey.

Claudio alcanza a Irene un poco más allá.

—¿Qué onda, "revuelta"?

—¿Qué?

—Así dice tu estatus de WhatsApp. "Revuelta." ¿Por qué?

—Ah —sonríe Irene—. Porque últimamente me siento como si me hubiera revolcado una ola.

—Ya somos dos —dice él.

—Me sigue punzando la pierna —se queja Karla, una vez que se reintegra con Javiera a la búsqueda—. ¿Segura que me quitaste todas las espinas?

—Segura. Toditas.

—Luego la sensación de picor dura un ratito. Aguanta. Si no se te quita, traigo una pomada —dice Mauro, quien camina detrás de ellas.

—Va, gracias —dice Karla.

—¿Y ora tú, tan paternal…? —lo muele Javiera.

Mauro se retrae:

—Pus es que cuando vine también me clavé la nopalera, nomás que caí de nylon.

—Jajajaja.

—¿Y en qué momento van a aparecer *los* cactos? —se queja Denisse—. ¿Cuánto tiempo vamos a buscar?

No hay respuesta.

—Hubiéramos ido con la chaparrita esta que se nos apareció en la casa del don —insiste.

—¿Cuál chaparrita? —dice Claudio.

—Una que nos invitó a hacer changuita y sapito y no sé qué tanto —dice Denisse.

—Uy, les vio cara de turistas psicodélicos —respinga Claudio.

—Fue lo mismo que yo pensé —dice Mauro—. Ahorita encontramos. Tengan paciencia.

—Yo he sabido de gente que viene y se va sin encontrar nada —dice Javiera.

—Pues es que la planta no los llamó... —afirma Irene.

—¿Y cómo sabemos que nos llamó a nosotros?

—A mí, si me llamó, no me dejó recado —dice Denisse—. Ya llevamos un rato caminando. ¿Y si nos perdemos?

—Claudio nunca se pierde —asegura Mauro.

—A veces se desorienta un poco, nada más —Karla le da un empujoncito.

—Jajaja.

—A lo mejor ya se acabaron los peyotes —sugiere Denisse.

—No chingues, ¿cómo crees? —protesta Irene.

—Puede ser, ¿no? Dicen que la explotación está cabrona. A lo mejor ya ni hay. ¿Y si mejor nos vamos?

—Aguanta, Den. Está chido esto. Es como buscar huevos de Pascua —dice Irene.

Todos sueltan una carcajada. Siguen caminando despacio, a poca distancia unos de otros, cuidando de no espinarse. Cinco minutos después, Lencho se detiene.

—Güey, quien diga que un metodista es un bueno para nada, está loco. Mírennos: cruzamos medio país para buscar unos pinches... nopales.

—Y espérense a tragárselos, chavos —se ríe Claudio—. Bonito, no saben.

—Pero es neta. Para ponerse high hay que conectar, conseguir, preparar, gastar, esconder, camuflar, sortear la ola y la cruda... pfff —Lencho se voltea la gorra. Tiene el pelo empapado en sudor.

—Es cierto. Yo un par de veces vi a Carlitos, mi cuate, fumar caballo... no mames, era un pedo más artesanal que pintar alebrijes con el pie... —Mauro dice con melancolía rebajada con humor—. Que si derrite el polvito en la cuchara y luego ponlo en el aluminio y fabrica la pipa y fúmale... No mames, se necesita un pulso y una coordinación de mago.

—Pero tú nunca te metiste heroína, ¿verdad? —pregunta Javi, alarmada.

Mauro resopla y voltea a verla:

—Javiera, ¿cuándo vas a entender que lo atascado no me quita lo selectivo, chingada madre?

Hay risas inevitables.

—Yo me estuve dando opio un tiempo —confiesa Claudio.

Lencho lo mira, conoce esa historia.

—¿Neta? —Mauro está sorprendido.

—¿Cuándo? —Irene se alarma.

—Pues hace unos ayeres, en una mala época.

—Pinche poeta maldito del siglo diecinueve —se ríe Lencho, quitándole peso al momento.

—Aunque no siempre es difícil consumir, la verdad. A veces basta con agarrar el pinche teléfono y pedir una grapa —dice Mauro.

—Me caes bien por sincero.

—Gracias, Karli.

Irene toma agua de una cantimplora de aluminio y cuenta:

—Manolo, el doctor que estaba en el servicio médico de la embajada de Austria, era como malabarista de las drogas legales. ¿Alguien quiere agua?

—Yo —dicen Lorenzo, Denisse y Karla al mismo tiempo. Irene le pasa la cantimplora a Karla, que está más cerca.

—Mi mamá me contaba que el güey se tragaba no sé cuántas anfetaminas al día para andar en chinga y luego el fin de semana se bajaba el trip con Tafil y no sé cuántos tranquilizantes, y luego otra vez pa' arriba. Pero manejaba dosis así, bestias.

—¿Y cómo podía trabajar? —Denisse recibe la cantimplora.

—Por lo visto el güey lo tenía súper medido. Él se recetaba solo. A mi mamá le daba recetas para sus antibióticos y su Lexotán de buen pedo. De ahí se hicieron medio cuates.

—Luego los médicos son unos hasta el huevo, ¿no? Por andarse automedicando… —comenta Mauro—. Pero es funcional, ¿no? El Manolo…

—Pus sí, pero el tipo está bien solo. Se divorció, creo que no ve a sus hijos…

—¿Pero es reventado? —quiere saber Javi.

—¡Ni siquiera! —exclama Irene—. Todo fue por ñoño. Manolo se empezó a meter anfetas cuando estudiaba medicina para pasársela toda la noche estudiando, y luego en las guardias, y así.

—Y seguro con el tiempo fue necesitando cada vez más cantidad para sentirse como él quería… —asume Karla.

Lorenzo abre su botella de Coca, está por la mitad y ya se entibió.

—Ayayay… yo siempre lo he dicho, amigos. Cada vez que nos drogamos estamos buscando un paraíso perdido.

Avanzan callados un rato, internándose más en el desierto. De pronto, Javiera se detiene y señala:

—¿Éste es un peyote?

Mauro se asoma.

—No.

—¡Pero es como la foto que nos enseñaste, Clau!

Mauro duda. Claudio se acerca para verificarlo.

—Nop. No es. A ésos los llaman peyotillos. A veces con ésos engañan a los turistas.

—Como cuando te vendieron esa bolsa de pasto en Zihuatanejo diciéndote que era mota, gordo —se ríe Javi, y contagia a todos.

Lencho se limpia los lentes empañados con la camiseta.

—No mames, antes nos va a salir una víbora que un peyote por aquí.

303

—No jodas, ¿hay víboras? —Javiera se petrifica.

—Puede ser —admite Claudio.

—¿Si veo una qué hago?

—Te quedas quietecita —responde Claudio.

—No mames, pa' víboras, los que nos asaltaron ayer, cabrón —dice Mauro.

—Uf. Qué mal trip, amigos —dice Claudio—. Cuando me contó Lent, luego luego me acordé de mi amiga Lorna. ¿Se acuerdan de ella?

—¿La española súper pacheca que vino una vez? —recuerda Irene.

—Ándale.

—La que era farmacéutica, ¿no? Química farmaco… —Javi trata de recordar.

—¿Dependiente? —dice Mauro.

—No, güey…

—¿Química farmacobióloga? —dice Karla.

—Eso —dice Claudio—. Pues hace poco la apañó la guardia civil en el metro, en Madrid.

—No mames.

—Ella traía dos toques en el cuello de la chamarra y ellos traían perros, y pues la tía se puso nerviosa. Se quiso ir y pus… la apañaron.

—Y además los guardias civiles son de cuidado, ¿no? De respeto, pues… —dice Denisse.

—Hay corruptos y pendejos como en cualquier lugar de poder, pero bueno, tienen más respetabilidad que los polis de acá —asegura Claudio.

—Les pagan mejor —opina Karla.

—Pues sí. Entre otras cosas.

—¿Y qué pasó?

—Pues al tanque, cabrón —dice Claudio.

—Uf. Pensé que en España eran más liberales… —dice Irene.

—Nah. Si traes más de lo permitido, son unos perros. Lo peor es que cuando Lorna salió del bote, ya no pudo regresar a su chamba, porque ya estaba fichada.

—Ay, no.

—Qué mal.

—Pues más o menos como te pasó a ti cuando te mandaron a España, ¿no, güey? —dice Mauro.

—Cuando me apañaron a mí era un escuincle caguengue y no tuve tanto que perder. A Lorna se le acabó la carrera, ya no pudo ejercer en lo suyo —Claudio se espina un poco el antebrazo pero no dice nada.

—No mames. ¿Y qué hizo? —Denisse esquiva una rama.

—Pues le dio la vuelta. Ahora mueve merca —Claudio se quita una espina.

—¿Se volvió dealer? Qué para-joda… —dice Karla.

—Yo pensé que se había vuelto como Walter White y se puso a fabricar la droga del futuro —dice Lencho.

—Ojalá. Pues no, nada más se volvió camella trasatlántica —dice Claudio—. Hace poco me contó que movió cristal de Berlín a Marruecos metido en un tampón de vidrio.

—Qué asco —dice Denisse.

—¡Deja tú qué asco! ¡Qué miedo! —opina Irene—. ¡Se te revienta eso por dentro y te mueres!

—Tú deberías mercar, Claudio. Con todo lo que te mueves… —bromea Lencho—. Te traes una plantilla de ácidos bien escondidita en una Biblia o algo, la vendes acá y te forras.

Claudio se detiene, categórico:

—No mames, soy pobre pero no pendejo, güey.

—Jajajajaja.

Siguen caminando, midiendo sus pasos y calculando sus movimientos entre la vegetación áspera y compacta del desierto.

—¿Saben qué sí debería haber? Un manual del usuario. Cuánto darte de cada sustancia para no irte a la burger —opina Lencho.

—Hay un programa holandés donde tres chavos se meten de todo y lo comentan —dice Irene—. Así, delante de la cámara. Y van dando la info y describen el viaje. Está buenísimo.

—¿Está en Netflix? —pregunta Karla.

—En YouTube, creo.

—Wow. Qué progres —dice Claudio—. ¿Y se dan peyote?

—De hecho sí. Por eso lo vi. Pero no les pone.

—No, pues no. El peyote es en el desierto, o no es —termina Mauro.

Irene voltea a ver a Javiera, pero está haciéndose la distraída viendo una catarina avanzar sobre su mano.

Karla se quita la camisa de mezclilla que lleva puesta sobre una camiseta sin mangas y se la amarra a la cintura:

—El manual del usuario nunca va a existir, güeyes; ya existiría. Las sustancias y las dosis son personales e intransferibles. No a todo el mundo le gusta lo mismo ni le hace igual.

—A ti te caga la mota, ¿no? —le pregunta Claudio.

—Me ca-ga —dice Karla—. Me duerme. Para mí ese manual diría "evite el consumo".

Claudio se ríe. Un minuto más adelante, Mauro se agacha para apagar una colilla contra la suela de sus tenis y cree ver un peyote. Le quita un poco la tierra de encima, pero comprueba que no es. Se incorpora y comenta:

—Los seres humanos siempre hemos sido unos atascados, güey. No sé para qué nos hacemos los moderados. ¿Sabían que hubo un tiempo en que tomar agua era malo?

—¿Cómo? —dice Javi.

—Sí. En la antigüedad todo el mundo tomaba alcohol. Si tomabas agua, te veían feo y hasta te insultaban. La bebida embriagante era lo cotidiano y lo bien visto.

—Yo siempre lo he dicho… —dice Lencho.

—Jajaja.

Karla hace una pausa para secarse un poco el sudor:

—Es que la bronca no son las sustancias, güey. Las sustancias existen y están ahí como lo está el dinero y el sexo y cualquier cosa. El problema es cómo te acerques a ellas y desde dónde.

—Exacto.

—A huevo.

—Además no todo el mundo es atascado de sustancias. Hay gente enganchada a cosas muy raras —dice Lencho—. ¿Nunca vieron el programa de *Tabú* en la tele? ¿O *Mi extraña adicción*?

—Esas cosas sólo las ven los desvelados friquis como tú —se ríe Denisse.

—Adictos a la Coca Cola —añade Irene.

Hay risas.

—Aguas con ese cacto, bro —señala Lorenzo.

—Sí, sí, ya lo vi. Gracias —dice Claudio.

—*Nada* más adictivo que el puto Facebook, Instagram y esas chingaderas —dice Mauro—. Es como un pedo masturbatorio. Posteas una cosa y te quedas como pendejo esperando tus pinches likes. Y cada vez que llega uno, es como si te hicieras una chaquetita —Mauro hace la mímica—: ¡Oooh, sí! ¡Un like! ¡Otro! ¡Ooooooh! ¡Un me encanta! ¡Aaaah, les encanto a todooooooos!

—Parece que te resulta muy familiar, güey —lo pica Javiera.

—Jajaja.

—Pues sí. Por eso me di de baja de todas esas madres.

—Luego te reencuentras con banda —dice Karla—. A mí me pasó con una amiga de la primaria en Face, ahora somos íntimas.

—*Una* persona entre doscientos "amigos" —subraya Mauro.

—¿Sólo tienes doscientos amigos, Mau? ¡Estás out, mano! —se mofa Lencho.

Todos se ríen.

—Para ver a sus "amigos" váyanse a empedar, no a ver a cuántos "les gustan" —termina Mauro.

—Váyanse al desierto a picotearse las piernas y a *no* comer peyote —dice Javi.

—Jajajaja.

—¡Oigan! ¿Éste es un peyote? —exclama Denisse, a pocos metros.

Claudio camina hacia ella y se asoma debajo del arbusto que está señalando.

—¡Sí, señora! Es un *hikuri*, hecho y derecho.

Denisse sonríe como niña chiquita. Todos aplauden emocionados.

—¡Yeahhhh!

—¡Eeeeee! ¡Una hora después!

Javiera la abraza y hace su voz de hippie trasnochada:

—¡Ya estás, hermana! ¡Prepárate para abrazar a la madre tierra y abrir tu tercer ojo!

—¡Ahá!

—Felicidades, guapa —Lencho le aprieta el cuello a Denisse, quien le sonríe.

Todos se congregan, expectantes. Claudio le pasa su navaja a Denisse.

—Toma.

—Pero yo no sé... mejor córtalo tú.

—Es tuyo, tú lo encontraste.

—Ok... —Denisse se inclina ante el cacto con avidez y algo de temor.

—Hay que quitar la tierra de alrededor y cortar nada más la corona. Luego hay que tapar con tierra para que vuelva a crecer —le explica Claudio.

—¿Cómo que la corona?

—Lo de hasta arriba, pues.

Denisse sigue las instrucciones. Mientras corta, Irene pregunta:

—¿La raíz es muy profunda?

—Hasta quince centímetros, se supone. A veces los huicholes se la comen también —explica Mauro.

—Wow.

Cuando despega la planta de la tierra, Denisse se le queda viendo con intriga. Un pequeño ser de cinco gajos posado en la palma de su mano. Al incorporarse, todos la rodean.

—Señoras y señores, conozcan a Lophophora williamsii... —dice Mauro.

—Eso suena como hechizo de Harry Potter —dice Javiera.

—Jajajaja.

—Wow. ¿Seguro que esto pone? —Denisse escruta el pequeño cacto.

—Si no, se lo echas a una ensalada —dice Irene.

—Jajajaja.

En ese momento se escucha una voz de trueno:

—¿Qué están haciendo?

Todos voltean. Frente a ellos, entre los matorrales, está un tipo temible. Alto, de piel curtida por el sol, con lentes oscuros, pantalón y camisa negros y desgastados por el uso; lleva puesta una gorra de la DEA y un machete en el cinturón.

Todos se cagan.

Claudio recuerda una regla de oro en los viajes: en situaciones de tensión y desconfianza y de no saber las intenciones de alguien, el arma más eficaz es una sonrisa. Claudio lo intenta, pero apenas y lo logra.

—¿Es usted el Jefe? —pregunta con todo el aplomo del que es capaz.

—El mismo —dice el hombre, muy erguido.

—Lo buscamos en su casa. Soy Claudio López, el hermano de Adam. Creo que estuvieron en contacto y yo le escribí una carta hace poco a usted para avisarle que veníamos.

El hombre no dice ni sí ni no. Señala la mano aún abierta de Denisse con una uña larga, sucia y torcida:

—Encontraste un venadito azul.

—¿Así se llama? —ella lo ve.

—¿Le pediste permiso para cortarlo?

Claudio y Mauro se miran: olvidaron dar esa instrucción.

—Sí saben que esto es medicina, ¿verdad?

—Sí, Jefe —responde Claudio.

—¿Para qué lo quieren? ¿Quieren hacer una fiesta aquí o qué? ¿Vienen a emborracharse y a perderse?

—Vinimos a buscar respuestas —aventura Lencho.

Todos lo miran, la afirmación les resulta inesperada.

—¿Sabiduría? —el hombre lo mira fijamente.

Lencho no entiende el tono de la pregunta, no sabe si buscar sabiduría está bien o está mal y teme que cualquier cosa que responda pueda ser usada en su contra. Sólo atina a responder:

—Si usted lo dice, don.

—No, yo no digo nada —el hombre se ríe por primera vez. Tiene una risa francota y lúcida, le faltan varios dientes. Todos se relajan un poco.

Karla sonríe con escepticismo ante la mención de la palabra "sabiduría", recordando la última conversación que tuvo con Mercedes.

—Suerte en tu "viaje al fondo de la psique" —le dijo en pijama a las cuatro y media de la madrugada del viernes, cuando se despidieron antes de que Karla saliera rumbo a casa de Lencho y de ahí a San Luis Potosí.

—Se me hace que te he dado a leer demasiada literatura psicodélica últimamente, Mer.

Mercedes se rio, volteó a ver sus pantuflas, dudosa, y de repente propuso:

—Ya, neta. ¿No crees que con esa planta pueda pasar algo especial?

—¿Especial como qué?

—Como revelaciones. Breakthroughs.

Karla se lo pensó un poco.

—Así solita, por sí misma, no creo. Puede que sea una experiencia memorable, pero no va cambiar nada de fondo.

Mercedes alisó con la pantufla el borde del escalón del edificio.

—O sea, no vas a regresar queriendo casarte conmigo…

Karla soltó el aire, tensa. Mercedes la atrajo hacia sí.

—Oye. Te estoy jodiendo…

Se abrazaron y se dieron un beso profundo. Al separarse, Karla le quitó del ojo un mechón de pelo corto y revuelto a Mercedes.

—Todavía estás calientita. Quiero regresar contigo a la cama —Karla echó su mochila a la cajuela del taxi que la estaba esperando—. Alicia te va a querer convencer de no ir a la escuela hoy. No la dejes.

Mercedes se llevó dos dedos a la frente por respuesta.

—Avísame cuando lleguen porfa.

—Te quiero —dijo Karla.

—Yo a ti.

Karla le lanzó a Mercedes un último beso y el taxi arrancó.

—¿Dónde se están quedando, muchachos? —pregunta el Jefe.

—Acabamos de llegar. Todavía no tenemos dónde acampar —explica Claudio.

—Cuidado, no vayas a pisar ese peyote —señala el Jefe.

Mauro voltea hacia abajo de su zapato.

—Ah, chingá —se sorprende—. A ver, se lo corto a alguien.

Le pasan la navaja. En silencio, Mauro le pide permiso a la planta, como indicó el hombre, y le pide ayuda para quien sea que la vaya a aprovechar. Cuando termina de cortarla y la levanta, le sudan las manos. Es un cacto mediano y simétrico, de siete gajos. No mames, parece que tienes alma, piensa Mauro, pero no lo dice en voz alta. No quiere sonar hippie.

De pronto empiezan a aparecer más peyotes. A los veinte minutos tienen suficientes para todos. Cada quien el suyo y unos pocos más. Al cortarlos, todos lo hacen con mucho respeto y cuidado y mascullan algún deseo, alguna intención mental con torpeza, sin la costumbre de hacer esas cosas. Al cortar el suyo, Irene le da las gracias y le pide: "Que encuentre mi pregunta".

El Jefe se ofrece a llevarlos a un lugar dónde acampar y se guarda los peyotes en un viejo morral de tela.

—Es mejor que los traiga yo por cualquier cosa. La policía anda tranquila ahorita, pero no vaya a ser. Ellos ya me conocen.

Mientras caminan de regreso a los coches, acompañados por el Jefe, Denisse se dirige a Claudio y a Mauro, en corto:

—¿Todo cool?

—¿Con qué? —voltea Claudio.

—No sé, con este don.

—¿Por?

—¿No se supone que sólo los huicholes tienen permiso de cortar el peyote?

—Sí, güey —se une Lencho, que caminaba unos pasos atrás—. Ese señor es lo más lejano a un huichol que yo haya visto en mi vida.

—¿Tú cuándo has visto a un huichol, para empezar, cabrón? —ladra Mauro.

—Es que dicen que hay mucho charlatán, güeyes que se hacen pasar por huicholes nomás para comerciar con la planta —dice Lencho.

Claudio levanta la mirada y a ve al Jefe, que camina más allá. Ya los adelantó a todos.

—Este don no es así —afirma.

—¿Cómo sabes?

—Adam tenía su dato.

—A lo mejor lo tenía para NO ir con él —bromea Denisse.

—Eso sí está muy paranoid android —dice Lencho.

Claudio abraza a su amiga para caminar. Intenta infundirles tranquilidad y de paso transmitírsela a sí mismo:

—Hay que confiar. Por lo menos conoce el desierto.

Mauro levanta una piedra rojiza y la avienta a un costado, no muy lejos:

—Y por algo le dicen el Jefe.

25

El Jefe se sube con Denisse, Mauro y Javiera en la Liberty y se pone a comer pepitas. Mauro conduce.

—¿Y ustedes qué son? ¿Esposos, amigos…? —pregunta el Jefe.

—Amigos —corean Denisse y Mauro a un tiempo.

—Amigos de toda la vida —agrega Javi.

—Se ven contentos —el Jefe escupe una cáscara por la ventana—. Pero andan medio tristes, ¿verdad?

El Jefe los lleva hasta un claro en el desierto, junto al camino de piedras, con el terreno limpio para acampar. Tiene unos cuatrocientos metros cuadrados, está bordeado por una pared de piedras e incluso hay unas ya colocadas en círculo para hacer una fogata. Son los restos del corral de una vieja hacienda, desaparecida.

—Aquí pueden instalar las tiendas, muchachos. Hay ramas sueltas por acá cerca para prender el fuego, nomás agarren las que están tiradas, no arranquen por favor.

—Finísimo. Gracias, don —dice Lencho.

Todos se miran y sonríen. El lugar es perfecto.

—Si llega cualquier persona le dicen que están conmigo. Todos me conocen. Cuídense.

Lo dice como despedida pero no se va. Mientras todos comienzan a vaciar las cajuelas e instalar las tiendas de campaña, el Jefe se sienta sobre una piedra cerca de las dispuestas para la fogata, saca una anforita con aguardiente y se pone a darle tragos cortos mientras talla una pequeña piedra.

—¿Qué es esto? ¿Un botiquín de primeros auxilios? —Mauro pone en el centro del campamento una mochila gris con una cruz de color rojo en el centro.

—Aaaaasí es —dice Irene.

—¿Tú lo trajiste? Wow. Estás cabrona, Miss.

—También traigo un manual impreso, por si ocupamos —añade, con una ligera auto parodia.

—Hay apps bastante buenas de primeros auxilios —dice Claudio, dejando tres mochilas más en el montón, sobre la tierra.

—Pues sí, pero pensé: ¿Qué tal que no hay señal? Entonces me bajé un manual y lo imprimí —Irene termina la frase riéndose por las caras que le está poniendo Mauro, que se lleva una mano a la frente, negando.

—No, bueno…

—Oye, mujer prevenida vale por dos —dice Claudio.

—Ésa es frase de tu mamá —nota Irene.

—Y en efecto —dice Claudio.

Mauro se hace el occiso. Irene y Claudio sueltan una risita de familiaridad y ligera extrañeza, y ella tiene que recordárselo a sí misma: Claudio no es Adam. Es alguien más, con la misma mamá. Con la misma historia compartida. Pero es alguien más.

—¿Y esa lona, quién la trajo? —señala Irene.

—Yo mesmo —responde Mauro.

—¡Míralo! Hombre prevenido vale por dos —encesta Irene.

—Pus pa'l sol, güey. ¿O qué querían? ¿Taparse con el paraguas de Mary Poppins?

Los tres se ríen.

—¿Eso es un fósil, Jefe? —se asoma Claudio.

—Así es —responde el hombre.

—¿Puedo ver?

El Jefe le pasa la piedra que está tallando, con un pequeño caracol incrustado. Claudio la mira con atención mientras el hombre explica:

—Hay muchos de esos por aquí. Es que antes todo esto era mar.

Irene mira a su alrededor.

—Uf… ¿en serio?

—Las piedras son calizas. Sedimento marino, pues —explica Claudio.

—Así es —el hombre extiende una mano y señala—: Todas las piedras que hay aquí tienen miles de años. Por eso les dicen las abuelitas.

—Todas las piedras del mundo son bastante viejas, ¿no? Estamos parados encima de una roca de cuatro mil millones y medio de años, ahí nomás —dice Claudio.

—Bueno, claro —sonríe Irene—. Pero se olvida.

—Sí, se olvida.

Minutos después, Mauro regresa de revisar las cajuelas de ambos coches ya vacías, contrariado.

—¿Neta nadie vio mi mochila amarilla?

—No.

—Nel.

—Noup.

—¿Pués qué tanto traías en esa mochila? —pregunta Lencho.

Irene y Javiera se miran. Mauro suelta el aire, harto de la indagatoria.

—Un pie —dice Mauro. Traigo un pie. Duermo con él.

—Ja —dice Lencho—. ¿Me acompañan por ramas para la fogata? —mira a Claudio y a Mauro.

—Va —Mauro se frota las manos.

—¿Van a fumar, o qué? —pregunta Karla.

—Será pasto, güey. Acuérdate que nos chingaron la mota —responde Lencho.

El Jefe sonríe, escuchándolos.

—Espérate, Mau, no podemos montar la tienda Karla y yo solas —dice Denisse.

—Ahorita que volvamos yo se las monto —dice Lencho, ufano.

—Sin albur —susurra Javi.

—Jajajaja.

—Gracias, Lench. Eres muy caballeroso y capaz, pero este mequetrefe va a dormir aquí —Karla señala a Mauro—. Le toca.

—Sí, mi generala —Mauro se pone en posición de firmes.

—Además yo no puedo jalar y cargar mucho, traigo jodida la espalda.

—Sí, mi generala —repite Mauro.

—Vamos y venimos de volada, es nomás tener algo de madera pa' arrancar —Lencho se dirige a Claudio.

—Venga pues.

Lencho y Claudio salen del terreno bardeado; Mauro, Karla y Denisse se ponen a instalar la tienda de Denisse, e Irene y Javiera hacen lo propio con la tienda de Irene, que van a compartir.

—Qué pedo con este spot, está increíble —le dice Irene a Javi, mientras sacan la tienda de su bolsa.

Javi asiente:

—Ya sé. Ahí donde encontramos los peyotes yo estaba así de, ¿Te cae que aquí vamos a acampar?

—Sí, no, ahí en la nopalera no hubiera habido forma —Irene quita piedras, limpiando la superficie—. ¿De quién será el terreno?

—Es del Jefe. Varias hectáreas por aquí son de su familia.

—¿Cómo sabes? —Irene se asombra.

—Él nos lo dijo cuando veníamos para acá.

Karla, Denisse y Mauro comienzan a extender sobre la tierra la tienda de Denisse, cerca de donde está instalado el Jefe.

—¿Y usted qué hace por aquí, don? —pregunta Denisse.

—Yo aquí vivo, aquí he vivido siempre, desde niño. Aquí tengo mi casa, que es su casa. Aquí están mi esposa, mis hijos, mis nietos.

—¿Tiene nietos? —dice Karla.

—Doce nietos y cinco bisnietos.

—¡Es bisabuelo!

El Jefe se ríe.

—¡No mames con el chalé! —Mauro exclama al terminar de extender la tienda de Denisse, que en efecto tiene espacio para un "salón" y dos "habitaciones".

—Esta choza es lo menos copal jamás. Nada más le falta el salón VIP —se ríe Karla.

—Oh, bueno, si no les gusta, lléguenle, ¿eh? Hay mucho espacio —dice Denisse, medio crispada.

—Es en buen plan, Den —responde Karla.

Comienzan a colocar las estacas para fijar la tienda. El Jefe escruta a Denisse. Ella lo mira cuando él no está viendo. Quisiera hacerle preguntas, pero no se atreve. El Jefe parece darse cuenta. Cuando Denisse le pide que mueva un poco la piedra donde está sentado para poner una de las estacas, el Jefe le pregunta:

—¿Andas nerviosa, muchacha?

Denisse se ríe exagerada, confirmando las sospechas del hombre.

—¿De qué tienes miedo?

—De que me guste el peyote, yo creo.

—Ah. Te va a gustar, eso te lo aseguro —y vuelve a reírse con su risa sin dientes.

Karla alcanza a escuchar e interviene:

—¿En serio tienes miedo de engancharte al peyote, Den?

Denisse no responde, le pega a la estaca con una piedra para fijarla a la tierra.

—La mescalina no causa adicción física, no es como los derivados del opio o los estimulantes —dice Karla.

—O como la nicotina… —añade Mauro, agitando su cajetilla—. Tampoco hay dosis mortal conocida.

Denisse se incorpora:

—Además, si tengo que venir hasta acá cada vez que quiera comer peyote, está canijo, ¿verdad? —dilucida.

—Pues yo diría. Imagínate, yo me tardé once años en volver, ¡y soy yo!

—Gracias, Mau. Ya con eso me quedo súper tranquila —bromea Denisse, pero en el fondo piensa que no es un mal argumento. Inserta otra estaca en su argolla y la hunde en la tierra con el pie—. ¿Pero sí altera mucho el juicio, don?

—Yo creo que esto lo altera más —dice el Jefe, mostrando su pequeña ánfora. Mauro y Karla se ríen.

—¿Y no le ha pasado ver a alguien que se quede en el viaje? —insiste Denisse.

El Jefe no responde, y así se queda un buen rato. Por los lentes oscuros no hay manera de saber qué es lo que está mirando, o si de plano se quedó dormido. Empiezan a colocar las varillas en los surcos de la tienda. De pronto el hombre agarra la bolsa de tela donde tiene guardados los peyotes que cortaron y declara:

—No hay que tenerle miedo a lo que está aquí. Hay que tenerle miedo a lo que está acá —se señala la cabeza.

Luego vuelve a tallar su piedra y sin voltear a verlos, pregunta:

—¿Todos van a comer?

Las amigas miran a Mauro, que responde:

—Yo no.

El Jefe lo analiza:

—Pues tú eres el que más lo necesita.

* * *

—A ver, te ayudo.

Hay viento, Irene detiene el techo de la tienda de Claudio mientras él coloca la última varilla.

—Gracias.

—De ná. Encontraron rápido las ramas, ¿no?

—Unas pocas, nomás para arrancar. Al rato vamos a tener que ir a buscar más lejos.

—Ya.

—¿Entonces te gustó la búsqueda de los huevos de Pascua? —sonríe Claudio.

—Ha sido tremendo viaje, todo él. Desde que empezó.

—¿Y cómo te sientes para lo de ahora? Para la ingesta…

—Pues un poco nerviosa, la verdad. Por más que he leído no me imagino cómo va a ser.

—Para cada quien es diferente.

—Eso también lo leí —sonríe—. Pero creo que me preparé más o menos bien.

—¿Ah, sí?

—Llevo dos semanas sin comer carne —lo amenaza con una estaca—: Y pobre de ti donde me digas ñoña.

—Yo no dije nada. Está buenísimo bajarle a las toxinas para esto. ¿Me ayudas a tensarla? —dice Claudio.

—Claro.

—Creo que las estacas quedaron por allá —señala.

Irene se agacha para buscar. Claudio pregunta:

—¿Que te vas a Mérida?

—Sip. El martes sale para allá la mudanza y el miércoles vuelo yo —Irene le pasa las estacas.

—¿La mudanza? ¿De plano?

—La maestría dura dos años y me salía igual de caro comprar muebles allá, así que... —Irene se corta a la mitad de la frase.

—Podrías rentarte algo amueblado.

Irene detiene el tensor mientras Claudio lo fija. No tiene ganas de dar explicaciones. Ni siquiera se ha detenido a dárselas a sí misma.

—¿A poco allá ya acabaron? —Claudio señala las demás tiendas con la cabeza.

—Estuvo en fa —dice Irene.

—Qué bárbaras. Son unas capas.

—Hay experiencia.

—¿Pero ya habías acampado en el desierto?

—No. Nunca. En el bosque y en la playa nada más.

Irene mira a su alrededor por primera vez con plena calma desde que llegaron. Había sido tanto el acelere de llegar a San Luis, luego al desierto, buscar al Jefe, encontrar los cactos y montar el campamento que no había podido prestar atención. El cielo es de un azul aciano limpísimo y las nubes se mueven rápido. Irene está por comentar en voz alta cuán rápido van las nubes cuando irrumpe Karla, quien abraza a Claudio por la espalda.

—¿Qué pasó, papá?

—¿Qué pasó, madrecita?

—¿Agüita?

Karla les ofrece el termo. Irene bebe agua y le pasa el termo a Claudio.

—Ah. Qué fresquita está —dice él, después de darle un trago largo.

—¿Verdad? Se mantiene mucho mejor en aluminio. En la noche hay que guardar los garrafones que compramos en la tienda de Denisse para que no se calienten —instruye Karla.

—Pero en la noche va a helar, ¿no? —dice Irene.

—Sí, pero en la mañana espérense a sentir el rayo del sol. Los va a botar de la tienda, van a ver.

—No trajeron hielos, ¿verdad? —dice Claudio.

—No, sorry —Karla encoge los hombros.

—¿Qué pasó, madrecita? —la molesta Claudio—. Hay que estar al pedo. El hielo, el termómetro, los pañales...

—El trapito para las babas…

—El biberón de emergencia…

—Jajaja, no mames. ¿Qué nos pasó, cabrón? —niega Karla.

Los tres se ríen. Irene les ofrece cigarros. Los prenden con cierta dificultad por el viento.

—¿Por lo menos está chido ser papá? —quiere saber Irene, con absoluta sinceridad.

Claudio da una calada para pensar su respuesta. Después de soltar el humo, confiesa:

—No hay terror ni ternura que se le compare.

Karla sonríe, coincidiendo. Al imaginarse a Claudio de papá, Irene siente un estremecimiento de alegría con un filo de zozobra, porque sabe que esa ternura de la que habló podría alejarlo de ella para siempre.

—¿Y cómo te quitas el miedo? —les pregunta Irene.

Claudio jala una piedra grande y con un ademán le indica a Irene que se siente. Luego jala otra que termina siendo para él, porque Karla acerca al mismo tiempo una para ella.

—Pues empiezas a estar… —se adelanta Karla—. A pasar mucho tiempo con el bicho, tocándolo, alimentándolo, y se te va quitando el miedo porque lo vas conociendo, y él a ti.

—¿Por qué hablas en masculino? —dice Irene.

—Jajaja, sí, qué pedo, no sé.

—Se me hace que ya estás programando a Alicia para que sea lesbiano —dice Claudio.

Los tres sueltan una carcajada. Claudio se sorprende de volver a escuchar la risa estruendosa de Irene.

—¡Cacle! Has vuelto.

—Ahí voy… ahí la llevo.

—Y luego como a los dos meses de nacer, el bicho sonríe por primera vez… y se disipan las tinieblas —termina Karla.

—Totalmente —sonríe Claudio introspectivo, casi triste.

Lo cierto es que su participación en los primeros meses de vida de su hijo fue torpe y prácticamente nula. Su madre lo tenía pegado a su pecho todo el día. Ella lo dormía, ella lo cambiaba. Si Claudio lo tomaba en brazos, Liane reclamaba al niño de inmediato, alegando que él no sabía cargarlo o dormirlo o sacarle el aire o calmarlo. El gran momento para Claudio era la hora del baño, porque a Liane le daba miedo. Eran quince minutos cada noche en que tenía que confiar en él sin remedio. Quince minutos sagrados en que Claudio podía cargar a su bebé, tocar su piel, mirar sus ojos, antes de que Liane se lo quitara envuelto en la toalla para vestirlo. La primera sonrisa de su hijo fue para él. Tenía diez semanas de nacido. Liane estaba en la habitación contigua doblando ropita cuando sucedió, pero Claudio resolvió no decir nada. Lloró conmovido en el baño, tratando de no hacer ruido, y tuvo a su bebé apretado contra su pecho cinco minutos más de lo usual. Al día siguiente, Claudio estaba en su computadora, tratando de redactar un correo para su madre, cuando Liane empezó a gritar. Al principio a Claudio se le encogió el corazón, pensó que algo le había pasado al bebé. Llegó corriendo y encontró a Liane como poseída de dicha.

—*He smiled! Claudio, he smiled at me! He smiled at me!*

Claudio fingió compartir su alegría, y jamás le mencionó la sonrisa de la noche anterior en el baño.

Irene se percata de que Claudio se fue lejos y su distancia le duele. Quisiera jalarle la camisa y decirle, Hey, aquí, vuelve aquí. En ese momento él levanta la mirada y se dirige a Karla:

—Pero bueno, tú me llevas varios años de ventaja... a mí me faltan los berrinches en el súper.

—Jajajaja.

—Alicia tiene ocho, ¿verdad?... —dice Claudio.

—Exacto —sonríe Karla, halagada de que lo recuerde, sin saber que si Claudio lo tiene tan presente es por un beso robado que se volvió referencia cronológica en su vida.

—Nueve en diciembre —precisa Irene, viendo a Claudio—. Sigo en shock.

—Suena a cliché, pero sí crecen en chinga —dice Karla—. Y lo más cabrón es que te vas dando cuenta de que cada cosa que van logrando hacer... caminar, dejar el pañal, hablar, leer, son pasos que los van alejando de ti.

—Uf... qué fuerte —susurra Irene.

—Hacerlos independientes suena menos gacho —ríe Claudio.

—Está fuerte pero al mismo tiempo te recuerda que son personas autónomas y que tanto ellos como tú tienen que hacer su propio camino, ni pex... —dice Karla.

—"Sus hijos no son sus hijos. Son hijos e hijas del anhelo de la vida por sí misma" —cita Claudio.

Irene piensa en decir *El Profeta*, pero no está segura y le da pena anticipada equivocarse.

—*El Profeta*, ¿verdad? —dice Karla. Claudio asiente, e Irene se reprocha en silencio haberse reprimido. Se sacude el malestar y agrega:

—Eso está cabrón. Yo creo que mi mamá siempre sintió que yo era como una extensión suya, o algo así.

—Tu jefa te tenía atrapadísima —dice Karla.

—Digo, creo que me las arreglé para hacer mi vida aparte como pude. Pero sí, eso de sentir que eres lo único chido en la vida de un jefe, está difícil.

Irene se da cuenta de que Karla la está mirando con cara de puntos suspensivos.

—Y bueno, yo también estaba ahí, bien atorada —admite Irene, y apaga el cigarro contra la suela de su botín, sin tocar la tierra—. Pero NO voy a ir a terapia, ¿ok? —se anticipa.

—Chale, es que te iría tan chingón... —dice Karla—. Y a ti también, López.

Claudio hace efecto megáfono con las manos y proyecta la voz:

—¡Alerta! ¡Código rojo! ¡Karla de Tuya está en modo "todos a terapia"!

Desde la tienda de Denisse, Lencho grita:

—¡No! ¡Amárrenla!

—¡Pónganle la camisa de fuerza! —exclama Javiera.

—Ta madre. Píquenselo todos —Karla se levanta de la piedra falsamente ofendida. Luego se dirige a Claudio:

—Nomás dale estructura a ese chamaco. Que sepa cuándo te va a ver, y cúmpleselo siempre.

Claudio asiente una sola vez, rotundo.

—Voy a hacer pipí, a ver si no me vuelvo a espinar las nachas… —Karla se aleja.

Irene y Claudio se quedan sentados, en silencio. Irene busca su mirada y pregunta:

—¿Cómo se llama tu hijo?

Claudio responde sin mirarla.

—Ashoka.

—¿Cómo? —Irene no puede reprimir una risita.

—Ashoka. Es un árbol que crece en la India, supuestamente sagrado. El niño tiene una madre un poco hippie, qué quieres que te diga —Claudio se pone de pie y se estira.

Irene se ruboriza.

—Perdón por reírme, pero me esperaba un nombre en inglés, o neutro, no sé…

—El embarazo fue lo suficientemente rudo. El nombre del niño fue una batalla que no quise pelear.

Claudio le tiende la mano para ayudarla a levantarse.

—¿Vamos?

26

Irene y Claudio se acercan a la fogata que Lencho y Mauro están preparando. Denisse y Javiera están sentadas junto al Jefe, en unas sillas plegables. El Jefe dejó la piedra donde estaba sentado y se mudó a otra de las sillas. Denisse tiene entre sus manos el peyote de cinco gajos que encontró, su venadito azul, sin saber muy bien qué hacer con él. Imita a Javiera, que le está quitando las protuberancias al suyo.

—Está bien que prendan el fuego desde ahorita, muchachos. Ahorita todavía está el sol, pero en un rato va a empezar a enfriar.

—A ver, *Tatewari*… —Mauro se inclina ante las ramas y acciona el encendedor.

—¿Eh? —Javiera arruga la nariz.

—*Tatewari* —repite Mauro—, Abuelo Fuego.

—Ah —Javiera mira a Denisse con mofa, pero Denisse está concentrada en su cacto, con la panza encogida de nervios.

La madera prende y comienza a crepitar.

—¿Ya los están limpiando? —Claudio toma un peyote del paliacate rojo que está extendido sobre la tierra. Irene y Karla, que está de vuelta del baño, hacen lo mismo.

—¿Le puedo hacer una pregunta, Jefe? —Lencho acomoda las ramas en torno al fuego incipiente.

—Pues depende —sonríe el hombre.

—¿Por qué la gorra?

—¿Ésta? —el Jefe se señala la cabeza, que ostenta las siglas de la DEA—. Ah, pues fue un regalo.

—¿Quién se la dio o qué? Digo, si se puede saber —dice Lencho.

El hombre bebe de su anforita y sigue tallando su fósil, mientras cuenta:

—Yo aquí he conocido a mucha gente, todo tipo de gente. Aquí viene mucha gente de todas partes del mundo. Médicos, maestros, estudiantes, artistas, de todo. Una vez vino un gringo que trabajaba aquí —señala las siglas de la gorra sobre su cabeza.

—Drug Enforcement Agency —Lencho engrosa la voz y exagera el acento en inglés.

Claudio lo imita y exagera todavía más, alzando el puño:

—"Tough work, vital mission!"

—¿Ése es el slogan? —Karla se sorprende.

—Así es.

—No mames, suena a tagline de película de Tom Cruise —opina Denisse.

—Jajajaja.

—¿Pero entonces qué pasó con este mai, Jefe? —retoma Lencho.

—Pues él trabajaba en las oficinas. Decía que le gustaba mucho leer, y tenía curiosidad de la medicina. Mucha curiosidad. Se la pasó años leyendo de la medicina hasta que dijo: "Ya estuvo, tengo que probar esto". ¡Pero estaba bien asustado cuando vino! —el Jefe se ríe—. Vino con su esposa. "No tengas miedo", le dije. "Si estás aquí, es porque tienes que estar." Y comimos. Era la primera vez que probaba un…

—¿Una sustancia? —dice Lencho.

—Ándale. Algo que lo hiciera sentir diferente. Nunca había probado nada, ni marihuana.

—¿Ni alcohol? —pregunta Mauro.

—Creo que no. Bueno, no sé. Aquí no tomó nada de alcohol.

—Ya.

Irene y Mauro le echan un vistazo a Lencho, que está concentrado escuchando al Jefe y limpiando un peyote.

—Cuando se fue, me dio su gorra, y me dijo que llegando iba a renunciar a su trabajo y se iba a dedicar a la carpintería, que era lo que de veras le gustaba.

—Órale —Denisse alza una ceja.

—¿Y supo si sí lo hizo? ¿Ha regresado? —pregunta Irene.

—¡Claro! Vuelve cada año.

—¡Órale! —dice Claudio.

—¿Y a su mujer le gustó? —pregunta Karla.

—¿A mi mujer?

—No, a la mujer del gringo —se ríe Karla.

—¡Ah! Sí, también le gustó.

Una carcajada.

—Oiga, Jefe, ¿y qué pasa si alguien se quiere llevar medicina a su casa? —quiere saber Lencho.

—No se los recomiendo, muchachos. Ahí sí, si la ley los agarra, son cuatro años de cárcel por cada cabeza. No vale la pena.

Sopla el viento y los despeina. Esto no se parece al desierto que habían imaginado.

—¿Qué se les hace a estos pelitos, Jefe? —Irene le muestra su peyote.

—Hay que quitárselos. Que queden bien limpiecitos los gajos, luego los enjuagan.

—Oiga, don, ¿y qué hacemos si vemos una víbora? —dice Javiera.

—¿Qué hacen? Nada. No les hagan caso.

—Pero si ven que se quiere monchar mis galletas, se la descuentan con una piedra, por favor —dice Lencho.

El Jefe y los demás sueltan una carcajada.

—Y luego la asan y se la cenan, muchachos.

Más risas.

—También hay coyotes y gatos monteses… pero ésos no se acercan. A lo mejor en la noche los oyen —el Jefe sube la mirada y afila la nariz—. Lo que sí es que a lo mejor les llueve.

—¿En serio? —Claudio mira al cielo.

Todos lo imitan. Hay algunas nubes grises, pero lejos.

—Lo bueno es que Mau trajo una lona —Irene alza las cejas.

Mauro se prende un cigarro, cohibido.

—Qué precavido, Mau —dice Javiera.

—Pus… la traje pa'l sol.

—Te lo digo neta. Tú muy bien —Javi acerca su puño cerrado y lo hace chocar con el suyo.

Irene mira la vastedad a su alrededor y respira hondo.

—Qué cosa. Tenemos panorámica del cielo, ¿ya vieron?

—Trescientos sesenta grados —Claudio sigue la ruta de su mirada.

—Sí es cierto. En la ciudad siempre hay algo que tapa —comenta Lencho.

—Y en el bosque y en la playa y en cualquier otro lado —Karla se sienta, después de pasar a su tienda por un suéter.

Denisse levanta un gajo de su peyote:

—¿Y qué le hace esto al cerebro, exactamente? ¿Alguien sabe?

Claudio voltea a ver al Jefe, que sigue tallando su fósil, con media sonrisa. Luego a Mauro, quien le hace una seña de "vas". Claudio se rasca la mano y empieza:

—Pues la sustancia activa de la planta es la mescalina, y la mescalina es un alcaloide, que...

—¿Qué es un alcaloide? —interrumpe Javiera.

—Un alcaloide es un compuesto orgánico que tiene efectos sobre el sistema nervioso —interviene Karla.

—O sea, que pone —deduce Denisse.

—Exacto —dice Karla.

—Otros alcaloides famosos: morfina, cafeína, cocaína, nicotina... —participa Mauro.

—Que vivan las inas —opina Lencho.

Todos se ríen, también el Jefe.

—¿Pero qué hace la mescalina en el cerebro? —insiste Denisse.

Claudio intenta resumir:

—Pues... las drogas visionarias, que así les llaman, químicamente se parecen mucho a ciertos neurotransmisores. Por ejemplo, la mescalina tiene la misma estructura básica que la serotonina...

—La noradrenalina —corrige Karla. Claudio asiente—. Ésa regula un chingo de funciones en el cuerpo. Dicen que es la responsable del enamoramiento —Karla termina con voz cursi.

—Qué bonito —Lencho forma un corazón con las manos y ladea la cabeza.

—¿Y qué más regula? —Denisse se abre una paleta y empieza a chuparla con fruición.

—Pues... regula la atención y la conciencia, el estado de ánimo... La depresión está asociada a desequilibrios en la noradrenalina —dice Karla.

—¿Pero y eso qué implica? No entiendo... —Denisse muerde su paleta.

—Pues que llega la mescalina al cerebro y es como si le prendieran el switch a la neurona con esa función, pero en vez de funcionar a diez, funciona a cien —dice Claudio.

—Órale —Irene mira sus uñas tratando de recordar sus clases de Área II, todo esto le suena familiar y lejano.

—Ok... —Denisse ladea la cabeza, parcialmente despejada en su inquietud.

—Y no nada más es la mescalina. Del peyote se han aislado como cincuenta alcaloides más —dice Mauro—. O sea, es power entre lo power.

—¡Ájale! —Javiera encoge los hombros, de pronto nerviosa.

Lencho añade:

—El peyote es todo eso y un toque de soplo divino, ¿no, Jefe?

—Todo lo que están contando a mí me suena muy divino. No conozco a ninguna persona que lo pueda hacer —dice el Jefe.

Todos se ríen de buena gana. El Jefe se dirige a Karla y Claudio:

—¿Y cómo es que saben tanto? ¿Son doctores?

—Yo soy psicóloga —sonríe Karla.

—Yo soy ocioso —responde Claudio.

—No seas modesto, güey —Mauro se dirige al Jefe—: Claudio tiene papás investigadores y de chavo se le daban las ciencias.

—Y las drogas —completa Lencho.

—Jajajajaja.

—Tú ibas a estudiar Medicina, ¿no? Me acuerdo… —Javiera ve a Claudio.

—Hice el examen, sí. Me quedé a un punto. Afortunadamente.

—O no… —sugiere Denisse.

Claudio ladea la cabeza con molestia: una piedra en el zapato.

—Nunca lo sabremos. ¿Qué coños importa? —Irene le ayuda, y Claudio se lo agradece con la mirada.

Lorenzo se pone de pie con su peyote pelado entre las manos y toma el garrafón de agua para enjuagarlo. Denisse se levanta para detenérselo.

—A ver, te ayudo.

Todos aprovechan y se van asistiendo para enjuagar los cactos, que una vez limpios, vuelven a extender sobre el paliacate.

—¿Pero qué vamos a sentir? —plantea Javiera—. ¿Chido? ¿Miedo? ¿Qué?

Todos voltean a ver al Jefe, pero él se hace el occiso con su piedra. Es Mauro quien responde:

—No se preocupen, chatos. Si lo que les preocupa es un malviaje, ése ya lo pasamos. Se los aseguro.

Todos saben lo que implica esa afirmación. Por unos segundos sólo se escucha el crujir de las ramas en el fuego. De pronto, el Jefe se pone de pie.

—Bueno, muchachos. Yo me voy.

A Denisse le cambia la cara.

—¿Cómo? ¿No se va a quedar?

—No, yo tengo que ir a mi casa. Pero aquí van a estar bien, no van a tener ningún problema. Si salen del terreno y se siguen nomás por el camino de piedras, van a ver un nopal jorobado. Ahí agarran pa' la derecha y como a… cinco, diez minutos van a encontrar unos árboles. Son árboles que dan buena sombra… hay pasto, ahí, por si quieren. Nada más estense vivos con los moscos, hay muchos moscos ahí.

—¿Cinco minutos en coche? —pregunta Claudio.

—No, caminando. Todo caminando.

Claudio parece ser el único que registra la información porque todos los demás están distraídos e intranquilos por el hecho de que el Jefe no se va a quedar. Denisse mira con inquietud los cinco gajos que descansan en la palma de su mano todavía húmeda.

—No nos ha dicho cuánto hay que comer —dice.

—Ahí sí es cosa de cada quien. Los que ya comieron antes pueden comer un poco más —el don se dirige a Denisse—: Tú cómete tu venadito, despacio y sin prisas. También pueden hacer un tecito.

—Yo supe que tarda como dos horas en hacer efecto y luego a veces ni pega… —Irene se busca los cigarros en sus bolsillos.

—Ustedes no piensen tanto. No piensen tanto —repite el Jefe—. Coman y vayan viendo. Ustedes solitos van a saber. Si gomitan está bien, está bien gomitar.

Javiera se estremece ante la idea y mira los gajos que limpió con duda. El Jefe se cuelga su morral.

—Cuídense, muchachos.

—¿Seguro que vamos a estar bien sin usted? —dice Denisse.

El hombre suelta una carcajada.

—Pus han estado bien sin mí toda sus vidas, ¿no?

Los siete se contagian con su risa.

—Además ustedes necesitan hacer esto solos. Tienen muchas cosas que enderezar. Pero no se preocupen. La medicina les va a ayudar. Ella es la maestra, ella sabe.

El Jefe se ajusta el machete y se calza la gorra de la DEA.

—Mañana en la mañana les doy una vuelta, muchachos.

—Gracias, Jefe —Claudio se pone de pie y le da la mano.

Todos lo secundan. El tacto de la mano curtida y rugosa del hombre les transmite serenidad.

—De nada, de nada. Cuídense, cuídense.

Todos ven cómo el hombre sale del terreno y se interna en el desierto.

—¿A poco se va a ir caminando? ¿No necesitará aventón? —se pregunta Karla.

—Ese don se sabe el desierto de memoria. Se la pela —Mauro ve cómo la gorra de la DEA desaparece entre los matorrales.

Irene regresa a los gajos limpios sobre el paliacate, suspira y declara:

—Bueno, pues creo que estamos listos, "muchachos".

Hay risas. Claudio añade:

—Sería bueno empezar a comer para aprovechar el estado de día.

—Pues venga.

Algunos se sientan, otros no. Lorenzo se agacha para tomar un gajo y está a punto de metérselo a la boca cuando Mauro dice:

—Yo quiero decirles algo. Antes de que empecemos.

La voz le tiembla un poco, está haciendo un esfuerzo. Todos lo notan y le prestan atención.

—Sé que he tenido una racha muy mala. Pero parece que encontré una veredita. No sé a dónde me lleve, pero ya es un camino.

—¿Ya nos vas a decir quién es esta morra con la que estás viviendo? —Javiera cruza los brazos con curiosidad y con algo más.

Mauro explica:

—Se llama María y me hace el amor mejor que cualquier persona del universo —voltea a ver a Karla, quien sonríe—. Nah. No me hace el amor, desafortunadamente. Nada más es mi terapeuta.

—¿Terapeuta? ¿Finalmente fuiste a terapia? —Denisse se endereza en la silla.

—Órale —Javiera alza las cejas.

—Wow —dice Irene.

—¿Pero entonces no vives con ella? ¿Por qué me dijo el Inge que vives con ella? —pregunta Javiera.

—Porque el Inge está majareta. Ella vive en su casa. Yo vivo en el centro de adicciones donde ella… —Mauro se queda pensando la palabra acorde.

—¿Despacha? —sugiere Lencho.

—Jajaja, exacto. Donde despacha.

—¿Y duermes en el Diván de Valentina o qué? —dice Javi.

Todos se ríen. Mauro explica:

—Hay consultorios y también dan talleres. Son como cinco colegas chambeando ahí. Yo vivo en lo que viene siendo la bodega, en la azotea.

—Ah, carajo —Lencho está impresionado.

Mauro atiza el fuego con una rama seca mientras sus amigos lo escuchan, atentos.

—Y pues ya llevo siete meses viviendo ahí. Y dieciocho meses limpio —al decirlo, Mauro ve directamente a Javiera, quien tiene que cerrar la boca del asombro.

—¿Limpio, limpio? ¿Ya te cortas las uñas y todo? —bromea Claudio.

Risas.

—¿Y cómo te sientes? —pregunta Denisse.

—Bien. La neta bien —Mauro le sonríe a Karla—. Pero si les cuento todo esto es porque decidí que voy a comer peyote y no quiero que se asusten ni que se escandalicen ni que me regañen. Por favor.

—No mames, Mau —Javiera se levanta de la silla plegable, negando muchas veces con la cabeza.

—¡Estás diciendo que llevas año y medio limpio, cabrón! ¿Y te quieres meter otro psicodélico? —Lencho se rasca la cabeza.

—No es lo mismo el ácido que el peyote —arguye Mauro.

—¿Cuál es la pinche diferencia? ¿Que uno es natural y el otro está hecho en un laboratorio? —alega Javiera.

—El ácido es semisintético… pero equis —dice Mauro—. En realidad lo importante es por qué lo estoy haciendo. Miren, en este viaje no lo he hecho porque no quería que se sacaran de onda, pero desde que vivo en el centro de adicciones, de repente me echo una chelita, o hasta un toque a veces.

—¿En serio? ¿Y eso se puede? —Karla luce mortificada.

—No mames. ¿Y qué otra sorpresita traes, eh? ¿Por eso se fueron los polis ayer? —los cuestiona Javiera

—No entiendo qué quieres decir —Mauro patea una piedra, ofuscado.

Karla insiste en su punto:

—¿No se supone que para estar en el centro tienes que cortar con todo tipo de estupefacientes?

Claudio solamente escucha, fumando.

—Ése es el encuadre prohibicionista, a alguna gente le sirve. A los alcohólicos les sirve. A mí, no —explica Mauro—. El pedo que María y su grupo manejan es diferente. El chiste es hacerlo consciente, ¿sabes? Preguntarme antes por qué me quiero tomar esta chela, en lugar de tomármela en automático porque asumo que me va a hacer sentir bien. Pero no me va a hacer sentir bien. Nada más me va a dar sueño y mañana voy a sentirme igual de la chingada. O a lo mejor no. Pero tengo que detenerme a… ponderarlo.

Come cuando tengas hambre, para cuando estés satisfecha, piensa Denisse. Ése era el encuadre básico del centro de desórdenes alimenticios al que había ido meses atrás, y que la ayudó mucho. No comas a escondidas. Come sentada, despacio, consciente de cada bocado. Sin ver televisión ni el teléfono. Si no te das cuenta de lo que estás haciendo, no lo disfrutas, y lo haces compulsivamente. Todo esto piensa Denisse, y sin embargo dice:

—A veces no puedes dejar de tragarte el chocolate aunque sepas que te lo estás comiendo porque estás triste.

—Pero por lo menos ya lo haces consciente —insiste Mauro—. Ya no lo haces a lo pendejo y en automático, y eso a la larga va ayudándote a generar otros patrones y otros hábitos. La idea es que no consumo porque no quiero. Podría, pero no quiero.

Claudio participa:

—Pero eso no siempre lo decide uno, ¿no? Las sustancias son una cosa fuerte...

—Las sustancias son las sustancias, cabrón. Igual que la comida es la comida y la tele es la tele. Es como decía Karli hace rato. Lo que es fuerte es lo que trae uno dentro —apuntala Mauro.

Denisse piensa en lo que les dijo el Jefe hace apenas una hora, sobre temerle más a la propia cabeza que a una planta. Mauro continúa:

—Y estamos jodidos nos metamos lo que nos metamos, porque lo que nos jode no son las drogas ni la comida ni las cosas. Es la puta soledad.

—Mau... —dice Karla, bajito.

—Espérate. Espérame tantito. Hace años se hizo un experimento con ratas, les ponían dos dispensadores: uno con agua y otro con morfina; a unas las ponían solitas en la jaula y en chinga se hacían adictas a la morfina; a otras las ponían en una jaula grande, fregona, con pelotas y juegos y más ratas. Las ratas de esa jaula prefirieron el agua, casi no pelaron la morfina. Ésta es mi jaula chida. Ésta. Aquí, con ustedes. Si los tengo a ustedes, tengo sentido. Y no tengo nada que temer.

Se hace un silencio. Otra vez se magnifica el sonido de la madera crepitando en el fuego. En todo el mundo, sólo eso. Javiera empieza a aplaudir despacio:

—Muy bonito. ¿Pero y si te quedas colgado, güey? No te quedaste frito con los ácidos de puro milagro, ¿pero y si te quedas ahorita?

—No es buena idea meterse alucinógenos con antecedentes de psicosis, Mau —dice Karla, con reparo—. Puedes tener otro episodio...

—Y luego te tenemos que andar visitando en el manicure con la frente toda espinada y los pantalones rotos —añade Javiera.

Mauro se talla la cara.

—¿Por qué quieres hacerlo? ¿Por lo que dijo el don de que tú eras el que más lo necesitaba? —pregunta Denisse, con auténtico interés.

—¿Eso dijo? —reacciona Claudio.

—¿Nos chamaqueaste todo el camino diciendo que no ibas a meterte y lo acabas de decidir? —Karla está molesta.

—Ni una ni la otra —responde Mauro—. Miren, ustedes no saben cómo funciona esta planta. Esta planta te llama.

—Yo sí sé —confiesa Irene, y de inmediato se retrae, con un poquito de vergüenza. Claudio le sonríe.

—Yo no había querido hacer caso, pero las señales ya llevan un rato ahí. Y creo que esto me puede hacer mucho bien. El don confirmó la idea que ya tenía. Eso es todo —Mauro baja la cabeza y junta las manos.

—¿Y si recaes? —dice Denisse—. ¿Y si te metes cuarenta madres acto seguido?

—Uta, como vinimos al desierto cargados de chupe y cocaína... —Lencho apoya a Mauro—. ¡Nos chingaron todo! ¡Creo que no traemos ni café! —y le arranca una risita a Claudio. Pero las amigas siguen tensas, no ceden al humor.

—Yo leí que el que no quiera saltar al vacío, no debería usar psicodélicos poderosos —dice Irene.

—¿Y quién dijo que yo no quiero saltar al vacío? — Mauro sonríe y retoma, completamente serio—: Es un riesgo que estoy dispuesto a correr. Ya comí peyote una vez y lo puedo manejar. Bueno, with a little help from my friends... —mira a Claudio, quien está ahora de pie, acomodando las ramas de la fogata—. Les prometo que pase lo que pase, no los voy a llevar al baile. Soy responsable de mis actos. Denme el beneficio de la duda, chingada madre. Por favor.

Todos miran el fuego. El fuego que arde debajo del sol que también arde a las cinco de la tarde.

—No nos tienes que pedir permiso, güey. Eres un adulto —dice Irene.

—Ya sé. Estoy tratando de ser considerado y de evitar un malviaje. Quiero que todos estemos chido.

Claudio no sabe qué decir. Cuando comió peyote con Mauro, muchos años atrás, lo ayudó a atravesar por un momento endiabladamente difícil. De su propia experiencia recuerda sobre todo una sensación de comunión profunda con todo lo vivo, pero él estaba en un buen momento entonces y ahora mismo no podría poner las manos en el fuego por los demás. Ni siquiera por él mismo. Sin embargo dice:

—Güeyes, si Adam estaba pensando comer *hikuri*, es que se puede manejar. Además el Mau está diciendo que se siente bien. Si alguno estuviera de plano del carajo, deprimido o ansioso, ahí sí no sería buena idea. Pero todos nos sentimos más o menos chido, ¿no?

—Siempre hay temas en la vida, pero creo que cualquier ola podríamos surfearla —asegura Mauro.

¿Y si no?, se pregunta Irene. ¿Qué tan grande puede ser la ola? ¿Qué tan profundo puede ser el precipicio?

—A mí me sirve más otra metáfora —dice Claudio.

—¿A ver? —Mauro lo ve.

—Surfear está chido, pero ahorita estoy pensando más bien en bucear. La primera vez que estás mar adentro en la lancha, poniéndote el equipo, en la marejada, con el agua toda picada, es aterrador. Pero una vez que estás dentro... la calma es total. Estás, literal, en otro mundo.

—Absolutamente —coincide Irene.

—¿O sea que para ti no hay que surfear la ola, hay que "bucearla"? —Denisse ríe nerviosa.

—Hay que sumergirse —responde Claudio, firme.

Y en ese momento Irene agradece en silencio a la vida el haber hablado con este tipo. Tan sólo eso. Haber podido hablar con él varias veces y de varios temas a lo largo de diez años. Y de repente eso le basta, sin importar lo que pase después.

Karla rompe la nueva pausa:

—Ésa es una idea que uso mucho en mi consultorio. Hay que ir hacia dentro. Aunque dé miedo, ahí es donde se está mejor —voltea a ver a Claudio—: Manoteando y luchando contra las olas afuera nada más te angustias. Mejor mete la pinche cabeza de una vez. Lo más seguro es que adentro no esté tan hondo ni tan horrible como crees.

—Al menos no tan agobiante como estar en la superficie, ¿no? —afirma Irene.

Claudio y Karla asienten.

Mauro se acerca a la fogata. Nota que las ramas se están consumiendo rápido. Pronto habrá que ir a abastecerse para la noche. Mauro desplaza una rama y dice:

—Amigos, tenemos el enorme privilegio de ver qué pedo con nosotros mismos fuera de nuestros moldecitos y nuestras pinches… rigideces. Al menos por un rato. Es una oportunidad que no todos tienen en esta vida.

—Todos la tienen. No todos se la dan —corrige Claudio.

—Dijo un santo viajero: "El mundo es un libro y aquel que no viaja, lee solamente una página". Así que… yo digo que viajemos —Lencho se levanta y estira su metro noventa de humanidad—. Además, muchachos, tengo una muy triste y desagradabilísima noticia que darles. Como dijeron los tacubos, todo, todo, todo…

—Todito… —sigue Mauro.

—Toditito… —sonríe Irene.

—Todo, todito, todito, todo, todo, todo lo que empieza…

Irene y Mauro corean a un tiempo:

—… en algún momento se tiene que acabar.

Hay risitas.

—Exacto. Esta experiencia va a transcurrir y se va a acabar, igual que todo lo demás —dice Karla.

—Y después vendrán otras cosas —suma Denisse, con esperanza.

—Vendrán otras cosas —le asegura Mauro.

Irene se pone de pie, se acuclilla ante el paliacate donde descansan los gajos de peyote limpios y lavados y toma el suyo.

—Yo digo que ya nos demos.

La distensión de todos es casi audible. Lencho se sacude y suspira:

—Uffff, pues verga. Digo, venga.

Hay más risas inquietas. Mauro se sienta con ellos en torno al fuego. El sol de octubre se siente fuerte, pero todos saben que no durará mucho. Empiezan a comer.

—Ájale —Karla hace una mueca mientras mastica—. Qué amargo.

—Échale mielecita —Claudio le pasa el frasco.

—¿Por qué este sabor tan manchado? Qué hostilidad —dice Karla.

—Es para que no se los coman los animales —explica Mauro.

Karla toma un poco de miel con los dedos.

—¿Así, al chile? ¿No deberíamos hacer un ritual, o algo? —dice Lencho.

—Sí, sí, totalmente —dice Claudio, posando los gajos sobre su regazo—. Hay que decir una intención.

—Que no nos muramos —dice Javiera, a botepronto.

—Que no nos volvamos locos —agrega Denisse.

Lencho levanta un gajo y pide:

—Que nos pase lo que estaba pensando Blake cuando dijo: "Si se limpiaran las puertas de la percepción, todo aparecería tal como es: infinito y santo".

—Qué bonito —Javi se estremece.

—¿Pero si nos volvemos santos todavía podemos coger? —pregunta Karla.

Todos se ríen.

—Eso espero —dice Lencho.

—Que nos dé claridad —suma Claudio.

—Eso —asiente Karla.

Irene recarga la barbilla sobre sus manos juntas, con los codos apoyados en las rodillas:

—Que nos deje algo esta experiencia. Que no sólo sea el rush del momento sino que nos sirva para la vida.

—Eso mero —sonríe Claudio—. Que nos haga mejores.

—Ahó —dice Mauro.

Ya nadie dice más. En un acuerdo tácito, todos vuelven a comer.

—Uf. Qué amargura. A ver, rólense la mielecita… —Irene estira la mano.

Karla le pasa el bote.

Al cabo de cinco minutos, todos se han terminado sus respectivos botones. Lencho se frota las manos:

—Pues ora sí, chatos. No hay marcha atrás.

—Abróchense los cinturones —se ríe Claudio.

—¿Y ahora? —dice Irene.

Mauro aconseja:

—Piensen algo bonito.

27

Irene despertó en su cuarto de hotel en Acapulco con una migraña salvaje. Eran las diez de la mañana, había dormido escasas dos horas, y antes había tenido que ayudar a Adam a caminar hasta el cuarto. Ahora dormía pesadamente. Irene buscó analgésicos, pero con las prisas al salir olvidó empacarlos, hacía mucho que no le daba una migraña. Tomó su celular y le marcó a Denisse, que estaba hospedada con Karla en un hotel cercano.

—Perdón, ¿estabas dormida?

—No, güey. Tengo un aterre del carajo —dijo Denisse.

—¿Y Karla?

—También. Las dos estamos igual.

—¿Traes painkillers?

—Advil, creo.

—¿Algo fuerte?

—¿Como qué?

—No sé, güey. Excedrin, Dorixina, algo.

—Creo que Karla trae algo. Vamos para allá.

—Adam está dormido.

—Entonces ven tú.

—Te juro que no me puedo mover.

—¿Entonces qué carajos? —chilló Denisse.

—No sé, no sé. Esto está horrible.

—Pero horrible.

—No mames, horrible.

Nunca se repitió tantas veces la palabra "horrible" como ese día en el hotel Caracoles de Acapulco. A las dos horas ya estaban todos, incluidos Lencho y Claudio, en el cuarto de Denisse y Karla, que tenía dos camas matrimoniales. También tenía un pequeño balcón que daba a un estacionamiento abierto. La presencia de unas palmeras más allá, cruzando la calle, suavizaban un poco la vista. Había dos ventiladores en el techo, pero sólo uno servía. El día había amanecido nublado pero húmedo y bochornoso. Se turnaban para acostarse en la cama bajo el ventilador que funcionaba, puesto a toda potencia, porque en la otra cama sudaban. Todos tenían los mismos síntomas:

—No se me quita la taquicardia —gemía Denisse.

—Pinche ansiedad del carajo —susurraba Karla.

—Respiren, tomen agua —repetía Claudio, que también se sentía morir—. Estamos deshidratados.

—No me sirve, no me sirve, ahorita nada me sirve —Karla se abrazaba a sí misma.

—Me duele cada átomo, cabrón —decía Lencho—. Son como agujas... como miles de agujas que se me clavan por todo el cuerpo al mismo tiempo —describió.

—Me siento como... como un molusco. Como si fuera un molusco que se traga a sí mismo —Denisse temblaba hecha bolita junto a Irene y Adam en la cama bajo el ventilador.

—¿Me acompañas al baño? No puedo ir sola —se decían Karla y Denisse mutuamente, cada tanto.

A Lencho y Claudio también les provocaba una extraña desazón quedarse solos, pero no lo admitían. Nadie podía dormir, nadie podía estar. Era como si les hubieran anulado todas las capacidades, en un estado profundo de antipotencia.

—Me voy a morir. Me voy a morir —repetía Irene, con la almohada sobre la cabeza, aullando de dolor.

Adam estaba atravesando la cruda más feroz de su vida. En la boda de Javiera se había tomado dos margaritas, cinco cervezas con cuatro mezcales, tres copas de vino tinto, dos de champaña, dos carajillos, dos anises en las rocas y, tras el "paso de la muerte", como llamaba al momento crucial de elegir con qué seguirse el resto de la noche, se tomó cuatro cubas, tres whiskies y media botella de tequila. No tenía tanta angustia existencial pero sí un malestar físico que lo taladraba y una sensación de culpa inexplicable.

Cuando Lencho ya no podía más, se salía al balcón a gritar y al volver al cuarto, decía:

—Qué pinche desasosiego.

Llamaron a la farmacia. Pidieron Pedialyte y Excedrin, y Lencho y Denisse se aventuraron a salir a buscar algo de comer. Encontraron unos burritos en el Oxxo de la esquina, fue lo más lejos que pudieron llegar porque el ambiente brumoso era sofocante y Denisse sintió que se iba a desmayar. Nadie pudo tocar la comida. Lo más que lograban hacer era procurar hidratarse. Y hablar. La única manera de que pasara el tiempo en esa ansiedad espantosa era hablando.

—Estoy segura de que todo el mundo me odia.

—Eso no es cierto, Karli —Denisse le tomaba la mano desde la otra cama.

—Eso siento. Tú me odias. Irene me odia. Todos... Hice pendejadas horribles, la cagué. La cagué —Karla tenía la cabeza tapada con una almohada.

—¿En qué la cagaste?

Pero Karla no respondía.

—Yo no me vuelvo a meter un químico jamás —repetía Lencho.

—Yo ni químicos ni nada —aseguró Denisse.

Y una pregunta recurrente:

—¿Qué chingados nos metimos?

Decidieron llamar a Randy. No les contestó. Lo intentaron varias veces pero no les respondió en todo el día.

—El güey estaba tan acelerado con las tracas que a las nueve de la mañana agarró su coche y se regresó a la ciudad manejando como una bestia. Luego se dopó y se perdió hasta el día siguiente —fue el reporte de Lencho, cuando consiguió localizarlo muchas horas después.

—Irene... flaquita... ¿cómo estás? —preguntaba Adam cada que conseguía abrir los ojos y emerger de su propio infierno semi catatónico.

A pesar del calor, Irene estaba agazapada debajo de las sábanas. Claudio sufría por ella pero no podía acercársele porque ahí estaba su hermano, como un bulto, junto a ella. Por momentos lo atravesaba una sensación de remordimiento irracional como el que Karla describía, entonces intentaba cerrar los ojos y aferrarse a la sensación de los labios de Irene, todavía fresca y vívida. El recuerdo de esas horas con ella en los Dinamos dos días atrás conseguía mantenerlo a flote, y se decía, No me arrepiento, la quiero y no me arrepiento, como un mantra para no dejarse hundir en la culpa y en el horror.

Pasaban las horas y el malestar no disminuía.

—En serio siento que me voy a morir —decía alguno de los seis.

Y el que estuviera al lado le aseguraba, sin demasiada convicción:

—No te vas a morir.

—Siento como si me hubiera chupado un dementor… como si me hubieran exprimido el alma —afirmaba Karla.

—Qué desasosiego —repetía Lencho.

A las tres de la tarde, Claudio declaró:

—Tenemos que salir de aquí. Nos estamos volviendo locos en este cuarto.

—Pero hace un calor de la tostada… y chance y llueve —opuso Denisse.

—No importa. Nos va a hacer bien estar en el mar. Tenemos que ir al mar. Vamos.

Tardaron como media hora en decidirse y otra media en arrastrarse fuera del hotel como si salieran de una mazmorra. El hotel no estaba en la playa, había que caminar dos cuadras hacia dentro. No era mucho, pero ellos sintieron que tardaron horas en desplazarse. Pese al bochorno, afuera soplaba un ventarrón. Trenzaron sus brazos y se aferraron los unos a los otros. De pronto el letrero promocional del Oxxo voló junto a ellos con todo y tripié.

—Hay que regresarnos —suplicó Karla.

—Ya falta poquito —insistió Claudio.

Cuando llegaron a la playa empezó a llover.

—Vámonos de aquí, por favor. No hay nada más desolador que el mar lloviendo —dijo Lencho, con un nudo en la garganta.

Volvieron al cuarto.

—Estoy aterrada —dijo Denisse, abrazada de Lencho ya de regreso en la cama sin ventilador.

—¿De qué?

—No sé, no sé. De la vida, de la muerte, de todo.

A Lencho se le había entumido el brazo sobre el que descansaba la cabeza de Denisse, pero resolvió no moverse.

—Lo que pasa es que esta madre nos debe haber chupado toditita la serotonina —sugirió él.

—Lo que nos chupó fue la bruja… —dijo Denisse.

Lencho intentó sonreír pero no pudo. Trató de hacer el movimiento consciente de tensar los músculos de las mejillas y fue imposible. Se preguntó si algún día podría volver a sonreír. Le dijo a Denisse y se dijo a sí mismo, sin mucha convicción:

—No te preocupes. Estamos juntos. Vamos a salir de esto juntos.

A las seis de la tarde, desesperado, Claudio decidió tomar el teléfono y llamar a Mauro.

—¿Dónde estás, cabrón? ¿Sigues en Acapulco?

—Sí, acá ando, creo… —dijo con voz de ultratumba. La noche anterior, tras despedirse de Javiera en el pasillo del resort, se había puesto una borrachera de antología en un antro de mala muerte después de vagar durante horas por la costera. Claudio sintió un enorme alivio de saber que seguía ahí, que había alguien conocido que no se había metido esa pastilla.

—Nos estamos muriendo. Tenemos una cruda existencial del terror, carnal.

—¿Qué se metieron?

—Una madre. Wave, se llama. Dizque Ex pero legal.

—¿De dónde la sacaron?

—Randy las llevó a la boda.

—¡Randy! No mames, ese güey es el puto Lucifer encarnado. ¿Por qué le hicieron caso a ese güey?

Claudio puso los ojos en blanco mientras Mauro le gritaba:

—¿Y de dónde chingados sacó esas madres, o qué?

—De una tienda. ¿Por qué? Da igual, cabrón.

—No mames, ¿por qué se andan metiendo madres así, güey? No hay que probar nada nuevo sin un pinche dealer fiable.

—Ya deja de regañarme, cabrón. Lo que necesito es que me digas qué hacer. Esto está de la verga.

Mauro llegó en veinticinco minutos con cuatro bolsas cargadas: agua mineral. Limones. Más Pedialyte. Supradol sublingual. Fruta fresca. Banderillas de chocolate. Hielos. Un frasco de alcohol y jeringas. Ampolletas de complejo B. Cuando Claudio las vio, recordó que alguna vez su madre se lo administró en su adolescencia, precisamente para ayudarlo a sortear una resaca demoledora.

—Es como un reboot. Les va a servir —aseguró Mauro.

—¿No había tomada? —Claudio señaló las ampolletas.

—Ahorita como están, tomada no les va a hacer ni cariñitos, cabrón. Mejor inyectada.

—¿Y sabes inyectar?

—No.

Mauro contaba con que de los seis, alguno sabría. Pero sólo Irene tenía experiencia inyectando y no podía ni abrir bien los ojos por la migraña. Claudio agitó la caja con ampolletas ante Adam.

—A ver, tú, mister ambulancia, ya que te cunda ese curso de primeros auxilios, ¿no?

Adam seguía en un estado deplorable. Había vomitado diez veces a lo largo del día. Al verlo, Mauro comentó:

—No, pues ése sí está cargando con su cruz…

Adam le pintó dedo a Mauro desde la cama, incapaz de responder.

—¿Cuánto se tomó?

—No sé. Pero sé que si te tomas veinte copas te puede dar coma y paro respiratorio —dijo Karla, con remordimiento personal.

—¿Veinte copas en cuanto tiempo? —se alarmó Lencho, por Adam y por él mismo.

—Seguiditas, de a dos por hora, más o menos.

—Fuck... —Lencho alzó las cejas e hizo cuentas mentales—. Con razón lleva todo el día echando el wafle ese cabrón.

—La neta lo envidio. Daría algo por poder guacarear esta sensación —Denisse se clavó las uñas en el cuello.

Karla insistió, fatalista y culposa:

—El alcohol es un depresor de la verga. Te va apagando funciones hasta que colapsas. Güey, es horrible lo que le hacemos a nuestro hígado. El pobre se la pasa trabajando a toda máquina para que no nos intoxiquemos... No mames, somos una especie suicida —casi lloró.

—Y además, Adam estuvo fumando, güey. La cruda de cigarro es *la peorrrrr*—añadió Denisse.

—Dejen de hablar de mí como si no estuviera, chingaos —gruñó Adam con voz pastosa.

Por esas épocas todavía fumaban todos. Adam sólo lo hacía cuando estaba muy borracho, y a veces para contrarrestar el sabor a tabaco de Irene. A ninguno se le había ni cruzado por la cabeza prender un cigarro ese día, pero Lencho ya se había tratado de fumar tres. El cuerpo le exigía su dosis de nicotina. Las tres veces tuvo arcadas y en una vomitó.

—Ándale, manito. Tú eres el único que no se metió esa chingadera. Espabila —Mauro le ordenó a Adam.

Adam se levantó como pudo y se metió bajo el chorro de agua fría de la regadera. Luego abrió una app de primeros auxilios de la Cruz Roja para acordarse exactamente en qué cuadrante de la nalga debe clavarse la aguja, en ángulo recto y sin dudarlo. Mauro le ayudó a preparar las ampolletas. Claudio se ofreció a ser el conejillo de indias. Cuando Adam le clavó la aguja, gritó:

—Aguas, cabrón.

—Pus es que estás duro como piedra, güey.

—Ora ora —dijo Lencho, viendo la escena. Los cuatro se rieron un poco. Lencho sintió cómo la risa le subió cuatro rayas de batería vital instantáneamente.

—Ponte flojito, carnal.

—¿Y si me inyectas aire y me matas?

—No te voy a matar, cállate, putín.

El siguiente en recibir la inyección fue Lencho, que gritó con el piquete y sangró un poco. Para cuando llegó el turno de Irene, Adam ya clavaba las agujas con bastante aplomo. Finalmente, Claudio lo inyectó a él, siguiendo sus instrucciones.

A la media hora de haber recibido la inyección, Karla y Denisse por fin pudieron conciliar el sueño. Adam volvió a colapsarse en la cama sin ventilador, en la de junto estaban Irene, Denisse y Karla. Claudio, Mauro y Lencho se salieron al balcón. Después de la lluvia había entrado una brisa refrescante.

—En nuestras épocas de acampar en la playa nos llegamos a comer hasta cinco ácidos en un fin de semana. Jamás nos había pasado algo como esto —Claudio se suministraba sorbos de Pedialyte.

—Yo lo más parecido con lo que he sentido esta angustia es con hongos —dijo Lencho—. A Toño, mi hermano, el bad trip con San Isidros le duró vaaarios días. Lo único que hacía era apuntar dizque fórmulas matemáticas y llorar —describió Lencho.

—Ufff. Pero al final salió, ¿no? El Toño… —Mauro tiró la ceniza de su cigarro por el borde del balcón, hacia el estacionamiento.

—Sí, salió, pero a mí sí me dio miedo que no regresara —a Lencho se le rompió la voz y lo disimuló con un carraspeo.

—¿Cuántos hongos se comieron esa vez? —preguntó Claudio.

—Veinte cada uno.

—¡Veinte!

—Eso nos dio el may que nos hospedó en Huautla de Jiménez. Dizque tenía que ser un número par y no sé qué —explicó Lencho.

—Qué bestia —negó Mauro—. Es que los hongos sí te pueden mandar a otra dimensión. Yo creo que tienen su *propia* dimensión.

Claudio miró por el balcón los cinco pisos hacia el estacionamiento y sintió vértigo.

—Pero esto que nos metimos no son hongos, cabrón. Esto… quién sabe qué putas es… —se estremeció.

Un ruido los hizo voltear: un vaso de agua cayó de la mesa de noche y se estrelló contra el piso. Todos vieron cómo Irene se levantó de la cama y dando tumbos llegó al baño y vomitó del dolor. Adam se incorporó de inmediato. Cuando Irene regresó a la cama, se agarraba la cabeza y lloraba:

—Me duele mucho.

—Flaca, flaquita. Amor. Vamos al hospital, anda —dijo Adam.

Pero ella no quería moverse, y tomada por una paranoia endiablada, suplicaba:

—Al hospital no. No le digan a nadie, por favor no le digan a nadie de esto…

Claudio llenó una bolsa del Oxxo con hielos, la metió en la funda de una almohada y se la pasó a su hermano para que se la pusiera a Irene en la cabeza.

—¿Qué se ha tomado? —preguntó Mauro.

—Advil. Luego Excedrin —explicó Adam.

—Se tomó un Supradol sublingual hace rato —dijo Claudio.

—¿En qué momento? —Adam respingó.

—Lo trajo Mauro. Se lo di mientras ustedes veían lo de las inyecciones —explicó Claudio.

Hubo un silencio tirante.

—Eso ya fue hace como una hora. Si no le ha hecho efecto todavía…—se cortó Mauro—. ¿Ya le dieron café? —se le ocurrió de pronto.

—No mames, Roblesgil —Adam chasqueó la lengua. De pronto tuvo un momento de lucidez—: Güey, una vez que le dio durísimo la migraña a Irene, su mamá le inyectó algo.

En un minuto estaban metidos en Google, pero las opciones eran diversas e inciertas.

—Uta, ¿y si es alérgica a algo? —Adam se mordió el dedo gordo.

—¿Llevas tres mil años con Irene y no sabes a qué es alérgica? —le ladró Claudio.

—Mejor márcale a su mamá —opinó Mauro.

—No le marquen. Nadie puede saber... nadie se puede enterar de esto —musitó Irene, desde algún infierno persecutorio.

—No le voy a decir nada de la fiesta ni de la tacha. Sólo que te dio migraña. ¿Ok? No le voy a contar nada —le aseguró Adam.

Fue por el celular de Irene y se salió al balcón. Claudio lo siguió:

—¿Por qué no le hablas de tu cel?

—No lo traje, lo dejé en mi hotel. Pero me sé la contraseña —respondió.

Lo que Adam no sabía era que la numeración correspondía al cumpleaños de Raúl, el papá de Irene. Claudio se metió al cuarto con un mal presentimiento. Adam entró al teléfono de Irene. La última aplicación abierta era WhatsApp. Había un par de mensajes de Karla enviados por la mañana, sin abrir. Luego Adam buscó los contactos, pero por alguna razón presionó el ícono de junto: Mensajes.

Toc toc.

Hey.

Hey.

Quieres subir?

No.

Te quiero llevar a un lugar. Bajas?

Adam vio a su hermano sentado a los pies de la cama de Irene con la cabeza entre los brazos. Sintió que una lanza lo atravesaba, pero se contuvo. Pudo ser cualquier cosa, quiso pensar. Seguro hay una explicación. Le marcó a Anna. Le contó lo de la migraña de Irene. Anotó el nombre del medicamento en un papel. Sí, sé inyectar, aseguró.

—¿Cuándo vuelven? —preguntó Anna.

—Pensábamos volver hoy. Yo mañana a primera hora tengo la junta de presentación del proyecto.

—Con mucho cuidado. Si se tienen que regresar hasta mañana, se regresan hasta mañana. El trabajo puede esperar.

—Sí, claro —Adam le dio por su lado. Pensaba ir a esa reunión así se cayera el mundo. No es "trabajo", quiso decirle.

—Pero en serio, Adam. No me tires de a loca.

Después de tantos años de noviazgo con Irene, Anna trataba a Adam como si fuera otro hijo. Muchas veces le preparó el desayuno después de quedarse a dormir, aunque ellos preferían trasnochar en hoteles, para la mala suerte de Anna, que detestaba dormir sola porque le apanicaban los temblores.

—Oye, y te dejaste por acá una bufanda, ¿eh?

—¿Cuándo? —Adam sintió heladas las extremidades.

—El viernes. Bueno, ya era sábado. No creas que no te vi salir a las dos de la mañana de aquí, rufián. ¿Y esa moto, qué?

Adam colgó torpemente y se encerró en el baño. Tenía el corazón tan desbocado que por un momento estuvo seguro de que le iba a dar un infarto, y no quería hacer nada para evitarlo. Sentía los latidos en los oídos y en los ojos, como un tambor frenético. Estaba en el centro de un remolino de fuego. Por primera vez en su vida sintió ganas de matar. Resolvió largarse de ahí cuanto antes. Salió del baño, le entregó a Mauro el papel con el nombre de la medicina, y vio a su hermano. Lo jaló del brazo para sacarlo del cuarto y en el pasillo del hotel le dijo:

—Si no te reviento el hocico es porque eres mi sangre.

Claudio le sostuvo la mirada con interrogación. No estaba seguro de qué tanto sabía Adam y no quería ventilar a Irene. Pero Adam no despejó sus dudas. Sólo ordenó, señalando hacia el interior del cuarto:

—Cuídala, cabrón.

Y se alejó a grandes zancadas por el pasillo alfombrado. Claudio ignoraba que aquella orden terminaría implicando mucho más que cuidar una migraña ese día interminable y sofocante en Acapulco.

Mauro se estaba alistando para irse a la farmacia a comprar la medicina de Irene cuando Denisse despertó para ir al baño, y al comprobar que la ansiedad persistía, entró en un remolino de pánico.

—Siento que me voy a volver loca —se agarraba la cabeza.

—¿Qué sientes? —Mauro le tomó la mano.

A Denisse le costó formular la siguiente frase:

—Es que es… es como si no hubiera esperanza —se destapó los ojos y lo miró—: Siento que ya no voy a regresar nunca de aquí.

A todos se les formó un agujero en el estómago. Denisse repitió con un hilo de voz la pregunta insondable que nadie se había atrevido a pronunciar:

—¿Y si nunca se acaba esto…?

—Señorita, necesito un Lexotán o un Ativán. Lo que tenga —suplicó Mauro en el mostrador de una Farmacia del Ahorro en la avenida Abelardo Rodríguez. Eran las nueve de la noche—. ¿O tiene Rivotril? ¿O de perdida Valium?

—Nada de eso se lo puedo vender sin receta.

—Ya lo sé. Eso ya lo sé. ¿No puedo ver al doctor? ¿Pagar una consulta para que me dé la receta?

—El doctor no está ahorita. Además no puede recetar medicamento controlado. Lo que usted me está pidiendo es medicamento controlado.

—¿Qué pasó? ¿Conseguiste Ativán? —Karla juntó las manos al verlo.

Todos estaban despiertos, comiendo algo de fruta, aunque todavía seguía la resaca moral y el desasosiego. Mauro le trajo su inyección a Irene. Claudio se la puso.

—Perdón, amigos, no pude conseguir. Puta madre, lo siento.

—Te dije que no te lo iban a vender sin receta —dijo Karla.

—Güey, es Acapulco, no mames. Y fui a tres farmacias. Pero pinches vendedoras. Las tienen entrenadas para matar. A la última me le puse a llorar.

—No mames, ¿neta? —dijo Lencho.

—Sí, en un doctor Simi. Cabrón, me arrodillé, se me empezaron a salir las lágrimas, y le dije: "Señorita, mis amigos se están muriendo. Si alguien llegara aquí con un brazo roto, desangrándose y la cabeza colgando, usted le daría cualquier cosa para que no se muriera, ¿sí o no?".

Denisse se empezó a reír un poco, imaginando la escena.

—Pues haga de cuenta que así están mis amigos, pero por dentro.

—¿Así le dijiste? ¿"Pero por dentro"? Pffft, pinche Mauro —se rio Lencho.

—¿Y la mujer qué te decía? —preguntó Claudio.

—Güey, la mujer estaba perpleja.

Mauro omitió la parte del dinero. Fue al cajero de la esquina y sacó cinco mil pesos de su tarjeta de débito, el tope de retiro permitido, regresó y los puso sobre el mostrador.

—Dame un ansiolítico. El que tú quieras. Ahorita.

La empleada miró los billetes, luego a Mauro, y se metió a la trastienda. Mauro respiró con alivio, pensó, Ya estuvo, ya ahorita va a ir por la medicina, pero entonces vio que la mujer salió por la puerta abatible del mostrador, se le acercó al vigilante de la farmacia y lo señaló. Era un barrigón aburrido que de pronto se irguió y agitó los párpados como encantado de tener un poco de acción. Mauro salió de ahí de inmediato, maldiciendo y al mismo tiempo agradeciendo en silencio que la mujer no hubiera cedido a la corrupción. Estaba a punto de intentarlo en otra farmacia cuando sonó su celular.

—Vente para acá —bramó Claudio.

—No he conseguido el tranquilizante.

—Urge la inyección de Irene.

—¿Y repetías que a tus amigos les colgaba la cabeza pensando que así te iban a vender el Rivotril? —Karla le dio la primera mordida a una banderilla de chocolate.

—No sé, no sé qué coños estaba pensando. Yo sólo sé que estaba arrodillado y llorando en la farmacia del doctor Simi.

Lencho se empezó a reír más. Contagió a Denisse, y ella a Claudio. En un minuto todos se estaban riendo. No eran carcajadas incontrolables, pero al menos era la posibilidad de reírse de la situación, de quitarle solemnidad y de estar por un momento en otro lugar, lo cual era increíblemente esperanzador.

—Puta madre, sigo con el "tun, tun, tun" del psycho metido en la cabeza —se quejó Denisse, tocándose las sienes.

—Por lo menos no traes pegado a Cristian Castro —dijo Mauro.

Hubo más risas. Incluso Irene logró sonreír desde su rincón. Karla le dio otra mordida a la banderilla. Viendo que la situación estaba más o menos bajo control, Claudio se llevó a Mauro aparte:

—Voy a ir a buscar a Adam. Necesito hablar con él.

Pero entonces escuchó la voz de Irene rogando:

—No te vayas. No me dejes, porfa.

—Si quieres yo voy —dijo Mauro.

—No me contesta el teléfono. Ni siquiera sé si ya se fue a México —dijo Claudio.

—¿Pues qué chingados le pasó? ¿Por qué se largó así?

—No tengo idea —mintió Claudio—. Por fa encuéntralo y aliviánalo. En lo que pasa este infierno. Te lo pido, Mau.

—No hay pedo, hermano. Yo me encargo.

28

Claudio se quedó con Irene y Mauro se fue caminando al hotel de Adam, que estaba cerca. Vio que todavía estaba registrado y lo buscó en el bar. Ahí lo encontró, viendo la repetición de un partido de futbol en la tele, tomando otra vez. Se veía abotagado y descompuesto.

—Aire acondicionado, qué chingón —Mauro le puso una mano en el hombro y se sentó en una silla periquera de madera con motivos piratas, junto a él—. ¿Qué pedo? ¿Ya la estás reconectando o qué?

—Una cubita nada más y ya me voy a dormir. ¿Qué haces por acá, bro?

—Nada, aquí buscándote, mano. Claudio se quedó preocupado.

Al ver la cara que Adam puso con la mención de Claudio, Mauro pensó, En la madre, qué pasó aquí, pero prefirió no indagar. Adam tampoco tenía ganas de hablar de Claudio así que se adelantó:

—¿Por qué te fuiste de la boda?

—Javiera me corrió.

—¿Pus qué le hiciste?

—Picharle el after —mintió. Mauro sabía perfectamente que lo que había enfurecido a Javiera fue lo que le dijo el día anterior a su boda por teléfono, pero estaba tan avergonzado que no quería admitirlo siquiera ante sí mismo.

—¿Por eso te corrió? ¿A poco se ofendió, o qué?

—No tengo idea. ¿Me pides una chela? Tengo que ir al baño.

En el baño, Mauro le puso el seguro a la puerta, con manos temblorosas sacó su cartera y de una bolsa interior, una pequeña plantilla con cinco cuadros de ácido. Un cuartito, nomás un cuartito, se dijo. Era su manera de espantarse la sensación mortífera que había estado respirando en ese otro hotel. Se buscó unas pequeñas tijeras de manicura que siempre llevaba consigo para estos casos, pero recordó que las había dejado en su chamarra de mezclilla, en su hotel. Maldijo. Estaba a punto de arrancar el cuadro con los dientes pero se detuvo. ¿Qué estás haciendo, cabrón? Pensó en las estupideces que le dijo a Javiera, y que seguramente la habían arrancado para siempre de su lado, como amiga y como todo. Estuvo a punto de soltarse a llorar, pero entonces recordó que traía su hitter con él. Se guardó la plantilla sin usarla, y se dio un par de jalones con el hitter en el cubículo del baño. Saliendo por la puerta se cruzó con dos tipos que al entrar comentaron:

—No mames, apesta a mois.

Mauro alcanzó a decir:

—Sí, pinches meseros…

Al llegar a la mesa, su cerveza ya lo estaba esperando. Mauro le dio unas palmaditas en la espalda a Adam antes de sentarse.

—¿Tons qué, tons qué, mi San Francisco de Hachís? ¿Ya listo para salvar al mundo mañana y construirle el paraíso a los desvalidos de México?

—Casi. Pero necesito un tip.

—¿Qué tip?

Adam se revolvió un poco en su asiento.

—Bueno, es que antes tengo que confesarte una cosa.

—¿Qué?

—La identidad de mi potencial inversionista principal. Al que tengo que convencer.

—¿Es Luismi?

Adam se rio. No tenía planeado reírse aquella noche y lo agradeció.

—No, cabrón —hizo una pausa y miró a Mauro a los ojos—: Es Lisandro Roblesgil.

A Mauro se le congeló la sonrisa.

—Ya sé que no estuvo bien buscarlo sin decirte, pero sé que se llevan mal y no quería que…

—No querías que te dijera que es un hijo de puta y que no se te ocurriera treparlo a tu proyecto.

Adam bebió de su cuba con inquietud.

—A ese güey no le importa la gente, Adam. Si te ayuda es por limpiar su imagen. Por quedar bien.

Adam llevaba años de conocer a Lisandro, sobre todo a través de Mauro, así que no tuvo reparo en replicar:

—Lo sé. ¿Crees que no conozco a la gente como tu papá? Llevo años lidiando con ellos. Sé a lo que me atengo. Yo no necesito que sea buena persona, cabrón, no necesito que vaya de voluntario a poner tabiques. Para eso tengo a mi gente. Yo lo que necesito son los recursos, Mau.

Mauro agitó la pierna derecha y tensó la mandíbula, haciendo una fila india con nueces variadas.

—Hemos estado en pláticas y se ve prendido. Si logramos cerrar la negociación mañana, ésta es la buena, cabrón. Desarrollo sin migajas, sin paternalismos, *real*. Yo…

—Lisandro es un transa —interrumpió Mauro.

Adam no quiso escucharlo:

—Seguramente es un tiburón, no dudo que como abogado haya…

—No —interrumpió Mauro de nuevo—. Escúchame. Es un ladrón. No, es algo peor que eso… es un pinche traidor.

Adam tuvo que dejar la cuba en la mesa porque sintió que se le resbalaba de la mano.

—No te entiendo, güey.

—Engañó a doscientas familias con un falso remate bancario. Se forró de billete. Dejó a la gente sin los ahorros de toda su vida. Ya tenía dinero, pero quería más. Es un hijo de puta. Por favor no hagas esto con él. Por favor, hermano. Busca a alguien más.

Adam palideció. Mauro le describió con detalle todo lo que su tío Tirso le había contado una semana antes. Cuando terminó la narración, Adam ya estaba borracho.

—¿Entonces? ¿Qué vas a hacer? —preguntó Mauro.

—No sé. No sé qué voy a hacer. Ahorita lo que quiero es mandarlo todo a la chingada y desaparecer —bebió Adam.

Mauro jamás lo había escuchado hablar así. Tuvo miedo de preguntar:

—¿Qué pasó?

Adam bajó la mirada.

—¿Por qué te fuiste así del hotel? ¿Qué pasó? —repitió Mauro.

—Irene y Claudio, cabrón. Están… algo traen. No sé… —balbuceó sin levantar la vista.

Mauro se quedó inmóvil por un segundo, y de inmediato negó:

—Nah. Naaaaaah. Nah. Eso es imposible.

Adam le describió a Mauro los mensajes de texto, la llamada con Anna. Le confesó la sensación rara que había tenido a lo largo de los años al verlos juntos. Mauro, en un estado emocional paradójico, demasiado sensible y tendiente a la manía, decidió subirse en una ola de optimismo emergente.

—Mira, cabrón, no sé lo que haya pasado, pero lo que sí te digo es que el amor de verdad nunca muere.

—¿Tú crees?

—Claro. Love never dies —Mauro se pegó en el antebrazo donde tenía el tatuaje, como si acabara de amarrarse una liga—. No sé si es con Irene, no sé si es con otra chava, eso da igual, hay que dejar que el amor fluya. Sólo que fluya, man. El amor se vive a través de las personas, sólo quiere vivirse, no busca más.

—De plano…

—De planísimo.

Adam se acomodó en la silla periquera.

—A ver, ¿tú no crees que dos personas que se conocen de chavos, que se enamoraron como unos idiotas a los veinte, puedan durar juntos toda la vida?

—De que pueden, pueden. Pero a fuerza, ni los zapatos, bro.

—O sea, ¿tú de plano crees que tendría que dejar ir a Irene y a la verga? ¿Buscar a otras chavas?

—No te entiendo. ¿Me estás pidiendo permiso para dejarla?

Adam soltó una carcajada que brotó con retraso.

—No, güey. Obviamente yo quiero estar con Irene. Por eso le di un pinche anillo de compromiso, cabrón.

—Güey, está bien. Y estoy seguro de que se quieren, y si tienen que estar juntos, estarán juntos. Yo sólo digo… que no se cierren.

Mauro volvió a señalar su tatuaje:

—Esto, cabrón, significa que el amor tiene que morir todo el tiempo. Pero es para que renazca. Todo tiene que vivir una pequeña muerte para después renacer.

Con lo cual la muerte en esencia no existe, porque nunca es definitiva. Y es así una, y otra, y otra vez... —Mauro enfatizó con un movimiento de manos y sin querer tiró su botella sobre la mesa; la enderezó antes de que el derrame fuera grave, sin poder evitar que un poco de cerveza se vertiera sobre el zapato de Adam, un tenis Puma azul rey.

—Perdón...

—No hay pedo —dijo Adam, sin poder ocultar su molestia y limpiándose con una servilleta. Le gustaban esos tenis, y planeaba llevarlos a la junta con Lisandro Roblesgil porque había perdido sus zapatos de vestir en la playa, durante la fiesta de Javiera.

Mauro finalizó:

—No sé si fundidos o separados o reproducidos, no sé. Pero lo de Irene y tú va a vivir para siempre. De eso no me cabe duda.

—Tienes razón. Tienes razón.

Por momentos Adam lograba treparse en la ola maniaca de Mauro, pero pronto caía de nuevo en la angustia:

—Siento que mi vida se está desmoronando, cabrón.

—No digas eso, güey.

—Güey, a la hora que revolví su bolsa buscando medicinas, ¿sabes qué me encontré, cabrón?

—¿Qué?

—...La bolsa de mi vieja —aclaró Adam.

—Sí, sí. ¿Qué?

—Su pasaporte, cabrón.

—¿Cómo? ¿Y para qué llevaba su pasaporte si nomás iba a Acapulco?

—Eso es precisamente lo que yo quisiera entender —las "eses" se le revolvieron un poco a Adam.

—Madres... —susurró Mauro.

—¿Qué? ¿Qué estás pensando?

—Nada, ¿qué quieres que piense? No tengo idea.

—¿No crees que a lo mejor se pensaba largar con el pendejo de mi hermano?

Y clavó sus ojos rojos y empañados sobre los suyos, con una súplica sin precedentes. "El pendejo de mi hermano." Mauro conocía a Adam y a Claudio desde hacía trece años y jamás los había escuchado emplear un adjetivo similar para referirse al otro. Es una tragedia, pensó Mauro. Pase lo que pase, esto ya es una pinche tragedia.

—Mira, cabrón. Todo esto es una especulación. Hasta donde entiendo no tienes nada en claro, ¿o sí?

Adam negó.

—Antes de hacerte la pinche película, ¿por qué no aclaras las cosas con ellos?

—Pues sí.

—Vete a dormir, descansa chido, y mañana hablas con ellos y lo aclaras.

—Ok. Ok.

Mauro repitió la misma recomendación varias veces, pero Adam parecía atado a esa silla, como si temiera que al levantarse de ahí algo de verdad pudiera desmoronarse. Se torturaba:

—Pinches mujeres, carajo. Uno da todo por ellas y ve. Y ve.

Así se estuvieron tres horas más, bebiendo y hablando del amor, con visitas recurrentes al baño. Llegó el turno de Mauro para desahogarse:

—¿Cómo ves a la pinche Javiera? ¿Qué locura, no? Ahorita está cruzando el mundo para irse a una playa tailandesa con el clon de Peñacleto…

—Te viste muy pendejo con esa morra, Mau. Perdón que te lo diga así.

Mauro negó con la cabeza:

—Cabrón, hasta que Javiera no deje de pensar en el precio de las cosas, no va a saber lo que yo valgo.

—¿Crees que Javiera sólo te quiere por tu varo?

—No. Sí. No sé —Mauro encogió los hombros—. De todas formas el varo no es mío, así que vale madres.

—¿Te puedo decir lo que pienso, cabrón? Ya, neta de neta —Adam cambió de posición.

—Por favor.

—Yo creo que sigues hecho un pendejo por Javiera.

Mauro negó repetidamente.

—Pero mientras sigas con tus choros de que el amor fluye y renace y el poliamor y la madre, se te está yendo viva.

—Cabrón, ¿tú escuchas lo que estás diciendo? Javiera se acaba de *casar*. Estamos en el after de su pinche boda.

Adam señaló el tatuaje de Mauro con la cabeza y recitó, irónico:

—Todo se muere y renace, ¿no? Todo puede pasar, la vida es una tómbola, como dice la canción.

Mauro se tronchó de risa, lo jodió:

—Pinche Adam. Nunca entiendes nada, cabrón.

—Pero así me quieres, putín —lo abrazó y alzó su vaso—. Salud, compadrito. Cómo te quiero, cabrón.

—Yo a ti, López.

Así se pasaron otro buen rato, abrazados, semi recargados en el otro, mirándose los zapatos mutuos, repitiéndose cuánto se querían. Y era verdad.

Mauro dejó a Adam en su cuarto y se fue a su hotel en un taxi a las cinco de la mañana. Adam se desplomó sobre la cama donde hacía cuarenta y dos horas Irene se había negado a hacer el amor, y se fue a dormir el dulce sueño noqueado de los borrachos, confiado por la charla con Mauro; casi eufórico. Una llamada lo espantó tres horas después. Era Diego, el hermano de Denisse, preguntándole la ubicación del despacho de Roblesgil para la junta.

—Te mandé como tres mensajes. ¿Te quedaste jetón o qué?

—No, no. Perdón. Voy para allá.

Adam colgó y vio la hora.

—Mierda.

Se levantó dando tumbos, fue al baño, se echó agua en la cara y lo primero que le vino a la cabeza fue la imagen de Irene y Claudio a la orilla del mar, bailando. Se miró el rostro empapado en el espejo y sintió un vahído. Se vistió a toda velocidad. Aventó la ropa sucia en la maleta y olvidó el neceser en el baño. En la recepción casi pierde los estribos porque tuvo que detenerse a pagar las dos noches de hotel y la recepcionista parecía no saber usar una terminal bancaria. Subió a la Cherokee y aceleró. Tomó Boulevard de las Naciones y se pasó dos altos. Sin poner música, atacó la autopista. Subió a 160. Condujo durante diez minutos, cambiando las luces y mordiéndole los talones a cualquier vehículo que no lo dejara acelerar por el carril de alta, rebasando por la derecha si el coche no se movía tan rápido como él lo demandaba. Por fin llegó a una sección más descongestionada de la carretera. Adam se relajó un poco y aceleró con confianza. 180. De pronto vio que la pantalla del teléfono, que descansaba en el asiento vacío junto a él, se iluminaba con un mensaje de Irene. Tomó el teléfono para verlo. Al levantar la mirada se encontró con una reducción de carriles, casi en sus narices. En lugar de frenar, torció el volante violentamente. Las llantas quemaron el pavimento mientras aullaban en su trayecto, y dejaron un rastro humeante de varios metros. La camioneta giró sobre su eje y después se volcó y giró sobre sí misma. Una, dos, tres veces, hasta impactarse contra un enorme volquete que vertía cemento en la carretera. Una vez que se fueron las patrullas y la ambulancia y los mirones y se liberó el tránsito en esa sección, unos seiscientos mil vehículos circularon por esa carretera, sobre aquellas marcas de llanta ese lunes, ignorando lo que allí había sucedido.

29

Lorenzo fue a reconocer el cuerpo de Adam a una clínica en Chilpancingo. A Mauro le dijo que se veía como dormido. En la cara no sufrió un solo rasguño. Murió de una hemorragia interna a resultas de un golpe en la cabeza y porque el volante se le encajó en el abdomen y le destrozó las vísceras.

—¿No traía bolsas de aire? —preguntó una tía en el funeral.

—Su camioneta era un vejestorio. Siempre le dije que no era segura, le insistí —respondió Silvia, la madre de Adam, desde algún lugar infernal medio anestesiado con benzodiazepinas.

—Todavía llegó vivo al hospital. Trataron de operarlo, pero aquello era un cagadero —le dijo Lencho a Mauro en la sala de espera del pabellón de urgencias de la clínica, entre dos filas de sillas descascaradas y chuecas color verde olivo, mientras sacaban cigarros—. La troca quedó hecha mierda.

—¿Pues qué, venía carrileando el pendejo, o qué?

—Se le atravesó una reducción de carriles —dijo Lencho.

—¿Y cómo chingaos no frenó?

Lencho miró al suelo.

—Se hubiera llevado de corbata unos cuantos conos, y ya. ¿Por qué no frenó? —repitió Mauro.

Lencho no supo qué decir. Mauro se peinó la cara con la mano.

—No mames. No mames, no puede ser.

La muerte sí existe, se dijo Mauro. Tú eres un pendejo y la muerte *sí existe*. Y está *de la chingada*.

Salió el médico de guardia. Aseguró que Adam no estuvo consciente en ningún momento desde el impacto, por el golpe que sufrió en la cabeza. Y eso, en medio del horror, todos lo agradecieron. Mauro acompañó a Lencho a que les entregaran sus pertenencias. Esos tenis Puma color azul rey que Adam llevaba puestos la noche anterior en el bar del hotel quedarían fijados en la mente de Mauro como el símbolo del absurdo de la existencia y del conteo de sus propios días. A partir del momento en que recibió las pertenencias de Adam, de su amigo más antiguo, de su hermano elegido, supo que todo se iba a tratar de sobrevivir, nada más. Y de buscar la muerte por donde pudiera topársela, sin tener el valor de procurársela él solo. ¿Por qué se fue a México, el pendejo?, se torturaba. Cuando lo dejó en su cuarto de hotel estaba seguro de que Adam ya no iría a esa junta. Tendría que haberse quedado a dormir con él, tendría que haber evitado que agarrara la camioneta. No tendría que haberse puesto esa borrachera con él. No tendría que haber subestimado sus celos y su dolor. Con todas estas ideas se martilleaba Mauro en silencio, incapaz de decírselas a nadie, porque empezar a hablar implicaba sacar a la luz muchos secretos. Así fue gestándose dentro de él una imposibilidad de decir, que fue creciendo como un cáncer.

Antes de Lorenzo y de Mauro, el primero en enterarse de que Adam había muerto en el hospital de Chilpancingo fue Diego, el hermano de Denisse. Un paramédico encontró el celular de Adam y marcó el número de la última llamada entrante. Diego a su vez le marcó a Denisse.

—Hola. ¿Cómo estás?

—Ya un poco mejor.

En algún momento durante el terror del día anterior por la Wave, Denisse le había llamado a su hermano para darle instrucciones en caso de que se muriera ese día. Cuando supo que se había metido una pastilla en la boda, Diego se rio de ella. Denisse se molestó, pero las carcajadas de su hermano le ayudaron a poner las cosas en perspectiva. Y eso era lo que en el fondo buscaba con la llamada.

—¿Dormiste? —preguntó Diego.

—Sí, más o menos. Medio apretados porque aquí seguimos todos.

—¿Todos, quiénes?

Cuando Denisse le dijo que Claudio estaba con ella, Diego pidió de inmediato hablar con él. Prefirió darle la noticia él mismo. Las siguientes dos horas fueron como entrar en una nebulosa de espanto. Por un momento Karla quiso creer que la noticia de la muerte de Adam era una pesadilla o parte de una especie de delirio causado por la resaca de la Wave. Denisse daba vueltas por el cuarto, llorando:

—No es cierto. No es cierto. Esto no puede ser real...

Pero era precisamente eso: real. *Lo* real, pensó Karla, crepitando en un rincón. El recordatorio de que, por más que naveguemos por nuestra vida como si fuéramos inmortales y lo fueran quienes amamos, la realidad se impone. Un desastre natural, el nacimiento de un niño discapacitado, el nacimiento de un niño, sin más; porque lo real no es necesariamente trágico ni necesariamente adverso, no tiene adjetivos, simplemente *es*. Se trata de la vida en su manifestación más inescapable. Karla había tenido dos encuentros con lo real. El primero había sido precisamente con el nacimiento de su hija. El segundo, ahora.

Irene no entendía nada. Había perdido la noción del tiempo el día anterior y después de la inyección para la migraña que le consiguió Mauro se había quedado dormida. ¿Por qué se había ido Adam a dormir a su hotel? ¿Por qué la había dejado ahí? Preguntaba lo mismo una y otra vez, como si obsesionarse con eso evitara que corriera a aventarse por el balcón que daba al estacionamiento. Y Claudio respondía, una y otra vez, en parte para tranquilizar a Irene y también en un intento de aferrarse a una idea y hacer tierra, que Adam tenía la reunión de su proyecto y seguramente tenía cosas que afinar y tenía que dormir y por eso se había ido. En cuanto pudo llamó a Mauro, que estaba en su hotel:

—Estuve con Adam hasta las cuatro y pico de la mañana. Lo dejé en su cuarto —respondió, seco y todavía medio dormido—. ¿Por qué? ¿Qué pasó?

Claudio tardó varios segundos en decir:

—Se estampó.

—¿Se qué? —Mauro se sentó en la cama como impulsado por resortes.

—Se murió. Adam se murió —y al decirlo Claudio tuvo que sentarse, sin un gramo de fuerza para sostenerse.

Mauro decidió acompañar a Lencho al hospital de Chilpancingo y Claudio manejó la camioneta de Denisse a la ciudad con Irene y Karla, con un sentido práctico y una capacidad de acción de la que nunca se hubiera creído capaz en una situación así. La misma con la que pudo darle la noticia a Mauro y luego a sus padres. No es que no pudiera darse el lujo de quebrarse, ni siquiera lo pensaba; era como si una fuerza irracional lo estuviera evitando. Mientras Claudio conducía, Denisse e Irene se abrazaban y lloraban, perplejas, en el asiento de atrás; y Karla, de copiloto, también llevada por el instinto práctico, buscaba el contacto de un amigo psiquiatra para que le tuviera lista la receta de algún ansiolítico en cuanto llegaran.

—Ahora sí nos lo vamos a tomar. Si no, no la vamos a librar.

Todos lo sabían: aquél era el peor momento de sus vidas. Podían llegar a perder muchas cosas: extremidades, familiares, trabajos, bienes. Nunca nada sería peor que la sensación de saber que Adam ya no existía, que jamás volverían a verlo, potenciada por la sensación fantasmagórica y terrorífica de la resaca de esa maldita cosa que se metieron en Acapulco, y que todavía tardó varios días en desaparecer. Aun cuando la sustancia ya había salido de sus cuerpos, el duelo los hizo sentir que aquella resaca se prolongó por mucho tiempo. Para algunos, por años.

—¿Por qué? ¿Por qué él? —repetía Silvia, inconsolable, abrazada de Claudio cuando llegó a la casa de Coyoacán. Él sintió como si en ese abrazo su madre quisiera succionarlo, regresarlo de vuelta a sus entrañas. Mientras se abrazaban vio un montón de recibos sobre la mesa del comedor y una sola manzana medio arrugada, abandonada en el frutero, y le pareció irreal. Era imposible que el mundo siguiera girando. Pero seguía. Cuando Silvia finalmente se separó de él, repasó su rostro con las manos y le dijo, como desde otro planeta, con la cara bañada en lágrimas:

—Eres tan hermoso...

Claudio bajó la mirada, deseando salir corriendo de ahí.

—¿Y mi papá?

Sin soltarle la cara y sin dejar de llorar, Silvia explicó:

—Está en el teléfono con el servicio fúnebre. Ve a cambiarte. Te dejé un traje en tu cuarto, Rochita.

Antes de que Claudio acatara, Silvia lo estrujó de nuevo. "Tu cuarto." Su mamá seguía diciéndole así aunque hacía ocho años que Claudio no dormía ahí. Claudio vio el traje negro sobre la cama con incredulidad. No recordaba la última vez que había usado uno y no podía creer que su madre hubiera pensado en eso en un momento como éste. Levantó el traje y lo analizó. Era exactamente de su talla. Y entonces comprendió de quién era, y temió que su madre fuera a enloquecer directamente. Claudio dejó el traje sobre la cama y, obedeciendo a una fuerza irracional, entró en el cuarto contiguo. El de Adam. Su hermano había seguido viviendo ahí entre sus idas y venidas desde Jalisco, Michoacán, Chihuahua y por último Puebla, donde había concentrado sus esfuerzos el último par de años. El primer aguijonazo de dolor entró por el olfato. El cuarto olía a él, a la colonia que siempre usaba, al talco que les ponía a sus zapatos. Todas sus cosas estaban ahí, tal y como las dejó: su computadora de escritorio, el cargador de repuesto de su celular conectado en la pared, su desodorante, su ropa, sus libros... todo lo que no se llevó. Claudio pensó que comprobar los clichés tiene algo de siniestro y que de veras uno no se lleva nada. *Nada.* Todo lo que es básico, indispensable, cotidiano o vacuo, deja de serlo. Todo deja de importar. Y la ausencia... imponente, aplastante. Era como si Adam no hubiera estado ahí nunca. Como si a esa colcha, a ese escritorio, a esa ropa, a esas cosas, les diera exactamente igual que no estuviera. Como si jamás hubiera caminado por ese cuarto, dormido en esa cama. Todo estaba sumido en un silencio más allá del silencio. Atemporal. Ni siquiera es que fuera indiferente. Era un silencio carente de adjetivos. Es eso: carente.

Luego la vio: una foto añosa de Irene y Adam abrazados en la sierra de Chihuahua, pegada con cinta adhesiva en una pared junto al baño. Y al ver los ojos de su hermano mirándolo, esos ojos que también eran sus ojos, de pronto supo, con cada poro y cada célula, que esto no iba a poder sortearlo.

Salió de la habitación y fue a la azotea. No tenía demasiada altura porque la casa era de una sola planta, pero colindaba con la escalera de caracol que conducía a la azotea del edificio vecino, el cual tenía un precipicio bastante considerable junto a las jaulas de tendido. Varias veces se había aislado ahí para fumar, siendo adolescente. Claudio se paró en el borde y miró hacia abajo: un puesto de revistas, una bicicleta de tacos de canasta, coches estacionados, gente caminando por la calle adoquinada como si nada, con esta normalidad que no podía comprender. No tenía miedo, y le sorprendió no sentirlo. Y de pronto entendió que los suicidas pudieran serlo. Pensó en Irene y en su madre, en que quizá no podrían aguantar el dolor de la doble pérdida. Pero se respondió que a fin de cuentas sería lo mismo, que morirse no implicaría más que matar a dos pájaros de un tiro, o matar al mismo pájaro, para el caso. Contempló la idea de mascullar una oración, pero se dijo que su hermano no había tenido esa oportunidad, y cerró los ojos con un solo deseo: morir sin falla y sin dolor. De pronto, una voz lo hizo perder el equilibrio y dar un paso instintivo hacia atrás.

—¡Claudio!

Era Gabriel, su padre, llamándolo desde el patio de la casa.

—¡Claudio! ¿Dónde estás?

—Acá —respondió de quién sabe dónde una voz ronca, que no parecía suya—. ¡Acá! —gritó después, a todo pulmón.

—¡Te estamos esperando! —exclamó su padre.

Claudio descendió de la cornisa de la azotea y se echó a llorar. Cayó de rodillas sobre el piso impermeabilizado pensando que era una locura. "Te estamos esperando." Podría referirse a tantas cosas. Te estamos esperando para comer, para ir al cine, al estadio, a cualquier lado, pero no. Era esto. Para empezar con *esto*. Parecía una broma desalmada, y mientras bajaba por la escalera de caracol secándose las lágrimas con la mano, Claudio deseó muchas veces que sí lo fuera.

—¿Por qué no te pusiste el traje? —dijo Silvia cuando Claudio apareció, y no dejó de recriminárselo en toda la tarde.

30

Una tragedia te rompe. Con una enfermedad mortal puedes lidiar; haces acomodos, con la muerte de un ser querido te desgañitas, pero eventualmente te adaptas. Una tragedia es otra cosa. Rompe el orden del mundo. Te toca en lo más frágil, te destruye la confianza. La misma con la que sales de tu cama y de tu casa todos los días sin pensar que en cualquier momento la tierra puede abrirse bajo tus pies (porque podría), y lanzarte a amar cuando cualquiera de las personas que quieres podrían morirse en cualquier momento (porque podrían). Una tragedia te parte en dos, sin posibilidad de volver a pegarte.

Y tan pronto lo escribió en las notas de su celular, Lencho lo borró todo. En la puerta de la casa de Coyoacán, después de darle el pésame a la mamá de Adam, ella le pidió que escribiera algo para leerlo durante el servicio. ¿Pero qué iba a escribir? ¿Que el mundo se había quedado trunco? El día que Lencho perdió a su madre fue el peor de su vida, el más doloroso que recontaba. Pero con los años el dolor menguó gracias a la lógica de que un día, tarde o temprano, su madre hubiera tenido que morir, seguramente antes que él. Lo de Adam era otra cosa.

—Cualquier persona es insustituible, pero Adam era además el único tipo que llegué a conocer con el carisma, las agallas y la perseverancia para hacer una diferencia. Para girar el volante que se dirige al inminente colapso de nuestra especie hacia un rumbo de más justicia y más amor.

—¿En serio vas a decir eso? —preguntó Karla cuando Lencho se lo leyó en la cocina de la casa.

—¿Qué tiene?

—¿"El volante que se dirige al colapso"? ¿Neta?

De cualquier manera Lencho no pudo leer nada porque el velorio fue una locura y no hubo oportunidad. Decenas de personas tomaron un micrófono simbólico para hablar de Adam. Hubo que contratar un valet parking para maniobrar con la cantidad de asistentes. Irene estaba abrumada, no sabía quién la abrazaba, no podía sentir, no podía pensar, y su madre no se le despegaba. Claudio estaba como secuestrado en la esquina opuesta de la sala. Ambos abordados por montones de desconocidos de todas las edades y orígenes que los abrazaban y los apretujaban llenándolos de lágrimas y que hablaban de lo mucho que había hecho Adam por ellos. Llegó un camión con gente de Puebla que tuvo que estacionarse en un centro comercial a cinco minutos, y horas después otro proveniente de Jalisco; la gente no cupo dentro y tuvieron que quedarse en la calle para ir pasando en grupos pequeños a la casa, que reventaba de coronas luctuosas y flores. Algunos se le quedaban viendo a Claudio, perplejos. Muchos no sabían que Adam tenía un hermano gemelo y al verlo se soltaban a llorar de alivio, pensando que todo había sido un gran malentendido. Luego comprendían que no era así y seguían llorando, ahora con desolación. Por un momento, una idea macabra consoló a Claudio: al menos su hermano estaba en una caja de caoba y no en una fosa clandestina.

Silvia entró en un estado maniaco producto de los tranquilizantes y de tomar cualquier ruta disponible para no tocar el dolor. Repetía, abrazada de quien fuera:

—Gracias, gracias, gracias por este hijo maravilloso. Gracias por llamarlo, gracias por traerlo a este mundo, gracias Dios mío. Ahora tenemos un ángel tan grande que no cabe en el cielo.

A Claudio le estaba costando un esfuerzo descomunal permanecer cerca de su madre en ese estado. Salió de la casa triturando un cigarro entre los dientes.

Mauro lo vio salir cuando escuchó una voz que le heló el espinazo.

—Hijo…

Se giró y descubrió a Lisandro, su padre, tendiéndole los brazos. Pensó, Todo esto es tu culpa, hijo de puta. Y pensó voltear la cara y seguirse de largo, pero no lo hizo. Se quedó estático, recibiendo el abrazo de su padre como si estuviera recibiendo electrochoques. Detrás de él venían Luisa y Renata, que también lo abrazaron y luego se pusieron a hablar mientras estudiaban el panorama con la mirada.

—Estuvo imposible estacionarse, caminamos como cinco cuadras —dijo Renata.

—Me encantan los funerales en casa, es mucho más íntimo. Y las flores están divinas —observó Luisa.

—Me metí a su perfil de Facebook. Se caía de mensajes —comentó Renata.

—¿Cómo le hacen, eh? En Facebook cuando se muere alguien —Luisa tuvo curiosidad.

—Hay unas políticas ahí todas raras, un familiar lo tiene que gestionar, pero básicamente Facebook se queda con toda tu información —explicó Renata.

—Qué horror.

Así que más vale que quites las fotos donde se te ve la papada porque si no, se van a quedar ahí por toda la eternidad, quiso decir Mauro, pero se quedó callado. No lo podía creer. Se había muerto su mejor amigo y esta gente que se decía su familia estaba ahí, hablando… ¿de qué diablos?

Entraron más personas. La sala estaba repleta.

—La muerte de un joven es devastadora —dijo Lisandro.

—Entonces dejen de mandarlos a la guerra, carajo —escupió Mauro, y salió del salón con la cara hirviendo, abriéndose paso a empellones. Todavía alcanzó a escuchar la voz siseante de su padre, diciendo:

—Silvia, lo sentimos tanto…

Meses después, Lisandro Roblesgil levantó el proyecto de Adam. Diego Libien se bajó del barco tan pronto comprendió que a este hombre no le interesaba hacer nada sustentable ni con los materiales locales, como era la propuesta original. Lisandro hizo exactamente lo que Adam no quería: se amañó con una constructora y le hicieron a la gente lo de siempre: un montón de casas uniformemente feas, con materiales de mala calidad, que se derrumbarían al primer terremoto mayor a siete grados Richter, tirando árboles a destajo en San Andrés, sin importarle los reclamos de la comunidad y, sobre todo, el proyecto de desarrollo que Adam soñaba: sin espacios públicos, sin centro cultural, sin participación de la comunidad. Pero eso sí, con dos placas de acero bien grandes: una con el nombre de Adam, y la otra con el nombre del magnánimo licenciado Lisandro Roblesgil, quien hizo posible su sueño.

Claudio estaba fumando su segundo cigarro al hilo en la calle cuando vio salir de la casa a Mauro. No habían tenido un solo momento a solas. Evitaron los rodeos:

—¿Qué pasó con Adam? —preguntó Claudio.

—¿Cómo que qué pasó? —Mauro trató de prenderse un cigarro. El encendedor no estaba funcionando—. Mejor tú dime qué chingados pasó.

—¿De qué? —Claudio le prendió el cigarro con su propio encendedor.

—No te hagas pendejo. Con Irene.

—¿Qué te contó…? —lo cuestionó Claudio, con temor y con urgencia.

Mauro se puso a fumar, sin mirarlo.

—Mau, necesito saber.

—¿Por qué? ¿Es "de vida o muerte"? —Mauro ironizó.

—Sí. Para Irene, sí. Dime qué te dijo mi hermano, cabrón.

Mauro lo encaró:

—Que vio unos mensajes que le mandaste a Irene. Y que su mamá lo confundió contigo en su casa a las dos de la mañana.

Claudio se llevó las manos a la cara.

—Puta madre.

—No sabes el malviaje que traía, cabrón. Se lo espanté como pude, pero...
—Mauro dejó la frase a medias y en ese suspenso cupo de pronto todo el dolor y todo el remordimiento del mundo.

Claudio fumó con el rostro desencajado, fumó por hacer cualquier cosa, porque pasara el siguiente segundo, y el siguiente. Luego quiso pensar que su hermano nunca hubiera sido capaz de quitarse la vida. Había hablado con Diego esa misma mañana, había tomado carretera para ir a la reunión de su proyecto. Un suicida no va a reuniones, se repitió mentalmente.

—¿Es cierto? —dijo Mauro.

Claudio frunció los labios.

—¿Es cierto que estuviste con Irene?

Claudio narró, con un fondo implorante:

—Pasamos juntos la tarde antes de la boda. La llevé a los Dinamos, la dejé en su casa ya de madrugada. Llevaba siete años hecho un pendejo por ella y tenía que decírselo. Antes de eso nunca pasó nada. Nunca.

—¿Los Dinamos? Wow. Qué bucólico —Mauro chupó su cigarro con dolor.

—Por favor no le digas nada a Irene. Ella no sabe que Adam se enteró de esto. No necesita esa información, sólo se va a torturar. Te lo suplico, Mau. Por favor.

Mauro ya no alcanzó a responder porque en ese momento salieron Karla, Denisse y Lencho. Pero obedeció. Hubiera hecho cualquier cosa por Claudio, no importando las traiciones y los pecados que pudiera haber cometido.

—¿Qué hacen aquí afuera? Ya empezó la misa —dijo Karla.

—¿Y ustedes? —preguntó Mauro.

—Está a reventar ahí adentro —dijo Lencho.

—Y además si escucho otro "ya está en el cielo", me da algo. Se los juro que guacareo —dijo Denisse, mientras les ofrecía cigarros a todos los que no estaban ya fumando. La mano le temblaba un poco.

—¿Me das uno?

Todos voltearon. Era Irene, con el pelo revuelto, el rostro hinchado y descompuesto y un par de ojeras negras surcándole la cara. Se hizo un silencio que primero coló naturalmente porque todos estaban ocupados prendiendo sus cigarros, y que luego fue lo que era: un silencio profundamente incómodo.

—¿Puedo decir una mamada? —dijo Lencho de pronto.

—Por favor —pidió Karla.

—Siento como si de un minuto a otro me hubiera convertido en un destapador de cloacas en contra de mi voluntad, o tuviera que comer arañas por siempre o manejar una puta nave espacial sin tener idea de cómo se hace.

—Así de: báncate esto. Jódete —dijo Denisse, con la voz rota.

—Exactamente. Así, de huevos. Pinche muerte... es como mierda en el zapato.

Otra vez se quedaron en silencio, viendo las jardineras tristes de la calle y los coches, casi todos grises, detenerse en la esquina de Aurora, y luego arrancar otra vez.

—Todo importa todo, nada importa nada —dijo Mauro, sombrío.

Denisse empezó a llorar. Lencho la rodeó con un brazo. Irene se abrazaba a sí misma, con su cigarro en la mano. Claudio se moría por ir hacia ella. Todo este no dicho, o dicho a medias, lo estaba volviendo loco. Lo distrajo la voz de Lorenzo:

—Hace como un mes jodí una laptop. Le volteé la taza de café encima sin querer. A lo pendejo. Fue pérdida total. Todo por un pinche segundo de distracción. Fue lo mismo que… —Lencho se quitó los lentes empañados y los limpió con la voz desgarrada—. Cómo pueden cambiar las cosas en un puto segundo, carajo.

—Qué pinche fragilidad… —dijo Irene, muy quedo, pero audible para todos.

Lorenzo se aclaró la garganta:

—Pues sí. Así son los accidentes.

—No hay accidentes —susurró Karla.

Otra vez se quedaron callados. Mauro y Claudio se miraron. De pronto Irene dijo:

—No es justo. Él era el mejor de todos nosotros.

Y se echó a llorar. Karla la abrazó, Mauro negó con la cabeza y lanzó su colilla a la jardinera, y Claudio se sintió herido de muerte. Para él, con esa frase Irene dejaba muy claro a cuál de los dos había elegido.

En ese momento se escucharon claxonazos y el motor de una motocicleta. Era Randy, que venía llegando, como un torbellino. Dejó la moto mal estacionada y antes de entrar a la casa, se fumó un cigarro con ellos en la puerta.

—¿Quién chingados lo llevó a ese hospital pitero de mierda? Si lo hubiera llevado yo en mi ambulancia se hubiera salvado, puta madre —se pegaba en la frente con el puño cerrado, caminando de aquí para allá.

Nadie lo contradijo. En realidad nadie quería hablar con él. Comenzaron a caer gotas de lluvia y todos se fueron metiendo de vuelta a la casa. Sólo quedaron Randy y Mauro afuera.

—Esa madre que les diste… te la mamaste, cabrón —Mauro soltó la primera bocanada de otro cigarro.

Randy no se atrevió a rebatirle. Él también había sentido la muerte pasarle muy de cerca con la resaca de la consabida tacha legal. Mauro siguió:

—Está para demandar a los de la tienda esa.

Randy se extrañó.

—¿Quién te contó a ti de la tienda? Tú ya ni estabas en la boda.

La lluvia arreció. Temblando de rabia, Mauro decidió mentir:

—Adam. Él me contó.

—Pero Adam no se metió nada —dijo Randy.

—Claro que se metió. ¿Por qué crees que se estampó?

Y dejó a Randy temblando con el cigarro empapándose entre sus dedos, inmóvil, en el marco de la puerta. Sabía que lo que había hecho era injusto y terrible. Pero era su pequeña venganza por el infierno que Randy le había hecho pasar a sus amigos, y por el que él mismo tendría que atravesar de ese día en adelante.

31

Javiera estaba aterrizando en Bangkok para su luna de miel cuando se enteró de la muerte de Adam. Claudio les había dado una lista de recomendaciones y contactos en las mejores playas. Roy le insistió, cariñosamente, que se quedaran.

—De todas formas ya no hay nada que tú puedas hacer, love.

—Si no quiero ir para resucitarlo, carajo. Quiero ir para estar con Irene, con Claudio. Con todos.

—Bueno, pero no te pongas así, ¿va?

—Bájale dos rayas, ¿*va*?

—Bájale dos rayas tú. Soy tu marido, no me hables así.

—Se acaba de morir mi mejor amigo. Vete a regañar a tu madre.

Ésa fue la primera pelea que tuvieron, de las muchas que vinieron después, con la misma rúbrica. Se regresaron a México casi de inmediato y llegaron justo para la despedida de Adam, tres días después del funeral. Hubo una misa en la iglesia donde depositaron sus cenizas, con guitarras y un coro de jóvenes de San Andrés. Había mucha gente cuando Javiera y Roy entraron al recinto, muchos rostros conocidos, pero ella cruzó medio pasillo para ir directamente a los brazos de Mauro.

Durante meses, Javiera no encontró sitio en el mundo. La amargura penetraba cada rincón de su vida, como algo transparente y viscoso que descendía por las paredes de su departamento bonito, de su camioneta bonita y su clóset grande con ropa bonita. A los tres meses de casados, Roy compró una casa. Era un plan que ya tenían y él le metió celeridad porque pensó que el proyecto de decorarla entusiasmaría a Javiera. Por unas semanas así fue, luego lo dejó todo a medias: cajas de Ikea a medio abrir, cuadros sin colocar, cortinas de baño nuevas arrumbadas en un rincón. Todo se quedó trunco. Javi empezó a beber. Primero una copa de vino todas las noches. Luego dos. Luego dos en las comidas y tres en las noches. Javiera siempre se creyó inmune a las adicciones porque su capacidad de autocontrol con la comida era tan grande que estaba segura de poder aplicar el mismo rigor para cualquier otra cosa que se metiera al cuerpo. Y durante años así fue, hasta que supo lo que era la tristeza.

—¿Qué? ¿Ya nunca vamos a coger, o qué? —preguntó Roy una noche mientras se lavaba los dientes, y mientras Javiera miraba al vacío sumergida en la tina.

—Mta, ¿ya vamos a empezar? Déjame vivir tantito, ¿no?

La campaña política de Rogelio Sánchez, el papá de Roy, no podía haber arrancado en peor momento. Javiera nunca imaginó que iba a sentirse tan acalorada y tan aburrida enfundada en la ropa que siempre soñó. Se pasaba los días entre el salón de belleza y toda clase de eventos pretenciosos y lisonjeros donde los hombres se la comían con los ojos y las mujeres se la comían viva. Por todas partes estaba la imagen de su suegro sonriendo con una dentadura postiza blanquísima y bigotes teñidos alzando el pulgar, ostentando el slogan de su campaña: "Rogelio Sánchez, para servirte".

—Para servir a Dios y a asté —se burlaba Karla.

—Lo peor es que nunca vi a alguien más déspota con los meseros y los choferes —le contó Javiera por teléfono.

Pronto Javiera comenzó a faltar a los mítines, las cenas y las tertulias pretextando todas las dolencias físicas imaginables. Llevaban seis meses de casados cuando Roy, harto, la confrontó:

—A ver, bonita. No me casé contigo nada más por tu linda cara. Ponte las pilas, que tenemos que ganar una campaña.

Javiera intuyó que era *precisamente* por su linda cara que Roy la quería decorando esa campaña. Y en ese momento comprendió que había una cosa todavía peor que vestir maniquíes: serlo.

—Hoy en la noche es la fiesta de Heidi. No podemos faltar.

—¿Es hoy? ¿En serio? —gimoteó Javiera.

Heidi González era la coordinadora de campaña de Rogelio, una joven abogada del ITAM, fea como un palo, pero muy inteligente y rabiosamente ambiciosa. La fiesta era por su cumpleaños, en su casa. La crema y nata de la política nacional iba a estar ahí.

—Love, por favor, me siento de la chingada. Te lo pido —Javiera se cubrió con las sábanas. Eran las doce del día.

—¿Y ahora qué te duele? —bufó Roy.

—La panza. Mucho —Javiera no mintió—. Es esta colitis que no se me quita.

—¿Cómo no te va a dar colitis si no comes y no dejas de chupar?

Javiera infló la nariz. El comentario le dolió y Roy se dio cuenta. Vio sus ojos azules. Los primeros ojos por los que se sintió capaz de convertirse a la monogamia, y bajó un poco la guardia.

—Sorry, es que no me gusta verte así.

Javiera detectó una ventana de oportunidad:

—Voy con una condición.

—¿Tú me vas a poner condiciones a *mí*? —Roy se señaló.

—Sólo una.

Javiera se incorporó, mostrando conscientemente el escote de su camisón de seda. Roy cruzó los brazos.

—¿Cuál?

—Que vayan mis amigos.

—Ni de pedo.

—¡¿Por qué?!

—Porque son unos izquierdosos y unos lacras.

Javiera no lo contradijo.

—Les puedo decir que se porten bien.

Javiera batió las pestañas y luego le hizo a Roy un sexo oral tan efusivo que ya no pudo negarse.

Como la fiesta era el mismo día, Karla no pudo conseguir niñera para Alicia; Irene ya no estaba en México, a Mauro ni le preguntó porque Javiera sabía que se iba a portar fatal, así que terminaron yendo Lencho y Denisse. Días después, Lencho le narró a Mauro, tomando unas cervezas en su casa:

—Era una cosa desquiciada, cabrón. Como una fiesta de *El gran Gatsby*, pero con choro de programas sociales y tacos al pastor. Una pinche casa en Lomas de Virreyes, el puro tren del mame. Ya sabes. Meseros, alberca, el estacionamiento tapizado de guarros...

—Ya, ya. I get the picture —dijo Mauro.

—Y ésa es la casa de una vieja que estaba cumpliendo treinta años, coordinadora de campaña de un cabrón que *ni siquiera* ha ganado la gubernatura. Pa' que cales el varo que se maneja en ese ambiente.

—Me lo cuentas como si viniera yo de China, cabrón.

—Güey, no es lo mismo este dinero que el dinero del pinche jet set, te lo aseguro. La política es un pedo mucho, pero mucho más perverso.

—¿Por? —Mauro bebió, entretenido.

—Haz de cuenta que estás en *Game of Thrones* pero con Bacardí —dijo Lencho.

—¿Ven a esa ruca de ahí? La del huipil bordado —señaló Javiera desde un punto estratégico del jardín, con una copa de vino blanco en la mano.

Denisse asintió.

—¿Quién es, o qué? —preguntó Lencho.

—Es diputada. ¿Ven a las dos viejas más jóvenes que están con ella? No se le separan. Todo el tiempo le están haciendo la barba, y diciéndole, Diputada, es usted lo máximo; diputada, qué necesita, le preparo su taquito, le limpio su culito, y chisméandole lo que los demás dicen de ella.

Lorenzo y Denisse se partían de risa con la descripción.

—Oye, pero una de las damas de compañía ya se va... —señaló Lencho.

—No se va, la mandaron a hacer su rondín.

Bajo la mirada aprobatoria de la diputada, la dama de compañía se puso a hablar con Heidi, la anfitriona y festejada. En cuanto la diputada se distrajo, comenzaron a reírse, muy animadas.

—Y ahora, ¿de quién creen que están hablando? —dijo Javiera.

Denisse y Lorenzo se fijaron en el lenguaje corporal de las mujeres y hacia dónde dirigían las miradas y respondieron a un tiempo:

—De la diputada.

—Qué horror. Pinche intriga palaciega —Lencho bebió de su Jack Daniels.

Javiera soltó una carcajada, feliz de tener aliados temporales en ese mundillo. Lorenzo, por su parte, estaba encantado porque esta vez no tuvo que llevar él la botella de Jack ni preocuparse por compartirla.

—¿Y de qué tanto hablan? —bebió Denisse.

Javiera tomó otra copa de vino de la charola de un mesero que pasó por ahí:

—Pues... del proyecto.

—¿El proyecto? —Denisse arrugó la cara.

—Sí. Todos creen en *el* proyecto —subrayó Javiera.

—¿Y qué es *el* proyecto? —Lencho se prendió un cigarro.

En casa de Lencho, Mauro chasqueó la lengua:

—Es pura ideología, pura simulación. Nunca cumplen nada.

—De lo que están hablando *en realidad* es de cómo se van a clavar la lana en el menor tiempo posible —siguió Javiera—. Todos quieren tener acceso al varo. Por eso están aquí. Y todo su choro de dizque hacer cosas por la sociedad es su forma de justificarlo, ¿ya saben?

—O sea, es como la cueva de Alí Babá, pero los ladrones se la pasan convenciéndose de que son buenos —tradujo Lencho.

—Ándale —asintió Javi.

—Güey, pues funciona igualito que la Iglesia. Igualito que todas las instituciones —reflexionó Mauro.

En el jardín de Las Lomas, Denisse intervino:

—Perdón, pero hay gente que está en política por otras razones. Conozco gente lista y movida que se mete en política porque está convencida de que así va a tener mayor alcance con la gente.

—Sí hay. Tres pelados. Igual que hay misioneros y monjas que se van a África a cuidar moribundos y a llevar condones… —dijo Javiera.

—A llevar condones, no creo —observó Lencho.

—Igual y los llevan a escondidas —sugirió Denisse.

—¡No mames! ¡Al que haga eso lo mando a canonizar! —exclamó Lencho.

Las carcajadas de los tres fueron interrumpidas por una vocecita zalamera:

—Javiiii…

Javiera volteó. Heidi la abrazó con efusividad. Al separarse:

—Qué rico hueles. Traes perfume nuevo, ¿verdad? Y qué di-vi-no está tu vestido.

—Gracias.

Era un jumpsuit negro, sencillo pero con muy buen corte. Javiera llevaba el pelo suelto y ninguna joya más que sus anillos de comprometida y de casada y unos pequeños aretes de oro. En efecto, se veía divina. Heidi llevaba un vestido ajustado, rojo, de raso bordado, y cuando se paraba de puntitas para abrazar a alguien, se le asomaba un poco la faja completa que le llegaba a medio muslo.

—Felicidades, cumpleañera —sonrió Javiera.

Heidi se puso las manos en la cara:

—¡Ya tengo treinta! ¿Lo puedes creer?

—Para nada. Pareces de veinte.

Denisse y Lorenzo desviaron la mirada, aguantándose la risa.

—Te presento a mis amigos. Lorenzo y Denisse.

—Ay, muchísimo gusto. Hay lo que quieran de tomar, ¿eh? Hay canapés, hay tacos del Califa… lo que quieran. Están en su casa.

—¿En serio? ¿Cuál es mi cuarto? —Lencho señaló la casa, bromeando.

Un segundo después, Heidi se rio con exageración:

—Los que quieras.

Los demás también se rieron, muy educados.

—Voy a saludar por allá. Se quedan en nuestra casa —guiñó un ojo.

Más risas. Heidi se alejó para saludar a Roy, que estaba hablando con su papá y otros mayores. También lo abrazó como si no lo hubiera visto en años.

—Parece tamal mal amarrado —comentó Denisse.

Javiera se rio.

—Pinches víboras. A mí me cayó bien —dijo Lencho.

—Es la puta reina de la diplomacia —Javiera se terminó su segunda copa de vino.

—¿Y pachequearon? —Mauro se terminó su tercera Minerva. Las botellas descansaban sobre la mesa de centro con las etiquetas completamente arrancadas. La mesa estaba calzada con un ejemplar de *Cebada y Anarquía*, un libro que Lencho había editado tiempo atrás.

—Nel. Ahí puro alcohol y coca —dijo Lencho.

—Ustedes disculparán, compañeros. Me habla mi suéter —anunció Javiera, en casa de Heidi.

Denisse y Lorenzo siguieron la dirección de la mirada de Javiera. Era Bibi, su suegra, la que le hacía señas de que se acercara, hablando con un grupito de cincuentones y Roy.

—Suerte, Marthita —Lencho proyectó la voz.

Javiera le pintó unos huevos discretos con la mano y se fue a cumplir con sus funciones diplomáticas, que básicamente consistían en reírse junto con su suegra de todo lo que Rogelio y Roy decían, dejar que su suegro la "cintureara", y ver cómo Heidi alababa la vestimenta del resto de la fiesta. Denisse y Lencho, por su parte, visitaron El Cuartito. Javiera les había informado que estaba en el salón de juegos.

—Pásu, qué cliché —se burló Mauro, con una ligera náusea que atribuyó a un eructo atorado del que se deshizo con estruendo unos segundos después—. Usted disculpará —exageró.

—Hombre, por favor —dijo Lencho.

E inmediatamente después, eructó peor que Mauro.

Después del cuartito y de vuelta en el jardín, Denisse y Lencho se pusieron a hablar con un joven funcionario con lentes de montura naranja, traje Armani de tres piezas y una calvicie prematura. En ese lugar, todos los hombres que no llevaban el pelo engomado, eran calvos. Javiera los había presentado porque era aficionado a la televisión como Lorenzo y pensó que empatarían. Lorenzo olvidó su nombre de inmediato.

—Por ahí escuché que las series van a sustituir la literatura —dijo el funcionario.

—No mientras sigan existiendo escritores que quieran mantener su obra lejos de las garras de los productores —respondió Lencho.

—¿Tú crees que los haya? —el funcionario alzó las cejas con malicia.

—Hay gente que todavía tiene dignidad.

—¿A ti qué serie te gusta? —intervino Denisse, emergente.

Mientras el funcionario lo pensaba, Lencho dijo:

—A mí me encanta *House of Cards*, me pareció súper realista.

Denisse le dio un codazo discreto. Javiera les había hecho prometer que se portarían bien.

—¿Te gustó *Narcos*? A mí se me hizo buenísima —dijo el funcionario.

Lencho se rio con condescendencia.

—Antes a la gente le gustaba *El Padrino*, *Los Intocables* y todas las películas de gángsters. Esos tipos fueron unos oportunistas igual que los narcos de ahora, sólo que se aprovecharon de la prohibición del alcohol. Es la mismita historia repitiéndose.

—¿Pero te gustó *Narcos*, o no? —insistió el funcionario.

Lencho le dio un sorbo largo a su cuba y respondió:

—La verdad me cagan esas series. Me parece aberrante que se haga ficción y apología de esos asesinos que tienen secuestrado al país junto con el gob...

Otro codazo de Denisse.

—Mientras esos culeros sigan ahí, no se va a legalizar nada y nos vamos a seguir matando con la suela de los yanquis aplastándonos la jeta. No mames, es como hacer películas del Holocausto donde los héroes son los alemanes.

En ese momento, Denisse divisó al joven político con el que había estado ligando en la boda de Javiera. El funcionario hizo un último esfuerzo:

—¿Y ustedes están en la función pública?

—Yo estoy en el medio corporativo —respondió Denisse.

—Yo no estoy suscrito a ningún partido, la verdad —respondió Lencho.

—Pero vas a votar en las próximas elecciones...

—Si encuentro mi credencial para votar...

El funcionario se rio forzadamente otra vez y continuó, inspirado:

—Hay que apoyar la democracia, mi buen. No importa en qué partido creas o si no crees en nada.

—Tienes razón —Denisse se esforzó.

El funcionario continuó:

—La democracia es lo más importante que hemos creado como civilización.

—¿Ah, sí? Yo pensé que era el internet.

—¿Eso le contestaste? —Mauro se abrió otra cerveza. Las Minervas se habían terminado, ésta era una Tecate.

—No. Pero ganas no me faltaron —Lencho justo terminó de forjar un porro.

Y en la fiesta de Heidi, respondió algo peor:

—Yo creo que la democracia es una de las cosas que han llevado a la civilización occidental en picada y directo a su decadencia.

—¿Por qué? —el funcionario casi tartamudeó.

—No todo el mundo debería votar —aseguró Lencho.

El funcionario carraspeó:

—Lo que estás diciendo es un poco elitista, ¿no crees?

—No tiene nada que ver con elitismo. Sócrates lo sabía: la democracia es perversa. ¿Leíste *La República* de Platón?

Denisse se prendió un cigarro. El funcionario titubeó. Lencho continuó:

—Me lo imaginaba. No te preocupes.

Denisse miró al cielo.

—Como a casi todos los hombres sabios y pacifistas de la historia, su propio pueblo lo condenó. Lo acusaron de pervertir a la juventud solamente por hacerlos *pensar*, y un montón de atenienses votaron por ejecutar a Sócrates sin entender un carajo. Si le das derecho al voto a una banda que decide sin información, sin educación, garantizas la demagogia.

Denisse tiró la ceniza en el pasto y miró la punta de sus zapatos de tacón. No tenía que haber acompañado a Lorenzo a meterse esa raya. No tenía que haberme metido yo una, tampoco, pensó. En eso vio que su ligue de la boda la estaba mirando.

—Recuérdame a qué te dedicas, Leonardo —dijo el funcionario, fingiéndose "entretenido".

—Lorenzo. Soy actor —respondió, y tras un impasse añadió, sonriendo—: Actor porno.

—¡Por no dejar, cabrón! Te la mamas —Mauro se rio y le dio un jalón al gallo que Lencho le acababa de pasar.

—Nah —dijo el funcionario, escrutando a Lencho de arriba abajo—. Naaaah. ¿En serio es actor porno? —le preguntó a Denisse.

—Es famoso —dijo ella, con absoluta seriedad—. Le dicen Length.

—Jajajajaja —Mauro se despatarró de risa—. Pinche Denisse...

Denisse había llegado con su ligue de la boda de Javiera intentando caminar más o menos airosa con los tacones enterrándose en el pasto. El tipo no era calvo sino engomado. Usaba barba de candado y un Rolex pesado como un tabique.

—¿Cómo no me voy a acordar de ti, guapa? Te conozco... ahorita te voy a decir de dónde te conozco... de la fiesta de campaña de Hernández Prior en Veracruz —chasqueó los dedos y la señaló.

—¿Ajá...? —Denisse no tenía idea de qué estaba hablando, pero le siguió el juego.

—Sí, ¿no? —el político entrecerró los ojos—. Nos metimos a la cava y...

—¿Nos metimos a la cava?

—¿O no...?

El pastel de cumpleaños de Heidi era de tres pisos, como de boda, y las velas eran casi pirotécnicas. Un mariachi cantó las mañanitas, se fue media hora después junto con los mayores de cincuenta, y llegó el karaoke. Javiera se puso a cantar, toda desafinada y borracha. Pero ni así perdía el encanto y tenía todas las miradas de la fiesta puestas en ella, como un imán. Roy observaba la escena con una mezcla de orgullo de macho y de agobio social. Javiera cantaba mirándolo, dedicándole la canción con sentimiento:

—*Yo no te pido la lunaaaa, tan sólo quiero amarte... quiero ser esa locura que vibra muy dentro de ti naaaá.*

—Carajo —maldijo el político de Denisse—. Ya sé, ya sé. Te conozco del Bossé de Guadalajara.

—No importa —dijo Denisse—. Bésame.

—¿Qué opinas de la campaña de Rogelio Sánchez? —le preguntó el funcionario a Lencho.

—¿Yo? —Lencho se acomodó los anteojos con malestar, viendo a Denisse meterse detrás de un arbusto con el tipo del Rolex.

—Sí sabes que estás en la fiesta de su coordinadora de campaña, ¿verdad? —se rio.

—Es la de "para servirte", ¿no? —dijo Lencho.

—Exacto.

—No sé, ¿tú qué opinas?

—A mí me parece brillante —dijo el funcionario—. Alude al espíritu de servicio del pueblo mexicano.

—Claro, claro. Hasta parece que la hizo un publicista de Coca Cola.

—¿Tú qué hubieras hecho?

—Algo más agresivo. Yo me hubiera traído al español ese que hizo la campaña de "Un peligro para México" y me los chingaba a todos.

El funcionario se rio.

—Aunque sea la cosa más rastrera y antidemocrática que se ha visto —siguió Lencho, viendo a Denisse besándose con el político del Rolex, ya sin ganas de guardar las apariencias.

Al funcionario se le congeló la sonrisa.

—¿Por qué rastrera y antidemocrática?

—No hay nada más chacal que devaluar a otro para ganar. Es como ganar una carrera metiendo el pie.

—Dicen que en la guerra y en el amor todo se vale, mi buen.

—También dicen que el fin justifica los medios.

—¿Y no es cierto? —dijo el funcionario.

Lencho vio que Rogelio Sánchez se aproximaba y pronto pasaría cerca de ellos.

—Pues mira, así es como lo veo yo: si hay unos niños que se tardan una hora caminando por un lodazal para llegar a una escuela donde no hay ni bancas dónde sentarse, todo para que tú puedas tener esos lentes tan pinches feos, creo que no, no lo justifica.

El funcionario se quedó súpito. Lencho se terminó la cuba de un trago y le entregó el vaso a Rogelio Sánchez, que lo tomó sin entender. Lencho sonrió:

—Gracias por servirme.

Denisse estaba fajando con el político del Rolex en una de las habitaciones de la casa, vacía salvo por un monstruoso sistema de home theater a medio instalar, cuando desde la ventana que daba al jardín vio a Lencho quitándose de encima al funcionario, quien se le fue a los golpes sin entrenamiento ni destreza. Unos metros más allá, vio cómo Javiera se lanzó vestida a la alberca. Denisse se quitó al político de encima como quien se quita un zapato apretado y salió corriendo hacia el jardín.

—No mames, ¿en serio se aventó Javi a la alberca? ¿Y Peñacleto qué hacía o qué? —Mauro tosió con la cerveza.

—Pues estaba ahí, todo tenso, dizque riéndose, pero mentando madres por dentro —narró Lencho—. Cuando trató de sacar a Javi ella le gritó desde el agua:

—¿Quieren gobernar Guerrero? ¡Primero a ver si pueden con las guerreras! —se señaló.

—No, bueno. La perdimos —dijo Mauro.

—Lo más pinche es que todo el mundo traía un ciego que te cagas, pero la veían como si fuera la única loca que había chupado en la fiesta.

—Culeros...

—Roy estiró la mano para sacarla de la alberca ¿y sabes qué hizo la pinche Javiera?

—¿Qué?

—Lo jaló pa' dentro, güey —se rio Lencho.

—No mamessss —Mauro alzó las cejas.

—Sí. Pero güey, eso como que terminó aligerando la situación, ¿sabes? La siguiente que brincó al agua fue la vieja del cumpleaños, y de repente ya estaba media fiesta ahí adentro.

—¿Y tú qué hiciste?

En la fiesta, Denisse interceptó a Javiera en la orilla de la alberca y abriendo su chal como si fuera una toalla, le ordenó:

—Salte de ahí. Nos vamos.

—¿Por qué? Apenas se está poniendo bueno esto —Javiera flotó en el agua con medio pecho saliéndosele del vestido.

—Los guarros de tu amigo Lentes están a punto de madrearse a Lencho —Denisse señaló.

Javiera volteó: dos guaruras hablaban con Lorenzo en actitud amenazante, mientras el joven funcionario recogía sus anteojos del suelo.

Una hora después, Javiera estaba en la casa de Denisse, con una pijama de unicornios que le quedaba guanga, escribiendo un mensaje para Roy: "No voy a llegar a dormir."

Cuando Javiera llegó a su casa, pasadas las cuatro de la tarde del día siguiente, Roy la regañó:

—Me pusiste en ridículo.

—Ay, no seas exagerado. ¡Te hice la fiesta!

—Eso te alucinaste en tu peda, pero hiciste un pinche oso.

Javiera tragó saliva.

—Además me arruinaste un traje de cien mil pesos.

—Pues cómprate otro.

Javiera se encaminó a su cuarto.

—¿Y sabes qué? Tus amigos están vetados.

Javiera se detuvo:

—Ellos no hicieron nada.

—¿No? Lorenzo acabó a los golpes con Cristian, y Denisse se le aventó a Bernardo en la jeta de su esposa.

—¿Bernardo está casado? —le preguntó Javiera a Denisse cinco minutos después, al teléfono.

—¿Quién es Bernardo?

Después de esa fiesta, Javiera volvió a meterse en la cama para no salir. Además de la colitis, empezó con molestias urinarias. Checó su agenda electrónica y se dio cuenta de que no había ido al ginecólogo en dos años. Le hicieron estudios y resultó tener VPH 16 y 18, el virus del papiloma humano en su modalidad más agresiva.

—¿Me voy a morir?

—No, no te vas a morir —sonrió el ginecólogo—. Pero sí te vamos a tener que quitar ese virus.

Javiera no supo qué le dolió más: si la quemazón del cuello de la vagina con láser, o tener que contárselo a Roy, que reaccionó completamente a la defensiva:

—Yo no te lo contagié.

—¿Cómo sabes?

—Porque lo sé.

Javiera no tenía argumentos poderosos para convencerlo de lo contrario. Entre su último papanicolau y Roy habían desfilado algunos otros caballeros, no todos con condón, y además se enteró de que el virus puede permanecer latente durante años sin manifestarse. Pero la altanería y la actitud de Roy con el tema le dolieron.

—Mira, equis. La cosa es que sería bueno que te checaras, Rodrigo.

—Yo no me tengo que checar nada porque yo no te pegué nada. Si quieres háblales a los güeyes que te cogiste antes que a mí para avisarles —y levantó el pulgar—: Buena suerte.

Ése fue el primer golpe bajo que Roy le propinó a Javiera con toda la carga. Con el paso de las semanas, Roy dejó de presionarla para tener sexo y llegaba a casa a la hora que fuera, argumentando trabajo con el equipo de campaña. Esto alivió a Javiera temporalmente, pero después se instaló en ella un mal presentimiento. Una mañana Roy se metió a la regadera y Javiera tomó su celular antes de que entrara en función de bloqueo. Entre decenas de mensajes sin abrir, tardó poco en encontrar la foto de las tetas de una mujer en su celular. El texto que la acompañaba decía: "me veo gorda?" Era Heidi.

Javiera perdió las fuerzas y sintió que todo le daba vueltas. Pero antes de aventar el celular muy lejos, encontró las fuerzas para responder: "si. estas hecha una puta vaca".

Cuando confrontó a Roy, él lo negó todo.

—Estás alucinando.

—Rodrigo. Vi. Tu. Teléfono.

—¿Y por qué carajos estás viendo mi teléfono?

—Ésa no es la pregunta. La pregunta es por qué esa naca te manda fotos de sus chichis.

—No tengo idea. Te lo juro.

Javiera estiró la mano:

—Ajá. ¿Cuál me chupo?

—Ya sabes que a Heidi le gusta la guasa.

—Nadie manda fotos de sus tetas si no hay algo. Admítelo, con una chingada. No seas cobarde.

—¿Me estás diciendo cobarde? Te he dado todo. Te compré una pinche casa. ¿Y te atreves a decirme cobarde?

La pelea subió de volumen hasta que Roy terminó gritándole:

—¿Qué querías que hiciera? ¿Eh? ¿Puta madre? ¿Jalármela para siempre porque no me pelas?

—Por ejemplo. Y no iba a ser para siempre.

—¿Entonces hasta cuándo?

—Hasta que me sintiera mejor, carajo.

—¿Y cuándo se supone que eso iba a pasar?

—No me jodas, no tiene ni un año lo de Adam.

—Me casé con un viejorrón y regresé de mi luna de miel con un guiñapo. Estoy hasta la madre.

Javiera finalmente soltó la tensión y comenzó a llorar.

—No es nada más el sexo, Javiera —Roy hizo una larga pausa y finalmente lo escupió con todas sus letras—: Estoy harto de sentir que hay un muerto metido en nuestra cama.

A los nueve meses de haberse casado, decidieron divorciarse. Lo acordaron en buenos términos, aunque no faltó la presión por parte de la familia de Roy. La belleza de Javiera era un activo importante para la campaña; por otro lado, para la facción conservadora del partido y sus votantes, un divorcio tan prematuro no era lo más deseable. Pero Heidi se encargó de convencer a Rogelio de que el candidato era él y que les convenía más un divorcio en buena lid que estar maniobrando con una ebria en todos los eventos.

—Pase lo que pase, tenemos que estar ahí, cabronas. Tenemos que prometerlo. No podemos dejar que esto nos aleje —había dicho Denisse en la ceremonia de despedida de Adam, agarrada de sus tres amigas como si estuvieran varadas en medio del océano. Por un tiempo, después de que Irene se fue a Viena, lograron cumplir la promesa y hablar una vez a la semana, en un horario fijo.

—Tal vez si no hubiera pasado lo de Adam, hubiera funcionado con Roy. No sé… —les dijo Javiera a través de la pantalla de su laptop, desde la cama, con el álbum de su boda abierto sobre la colcha y una copa a medias en el buró desde la noche anterior.

—No te culpes por lo que pasó. Roy se portó como un patán —dijo Karla, trepada en la caminadora.

—Sí, ¿verdad?

—Claro —aseguró Denisse, apurando un plato de cereal mientras se pintaba las pestañas en el baño.

Karla afirmó:

—Además, güera, la neta tuviste suerte. ¿Te imaginas haberte tenido que fletar la chinga de ser Angeliquita? Sonreír para la foto, fingir que eres muy patriótica y muy feliz cuando sabes la mentira que es todo ese pedo y sólo lo soportas por el…

Javiera completó la frase:

—Por amor. Yo estaba dispuesta a hacerlo por amor.

Y empezó a llorar. Denisse dejó el rímel y el plato de cereal, Karla detuvo la caminadora e Irene puso una mano en la pantalla:

—Ay, Javiruchis, qué horror estar tan lejos.

Javiera y Roy tuvieron que esperar porque la ley no permite los divorcios antes del año de matrimonio, así que se pasaron los últimos meses viviendo juntos en una especie de hermandad cordial. En ese lapso, Javiera asistió a un último evento como esposa del hijo del candidato, y el único que fue divertido. Era un desfile de modas de beneficencia, donde todos los diseños estaban hechos con fibras biodegradables. En un último acto de generosidad, Roy dejó que fuera con sus amigas.

—Miren ese vestido, es una beldad —comentó Javiera.

—¿Sí, veldad? —dijo Karla.

—Jajaja, estúpida. En serio. Mira la calidad de la tela, la caída —señaló Javiera—. Ojalá toda la ropa se hiciera así.

—Sí. ¿Y sabes lo que debe costar? —dijo Denisse.

La diseñadora era una sinaloense radicada en Berlín, y la ropa era, en efecto, prohibitiva.

—Pues no debería ser así. Lo bien hecho no debería ser estúpidamente caro —opinó Javiera.

—Yo estoy contigo, güera. Además la ropa es una de las cosas que más contaminan. Las fibras sintéticas no se degradan —dijo Karla.

—¿En serio? —Javiera se interesó.

—La ropa hecha con buenos materiales es cara por los procesos de producción —explicó Denisse—. Pero sí, estaría chido que fuera más accesible. Está increíble —suspiró, viendo la pasarela.

Esa noche iban a ir a cenar las tres, pero Javiera se echó para atrás en el último minuto. Estaba triste aunque le costara reconocerlo.

En ese último par de meses, Javiera incluso colgó los cuadros, mandó poner la cortina del baño y promovió un sexo de reconciliación que no surtió efecto. Una mañana de sábado llegó temprano para darle la sorpresa a Roy después de haber dormido en casa de sus papás por cuidar a Fabio, y se encontró a Heidi en la cocina con una camiseta de Javiera masticando un pan Bimbo con cajeta. Sin tostar.

—"Perdón", fue lo único que dijo la babosa, con la boca llena. Hazme el puto favor —le narró Javiera a Vicky, su prima, veinte minutos después. Después de ver a Heidi se había regresado a su coche y acelerado al destino más cercano, hecha un torbellino.

—Le hubieras tomado una foto.

—¿Para qué? ¿Para mandársela a mi marido preguntándole si está gorda?

Vicky se había casado y tenía una bebé de seis meses. Platicaban en la sala mientras ella amamantaba.

—Esa vieja es una gata y está espantosa, no sé qué le ve Rodrigo. En serio no entiendo —Javiera prendió un cigarro, muy alterada. Estaba a punto de preguntarle a su prima si tenía algo de vino cuando Vicky le espetó, mirando a la niña:

—¿Sí te molesto, reina?

—Ah, sí. Perdón —Javi apagó el cigarro recién prendido en un plato de cerámica que no era cenicero.

Vicky se despegó a la niña del pecho y se la colocó en el hombro para sacarle el aire, diciendo:

—Ay, nena, qué te digo. A veces los hombres se hartan de comer caviar y se les antojan unos frijolitos.

Javiera se rio con ansiedad.

—No puedo creer que me estés diciendo eso.

—Sorry. Y te voy a decir algo más, y perdón que te lo diga así. Tuviste la mala suerte de ser bonita en un mundo en donde lo bonito se usa y se tira. Yo me di muchos madrazos hasta que lo entendí. Tienes que dejar de pensar que por tener un culito muy lindo vas a retener a un hombre.

A los dos días, Javiera estaba fuera de casa de Roy. Y empezó la guerra.

Fernando, el papá de Javi, contactó a un abogado de apellido Zubiate, a quien conocía de la lucha por las indemnizaciones de Mexicana de Aviación, quien le hizo saber a Javiera que al haber estado casada por bienes separados, tenía derecho al cincuenta por ciento del valor de los bienes adquiridos durante el matrimonio, siempre y cuando ella se hubiera dedicado exclusivamente al hogar. Ella no lo sabía y la noticia le cayó como si se hubiera ganado la lotería.

—No te dedicaste al hogar. Te dedicaste a chillar y a empedar y a romperme los huevos. ¿Quieres la mitad de la casa? Estás pendeja. Pen-de-ja —le gritó Roy al teléfono cuando le llegó la demanda de divorcio.

Y cuando a los quince días llegó la contestación de la demanda, Javiera se quiso morir. Roy se negaba a pagar el porcentaje y la acusaba por haberse casado con él por interés económico, por negligencia en sus deberes maritales y por tener un grave problema de adicciones.

—Hijo de la chingada, ¡cómo se atreve! ¡¡Él fue el que me engañó!! —vociferó Javiera en el Skype.

—Bienvenida a los pleitos de lo familiar —dijo Karla. Hacía años su mamá se había metido en una trifulca legal por la herencia de una casa, por la cual la familia entera se resquebrajó—. Sé que es difícil, Javi. Pero si te la puedes ahorrar, hazlo.

Las palabras de Karla retumbaban en la cabeza de Javiera cuando Roy le ofreció una indemnización. Zubiate le aconsejó a Javiera que aceptara. La pelea podía volverse extenuante y, como político, Roy tenía contactos que podían refrenar cualquier proceso.

—En este país los pleitos de lo familiar son especialmente complicados —dijo Zubiate—, sobre todo cuando no se tienen los recursos.

Los papás de Javiera estaban presentes y les ofendió que el abogado insinuara que no podrían costear sus servicios. Además, la indemnización que Roy ofrecía suponía mucho menos dinero del que Javi podía obtener por la casa, el coche, los muebles y todo lo que Roy compró durante el año que estuvieron casados.

—Tienes derecho a exigir lo que te corresponde, hija. Por ley —dijo Fernando.

Javiera asintió, aunque con un filo de duda que Susana detectó:

—La belleza no te va a durar para siempre.

Javiera la fulminó con los ojos. Susana suavizó el tono:

—Sólo digo que tienes que capitalizarte, mijita —y sugirió—: Podrías pedirle ayuda a tu amigo.

—¿A qué amigo?

—A Mauro. ¿Su papá no es abogado?

—Olvídalo, Susana —se adelantó Fernando—. No queremos tener nada que ver con Roblesgil.

—Pero seguro tiene contactos. Seguro conoce a algún abogado que pueda poner en su lugar a Rodrigo y obligarlo a darle a Javiera lo que le corresponde —insistió Susana.

Javiera desechó de inmediato la idea de pedirle ayuda a Mauro. Tenía muy presente que su familia la había desdeñado por considerarla poca cosa para su hijo y sabía que él odiaba a su padre. Pero lo que sí ponderó al grado del insomnio fue la idea de pelear.

—Tengo derecho a exigir lo que me corresponde por ley —Javiera le repitió las palabras de Fernando a Denisse, con la convicción absoluta que siempre emerge de la duda.

—Totalmente, güera —dijo Denisse—. Roy te usó todo ese año.

—¿Verdad que sí?

—Cabrón. Te tenía de esposa florero para lucirte con la polaca nacional mientras se estaba dando a la gatorra esa.

Javiera sabía que la historia no había sido exactamente así, pero no tenía ganas de repasarla. Lo que quería era cobrar esos millones que le tocaban.

—Sí es cierto. Además el ojete me difamó. A la chingada. Que pague.

Fue un año de ardides, intrigas y contubernios. Hubo desahogo de pruebas, audiencias, testimonios y periciales, todo aduciendo al oportunismo de Javi y su adicción al alcohol y las drogas. Javiera trató de jugar la carta de la infidelidad de Roy, pero resultó irrelevante para el juicio. Además Javiera no tenía pruebas de nada. Roy, sí. Hubo quienes grabaron a Javiera cantando borracha en la fiesta de Heidi, y aventándose a la alberca después.

—¿Cómo no le tomé foto a esa vieja cuando me la encontré en la casa? ¿Por qué no lo grabé a él cuando admitió que me estaba poniendo el cuerno? Soy una pendeja —se torturaba Javiera, soplándole a un té de bugambilia en el departamento de Lorenzo. Había llegado con una tos espástica horrible pidiendo un vaso de vino. Lencho sólo tenía media botella de tinto de tres semanas en el refri. Le dio eso y el té.

—¿Pero no dices que la infidelidad no cuenta para el juicio?

—Pues no, pero no quedaría nada bien con la campaña de su papá y eso. Por lo menos con eso podría presionarlo.

Querrás decir chantajearlo, pensó Lencho, pero se guardó el comentario.

—No eres ninguna pendeja. Tú actuaste de buena fe, nunca te imaginaste que este tipo iba a ser tan chacal. Para la próxima ya sabes —le dijo Lencho, sobándole el antebrazo, fraternal.

Javiera tosió diez segundos seguidos y concluyó:

—No va a haber próxima, gordo.

Llegó por fin el día de la sentencia, la cual fue desfavorable para Javiera. Montó en cólera cuando vio a Roy sonriendo y estrechando la mano de su propio abogado, un tipo engomado y bronceado igual que él, de nombre Daniel Cutreño. Enloquecida y desoyendo las advertencias de Zubiate, se arrancó de los dedos su anillo de compromiso y de casada, que se había puesto esa mañana a modo de recordatorio para Roy, y se los lanzó a la cara, gritando:

—Ten. Toma tus chingaderas, cabrón. Pinche roto. Siempre vas a ser un lacayo y un segundón.

Diez minutos después, afuera de los juzgados de lo familiar en la colonia Doctores, Javiera lloraba de rabia:

—¡Pero él es el que estaba acostándose con otra! ¡En *mi* casa! —Javi revolvía su bolsa en busca de un encendedor, con un cigarro entre los dientes. Un desconocido que pasó junto a ella se lo prendió. Javiera estaba tan alterada que ni siquiera le dio las gracias.

—Sigue en pie la oferta de indemnización de Rodrigo —dijo Zubiate, con cautela.

Pero Javiera estaba furiosa y no quería conformarse con migajas.

—¿Y si no acepto?

—Lo que procede es apelar a la sentencia.

—¿Y si no gano?

—Podemos presentar un amparo.

—O sea, ¿cuántos años me puedo pasar en este desmadre?

—Puede ser muy largo, Javi.

Javiera decidió que si Roy tenía sus recursos deshonestos, ella también tenía los suyos. Averiguó la dirección del bufete de abogados Cutreño Nava y Shaytan, y se presentó en la oficina de Daniel con un escote abierto hasta el ombligo y dos tequilas en la sangre, diciendo:

—Quiero mi cincuenta por ciento. ¿Qué tengo que hacer?

Daniel se la tiró en hoteles de lujo primero, y después en hoteles de paso. Le aseguraba que le conseguiría no sólo el cincuenta, sino el setenta por ciento por difamación, y que incluso ganarían una pensión alimenticia de por vida. Se la mareaba: Voy a presentar tarde las pruebas para que las desechen por extemporáneas, le decía un día; a la semana siguiente afirmaba: La prueba importante es el mensaje de texto donde le pusiste a Roy que te ibas a fumar un churro y a dormir, y ésa no la voy a presentar.

Dos meses después le aseguraba: No voy a ofrecer el testimonial de la amiga de Rodrigo que te grabó en la fiesta, así seguramente el juez va a dictar una sentencia a tu favor.

No voy a hacer valer la defensa por negligencia marital / infidelidad / drogadicción. Voy a meter esto que los va a confundir, preciosa; voy a decir esto que te va a favorecer, guapa. Javiera se la creyó toda. Hasta que ya no se la creyó.

Con una intuición indeterminada, sin tener claro lo que se iba a encontrar, una noche Javiera se dio una vuelta por un restaurante de muy alto standing que Daniel frecuentaba. Lo encontró con una mujer que no era su esposa, lo cual no le extrañó, departiendo con otro hombre que a su vez iba con otra mujer que tampoco era su esposa. Conocía el perfil, las dos eran escorts. Javi comprobó que el hombre con quien estaba Daniel era Lisandro Roblesgil. Para este momento, Javiera estaba plenamente al tanto de la estafa de Lisandro con las casas en remate bancario. Un año después de la muerte de Adam, Mauro lo destapó y se la pasaba despotricando al respecto a la menor oportunidad. Era como si al hablar repetidamente de su padre, evitara abrir otros secretos. Eran patadas de ahogado, nunca lo denunció formalmente y además no tenía ninguna prueba. El switch intuitivo de Javiera se activó como una alarma sísmica. El que Roblesgil y Cutreño estuvieran cenando juntos no significaba nada, necesariamente. Pero una frase de Mauro retumbó en su cabeza:

—Las ratas siempre se juntan.

De pronto Lisandro tiró su celular sin querer, y Daniel Cutreño se levantó para recogerlo, solícito y lambiscón. En ese momento, el velo cayó delante de los ojos de Javiera, uno que tenía tiempo ya medio caído y ralo, pero que ella se había empeñado en mantener ahí, medio sujeto con pinzas. Javiera se plantó en la barra, pegó con la mano y sin mirar al bartender ordenó:

—Mezcal.

Javiera se lo bebió de un trago. En efecto inmediato sintió cómo se le relajaban las extremidades y escalaba su aplomo. Se acercó a la mesa y se sentó en la cabecera, justo en medio de Lisandro y Daniel, se levantó el vestido tanto como pudo, y colocó una mano sobre la pierna de cada uno. Mientras los acariciaba, repetía:

—Qué lindo verlos a los dos aquí. Qué padre que estén los dos juntos.

Javiera subía las manos cada vez más, hablando con un tono que era al mismo tiempo sensual e infantil. Miró a las chicas:

—Y qué buena compañía traen, ¿eh? No sé si voy a poder con todos… —se rio, sugerente.

Las mujeres se miraron intrigadas. Los hombres estaban mudos. Lisandro tenía la boca ligeramente abierta.

—Mi casa está cerca de aquí. Aunque bueno, a lo mejor prefieren ir a un hotel —clavó la mirada en Daniel.

Javiera siguió acariciándolos, promoviendo el suspenso y la excitación. Una vez que los tuvo donde quería y como quería, continuó, sin perder el tono naive:

—Necesito una asesoría. Quiero comprarme una casa en remate bancario y sé que ustedes le saben mucho a eso. Me han dicho que es arriesgado, pero no sé... ¿ustedes qué piensan?

Fue como si a Lisandro le hubieran metido un tensor por dentro. Daniel le agarró la mano a Javiera antes de que llegara a su paquete:

—¿Qué quieres, Javiera?

—Oye, no te pongas así. Sólo quiero saber si me dejo engañar por unos hijos de puta, digo, asesorar por unos expertos.

Una de las chicas de plano se levantó y se fue al baño. La otra se congeló ante la voz de Lisandro:

—Quieta.

Pero lo dijo mirando a Javiera, así que no quedó claro a quién se dirigía. Javiera se zafó de la mano de Daniel y quitó la otra de la pierna de Lisandro. Tomó la copa de vino de una de las chicas y bebió.

—Los veo a todos muy tensos. Creo que mejor dejamos lo del hotel para otro día.

—¿Qué haces, Javiera? ¿Estás aquí porque mi hijo no te está dando dinero? —preguntó Lisandro.

A Javiera le hirvió la sangre, y luego algo extraño ocurrió. Miró a Lisandro fijamente y de pronto pudo verlo tal cual, como en una radiografía: el peinado, el traje, el rasurado perfecto, los zapatos caros, la parafernalia. Capas y capas de cosas para esconder algo. ¿Para esconder qué? Nada. Para esconder que ahí adentro no hay nada, pensó Javi. Se puso de pie y proyectó, en voz alta, para todo el restaurante:

—Daniel Cutreño y Lisandro Roblesgil. Buenísimos abogados, muy recomendables, si lo que quieren es perder todo su patrimonio.

Los comensales de las mesas contiguas comenzaron a voltear.

—Siéntate —ordenó Daniel, entre dientes.

—Eres un cerdo, muérete —Javi le tiró la copa de vino encima. Luego se volteó con Lisandro—: Y tú eres un hijo de la chingada y no te mereces el hijo que tienes.

Javiera salió caminando muy ufana del restaurante, pero en cuanto puso un pie en el pasillo del centro comercial, se echó a correr con el corazón acelerado. No esperó el elevador, bajó las escaleras a toda velocidad. Tampoco esperó su coche en el valet. Caminó dos cuadras a toda prisa y detuvo un taxi. Manejaba un anciano con las canas muy peinadas y repegadas, había cinco peluches diferentes en el tablero y en el radio sonaba El Fonógrafo. *Sin ti no podré vivir jamás y pensar que nunca más estarás junto a mí...*

—¿A dónde la llevo, señorita?

Javiera sacó su teléfono con manos temblorosas.

—Este... váyase derecho, por favor.

El taxista arrancó. Javiera estaba por marcarle a Denisse, pero cambió de opinión y le marcó a Mauro, que tardó tres intentos en contestar.

—¿Qué pex? —Mauro se escuchaba fatal.

—Creo que tu papá ahora sí ya no me va a querer.

Javiera sólo le contó que se lo había encontrado en un restaurante con el abogado de Roy y que los había confrontado por sus transas, sin dar mayores explicaciones.

—Estás loca, pinche Javiera —Mauro intentaba reírse con agobio maquillado y con ganas de morirse un poco, instalado en una resaca espantosa de cocaína.

A sus amigas no les hizo tanta gracia cuando se los contó por Skype. Más bien estaban en shock, pero ellas sí escucharon la historia completa. Incluyendo lo que había estado sucediendo los últimos meses, y que hasta el momento ignoraban.

—Entonces... ¿te estuviste tirando al abogado de Roy? —Denisse estaba alucinada.

—No me juzguen, cabronas. Se los ruego. No les estoy contando todo esto para que me regañen. Please —Javiera juntó las manos.

Se hizo un silencio en son de tregua. Irene regresó al otro tema:

—No mames... ¿y si te demandan esos güeyes?

—Me encantaría ver esa demanda —dijo Denisse—: "La acusada, Javiera Durán, me sobó la pierna y luego me llenó de vino mi carita".

—Con alevosía y ventaja —añadió Javiera.

Todas se rieron. Era la primera vez que se reían juntas en meses. Luego la realidad volvió a imponerse.

—¿Y qué vas a hacer ahora? —preguntó Irene, jalándose los cachetes hacia abajo con las manos.

—No sé. No sé. No tengo idea —Javiera se prendió un cigarro. Era el tercero en media hora. Últimamente no paraba de fumar.

—Fuma como si tuviera un hijo en la cárcel —había comentado Denisse en otra sesión de Facetime, sin que Javiera estuviera presente. Para ese momento Denisse ya había dejado el tabaco.

—¿Fuma? *Chupa* como si tuviera un hijo en la cárcel —Karla replicó, preocupada.

—¿Todavía está en pie lo de la indemnización? —preguntó esta vez.

—No. Hace rato que no —respondió Javi, afligida.

—Carajo... —susurró Denisse, negando.

—A buena hora se me ocurrió aventarle en la cara sus pinches anillos a ese pendejo. Ahorita por lo menos me darían para la renta atrasada —Javiera se miró las ojeras en la pantalla.

—Ya párale, Javi. Neta —le rogó Karla.

—No. No quiero doblar las manos. No quiero que ese cabrón gane —Javiera bajó la tapa de la computadora saliéndose de la conversación, sin más.

Conseguir ese cincuenta por ciento se convirtió en una obsesión. Fernando le siguió pagando a Zubiate, dándole más tajadas al fondo de ahorro de Fabio, y Javiera se endeudó a tope con las tarjetas. Ahorcada con la renta, sondeó entre sus amigos para compartir departamento. Denisse se negó directamente, sin tentarse el corazón.

En el departamento de Karla y Alicia no había espacio porque habían convertido el cuarto de tele en gimnasio, Irene estaba en Viena, así que Javiera se fue a vivir por un tiempo al departamento de Lorenzo en la Nochebuena, que tenía dos habitaciones. El convenio fue que ella pagaría el súper y algunos gastos para compensar, aunque el refrigerador casi siempre estaba vacío y les cortaron el gas dos veces. Pero a Lencho no parecía importarle. En parte porque era un buen amigo que entendía la situación de Javiera y en parte porque verla deambulando por el departamento en camisón de Minnie Mouse, y recibir de vez en cuando un masaje de cuello o un piojito o una buena conversación era más que suficiente para él. Si llegaba a encontrar restos de comida sin guardar llenándose de moscas en la cocina, no parecía importarle. Todo esto le había ganado entre sus amigas el calificativo de santo.

—¿Cenamos por el cumple de Karla?

—No tengo ni con qué envenenarme, Denisse.

—Yo te picho, güera.

—Gracias, Den, pero prefiero no salir.

—Está en la puta calle —le dijo Denisse a Irene en la pantalla de la computadora mientras comía zanahorias y pepinos con litros de chamoy.

—¿Por qué no trabajas, güey? —le preguntó Irene a Javiera por el mismo medio, otro día.

—Porque ese güey tiene que darme. Le toca. Me usó.

—Pero en lo que se resuelve el tema legal. Algo mientras. Lo que sea.

—No quiero "lo que sea". ¿Ok? Tengo veintiocho años. No me voy a meter a trabajar a una tienda y no quiero volver a picar piedra en una empresa de mierda, Irene.

Ni a meserear. Ni a putear, pensó, pero no lo dijo.

Fue por esas épocas cuando Javiera y Denisse conocieron a César. A las dos les cayó en gracia porque parecía diferente a toda la fauna de hombres que se ligaban. Su traición fue una sacudida, y las obligó a meterle un poco el freno a su tren liberal.

El pleito de divorcio duró dos años, después de pedir un préstamo al banco cuyos intereses Fernando seguía pagando; otro a Denisse que probablemente nunca se pagaría; y de vender un coche. Javiera paró cuando su papá sugirió hipotecar su departamento.

—No puedo hacerles eso, es lo único que tienen —le dijo a Lencho, llorando.

Más que por el ahogo financiero, Javiera temía por la salud de su papá. Lo único que le faltaba era que por la angustia le diera otro infarto. Fernando se sentía culpable de haberla instado a pelear y no aceptar la indemnización que inicialmente había ofrecido Roy, pero Javiera se sentía más culpable todavía porque no sabía qué tanto había afectado al proceso el haber jugado con fuego cruzado con los dos abogados, cosa de la que sus padres jamás se enteraron.

—Tenemos dos años para apelar. Aquí no se va acabar esto, papi. Vamos a seguir luchando —le dijo.

Javiera entró a trabajar de vendedora en una tienda de ropa de unas judías en Polanco. Con el pretexto de ahorrar y no gastar en súper, lavandería y en otros gastos, y sobre todo porque se sentía en deuda con su familia, se fue del departamento de Lencho y regresó a vivir a la casa de sus papás. Eso fue unos meses antes de viajar al desierto.

32

Empanadillas... Tamal de cazuela... Quiche de espárragos... Gazpacho... Tumbet... Enchiladas de mole... Croquetas de pollo... Escalopines... Pierna al horno... Bacalao... Salpicón... Bombas de papa... Magdalenas... Natillas... Una mañana Lencho se despertó recetando en voz alta todos los guisos que preparaba su madre. Otra vez había soñado con ella. Después de la muerte de Adam, le ocurría seguido. Tengo que aprender a cocinar. Algo, lo que sea, aunque sea una pinche tortilla de papas, se decía. Llevaba años repitiéndoselo, igual que lo de hacer ejercicio, pero a veces no era capaz de prepararse ni una quesadilla y terminaba bajando por unas empanadas de un lugarcito árabe o llamando al Pane En Vía. En el duelo, Lencho se volcó hacia su madre durante el sueño y en la vigilia se aferró a su hermano Toño. Se pasaba los fines de semana con él. Pedían sushi, pizzas o tortas y veían juegos de cualquier deporte en la tele. A veces reventaban con Mauro, cuando estaban de ánimo para seguirle el tren frenético de cinco días seguidos de fiesta que llegaba a agarrar cuando no estaba en el otro extremo: tirado, nulo, incapaz de salir o de moverse.

Toño tampoco había tenido suerte en el amor y lo cierto es que no era mal parecido. En realidad ninguno de los dos echaba raíz con ninguna mujer porque algo muy hondo los compelía a creer que su madre, muerta hacía más de quince años, era la única que podía nutrirlos. Cada uno se defendía de las invasoras en potencia a su manera. Lencho con su peso y su amistad a toda prueba, y Toño siendo directamente un patán. Había llegado a tener hasta tres novias a la vez, dos de las cuales eran primas. En exclusividad sólo había durado tres semanas con una: las últimas antes de irse ella a vivir a Cancún. Toño había terminado la carrera de Diseño gráfico y aunque tenía talento, llevaba varios meses buscando trabajo en lo suyo sin éxito.

—¿No será más bien que no quieres encontrar? —le decía Lorenzo, con un tono paternal que a Toño le reventaba. O de pronto le decía:

—Mira, encontré esto en LinkedIn. Diseñador Junior en una agencia de publicidad.

—Gracias.

Y a las dos semanas:

—¿Llamaste?

—No. Pero me están conectando para hacer PR en un antro.

—¿PR en un antro? ¿Qué clase de trabajo es ese?

—Tengo que empezar por algún lado, ¿no? ¿Y si me conectas en la editorial?

—Nel. Eso es nepotismo. Te tienes que buscar la vida tú solo.

Y como ésta, Lencho lanzaba otras frases lapidarias en los distintos contextos de su vida. Su tendencia natural a buscar tener la razón en cualquier debate cotidiano se exacerbó. Por primera vez confrontó a su propio padre en uno de sus temas más sensibles:

—No voy a ir, papá. Ni este domingo, ni el próximo, ni nunca.

—¿Qué tanto te molesta ahora de los toros? Siempre te gustaron los toros.

—Nunca me gustaron, iba porque me obligabas. No estoy de acuerdo con un espectáculo donde se sacrifica a un animal por diversión. No quiero participar en eso.

—¿Y todos los animales que se sacrifican al día para que comas, listillo?

—Es diferente. Comer es una necesidad.

—Por comer puedes comer bayas, pendón. Lechugas. La fiesta brava es un arte. ¿Vale? A ver si nos vamos entendiendo.

—Un arte… —repitió Lencho, con tono socarrón.

—Sí, un arte. En la fiesta brava el toro tiene la oportunidad de defenderse, cuando su destino sería morir en un triste rastro —dijo don Ángel, con el puño apretado.

—¿Defenderse? ¿Cuando de entrada le clavan cuatro banderillas en el espinazo?

—Cállate, ignorante. El torero es un valiente, ¿eh? Un valiente. Tendrías que haber visto las imágenes de la cornada de Julio Aparicio para que dejes de decir tonterías.

—Cualquier animal herido y acosado va a defenderse, papá.

—Anda —bufó Ángel, ocultando sus ojos húmedos—. Anda ya.

Ir a los toros era lo único que Lorenzo hacía con su padre, la única actividad que tenían juntos. Dejaron de verse.

—¿Cuándo me van a acompañar a comprar vinilos al centro? —dijo Lencho.

—Nunca —Denisse y Javiera respondieron a un tiempo.

—Ya deja de escuchar música de bastardo depresivo, chaparrito. Un día te vas a arrepentir de todas las cumbias que no bailaste por estarte haciendo el roquerillo —dijo el Inge.

Era una noche de jueves y estaban Lencho, el Inge, Denisse y Javiera tomándose unas cubas en el departamento de la Nochebuena, sin saber si la velada iba a pintar para algo más. Javiera ya estaba divorciada de Roy y llevaba un par de meses viviendo ahí.

—Tú compras vinilos, pinche Inge, ¿por qué me traicionas? —protestó Lencho.

—Porque creo que ya es hora de que superes a Joy Division y todas esas músicas deprimentes, flaquito.

—Y nunca voy a superar a Joy Division. Crecí con Joy Division.

—Entonces es hora de que superes esta pinche mota panteonera —el Inge estaba limpiando una hierba medio seca sobre un libro titulado *Papá Presente, Niño Valiente* que Lencho había editado un año antes, desde su cama con influenza.

—Me quedé sin dealer, ¿qué quieres que haga? Te hubieras traído tú una chida de Sanfe.

—Lo que pasa es que las vacas andan flacas. Además ahorita la tira anda súper a las vivas en el metro.

—Lo que pasa es que eres un zángano, cabrón —Lencho sonó innecesariamente rudo.

Javiera y Denisse voltearon a verse. La voz de Morrissey llenó la sala sin ser evocada:

Take me out tonight… because I want to see people and I want to see life…

Denisse trató de aligerar la conversación:

—Yo no sé cuál es tu pedo con la música de esta generación, Lorenzo, neta. Hay cosas buenísimas.

—Desde Radiohead todo está muerto, Den.

—¡No mames! ¿Y Muse? ¿Y Arcade Fire? ¿MGMT?

—MGMTes música de precopeo.

Hubo gritos y manoteos.

—Y Phoenix y Metronomy, también. Antes de que los menciones.

—Estás loco —murmuró Denisse.

—¿Y Tame Impala, mi Lench? —sugirió el Inge.

—Artistas menores.

—Eres un abuelo —Javiera se desparramó en el sillón.

El Inge prendió el gallo. Se lo pasó de inmediato a Javiera, a la mexicana. Lencho declaró:

—Y en México ni se diga. Todo está muerto.

—Eso no es cierto —Denisse enumeró—: La Lupita, Caifanes, La Maldita…

—Decrepitud. Dime algo que esté chido y vigente después de Café Tacvba. Y no me digas que Zoé porque te estrello este cenicero en la mema.

—¡Qué agresión! —Denisse recibió el toque de manos de su amiga.

—No es agresión. No sé en qué momento dejamos de hablar de música de culto para hablar de Zoé.

—¡Tú fuiste el que mencionaste a Zoé!

—A mí todo ese culto punketo me mata de hueva —dijo Javiera.

—A ver. No toda la música comercial es mala —intervino Denisse, pasándole el porro a Lencho, quien aguantó el humo diciendo:

—Dime un artista chido de música comercial. Uno.

Denisse lo pensó un poco y dijo:

—Alicia Keys.

Lencho chasqueó la lengua y le pasó el gallo al Inge.

—Es lo mismo que el homo Justin ese.

—¡De ninguna faking manera!

—Es. Lo. Mismo.

El Inge se rio tosiendo con el porro en la mano desde el sillón color mostaza que Lencho había encontrado en la calle y subido cuatro pisos sin elevador y que todo el mundo sugería que tirara a la basura o al menos mandara a tapizar, pero él decía que era "retro".

—¿De qué estás hablando, tetacle? Nada que ver una cosa con la otra. Alicia Keys es una artista, Justin es un producto —expuso Denisse.

—¿Cuál Justin —preguntó el Inge.

—Trudeau —se adelantó Lencho, y le arrancó una risa a Denisse.

—Alicia Keys es un Häagen-Dazs, Justin es un Tin Larín —opinó el Inge.

Las chicas festejaron el chiste.

—Sólo porque es negra y es vieja —rumió Lorenzo.

—¡Qué pendejada más grande, no mames! —Javiera se levantó por otra cuba.

El Inge también se levantó y fue hacia el mueble donde Lencho guardaba sus discos. Tenía un buen número de vinilos y cientos de CD's, clasificados por orden alfabético.

—El pedo es que aquí el chaparrito es generación X de corazón y los demás nos asumimos como millennials que somos. No nos vamos a poner de acuerdo.

—Perdón, pero esto no es de generaciones, mano, es de calidad —argumentó Lorenzo.

El Inge no tuvo el valor de contradecirlo. Estaba a punto de poner un disco de John Coltrane, pero Lencho lo reprimió:

—¡No te atrevas a quitar ese disco de los Smiths!

El Inge alzó las manos con la caja del disco en la mano, como sorprendido en un asalto. Denisse y Javiera voltearon a verse de nuevo. Javiera movió los labios diciendo "está insoportable".

—Volviendo al punto, Band of Horses es más chido que Joy Division, para el caso —el Inge levantó otro disco: Buena Vista Social Club.

—Otra comparación pendeja —dijo Lencho.

—No pus, perdón, mister Spotify —el Inge volvió a poner las manos en alto.

—Los que hacen las asociaciones en Spotify también son unos pendejos —resopló Lorenzo.

Denisse tomó su bolsa para sacar un chicle, pero también para estar lista para largarse en cuanto Lencho se pasara de lanza.

—¿Sabes cuál es tu pedo, flaquito? —el Inge volvió a sentarse en el sillón y le dio un sorbo a su cuba.

Lencho cruzó los brazos con flojera, como diciendo, A ver qué va a decir este estúpido.

—Que no puedes soportar que otra gente oiga a New Order y tu música de bastardo depresivo. Eres como un escuincle sangrón que no quiere que alguien más tenga su mismo juguete.

—Eeeeeeeeeh —festejaron Javiera y Denisse, con aplausos.

—Lo que no soporto es que ya no se haga música donde se deje el alma en la raya. Antes el arte servía para decir cosas, para gritar el dolor del mundo y de la existencia, para arrancarse el corazón y ofrecérselo a los demás en un pinche acto de amor puro. Ahora todo es muy correcto, muy armónico, muy pegador, pero cómodo hasta la náusea. Las letras son de una pinche frivolidad deprimente.

Después del soliloquio, hubo un silencio que el Inge rompió con humor:

—Lo que pasa es que estás ruco, chiquitín.

Las chicas se rieron.

—Letras frívolas y simplistas, como la frase hueca que acabas de decir —masculló Lorenzo, y se levantó a la cocina.

Denisse ponderó largarse en ese momento. Pero el porro le había dado hambre y en su departamento no tenía más que un chile relleno de hacía una semana y unas tostadas de arroz. Entró a la cocina, donde Lencho comenzaba a prepararse un nuevo trago; agarró una bolsa de Totis a medias, y de pronto no se aguantó las ganas de soltarle a Lorenzo, a bocajarro:

—Lo que pasa es que estás enojado con el mundo porque no te atreves a escribir de verdad.

Lorenzo se puso a romper hielos y luego a partir limones; lo que fuera con tal de no ver a los ojos a Denisse. Soltó una risita defensiva.

—Ok...

—Y te caga todavía más porque tienes muy claro lo que amas hacer.

Lorenzo finalmente se giró para verla.

—¿Y tú? ¿Haces lo que amas?

—No estamos hablando de mí. Justo te estoy diciendo que...

—Neta —interrumpió Lorenzo, desviándose del punto—. ¿Tú haces lo que amas?

Denisse agarró la bolsa de Totis y se salió de la cocina. A los cinco minutos murió la velada. Javiera se salió junto con Denisse sin dar explicaciones y el Inge se quedó a ver tele y a jugar Halo con Lencho y luego a echarse un edredón encima en el sillón de la sala como otras veces, para no irse hasta San Felipe entrada la noche. Ésa fue la última vez que durmió en la Nochebuena.

En paralelo al empeño de ganar en las discusiones, Lorenzo empezó a meterse coca como nunca. Toño fue el último en marcar distancia. Dejó de contestarle primero los mensajes y luego las llamadas, hasta que Lencho vio en Instagram una foto que lo alarmó. Toño estaba en la playa de Tulum abrazado de Gole, un conocido de ambos, muy adinerado y muy coquero. Gole tenía un hotel boutique en Tulum e invitó a Toño a que le pintara un mural.

—Habla con él —le pidió Lencho a Claudio—. A ti siempre te ha admirado, te va a hacer caso.

—No mames, no soy su papá, cabrón —respondió Claudio desde su computadora en Montreal, viendo a su mujer embarazada doblando trapitos para el bebé.

En efecto, había sido en parte con la referencia de Claudio en la mente que Toño había decidido irse a Tulum. Vivía en el hotel de Gole como un pachá. Sus días consistían en pintar un par de horas y reventar el resto. Se pasó seis meses en la fiesta sin interrupciones.

—¿Cuándo vas a buscar chamba? —le dijo Lencho un día en que por fin le contestó el teléfono. Toño acababa de pasar la noche con una italiana y estaba de buenas, por eso decidió soplarse a su hermano.

—No pienso trabajar. Yo soy un artista. Los artistas no trabajan: crean.

—Todos los artistas trabajan, ¿eh? Un chingo. Pregúntale si no a Picasso.

—Se lo preguntaría pero ya se murió, carnal —y soltó una risita que a Lencho le trepó la adrenalina hasta el cogote.

—Cabrón, Toño, tú tienes un talento. ¿Qué chingados haces ahí lamiéndole los huevos a Gole?

—Güey, no todo en la vida es chingarle y ser un esclavo del sistema.

—¿Y vivir en un pinche hotel de lujo que tiene a los locales sometidos a sueldos de miseria y echa sus porquerías al mar no es ser esclavo del sistema? Perdón, pero ser esclavo del dinero es ser esclavo del sistema.

—Estás de hueva, cabrón. Yo nunca te pedí que me cuidaras. Yo me sé cuidar solo.

—No sabes limpiarte el culo, Antonio. Carajo. Tienes un don y lo estás echando por el caño.

—No me proyectes a mí tus pinches rollos de escritor frustrado.

Lencho se quedó inmóvil. Toño remató:

—Se murió mi mamá. Se murió Adam. Ni modo. Ya supéralo. Yo por lo menos estoy viviendo, no como tú, que te lo tragas todo. Pero literal.

—¿Sabes qué? Desde ahorita estás solo, cabrón. *Solo*. A la verga.

—Pues a la verga.

Al principio Lencho pensó que había sido un choque pasajero y pronto empezó a mandarle a Toño chistes y memes al celular, pero él no respondió. La ruptura con su hermano le dolió igual o más que la pérdida de su amigo. Se volcó en el trabajo, pero ni así logró evitar que lo despidieran.

—La literatura ha muerto. La industria del libro está podrida. Ya no se hace nada interesante. Todo se trata de sacar novedades a lo pendejo. Lo que se publica es una basura.

—¿Qué quieres hacer, güey? ¿Editar a Dostoyevski? —le dijo Karla en un café rápido y malo en Insurgentes en el que consiguieron quedar después de tres meses de vueltas y cancelaciones.

Tras año y medio de reventón bestial con intervalos depresivos, Mauro había tocado fondo. Ya no enfiestaba para nada, pero Lencho se quedó con mucha coca después de la última fiesta de antología que se celebró en la casa de Reforma. Un día, después de estar metiéndose rayas y tomando cubas y viendo televisión todo el día, solo en su casa, Lorenzo se llevó un susto. Comenzó a sentir que unos animalitos le caminaban por la piel, a ver luces blancas, y la pierna le empezó a temblar más fuerte que a Mauro en sus peores épocas. Luego escuchó ruidos en el departamento de arriba, que supuestamente estaba vacío, y creyó que la policía había llegado por él. Se escondió en el clóset y comenzó a escribirle mensajes desesperados a su dealer, quien no respondía. La palomita del WhatsApp que indicaba que el mensaje había salido no se convertía en dos palomitas que indicaran que el mensaje había sido visto, por más que Lencho rogaba y le rezaba al teléfono y al Dios del ciberespacio, y Lencho estuvo seguro de que habían agarrado al dealer y le habían sacado los datos de todos sus clientes, y de que ahora mismo la policía estaba rastreando el edificio y lo iban a atrapar y a encerrar a él, previa violación cortesía de un puñado de reos con resentimiento social. De pronto escuchó un helicóptero y pensó, Ya valió pito. Pito, pito, pito. Consideró escapar por el balcón, pero era un tercer piso y estaba demasiado alto. Cuando pasaron diez minutos y notó que los ruidos habían cesado y que no pasaba nada, se tomó un vaso de agua, se encerró en el baño, puso el seguro, atrancó la puerta con una báscula, y se metió a Google. Tecleó la palabra "cocaína", y después de un par de clicks se desplegaron ante él todos los síntomas que estaba padeciendo. Aprovechando el impulso, tiró por el excusado toda la coca que tenía, se tomó una pastilla de Rivotril y dos horas después logró dormir. No volvió a meterse una raya en un buen rato. Entre otras cosas, porque su dealer lo bloqueó de sus contactos.

Podrida la industria o no, Lencho consiguió trabajo de editor de no ficción en una editorial monstruosa, donde tenía un cubículo diminuto donde apenas cabía y unos horarios de explotación. Pero el trabajo lo distraía, y después Karla le recomendó Tinder. Desde los tiempos de Berenice, Lencho no había sabido lo que era el sexo frecuente. En la aplicación resultó tener mucho éxito. Entre otras cosas porque lo de ser editor literario le daba una investidura que resultaba atractiva para muchas chicas que siempre iniciaban las conversaciones virtuales con la frase "(ay) me encanta escribir". Así que Lencho llegó a buen puerto. Tenía trabajo, tenía sexo sin compromiso, no tenía familia que atender, y una vez que Javiera se mudó de vuelta a casa de sus padres, se pasaba sus noches y sus fines de semana leyendo, comiendo, fumando, tomando, rascando un poco la guitarra empolvada y escribiendo para él, en una apacible y predecible rutina. Estaba solo como perro y lo sabía, pero estaba cómodo. Lencho pudo haberse quedado instalado en ese viaje, hasta que un día apareció en su teléfono la inquietante notificación de que había sido añadido a un grupo virtual llamado Desierto.

33

Tras despedirse de Adam en el pasillo de una iglesia atestada escuchando a un coro de adolescentes y con un calor sofocante, Denisse subió en cinco meses los dieciséis kilos que había perdido para la boda de Javiera. Curiosamente, con el tiempo comenzó a ligar más que antes, sólo que en sus conquistas terminaba siempre humillando a los hombres con los que se relacionaba. Después de Unilever entró a Procter & Gamble donde pronto estuvo a cargo de un equipo de cinco personas. Como jefa se volvió desalmada, y les contaba a sus amigas entre risas cómo sobajaba a sus subalternos:

—El tarado de Néstor me entregó el reporte lleno de faltas de ortografía. ¿Saben qué hice? Lo felicité, y llegando a la junta le pasé una copia de su reporte a todo el equipo, diciéndoles que Néstor lo había hecho. El pendejo estaba como pavorreal. A la hora de que lo empiezan a revisar, ven que están marcadas todas las faltas de ortografía con rojo. *Todas.*

—¿Se las marcaste tú? —Karla sacó un vaso de una caja y le quitó el periódico.

—Claro. Y así mandé sacar las copias. La gente se empezó a reír, el baboso de Néstor no sabía dónde meterse.

—Chale, pobre… —opinó Javiera.

Denisse sacó otro vaso de la caja, estaba roto. Se habían reunido ella y Karla en el departamento nuevo de Javiera después de su divorcio para ayudarla a desempacar, y estaban hablando con Irene, quien estaba viviendo en Viena, por Facetime.

—Güey, es que lo que a mí me revienta es la ineficiencia. O sea… la falta de experiencia la puedo tolerar. Pero cuando al mismo idiota le pides tres veces un reporte y las tres veces te entrega su listita del súper, perdón, pero tenía que hacer algo. ¿Cómo empacaste esto, Javi? Todos tus vasos están rotos, güey.

Javiera se puso a arrastrar un sillón:

—Se lo podías haber dicho en corto —señaló.

—¿Qué? No te oí. Deja de mover muebles ahorita, güey.

—¡Que se lo podías haber dicho en corto!

Denisse encogió los hombros y omitió que antes de esa junta hizo que Néstor pasara varias veces por su oficina con el único objetivo de atolondrarlo con su escote.

—Te estás volviendo una bully —dijo Irene desde la pantalla, con una risita que intentaba ocultar su consternación.

—Ay, miren. Me he pasado toda la vida siendo la buena y la linda para que me quieran. Ahora soy mala. A la chingada —Denisse se levantó por una cerveza.

—Eso está chido, Den, no digo que no. Pero no te vayas a meter en una bronca —observó Karla.

Sí se metió. Con el siguiente subalterno, Denisse fue más lejos y además de seducirlo se acostó con él, y como también era un ineficiente, acabó despidiéndolo. El chico no hizo nada, pero cuando Denisse repitió la movida con otro novato, éste la denunció por acoso laboral. Denisse perdió el trabajo. Se pasó unas semanas de remordimiento y pánico, hasta que la llamó el oficial ejecutivo en jefe de Philip Morris Latinoamérica. Durante la tercera entrevista le dio a entender que conocía su historia en la empresa anterior, y le ofreció un puesto directivo.

—Aquí necesitamos gente agresiva, plantada, que pueda dejar bien claro quién manda. ¿Crees que puedes con ello?

Denisse empezó a ganar un sueldo de cuarenta y cinco mil pesos al mes con prestaciones en función de resultados. Dejó de seducir a la gente del trabajo, pero siguió acostándose con hombres en un intenso juego de poder. Luego Javiera perdió las llaves del coche y su celular, se subió al metro y conoció a un supuesto terapeuta sexual llamado César.

—Es un hijo de puta. Pero por lo menos te ayudó a abrir lo de tu abuso —reconoció Karla tiempo después de la desaparición de César.

—Me ayudó a abrir las piernas para grabarme en video. Lo único que le deseo a ese cabrón es que se muera —terminó Denisse.

Cuando cumplió treinta años, Denisse ponderó la idea de congelar sus óvulos.

—¿Cuál es la pinche prisa? —le dijo Karla, desayunando juntas.

—Eso lo dices porque ya eres mamá.

—¡Claro que no! Conozco madres primerizas de cuarenta y dos años, güey.

—Todas las mujeres de mi familia han tenido broncas de ovarios. No me quiero arriesgar.

—¡Acabas de cumplir *treinta* años! ¿Sabes lo cucú que te oyes?

—Güey. En lo que conozco a alguien, salimos, nos ponemos serios, partimos la papaya, decidimos reproducirnos y nos ponemos a intentarlo... o sea, el tiempo se está yendo en chinga. No quiero que se me vaya el pedo y arrepentirme después.

—Denisse. No tienes que decidir ahorita. Neta. Relájate un chingo.

Pero Denisse no podía relajarse. Comenzó a tener dificultades para dormir y nunca subió tanto de peso como en esos meses de indecisión.

—Fui a desayunar con ella el domingo. Se comió un bocado de melón y dos de huevo revuelto —le reportó Karla a Javiera.

—¿Si no está comiendo por qué ha engordado tanto?

Denisse hubiera respondido que no lo sabía, y de algún modo era cierto. Cuando llegaba a su casa y se encerraba a darse atracones de galletas, pan dulce y helado frente a la tele, lo hacía accionando una especie de interruptor de inconsciencia selectiva. Hasta que un día fue a una comida familiar en casa de su abuela Irina. Una de sus primas llegó con un niño de dos años, una bebé de seis meses y unas ojeras hasta los pies. El niño que caminaba no se estaba quieto y se aventó un berrinche fenomenal cuando no lo dejaron comerse la arena del gato.

—Nunca vi a alguien tan abrumado y tan desesperado como a mi prima en toda mi vida —le narró Denisse a Lencho en un café.

—¿Y el marido?

—Un cero a la izquierda. Se la pasó con los ñores, chupando en una esquina; de milagro se ofreció a ir a tirar un pañal cagado.

—Hay cada mequetrefe...

—Si tengo un hijo, no va a ser sola. Eso ya me quedó clarísimo.

—Bien pensado —Lencho le dio un sorbo a su espresso cortado y se tragó con él todas las frases que cruzaban por su cabeza: Yo te hago uno. O dos, los que tú quieras. Ahorita. Vamos a fabricarlos ahorita mismo. Yo los cuido, tú trabajas; yo trabajo y tú los cuidas, como quieras. ¿Cómo quieres? ¿Cómo quieres que se llamen? Pero en lugar de eso, dijo:

—La verdad es que la paternidad está sobrevalorada.

—Totalmente.

—O sea... ¿qué es eso de "tener" hijos? No puedes tener hijos como si tuvieras zapatos o perros.

—Güey, además la gente lo hace porque es lo que se espera, para cumplir con quién sabe cuántas expectativas ajenas —dijo Denisse.

—O para trascender. ¿Qué mamada es esa de trascender? Pinche egocentrismo enfermo.

—¡Exacto! O para no envejecer solo. Hay gente que tiene hijos para comprarse una compañía segura para el resto de su vida. Eso está de miedo, ¿no?

—Denisse raspó con la cuchara la espuma de las paredes de su taza de latte.

—Es súper egoísta. Y además no es garantía de nada. Cualquier día tu hijo te pinta cremas y te dice Ahí te ves —dijo Lorenzo.

—Claro. Yo además ahorita quiero concentrarme en mi carrera.

—Claro.

—Hay que vivir para uno —finalizó Denisse.

—Salud —brindaron con sus cafés y pidieron otros para hablar de Mauro, que por esos días estaba internado en una clínica de rehabilitación.

Denisse salió robustecida de ese café, decidida a vivir para ella y para nadie más. Canceló su cita en la clínica de fertilidad y en cambio fue a la clínica de desórdenes alimenticios, y aunque no logró volverse delgada, sí pudo aterrizar en un peso maniobrable y tirar su báscula a la basura para dejar de torturarse. En lugar de llenarse de azúcar, pasaba las noches llenando carritos de compra de Amazon y luego yéndose a Nueva York o a San Francisco o a San Antonio a recoger sus pedidos y a hacer más shopping. Salía con sus amigos tanto como el trabajo se lo permitía y cuando tenía ganas, invitaba a alguien a su cama. Un día salió a cenar con Diego, su hermano, y Nacho, su pareja. Al segundo gin tonic, Denisse declaró:

—La verdad, por primera vez en mi vida puedo decirlo así: no necesito nada. Estoy súper contenta, súper plena.

—Nada más te falta enamorarte —dijo Nacho.

A Denisse la golpeó la imagen de Orestes acariciando su mejilla en un semáforo en rojo. "Ella es Jessica, mi esposa", "pasa a ver lo de tu liquidación", "te amo como nadie te va a amar en toda tu pinche vida".

—Ya me enamoré —sonrió con amargura.

—¿En serio te enamoraste de Zambrón? —preguntó Diego.

Él nunca se enteró de la relación que Denisse tuvo con Orestes, su antiguo amante y jefe, y no pensaba sacarlo de su error.

—Por un tiempo, sí —mintió.

—¿Y no te gustaría enamorarte otra vez? —insidió Nacho.

Denisse chupó el limón decorativo de su vaso.

—¿A ustedes les gustaría volver a echarse de un paracaídas?

—Sí, claro —respondieron casi a un tiempo.

—Pues a mí no. Estuvo súper intenso, súper cabrón. Pero con una vez tuve. Gracias.

Diego hizo girar los hielos de su propio vaso, y antes de terminarse su tonic, declaró:

—No vas a poder defenderte para siempre, sis.

—Claro que puedo —respondió ella, sin pensárselo. Luego pegó dos veces en la mesa y sonrió—: ¿Postre?

34

Después de Acapulco, Karla siguió siendo una madre dedicada, una profesionista comprometida y una devota afiliada a la fiesta. Cuando el plan era casero llevaba a su hija con ella; Alicia se quedaba dormida en el cuarto del anfitrión en turno y dormida se la regresaba Karla a su casa, manejando a las doce o a las tres de la madrugada o cuando terminara la velada. Siempre con copas encima.

—Estoy perfecta —decía Karla cuando sus amigos de la universidad o los de siempre le sugerían que se quedaran las dos a dormir—. Estuve tomando mucha agua.

Nunca manejó francamente intoxicada, pero sí evitaba los alcoholímetros. La muerte de Adam la hizo consciente de su omnipotencia y la centró. Pero antes, se llevó un susto.

Tiempo después de Acapulco, cuando pasaron los efectos de la Wave y todo parecía haber vuelto a un cauce de relativa normalidad, Karla entró en un estado de manía. Se levantaba a las cinco y media de la mañana, corría ocho kilómetros en la caminadora, preparaba a Alicia y la llevaba a la escuela, seguía trabajando como psicóloga en una secundaria, iba por Alicia y la llevaba a casa de su madre (que también trabajaba, así que Alicia terminaba instalada muchas horas delante de la televisión), veía pacientes por la tarde, volvía por Alicia, le revisaba la tarea y la acostaba, y luego se ponía a estudiar, a lavar platos y ropa y a hacer más ejercicio antes de irse a la cama, a eso de la una de la madrugada. (Tenía una señora que le ayudaba con la limpieza y le preparaba algo de comida, pero iba a su casa sólo unas horas a la semana.) Se obsesionó con darle todo a su hija. Ropa bonita, mochilas y juguetes de moda, una escuela de primera (que no era barata), y llegar ella misma por Alicia en un coche rojo del año (que pagaría durante los siguientes seis) que le gritara al mundo lo que era: una mujer independiente, solvente, tenaz, que lo había logrado todo por sí sola. Y a veces se lo creía. Pero luego llegaba la pregunta insidiosa, formulada por quien fuera: una mamá en un salón de fiestas, una tía, un taxista igualado: ¿Tienes novio? ¿No? Qué raro. Con lo guapa / simpática / inteligente que eres. El mensaje de fondo no era una pregunta, sino una condena: sola no estás completa. Sin hombre, no importa lo que hagas, no acabas de ser. Karla repetía y se repetía que no le importaba, que ella estaba bien así, que una pareja le estorbaba. Pero en el fondo crepitaba de miedo: no quería el mismo destino de su madre y de su abuela, solas y marchitas desde jóvenes, sin calor en su cama. Aunque no lo admitió nunca en voz alta, porque hacerlo implicaba mostrarse vulnerable, una voz interior decretó que Karla sería distinta: ella sí encontraría el amor y lo conservaría. Y de paso, encontraría un papá para Alicia. O por lo menos una figura masculina protectora y fiable. Así se le fuera la vida en ello. Para lograr su objetivo, se puso a salir en citas "casuales" sistemáticamente. Al mismo tiempo dirigió sus esfuerzos para prepararse para un triatlón, luego para un Ironman. Las dos metas chocaban con frecuencia: en las citas bostezaba y a los entrenamientos llegaba desvelada y exhausta. Las citas por lo regular resultaban decepcionantes para fines románticos y lo único que conseguían era que la obsesión por Paco, el papá de Alicia, que Karla ya creía enterrada, se reactivara como la picazón de una roncha al contacto con el agua caliente. Pero Karla no cejaba, y entre más crecían sus demandas para consigo, más exigente se ponía con los demás.

Una noche Karla estaba en la cocina del nuevo departamento de Denisse en Bucareli, escuchando cómo Lencho y ella competían narrando sus monchis más extremos mientras compartían un platón de Bimbuñuelos troceados y bañados con cajeta. Karla no fumaba mota y tampoco estaba comiendo, pero sí estaba bastante entonada con unos vinos tintos.

—¿Has probado los Negritos derretidos? —le dijo Lencho a Denisse.

—Nitos, si me haces favor —corrigió Denisse.

—Ah, sí, disculpa, se me olvida que "Negrito" es políticamente incorrecto.

—Jajajaja.

—Derretidos en fogata son lo mejor. La próxima vez que acampemos... ya verás. Te vas a morir, chata.

—Güey, ¿sabes yo qué hago? —Denisse se rio, traviesa—. Agarro las Oreos, les raspo el relleno, lo voy echando a un bowl, luego lo meto al microondas, y en ese rellenito derretido chopeo las galletas.

—No mames, me guacareo —dijo Karla.

Lencho y Denisse la ignoraron por completo.

—No mames, te tengo una que mata todas —anunció Lorenzo.

—¿Cuál? —Denisse aplaudió.

Lecho se metió un Bimbuñuelo a la boca y mientras masticaba generó tensión dramática. Al terminar, pausó en cada palabra:

—Krispy Kreme pasada por la wafflera.

—¡No!

—Sí.

—¿Cuál Krispy Kreme? —Denisse se chupó los dedos, llenos de cajeta.

—La tradicional.

—Ufff...

—Güeyes, la neta los oigo y me dan arcadas emocionales —intervino Karla.

—¿Por qué? —Denisse cruzó los brazos, retadora—. A ver, escúpelo de una vez.

—Pues porque hay que cuidarse tantito, no mamen.

—¿Como para? —Lencho se colocó junto a Denisse, enfatizando la división en bandos—. De algo nos tenemos que morir.

—Exacto. Vivir mata —apoyó Denisse.

Lencho alzó su mano para chocarla con la de ella, luego continuó:

—Me caga este choro de estar "healthy" y de estar "fit" y de ir al "gym". Es otra de las gringadas que el capitalismo ha capitalizado.

—Güey, si algo ha capitalizado el capitalismo es la gordura, perdóname —dijo Karla.

El Inge entró en ese momento a la cocina y al escuchar a Karla regresó por donde vino. Karla no midió el peso de su sentencia y continuó disparando sin piedad.

—Primero te venden la comida, luego los productos para adelgazar... luego el choro de "acéptate" junto con la ropa oversized. Luego te venden las medicinas para la diabetes, la presión y el corazón. Hospital y funeral. ¡Pum! Es negocio redondo. Con los gordos no se pierde.

Karla se arrepintió de haber usado la palabra "gordos" en cuanto lo hizo, pero era tarde para desdecirse. Lencho y Denisse se quedaron inmóviles con su platón de Bimbuñuelos en las manos. Lencho se sintió compelido a decir algo rápido para proteger a Denisse.

—Pues yo creo que todo el mundo tiene el pinche derecho de tratarse como quiera y de vivir como quiera. Cada quien su veneno y su soga para ahorcarse.

—"Find what you love and let it kill you" —recitó Denisse.

—Exactamente —le sonrió Lencho.

—Bukowski era un alcoholicazo... —objetó Karla.

—Y un genio —remachó Lorenzo.

—Güey, no a huevo para ser un chingón tienes que destruirte en el proceso. Perdón. El maltrato a uno mismo no debería ser el precio de ningún arte.

Las palabras de Karla resonarían en Lencho durante mucho tiempo después, pero en ese momento respondió:

—Pues igual y no "debería". Pero si el pinche Bukowski o el pinche Whitman o el pinche Rimbaud quiere chupar y escribir y escribir y chupar a morir, allá él. Es *su* perro y él lo baña.

Satisfecho con su defensa, Lencho se puso a abrir otra botella de vino. Denisse dejó el platón vacío y fue al fregadero a enjuagarse las manos. Karla continuó:

—Eso, sin duda. Cada quien tiene derecho de vivir y de morir como quiera.

—¡Gracias! —Lencho alzó el sacacorchos. Denisse le acercó su copa para que le sirviera cuanto antes.

—Yo no digo que no coman. Con tantito ejercicio se nivela la cosa. Es tener un enfoque sano, nada más.

—Karla, eres más pesada que las abdominales —declaró Lencho.

—Yo te voy a dar a ti un enfoque sano —Denisse le aventó a Karla un popote abandonado directo a la frente. Tenía restos de refresco.

—¡Ay!

—¿Crees que matarte haciendo ejercicio mil horas al día es un enfoque sano?

Karla se limpió con un trapo de cocina. Lorenzo abrió el vino:

—Hay una cosa que se llama vigorexia. Es una enfermedad, te vuelves yonqui del ejercicio. Hay gente que se muere de eso. Pero seguro ya lo sabes, porque tú lo sabes todo... —atacó.

—Yo no sé cómo no dejamos de hablarnos en esos años. Todos nos pusimos súper crispados y combativos... como si hubiéramos comido gallo —dijo Karla en una sesión de terapia, tiempo después.

Una tarde, Karla manejaba por Calzada de Tlalpan, junto al tren ligero. Iba con Alicia, quien ya tenía siete años. Comenzaba a llover. Karla había dormido cuatro horas, estaba muy acelerada y especialmente sensible.

—Mira, mi amor. Esta canción fue la que bailé con mi generación de tercero de secundaria.

—Qué padre, mami.

Tres minutos después:

—Mira, con ésta empecé a andar con mi primer novio.

—Está bonita.

Karla quitó la canción a medias:

—No. Mira, mira ésta. Ah... ésta te va a encantar. A mí me fascinaba en la universidad. ¿Te gusta?

—Me gusta mucho —Alicia respondió con entusiasmo y también con un poquito de miedo.

Y es que entre una canción y otra, Karla pasaba de la risa eufórica al llanto melancólico sin escalas, acelerando en el carril de alta. De pronto, mientras Karla manipulaba el Spotify en busca de otra canción, la llanta izquierda tocó el muro de contención y desvió el curso del coche. Instintivamente, Karla estiró el brazo para detener a Alicia y aceleró en lugar de frenar, lo cual resultó afortunado. Después de un giro aparatoso, terminaron estacionadas en el carril central en posición transversal al flujo de los coches sin haberle pegado a ningún otro auto y sin mayor consecuencia que una retahíla de bocinazos.

Con el corazón desbocado y temblando de pies a cabeza, Karla maniobró para orillarse, puso las intermitentes, se quitó el cinturón de seguridad y abrazó a Alicia, quien lloraba del susto.

—Tranquila, mi amor. Tranquila, no pasa nada. No pasa nada.

De vuelta en su casa, se encerró en el baño y se miró en el espejo.

—Qué te pasa, pinche Karla. Te estás poniendo muy border. Bájale de huevos. Serénate, carajo —se dijo en voz alta.

Estaba a punto de apagar la luz y salirse a la cocina a hacerse un té, a ponerse a estudiar, a hacer sus miles de cosas, pero se quedó ahí. Plantada frente al espejo. Hacía mucho tiempo que no se miraba detenidamente. Y se descubrió ojerosa, avejentada y absurdamente triste.

Karla dejó el trabajo en la secundaria para ver pacientes por las mañanas y poder estar con Alicia en las tardes, bajó el ritmo del entrenamiento físico y volvió a terapia. Había ido durante los años de universidad y durante su formación como terapeuta porque era requisito para ejercer, pero lo había dejado para ahorrar.

—Tenía que tramitar el duelo —le dijo a su terapeuta—. No entiendo cómo no vine desde que se murió Adam. Yo creo que porque no tenía muchas ganas de hablar de eso, ¿verdad? —se respondió sola.

Dos veces a la semana se sentaba y hablaba de Adam sin parar. Hasta que un día, su terapeuta le dijo:

—Karla, llama la atención que siempre te refieras a Alan como tu amigo.

—¿Por qué "llama la atención"? —respondió Karla, defensiva.

—Tú dime.

—Fuiste tú la que sacó el tema —resopló.

A Karla le chocó que la terapeuta confundiera el nombre de Adam después de tres meses, así que la dejó y empezó a ir con otra. La nueva terapeuta era una mujer de sesenta años que le recomendó que también Alicia fuera a terapia, con alguien más. Karla le había contado que estaba teniendo bajo desempeño escolar y varios reportes de conducta después de la última desaparición de Paco. Las sesiones fueron revelando que Alicia tenía un enojo descomunal, no sólo contra su papá sino contra la propia Karla. A los pocos meses de ir a terapia, Alicia anunció que tenía una nueva amiga en la escuela. Seguía siendo la misma niña intensa y revuelta, pero mucho más relajada y contenta. A Karla le sucedió algo similar.

—Vayan a terapia, por favor —Karla les insistió a todos sus amigos, en persona a los que pudo y por Skype a los que estaban lejos—. Hay mucho que elaborar. Lo que nos pasó estuvo bien fuerte.

—¿Y si me sale otro pinche César? —repuso Denisse.

—No, pues hay que hacer tantito casting... pedir referencias...

—Pero yo no quiero ir a terapia toda la vida —protestó Javiera.

—Lo que sea es bueno —concluyó Karla.

Ninguna de las dos le hizo caso.

Una tarde, Javiera llegó con otra propuesta para ella:

—Güey, mi amiga Gema fue con una bruja y me dijo que está perrísima. ¡Vamos!

—Paso. Mi mamá acaba de ir con una que le pidió veinte mil pesos para un menjurge contra el mal de ojo. Le dijo que los iba a *enterrar*.

—¿Y se los dio?

—Obviamente no.

—Pero esta ñora neta se oye chida. Gema no es muy de esas ondas y cuando me platicó se oía muy impresionada —aseguró Javi.

—¿Y qué usa?

—¿De qué?

—¿Tarot, runas...?

—Ah, ni idea. Creo habla con los ángeles.

—¿Azules?

—Jajaja, mensa.

Karla se burló pero estaba tentada. Pese a la naturaleza de su profesión y de ser ella misma racional en extremo, a Karla siempre le habían llamado la atención esas cosas. De niña le divertía leer los horóscopos de las revistas y en la adolescencia siempre se ofrecía de conejillo de indias cuando alguna amiga quería leer la mano o las cartas. Lo hacía con ironía y escepticismo, pero lo cierto es que las coincidencias la entusiasmaban. Mientras estudiaba la carrera se había sentido atraída por los postulados de Carl Jung, quien daba más cabida a lo místico y lo simbólico. Finalmente se había decantado por el psicoanálisis de Freud y Lacan y su ateísmo férreo.

—¿Por qué? —le preguntó Adam yendo rumbo a Puebla en la Cherokee, la última vez que fueron juntos a San Andrés Ixtacamaxtitlán, poco antes de que Irene y Adam se comprometieran.

Karla ordenó mentalmente sus ideas:

—Pues... a ver. La bronca con teorías como el inconsciente colectivo, los arquetipos y la sincronicidad es que es *alguien más* el que te interpreta, ¿me entiendes? Las respuestas vienen de fuera, pues. Y el chiste del psicoanálisis no es lo que otro te diga de ti, sino lo que *tú* te digas de ti.

—Ya —Adam hizo una pausa—. ¿Y si todo te lo dices tú, entonces para qué tienes que ir con alguien?

—Buena pregunta. Para que te guíe en el proceso de escucharte a ti mismo y encontrar las respuestas que ya están dentro de ti, cosa que no siempre es fácil.

Adam asintió mirando la carretera.

—Suena bien. ¿Tú con quién me mandarías a mí?

—¿A terapia?

—Sí.

—Con ninguno. Yo digo que los católicos no pueden analizarse.

—¡Qué discriminación! ¿Por qué?

—Porque creen que están en las manos de Dios. Por lo tanto no pueden responsabilizarse de sus vidas ni de su propio deseo.

Karla lo dijo con el mismo tono ligero que había permeado toda la charla, pero esta vez no se rieron. Adam volteó a verla un instante:

—¿Sabes yo qué deseo?

—¿Qué?

—Unos tacos de barbacoa. Ahorita. ¿Y sabes quién me los va a mandar? *Diosito.*

Se rieron otra vez. Karla se prendió un cigarro, aliviada. Por un momento sintió que se había pasado de sentenciosa con Adam. Él continuó, serio:

—¿De veras crees que no hay nada?

Karla miró por la ventana. Eran las cinco de la tarde y estaba nublado, olía a una quema de basura lejana, a la colonia de Adam y a lluvia anunciada. Pasaron junto a un perro muerto, lanzado a la orilla del camino. El sol oculto pero ahí. Siempre el sol. A la distancia precisa para permitir la vida. El universo y la existencia no podían ser más que una concatenación de causas y efectos, lógicos y explicables. ¿Por qué tendría que ser de otra manera? ¿Qué había de malo en que así fuera? Karla casi lo decidió en el mismo momento en que lo dijo:

—Nop. Nada.

—No te creo.

Karla lo meditó y concedió:

—No sé. Pero si lo hay, va sin dedicatoria.

Cuando Javiera le propuso a Karla ir con esta nueva bruja, ella ya estaba curada de arcanos, arquetipos y psicomagia, pero necesitaba que alguien le asegurara que encontraría el amor. Era algo completamente irracional, que no podía admitir ni siquiera ante sí misma, y tal vez era su racionalismo extremo el que la compelía a buscar respuestas mágicas en secreto, como el diabético que se escapa a comer pasteles porque en su casa está prohibida el azúcar.

—Estoy en chinga, güey. No tengo un minuto.

—Ve tú. Yo me quedo con Alicia.

La oferta de Javi era tentadora y Karla aceptó. La mujer se llamaba Almudena y tenía su consultorio en avenida Las Águilas. Era una señora bien arreglada, llevaba un conjunto gris, unos aretes de perlas y una pequeña medalla de la Virgen. Era fácil de trato, a Karla le ofreció un café buenísimo y le contó que había estudiado economía y ejercido por unos años, pero lo había dejado por criar a sus hijos y esto era algo que hacía por gusto. No cobraba por sus servicios, pero aceptaba gustosa una bolsa de café en grano o unos chocolates, que le encantaban. Karla iba prevenida al respecto, y le había llevado un paquete de cada cosa. La mujer los tomó sonriendo, muy agradecida:

—Dios te dé más.

Desde que era niña, Almudena había tenido una habilidad asombrosa para predecir acontecimientos. Había encontrado varios objetos y coches perdidos o robados e incluso predicho accidentes aéreos, todo gracias a mensajes que le llegaban sin llamarlos. Más que escuchar voces, eran como pensamientos que ella no reconocía como propios, y que eran perfectamente distinguibles. Mientras estudiaba la universidad, un sacerdote jesuita la invitó a un centro de estudios de actividades paranormales en Estados Unidos, para que aprendiera a canalizar aquellos mensajes. Almudena estaba lista para irse, pero al final declinó al descubrir que estaba embarazada, y mientras sus hijos fueron chicos, dejó de tener premoniciones. Pero las voces no cesaron. Almudena comenzó a recibir a familiares y amistades para conversar. Quedaban contentos con las cosas que les decía y comenzaron a recomendarla entre sus conocidos para que fueran a verla. Todo esto se lo contó Almudena a Karla en el saloncito donde tomaban el café, mientras Karla la escuchaba con interés y también con inquietud. Llevaba ahí media hora y se preguntaba en qué momento comenzaría Almudena a hablar con alguien o a poner los ojos en blanco para recibir mensajes del más allá. Pero ella sólo la miraba con unos ojos centelleantes muy delineados y las cejas tatuadas.

—Estás muy triste. Tuviste una pérdida grande. ¿Verdad?

Karla no respondió de inmediato. Se suponía que la gracia de los adivinos es que adivinaran las cosas, no que tuvieran que preguntarlas. Pero Almudena no estaba esperando respuesta:

—A muchos hombres has perdido, niña mía.

Karla sintió un golpe de calor y frío a la vez. Su mente explicativa se impuso: Seguramente se refiere a mis galanes, seguramente tengo toda la pinta de soltera desesperada.

—Hay una mujer en tu vida… —dijo.

—Varias —respondió Karla, con una risita defensiva.

—Quiero decir, además de tu hija, de tu madre, de tus amigas…

Otra avalancha. Karla no recordaba haberle mencionado a esta mujer que tenía una hija. Aunque de nuevo se aferró a creer que Almudena lo dedujo. Si algo tiene esta gente es habilidad para la observación y la deducción a través de los detalles, se dijo. Repentinamente, la mujer tomó sus manos. Con el movimiento quedó visible un magnífico octágono energético que colgaba por debajo de su blusa. Almudena apretó sus manos como diciéndole, Aquí, atenta. Karla la miró.

—El amor que te toca a ti es un desafío, Karla. Tú no necesitas un marido ni un papá ni alguien que te cuide y te mantenga. Tú quieres amar, quieres vivir esta vida amando. Eso se te ve en los ojos.

Karla desvió la mirada, intimidada. ¿Esta mujer me sabe algo, o sólo me está diciendo lo que quiero escuchar?, le decía su cabeza, mientras su corazón luchaba por callarla a patadas.

—El amor que buscas está muy cerca, y viene como un huracán. Pero vas a tener que ser valiente para aceptarlo.

En ese momento, Almudena soltó sus manos, se levantó, fue a la cornisa de la ventana y recogió una pequeña pluma de ave que le entregó a Karla con una sonrisa dulce:

—Mira, para ti.

Así terminó la visita. Karla salió de ahí con poca fuerza en las piernas y con el corazón como un tambor. Durante los siguientes días fantaseó con todas las posibilidades imaginables. Con alguien mucho más joven, con alguien mucho más viejo, con alguien mucho más bajo, con alguien muy feo, con alguien discapacitado. Una tarde recibió a un paciente de quince años que le miró el escote al llegar y pensó, No, por favor, que no me vaya a enamorar yo de un puberto. Así le sucedía con todos los hombres con los que se cruzaba. Escudriñaba al tipo que le vendía el café a la vuelta del consultorio y al que ayudaba a estacionar los coches en su edificio preguntándose si su huracán sería un amor prohibido de distintas sociedades, y Karla les sonreía con educación y con el beneficio de la duda, pero ninguno se mostraba demasiado huracanado. Pasaron los meses y Karla se distrajo con otras cosas y se olvidó de la sesión con Almudena y de todo el asunto. Hasta que un año y medio después de la muerte de Adam, y año y medio antes de partir hacia el desierto de San Luis Potosí, a Karla le canceló su cita de Tinder. Fue al cumpleaños de una prima al que no tenía muchas ganas de ir, y ahí conoció a la persona a quien por fin pudo entregarle su corazón sin reservas y sin miedo, quien calentó su cama y se convirtió en su apoyo y su compañía y una figura confiable y amorosa para su hija. Lo que nunca se imaginó es que esa persona se llamaría Mercedes.

35

Claudio se fue de la ciudad casi inmediatamente después del funeral y la despedida de Adam. La culpa lo rebasaba y las palabras de Irene cuando dijo "él era el mejor de todos nosotros" fueron una estocada mortal. Claudio se convirtió en un caballo de carreras que no ve más que de frente y hacia delante, se dijo que no volvería atrás, y eso incluyó a sus padres y a la propia Irene. Tenía dinero ahorrado, el dinero con el que pensaba subirse a un avión con Irene para irse a cualquier destino del mundo, apenas días atrás. Decidió cambiar de panorama por completo, no quería volver a las ciudades conocidas de siempre y pensó que meditar le ayudaría. *El libro tibetano de la vida y de la muerte* decía: hagas lo que hagas, no trates de escapar de tu dolor, permanece con él. Sabía que sería difícil, pero también supuso que meditar sería la forma más efectiva y certera de darle algún sentido a su caos interior. Por mucho tiempo había querido hacer un retiro Vipassana, así que se aventuró al rincón del mundo que siempre había dejado para después, para algún día, para cuando pudiera pararle a sus trabajos de supervivencia y a su constante traqueteo errabundo. Se fue al Tíbet y se apuntó a un retiro de silencio de diez días en Lhasa. A los cuatro días en ese lugar idílico en la montaña, de arquitectura límpida y meditadores silenciosos que exudaban serenidad, desapego, autoobservación e interconexión mente-cuerpo comenzó a sentir que se volvía loco. Por más que intentaba llevar su pensamiento a su respiración, al aquí y al ahora, una fuerza irremisible lo lanzaba una y otra vez a la última ocasión que vio a su hermano vivo, la última conversación en el hotel Caracoles de Acapulco, cuando Adam le dijo "Si no te reviento el hocico es porque eres mi sangre", y aquella orden categórica: "Cuídala, cabrón". Cuídala. Pero, ¿cuidarla por qué, de qué? Claramente no se refería a la migraña ni a la cruda. ¿En qué estaba pensando Adam cuando dijo eso? Era como si en esa frase implicara que no iba a volver a verla, como si de algún modo supiera que iba a desaparecer. Además de la pérdida de su hermano y del remordimiento que lo laceraba había una fisura, un rompecabezas incompleto que lo desquiciaba. Entre más se esforzaba por no concentrarse en Adam, más obsesivos se volvían los pensamientos y mayor la ansiedad y la estática producida por la incertidumbre. Hasta entonces, Claudio tenía una máxima: en el presente siempre se está bien. Mientras que el futuro y el pasado pueden estar cargados de melancolía, inquietudes y ansiedad, en el presente simplemente lidias con lo que hay. Claudio nunca se angustiaba anticipadamente, y confiaba en que en el presente siempre se estaba a salvo, por difícil que fuera el momento. Por eso pensó que meditar le serviría. Pero ahora había un inconveniente: antes, su vida siempre le había gustado lo suficiente como para considerar cualquier presente como digno de vivirse. Pero por primera vez, ese presente no le gustaba para nada. No quería estar en él.

Rompió la regla y abandonó el retiro antes de que transcurriera la primera mitad, y se puso a vagar por la ciudad. Con ello rompió un segundo mandamiento, ya que en el Tíbet los turistas no pueden andar a su aire. Para llegar tuvo que pedir un permiso especial y organizar todo a través del centro Vipassana y una agencia de viajes, así que se había convertido en una especie de prófugo. Como el Dalai Lama, pensó, y le gustó la idea. Era un día de verano en la cuenca más elevada del mundo, un día esplendoroso con nubes blanquísimas y cielo azul eléctrico, que Claudio estuvo seguro que le hubiera maravillado a Irene. Caminó durante horas sin llevar más protección que sus lentes oscuros. Se achicharró por el sol. Estuvo dos días febril en una pensión que olía a sardina frita, con niños que entraban y salían de su cuarto y lo señalaban entre risas, mientras él se ponía hielo y crema en la cara y en los brazos llenos de llagas, sintiéndose un imbécil. De pronto se miró en el espejo y se dijo: Estoy en el culo del mundo. Estoy en el puto culo del mundo y no tengo idea de qué hacer. Ponderó sus opciones hasta que le dolió la cabeza. Sin respuestas, se fue a dormir.

Durmiendo soñó con el mar profundo, lleno de sonidos y colores magnificados. Al despertar, tenía una salida. Cuando daba clases de buceo en Singapur se había hecho amigo de un nepalés de nombre Burak. A Claudio le pareció buena idea visitarlo. Sacó su añosa agenda de piel deshojada y vuelta a pegar varias veces, el objeto más preciado que poseía, y ahí encontró la dirección de Burak. Siempre anotaba los datos completos de la gente que conocía en sus viajes, así se había ahorrado muchos hospedajes y ganado muchos amigos a lo largo de los años. Decidió no avisarle y sorprenderlo. Tomó un avión prohibitivo de China Southern que voló la hora y media con una turbulencia implacable. Claudio se aferraba al asiento del avión deseando que se estrellara de una vez por todas. En Katmandú no encontró a su amigo. Su madre le explicó en un nepalés salpicado con palabras en inglés y fotos que Burak se había casado y que era padre de dos niños y que estaba trabajando en Pekín. Desanimado, Claudio recorrió la ciudad llena de templos y palacios antiguos formidables tratando de encontrar, como cada vez que viajaba, algo distinto, concreto, sustantivo; una estampa humana, algo que le hablara de la ciudad viva y no de la historia fotografiable. Lo encontró caminando de noche por la periferia de Katmandú. Era un tipo menguado, medio bizco y parlanchín que le ofreció toda clase de drogas a precios increíblemente bajos. Esa noche Claudio se encerró en otra pensión con una pipa de opio y un solo objetivo: no pensar y no sentir. No salió de ahí en un mes. El tipo, de nombre Simba, le llevaba comida, opio para fumar y laxantes para contrarrestar el efecto astringente. Claudio no necesitaba más. Había encontrado el Nirvana, el lugar ideal. En los sueños vívidos del opio llegaba a ver a Irene, a sus padres e incluso a su hermano, pero todo bajo un sopor y un estado de bienestar físico que obturaban cualquier sufrimiento. Ahí no había dolor. Era la evasión definitiva, la fórmula perfecta para no estar. Hasta que Claudio se quedó sin dinero. Un día se levantó y buscó en los bolsillos de sus pantalones para darle las dos mil rupias de siempre a Simba, y no encontró más que monedas. Tuvo que salir a buscar un cajero automático. Antes se dio un baño y le sorprendió ver el charco negruzco bajo sus pies. Olió su ropa y le vino una arcada. La metió en una bolsa y salió de la pensión para buscar una lavandería además del cajero. La luz del día lo cegó por un momento, los olores de la calle le daban náuseas. Cuando finalmente logró dejar su ropa lavándose y consiguió dinero, pasó junto a pequeño local donde había computadoras e internet. Estuvo sentado en la banqueta fumando media hora antes de decidirse a entrar y hacer contacto con el mundo, escribirles al menos a sus padres para decirles que estaba bien. Cuando finalmente entró al local y abrió su cuenta de mail, tuvo el impulso de salir corriendo: tenía cincuenta correos electrónicos de su madre. Abrió uno al azar. Estaba escrito todo en mayúsculas y hacía preguntas sobre seguros y números de póliza. Claudio lo cerró de inmediato, como quien encierra una araña en un frasco. Salió del local. A los cinco minutos regresó, pero tuvo que esperar a que se desocupara una computadora. No me toca ese desmadre, pensó mientras tanto. No me toca. Una vez que abrió su correo de nuevo, se limitó a redactar un mensaje sucinto para sus padres, avisando de su paradero y mandando besos.

Estaba por irse cuando vio que Lencho estaba en línea en el chat de Facebook. Intercambiaron un par de frases con muchos signos de admiración y de interrogación y a los cinco minutos ya estaban hablando por Skype.

—No puedo creerlo. Claudio López en Nepal. Échate ese trompo a la uña.

—¿Qué haces despierto a estas horas, cabrón?

—Ya sabes que soy ave nocturna. Güey, no mames, teníamos miedo de que te hubiera chupado la bruja Vipassana.

Claudio se rio. Su risa le sonó rara.

—Pues traté, pero no se dejó. La verdad es que el bypass espiritual como que no jaló.

—Jajajaja, ¿entonces en qué has andado?

—Pues… en algo de opio —confesó.

—¿Te cae?

Claudio se prendió un cigarro. Lencho se acomodó en la silla e hizo lo mismo.

—¿Y qué se siente, o qué? ¿Es cierto lo que dicen en *Trainspotting*?

—¿Qué?

—"Piensa en el mejor orgasmo que hayas tenido, multiplícalo por mil y ni siquiera andarás cerca" —citó Lencho.

Claudio sonrió.

—Pues creo que eso es más bien con la heroína. Esto es más… como instalarte en un sueño.

—Ya.

—Lo mejor es no preocuparte por nada más que por fumar. No tener que pensar —Claudio se sintió frívolo en cuanto lo dijo, chupó el cigarro y se justificó—: Está chido el silencio.

Lorenzo asintió varias veces, tratando de que no se le notara la preocupación. Lo cierto es que su amigo lucía fatal. Soltó el humo y sonrió:

—Opio… No mames, López, qué pinche decimonónico me saliste.

Claudio volvió a reírse. No se acostumbraba. Era como si no fuera él, ni sus cuerdas vocales.

—¿Y cómo están todos?

—Jodidos. Ya sabes, chambeando y haciendo como que… pero jodidos.

—Ya. ¿Irene cómo está?

—Se fue a Viena. ¿No supiste?

Claudio cambió de posición. Imaginarse a Irene en otro lugar del mundo era como un pequeño corto circuito, como un error en la Matrix.

—Nel, ¿cómo estuvo eso?

—Se murió su abuela. Bueno, la tía de su mamá. O sea, su tía abuela.

—Me acuerdo de ella. Bueno, Irene me contó. La hermana de su abuelo, ¿no?

—Creo que sí. La cosa es que el depa llevaba meses cerrado y lleno de triques, los vecinos empezaron a quejarse de que olía raro y no sé qué.

—Hostia…

—La doña no tenía familia y no había quién se hiciera cargo de sus cosas. Anna tapada de chamba, como siempre. Así que Irene se lanzó para allá. Ya tiene como un mes.

Un poco porque el comentario "decimonónico" lo hizo sentir algo patético, y un poco porque saber a Irene del otro lado del mundo y no llorando por su hermano le movió el piso, Claudio decidió que ya estaba listo para otra cosa. Como solía decirse en Madrid para cambiar de local en una noche de marcha, Claudio se dijo: Nos movemos. Se dio su última sesión de opio, y al día siguiente le pidió a Simba que anotara sus datos en su agenda. Cuando el tipo entendió que Claudio ya no iba a requerir de sus servicios, se puso como loco. Vociferaba y reclamaba algo que Claudio no alcanzaba a entender.

—¿Me estás cobrando mano de obra o qué, cabrón?

Asumió que el hombre quería más dinero así que le dio veinte euros más, tomó su mochila sin voltear a verlo y se fue al aeropuerto. Otra vez se engañó y se dijo que quería retomar su búsqueda espiritual, no conocía la India así que compró un boleto para Delhi. Pero había un detalle con el que no contaba: la abstinencia física de los opiáceos. En la sala de espera del aeropuerto, Claudio empezó a sentirse mal. Mareado, confuso, con una repentina comezón por todo el cuerpo. Se puso amarillo. Se le bajó la presión. Era el peor malestar físico que había sentido, peor que el de la Wave en Acapulco, más violento. Llegó el momento de abordar cuando Claudio vio a lo lejos a unos policías. Entró en pánico. De pronto estuvo seguro de haberse quedado con opio, o quizá Simba le había sembrado algo en la maleta por resentido. Me van a agarrar, pensaba. Me van a agarrar y me voy a quedar en una pinche cárcel nepalí para siempre. De pronto se puso a vomitar en medio de toda la gente.

—*Sir, sir, are you alright?*—se acercó uno de los policías.

Claudio no abordó el avión. Salió del aeropuerto dando tumbos y se metió al primer hostal que encontró con una habitación propia; consiguió unos analgésicos y una cubeta para ir al baño y vomitar el día entero. Tuvo alucinaciones. Abría los ojos y descubría a Irene tumbada a su lado, febril como él, preguntándole si no tenía un Supradol. Luego Irene desaparecía, la puerta se abría y Adam entraba a la habitación. Lo regañaba: "No la cuidaste. Ella te dio la vida y no la cuidaste". Cuando tenía ratos de lucidez, Claudio se repetía: Tengo que ir a un hospital. Tengo que ir a un hospital, Dios mío. Pero no tenía las fuerzas. Y una parte de él se alegraba de no tenerlas, y por momentos aceptaba con una dulce resignación que todo terminara en ese cuarto remoto y salpicado de vómito.

Al día siguiente despertó a las once de la mañana con unos martillazos en la habitación contigua. Se bañó en el baño comunitario sin jabón y con agua fría y recordó una conversación añeja. Claudio acababa de regresar de Sudamérica, donde estuvo un año. En Buenos Aires había trabajado de chofer de autobús y les contaba a Lencho y a su hermano Toño en su casa, cuando todavía vivían con don Ángel, su padre:

—Se supone que Baires es toda europea y tal, pero lo latino se le sale por los poros. Los colectivos son igualitos que los microbuses chilangos, llenos de luce-

391

citas y peluches fosforescentes y chingaderitas colgando en el espejo, con cumbias sonando a todo volumen.

—Órale —dijo Toño.

—Qué "copado" —se rio Lencho.

—Copadísimo. Hasta que me quedé sin frenos...

—¿Manejando el colectivo? ¿Y qué hiciste, güey?

—Ya era de noche y venía de regreso por avenida Dorrego, traía tres pelados, nomás. Frené con motor, un don se pegó con la barra del asiento y se abrió tantito la frente, pero no pasó de eso.

—Uf, qué pinche susto —Lencho se abrió una cerveza.

—¿Me pasas una? —pidió Toño.

Lencho abrió cervezas para los tres.

—Pa' sustos, lo que me pasó en Puerto Escondido —Claudio recibió su Victoria.

—¿Qué te pasó? —Toño estaba fascinado.

—Iba en un redilas que te lleva de San Agus a Mazunte. Era de noche y el cabrón venía hecho la madre por la carretera, pero la *madre*... iba yo ahí en la caja del camión, agarrado de una especie de cable, sintiendo que iba a salir volando en cualquier momento...

Don Ángel, que escuchaba la conversación desde la cocina, intervino:

—Tú te dices viajero, jovencito. Yo te voy a decir una cosa. Viajeros eran los inmigrantes que se trepaban en un barco en Galicia y viajaban un mes entero rumbo a América sin tener puñetera idea de qué se iban a encontrar. Con enfermedades, sin bañarse. Viajeros eran los que se despedían de su familia y no sabían si los volverían a ver, los que lo dejaban todo y se lanzaban a lo desconocido. Eso sí que era viajar, hombre.

En su momento, a Claudio el comentario le pareció gratuito y petulante. Pero esa mañana en la pensión de Nepal, Claudio decidió que don Ángel tenía toda la razón. Decidió prescindir de los aviones y llegar a India en tren.

Así se movió durante unos meses. Le asombró la efectividad de los trenes, se los imaginaba más caóticos. Y le sorprendió que salen a todas horas y la gente los toma para todo: para trayectos cortos, para ir a trabajar, para volver a casa; para trayectos largos, de días, surcando montañas, bordeando el mar, cruzando mercados. Claudio había estado ya en Tailandia, en Indonesia, en Singapur, en Turquía, en Filipinas y en Vietnam, pero esta parte de Asia era otra cosa. Era otro mundo, y otros mundos dentro de esos mundos. Llegar a Delhi fue llegar a un nuevo universo olfativo. Rápidamente tuvo que acostumbrarse a los escupitajos y al olor permanente a orines en las calles y humo en el aire, al inexistente sistema de recolección de basura, a comer en puestos callejeros con ratas transitando por ahí, a dormir en sábanas sucias, a los excrementos de las vacas por las calles. Claudio concluyó que India no es para neuróticos y se preguntó si a Irene le gustaría. A ratos concluía que definitivamente no, y otros que sí. Imaginaba sus reacciones ante las sonrisas permanentes con dientes blanquísimos y el brillo indescriptible en los ojos; el *naan*, el *chai*, los tres carriles para los vehículos que mágicamente se convertían en siete, los bocinazos en clave marcando el pulso del tránsito y lastimando los tímpanos, el regateo, los templos, las mezquitas, los vestigios de los *rajás*, los anuncios de Pepsi, la variedad de religiones y las incontables lenguas, la pobreza infrahumana, los leprosos, las vacas, los monos, el Ganges, los santones, los saris de colores, los rickshaws, los elefantes, el caos. Y en medio de todo ese exotismo había algo increíblemente familiar, que lo remitía a México como ningún otro lugar del mundo. Se dio cuenta de que era algo que tenía en común con Cuba y con otros destinos en Asia: la incomprensible alegría que brotaba de la pobreza más radical, y la forma en que todos los pobres con quienes se topaba se empeñaban en darle de comer. Se imaginó a su hermano fascinado con todo aquello, y lo extrañó como se extraña una pierna para caminar. Claudio hizo su mejor esfuerzo por volcarse en la experiencia, pero todo pasaba frente a sus ojos sin ninguna emoción, como si fuera una película deslavada. Dormía mal y tenía poco apetito. Al principio creyó que era por lo condimentado y picante de la comida, pero en otros viajes ése nunca había sido un problema para él. Todo el tiempo se sentía agitado, nervioso, falto de concentración. No podía leer ni entender bien la información de los lugares que visitaba, y le costaba mucho trabajo tomar decisiones. Llegó a temer haber sufrido algún desequilibrio irreversible en su química cerebral a resultas del opio, incluso de la Wave, pero en el fondo sabía que no era eso. Claudio siempre viajó ligero. Una vez estuvo sentado en un café de Florencia durante horas, viendo el proceso de una mudanza que ocurría del otro lado de la calle. Se asombró con la cantidad de cosas que la gente puede llegar a acumular, y se alegró de llevar unos años con el contenido de una mochila por toda pertenencia. Una vez en Tailandia compró una mesa. La dejó encargada diciéndose que volvería o mandaría por ella cuando se estableciera. Nunca lo hizo. Siempre pensó que las posesiones a la larga eran como una losa. Ahora sabía que estaba equivocado, porque nunca nada en toda su vida le pesó tanto como esa mitad suya, perdida para siempre.

Si encontraba un hostal más o menos limpio, llegaba a quedarse encerrado ahí por días enteros, durmiendo o viendo el techo, con la cabeza girando en automático, pensando en Adam y en el rompecabezas trunco de su muerte, sin hacer nada por detenerla. De pronto un día se arrastraba hacia la calle o hacia otro tren, diciéndose, Estás en India, Claudio, chingada madre, ponte las pilas, y se aventuraba hacia un nuevo destino. Pero no importaban las maravillas que viera, la gente alucinante que descubriera, todo lo percibía lejano, envuelto en una sensación pastosa. Hubo una idea que mantuvo a Claudio a flote durante aquellos meses tan extraños: saber que la mitad del sabor de los viajes se experimenta al recordarlos. Claudio tenía la esperanza de que India iba a ser un gran viaje para él en retrospectiva. Y otra cosa que quería pensar era que cada malestar, cada dolor de espalda, cada ampolla, cada indigestión por la comida, cada episodio de frío o de calor extremo o de hambre era una especie de penitencia. Pero no podía engañarse. No había penitencia posible, lo suyo era una deuda impagable, y nada de lo que antes disfrutaba del viaje y lo hacía vibrar con cada átomo hacía ahora mella en él. Sentía una desesperanza profunda y por fin tuvo que admitirlo: estaba hondamente deprimido. Pensó en volver a México, o al menos irse a Valencia, a Barcelona o a alguna de las ciudades donde tenía amigos. Pensó incluso sorprender a Irene en Viena en lugar de mandarle postales desde cada ciudad a la que llegaba, haciendo así un breve contacto con el resto del mundo. Pero lo cierto es que tenía terror de volver a cualquier destino conocido. Allá, en el otro extremo del planeta (que en realidad sólo lo era para quienes estaban en el extremo opuesto) se sentía vulnerable, solo y a la deriva, pero a salvo, a salvo de tener que sustituir a su hermano.

En el tren de Silvassa a Bombay conoció a una pareja de portugueses encantadores. Se llamaban Carla y Adrián, y hablaban muy bien español. Un español castizo, aprendido en España. Comunicarse en su propio idioma y escuchar el nombre de una de sus amigas le calentó un poco el corazón. Los tres iban apretujados en un camarote que era para cuatro personas, pero que terminaron compartiendo, como siempre ocurría en los trenes indios, con una familia de seis integrantes. Entre ellos había un niñito de tres años con un par de ojos como lámparas y la cara llena de mocos que decidió que quería ser amigo de Claudio y se empeñó en lograrlo hasta que después de varios rechazos y evasivas lo consiguió. El niño le enseñó un juego llamado Tangut, el cual se trataba de emular abejas; Claudio le enseñó Aserrín Aserrán y Manotazo. Nunca supo el nombre del niño, pero su familia le decía *laddu*, gordito. Cuando la familia se bajó del tren, Carla observó:

—Tienes ángel con los niños.

—Nah. Para nada. Lo que pasa es que ese chamaco me acorraló.

La pareja soltó una carcajada. Los tres se quedaron hablando hasta bien entrada la madrugada, comiendo golosinas que Carla llevaba.

—La India te pone a prueba a saco, tío —afirmó Adrián—. Sale a relucir lo mejor y lo peor de uno.

—A nosotros, cuando llegamos a Delhi, nos timaron como tres veces el primer día —contó Carla—. Aprendimos que cuando te preguntan "first time in India?" siempre hay que responder que no.

—Totalmente —dijo Claudio—. Yo creo que en donde sea.

—Exactamente, donde sea —dijo Adrián—, y hay que decirlo casi al mismo tiempo que dices "not spiciy, please".

Se rieron los tres.

—A mí la comida en Tailandia me parece mucho más picante que la de aquí —opinó Claudio.

—Bueno, es que tú tienes paladar mexicano… aguantas lo que sea —volvió a reír Adrián.

—Yo podría quedarme a vivir aquí sólo por la comida, ¿sabes? —dijo Carla—. Me encantan los olores y los sabores…

—Y lo frito. Sobre todo, te encanta lo frito —Adrián le pellizcó la barriga.

—¿A quién no le encanta lo frito, *amorzinho*? —Carla lo pellizcó a él.

Claudio se puso a preparar un cigarro con tabaco y papel de liar. Había comprado un tabaco con clavo, muy perfumado.

—¿Y nunca se enfermaron?

—¿De qué?

—De seguidilla.

—¿Qué cosa? —Adrián y Carla se miraron, confusos.

—Diarrea *Diharrera. Delhi belly* —tradujo Claudio.

—Ah, sí. Claaaro. Yo creo que nadie se libra, ¿no? —rio Adrián—. Pero, aun así, hemos aprendido que en Asia los puestos callejeros son los mejores lugares para comer. Como hay tanta gente, la comida circula, ¿sabes? Y todo está fresco.

—Claro. Yo más bien como en un sitio, y si no me enfermo y la comida está bien, ya está. Ahí como siempre. No me complico —dijo Claudio.

—Es una buena estrategia, también —reconoció Adrián.

Fumaron. Hablaron de otros destinos. Adrián y Carla conocían Mongolia y bastante de China, de Rusia y de Asia occidental. Claudio se sorprendió cuando supo que la pareja llevaba casi tres años seguidos viajando sin interrupción.

—Lo dejamos todo, tío. Los trabajos, la casa, el perro… —dijo Adrián.

—¿Tenían un perro?

—No se lo recuerdes a Carla, que se pone a llorar.

—Fue lo que más trabajo nos costó dejar, hasta pensamos en traérnoslo, pero era una locura —añadió ella—. Pero está con mis padres, en el campo —se dijo.

Adrián continuó, enardecido:

—Un día caes en cuenta de que no eres inmortal, ¿sabes? De que es ahora, o nunca.

—Además la gente que vamos conociendo no sabe nada de nuestro pasado ni les importa nuestro futuro ni a nosotros el de ellos. En el viaje somos nosotros, *sólo* nosotros, y los demás son quienes son… no hay mejor manera de vivir en el presente —dijo Carla.

—¿Y ha valido la pena dejarlo todo? —preguntó Claudio.

Carla y Adrián se miraron, buscando sintetizar sus sentimientos. Carla respondió con timidez:

—El camino es la vida. ¿No?

—Ya lo dijo Kerouac —sonrió Claudio.

Adrián tomó la mano de su mujer. Claudio lamió el papel de un cigarrillo nuevo con pesadumbre. El camino es la vida. Así lo había sentido siempre, ahora esa sensación se había apagado. Prevalecía en su mente como teoría, pero no vibraba dentro de él. ¿Cuánto tiempo se suponía que iba a durar esto? Repentinamente sintió pánico de quedarse siempre así, en este limbo grumoso al que la interrupción violenta y absurda de su hermano lo había condenado.

—Yo siempre he querido hacer eso que ustedes están haciendo. Desconectarme por completo. Pero nunca lo hago, siempre termino volviendo a México —les confesó.

—Por la comida, seguro… —sospechó Carla.

—Debe ser por eso —sonrió Claudio. Luego prendió el cigarrillo y sacó la mano y el humo por la ventana. Se odió. No podía llamarse un verdadero viajero, nunca había sido capaz de soltar las amarras de verdad. Era un farsante. Carla pareció leerle el pensamiento y le dijo:

—Viajar solo debe ser muy duro, yo no sé si podría.

Claudio la miró. Tenía los ojos chispeantes de quien vive enamorado de la vida. Como los de Irene. Se preguntó cómo estarían los ojos de Irene por estos días, si brillarían igual. Estuvo seguro de que no, y al pensarlo le dolió el pecho.

Carla y Adrián le contaron que planeaban continuar el viaje en Goa. Claudio había oído mucho sobre ese lugar. Entre otras cosas, tenía fama de ser el pináculo del rave en Asia.

—Vamos a viajar un rato dentro del viaje... ya toca —dijo Adrián, con travesura—. ¿No te unes?

En un primer momento a Claudio le dio pereza la idea.

—Gracias, pero no sé... me revientan esos lugares pretenciosos llenos de modelos de revista donde te cobran dinerales para entrar y la DJ es Paris Hilton.

—Tú estás pensando en Ibiza. No, tío, nada que ver.

—Goa es otro plan, más... no sé, más decadente —dijo Carla.

—La fiesta que hay en ese lugar es otro tripy —aseguró Adrián, y se le iluminó la cara.

Claudio pensó: Éstos son de los míos. Y pensó que tal vez enfiestar era justo lo que necesitaba. Enfiestar a lo grande, a lo bestia. Dejarse de búsquedas espirituales y de evasiones accidentales y de estar sin estar. Perderse en los brazos de los sátiros y las ninfas y dejar que hicieran lo que quisieran con él. De pronto indagó:

—¿Ya tienen dónde quedarse?

Carla, Adrián y Claudio llevaban dos días en Goa cuando, en una fiesta en la playa, Claudio conoció a la mujer que habría de partir su vida en dos. Se llamaba Liane Goodman, era canadiense y tenía el tatuaje de un Ave Fénix en el costillar derecho. Los dos habían consumido cristal, estaban bastante puestos y disfrutaban de un espectáculo de malabares con fuego. Los malabaristas eran talentosos y las suertes que hacían eran impresionantes. Liane y Claudio conversaban mezclando español e inglés con cercanía, apertura y elocuencia.

—En México hay gente que escupe fuego en plena calle —dijo Claudio.

—*Come on* —Liane entrecerró los ojos.

—Te lo juro. Se paran en los semáforos, tragan gasolina y escupen fuego por la boca. Los llaman tragafuegos.

—¿Por qué lo hacen? ¿Por dinero?

—¿Lo harías por otra razón?

—*That's horrible...* —Liane se compadeció.

—Hace mucho que no veo uno. Pero me acuerdo que de niño me causaban una fascinación extraña. Se necesita valor para jugar con fuego —Claudio le dio un trago a su cerveza.

—¿Tú crees que tú y yo estamos jugando con fuego?

Claudio la miró. Liane tenía la sonrisa de un claro de bosque nevado. Un par de ojos verdes como líquenes y una cabellera roja enredada en trenzas y rastas. Un piercing de toro. Parecía salida de un video de Vitalic.

—¿Jugando con fuego? —repitió Claudio.

—Me refiero a las drogas que estamos tomando —se retrajo ella, coqueta.

—Es una buena pregunta. Creo que uno puede consumir drogas como un malabarista profesional —señaló a los volatineros—… o como un tragafuegos de esquina.

—¿Cuál es la diferencia? —se interesó ella.

—Supongo que mucho es un tema de práctica y entrenamiento.

Liane asintió varias veces y luego chocó su botella de cerveza con la de Claudio:

—Cheers. Por la práctica y el entrenamiento.

Liane venía de una familia tradicional y se había pronunciado como la oveja negra desde muy joven. Se dedicaba a los estudios latinoamericanos, como Adam, y también era deportista. Había buceado en El Cairo y venía de rapelear en el Karakórum. Olía a naranja y a mar.

—A mí no me gusta la India —declaró.

—¿Por qué?

—No me gusta cómo tratan a las mujeres.

—¿De plano?

—Ser mujer en India es un lastre. Si tienes la suerte de que no te maten al nacer, vas a tener un matrimonio arreglado y pobre de ti donde enviudes porque te vuelves un gargajo de la sociedad.

Claudio se rio con la imagen. Esta vez su risa le sonó suya, no rara.

—A mí me gusta su rollo tradicional y familiar y de respeto por los viejos. Y para las mujeres las cosas están cambiando, ¿no?

—La India es machista y homofóbica. Eso nunca va a cambiar —terminó Liane.

—Te recuerdo que estás en India, darling…

—No estoy en India. Estoy en Goa. Este país es muchos países, ¿no crees? Y sonrió con una malicia que a Claudio le fascinó.

Cuando estuvo con ella, Claudio llevaba años sin tener sexo. Lo más cercano había sido el faje con Irene en los Dinamos, antes de eso había existido Laura y antes lo suyo había sido un celibato peculiar con encuentros muy eventuales porque siempre que intentaba comenzar a tener sexo con alguien, de inmediato pensaba en Irene. Tenía que estar borracho para hacerlo. Liane y Claudio hicieron el amor durante días. En ácido, en MDMA y en las dos cosas juntas. Hablaron sin parar. De viajes, de Asia y de Sudamérica, de la vida, de la entretela de las cosas.

—¿A ti en qué época te hubiera gustado vivir, que no sea ésta? —planteó Liane una noche, caminando de la mano de regreso a su hostal.

Claudio se la pensó un poco y respondió:

—Creo que en Berlín después de la caída del muro. Ése tuvo que ser uno de los momentos más eufóricos y chingones de toda la historia.

—El Lovefest y todo eso, ¿no? El nacimiento del techno… —dijo Liane.

—Exacto. Cuando hubo que bailar a morir para quitarse de encima décadas de pura muerte.

—Ya. Yo no soporto a los europeos —reveló Liane, inesperadamente.

—¿Por qué?

—Porque siguen siendo unos colonialistas de mierda. Toda su perfección y su arquitectura y su vaina es a costa del saqueo de los pueblos más pobres. Y luego se quejan de los inmigrantes. Además son unos invasores closeteros, los americanos por lo menos lo hacen descaradamente.

—¿Y los canadienses?

Liane se detuvo:

—Ésos son los peores europeos que hay.

Claudio se rio de buena gana y dijo:

—A mí los alemanes me caen bien. Tienen una capacidad increíble para juntarse y trabajar por su bien común.

—Hasta que el bien común es matar a todos los "impuros" del planeta... no sé... yo nunca bajaría la guardia ante un alemán.

Se confesaron sus más íntimos secretos y se mostraron sus más profundas heridas. Claudio habló abiertamente de Adam y su muerte. Liane había crecido con el estigma de haber nacido después de que su madre perdiera una hijita de cuatro años. Los dos padecían la carga de haber sido el hijo sobreviviente sin pedirlo. Pasaron las semanas. Carla y Adrián siguieron con su viaje y Claudio se quedó con Liane. Hicieron paseos en bicicleta por un verde inacabable, vieron puestas de sol en el Arábigo, compartieron con gente simple, rápida, sonriente, con lo mejor del indio y del portugués. Viajaron en 2C-B, en N20, en hongos. Tomaron más ácidos. Claudio se sentía bien, incluso eufórico. Le pareció sorprendente lo rápido que había superado lo de su hermano.

—No hay nada mas terapéutico que las drogas —le dijo a Liane un día.

—*And love?*

—*What?*

—*What about love?*

Claudio se rio nervioso:

—De eso no sé.

Pero esa misma noche, delante de otra gran fogata en la playa, hasta arriba de DOM, Claudio le dijo:

—*You're right. It is. It is also love.*

Y se besaron largamente, y Claudio pensó que por fin se había enamorado. De alguien que no fuera Irene ni Rosita Fresita ni su mamá.

Liane era mayor que Claudio. Cumplió treinta y cuatro años en Goa. Para celebrar fueron a Vasco da Gama a comer a un lugarcito que les habían recomendado.

—Para viajar, seguir el instinto es básico —Liane trazó con la punta del dedo el borde de su botella de cerveza.

—Estoy de acuerdo —dijo Claudio—. Pero a mí justo en este viaje me ha estado fallando cabrón la intuición.

—¿En serio?

—Sí. Estuve tomando una mala decisión tras otra. Como dudando todo el tiempo, no sé. Desesperante.

—Es normal, ¿no? Estás en duelo.

Sonaba tan obvio, de pronto. Con Liane todo era así: claro, concreto. En cuanto Claudio escuchó la palabra "duelo" automáticamente se sintió tres lápidas más ligero.

—¿Así que crees que este viaje ha sido malo? —Liane bebió de su cerveza con una inquietud que enterneció a Claudio.

—Ya está mejorando —Claudio tomó su mano por encima de la mesa.

—Yo pienso que hasta los viajes malos son buenos. Todo tiene que vivirse. Si no, ¿cómo aprendes?

Claudio sonrió dándoles la razón a sus ojos verdes. De pronto, la música de reggae que sonaba de fondo cambió por la invasión rotunda e inesperada de la voz dulcísima y jovial de Ella Fitzgerald:

I've got you under my skin, I've got you deep in the heart of me...

Fue un golpe bajo. Como si alguien hubiera agarrado a Claudio por los pelos y lo hubiera arrojado al jardín de Malinalco donde había conocido a Irene ocho años atrás. Sintió un hueco glacial en el vientre y un golpe de brisa marina tocó su cara. Le vinieron unas ganas incontrolables de llorar. Tuvo que disculparse con Liane y salirse a la calle a caminar. Y mientras caminaba, tuvo miedo. Esa noche Claudio y Liane cenaron y bebieron tanto que se fueron a dormir sin hacer el amor.

Pasaron los días. Pronto Liane anunció que tenía que volver a Canadá. Se le había acabado el dinero y una de sus amigas se casaba.

—Además soy dama de honor.

—Dama de honor… ¿en serio?

—¿Por qué te burlas? *It's sweet. It's meaningful.*

—Ok. Ok —Claudio asintió serio, pero luego soltó una trompetilla de risa—. Se me hace que te las das de progre, pero eres una mocha de clóset.

Liane le dio un golpecito en el brazo.

—Ya, déjame en paz… —lo miró a los ojos—: *Come with me.*

—Me encantaría, pero no puedo.

—*Why?*

Claudio hundió los pies en la arena. Liane insistió:

—En casa de mi mamá hay espacio. Sobre todo si eres devoto de la Virgen María y te gusta el bridge y las películas de Michael Douglas.

—Jajajaja.

Liane estaba engarzada a su cuello y se daban un beso cada dos o tres palabras.

—*Come on. You'll love Montreal. It will be summer in a few weeks.*

Ya casi era junio. Se acercaba el primer aniversario de la muerte de Adam.

—*I got shit to do. But hey, I'll go meet you* —prometió Claudio.

—*Yeah, right. You're full of shit.*

La verdadera razón por la que Claudio no se fue con Liane a Montreal, a donde además hubiera ido encantado porque no conocía la ciudad, era porque había decidido ir a Viena. Sabía que para dar cualquier otro paso con Liane, con el viaje y con la vida, antes tenía que ver a Irene.

36

Cuando murió Adam faltaban tres semanas para que empezaran las vacaciones de verano. La directora de la escuela donde Irene trabajaba le sugirió que alguna compañera supervisara los exámenes y la evaluación final de sus alumnos para que ella no tuviera que ir, pero Irene no quería estar encerrada en su casa torturándose y pensó que ir a la escuela la distraería. Cuando llegó, todas las maestras le dieron abrazos perfumados y le dijeron frases atiborradas de clichés y de condescendencia, y los alumnos le regalaron dibujos y chocolates. Ella les agradeció a todos con sonrisas y luego buscó una excusa, se salió a la calle, se metió en su coche, encendió el radio a todo volumen y se puso a gritar. Una palabra en alemán le vino a la cabeza: *Schadenfreude*. El placer que uno siente al presenciar la desgracia ajena. El idioma alemán tiene ese tipo de palabras para abarcar conceptos lapidarios. Y justo así lo sentía Irene: no había verdadera empatía ni compasión por parte de ninguna de esas personas, sólo esta falsa congoja que envuelve el alivio de saber que esta vez le tocó la desgracia a otro, y no a uno. Comprendió que odiaba ese lugar. Terminó de evaluar a los alumnos, incluso asistió a la ceremonia de fin de cursos, y no volvió a pisar la escuela nunca más.

Los primeros meses no quiso ir a ningún lugar donde hubiera estado con Adam o se lo recordara, y eso limitaba mucho sus opciones. Luego le dio por visitar la cripta donde estaba el nicho familiar en que habían puesto sus cenizas, casi todos los días. Anna se iba a trabajar y por la noche encontraba a su hija echada en el sofá, viendo televisión sin verla. Se preocupaba, no sabía qué hacer. Trataba de animarla como podía, pero nunca había tenido un carácter efusivo y torpemente llegaba con pastelitos o con películas que Irene ni veía ni probaba. Un día llegó con una noticia. Había muerto Theresa, la tía de Anna. Era una mujer ya muy anciana que Irene había visto solamente dos veces en su vida. La primera fue siendo una niña. Tenía cuatro años y su abuelo, el hermano de Theresa, y ella vinieron a México desde Austria para conocerla. Ambos eran viudos ya. El abuelo era más arisco, Irene recuerda que le dio una insolación visitando las pirámides de Teotihuacán y que la comida le sentó fatal (aunque también se había tomado muchos tequilas); pero Theresa llegó cargada de regalos para Irene y jugó con ella, y desde entonces se instituyó como su abuela sustituta, a la distancia. Theresa había tenido una sola hija que murió de hepatitis siendo adolescente. Le escribía a Irene cartas cariñosas y le mandaba paquetes navideños y de cumpleaños, que casi siempre incluían calcetines y unos plumones de colores que a Irene le encantaban. La segunda y última vez que Irene vio a Theresa fue a los diecisiete años. Mucho por insistencia suya, Anna por fin se tomó vacaciones para que su hija conociera sus orígenes, en un viaje sumamente tenso en su momento, pero que Irene recordaba con nostalgia. Hicieron un tour veloz de dos semanas por diferentes ciudades de Europa y al final visitaron a la tía en

Viena (el abuelo había muerto años atrás). Cuando Irene se lo contó a Claudio, lo hizo con algo de vergüenza. Lo había escuchado desdeñar a los turistas, que lo llevan todo medido y organizado y palomean destinos y se toman fotos en las catedrales y los museos, a diferencia de los viajeros, que se pierden en las ciudades y nunca saben si volverán. En aquella ocasión, Claudio dio una opinión clara y muy neutral:

—Los tours están muy chidos para conocer un lugar. Pero después hay que volver solo y hacer todo lo que de veras se te antoja.

Theresa era ya muy anciana cuando murió, Anna era su única pariente viva y no pudo ir al funeral. Alegó que era por trabajo, pero en realidad no quería dejar a Irene sola en ese momento. A Irene le dolió la muerte de su tía, recordó sus detalles cariñosos y su presencia constante aunque fuera a la distancia, y le supo mal que no hubiera habido nadie acompañándola en el tránsito. La tarde que la lloró, porque el cuerpo no le dio para más, lo hizo al imaginársela sola a las puertas de la muerte. Si Anna lloró, lo hizo en privado, y esa noche, mientras recogían la cocina, lo único que dijo fue:

—Bueno, *Schatz*, ahora sí somos tú y yo. Solas en el mundo.

Semanas después recibieron otra llamada. Era la administración del edificio donde había vivido la tía, reportando un olor extraño en el departamento.

—Tal vez dejó comida o algo así —supuso Irene, mientras ella y su madre preparaban la cena.

—No, no. Me dijeron que alguien hizo limpieza en el departamento después de que se llevaron a la *tante*. A lo mejor tenía un gato que se escondió y que se quedó ahí.

Irene sintió náuseas al imaginarse al gato hipotético desesperado, buscando comida o una salida, muriéndose de hambre entre las paredes de ese departamento cerrado.

—¿Y qué le hicieron a las cosas de la tía? —preguntó Irene.

—Nada. Ahí está todo. Sólo le echaron llave. Algún día tendré que ir a disponer de todo, y a vender el departamento —dijo Anna, contrariada.

Una semana después, Irene estaba subida en un avión con destino a Austria. Argumentó que con su sentido práctico y organizativo podría hacerse cargo de las cosas de la tía y que además así ocuparía la cabeza. A sus amigos les sorprendió que diera ese paso encontrándose en pleno bajón y especularon que quizá estaba huyendo. Karla les dijo que a veces es mejor huir que dejarse morir. A su madre le pareció estupendo que su hija cambiara de aires y hasta le hizo ilusión que volviera a sus tierras. Lo que no se imaginó es que Irene se tardaría casi dos años en volver.

Tal y como Irene lo recordaba, el departamento de Viena era muy pequeño y poco iluminado, y daba a un cubo interior oscuro y amarillento. Pero el edificio estaba en una pequeña plaza adoquinada con un café y una fuente, frecuentada por okupas con perros y flautas. Cuando Irene abrió la puerta, lo primero que detectó fue un olor familiar, mezcla de humedad y canela, que de inmediato la transportó a aquel viaje de adolescencia y a la sonrisa cálida de su tía mirándola desde el sofá, envuelta en chales de colores porque siempre tenía frío. Luego cobró protagonismo el hedor que les habían reportado. El departamento estaba completamente atiborrado de cosas, entre muebles y objetos. Apenas y se podía circular. La tía había vivido la Segunda Guerra y la escasez la había vuelto acumuladora en tiempos más prósperos. No tiraba nada. Ni un carrete de hilo, ni un recibo, ni una suela gastada (podía servir para reparar un zapato), ni un bulbo, ni un tenedor, así estuviera roto. Irene no tardó en detectar lo que estaba causando el mal olor. No era un gato, sino ratones descompuestos en sus trampas que nadie había sacado y que seguramente habían sufrido una espantosa agonía tratando de escapar de su cebo de pegamento. Ocho en total. Irene dejó su maleta en el pasillo, se fumó un cigarro y se salió a la calle pensando, Y ahora qué putas hago. No tenía nadie a quién recurrir. Después de caminar treinta minutos dio con un teléfono público donde había un directorio de emergencias, ahí venía un número de Plage Kontrolle donde le informaron que le cobrarían ochenta euros por la tarea de sacar a los ratones. Están pendejos, dijo Irene en español, y colgó. Se metió en la primera boca del metro que vio, compró el pase para un mes (así salía más barato) y se armó de valor. Entró a un supermercado del barrio y compró un frasco de Vicks, unos guantes de cocina, bolsas de basura y un tapabocas. Volvió al departamento y, entrecerrando los ojos, agarró las trampas con los ratones putrefactos una por una y las echó en una bolsa de basura que arrojó en el contenedor de la plaza. Sintió la punzada de la migraña, Seguramente por la presión del avión, pensó. Se dio cuenta de que no tenía nada que comer, no se le ocurrió cuando estaba en el supermercado. Pero estaba agotada, así que se tomó doble dosis de analgésicos, y se durmió pensando en salir a buscar algo para cenar después. Eran las seis de la tarde y despertó a las cuatro de la mañana completamente desorientada. Se tomó un vaso de agua de la llave, buscó sus cigarros y no los encontró. La cajetilla no estaba por ninguna parte. De pronto sintió pánico. Pensó en tocar el timbre de algún vecino del edificio con cualquier pretexto creíble y solicitar un cigarrillo de refilón, pero no se le ocurrió ninguna buena razón para despertar a alguien a esas horas. Se salió a la calle con la esperanza de que hubiera alguna tienda abierta las veinticuatro horas. Las calles estaban desiertas y hacía frío. Después de veinte minutos caminando, de pronto Irene divisó una esperanza: un hombre andrajoso, de barba y cabello hirsuto, meciéndose en una parada de tranvía. Igual y éste tiene cigarros, pensó Irene. Se acercó con cautela, tratando de no hacer caras por el olor a orines acumulados que despedía el vagabundo.

—*Entschuldigung, haben sie eine Kippe?*[2]

El hombre la volteó a ver con una mirada azul y perdida, como tratando de reconocerla. Después se puso a gritar y a manotear incoherencias, aterrorizado:

—*Die kommen, die kommen, wir können hier nicht bleiben! Wir müssen ein sicheren Platz finden!*[3]

---

[2] —Perdone, ¿tiene un cigarro?

[3] —¡Ya vienen, ya vienen, no nos podemos quedar aquí! ¡Tenemos que buscar un lugar seguro!

Irene se alejó a toda prisa y volvió al edificio, pensando que la miseria del Primer Mundo es la peor, porque siempre es una miseria solitaria. Antes de subir al departamento contempló una última opción: el contenedor de basura. Aguantándose el asco, tentó la superficie con la mano en busca de una colilla. Antes de encontrarla sintió una de las trampas con un ratón de las que había tirado horas antes. Luego recordó que no tenía fuego. Su encendedor se le había quedado dentro de la cajetilla perdida. Subió los cuatro pisos de escalones sin elevador lo más rápido que su mala condición física le permitía, rogando que hubiera algún cerillo en la cocina. No había cerillos, pero milagrosamente la estufa funcionaba. Casi se quemó las pestañas en el esfuerzo por prender la colilla, la cual no cedió, hasta se le ocurrió acercar primero a la estufa uno de los cientos de papeles guardados en el cajón y usarlo a modo de encendedor. Nunca había sentido un alivio tan grande como al momento de sacarle una chupada a aquella colilla maltrecha con restos de lápiz labial morado. Y mientras soltaba el humo, se dijo que era una yonqui hecha y derecha.

Al día siguiente Irene volvió al supermercado del barrio por cigarrillos y comida, y se puso manos a la obra. Lo primero que hizo fue deshacerse de los enseres que la tía guardaba con compulsión: revistas, periódicos, envolturas, estambres, cajas, frascos, botellas, zapatos y ropa, mucha ya apolillada. Luego empezó con las cosas personales. Había libretas escolares y notas de compra que databan de 1925. Irene le mandaba a su mamá fotos de las fotos:

—¿Reconoces a alguien?

La imagen en blanco y negro era de un día de campo junto a un lago. Tres adultos sentados sobre un mantel con un niño pequeño, y dos de pie cargando a un bebé.

—Creo que el bebé es mi papá, pero no estoy segura.

—¿Cómo que no estás segura? ¿Y entonces?

—Pues tírala, hija.

—¿Cómo que pues tírala?

—No sé, tesoro. Tú decídelo, tú estás ahí.

Irene siguió viendo la fotografía un buen rato después de colgar. Ese día existió, pensó. Esos minutos transcurrieron. Todos los que aparecen en esta foto, ese día fueron al baño. Pipí al menos tres o cuatro veces. Todos hablaron de sus cosas, todos comieron, porque si no se hubieran muerto. ¿Qué habrán comido? ¿Qué habrá sido de los desechos de esa comida? Si la materia no se crea ni se destruye y sólo se transforma, ¿dónde estarán ellos ahora? Y lo que más tristeza le daba a Irene era pensar que todos los que estaban en la foto habían sido mucho, pero mucho más que eso. A Irene se le partía el alma. Si Anna no tenía idea de quiénes eran, difícilmente lo sabría alguien más. Trataba de leer las cartas en alemán pero a veces se le dificultaba entender la caligrafía, miraba los certificados de estudios y los recuerdos de bautizo como quien mira a un pájaro desahuciado. Lo único que le quedaba claro y se mostraba concretamente a través de cartas, postales y un par de fotos es que Theresa había visitado Turquía y al parecer le había gustado mucho. Pero tantas otras historias se habían perdido. Las historias de una viuda joven, igual que yo, pensó Irene. Comenzó a llorar sin parar, a veces durante días seguidos. Ya no sabía si era por su *tante* y sus recuerdos o por Adam. En una ocasión, pasó junto a un escaparate con decoración navideña y, al pensar que jamás volvería a comprarle un regalo de Navidad ni de cumpleaños a Adam, tuvo que sentarse a llorar y sus llantos convulsivos obligaron a dos transeúntes a detenerse para preguntarle si se encontraba bien. Irene esperaba a que dieran las cinco y media de la mañana de México para llamarle a Karla. Sabía que a esa hora se despertaba para entrenar y luego alistar a Alicia para ir a la escuela.

—No puedo dejar de llorar.

—¿Sí te estás tomando el Wellbutrin?

—Sí.

—¿Y qué más?

—Rivotril para dormir, a veces.

—¿Cuánto es a veces?

—Como… dos a la semana.

Karla asumió que si decía eso era porque seguramente lo estaba usando el doble.

—Mejor ya regrésate, Irene. ¿Qué haces ahí con toda esa muerte?

—Prefiero la muerte de acá que la de allá. A los muertos de acá por lo menos no los conozco.

Casi todas las noches, Irene soñaba con Adam y Claudio. El sueño era el mismo, repetido en diferentes contextos y circunstancias: Adam estaba vivo. Se le aparecía entero, hablaba con ella, incluso la tocaba. Pero en lugar de alegrarse, a Irene su presencia le generaba zozobra. ¿No había muerto ya? ¿Cómo era posible que estuviera en el reino de los vivos? Si había vuelto, ¿de dónde había vuelto? Entonces en el mismo sueño Irene iba al nicho o hablaba con sus padres y lo confirmaba: Adam estaba muerto. Pero entonces sentía miedo: ¿y si no era Adam, sino Claudio el que había muerto realmente? ¿Y si habían puesto el nombre de Adam en la urna por equivocación? A veces Irene despertaba con el corazón acelerado, aliviada al recordar que Claudio estaba vivo, pero devastada porque era cierto como la muerte: a Adam jamás lo volvería a ver.

Una mañana despertó sobresaltada, con ruidos en la cocina. Su instinto le dictó desconectar la lámpara del buró y agarrarla como arma. Salió de la habitación con sigilo. En la cocina descubrió a una mujer de curvas pronunciadas con una camiseta escotada y unos jeans pegados con chaquiras en los bolsillos traseros, lavando los platos. Bajó la lámpara.

—Tú eres la sobrina, ¿no? Me ha dicho el Hausmeister que estabas acá —dijo con un acento marcadamente latino—. Soy Rosa.

En español continuó explicándole a Irene que la había enviado la seguridad social para hacerle las compras y la limpieza a la señora Theresa cuando ésta ya no podía salir de casa. Le contó que se habían hecho amigas. Había sido Rosa quien puso las trampas para ratones porque cuando fue a limpiar después de que se llevaron a la señora, había muchos y luego, entre tantas tareas con sus otros viejitos, se le había olvidado pasar a quitarlas.

—Esas trampas son una crueldad —dijo Irene. Nunca antes le había hablado así a alguien desconocido.

—Ya, tienes razón. Pero eran los más baratos que he encontrado en la Edeka. Porque los he puesto de mi bolsillo, ¿sabes? Y la verdad no es que yo gane mucho, soy casi voluntaria.

Además de dramática, Rosa era simpática. Llevaba diez años viviendo en Viena. Era peruana, de Arequipa; tenía una risa desparpajada y comenzó a darse sus vueltas por el departamento, sin que Irene se lo pidiera. Le contaba de sus otros viejitos:

—Tengo un viejito en el Distrito 19 que es un arrecho, se hace el que no se puede mover pero todo el rato me quiere agarrar el poto —se carcajeaba, agarrándose sus propias nalgas—. Es un conchudo.

Al principio a Irene la aturdía un poco, quería estar sola, no tenía un gramo de fuerzas para socializar. Pero luego escuchaba ruidos en la cocina por la mañana y agradecía la presencia de esta mujer.

—Ya, escucha, ¿ah? Hoy día te voy a preparar un lomito con papas para el almuerzo, a ver si así se te quita lo flaca.

Un día le preparaba ají de gallina; otro día, papas a la huancaína o puré de choclos. Irene se lo comía todo, agradecida. También le convidaba cigarrillos, puchos, como Rosa los llamaba. Juntas fumaban muchos puchos. A Rosa le gustaba la marca El Che.

—¿Sabías que Austria es el país con más fumadores en el mundo? —le dijo Irene.

—¡Anda! No tenía idea.

Un día Irene le lanzó la temida pregunta:

—¿Cuando murió mi tía, estabas con ella?

Rosa dejó la cuchara en la cazuela y se puso triste.

—No, flaquita. La encontré al día siguiente, bien dormidita en su cama.

—¿Cómo sabes que fue al día siguiente? O sea… que se murió la noche antes.

—Los peritos lo dijeron, pues. Se murió dormida, no se enteró, flaca.

—Pobrecita.

—Pero te digo que no se enteró. A mí me gustaría morir así, la verdad, dormidita y en paz —insistió Rosa.

Lo que a Irene le partía el corazón es que su *tante* se haya ido a dormir esa noche sin despedirse de nadie. Rosa pareció leerle el pensamiento:

—Fue curioso, ¿ah? Yo había estado con ella esa semana y justo me ha dicho que me cuide, que no fume, que disfrute cada día con mi familia…

—¿Tú dices… como si intuyera algo?

—Yo creo que sí, no sé. ¿Y sabes qué más?

—¿Qué?

En un gesto inesperado, Rosa acercó la mano a la mejilla de Irene. Sus dedos eran rasposos, curtidos por el trabajo doméstico, pero la caricia fue la más suave que había recibido en muchísimo tiempo.

—Este hoyito que tienes acá en el cachete… es de tu tía.

Otro día Rosa la encontró en uno de sus ataques de llanto incontrolable. Se sentó junto a ella y la consoló:

—No te preocupes, la Theresa y tú se van a encontrar algún día.

—¿Tú crees?

—Pues claro.

—Y si estás harto de alguien en la vida, y te mueres, y luego diez años después esa persona se muere, ¿igual te lo tienes que encontrar en el más allá? ¿Ni siquiera la muerte te libra de él?

Rosa titubeó.

—Ay, Irene, qué cosas tan raras piensas, flaca.

Y se puso a guardar la comida. El que Rosa le dijera flaca era un puente con su vida en México que Irene agradecía. Cinco minutos después, volvió a la cocina y le dijo a Rosa:

—No estoy llorando por mi tía.

Y le contó toda la historia de Adam y Claudio y los otros motivos por los que estaba ahí. Rosa no lo podía creer. Se puso a llorar con ella. Al día siguiente ya le estaba ayudando a clasificar papeles.

—Ten cuidado. A lo mejor esa mujer nada más está viendo qué puede sacar —dijo Anna al teléfono cuando Irene le contó de Rosa.

Al final Irene tomó la decisión de donar todos los objetos servibles, vender casi todos los muebles y guardar todas las cartas y las fotos en una caja, por si alguna generación venidera quería enterarse de los trajines de la *tante*. La cerró y la rotuló: Theresa Hofmann, *Erinnerungen*.[4] Cuando terminaron de acomodar la caja en un armario, Irene le dijo a Rosa:

—Cuántos días vivió esa mujer, a cuánta gente conoció… ¿te imaginas? Tuvo papás, un hermano… jugaron, abrieron regalos de Navidad… Trabajó en una fábrica, vivió la Guerra… tuvo una hija que se le murió. Imagínate todo lo que lloró. Viajó a Turquía… Y mira. Todo eso se resume en una triste caja. A eso se reduce una vida.

Rosa se limpió una lágrima, sin dejar de ver la caja rotulada al fondo del armario. De pronto rodeó a Irene con un brazo y dijo:

—Pues sí. Pero que le quiten lo bailado.

Irene sonrió. Era la primera vez que sonreía en muchos meses. Irene se quedó solamente con dos cosas de su tía Theresa: uno de sus chales y un camafeo con el ojo turco, el cual guardó con la consigna personal de que al final de sus propios días, pudiera irse con la satisfacción de que nadie le hubiera quitado lo bailado. Ni siquiera ella misma. Cuando Irene vendió los muebles, le ofreció una parte a Rosa, por acompañar a su tía durante esos últimos años de vejez y soledad. Rosa se echó a sus brazos, conmovida. Se hicieron amigas.

—No quiero regresar a México —le dijo Irene un día.

—Pues no regreses. ¿Para qué regresas?

---

[4] Recuerdos.

—¿Cuándo vas a volver? —preguntaba Anna.

—No sé, mamá. El próximo mes.

Irene no le contó que había conseguido trabajo como traductora del alemán al español para instructivos y folletos de productos de exportación. Casi no salía, todavía estaba frágil y el ánimo no le daba para mucho. Sólo veía a Rosa y a sus amigas por Skype o por Facetime. Cuando no estaba encerrada traduciendo, iba a columpiarse a un parque cerca de su casa o se metía a la catedral de San Esteban, tratando con desesperación de encontrar consuelo en ese Dios amoroso y solidario que le habían presentado en su juventud temprana. A ratos sí se sentía reconfortada estando ahí dentro, pero con el tiempo se dio cuenta de que eso era más gracias al arte y la belleza que la rodeaba que a otra cosa. Visitó el Museumsquartier porque hubiera sido una blasfemia estar en Viena y no hacerlo, pero recorrió las salas con rapidez porque, si se detenía demasiado en alguna obra, empezaba a llorar sin control. Sobre todo con Schiele y con Klimt, peculiarmente con la pintura de *Muerte y Vida*, porque gritaba una realidad indisputable: en la vida uno está rodeado de gente, de asuntos, de afectos, de conflictos. En la muerte, uno simplemente está solo.

En todos sus trayectos, a la vuelta de cualquier esquina, Irene fantaseaba con encontrarse con Claudio. Imaginaba que llegaba a verla de sorpresa y que se encontraban azarosamente por la calle o que la estaba esperando en la entrada del edificio o en la fuente de la plaza. Se moría de ganas de escribirle, pero su silencio la desanimaba y la culpa la amordazaba. Escribía mails que nunca le mandaba. Se sentía culpable no sólo por Adam, sino también con él. Quería decirle que ella sí había llevado su pasaporte a Acapulco. Que se había olvidado de su anillo de compromiso, pero sí había metido el pasaporte a la bolsa; que durante todo aquel día en la boda de Javiera lo único que quería era largarse al fin o al principio del mundo con él. Pero algo la refrenaba. Como si estuviera segura de que al reanudar contacto con Claudio, algún ser querido pudiera pulverizarse. Un día su madre le dijo:

—Ah, y tienes una postal de Claudio.

—¿Qué? ¿De dónde?

—Espera.

Un minuto después:

—De… Nepal.

El corazón de Irene se brincó un latido.

—¿Hace cuánto llegó?

—Llegó poco después de que te fuiste.

—¡¿Por qué no me habías dicho?!

—Tranquila, ¿eh? No te me alteres.

Poco después comenzaron a llegarle postales de diferentes ciudades de India directamente a Viena una vez que Claudio supo por Lencho que Irene estaba ahí. Siempre escribía lo mismo: Pensándote, Claudio. Pero últimamente Irene no había recibido ninguna postal y su silencio la perturbaba. Hasta que un día le llegó un correo electrónico, por los mismos días en que recibió una última postal desde Vasco da Gama.

Mi querida Irenesca,

Sé que ha pasado mucho tiempo, y que te he abandonado. Espero que puedas perdonarme por eso. Finalmente salgo de este retiro extraño en el Oriente (ya te contaré) y me gustaría pasar por Viena para tomar un café y una *saacher* contigo.

Dime si no te importuna.

Te quiere, tu

Claudio

* * *

Irene tardó cinco días en responderle.
—No sé qué hacer —le dijo a Rosa.
—¿Pero lo quieres ver o no?
—Claro que lo quiero ver. Bueno, no sé.
—¿Por qué lo dudas?
—No sé. Porque siento que no estaría bien.
—¿Para quién?
Irene se prendió otro pucho.
—Es mi cuñado, Rosa. Es el hermano de un muerto. De su hermano *gemelo*.
—Bueno, chica, es que lo haces sonar como telenovela mexicana.
—¿Será porque soy mexicana?
El humor involuntario de Irene hizo reír a carcajadas a Rosa y la contagió. Rosa le dio dos palmadas en la rodilla y se levantó diciendo:
—No sé, colorada. Luego una quiere ser perfecta y chancona y de todas formas acaba así como tu tía, perfectamente acomodadita en una caja. ¿Por qué no le preguntas a ella qué haría, ah? Igual y te aconseja.
Días después Irene pegaba de gritos en un lugar de depilación en Gürtel que Rosa le había recomendado.
—Hagas lo que hagas, primero tienes que quitarte esos pelos de chango —le había ordenado.
En efecto, Irene no se había pasado un rastrillo por las piernas en un año entero. La observación le pareció prudente.
—En este lugar te van a dejar la piel como potito de bebé, vas a ver.
Lo que Rosa no mencionó es que después de las piernas, la rusa que atendía en el lugar de la depilación se iría directo a las ingles sin decir agua va.
—Pinche Rosa, no me dijiste que el paquete incluía brazilian wax.
—Ay, pues claro. Acá todas se la hacen. ¿Tú no?
Irene les expuso la trascendente pregunta a Denisse, Javiera y Karla por Skype.
—¿Ustedes se han hecho brazilian wax?
—Obvio —respondieron las tres, casi al unísono.

Las ocupaciones y un poco la desidia habían reducido la formalidad de sus citas semanales. Pero por lo menos hablaban en pares, y justo esa semana habían logrado volver a reunirse las cuatro a través de la pantalla. Eran las cinco de la tarde hora de México, doce de la noche hora de Viena.

—¿Y por qué te estás depilando? ¿Estás saliendo con alguien o qué? —preguntó Karla recostada en el diván de su consultorio, descansando un poco en una hora ahorcada entre pacientes.

—Sí, cuenta, cuenta. ¿Es alemán? —Javiera terminó de rellenar una pipa de vidrio soplado con mota en la terraza de Roy, poco antes de separarse oficialmente.

—Austriaco —precisó Karla.

—Austriaco, alemán, es lo mismo —Javiera prendió la pipa.

—Por ahí hay un chingo de árabes. Yo me daría a un árabe —dijo Denisse, retocándose el maquillaje en el baño de la oficina.

—¿Entonces? ¿A quién te vas a merendar? —insistió Javiera.

—No me voy a merendar a nadie. Pero mis pelos ya me daban grima —mintió Irene.

Más tarde, ya que Karla y Javi se habían desconectado, Denisse escuchó la verdadera historia del brazilian wax y preguntó:

—¿Pero te piensas acostar con Claudio?

—¡No!

—¿No?

—Bueno, no sé.

—¿Cómo que no sabes?

Irene se mordió las uñas. Denisse cerró la puerta de su oficina y se sentó en su escritorio junto a un ventanal con vista al Paseo de la Reforma y sacó un paquete de mentas de su cajón, donde también tenía unos Twix, unos M&M's, unos Reese's, unas gomitas y unas trufas que le habían regalado.

—Hasta donde me acuerdo se quedaron en un mega faje, ¿no?

—No nos quedamos en *eso*, tristemente —Irene bajó la mirada.

—Bueno. Pero si no hubiera pasado lo que pasó…

—El hubiera no existe, Den.

—De acuerdo. Yo nomás digo que una no se quita los pelos si no piensa enseñar piel.

—Oh, que la chingada… No es mi prioridad acostarme con él, ¿ok? Ni siquiera estoy segura de que sea buena idea verlo.

—Nanananá, a ver, no me salgas con mariconadas, ¿eh? Tienes que dejar de resistirte, pinche Irene. Tienes que dejar de poner dura la nalga y ver qué pedo con esta historia de una pinche vez. Por piedad.

—Ok, ok, ok.

Después de colgar con Denisse, Irene sintió ilusión. Posibilidad. Pintó un poco la cocina del departamento, compró un edredón y unas flores. El último día compró dos botellas de vino y hasta consiguió un poco de mota con un rastafari que tocaba la guitarra en el metro y que a veces se detenía a escuchar porque le recordaba la época reggae de Lencho. Abrió por primera vez el libro de Sabines, que desde los Dinamos había guardado sin atreverse a leer. Primero volvió a leer "Tu nombre", estremecida, y después otros más. Nunca había leído nada tan potente. Llegado un punto tuvo que cerrar el libro. Era demasiado melancólico para ella en ese momento, y a la vez demasiado vital.

El día convenido abrió las ventanas y se soltó el pelo. Claudio llegó dos horas tarde porque se perdió: Irene le había dado mal la dirección, enviándolo en sentido opuesto en el metro.

—Me mandaste a Simmering.

—No jodas, no puede ser. Te juro que te dije Ottakring.

—Nnnnop.

—Uf. Lo siento.

En la puerta se dieron un abrazo torpe, Claudio todavía traía la mochila colgada en la espalda. Estaba delgadísimo, con los pómulos marcados, el pelo cayéndole sobre los hombros y la barba más larga que nunca, negro por el sol. Irene pensó en hacerle una broma y decirle que parecía profeta del Apocalipsis, ésa fue la primera imagen que se le vino a la cabeza, pero en lugar de eso le dijo:

—¿Quieres tomarte el café aquí, o salimos?

—Donde sea que haya una regadera. Por favor.

Claudio se bañó y se tomaron el café en el departamento. Irene lo preparó en la cafetera italiana de su tía.

—Ah, qué rico cafechito. Fuerte… —sorbió Caudio.

—Creo que la cafetera es del Tercer Reich.

Claudio sonrió, analizó el espacio.

—Aquí no entra ni un triste rayito de luz, ¿verdad?

—Es un hoyo.

—Pero me gusta. Se siente amplio, dentro de todo.

—Es diminuto.

—Es un lujo para el tamaño de los departamentos en Europa.

—No sabes cómo estaba cuando llegué. No se podía ni caminar.

—¿La llevabas con tu tía?

—La vi dos veces. Pero nos escribíamos bastante. Sí sentí muy feo cuando murió.

—Estuviste aquí de morra, ¿no?

—A los diecisiete. La vez que hice ese tour de dos semanas en chinga con mi mamá… —Irene miró su taza.

—Ah, claro —recordó Claudio—. Pues llegó la hora de viajar con tiempo, ¿no?

Irene bebió de su café por respuesta. Claudio miró el lugar con más detenimiento. Notó que había flores.

—Está chulo el espacio. Siempre me pregunté cómo sería una casa tuya.

—¿En serio? —Irene sonrió y automáticamente se enderezó en la silla. Nunca lo había pensado así: por fin tenía un lugar propio.

—Mi mamá lo quiere vender.

—Está loca… —Claudio vio la reacción de Irene y matizó—: No la dejes.

Salieron a cenar, con las manos enfundadas en los bolsillos de sus chamarras. De camino se cruzaron con un grupo de cinco adolescentes, chicos y chicas como de quince años, que venían gritando y riéndose a carcajadas. Al pasar empujaron a Irene sin darse cuenta. Claudio la agarró antes de caer.

—¿Estás bien?

—Sí —Irene vio a los adolescentes alejarse. Siguió caminando con Claudio y entraron al paseo Anton Schmid—. Qué pedo esa edad, ¿no? Vas por ahí como gritándole al mundo: "Me vale madres todo, no necesito nada", pero te ríes como para que te oigan hasta China: "¡Pelenmeeeee parfavaaaaar!"

—Es de hueva —se rio Claudio—. Lo peor es la fealdad, yo creo. Nunca es uno más pinche feo que en esos años.

Unos pasos más adelante, Irene afirmó:

—Tampoco tan feliz.

—¿Feliz?

—Te lo pasas del carajo. La vida apesta la mitad del tiempo. Pero a la vez hay este rush… esta sensación de que todo puede pasar, ¿ya sabes? De que todo es posible. Eso es alucinante.

Claudio evocó la sensación. Preguntó:

—¿Cuándo sentiste eso? ¿Hubo un momento en especial?

—Sí. Una vez volviendo a la ciudad después de escalar el Tepozteco con mi mamá y una amiga suya. Tenía catorce años —recordó Irene.

Claudio vio el adoquín pasar bajo sus pies.

—¿Tú? —Irene preguntó.

—Sip. Más o menos a esa edad. Una noche viendo estrellas con mi hermano y mi papá en la azotea, con un telescopio súper chafa que compró en el Sanborns.

—Qué chido. ¿Y vieron algo?

—Estrellas, no tantas. Pero Marte se veía que te cagas. Y yo por alguna razón sentía que el pecho me iba a explotar de pinche… euforia.

Irene sonrió y se prendió un cigarro para seguir caminando. En el restaurante a donde iban no se podía fumar adentro. Y pensó cuánto había extrañado hablar con Claudio todos estos meses.

—Es de las cosas chingonas que se quitan cuando uno se hace grande, ¿no? Esa sensación —suspiró Irene.

—Pues sí.

Unos metros más adelante, Irene planteó:

—¿Tú crees que… además de la euforia y la sensación de que todo es posible… las cosas *realmente* dejan de ser posibles conforme vas creciendo?

Claudio lo pensó mientras terminaba de pasar un City Cruise lleno de luces y turistas a su costado, por el río. En cuanto lo perdió de vista respondió, sincero:

—No sé. La neta, no sé.

Llegaron al restaurante favorito de Irene, uno pequeñito e intimista al que le hacía ilusión llevar a Claudio, pero estaba cerrado.

—Carajo… —se lamentó.

—No te preocupes, venimos otro día. Yo me acuerdo que cuando vine había uno árabe bastante bueno por aquí en el centro.

—También hay un hindú a dos calles —señaló Irene.

Claudio se puso exageradamente serio:

—¿Tengo cara de que quiero comida hindú?

—Es cierto, qué güey… —Irene se rio.

Claudio se alegró de escucharla reír, aunque fuera un poquito.

Probaron en un par de restaurantes más, pero se necesitaba reservación para entrar.

—Vamos por un *kebab*. O volvamos a tu casa —sugirió Claudio.

—En la casa no hay nada.

—¿Nada, nada?

—Pues unas sobras, ahí. Mira, ese lugar está abierto.

Entraron. El restaurante se veía caro y pretencioso. Irene se sintió incómoda en cuanto puso un pie dentro, pero igual se acercó a una hostess muy alta y parada muy derechita, con una coleta muy rubia y lacia, que le dijo:

—*Es gibt nur Platz an der Bar.*

La rubia analizó a Claudio de pies a cabeza. Irene preguntó:

—*Aber können wir da essen?*

—*Klaar!* —la mujer elevó las manos y agitó la cabeza, como obviando.

Irene le tradujo la información a Claudio:

—Sólo hay lugar en la barra, pero podemos comer ahí.

Claudio miró a su alrededor.

—Este lugar está mamón de muerte súbita, ¿no?

—Si quieres nos vamos.

—Nah. Quedémonos. Llevo todo el día caminando. Y necesito una *birra* urgente.

—Va.

Pidieron cervezas y *schnitzels*.

—Pinche ciudad. No importa si es lugar cutre, lugar mamón, lugar equis, en todos hay lo mismo: su pinche pollo empanizado ese —protestó Claudio.

—Pero para compensar tienen esos pasteles… —Irene movió las cejas.

—Bueno, eso sí.

Se pusieron al corriente de lo que habían hecho el último año, omitiendo casi todos los detalles. Irene estaba sorprendida con el recorrido que había hecho Claudio, y no tardó en notar que además estaba distraído, con la cabeza en otro lugar. En un par de ocasiones se disculpó para contestar mensajes en un celular todo golpeado, con la pantalla rota. La comida no llegaba. Irene empezó a sentir el martilleo que anunciaba la migraña y comprobó que había olvidado los analgésicos. Claudio la miró revolver su bolsa con una angustia fuera de lo normal.

—¿Qué pasa?

—Me está doliendo la cabeza y se me olvidaron los painkillers. Se me hace que los dejé en la otra bolsa… hoy cambié de bolsa.

Preguntaron en el restaurante. No había analgésicos. Tampoco había claridad respecto a la comida.

—¿Dices que en tu casa no hay nada?

—Dos papas y un frasco de alcaparras. Creo que me queda un poco de *prosciutto*.

—Suficiente. ¿Nos largamos?

Caminaron aprisa. Los dos tuvieron la intención de trenzar sus brazos, pero no se atrevieron. En el baño de su casa, Irene vio la píldora de Advil en la palma de su mano, pero no se la quiso jugar. Se tomó un Excedrin. Abrieron el vino y se pusieron a limpiar la mota mientras Irene le platicaba a Claudio del rastafari del metro. En una pausa, Claudio preguntó:

—¿Vas a tomar vino?

—Sí, ¿por?

—¿No te dolía la cabeza?

—Ya no me duele tanto, creo que era de hambre.

—Pero no hemos comido nada —observó Claudio.

—La cerveza es muy alimenticia.

—Eso sí.

Chocaron las copas.

—Pero por si acaso vamos preparando esas papas, ¿no? —sugirió Claudio.

—Sale.

Claudio se levantó y buscó un cuchillo y una tabla para cortar mientras Irene sacaba las papas y el *prosciutto*. Irene lo vio moverse por la cocina y a la primera descarga de dopamina por el vino, se arriesgó:

—¿Te puedo preguntar algo?

—Dime.

—¿Por qué caminas así?

—¿Camino cómo?

—Como que cojeas tantito.

—¿Cojo? Digo, ¿cómo?

Irene se rio fuerte.

—Eso fue *casi* un cacle.

Irene bebió, sonriendo.

—Nunca te lo había preguntado porque casi no se te nota, pero…

—Pero sí…

Irene se sonrojó.

—Pero te carcome la curiosidad —dijo Claudio.

—Oh, bueno. Si quieres no me cuentes.

—Te cuento. Pero tú pelas las papas mientras yo sigo limpiando. ¿O quieres al revés?

—No, no. Yo papas, tú toque.

—Va.

Regresaron a la mesa, cada uno con su tarea. Claudio narró:

—Una vez fuimos a una peña en Hidalgo. Teníamos doce años. En esa época yo seguía a Adam por todos lados.

Escuchar el nombre de Adam en la voz de Claudio fue un ramalazo para Irene, pero ambos sabían que no podían evitarlo. Era su hermano, había sido pareja de Irene por siete años. Su nombre sería parte de sus conversaciones y de las de sus amigos más cercanos por siempre. Más valía asumirlo cuanto antes.

—¿En serio? Pensé que tú eras el rebelde y él te seguía.

—No, comadre. Yo no supe que era rebelde sino hasta después. Por muchos años él era el mayor, yo era un pendejo y tan tan.

—Jajaja, ok.

—Íbamos con mis papás y con amigos de ellos, pero Adam y yo nos adelantamos. Íbamos corriendo, brincando troncos y piedras, hechos la verga. Llegamos a un acantilado. Nos frenamos en seco. Había que saltar un trecho como de aquí a la puerta para pasar al otro lado. No era mucho pero tampoco era poquito, ¿sabes? Yo dije ni madres. Adam empezó de ándale, la chingada, no seas putín. Yo me puse a llorar. Le rogué que no saltara. Hasta le dije: "Mi mamá te va a regañar…" súper nena. Me volvió a decir putín, agarró vuelo y pues… saltó.

Claudio hizo una pausa para tomar el cigarro que Irene había dejado en el cenicero y darle una fumada.

—No llegó al otro lado. Azotó como un costal de papas y se pegó en la cabeza.

—Madres. ¿Qué tan alto?

—Como siete metros.

—Ufff…

—Por eso tiene esa cicatriz —Claudio se señaló la ceja.

—Tenía —corrigió Irene, en un susurro.

—Tenía —Claudio carraspeó—. ¿A poco nunca te contó esta historia? —le dio un trago al vino.

—Me dijo que se había caído y que se encajó una piedra en unas vacaciones en Hidalgo. Que iba contigo y con tus papás, nada más.

—Bueno, pues azotó. Yo creí que estaba muerto. Le gritaba y no me contestaba. Bajé por otro lado y cuando llegué vi que estaba consciente, pero me dijo que no podía mover las piernas. Le salía sangre de la oreja.

Irene se puso la mano en la boca sin soltar el pelador de papas.

—¿Y qué hiciste?

Pues me fui corriendo por mis jefes. Llegaron, se lo llevaron en camilla a la clínica del pueblo. A los dos días ya estaba perfecto el cabrón.

—¿Y por qué no podía mover las piernas?

—Porque se le habían llenado de hortigas y se le durmieron.

—Ufff —Irene le dio la última chupada al cigarro y lo apagó. El dolor de cabeza seguía ahí, tras bambalinas. Intentó ignorarlo.

—¿No tienes una tarjeta de presentación, o algo? —pidió Claudio.

—Creo que sí.

Irene se levantó, se limpió las manos con un trapo y abrió un cajón de la cocina. Había una tarjeta de un negocio de reparaciones de electrodomésticos con aspecto añoso. Se la pasó a Claudio, quien la miró por ambos lados:

—Oye, pero esto es una reliquia, ¿no?

—Llevo siete meses tirando reliquias. Ya no me tiento el corazón. Tú dale.

Claudio arrancó un pedazo de la tarjeta para usarla como filtro para el porro.

—¿Y a todo esto, lo de tu pierna? —Irene la señaló con la cabeza antes de volver a sentarse.

—Ah —Claudio alzó el pie—. Esto fue cuando iba corriendo por ayuda. No vi una piedra y me fui de boca, de paso me torcí de la chingada, pero me paré y seguí corriendo hasta que llegué con mis papás y sus amigos. Nunca quedé bien —Claudio pasó la lengua por el borde del papel de fumar y cerró el porro.

Irene terminó de pelar las papas, comenzó a cortarlas:

—¿Y nunca hiciste rehabilitación o algo así?

Claudio asintió.

—Hasta un rato después mi jefa topó que no estaba caminando bien y me mandó a que me enderezaran. Empecé a ir una vez por semana, pero era agarrar un micro hasta por la Liga Maya, así que después de dos sesiones me dio hueva y dejé de ir. Pero no les dije nada a mis papás y la lana de las terapias me la gastaba en las maquinitas… Hasta que me cacharon.

—Y ahí te volviste oficialmente el hermano "malo".

Claudio ladeó la cabeza con una sonrisa que no llegó a serlo.

—¿No te interesó quedar… bien?

—No quedé impedido, hubiera sido una cosa estética. No quise perder tiempo en eso.

Abrieron el horno. Estaba lleno de cacharros sucios y descubrieron otro ratón en su trampa, ya casi consumido. Claudio dio un paso atrás.

—Shit.

Irene sintió la cara hirviendo de vergüenza. Claudio empezó a reírse.

—Esto nadie lo abría desde la Primera Guerra Mundial, ¿verdad?

—Qué pena. No había abierto el horno desde que llegué. No lo abrí cuando recogí… no se me ocurrió.

—No te hagas. Es tu trampa contra los incautos.

—Te juro que no —Irene se rio.

—Te los ligas y si no te caen bien, ¡pumba! Les aplicas el ratón al horno.

Se carcajearon.

—Me temo que eres el primer incauto que entra a este lugar.

Se miraron. Siguieron riéndose mientras tiraban la trampa y sacaban los cacharros. Irene le contó de los demás ratones, por los que originalmente llegó al departamento. Lavaron la charola para hornear. Finalmente metieron las papas. Prendieron el porro, se sirvieron otra copa. El aviso de la migraña seguía ahí, justo arriba del ojo.

—¿Entonces?

—¿Entonces?

Risitas. Silencio. Irene le pasó el porro a Claudio y de inmediato se prendió un cigarro liado con tabaco indio que Claudio le había traído de regalo.

—¿Qué tal? —preguntó él.

—Delicioso. Tiene clavo, ¿verdad?

—Sí. Disfrútalo.

—Trataré. Pero yo creo que no me va a durar nada.

Después de otras dos caladas, Irene se tiró de cabeza:

—Al principio fui mucho a la capilla. Los primeros meses.

Claudio tragó saliva. No se esperaba este giro en la charla, pero no lo eludió. Si había podido hablar tanto de la muerte de Adam con Liane en Goa, podía tener esta conversación. Es más. *Tenía* que tener esta conversación con Irene. Era indispensable.

—Es un lugar horrible —dijo Claudio.

—Horrible. Y eso que cuando tú estuviste fue en esa misa de despedida llena de gente, con el coro y no sé qué. No sabes lo que es ir a ese lugar un miércoles a las cuatro de la tarde. No se entra por la puerta de la iglesia, se entra por las oficinas. Tienes que bajar como tres pisos de escaleras que apestan a nardo y ya que llegas a la capilla, siempre está oscura como boca de lobo. No son quiénes para dejar prendida una pinche luz. Hay que prender la linterna del celular porque si no, no se ve un carajo…

—Ya, ya me lo imagino perfectamente —Claudio la interrumpió, ofuscado.

Irene notó su molestia y guardó silencio. Claudio se explicó:

—Perdón. Es que no te imaginas el pedo que fue ese tema con mis jefes.

—No voy a dejar que lo metan a una pinche caja, mamá —amenazó Claudio en el comedor de la casa de Coyoacán.

—Es un nicho. Para los cuatro —explicó Silvia.

—¡Es antinatural! El cuerpo tiene que reintegrarse al ciclo.

Silvia agitó la cabeza repetidamente. Gabriel estaba mudo, tenso hasta las uñas, mirando los nudillos de sus manos entrelazadas sobre la mesa.

—Es lo que Adam hubiera querido. Te lo aseguro, mamá.

Silvia continuó negando y viendo a un punto fijo:

—No. No. Adam era creyente, Claudio.

—Las creencias sirven para vivir. Y ni para eso sirven. Pero si acaso sirven de algo, es en vida. Ya estuvo. Déjenlo en paz, ¿no?

—¡Claudio! —bramó Gabriel. Luego suavizó un poco el tono—: Adam ya no está. Deja de hablar por él y deja que tu mamá haga lo que quiera, esto es para ella.

Claudio se giró y su mirada se topó sin querer con la urna de madera donde estaban las cenizas de su hermano, descansando sobre una mesa alargada, justo debajo de uno de los telares de Refugio González. Era inconcebible. Despegó la mirada de inmediato.

—¿Por qué no plantas las cenizas al pie de un árbol en el jardín, o en una maceta fregona? Así lo puedes tener cerca —suplicó Claudio.

—¡Porque eso la Iglesia no lo acepta, Claudio! Una maceta… escucha lo que dices, por amor de Dios —Silvia se talló la cara, abotargada de llanto.

Claudio se puso a dar vueltas por la estancia, desesperado.

—No puedo creerlo. ¿Hasta muertos tenemos que estar avalados por el Papa y la pinche corte celestial?

—¡Sólo quiero que estemos juntos! —Silvia golpeó la mesa con ambas manos—. Todos juntos. ¿Por qué es tan difícil de entender?

Cinco días más tarde, Claudio ya estaba subido en un avión camino al otro lado del mundo.

Irene sirvió más vino para ambos.

—¿A ti dónde te gustaría que te pongan cuando te mueras?

Claudio estudió la copa, ocultando su incomodidad.

—Pues en un lugar donde esté chido ir a recordarme. A donde por lo menos se pueda acceder con luz natural, digo.

—Ya, ya sé. Yo también. No sabes lo helada que es esa capilla. Yo no quiero terminar en un lugar así.

—No vas a "terminar" en ningún lado, Irene. Ya no hay nadie ahí.

Irene se prendió un Che. Lo sabía, pero no. En el funeral no se había atrevido a ver el cuerpo de Adam en el féretro. Eso había dejado cabos sueltos, una duda irracional sobre su inexistencia. Claudio sí lo había visto y gracias a eso lo había constatado: no era su hermano el que estaba ahí. Era otra cosa. Una cosa que podía arder en fuego y reducirse a cenizas y ser metido en un agujero de mármol sin que hacerlo fuera una atrocidad, una aberración. Claudio nunca alcanzaría a saber lo liberador que había sido para él, dentro de todo, constatar que Adam sí había desaparecido. En aquella despedida, antes de que metieran la urna de madera al cajón helado y fijaran la lápida que rezaba "Familia López Rocha", Irene alcanzó a poner encima de la caja su turquesa de compromiso, para que se quedara con Adam, y no estuviera tan solo. Claudio estaba a unos metros en ese momento y no se dio cuenta.

Irene cambió de tema sin cambiarlo en realidad:

—No sabes lo que fue levantar este departamento. Estaba lleno de madres. Al final dejé las fotos y las cartas en una caja. Todo el tiempo pensaba: Tanto para nada…

—No es para nada, ¿no? Tu tía estuvo mientras estuvo —dijo Claudio.

Irene recordó la frase de Rosa: "Que le quiten lo bailado".

—Pues sí.

—Por eso es básico estar bien plantados en el presente —dijo Claudio—. Es lo único que tenemos. Después, todo se desintegra. Primero tu cuerpo, luego todas tus chingaderas.

Irene pensó en la caja rotulada con los recuerdos de su tía en el fondo del clóset. Lo sabía, pero se resistía.

—¿No crees que nos reintegramos a la vida? —propuso.

—Claro. Orgánicamente, sí. O al menos así debería de ser —Claudio le dio un trago doloroso al vino pensando en los restos de su hermano en ese nicho, sin la posibilidad de volver a la tierra o al mar—. Pero la vida como la conocemos, con este cuerpo y esta conciencia… chau forever.

Irene recordó que Claudio le había dicho lo mismo en los Dinamos un año antes, pero con una intención y un tono muy distintos. Se animó a confesar:

—A veces me despierto en la noche pensando que está ahí metido, solo, y siento horrible.

—Adam ya no está ahí, Irene —repitió Claudio.

A Irene se le llenaron los ojos de lágrimas.

—¿Entonces dónde está?

—¿En serio importa tanto?

—¿A ti no te importa?

—No, porque no puedo saberlo. No nos consta que hay algo después de la muerte.

—¡Tampoco nos consta que no lo hay!

—Pues sí. Pero mientras estemos en esta vida, no lo vamos a saber. En esta vida lo que nos toca es bancarnos su ausencia. Ni modo. Suena duro, pero así es. Hay a quienes les sirve creer que Adam está en el cielo y la chingada. A mi mamá le sirve eso. A mí no.

—No puedo creer que puedas decir todo eso tan tranquilo.

Hubo un silencio difícil. Irene se levantó a checar las papas. Claudio volvió a prender el porro, que se había apagado solo en el cenicero. La mota estaba un poco húmeda. Se levantó para ofrecérselo a Irene y se dio cuenta de que ya estaba algo borracho. Vio una foto de ella con su mamá pegada con un imán en la pared lateral del refrigerador. Agradeció la oportunidad de cambiar de tema.

—¿Y cómo está la Führer? ¿No se ha pirado de que estés acá?

—Le cuesta. Lo disimula, pero le caga. Hace poco hasta me salió con que debería empezar a pagarle renta.

Irene tomó el porro de la mano de Claudio y el contacto le provocó un escalofrío. Se llevó el toque a los labios y le dio una calada profunda. Cerró los ojos.

—Qué rico. Extrañaba esto.

—¿A poco no has fumado?

—Nada. Tampoco he tomado, casi.

—No, pues qué asceta.

A Irene le cayó gordo el comentario. Había conseguido la mota solamente porque él iba a estar, y no parecía apreciarlo. Le devolvió el toque.

—¿Y a dónde más has ido mientras has vivido aquí? —preguntó Claudio.

—¿Cómo?

—Sí, ¿a qué otras ciudades has ido?

—Pues... a ninguna.

—¿Qué dices?

El tono de Claudio la hizo sentir avergonzada.

—No puedo creerlo. ¿No has ido ni siquiera por aquí cerca? ¿A Salzburgo? ¿Nada?

—Nada —respondió Irene, ya molesta. Y quiso decirle que llevaba un año en que apenas había podido levantarse de la cama. Pero en lugar de eso, fue otra cosa la que salió del fondo de su ser:

—¿Por qué siempre actúas como si quisieras que fuera alguien que no soy?

—¿Perdón?

—Sí. No soy aventurera, no viajo, soy una loser que no se sale de casa de su mamá...

—Oye, no pongas palabras en mi boca, ¿eh?

Irene se recargó en el fregadero y cruzó los brazos. La sangre le hervía. Claudio agregó:

—Más bien *tú* eres la que siempre has querido que sea alguien que no soy.

—Eso no es cierto.

—El serio, el formal, el que tiene un trabajo que tu mamá puede presumir...

—Ahora eres tú el que está asumiendo cosas.

—¿Sí o no? Quieres que sea otro. Dímelo de una vez. Aquí me tienes. Dímelo a la cara.

—¿Sabes qué me cansa? Tu actitud.

—Mi actitud...

—Sí. Hola, mundo, soy Claudio, el interesante, el cool, el que ha ido a todas partes y sabe de todo, el que siempre sabe qué decir.

—Auch —Claudio bajó la mirada.

—¿Pero sabes qué? En realidad me conformaría con que fueras un poquito compasivo —Irene juntó el pulgar y el índice.

—¿Compasivo? —Claudio se rascó la barba.

—Ajá. Compasivo. Te largaste a la semana de que se murió. Te la mamaste.

Claudio bajó la guardia. Sabía que en eso tenía razón.

—Estaba cabrón, Irene...

—¡Me dejaste!

—¡No sabía que querías que me quedara!

—¿No era obvio?

—¡No! ¡Claro que no! Llegaste a Acapulco y a la boda como si nada, a estar con él.

—Te lo expliqué, no era el momento...

—Y luego en el hotel, en el pinche malviaje con la chingadera esa que nos metimos, todo el tiempo estuviste con él. Elegiste.

—¡No elegí! ¿Qué chingados iba yo a elegir en ese momento, Claudio? ¡Estaba hecha un trapo, no me podía ni mover!

—¿Y en el funeral? Estuviste diciendo que él era el mejor, y no sé qué tanta mamada.

—No dije eso... —Irene arrugó la frente, no recordaba con precisión cómo había formulado la frase.

—Me trataste como si no existiera. ¿Por qué mejor no admites que no estabas dispuesta a estar conmigo?

Irene quería decirle que había llevado el pasaporte para irse con él. Había llevado el pasaporte y olvidado su anillo de compromiso. Pero no podía. Algo la instaba a permanecer en la furia y el resentimiento.

—¿Y tú sí estabas dispuesto?

Claudio optó por prender muchas veces seguidas el encendedor. No se sentía capaz de forzar aquella tuerca un milímetro más. Sin una señal, sin una intención clara por parte de Irene, a él no le daba el cuerpo para más. Irene siguió:

—¿En serio les hubieras dicho a tus papás y a todo el mundo en el funeral: "Oigan, por cierto, Irene y yo nos estuvimos besuqueando dos días antes de que Adam se embarrara"?

Claudio sintió de nuevo el latigazo del rechazo.

—"Besuqueando." ¿Por qué todo tiene que ser así contigo, Irene?

—¿Así cómo?

—Así de… frío. Tenías razón en los Dinamos. Todo contigo tiene que ser preciso… quirúrgico. ¿Son tus genes o qué?

—¿Qué tienen que ver mis genes? —se defendió Irene.

—Así son los alemanes y los austriacos. Cuadrados. Cero espontaneidad.

—Chinga a tu madre.

Claudio tragó saliva. Irene remató:

—¿Sabes qué pienso yo de ti? Que tienes congelada el alma.

Claudio se salió del departamento dando un portazo. Irene se acabó el vino. Fue al baño y casi se va de lado al sentarse en el excusado. Estaba seriamente borracha. A los diez minutos Claudio estaba otra vez en la puerta. Al abrir, Irene tenía una mancha de vino en el borde de los labios, muy cerca del lunar que lo volvía loco, y al verla Claudio volvió a sentir una ternura de explotar y unas ganas incontenibles de batirla a besos. Se acercó cauteloso.

—Perdóname.

—No, tú perdóname.

Se arrojaron en los brazos del otro. Con besos desesperados cayeron torpemente al suelo. Irene comenzó a arrancarle la ropa, pero sentía como si todo estuviera sucediendo en otra parte, muy lejos, y ésta fuera una escena en la que por segundos era actriz, y luego espectadora. El vino la desinhibía, pero al mismo tiempo lo volvía todo pesado, turbio. Claudio también se sentía extraño. No estaba tan borracho como Irene, pero había algo que no lo dejaba estar ni hacer. Algo que nunca le había sucedido en los contados momentos en que había tenido a Irene entre sus brazos. ¿Así lo besaba también a él? ¿Así apretaba los dedos en su nuca? No pienses, no pienses, pendejo. Es la mota. Estás paranoico. Aquí. Ahora, se repitió Claudio. Pero fue inútil. ¿Le gustaba más cuando él le mordía la boca? ¿Gemía igual cuando él respiraba en su cuello? Claudio tuvo que desprenderse.

—Espérame. Espérame tantito…

—¿Qué pasa?

Condones, pensó Irene. Ella no había comprado, su preparación para el encuentro no había llegado a tanto. Pero el rostro de Claudio expresaba algo mucho más grave que eso.

—¿Qué pasa? —repitió Irene—. ¿Estás bien?

—Tengo que decirte una cosa.

Se quedaron sentados en un sillón escarlata de dos plazas y respaldo alto, a medio vestir. Claudio no tenía idea de qué iba a pasar, pero sabía que no quería que hubiera mentiras de por medio. Ni aunque fueran por omisión. Describió con un hilo de voz:

—El domingo… la noche antes del accidente… Adam se fue del hotel emputadísimo. Parece que habló con tu mamá para ver lo de tu medicina de la migraña y Anna le mencionó algo de que yo estuve ahí hasta las dos de la mañana.

Irene se cerró la blusa. La borrachera se le bajó de golpe.

—¿Cómo? ¿Y ella cómo supo? O sea… ¿y por qué se lo dijo a él?

—Yo creo que tu mamá se confundió y más bien pensó que yo era Adam.

Irene produjo una ola de adrenalina.

—Mierda.

Se levantó y se puso a dar vueltas por el saloncito.

—¿Te dijo algo Adam cuando se fue?

Claudio se quería morir. Confesó:

—Me dijo que no me partía el hocico porque era su sangre, y que te cuidara.

—No. No, por favor. Carajo.

—Irene…

—No. No, por favor.

—No fue por eso que… —Claudio se cortó—. Llevaba tres noches sin dormir, parece que la conectó con Mauro, ya iba tarde a su junta…

Irene caminó errática por la estancia, encontró un rincón y se hizo un ovillo. Abrazando sus rodillas y cerrando los ojos repetía "no, no, no". Claudio se acercó y se inclinó delante de ella.

—Irene. Por favor, escúchame. Adam tenía mucho por qué vivir. No se hubiera embarrado por eso. Antes me hubiera partido el hocico en serio y hubiera hecho lo que fuera por retenerte. Sabes que era un necio.

Irene volteó a verlo.

—¿Qué tan seguido te repites todo eso?

Claudio se quedó frío.

—Bastante seguido. Pero de veras lo creo. Irene, conocí a Adam mucho antes que tú. Sé de lo que estoy hablando.

—Carajo. Carajo…

De pronto Irene lo vio, furiosa:

—¿Cómo pudiste?

—¿Qué cosa?

—Acercarte… Besarme… Mirarme… ¿Cómo te atreviste? ¡Era tu hermano, chingada madre!

En medio del remolino de culpa, Claudio encontró el coraje para verla a los ojos y responder:

—Porque no podía no hacerlo. Y porque tú también me miraste a mí.

Irene no pudo rebatírselo. Fue a la cocina, agarró la segunda botella de vino que estaba empezada, y le dio un trago a pelo. Volvió al salón con la botella en la mano, diciendo:

—Le mandé un mensaje en la mañana, cuando me desperté en el hotel y no lo vi. Fue más o menos a la hora que… —Irene se cortó a media frase. Empezó a llorar. Claudio se levantó para abrazarla.

—No. Irene. No va por ahí, te lo prometo.

Irene se separó.

—¿Cómo supiste lo de que mi mamá lo vio… te vio…?

—Mauro me contó —dijo Claudio.

—No me dijo nada.

—Yo se lo pedí. No quería que te torturaras con eso.

—¡¿Y por qué me lo sueltas justo ahorita?!

Porque la verdad nos hará libres, pensó Claudio. Pero no se atrevió a decirlo. En realidad se sentía un imbécil. Se arrepentía profundamente de haberle dado a Irene esa información.

—¿Entonces Mauro sabe que tú y yo…

Claudio asintió una vez.

Irene se empinó la botella de nuevo.

—Ay, no…

Irene volvió a cruzar el pequeño salón alfombrado, dándole tragos suicidas a la botella. Claudio se la quitó con el pretexto de beber él, pero tan pronto la tuvo entre sus manos, la puso fuera de la vista de Irene. Para aquel momento, todos sabían que el misterioso inversionista del proyecto trunco de Adam era Lisandro Roblesgil, pero Mauro no le había contado a nadie de la estafa que orquestó su padre ni que Adam se había enterado por él apenas horas antes de su muerte. Para cuando Mauro confesó esa pieza de información y la variable se puso sobre la mesa en el contexto del accidente, Irene y Claudio ya estaban a años luz de distancia de ese salón en Viena.

Irene se dejó caer en el sillón doble, apretándose la cabeza con las manos.

—Putísima madre —gimió.

—¿Qué tienes? ¿Estás bien? —Claudio se inclinó ante ella.

—No. Mi cabeza…

Claudio vio la botella de vino. Regañar a Irene por haber bebido hubiera sido el detalle menos sensible y asertivo de la velada.

—Voy a conseguirte unos hielos —dijo.

Mientras Claudio fue a la cocina y abrió el congelador, Irene se levantó, caminó dando tumbos hasta la habitación, y se desplomó boca abajo sobre la cama. El vino y la marihuana habían hecho corto circuito, noqueándola después de un minuto de mareo infame en que ni siquiera tuvo las fuerzas para tocar tierra con el pie.

Al día siguiente, Irene se despertó tapada con una manta y con una bolsa de hielos derretidos, metidos en una funda sobre la almohada. Claudio no estaba en el departamento. Irene sintió pánico de que se hubiera ido, hasta que vio su mochila en la sala.

—Mañana tengo que traducir toda la mañana —había advertido Irene desde que estaban esperando en el restaurante pretencioso la noche anterior—. Pero en la tarde hacemos algo. Hay un parque muy lindo que te quiero enseñar.

Irene encontró una nota en la cocina: "Espero que te sientas mejor. Nos vemos en la tarde. Claudio". No pudo trabajar. Apenas logró levantarse y darse un baño tres horas después de tomar los analgésicos, tres cafés cargados y toda el agua que pudo. Llegó al parque todavía con dolor de cabeza y con bastante mal aspecto, pero esperanzada de poder enderezar las cosas con Claudio, al menos hablarlas sin estupefacientes encima y sin tanta carga, y con unos sándwiches en su mochila.

—Me desayuné las papas. Quedaron buenísimas —dijo ya que estaban sentados en el pasto.

—¿En serio?

—Sip. Creo que hacemos buen equipo culinario.

Claudio sonrió y miró su sándwich. Irene se disculpó:

—No sé qué me pasó ayer. Ni siquiera chupé tanto.

—A veces no es cosa de cantidad.

Irene asintió y mordió su sándwich. Casi se atragantó cuando Claudio anunció:

—Me voy hoy en la noche.

Una daga. Cinco, cien. Claudio notó que a Irene se le transformó el semblante y agregó:

—¿Está bien?

No, no está bien. *Trato de escribir en la oscuridad tu nombre. Iluminado, ciego, lleno de ti, derramándote.* Ella pensaba que se quedaría al menos un par de días. Había soñado tanto, dormida y despierta, el momento en que se harían el amor. Tenía la vaga esperanza, infundada quizá, de que podrían sanarse el uno al otro las heridas. *Digo tu nombre con todo el silencio de la noche.* Sí, tiene que irse. Claro que tiene que irse. Esto no tiene ningún sentido. Que se vaya. Es lo mejor. Yo no sé ni qué quiero y aquí hay demasiado dolor. *Lo digo incansablemente y estoy seguro que habrá de amanecer.* Por favor no te vayas, por favor. Te necesito. Te quiero tanto.

—¿Irene?

—Sí. Sí, claro. Está bien.

37

Claudio llegó a Montreal en pleno verano. La ciudad era una explosión de música, parques, bicicletas, arte, locales y cortes de pelo trend y, todo en inglés y en francés. A Claudio le encantó porque era una ciudad joven, tenía lo mejor de lo europeo pero sin lo solemne y lo rígido, con la jovialidad de lo norteamericano sin lo excesivo y lo masivo de lo gringo. Liane y él se reían y se besaban todo el día. Ya sin drogas de alta potencia de por medio, ahora hacían el amor sólo con marihuana y resultó ser más que suficiente para potenciar el placer. Liane tenía un amigo gay que plantaba en su casa. Ella tenía muchos amigos muy cool. Claudio casi se fue para atrás cuando se enteró de que uno de ellos era primo de la violinista de Arcade Fire. En la reunión casera donde Liane se lo presentó, estuvo hablando con él mucho rato en la cocina, y al día siguiente Liane se burló de él con saña.

—Buenos días, *fan from hell.*

—¿Sí me puse muy intenso?

—David, David, oh, David —lo imitaba—, déjame tocar la punta de tu dedo, el cual lleva un cuarto de la misma información genética de Sarah.

Liane lo jodió todo el día, pero a Claudio no parecía importarle. Estaba volando. Por primera vez en mucho tiempo, se sentía en su elemento. Pensó que éste era un lugar donde se podría quedar un buen rato. Un día Liane le confesó:

—Creo que voy a dejar de hacer deporte extremo.

—¿Y eso?

—Creo que lo he hecho como por retarme a mí misma, por exigirme más y más. Ya no quiero hacer eso. Ya no quiero ser tan perra conmigo misma.

—Me parece fabuloso —dijo Claudio. Estaban echados en el pasto perfectamente cortado de un parque magnífico, debajo de un nogal. Claudio agarraba hojitas tiradas y comparaba su verdor con el de los ojos de Liane.

—Y también decidí que quiero decirte la verdad —dijo ella.

—Uy.

—Es algo muy serio. Por favor, tómate esto con… seriedad.

—Ok… —Claudio se sentó.

—Ok. *The truth is… I was born in the U.S.A.*

—¡Ja! Lo sabía. Siempre lo supe —se rio Claudio, y tuvo ganas de escuchar ese disco de Bruce Springsteen.

—Pero ése no es el punto. Ya te conté que mi hermana murió antes de que yo naciera…

Claudio no se esperaba la historia de terror que vino a continuación.

—Mi padre era de Atlanta y mi madre de Phoenix, imagínate. Más conservadores, imposible. Eran el tipo de gente que va a misa y hace barbacoas todos los domingos y tratan a los latinos con una condescendencia y una superioridad que da asco.

—Ya. Me lo imagino perfecto.

—Y pues… fue justo en una barbacoa un domingo. Mi hermanita estaba jugando con un grupito de niñas del neighborhood que eran más grandes y no le daban bola. La pobre quiso llamar la atención… y decidió enseñarles la pistola de mi papá.

—Fuck… —Claudio clavó la vista en el pasto, anticipando el desenlace.

—La tenía en el cajón del buró. En el puto cajón de su cuarto. Ella sabía que no debía abrir ese cajón, pero tú sabes lo que puede ser la presión cuando eres un niño. Seguro la niña más grande la empezó a retar… "te apuesto a que no la sabes usar"…

Liane se detuvo. Claudio la abrazó con todas sus fuerzas. Ella se dejó abrazar, pero se separó con cierta incomodidad.

—*You're sweet.* No te preocupes. Se oye horrible, pero yo no sufrí la muerte de mi hermana. No la conocí. Nunca he llorado por ella.

—De todas formas lo siento muchísimo.

—Gracias. Después de eso nací yo y mis padres ya no quisieron quedarse en el país. Nos mudamos a Calgary. Luego mis papás terminaron separándose, y mi mamá y yo nos mudamos para acá. Fin de la historia. Ahora, fumemos por favor.

Liane sacó de su mochila el monedero negro tipo años veinte con una rosa roja bordada donde guardaba la hierba, la hoja para limpiar y el papel para fumar.

—¿Y ves a tu papá?

—Un par de veces al año —dijo como si fuera suficiente—. ¿Limpias o limpio?

—Oye, tranqui. Puedes estar triste un rato. No tienes que exigirte tanto, ¿remember?

—No tengo la menor intención de estar triste. ¿Tengo cara de que quiero estar triste? —Liane se rio, y comenzó a deshacer la hierba—. Yo no maté a mi hermanita —dijo. Luego miró a Claudio y afirmó—: Y tú tampoco mataste a tu hermano.

Claudio sonrió y volvió a abrazarla.

—Gracias.

Al calor del reencuentro, el deseo y el verano, Liane y Claudio fabricaron un bebé. Claudio no lo tenía en sus planes. Cuando se hicieron amantes en Goa, Liane le dijo que estaba tomando pastillas. Claudio asumía que se las seguía tomando.

—No sé, tal vez se me olvidó alguna.

¿Cómo que tal vez? ¿Cómo que *alguna*? Hay que tomarse todas, chata, pensó.

—¿No se supone que se toman diario? —fue lo único que Claudio atinó a decir.

—Mira, lo voy a tener. ¿Ok? Está decidido.

—¿Y mi opinión no cuenta?

—Me temo que no.

Y Liane lo dijo con tal envergadura que Claudio se quedó frío. Su primer impulso fue salir corriendo. Vagó un día entero por la ciudad con la cabeza revolucionada. No tenía conocidos cercanos que fueran padres salvo Karla, y su experiencia con Paco, el papá de Alicia, no era la mejor referencia. Repasó todo lo que habían sufrido las dos por su ausencia, pero pensó que Paco apenas tenía veinte años cuando se hizo papá sin quererlo, y que ése no era su caso. Claudio no era tan joven. Pronto cumpliría treinta. Liane es increíble, pensó. Con Irene no hay manera, y más con lo que le dije en Viena. Además ella no quiere, nunca se va a atrever, y yo tampoco sé si quiero ya. Ese tema es insalvable, se repitió con zozobra. Lo que más le pesaba a Claudio de hacerse responsable de un hijo era sacrificar su estilo de vida, los viajes, la libertad. Pero se dijo que el viaje es la vida misma y que incluye muchas facetas y muchos episodios, no sólo destinos geográficos. Y no tardó en darse cuenta de que, aunque estaba cagado del susto, también se moría de ganas de ser papá. A las seis de la tarde llegó al departamento de Liane con un ramo de daisys y una sonrisa de oreja a oreja, diciendo:

—*Fuck it. Let's do it.*

Pensó que Liane se echaría a sus brazos y que se tumbarían en la cama a pensar nombres de bebé después de hacer el amor, pero no fue así. Muy seria, lo hizo sentarse en la estancia llena de ornatos orientales, and she talked business: él no estaba obligado a estar con ella y en el momento en que ella lo decidiera, podía echarlo de la casa. Por ningún motivo se casarían. Claudio estaba esperando a que soltara la carcajada en cualquier momento, pero estaba hablando completamente en serio.

Todo cambió. Con el embarazo Liane se transformó. Empezó a comer como si no hubiera mañana, dejó de ver a sus amigos y en cambio se iba de brunch todos los días con su madre y regresaban cargadas de compras para el bebé y con más comidas calóricas del Costco Wholesale. A los seis meses de embarazo, Liane se puso histérica cuando vio a Claudio prendiéndose un porro en el balcón.

—*Are you out of your God damned mind?*

—No mames, Liane. ¿Neta?

—Las cosas ya no son iguales.

Y en ese momento Claudio pensó, Putísima madre, en qué carajos me metí. Pero ya era tarde. Todo se volvió orgánico, vegetariano y desinfectado. Ya no había risas. El único lugar donde seguían coincidiendo era en la cama porque Liane estaba más caliente que nunca y quería tener sexo todo el tiempo. Pero estaba ausente. Claudio le buscaba la mirada en la cama, pero ella ya no posaba sus ojos en los suyos. Empezó a hacer frío. Montreal ya no era el lugar rebosante de cultura y peatones felices con músicos callejeros que parecían salidos de la filarmónica. Era un lugar cruento con nieve de treinta centímetros de altura y viento helado que se clavaba como cuchillas en la cara, y su mujer se había vuelto una loca. Una gringa persignada como su mamá. Cuando Liane sugirió bautizar al niño, hubo una batalla campal.

—No jodas, Liane. Dijiste que eras la oveja negra de tu familia, ¿qué chingados?

—Yo nunca dije que no creía en Dios. ¿Me escuchaste decir alguna vez que no creía en Dios?

—Estabas metiéndote rayas de cristal en Goa.

—¿Y eso qué tiene que ver? Dios está en todas partes.

Mierda, pensó Claudio. Mierda, qué es esto.

—Voy a bautizar a mi hijo. Es un ritual precioso.

—¡Es un puto exorcismo! ¿En serio crees que hay que sacarle el demonio a ese bebé porque si no se va a ir directo al infierno haga lo que haga?

—Voy a bautizar a mi hijo, *end of the story.*

Todo era "mi" hijo. "My baby." *Look what I bought for my baby.* Desde el principio lo excluyó. Claudio incluso empezó a percibir notas de racismo hacia él. Una vez fueron a un restaurante mexicano y mientras Claudio se preparaba un taco y Liane se atascaba de nachos, Melissa, su mamá, comentó:

—*Mexican people do love their frijoles, don't they?*

Claudio agarró la cuchara y la hundió en un recipiente de frijoles de guarnición y se la metió a la boca. Masticando respondió, imitando lo mejor que pudo un acento gringo cerrado:

—*We sure as hell do.*

Era como si el exótico latin lover mexicano hubiera brillado del otro lado del mundo, pero en éste hubiera perdido todo su glamour. Claudio intentó hacer pareja, ser dulce y paciente, estar presente. Tenía la esperanza de que todo fuera una locura momentánea producto de la revolución hormonal del embarazo. Pero no fue así. El bebé nació y el departamento se convirtió en un mausoleo silencioso, una trampa antitodo. Había protectores en las esquinas de las mesas, en los cordones de las cortinas, en los cajones y en las gavetas; todas las botellas de productos de limpieza tenían corchos especiales y había que quitarse los zapatos al entrar a la casa, la cual olía a aceites esenciales para purificar el ambiente. Liane tenía un gato que adoraba, Marti. Estuvo a punto de deshacerse de él por la seguridad del bebé, pero Claudio la disuadió repitiéndole que él y su hermano habían nacido y crecido con gatos; entonces Liane optó por ponerle una red especial antimascotas a la cuna, que había visto sugerida en el libro *What to expect when you're expecting*, que era su libro de cabecera junto con el manual de La Leche League y otras cuantas enciclopedias de maternidad.

—*What's all the safety shit for?* Falta mucho para que empiece a desplazarse —argumentó Claudio.

—Con estas cosas no hay tiempo que perder —terminó ella.

Los primeros meses Liane casi no dejaba que Claudio cargara o manipulara al niño, salvo para bañarlo por las noches.

Un día escuchó a Melissa cacareando que su nieto iba a tener los ojos verdes, porque los tenía medio grises. Al cabo de tres meses los tenía más cafés que una castaña. Claudio se alegró, como si hubiera ganado una pequeña batalla, y se quiso tronchar de risa cuando escuchó a una amiga de Melissa decir:

—Yo he visto bebés a los que al año les cambia completamente el color de los ojos. Seguro van a ser verdes.

Una tarde Claudio tomó una decisión desesperada. Se salió a la calle, buscó una banca dónde sentarse y le llamó a Silvia.

—Hola, mamá. Te llamo para decirte que eres abuela.

Hablaron durante una hora. Silvia despotricó, maldijo, luego lloró de alegría. Hacía dos años que no recibía más que algún correo electrónico breve y parco de su hijo informándole de su paradero. Ni siquiera tenía idea de la existencia de Liane.

—Voy para allá. Agarro un avión mañana mismo —dijo Silvia.

—No. Por favor. Están muy tensas las cosas.

—Pues justo por eso, mi amor, a lo mejor les sirve la ayuda.

—Tenemos mucha ayuda con la mamá de ella. Por favor no.

—¡Quiero conocer a mi nieto!

—Algún día, madre. Ahorita no. En serio no es buena idea.

Silvia fue tan insistente que en muchos momentos de la conversación Claudio se arrepintió de haberle llamado. Quería consejo y contención y lo único que había encontrado era drama... salvo por un comentario puntual que le dio un giro importante a las cosas:

—¿Y ya registraron al bebé?

—Tenemos que registrar al bebé —proclamó Claudio esa misma tarde.

Liane estaba colgando pañales de tela recién lavados en el balcón para que se secaran al aire libre, ritual que tomaba su tiempo. El bebé dormía.

—No hay prisa. ¿O sí?

—¿Le estás poniendo protectores a las botellas que el niño no va a poder abrir hasta que tenga cuatro años, pero no lo quieres registrar? Si cualquier cosa le llegara a pasar, el niño no existe ante la ley.

—Qué cosas tan horribles dices, Claudio.

—Es así, Liane. Un niño que no está registrado, no existe. ¡Ni siquiera le hemos escogido un nombre!

Liane terminó de colgar un pañal, se secó las manos en los jeans y cruzó los brazos.

—¿Y se va a apellidar López, o qué?

Claudio se retorció con el tono de la pregunta, pero se contuvo.

—A menos de que lo quieras apellidar Lennon, pero ése no es su papá, ¿o sí?

Liane cedió finalmente.

—Ok. Pero lo hacemos con el bautizo. Y se va a llamar Ashoka.

—¿Cómo?

—Ashoka.

—¿Como el fundador de la India? —Claudio alzó las cejas, incrédulo—. ¿El país donde sobajan a las mujeres?

—Ashoka como el árbol de hoja perenne —Liane hablaba en serio.

Claudio reprimió una carcajada lastimosa y alzó las manos.

—Como tú quieras. Haz lo que quieras.

Me vale madres, pero tú no me vas a quitar a mi hijo, perra del infierno. Si un día me lo quieres quitar por lo menos te va a costar trabajo, pensó. Con esa cara salió Claudio en las fotos del exorcismo con huevos benedictinos, como describió el bautizo a sus amigos.

—Se ve que se la está pasando bien padre —dijo Karla, con ironía.

—Pero el bebé está hermoso —dijo Denisse.

—Peor para Claudio —opinó Mauro.

Irene simplemente le dio like a la foto, y a partir de ese día bloqueó a Claudio de todas sus redes sociales.

El bebé creció lleno de pestañas y cejas como su papá, intrépido y risueño. Un día, cuando ya tenía seis meses de nacido y Liane había bajado un poco la guardia y la sobreprotección, Claudio le estaba dando un plátano, rascando la fruta con una cucharita. El bebé le quitó el plátano de la mano y lo aventó al suelo.

—¿Qué haces, mequetrefe?

Riendo, Claudio recogió el plátano para seguírselo dando y en ese momento Liane apareció, manoteando:

—*What the hell do you think you're doing?*

—El piso está limpio.

—*I cannot believe it.*

—De algún lado tiene que sacar anticuerpos, ¿si no cómo se va a defender de un pinche catarro?

—*You're totally out of your mind.*

Liane intentó sacar al bebé de su silla. Al bebé se le atoró el piecito y empezó a llorar.

—¿Qué haces, mujer?

Liane agarró al niño y se lo llevó a su cuarto dando un portazo. En ese momento la realidad golpeó a Claudio como una patada en la cara: lo que había hecho fue fabricarse a pulso su penitencia. Se había creído la fantasía de que estaba en la bohemia, en el amor y en la catarsis cuando en realidad se había ido metiendo poco a poco, directo y sin escalas, en la boca del lobo. Por matar a besos a la novia de su propio hermano. Atrapado para siempre. Coartado, castrado. Y miraba a ese ser, habitado y activado por la mitad de su código genético, y que además se reía y babeaba y empezaba a decir palabritas como cheese y vaca y papi, y se sentía morir de ternura y de desesperación, porque sabía que ese bebé lo ataba para siempre a aquella mujer. Cada día odiaba más a Liane, se sentía usado, estafado. Se había presentado como algo que no era. Irene por lo menos nunca lo engañó, nunca le hizo falsas promesas. Irene siempre fue consciente de sus contradicciones, aunque desafortunadamente fiel a ellas. Una tarde, viajando en el transporte público, Claudio comenzó a sentir que no podía respirar; un pánico irracional lo invadió y lo arrojó fuera del autobús en la siguiente parada. La segunda vez que se repitió el episodio, Claudio estaba solo con el bebé en la casa y tuvo que meterlo a su corralito mientras pasaba el ataque. Por favor que no llegue Liane, por favor que no llegue ahorita, que no me vea así, suplicaba mientras la taquicardia le rebanaba el pecho y le tronaba los oídos. Cuando por fin pasó el ataque, Claudio pensó: Valió madres. Las posibilidades valieron madres. La respuesta a la pregunta de Irene en Viena es afirmativa: las posibilidades de la existencia se van al carajo con la edad. Al carajo.

Esa misma noche Claudio estaba sumergido en internet, y al día siguiente sentado en el consultorio de un joven counselor, de nombre Jim. Lo eligió entre una vasta oferta de terapeutas porque en su presentación decía "recién titulado y ávido por ayudarte", y su honestidad y entusiasmo le cayeron bien a Claudio. Durante la primera sesión habló de Liane y de su hijo, y faltando poco para el cierre de la segunda, resumió la historia de Irene y Adam. A Claudio le dio la impresión de que aquel joven calvito se relamía con el relato. Tanto que interrumpió a Claudio para preguntar, en inglés:

—¿Por qué habiendo tantas mujeres en el mundo, justamente tuviste que fijarte en la novia de tu hermano? ¿No había otras opciones? ¿Te llamó la atención ella porque era "como de la familia"?

Con cada pregunta se inclinaba más hacia Claudio, a punto de caerse de la silla y expidiendo un penetrante aliento a cebolla.

—¿Cuál te respondo primero? —rio Claudio, matizando su incomodidad.

—Nos vemos el martes —dijo Jim, con la expresión sobrada de quien está seguro de haberse anotado un golazo.

No se vieron el martes ni nunca más. Cuando Ashoka cumplió siete meses, y posterior a un pleito monumental con Liane después de que Claudio tiró sin querer una jarra de agua con hielos durante la siesta del bebé, Claudio se mudó a un departamento de cuarenta metros a las afueras de Montreal. Estaba resuelto a estar cerca de su hijo, pero no podía vivir un día más bajo el mismo techo que Liane. Los ahorros con los que había estado viviendo se le terminaron pronto y como no tenía papeles, buscó trabajo de lo que fuera. Consiguió empleo en un estacionamiento, cobrando por debajo del agua. Un día lo mandaron a la oficina por unas llaves y vio unas fotos de Thom, el dueño, en Machu Picchu, en la Pampa argentina y en zonas arqueológicas de México, pegadas en un corcho. Claudio esperó un par de días hasta que encontró un buen momento para preguntarle. Thom le contó que había cruzado de Alaska a la Patagonia en coche. Hablando de viajes se fueron haciendo cercanos. Thom no podía creer todos los lugares en los que Claudio había estado y la diversidad de cosas que había hecho.

—*You sure got yourself a shitty job here, dude.*
—*I don't mind shitty jobs. I just hate being stuck.*
—*It would be easier if you got married...*
—*No way. I'd rather pick up weed or strawberries or something.*

Thom le dijo que había unos conocidos buscando quién los llevara de Victoria a Toronto en moto. Claudio se apuntó sin pensárselo. No conocía la ruta, pero era un buen lector de mapas, hablaba el idioma y no tenía miedo. Hizo los contactos por anticipado y todo salió a pedir de boca, con un esguince y una picadura de avispa como único saldo en contra. El grupo al que guió quedó encantado y él se sintió vivo otra vez. Además le pagaron bien por el trabajo y Liane estaba contenta con el ingreso. De pronto se abría algo nuevo ante él: una perspectiva. Thom le sugirió armar algo en México. Claudio le contó de Baja California Sur y el kitesurf. Thom se entusiasmó, había escuchado hablar de ello, por lo visto en Canadá había una interesante afluencia hacia la península mexicana.

—Consíguete un contacto y lo armamos.

Esa noche Claudio bañó a Ashoka, como todas las noches. Se distrajo buscando su pijama con el niño cargando y cuando volteó, el nene ya había hecho unos trazos con el vapor del espejo. Claudio dibujó una carita sonriente. El bebé se rio. Claudio limpió el espejo y entonces se miró. Se miró con detenimiento por primera vez en todo ese tiempo. Sus tránsitos previos ante el espejo habían sido para lavarse los dientes y poco más. Nunca se quedaba ahí. Ni siquiera se rasuraba la barba para no estar obligado a mirarse. Respiró hondo. Al verse a sí mismo, y ver a su hijo, que se parecía tanto a él y le sonreía, y señalaba el espejo diciendo "papi, papi", le llegaron las palabras a la mente como una revelación: Yo no soy él. No soy mi hijo y no soy Adam, tampoco. Soy otro. Soy alguien más.

—Soy alguien más —dijo en voz alta.

Y se soltó a llorar como un niño. El bebé le puso la manita en la cabeza diciendo "boo boo", la palabra que usaba su mamá para referirse a una herida.

Al día siguiente, Claudio habló con Liane:

—Me fui con mi hermano muerto y ahora soy papá de un niño que gatea. Necesito volver a México.

—*For how long?*

—Un mes, quizá dos.

—Haz lo que quieras.

—No te estoy pidiendo permiso. Quiero saber que cuando vuelva voy a poder ver a mi hijo.

—No vas a volver.

—¿Qué te hace pensar eso?

—No vas a volver, sólo lo sé —y Liane lo decía con un tono de víctima y al mismo tiempo como deseando que así sucediera.

Claudio tuvo que jugársela.

38

Cuando Claudio regresó a México se encontró con sus padres tratando de trabajar y hacer sus vidas, pero avejentados y grisáceos. No lo supo hasta tiempo después, pero tras la muerte de Adam y de su partida al Tíbet, Silvia y Gabriel habían estado a punto de separarse. El dolor había inundado la casa de reproches. Decidieron quedarse juntos y apostarle a su matrimonio porque no quisieron lidiar con una pérdida más, pero se les sentía el alma trunca. Tan pronto vio a sus padres, Claudio se fue a La Paz para estudiar el panorama de trabajo. En las playas de la zona, con aguas transparentes y planas y vientos impetuosos, retomó el kitesurf (que había dejado pendiente después de aquella semana previa a la boda de Javiera) y quedó prendado. Hizo contactos. Se entusiasmó con las posibilidades que le ofrecía el lugar para tender un puente entre México y Canadá. Pasó muchas horas en el mar y redobló fuerzas. Nunca se imaginó cuánto iba a necesitarlas. De vuelta en la ciudad, supo que sus padres no habían entrado de nuevo en la habitación de Adam ni se habían hecho cargo de sus pertenencias. Era como si su penitencia definitiva hubiera estado ahí, esperándolo, paciente e implacable. No me toca, se dijo una vez más. Pero luego pensó que había dejado solos a sus padres por mucho tiempo y que sería un modo de resarcirse un poco. Siguió maldiciendo el resto de la mañana, y luego se armó de valor.

Al entrar en la habitación de su hermano, que era lo mismo que entrar a su peor pesadilla, Claudio estuvo seguro de que sus padres también sintieron el peso gélido de la ausencia de Adam que él experimentó el día de su muerte, y no pudieron soportarlo. Claudio tuvo que hacer acopio de todas sus agallas para abrir el primer cajón, como si dentro hubiera un monstruo de siete cabezas. Encontró algo peor. En medio de reportes, facturas, hojas de Excel, carpetas con presentaciones y documentos de trabajo, había vida palpitante: tarjetas de cumpleaños, postales que él mismo le había mandado durante sus viajes, fotos de infancia, días que transcurrieron y que Claudio ya no recordaba que existían: él y Adam pescando truchas en Hidalgo; la familia en la plaza de la Revolución de La Habana, en medio del Che y de Camilo Cienfuegos; Silvia con alguno de los dos en la playa de Puerto Vallarta. Claudio supo de inmediato que no se trataba de él porque era a Adam al que le gustaba poner con la mano la "V" de victoria (¿de amor y paz?) al sonreírle a la cámara durante una época. No es que la vida palpitara en las fotos literalmente, pero sí dentro de él. En un lugar insondable, que creía inaccesible o que asumía olvidado. También había fotos de los amigos, algunas tan añosas que todavía eran analógicas. Había una con Mauro, los tres borrachísimos, a los quince años, ahí mismo, en la casa de Coyoacán; otra de Adam con Raquel, la chica con la que salía antes de conocer a Irene; otra más reciente de Adam con Karla, muy sonrientes en San Andrés Ixtacamaxtitlán en alguna festividad local; también encontró una medio borrosa donde salían Irene, Adam, Denisse y Lencho, quien todavía usaba el pelo largo, junto con otros jóvenes, junto a un río.

—No mames, esto es del Pleistoceno... —dijo en voz alta.

Volteó la foto, detrás había una leyenda con la letra de Adam: "Misión de Los Guajolotes", y la fecha. Habían pasado casi diez años. Claudio estaba apabullado con el paso del tiempo. No le sorprendía tanto lo distintos que todos se veían como lo iguales que los había percibido durante todos esos años. Comprobó que el tiempo es una experiencia personal que adquiere distintas tesituras según la distancia y muchos otros factores siempre cambiantes, y que jamás sigue patrones fijos. Relativo, al fin. Sin ninguna duda.

Igual que Irene había hecho con los recuerdos de su tía, Claudio metió todos los afectos personales de Adam en una caja. Se quedó con la foto de las truchas, con la de misiones y la de su hermano y él con Mauro. Dudó mucho en quedarse con una de Irene en Ixtapa, en traje de baño. Había un matiz ominoso en todo aquello: muchos recuerdos de su hermano también eran sus recuerdos. Comenzó a hojear cuadernos de Adam con registros personales de sus proyectos sociales, y terminó anegado en lágrimas. Por primera vez pudo sentir coraje por su muerte. Rabia, pura y dura. Por todo lo trunco y lo inacabado, por todos los que se perdieron de él; por su hijo, que no lo conocería nunca, por todas las cosas del mundo que Adam ya no iba a ver. Lloró sin pudor y sin recato; deshojó cuadernos, arrojó objetos. Silvia, que estaba sola en la casa, lo escuchaba al otro lado del patio, sin saber qué hacer. Por un momento tuvo un miedo irracional de que este hijo también se le quebrara. Pero sobre todo tenía pavor de entrar al cuarto de Adam. Pavor como entrar al bosque oscuro, a la casa de la bruja, a la muerte misma. Por fin decidió que no iba a escuchar a un hijo suyo llorar de esa manera sin hacer nada. Entró a la habitación conteniendo el aliento y primero se extrañó porque no vio a Claudio, aunque lo escuchaba. Estaba arriba, en el tapanco, recargado en la cama que fuera de su hermano, sollozando con la foto de Irene en la mano. Silvia subió la escalerita de madera, se sentó junto a él y sin decir palabra, lo abrazó. Al principio Claudio tensó el cuerpo, pero después cedió al abrazo. Se sorprendió al comprobar cuánto lo necesitaba. De pronto Silvia dijo, en voz baja:

—El que no siempre esté de tu lado no significa que no esté a tu lado.

Claudio lloró más fuerte. No era sólo por Adam. También era por Irene, por Liane, por su juventud, que sentía que había reemplazado por otra cosa a favor de la paternidad; por todas sus pérdidas. Estuvieron así un rato, que no fue corto ni largo, que nunca sería suficiente, pero que en un tiempo subjetivo, para ambos lo fue. Un presente donde estuvieron a salvo.

Días más tarde, Denisse destapó una botella de cerveza y se la pasó a Claudio junto con un cariñito en la espalda:

—Tiene muchos huevos lo que acabas de hacer, López.

Denisse ya trabajaba en Philip Morris y se había mudado a un departamento de ciento veinte metros cuadrados en el noveno piso de un edificio inteligente en Bucareli que tenía una buena terraza con vista a los edificios del centro. Estaban ahí Lencho y Javiera, ya divorciada de Roy, y además de volver a ver a Claudio después de más de dos años, la ocasión era especial porque Karla llevó por primera vez a Mercedes, su nueva pareja, para presentárselas. Irene seguía en Viena.

—Está cabrón volver a ver fotos viejas y cartas y todo eso. Es como prender el disco duro, ¿no? —dijo Karla.

—Exacto. No puedes creer las cosas que sigues teniendo aquí adentro sin saberlo —Claudio se señaló la cabeza.

—Tooooodo está ahí. Es muy fuerte —opinó Mercedes.

—Todo —afirmó Claudio. Tan pronto como Mercedes se distrajo para tomar una aceituna, Claudio hizo contacto visual con Karla y se sonrieron.

—Hasta Timbiriche sigue ahí, tócate los huevos —dijo Lencho.

Una carcajada.

—Miren, hablando de permanencias… —Claudio sacó del bolsillo de su chamarra la foto de Irene, Denisse, Lencho y Adam con otros misioneros junto al río.

—¡No mames! ¡Ésta es de nuestra primera misión! —Denisse se emocionó.

—¿Neta? ¿La de Los Guajolotes? —Lencho le quitó la foto.

—Ahí nos conocimos —Denisse le explicó a Mercedes, sonriendo como niña chiquita.

—Órale —sonrió Mercedes.

—No todos, los más guapos aparecimos después —dijo Karla.

Risas.

—¿A ver? —Javiera le arrancó la foto a Lencho—. No mames, están para el perro todos. Le voy a enseñar esto a mi mamá para que deje de decir su frasecita de "juventud divino tesoro" —la arremedó con sorna.

—Y a ti que te da miedo cumplir años, güeris. ¡Si es lo mejor que te puede pasar! —dijo Lorenzo.

—Hasta que no… —Javiera se terminó su copa de vino y se sirvió otra de inmediato.

Denisse sacó su celular:

—Güey, le tengo que tomar foto a esta foto y mandársela a Irene pero ya.

Claudio atemperó con un trago de cerveza la sacudida que sintió con la mención de Irene.

433

—¿Y qué tal volver a la ciudad después de tanto tiempo? —le preguntó Mercedes a Claudio.

—Del terror. Se me olvidó que no se puede ser peatón en el D.F.

—Ciudad de México, si me haces favor —corrigió Lencho, burlón.

—Traté de llegar aquí hoy en transporte público y me tardé dos horas entre transbordos y peseros, un asco las distancias.

—Ahora la onda es la bici. Hay muchas ciclopistas, yo ya casi todo lo hago en bici —dijo Mercedes.

—Necesitas nervios de acero y cráneo de goma, pero fuera de eso... —bromeó Lencho.

Más risas. Mercedes aclaró:

—Bueno, no son las ciclopistas de Berlín, obviamente. Aquí entre los baches y los puestos de tacos estorbando, es más equilibrismo que ciclismo.

—Es una ciudad de locos. Pero me gusta un chingo su energía. Nada en el mundo se le compara —dijo Claudio.

—Sobre todo en el olor a mierda —opinó Javiera—. Antes era en algunas partes, ahora toda la ciudad huele a mierda.

—Pero es un valle magnífico. Yo veo el Ajusco y los volcanes y podría no sé... llorar —dijo Lencho.

—... Volcanes que se ven una vez al año porque siempre están cubiertos de mierda —insistió Javiera.

—Pero así la amamos... —dijo Lencho.

—La amamos y la odiamos en la misma proporción —concluyó Karla.

Claudio afirmó con la cabeza.

Esa noche, dado lo especial de la ocasión, Denisse decidió estrenar una fonduera que su mamá le regaló hacía dos navidades, pero el *fondue* le quedó todo grumoso y se quemó en menos de un minuto. Hubo risas en los intentos por modular el fuego y comerse el queso lo más rápido posible.

—¿Sabes qué? No está tan mal tu *fondue*, Denisse. En una taquería pasaría por chicharrón de queso —se burló Claudio.

—Está rico —masticó Lencho, acomedido.

—Se me hace que está defectuosa esta madre —Denisse se justificó.

—Lo que está defectuoso son tus habilidades culinarias —dijo Javiera.

Risas.

—Cállense, tetos. Es cosa de práctica. Es más. La próxima voy a hacer uno de chocolate con frutas y no los voy a invitar —Denisse sacó un pan de la cacerola con su trinchador y se salpicó un poco los lentes con queso.

Lencho se dirigió a Karla y Mercedes:

—Y hablando de frutas, ¿ustedes ya partieron la papaya?

Todos se rieron con el chiste local, pero Mercedes estaba perdida.

—¿Qué es eso? —preguntó.

—No es lo que te imaginas —dijo Karla.

—Suena terrible —se rio Mercedes.

—No les hagas caso a estos babosos —advirtió Denisse.

—Mientras sea partir la papaya y no que nos partamos la mandarina en gajos, todo bien —dijo Mercedes.

Todos soltaron una carcajada. Mercedes y Karla se dieron un beso corto y Javiera gritó:

—¡Aaaaau!

Esa noche Claudio se tomó varias cervezas artesanales y disfrutó de una marihuana sobresaliente. Cayó en cuenta de que era la primera vez que departía con estos amigos sin que estuvieran presentes Adam, Irene o Mauro, las tres personas que siempre habían justificado su presencia en el grupo. Y se sintió extrañamente cómodo. También se dio cuenta de que llevaba mucho tiempo siendo el extranjero, siendo introducido a lugares, comidas, códigos y palabras, aun sin pedirlo. Siendo un turista por más que se esmerara en ser otra cosa. Por primera vez en mucho tiempo no tenía que explicar su nacionalidad ni su presencia ni sus intenciones ni su itinerario. No tenía que traducir. Sólo tenía que *estar*. Claudio se sintió despreocupado, ligero como no se había sentido en mucho tiempo. Y concluyó que ser dueño de nada estaba bien, pero también estaba bien pertenecer a algo, ser re-conocido y amado por quienes saben quién has sido. Luego le vino una idea sombría: ¿En qué casa lo velarían a él si muriera? No había una casa que pudiera considerar como suya.

—¿Estás bien, güey?

Karla lo encontró en la cocina, abriéndose una cerveza.

—Estas chelas están de puta madre.

—¿Verdad? Las hacen en el Istmo de Tehuantepec —dijo Karla.

—Buenazas —subrayó Claudio—. Salud.

Brindaron y bebieron.

—Qué chida Mercedes.

—¿Te cayó bien?

—Es a toda madre. Es un poco impactante verte con una chava, no te voy a mentir. Creo que no soy el único.

—¿Los ves a todos de plano súper tensos, o qué?

—No súper tensos. Pero todos tendremos que acostumbrarnos.

Karla asintió, bebió y se recargó en la barra.

—¿Y tú cómo estás de papá?

—Uf… —Claudio bebió por respuesta.

—Qué fuerte, López. Me tienes que contar todo.

En eso entró Javiera a buscar otra botella de vino.

—No hagan grupitos. Ya saben que no soporto el rechazo.

Se rieron. Javiera salió con la botella.

—Mejor vamos por un café en la semana. Te busco —dijo Claudio.

—Va.

No pudieron quedar esa semana y no se vieron sino hasta muchos meses después, en una funeraria. El resto de la noche hablaron de cosas poco serias. Javiera despotricó un rato con su tema del cincuenta por ciento de Roy, pero nadie le dio mucha cuerda así que claudicó pronto. Claudio les platicó algunas puntadas de Ashoka, pero no mencionó a Liane, y se troncharon de risa cuando Lencho les describió su episodio de paranoia con la coca, encerrado por horas en el baño de su departamento. Hasta que Claudio preguntó por Mauro, y una nube negra apareció en aquel techo privilegiado de estrellas envueltas en smog.

—Mauro está muy mal —dijo por fin Denisse.

—¿Mal, cómo?

—Lleva una racha de la verga. Estuvo internado —añadió Javiera.

—Tuvo un brote psicótico —aclaró por fin Karla.

—Mierda… —dijo Claudio.

Mercedes conocía la historia, pero no se sentía con la confianza de intervenir. Aprovechó para llevar su plato a la cocina.

—¿Cómo estuvo eso? Yo me quedé en que estuvo en rehab —Claudio estaba consternado.

—Mejor que él te cuente —dijo Karla, críptica.

Fue complicado quedar. Mauro no tenía celular y a Claudio le tomó tres llamadas cargadas de pausas y misterios hasta que se lo pasaron. Una vez que pudo hablar con él, les costó ponerse de acuerdo cómo y en dónde verse. A Mauro todas las opciones le parecían complicadas, en su casa no se podía, no tenía coche. Trató de disuadirlo y le canceló dos veces. Finalmente Claudio pasó por Mauro en un taxi y lograron tomarse un café en un Vip's más o menos cercano, que tenía terraza para fumar. No habían vuelto a verse desde el funeral de Adam. Mauro estaba en los huesos, más pálido que nunca, y llevaba puesta una gorra con la intención de tapar una cicatriz en la frente, que igual asomaba un poco.

—¿Cómo has estado? —preguntó Claudio.

—¿Cómo has estado *tú*? —Mauro le puso al café sus cuatro cucharadas de azúcar de rigor—. ¿Cómo está tu chamaco?

—Creciendo como una bestia peluda.

—¿A quién se parece?

Claudio hizo una pausa:

—Se parece tanto a mí que hasta me da pena ajena.

Mauro sonrió.

—¿Y la gringa está traumada?

—¿Cómo sabes que es gringa? —Claudio no recordaba haberle contado a Mauro del origen no canadiense de Liane.

—No sé. En las fotos que vi, parece gringa.

Claudio revolvió su café con la cuchara. Se preguntó si Mauro estaba consumiendo algo. Lo que sí hacía era fumar sin parar. En lo que duró la conversación, todo el tiempo tuvo un cigarro prendido en la mano y no dejó de rebotar la pierna con el pie, arriba y abajo.

—Tener hijos debe ser una chinga —dijo Mauro—. No me extraña que Cronos se los haya devorado.

—¿Cómo?

Mauro no se explicó.

—La verdad es que podrías comértelo tú también. Tiene muchos huevos que estés con él. Sobre todo en una pinche situación así de… complicada. Te admiro, carnal.

—Gracias —respondió Claudio, algo confuso.

Les preguntaron si querían comer algo, dijeron que no. Claudio sacó la foto donde salían él, Mauro y Adam que había encontrado entre los recuerdos de su hermano. Mauro sonrió al verla.

—Órale, qué peda.

—Creo que fue la primera que nos pusimos. ¿Cuántos años teníamos, cabrón? ¿Catorce?

Mauro botó la foto sobre la mesa, tiró la ceniza y la revolvió en el cenicero con la punta del cigarro.

—Vale madres. Ya no somos ésos.

Claudio miró la foto. La sonrisa pecosa y altiva que su amigo tenía desde entonces. Luego lo miró a él, en este presente pálido y consumido que no comprendía.

—¿Te hiciste otro tatuaje?

Mauro se bajó un poco la manga de su sudadera.

—Otros cuantos.

Mauro giró la muñeca revelando un gato anarquista.

—Está chido —dijo Claudio—. ¿Pero no traes uno en el otro brazo?

—Es una mamada. Estaba hasta el pito cuando me lo hice.

Mauro jaló la manga hacia arriba y reveló el tatuaje. Era una sola palabra: "Trasciende".

—Fue un pedo de narcisismo, súper inmaduro. Olvídalo.

—Ok…

Mauro apagó su cigarro y casi de inmediato se prendió otro. Claudio se armó de valor para cortar los rodeos:

—¿Qué pasó, man? ¿Cómo estuvo lo de que te pusiste mal?

Mauro fumó y volvió a trazar figuras en el cenicero.

—¿Me puse mal? Me puse bien, a lo mejor. Todo es relativo.

Claudio aguantó la tensión durante el tiempo que Mauro se tomó para declarar:

—Si te digo la neta, volverse loco está chingón.

Claudio le sostuvo la mirada, impasible.

—Te lo digo muy en serio. Todo cuaja de puta madre, todo coincide, todo conecta, todo tiene sentido.

Claudio hizo un esfuerzo por no intervenir ni opinar sobre lo que no sabía. Tomó un sorbo de café. Mauro siguió:

—Fueron tres días sin dormir, al cuarto hice un pinche desmadre. Ni me acuerdo bien, la verdad. Prefiero hablar de lo que está pasando ahorita. ¿Podemos hablar de lo que está pasando ahorita? A mí es lo que más me importa, lo de ahorita.

Claudio no dijo ni sí ni no, sacó un cigarro, lo prendió y miró a su amigo con toda su atención.

—Parece que estoy viendo una luz —dijo Mauro.

Claudio estuvo a punto de mirar detrás de su espalda. No sabía si Mauro le estaba hablando metafóricamente, literalmente o describiendo un viaje de algún tipo.

—¿Una luz de qué?

—¿Karla no te contó?

—No.

—Pues básicamente… ella me acompaña porque como estoy loco no puedo estar solo. Pero mientras me acompaña, caminamos y choreamos. Un tema muy peripatético, la verdad.

—¿Quién? Perdón. ¿Quién te acompaña? ¿Karla?

Claudio seguía con la duda de si lo que le describía Mauro era producto de alguna reminiscencia de la psicosis.

—Se llama María.

—¿Es una terapeuta?

—Es más que eso, bro. Tú no tienes idea de lo que es ese mundo. Hay perversos. Hay orcos.

—¿En qué mundo?

—El inframundo. El mundo de los excesos penados. El pinche mundo de los condenados a muerte nada más por la avería que tenemos con el freno de mano, carnal.

—Ya… —Claudio trataba de ordenar mentalmente las piezas que le soltaba su amigo.

—Te tratan con una condescendencia superlativa pero apenas te volteas, te taclean para ponerte la camisa de fuerza.

Claudio interpretó que hablaba del psiquiátrico y la clínica de rehabilitación donde había estado. Lo confirmó cuando Mauro le dijo:

—Ella es otro pedo. Es como un ángel en el octavo círculo de Dante. Es como la ninfa de la salud mental.

Claudio se rio con alivio.

—Vientos. ¿Y de dónde salió?

—Por Karla, te digo.

—Ok…

De pronto las cosas iban encajando y el panorama parecía menos turbulento. Mauro indudablemente transmitía cierto desasosiego, pero Claudio alcanzó a detectar que, en efecto, tenía una luz en los ojos que no existía cuando hablaron la última vez, en el funeral de Adam. De pronto Mauro lo sorprendió con una pregunta inesperada.

—¿Qué chingados pasó con Irene?

Por el pasillo cruzó una mesera. Claudio aprovechó:

—¿Me regala más café?

Mauro le clavó la mirada. Claudio encogió el cuerpo. Admitió:

—Ya te lo conté en el funeral. Un día antes de la boda fuimos a los Dinamos, nos soltamos todas las netas…

—No, pendejo. Eso ya lo sé. ¿Qué pasó en Viena? ¿Lograron aclarar algo?

Claudio no salía de su asombro. Tardó en responder.

—No. Salió de la chingada. Entre otras cosas por eso soy padre de familia, ¿verdad?... —resopló, amargo.

La mesera les rellenó las tazas. Mauro lo miró con una sonrisa socarrona.

—Siempre lo supe.

—¿Qué?

—Desde el reven en Malinalco. Cómo se veían.

Claudio sintió cosquillas en la barriga y tuvo que hacer un gran esfuerzo por no sonreír, como cuando está pasando la bandera nacional en el patio de la escuela o se recuerda un chiste en la fila de la comunión, y sonreír en ese momento sería blasfemo.

—¿Lo comentaste con alguien? —Claudio aventuró.

—Pobres de ustedes, cabrón. Qué pinche tragedia les cayó. La tragedia Géminis. La pregunta interesante aquí es... ¿quién es Cástor y quién es Pólux? ¿Quién es el hermano mortal y quién es el inmortal? ¿Quién es la máscara bajona y quién es la máscara feliz del teatro? Porque parecería obvio, pero no es obvio para nada. Para nada...

—Perdón, ando medio perdido en cultura griega, mano.

—Olvídalo. Ando inmamable, ya lo sé.

—Mira, sé que no estuvo bien. Pero Irene y yo llevábamos siete años en tensión. Eso que viste en Malinalco lo viste tú, lo vi yo, lo vio ella... había que enfrentarlo, cabrón. Yo...

—Oye, a mí no me tienes que dar explicaciones. Cada quien su culo. Yo soy la piel de Judas, ¿cómo te voy a juzgar?

—Mira... sólo quiero que sepas cómo estuvieron las cosas. Sé que para ti estuvo cabrón ser el último que vio a Adam y todo eso...

—Claudio. Cabrón.

Claudio guardó silencio. Se miraron.

—*I said I love you, and that's forever* —dijo Mauro—. Ya está, hermano. Ya está.

Mauro bebió y dijo:

—Agua de calcetín.

—Sí, este café es horrible, pero por lo menos lo rellenan. Ese concepto de refil no existe en Europa —comentó Claudio.

—Ya. Es que es muy gringo.

Claudio bebió.

—Vete leve, que esta madre pone más que un frasco de Ritalin —recomendó Mauro.

La taza goteó un poco, Claudio puso una servilleta de papel encima del plato. Mauro siguió:

—Estaba cagado ese día, Adam, en Acapulco. Pero no tanto como yo lo hubiera estado si mi vieja me pone el cuerno con mi carnal.

Claudio aguantó el latigazo inevitable en silencio. No podía hacer más.

—El güey hasta estaba dudando si el amor tenía que durar para siempre y la chingada. Imagínate. Él, que era un idealista de hueva. Aunque bueno, también es lógico. El güey estaba emputadísimo.

Claudio guardó silencio, expectante.

—Creo que lo que más sacó de pedo a tu hermano esa vez fue enterarse de que su inversionista era un transa.

—¿Qué cosa? —Claudio arrugó la frente, confundido.

—Era mi papá. ¿No supiste?

—Supe que tu papá era el inversionista, hasta hizo el proyecto en Puebla, ¿no? De la transa algo vi, un post que mandaste al chat. Pero no entendí bien. Pensé que era ironía. ¿Tu papá neta, neta transó gente?

—Doscientos, cabrón. Con un falso remate bancario. A la verga. Kant hubiera escupido sangre.

Claudio se quedó perplejo. Sabía lo que cerrar ese proyecto significaba para su hermano, y no tenía idea de que un dilema de esa magnitud estaba en juego la mañana en que se mató.

—En fin. Adam estaba pedo. Agarró el coche pedo, porque mis huevos que con tres horas de sueño ya estaba sobrio, a huevo que estaba pedo todavía. Llevaba tres días sin dormir. Tan tan. Ya con eso, cabrón. Si yo te contara lo que puede hacer uno cuando está sin dormir tres días, no lo podrías creer. Lo de menos es que su vieja haya traído su pasaporte en la bolsa o no.

—Tal vez.

Claudio reaccionó.

—Espérate. ¿Qué?

—¿Qué de qué?

—¿Qué pasaporte?

—Pinche Adam estaba obsesionado con que vio que Irene traía su pasaporte en la mochila ahí, en Acapulco. Traía un malviaje por eso, se alucinó con que se quería escapar contigo o una mamada así.

—¿Neta?

Esta vez Claudio no pudo reprimir un gesto de felicidad. Mauro cayó en cuenta:

—No mames. Era *cierto*.

Mauro apagó el cigarro a medias y se talló muchas veces la cara.

—Ay, ay, ay, ay. Qué horror. Qué tragedia, cabrón. Ni siquiera muriéndose los dejó estar. Pinche mundo culero. ¿Sabes qué es lo único que me da esperanza? —se destapó la cara.

—¿Qué?

—Hegel.

—¿Qué de Hegel?

—Ese güey lo sabía: todo es dialéctico. Tesis, antítesis, síntesis. Pim, pum, pam. Nada se queda en su lugar, todo rota. Vida, muerte, vida. Muerte, vida, muerte.

Claudio se terminó el café en tres sorbos y miró a su amigo:

—¿Y dónde estamos ahora?

39

Claudio estuvo muy tentado a buscar a Irene. Lo ponderó seriamente. Pero no tenía nada en claro, todo era incierto en ese momento, había dejado las cosas pendiendo de un hilo con Liane y con su hijo, y desconocía los términos de su permanencia en Montreal; no tenía nada que proponerle a Irene, y pensó que ya le había hecho suficiente daño. Era tarde para ellos, lo que fuera que eso significara en la relatividad del tiempo.

Claudio terminó de disponer de las cosas de su hermano. Archivó los documentos y, sacando la ropa del clóset para donarla, vio un cajón cerrado con llave. Claudio lo ubicó de inmediato porque también había uno en el clóset de su cuarto, que era homólogo al de Adam. Buscó la llave por todas partes, pero no la encontró. Y buscando la llave se topó con algo escandalosamente evidente, como si un elefante hubiera estado todo el tiempo dentro del cuarto y él lo hubiera estado evitando: la computadora. Se dio cuenta de que le daba reparo revisarla. En parte por la incomodidad que anticipaba al poder encontrar intercambios íntimos entre Irene y su hermano, y en parte porque le daba miedo descubrir algo que no tenía ganas de saber. Algún secreto, algo turbio que cambiara la imagen mental que tenía de él. Antes de pensarlo demasiado, ya estaba dentro. Le tomó varios intentos dar con la contraseña, pero no fue tan difícil, después de todo. Era Lolo, el nombre del gato consentido de la familia, y el año del nacimiento de ambos. La computadora estaba conectada a la corriente y no estaba apagada, sólo en reposo. Cuando Claudio logró entrar con la contraseña, vio que estaban abiertos varios archivos del proyecto de San Andrés en los que Adam había estado trabajando antes de la presentación. Entró a internet y algo muy extraño sucedió. Lo primero que apareció fue el perfil de Facebook de Adam, con una caricatura política que él mismo publicó y donde había un comentario suyo sin enviar: "Avientas la piedra y escondes la mano". Claudio sintió un solo latido, fuerte, en la garganta. De repente el wifi se conectó y le infundió vida a la página, que se refrescó automáticamente, y mostró el perfil actual de Adam, gestionado por su madre después de su muerte. Fue lo único que Silvia pudo tramitar y con lo que logró hacer algo de catarsis: acomodar un poco la vida virtual de su hijo. Sólo aparecía la foto de Adam, enmarcada por la sierra de Puebla, y algunos mensajes de despedida y de su último cumpleaños, que había sido cercano al accidente. Claudio se hizo para atrás en la silla, atolondrado. Fue como si por un segundo hubiera existido la posibilidad fugaz de acceder a la vida y los designios arbitrarios de la red hubieran vuelto a imponer la muerte, todo por un juego temporal en el código binario. La palabra de su hermano, trunca, perdida ahora para siempre. Leyó un par de comentarios: "La gente como tú se va pronto porque acaba su tarea pronto", escrito por una tal Juliana Méndez que Claudio no conocía. *Only the good die young*, pensó. "Te extrañamos siempre", había escrito Denisse. Claudio entró al mail. Su hermano no sólo no tenía intercambios íntimos, prácticamente no tenía intercambios personales. Sólo figuraban correos de trabajo, y había borrado el historial de navegación por última vez apenas unos días antes de la boda de Javiera. Lo único cercano a un mensaje personal era un mail entre los borradores, sin destinatario y de casi tres años antes, con una sola palabra: "Perdóname". Claudio vio la fecha e hizo memoria. Por los días en que Adam escribió ese borrador, él estaba en Barcelona. Tiempos aciagos donde él mismo se dio de baja en Facebook después de ver el anuncio de la boda entre Irene y su hermano en un locutorio, y donde lo siguiente que recuerda es haber estado vomitando ajenjo en la última banca del puerto. Algo no le cuadraba. ¿Ni una sola foto de una vieja en bolas? ¿En serio? ¿Ni un video sexoso? ¿Nada?, pensó. Parecía la computadora de un señor impoluto de setenta años, no de un joven de veintisiete. Y con esa interrogante, la pieza faltante del rompecabezas que torturaba a Claudio volvió a morderle los sesos. ¿Por qué Adam se largó del hotel de esa manera? No era su estilo. Adam era un necio, se repitió. Hubiera confrontado, se hubiera quedado. "Cuídala." ¿Qué diablos significaba eso? Y de pronto Claudio lo formuló de una manera que no se le había ocurrido antes: aquella noche, Adam huyó. Eso hizo: huir. ¿Pero de qué? ¿De quién?

Claudio deshizo la habitación en busca de la llave del cajón cerrado del armario. Volteó el colchón de la cama, levantó la alfombra. Fue a la sala, buscó adentro de los jarrones y las cajas de adorno, en la cocina abrió cada gaveta y hasta movió los guacales de madera con frascos vacíos al fondo de la alacena. Le dio de martillazos al cajón, trató con un desarmador. Estaba punto de llamar a un cerrajero cuando pensó que seguramente Adam traía la llave con él. Por la noche, cuando sus padres llegaron de trabajar, Claudio se lo preguntó a Silvia, mientras metían los trastes al lavaplatos después de la cena.

—¿Qué llaves?

—Las de Adam. Las suyas, las de la casa. ¿Las tienes?

—¿Para qué? —Silvia lo miró con reparo.

—Por favor.

En la covacha trasera donde guardaban herramientas, macetas vacías y toda clase de utensilios, había un baúl. Hasta el fondo había una bolsa de plástico negra con las pertenencias que Adam llevaba encima al momento de su muerte. Silvia y Gabriel no habían tenido corazón para deshacerse de ellas, pero tampoco las querían dentro de la casa. Claudio abrió la bolsa negra sudando frío. Sacó los objetos uno por uno. Primero los tenis azul rey, uno de ellos con una mancha. En la cartera, doscientos pesos, una foto de Irene de niña, y una estampa de la Virgen de Guadalupe. Más al fondo, las llaves, en un llavero de los Pumas. Claudio no se detuvo en la congoja en ese momento. Fue corriendo al cajón y lo abrió. Lo que encontró lo dejó más confundido que antes: había un par de películas porno en DVD, de las que se compraban en los puestos de revistas, metidas en una bolsa negra. También había un par de revistas para adultos, y varias GQ con sesiones de famosas con poca ropa: Natalie Portman, Scarlett Johansson y alguna otra.

—Bueno, por lo menos me queda claro que no eras gay, cabrón… —murmuró Claudio.

También había una pulsera imitación piel trenzada, que podía ser tanto de hombre como de mujer, y que Claudio no asoció con nada en ese momento. La dejó a un lado y tomó lo que más curiosidad le daba: un cuaderno Moleskine de pasta negra. Dentro había una servitoalla doblada. Con la caligrafía de Adam, y escrito con su pluma fuente, decía:

Prometemos que en octubre de este año, iremos TODOS a Wirikuta a comer *hikuri*. Y puto el que se raje.

Estaba fechada una semana antes de su muerte.

Claudio recordó claramente el momento en que Adam había escrito eso. Estaban en la terraza de Roy, sin Roy, comiendo tortas ahogadas en una despedida de soltera mixta para Javiera. Adam les contó que había presenciado una ceremonia en Wirikuta y quería comer peyote por primera vez con ellos.

—Nombre y firma, putines —los había exhortado aquella vez.

Y en efecto, habían firmado todos, los ocho: Javiera Durán, Lorenzo Echeverría, Karla de Tuya, Denisse Lieben, Mauro Roblesgil, Adam López, Claudio López, Irene Hernández Hofmann. Claudio pasó el dedo por encima del nombre de Irene, con su impecable caligrafía manuscrita de maestra de escuela, pero con el palito de la última "n" en Hofmann estirado hacia abajo y torcido al final, haciendo un bucle rebelde. Abrió el cuaderno del que salió la servilleta. Lo que vio le impresionó tanto que tuvo que sentarse. Abarcando toda la primera página había un peyote dibujado con la pluma fuente de Adam. Parecía salido de uno de los telares de Refugio Hernández, con mucho detalle y sombras. Repartidas en las páginas siguientes había citas y referencias transcritas a mano de Huxley, de Antonio Escohotado, de Humphry Osmond y varios autores más que experimentaron con peyote y mescalina y dieron cuenta de sus experiencias. También había notas, muchas sin mención a ningún autor, salpicadas por todo el cuaderno. Algunas escritas con caligrafía cuidada y otras más garabateadas, como cuando se escribe bajo el influjo del alcohol.

El que ha bebido ciguri sabe cómo están hechas las cosas y no puede ya perder la razón porque Dios es el que está en sus nervios y desde allí lo conduce. (En una ceremonia)

Para cerrar capítulos en la vida.

Para ver las cosas con claridad (sin condisionamientos).

Para acceder a la propia divinidad.

Cuando tomé esta medicina todo cambió. Empecé a querer a mi hermano y a mi hermana, a quienes quería matar. (indio norteamericano)

Entendí que nuestro universo entero está contenido en la mente y en el espíritu. Podemos escoger no tener acceso a ello, podemos incluso negar su existencia, pero de hecho está adentro de nosotros, y hay químicos que pueden catalizar su disponibilidad. (Pihkal)

Para tomar <u>*DECISIONES.*</u>

También había una dirección en El Tejocote, San Luis Potosí: la dirección del Jefe del Desierto.

¿Por qué Adam tenía esto bajo llave si ya lo había externado con sus amigos? Era claro que se moría de ganas, y también que no había alcanzado a probar peyote. Quizá su hermano se arrepintió de haber manifestado en voz alta esa inquietud. Era como si todas las cosas que eran prohibidas y anheladas para él hubieran estado guardadas en ese cajón bajo llave, que era como el cajón prohibido de un adolescente. Y Claudio sintió pena por él. Por un peyote dibujado a detalle y con mucho esmero en blanco y negro, sin todos los colores que puede ofrecer. Por un espíritu tan apasionado y tan impetuoso, pero que tenía que guardar en un cajón todo lo que fuera en contra de sus creencias y sus mandatos de perfección.

Pocos días después, Claudio volvió a Montreal. El regreso no fue fácil. Había estado fuera seis semanas y Liane estaba insoportable, poniéndole trabas para ver a su hijo. Primero quedó de llevárselo a un parque y no llegó. Luego quedaron de verse en el departamento de ella y después de esperarla dos horas en la puerta (Liane había cambiado las chapas) llegó sin Ashoka, argumentando que se había quedado dormido en casa de su mamá. Cuando Claudio la confrontó, Liane atacó:

—Te fuiste casi dos meses. ¿Creías que ibas a poder ver a mi hijo así tan fácil? *No, sir.*

Claudio tuvo que hacer acopio de todas sus habilidades de despego y autocontrol para no cruzarle la cara. Finalmente Liane dejó que Claudio viera al niño cuarenta minutos en un centro comercial ruidoso con olor nauseabundo a papas fritas. El nene lo reconoció de inmediato, y solicitó ir a los juegos. Claudio lo veía trepar y bajar por la pequeña resbaladilla y casi se le salían las lágrimas, horrorizado de que éste fuera a ser su destino con su hijo, su modalidad de relación: verlo poco y con las horas contadas, en lugares públicos.

Entonces ocurrió una especie de milagro. De los que son producto de lazos misteriosos y de las semillas largamente sembradas que cosechan de forma inesperada.

—Quiero ir contigo a conocer a mi nieto —insistió Silvia mientras Claudio hacía su maleta en la Ciudad de México, un día antes de volver a Canadá. Claudio la disuadió con los mismos motivos de antes:

—No es buen momento, mamá. Liane se va a poner difícil.

—¿Pues qué clase de mujer es esta Liane?

—Una mujer muy peculiar. Créeme. Ahorita no.

Sin pedirle permiso a Claudio, Silvia se apersonó ahí unas semanas después de que él volvió. Con Ashoka hizo química de inmediato. A los cinco minutos de estar con ella, se estaba riendo a carcajadas. Pero el bebé no fue el único al que Silvia sedujo. Llegó con su sonrisa encantadora, con su conversación amena y culta, con su inglés perfecto, y cargada de regalos para el bebé y también para Liane y su madre, que incluían un repujado primoroso de la Virgen de Guadalupe, y el embrujo del espejo narcisista hizo lo suyo: Silvia era investigadora como Liane, lista como ella, blanca como ella. ¿Quedarse en un hotel? De ninguna manera. Silvia se quedó en casa de Melissa e hicieron buenas migas. Algunas visitas después, Silvia y Gabriel comenzaron a buscar un intercambio académico con la Universidad de Quebec para pasar un año allá. Silvia encontró en su nieto una razón para vivir, y a la vez se convirtió en el eslabón gracias al cual Claudio pudo permanecer unido a su hijo.

* * *

Cuando se regresó a Montreal, Claudio se llevó consigo el Moleskine de Adam. Al cabo de semanas de repasar la servilleta con la iniciativa de su hermano y las firmas de todos, tomó una decisión. Con su celular le tomó una foto a la servilleta y con ella abrió un chat que llamó DESIERTO. La convocatoria decía así:

CLAUDIO: Amigos, no van a creer lo que me encontré!

(Y la foto)

Ha estado muy rudo y hace años que no nos vemos todos. Propongo que retomemos esta promesa y vayamos a Wirikuta. Nunca hemos hecho juntos un viaje así y además tengo ganas de volver a acampar con ustedes. Mucho ha pasado con nuestras vidas y creo que vale la pena. Por favor, si se van a salir del chat, al menos saluden y no me rompan el corazón.

La primera en responder fue Javiera.

JAVIRUCHIS: Copaaaaaaal (y tres emoticones de nopalitos)
CLAUDIOL: Jajajaja
JAVIRUCHIS: Desprendetehermano desprendete (y tres manitas con la "V")
DEN: Que sorpresa! Im in!! Vamos! Los extraño tanto amigosss
KARLA: Yo tambien!!! Donde coños estás ahora López?
CLAUDIOL: En Montreal.
KARLA: (Cuatro caritas llorosas) Cuando te fuiste otra vez?? Ni te vi!!!
DEN: Fotos del chamak??
LORENZO: A weboooooo! La hermandad se reúne de nuevo para surfear la ola espiritual.

JAVIRUCHIS: Copaaaaal
LORENZO: (Tres caritas llorando lágrimas de risa)

Irene y Mauro tardaron días en contestar. Irene no sabía qué decir. Estaba atravesando un nuevo duelo y toda la propuesta le causaba mucho conflicto. Claudio temió que ninguno de los dos contestara. Finalmente Mauro respondió:

MAURO: Pinches atascados. Nomás los dejo de supervisar y vean cómo se ponen.

Hubo muchas risas virtuales como respuesta. Todos respiraron aliviados de que estuviera razonando articuladamente. Irene por fin respondió:

IRENESCA: Amigos queridos. Yo también los extraño. Tengo que organizarme bien, ha sido difícil. Les mando amor y los busco pronto.

Acto seguido, se salió del grupo.

40

Denisse llamó a Irene directamente a su celular en Viena para darle la noticia.
—Siéntate.
—¿Qué pasa? Estoy caminando al metro.
—Siéntate, por fa.
Irene no tenía dónde sentarse así que se recargó contra un poste. De inmediato pensó en su madre, en que se había puesto mal de algo.
—¿Ya? —preguntó Denisse.
—Ya. ¿Qué onda?
—Claudio va a ser papá.
Irene se quedó muda durante un minuto entero. Se deslizó sobre el poste hasta quedar en cuclillas y se abrazó la cabeza. Cuando por fin pudo decir algo, lo que preguntó fue:
—¿Dónde?
Denisse le contó las generalidades de la historia que sabía, y no sabía demasiado. Que Claudio había conocido a la susodicha en la India y que llevaban pocos meses viviendo juntos en Montreal. Claudio había sido sumamente reservado al respecto.
—¿Estás bien? —Denisse estrujó el teléfono.
—No. No sé…
—Vete a tu casa y cuando llegues me hablas. Yo voy a estar en una junta, pero me puedo salir un ratito.
—Ok.
—Te quiero mucho, flaquis.

El saber que el temido momento en que Claudio se enamorara de alguien más y la sustituyera en definitiva había llegado, era devastador y liberador al mismo tiempo. Irene pensó que iba a llorar a mares. Y sí lloró, pero no tanto como creía. Saber que su vida ya no pendía de la posibilidad imposible con Claudio le producía cierto alivio. Pero era un sentimiento intermitente y fugaz, y le llevó un tiempo lograr asirlo. Antes de eso, lo que Irene experimentó durante varios meses fue una extraña desazón. Volvieron los sueños angustiosos, en modalidad académica: Irene llegaba a la Normal de maestros o a la prepa donde había estudiado y se enteraba de que iba a reprobar por no haber entrado a clases o presentado los exámenes. Y al igual que a Denisse con la urgencia por definir su maternidad, a Irene se le impuso de repente la amenaza del paso del tiempo.

—Ya voy a cumplir treinta años… —sufrió por Skype.

—¡¿Y qué?! —exclamó Denisse.

—Eres una escuincla. Los treinta son los nuevos veinte —aseguró Javiera.

Javiera ya estaba divorciada, Denisse ya había renunciado a la idea de guardar sus óvulos, y ambas estaban en su racha de solteras desatadas.

—Tú disfruta, pinche Irene. No te claves —dijo Denisse—. Estuviste emparejada un chingo de tiempo. Aprovecha, date vuelo. Hay muchos peces en el mar.

Estaban a mediados de enero e Irene sintió envidia al verlas a las dos sin suéter y sin necesidad de calefacción. La suya estaba fallando, no habían venido a arreglarla y tenía que estar con gorro, abrigo y dos chales adentro del departamento.

—Es que la neta, la neta, a mí lo que me gusta es el amor.

Hubo un *impasse*. Irene se explicó:

—O sea… para mí no tener amor es como ir a una taquería y que no haya limón para los tacos. Te los comes igual, seguramente los disfrutas, porque es lo que hay. Pero siempre saben más ricos con limón.

Por fin Denisse replicó:

—El amor es el limón de los tacos, wow, qué poético.

Irene ya tenía uno en la mano. Javiera le mordió las orejas a un conejito de chocolate.

—¿Sabes qué creo? —dijo Denisse—. Creo que necesitas ir al Tizón ur-gen-te.

En ese momento, la pantalla se congeló.

—¿Bueno? ¿Hola?

Irene esperó a ver si se reanudaba la conexión, pero se cortó. Volvió a marcarles, pero la llamada no se lograba. Por un momento se persiguió pensando que su comentario les había caído tan mal a sus amigas que habían cortado la conversación. Chupó su cigarro pero se le había apagado. Volvió a prenderlo con ansias y en ese momento apareció una llamada entrante de Denisse. Irene la aceptó. Tres segundos después, se incorporó Javiera:

—La conexión aquí está medio chafa —se quejó, dando vueltas con el teléfono por la sala. El departamento al que se había mudado tras separarse de Roy estaba tan vacío que su voz hacía eco.

Denisse se estaba pintando los labios usando la cámara como espejo:

—Oigan, chulas, me tengo que meter a una junta. Pero nada más quería decirte, flaquis: si no hay limón, hay cebollas.

Y cilantro —dijo Javiera.

—Y salsita de guacamole —Denisse se relamió.

Irene se quitó su gorro y lo lanzó a la pantalla de su computadora.

—Ya, canijas, no me antojen.

Otro día se lo dijo a Rosa en la mesita de la cocina, esta vez con todas sus letras:

—No quiero quedarme sola para siempre.

—Bueno, estar solo como perro tiene una gran ventaja…

—¿Cuál?

—Nunca pierdes a quien amas.

Rosa tenía un marido venezolano y una hija de cinco años, Irene sabía que había algo de provocador en su afirmación. Rosa pasó la mano por la mesa para quitar unas migajas de pan.

—Escúchame, tú no te vas a quedar sola, por amor de Dios, flaca, quítate esas tonterías de la cabeza.

—Lo que me da miedo es que no exista nadie en el mundo que de verdad me… cache.

—¡Que te cache! —Rosa abrió mucho los ojos.

—¿Qué? ¿Qué tiene?

—¿Quieres que alguien te cache? —Rosa sonaba divertida.

—Sí. Que me agarre la onda, que esté de mi lado, ¿eso es tan malo? —dijo Irene.

—Anda —se rio Rosa—. Ya, es que en mi tierra cachar significa otra cosa. Cachar es… tú sabes…

—¿Qué?

La cara que puso Rosa ayudó a Irene a deducir:

—¿Coger?

—¿Cómo? —Rosa no entendió.

—¿Hacer el amor? —tradujo Irene.

—Eso —Rosa la señaló.

—¡Yo no decía cachar así! —se rio Irene—. Aunque bueno, tampoco estaría mal…

Cuando Rosa terminó de reírse, Irene confesó:

—El problema es que yo sólo quería hacerlo con él…

Rosa se puso seria:

—Perdón, pero no sé de cuál de los dos estamos hablando…

Irene respondió sin pensarlo:

—De Claudio.

—Pues sí, flaca, pero ese viaje ya se te ha ido, el chico está a punto de ser padre. Ahora la pregunta es: ¿te vas a quedar en un rincón tapada con tus veinte mantas viendo videos de perritos y comiendo Manners? Espabila, bonita, que estás en la vida.

Pasaron los meses, nació el hijo de Claudio, llegó el momento incómodo de ver la foto del exorcismo benedictino en Facebook y debatirse hasta finalmente ponerle un impersonal megusta antes de bloquearlo, y después sucedió algo inesperado: Irene ligó en el súper. Su moneda de cincuenta céntimos de euro se quedó atascada en la ranura del carrito de compras. El tipo en cuestión, llamado Mark, no le pudo ayudar a recuperar su moneda y a cambio la invitó a un concierto de Viola Hammer Trio. El concierto era al aire libre, en el Prater; Irene ni siquiera sabía que existía un festival de jazz en la ciudad. Mark resultó aficionado del género, y después de ese concierto fueron a otros dos, la misma semana. Irene la pasó bien. Nunca se había reído tanto en alemán. Terminaron en la cama. Era la primera vez que Irene se acostaba con un hombre que no fuera Adam, y que no soñaba con acostarse con un hombre igual a Adam. Mark era rubio, no muy alto, con unos pequeños ojos azules inquietos. Irene se sintió rara, pero aliviada de saber que todavía podía sentir y disfrutar, y que podía hacerlo con un hombre distinto. *Tan* distinto. Un día les mandó un WhatsApp a sus amigas:

—Creo que conocí a una cebolla.

También conoció otra cara de la ciudad. Dejó de ir a la catedral de San Esteban y a columpiarse en el parque y en cambio se subió a la noria, tomó vino dulce en los cafés y bailó en un local punk hasta las seis de la mañana. Cambió los vagones del metro por una bicicleta. El sexo también resultó novedoso. Mark trabajaba en algo muy específico de programación informática que por más que le explicaba, Irene no terminaba de entender. Pero pese a lo cuadrado que era para unas cosas, en la cama resultó ser muy creativo. Una mañana de domingo estaban experimentando con una posición nueva cuando Mark pegó un brinco fuera de la cama.

—¿Qué haces?

—¿Dónde está mi zapato? —buscó Mark.

—¿Para qué?

—Hay un ratón.

—Ah. Déjalo. Se llama Brandon.

—¿Cómo?

—Brandon.

Era un pobre ratón que Irene no había tenido el valor de matar, y que poco a poco se había convertido en una especie de compañía. Lo bautizó así porque cuando lo vio por primera vez, Irene estaba tonteando en la computadora, viendo una nota sobre el desenfreno de drogas y promiscuidad en el rodaje de *Beverly Hills, 90210*. Al principio Brandon se escondía, pero cada vez se volvía más desfachatado y cuando Irene estaba comiendo sola en la cocina, se paraba en el fregadero y la observaba. Irene le dejaba pedacitos de fruta y pan.

—Es casi una mascota —le contó a Mark.

—Estás completamente loca.

A los dos meses de salir, Mark invitó a Irene a una comida familiar.

—No es nada formal, es sólo que mi familia es un plomazo insoportable y no quiero ir solo. Tómalo como un acto de caridad.

—Lo quiere todo contigo —opinó Rosa.

—Claro que no.

—Ya, escúchame: los europeos no hacen esas cosas. Si te está invitando a conocer a los padres, lo quiere todo, nena.

Irene se dio cuenta de que no tenía ganas de empezar una relación, lo que quería hacer era viajar. Ya se sentía lista. Le inventó a Mark que tenía organizada una ida a Salzburgo el día de la comida familiar, y al final fue verdad porque el mismo día que se lo dijo, compró el boleto de tren. El lugar le pareció muy hermoso y muy empalagoso. Pero viajar en tren le fascinó y no resistió la tentación de mandarle una foto a Claudio desde la estación de Salzburgo, acompañada de un breve mensaje: "Aquí, haciendo la tarea". Él respondió: "No esperaba menos de ti. Besos, Irenesca". Fue uno de los pocos intercambios que tuvieron en ese periodo. Después Irene hizo caso de su viejo consejo y volvió a dos ciudades que le encantaron y que no pudo conocer con calma en el tour frenético que hizo con su madre, y que además estaban cerca: Budapest y Praga. No fue con Mark, sino con Rosa, que en diez años tampoco había salido de Viena. Consiguió quien la cubriera en el trabajo y en cuanto a la niña, le dijo a su marido: "Te toca". Se fueron ocho días y resultaron grandes compañeras de viaje; se entendían, tomaban decisiones rápido y no se hacían líos con nada.

—Por nosotras. Y por el Danubio —Rosa alzó su tarro de cerveza en la terraza de una taberna en Buda, junto al río.

—Por el Danubio —sonrió Irene.

Brindaron y bebieron. Estaban pletóricas después de una mañana de spa con aguas termales.

—La próxima es París, flaca.

—Hugo te va a matar —Irene se rio.

—Bueh, si se porta bien lo llevamos. Y a la nena. Le encantaría. Ya sabes que le encantan los palacios y todas esas vainas.

Pero lo que Irene siempre había querido conocer era Marruecos, así que comenzó a planearlo. Traducir le daba la enorme ventaja de poder trabajar desde donde fuera, y además no pagaba renta. Por primera vez cayó en cuenta de lo afortunada que era su situación, y de todo lo que esta nueva vida fuera de México le ofrecía. Lo primero que hizo fue ir al hospital público y pedir asesoría para dejar el antidepresivo. El Rivotril para dormir lo había dejado desde que se volvió clienta del rastafari del metro. Hacía meses que no le daba una migraña.

—¿Sabías que Fez está lleno de laberintos y tiene la calle peatonal más grande del mundo? —le contó un día a Mark, entusiasmada.

—Te la pasas hablando de Marruecos. ¿No me vas a invitar?

Mark era listo, con una racionalidad encantadora y una frialdad estudiada que a Irene la enternecía, y la hizo redescubrirse sexualmente. Pero la obligaba a escuchar jazz todo el tiempo y por más que Irene trataba de vibrar con la música y comprenderla, lo cierto es que con todo y marihuana de por medio, no lograba el grado de sensibilidad que se requería para que el jazz no la cansara al cabo de un rato. El contrapunto positivo era que la dejaba muy sensible para el sexo, lo cual a la larga no era suficiente. Con el tiempo Mark fue demostrando que hablar no era lo que más le entusiasmaba. Si iban a desayunar al Tachles, un café que quedaba cerca del departamento y que a Irene le gustaba, Mark se ponía a leer las noticias en su celular todo lo que duraba el desayuno. A Irene no le quedaba otra que ponerse a ver su propio teléfono, y de pronto se sentía como si fueran una pareja aburrida de años, cuando llevaban apenas unos meses saliendo. Meses en los cuales los sueños de exámenes sin presentar y de materias reprobadas no habían cesado.

—¿Podrías faltar al trabajo para ir a Marruecos? —bordeó Irene, como ganando tiempo.

—Dentro de unos cuatro meses podría tomarme vacaciones.

No concluyeron nada en ese momento y por esos días Irene se enteró de que Claudio había vuelto a México. Sabía que no había visto a sus padres desde que murió Adam y quiso saber cómo estaba. Una noche de domingo, acompañada por Brandon y una cerveza, Irene se disponía a escribirle un mail cuando entró una llamada por Skype. Era Anna.

—*Hi, Mutti.*

—*Hallo, Schätle.*

—¿Cómo estás?

Tras una pausa, Anna soltó la información a rajatabla y sin anestesia:

—Tengo cáncer de pulmón.

—¿Qué?

—No se puede operar. Me pueden dar quimioterapia para evitar que el tumor siga creciendo, pero no se sabe qué tanto puede ayudar.

—Pero vas a estar bien, ¿verdad? —fue lo único que atinó a preguntar Irene, en negación total.

Rosa tuvo que ayudarla a empacar porque Irene estaba hecha un manojo de angustia y se pasó toda una tarde perdiendo el tiempo clasificando medicinas caducadas. Se esperó hasta casi el último día para decírselo a Mark. La noticia de que Irene se marchaba le cayó como balde de agua fría.

—No puedo ir contigo. Me gustaría, pero no puedo. ¿Volverás? —balbuceó, incrédulo.

—No sé. No tengo idea.

Cerraron el departamento y se abrazaron en la plaza de la fuente. Mark se aguantó las ganas de llorar, que le rasgaban la garganta. Tenía que trabajar así que Rosa acompañó a Irene al aeropuerto. Rosa lloraba pero Irene no podía. Llevaba la misma maleta con la que había viajado y otra con los recuerdos de la *tante*, los que en un principio había archivado al fondo de un armario. No sabía si su madre podría viajar a Viena algún día para revisarlos. Irene jamás imaginó que regresaría a México en estas circunstancias. El aeropuerto estaba atascado ese día y un hombre mayor empezó a refunfuñar porque Irene se estaba tardando en el mostrador de facturación. De repente Irene no pudo más, se giró, y le rugió, casi le escupió al hombre, en alemán:

—Cállese, carajo. Cállese. ¿Qué no ve que mi madre se está muriendo?

El hombre dio un paso atrás. Irene se fue del mostrador con su mochila a la espalda, fingiendo dignidad, seguida por una cadena de miradas llenas de *Schadenfreude*. Pero lo peor vino cuando se subió al avión de Aeroméxico. Mientras los pasajeros abordaban había música de adulto contemporáneo en español y de repente comenzó a sonar "Cuando calienta el sol". Irene se quiso morir, pero ni siquiera en ese momento pudo llorar. La mitad de la tripulación del avión era la misma que había llevado a Claudio de la Ciudad de México de regreso a Montreal, cinco días antes.

41

La enfermedad de Anna ya estaba bastante avanzada. A Irene le impactó mucho encontrar a su mamá usando oxígeno suplementario las veinticuatro horas. Le contó que el mismo día que se lo indicaron, renunció a su trabajo en la embajada.

—No sabes la vergüenza que me daba ir a trabajar cargando con un maldito tanque —le dijo a Irene.

—Estuve viendo y hay unos chiquitos, muy prácticos. Concentradores, se llaman.

Consiguieron uno, pero de todas formas Anna no volvió a salir de su casa más que para ir a consultas médicas. Le contó a Irene que empezó a sentirse decaída y a toser con una tos cavernosa que no se le quitaba. Manolo, su amigo, el médico de la embajada, le recetaba toda clase de jarabes, pastillas y hasta broncodilatadores, pero no le servían de nada, hasta que empezó a toser con sangre. Fue hasta entonces que acudió a un especialista. En la placa de tórax no salió nada y hubo un alivio momentáneo para Anna, pero recomendaron hacer una biopsia y ahí se determinó que había un tumor maligno, en fase cuatro y con ganglios circundantes afectados. Irene llegó justo a tiempo para acompañarla a hacerse un montón de estudios y análisis y ver a un puñado de médicos. La mayoría de los especialistas insistían en darle quimioterapia.

—¿Qué caso tiene? El tumor no se puede operar, va a seguir ahí —argumentaba Anna, pragmática.

—Pero se puede reducir y evitar que se expanda. Y estaría usted más cómoda —le decía un médico.

—¿Cómoda? ¿Qué cómoda voy a estar si voy a estar vomitando y sin pelo?

—No todos los tratamientos son igual de agresivos. Hay diferentes medicamentos que se pueden combinar —le respondía otro médico en otro consultorio.

Pero Anna llevaba varias noches navegando en la red, enterándose de los efectos secundarios de la quimioterapia en un caso como el suyo: destrucción de la mucosa, náuseas, desnutrición, infecciones y embolismos, entre otros males que todos los médicos le confirmaban pero que trataban de hacer sonar menos graves para que Anna se tratara.

—Dígame una cosa, sin rodeos. Si me doy quimioterapia, ¿voy a vivir? ¿Me voy a curar?

Los médicos se revolvían en su asiento, daban respuestas llenas de tecnicismos y precisiones llenas de saber, pero la respuesta nunca fue afirmativa. En cuanto salían de cada cita y mientras esperaban el coche, Anna se prendía un cigarro. Irene se resistía a prenderse el suyo en ese momento.

—No sé si sea buena idea que fumes, mamá.

—Déjame en paz. A buenas horas lo voy a dejar a estas alturas. Por favor. Lo que me busqué ya me lo busqué, Irene. Y me lo gané a pulso.

Los resultados del PET revelaron que el cáncer ya se había extendido a los huesos. Esto terminó de disuadir a Anna de someterse a quimioterapia. No quedaba más que esperar y hacer el tránsito lo más llevadero posible. Dejaron de consultar oncólogos y empezaron a ver algólogos, porque Anna no tardó en presentar dolores. Le dieron toda clase de narcóticos en parches, en pastillas y en inyecciones intramusculares, subcutáneas e intravenosas.

—Ya me toca mi rescate, hija —pedía Anna, y entonces Irene le daba la pastilla de metadona que podía tomarse entre horas.

Pero lo único que le daba un alivio significativo en el día a día era un aceite de cannabis que Lorenzo le conseguía. Para las dosis se asesoraron en una página de internet de médicos cannábicos que Anna nunca quiso consultar en persona, los llamaba "Chapatines", sin atreverse a llamarlos directamente charlatanes. En una consulta de seguimiento con un oncólogo no-Chapatín, a Anna se le ocurrió comentarle que estaba usando el aceite, para saber su opinión. El médico tenía unos sesenta años y abundante cabellera cana y se puso a jugar con una pluma cara sin mirarlas a los ojos mientras explicaba:

—No está comprobado que la cannabis sea anticancerígena. Es más. Puede favorecer la reproducción de células malignas.

Irene había leído lo bastante como para saber que ese dato era falso.

—Como saben, afecta diversas funciones cerebrales y hay estudios que indican que favorece la reducción ovárica y testicular —continuó el médico.

Irene vio la cara de consternación que puso su madre y decidió que tenía que intervenir:

—El cannabis es lo que más está aliviando el dolor de mi mamá. Además le da hambre. Las otras medicinas para el dolor le dan náuseas y estreñimiento. Con el aceite no le pasa nada de eso.

El médico alzó sus cejas canosas sin voltear a verlas aún, garabateando dibujitos en el expediente de Anna.

—No está comprobado que la cannabis sea analgésica —aseguró.

—Lo que está comprobado es que a usted le falta actualizarse un poco, doctor. Le estoy diciendo que *le quita el dolor.*

Anna volteó a ver a su hija con sorpresa. No era su estilo hablar así.

—¿Sabía que además se usa para tratar Parkinson, epilepsia y... otras cosas? —Irene olvidó los otros padecimientos de la lista que había estudiado—. Hay gente que vive con unas convulsiones horribles y con marihuana pueden tener una vida más o menos normal.

El médico finalmente alzó la vista.

—El mejor tratamiento para el cáncer sigue siendo la quimioterapia, y la señora se está negando a tratarse.

—¡El cannabis no interfiere para nada con la quimioterapia! —Irene hablaba al borde del asiento.

Anna le puso una mano en el brazo a su hija y se dirigió al médico.

—¿Está usted queriendo decir que porque decidí no tratarme no tengo derecho a sentirme bien mientras vivo con esta enfermedad?

El médico carraspeó, descolocado.

—Miren, yo no puedo recomendar sustancias prohibidas. Y no sé de dónde estén sacando ese aceite, pero les recomiendo que sean cautas porque la marihuana en México, hasta hoy, es ilegal.

—A mí me acaban de decir que si sigo fumando me puede dar un coágulo en el cerebro o un infarto tipo mañana. Lo voy a dejar, ya hasta compré los parches —dijo Lorenzo días después, a punto de prenderse un cigarrillo en la casa de Anna.

—¿Neta? —dijo Irene—. Quiero ver eso, gordi.

—Ya sabes que soy un necio.

—Uta. Si lo logras, me dices cómo.

Ambos prendieron sus cigarros. Lencho soltó el humo diciendo:

—Está cabrón. ¿El doctor ni siquiera admitió los efectos paliativos de la mois? Ésos están probadísimos.

—Ya sé. Pero parece que fuimos con el pinche oncólogo más conservador de la comarca.

—Pinches médicos. Nomás no se les graba en la cabeza el *Primum non nocere*. Cuando se trata de mantener el business farmacéutico, todos se lo pasan por el forro.

—No sé si es eso o más bien como que se obsesionan con curar, pero en un plan medio doctor Frankenstein. Como que lo único que ven es cómo chingarse al tumor, y eso está muy bien, pero se les olvida que hay una persona ahí.

—Claro.

Desde su cuarto, Anna tosió. La tos era tan aparatosa que Irene se sintió incómoda de que Lencho la escuchara.

—¿Tienes que ir, o…? —dijo Lorenzo.

Irene levantó la mano en señal de espera, así lo hicieron unos momentos hasta que la tos cesó. Lencho vio la cara de angustia de su amiga y le tomó la mano.

—Gracias por venir —le dijo ella.

—Ni modo que no.

Le dieron un trago a las cervezas que Lorenzo había llevado.

—¿Y pachequeas con ella?

—No, güey. Se me haría too much.

—¡Pero si ella ya se la vive pacheca! Se la pasarían bien.

—No es lo mismo. Créeme.

Anna nunca estuvo a favor de las drogas e Irene temió que la entrevista con el médico canoso la hubiera disuadido de seguir usando el aceite, pero no fue así.

Al borde de la muerte, Anna estaba más allá del bien y del mal y lo único que quería era pasar sus últimos días con el menor sufrimiento posible. El THC además hacía lo suyo para relajarla y ponerla incluso animosa. Irene nunca fumó mota enfrente de ella, pero sí en la azotea una que otra vez.

—Así que sí pachequearon juntas… —comentó Lencho, tiempo después.

—Juntas pero no revueltas.

—Jajaja.

Durante los últimos meses las dos repasaron toda la caja con las pertenencias de la tía Theresa, y en persona Anna pudo reconocer a más familiares y atar más cabos de su historia que a la distancia. A su vez sacó una caja con fotos y recuerdos de su juventud que Irene nunca había visto. Hablaron mucho. Se rieron. A ratos también se ponían muy tristes. Irene hablaba con Rosa de vez en cuando, con Mark se escribió al principio, pero la distancia sofocó las cosas rápidamente. También vio poco a sus amigos en esos meses. Todos estaban liados con trabajo, problemas legales o de salud. Claudio le escribía para saber cómo iba su mamá, pero Irene era escueta en sus respuestas. No quería ilusionarse. Fue por esas fechas en que él les envió a todos la convocatoria para ir al desierto.

—Con mi mamá así, ni de chiste puedo ir. Olvídalo —le dijo a Denisse por teléfono, un domingo en la tarde.

—Todavía falta mucho para octubre. Yo lo que digo es que tienes que salir *ahorita*, aunque sea al cine, no puedes pasártela ahí encerrada con tu madre —Denisse le quitó la envoltura a unas palomitas de microondas.

—No tengo otra cosa que hacer. No estoy trabajando.

—La gente hace otras cosas además de trabajar.

—¿Como qué?

Denisse guardó silencio.

—No sé, pero seguro hay algo —soltó una risita de auto parodia—. Ya, en serio. Te picho un masaje o algo. ¿No puede quedarse una tarde con ella la señora que las ayuda? —Denisse tecleó un minuto cuarenta y cinco segundos, y el microondas empezó a mugir.

—Me tardaría horas en explicarle a la señora cómo se tiene que tomar las medicinas y cómo funciona la máquina del oxígeno.

—¿Y si te contrato una enfermera? Güey, por lo menos una noche a la semana, para que te airees.

Irene pensó en Rosa. No quería otra enfermera que no fuera ella. Si estuviera cerca, las cosas serían muy distintas.

—Gracias, Den. Yo te aviso.

—No me des el avión. Güey, no tienes que demostrarle nada a nadie. Nadie te va a castigar por no estar con tu madre a los pies de su lecho twenty four seven.

—No es que me vayan a castigar. Es que me da miedo que le pase algo cuando yo no esté.

No quiero que se muera sola, pensó Irene. No lo dijo porque le daba miedo que sus palabras fueran de profeta y se hicieran realidad.

Finalmente Irene accedió a que Denisse le mandara una enfermera para ir una tarde a darse un masaje. Se tardó más tiempo en darle instrucciones que lo que duró el masaje. Pero lo cierto es que le vino bien.

Anna poco a poco se fue extinguiendo. Primero el cáncer se extendió al riñón. Tenía náuseas, vómitos y la comida le sabía a metal. Con todo y el aceite, comer se volvió más difícil. Los dolores también se hicieron mucho más intensos. Un día Irene estaba cortándole las uñas y Anna agarró su mano con fuerza y le dijo:

—Tengo miedo.

—Aquí estoy, ma.

—Tengo miedo de morirme. No quiero morirme —dijo con los ojos muy abiertos, con el contorno rosáceo, implorantes. Irene se dio cuenta de que estaba desarmada para lidiar con algo así. Podía vérselas con inyecciones, con médicos, con desechos, pero no con ese miedo. ¿Qué podía decirle que la reconfortara? Se le venían a la cabeza las palabras de Rosa: "Que le quiten lo bailado". ¿Pero podía aplicarse esa frase a una mujer que se había dedicado a trabajar y a ser su mamá toda su vida? Quizá sí. Vivir es bailar, al fin y al cabo. Como sea que uno decida bailar, se dijo. Su madre no era vieja, pero tampoco era joven. ¿Cuándo es un buen momento para morir?, pensó. Morir es natural, es parte de la vida, el asunto es... ¿por qué carajos tiene que implicar tanto dolor? Irene tomó las manos de su madre entre las suyas y le dijo la verdad, lo que le salió del corazón:

—Yo también tengo miedo, ma.

Anna nunca había sido creyente, así que entrar en elucidaciones sobre el cielo y la vida eterna a estas alturas no tenía sentido. Cuando estaba de humor, Anna dejaba que Irene le leyera algún pasaje de *El Libro Tibetano de la vida y de la muerte*:

—Y entonces nos dirigimos a Padmasambhava, nuestra naturaleza de la propia mente, nuestra propia naturaleza de Buda, una gloriosa presencia resplandeciente que ayuda a soportar lo insoportable...

Irene buscaba sus reacciones, pero Anna sólo veía por la ventana, con la mirada perdida. Pronto comprendió que la lectura fungía más como un distractor, y que en general, eso era lo mejor que podía hacer por ella: distraerla de la forma que fuera. Con una película, con un shampoo, mostrándole cómo estaban floreando las macetas de nochebuena que habían estado a punto de tirar; distrayéndola como se distrae a un niño cuando llora sin control y no sirven las buenas razones.

Una mañana, le dijo a Rosa al teléfono:

—Me siento culpable de seguir viviendo cuando ella se vaya. Como si la traicionara.

—Pues no te sientas culpable. Ya te tocará a ti. Eso te lo firmo.

Un día Anna la despertó a la media noche dando voces:

—Llévame al mar. Llévame al mar.

Irene pensó que su madre estaba teniendo un mal sueño, pero cuando llegó a su cama la encontró despierta y lúcida.

—Cuando esto acabe. No me encierres, por favor. Llévame al mar.

Después de que Anna y Raúl se divorciaron, Anna siempre se tomaba una semana de vacaciones, la última del verano, antes de comenzar el nuevo ciclo escolar. Año tras año, Anna manejaba ocho horas por una carretera sinuosa hasta llegar al mismo hotel familiar en Tecolutla, Veracruz. Era una playa popular, pero en esas fechas había poca gente y el mar era benévolo, ideal para nadar. Anna pasaba largos ratos braceando mar adentro mientras Irene la esperaba en la palapa, comiendo mangos, pescadillas y unos hot cakes deliciosos que vendía una jovencita que llevaba el tanque de gas en su carrito para prepararlos ahí mismo. Cuando no estaba nadando, Anna se la pasaba leyendo. Si notaba que Irene estaba muy aburrida, a veces daban un paseo en lancha por el río, entre los manglares. Los lugareños las conocían como las gringas. Era un paraíso que Irene no supo apreciar en su día. Comenzó a ir a Tecolutla a los trece años y estaba demasiado consciente de su cuerpo recién desarrollado, que los jóvenes locales admiraban siempre con pudor. Irene se retraía y nunca hizo amigos. Pero todas esas horas calladas y solitarias en la playa forjaron en ella un amor indeleble hacia el océano y le quitaron el miedo a pasar tiempo consigo misma.

Cuando Anna pidió que la llevara al mar, Irene recordó la plática con Claudio en Viena sobre el destino de las cenizas de Adam y la terrible fisura con sus padres por esa decisión, y sintió un enorme alivio de que Anna manifestara sus deseos al respecto claramente. Y agradeció que fueran ésos, y no quedarse viviendo con Irene, reposando en alguna repisa dentro de una caja.

—Claro que sí, ma. Cuenta con ello —apretó sus manos.

Irene supo que el fin se acercaba cuando, en todo un día, Anna no se levantó ni pidió un cigarro, aunque de los cigarros ya sólo aguantaba una calada o dos antes de ponerse a toser sin control. En el último chequeo hubo malas noticias.

—Hay metástasis a hígado —dijo un nuevo oncólogo, uno joven. Anna no había querido volver con el canoso, dijo que no le gustaba la gente a la que le importaban más sus ideas que las personas.

—¿Y eso qué implica? —le preguntó Irene al médico joven.

—El hígado se encarga de limpiar toxinas. Si deja de funcionar, se entra en una encefalitis hepática.

—¿O sea…?

—El cuerpo se intoxica a sí mismo. Como hay tantas toxinas, cuando llegan al cerebro se entra en una especie de coma. Un sopor. Eso es bueno dentro de todo porque se reduce el sufrimiento.

—Pero significa que queda poco tiempo…

—Así es —el médico joven asintió una sola vez.

Y le recomendó a una tanatóloga. De todos los especialistas, fue la que a Irene le pareció más útil en el proceso. Lo que le explicó, además de ciertos cuidados básicos para el tiempo en que Anna ya no pudiera levantarse de la cama, como hacerle masajes, colocarle calcetines rellenos de arroz en las articulaciones, instrucciones para el manejo de higiene y cambios de posición, es que tenía que despedirse.

—Qué frialdad —opinó Denisse.

—¿Por qué?

—Nadie quiere despedirse. ¿Cómo te vas a despedir? Es como decirle "ya te vas a morir".

—Pero sí se va a morir —respondió Irene.

—Pues sí, pero la esperanza es lo último que muere, ¿no?

La esperanza resultaba poco realista por esos días y despedirse de su mamá fue lo mejor que Irene pudo hacer. Durante una semana le dio las gracias todos los días por darle la vida y por mantenerla en ella, le aseguró que iba a estar bien, que podía irse tranquila. Cuando llegó el momento, Irene la abrazó con todas sus fuerzas. Anna tuvo un último momento de conciencia en el que alcanzó a musitar:

—Danke Schatz, ich werde immer auf dich Aufpassen.

—Du bleibst immer in mein Herz, Mutti.

—Ich liebe dich.[5]

Anna se fue en paz. Irene le cerró los párpados y se le quedó viendo un buen rato. Era impactante. Hacía cinco minutos su mamá todavía estaba ahí, y ahora ya no. Ese cuerpo que la gestó estaba ahora sin pulso, sin aliento, vacío, sin nadie dentro. Irene, quien se había rehusado a mirar el cuerpo sin vida de Adam, ahora sabía que él tampoco estaba en esa caja hacía tres años. Recordó una vez más a Sabines: "Es que yo he visto muertos, y sólo los muertos son la muerte, y eso, de veras, ya no importa". Ahora sabía que era cierto y comprendía que su paradero daba lo mismo, porque lo que importaba era toda la presencia y el amor que se habían dado. Y por fin pudo llorar largo y tendido las lágrimas restauradoras que sólo brotan desde el centro del dolor.

Denisse y Karla llegaron en media hora y le ayudaron con toda la tramitología funeraria con gran efectividad. El que Anna hubiera sido tan organizada también ayudó: ya tenía contratado un paquete funerario. A Irene no le encantaba la idea de ir a un lugar de ésos, pero era lo más práctico. Llegó el momento de abrir la puerta de la antesala para trasladar a Anna a la furgoneta rumbo a la funeraria. A Irene se le encogió el corazón. Sus amigas la abrazaron. Uno de los empleados era todo sonrisas, y tenía los ojos completamente rojos. Una vez que pasaron Anna y los dos empleados, Denisse se atrevió a comentar en voz alta:

—¿Estoy alucinando o ese cuate está bien grifo?

Irene se rio un poquito entre mocos y lágrimas, sorprendida de ser capaz de reírse en un momento como ése, y confirmando que la vida está hecha de muchas capas distintas y contradictorias conviviendo a la vez, como una sinfonía desordenada en donde cualquier nota es posible.

* * *

---

[5] —Gracias, tesoro. Siempre estaré contigo.

—Te quedas para siempre en mi corazón, mamita.

—Te amo.

Todos los amigos fueron al funeral. Incluso Mauro se dio una vuelta, aunque se veía bastante decaído y se fue pronto. Hubo gente todo el día. La mayoría de los asistentes eran compañeros de trabajo de Anna. Manolo llegó primero, muy contrariado y acelerado, y se fue pronto de vuelta al trabajo, dejando un bonito arreglo de rosas blancas. Como ése llegaron muchos, y las condolencias sentidas que le ofrecían a Irene hicieron evidente que todos tenían a Anna en buena estima, lo cual le dio mucho gusto. Por un momento llegó a temer que el lugar se quedara vacío: su mamá muy rara vez salió con colegas o los invitó a la casa, como si la infidelidad de Raúl la hubiera dejado imposibilitada para amar a cualquier nivel, para entregarse a cualquier persona que no fuera su hija o el trabajo con que la sostenía. Claudio viajó desde Canadá. Fue una visita rápida, que él justificó con trabajo y asuntos familiares, todos prescindibles salvo acompañar a Irene aquella tarde. Irene no lo esperaba y cuando lo vio en la puerta rompió a llorar. Sentir su abrazo la devolvió a un lugar conocido del mundo y le regresó un pedazo extraviado de alma que no tenía bien ubicada. Como si hubiera encontrado las llaves o sus aretes favoritos después de meses de buscarlos.

—Gracias por venir. En serio gracias.

Ninguno lo dijo, pero ambos lo pensaron: éste era un funeral muy distinto al de Adam. La gente conversaba, algunos sonreían; no era la pesadumbre innombrable de la muerte joven. Irene se limpió la nariz con un kleenex y le contó a Claudio:

—Se pensaba jubilar en cinco años más. Eso la tenía cagada. Creo que lo que más odió de su enfermedad fue no poder trabajar.

—Supe que el tránsito estuvo rudo. Siento no haber podido estar cerca. Ha estado complicado para mí.

—Ya lo sé. No te preocupes. Dentro de todo fue rápido y pude estar con ella, pude despedirme con tiempo. Eso estuvo bien.

—Qué bueno. Eso es buenísimo —repitió Claudio, sincero.

—Qué loco volver a estar en un lugar de éstos tan pronto… —Irene exhaló pesadamente.

—Ya ni me digas.

—Ha sido una pinche tormenta. Mis dos personas más cercanas se me fueron en tres años.

A Claudio le cambió la expresión. Irene se dio cuenta.

—O sea… las que más veía.

—Te entiendo perfecto —le sonrió.

Sus ojos. Como una flecha en el centro del cuerpo, placentera y dolorosa a la vez.

—La otra semana me voy a Tecolutla —Irene trató de romper el momento de rareza.

—¿Y eso?

—A mi mamá siempre le gustó. Cuando era puberta, cada año íbamos al mismo hotelito junto al faro, eran los únicos días del año que mi jefa se veía más o menos contenta. La voy a ir a dejar ahí.

—Qué chingón.

—Ella me lo pidió. Bueno, no me dijo exactamente a dónde, pero me dijo que quería irse al mar.

—Más que suficiente.

Irene sonrió. Luego preguntó:

—¿Tú cómo vas?

—Ahí voy. Tachando el calendario. ¿Sí vamos al desierto, o qué?

—Uf, no sé. ¿Tengo que decidir ahorita?

—No, claro que no —dijo Claudio.

Irene tuvo que tragar saliva antes de animarse a preguntar:

—¿Y tu hijo?

—Ahí va. Los chamacos que gatean son unos suicidas.

—¿Ah, sí? —Irene vio algo que la distrajo.

—Son imparables. No te puedes apendejar. En cuanto te distraes se están metiendo en la tierra o comiéndose el jabón.

En ese momento alguien se acercó e interrumpió la plática de Irene y Claudio, la cual no se retomaría hasta varios meses después, cuando se reunieran en el desierto. Raúl e Irene no se habían visto desde que ella cursaba sexto de primaria. Después de un abrazo torpe que no llegó a serlo, los introdujo:

—Claudio, él es Raúl. Mi papá.

Se dieron la mano. Claudio estaba tan sorprendido como Irene con aquella aparición. Los dejó solos.

—Ahorita te veo.

—Va.

Irene también estaba sorprendida. Su papá estaba idéntico, pero con canas y arrugas. Mismo pelo engomado, mismo bigote, incluso la camisa a cuadros y los jeans podrían ser los mismos con los que lo vio la última vez. Como una caricatura de su propia vejez imaginada. Irene tuvo que decírselo:

—Estás igualito.

Raúl se rio, amargo:

—Igualito por fuera, pero con retina y dentadura nueva y cinco clavos en la tibia. No creas todo lo que ves.

Fueron a la cafetería. El café era malo, pero los sándwiches estaban buenos. Sabían a mantequilla. Raúl le contó que estaba viviendo en Mérida. Se enteró de la muerte de Anna por una esquela que la embajada puso en el periódico. Por supuesto, no sabía de la muerte de Adam. Ni siquiera sabía que Irene había tenido un novio llamado Adam.

—Lo siento muchísimo, Irene.

—Gracias.

La mesa, con un mantel de tela rosa y cubierta de vidrio, los separaba como un océano.

—¿Y te casaste? ¿Estás trabajando, o…?

—No, no me he casado. Soy maestra. Bueno, era. Estudié para maestra, pero la verdad nunca me gustó.

—¿Por qué?

—La educación en este país es un asco —dijo Irene, por responder con una generalidad que no la pusiera en aprietos ni la obligara a explicar demasiado.

—Ah, bueno, claro. Un horror —coincidió Raúl—. Si no eres millonario para pagar una privada, olvídate. Y a veces ni siquiera el que la escuela sea cara garantiza una buena educación.

—Exactamente. Y pues los últimos años estuve en Viena, haciendo traducciones. Luego, pues… cuidando a mi mamá.

—Siento mucho no haber estado ahí.

Irene no dijo nada. De pronto se preguntó si estos "lo siento" de Raúl eran sinceros o si sólo los decía porque era fácil.

—¿Y por qué te fuiste a Viena?

Irene se dio cuenta de que prefería su interés a sus disculpas. Le hizo el resumen de la muerte de la tía Theresa, a quien Raúl ubicaba bien, y los movimientos recientes. Raúl asentía mientras masticaba su sándwich, juntando las piezas del rompecabezas.

—¿Y qué tienes planeado hacer ahora?

—No tengo idea. Siento que todo el tiempo decido mal. Soy un desastre —Irene encogió los hombros.

Raúl se terminó el sándwich, se limpió la boca y luego recitó:

—Tu más grande error puede ser tu más grande catapulta.

Irene lo vio con interrogación.

—Es la letra de una canción que escribí.

—Ya —Irene cruzó la pierna con cierto escozor. Musicucho de bares, repetía Anna. Musicucho. No da golpe. No aporta. Si le importáramos se buscaría un trabajo de verdad, aunque fuera de repartidor.

—Lo que importa es que has estado buscando —siguió Raúl—. Yo me tardé mucho en darme cuenta de que está bien equivocarse. Es la lección más obvia, pero es la más difícil de entender. Son las experiencias las que nos van haciendo crecer. Si todo nos sale bien, no aprendemos ni madres, no evolucionamos.

Irene asintió, algo abrumada. No estaba con ánimos de recibir lecciones atrasadas de este hombre diecisiete años después.

—¿Me acompañas a fumar? —dijo.

—Claro.

Raúl lo había dejado. En la calle afuera de la funeraria le contó a Irene que lo hizo a rajatabla, de cuarenta a cero, con puras paletas de dulce.

—Lo malo es que me fregué los dientes.

—¿Por eso te los cambiaste?

—Por eso y porque ya me estaban dando una lata infernal. Tenía las encías hechas pomada por fumar.

Irene estuvo tentada a dejarle ir la pregunta: ¿fumar qué? Pero se contuvo. Supuso que sobre todo tabaco.

—¿Hace cuánto lo dejaste?

—El doce de agosto van a ser once años.

—¿Y cómo le hiciste? Yo entre más trato de convencerme de dejarlo, más me aterra.

—Es que para dejar el cigarro no hay que pensarlo. Si lo piensas mucho, no lo dejas.

—Ya. ¿Y sigues con…?

—¿Gloria? Sí.

—Ok.

—Seguimos con el dueto en el Casa Azul.

Irene fumó, confusa. Raúl aclaró:

—Tocamos juntos.

—Ah. ¿Y tienen hijos?

—No, no tuvimos hijos.

Irene fumó con un extraño alivio que le pareció ridículo.

—¿Y ese muchacho con el que estabas…?

—¿Claudio? Es mi amigo. Uno de mis mejores amigos.

—Ah. Pensé que…

—¿Qué?

—Nada. Se veían como si…

—Es mi amigo —subrayó Irene, con una risita cortada con nervios.

—Ya.

Raúl no insistió. Encontró un cartón aplastado de Júmex de mango delante de él y con las manos en los bolsillos lo fue empujando con la punta del zapato hasta la jardinera de la calle. Cuando terminó su tarea, declaró:

—No quiero justificarme. Lo que le hice a tu madre estuvo mal. Pero ya no la amaba, y me enamoré de alguien más. Ahora suena fácil decirlo. Pero cuando estás ahí cuesta trabajo darte cuenta de que ya no estás bien. Se te pasa el arroz, y terminas lastimando sin querer. Yo no quise lastimar a nadie. Eso tienes que saberlo.

Irene guardó silencio. Al cabo de unos segundos, solamente asintió. Lo hizo sin mentirse, y le costó. Apagó el cigarro en el suelo y echó la colilla en el bote de basura de un puesto de frutas frescas de la esquina.

—¿Me acompañas a la cafetería por otro sándwich? Creo que le voy a llevar uno a Gloria, están buenísimos —dijo Raúl.

—¿A Mérida?

—Ah, no, no —Raúl soltó una risita incómoda—. Está aquí en la ciudad. Nos estamos quedando en un Airbnb. Prefirió esperarme. No sabíamos cómo iba a…

—No te preocupes —lo interrumpió Irene.

Se sentaron en la misma mesa de la cafetería mientras esperaban el sándwich. Intercambiaron teléfonos. Mails. De pronto Irene le soltó una bomba:

—¿Por qué nunca me buscaste?

A Raúl se le mojaron los ojos.

—Sí te busqué. Tu madre nunca me dejó verte —aseguró, con rabia contenida.

Irene se puso a deshojar una servilleta.

—Siempre usé transporte escolar. Me podías haber esperado afuera de la escuela. O tocar la puerta de la casa, mi mamá trabajaba todas las tardes y yo estaba ahí sola…

—No quise transgredir. No quise empezar un conflicto. Tu madre estaba tan furiosa conmigo…

—Me hubieras preguntado a mí.

—¿Y no me hubieras mandado al diablo?

Irene lo pensó un poco y respondió, sincera:

—Puede que sí —juntó los montoncitos de la servilleta deshojada—. Estuve muy enojada. Mucho, mucho tiempo.

—¿Y ahora?

—Tuve diecisiete años para que me valiera madres —Irene hizo una mueca.

Raúl bajó la mirada y alzó una ceja. Irene estuvo tentada a decir "perdón", pero se aguantó. Se quedaron callados. Irene volvió a su montoncito hasta que se dio cuenta de que Raúl no dejaba de observarla.

—¿Qué?

—No puedo creer que ya seas una mujer. Mírate. Estás tan linda, Irene.

Ella sonrió por dentro. Pero ahí estaba la voz de Anna, más viva que nunca. Raúl es un infiel, un rajón, un traidor. Nos traicionó a las dos. Éramos una familia y nos dejó.

—Creo que tengo que volver adentro…

—Sí, sí, claro.

Irene se levantó, al hacerlo arrastró el mantel rosa de la mesa y movió el cristal que lo cubría. Raúl se puso de pie tratando de enderezarlo. Irene le dio un abrazo descompasado al tiempo que decía:

—Nos vemos.

—¿En serio? ¿Nos vemos algún día? Me encantaría que vinieras a Mérida.

—No sé. Igual y sí.

A punto de irse, Irene le dijo, con franqueza:

—Gracias por venir, Raúl.

* * *

Unos meses después, el departamento de Irene y Anna estaba prácticamente desmontado. Javiera fue quien más ayudó a Irene en esa tarea, porque era la que tenía más tiempo.

—Güey, It's on. Vamos a ir al desierto —Javiera extendió una hoja de periódico en la mesa para envolver un plato.

—¿Quién se animó?

—¡Todos! Bueno, Mau no, por obvias razones.

—Órale, qué poder de convocatoria…

—¿De Claudio? Cañón. Se la pasa mandando cosas al chat. Yo la neta no pelo nada, soy re mala para leer artículos y así. Como que me saturo. Pero el peyote se oye tremendo…

—Wow… —dijo Irene, con entusiasmo que no era fingido, pero que estaba obturado por toda la carga de la historia con Claudio y la ambivalencia que le producía verlo de nuevo, y verlo en ese contexto que la atraía tanto como la atemorizaba.

—¿Por qué te saliste, eh? —preguntó Javi.

—¿Del chat? Güey, porque estaba en el ácido con mi madre. No tenía cabeza para jijí jajá.

—Cero necesitabas cabeza. Más bien te hubiera distraído. ¿Esto te lo envuelvo con burbuja o con puro periódico? —Javiera alzó un jarrón de cerámica.

—Con burbuja. Gracias, güeris.

Javiera arrancó un trozo grande de cinta canela y envolvió el jarrón con presteza.

—Deberías venir.

—No sé si comer peyote sea lo mejor que uno puede hacer cuando está en duelo, güey.

—Pues sí, igual y no. Yo más bien de lo que tengo ganas es de volver a viajar con todos.

—¿De viajar o de "viajar"? —Irene volteó a verla.

—Las dos —sonrió Javi.

Esa noche, Irene se soñó bailando en un salón de fiestas lleno de globos y luces de colores. Iba de un lado al otro de la pista, arrastrada por dos compañeros de baile que no tenían rostro; luego estaba en un bosque, a punto de ser atacada por un animal salvaje, y una fuerza claramente femenina la defendía y ahuyentaba a la bestia. Pero más tarde se encontraba frente a frente con el animal, el cual resultaba ser manso y juguetón, como un cachorro grande. A lo largo del sueño aparecían tres elementos circulares, girando sin parar. De pronto dejaban de girar, se fusionaban y de su fusión emergía el rostro de un niño: un pequeño de grandes ojos cafés que estaba debajo de un árbol, el único en medio de un llano y al borde de un abismo, que le sonreía diciendo: "Ven a saltar la catapulta".

Irene despertó con una mezcla de inquietud y de una sensación extrañamente grata, casi feliz. Pensó en su sueño durante todo el día, no tenía idea de su significado, pero intuía que era importante. Esa tarde, empacando sus propias cosas, encontró el camafeo de su tía con el ojo turco. Se sentó en la computadora. Escribió "hikuri". Leyó y navegó durante horas. Para la noche lo tenía decidido. Le marcó a Javiera y le anunció:

—Voy a ir al desierto.

42

Después de la muerte de Adam, Mauro se arrojó, como de un bungee, de vuelta a su época de fiesta más dura y más frenética. Se desbocó. Salía de jueves a lunes todas las semanas, y si no enfiestaba también los martes y los miércoles era porque la mayoría de sus compañeros de juerga tenía que trabajar. Incluso esos días se iba a algún bar y se quedaba ahí hasta las dos, las cuatro o la hora que cerraran. Nunca faltaba un valiente que lo acompañara. El Inge y Godainz eran escuderos fieles. De sus amigos más cercanos, Lencho fue el único que más o menos le siguió el paso. Los demás estaban en otras cosas: Javiera, recién casada; Denisse y Karla, trabajando a tope; Claudio, lejos; Irene, deprimida al principio y meses después, yéndose a Viena.

—No puedo creer que Mauro esté enfiestando de esa manera cuando acaba de pasar lo que pasó —protestó Javiera con el celular en altavoz, mientras se desvestía en su cuarto de casada después de regresar de un evento de campaña de su suegro.

—A mí no me extraña. Todo lo contrario —respondió Karla al otro lado.

Mauro comenzó a frecuentar de nuevo a su amigo de la prepa, Polo Armenta, que dominaba la escena del reventón en la ciudad. Desde las fiestas en mansiones de las Lomas con celebridades y DJ's traídos de Europa, litros de champaña y montañas de cocaína, hasta el llamado Sábado Gigante, que consistía en circular el fin de semana entero por distintas fiestas en las colonias de clase media de la ciudad: de la Narvarte a Los Reyes, de Satélite a Xochimilco. Muchas veces Mauro terminó con sus amigos en la casa de Desierto, un after donde aterrizaba gente muy intoxicada proveniente de todas las fiestas de la ciudad, y donde se armaban raves legendarios en los que todo el mundo volaba en cristal y en ácido. En esa época Mauro se acostó con una variedad notable de mujeres. Si antes tenía pegue, ahora con la sombra lánguida del mejor amigo muerto a cuestas, todavía más. Fueron a fiestas de publicistas, de cineastas, de abogados; fueron a un reventón memorable en el barrio de San Felipe, donde Mauro probó el mejor MDMA de su vida y terminó cogiendo con la prima del Inge en el cuarto piso de una casa de ladrillo en obra gris. Fueron a fiestas de extranjeros en departamentos en la Condesa con ocho roomies; estuvieron en pulquerías de barrios recónditos, viajando en taxis con ficheras de cincuenta años que les daban tres vueltas en vocación etílica; fueron a fiestas de escritores y editores, con litros de mezcal y las borracheras más bestiales que Mauro recuerda. Después de una de ésas, acabaron improvisando su propia fiesta psycho en un mirador cerca de Cuernavaca y corriendo en los Go Karts a las ocho de la mañana, hasta atrás de tachas y perlas negras, descosiéndose de risa. En esa ocasión, diez horas antes, mientras Mauro meaba y Lencho preparaba unas rayas en el lavabo de una cantina en el centro, Mauro le dijo:

—La neta es que la coca es la droga más naca que hay.

—¿Por qué? —dijo Lencho.

—Pues es como para las masas, ¿no? Tiene un efecto inmediato, pero muy del ego, totalmente del ego; es como comer McDonald's. Es como el Bacardí blanco de las drogas.

—No mames… —se rio Lencho.

—Es como la equivalencia del dólar, como la materialización del fast food y el easy money y el todo en chinga…

Lencho delineó el polvo blanco con una tarjeta de débito de Banamex con la que había cobrado su nómina hasta hacía un año, y ahora usaba sólo para picar coca.

—También depende de qué calidad te metas, güey.

Mauro se subió el cierre y se lavó las manos.

—El efecto es chaqueto siempre, güey. Aunque sea pura, la coca es cheap. Es naca.

—Pues entonces tú eres un pinche naco redomado —Lencho le ofreció un billete enrollado. Mauro lo tomó y se inclinó sobre la cerámica para esnifar.

Mauro se jactaba de llegar a su cama siempre en sus dos pies y sin ayuda después de lavarse los dientes. Aunque la coca francamente no le gustaba, en especial cuando enfiestaba en ácido, al final acababa metiéndose lo que fuera con tal de seguir hasta arriba y no parar.

Hasta que paraba. Y el estrépito de la caída era directamente proporcional al ascenso. Mauro se arrastraba a su cuarto, escondía el celular en el fondo del cajón, bajaba las persianas y por varios días dejaba de existir para el mundo. La desazón lo tomaba prisionero, lo sometía, lo incapacitaba a tal grado que lo único que atinaba a hacer era encerrarse con dos viejos conocidos: cannabis indica y clonazepam. Mauro se dedicaba a fumar y a dormir y a volver a fumar para dormir porque la vigilia era insoportable. A veces no tenía fuerzas ni para ir a la cocina a buscar comida, así que hurgaba en sus cajones y en su ropa, y se alimentaba de paletas, caramelos y chocolates que se encontraba por ahí. Cualquier día, sin motivo aparente, se sentía mejor. Abría las persianas a medias, cargaba el teléfono, se enteraba de los planes, y comenzaba a mandar mensajes.

—Qué pedo. Hoy hay una inauguración en el Mutek. Va a tocar Nina Kraviz.

Siempre convocaba a la gente como si lo que le importara fuera promover el plan en sí, y no ver a sus amigos. En realidad estaba loco por verlos. Desesperado. Siempre llamaba a los más cercanos en primer lugar, aunque supiera que casi todos lo iban a mandar al diablo a excepción de Lencho. Y si ninguno podía, siempre había alguna chica dispuesta a seguirle el paso aunque fuera un rato. Mauro salía de su casa acicalado, con la tarjeta de crédito lista para firmar los excesos, y mentando madres: pinches putines, mascullaba. Porque lo que él quería en realidad era volver a Maruata, al Chabolo, a la Portales. Quería volver a reventar con sus amigos. Con sus amigos amados y vivos. Se espantaba el malestar con el primer vino que daban gratis en la inauguración de alguna exposición mamona, y de ahí se seguía los días o las semanas que le dieran el cuerpo y el alma, hasta que llegaba el momento de colapsar y encerrarse otra vez. En una ocasión fue un encierro forzado porque en plena fiesta en la casa de Desierto se sintió capaz de transportar dos cajas de cervezas juntas él solo y se lastimó la espalda. Eso lo tuvo muy maltrecho porque los analgésicos y los desinflamatorios no le quitaban el desgarro y el dolor no lo dejaba dormir. Comenzó a enfermarse mucho. De bronquitis, del estómago. Cada vez le costaba más trabajo taponar el dolor.

También empezó a hacer enojar a su gente cercana. Karla se tardó cinco años en terminar su tesis y el día que finalmente presentó su examen profesional, Mauro se quedó dormido y no llegó. Luego llegó pasadísimo al cumpleaños siete de Alicia. Renata, su hermana, le pidió con semanas de anticipación que aceptara hacerse unas fotos con ella para una revista y el día convenido la dejó plantada.

Después de un fin de semana especialmente enfiestado, en que no dejó de meterse rayas de coca a lo largo de setenta y dos horas, Mauro despertó con los ladridos de los pitbulls de su madre ladrándole a la podadora del jardín, y con una cruda espeluznante. Sabía que lo único que podía salvarlo de despeñarse era más coca. Recordaba que le había quedado al menos un papel. Buscó entre su ropa desesperado, y cuando por fin lo encontró, comprobó que no quedaba suficiente ni para hacerse una línea. Mauro se mojó el dedo y hurgó en la bolsita para frotarse las encías con el polvo que quedaba. Con eso se terminó todo lo que tenía. De inmediato le mandó un mensaje a su dealer. A los tres minutos, le marcó. No contestaba. Al menos tenía algo de mota para tirar un rato. Buscó una superficie plana para ponchar y encontró la caja de un DVD de Yasujiro Ozu. Mientras preparaba el toque con las manos temblorosas, su cabeza comenzó a bajar por una espiral descendente. Cualquier objeto, cualquier guiño, cualquier detalle representaba en sí y por sí lo más triste, lo más oscuro, lo más insoportable de la existencia. La envoltura de una paleta con restos de caramelo, la huella de su dedo en medio del quicio polvoso de la ventana, las flores de las jacarandas aplastadas en el pavimento. *Mono no aware*, pensó Mauro. La tristeza de las cosas. La finitud, la no permanencia. El concepto en japonés que Mauro conocía encerraba una asociación con la belleza: precisamente porque todas las cosas cambian, transmutan y desaparecen, porque lo sabemos, es que somos capaces de apreciar su presencia y su existir en toda su dimensión: es en la tristeza de lo efímero que descansa lo bello. Pero esta vez Mauro era incapaz de formular esa dualidad: la melancolía era abrasadora y absoluta. Recordó la primera vez que Javiera se metió un ácido completo con él. La sensación de disociación la asustó por un momento, se puso ansiosa, y Mauro le dijo:

—Tienes que dirigirlo.

—¿Cómo que dirigirlo?

—No puedes tener dos pensamientos al mismo tiempo. Piensa en otra cosa. Respira. Piensa en lo que tú quieras. Llévate a donde tú quieras. De eso se trata.

Eso mismo intentó hacer Mauro esa mañana en su torre, pero la química cerebral no se lo permitía. Así como no le quedaba un gramo de coca, tampoco de dopamina ni de serotonina. Tenía las neuronas exprimidas y el alma rota. Cualquier pensamiento reconfortante que intentaba formar en su cabeza encallaba sin remedio en su faceta más oscura. Los ojos índigo de Javiera eran hielo. El mar era cruel, la naturaleza indiferente, las personas interesadas, el sexo abyecto, la infancia perversa, la vida inclemente, todo era caca. Todo, al fin y al cabo, terminaba siendo solamente eso: caca. Pestilencia. No había esperanza alguna. No había salida. Estaba atrapado, secuestrado en esta existencia sin escapatoria. Una vara atravesó el papel de fumar, arruinando el porro.

—¡MIERDA! —rugió Mauro, lanzando el churro desmoronado contra la pared. Luego se acurrucó en un rincón, llorando hasta exprimirse.

—Pendejo, pendejo, pendejo. Por qué te moriste. Por qué.

Mauro también se quería morir. Se sentía más solo que un náufrago en medio del espacio. A la media hora estaba de nuevo sentado ante su mesa, con dos objetos frente a él: una daga granadina, una antigüedad con la que suicidarse hubiera resultado muy romántico y sobre todo muy simbólico: una venganza incomparable contra su padre al usar uno de sus extravagantes objetos de colección. Pero había un inconveniente: pese a que la daga era bastante filosa, tenía que clavársela en el corazón de un solo golpe y sin errar, porque si fallaba, aquello podía ser un cagadero. También podía ahorrarse complicaciones y saltar directamente de la ventana de la torre, pero entonces el mensaje se perdía. El otro objeto que tenía frente a él era un gotero de LSD a la mitad. No sabía lo que podía hacer el ácido en un estado de ánimo como el suyo, nunca lo había usado en una situación así. Pero estaba claro que no tenía alternativa.

Dos horas después, llamó a Lorenzo por teléfono:

—La vida es mucho más que él. En nuestras familias, en otras generaciones, seguramente han pasado cosas horribles, tragedias, niños muertos, discapacidades, sufrimientos espantosos de los que no tenemos idea, porque con la muerte y con el tiempo todo se va diluyendo… todo se va borrando. La muerte de él es lo peor para ti y para mí y para mucha gente ahorita, pero del otro lado del mundo vale pito y dentro de treinta años nadie cercano a nosotros se va a acordar. *Nadie.* El curso de la vida es indiferente a sus muertes, igual que es indiferente a la muerte de las flores. Escúchame, gordito, escúchame lo que te digo. La vida vibra, acaba y se transforma en otra cosa. La vida lo único que hace es continuar. Y continuar. ¿Qué pasa si nos extinguimos como especie? Nada. Somos un punto infinitesimal en el universo. Menos que un grano de arena, mucho menos. ¿Qué pasa si se pierde el registro de Shakespeare, del Mercury y de los pinches… griegos? ¡Nada! Se han perdido tantas cosas… monumentos, bibliotecas, genios. Vale madre. Si nos extinguimos, ya habrá otra conciencia sobre la Tierra. Tardará en aparecer, seguramente. Pero ella no tiene ninguna prisa. A Adam lo extrañamos, lo perdimos, nos lo arrebataron, pero eso a la vida no le afecta. Todo este dolor no importa. *Nos* importa, pero en el big picture, vale madres. Todo es perfecto, hermano. Todo está unido y es parte de un engranaje que no entendemos. Nada importa nada. Nada, nada, nada. Todo va a desaparecer para poder seguir.

—Mauro, ¿estás bien, bro?

—Muy bien. Chingón.

Mauro sabía el riesgo que corría al tomarse esa dosis. Conocía el efecto del ácido al expresar la verdad de manera ineludible, y las verdades en ese momento no eran fáciles de manejar. Sólo había una manera de sortear su elección por la vida: con más dosis. Con el paso de las horas, Mauro dejó de pensar con claridad. Perdió la noción del tiempo. Días después, la recamarera le reportó a su mamá que no había podido entrar a hacer el cuarto de Mauro en una semana. Luisa se quedó fría. Cuando subió las escaleras de la torre y abrió la puerta de la habitación de su hijo, el olor fue como una bofetada. Y cuando lo vio echado en la cama, con la barba crecida como las ojeras y con los pómulos marcados, supo que la realidad que tanto se había esforzado por eludir, ahora estaba delante de sus narices, sin ruta de escape. Luisa formuló la pregunta, por primera vez en su vida, con voz temblorosa:

—Mauro, ¿estás consumiendo drogas?

—¿Quién, yo?

Luisa convocó a Lisandro. Lisandro los llamó a su despacho. Mauro se negó a bajar. Sus padres insistieron y amenazaron, hasta que tuvieron que subir. Lisandro no había pisado esa torre en años.

—Eres como Rapunzel —Javiera le dijo la primera vez que estuvo en ese cuarto, muchos años atrás—. Un Rapunzel peloncito —le mesó el pelo corto.

Los padres fueron quienes hablaron. Mauro no tuvo oportunidad de réplica. Se acabó, dijeron. No más drogas. Mauro no tenía energía para discutir. Juró y prometió todo lo que le hicieron jurar y prometer. También lo hicieron entregar todas las drogas que tuviera en su posesión. Mauro les tendió el churro que acababa de prepararse una hora antes, con mucha parsimonia y con la mirada baja, aunque en realidad tenía bastante más mota y varias tachas repartidas en los bolsillos de diferentes chamarras y pantalones. El gotero de LSD sí que se había terminado.

Los padres de Mauro se fueron de viaje dos días después. Polo llevaba tiempo insistiéndole a Mauro que hiciera una fiesta en su casa, y ésta parecía ser la ocasión ideal. Mauro llamó a su dealer y después reunió a la servidumbre, le dio cinco mil pesos a cada uno para asegurar su complicidad y su silencio y les dijo:

—Gracias, nos vemos el lunes.

Fue una locura. A lo largo del fin de semana circularon por la casa de Reforma unas novecientas personas. Destrozaron el jardín. Se robaron adornos de porcelana, botellas caras y joyas. Grafitearon el Alfa Romeo de Lisandro. Tres veces llegó la policía y tres veces salieron con dotación de efectivo, drogas y cervezas. Mauro dio por concluida la fiesta cuando uno de los primos de Polo terminó con una mordida en el brazo cuando intentó montar a uno de los perros de su mamá.

—¿Qué es esto? —Luisa le mostró un gotero a Mauro, ocho días después.

En cuanto llegaron de viaje y encontraron el desastre, Luisa sacó a Mauro de su cuarto y puso al jardinero y a la mucama a revisarlo de cabo a rabo en busca de drogas. A los diez minutos tenían un gotero, una bolsita de coca, un guato de mota del tamaño de una pelota de beisbol y un puñado de tachas. Ya no buscaron más.

—¿Qué es esto? —repitió Luisa, agitando el gotero de LSD.

—Gotas, mamá.

—¿Para qué?

—Para los ojos.

—Ajá —Luisa cruzó los brazos.

—Y para los oídos y para la piel y para tantas cosas… —Mauro no tenía nada que perder. Incluso lo divertía la confrontación. De algún modo la había esperado durante años. Esta vez no opuso demasiada resistencia cuando lo llamaron al estudio de Lisandro.

—¿Qué hicimos? —lloró Luisa, melodramática.

Mauro soltó una risita socarrona.

—¿Por dónde empiezo?

—¿Crees que nosotros tenemos la culpa de que te hayas vuelto… como eres? Nada más eso faltaba… —Luisa apretó los dientes.

—No, mamita. Ustedes lo han hecho todo muy bien. Todo súper bien, siempre. ¿Ya me puedo ir?

Mauro estaba en la puerta cuando Lisandro intervino, desde algún lugar impasible en la cumbre del Olimpo. Al hablar miraba, como siempre, su celular.

—Platiqué con el doctor Larrañaga. Lo que tú tienes es una enfermedad, una adicción.

Luisa formó la señal de la cruz con los dedos de su mano y la besó discretamente.

—Ah, caray —dijo Mauro, sarcástico—. Bueno, no sé si el doctor Larrañaga te explicó que se puede ser adicto a muchas cosas, no nada más a las "drogas".

—¿Ah, sí? Ilústranos, tú que lees tanto, Mauro.

Y levantó la mirada. Mauro aprovechó para clavarle la suya con toda la carga de odio de la que fue capaz.

—Se puede ser adicto al dinero, por ejemplo.

Se quedaron así, aguantándose la mirada casi sin parpadear, a ver quién la desviaba primero. Fue Lisandro, para dirigirse a su mesa de licores a servirse un Bourbon. Lo hizo con lentitud premeditada, para que no se le notara la ansiedad. Luisa se revolvió un poco en el sillón, pero no dijo nada. A ella también le quedaba el saco.

—Yo también quiero uno —dijo Mauro, retador.

—Tú no estás para beber —rugió Luisa. Su angustia no le daba para leer la ironía.

—Ah. Es que como pensé que eso no era una droga… —Mauro señaló el vaso de su padre—. ¿Puedo?

Lisandro posó el vaso de Bourbon sobre el escritorio y habló con un tono de voz gélido y uniforme:

—Deja esa actitud de que el mundo te la debe, Mauro, porque no te queda. Vives aquí como un parásito. No has terminado ni la prepa, no has producido un centavo. No has producido nada de valor para nadie, nunca. Debería darte vergüenza tener la cabeza que tienes y desperdiciarla de esa manera —señaló el tatuaje en su brazo—: ¿Quieres "trascender"? Pues salte a trabajar, como la gente. ¿Quieres ser un gran hombre? Ninguno de ésos ha trascendido a punta de chuparle la sangre a los demás.

Y tú eres un pinche ladrón y un traidor y una mierda de ser humano, se repetía Mauro en silencio. ¿Por qué no se lo gritaba a la cara de una vez por todas? ¿Era por evitarle el dolor de la verdad a su madre? ¿Por evitarse él mismo una confrontación que seguramente lo obligaría a dejar su casa y arrojarse a las garras del sistema y su maquinaria frenética, y ponerse a hacer dinero para sobrevivir como todo el mundo? ¿Era algo más, que ni él mismo podía comprender?

—"Producir algo de valor"... ¿Qué significa eso? —replicó al fin—. ¿Qué cosa de valor puede dar alguien que trabaja en la caja de un banco o de una pinche tienda que no sean los millones que hace ganar a sus patrones? Todos somos parásitos, Lisandro. Tú, yo y todos. Venimos a este planeta a arrancarle los recursos y luego a cagarle encima. Y luego a morirnos. Lo único a lo que uno puede aspirar es a vivir con un poco de respeto hacia sí mismo.

Mauro enfatizó su punto prendiéndose un cigarro. Lisandro agitó el contenido de su vaso y sonrió.

—Respeto hacia sí mismo... qué cara tienes. Por lo menos podrías pagarte tus vicios tú solo.

A Mauro eso le ardió. Además de que su padre se limpiaba el trasero con dinero y de que su madre lo despilfarraba en apuestas, sabía que mantenían a Renata, su hermana, y también a Rafa, su marido, que no había dado golpe como abogado ni como consultor. Mauro atajó:

—Podría pagarme mis vicios. Pero míralo por el lado positivo, jefe: te salgo barato. Si fuera un niño bien como ustedes quieren, les costaría mucho más. *Muchísimo* más. Me gastaría millones en coches, en veleros y en regatas y todos esos deportes mamones; te pediría para ir a esquiar, para hacer maestrías en Suiza y en quién sabe dónde, y seguramente me gastaría una buena parte en putas y en drogas. Así que alégrate. Lo que estoy haciendo es ayudarte a ahorrar.

Luisa decidió intervenir dando un volantazo emergente hacia el drama.

—¿Sabes lo que nos costó detener a la prensa antes de que sacara las fotos de tus amigos nadando sin ropa en la alberca y todo el escándalo de tu... fiestecita? Tu papá tuvo que hablar con Azcárraga.

—Wow.

—Ni tu padre ni tu hermana ni yo tenemos por qué pagar el pato de tus excesos con nuestro nombre, ¿eh? ¿Mauro? Eso que te quede bien claro.

—Su nombre está intacto, mamá. Yo soy el cordero del sacrificio de todos sus pecados. Ése es mi papel, no se preocupen.

—Sobre todo por tu estrecha relación con las prostitutas... —dijo Lisandro, socarrón, sin mirarlo.

Mauro se crispó.

—¿A quién te refieres?

Lisandro no respondió y Mauro ya no quiso indagar. Por supuesto, se refería a Javiera. Habían pasado unas semanas desde aquel encuentro en el restaurante de alto standing donde Javiera lo expuso a él y a Daniel Cutreño. El incidente no pasó a mayores, Mauro ni siquiera indagó al respecto después de que Javiera se lo contó desde el taxi, pero no tenía el contexto completo. Nadie tenía el contexto completo de la escena salvo la escort que se quedó sentada con ellos, de nombre Miriam, cuya discreción le costó a Lisandro veinte mil pesos. A Javiera, Lisandro prefirió no tocarla. Hacerlo hubiera sido señalarse a sí mismo y además tenía una forma muy efectiva de joderla: su propio hijo.

—Eras un niño tan dulce. Tan brillante… —gimoteó Luisa.

Mauro lanzó el humo con la vista fija en un gigantesco jarrón chino que desentonaba con la decoración renacentista del estudio. En ese momento Mauro y sus padres ignoraban que el olor estancado que de pronto se percibía con el paso del aire se debía a que el Inge había hecho pipí dentro del jarrón. Pasarían varios días antes de que una de las sirvientas se diera cuenta.

—Estás viendo la tempestad y no te hincas. Tú has visto lo que ha sufrido esta familia, todo por lo que hemos pasado con Renata. Deberías tomarla como ejemplo. Ella por lo menos está luchando contra su depresión —reviró Luisa, con dolor.

Mauro abandonó el sarcasmo y dijo con completa seriedad:

—No está luchando contra su depresión, mamá. El día que deje a ese imbécil que no ama y deje de querer hacerle un hijo a huevo estará luchando contra su depresión.

Luisa se quedó patidifusa. Estaba a punto de decir algo, pero Lisandro la detuvo alzando la mano.

—Muy bien. Entonces vamos a internarte.

Por primera vez en toda la diatriba, Mauro se sintió amenazado. Lo disimuló.

—Eso te encantaría, ¿verdad? Deshacerte de mí. No ven la hora de quitarse este estorbo para seguir haciendo sus "viditas".

—No estoy jugando, Mauro. Una llamada. Eso es todo lo que tengo que hacer.

Mauro tragó saliva. Se defendió:

—No puedes hacer eso.

—¿Ah, no?

—No. No me pueden llevar a ningún lado en contra de mi voluntad.

—Larrañaga no opina lo mismo.

—Larrañaga me la pela —Mauro hizo una seña obscena y regresó a la puerta.

—Tú vuelves a meterte una droga en esta casa, y te atienes a las consecuencias. Bajo advertencia no hay engaño —Lisandro lo apuntó con el índice, desparramado detrás de su escritorio.

—Deja de señalarme. Eres repulsivo.

Le cortaron el suministro económico. Para Mauro eso no fue problema. Conocía el cajón de la cocina donde su mamá guardaba el dinero para que las empleadas pagaran los garrafones de agua, la propina de la basura, el sueldo del jardinero y otros servicios, y donde siempre había unos tres mil pesos en efectivo. Con eso se dio un festín. Ni siquiera salió de casa, porque no tenía la energía ni las ganas; lo hizo solamente por retar a su padre y se puso morado con los sobrantes de mota y alcohol de la fiesta, asegurándose de subirle el volumen al punk y al trance a niveles insoportables. Eran las cuatro de la tarde del día siguiente y Mauro estaba leyendo *Cartas a un joven poeta* de Rilke con un porro en la mano cuando tocaron a la puerta de su habitación. Antes de que pudiera reaccionar, ya había tres grandulones con gabardina blanca dentro, preguntándole cómo estaba.

—Estaba muy bien, muchas gracias.

Julieta, la chica con la que Mauro había salido por un tiempo, una vez le contó que fue abusada sexualmente por un exnovio a quien se encontró en una fiesta. Le repitió que sólo quería platicar con ella hasta que la convenció de meterse a su coche estacionado, y estando ahí la besó. Ella correspondió por salir del paso, pero luego él empezó a meterle mano.

—Le dije que no quería, pero siguió, y yo así de no, no quiero, no quiero, hasta que se me puso encima y yo dije pus ya... mejor me dejo para no sentir que me está violando. Luego hasta regresamos a la fiesta y seguimos chupando. Pero después no lo quise volver a ver.

Mauro no opuso resistencia. Sabía que los tipos estaban ahí para llevárselo, así que hizo como Julieta y decidió ahorrarse el dolor físico y el trauma de ser arrastrado con forcejeos hacia la camioneta blanca que lo estaba esperando afuera.

Se lo llevaron a una clínica de rehabilitación privada. Después de pasarse tres días en otro tipo de viaje, éste de "desintoxicación" con diazepam, comenzó a asistir a sesiones de grupo para comenzar su proceso de "duelo y reparación". Cuando lo sacaron de su casa no pudo llevarse nada, así que no tenía sus medicinas para el dolor de espalda y la irritación intestinal. Las solicitó apenas llegó a la clínica, en la revisión médica; se los recordó con insistencia, pero el personal sólo le dio por su lado y tardaron veinticuatro horas en darle un analgésico. Eso lo tenía de muy mal humor cuando llegó a la primera sesión de grupo. Una psicóloga recién graduada, con aretes, anillos y cadenitas de oro y el pelo con luces muy bien planchado, les dijo a Mauro y a otros siete internos, todos con cara de querer largarse y de meterse cualquier cosa por cualquier orificio de inmediato:

—Seguramente antes de llegar aquí lo intentaron mil veces, lucharon por dejar su adicción sin éxito, y se sintieron frustrados y señalados por sus familias y sus amigos. Seguramente perdieron la fe en ustedes mismos. Ante todo, estamos aquí para ayudarlos, sabemos que han sido víctimas del alcohol y las drogas y queremos devolverles la fe en ustedes mismos para que recuperen la salud y las ganas de salir adelante.

Después invitó a los presentes a decir su nombre y cómo se sentían en ese momento. Mauro permaneció callado mientras todos los demás se presentaron.

—Hola. ¿Quieres compartir con nosotros? —le dijo la terapeuta.

—¿La verdad? No.

Mauro detectó algunas sonrisas salpicadas por el salón.

La terapeuta insistió hasta que Mauro soltó un largo suspiro y metió primera:

—Número uno, el alcohol *es* una droga, no sé por qué lo tratan como cosa aparte. Dos, yo no soy ninguna "víctima". Todas esas "drogas" yo me las metí solito, la "droga" nunca me encerró en un cuarto ni me puso una fusca en la sien ni me obligó a usarla, como *sí* fui obligado por tres ganapanes a venir aquí y a usar diazepam, que es un droga que puede generar mucha más dependencia que la cocaína, pero que a ustedes por lo visto les parece inofensiva. Tres: a ustedes no les preocupa nuestra salud. Los ponemos incómodos, y no es porque les importe si nos morimos de un pasón debajo de un puente o nos freímos o nos piramos, sino por el peligro que representamos para el sistema. ¿Reparación? Mis huevos. Lo que quieren es recuperarnos como consumidores. Todo tiene una lógica mercantilista. Todo. Hasta lo que es legal y lo que es ilegal entre las sustancias. Quieren que nos declaremos "enfermos" para ponernos el bozal, para regresarnos al rebaño y hacer lo que quieran con nosotros. Pero no estamos enfermos. Estamos más cuerdos que la mayoría. ¿Quieren que me declare enfermo? Pues declárense ésta —y Mauro alzó el dedo medio, aunque tuvo la prudencia de no dirigirlo a nadie en especial.

La terapeuta sólo atinó a balbucear:

—Gracias por compartir, Mauricio.

—Mauro. De nada, fue un placer —sonrió, falso.

Al día siguiente Mauro estaba de peor humor todavía. En otra sesión de grupo, escuchó entre bostezos el testimonio de una chica de dieciocho años llamada Alejandra que compartió los pormenores de su adicción al crack:

—Cuando ya no podía más, me encerraba en mi cuarto y me cortaba. Se sentía bien. Prefería sentir eso que sentir… todo lo demás.

Alejandra terminó su narración anegada en lágrimas, y después de recibir apretoncitos de mano y de hombros, comenzó la retroalimentación. Mauro no esperó a que le insistieran para participar:

—El crack es la cocaína de los pobres. Si estás aquí, en este retiro de drogadictos fresas, es porque tus papás tienen dinero y puedes comprar coca, no tienes que comprar crack. Si fumas crack es por *poser*. Porque quieres jugar a la miserable, a la pobre y a la jodida. Vete a fumar crack al Bordo de Xochiaca, a ver si tan mala. Vete a San Felipe. Vete con los nacos y los moneros. Que te violen. Haz realidad tu fantasía, toca fondo, y luego nos vienes a contar.

Esa vez Mauro se llevó una llamada de atención. Le pidieron que fuera sensible con el difícil proceso de sus compañeros, que fuera asertivo y tuviera empatía. Al terminar, la terapeuta pidió que le dieran un abrazo a Alejandra, todos juntos. Mauro, se escabulló.

—¿No traes nada fuerte, güey? Un Percodan, o algo… Vi que estabas pidiendo algo para el dolor… —le suplicó Tacho, su compañero de cuarto. Era su tercer internamiento—. Te lo cambio por algo.

Mauro lo vio tan desesperado que le regaló un poco de su relajante muscular. Al día siguiente, uno de los terapeutas, que estaba presente en las anteriores sesiones de grupo, invitó a Mauro a caminar. Se llamaba Rubén y era un adicto recuperado.

—Cuando toqué fondo me estaba metiendo de todo —le contó.

—¿Qué es todo? —preguntó Mauro, tosco. No tenía la menor intención de entablar relación con ningún miembro de esa cofradía.

—Sobre todo alcohol, mota, coca, crack y heroína.

—Wow, qué heavy —se burló, Mauro.

—Era politoxicómano.

Mauro rodó los ojos.

—¿No me crees? —dijo Rubén.

—Todos los que nos metemos cosas nos metemos de muchas diferentes —dijo Mauro—. No conozco a un solo metodista que se meta de una sola.

—La bronca es que yo me metía *mucho* de todo —precisó Rubén.

—¿Y eso está mal?

—Le robé a mi exmujer para comprar.

—Uy —Mauro alzó las cejas.

—Le pegué —confesó Rubén, con dolor.

Mauro ya no dijo más.

Ahora Rubén solamente era adicto al tabaco, seguía luciendo demacrado y estaba lleno de tics. Prendiendo un cigarro con la punta del que acababa de terminarse, le dijo a Mauro:

—Mira, mano. Nadie me mandó a hablar contigo. Quería decirte así, en lo personal, que estoy de acuerdo contigo en muchas cosas. Lo que le dijiste a Alejandra es cierto, muy cierto; yo vengo de Neza y lo sé; y lo que dijiste del rebaño y de que el sistema sólo quiere que sigamos consumiendo, también. Pero yo creo que es un círculo vicioso, ¿ves? Es la sociedad de consumo la que nos vuelve adictos, y luego nos la cobra. Y ahí es donde no nos podemos apendejar, carnal. Seguir consumiendo no nos hace rebeldes, nomás nos hace parte de su mismo juego.

A Rubén le gustaba hablar. Mauro no tenía nada que perder y le venía bien la distracción. Comenzaron a charlar casi todas las tardes.

—En realidad el pedo con las drogas, así, como problema, es muy nuevo. Es un pedo de nuestra época —dijo Rubén—. Antes no había adictos como ahora, ¿ves? Antes la gente se ponía pedas locas, se perdía, se embriagaba… era una manera de enfrentar el sufrimiento. La adicción es otra cosa. Es un intento por anular el dolor. Ahora cualquiera se hace adicto a cualquier pinche cosa. Si no dejamos de echarles la culpa a las "drogas" y vemos qué chingados le está pasando a la gente, por qué los chavos no quieren estudiar, ¿no? Por qué a la gente odia su trabajo, por qué no estamos pudiendo llenarnos con *nada*, nos va a cargar la chingada. ¿Sabías que en el mundo se suicidan tres mil personas al día?

—Eso es un madral de gente —Mauro se sorprendió.

—Un madral. La mayoría son hombres. Ochenta por ciento. ¿Te lo hubieras imaginado? Las mujeres sufren el doble de depresión que los hombres, pero los hombres se matan más.

—¿Por qué?

—Quién sabe. Lo peor es que la mayoría son jóvenes.

Mauro no echó de menos la coca ni la mota mientras estuvo internado, pero soñaba con el ácido insistentemente, noche tras noche.

—Las máquinas nos van a dominar, mano. La ciencia ficción eso lo ha reflejado muy bien —le dijo Rubén, otro día.

—¿En serio crees? A mí esa distopía ochentera se me hace medio naive. Yo creo que nos vamos a mandar a la chingada solos, no necesitamos a las máquinas.

Rubén se rio.

—Es más. Se me hace que ni siquiera nos va a dar tiempo de llegar a ese plei-to. Nos vamos a extinguir antes de que eso pase —afirmó Mauro.

—Uf. ¿De plano?

—Es muy posible. ¿Y sabes qué? Cuando lo pienso hasta siento alivio. Dejar a la Tierra en tantita pinches paz. Librarla de tanta mierda y de tanta excavación profunda y de tanto pinche... anuncio espectacular. Pinche compulsión con que estamos haciendo todo, nos está mandando a la verga.

—Eso. Ésa es la palabra clave —Rubén lo señaló con el encendedor.

—¿Cuál?

—Compulsión. Por eso es tan importante dar el primer paso...

—¿Cuál? —preguntó Mauro.

—Admitir que eres impotente ante tu adicción y que tu vida se ha vuelto ingobernable.

—Ah. *Ese* paso.

Mauro se detuvo y se sentó en una banca. Estaba agotado. No quería admi-tirse frágil, así que se sentó en el respaldo. Era una tarde nublada.

—¿Los conoces? —Rubén se detuvo también.

—¿Los doce pasos de AA? He leído, sí.

—Y te gusta el LSD...

—Me gusta, sí —Mauro sonrió con una mueca.

—Entonces no sé si sabes que uno de sus fundadores pensaba que el áci-do lisérgico podía ayudar a los enfermos de alcoholismo a tener una experiencia espiritual y salir de su espiral destructiva —Rubén se sentó junto a él, también en el respaldo de la banca.

—Algo leí de eso —dijo Mauro—. Pero no pudo comprobar nada, ¿no? Seguro la prohibición se encargó de que la idea no prosperara.

—Pues sí.

Mauro se quedó viendo sus Converse negros sobre la banca de yeso. La banca tenía una pintada desesperada, hecha con pluma, que decía "salve Satán". Mauro alejó el pie de la pintada instintivamente mientras Rubén decía:

—Segundo paso: creer en un poder superior a ti mismo que te devuelva el sano juicio. En eso se basa todo.

—Híjole, yo con ese paso... más bien paso —dijo Mauro—. Hasta tienen su oración que siempre repiten, ¿no?

Rubén se rio con ganas, y con la risa tosió.

—Asumo que no eres creyente.

—Asumes bien —dijo Mauro.

—En el grupo se trata de creer en algo superior como tú lo entiendas, o en Dios como tú lo concibas... no tiene nada que ver con la religión —aclaró Rubén—. El Dios en el que yo creo... o sea, no estoy esperando a que venga a salvarme, ni nada de eso...

—No, nada más estás esperando a que te devuelva tu "sano juicio" —Mau-ro sonrió.

En ese momento sonó una chicharra que anunciaba la hora de la comida. Rubén y Mauro se sentaron en lugares separados y no retomaron la conversación hasta dos días después, uno antes de que Mauro saliera de la clínica. Caminando por otro jardín, Rubén le dijo:

—Mira, mi Mau, te lo voy a soltar así, al chile, porque eres un tipo pensante. Si de veras quieres dejar esta vida, las drogas, es muy sencillo. Yo me la pasé años haciendo como que dejaba de consumir hasta que me anexaron en una casa de AA. Tres meses estuve. Era una pocilga. Éramos setenta cabrones hacinados, sin salir, durmiendo en un solo cuarto y bañándonos con agua fría. Viví con expresidiarios, con moneros. Conocí a un vato que había sido ingeniero, construyó puentes federales y todo, y llegó porque acabó viviendo en la calle, ¿ves? Perdió familia, trabajo, casa, todo, por el alcohol. Me decía: "Ru. Lo único que hay que entender es que la vida es hermosa. Y un día no vamos a estar sentados aquí. Cada momento es un regalo, aunque sea una mierda, es un regalo". Gracias a esos tres meses anexado pude salir. Veinticuatro horas, hermano. Es la única manera. Digan lo que digan en estos lugares fifí, créeme: para salir de esto, son los doce pasos o nada.

—Ta' bueno, pero tengo una pregunta.

—Las que quieras, hermano.

Mauro señaló el edificio principal de la clínica privada con la cabeza:

—Si no te late este enfoque… ¿entonces por qué estás aquí?

Rubén desvió la mirada pretextando buscar su encendedor.

—¿La neta, la neta? Tenía muchas deudas y como voluntario no la armaba.

Mauro salió de ahí con un contacto para conseguir LSD de primerísima calidad a través de Tacho, su compañero de cuarto, que estaba muy agradecido con él por compartirle de sus analgésicos durante esas semanas.

—Con ese material sí vas a volar, cabrón. Pero volar, volar —le aseguró Tacho.

—Dices que no irrita la panza, ¿no?

—Nel. Nada. Y también te olvidas de los terrorcitos. Nada de ansiedad los días siguientes. Como si te hubieras tomado un vasito de leche con galletitas y no un ajo, cabrón.

—Qué chingón. ¿Y el rebotril?

—¿El qué?

—El rebote.

—Ah, sabroso. A los dos días te das un gayito y vuelves a volar rico. Ya no en jet supersónico, pon tú que en ala delta. Pero rico.

Mauro regresó a su casa y durante cinco días dio su mejor representación del adicto rehabilitado y arrepentido. Luego Lisandro y Luisa se fueron a Brasil. Mauro hizo otra fiesta pantagruélica. A las tres de la mañana, uno de los asistentes se echó un clavado a la alberca desde una ventana del segundo piso y lo siguieron otros dos. Esta vez una de las empleadas rajó, temiendo perder su trabajo, y llamó al celular de Luisa para avisarle lo que estaba pasando. Lisandro tuvo que llamar al jefe de la policía de la ciudad para ordenarle que parara la fiesta sin aceptar sobornos. Incluso se llevaron a algunos asistentes a los separos, para reforzar el punto. Mauro se subió a la patrulla con ellos. Cuando regresó a su casa, los grandulones de gabardina blanca ya estaban listos para llevárselo. Tres semanas después, cuando volvió de la clínica de rehabilitación por segunda ocasión, Mauro se encerró en su cuarto sin cruzar palabra con nadie. La ansiedad y las ideas depresivas lo estaban taladrando con más fuerza que nunca. Pero todavía tenía unas pocas dosis en un gotero que había dejado escondido para emergencias en un hueco del techo, detrás de una viga.

—¿Dónde está Mauro? No contesta hace días —le dijo Javiera a Lencho por teléfono, preocupada.

—¿Hace cuánto?

—Desde el martes.

—¿Ya hablaste a su casa?

—En su casa siempre contesta la maid y dice que "no tiene permitido comunicar al joven con nadie" —Javiera arremedó el tono, con rabia.

—Uta. Pues a ver si no se acaba comunicando con San Pedro ese pendejo...

Javiera siguió insistiendo hasta que un día Mauro creyó que estaba en una feria y que el sonido repetitivo que escuchaba era una especie de campana que anunciaba que había ganado el premio mayor. Luego tanteó con la mano y quitó algunas capas de ropa hasta que el fulgor de la pantalla del celular lo trajo de vuelta a la realidad. O a algún lugar parecido.

—El pedo está así, el pedo está así, güera. Estamos en un pedo donde el ciclo de la humanidad se repite una y otra y otra y otra vez hasta el infinito, ¿ok? A veces en una versión de la historia y a veces en otra, ¿sí me entiendes? En una, todas las tribus se quedan así, como tribus, y dejan que sus muertos se sequen con el sol; en otra nunca inventamos la rueda, ¿sí me entiendes? En otra todo es exactamente igual que ahorita, igualitito, nada más que pon tú que tu hermano nunca nació. O mi hermana.

—Se está yendo a la verga —reportó ella esa tarde en el café del Prichito, al que no habían vuelto en años, pero que resultó céntrico para Denisse y Lencho.

—¿No son sus mismos choros intensos de siempre? —Denisse le quitó las chispas de chocolate a una dona y se las fue comiendo una por una.

—No. Esta vez sonaba... ¿cómo se los digo?

—¿Hasta el huevo? —preguntó Lencho.

—Sí. Pero diferente. Ayúdenme, güeyes. Ustedes tienen más vocabulario.

—¿Delirante? —dijo Karla.

—Ándale.

—¿Se le entendía lo que decía, o eran cosas sin sentido? —Karla bebió de un licuado energético.

—Tampoco totalmente sin sentido. Pero sí, más raras que de costumbre.

Denisse soltó un largo suspiro y cruzó los brazos encima de la mesa.

—Bueno, lo primero que está claro es que Mauro ya volvió a meterse cosas, así que parece que la clínica esa le ha servido para nada y para lo mismo, ¿no?

El silencio de los tres le dio la razón. Javiera agregó:

—Se me hace que su papá nada más lo está encerrando ahí porque lo odia —y le dio un sorbo a su limonada sin azúcar con apremio.

—En esas clínicas nada más te sacan el varo —Lencho se comió un totopo con salsa.

—Igual hay a quien le sirven. Pero no es lo que Mauro necesita —afirmó Karla.

—¿Entonces qué necesita? —quiso saber Javiera, preocupada.

Karla cruzó los brazos, arrugó la frente y respondió viendo su vaso de jugo energético:

—Pues para empezar, decidir que quiere dejar de consumir —levantó la vista—: Pero decidirlo él.

Javiera invitó a Mauro a comer. Desde que ella se casó, dieciocho meses atrás, no habían vuelto a verse solos. Quedaron en un restaurante de mariscos de cadena. Mauro fue obligado a ir con dos guaruras, y antes de sentarse, le revisaron la bolsa a Javiera. Luego Mauro les dio dinero para que lo esperaran afuera.

—Pero el señor dijo que…

Mauro sacó otros dos billetes. Los guaruras se salieron a la calle, pero lo veían a través del cristal. Mauro se sentó y se pidió una cerveza.

—Perdón por eso… —Mauro señaló la bolsa de Javi.

—No, pues ni pex. Me hubieras avisado, de pura caca se me olvidó la pipa en mi casa.

—No me imaginaba que fueran a hacer eso. Perdón —repitió.

Llegaron la cerveza de Mauro y la copa de vino blanco de ella. Se las empinaron casi hasta el fondo.

—¿Cómo va tu divorcio?

—Ya estoy divorciadísima, güey. Desde febrero.

—¿Pero ya te dieron tu "liquidación"? —sonrió Mauro.

A Javiera le cayó como patada en el estómago el chiste.

—No tengo ganas de hablar de eso.

Acabaron hablando de eso de todas formas. Javiera terminó contándole todas las estocadas y las porquerías del proceso, omitiendo la parte de que se estuvo acostando con Daniel Cutreño, el abogado de la contraparte, sin que rindiera frutos. Lo que sí le contó a Mauro fue que cuando enfrentó a su padre en aquel restaurante, estaba con él.

—Parece que el abogado de Roy y tu papá son íntimos.

—Las ratas siempre se juntan.

Javiera se rio.

—Eso pensé cuando los vi.

Mauro se acabó la cerveza, rebotando la pierna sin parar.

—No sé como pa qué.

—¿Qué?

—Para qué te casaste con ese… bicho. Nunca me imaginé que fueras tan básica. Te dejaste seducir por el cliché del cliché del cliché. Esperaba más de ti, la neta.

—Y yo no entiendo cómo puedes seguir viviendo con un cabrón que te tiene vigilado con guarros y que llevas años insultando cada vez que hablas de él.

Mauro se quedó callado. De pronto Javiera supo que había sido una malísima idea haber procurado este encuentro. Pésima. Pero no había marcha atrás. Pidió más vino.

—Estoy preocupada por ti.

—¿Ah, sí?

—No, cabrón. En realidad me vale madres. Nada más tenía ganas de ver la jeta de muerto viviente que traes y reírme de ti.

—Ah, menos mal.

Javiera no sabía bien cómo formular su inquietud, así que la soltó como mejor pudo:

—Güey, por muchos años estuvo muy cagado tu desmadrito, pero creo que ahora sí te la estás mamando.

Mauro no respondió. Revolvió la pasta con salmón de la cual se había comido dos bocados en media hora y que ya estaba helada. Javiera había pedido una tostada de marlín que seguía reposando frente a ella, sin tocar.

—Ya no está chido. No te ves chido. Estoy segura de que tampoco te sientes chido.

—¿Y qué sugieres? —Mauro sonrió a medias.

—Que te des un break.

Mauro asintió, viendo una botella de salsa Valentina.

—Ok.

—¿Ok?

—Ok. Me doy un break. Buena idea. Gracias. ¿Nos vamos? Este lugar apesta.

Mauro buscó al mesero con la mirada para pedir la cuenta. Javiera le agarró la mano. Con el contacto, Mauro sintió cosquillas debajo del ombligo.

—Espérate.

Javiera alzó la mirada y vio al mesero primero.

—Joven, ¿le encargo más vino?

—Mejor de una vez te hubieras pedido la botella... —dijo Mauro.

—A ver. ¿En serio crees que puedes dejar de meterte cosas en cualquier momento?

—De que puedo, puedo.

—Ajá.

—Pero no quiero.

—Porque no puedes. Y aunque no lo admitas, este pedo ya te está empezando a joder.

—A mí no me jode. Jode a mis papás, te jode a ti. Yo estoy...

—Hecho mierda —interrumpió Javiera—. Diciendo pendejadas, encerrado en tu cuarto por semanas. Ya ni siquiera revientas. Pero chingón, súper chingón —Javiera alzó el pulgar de su mano libre—. ¿Sabes qué? Ser el rebelde y ser el malo está súper cool. Pero qué hueva que el precio sea suicidarte.

Mauro le sostuvo la mirada y luego se rio.

—No mames, qué pinche frase. ¿No has pensado en ser guionista de Televisa?

Javiera le soltó la mano y se recargó en el asiento.

—Vamos a hacer algo. Te echo una apuesta.

—Eso suena más interesante —Mauro se irguió en la silla.

—Yo no tengo un peso. Supongo que tú tampoco andas muy boyante. Así que vamos a tener que apostar otra cosa... —Javiera bebió de su nueva copa.

—Shoot.

—Si tú logras dejar las drogas para siempre...

—A ver, a ver, serena morena. ¿Para siempre? Vamos poco a poco, ¿no? Si no va a ser una deuda impagable. ¿Seis meses?

—Un año.

—Va. ¿A partir de cuándo?

—De mañana.

—Muy pronto. Me tengo que preparar mentalmente.

Javiera se echó para atrás.

—Olvídalo... no lo vas a hacer.

—A ver, primero di qué quieres apostar.

Javiera volvió a inclinarse hacia él y con voz aterciopelada dijo:

—Si tú dejas de drogarte durante un año, yo te doy... una noche.

Mauro sintió un escalofrío en la columna vertebral. Fingió desinterés como mejor pudo.

—¿Una? ¿Sólo una?

—Una. Es mi oferta final.

La miró de cerca. Tenía unos pliegues nuevos en la comisura de los labios y un par de ojeras disimuladas con maquillaje, que antes no existían y que la hacían ver más guapa que años atrás. Mucho más. Mauro se levantó, rodeó la mesa y se sentó junto a Javiera. Tomó un sorbo de su copa de vino y envolvió sus manos.

—Javiera Durán. Estás más buena que el pan. Pero no quiero una noche contigo. Gracias.

Javi negó con la cabeza.

—Eres un pinche cobarde.

—No. Soy tu amigo.

Javiera tragó saliva y bajó la mirada, casi avergonzada. Soltó las manos de Mauro y tomó su copa. Mauro estoqueó:

—Y de lo que estás chupando tú, ¿deberíamos preocuparnos? ¿O no...?

Javiera se quedó inmóvil.

—Pero a mí no me hagas caso, yo soy el pobre drogadicto, aquí...

Mauro llamó al mesero.

—La cuenta, por favor.

No la dejó pagar. Pagó él, con lo del cajón de la cocina.

De vuelta en su casa, Mauro comprobó que el gotero de reserva estaba vacío. De inmediato buscó el número del dealer de Tacho, que se hacía llamar Lipsing.

—Ésta sí va a ser la última. Después de ésta nos despedimos, man —le dijo por teléfono.

—Ok, mi Mau. Pero si se te ofrece, aquí ando —respondió Lipsing con una voz sonriente.

Mauro lo tenía decidido: una última sesión de ajo, en frío. Sin mota, sin alcohol. Sólo él y el ácido lisérgico, como en los viejos tiempos.

—¿Y por qué la última? Digo, si se puede saber —preguntó el Lipsing.

—Porque hay una gallinita a la que quiero sorprender.

El Lipsing se partió de risa.

—Sí sabes que tratar de dejar las drogas por una morra es la manera más segura de no dejarlas nunca, ¿verdad?

—Yo no las voy a dejar. Nada más me voy a tomar un sabático.

Como Mauro no podía salir solo ni tenía permitido recibir a nadie, tuvo que ingeniárselas. Aunque prefería los goteros, esta vez le pidió al Lipsing que le mandara una plantilla de LSD en un sobre dirigido a Lisandro Roblesgil. A la mañana siguiente, Mauro no tuvo más que revisar la correspondencia y encerrarse en su cuarto con el sobre correcto. Recortó el primer cuadro mágico y comenzó a triturar el ácido incoloro e insaboro entre sus muelas, mientras ponía el *Hot Space* de Queen en su viejo aparato de CD's. Viajó así, en seco, durante un par de días, pero después se le abrió la garganta y se le antojó un gin. Cuando terminó de preparárselo en el despacho de su padre, alzó el vaso de cristal cortado y mirándolo, se dijo:

—Uno.

La botella estaba vacía en cinco horas. La plantilla de ácido, bastante rebajada.

Insanity laughs under pressure we're breaking... can't we give ourselves one more chance? Why can't we give love that one more chance?

Cuando Mauro quiso dormir, no pudo. La combinación con alcohol le había alterado el sueño. Después de intentarlo durante una noche y un día completos, pensó que un poco de marihuana le ayudaría a dormir. Su madre le había tirado toda la mota, pero tenía dos trufas de hachís camufladas en un frasco de trufas de cacao y se las tragó como si fueran aspirinas. El cannabis sólo le potenció el insomnio. Estuvo sin dormir tres días con sus noches. A la mañana del cuarto día estaba escuchando "Anarchy in the UK" de los Sex Pistols:

I am an anti-Christ, I am an anarchist, don't know what I want but I know how to get it, I want to destroy the passerby...

De pronto reparó en que la canción era la octava en el disco. Ocho. Su cumpleaños era el ocho de enero. Volteó a ver el reloj: 7:55 de la mañana. Casi las ocho. Abrió la ventana de par en par. Era una mañana extrañamente azul en la Ciudad de México y justo estaba surcando el cielo un avión lejano, de los que atraviesan la tropopausa y dejan estela. Mauro no pensó que era un avión, pensó que era una señal. De pronto no le cupo ninguna duda: él era el Anticristo. Él, Mauro Roblesgil. Y como tal, su misión no era otra que abrirle el camino al

Mesías. Bajó de la torre, cruzó el jardín ante las miradas suspicaces del personal de servicio, llegó al portón que daba a la calle y se topó con el jardinero.

—Buenos días, joven.

—Hola, Florencio. Voy a salir.

Florencio adelantó un paso.

—Perdón, joven. No puedo dejar que salga —y miró con inquietud hacia la casa, como buscando a los guaruras, pero era temprano y no habían llegado.

Mauro fijó la vista en Florencio con los ojos penetrantes de la locura, y con un tono de voz grave y persuasivo señaló uno de los coches de colección de su padre y le dijo:

—¿Ves el número de esa placa? Los números suman trece. Equis es la abreviatura para Cristo, nuestro salvador; F es la inicial de tu nombre, B es de Bueno, de justo. Es la hora. Ábreme, Florencio, y ábrete las puertas de la vida eterna.

Fue imposible negarse. La seguridad y el aplomo que Mauro proyectaban eran magnéticos. A las ocho en punto de la mañana, salió caminando de casa de sus padres y tomó el camellón de Paseo de la Reforma. Era un día de otoño, ventoso y brillante. Mauro respiró hondo y comprendió, con absoluta convicción, que el mundo ya se había terminado. Mientras había estado en su torre, en ese último viaje, los días del hombre en la Tierra habían llegado a su fin. Ahora se encontraban suspendidos en una suerte de realidad alternativa, una especie de Matrix en la cual él tenía la misión de anunciar el nuevo mundo. En los semáforos, se acercaba a la ventanilla de los coches y les decía a los automovilistas:

—Alégrense. Hoy es el nuevo día.

Si alguien lo veía raro o le daba mala espina, Mauro hacía una voz de trueno y lo señalaba de lejos:

—Tú arderás en el fuego eterno. Para ti no hay resurrección. Es tarde para arrepentirse.

Se sentía poderoso, invencible. Rodeó la Fuente de Petróleos y estuvo a punto de ser atropellado en medio de una retahíla de bocinazos porque concluyó que, con sólo levantar su mano, los automóviles debían detenerse. Siguió caminando por la sección peatonal del camellón con dirección al centro. Por momentos le venía una reminiscencia química del LSD y sentía un profundo amor y una inabarcable compasión. Entonces abrazaba a la gente, o les ponía las manos en la cabeza.

—Yo soy el emisario de la Verdad. Ahora estás sano.

Algunos se reían, otros se lo quitaban de encima con un empujón. Las jovencitas y las señoras se dejaban abrazar con buena disposición, aunque no faltaba la que respingaba. Mauro caminó todo el día. Regaló sus zapatos y su camiseta. Se llevó un rodillazo en la cara cuando le quiso limpiar los pies a un hombre con medio rostro quemado que estaba sentado en una banca. Entonces Mauro concluyó que, siendo el Anticristo, él era el nuevo cordero del sacrificio, y que su misión no era sólo anunciar al Mesías, sino recibir por anticipado todo su sufrimiento. Con la ceja sangrando, siguió de rodillas por el camellón hasta la Diana Cazadora, partiéndose las rodillas y vociferando en su muy particular interpretación del arameo. Mauro estaba convencido de que su Dios lo miraba con ternura y compasión, y que en cualquier momento se abrirían los cielos, la tierra o ambos y todo este sufrimiento terminaría y Él lo tomaría entre sus brazos y le dejaría saber al universo entero: él es mi hijo muy amado. Pero nada sucedía. Mauro estaba agotado, le dolía todo el cuerpo, comenzaba a oscurecer y a hacer frío, y la ciudad lo miraba pasar con una indiferencia dolorosa.

—Padre mío, ¿por qué me has abandonado? —exclamó a media calle. Un niñito lo señaló. Su madre lo hizo acelerar el paso hacia la parada del metrobús.

Mauro encontró un alambre de púas tirado junto a un bote de basura y se lo enredó en la cabeza como si fuera una corona de espinas. En ese momento perdió el conocimiento. La mamá del niño pequeño vio la escena y de inmediato paró un taxi, le dio cincuenta pesos al taxista y le pidió que llevara a Mauro al hospital más cercano. El taxista lo bajó en la puerta de urgencias de una clínica a dos cuadras, donde tardaron diez minutos en verlo y otros quince en atenderlo. Le quitaron el alambre de la cabeza, le limpiaron la frente, le tomaron los signos vitales y le pusieron una inyección contra el tétanos. Le estaban sacando una muestra de sangre cuando despertó. Mauro seguía delirante y se puso agresivo con el personal.

—¡Atrás! ¡Fuera de mi camino! ¡Nadie puede impedir la llegada del Reino!

Comenzó a tirar patadas y puñetazos. Entre dos médicos y tres enfermeras lo sometieron y le pusieron una inyección de olanzapina que lo noqueó. Al día siguiente lo trasladaron en ambulancia a un hospital psiquiátrico. Cuando sus amigos fueron a verlo, tenía los pies, las rodillas y la frente destrozados, y estaba tan noqueado por los medicamentos psiquiátricos que apenas podía hablar.

—Por favor no lo dejen, los necesita —les dijo Luisa en el pasillo, con los ojos rojos, sin maquillar y vestida de negro, como anticipando un duelo o como si estuviera viviéndolo de una vez.

—Qué jeta tiene esa vieja. Si alguien no ha pelado a Mauro en toda su pinche vida ha sido ella —resopló Javiera camino al coche con Karla y Denisse—. ¿Sabían que cuando era chiquito, ella y su hermana se encerraban en un cuarto y lo dejaban llorando afuera?

Diez minutos después, ella misma se echó a llorar en el coche.

—¿Se va a quedar así para siempre? ¿Ya valió madres, o qué?

Nadie respondió. Karla le pasó un kleenex. Un minuto más tarde, Denisse dijo, desde el volante:

—Voy a decir algo horrible. ¿Puedo decir algo horrible?

—Échalo —pidió Karla.

—Ahorita que lo vi, no pude evitar pensarlo…

—¿Qué cosa?

Denisse las miró por el espejo retrovisor con tristeza y culpa.

—… Pensé que mejor se hubiera muerto él y no Adam.

—¿Por qué chingados pensaste eso? —Javiera despegó la cara del kleenex.

—Porque Adam quería vivir, güey. Este cabrón parece que se quiere ir derechito a la tumba.

Aunque la criticaron, acataron la petición de Luisa. Se turnaban para llamar a Mauro o visitarlo. Algunos días lo veían bien, otros no tanto.

—Ayer estaba pálido y como tembloroso… me dio mala espina —dijo Denisse en una sesión de Skype.

—¿Mala espida de qué? ¿De qué se está volviendo a meter algo? —Irene tenía un catarro atroz, y un cigarro prendido en la mano.

—A lo mejor es por la medicina. Los antipsicóticos pueden apendejar —explicó Karla.

—Yo creí que los ansiolíticos —dijo Javi.

—También.

—¿Deta decesita tomar tatas madres? —Irene soltó el humo de su cigarrillo y luego se sonó.

Luisa entró en pánico cuando salió una mañana para subirse a su coche y vio un montículo de tierra con una cruz hecha de popotes en una esquina del jardín. Le pidió a Florencio que levantara la tierra y encontró todos los medicamentos psiquiátricos de Mauro, con todo y caja. Javiera se alarmó cuando pasó a verlo esa tarde y no la dejaron entrar.

—Se me hace que lo quieren encerrar otra vez —le avisó a Karla.

—Mauro necesita ayuda, no que lo encierren, carajo —masculló Karla.

—O sea, ¿ayuda tipo qué? ¿Terapia? —dijo Javi.

—Obviamente que terapia.

—Yo no creo que Mauro esté loco, güey. Creo que su episodio cucu fue porque se le cruzaron los cables de todo lo que se metió.

Karla se recogió el pelo para hacerse una coleta y tomó aire:

—A ver. Yo no estoy diciendo que tenga que ir porque esté loco, sino porque trae una historia muy cargada. Trae mucho dolor el güey. De muy atrás. Tiene que ir a terapia para entender qué chingados. Si no, no va a salir nunca de este pedo. Tiene que entender y hacerse responsable. Si les sigue echando la culpa a los demás y los demás les siguen echando la culpa a las drogas, como si las drogas vinieran con cuernos y trinche, está jodido.

—Ok, ok. ¿Y no lo puedes ver tú? —preguntó Javi.

—Yo soy su amiga. Tiene que ser alguien neutral.

—Deberías hablar con sus papás.

—Eso no es cosa de sus papás. Es cosa de Mauro.

Pero Karla tuvo que hablar con Luisa para pedirle que no lo mandara de vuelta a la clínica y que antes la dejara tener una conversación con él. De preferencia fuera de su casa.

—Mi hijo no tiene una enfermedad mental. Todo es culpa de las malditas… cosas que se mete.

Relájate un chingo, Karla; relájate un chingo, se repitió mentalmente, como mantra, antes de responder:

—Yo creo que tiene muchas posibilidades de salir adelante, señora. Pero tiene que decidirlo él.

Karla y Mauro se fueron a tomar un café de dos horas, en las cuales Mauro se fumó casi dos cajetillas.

—¿Por qué dejaste de tomarte las medicinas?

—Porque no las necesito.

—Güey, tu química cerebral está desajustada ahorita.

—¿Por la "psicosis" o por las "drogas"? —Mauro entrecomilló ambas palabras.

—Por las dos.

Mauro resopló y comenzó a rebotar la pierna, negando.

—Güey, Karla, eso es alta traición.

—¿Por qué?

—Llevo años oyéndote decir que los fármacos nada más aplanan las emociones y que entorpecen los procesos de duelo... que los psiquiatras recetan a lo pendejo y no sé qué...

—A ver. Yo creo que los chochos por sí mismos NO resuelven los problemas de fondo, pero eso no significa que...

—Y nos contaste esta historia del terror de que Big Pharma presiona para que se receten más chochos y que los loqueros se inventan los diagnósticos.

—Yo no dije eso, no es que "inventen" —aclaró Karla—. Les conté que en el manual de diagnóstico se amplían los criterios de los síntomas para que más gente se diagnostique con alguna bronca y tenga que tomar chochos para eso.

—¿Y eso no te parece grave?

—Gravísimo. Está de la chingada, pero lo tuyo es diferente...

Mauro interrumpió otra vez:

—También estuve viendo que hay estudios muy serios de que la psilocibina sirve cabrón para tratar la depresión y el alcoholismo...

Karla agarró la mano de Mauro y lo obligó a mirarla.

—Mauro. Tuviste un brote psicótico.

Mauro se detuvo.

—Tu cerebro necesita estabilizarse. ¿Ok?

Mauro se zafó de la mano de Karla y tomó el cigarro casi consumido del cenicero. Karla siguió:

—No va a ser para siempre. Pero si no te tomas esas madres ahorita, vas a seguir en esta pinche espiral por años. Y la espiral siempre va pa' bajo.

Mauro apagó el cigarro. Giró cuatro veces el cenicero y preguntó, sin mirar a Karla:

—¿Tú también crees que estoy loco?

—Creo que traes una depresión del carajo, y que te la has estado tapando por mucho tiempo.

Mauro asintió una vez, sin dejar ver si le satisfacía o no la respuesta.

—¿Quieres salir de esto o no?

—¿Salir de qué? ¿Del reven?

—Tú sabes de qué.

Mauro volvió a girar el cenicero.

—No fue el ajo lo que me puso delirante. Estuve leyendo, ¿ok? Fue no haber dormido tres días. Eso fue lo que me disparó la manía —sacó otro cigarro—... como respuesta a la depresión, como dices.

—Qué bueno que estés tan enterado. Ahora, repito. ¿Quieres salir de esto, o no? —repitió Karla.

Mauro se prendió el cigarro.

—¿Para qué? ¿Para ser como todos quieren? ¿Para ir a trabajar... y bañarme con Zest... y comprar pendejadas por internet y suicidarme lentamente? En ajo por lo menos vuelo, güey. Exploro otros mundos, y no le hago daño a nadie.

—¿No? Hubieras visto a Javiera cuando salió de verte en el psiquiátrico, cabrón.

Mauro bajó la mirada. Carajo. Si Javi supiera todo lo que ensoñó en ese último viaje, imaginándose con ella un año después, cuando hubiera cumplido con su parte de la apuesta. Ahora todo eso se había ido derechito y sin escalas a la mierda.

—¿Entonces?

¿Entonces, qué de qué, puta madre? Dejen de estar chingando, pensó. Mauro infló la nariz. Lo único que quería era esconderse debajo de la mesa, debajo de la tierra, desaparecer. Jamás, en toda su vida, había sentido algo parecido a este desaliento.

—Ok. Te tocaron unos papás bien raros. Una hermanita bien ojete que te buleaba. Sale. Ya te voltearon a ver. Ya hiciste tu desmadrito... ¿y sabes qué? Todos lo ven con cara de culo, pero no lo van a limpiar. Ellos no van a cambiar porque tú te mates. Aunque ahorita parezcan muy preocupados y te regañen y te pongan guaruras y parezca que algo se está moviendo. No se está moviendo nada. Tu papá no se va a volver un tipo decente y tu mamá no va a dejar de ser una frívola obsesionada con las apariencias.

—Pum —Mauro alzó las cejas, viendo el florero con claveles falsos.

—Sí, perdón, pero es así. Aguanta vara tantito, que todos te estamos aguantando a ti. Todo va a seguir exactamente igual, Mau. Tus papás, tu hermana, el mundo jodido... sólo que tú ya no vas a estar para contarlo.

Mauro apagó el cigarro sin terminar y se llevó las manos a la cara. Se estuvo tallando los ojos un rato. Cuando se destapó la cara, la miró con los ojos húmedos y suplicantes. Con un hilo de voz, dijo:

—No me gusta el mundo sin él.

Karla sintió un estrujo en el pecho. Quiso tocarlo, agarrarle la mano o abrazarlo, pero se contuvo. Cambió el tono. Continuó enérgica, pero más suave.

—¿Te duele Adam? A mí también. Un chingo. Pero si lo quieres, tenle un respeto y trátate con dignidad. Dale un poco de valor a la vida y hazte cargo de ti mismo.

Mauro volvió a tallarse la cara, emitió diversos sonidos ininteligibles, movió la pierna derecha como resorte, se fumó otro cigarro, que pronto apagó disimulando una arcada. Karla aguantó el silencio. Ya había dicho todo lo que tenía que decir. Se puso a ver su celular hasta que Mauro habló por fin:

—¿Y qué sugieres, o qué?

Karla dejó su teléfono y lo miró.

—Que veas a alguien.

Mauro negó.

—Nel. Me la he pasado tres meses viendo al puto psiquiatra. Paso.

—Pero a ver…

—No. No hay manera —interrumpió—. En cuanto me senté la primera vez me soltó que tengo déficit de atención… luego salió con que un foco irritativo en el lóbulo frontal… luego que si no tuve un accidente de niño o algo que me haya "causado" mi horrible enfermedad. A la verga con los loqueros. Paso.

—A ver, escúchame —esta vez Karla sí tomó su mano—. Yo no digo que veas loqueros ni nadie que se saque diagnósticos de la manga. Tú no necesitas diagnósticos. Yo digo que veas a alguien chingón. Serio. A la altura de tu cabeza. Con quien puedas trabajar fuerte y profundo.

—¿Y para qué?

—No tengo idea. Por lo pronto, para que hagas eso en lugar de quedarte encerrado en tu casa muriéndote del asco.

Mauro pareció pensarlo, pero de pronto soltó la mano de Karla.

—No. No tiene caso. No va a servir de nada. Ya soy un adicto, ¿no? Caso perdido…

Karla se prendió un cigarro, ocultando su desesperación.

—No ERES nada, carajo. Deja de ponerte etiquetas.

Mauro la vio y se quedó callado. Karla encontró una ventana en su silencio y como último recurso, propuso:

—Una sesión. Una sola sesión y te dejo en paz. Bueno, dos… porque con una no te vas a dar idea de nada. Dos sesiones, y si no te late, te prometo que no vuelvo a mencionarte el tema nunca más. Y hasta llevo una corona a tu funeral.

—Me cagan las coronas. Sobre todo las de la realeza.

—Ok. Entonces llevo ácidos para todos los asistentes.

—Eso sí estaría chingón.

Karla extendió la mano por encima de la mesa y repitió:

—Dos sesiones.

Mauro rodó los ojos y, muy a regañadientes, estrechó la mano de Karla.

—Dos. Ni una más.

Karla sonrió:

—Trato hecho, jamás deshecho.

Esa misma noche Karla habló con uno de sus maestros de la formación que había trabajado mucho con adictos, y al día siguiente, después de meditar en el caso, él le pasó el teléfono de María. El maestro pensó en ella porque había trabajado en un centro de adicciones en Portugal y traía buenas ideas y un enfoque alternativo. Karla ubicaba a María, se habían formado en la misma escuela, pero no se llevaba con ella. Se preguntó si no sería demasiado joven como para que Mauro hiciera transferencia con ella, si él no le daría mil vueltas y le metería una arrastrada en la primera entrevista. Ambivalente, Karla llamó a otra profesora para pedirle una referencia distinta, pero no la encontró y se fue a trabajar. En una de sus sesiones, un paciente estuvo hablando de no mentirse a sí mismo, y eso le trajo a Karla un recuerdo de María. Estaban tomando un seminario con un psicoanalista muy prestigiado, invitado de España. María no dejó de tomar apuntes en toda la plática y a Karla incluso le pareció un poco ñoña. Pero le llamó la atención que cuando terminó la conferencia y todo el mundo se acercó a saludar al ponente con sus mejores sonrisas y sus preguntas más intelectuales con la clara intención de impresionarlo y de ampliar sus contactos profesionales, María tomó sus cosas y sin acercarse al podio salió por la puerta trasera. No lo hizo con prisa, no se iba porque tuviera que correr a otro lado, sino porque ya había terminado lo que tenía que hacer ahí. Esa misma noche, Karla le pasó a Mauro el dato de María, con una advertencia:

—No te la vayas a querer ligar, cabrón.

Se vieron por primera vez un lunes, y luego el miércoles de la misma semana. Comenzaron con un esquema de acompañamiento terapéutico por el antecedente del episodio psicótico de Mauro. Hacían paseos, tomaban cafés y charlaban.

—Ustedes los loqueros hablan mucho del inconsciente, pero no hay nada que eleve el inconsciente como el cuadro mágico —dijo Mauro, provocador, cruzando el Parque México en su tercera sesión—. Sí sabes todos los avances terapéuticos que se hicieron con ajo en los años sesenta, ¿no?

María bordeó una caca de perro y respondió:

—Es cierto que el LSD desanuda. —¿Qué será que quieres desanudar?

A Mauro no le encantó la respuesta, pero se sintió en buen puerto al hablar con alguien que conocía los sinónimos coloquiales del ácido lisérgico y hablaba de ello con naturalidad. Una noche, el celular de Karla sonó a las 12:30 de la madrugada.

—Te ahorraste un gotero. Ya voy para la cuarta —dijo la voz de Mauro.

—¿Qué? —Karla respondió entre sueños y procurando no hacer ruido: Mercedes estaba dormida junto a ella. Llevaban cerca de un mes saliendo—. ¿La cuarta qué?

—La cuarta "caminata".

Karla salió de la cama y se metió en la cocina. Mauro le dijo que planeaba seguir viendo a María, pero le pidió que no dijera nada.

—Ok…

—No quiero que sepan que estoy en terapia, o en análisis, o como se llame. Prefiero desconectarme. No quiero que todo el mundo esté preguntando y opinando de mi vida. No quiero ruido ahorita.

—Te entiendo perfecto. Pero si me preguntan, ¿qué les digo?

—Que no sabes, que no has hablado conmigo.

—¿De plano?

—De plano.

—Bueno. ¿Y a mí no me puedes decir cómo vas? —sugirió Karla.

—No.

—¡Qué ojete! Por lo menos dime qué te parece.

—¿Ella?

Karla guardó silencio para que él mismo decidiera qué contarle.

—Te voy a decir una sola cosa y no voy a decir más.

—¿A ver?

—Es menos regañona que tú.

Karla soltó una carcajada. Cuando se metió de nuevo en la cama, tratando de no hacer ruido y de no mover demasiado el cobertor, Mercedes la abrazó de cucharita y con voz somnolienta susurró:

—Estás contenta.

—Sí.

—Mañana me cuentas por qué. Si quieres.

Mauro se desapareció del mapa. Guardó el celular en el fondo de un cajón y dejó de contestar llamadas en su casa. Todos se preocuparon por él, como ya era costumbre. De vez en cuando respondía algún mensaje, parcamente y con monosílabos, para hacerles saber que estaba vivo. Semanas después de que Claudio se fuera de la ciudad y de que Irene llegara de Viena para cuidar a su madre, estaban Denisse y ella preparando café en la cocina de Anna y preguntándose por Mauro.

—Con ese güey se me hace que no news, good news —afirmó Denisse.

—¿Tú crees?

—Sí. Algo me dice que ese gato pardo está mejor de lo que todos creemos.

Después de un par de meses en acompañamiento terapéutico, María determinó que Mauro era candidato a un análisis en forma, y lo citó en su consultorio en el centro de adicciones que llevaba junto con otros cuatro colegas. Mauro empezó a ir tres veces por semana, bañado y acicalado. Primero lo llevaba el chofer de su mamá. Después la convenció de ir solo. Para llegar al consultorio de María tomaba el metro y el metrobús, y para distraerse en los recorridos, comenzó a leer otra vez. En el consultorio lo esperaba la vela encendida en una mesa baja junto a la pared, el tapete con los flecos desordenados igual que el pelo de María, tapando a medias aquellos ojos tristones y vivos.

—He llegado a la conclusión de que volverme loco fue lo mejor que pudo pasarme —dijo en una sesión.

—¿Y eso?

—Me salvó de freírme por completo.

—¿Es mejor estar loco que estar frito?

Mauro sonrió. Sacó su cajetilla.

—¿Puedo fumar?

—No.

—Cuando caminábamos sí podía fumar.

—Porque estábamos en la calle.

—Prefiero caminar, entonces.

—Mejor dime una cosa.

—¿Qué?

—¿Qué te está curando tu lo-cura?

Mauro volvió a sonreír y la señaló con el dedo, guiñando el ojo:

—A los psicoanalistas les encantan los juegos de palabras, ¿verdad?

María no perdió el foco:

—¿Entonces? ¿Qué es ese "lo"?

—¿Qué cura mi lo-cura? Dime tú. Quiero saber —exigió Mauro.

—Este espacio es para ti.

—Por eso quiero saber. Lo demando como cliente.

María cambió de posición y explicó:

—La locura siempre tiene una buena razón de ser. El delirio es una respuesta a la fragmentación o a la división.

—Ok...

—¿Te hace sentido?

—Algo.

—¿En qué te hace pensar?

Mauro se rascó la cabeza.

—Uta, no sé ni por dónde empezar... Pues crecí en una casa donde todos dicen ser alguien diferente de quienes son. Pero radical. Son otras personas. Es como si salieran a escena.

—¿Ese "todos" te incluye a ti?

Mauro tensó el cuerpo.

—No, claro que no... Bueno, no sé.

María guardó silencio. Mauro continuó.

—Con el tema de las drogas, por ejemplo, que es en parte por lo que estoy aquí... Mi padre es un alcohólico. Punto. Él jamás lo va a admitir, pero lo es. Chupa todo el día. Pero como lo hace en plan dizque social, y con chupes caros en vasos caros, no parece que lo haga para evadir. El tipo de drogas que yo consumo no sirven para evadir. Todo lo contrario.

—¿Y a ti para qué te sirven?

Mauro se revolvió de nuevo. Pero lo meditó un poco y al cabo de unos instantes, dijo como para sí:

—¿Qué hay de malo en salirse de vez en cuando de la realidad? Es lo que uno hace cuando ve una película, cuando lee libros. Hace falta ser un pinche espartano o un asceta para estar en la realidad todo el tiempo, y hasta los ascetas se zafan de la realidad con viajes místicos.

—¿Conoces el término *phármakon*? —preguntó María.

Mauro hizo memoria:

—¿Medicina?

—Remedio y veneno a la vez —precisó ella.

Mauro asintió con media sonrisa. Agitó su cajetilla.

—¿Segura que no puedo?

—Me decías que tu padre todo el tiempo está con el alcohol, y tu madre con el juego. ¿Será que tú tampoco puedes estar sin algo todo el tiempo?

—Si pudiera, no sería un adicto.

—¿Y sí lo eres?

Mauro volteó a ver la cajetilla entre sus manos. Comenzó a jugar con el plástico.

—Voy a asociar libremente. De eso se trata, ¿no? De asociar libremente.

—Por favor —respondió ella.

—¿Sabes qué *sí* es realmente loco? Lo más loco es que me haya vuelto loco con temas católicos. Yo soy ateo. Tenía superado ese pedo desde hacía años.

—¿De dónde lo habrás tomado?

Mauro se puso a alisar los flecos del tapete con el pie.

—Pues de mi familia, claramente. La mochería está con todo. Bueno, mis papás no creo que realmente crean en nada, es más en plan social. Es otra de sus máscaras, hacer como que creen.

—Más que suficiente para influir en ti.

Mauro se detuvo y la vio.

—Chale. O sea que estoy jodido. No importa lo que haga. Tuve esos padres, así que ya me pasaron a amolar.

—Más o menos. Pero si te das cuenta cómo te joden y de cómo reaccionas tú, por lo menos puedes maniobrarlo…

—¿En vez de qué?

—En vez de que te arrolle.

Mauro sonrió. Le gustó la palabra que María eligió.

—¿Y en qué crees ahora? —preguntó ella.

—¿Cómo?

—No crees en la religión como te la enseñaron. ¿En qué crees, entonces?

Mauro tardó en responder, sacó un cigarro de la cajetilla y se puso a jugar con él, sin prenderlo. Soltó una risita nerviosa.

—Nunca le he platicado a nadie de esto.

María se inclinó un poco hacia adelante, recargó los codos en las rodillas.

—¿Has oído hablar del Trascendentalismo? —Mauro no dejó que María respondiera—: Es una filosofía. Bueno, más que una filosofía, es como una vía intuitiva que se basa en la conciencia individual, sin necesidad de milagros ni jerarquías religiosas. Sin intermediarios, pues.

María asintió.

—La idea es que el alma de cada individuo es idéntica al alma del mundo y contiene lo que el mundo contiene. Sugieren que cada individuo busque una relación original con el universo.

—Pero va más allá de una creencia, ¿no?

—Totalmente. También es una postura política. Bueno, más bien antipolítica. Mi ídolo es Thoreau, el papá del trascendentalismo. Ese güey sí era un misfit chingón. Lo metieron al tanque por negarse a pagar impuestos, porque servían para mantener la esclavitud en Estados Unidos. Al mundo le hace falta gente como yo.

—¿Como "yo"? —observó María.

—Como él.

—Dijiste "como yo".

—No dije como yo, dije como él —Mauro se ruborizó.

María bordeó el objetivo sin abandonarlo:

—¿Por eso "trasciende"? ¿Por el Trascendentalismo? —María señaló el tatuaje en el antebrazo de Mauro.

Mauro volteó a verlo con molestia y cruzó los brazos para ocultarlo.

—Supongo… pero equis. Es solamente una palabra.

—Pero te la tatuaste.

—Me caga. Hasta pensé en quitármelo. Me lo hice cuando estaba muy high, pero luego sentí que era una mamada pretenciosa, ¿sabes? Y que lo único a lo que puedo aspirar es a sobrevivir.

—¿Y esa palabra no te la tatuarías?

—¿Cuál? ¿"Sobrevive"? —Mauro se miró el tatuaje—. Está un poco chafa, ¿no?

María se rio sin poder evitarlo.

—¿Te estás burlando de mí? Pinches psicólogos se supone que tienen que ser serios. ¿Te estás burlando de mí? —repitió Mauro, falsamente ofendido.

—A lo mejor no es tan pretencioso. "Trascender" puede pensarse de diferentes maneras.

Mauro se interesó. María continuó:

—Puede ser como dejar huella de tu pasado, y también como trascender *la huella* de tu pasado.

—¿Algo así como… superarla?

—Sí, algo así.

—Hace rato dijiste que no puedo borrar mi pasado.

—No es borrarlo, es soltar sus marcas. Lo que se dice de ti, lo que se espera de ti, tu carga familiar… Si logras trascender ese registro, puedes escribir tu propia versión.

—¿Y qué tengo que hacer? ¿Venir contigo veinte años?

María volvió a reírse.

—Algo más simple y más difícil que eso.

—¿Qué?

—Querer escribirla.

Mauro colocó el cigarro apagado en la mesita delante de él y lo hizo girar.

—Tengo otra pregunta para ti —dijo María.

—Hoy estás muy preguntona. A ver…

—¿Siempre te das órdenes en la piel?

Mauro la miró:

—¿Y tú?

Mauro dirigió la vista hacia el antebrazo de la propia María, ella se bajó la manga del suéter en automático.

—¿Crees que yo no me he dado cuenta de que tienes un tatuaje? —Mauro la señaló.

—No estamos hablando de mí.

—Tú también te diste una orden.

—Es sólo un nombre.

—Nada es solamente un nombre.

Ella se cruzó de brazos, desarmada. Mauro siguió bombardeando:

—¿Tienes novio? ¿Estás casada?

María se rio con nervios, negando con la cabeza.

—¿Por qué trabajas con adictos? ¿… Porque fuiste yonqui del tabaco?

—Te respondo una.

—¿Tienes novio?

—La que yo escoja.

—Va.

—Trabajo con adictos porque vi a mi papá luchar contra una adicción y porque en la práctica me di cuenta de que las adicciones son un síntoma de algo mucho más profundo, de un dolor mucho más hondo. Se tratan como si fueran el problema, pero en realidad sólo son…

—La punta del iceberg —se adelantó Mauro.

—Así es.

María colocó ambas manos sobre las rodillas, suspiró y dijo:

—Ok. Terminamos por hoy.

—¡No chingues! Perdón… Explícame tu tatuaje, plis, y te juro que te dejo en paz.

Ella negó varias veces.

—Eres persuasivo, ¿eh?

—Alguna pinche cualidad tenía que tener.

Ella lazó las manos de nuevo y soltó el aire, formulando mentalmente su respuesta hasta que dijo:

—Primero creí que era sólo eso, un nombre. Luego me di cuenta de que no lo escogí porque sí, que para mí esta palabra significaba mucho más. Era la esencia de lo que yo creo que es lo más importante en la vida. Lo que nos mueve.

—Órale. ¿Y qué es lo más importante en la vida y lo que nos mueve?

—Oh, bueno… —María elevó los ojos.

—¡Te lo estoy preguntando súper en serio! Te lo juro. En serio quiero saber.

—Creo que es algo que cada quién tiene que responderse —dijo María.

—Bueno, ¿qué es lo que tú te respondiste?

Ella lo miró.

—El deseo.

—¿El deseo?

—Sí. Pero no el deseo carnal… o no necesariamente. Y tampoco el deseo cumplido, sino el deseo en sí.

—¿Y por qué nos mueve?

—Porque es como nuestras alas. Es lo que nos transporta hacia donde queramos ir. Nos lleva. Si se cae, se nos cae todo.

—Se acaba el viaje —dijo Mauro.

María afirmó con la cabeza.

—¿Y si lo que deseamos no está chido? —sugirió Mauro.

—¿Chido para quién?

—¿Y si lo que deseo es meterme un ácido?

—No se puede juzgar. No se puede decir si el deseo de alguien está bien o está mal. Lo que cuenta es que lo haya y que se asuma.

—Y que sea capaz de transportarnos en sus alas plateadas… —Mauro usó un tono grandilocuente.

—Así es.

—Estoy jugando, ¿eh? La poesía me caga.

—El asunto es que cada quién se haga responsable de lo que desea —terminó María.

Mauro volvió a hacer girar el cigarro sobre la mesa.

—¿Y si el deseo nunca llega a su destino?

María sonrió con sus ojos curiosos.

—No importa. Eso es lo de menos. De hecho está bien que no llegue. Lo importante es que exista. Que siempre haya ganas.

Mauro completó, viendo el brazo de ella:

—… Que siempre haya anhelo.

* * *

Pasaron las semanas. Le entregaron un reconocimiento a Lisandro. Hubo una cena de gala con mucha prensa y Mauro se negó a ir.

—¿Podrías por lo menos ponerte un maldito traje y acompañarnos una hora, o ni siquiera eso puedes hacer por nosotros? —gimoteó Luisa.

—¿Quieres que *yo* vaya o quieres una foto para las revistas en donde parezca que somos una familia?

Acabaron a los gritos. Éste no es un hotel, si vas a vivir aquí tienes que asumir obligaciones, basta de estirar la mano sin dar nada a cambio, dijo Luisa. Mauro estuvo a punto de allanar la licorera de su padre, pero en lugar de eso le marcó a María en calidad de emergencia.

—Necesito verte hoy.

Pero ella sólo podía verlo hasta el día siguiente, en un hueco que encontró en su agenda a las cinco de la tarde.

—Por favor. Te pago más —suplicó él.

—Nos vemos mañana, Mauro.

Esa noche Mauro no pudo dormir y estuvo escribiendo en un cuaderno planas infantiles con la palabra "psicosis". La escribía para no pensarla, porque si sólo la pensaba, crepitaba de miedo.

Por fin llegó el día siguiente a las cinco de la tarde. Desde su sillón, Mauro recitó:

—"Escribiste en la tabla de mi corazón: desea. Y yo anduve días y días loco y aromado y triste."

—Creí que no te gustaba la poesía —dijo María.

—Sabines me gusta. Bueno, le gusta a mi amigo Claudio… En fin. Pues así me has traído estos días: loco, aromado y triste.

María lo miró impasible, esperando a que continuara.

—¿Pero sabes qué? Me metiste en un pedo. Porque de repente me di cuenta de que no sé qué chingados deseo. Yo siempre pensé que deseaba una cosa, y ahora resulta que no es así.

—¿Cómo es eso?

Mauro trazó el camino de la caligrafía de su tatuaje del brazo izquierdo con el dedo índice, mientras agitaba un poco la pierna:

—Por mucho tiempo creí que volaba porque quería trascender. Ahora me doy cuenta de que más bien lo hacía para oponerme a mi padre. Para ser cualquier cosa menos lo que él es.

Afuera irrumpió la grabación en altavoz de una camioneta de ropavejero: "Se compran colchones, refrigeradores, estufas, lavadoras, microondas, o algo de fierro viejo que venda…".

—Carajo…

—No te distraigas. Sigue, por favor —pidió María.

—¿Con este ruido?

—En el mundo siempre va a haber ruido.

Mauro hizo un esfuerzo y continuó:

—El pedo es que no me sirve de nada saber que lo hago por oponerme a mi padre. De todas formas extraño el ácido. Cabrón.

María aguardó a que Mauro continuara.

—Cuando estoy en ajo descubro cosas… siento que puedo aportar algo.

—¿Como qué? —dijo María.

—Pffft… no sé. He empezado como cinco libros. De ensayos, no de ficción. Con mis ideas, ¿sabes? Pero no termino nada. Porque tarde o temprano todo me termina pareciendo una grandiosa pendejada. Todo está dicho, todo está escrito ya. ¿Qué chingados tengo yo que decir? Soy un farsante. Soy un pobre pendejo que ni siquiera ha terminado la prepa —Mauro sonrió con amargura.

—¿Te gustaría terminarla?

Mauro soltó una risita irónica.

—¿Terminar la prepa a mi edad? Estaría cagado, ¿no? Cuando tienes veinticinco y todo el mundo está chingándole… teniendo hijos, pagas renta y alimentando al Gran Monstruo, está cagado ser el diferente y el outsider.

—¿Y ahorita?

—Ahorita nada más soy el imbécil que no terminó la prepa. El colgado, el adicto, el loser que vive con sus papás, que se droga con el dinero sucio de su padre corrupto.

—Parece como si estuvieras describiendo a un personaje —apuntó ella.

—¿Cómo?

—Sí. Como si estuvieras describiendo al personaje de una ficción y no hablando de ti.

Mauro se quedó callado. Estuvo pensativo un rato y de pronto dijo:

—¿Y qué hace el personaje después?

—No sé. Es tu personaje.

—Pues te digo qué sigue. Decide que todo le vale tres kilos de verga y le habla a su dealer. Y una hora más tarde todo encuentra forma y espacio y lugar. Todo tiene sentido y propósito, y todos somos seres de luz y de amor. Tan-tan.

—¿Y doce horas después?

—Ojalá durara tanto el efecto… —Mauro miró sus manos con una sonrisa amarga. Después, la nada, pensó. El vacío. Pero antes, otra dosis. Hasta que vuelves a la realidad esperando a que sólo haya pasado un mes pero nada más pasó una semana—. No quiero volver a consumir —continuó—. No así. Eso sí lo tengo claro.

—Ok —María asintió una vez.

—Y he estado pensando otra cosa. Pero es una locura.

—Una locura… —subrayó ella.

Mauro sabía que la elección de palabras en ese lugar nunca era fortuita. María cruzó la pierna. Mauro se preguntó cómo serían sus piernas, nunca la había visto con falda corta. No era alta. Seguramente no tenía las piernas largas como Javiera. Mauro se tiró de cabeza:

—Tú dices que lo más importante es desear. Algo, lo que sea. He estado pensando un chingo en eso y creo que el crecer con tanto varo en mi casa no me ha ayudado nada. Creo que nunca he podido saber qué deseo porque no he necesitado desear nada nunca, porque siempre lo he tenido todo. ¿Sí me entiendes?

—Fuerte y claro —respondió María.

—Mucha gente me pregunta por qué sigo viviendo en mi casa si sé que mi papá es una mierda y detesto cómo viven y todo lo que hacen. En parte es como para restregarles mi oposición en la cara, lo diferente que soy a ellos. Para que vean cómo yo sí puedo vivir sin comprar mierdas ni usar coche, sin gastar en nada más que en mis vuelos. Ni siquiera gasto en libros porque los saco de la biblioteca. Es como un acto de rebeldía.

—¿Un acto? —señaló María—. ¿Cómo el de un persoanje en escena?

Mauro se revolvió. No le gustó que se lo señalara, pero reconoció:

—Es más que un "papel". Para mí vivir ahí es más una decisión ética. A lo mejor va a sonar mamón, pero sumarme al engranaje de la máquina, obedecer a las instituciones por obedecerlas, ponerme a trabajar en algo que me caga nada más para hacer dinero y consumir pendejadas va en contra de mis principios. Es como si me obligaran a cambiarme de religión.

—Que no profesas…

—O de equipo de futbol… que tampoco tengo. Cierto —se adelantó—. La cosa es que sigo ahí metido, convenciéndome de que es un pinche… manifiesto revolucionario. Pero cada vez que mi papá me ve, repite la palabra "parásito". Le mama. Es tan básico y tan corriente el cabrón que ni siquiera busca sinónimos.

—El parásito le mama… —María asintió, ligeramente.

—¿Cómo?

—¿A quién le chupa? ¿A quién le succiona?

Mauro quiso salir corriendo. Pero se quedó.

—Me dicen parásito, pero luego me encuentro un maldito sándwich de *prosciutto* afuera de mi cuarto. Y mi mamá sigue dejando los billetes de quinientos en el cajón de la cocina, "para pagarle al jardinero". Y lo único que quiero es agarrar ese dinero y hablarle al Lipsing y darme un pinche ágape mortal.

—¿Lo único que quieres?

Mauro guardó silencio.

—Parece que te está saliendo caro vivir ahí.

Mauro la vio.

—Tienes tanto miedo del Monstruo que estás entregado a otro monstruo.

Mientras la escuchaba, Mauro repasaba su tatuaje en un movimiento automático y constante. El otro. El de "Love never dies". La miró de nuevo:

—Por eso me quiero largar de ahí.

Lo dijo con tal determinación que María supo que no debía tomarse la frase a la ligera.

—Ok...

—Pero no puedo nomás caerle a alguno de mis amigos. Ellos tienen sus pedos y sus vidas, y no quiero ser... ya sabes.

Ella le sostuvo la mirada hasta que él mismo dijo:

—Un parásito.

María inclinó la cabeza.

—Pero tampoco quiero irme a rentar algo porque no quiero seguir dependiendo del dinero de mi jefe y tampoco quiero empezar a trabajar lavando platos o parabrisas para entonces deprimirme y volverme a meter algo para sentirme mejor. No estoy listo para el Monstruo. Bueno, para *ese* monstruo. Todavía estoy muy pinche... frágil.

—¿Qué quieres, Mauro?

Mauro tomó la vela y comenzó a atravesar la flama con el dedo, rítmicamente. Lo hizo varias veces hasta que la depositó de nuevo sobre la mesa lateral, enredó los dedos de las manos y con los ojos clavados en los suyos, pidió:

—Quiero que me dejes vivir aquí.

María tuvo que hacer un esfuerzo por no alzar las cejas. Mauro continuó:

—El otro día que te estaba esperando, quise salir a fumar pero alguien cerró la puerta de la calle con llave, así que me subí a la azotea. Vi que tienen un cuartito con un baño. Lo puedo arreglar. No necesito más que una mesa, una silla y un colchón. En serio.

Ella se recargó en el respaldo de su sillón individual.

—Sé que es una locura, es lo más antiortodoxo del mundo. Pero piénsalo. Puedo echar la mano aquí. Pintar... lavar las tazas... sacar la basura. No sé. Prefiero ser útil aquí a cambio de un espacio dónde vivir antes que dejarme engullir por el Monstruo. Todavía no estoy listo para... eso.

Afuera pasó un helicóptero. Luego un camión.

—Otro tema sería lo de tus honorarios. Estoy hasta la madre de que mi papá sienta que con su dinero lo puede todo y lo controla todo...

—Como tú querías controlar mi tiempo ayer —interrumpió María, incisiva.

—Sí. Con su dinero—admitió Mauro—. Si me salgo de su casa, no puedo recibir un solo peso de él. Necesitaría encontrar una manera de pagarte, pero por lo pronto pensé que a lo mejor podría firmarte un pagaré, o algo… —su voz se apagó con la última frase, como si al decirla en voz alta le sonara absurda, y miró el tapete.

Ella se quedó en silencio, imperturbable. Por un momento Mauro estuvo seguro de que lo iba a mandar al diablo. Pero de pronto María dijo:

—Tengo que consultarlo con mis colegas. No puedo decidirlo yo sola.

Ya valió madres, pensó Mauro.

—Pero de entrada, lo haría con una condición. Bueno, dos.

—¿Cuáles? —Mauro se irguió en su propio sillón, con repentina esperanza.

—Aquí no puedes consumir. En el momento en que te metas una raya o te des un ácido mientras vives aquí, se acabó el trato.

—Va. Cuenta con ello. ¿Y la otra condición?

—Mientras vivas aquí, vas a prepararte para hacer el examen de la prepa abierta.

Mauro resopló.

—Todo lo que enseñan en la prepa ya lo sé. Ya lo leí.

—No se trata de que adquieras conocimientos.

—¿Entonces? ¿De que tenga el papelito?

—Se trata de que aceptes que alguien te puede enseñar algo que no sabes. No sólo los libros son fuente de conocimientos y de cosas valiosas, la gente también lo es.

Se despidieron y Mauro tomó el metrobús. Había tráfico de hora pico y se fue los cuarenta minutos hasta Reforma de pie, estrujado por todos los costados, como una sardina lamentable. Pero con el corazón loco, aromado y no tan triste.

43

—¡Claudiooooo! ¡Javiiiii!

Puta madre. ¿Dónde quedó ese pinche campamento? ¿A quién putas se le ocurre caminar media hora para buscar ramas para la fogata? ¿Y ahora qué chingados? Y sin linterna. A una hora de haber comido peyote y a dos de que oscurezca. Bravo, Mauro. Bien.

—¡Lópeeeeeez! ¿¿Dónde están?? / ¿Cuál es la pregunta? Puedo empezar por *una* pregunta, la que sea, la primera que se me ocurra. Se me ocurre ésta: ¿dónde está mi mamá? Ya pasaron cuatro meses desde que desapareció. Porque eso le pasó: desapareció. Dejó de estar en la realidad palpable, en el mundo material y conocido. Me gustaría pensar que está con su papá, con su tía, con los que quiso. Pero eso también estaría raro. ¿Cómo se involucran las almas en otra dimensión? Si no es con defectos y virtudes, con amor y odio y tocándose, ¿cómo se puede encontrar un ser con otro? ¿Cómo se puede *estar* de cualquier manera si no es con un cuerpo vivo de por medio? / ¿Cuánto quedará de luz?

¿Una hora? ¿Y si se va la luz antes de que encuentre el puto campamento, qué voy a hacer? Pero qué chido de ir solo por las ramas, ¿eh? Qué ofrecido, qué buena onda… Ahora sí ya todos te van a querer. Ahora sí ya todos van a saber que eres un tipazo y van a llorar mucho cuando digan: "El forever de Mauro se fue a buscar ramas en el desierto y ahí se quedó". Qué chingón. Qué romántico final. / ¿Por qué necesito tanto que exista la magia, lo sobrenatural? ¿Algo más allá de mí que procura, que supervisa, que cuida, que se preocupa, que se entera? No lo entiendo porque la verdad… pensándolo fríamente… ¿por qué coños tendría que ser así? ¿Por qué pensar que somos tan especiales? La Humanidad. *La*. Como si no hubiera pasado nada importante en este lugar antes de nosotros. ¿Por qué creer que Irene Hernández Hofmann vale más que una palmera, que una piedra de cien mil años o que un ave? ¿Por qué una persona sí puede rezar y pedir cosas y acceder a la vida eterna, y un gallina no? Todos somos igual de necesarios para la vida y también igual de prescindibles. Todos nacemos y morimos igual. ¿O no? / Cuánto tiempo perdido discutiendo contigo. Yo no tenía que discutir contigo. Tenía que quererte, cabrón. Nada más. No tenía que ganarte, ni convencerte de nada. Tenía que quererte. Los ojos de mi hijo son tus ojos. Carajo, si los vieras te volverías a morir. / Pero si no le importamos a alguien que viva en este mundo y al mismo tiempo que nosotros, ¿qué caso tiene? ¿Por qué es más importante importarle a un Dios inmenso e inabarcable que no habla, que no se ríe y que no nos puede abrazar? ¿De qué chingados sirve? / *I don't have to sell my soul, He's already in me, I want to be adored…* Los Stone Roses lo tenían clarísimo: ése es el diablo. Ése es el mal. *Ése*. Si hay un mal en el mundo, es querer ser adorado. El *vivir* para ser adorado sin dar nada a los demás. El ego. / El bien y el mal. ¿Qué es eso? La naturaleza no es necesariamente buena ni misericordiosa, tampoco es cruel: simplemente es. Nos regala maíz y frutas y agua, y al mismo tiempo puede abrir una grieta que se traga a los dinosaurios o se lleva a doscientas personas con una ola. Eso hace. Ni modo. Tiene sus ratos de calma, su violencia, sus ciclos. Como todos, como todo. / Alicia está haciendo demasiadas preguntas acerca de la existencia de Santa Claus y los Reyes Magos. Creo que ésta va a ser su última Navidad con esos personajes. Me parece bien. La verdad es que los integré a nuestra vida un poco en automático, pero están asociados a un frenesí consumista que cada vez me gusta menos. Lo que a mí me gusta de la Navidad es el asunto de juntarnos y pelarnos un poco más que el resto del año. Lo de los regalos también está bien. Regalarse es un poco regalarse memoria. Cada vez que me pongo estos aretes que ahorita traigo puestos me acuerdo de Irene, ella me los dio en mi cumpleaños. Cuando me pongo esta bufanda, pienso en mi mamá. Esta pulsera no me la había puesto hace años, y me la puse para este viaje por lo que simboliza. No está mal darse cosas. Los objetos simbolizan afectos y eso está bien. Santa Claus es otra cosa. Es una imposición extraña, persecutoria, algo que mi hija no necesita. Lo que no quiero es que se termine la magia en su vida… / El bien y el mal. ¿Dónde está la línea divisoria? ¡Muerte al violador! ¿En serio? No conocemos la historia de ese violador. No sabemos qué le hicieron a él, o si su víctima va a dar un salto cuántico a raíz del abuso. Todo tiene muchas aristas y muchas capas que van cambiando conforme pasa el tiempo. Como la tierra. Nada es estático, nada es definitivo. Todo está en proceso. / Pedir sabiduría no está mal. El Jefe lo tenía claro. La sabiduría no tiene que ver con conocimientos, con cosas sobre lo que uno puede cacarear. Eso es ego, y el ego siempre es inseguro, tonto, quiere tener la razón a cualquier precio. La sabiduría es otra cosa, y no tiene nada que ver con saber. Me la mamé con Toño… me la mamé. / Chingada madre, ¿y si no puedo regresar nunca? ¿Y si me quedo aquí tirado, en medio del desierto? Devorado por animales del desierto. Hundido en las espinas de los cactus del desierto. Como las espinas de Cristo. Soy el cordero de este festín y tengo que sacrificarme. Por algo fue la rúbrica de mi quiebre mental… A lo mejor perecer entre espinas es mi destino… a lo mejor así está escrito. / Hemos sobrevalorado la conciencia y la razón. Por eso queremos que nuestro Dios tenga nuestras mismas características; que esté *consciente* de nosotros. Detestamos la idea de un universo indiferente, de una existencia sin importarle a nadie. / ¿Por qué esta dualidad tan radical? ¿Por qué somos tan complejos y al mismo tiempo tan frágiles? ¿Por qué podemos soñar y construir naves espaciales y por otro lado matarnos en un segundo por resbalarnos en la regadera? De alguna extraña manera, tiene sentido. Algo tan grande y tan embrollado tiene que acabarse así. Con esa facilidad. Así lo marca la naturaleza extrema de todas las cosas. No hay todo sin nada. / Pero el problema no es ése. El problema es el amor. ¿Por qué tenemos que querernos tanto si es un hecho que un día vamos a separarnos? Amamos a un costo demasiado alto… / Todos maltratamos a las mujeres, a veces sobre todo las mismas mujeres. Siento que así tratamos a Gaia. Como una mujer que mientras sea linda y bonita y generosa, todo bien. Pero en cuanto nos muestra su lado bravo, no nos gusta. Entonces queremos domarla, amordazarla, que haga lo que esperamos, pero que no la arme de tos. Que se esté quietecita, que no se mueva. / Este pinche cacto ya lo pasé. Estoy seguro de que ya lo pasé. Carajo… Pero está bien. En realidad merezco morirme. Por parásito, por egoísta, por mierda. Tu sangre está podrida desde que naciste, Roblesgil. Merezco desaparecer. Alguien necesita este espacio que yo estoy ocupando y se lo voy a dar. Está bien, está bien. Me entrego a este patético sacrificio anónimo como cordero para los buitres. Me voy a morir. Me voy a morir aquí. Está bien. / ¿Dónde coños hay un lugar por aquí que no esté retacado de cactus y uno pueda hacer popó en paz? Puta madre… tengo frío. Al rato va a hacer un frío de la chingada y no traje guantes. Esta cosa no pega, no pega para nada. Tiene una hora que nos lo comimos. O dos. Ya ni sé. Y cero pone. Sabe a madres y encima tuve que pasármelo con un chingo de miel porque si no, no había manera. Lo bueno es que aquí a huevo hay que caminar. / El costo de amar es demasiado alto y tal vez por eso siempre decido amar a alguien que está lejos. Primero a Irene, ahora a mi hijo… / Qué increíble está esta fogata. Qué increíble es el fuego. Qué delicioso huele. Me hubiera gustado participar en algún ritual prehispánico donde el tabaco se usaba en plan ritual para marcar las cosas importantes y los ciclos de la vida… Creo que todavía se usa en ceremonias… Me gustaría fumarme un cigarro ahorita… pero no. Para atrás, ni para agarrar vuelito… Qué bueno que lo dejé, la verdad. Fue lo mejor que pude haber hecho. La verdad es que es una mierda. Una mierda a la que le dedico entre cuarenta y cincuenta horas a la semana para venderla por todo el continente… Pero yo no obligo a nadie a fumar. Simplemente estoy vendiendo un producto, estoy trabajando para vivir, como todo el mundo. No le hago daño a nadie… ¿O sí? / No. No va a servir de nada que yo me muera aquí. Mi sacrificio no va a salvar a nadie. Adam se murió y no pasó nada. De hecho se murió y todos nos fuimos derecho y sin escalas a la mierda. La muerte no le sirve a nadie. Ya ni siquiera servimos para alimentar a los gusanos, porque nos queman antes de descomponernos. / Ok. Parece que aquí está más o menos despejado. ¿Dónde guardé el papel de baño?…No, no, mierda… ¿Qué es eso? Ay, no… ¡¿Qué es eso?! ¿Qué coños es eso? ¿Es un gato? ¿Eso son… gusanos? ¿Se lo están comiendo? Ajjjjj. No, no puedo ver. No puedo ver. Qué asco… / Los nopales se comen, ¿cierto? Podría encontrar una piedra filosa, arrancar un cacto, quitarle las espinas con la misma piedra y comérmelo. Podría sobrevivir… ¿podría? / Qué puto asco. Todo se pudre. Buajjjjj. Nos pudrimos. Nos vamos a deshacer. Nos vamos a desintegrar. Nada va a durar. Nada, nada, nada. Quiero guacarear. Dios, odio guacarear. Ni pedo… voy a guacarear. / Pero esto lo tengo bien claro: quiero estar cerca de él. Quiero ser una presencia importante en su vida. Quiero cargarlo en mis hombros y sentir su olor a leche con babas y escuchar su voz y hablarle y mostrarle las cosas que me enchinan la piel. Pero no puedo llevarlo todas las mañanas a la escuela. No puedo compartir cada uno de sus días porque eso implica estar cerca de esa mujer y dejar de moverme, y eso sería como un suicidio para mí. Ya no puedo engañarme más. Tengo que ver este tema de frente, todo el tema, con todas sus implicaciones y sus consecuencias. Y tengo que encontrar la manera. Tiene que haber alguna fórmula para no quedarme sin él y para no quedarme sin mí. Y si no existe, voy a inventarla. / Es increíble: la tierra está pegada al cielo. Mira, Ali. ¡La tierra está pegada al cielo, sin intermediarios! No hay nada entre la tierra y el cielo. Son todas las cosas que construimos y edificamos las que nos hacen sentir que estamos lejísimos del cielo. Pero en realidad está ahí, nomás. En realidad es nuestro techo. / Sí… podría sobrevivir. Dijo el Jefe que igual y llovía. Tal vez sea cierto y llueva. Podría darse el milagro de que llueva y entonces tendría agua para tomar. Y si no, lo peor sería pasar la noche aquí. Podría tener suerte y que no me muerda una víbora o me ataque un coyote. Podría cruzar la noche en medio del desierto, y no sería la primera vez. / Nos vamos a pudrir. Nos vamos a marchitar. Nos vamos a desintegrar… No tenemos nada… Ya *somos* nada. Mi cuerpo ya está podrido. Es como esa guácara asquerosa que dejé en la tierra. Es eso. ¿Qué chingados nos queda? Dan ganas de morirse de una vez… Qué puto malviaje… / Pero bueno, si me ascienden este año, seguramente alcanzaría el bono. O al menos una parte… Con eso podría casi que liquidar el departamento. Lo malo es que otra vez no podría irme de viaje. Y me urge irme de viaje. ¿Hace cuánto que no hago una vacación larga? ¡Creo que hace como siete años! Uf… Tengo ganas de decirles a estos tetos que hagamos un crucero. Aunque no sé si les lata el plan. Si supieran cómo los quiero… Si estos pendejos tuvieran una remota idea de lo que yo los amo, de lo que haría por ellos, no lo podrían creer. / Si paso aquí la noche y sobrevivo, mañana llegaría caminando a alguna parte. Siguiendo el camino de piedras llegaría a alguna parte tarde o temprano. Caminando hacia las montañas… Respira, cabrón. Serénate y respira. No necesitas a nadie. Puedes solo. Tienes que poder solo. / Ah… qué rica sabe el agua. Me dan ganas de decirle a Irene que tome agua en lugar de prenderse otro cigarro. No acabo de decidir si estoy puesta o no estoy puesta… es un estado raro. ¿Qué diría mi mamá si supiera que comí peyote? A lo mejor se alegraría de que estoy comiendo verduras y no chocolates, jajajaja… / Si algo bueno tiene la muerte, debe ser el fin del miedo. Y del dolor y de las responsabilidades. Pero sobre todo del miedo. / Ya los veo. Ya veo la pared de piedras… Me salvé. ¡Me salvé! Hoy no me tocaba. Hoy no me voy a morir. Otro día sí, pero hoy no. Gracias. / Mamá. Me hizo la mejor fiesta de quince años de la historia y yo le escupí que lo hizo para lucirse con sus amigas. Pero no lo hizo por eso, lo hizo por mí. Lo hizo por mí… / ¿Cuál es la pregunta? El amor es la respuesta, dicen. ¿Qué es lo que más amo? Creo que amo las cosas que temo en la misma proporción. Como amo y temo el mar. Como amo y temo la vida misma. / Todo se está moviendo, Ali. Todo, todo. Las nubes se están moviendo. El aire. Debajo de mis pies debe haber tres universos de hormigas, de gusanos y de bichos moviéndose sin parar… Todo está cambiando, transcurriendo. Dentro de mi cuerpo y de tu cuerpo, todo cambia. Enzimas, bacterias, células, sinapsis. Es el movimiento y el cambio lo que permite la vida. / ¿Por qué me cuesta tanto pinche trabajo entregarme al placer? / ¿Qué es lo importante? Me gustaría saber qué es lo importante. Me urge. Sé que no es la chamba. Sé que no es la lana. Sé que no es mi peso. Sé que no son los güeyes. Sé que es algo más profundo, pero no sé qué es. / Cuba. Buena Vista Social Club. La cadencia de los timbales. Este cielo arriba de mi cabeza, la tierra, mis amigos, ella, mis lágrimas, la risa de mi hijo a mis espaldas, rodeando mi cuello, el canto de ese pájaro, no sé nombres de pájaros, me gustaría poder nombrarlos bien, lo mismo los árboles, pero al fin son nombres que les han dado otros. Yo puedo nombrarlos con otra cosa que no son palabras. Y por eso vale el hombre. Ahí está la valía de esta especie: en poder nombrar lo que amamos, aunque no sea con palabras. / Somos lo que pensamos. Lo que traemos rumiando en la cabeza. Si todo el día estás pensando en dinero, en chismes, en la farándula, en vengarte de alguien, en chingar, en cómo tener a la vieja de alguien o el cuerpo de alguien o el coche más verga, en lo que el otro tiene que tú no tienes, en lo que te tragaste o te dejaste de tragar, básicamente eres un ser de hueva. ¿Quién está hablando ahorita, Lorenzo? ¿Es sabiduría o es ego? ¿Es lucidez o te estás regañando? / Sobrevivimos. Todos los seres vivos sobreviven. ¿Por qué los humanos tenemos conciencia de nosotros mismos? Ni puta idea. Sabemos para qué sirve. Sirve para comunicarnos, para dar cuenta de nuestra existencia y del mundo. El lenguaje va marcándonos el paso del tiempo. ¿Pero hay un *para qué* en el orden evolutivo, si es que tal cosa existe? Imposible saberlo. Qué paradoja más cabrona: somos la primera especie que tiene conciencia de sí y del mundo, y justo somos la que lo está destruyendo. ¿Será que la conciencia humana no es evolutiva sino involutiva? Qué miedo… /¿Por qué esta búsqueda de perfección? ¿Por qué nadie tiene permiso de sentir cosas feas ni pensar cosas feas ni decir cosas feas? Me cagan estos memes motivacionales en social media que se la pasan dando consejos de cómo vivir: cree en ti. Encuentra tu pasión. Consiéntete. Date espacio. Date tiempo. Cuídate. Respétate. Sigue tus sueños. Comete errores. Agradece. Come bien. Haz esto, haz lo otro. Todo el mundo está bueno para dar órdenes y decir lo que los demás tendrían que hacer. No TENGO que hacer nada, chingada madre. Déjenme en paz. / Por lo menos traje papel para limpiarme. *Always look on the bright side of life, taran, taran taran taran…* Qué idiota. Me duelen las rodillas. Creo que me raspé mientras echaba el wafle, y creo que me clavé algo en la mano. Lo único bueno es que ya no tengo tanto frío. Hey… Hey. Hola. ¿Y tú, qué? ¿De dónde saliste, o qué? / A lo mejor por eso somos una especie tan violenta. Somos violentos porque estamos encabronados, y estamos encabronados porque sabemos que nos vamos a morir. Somos la única especie sobre la Tierra que sabe que se va a morir. Y eso nos emputa muy cabrón. En realidad lo raro es que haya gente buen pedo, sabiendo eso. / Todo se está moviendo, todo está cambiando, todo el tiempo. ¿Y qué pasa con lo que no cambia? ¿Con las órbitas de los planetas y sus lunas? ¿Con el sol que regresa cada día? Eso también está cambiando… En otra escala de tiempo, pero, eventualmente, también se transformará. Dentro de muchos millones de años, el sol se extinguirá. Y luego habrá otro, para otros. Ojalá. / La mente es cabrona. Puedes pensar lo que sea. Puedes decir lo que sea, y con un poco de astucia, convencer a alguien de lo que sea… De que apedrear mujeres es bueno, de que coger con alguien de tu mismo sexo es malo, de que eres Dios, de que eres nada… Lo loco… y lo chido… es que en realidad, uno puede pensar lo que quiera. *Lo que quiera.* Puedes dirigir los pensamientos a donde se te dé la gana. Puedes dejar de pensar una cosa en cualquier momento para pensar en otra. Los pensamientos son como burbujas de jabón que puedes hacer crecer hasta que te envuelven, o tronar con la punta de los dedos. ¡Puc! Es una decisión. Todo es una decisión. / ¿Qué pedo con este brother? ¡Y todos éstos de alrededor! Parecen hermanitos… O primos, o algo. Familia. Qué chingones están, dudes. Me gustan sus flores. Me caen bien. / Mercedes tiene que venir al desierto. Tiene que ver este horizonte con sus ojos. Los ojos de Mercedes. La que libera. Su boca de corazón. Su olor a vainilla en la mañana y en la noche. Mercedes cantando en la regadera y haciendo ritmos con los dedos en la mesa, rompiendo los huevos estrellados y convirtiéndolos en revueltos casi todas las mañanas. No puedo creer haberte encontrado. No puedo creer mi suerte. / Pero la pregunta, Irene. ¿Cuál es la pregunta? ¿Será que nadie la sabe? ¿Lo sabrá el primero de mis ancestros, del cual todos descendimos? ¿Habrá alguien en esta familia humana que sepa la pregunta? ¿La sabemos todos? / Lo mejor de tener un buen amor es que te deja espacio mental para pensar en otras cosas. Cuando no tenía amor, me la pasaba pensando en el amor. En tenerlo, en no tenerlo, en aguantar la vida sin él, en convencerme de que era feliz sin él. El otro día pinté una acuarela. Agarré las acuarelas de Alicia y pinté una ventana. / Todo lo vivo está vivo. Todo sale de la tierra y ahorita está vivo. Y todo salió de lo que estaba podrido. Tuvo que acabarse todo lo de antes para que hubiera todo lo que hay. Un día no voy a estar, un día me voy a desintegrar y me voy a deshacer y voy a desaparecer. Ni pedo. Pero mientras, voy a estar. Chingada madre, aquí voy a estar. Con todo. / Sí. La lucha es contra el ego. Contra eso que se empeña en hacernos pensar que hay trescientas cosas más importantes que querernos y beber de esta vida y de la estancia obsequiada en este portento de esfera giratoria en la que resulta que estamos los que estamos, éstos que estamos, en este momento, y no otros. / Vivimos en el reinado de la razón. La ciencia. Los argumentos. La hermenéutica. El saber. La lógica. Las teorías. Las comprobaciones. En este orden no cabe nada que no pueda explicarse. No cabe la locura, no cabe el misticismo, no cabe el <u>no</u> saber. Es agotador. / ¿Quién chingaos dijo que Dios *sabe* lo que hace? / Lo importante es otra cosa. Lo esencial. Todos lo sabemos. Todos hemos olfateado su aroma y su calor, porque si no, no estaríamos vivos. Todos hemos cuidado a alguien. A un bebé, a un padre, a un amigo, a un gato. Todos hemos deseado algo o a alguien con todas nuestras fuerzas. / *Oh qué será, que será, que anda suspirando por las alcobas…* / El mundo está lleno de sabidurías milenarias basadas en cosas más llanas. Lo elemental sucede sin razón de por medio. Como creció mi hijo en el vientre de su madre: en silencio. / Cuando alguien roba, no roba por robar. Roba porque quiere comprarle una chingadera a su novia o a su mamá. Un sicario quiere dinero, pero lo quiere para ser mirado, para ser apreciado, a veces de manera equivocada y por las razones equivocadas, pero da igual. El asunto es que nos gusta estar entre personas. Necesitamos su mirada, es el otro el que nos da sentido. El problema es que la propiedad privada nos ha limitado a cuidar solamente lo que es "nuestro". El pedo es este orden estúpido que nos ata y nos confina… / Tenemos que usar la razón para *eso*: para modular y dirigir nuestras pasiones. Para robustecernos en el amor. Para hacernos unos másters en el amor. En la armonía de nuestras aristas está la respuesta. *This is water…* / No se puede amar lo que no se conoce. Pero al menos hay que tener la voluntad de conocerlo. Eso es lo que le da color a la vida, tocarnos. Adam tenía la increíble capacidad de ver a todo el mundo con ojos compasivos. De ver la belleza en todo. De ver, carajo, a Dios en todo. Y yo lo odiaba por eso. A lo mejor por eso tenía que largarme lejos, para entonces sí poder ir y sonreírle a todo el mundo. / ¿Qué vine a hacer aquí realmente? "Alguien me habló todos los días de mi vida al oído, despacio, lentamente. Me dijo: ¡Vive, vive, vive! Era la muerte." Tengo que vivir. Eso tengo que hacer. ¿Pero cómo? ¿Cómo se supone que debo vivir? Ésta es mi película. Ésta. Yo la escribo, yo la produzco, yo la actúo, yo la dirijo. Nadie más. ¿Cómo me gustaría que fuera? ¿Por qué me da tanto miedo imaginármela? / Qué raro. Hace horas que no comemos y no tengo nada de hambre. Siempre he creído que el pedo es con mi cuerpo, pero el pedo no es mi cuerpo. Mi cuerpo nada más es un vehículo. Es mi contacto con el mundo. Con mi cuerpo estoy sintiendo este fuego, este aire, estoy oliendo esta madera quemándose; dentro de mi cuerpo hay un cacto haciendo cosas raras y locochonas. El issue con mi cuerpo no es cómo se *ve*. Es qué *siente*. A dónde son capaces de llevarme mis piernas, la voz que proyectan mis cuerdas, lo que me pasa al bailar y cuando tengo un orgasmo y cuando disfruto la comida de verdad. He vivido tratando a mi cuerpo como mi enemigo, pensándolo como algo que tengo que domar. Y no es cierto, no es cierto. Siempre digo que amo la vida. Y sí. La amo. Hasta quiero llorar de tanto que la pinches amo. ¿Cómo podría vivirla sin mi cuerpo? No podría. Sin estos ojos que ven a mis amigos, sin este corazón, sin esta piel, ¿cómo podría? / ¿Cómo hacerle el amor? ¿Como hacer para *amarla* de verdad? Mi tamaño es un pedo, mucho más allá del físico. Como soy grandote, siempre he tenido que vivir como en consonancia con mi cuerpo. Todo lo que hago tiene que ser bien cabrón, o al menos parecerlo, y eso me limita. Soy libre de cagarla nada más en mis pensamientos y poniéndolos en palabra escrita, pero no se la revelo a nadie porque me aterra verme expuesto. Es lo mismo con ella. Pareciera que el ego responde al poder, pero en realidad responde al miedo. / *Sometimes I can't believe it, I'm moving past the feeling and into the night...* A veces me sorprende ya no llorarlo. ¿Pero qué era lo que lloraba? No era sólo a Adam. Era un pedazo de mí. Era mi juventud. Adam se llevó mi juventud entre las llantas. Desde entonces no he sabido quién soy. / Tú y yo somos hijos de la tierra. Nos regalaron el paraíso, somos niños y éste es nuestro jardín. Vinimos aquí a jugar. Con los árboles y con los changos. Vinimos a comer mangos, a nadar en el mar y a deleitarnos en la belleza del cosmos. ¿Quién nos robó el paraíso? ¿Quién nos vino a decir que éste era un valle de lágrimas? ¿Un lugar donde había que chingarle y sufrir y tomarse todo muy en serio? ¿Cómo permitimos que alguien nos hiciera creer algo así? Ésta es una fiesta. Y se va a acabar. Y casi nadie está haciendo nada por divertirse. / Y luego, él... Siempre él. Siempre lejos, pero cerca. Delante de mí de vez en cuando. Como ahorita, cruzando el fuego. Para alcanzarlo tendría que atravesar el fuego... ¿Estoy dispuesta? / Lo más triste de la ciudad es no poder ver el cielo. O ver nada más cachos. Todos amamos la naturaleza, nos llama lo primitivo, aunque no nos demos cuenta. The wild. The fucking WILD. De aquí somos, chingados. ¿Por qué no podemos darnos cuenta? / "When we get out of the glass bottle of our ego and when we escape like the squirrels in the cage of our personality and get into the forest again, we shall shiver with cold and fright. But things will happen to us so that we don't know ourselves. Cool, unlying life will rush in..." / Ésta es la magia, Alicia. Ésta. Aquí. Ahorita. La magia es que no existieras y después hayas existido. Que los que estamos aquí no nos conociéramos y ahora nos queramos tanto. Que brote vida de la tierra, a colores. Que la vida sea comestible y que todos seamos tierra porque comemos de ella. / ¿Qué nos pasó? ¿En qué momento nos auto expulsamos del paraíso? Fue la ley. La ley fue la que nos jodió. Un pendejo que un día agarró un palo y dijo: "Yo tengo el palo". Y todos se chingan. Por alguna razón le creímos. Creímos que él tenía que tener el palo. Pero en realidad no es más que un pendejo con un palo, es como cuando un niño agarra todos los juguetes y te da sólo uno, el más chiquito y el más pinche, y te dice, "mira, pero éste es para ti". / ¿Será cierto que somos uno, que estamos conectados por un hilo invisible? Bueno, eso es un hecho científico.

Se llama código genético. El código genético nos une a todos, como si fuera un cordón umbilical invisible. Qué chingón. / Es desolador y es insoportable pensar en que hay niños en albergues, muriéndose en balsas, porque unos pendejos dijeron que este cacho de tierra era suyo. La pregunta interesante es: ¿era evitable? ¿Hubiéramos podido hacerlo diferente? Nunca lo sabremos, así que no, esa pregunta no es interesante. La pregunta interesante es: ¿somos capaces de rectificar? ¿Estamos a tiempo de recuperar lo que nos pertenece? / ¿Cómo iba esa canción de Nina Simone? Carajo... si tuviera mi celular podría buscarla... ahora me voy a tener que acordar. A ver... / El opuesto del ego es el amor. Y el amor es un regalo para DAR. Nada nos da más en la madre que no poder dar amor. "Donde no puedas amar, no te demores." Qué pinche cierto. / *Ain't got no home, ain't got no shoes... Ain't got no beer, Ain't got no man, ain't got no God...* / Si me atreviera a vivir lo que quiero, ¿me condenarían al fuego eterno? ¿Me condenaría Adam? El fuego eterno... Qué idea. Miro este fuego y no puedo creer que estar cerca del fuego por siempre sea un castigo. El *frío* eterno. Eso sí que sería un castigo horrible. ¿Qué papá o mamá mandaría a un hijo suyo al frío eterno? / *What have I got? I got my hair, I got my head, I got my eyes, I got my nose, I got my mouth, I got my smile...I got my liver, got my blood, I've got life...* / La música es nuestra única posible salvación. La única manifestación humana que empata la razón y el instinto y el sentimiento para hacer algo formidable. Si hay salvación para nosotros, está ahí. En el arte, pero sobre todo en la música. Porque no necesita palabras y no necesita más que un espacio en el tiempo, música amada. / Esta pulsera me aprieta, pero no me la voy a quitar. Esta vida me ha dado mucha fortuna. Mucha, mucha fortuna, y yo tengo que dar verdad a cambio. Ella se merece la verdad. Pero yo no quiero quedarme sin ella. No quiero pagar ese precio. / Confío en la resistencia cotidiana. Confío en los viejos que llevan los libros en la cabeza. En el Ave Fénix. En la brizna que susurra que el espíritu del hombre y de la mujer ha de vivir para siempre. Hay que aferrarse a este mundo con garras invisibles, y meter las manos en la tierra para quedarse en él. / Por favor, que sigamos. Hablando, escribiendo, haciendo el amor, viendo cine y leyendo libros, escuchando y haciendo música, comiendo, bebiendo y fumando como nos gusta, repudiando el maltrato a todos nuestros semejantes, incluidos los de otras especies. Bueno, salvo si se cocinan en axiote... jajajaja...

—¿De qué te ríes, teto?

—Nada. Estaba pensando que está cabrón ser conservacionista y carnívoro al mismo tiempo.

—Pues sí, está un poco cabrón. Pero nadie es perfecto...

—Pues no.

—Güey, este lugar le encantaría a mi hermano Diego.

—¿Nunca vino al desierto?

—Creo que no, al menos nunca me contó.

—¿Es fresón o sí le late experimentar?

—Es bastante fresa el güey. No creo que haya probado más que mota. Chance alguna tacha.

—¿Has acampado con él?

—Una vez, en Chacahua. Tú viniste esa vez, Karli.

—Ah, sí, es cierto.

—Es la vez que hicimos la fogata con esa madera que estaba toda húmeda y que no prendía ni a patadas. ¿Cómo se llama la madre que fueron a conseguir para prenderla y se tardaron horas? ¿Cascajo, gargajo…?

—Tasajo.

—Masajo.

—Pásate el ajo.

—Jajajaja.

—No, tetos. Era otra cosa.

—Madres, qué puestez, ¿eh?

—Yo no me siento tan puesta.

—¿No? Si te vieras la cara no dirías lo mismo.

—¿Qué tiene mi cara?

—¿Y prendió por fin?

—¿Qué?

—La fogata, en Chacahua.

—Pues algo… aguantó.

—¡Ocote! Lo que se le echa a las fogatas se llama ocote.

—Ándale, qué listo.

—¿Y eso qué coños tiene que ver con cascajo?

—Por cierto, Mauro ya se tardó, ¿no?

—¿A dónde fue?

—Fue por ramas.

—¿Solo?

—Dijo que iba y venía.

—A ver si no se perdió ese forever.

—¿Qué hora es? En cualquier momento oscurece…

—Nah, todavía queda como una hora de luz. Relax.

—Si el padre de familia dice que nos relajemos, pues relajémonos.

—Qué loco el fuego…

—¿Qué de todo, flaca?

—Pues es como un elemento muy de los humanos, ¿no? El aire, el agua y la tierra, están. El fuego hay que hacerlo. Es el único elemento que uno puede crear.

—¿Cuál fue el dios que le regaló el fuego a los hombres?

—Prometeo. Pero se lo tuvo que chingar.

—Y le fue como en feria…

—Igual que a Adán y Eva cuando se comieron la manzana prohibitiva, digo, prohibida…

—Pinches quitarrisas.

—¿Quiénes? ¿Dios? ¿Los dioses?

—No, pus más bien los dramaturgos griegos.

—Jajajajaja.

—*I got my arms, I got my hands, I got my fingers, got my legs...*

—¡Ey! Una desaparecida menos...

—¿Me extrañaron?

—¿A dónde fuiste al baño? ¿Al Quemado?

—Más o menos. Está cabrón encontrar dónde ir al baño aquí sin espinarse. ¿Y Mau?

—Todavía no regresa.

—Se fue hace un chingo, ¿no?

—¿Estás puesta?

—No sé. Esta madre está como rara. No me siento nada puesta, pero al mismo tiempo...

—... estás hasta el huevo.

—Jajajaja.

—Qué chidas son las piedras, ¿no? En los temazcales les dicen abuelitas.

—Es lo que nos decía el Jefe hace rato.

—Es loquísimo pensar todo el tiempo que llevan aquí...

—Güey, la tierra donde estás parado lleva millones de años aquí. No ha llegado tierra de ninguna otra parte.

—Pues sí...

—¿Puedo seguir hippeando del fuego?

—Por favor.

—No pidas permiso, esto es como Montessori, cada quién hace lo que quiera.

—Jajaja, ok. Es que estaba pensando que el fuego se me hace aliado del hombre muy cañón. Nos ilumina, cocina nuestra comida, fabrica nuestras chingaderas, echa a andar nuestras carcachas...

—Nos hace el paro. Quema las cartas, las fotos, los recuerdos que ya no queremos.

—Hasta se ocupa de nuestros muertitos...

—Güey, es que todo este pedo *es* fuego. El centro de la Tierra es una bola de fuego. Los volcanes, la lava... Vivimos gracias al Sol, que es una estrella, o sea una pinche bola de gases en combustión permanente.

—Para ti todo es gas, Pumba...

—Jajajajajajajaja.

—Pero cuidado... si juegas con fuego, te quemas, ¿eh?

—Te *puedes* quemar. No te tienes que quemar a huevo. Sólo si haces pendejadas.

—Además, ¿qué hubiéramos hecho si no hubiéramos jugado con fuego? No seríamos nada.

—Nada.

—Pero también nos está matando.

—¿Cómo?

—Pues con todo lo que estamos quemando, estamos calentando al planeta...

—Ya van a empezar con sus densidades… Mejor me voy a lanzar a buscar a Mau. ¿Alguien tiene una linterna? ¿Un quinqué? ¿Una antorcha?

—Claudio dice que todavía queda una hora de luz.

—Aguanta, voy contigo.

—¿Qué buscas?

—Papel. Para aprovechar…

—"Este mundo siempre fue, es y será fuego eternamente vivo." Toma, aquí está mi linterna.

—¿Eso quién lo dijo?

—Yo. Yo tengo una linterna.

—Jajajaja, no, tetacle, lo de que el mundo es fuego vivo.

—Ah. Heráclito.

—¿Ése no es el de que nadie se baña dos veces en el mismo río?

—¿Nadie se baña? Guácala.

—Jajajaja. Traducción: todo cambia, nada permanece.

—Menos la sustancia, según Aristóteles. Ésa sí que permanece.

—A mí me gusta más el filósofo Tacubo que dijo: "Si encuentras a otros que también son otros, diles que el fuego quemando va".

—Jajajajaja.

—Amigos, agua por favor…

Todos dejan de reír. Es Mauro. Lanza las ramas que recogió junto a la fogata y se desploma sin fuerzas sobre la tierra. Tiene la cara roja y está temblando, parece a punto de explotar.

—¿Dónde estabas, Mau? —Javiera se inclina hacia él.

—Te fuiste hace horas —Claudio se incorpora.

Denisse le pasa una cantimplora. Mauro bebe diez segundos seguidos y después, desde el suelo, levanta el brazo derecho y exclama:

—¡¡¡Love never dies!!!

El ambiente de pronto se carga y se llena de preguntas. ¿Está bien este cabrón? ¿Qué viaje se trae? ¿Tenemos que preocuparnos? De pronto Mauro escucha la voz de Lorenzo.

—Es verdad, mi hermano. "Love never dies". Aunque sea el tatuaje más chafa de la historia.

Hay risitas que agradecen la ruptura de la tensión. Mauro se endereza y se queda sentado sobre la tierra.

—Sí, sí. Es chafa. Es una chafez. Drácula es un pendejo. Vivir para siempre en forma humana es vampirismo y el vampirismo es una estupidez.

—De acuerdo. La sangre sabe a madres. Que viva el mezcal —dice Javiera. Todos se ríen.

—Chale, me antojaste… —dice Lencho.

—Y encima, para ser vampiro tienes que contagiar a otros, qué horror —interviene Karla.

—Deja tú eso. ¡Qué hueva vivir para siempre en forma humana! —dice Claudio.

—Sobre todo cuando tienes gastritis —añade Irene.

—Jajajajaja.

Mauro siente galopar su corazón. Ahí están sus amigos, sus voces. No está solo. Nunca lo estará.

—Me perdí de la chingada. De la chingada. Pensé que no regresaba.

—Pero regresaste con todo y ramas… ¡Héroe! —Javiera alza un puño.

—Bienvenido, man —dice Claudio.

—Voy a decir algo muy hippie. ¿Puedo? —dice Mauro.

—Vas —dice Lencho.

—¿Por qué hoy todo el mundo pide permiso para decir cosas hippies? Hagamos el pacto de que ya nadie pida permiso para decir cosas hippies —sugiere Karla.

—Va.

—Concedido.

—Hecho.

—Vas, Mau.

—El amor es el pulso de la vida, y vive para siempre. Pero ese amor colosal es el mismo que nos va a marchitar y a desgarrar y convertir en otra cosa. Porque todo tuvo que marchitarse y desgarrarse antes de nosotros para que nosotros estuviéramos aquí.

Javiera inclina una vez la cabeza, viendo el fuego. Mauro continúa:

—Pero hay que entregarnos. Ni modo, hay que entregarnos a ese amor y a esa muerte.

Lencho pone una mano sobre el hombro de Mauro.

—Así es. Pero como dijo Jon Snow: "But first, we'll live".

—"No entres dócil en esa dulce noche…debe arder la vejez y delirar al fin del día… Rabia, rabia contra la agonía de la luz" —recita Mauro.

Hay un silencio y de pronto Lorenzo añade:

—Y como dijo Robert Frost, "La poesía es lo que se perdió en la traducción".

Mauro se empieza a reír, primero con una risita incipiente; luego comienza a descoserse de risa, y de un segundo al otro, se echa a llorar con desconsuelo. No había podido llorar desde que Adam murió, y desde bastante tiempo antes. Prueba sus lágrimas como si fueran un brebaje extraño. Alza la cabeza y ve a Claudio. Sin decir nada, éste se levanta de la piedra donde está sentado y lo abraza.

—Lo extraño un chingo… —solloza Mauro.

—Yo también. Yo también.

—Fue mi culpa… no me tenía que haber separado de él. Yo sabía que no estaba chido cuando lo dejé en su hotel.

Irene y Claudio intercambian una mirada dolorosa.

—Los dos estaban hasta el dedo, Mau —tercia Lencho—. Además, ¿cómo chingados ibas a saber que Adam pensaba lanzarse a esa maldita junta después de lo que le contaste de las transas de tu papá? Tú creíste que se iba a jetear, y ya.

—Tú no tuviste la culpa, carnal —dice Claudio, grave—. Si alguien es responsable, soy yo.

Denisse se alarma. Ve que Irene saca un cigarro con angustia, como preparándose para decir algo. Se anticipa:

—A ver, vamos a dejar de echarnos culpas, ¿va? Esto no le sirve a él ni nos sirve a nosotros ni le sirve a nadie.

Irene voltea a ver a Denisse, agradecida, pero de cualquier forma dice:

—No sé si tuvimos la culpa o no. Pero hay que asumir que lo lastimamos.

Irene siente la mirada de Claudio y otra más: la de Karla. Ésta se pone de pie y busca una rama para atizar el fuego.

—¿Podemos dejar de idealizarlo, please? ¿Podemos dejar de asumir que él nunca cometió errores? Él también pudo haber lastimado a alguien, ¿nunca lo pensaron?

—No tanto como nosotros a él... —asegura Irene.

Karla echa la rama al fuego y se aleja unos pasos. Por un momento parece que se dirige hacia su tienda, pero se detiene. Irene se sorprende con su reacción, pero la atribuye al estado de sensibilidad exacerbada en que todos se encuentran. Javiera busca papel de baño y se lo pasa a Mauro, que solloza.

—Gracias a él nos conocimos.

—Por él estamos aquí ahorita —dice Lencho.

—Pero el que nos convocó fue Claudio —la voz de Irene, clara y firme.

Claudio tiene la vista fija en el gato negro tatuado en la muñeca de Mauro, por mirar cualquier cosa, por asirse a algo. De pronto revela:

—A veces siento como que... no sé. A veces siento que tengo que vivir lo que él quería vivir, o lo que a él le tocaba...

—¿Como si estuvieras supliéndolo? —pregunta Karla.

—Algo así. Y no quiero pasarme así la vida. Siempre fuimos como uno, desde chavitos, y eso en el fondo significaba que si Adam se moría, entonces yo también. Ya se murió, y no me morí. Aquí sigo. Pero ahora veo a mi hijo... que es igualito que yo, y que él... y pienso que también podría perderlo, y no puedo soportarlo. Eso sí no podría soportarlo... —la voz se le rompe.

El llanto de Claudio los contagia a todos. Irene siente su dolor físicamente, como si fuera propio; se levanta y se une al abrazo de sus amigos. Lorenzo dice:

—Todos podríamos desaparecer en cualquier momento. Todos. Pero hay que confiar en que no va a pasar, hay que confiar. No nos queda de otra. Sólo así podemos levantarnos todos los días.

Denisse se incorpora de su silla plegable y se une a sus amigos. Karla lanza la segunda rama al fuego, y después hace lo mismo.

—Oh, bueno, ¿ya es orgía? Venga, pues... —Javiera se levanta también, se deja abrazar por Denisse y toma una de las manos de Claudio, que a su vez aprieta la de Irene y la de Mauro.

—Nunca hay que dejar de querernos —suplica Denisse—. Ésta es nuestra única oportunidad.

—Nuestra única oportunidad —repite Claudio.

Y al llorar juntos, formando un amasijo de manos y brazos y lágrimas y mocos, una bola de fuego junto al fuego, todos sienten como si se les destapara algo. Algo indefinible y largamente atascado de hojas y mugre y ramas y mierda y horror. Libre al fin. Fluyendo. Así se están un rato, ni corto ni largo, hasta que Irene se desprende, secándose las lágrimas con las manos, y anuncia:

—Voy a hacer café.

44

—Madres, qué puestez.

—Ya séeeee.

—Oigan, esas nubes se ven medio punks, ¿no? —Javiera señala el cielo.

Todos levantan la vista. Karla recuerda:

—Dijo el Jefe que iba a llover.

—Nah. Ahorita se van. Está yendo rápido el viento —dice Claudio.

Irene revuelve el café de grano en la olla de peltre.

—Eso huele muy bien… —Claudio se frota las manos.

—¿Trajeron azúcar? —pregunta Mauro.

—Creo que no… —Karla busca entre las bolsas de provisiones.

—¡No mames!

—Despréndete, hermano. Despréndete del azúcar refinada y abraza la cafeína pura de Colombia —Lencho hace voz rasposa.

—Jajajaja

—'Ta madre… —se resigna Mauro.

—Güey. Me acaba de caer una gota —Denisse mira al cielo.

—Imposible —dice Lencho.

—Dos.

Mauro se pone de pie con apremio.

—Voy a poner la lona.

—¡Te ayudo! —Javiera lo sigue. Entre los dos la abren—. ¿Con qué la atoramos?

—Mira, las esquinas de acá las detenemos de la pared con estas piedras. Y las otras… las otras… —Mauro voltea hacia todos los flancos.

—Ese cacto de allá está alto —señala Javi—. ¿Traes una cuerda?

—Sí. Con la cuerda agarramos la esquina de la otra pared.

—Ya estás.

La lluvia comienza a arreciar.

—Mierda…

Denisse se levanta y corre a ayudar a Mauro y Javi. Lencho la sigue.

—¡Hay que tapar las ramas! —clama Irene.

Claudio, Irene y Karla extienden unas bolsas de basura grandes sobre las ramas e Irene alcanza a ponerle una piedra encima a la fogata antes de correr debajo del toldo que los demás justo están terminando de amarrar. En un minuto se suelta un aguacero torrencial. Empieza a granizar. Todos gritan, se ríen y se apretujan debajo del techo improvisado.

—No mames, esto va a colapsar —dice Mauro.

—Chale, el café… —se lamenta Claudio.

—¿De dónde coños salió toda esta agua? —Lencho se rasca la cabeza.

Todos ven con asombro cómo el agua penetra la tierra y la desgaja.

—Chau fogata… —suspira Irene.

—¿Fogata? ¡Chau campamento! Esto va a ser un encharcamiento perpetuo… —sufre Karla.

—Wow. Respiren esto… —Denisse cierra los ojos.

Javiera la imita y respira hondo.

—Qué rico. Es como respirar una menta gigante.

Lencho se cubre la cabeza:

—¡Pinches fuerzas de la naturaleza, cabrón!

—¡Aaaaaaaaaah, Tlálooooooooooc! —chilla Mauro.

—¡AAAAAAAAH! —gritan todos. El sonido es sofocado por los truenos que revientan el cielo.

Pasa un minuto, dos. El granizo mengua, pero el agua sigue cayendo fuerte. Javiera empieza a cantar:

—Ote coyote, ote coyote, ote coyote ¡espinado peyote!

—Chale… ¿y ahora? ¿Ya nos quedamos aquí por siempre, o qué? —Denisse se aferra al brazo de Lorenzo.

—¡Güey, vean eso! —Karla apunta al cielo.

En el horizonte las nubes comienzan a despejarse y dejan ver franjas de azul claro, con los rayos del sol del atardecer pintando de naranja y rosa el gris reminiscente.

—Qué belleza… —a Denisse se le cierra la garganta.

—¡No puede ser! ¡Miren la fogata! —exclama Irene.

Debajo de la piedra que Irene colocó en el último momento, el fuego resurge con una pequeña llama.

—No puedo creerlo. Revivió… —sonríe Irene, conmovida, y siente la mano de Claudio apretar su hombro.

De pronto, en un segundo, escampa. Mauro es el primero en salir del abrazo colectivo y emerger del toldo.

—No mames con la jefa Natura…

—¡Uf! —Claudio sale también y sacude gotas del gorro de su rompevientos. Poco a poco salen los demás. De pronto, Javiera vocea, en shock:

—NO. TE PINCHES. MAMES.

Todos voltean en su misma dirección. Del otro lado del cielo, opuesto al sol, se despliega un arcoíris completo, perfectamente definido, pintando el firmamento. Claudio se lleva las manos a la cabeza. Lencho cae de rodillas, sin más. Irene y Denisse empiezan a llorar. Karla las abraza.

—¡¿Qué es esto?!

—Dios mío.

—Éste nos lo mandaron con dedicatoria —afirma Denisse.

Karla sonríe para sí, con ambivalencia.

—Gracias, gracias, gracias, gracias...

Mauro se pone a correr por todo el terreno como un niño, con los brazos abiertos y dando de gritos, llenándose de lodo las botas y los pantalones.

—¡¿Quién tiene un celular, por el amor de Tláloc?! —suplica Javiera.

—Vale pito el celular. Ve esto, güera. Míralo —dice Lencho.

—Ninguna foto le haría justicia a este momento. Olvídalo, güey —coincide Karla.

—¡No mames! ¡No podemos *no* sacarle una foto a esto!

—El mío está en mi mochila, a la entradita de la tienda —dice Irene.

—Va —Javiera corre por el teléfono.

Mono no aware, piensa Mauro. Abraza este instante, cabrón. Abrázalo y tatúatelo en el corazón, porque es efímero. Y pasado un minuto, justo cuando Mauro cree que el instante ha transcurrido al fin, la voz de Denisse lo hace estremecerse de pies a cabeza:

—*Gracias a la vida que me ha dado tanto, me dio dos luceros que cuando los abro perfecto distingo lo negro del blanco, y en el alto cielo su fondo estrellado, y en las multitudes el hombre que yo amo.*

* * *

Para el momento en que quitan la piedra de la fogata y la reavivan con las ramas que Mauro trajo y que se salvaron gracias a las bolsas de plástico emergentes, la tierra está prácticamente seca.

—Qué impacto. ¡Cómo se chupó la tierra el agua! —dice Irene.

—Se la *tragó* —subraya Lencho.

—¿Hace cuánto escampó? ¿Diez minutos? —Karla mira con incredulidad la tierra y el horizonte despejado.

—Pus es que es el desierto. Aquí cada gota se aprovecha —dice Claudio.

—Podemos recolectar el agua del toldo —sugiere Mauro.

—Pero está sucia, ¿no? —respinga Denisse.

—La hervimos —dice Mauro.

—Wow, íralo, estás hecho todo un Robinson Crusoe —Javiera le pega con la cadera.

—Mientras no te cruzoes... —Irene lo ve.

—Jajajaja.

—A ver, rólense las tacitas... —Irene estira la mano.

—Sólo hay tres. Las compartimos —dice Lencho.

Irene sirve el café con la ayuda de un colador de mano. Al primer sorbo de café caliente, Claudio cierra los ojos.

—Ah, esto es gloria...

Da otro sorbo y le pasa la taza a Denisse.

—No puedo creer que haya sobrevivido este café.

—¿Qué pedo con la naturaleza? —dice Javi.

—Está cabrón. Es una sabia… —Karla recibe la taza.

—Pero va a su ritmo, la onda es ponerse flojito y dejarla ser —opina Irene.

Denisse vuelve a suspirar:

—Tremendo problema, ese…

—Tao… —completa Claudio.

—Mau. Me llamo Mau.

Todos se ríen.

—Tao, pendejo —se ríe—. El Tao de China. El equilibrio…

—Jajaja, ya sé, pendejo. ¿Me ayudas con el agua, o qué?

Mauro y Claudio vacían el agua restante de un garrafón de cinco litros en un par de cantimploras y con cuidado lo rellenan con el agua que cayó sobre el toldo. Después limpian la olla de peltre de restos de café y la rellenan con agua y la ponen a hervir. Cuando terminan, Claudio intercepta a Irene afuera de su tienda. Está terminando de ponerse una chamarra y el chal rojo de su tía.

—¿Qué onda? —dice Claudio.

—¿Qué onda?

—Ya casi se va a meter el sol. ¿Me acompañas a caminar?

45

Irene y Claudio avanzan por el camino de piedras bajo un cielo de colores que se va difuminando con el paso de los minutos. Aquí y allá, distraídamente, van recogiendo rocas medianas y pequeñas.

—Wow. Qué estadazo —dice Irene.

—¿Qué tal? —Claudio alza las cejas.

—Cabrón. Nunca me lo imaginé así de… precioso.

Claudio sonríe.

—O sea… súper intenso, pero como muy lúcido —sigue Irene.

—¿No te dio ansiedad el abuelito?

—Nada —Irene enfatiza con las manos.

—¿Vomitaste?

—Tampoco. Me dio un poco de náusea y bastante tos, pero nada más. Sí hay una diferencia abismal entre comer una planta y un químico…

—No dirías lo mismo si probaras ayahuasca.

—Ésa es más dura, ¿verdad?

—Sí. Ésa sí es una purga, directamente —responde Claudio—. Aunque como con cualquier sustancia, varía según cuánto te des y dónde y cómo y cuándo y con quién.

—Claro.

Avanzan unos pasos. Claudio suspira…

—Así que Mérida…

—Yeps. El miércoles. ¿Cómo ves?

—¿Por qué Mérida?

—¿Por qué no?

—Er… ¿el calor?

—Me gusta el calor.

—Ya.

—Y mi papá está ahí.

Antes de preguntarle por Raúl, Claudio asocia:

—¿Y cómo vas con lo de tu mamá?

—Raro. A ratos me cae el veinte de que ya no está y me pongo a llorar como estúpida. Es como una regadera intensa de cinco minutos que parece que nunca va a parar, y de repente se pasa.

—Como la tormenta de hace rato… —advierte Claudio.

—Ándale. La diferencia es que cuando la lluvia se calma, no sale el arcoíris después…

—¿Y qué necesitas para que salga?

Irene sonríe, nerviosa y confusa, con una coquetería involuntaria. Claudio la ve y siente una efervescencia masiva: durante años ha cruzado océanos por esa sonrisa. Esperando verla como quien espera ver los regalos debajo del árbol de Navidad en la infancia o las jacarandas en la ciudad a finales de febrero. Y sorprendiéndose cada vez que la vuelve a ver, como si fuera un milagro.

—Luego se pasa un día o un rato y ya estoy de buenas —sigue Irene—, pero pienso un chingo en ella, la traigo mucho en la cabeza. A veces hasta la oigo dándome consejos, diciéndome las cosas que siempre me decía: ponte un suéter, come algo, cuida tu dinero, ¿ya sabes? No sé… Te digo, es un proceso bien raro. Nunca pensé qué tan raro.

—Sí, te entiendo —dice Claudio, con pleno conocimiento de causa—. ¿Y entonces te vas a Mérida por tu papá?

—Pues más bien quiero ver si puedo ser una pedagoga decente, ya que fui un desastre como maestra.

—Vientos.

—¿Me estás dando el avión? —Irene lo empuja.

—¿Yo? Para nada. Creo que son muy buenas razones para irte.

—Ah, bueno —Irene se ríe.

—Pero no creo que hayas sido un desastre como maestra.

—Tal vez para los niños, no…

Irene mira una piedra de tonos mostaza que tiene en la mano. No está segura de guardarla en su bolsillo o dejarla atrás.

—Creo que la docencia fue un rollo que idealicé muy chavita, con Adam. Después como que me perdí.

—¿Y por qué sigues con eso?

Irene encoge los hombros.

—Es raro. Cuando estaba en Viena, el rato en que ya me sentí un poco mejor y estaba traduciendo y podía viajar y todo eso, sentía que algo me faltaba. Primero pensé que seguía en bajón, hasta que me di cuenta de que lo que extrañaba era estar haciendo algo por los demás. Topé que sin eso me siento rara, como incompleta.

—Ya. ¿Y por qué tienes que estudiar pedagogía para hacerlo?

Irene finalmente deja la piedra color mostaza y sigue caminando.

—No sé. Supongo que fue el mejor camino que se me ocurrió. Pero no te creas, me da miedo.

—¿Volver a estudiar?

—No tanto. Más bien convivir con mi papá después de tantos años.

—Pero lo has visto estos meses, ¿no?

—Sí, un par de veces.

—¿Y bien?

—Sí. Su mujer es rara, cocina con litros de aceite y se pinta el pelo de azul.

—¿En serio? —Claudio se ríe.

—Sí. Y quiere ser mi mejor amiga. Y mi papá es un pachecazo.

—No jodas —Claudio se ríe más fuerte.

—Lo bueno es que voy a rentar un depa, no voy a vivir con ellos. Así que si se ponen friquis, voy a estar en mi patín…

—Vale.

—Pero como que sí tengo ganas de darle un chance a la relación.

¿Y para eso tienes que irte a vivir a la misma ciudad? Claudio lo piensa pero no lo dice, y cambia el tema.

—Un día sí me gustaría ver una ceremonia huichola o rarámuri o cora en este lugar. Debe ser impresionante, ¿no?

—Uf, debe ser tremendo.

—Imagínate el viaje de una banda que tiene esta planta como centro de toda su filosofía y su forma de vida…

—Está cabrón. ¿Qué será? ¿Qué tendrá el peyote, qué les hará a estas comunidades para hacerlas tan bravas y tan resistentes cuando por siglos lo han tenido todo en contra? —plantea Irene.

Claudio lo medita:

—Yo creo que la onda es que esta planta te da una conexión tan fuerte con la vida que de eso se trata toda la existencia de esta banda: se ocupan de seguir en la vida, de estar, nomás. No de tener, no de acumular. Para ellos lo material no importa. Por eso han prevalecido.

—Todo lo contrario a los "civilizados" con nuestro "bienestar" y nuestra acumulación y nuestro suicidio sistemático —reflexiona Irene.

—Claro. Pero como todo, tiene sus claroscuros… —Claudio recoge una piedra.

—¿Por qué lo dices? —Irene voltea a verlo.

—Cuando vinimos Mauro y yo hace años, unos huicholes nos quisieron vender peyote. Traían sacos llenos.

—Pues es que la necesidad ha de estar cabrona, ¿no?

—Cabronsísima.

—Yo lo vi en Chihuahua y Adam me contó mucho de los huicholes en Jalisco. Hay mucho alcoholismo también, ¿no?

—Sí. Y es que el choque con la civilización está rudísimo. Por más que estés en otro trip, no puedes vivir aislado y en una burbuja, y la pobreza puede ser muy culera.

—Es muy triste —Irene agacha la mirada.

—Lo chido es que no son todos. La mayoría sigue respetando su tradición y la van a seguir cuidando a morir —concluye Claudio.

Irene se agacha y recoge otra piedra. Ésta tiene tonos grises, pero una interesante figura de espiral. Se lanza:

—He estado pensando mucho en lo que platicamos en los Dinamos esa tarde.

—¿Esa tarde platicamos? —dice Claudio, sugerente.

Irene mira sus botines y se ríe.

—¿Qué pensaste?

—Uf… no sé si voy a divagar mucho…

—No te preocupes.

Irene mira hacia el horizonte.

—Pues es que… ver este paisaje… es un viaje, o sea… pensaba que la mente o la religión o la civilización o no sé qué carajos nos ha separado de nuestra esencia. Somos parte integral de todo esto… del pulso de la vida. Y se siente como si todo estuviera alimentado por un amor inmenso, por una especie de esencia. Como lo que decía Mau hace rato.

—Ajá… te sigo.

—Y esa esencia no tiene que ver con reglas ni moral ni te dice qué hacer y qué no hacer. Simplemente ES.

—¿Pero entonces eso significa que podemos ser malos? —juega Claudio.

—Pues de poder, sí podemos. Nada nos obliga a ser buenos. Y eso es lo chido: ser buen pedo sin que haya Dios de por medio, sin que nada nos "obligue".

—Hay una frase bien chida de Oscar Wilde: "El verdadero misterio del mundo es lo visible, no lo invisible".

—¡Claro, exacto! —se entusiasma Irene—. Si el misterio es misterio, siempre será misterio, porque para eso es misterio… valga la rebuznancia.

—Jajajaja, totalmente.

Irene continúa, exaltada:

—Y si es misterio entonces no puede tener nombre, ni credos, ni cultos. Los cultos son las formas humanas de acercarse a lo sagrado pero no *son* lo sagrado.

—Claro.

—Y lo sagrado no se mete con nosotros. La responsabilidad de nuestras vidas es sólo nuestra —dice Irene.

Claudio suelta un largo suspiro.

—Pues sí, querida mía. Me parece que es momento de mandar al diablo las religiones y recuperar a nuestro Dios.

—Amén.

Claudio repara en otra piedra, la levanta y se la muestra a Irene.

—Mira ésta.

—Wow.

—Parece extraterrestre.

—Qué loca forma. ¡Y los colores!

Claudio la lanza, la atrapa y se la guarda en la chamarra.

—Ésta es para Ashoka.

—Chingón.

Irene eleva las manos al cielo, estirándose.

—Ay, cómo se me antoja un porrito, caray.

—A mí también. Pero está bien vivir esto en su estado puro.

—Ya sé.

Irene se guarda las manos en los bolsillos de su chamarra. El frío está arreciando. Siguen caminando pausadamente.

—No sabes cómo se alivianó mi mamá con la mota.

—Algo supe por Lencho. Me sorprende que la haya usado, siendo tan uptight…

—Pues sí, pero también venía de un pensamiento más liberal. Vio caer el muro… —dice Irene.

—El muro… Qué loco, ¿no? Con todo lo que esta humanidad ha vivido, no puedo creer que siga habiendo fronteras y policías migratorias.

—De acuerdo. El nacionalismo es retrógrado. La tierra es de todos —declara Irene.

—Más bien no es de nadie —dice Claudio.

—Eso —Irene asiente—. A mí más bien me sorprende que tu mamá siendo científica nunca se haya podido alivianar con el tema de las drogas… por lo menos con la mois.

—Pues es que el pedo es justo que es científica, ¿sabes? Cree demasiado en lo que sabe y en lo que piensa. Un científico puede tener la cabeza más dura que un religioso ultra conservador…

—Dímelo a mí, que estuve lidiando con médicos la mitad del año —dice Irene.

—Pues eso. Esa banda se casa con lo que cree. Y eso en el fondo es miedo… pánico de lo impredecible. Mi jefa siempre fue una control freak, cuando se murió mi hermano fue como si le hubieran dicho "fíjate que no, Silvita, no vives en la Tierra, vives en Neptuno y todo ha sido un sueño".

—Uf… no me lo puedo ni imaginar, qué cabrón.

—La vida se le volteó. Todititos sus esquemas.

—Pobrecita.

—Pero ahí la lleva. Lo bueno de que sea una necia es lo mismo: que es una necia.

Finalmente hacen un silencio. Miran el sol poniéndose detrás de las montañas.

—¿Veremos estrellas? —se pregunta Irene.

—No sé, creo que va a haber luna llena hoy.

—¿En serio? Qué bien. Me gusta la luna.

Claudio se detiene. La hace mirarlo.

—¿Sabes qué es una chingonería y una maravilla?

—¿Qué?

—Que podamos estar aquí, hablando de todo esto.

—Siempre se nos ha dado el güiri güiri... —se protege Irene.

—Pues sí, pero está increíble que podamos hacerlo después de todo lo que nos ha pasado, después de todo este... viaje.

Inesperadamente, Irene lo mira a los ojos y declara:

—No me arrepiento de nada. ¿Tú?

—Yo tampoco.

Claudio daría lo que fuera por besarla en ese momento, pero en lugar de eso se prende un cigarro. No quiere dejar cabos sueltos.

—Me dolió un chingo que en el funeral de Adam dijeras que él era el mejor de todos nosotros.

—No lo estaba comparando contigo.

—Lo sé.

—Pero sí me sentía muy culpable.

—Ya lo sé.

Irene saca un cigarro de su propia cajetilla. Dispara:

—Sí llevé el pasaporte a Acapulco.

Claudio sonríe.

—Lo sé.

Irene busca su encendedor. No lo encuentra. Claudio le prende el cigarro. Irene suelta el humo y confiesa:

—A mí me reventó que hayas tenido un hijo.

—¿En serio?

—¿Tú qué crees?

Claudio suelta una larga bocanada.

—Lo intenté con Liane. No te voy a mentir. Quise hacer una familia con ella.

—Era lógico.

—No, no era lógico. Pero igual lo intenté. No salió bien.

Irene baja la mirada tratando de no dejar traslucir el alivio que siente.

—Cuando fuiste a Viena... ya la conocías, ¿verdad?

—Sí.

Irene siente un aguijonazo en el centro del cuerpo, pero es un dolor que agradece. Es el dolor inevitable pero pasajero de la verdad, la cual actúa como un bálsamo porque acompaña la promesa tácita de que no habrá mentiras, y la ayuda a confiar. En el horizonte lejano, el sol se despide iluminando las curvas de las montañas.

—No sabes cómo me he torturado todo este tiempo por haberte contado lo de Adam allá, esa vez. Lo de la llamada a tu mamá y todo eso. Fue una chingadera decírtelo. No necesitabas saberlo —se lamenta Claudio.

—Sentí como si quisieras deshacerte de mí.

—Para nada. Nunca he querido deshacerme de ti. Nunca.

Irene reconoce:

—A veces pienso que estuvo bien. A la larga creo que me ayudó a salir del hoyo.

—Necesitábamos una decompresión —admite Claudio.

—Sí. Además creo que esa visita no hubiera salido chida de todas formas —Irene da una larga calada—. Yo también la cagué. Sentí que teníamos que definir todo. Que teníamos que retomar lo de los Dinamos, pero no estaba lista.

—Ninguno de los dos estaba listo.

—No vayas a pensar que soy una freak, pero sentía que Adam nos estaba viendo —confiesa Irene—. Así me pasé un ratote. Es como si con su muerte se hubiera vuelto… omnipresente.

—¿Como Dios?

—Sí, algo así.

—Yo sentí algo parecido ahorita con la lluvia, pero chido —dice Claudio.

—¿Qué sentiste?

—Cuando vi ese cielo, ese arcoíris, de pronto estuve completamente seguro de que por encima de todo, Adam nos quiso un chingo a los dos. Y ahorita lo único que querría es que estemos contentos.

Las lágrimas brotan sin que Irene las llame.

—Yo también lo creo.

Se abrazan de pronto, en una sincronía inesperada, como magnetizados.

—Quiero que sepas que no creo que tengas congelada el alma —dice Irene.

—Vale…

Irene se separa un poco:

—Debe ser difícil vivir pensando… debe ser rudísimo ser el que sobrevivió.

—No sé cómo no me volví loco —Claudio se quiebra.

Irene vuelve a abrazarlo.

—Yo creo que porque ya estabas.

Claudio se ríe entre lágrimas, prensado de ella. Cuando se separan de nuevo, él sostiene el rostro de Irene entre sus manos y ella el de él. El sol está a punto de meterse.

—¿Entonces? —pregunta Claudio.

—¿De qué?

—¿De qué, o qué?

Se ríen.

—Pues aquí estamos, ¿no? —responde Irene.

—Pues sí. Aquí estamos.

Irene se suelta. Lo abraza por la cintura y adelanta un paso de vuelta al campamento.

—¿Vamos?

Él rodea sus hombros.

—Vamos.

Caminando de regreso, los abraza la noche.

46

—Uta, qué maravilla… —suspira Denisse.

—*Muy* —Javi cierra los ojos.

—Qué silencio… —dice Karla.

—A mí la neta me hubiera gustado traer mi guitarra.

—¿Y por qué no la trajiste, Lench?

—No mames, Karla. ¡Tú fuiste la primera que me dijo que no cabía! Todos me dijeron que no cabía.

—Está bien el silencio —opina Mauro.

Sin replicar, Lencho cierra los ojos y deja que el calor le acaricie el rostro. Los cinco están sentados en torno al baile hipnótico del fuego. Sin abrir los ojos, Lorenzo pregunta:

—¿Dónde están Irene y Claudio, eh?

—Fueron a caminar —Denisse intenta sonar casual.

Cric. Cric. La fogata cruje.

—¿Qué pedo con esos dos, eh? —aventura Javiera.

—¿Qué pedo de qué? —se adelanta Denisse.

Mauro se hunde en la silla, sin decir una palabra.

—Güey, ya que alguien confiese por favor que vibra algo o que sabe algo y que yo no soy la única loca aquí —dice Javi.

—¿Algo de qué? —Karla está sinceramente confundida.

—Güey, pues de cómo se han llevado siempre esos dos. Claudio fue a verla a Viena…

—Porque son amigos y estaban en el mismo continente —Denisse intenta cubrir a Irene.

—No estaban en el mismo continente, güey. Irene estaba en Europa y Claudio estaba en *Asia* —dice Javiera.

—Bueno, estaban del mismo *lado* del mundo —se esfuerza Denisse.

—Siempre han tenido una mega conexión. Si se gustaran no tendría nada de malo —insiste Javiera.

Karla cambia de postura. Mauro se empina una cantimplora con agua.

—Javi, no mames… —Lencho se ríe, incómodo.

—¡Qué! ¿Cuál es el pedo con que la gente se quiera? El pedo es que la banda NO se quiera. Mucha banda *no* se quiere. Si la gente se quiere hay que echarles porras, no mierda.

—Sht, ya. Ahí vienen… —susurra Denisse.

Irene y Claudio se aproximan a la fogata. Vienen riéndose de algo. Denisse y Mauro los ven, suspicaces.

—Extrañaba cabrón acampar —comenta Denisse.

—Yo también. Hace años que no estaba así nomás, sentada, viendo el fuego sin hacer nada —dice Javi.

—¡Sin ver el pinche teléfono! ¡Gracias! —Denisse junta las manos.

—Güey, sin impactos publicitarios —dice Lencho—. Qué descanso para la mente.

—Shhh… el silencio. Escuchen el silencio —les pide Mauro—. Se oyen las entrañas de la Tierra…

—No mames, eso sí que sonó copal —se ríe Claudio, llegando a la fogata.

—Eso sí que suena infinito y santo… —Irene le revuelve el pelo a Lencho. Todos se ríen.

—Oh, que la chingada. Ya no hay respeto de nada, carajo —masculla Lorenzo.

—¿Queda alguna sillita? —Claudio estudia el lugar.

—Siéntate, carnal —Lencho se levanta.

—No, no. Ahorita me jalo una piedrita.

—No, en serio. Quiero estar parado un rato. ¿Tú no quieres sentarte, Irene?

—Gracias.

—Shhhhhh, escuchen —pide Mauro.

Todos obedecen. Dos minutos más tarde, Karla cuenta:

—Cuando estaba embarazada de Alicia, me acuerdo que me sorprendía mucho pensar que yo no tenía que hacer *nada* para que se fabricara ese bebé. O sea, tenía que comer y no morirme, y ya. Pero me alucinaba pensar que todo… sus uñas y sus pestañas y sus manitas y todo… se estaba formando solo, sin que yo moviera un dedo… incluso a pesar de mí.

Claudio está a punto de decir algo, pero es Irene quien de pronto recita:

—"Todo se hace en silencio, como se hace la luz dentro del ojo."

Claudio voltea a verla, gratamente sorprendido.

—Qué cursi y qué chingón es ese poema —dice Mauro.

—¿A poco te gusta Sabines, Mau? —Irene intercambia una mirada tímida con Claudio.

—¿Por qué no me iba a gustar?

—No sé, pensé que eras más… exquisito.

—Sabines es exquisito. Es delicioso, es sabrosísimo. Claudio me lo presentó.

—¿Y tú cómo lo conociste, López? —pregunta Karla.

—Pues fue cagado. Me lo presentó un peruano en un hostal de Cusco. Me decía: "¡No puedo creer que seas mexicano y no hayas leído a Sabines, hueón!".

—Jajajaja.

—Cuando me fui a Viena sobreviví gracias a una peruana que había cuidado a mi tía —cuenta Irene.

—¿Rosa? —recuerda Denisse.

—Sí. Los peruanos son unos chidos —afirma Irene.

—Este peruano se acabó chingando mi cámara —Claudio encoge los hombros.

—No jodas…

—Pero a cambio me dejó a Sabines, así que se lo perdono.

—Jajajaja.

Mauro se levanta de su silla para calentar agua en la olla y enjuagar las tres tazas.

—¿Que dirían nuestros papás ahorita si nos vieran aquí? —dice Denisse.

—No sé. Y me da idéntico —Javi parte en dos una ramita.

—Tus papás seguro sí lo hicieron, güera… —sugiere Lencho.

—¿Peyote? Nah. Su fiesta ochentera era de puro ron y coca.

—¿Cola?

—Ajá —Javiera ladea la cabeza, inocentemente.

—Jajajaja.

Claudio se abre un frasco de jugo de durazno y recuerda algo que le da risa:

—En Cuba, el refresco de cola se llama TuCola.

Un segundo después, Mauro suelta una trompetilla y dice, con acento cubano:

—Dame TuCola.

—Quiero TuCola —dice Lencho.

—Jajajajajaja.

—Qué rica TuCola —dice Claudio.

—Yaaaaa, tetos —Denisse se carcajea.

—Sabrosssa TuCola —dice Javiera.

Irene y Karla empiezan a llorar de risa. Lorenzo se levanta y baila:

—Quiero tomal de TuCola.

Cinco minutos más tarde, cuando el chiste ya dio tres vueltas y se terminan las carcajadas, Javiera se levanta, toma una bolsita de nueces de una canasta con galletas y botanas, y la abre:

—¿Quién fue el primero de nosotros que se salió de su casa?

—Creo que Claudio, ¿no? —Karla voltea a verlo.

—Cumpliendo dieciocho me corrieron los culeros —afirma él.

—Yo a los veintiséis —dice Irene—. Ya huevoncita, y medio a fuerzas…

—Yo por ahí, también —dice Karla.

—No está mal. Hay gente que se sale a los treinta y dos… ¿verdad, Mau? —Lencho le da un empujoncito.

—Más vale tarde que nunca, brother —Mauro revuelve la bolsa de las provisiones en busca de enseres y especias.

Javiera se sienta junto a Denisse y le muestra la bolsa de nueces:

—¿La compartimos? —Denisse asiente. Javi abre la bolsa y dice, con autoparodia—: Ahora nada más falta que me salga yo. Ooootra vez…

Risas.

—Adam nunca dejó de vivir con sus papás, ¿verdad? —Denisse toma un puñado de nueces de la bolsa, viendo a Claudio.

—Pues era más su oficina que otra cosa… en realidad al final su base estaba en Puebla.

Lencho, que está sentado junto a Javi, también mete la mano en la bolsa de nueces.

—¿Qué edad tenía cuando…?

—Veintisiete —se anticipa Irene.

Mauro revuelve el contenido de la olla de peltre y murmura:

—Madres. El club de los veintisiete…

—¿Cuál es ése? —Javi muerde una almendra.

Lencho enuncia:

—Janis Joplin, Jimi Hendrix, Kurt Cobain, Jim Morrison, Amy Winehouse…

—Y varios más —termina Mauro.

—Ah, sí, sí, ya ubiqué —dice Javiera—. Pero ésos se murieron por atascados, ¿no?

Un silencio.

—Adam era un atascado en la vida. La neta… —Karla expresa lo que todos están pensando.

—Bueno, me refiero a ser atascados de alcohol y drogas —aclara Javi.

Otro silencio. Nadie se atreve a decir más. Karla percibe la tensión y desvía el tema:

—Más bien es la *crisis* de los veintisiete, ¿no? Es una edad súper cabrona.

—¿Justo los veintisiete? —duda Javi.

—Bueno, alrededor de… —dice Karla.

Lencho agarra más nueces:

—Pues es como el momento de la verdad, ¿no? Ya terminaste la carrera…

—También es cuando le entras de lleno a la chamba —Denisse trata de pescar un arándano en el cuenco de su mano.

—Mucha gente empieza una familia… —dice Claudio, con ambivalencia.

—Pero aparte de todo eso… como que es la primera caída, ¿no? Es como la pérdida de la inocencia versión adulto —Lencho vuelve a meter la mano en la bolsa de nueces.

—Ándale. Pérdida de la inocencia total. Cuando te das cuenta de que no porque te hayas sacado puros dieces y te hayas casado con tu novio de la prepa, la tienes asegurada —dice Karla.

Irene y Javiera se miran, aludidas. Javi se defiende:

—Güey, ¿topan a Elisa Gutiérrez? Se casó con su novio de la secundaria, tiene tres niños y es *muy* feliz. También pasa, ¿eh?

—Sí, pero lo más emocionante que le ha pasado en su vida sigue siendo la fiestecita donde su esposo le llegó —dice Denisse.

—Jajajajaja.

—El pedo es que a esa edad como que ya no tienes *derecho* a cagarla, ¿no? Se supone que ya elegiste todo bien y que ya tienes que saber de qué se trata tu vida —Mauro le echa hierbas a la olla.

—… Porque tus papás ya lo tenían súper montado a esa edad —completa Claudio, y remeda un acento ranchero—: "Yo ya tenía ocho hijos y una huerta a la edad en que tú no sabes si cambiarte de carrera, mijo".

—Yo ya sabía matar reses a la edad en que tú no sabes ni escribir "res" —dice Lencho.

—Jajajaja.

—Yo ya me hacía chaquetas cuando tú no sabes ni ponértelas —Mauro revuelve la olla de peltre.

—Jajajajaja, qué teto —Denisse se troncha.

—El problema es creer que tenemos que ser todos igualitos, cuando somos como los pinches… cactos —dice Javiera.

—¿Cómo? —se interesa Irene.

—Pues así, todos diferentes y locochones. Hace rato me viajé con eso. Hay chiquitos, altos, solitos o en familias de muchos... con los brazos así, o para todos lados... —hace la mímica.

—Con sus florecitas de colores —sonríe Irene—. O sin florecitas.

—Pues complejos, pues, ¿no? —complementa Lencho—. Todos vamos en direcciones diferentes, pero queremos que todo sea lineal y predecible, con formulitas. Y pus no.

—¿Pero queremos, o alguien *quiere* que seamos así? —propone Mauro. Nadie responde a lo que de pronto resulta obvio. Karla continúa:

—Pues sí. Ahí es donde mucha banda se queda en vidas tristes o chafas, porque creen que sólo hay *una* manera y que no tienen derecho a tomar otro camino o a cambiar de opinión sobre la marcha —apunta Karla.

—"Not all those who wander are lost" —recita Lorenzo, meditabundo.

—Máster Tolkien... —Mauro inclina la cabeza.

Al cabo de un minuto, Irene señala la olla:

—¿Qué estás haciendo, Mau?

—Estoy haciendo un té.

—¿Un té de qué?

—Un té de-sierto.

—Jajajajaja.

—Wow, ¿a ver? —Javiera se asoma a la olla—. No jodas. ¿Es un té de peyote?

—Así es. Con lo que sobró.

—¿Y eso no nos va a poner hasta el socket? —dice Javi.

—Aclaración. Ya estamos hasta el socket. Nos va a *mantener* hasta el socket —dice Mauro.

—Uf, venga —Claudio se frota las manos.

Denisse emerge de sus pensamientos de pronto:

—Pero Kurt Cobain, Janis y Amy y todos esos güeyes "chambeaban" en algo que les encantaba y de todas formas valieron madre —observa.

—Pero todos tenían unos papás y unas historias del terror —dice Karla.

—Como quien dice, no hay malas decisiones, sólo papás de mierda —sugiere Lorenzo.

—Jajajaja.

—A Godainz también se supone que le mamaba lo que hacía en Walmart, y también le fue de la chingada —comenta Javiera.

—Sí es cierto, ¿qué fue de ese güey, eh? —pregunta Irene—. Sólo supe que se casó con Gely.

—Pues el resumen es que se volvió un pedocles y se acabó divorciando y sin chamba. Todo le salió mal... —Javiera mira sus uñas.

—A lo mejor no todo le *salió* mal. A lo mejor el güey después de este putazo da un giro hacia algo más chido —dice Karla.

—Esto no se acaba hasta que se acaba. ¡Hasta el último minuto tiene sesenta segundos! —vocea Claudio, imitando la voz del Perro Bermúdez.

—Jajajajaja.

—Mírenme a mí, chavos. Hace un año nadie daba un peso por mí y ahora yo les entrego… té desierto —Mauro levanta una taza y el colador con parsimonia, disponiéndose a servir.

—Uf… —Claudio vuelve a frotarse las manos.

—Vénganos tu reino —aplaude Lencho.

—A ver, rola… —Javi se acerca a Mauro.

Mauro comienza a servir el té, Javiera lo ayuda.

—Pues salud por los treintas —Karla levanta una taza en cuanto la recibe.

—Salud. Sobrevivimos —dice Lencho.

—Sobre todo Karli, que es la única de nosotros que está hallada en sus treintas, ¿verdad? —Irene ve a sus amigas.

—¡No es cierto! —exclama Karla.

—Sí es cierto —dicen todos a un tiempo, y se ríen.

—Oh, bueno…

—Yo estoy halladísimo en mis treintas, la neta —dice Mauro sin una pizca de ironía, y le entrega una taza a Lencho, quien replica:

—Uy, sí. Sobre todo tú.

—Búrlate. Pero resulta que yo poseo el secreto de la felicidad y de la eterna juventud.

—¿Ah, sí? ¿Y cuál es? —Irene recibe otra taza.

Mauro deja la olla sobre la parrilla y responde con seriedad:

—El secreto de la felicidad y de la eterna juventud es hacerle caso a lo que uno desea con toda su alma.

Nadie se ríe. Lorenzo rápidamente salta a la ironía:

—Chale. Deseo con toda mi alma… un fitupish. ¡No hay! Mierda…

Todos se ríen. Irene se levanta para servirse agua. Claudio se para poco después para tirar su botella de jugo en una bolsa de basura. En su silla, Denisse junta las manos:

—Deseo con toda mi alma un koala albino que cante *no sé túuuu…*

Claudio sonríe con las carcajadas en la fogata y le pregunta a Irene, en corto:

—¿Y tú?

—¿Yo qué quiero? Vieja pregunta, ¿verdad…? —Irene abre el garrafón con inquietud—. Pues… todavía no sé. Pero creo que ésa es *la* pregunta —se detiene y posa sus ojos en los de Claudio.

Javiera, que está cerca, los escucha. Suspira y empieza a cantar, engolando la voz:

—*No se túuuuu, pero yo no dejo de pensar…*

—A ver, *tú*, rólate la tacita —pide Lencho.

Javiera bebe y se la da, acerca sus manos al calor, y luego el trasero. Empieza a bailar y a aplaudir mientras canta:

—*Fuego, mantenlo prendido, fuego no lo dejes apagar…* Yo la veldá, eso es lo único que deseo, mihelmano.

—Quiero TuCola —bromea Lorenzo.

—Dame TuCola —Irene se sienta.

Risas.

—¿Un cigarrito, please? —pide Javiera.

Karla se lo pasa. Irene bebe de una taza térmica.

—Mmmmm. Está rico esto, Mau. ¿Qué tiene?

—Mielecita, té de hierbabuena, algunas especias campiranas que me encontré…

—Si te dedicas a fabricar tecitos podrías independizarte —sugiere Denisse.

—Es buena idea —dice Javi—. ¿Cómo se llamaría esa profesión?

—Teólogo —dice Claudio, sin sentarse.

—Duuuuuh.

—Jajajajajajaja.

Karla se acerca a la fogata y mueve unas ramas.

—¿Cuánto hay que tomar? —quiere saber Denisse.

—Lo que necesites, ahí vele calando. Nomás que cuidado, ¿eh? Porque saca verdades… —advierte Mauro.

—¡Auch! —salta Karla.

—¿Estás bien? —Claudio voltea.

—Sí… me voló una brasita…

—Aguas.

Lorenzo levanta la vista hacia el cielo.

—No hay estrellas.

Denisse lo imita:

—Está raro, ¿no?

—Se me hace que hay nubes… —deduce Irene.

—¡¿Va a volver a llover?! —Javiera voltea hacia arriba.

—Nah. Imposible —dice Claudio.

—Eso dices siempre y no es cierto —se ríe Irene—. Ya no te voy a creer.

Claudio se sienta en una piedra del otro lado de la fogata, porque la silla junto a Irene la ocupa Karla.

—¿Puedo decir algo hippie? —solicita Irene de pronto.

—Que síiii —dicen Karla y Denisse a un tiempo, y se ríen.

—Ok. ¿No tienen la sensación loca de que el mundo se va a acabar? —dice Irene.

—Sí se va a acabar —dice Mauro—. Algún día.

—Pero se los digo neto. ¿No sienten que vamos en chinga? Vivimos más tiempo que nunca, pero igual traemos una pinche prisa…

—Así es —dice Mauro—. Nos daría tiempo de hacer tres carreras y de ser unos pinches… científicos y artistas del Renacimiento, y en lugar de eso la banda se pasa la vida entera trabajando en… *ventas*.

—Pero en chinga, corriendo todo el tiempo —dice Irene—. La presión nos está haciendo tronar.

—*Under pressure…that burns a building down, splits a family in two, puts people on streets* —canta Lorenzo, bajito.

—Y mucha gente ni siquiera tiene trabajo fijo, ¿eh? —Denisse ve a Mauro.

—Eso está más chido, por lo menos te las tienes que ingeniar, la vida es más emocionante.

—Emocionante cuando no tienes que dormir en la banca de un parque... —arguye Denisse.

—O sea... ¡cuando nosotros nacimos no había ni internet! —Irene vuelve a su tema, sofocando la discusión en ciernes.

—Qué viejos somos, no mames —Javiera niega, cubriéndose la cara.

—Hasta escuchar música se hacía más lento —dice Lorenzo—. ¿Les tocaron los cassettes?

—¡Claro! Te tardabas horas en buscar las rolas —dice Claudio.

—A mí me encantaba grabar cassettes del radio. Todavía guardo unos —dice Karla.

—¡Yo también! —Irene choca su mano. —¿Y qué tal ir a revelar el rollo de fotos?

—No, recibir una carta en el correo. Una carta escrita en *papel* —dice Mauro.

—Eso era lo más emocionante jamás —afirma Lencho.

—Pero no es que el mundo vaya más rápido —dice Mauro—. Es el capitalismo que nos contagia su acelere. Hay que sacar todo el varo, rápido y como sea —chasquea los dedos—, hay que quemar todos los putos fósiles, hacer la arquitectura chafa, todo chafa, porque ya no hay tiempo de hacer las cosas bien. Con edificios de cientos de departamentitos igualitos para las abejas trabajadoras.

—Pues sí, pero así es... —dice Denisse.

—No *es* así —depone Claudio, firme—. Todo eso nos lo hemos inventado. Tú no te llamas Denisse, no naciste llamándote Denisse, te pusieron así. Yo no nací llamándome Claudio. Esto no "es" una piedra. Se llama piedra aquí y... otra cosa rarísima en noruego. Todo son pinches... construcciones artificiales. El lenguaje, las leyes... Nosotros solitos cavamos nuestro hoyo y nos metimos.

—Exacto. Nos fabricamos un muñequito vudú y nos asfixiamos con él —dice Mauro.

—Estaría chingón un reset —Javiera mira su cigarro.

—Estaría increíble —dice Mauro.

—Pues sí, pero ya no podemos volver atrás. Tenemos que partir de aquí, de lo que hay ahorita —opina Karla—. Hay muchas cosas horribles y hay muchas cosas chingonas también.

—De acuerdo —dice Denisse—. Además, a mí sí me gusta mi nombre.

—Jajajaja.

—A mí también —Lorenzo le guiña un ojo—. Y además está chingón que existan las palabras. Poder usar las palabras precisas, las que *son*. Aunque sean inventadas. Por ejemplo, decir que este tecito está...

—Calientito.

—Rico.

—Sabroso.

—Ponedortz.

—Yo diría *sublime* —Lorenzo se sirve más té.

Mauro sonríe, ufano.

—Yo creo que todo nuestro ritmo interno se fue al diablo con la luz eléctrica… —Irene le acerca su taza a Lorenzo.

—¿Por? —Lencho le sirve.

—Cuando empezamos a vivir desafiando los tiempos del sol. Él es el que ha marcado las pautas de la vida siempre. No podemos ir más rápido ni más lento que eso.

—No, pues se me hace que entonces ya valimos madres… —opina Javi.

—Jajajajaja.

—Pero antes de extinguirnos, bebamos té desierto —Claudio alza su taza.

—Y luego seamos adultos independientes e instalemos páneles solares —dice Denisse.

—Eso, jajajaja.

—Salud —brinda Lencho—. Por el amor.

Los que tienen tazas las juntan, y todos añaden:

—Por el amor.

Los siete se miran y se sonríen, enamorados.

—No está mal este tecito, ¿eh? Nada mal… —Claudio se termina el contenido de su taza.

—Creo que está empezando a llover otra vez… —nota Mauro.

—Noooo.

—Sip. Ya me cayeron como cuatro gotas —dice Irene—. Cinco. Seis…

—¿Qué pedo con la lluvia? —vocifera Denisse.

—Yo no quiero mojarme. Ahí se ven —dice Javi, y se encamina a su tienda con pasos rápidos.

—Yo tampoco. ¡Tapen el té desierto! —exhorta Mauro, y se va corriendo detrás de Javiera.

47

Javiera y Mauro se meten en la tienda que Javi va a compartir con Irene y la cierran. Segundos después se escucha la tormenta rompiendo sobre el techo y los gritos y las risas histéricas de los demás, afuera:

—¡Al toldo! ¡Al toldo!

—¡No! ¡A la tienda!

—¡Tapen las ramas!

—¡Aaaaaaaa!

Javiera y Mauro se ríen y encienden la linterna.

—¿Qué pedo con la lluvia? Es octubre en el fucking desierto de San Luis Potosí —dice Mauro.

—¿Será el cambio climático?

—Quién sabe. Espérate. Se me está clavando algo en la nacha.

Mauro busca debajo del sleeping bag. Lo saca. Es una plancha para alaciar el pelo.

—¿Esto es tuyo?

Javiera se hace pato.

—¿Te trajiste el salón de belleza al viaje?

Javiera le arrebata la plancha.

—Güey, después de lo de Adam voy peinada y con calzones decentes a todas partes.

—¿Por qué, o qué?

—¿Qué tal que me muero y me encuentran con los chones más feos de todo mi pinche cajón?

Mauro se despatarra de risa.

—Pero si ya te moriste vale pito, ¿no?

—Nunca vale pito, guapo. Nunca.

—Jajajaja, pinche Javiera.

Mauro estira una mano para tocar su pierna en ademán fraternal, pero al hacerlo, una oleada de energía sexual lo electriza. Despega la mano de inmediato y disimula.

—¿Cómo estás, Javiruchis?

—Estoy muy bien. Muy bien. ¿Tú?

—A toda madre.

—Qué bueno, Mau.

—Está chido el peyotito, ¿no?

—Tiene un ascenso súper suave. No me di cuenta de que estaba puesta hasta que… —se corta.

—¿Qué?

—Nada. Hace rato me pasó algo súper fuerte… de lo más cabrón que me ha pasado, te lo juro.

—¿Qué cosa?

—Fui a mear y vi un bicho muerto.

—¿Un armadillo?

—No. Creo que era un coyote, o un gato, no sé. Estaba todo carcomido y desfigurado. Tenía gusanos.

Mauro se estremece.

—Uf. Ver algo así en este estado debe ser fuerte.

—Pero estuvo bien. Tenía razón el Jefe. Esta vaina es tal cual como un abuelo. Te da el zape que necesitas, te hace ver lo que tienes que ver.

—¿Y qué fue lo que viste?

Javi guarda silencio y le devuelve la pregunta:

—¿A ti qué te pasó allá afuera? Cuando fuiste por las ramas. ¿Por qué no volvías?

—¿Te preocupaste?

Javiera se mira las uñas. Tiene un pellejo temerario en el dedo gordo de la mano derecha.

—Yo siempre me preocupo por ti, baboso.

Mauro sonríe. Le quita un mechón rubio de la cara. Su rostro lo hace estremecer, es demasiado hermoso. Tiene que ver para otro lado.

—Igual y me pongo a modelar ropa interior —dice ella de pronto.

—Ah, caray. ¿Y a comer tallos para que te salga flaca la rodilla en la foto, o qué?

—Cómo chingas —Javiera sonríe sin querer.

—¿Y se te antoja?

—Se me antoja acabar de pagar las tarjetas y salirme de la casa de mis papás. Mauro suspira:

—Ay, el pinche Monstruo…

—¿El qué?

—El Monstruo. El mundo de la explotación y el dinero. Este pinche camino de… insatisfacción eterna. ¿Cómo nos salimos?

—Ya sé. Es como un faking calabozo.

—Una mazmorra maloliente —dice Mauro—. Lo bueno es que ninguno de los dos nos hemos adaptado.

—Estamos de la verga los dos. No tenemos remedio —se ríe Javi.

—Jajaja… sí, somos un desastre.

—Si por lo menos fuéramos explotados como tú dices, pero haciendo algo que nos mame…

—Ey.

—Al menos así explotaríamos felices, como palestinos.

—Jajajaja… pinche loca.

—¡Loco tú! Repartiéndoles hostias a los transeúntes.

—Eso no lo hice, pero hubiera sido buena idea…

Javi no se ríe. Mauro la mira serio, casi solemne:

—Eso ya no va a volver a pasar.

—¿Cómo sabes?

—Güera, tú no vas a tener que volver a preocuparte por mí. Te lo prometo.

Javiera lo mira de reojo mientras intenta arrancarse el pellejo del dedo gordo con los dientes.

—Déjate eso…

Mauro le quita el dedo de la boca, rabiando por meterlo en la suya. No puede disimular más, lanza un pase directo:

—No mames, Javi, estás igual que cuando nos metimos ajo por primera vez.

—¿Cómo? —se ríe ella.

—Tienes como un glow en la cara impresionante. Todo te brilla. Te brilla la piel, te brillan los ojos…

—Qué buena estuvo esa vez… —elude ella.

—¿Todavía te acuerdas?

—Claro. Fue en Ixtapa. Estabas cagadísimo. Se te salía la lágrima por aquí y la baba por acá —Javiera lo imita.

—Cómo nos reímos.

—Como poseídos.

—Güey, yo escucho "A day at the beach", y lloro. Es más, no puedo escuchar "A day at the beach".

—¡Qué cursi, Mau!

—Oh, ¿qué hago?

Javiera se ríe. Mauro toca su mejilla:

—Güey, no puedo creer que no me dejaste morir después de todas las mamadas que te hice.

Javi lo mira.

—Tú no has entendido que yo te adoro, ¿verdad, cabrón?

—Pero no volverías a darme un beso...

Javi baja la mirada y se ríe, ahora con nervios.

—No le darías un beso a un exadicto indigente. Aunque haya cumplido con mi parte de la apuesta...

Javi voltea a verlo, sin sonreír:

—No le daría un beso a un idiota que se siente más que los demás.

Mauro traga saliva.

—Ya no soy ese güey.

—Siempre serás ese güey.

—No. Ya no somos los mismos.

—Claro que somos los mismos. La gente no cambia.

—No, pero sí. Si no hubiéramos aprendido nada después de todo lo que nos ha pasado, mejor que nos maten, ¿no?

—Eso sí —admite Javi.

Se quedan callados un momento, escuchando la lluvia. Mauro le jala una esquina del suéter.

—Ey...

Javiera voltea a verlo. Mauro enreda su mano en la suya. Está dispuesto a tirarse de cabeza.

—¿Entonces? ¿Qué crees que pasaría si nos volviéramos a tocar?

—¿Qué pasaría de qué?

—¿Tú crees que nos reconoceríamos?

Se miran intensamente. Javiera no puede creer que se le esté cruzando por la cabeza volver a besar a Mauro. Cuando comenzó este viaje, jamás se imaginó que algo así podía pasar. ¿Y si mañana resulta que todo esto fue un alucine por culpa del té desierto?, piensa. Pero no, es demasiado real, se responde. Es más real que cualquier cosa que he sentido.

—Yo estoy seguro de que reconocería tu boca de inmediato —dice él, con el corazón desparramado encima del sleeping bag.

—¿Como si volvieras a andar en bicicleta? —bromea ella, pero sin despegarle la mirada. Están a milímetros de distancia.

—Como si volviera a volar.

En ese momento se abre el cierre de la tienda. Es Lencho y está empapado.

—Denme posada, piedad. Mi tienda se dobló.

534

—¡No! ¿Neta?

Javiera se recorre para hacerle espacio a Lencho, quien entra dando tumbos y haciendo sonidos guturales de oso torpe mientras se quita las botas y las deja fuera de la tienda.

Mauro se siente como un niño de tres años obligado a compartir su juguete favorito, patalea por dentro pero se aguanta.

—¿Qué es ese desmadre allá afuera? —pregunta Javi.

—Ah. Irene y Claudio están brincando en los charcos como Peppa Pig —Lencho se acomoda sobre la colchoneta de Javi.

—¿Y Denisse y Karla?

48

En la tienda grande, Denisse termina de inflar su colchón y de acomodar sus cosas en el cubículo donde va a dormir, y sale a la pequeña área común. Se encuentra a Karla sollozando en la oscuridad, viendo llover.

—¿Qué pasa, Karli? ¿Estás bien?

—Sí, sí. Estoy increíble. Lloro de contenta. ¿Tú?

—Muy bien, también muy contenta.

Denisse enciende una lámpara colgante de pilas y observa el espacio:

—No hay dónde sentarse, ¿verdad?

—Todas las sillas se quedaron afuera. Pero mira, aquí… —Karla arrima su colchoneta desde uno de los cubículos. Se sientan en ella. Karla se limpia la nariz:

—Qué estadazo, ¿no?

—Está rarísimo. Me siento súper sobria, pero al mismo tiempo súper puesta —dice Denisse.

—Yo también.

—Es como ver las cosas así, tal cual. La realidad tal cual. Sin telarañas.

—Exacto. Como súper sharp, pero tranquilo, profundo, ¿no? —dice Karla.

—Sí, yo también lo siento así —afirma Denisse.

—¿Tú cuánto comiste?

—La estrellita que me encontré, nada más. El "venadito". Bueno, y unos sorbos de té desierto… ¿Tú?

—Por ahí.

—Qué bueno que hicimos esto. Me fascina acampar. Hacía un chingo que no acampábamos —dice Denisse.

—Ya sé. Estoy feliz de estar aquí contigo.

—Yo también. Te quiero muchísimo, Karli.

—Y yo a ti.

Se abrazan. Al separarse:

—¿Pero en qué andas, Karl? ¿Por qué estabas llorando?

—Uf, pues en una ondota… estaba pensando en Alicia. En cómo me gusta ser su mamá.

—Qué lindo.

—Como que estar aquí me conecta con esta sensación súper fuerte de ser madre, ¿sabes? Es que está cabrón este lugar.

—Ya sé…

—… Lleno de vida, de bichos, de plantas…

—Sí, nunca me imaginé que el desierto fuera así —admite Denisse.

—Es muy cañón ver cómo todo brota de la tierra… cómo se da y todo lo da, todo lo permite y lo crea y lo nutre… yo me siento igual. Es loquísimo, pero por primera vez en nueve años me estoy dando chance de sentirlo y de verlo tal cual. El pinche milagro que es facilitar la vida de algo… de alguien.

—Qué maravilla.

—Sí, está muy cabrón —a Karla se le vuelve a quebrar la voz.

—Qué chingón es llorar de alegría, ¿no?

—Lo más chingón del mundo. Y también pensaba lo horrible que es que obliguen a las mujeres a ser mamás. Las que no pueden conectar con esto, imagínate qué infierno.

—Pero tú no querías ser mamá al principio…

—No sucedió en el mejor momento, la verdad, pero sabía que sí quería y al final fui yo la que lo decidió.

Denisse recuerda algo que la hace sonreír:

—Cuando estabas embarazada, el pinche Mauro dijo que gestar un hijo en Eme era lo más maravilloso que le podía pasar a alguien.

—¿En serio? Jajaja… pinche desquiciado.

Las dos escuchan la lluvia y las risas lejanas de sus amigos unos instantes, hasta que Karla dice:

—Mercedes quiere que nos casemos.

—¡Qué chingón!

—No es tanto por el papel. Lo que quiere es el ritual y toda esa onda. Yo le he sacado, la verdad. Hemos discutido mucho por eso últimamente.

—¿Y por qué le sacas?

—Según Mauro, porque en realidad me gustan los pitos.

Denisse suelta una carcajada.

—¿Y no?

—Uno siempre va a extrañar algo. Si no extrañas el pito, extrañas el sentido del humor; si no extrañas eso, extrañas el olor o la forma de ser… siempre va a faltar algo. No hay una sola persona que lo tenga todo en este mundo.

—Ni siquiera Ironman… —Denisse la pica.

—Exacto —sonríe Karla.

—El chiste es que sea perfecto para ti, ¿no?

—Mercedes es perfecta para mí. Eso lo sé. Nunca había sentido eso con nadie. Me encanta. Me basta.

—¿Entonces?

—No sé… creo que me da miedo que se dé cuenta de que *yo* no soy perfecta.

Denisse sonríe, identificada.

—Como que el paradigma de ser mamá soltera es que se convierte como en un rollo de yo puedo sola y no puede haber nadie que entre a completar el cuadro, ¿sabes?

—No hay nadie más que pueda saberse la contraseña del iTunes… —apuntala Denisse.

—Exacto. Aceptar a Mercedes "formalmente", pues, es como aceptar que yo no puedo sola con Alicia. Como decirme a mí misma "tú no alcanzas".

—Pero sí alcanzas, güey. Ya lo comprobaste. Quieres estar con Mer porque está más chido, y ya.

—Pues sí, güey. Eso lo puedo entender con acá… —se señala la cabeza—. Pero a ver, convence a mi inconsciente…

—Pinche inconsciente. Es como todopoderoso, ¿no? —dice Denisse.

Karla se ríe:

—Lacan decía: "Dios es inconsciente". Ahí nomás.

—Qué horror. Yo no quiero pensar que algo controla mi vida a ese nivel.

—Por eso es tan importante traerlo a la luz. Sólo así podemos medio ponerle un estate quieto.

Denisse guarda silencio. Recuerda que trajo unas galletas de limón. Daría cualquier cosa por abrir ese paquete de galletas, pero no sabe dónde quedó la bolsa de las viandas. Está a punto de preguntarle a Karla si lo sabe, pero son otras las palabras que salen de su boca:

—Yo también he estado pensando mucho en mi mamá hoy.

—¿Sí? ¿En qué, Den?

—Pues… en que siempre le he echado la culpa de todos mis issues. Siempre he endiosado a mi papá, ¿sabes? Y mi mamá en mi cabeza siempre ha sido la bruja que me escondía los chocolates y me buscaba dates con los hijos de sus amigas. Pero ahorita estaba pensando que mi jefa es la única que se preocupa por mí. Mi papá no me habla si yo no le llamo, ¿ya sabes? Mi jefa me atosiga pero siempre está pendiente, de una manera como muy torpe y muy rara, pero quiere que yo esté bien. Chale… ahí viene la lágrima.

Denisse se suelta llorando. Karla mira a su alrededor:

—Creo que por aquí hay papel. Mira, aquí hay.

Karla se lo pasa, Denisse lo toma.

—Gracias. Y pues estaba pensando eso y… pffft. Está muy cabrón, pero estaba pensando que cuando me pasó lo que me pasó en Estados Unidos de chiquita…

—Lo del chavito este… el hijo del socio de tu papá…

—Sí. Yo escuchaba cómo mi mamá se ponía toda tensa y sacada de onda cada vez que me iba con él y mi papá era el que la hacía sentarse y le decía "tranquila, son niños, no pasa nada".

Karla toma la mano de Denisse.

—Luego cuando regresamos a México, la vez que le conté a mi mamá, mis papás empezaron a discutir un chingo. Yo los oía en las noches y quería saber de qué hablaban, pero tampoco quería porque me daba vergüenza que estuvieran hablando de mí. Luego mi mamá se puso súper controladora conmigo. A dónde vas, con quién, a qué hora...

—Ya.

—Y luego se acabaron divorciando.

—¿Cuánto tiempo después?

—Como un año.

Karla la escucha con gesto grave. Sin dejar de llorar, Denisse se suelta sólo para enredar su brazo con el de Karla y volver a tomar su mano. Se sujeta de ella como si fuera una tabla en medio del océano. Karla la agarra fuerte.

—Estoy pensando algo horrible, pero no me lo puedo quitar de la cabeza... —Denisse cierra los ojos y respira hondo—: Siento que mi papá como que me... ufff... como que fui una especie de "ofrenda" para su socio, ¿ya sabes? Ya sé que suena loco y horrible, pero...

—No suena loco ni horrible. Aquí estoy. Aquí estoy...

—Y como que desde ahí mi cuerpo no ha vuelto a ser mío y siempre ha sido eso... como algo para que los demás lo usen. Así fue con Orestes, hasta Zambrón me usó para no estar solo, ¿ya sabes? Bueno, y yo también lo usé para no estar sola... Pero así ha sido con todos.

—Ok...

—Pero como que al mismo tiempo ha sido cómodo para mí, porque entonces yo tampoco he tenido que entregarme en serio. O sea, me preocupa un chingo que me quieran y que me deseen y todo eso, pero *yo* no me aviento a querer en serio.

—¿Por qué?

—Pus no sé. Como que hacerlo sería arriesgarme a que me pase lo mismo que con mi papá, a que me hagan lo mismo.

Denisse llora con todo su cuerpo.

—No quiero odiar a mi papá, güey, no quiero...

—Ven, ven aquí —Karla la estrecha.

—Lo quiero demasiado.

—Yo sé. Eres muy valiente por ver todo esto.

—¿Tú crees?

—Sí. Muchísimo.

—No sé qué hacer con esto. Duele mucho.

—Seguir hablándolo. Un chingo. Son heridas que no sanan solitas.

—Me da miedo que no se me quite nunca.

—Cada vez va a doler menos. Te lo juro.

Pasa un rato. Denisse se calma. A través de la ventana transparente de la tienda, Denisse ve a Irene y a Claudio jugando guerritas de lodo a lo lejos. Sonríe. Mientras se limpia la nariz, admite:

—Tengo muchas ganas de enamorarme, güey. Ya no quiero hacerme pendeja repitiéndome que sola estoy muy bien. Quiero estar con alguien como tú con Mer.

Karla le da un beso en la frente a su amiga y le asegura, con absoluta convicción:

—Y lo vas a hacer. Vas a ver que sí.

49

Javiera, Lencho y Mauro siguen agazapados en la tienda de Irene y Javi, conversando con la luz indirecta de una linterna.

—Los españoles son unos argüenderos, siempre quieren tener la razón. Un día vean uno de sus programas de chismes. Si los gachupines no tienen la razón, se mueren —dice Lencho.

—¿De plano? —dice Javi. Nunca ha ido a Europa y siente no haberse esperado un poco más para que Roy la llevara. Al menos estuvo en Tailandia. Dos días y miserable, pero estuvo.

—En un autobús de Madrid vi uno de las peores madrizas verbales de mi vida, fue incomodísimo —admite Mauro. Sigue ofuscado con la interrupción de Lencho, intentando llegar a la resignación.

—Bueno, pero seguro no son *todos*, ¿no? —apunta Javiera.

—Bueh... como en todo, no todos. Eso es obvio... —Lencho cambia la dirección de la luz de la linterna.

—Para mucha gente no es tan obvio, gordo. No está chido generalizar.

Mauro la mira y sonríe.

—Ok, ok. Tienes razón, güera —admite Lencho—. Pero yo a lo que voy es...

En ese momento el cierre de la tienda se abre y asoma un anteojo de Denisse.

—Hola, hola. ¿Se puede?

Lencho la ayuda a entrar, con una sonrisa.

—Pásale a lo barrido, andamos resolviendo el mundo bajo los influjos de la mescalina.

—Y otros cincuenta alcaloides... —completa Javi, viendo a Mauro.

—¿Me estás cabuleando, güey?

—¿Yo? Ay, cero —dice Javiera, mustia.

Denisse se quita las botas, se sienta frente a Javi y baja de nuevo el cierre de la tienda. Se frota las manos:

—Qué calientito está aquí.

—Son los cerebros de estos ñoños, a todo vapor —dice Javiera—. No entiendo qué hacemos todos aquí si tenemos tu palacete...

—Es por el calor humano —dice Mauro.

Lencho sigue exponiendo, vehemente:

—Bueno, retomando. A lo que quiero llegar es a que el ego es estúpido. Creer que todos los ojos están puestos en ti, en primer lugar es una falacia porque los ojos de todos están puestos en sus propios ombligos. Pero si eres tan tonto como para creer que todos los ojos están puestos en ti, de todas formas nunca es suficiente. Siempre podrías ser MÁS adorado. Es como la codicia. El ego no tiene llenadera.

Denisse interviene:

—Ningún ególatra diría "ok, diez fans y ya. Bueno, once. Con once tengo".

—Jajaja, exacto. ¿Ven qué rápido me agarra el pedo esta morra? —dice Lencho.

Mauro y Javiera se miran.

—¿Y entonces qué pasa con los que *no* te adoran? —plantea Mauro.

—Ah, pues ésos por supuesto te odian —responde Lencho.

—¿Por?

—Porque para un egocéntrico la diferencia no opera. Todo se trata de ti. Así que quien no te ama, te odia.

—Ya.

—Pero esa gente lo que tiene en el fondo es hambre de amor, güey. Pobrecitos. A ésos hay que amarlos más que a todos —opina Denisse.

Por un momento los cuatro se quedan callados.

—Hay que amar a quien se pueda, güey. Esa idea de amar al prójimo y a todos por igual y somos hermanos neta no es realista —dice Mauro.

Denisse se siente un poco naive con su comentario, pero de todas formas retoma:

—Pero igual hay que hacer un esfuerzo por tirarle buena onda a todo el mundo. Al menos sonreírles y estar en buen pedo —retoma Denisse—. Somos hermanos, carajo.

Mauro argumenta:

—Y si ahorita llega tu hermano el Mara Salvatrucha con un machete, ¿le vas a tirar buena onda? —Denisse no responde. Mauro sigue—: Entre tus "hermanos" hay un chingo de arañas, ¿eh? Gente que chinga por placer. Gente que agarra niñitos y los...

—Ya, ya, ya, ya, ya —Javiera se tapa los oídos—. Ahorita no hablen de cosas feas, por favor.

—Yo creo que nadie chinga por placer —replica Denisse—. Todo el que lastima fue lastimado en algún momento —trata de convencerse.

—Todos fueron bebitos inocentes algún día —dice Javi, pero en la penumbra Denisse no acaba de leer en qué tono. Igualmente refuerza:

—Exacto. Todos fueron bebés. Todos tienen alma —y al decirlo le vuelven a dar ganas de llorar.

—Yo creo que ya es un gigantesco avance tirarse buena onda a sí mismo —Mauro recarga el codo en la mochila de Irene.

—Está bien. Pero eso es muy individualista, ¿no? —dice Denisse.

—El individualismo no tiene nada de malo. Cuando nos masificamos y dejamos de pensar por nosotros mismos, es cuando valemos verga —dice Mauro.

Lencho se pone a cantar, emulando unas percusiones cubanas y pegándole a sus piernas:

—*Tiéndele la mano al que es tu amigo, y al otro deja que siga con su camino.*

Javiera ataja:

—¿Sabes qué es una mamada? La gente que va por ahí diciendo que hay que amarse cuando en una semana se chinga una vaca, dos cerdos y cinco pollos para comer.

—¿Qué tiene que ver una cosa con la otra? —protesta Lencho.

—Yo nomás digo que si vamos a respetar la vida, hay que respetar *toda* la vida, güey.

Mauro cambia de posición:

—Yo digo que no se puede amar lo que no se conoce. Ésa es mi conclusión.

—Por eso las redes sociales son tan peligrosas —dice Lencho.

—Uta, y ahora van a empezar con eso… —Javiera rueda los ojos—. Mejor hazme una trencita, Lench, ándale.

Javiera se acuesta sobre el regazo de Lencho y él empieza a trenzar su pelo. Denisse respinga con una incomodidad inesperada.

—Es neta —dice Lencho—. Las redes están hechas de gente que no se conoce ni se quiere actuando como si se conociera y se quisiera, poniendo su cara más linda todo el tiempo.

—Es que las redes sólo son una herramienta, pero la banda cree que son la *relación*. O sea, no son el amor en sí, no son la amistad en sí. Es como comerte la cuchara pensando que es la sopa —finaliza Mauro.

—Bravo. Eso lo puedes postear cuando lleguemos. Yo me voy a brincar los charcos como Peppa… —Javi se incorpora.

—Espérate, güera, no te vayas. Tú no me has hecho piojito a mí —Lencho la jala de la mano para que regrese a sentarse.

—Podemos hacer un sixty nine de piojito…

—Ah, caray, ¿y eso cómo sería? —se ríe Denisse, exagerada. Luego voltea a ver a Mauro, buscando algo de complicidad. Pero Mauro está concentrado quitándole bolitas al forro de la chamarra de Javiera que yace por ahí. Cagado. Javiera y Lencho se hacen bolas tratando de acomodarse.

—Espérate… ¿qué haces?

—No, tú para acá.

—Jajajajaja…

—¡Hey! ¡Eso era mi pierna! —grita Mauro.

—Mejor acuéstate tú y ya —sugiere Javi.

—Ok.

Lencho se acomoda ahora sobre el regazo de Javi. Denisse piensa que Lorenzo nunca ha tenido una cercanía así con ella. ¿Será porque entre Lencho y Javi no hay nada, y es tanta la hermandad que pueden interactuar con esa confianza? O es todo lo contrario: ¿hay una tensión sexual que podría estallar en cualquier momento? ¿*Concretarse*? Lorenzo y Javiera… Suena de locos, pero podría ser, piensa Denisse. Y de pronto, esa posibilidad la aterra.

—Eso. Qué rico. Hmmmm. Uñas en mi cráneo, qué delicia.

—De actor porno te mueres de hambre. ¿Cómo era tu nombre artístico, Length? —dice Mauro.

—Jajajaja.

—Bueno, volviendo al tema del ego... —dice Lencho.

—Andamos monotemáticos esta noche, como ustedes podrán apreciar... —bufa Mauro.

Denisse y Javiera se ríen.

—Lo siento, en ese viaje estoy. ¿Vieron *Ratatouille*? —dice Lencho.

—¡Claro! —se entusiasma Denisse.

—¿Se acuerdan del personaje del crítico?

—Cómo no, Anton Ego —Mauro lo pronuncia como el propio personaje de la película.

—¡Ese mero! Los güeyes de Pixar le dieron al clavo con ese personaje. ¡Y con toda la peli! Es como un canto de guerra para los artistas reprimidos —dice Lencho.

—¿Pero qué tiene ese personaje? —pregunta Denisse.

—Pus es el crítico. Y el argumento que encarna es básicamente que es mucho más fácil criticar desde una posición de poder y comodidad que hacer la chamba... que jugártela y aventarte al ruedo y crear.

—De acuerdo —dice Javi.

Lencho mira el techo de la tienda. Las gotas de lluvia forman figuras cambiantes por fuera.

—Si eres artista, asúmelo. ¿A quién temes no complacer? ¿A tu papá? ¿A tus primos los de Morelia? ¿A tu exnovia la fresita? Lo que les va a mamar a unos les va a cagar a otros. Siempre. No hay forma de complacer a todo el mundo, coño.

—Y olé —Javiera truena los dedos.

Mauro se ríe un poco.

—Es neto. Uno escribe por comunicarse, por transmitir, por conectar. Y si lo haces desde un lugar honesto y amoroso, no tienes nada que perder. —Lencho concluye.

—¿Por qué hablas en segunda persona, güey? —lo confronta Mauro—. Todo eso te lo estás diciendo tú solito.

Lencho no lo contradice.

—Eres un súper escritor, no sé por qué no terminas de creértelo —dice Javi.

—No es el hilo negro. Yo llevo una década diciéndoselo —agrega Denisse, con molestia.

De pronto se abre de nuevo el cierre externo de la tienda. Es Irene, con los ojos abiertos como platos y cubiertos por una capa acuosa.

—No mamen, tienen que salir a ver la luna...

50

Ya no llueve. La luna está casi llena, anaranjada y vasta, dominando el horizonte con su presencia impasible y majestuosa. Denisse se conmueve tanto al verla que empieza a llorar otra vez.

—Wow... no puedo creer esto...

Mauro la rodea con un brazo y recarga la frente en su cabeza.

—¡Puta verga! —exclama Lencho en cuanto sale de la tienda.

—¡Oye, eso se oye horrible! —lo regaña Denisse.

—Perdón. Pero me encanta decir puta verga. Sugiero que repitan después de mí: puta verga.

—Puta verga —dice Javiera—. Tienes razón. Es liberador.

—¿Ves, Denisse?

Denisse no responde, está viendo la luna.

—La palabra verga es la verga —reitera Lencho.

Javiera le festeja el chiste.

—¿Se pueden callar y ver esta maravilla tantito? —pide Karla.

Todos se quedan viendo la luna en un silencio solemne. Un manto de nubes la cubre de pronto, y se disipan a los pocos segundos para develarla, luminiscente, una vez más.

—Waaaaahhhhh —Karla se lleva las manos a la cara.

—No mames, hasta parece que está haciéndonos show... —observa Claudio.

—Es hermosa. La amo —dice Irene, conmovida—. La amo como si fuera... algo mío.

—¿Tipo... tu prima? —dice Mauro.

—Jajajajaja.

—Me encanta el conejito —dice Javiera.

—No es un conejito, güey —aclara Irene.

—¿Cómo no? Eso nos decían en la primaria.

—Ésa es una leyenda náhuatl. Pero en realidad esas manchas son la mare, o los mares de la luna —Irene señala—. Son los hoyos que formaron los meteoritos que la fueron golpeando por millones de años y que luego se llenaron de magma.

Lencho suelta un silbidito viendo a Irene:

—Oooooh, iren a la maira...

—Tssss... —Irene cierra un ojo.

—Me encanta porque es una cacariza, solitaria y opaca. Sin el sol, ni siquiera brillaría —dice Karla.

—Si fuera en la secu, se lo pasaría del nabo —dice Javiera.

—Jajaja, exacto. Pero resulta que es la vieja más popular del mundo. A todo el mundo le raya la luna —concluye Karla.

—Es que tiene... no sé, me da como ternura la luna, ¿estoy loca? —dice Denisse.

—Para nada, a mí me pasa igualito —Irene toma el brazo de su amiga.

—Yo siento que nos gusta sentir que nos mira. Que hay algo en el cielo que nos devuelve algo. Nos hace sentir menos... aventados en el espacio. Menos solos —dice Mauro.

—Exacto. Estando ella ahí, el universo se hace un poquito menos acojonante —dice Lencho.

—Qué pinche espectáculo nos ha dado el cielo hoy... —Claudio se seca las lágrimas con la mano.

—Uf. Pero les digo, con dedicatoria y todo —Denisse le pasa un paquetito de kleenex.

—Somos una bola de chillones —se ríe Karla.

—Ya sé —coincide Denisse.

—En lugar de peyote, debería llamarse el "peyore" —observa Mauro.

—Tome usté peyore, pa' que llore —dice Lencho.

—Jajajajaja.

—¿Dónde quedó ese té desierto? ¿Tláloc lo mató? —Mauro busca en torno a la fogata.

Claudio muestra la olla de peltre, tapada.

—Alcancé a meterlo en la tienda antes de que colapsara. No sé en qué estado se encuentre.

—Uf. Máster —aplaude Mauro.

—Tú júntate conmigo, chavo.

Lencho se aproxima a Claudio:

—Oye, ¿vamos a enderezar esa tienda, o qué?

—Vamos.

—Eres un santo, Claudio —afirma Denisse.

—¿Por qué?

—Solamente un santo puede soportar los ronquidos de Lorenzo —ataca Denisse, gratuitamente.

Lencho la mira con sorpresa.

—He dormido con quince chinos en un vagón de tren. Puedo dormir con Lorenzo —dice Claudio.

—¿Ah, sí? Pues chinas tus barbas, cabrón —dice Lencho.

—Jajaja.

Lencho se aleja seguido de Claudio, sin dirigirle ni una mirada a Denisse, quien se queda inquieta, en su lugar. Karla se le acerca:

—¿Qué fue eso, güey? ¿Como pa' qué…?

—No sé, no tengo idea. Voy por mis guantes…

Denisse se aleja hacia la tienda. Mientras Lencho y Claudio enderezan la suya, Irene se pone ropa seca y Javiera se abriga. Irene le presta unos guantes. Sin sol, la tierra tarda un poco más en absorber el agua de lluvia. Mauro se consagra a la tarea de avivar el fuego. Karla se acerca para ayudarle.

—¿Cómo te sientes, Mau?

—Chido, increíble. ¿Tú?

—Súper.

—Estaba medio cagado, no creas. Lo que decías hace rato de que los alucinógenos pueden promover estados psicóticos… lo estuve leyendo. Hasta le pregunté a María.

—¿Y qué te dijo?

—Que un malviaje no era descartable.

—Ya —Karla asiente.

—Pero la conclusión a la que llegué aquí es que la psicosis no tiene nada que

544

ver con este estado. De hecho es como lo radicalmente opuesto. La psicosis es evasión pura y total, y esto es todo lo contrario.

—Y también es como una conexión afectiva muy loca —suma Karla.

—Cabrón. Es como el estado más prístino del amor. Y la psicosis no tiene nada que ver con el amor. La psicosis es como el antiamor —asegura Mauro.

—¿Por qué lo dices?

—No sé. Siento que nadie se vuelve loco si está feliz. Uno se vuelve loco cuando no sabe qué hacer con su amor.

Claudio llega en ese momento, más tapado, con una chamarra extra y unos guantes.

—Está arreciando el frillín, ¿eh?

—Sí, mucho —coincide Mauro.

—Qué noche más alucinante, no mames. Qué aire —Claudio respira profundo.

—Brutal —dice Karla—. ¿Hubo éxito con la tienda?

—Ya lo logramos. Y hasta recolectamos un poco más de agua —dice Claudio.

—Qué listos, compañeros.

Claudio señala el fuego recién avivado y propone:

—¿Qué pedo? ¿Ponemos el té?

—Al rato también podemos poner una sopita, ¿no? —sugiere Karla.

Irene sale en ese momento de la tienda que comparte con Javi cambiada de ropa, y le muestra a Claudio sus jeans todos empapados y enlodados.

—No sé si colgar esto en el muro.

—¿De tu face?

—Jajajaja no, menso. Del corralito este.

—¿El muro de los lamentos? —dice Mauro.

—Jajaja.

—Chance llueve otra vez. Mejor cuélgalo mañana temprano cuando salga el sol —sugiere Claudio.

—Buena idea.

Llegan los demás. Lencho pone una toalla de mano sobre una piedra y se sienta.

—Oigan, ¿no tienen hambre?

—Cero —dice Javi.

—Llevamos desde el mediodía sin comer bien. Yo digo que si ya no nos morimos de indigestión con el peyote, saquemos el pancito con salami —dice Lencho.

—Aguanta, gordo. Vamos a tomar un poco más de té desierto —sugiere Mauro.

—El té desierto no alimenta —dice Karla.

—El alma, sí —dice Javi.

Mauro señala:

—Nomás que aguas, porque ya les dije: saca las verdades...

Irene voltea a ver a Claudio, pero él está meneando el té, sonriendo para sí.

—Chale. Todas las sillas están empapadas —dice Javi.

—Pero hay un chingo de piedras para sentarse —indica Mauro.

Javiera pone la mano sobre una de las piedras:

—También están mojadas.

—Hay que acercarlas al fuego. A ver, seca esta silla con esto —le sugiere Mauro.

—Pero es tu suéter —Javiera lo toma.

—Está medio mojado igual. Ahorita con el fuego se seca.

—Gracias.

Claudio hace un movimiento con las ramas que de pronto produce una llama bastante grande. Da un paso atrás.

—Ájale —dice Javi.

—No puedo creer el aguante de este fuego. Dos lluvias y no se ha apagado —advierte Karla.

—Porque lo hemos cuidado bien… —dice Irene.

De nuevo se quedan en silencio, absortos en sus pensamientos. De pronto Lencho dice:

—No mamen, qué maravilla. Gracias por traernos, güey —mira a Claudio.

—Me alegro mucho de estar aquí. En serio, no saben cuánto. Hacía mucho no viajaba tan rico —dice Claudio.

—Qué estado tan extraño… No se parece nada a la ansiedad de las tachas ni al rush del ácido ni a nada… —comenta Denisse.

—Sí, es otro pedo, nunca me lo imaginé así —dice Javiera.

—Como muy conmovedor, ¿no? —dice Karla.

—Exacto. Muy conmovedor —asiente Javi.

—Yo hace rato estaba pensando que las drogas son como un entrenamiento para la vida —dice Irene.

—¿Cómo? —Claudio la ve, curioso.

—No sé, como que te hacen ejercitar el músculo del fluir. Te obligan a alivianarte, a relajarte, a acompañarte tú solo, a llevarte.

—A cabalgar tu mente —agrega Javi.

—Exacto —dice Irene—. A surfear la ola, pues, o a bucear, o…

—… O la metáfora de su preferencia —concluye Mauro.

—Jajajaja.

—Pero eso lo hacen más bien los psicotrópicos, hay drogas que no hacen nada de eso —dice Mauro.

—De acuerdo. El tabaco no hace nada de eso —admite Denisse.

—El tabaco no da *nada*. No te pone y no te reta, no te obliga a surfear ninguna ola —Irene mira lastimosamente el cigarro que tiene prendido en la mano.

—El alcohol es lo mismo —dice Claudio.

—Pero nos *mama*—subraya Lencho.

—Nos mama —coincide Javi.

Mauro voltea a verla con inquietud.

—Pues sí. Pero tampoco te reta —sigue Irene—. No tienes que hacer ningún esfuerzo, ni sacarte de ningún malviaje ni cabalgar nada. Si te pones una mega peda lo único que haces es hundirte y hundirte hasta que pierdes el sentido.

—A ver si no acabamos así con tanto té desierto... —Karla alza una ceja.

—Jajaja.

—Lo que deberíamos hacer es echarle tequila —dice Lorenzo.

—Pero no lo trajimos... —dice Denisse.

Javiera voltea a ver a Lencho.

—Mejor. No mames, ¡qué tontería apendejarse en este estado! —opina Irene.

—Totalmente de acuerdo—dice Mauro.

Los que estaban de pie comprueban que las piedras están secas y ahora pueden sentarse. Claudio no se sienta, se queda mirando fijamente el fuego:

—¿Alguna vez les conté de las Fallas de Valencia?

—¿Fallas? ¿Como de "fallar"? —pregunta Karla.

—Como de hoguera. Falla significa antorcha en valenciano —describe Claudio—. Hagan de cuenta que durante todo el año la gente de la ciudad se la pasa fabricando unos monigotes de cartón-piedra gigantescos, súper trabajados, con un chingo de detalle. Y un día, los queman todos al mismo tiempo.

—¿En serio? —Javiera está sorprendida.

—Hey. La fiesta dura una semana entera y ahí están estas madres enormes repartidas por las calles de toda la ciudad. Los turistas dan el rol y les toman fotos, y alrededor de las Fallas hay comida y conciertos y chupe y jolgorio total.

—No hay nadie que enfieste como los gachupines —afirma Lencho.

—Nadie. Imagínense, una ciudad paralizada una semana entera. Sólo esos güeyes se dan esos lujos...

—¿Un poco de té? —Mauro alza la olla.

—¡Sí! Por favor —dice Lencho.

—Yo ahorita no, gracias —Denisse alza una mano.

—Yo tampoco —dice Karla.

—Estoy sirviendo las tres tacitas. Váyanlas rolando y el que no quiera, que la pase —indica Mauro.

—Como si fuera un gayito —dice Javi.

—Exacto.

—¿Quién lavó las tacitas? —pregunta Irene.

—Mauro, ¿quién va a ser? —responde Karla—. ¿Y ya vieron cómo ha mantenido el fueguito? Al pedísimo.

—Sí es cierto, yo no te conocía esos talentos —dice Javi.

—Te deberían contratar para guía de campamentos —dice Irene.

—Dejen de buscarme trabajo. Nunca me integraré a la sociedad.

—Jajajaja.

—¿Y entonces queman esas madres, y...? —Irene se frota las manos—. ¿Con qué las queman?

—Eso es lo más cagado de todo. Con cohetes.

Claudio deja la rama que ha estado usando para atizar el fuego y describe:

—De repente está esta chingadera del tamaño de un edificio... a mí me tocó una reina Victoria caricaturizada, con mil detalles... un trabajo increíble... Toda emperifollada pero le salían sapos y culebras por debajo del vestido. Y de repente, se empieza a pedorrear, literal. Y en treinta segundos está ardiendo en llamas.

—Wow... —Denisse sonríe con la imagen.

—Me caga la monarquía. No entiendo cómo la gente en Europa puede soportar mantener a un cabrón toda su vida nada más porque es hijo de alguien —dice Irene.

—Uta, y no vieras las de Asia... —dice Claudio.

—Y los mantienen a ellos y a los hijos de sus hijos —subraya Lencho.

—Pero a la gente le fascina, ¿no? Se casan esos güeyes y se paraliza el país entero —dice Javi.

—Se *vienen* con los vestiditos de la princesa Letizia y las idas a esquiar del príncipe de Bourbon —dice Mauro.

—Son reyes, güey, no príncipes —aclara Denisse.

—¿Ya? ¿En qué momento?

—Y no es Bourbon, es *Borbón*.

—Jajajaja.

—Estás out en realeza, mano. Te voy a comprar un *Hola* —lo molesta Denisse.

—A mí también me caga. Me parece lo más negativo inculcarles eso a los chavitos —dice Karla—. El día que mi hija me pida un vestido de princesa le voy a meter el cague de su vida.

—Mejor no, porque así más va a querer el disfraz —observa Irene.

—Toda la razón —sonríe Karla.

—Pero sí están cotorros, los royals —dice Javi—. Igual y la banda los mantiene por eso: por puro entretenimiento.

—Pues que se contraten Netflix, güey. Les sale más barato —termina Irene.

—Jajajaja.

—A huevo —dice Claudio.

Los siete ven el fuego. Cada vez que se hace un silencio, es abrasador. No hay absolutamente ningún sonido además del crujir de la madera y viento golpeteando las llamas. Lencho dice de pronto:

—Está cabrón. Estamos vivos gracias a la fiesta. No nos hemos *matado* gracias a la fiesta.

—Es cierto. La banda vive por el huateque y por cotorrear, comer y chupar —coincide Claudio—. De hecho, si se ponen a ver, todo el calendario católico se mueve alrededor de las fiestas.

—¿Pero no se supone que la religión castiga los pecados y los excesos? —observa Javiera.

—Sin fiesta no hay pecadores, y sin pecadores no hay business —participa Mauro.

—Güey, yo las fiestas más alegres en las que estuve fueron las de cuando íbamos a misiones —recuerda Irene, con melancolía.

—No mames, Irene —Denisse arruga la nariz.

Todos se ríen.

—Neta. Era chingón, misiones. ¡Acuérdense! —suplica Irene.

—A mí ni me vean —dice Karla.

—¿Quiénes iban a esas cosas? —Javiera le da un sorbito a una taza de té.

—Denisse, Lencho y yo. Bueno, y Adam —responde Irene.

—Yo sólo me acuerdo que caminábamos durante horas para llevarle a esta banda un padre para que les hiciera sus bautizos y sus comuniones —dice Denisse.

Mauro junta las manos, mira a Javiera y luego al cielo y proyecta la voz:

—Oremos…

Todos sueltan una carcajada desacompasada, conforme se van acordando del incidente en la boda, cuando Javiera fue interrumpida antes de decir sus votos. Cuando terminan, Irene la ve:

—Te dije que un día nos íbamos a reír de esto, güera.

Javi le sonríe. Denisse retoma:

—Me acuerdo que en las misiones siempre hacía un maldito calorón porque íbamos en verano y a las viejas nos hacían usar falda larga, nunca entendí por qué carajos, y a mí me sudaba el chamorro. Creo que hasta se me hicieron ampollas una vez.

—¡Suena poca madre! ¿Cómo me lo perdí? —ironiza Javiera.

Hay risas.

—Se armaban unas comilonas de antología —describe Irene—. Se juntaban como siete pueblos y en el camino íbamos cantando, por horas.

—Aunque les sudara el chamorro… —añade Javiera.

—Jajaja.

—La gente iba bien contenta, para muchos era la única vez en el año que veían a sus parientes que vivían lejos —Irene detecta el escepticismo en los demás y subraya—: No mamen, era bonito.

Claudio y Karla le sonríen a través del fuego. Irene continúa:

—Y no sé. No me regañen por lo que voy a decir, pero extraño esa convicción férrea de la gente, ese pinche… romance con Cristo. Nunca he vuelto a ver algo así.

—¿Extrañas creer? —aventura Karla.

Irene encoge los hombros.

—Supongo que sí. Extraño esa ilusión.

—Entonces lo extrañas como extrañas a Santa Claus en las navidades, güey. Pero algún día tienes que saber que no existe and move on —dice Javiera, sucinta y práctica.

—No mames, ¿Santa no existe? —Lencho repite su vieja broma.

—Yo digo que está chingón creer en algo —dice Denisse—. Al final es una decisión personal. ¿Qué daño puedes hacer?

—No haces daño si tú lo asumes y tú te lo comes. El pedo es cuando llegas a escabecharte a cien millones de indios porque no creen en lo mismo que tú —rebate Mauro.

—Más bien te los escabechas para chingarte su tierra *argumentando* que no creen en lo mismo que tú —precisa Claudio.

—Eso.

—O cuando tu Dios "dice" que hay que chingarse a todos los impuros del mundo, o condenar a niñas de catorce años por abortar —dice Karla.

Javiera estruja su cajetilla de cigarros con molestia.

—Ok, ok, ok. Ya entendí el punto. Nadie debería obligar a nadie a creer en nada, vale —concluye Denisse, con un gesto de manos.

Claudio sirve más té, le da un sorbo y le pasa la taza a Lencho.

—Pero hay gente a la que creer en algo le da confianza y fuerza. Para sortear una enfermedad, para dejar de chupar, no sé… —debate Irene.

Mauro recuerda a Rubén en la clínica de adicciones, defendiendo su segundo paso. Claudio objeta con firmeza:

—Lo cabrón es que tengan que depositar esa confianza y esa fuerza en algo de afuera, sin ver que quien realmente está haciendo la chamba de dejar de chupar o nomás de sobrevivir son ellos. Además, el día que falla esa confianza, ¿qué pasa? Te vas al hoyo.

Karla asiente con vehemencia. Irene no dice más. Lencho le pasa la taza de peltre a Denisse y retoma:

—Güey, yo lo que nunca, pero nunca voy a olvidar de las misiones eran los pinches guajolotes. Uta. Ésos sí estaban pero del terror.

—¡Uy, sí es cierto! Qué bestias plumíferas eran ésas —recuerda Irene.

—¿Cuáles guajolotes? —Karla se prende un cigarro.

Lencho se pone de pie.

—No mames, ¡esos bichos son peores que un pitbull de Luisita Roblesgil entrenado para matar!

Mauro hace una mueca que no llega a sonrisa. Irene y Denisse se empiezan a reír de sólo recordar lo que Lencho describe:

—En el pueblo donde nos quedábamos había un río, y ahí nos bañábamos en las noches.

—Qué bucólico… —Mauro bebe agua.

—El pedo es que había que pasar por una vereda donde un don tenía guajolotes guardianes. Güey, no han visto un bicho más territorial en su reputa vida —Lencho empieza a imitar a los animales, corriendo alrededor de la fogata y agitando un plumaje imaginario—: ¡glogloglogloglo! ¡glogloglogloglo! ¡Como locas esas madres!

Irene y Denisse se mueren de risa. Entre las dos hacen un concierto de carcajadas y graznidos que contagian a todos los demás. Lencho sigue:

—Se ponen todos esponjados, se les pone esta madre que les cuelga, el moco este, rojísimo, casi morado, y se te dejan ir con las pezuñas por delante. ¡Gloglogloglogloglo!

—No mames —se ríe Mauro.

Denisse complementa, entre lágrimas de risa:

—Vuelan, pican, te persiguen… son lo más culero que yo he visto.

—Jajajaja, está como para ir por uno de ésos y echárselo a Roy —dice Javiera.

Mauro sugiere:

—¿Uno? ¡Échale veinte!

La carcajada retumba en el desierto.

—¿Por eso le pusieron así? ¿La misión de Los Guajolotes? —Claudio recuerda la foto que encontró entre las cosas de Adam.

—Yo creo —dice Lencho.

—¿Y por qué guajolotes guardianes? ¿Por qué no... perros? —inquiere Karla.

—¿Necesitas mejores razones? —dice Lencho.

—Jajaja, no.

—Los perros en esos pueblos están jodidísimos —dice Irene, secándose las lágrimas después del ataque de risa—. Están todos flacos, sin orejas o con las patas rotas porque los dones se empedan con alcohol del 96 y se desquitan con ellos.

Las risas se disipan como si se las hubiera succionado un popote invisible.

—Coño... —murmura Claudio.

Irene continúa:

—No tienen una idea de la pobreza de esta banda. Y así está la mitad del país... —al decirlo, a Irene se le corta la voz.

Nadie sabe qué decir. Karla argumenta:

—La pobreza está muy estigmatizada, Irene. No necesariamente es mala. Hay gente pobre que vive mucho más feliz que cualquiera de nosotros, porque necesita menos.

Poder consumir cosas no es ningún termómetro de bienestar verdadero —completa Mauro.

—Ya. Pero el problema no es la pobreza. Es el sufrimiento. ¿Qué hacemos con el sufrimiento? ¿Cómo podemos permitir que haya gente que está en este mundo al mismo tiempo que nosotros y está sufriendo y no hacer nada? —dice Irene.

A Denisse se le hace un nudo en la garganta sólo de escucharla.

—No te eches eso a cuestas, güey. El mundo es muy culero y tú no puedes cambiar eso sola —dice Mauro.

—¿Entonces qué hacemos? ¿Ver para otro lado porque no podemos cambiar la miseria y la opresión y que cada quien se rasque con sus uñas?

Claudio interviene:

—Yo ya desde hace un rato aplico la política de la no indiferencia. Si alguien me pide, le doy. Sin cuestionar. Porque si está pidiendo es porque está más jodido que yo. Punto.

—Me caga todo eso de la limosna y la caridad, se me hace lo más hipócrita del mundo... —niega Denisse, en conflicto.

Claudio aclara:

—No tienes que llamarlo limosna ni caridad. El punto es que hay un pata que está jodido y te está pidiendo para comida o para su fix o para lo que sea.

Para algo que necesita. Una puta moneda. Le das y ya. No te cuestionas si es limosna o si podría estar trabajando o si se lo merece…

—O para qué lo va a usar —agrega Denisse.

—Exacto. Está necesitado y te está diciendo qué necesita. Le haces el paro y ya está. Es como dar una indicación en la calle —termina Claudio.

—Eso está muy bien. Pero ojalá fuera sólo ése el pedo —dice Karla—. A mí me causa bastante conflicto en la consulta. Me llega gente que no puede pagar, y a mí me gustaría atenderlos gratis, pero los tengo que batear porque si les doy ese tiempo, no me alcanzaría a mí para la renta y la comida y todo lo demás.

Mauro se pregunta si María ve pacientes gratis. Se responde que sí: en ese momento, a él. Pensando en María recuerda otra cosa:

—Es como el cuate este, el peluquero de los homeless, ¿lo topan?

—Nel.

—Creo que yo sí vi el video… —Javi entrecierra los ojos.

—Un compa que se va por la calle y les da cortes de pelo o rasuradas a los vagabundos. Banda que nadie ve, que nadie toca. De repente experimentan un poco de pinche… contacto humano.

—Qué bonito… —Irene siente cosquillas en el cuerpo—. Eso es una chingonería y no hay "limosnas" de por medio.

—Y el resto de los mortales que no sabemos cortar barbas ni hacer nada… pus hay que echar la mano con lo que se pueda, y ya —concluye Mauro.

—¿Pero con "echar la mano" qué va a cambiar? Digo, además de sanear un poco nuestras culpas pequeño burguesas —plantea Lencho.

—Hacer algo con nuestras culpas nunca sobra —reconoce Karla.

—Y cambia nuestro mindset, para empezar. Yo estoy totalmente de acuerdo con Irene: lo que más jodidos nos tiene en esta vida es la indiferencia, voltear para otro lado —dice Claudio.

—Porque si volteamos para donde es, nos ponemos todos a berrear como ella —Javiera logra arrancarles algunas risitas y se levanta, se pone detrás de Irene y le da un beso largo y tronado en la cabeza. Después da dos palmadas y pide:

—Ya. Hoy es el día más feliz de nuestra vida, no estamos pa' tristezas. Alesbiánense, chatos. No se claven.

—Sí. Tienes razón. Ya, ya —Irene se suena la nariz.

—Oigan, este té desierto sí está ponedortz… —dice Lorenzo.

—Sí, ¿no?

—Ey. A mí ya me estaba dando sueñito y el té como que me dio un subidón —nota Denisse.

—Da una energía cabrona —dice Irene—. Los huicholes caminan durante días, comiendo puro peyote.

—Uta, pues ojalá me quite el dolor de espalda —dice Karla, sin ironía.

Irene se prende un cigarro al revés. Con asco, lo guarda en su cajetilla de colillas. Pondera prenderse otro, sabiendo que no se lo está fumando por ganas sino por otra cosa. Está dudando y pensando cuánta energía mental gasta a lo tonto en esos momentos de lucha interna, cuando Karla se le acerca.

—¿Me acompañas a caminar un poquito?

—Claro.

Irene y Karla se alistan para salir del campamento.

—¿Ya van a romper el campo neural? —les dice Mauro.

—¿Qué cosa?

—Nuestra sesión peyotera de empatía colectiva —explica.

Denisse abre una lata de aceitunas:

—Vayan con Dios. O sin. Como quieran.

—Jajajaja, ahorita nos vemos, empáticos —dice Irene.

Camino a la salida del terreno, Karla se detiene junto a la tienda de Denisse.

—Espérame. Deja agarro mi linterna.

—No hace falta —Irene levanta la cara hacia el cielo—. Con la prima tenemos.

51

Irene y Karla salen del campamento, rodean la pared de piedras del corral y se adentran en el camino. Esta vez toman la dirección opuesta a la que Irene caminó con Claudio horas antes. Avanzan guiadas por la luna, que ya no es anaranjada sino amarilla y más pequeña, pero luminosa como una farola. Irene levanta la cara para verla:

—Qué impresión. Está salida de bonita…

—Sí.

—Y está poca madre este camino, ¿no? Es como caminar en la orilla del mar…

—Exacto —Karla sonríe, con cierta tensión.

—¿Te puedo platicar algo muy copal que topé? —dice Irene.

—Claro.

—Estaba pensando que no hay más Dios que la vida.

—¿Así como que Dios es vida…?

—No exactamente. Más bien como que la vida es el único Dios que hay.

—Ok… —Karla presta atención.

—La vida con todos sus claroscuros, incluido el mal, incluida la muerte, porque la muerte es parte de la vida, y existe para que la materia se transforme y se prolongue la vida.

A Karla le hace sentido.

—Ok. ¿Entonces no crees que haya una intención superior? ¿Algo que lo controle todo y que tenga una especie de plan?

—Si lo hubiera, también sería vida; si fuera una intención o una fuerza capaz de concebir y generar vida, tendría que estar viva a su vez, no podría haber algo superior no-vivo engendrando vida —explica Irene.

—Vale…

Karla recoge una piedra, piensa guardársela a Alicia. Irene continúa:

—También pensé que esto seguramente se reproduce en el universo como parte de un sistema… ¡O de varios! Si en la vida hay patrones, ingenierías para la reproducción, el desarrollo, la muerte y la renovación del ciclo, si hay partición celular, sistemas digestivos y respiratorios, polinización, fotosíntesis, y todo está conectado de alguna manera en un gran organismo vivo que es la Tierra, esto debe reproducirse de alguna manera en sistemas más grandes, y la Tierra es sólo una parte.

—O sea, como si la Tierra fuera tipo una célula que es parte de un organismo que es el universo…

—¡Exacto! O muchos universos.

Karla se detiene.

—Pinche Irene. ¿Tú tienes una idea de lo que yo te quiero?

—Sí. Yo te quiero igual, Karli. No sabes cómo te adoro.

—Pero yo te amo, cabrona. Te amo con toda mi alma. Daría mi vida por ti en este momento sin dudarlo —dice Karla con un tono lastimero que de pronto desconcierta a Irene.

—¿Estás bien?

Karla toma aire, encaja la mirada en el suelo y luego en Irene.

—Me agarré a Adam.

—¿Qué?

Irene no escucha bien. Entiende "agarré" a Adam. Así que lo primero que piensa es que Karla se refiere a su cadáver. Que lo agarró cuando estaba en el ataúd abierto y todo el mundo se acercó a despedirse. Que le tocó un brazo, que le acomodó la corbata. Pero Karla no tarda en aclarar:

—Me lo agarré.

—¿Qué? —repite Irene, esta vez habiendo escuchado perfectamente.

—Fue nada más una vez. No nos acostamos, nada más fue…

Karla saca todo el aire, con las manos en las caderas y la frente completamente arrugada.

—Carajo. No sabes lo mal que me he sentido contigo todo este tiempo…

Irene se siente en medio de un remolino. No le salen las palabras, como si momentáneamente hubiera olvidado cómo hablar.

—¿Por qué? —es lo único que atina a decir.

—¿Por qué? —repite Karla, y hace una trompetilla sacando el aire de nuevo—. Ay, Irene…

—No me ay Irenees, pinche Karla. ¿Cuándo y por qué te agarraste a Adam?

—En Puebla —traga saliva y la mira a los ojos—: una semana antes de que te diera el anillo.

—¡¿Qué?!

Irene se siente mareada de pronto. Te confié a mi novio toda mi vida, pinche zorra, piensa. Creí que me lo estabas cuidando, que le estabas espantando las moscanas. ¿Qué putas es esto?

—¿Una semana antes? ¡¿Es neta?!

Karla empieza a llorar, ahogada en remordimiento.

—¿Por qué, culera?

Adam era un tipo atractivo en todos los sentidos, Karla lo admiraba, lo quería, hacían buena mancuerna en el trabajo y siempre había sido cariñoso y protector con Alicia. Y Karla estaba sola. Hasta Mercedes, siempre había estado sin pareja, y clamando por una.

—No sé, Irene, no sé…

—¡¿No sabes?!

Karla estuvo a punto de responder "por caliente" para restarle importancia, pero tampoco era justo que Irene pensara que sólo fue por eso, porque no fue solamente por eso. ¿Qué le dolería menos? ¿Que le dijera que fue por caliente y mintiera, o que le dijera la verdad?

San Andrés Ixtacamaxtitlán es conocida como la Siberia de Puebla: una extensión enorme de terreno con sólo veinticinco mil habitantes, un puñado de iglesias antiquísimas y un hotel. Karla, Adam y otros tres colegas llevaban días esperando audiencia con el presidente municipal y los cabecillas de las principales rancherías para convencerlos de recibir a cuarenta familias más de desplazados por violencia. Había ya treinta familias de Michoacán instaladas ahí. No tardó en quedarles claro que tener la audiencia por esos días sería imposible: se celebraba la fiesta del santo local y todo estaba paralizado. La cabecera municipal se llenó de gente venida de todos los alrededores. Había juegos, puestos de comida, luces, cohetes, jaripeo, gallos y hasta toros. Karla, Adam y sus colegas optaron por relajarse y divertirse un poco. Jugaron tiro al blanco, se subieron a los carros chocones, comieron gorditas, pambazos y elotes y se pusieron una borrachera considerable. Eventualmente los demás se fueron a dormir, pero Karla y Adam eran de carrera larga y terminaron emborrachándose en una cantina, guareciéndose un poco de la estridencia de los cohetes que no cesaban de reventar por las calles.

—¿Tú a quién te pareces más? ¿A tu mamá o a tu papá? —Adam se metió un cacahuate enchilado a la boca.

—Soy idéntica a mi papá, pero no lo conocí —respondió Karla—. Bueno, se murió cuando yo tenía dos años, así no tengo recuerdos de él. Y mi mamá guardó todas las fotos y eso, así que tampoco ayudó.

—Pues es que seguro le dolía verlo, ¿no? Está cabrón quedarse sola con una niña tan chiquita…

—Lo peor es que se replicó la historia de mi abuela.

—¿Cómo estuvo eso?

—Mi abuelo también murió cuando mi mamá era chavita, bueno, puberta. Al abuelo lo atropelló un Ruta Cien que venía en contraflujo. Los acababan de poner en la avenida de por su casa y mi abuelo cruzó sin voltear para ese lado. Tenía cuarenta y cinco años.

Adam se cubrió la boca por reflejo.

—¡No mames!

—Ya ni pex. La vida sigue, ¿no? Acá estamos —Karla bebió de su caballito tequilero.

—Chale, Karli, lo siento…

Adam apretó el hombro de Karla con fuerza, cerca del cuello.

—Gracias. Se me hace que por eso no acabo de tener novio… no quiero que se me muera, ¿no?

—No sé, tú eres la psicóloga.

—Si yo fuera mi psicóloga eso me diría, seguramente.

Adam se rio con su risa fuerte y clara. En ese momento pasó cerca de ellos una mujer vendiendo baratijas. Karla le echó un ojo a unas pulseras trenzadas de imitación piel. Fue apenas un vistazo, pero suficiente para que con su intuición de comerciante, la vendedora se plantara junto a ellos.

—Tengo aretes, pulseras, collares…

—No, gracias —Adam la rechazó, afable.

—¿Algo para la novia…?

—No soy su novia —se adelantó Karla.

—Pero eso no quiere decir que no te pueda pichar algo —dijo él.

—Va, pues entonces te compro algo yo también —dijo Karla.

—Ok. Hay que regalarnos algo mutuamente para recordarnos toda la vida.

—Qué cursi, por favor… —se rio Karla.

—Güey, tú y yo hemos ido y vuelto al infierno y de regreso, comadre. Tenemos que sellar nuestro pacto.

—¡Nuestro pacto…! —Karla volvió a beber, exagerando un tono de burla que disfrazaba cierta excitación.

—¿Entonces, qué te gusta?

—Estos aretes se le verían bonitos… —la mujer descolgó unos girasoles de madera para mostrárselos.

Karla no le aclaró que estaban buscando dos artículos que fueran iguales y en cambio miró las pulseras. De nuevo, la vendedora supo leerla:

—Estas pulseritas están muy bonitas. Son de piel…—mintió, desprendiendo una del tubo.

—¿Tiene dos iguales? —preguntó Adam.

—Claro que sí —presta, la mujer sacó otra más grande—. A ver, pruébenselas…

Adam le puso la pulsera más pequeña a Karla y Karla le puso la más grande a él.

—Están apretaditas, ¿no? —Karla miró su muñeca.

—Están perfectas —decidió Adam—. ¿Cuánto es?

Adam no dejó que Karla le pagara la suya y le dijo a la mujer que se quedara con el cambio de un billete de doscientos.

—Oye, pero se suponía que iba a ser un regalo mutuo…

—La siguiente ronda la pichas tú —cedió Adam.

Karla sabía que eso tampoco iba a terminar sucediendo. Y aunque la palabra "macho" cruzó por su cabeza, al mismo tiempo le gustó la sensación de sentirse invitada y protegida.

Adam alzó su caballito de tequila.

—Salud. Por nosotros.

—Salud.

Siguieron tomando, hablando de la vida, del proyecto, de la gente. Al cuarto tequila, Adam se puso a jugar con la pulsera de Karla, puesta en su muñeca, y suspirando, dijo:

—Güey, Karli, ¿qué vamos a hacer?

—¿Qué vamos a hacer de qué?

—De esto.

—¿De qué esto?

—De esto —con su índice tocó el esternón de ella— y de esto —se señaló a sí mismo.

Al calor de los tequilas, de una tensión sexual largamente reprimida y del hambre de amor, Karla se permitió ilusionarse momentáneamente y le dio rienda suelta al deseo. Caminito al hostal se besaron en cada farola, y una vez ahí, se les hizo de día. Por la tarde, Karla se regresó a la ciudad con uno de los colegas. Tenía que volver por el trabajo y por Alicia, pero Adam se quedó a cerrar la negociación para los desplazados. Casi no se comunicaron durante aquellos días y una semana más tarde, al volver de la sierra, Adam le dio el anillo de compromiso a Irene. Karla se sintió asqueada y usada. Comprendió que Adam se metió precisamente con ella porque siendo Irene una de sus mejores amigas, podía confiar en que jamás le diría nada. Karla se sintió una estúpida redomada, horriblemente culpable con Irene, y Adam se le cayó del pedestal de un plumazo. La cosa estuvo muy tensa entre ellos hasta que Karla tuvo la iniciativa de pedirle que fueran a tomarse un café.

—No te pido nada, cabrón, pero por favor no me evadas. No me hagas sentir como que encima de todo te estoy persiguiendo.

—Para nada, Karli. Yo fui el pendejo esa noche. Nadie más que yo. Y no sé qué puedo hacer para que me perdones.

Habían sido tan amigos por tantos años y Adam le había mostrado lealtad y afecto de tantas maneras, que el tiempo fue sanando la herida. Pero nunca volvió a ser lo mismo.

—¿Entonces? ¿Por qué lo hiciste, cabrona? —insiste Irene.

—Los dos estábamos muy borrachos. No quiero justificarlo ni justificarme, pero yo creo que fue algo así como su última "canita al aire" antes de comprometerse contigo, y yo en esa época me sentía muy sola. Y al día siguiente me sentí de la chingada, y me llevo sintiendo de la chingada desde entonces. No te imaginas cuánto…

—¿Qué hicieron? —la corta Irene, clavándole una mirada acuosa.

—No lo hicimos, ya te dije.

—¿Por qué?

Irene ve las lágrimas correr por las mejillas de Karla a la luz de la luna. Sabe que está siendo una perra y no le importa. Por primera vez en su historia se encuentra en la posición del verdugo y no de la bruja condenada a la hoguera. No es que quiera saber detalles para torturarse con los celos, es otra cosa. Es como regodearse en el espejeo y en todo lo que las sustancias que trae en su sistema le están permitiendo ver.

—¿Traes condones? —preguntó Karla con la respiración agitada en la cama de madera del hotel, aún tendida con una colcha azul con bordado de mandolinas.

—¿Yo? No… —respondió Adam, jadeando—. ¿Tú?

—Tampoco.

Adam se desprendió del cuerpo de Karla y tomó sus pantalones.

—Voy a una farmacia.

—Son las cuatro de la mañana, güey. ¿Qué farmacia va a estar abierta en el pueblo a estas horas?

—Igual y hay algo. Por la fiesta, no sé…

—Si acaso encontrarás abierta una cantina, no una farmacia.

—Ta madre. A lo mejor Gonzo trae… pero tendría que tocarle la puerta y despertarlo.

—Olvídalo —Karla giró sobre sí misma para quedar boca abajo—. Tendrías que darle demasiadas explicaciones.

—Carajo, ¿entonces qué hacemos? ¡¿Qué hacemos?!

Adam se le fue encima a Karla de nuevo, entre besos y risas.

—Pues… hay alternativas —dijo ella, sugerente.

A las cinco de la mañana todo culminó en un trabajo oral y manual mutuo. Adam tardó mucho en terminar y Karla no lo logró, pero dejó que Adam pensara que sí.

—No lo hicimos porque no se pudo —le responde Karla a Irene, sucintamente.

Ella se talla la cara, da vueltas sobre su eje.

—Dices que sólo fue esa vez. ¿Por qué sólo fue esa vez?

—Porque yo nunca te quise bajar a tu güey, Irene. Ya te dije, se nos pasaron las cucharadas.

—No me chingues, Karla.

—¿Qué?

—¡No me digas que no me lo querías bajar!

—¡Te juro que no!

—¿Entonces por qué te le aventaste?

No me le aventé *yo*, pensó Karla. Pero decir que fue sólo él también hubiera sido injusto.

—Adam te gustaba. Siempre te gustó… —presiona Irene.

Karla guarda silencio.

—Querías que fuera tu güey y el papá de Alicia. Eso fantaseabas cuando pensabas en él. No nada más en cogértelo.

—Irene, por favor… —pide Karla, anegada en lágrimas.

—¿Sí o no?

—Tal vez alguna vez, no te lo niego. Pero yo nunca te hubiera hecho eso. Y él tampoco. Estoy segura. Sólo fue esa vez. Por favor…

De repente a Irene se le cruza otra pregunta por la cabeza:

—¿Lo hizo con otras?

—¿Qué?

—Tú viajaste mucho con él. ¿Se agarró a otras viejas aparte de ti?

Karla estaba sorprendida con la frialdad de Irene. En realidad no era frialdad, era dirección, claridad. Estaba dispuesta a quitarse de los ojos las telarañas que hicieran falta.

—La verdad nunca supe de nadie...

Karla piensa en Maricarmen, otra colega con la que Adam se molestaba y se hacía masajitos en las juntas. Y en Jessica, con la que jugaba Manotazo y Chinchampú y otras tonterías, pero de ninguna le constaba nada. En realidad Adam coqueteaba con todo el mundo, piensa Karla. Así era su personalidad: le gustaba gustar. Era un seductor nato. También era un altruista genuino y adoraba a Irene, pero era un narcisista hecho y derecho.

—¿Por qué pusiste esa cara? —pregunta Irene.

—¿Qué cara?

—Moviste raro los ojos, como si te estuvieras acordando de algo. Estuvo con alguien más, ¿verdad?

—Te prometo que nadie que yo sepa.

Irene asiente varias veces y dispara:

—¿Por eso te volviste lesbiana? ¿Porque con Adam no se pudo?

Karla se limpia las lágrimas con las manos. Sabía que decidirse a contarle esto a Irene iba a implicar aguantar vara.

—Lo que he pensado es que más bien me fijé en él porque sabía que era algo imposible y que nunca se iba a armar por ahí.

—Como te pasó con todos los güeyes con los que saliste durante años.

—Básicamente. Sí...

Karla suelta otro largo suspiro y mira a Irene.

—Y también me di cuenta de que me enredé con Adam para llegar a ti.

Irene se paraliza. Ésa no la vio venir.

—¿A mí?

—Sí. A ti.

Irene se queda boquiabierta por un momento.

—Pero no te preocupes, todo eso fue hace un chingo.

Irene posa la mirada en una piedra roja, con surcos, que yace en el camino. Piensa que podría ser una obra de arte, pero no se decide a levantarla porque otra idea se le atraviesa y no quiere dejar ninguna pregunta por formular.

—Lo de casarte con Mercedes, lo que nos contaste ayer de que estabas dudando de casarte con Mercedes...

—No es por ti. Ya no quiero contigo, Irene, te lo aseguro.

Irene asiente repetidamente, haciendo tierra, procesando la información.

—¿Por qué me dices todo esto ahorita?

Karla agarra una piedra cualquiera y la sopesa, por hacer algo con las manos. Irene continúa:

—Muchas veces has dicho que a los amigos no hay que decirles las verdades por decírselas, si no les van a servir. ¿Entonces por qué...?

—Porque a ti esta verdad sí te sirve —interrumpe Karla.

Irene guarda silencio.

—Porque no te caería nada mal humanizar un poquito a Adam para poder seguir con tu vida.

De pronto Irene tiene ganas de golpear a Karla. Pero no es por Adam, es por otra cosa.

—Seguir con mi vida, qué chingón. Eres una cabrona. Me bajas del pedestal a un muerto, pero me dejas sin amiga. Me dejas sin hermana. Felicidades.

Irene empieza a llorar y al verla, a Karla se le reactiva el llanto.

—Eso sólo tú lo puedes decidir…

—¡Y encima me estás pasando la bolita! La pinche papa caliente. ¿Te das cuenta? Ahora la tengo yo y tú te quedas muy tranquila porque te quitaste la losa de encima. Qué rico. Ahora que Irene se joda, a ver qué hace con esta pinche bomba.

—No es así. Pero sí. Sé que al decirte esto a lo mejor todo vale madres entre nosotras. Pero yo ya no quería seguir viéndote la cara y pensando todo el tiempo que… pus que te estaba viendo la cara.

Irene asiente una sola vez, con los brazos cruzados y la vista aún puesta en la piedra roja.

—¿Y qué? ¿Pensabas guardarte esto para siempre, o qué?

—Durante mucho tiempo eso pensé hacer, sí —responde Karla, sincera—. Cuando llegamos a este viaje, todavía pensaba eso.

Irene no puede más. Se da media vuelta y empieza a caminar en dirección opuesta al campamento.

—¿A dónde vas?

Irene no responde.

—Nadie es perfecto, Irene —Karla alza la voz.

Irene se detiene un segundo, pero continúa su camino. Karla se queda ahí, con el corazón roto, y vuelve lentamente al campamento por el camino de piedras.

52

—La pata —dice Claudio.

—La mocha —dice Mauro.

—La chora.

—Yo había escuchado "tuca" —dice Denisse.

—Tuca es en Argentina —dice Claudio.

Mauro se pone de pie y anuncia:

—Voy a mear. Mientras, piensen en otros sinónimos para las bachas que no nos vamos a fumar.

—Dale. A ver si te encuentras a los demás, ¿no? Ya va a estar la sopa —dice Claudio.

Mauro se lleva dos dedos a la frente y se aleja. Sale del campamento y busca un punto estratégico. Mientras se baja el cierre del pantalón, escucha voces a lo lejos. Suelta un silbido, pero nadie responde. Silba de nuevo. Nada. Mauro se sube el cierre anticipadamente, rodea la pared de piedra y se encuentra a Lencho y a Javi, riéndose con risitas adolescentes.

—¿Qué pedo?

—¿Qué onda, carnalito?

Lencho esconde algo detrás de su espalda. De inmediato le llega el tufo a Mauro: tequila barato de tienda de carretera.

—No mamen. ¿Neta?

—Creo que ya nos cacharon —se ríe Javi—. Mejor le compartimos.

Lencho extrae la botella de tequila de detrás de su espalda.

—¿Quieres?

—No mamen, güeyes. Como de la secu...

—Güey, ¿cuál es el pedo? —se defiende Lencho.

—Nada, ningún pedo...

—Güey, no trajimos nada. Ni chelas. Ustedes por lo menos fuman tabaco. La pinche mescalina está muy fuerte, yo necesito un estabilizador —se justifica Lorenzo.

—Yo también. Algo que me aterrice —dice Javi.

—El tequila no los va a estabilizar ni los va a aterrizar —asegura Mauro.

—¿Qué tanto pasa si lo mezclas con peyote, o qué? Yo vi que el don se estaba dando sus ahí de aguardiente, muy feliz —dice Lencho.

—Ese güey ya está más allá del bien y del mal, güey. Además no es nomás mezclarlo con peyote. El chupe está de hueva.

—Uta, mira quién lo dice —Lorenzo se ríe.

—Güey, a mí el chupe me caga —alega Mauro—. Yo sólo chupo cuando me quiero mandar a la verga, en realidad —la afirmación lo toma por sorpresa incluso a él mismo.

Mauro no siempre despreció a su padre. En su infancia lo tenía idealizado, igual que a su madre, y su hermana Renata no era su hermana, era un obstáculo con pelo largo y ojos bonitos que había que neutralizar o de preferencia aniquilar para llegar hasta ellos y hacerse digno de su mirada. A veces se daba el milagro de que le hicieran un poco de caso, pero desde muy chico Mauro se pasaba casi todo el tiempo con las empleadas, viendo la televisión, y más adelante, cobijado por sus libros. Una tarde, cuando Mauro iba en sexto de primaria y Renata en tercero de secundaria, ella y dos de sus amigas lo invitaron a tomar cervezas en su cuarto. Mauro nunca había probado el alcohol.

—Buaj. Sabe horrible —Mauro hizo muecas con la lata en la mano.

Las niñas se troncharon de risa, echadas sobre la cama de Renata con sus uniformes de colegio de monjas.

—Tómale. Tómatela toda. Si no te la acabas, les vamos a decir a tus papás que tú te las robaste —amenazó Miranda, una de las amigas.

En pánico, Mauro bebió. Media hora después agarraron la camioneta de Luisa.

—Por culpa del chupe maté a alguien —dice Mauro.

Las sonrisas de Javiera y Lencho se desvanecen.

El campamento estaba completamente levantado, salvo por la tienda de Mauro y Claudio. Había una pickup esperándolos para llevarlos a la estación de tren. Si no la abordaban, se quedarían solos en medio del desierto. Malena, la estudiante con la que Mauro salía entonces y con la que habían viajado para hacer el documental sobre el desierto, se acercó a Claudio:

—Güey, ya nos tenemos que ir.

—Espérense tantito más, por favor. Cinco minutos. Ahorita lo convenzo.

Malena miró hacia la pickup.

—El don que nos va a llevar ya no quiere esperar. Güey, yo tengo examen mañana. Y si no llego, mis papás me van a atorar —dijo con tono de súplica.

—¡No nos pueden dejar aquí! Ni modo que lo saque de ahí por los pelos. No sean ojetes —pidió Claudio.

Malena pareció debatirse unos segundos, pero finalmente declaró:

—Nosotros no tenemos la culpa de que tu amigo sea un mala copa.

—¡Vino por ti! —rugió Claudio.

Sonó el claxon. Malena no supo qué más decir. Sacudiéndose el malestar, se subió a la pickup con sus otros amigos. Claudio se metió a la tienda, mentando madres. Tenía diecisiete años y no tenía idea de qué hacer. Una vez dentro, se contuvo y suavizó el tono:

—¿Cómo vas, Mau?

—Váyanse. Vete. Yo no me puedo mover. Me voy a quedar aquí, me lo merezco.

Mauro, Claudio, Malena y sus amigos habían estado cinco días en el desierto, pegados a otros campistas treintañeros más experimentados. Se habían animado a probar peyote hasta el penúltimo día, y al irse, los campistas les habían dejado una botella de ginebra. Malena, Claudio y los otros le dieron unos tragos, pero Mauro se terminó la botella. Esa noche no durmió y por la mañana se la pasó dando vueltas por las inmediaciones del campamento con la cabeza revolucionada. Ahora tenía fiebre por la cantidad de sol y seguía aceleradísimo. Claudio llevaba una hora intentando sacarlo de la tienda.

—¿Por qué dices que te mereces quedarte aquí? ¿Qué traes, Mau? —suplicó Claudio, asustado.

—Si te cuento algo, ¿me prometes que no se lo vas a decir a nadie? ¿Jamás, en toda tu vida? —tembló Mauro.

—Te lo juro, cabrón.

En ese momento Claudio escuchó, con un vacío en el estómago, cómo la pickup arrancó y se alejó por la terracería. Cerró un instante los ojos y se encomendó a la suerte.

—Mi hermana Renata iba manejando —describió Mauro—. Le pidió la camioneta al chofer. El güey no quería... Renata lo amenazó... "Le voy a decir a mi mamá que siempre me estás viendo las piernas." Íbamos con Miranda y Ana Paula... unas pinches arpías... Nos habíamos terminado todas las cervezas que había en el refri.

—¿Cuándo...?

—Yo iba en sexto. Salimos en la camioneta ahí, por Virreyes… se les hizo muy cagado jugar Tapetazo. Yo nada más me reía de los nervios… luego lloraba porque quería irme a mi casa. "No seas maricón, no seas puto, hoy te vas a hacer un hombre." Ana Paula me pasó el tapete del coche enrollado…

Mauro empezó a llorar sin control. Claudio sudaba. Adentro de la tienda hacía un calor infame, pero Claudio no se atrevía a mover una pestaña.

—Me dijeron "pégale a ese güey". Yo no quería… les pedía que por favor no, por favor no… "Pégale o les cuento a mis papás que estuviste chupando", "pégale o le digo a mis papás de tus revistas de encueradas"… Me cagué. Saqué el tapete enrollado por la ventana y le pegué al güey en la cabeza…

—¿Qué güey?

—Uno que iba pasando, un chavo como de catorce años.

Claudio juntó las manos y las apoyó en sus labios.

—Alcancé a ver que se tropezó y como que se iba a caer hacia la avenida. Iban pasando coches… —Mauro se cubrió la cara con las manos—. Renata se dio vuelta en la esquina. No sé qué le pasó… no sé qué le pasó…

—¡No mames! ¡Písale, Renata, písale!

—Nos pelamos. Ana Paula y la otra pendeja se reían como histéricas, pero Renata estaba cagada… Como a la media hora llegó la policía a mi casa… vi cómo mi papá le daba un fajo de billetes a cada tira. Mis jefes no nos preguntaron nada… no dijeron Una. Pinche. Palabra. Esa noche cenamos los cuatro como si nada —Mauro volteó a ver a su amigo—: Nunca supe qué le pasó a ese chavo…

—Igual y no le pasó nada —dijo Claudio—. Igual y los polis vieron el pedo y nada más querían sacar tajada.

—Igual. ¿Pero y si sí? ¿Y si después de que lo tiré lo atropellaron?

—Seguro no pasó nada, güey. Eras un niño, no tenías tanta fuerza. Y además te presionaron, güey.

—No sé si lo maté… no sé si lo maté…

Mauro se torturó hasta bien entrada la noche, en que el sueño finalmente lo venció. Esta vez fue Claudio quien no durmió casi, atento a los ruidos del desierto, donde estaban completamente solos, con media botella de agua y sin comida, y con los aullidos de los coyotes a lo lejos. Tan pronto amaneció, levantaron la tienda y caminaron tres horas hasta la estación de tren.

Con la botella de tequila en la mano, Lencho murmura:

—Qué mal trip, mano. Pus ojalá no le haya pasado nada a ese mai…

Mauro aprieta los labios.

—Güey, se me hace más grave lo que pasó con Claudio. Imagínate que les pasa algo en el desierto o que no pueden regresar… —dice Javiera, consternada.

—Pues por eso les estoy diciendo, güeyes —Mauro señala la botella—. Olvídense de esa madre, no la necesitan.

—¿Tú qué sabes lo que yo necesito, cabrón? —Lorenzo se defiende.

—Bájale, gordo —Mauro alza las manos, pero no la voz.

Javiera da un paso adelante y le arrebata la botella.

—A ver, ya, calmantis montis. Les propongo algo. Nos damos un buen trago los tres y ya. ¿Qué les parece? Un trago y ahí muere.

Mauro coloca las manos detrás de la espalda.

—Yo no quiero.

—Va, pues tú y yo, gordo.

Lencho se lo piensa y finalmente cede. Javiera bebe y hace una mueca. Luego le pasa la botella a Lorenzo. Una vez que él toma, Javiera extiende la mano.

—¿No que nomás una? —sonríe Lencho.

Javiera sigue con la mano estirada, sin explicarse. Lencho le pasa la botella y Javiera, sorpresivamente, se aleja para vaciarla.

—¡No! ¡¿Qué haces, güey?! —protesta Lencho.

Mauro tiene ganas de aplaudir del gusto, pero se reprime.

—Nadie más quiere chupar —dice Javi—. Nos la vamos a acabar terminando tú y yo, Chench. ¿Quieres terminar como José José versión nopal espinado y arruinarles el viaje a todos?

—No mames, Javiera —sufre Lencho.

Javi le entrega la botella vacía a Mauro y toma el brazo de Lorenzo.

—Vente. Hay sopa. ¿No quieres sopita? ¿Vamos, Mau?

—Ahorita los alcanzo, yo tengo que mear.

Javiera se lleva a Lorenzo, quien maldice mientras se alejan. Mauro se pone a hacer pipí. Ve la botella vacía en la tierra y empieza a reírse solo. Se pregunta qué hora es. No tiene idea. Podrían ser lo mismo las doce de la noche que las cuatro de la mañana, y agradece poder prescindir del conteo del tiempo. De pronto repara en una figura que viene caminando hacia él como un vendaval. La velocidad con que se acerca lo asusta por un momento, no sabe si el peyote le está causando alucinaciones o si alguien está en problemas. Pronto ve que se trata de Irene. Se sube el cierre del pantalón.

—¿Qué pex?

Ella suelta la pregunta como una ráfaga y sin aliento:

—¿Qué pasó en Malinalco?

—¿Perdón?

—En el rave. Cuando ese chaca-raver de las rastas se quería madrear a Adam… Tú estabas cuando lo sacaron de la fila de las chelas… Tú sabes lo que pasó.

Mauro no tarda en dilucidar lo que Irene está tratando de entender.

—Calma, calma, tranqui… respira.

—Tú sabes —repite Irene.

La súplica en sus ojos hace brotar de Mauro una respuesta que él mismo no se esperaba.

—Y tú también lo sabes…

—¿Qué es lo que sé? —Irene lo reta y se reta a sí misma, deseando saber y no saber al mismo tiempo.

—Dime qué estás pensando y si es cierto, te lo confirmo.

Irene traga saliva:

—Que Adam estaba ligándose a la vieja de ese güey.

Mauro se queda callado. Irene siente una sacudida de adrenalina. No son celos, es otra cosa. Es furia. Por los años perdidos, por la culpa que la paralizó durante tanto tiempo.

—¿Se la estaba besuqueando?

—No. No, para nada. Tampoco es pa' tanto. Digamos que le estaba quitando pestañas del cachete.

—Pft, mierda…

Irene se lleva una mano a la frente. Mauro no sabe qué decir.

—¿Por qué no me lo dijeron nunca?

—¿Decirte qué?

—Que Adam era un pinche… coscolino.

—No, no, a ver, no te confundas. El güey era coqueto, eso es cierto, pero nunca pasaba a la acción.

Irene se ríe con ironía. Mauro se extraña.

—Adam las daba por ti, Irene. Estoy seguro de que nunca hubiera llegado a…

—No estés tan seguro de nada —ella lo interrumpe.

El tono de Irene deja frío a Mauro. Siempre supo que a Adam le encantaban las mujeres. Pero era demasiado aferrado a sus preceptos morales como para salirse de la raya.

—¿Pero qué pasó…? —pregunta Mauro.

—¡Todos se daban cuenta de que era un pinche coqueto y nadie me lo dijo!

—A ver. Perdón, pero ése no era un secreto para nadie, Irene. A mí no me consta que haya *hecho* nada. Tú dices que sí. Pero de que el güey se sabía galán y se bailaba a todas en las fiestas, eso lo hizo enfrente de ti cientos de veces. A mí, la neta, lo que se me hace raro es que nunca te dieran celos…

—Me *moría* de celos.

—Ya.

—Pero no por él.

Mauro sabe que todo está sobre la mesa y ya nadie tiene nada que perder. Aventura:

—Entonces por Claudio…

—Sí —confiesa Irene.

Mauro levanta la botella vacía y niega con la cabeza.

—Ay, ay, ay, ay. Cómo somos de tontas las personas, carajo. Si le hiciéramos tantito más caso a la víscera, no nos equivocaríamos tanto.

—No es tan fácil cuando tu "víscera" puede lastimar a otros —objeta Irene.

—O cuando la de otros puede lastimarte a ti…

Irene se abraza a sí misma, contrariada y confusa.

—Igual y por eso lo hacía el pinche Adam. Para que te dieran celos. Así como en plan, ¡voltea! ¡Pélame! ¡Acá!… —dice Mauro.

—Adam no necesitaba atención, güey.

—No necesitaba atención, necesitaba *tu* atención.

—Pues se fue a buscarla a otro lado.

—¿Te consta?

—Me consta. Cien por ciento.

—Uf...

Mauro recuerda la conversación en aquel bar en Acapulco tres años atrás. Las distintas maneras en que su amigo insinuó que quería conocer a otras personas. Lanza un suspiro:

—Está cabrón... Las relaciones humanas son como una pinche travesía marítima. Hay uno que otro día soleado, así... con el agua planita, como espejo; los otros días son pura tormenta. Lo único que sirve de brújula es no hacernos pendejos solitos, la verdad.

Irene lo ve:

—¿Y tú? ¿Cuándo vas a dejar de hacerte pendejo con Javi?

Mauro no alcanza a responder.

—Ey. ¿Qué truco?

Los dos voltean. Claudio viene caminando hacia ellos.

—Llevo buscándolos un rato...

—Estamos acá, en el diván virtual del desierto —dice Mauro.

Claudio reporta:

—Lencho y Javi están que parece que comieron payaso; Karla llegó llorando y se encerró en la tienda... ¿Qué pasó? ¿No se fue a caminar contigo? —ve a Irene.

Mauro también voltea a verla con gravedad, ella baja la mirada. De pronto Mauro tiene una idea bastante clara de lo que está sucediendo y de dónde vienen las preguntas intempestivas de Irene... Karla y Adam. Mauro se rasca la frente.

—Ay, ay, ay, ay, ayyyy —repite—. Llevo diez años conociéndolos, güeyes, y no dejan de sorprenderme.

—¿Qué? —Claudio los mira a ambos—. Mucho misterio, ¿no? ¿Ahora estamos en la parte críptica del viaje?

Irene sonríe un poco y explica:

—Estamos tratando de acomodar los veintes masivos que nos están cayendo.

—Ya. ¿Les late acomodarlos con un poco de sopa de lentejas? Se va a enfriar —Claudio señala con la cabeza en dirección al campamento.

Irene sonríe.

—Eso me haría muy feliz.

Claudio repara en ese momento en el rostro abotagado de Irene.

—¿Estás bien?

—Sí, ¿por?

—No sé, te ves pachucha.

—Ha de ser la lloradera...

—Todos hemos llorado como marranos —dice Mauro.

—Sí, pero tú te ves triste. ¿Estás bien? —repite Claudio.

Irene lo mira a los ojos.

—Ahora sí. Mucho mejor.

Mauro emite un silbidito silente, no quiere ser indiscreto. Los tres emprenden el camino de regreso cuando de pronto Mauro se detiene y toma la cabeza de Claudio y la de Irene y las junta.

—Los amo con toda mi alma. Quiero que sean felices. No quiero más. Como quieran, como lo resuelvan. Quiero que sean felices. Sólo eso les quería decir.

Irene y Claudio lo abrazan. Se quedan así un momento y luego, sin soltarse, reanudan el paso. Se hacen un lío con los pies. Claudio se detiene y dice:

—A ver. Pie derecho primero… ¿Listos? Una, dos, tres…

Se ríen mientras arrancan con el mismo pie y vuelven caminando abrazados al campamento.

53

—Vénganse. Hay sopita. ¿Quieren de lentejas o de pollo con arroz? —Lencho muestra un plato hondo.

Al oler la comida, a Irene, Claudio y Mauro se les abre el apetito de forma repentina y voraz. Karla come en silencio, con la mirada fija en su plato.

—Nomás que sólo hay cuatro platos, así que nos estamos compartiendo —explica Denisse.

—¿Por qué nadie trajo suficientes platos ni tazas ni nada? —se queja Javiera.

—Porque eran los únicos que tenía en mi casa —responde Karla—. Pensé que los demás iban a traer.

—No te hagas. Es porque te encanta que compartamos nuestras babas —dice Javi.

—Peores cosas hemos compartido… —dice Karla.

—Jajajajaja.

Irene y Karla intercambian una mirada fugaz. Irene vuelve a sentir el ardor de la rabia, pero se le olvida en cuanto le pasan un plato de lentejas. Al primer bocado, siente cómo un cálido aliento de vida se reintegra en su sistema.

—Gracias —dice bajito—. Está buenísima.

—De nylon —dice Denisse.

—¡Ya me acordé de otro! —Lencho se pega en la pierna—. En Perú le dicen pava. O pavita…

—También le dicen pachamama —dice Claudio, reanudando.

—¿De qué hablan? —pregunta Irene.

—Estamos acordándonos de todas las formas en que se le dice bacha a la bacha —aclara Lencho.

—Cola, chicharra, chicho… —dice Mauro.

—La chusta o el chustazo, en España —recuerda Claudio.

—No sé por qué tengo la sensación de que aquí hay una bola de erizos… —observa Irene.

—Jajajaja.

—¿Tú no traes nada de mota, López? —Javi junta las manos.

—Nel.

—Chale…

—Güey, ha estado delicioso así —dice Denisse.

—¡La mocha! —recuerda Mauro.

—Ésa es Irene… —Javi la señala.

—Jajajajaja.

Irene amaga con lanzarle la cuchara.

—¡Claro que no, güey! Ya no soy mocha y mi trabajo me ha costado.

—Salud —Claudio levanta su cantimplora antes de darle un trago. Luego recibe el plato con lentejas de manos de Irene.

—Güey, ¿qué tal la técnica del pasador para fumar bacha? —dice Javiera—. O la de juntar dos moneditas de diez centavos…

—A huevo —se ríe Mauro.

—Les traje una sorpresa —anuncia Lorenzo, abriendo una bolsa de tela.

—¿A ver? —asoma Claudio—. ¿Es mota?

Lencho extrae unos Nitos de chocolate para asar en la fogata.

—No hay bachas, pero sí hay monchis —y al decirlo mira directamente a Denisse, quien sonríe.

—¿Negritos? —dice Claudio.

—Nitos, por favor, no seas políticamente incorrecto —corrige Lencho.

—Oh, perdón.

—Chale, no trajimos servilletas… —dice Karla, tanteando a su alrededor.

—¡Yo traje! —dice Denisse, con la boca llena de sopa de pollo con arroz.

—¿Dónde quedaron?

—En la bolsa roja de asas, en nuestra tienda.

Karla se pone de pie.

—Las traigo.

Karla se aleja y camina hasta el extremo del campamento. Poco a poco la conversación se vuelve ininteligible y sólo las risas resuenan con claridad. Karla abre la tienda, entra y se pone en cuclillas para buscar las servilletas en la bolsa roja cuando ve a Irene plantada junto a ella.

—Creo que nada más hay servitoallas… Pero jalan, ¿no? —Karla se las muestra.

—Amo a Claudio.

—¿Qué cosa?

—Lo amo desde el día que lo conocí. Es la primera vez que lo digo con estas palabras.

—Okey… —Karla se incorpora lentamente.

—Y él a mí.

—O-keeey… —Karla escucha con cautela.

—Sólo estuvimos juntos una vez. También fue un faje. Tampoco cogimos. Fue el día antes de la boda de Javiera.

Karla tiene que esforzarse por salir del impacto y poner a trabajar su cerebro a toda velocidad para reubicar las piezas de un rompecabezas conocido en un orden inesperado y completamente distinto:

—¿Eso fue cuando supuestamente te llevó a entregar unos exámenes...?

—Sí, esa vez. Y dos días después de eso, Adam se murió. Y yo estos años todo el tiempo creí que se mató porque se enteró de que Claudio y yo habíamos tenido ondas.

—Fuck...

Karla está alucinada. Se queda callada, procesando la información, se agarra el pelo y vuelve a decir:

—Fuck... ¡Claudio!

Karla escruta a Irene como si la estuviera viendo con anteojos después de una vida entera de miopía. Algo largamente observado, pero no distinguido. ¡Claudio! Por supuesto... Era una locura, y al mismo tiempo tenía completa lógica.

—¿Alguien más lo sabe?

—Nada más Denisse. Bueno, ahora Mauro también. Aunque creo que ya sabía desde antes.

—Así que... ¿siete años te callaste esto?

—Nueve.

Karla continúa con las manos amarradas encima de la cabeza, con la vista clavada en la tierra. Su cabeza va a mil revoluciones por segundo, pero en lugar de decir cualquiera de las cosas que está pensando, lo que hace es mirar a Irene y decirle:

—Pfffft... No sé cómo no te volviste loca.

—Yo tampoco.

Irene patea la tierra con la punta de su botín.

—Y ahora Claudio tiene un hijo en la punta del continente, y Adam está muerto, y ya valió todo madres.

—¿Por qué lo ves así de negro?

Irene junta las manos.

—Por favor, Karla, no te pongas de sabia conmigo ahorita. Please.

Karla arruga el entrecejo y cierra el pico. Irene continúa:

—Toda la vida pensé que Claudio había sido un error. Y ahora me sales tú con toda esa historia de Puebla y ya no sé dónde estoy parada. Ya no sé quién era Adam, ni yo, ya no sé qué chingados...

—A lo mejor Claudio sí fue un error, pero no como siempre lo has pensado.

Irene ve a Karla de soslayo.

—Si no te hubieras fijado en Claudio, igual y hubieras durado un rato más con Adam, y hubieran tronado como les pasa a muchas parejas que empiezan chavitos, y hubieran conocido a otras personas y tan tan. Pero la culpa de querer con Claudio te hizo aferrarte más a Adam. En ese sentido Caudio sí fue una desgracia para ti. No te dejó darte cuenta de que la neta... igual y Adam te aburrió rápido.

—Adam no me aburrió —se defiende Irene, pero en realidad le hace sentido cada palabra que Karla le dice. ¿Qué hace la gente que nunca se da cuenta de las cosas, que nunca las ve?, se pregunta. ¿Qué hace la gente que se queda toda la vida en relaciones truncas y viviendo con secretos, insatisfacciones y tristezas? ¿Será que la solución es tan simple como no hacerse pendejo, como dice Mauro? Aunque a lo mejor no es simple, para nada...

—Perdóname —dice Karla—. Sólo quiero ayudarte a ver que...

—¡No me ayudes! ¿Va? No necesito que me ayuden. Estoy enamorada del pinche Ulises. Déjame que me lo coma como pueda.

—Para que haya un Ulises tiene que haber una Penélope, ¿no? —apunta Karla.

—¿Y eso qué quiere decir?

Karla levanta ambas manos, como pidiendo paz. Las dos se quedan ahí, sin atreverse a irse, sufriéndose como jamás lo habían hecho y necesitándose más que nunca.

—Estoy muy enojada contigo, cabrona. Mucho —dice Irene, por fin—. Pero tuviste suerte de que yo me haya besado con Claudio esa vez.

Y sin decir más, agarra el paquete de servitoallas por agarrarse de cualquier cosa, y se aleja caminando de vuelta a la fogata. Karla se queda ahí un rato, haciendo tierra.

* * *

—Ok, ya estamos todos —dice Lencho cuando ve a Karla aproximándose de nuevo a la fogata.

—¿Por qué, o qué? —Karla se sienta en una silla plegable libre que Lencho le muestra con la mano.

Irene la mira. Las risas han cesado. El ambiente es más serio que hace un rato. Todos observan el fuego, solemnes. Claudio explica:

—Estamos tirándoles una buena onda a los abuelitos por habernos acompañado en esta experiencia.

—¿Los abuelitos? —pregunta Karla, fuera de contexto.

—Al fuego y al *hikuri*, como una cosa de agradecimiento —explica Mauro.

—Ah, ya, ya —Karla regresa al canal místico después de haber estado un rato desbordada en pasiones de otro tipo.

—Y si queremos, podemos hacerles una ofrenda —dice Claudio.

—¿Ofrenda? —Javi se preocupa—. Yo no sabía, yo no traje nada...

—No importa —explica Mauro—. Pueden ser unas palabras, o una intención... Yo traía mi ofrenda en mi mochila, pero se me perdió...

—Cálmate, misterios —le dice Javi, bajito.

—¿Quién empieza entonces? —retoma Claudio.

Lencho se pone de pie ante la fogata. Se aclara la garganta y dice:

—Yo quiero ofrecerle al abuelito fuego y al increíble y alucinante venadito azul las cuerdas de mi primera guitarra. He dejado la música por mucho tiempo y aquí llegué a la conclusión de que tengo muchas ganas de retomarla y ya no quiero ponerme más pretextos para no hacerlo.

—Vientos —sonríe Denisse.

—Pero quiero retomarla por amor. No por hacerme famoso ni por lograr nada con ello…

—Nunca te vas a hacer famoso como músico, gordito, sorry que te tell you —dice Javi.

Hay risitas.

—Por eso. Tons ya mejor lo acepto y lo disfruto.

—Me parece muy bien —dice Claudio.

—¿Y cuándo vas a hacer lo mismo con la escritura? —presiona Mauro.

—Oh, espérense, todavía no acabo.

—Ah.

—Éstas son como las cuerdas que han venido atándome a las medias tintas… —Lencho hace una pausa y suelta el aire—: A la mediocridad, pues, vamos a llamar a las cosas por su nombre. A no acabar de ser ni músico, ni escritor, ni amante, ni nada. Y no sé por qué es así, y tal vez nunca lo sepa, pero hoy sé que ya no lo quiero.

—Wow… —se escucha la voz de Karla, casi en un susurro.

—Y pues eso. Gracias por la claridad.

Lencho avienta las cuerdas al fuego. Las mira crujir entre las llamas unos instantes, y regresa a la piedra donde estaba sentado. Cruza una breve pero significativa mirada con Denisse, quien le sonríe. Todos se quedan en silencio unos minutos. De pronto habla Javiera, la voz le tiembla un poco al decir:

—Yo no traje nada pero pues me traje a mí misma, y le doy gracias con todo mi ser a la vida o a Dios o lo que sea por haberme… por haber hecho que coincidiera en el mundo con ustedes. Este fin de semana y toda mi vida.

—Me sumo —dice Mauro— gracias.

—Yo también —dicen unos.

—Gracias —repiten otros.

Lencho toma la mano de Javi y la aprieta. Con su mano libre, Javi toma la de Denisse. Momentos después, Claudio se pone de pie.

—Pues yo le traje al fuego… esto.

Claudio extrae su vieja libreta, toda desencuadernada.

—¿Tu cuaderno de viajes? ¡No! —Irene se aflige. Sabe lo especial que es esa libreta para Claudio.

—¡Es una reliquia, güey! ¡No la tires! —la secunda Denisse.

—No la estoy tirando, es para alimentar al fuego.

—Pero igual, es un objeto que vale mucho para ti —insiste Denisse.

—Los objetos no son lo que más vale en esta vida, ¿eh?… —ataja Mauro.

—Ya sé que no —gruñe Denisse—. Pero hay cosas que valen por lo que significan.

—Exacto —la apoya Karla—. Yo tampoco la tiraría.

Claudio ve su libreta. Parece dudarlo.

—Y además… ¿toda la info que tienes archivada ahí…? —dice Javi.

—Ya lo pasé todo a electrónico. Le había caído encima de todo a esta madre: chela, vino, café... ya se estaba medio borrando, la perdí dos veces... Lo pasé todo antes de que valiera madres.

—Pero por eso. Tiene mucha historia. Guárdala —dice Javiera.

Claudio respira hondo y los mira:

—Estar aquí hoy... lo que he vivido este día... vale mucho más que todos los recuerdos que están aquí. Quiero agradecerlo —afirma, decidido.

Irene sonríe.

—¿No quieres guardarla para cuando seas viejo? Imagínate cuando le expliques a tu hijo cada nombre y cada dirección que está ahí... —insiste Denisse.

Claudio vuelve a mirar su libreta.

—No es a huevo ofrendar algo, carnal. Todo esto es gratis —Mauro señala a su alrededor con la cabeza.

—Yo sé, yo sé. Pero todo va a arder tarde o temprano. Así que prefiero que sea ahorita.

—Uf... —Lencho alza las cejas—. Ok.

—Necesito hacer esto. Por mí.

Mauro asiente. Ya nadie replica. Claudio arroja el cuaderno. Irene siente cómo las entrañas se le doblan igual que se doblan las hojas de papel entre las llamas. Es cierto: tarde o temprano, así sucederá con todo. Todo arderá. Piensa que así se fueron Adam y su madre, envueltos en fuego. Claudio se da cuenta de que Irene ha vuelto a ponerse triste, y se asegura de que ella lo esté mirando para decir:

—Lo que importa es lo que empecemos a escribir a partir de ahora.

Irene desvía la mirada de inmediato y voltea a ver sus propias manos. Aún no sabe bien qué hacer. No es exactamente que se sienta presionada por la intensidad de Claudio, pero intuye que antes de sus relaciones, hay algo más urgente que debe atender. Saca su cajetilla de cigarros. Claudio se sienta y, unos instantes después, Karla se pone de pie y se acerca al fuego seguida de una serie de miradas expectantes.

—Ufff... ok. Yo quiero ofrendar esto... —y al decirlo, se quita la pulsera trenzada de imitación piel que lleva en la muñeca.

Cuando Claudio la ve, un tropel de imágenes y palabras se le agolpan. Es la misma pulsera que encontró en el cajón bajo llave de Adam y ahora lo asocia: Karla y su hermano las llevaban puestas en la foto que encontró de ellos dos en una fiesta patronal. Las lágrimas tensas de Karla y de Irene hace un rato... Ese "perdóname" olvidado en la basura virtual de la computadora de su hermano... De pronto todo hace sentido. Todo encaja. Claudio comprende al fin por qué Adam salió corriendo de ese hotel en Acapulco al enterarse por Anna de que él había estado hasta la madrugada en la casa de Irene: huyó porque de pronto tuvo permiso. Estaba loco de rabia, había sufrido una estocada, una traición. Pero salió corriendo como si por fin pudiera hacerlo, como quien sale a la vida y a una libertad largamente anhelada, con toda la furia y la tristeza y la adrenalina de quien al mismo tiempo está saliendo a encontrarse con lo que más teme. La voz de Karla distrae a Claudio de sus pensamientos:

—Igual y aventamos cosas al fuego por no aventarnos nosotros, ¿verdad? —se ríe.

Lencho y Mauro sonríen. Irene está seria, expectante. Karla continúa, analizando la pulsera entre sus dedos:

—Vine aquí con ganas de descubrir qué quiero. Me di cuenta de que ya lo tengo.

Voltea de nuevo hacia el fuego:

—Gracias por el regalo de ayudarnos a caminar más ligeros.

—Gracias... —susurra Mauro.

—Y gracias a nosotros por todo el amor y la chamba que nos trajo hasta aquí hoy —termina Karla.

Javiera sonríe, tomando la mano de Denisse de un lado y la de Lencho del otro.

Karla lanza la pulsera al fuego, pero no lo hace con suficiente fuerza y se queda atorada en una piedra. Está por tomarla cuando Claudio la detiene:

—Espérate, te vas a quemar...

Claudio se incorpora, toma la pulsera con presteza y, sin pensarlo demasiado, la echa al fuego. Luego recapacita y con apuro le dice a Karla:

—Perdón, la querías echar tú...

—No, no, así está perfecto... —dice Karla, y voltea a ver a Irene.

Luego regresa a sentarse. Ya nadie más se levanta. Se instala un silencio que todos agradecen. Denisse ha tenido el impulso de decir algo todo el rato pero siente que en cuanto empiece a hablar, el llanto la va a desbordar. No le da pena llorar delante de sus amigos, pero es demasiado lo que trae dentro, muy revuelto. Prefiere escuchar y agradecer en silencio. Y de pronto cae en cuenta de algo. Cuando comieron el peyote, todos dijeron una petición. Cuando rezaba de chavita, siempre era para pedir cosas, piensa. Para pasar un examen, para que no temblara, por la paz del mundo, para que mis papás no se separaran. Desde que empezó el viaje, lo único que hemos hecho es agradecer. Creo que ahorita a nadie se le ocurriría pedir nada. Y a lo mejor de eso se trata. De dar gracias, nomás. Denisse está a punto de decirlo en voz alta pero Javiera se adelanta:

—Uf. Estoy viendo unos fractales loquísimos...

—Yo también —dice Mauro—. De colores. Son como caleidoscopios.

—Exacto...

—Yo veo como destellos... como colores que centellean. Pero son como súper nítidos, súper simétricos —dice Karla.

—Pero sólo al cerrar los ojos —añade Lencho.

—Sí, sólo al cerrar los ojos —dice Javi.

—No mames, sí es cierto... qué increíble se ve... —comprueba Denisse.

—¿Verdad?

—Wow... qué geometrías... —dice Claudio.

En ese tenor es el intercambio durante un buen rato, hasta que Irene interrumpe:

—Yo también quiero ofrecer algo.

Todos abren los ojos. Irene está de pie junto a la fogata. Claudio toma agua y la pasa.

—Hoy gracias al abuelo me di cuenta de muchas cosas importantes. Y me di cuenta de que hay muchas cosas que quiero, pero antes tengo que hacer algo con lo que no quiero. Y lo primero que no quiero es apestar, ni sentirme esclavizada. No quiero más gasto ni enfermedad ni muerte en mi vida...

Lencho se yergue en su asiento, incrédulo.

Irene mira el fuego y comienza a decirle, firme:

—No me quiero morir de lo mismo que mi madre. Ni de lo que mató su cuerpo ni de lo que la mató en su vida, el resentimiento y la tristeza.

—Ay cabrón... —Javiera se cubre la cara con la bufanda.

Karla se muerde los nudillos con su mano libre. Claudio tiene la boca abierta.

—Para saber qué quiero, primero tengo que quererme yo.

Y se queda viendo el fuego, estrujando su cajetilla.

—Venga, tira ya esa chingadera —le dice Mauro.

—¡Sí! A la verga —la anima Denisse.

—¡Tírala ya! A la chingada —exclama Claudio.

Todos empiezan a dar palmas rítmicas:

—Que la tire... que la tire...

Con la mano izquierda, Irene se aferra al camafeo del ojo turco de su tía en el bolsillo de su pantalón. En un desgarro doloroso pero absolutamente necesario, Irene arroja su cajetilla de cigarros al fuego. Las palmadas se convierten en un aplauso general.

—Wow —dice Claudio.

Denisse se levanta emocionada y la abraza.

—Qué valor.

Al terminar de aplaudir, Mauro pregunta:

—¿Tiraste la de las colillas o la que tenía cigarros?

—La de cigarros, buey —responde Irene.

—Güey, no mames, ¡me la hubieras dado a mí!

—Jajajajaja.

Karla se aproxima y le dice a Irene, con sinceridad:

—Felicidades.

—Gracias.

Javiera se calza los guantes:

—Pero no entendí bien. ¿Ofreciste tus cigarros como agradecimiento, o le estás pidiendo al fuego ayuda para dejarlo, o qué?

—Pues... una combinación de todo —responde Irene.

Hay un impasse. Mauro es el primero en prenderse un cigarro. Lo siguen Javiera y Karla.

—Habría que ir por más leña —Claudio señala con la cabeza el fuego, que está menguando.

Javiera levanta los brazos y se para de puntitas, bostezando:

—Señoras y señores, esta muñequita se va al sobre.

—¡Noooo! —protesta Mauro.

—¡Ya es tardísimo!

—Es cierto. Llevamos como diez horas viajando... —Denisse ve su reloj.

—Sí, la verdad yo también estoy madreado. Se me acaba de bajar la pila du-ro —confiesa Lencho.

—Yo me voy contigo —Irene se le acerca a Javiera.

Claudio hunde la nariz en su bufanda, decepcionado. Mauro le pone palabras a su malestar:

—Buuuu. ¿Por qué la prisa?

—Porque ahorita se le va a antojar un cigarro a Irene y se va a arrepentir de haberlo dejado —Javiera la abraza.

—Jajajajaja.

—Bueno, pero espérense, no se vayan así... un abrazo familiar... —Lencho extiende los brazos.

Todos se aproximan. Rebosantes, plenos, intensos y revueltos se apretujan formando un muégano humano bajo la luz de la luna.

—Buenas noches, queridos. Los amo tanto.

—Yo también.

—Yo también.

De pronto:

—¿Quién se echó un pedo? —Javi infla la nariz.

—¿De qué? —dice Lencho.

—¿Du quuu? —lo imita Claudio.

—Jajajaja.

—¡Riájale! ¡Te pasas, cabrón! —Mauro se desprende del círculo.

—Y eso que ayunó el güey —dice Claudio.

—Fueron las lentejas —se ríe Lencho.

Javiera se frota las manos:

—¿Qué prefieren? ¿Pedos de Lorenzo para siempre o frío de cagarse para siempre?

—Frío —dice Karla.

—Pedos —dice Irene.

—Jajajaja.

Se desmarcan. Antes de irse, Claudio toma la mano de Irene:

—Oye. Buenas noches.

—Buenas noches.

Irene le da un abrazo y respira hondo para quedarse con su olor. Cerca de su oído, susurra:

—Gracias.

—A ti.

Una vez en la tienda, Javiera se pone la pijama mientras tiembla y chasquea los dientes:

—¡Putisisísima madre, qué frío...!

—Está cabrón —Irene tirita entre risas—. Creo que yo nada más me voy a quitar los jeans y ya...

—No puedo creer que vamos a dormir en el desierto, bajo las estrellas. ¿Qué loco, no? Espero que ningún bicho venga a comernos...

—¿Como cuál bicho? ¿Un ote coyote?

—Ándale —Javiera se ríe y revuelve su mochila—. Güey, ¿traes antifaz? A mí se me olvidó.

—¿Antifaz? No mames...

—Me cuesta dormir sin antifaz y sin tapones para los oídos.

—Güey, estamos en el desierto, ¿qué chingados te va a despertar?

—Los ronquidos de Lencho, por ejemplo.

—Por eso pusimos la tienda hasta acá.

—Bueno.

Las dos se meten en sus sacos de dormir. Irene tiene ganas de contarle lo de Karla, pero se reprime. No quiere sembrar la discordia durante el viaje y además primero lo tiene que digerir ella misma. Está pensando si se toma un par de gotas de Rivotril para dormir porque siente que tiene la cabeza demasiado acelerada.

—¿Trajiste agua, Javi?

—No.

—Chale.

—Pero mejor no hay que tomar agua, qué hueva salirse a hacer pipí aquí —observa Javiera.

—Eso sí.

Irene decide que si no puede dormir, ya irá por el agua para las gotas. Apaga la luz de la linterna. De pronto, Javi le arrima el pie y susurra:

—Oye.

—¿Qué?

—Me da mucho gusto ser tu amiga.

—A mí también, güeris.

—¿Sí?

—¡Claro! Hace rato estaba pensando que tú me diste el consejo más sabio que me han dado hasta ahora.

—Ah, cabrón. ¿Yo? —Javi se gira hacia ella en la oscuridad.

—Sí. En el rave de Mali, cuando me acababa de comer mi primera traca y me entró el aterre...

—Ajá...

—... tú me dijiste que dejara de controlar y dejara pasar al placer.

—No me acuerdo. Pero sí es algo que pude haber dicho, jajaja.

—Güey, es básico. *Básico*. Contra el miedo, placer. No hay más.

—Jajaja, es una buena filosofía.

—¿Verdad?

—Hace poco vi una tarjeta en una farmacia. De estas chafas para regalar, que ya nadie regala —cuenta Javi.

—Ajá…

—En la foto salía un niñito comiéndose una paleta helada y decía: "La vida es como una paleta. Si la disfrutas, se acaba. Si no, también".

—Jajaja, wow, qué buen insight.

—Se me hizo lo más.

—¡Lo es!

Se acaba, piensa Irene. La vida se acaba como una paleta. Como nada que puedas repetir. Se acaba como una vacación, como un buen sexo, como un beso, como una sopa de lentejas. Se acaba como una tormenta. Como un libro. Que puedes volver a leer pero nunca volverá a ser la primera vez. Y vuelve a llover, y vuelve a haber un cine y un libro y una comida y un beso y una paleta. Hasta que ya no los hay. Se acaba como un sufrimiento. Como un dolor. Como un problema. Como una enfermedad. Como un día largo y fastidioso en hospitales, como una cruda, como una pálida, como una cola en el super. Y no pasa nada. Lo chistoso es que tenemos tiempo para todo eso, piensa. Para días aburridos, para años monótonos. Incluso los que somos intensos y vitalistas nos sacamos granos frente al espejo y palomeamos días de la semana con la actitud de quien tiene para gastar. Viendo pendejadas en la computadora hasta la madrugada. Y no pasa nada. Después del funeral de Adam, que parecía el último día de la tierra, hubo otro día y no pasó nada. La gente se fue a trabajar y a hacer sus cosas, y eso fue todo. La vida se pasa y no pasa nada… sólo que se pasa.

—Buenas noches, Javiruchis.

Javi toma su mano.

—Te quiero mucho.

—Y yo a ti.

Irene cierra los ojos. Ante ella comienzan a aparecer figuras caleidoscópicas en una danza cadenciosa, y una dulce pesadez la envuelve. En dos minutos está profundamente dormida.

DOMINGO

54

Irene abre los ojos como si algo externo la hubiera despertado, pero todo está en silencio. A su lado, Javiera duerme. Irene no tiene idea de qué hora es. Busca su celular pero comprueba que ya no tiene pila. Abre el cierre de la tienda y se asoma. Está amaneciendo. Hace mucho que no ve el amanecer. Decide salir. Saca su chamarra y sus botines, y vuelve a cerrar la tienda. El aire está frío y limpio, y se siente filoso al respirar. La fogata está apagada y las sillas están mojadas, se ve que llovió de nuevo en la madrugada. Hasta ese momento repara en el canto garboso de un ave que suena desde que despertó. Toma agua. Se lava la cara y los dientes con el tambo de agua de lluvia, se hace una coleta. Durmió escasas tres horas, pero está plenamente despierta y no siente cansancio. Decide ir a caminar. Olvida tomarse el omeprazol. Olvida que ya no tiene cigarros. Se interna entre las gobernadoras para hacer pipí y ahí, estando en cuclillas, lo ve: el cactus jorobado del que habló el Jefe el día anterior. Camina y se asoma; en efecto, torciendo hacia la derecha hay un camino. Decide seguirlo. El paisaje es un festín de arbustos, ceibas, raíces y cactáceas de todos los tamaños, formas, colores y agrupaciones. Tiene razón Javi, son como gente, piensa Irene. Como familias, como grupitos de amigos, en su propio viaje, que quién sabe cuál sea, viviendo en este mundo al mismo tiempo que yo. Irene quisiera tocarlos, pero las espinas hacen lo suyo y la disuaden, así que acaricia sus flores. Después de diez minutos caminando llega a un claro en el desierto, donde un álamo está recibiendo el día. Es el árbol de mi sueño, piensa Irene, y sonríe con todo su cuerpo. Podría no serlo, pero ella decide creer que lo es. Una telaraña se distingue entre las hojas, salpicada de rocío. A Irene no le gustan nada las arañas, ni un pelo, pero esta creación laboriosa y detallada brillando con la luz de la mañana le parece la obra de arte más asombrosa que ha visto, y piensa que así es todo lo vivo: magnífico y brutal. Hay pasto, reseco en secciones, salpicado de maleza y ramas, pero pasto al fin, y una elevación de terreno cercana. El fresco y los primeros rayos de la mañana la acarician. Y por primera vez en mucho tiempo, Irene se siente feliz. Llanamente. Sin motivos, y por todos los motivos. Feliz como no había vuelto a sentirse desde que volvía de la escuela cantando en el coche con su padre. Siente el impulso de abrazar el álamo, y abrazándolo vuelve a pensar en la vida. Cómo todo el tiempo está permitiéndose y sucediéndose, no importa lo que hagamos. Haciendo su trabajo. Moviéndose y continuándose como la lava que corre bajo nuestros pies y la sangre en nuestras venas. Buscando seguir. Y sólo eso. Seguir, siempre.

Cuando Irene se separa del álamo, ve que él está ahí. Como una aparición. Como lo soñó durante nueve años y como lo fantaseó a la vuelta de las esquinas en Viena, esperando encontrárselo por casualidad. Ahí está su amor. Y sin más preámbulos, salta. Sin palabras van uno hacia el otro y se arrancan la ropa y la muerte de encima. Se tiran al pasto, se tocan, se lamen, se muerden, se chupan, se respiran y se penetran. Como si fuera su única oportunidad. Después del último gemido de ella quedan tendidos sobre el pasto, sin darse cuenta de que tienen heridas y rasguños en diferentes partes del cuerpo a causa de las piedras y las ramas que se les fueron encajando en el tránsito del placer. Cuando recupera el aliento, Irene pregunta:

—¿Me seguiste hasta acá?

—Nop.

—¿De veras?

—Te lo juro.

—Qué fuerte —se ríe Irene.

Claudio le busca la mirada. Una vez que asegura su atención, le dice:

—Voy a pedirte una cosa. Y no te la voy a pedir dos veces.

—¿Qué?

—Vente conmigo.

—¿Otra vez?

Claudio se ríe.

—¿A dónde? —Irene se pone seria.

—Al desierto mar.

—¿Cuánto tiempo?

—Para siempre.

—Nada es para siempre.

—El amor es eterno mientras dura.

—¿Eso no es de una canción?

—Creo que sí.

—Eres un romanticazo.

—Sobre todo esta mañana.

Irene se ríe y se queda viendo el cielo, enredada a su cintura y a sus piernas. El sol empieza a sentirse, dentro de una hora estará potente y los moscos de los que habló el Jefe harán su aparición.

—¿Dónde andas? —le pregunta él.

—Me da un poco de pena.

—Venga, dilo.

—Uf, es que lo que sentí ahorita está bien fuerte.

—¿Qué sentiste?

—Topé algo muy copal.

—Así andamos últimamente, ¿no?

—Pues sí —se ríe Irene.

—Venga, échalo.

—Estaba pensando que no hay nada más sagrado que un orgasmo. Que la naturaleza nos regale eso… está cabrón. Y tiene completa lógica, porque es el origen de todo. El sexo es el núcleo, el origen. Y es un milagro. Es como de un poder así… cósmico.

—¿Qué desayunaste, chula? ¿Té desierto?

—No he desayunado, grosero.

Irene se separa un poco y le pega en el brazo. Claudio la estrecha.

—Pinche intensa.

—Déjame en paz.

—¡No, está increíble!

Se ríen. Se besan y se besan. Sin nada que perder.

—¿Y te digo algo? Sabes muy rico sin cigarro.

Irene se retrae un poco.

—¿Las otras veces que me besaste sabía horrible, o qué…?

Claudio no responde. A Irene se le enciende la cara.

—¿Por qué no me dijiste nada?

—No sabías horrible. Pero ahora sabes mejor.

Irene sonríe, acaricia los nudillos de la mano de Claudio que descansa sobre su pecho. Claudio la hace mirarlo de nuevo:

—Pero volviendo al tema más interesante de esta mañana, tienes toda la razón: ninguna droga le llega ni a los talones a un orgasmo.

—¿Verdad que no? —Irene sonríe.

—*Petite mort*, le dicen los franceses.

—Ya sé. Pues si a mí me dijeran que me voy a morir teniendo un orgasmo, diría venga de aí. Sería un gran momento dónde pasar la eternidad.

Claudio se ríe.

—Estoy loca, ya sé.

—No pienso que estés loca. Estoy pensando otra cosa —dice Claudio.

—¿Qué?

—Que hay que repetirlo. Ahorita mismo.

En cuestión de segundos ella está encima de él, entre risas y jadeos. De pronto siente que algo respira en su espalda. Irene se gira. Es un borrego.

—¡Ay, carajo!

Irene se quita de un salto y Claudio se incorpora. Hay una veintena de borregos bajando el pequeño monte, y hasta atrás viene el pastor.

—¡No mames!

Riéndose como posesos, se visten a toda velocidad y regresan juntos por el camino andado, tomados de la mano.

55

Cuando Irene y Claudio llegan al campamento, ahí está el Jefe, sentado en una de las sillas plegables, tallando una nueva piedra con otro fósil. Mauro, Denisse y Karla están en torno al fuego matutino, calentando pan en la parrilla.

—Pásenle, pásenle, hay café, pan calientito, salami, llévelo —canturrea Mauro.

581

—Buenos días —dice Irene, sin soltar la mano de Claudio.

—Buenos días —Karla la mira sin evasivas.

—Qué tal, muchachos. ¿Cómo les fue ayer?

—De maravilla, Jefe —responde Claudio.

—Eso veo. Qué bueno, qué bueno. ¿Arreglaron sus pendientes?

—Algunos, sí… —sonríe Irene.

Mauro le lanza a Claudio una mirada de interrogación que Claudio le devuelve durante dos segundos que lo responden todo. Karla voltea a ver a Denisse, que a falta de información, se hace la occisa. Irene se acerca a Karla, cordial.

—¿Habrá una tacita?

—Las lavamos, están ahí.

Irene toma una taza y se dirige al Jefe:

—¿Cómo se llama el pájaro que estaba cantando bien tempranito? Cantaba precioso y no paraba.

—Ah, pues ha de ser el cenzontle. El pájaro de las cuatrocientas voces —explica el Jefe.

—Yo también lo escuché —dice Karla—. Increíble.

En eso se oye un rugido pavoroso. Es Lencho saliendo de su tienda.

—¡Nos días! —le sonríe Denisse.

—¡Días!

Lencho se estira entre sonidos guturales y luego aguza el olfato.

—¿Es pancito lo que huelo? ¡Qué rico!

Lencho se aproxima, lagañoso y sonriente; palmea a sus amigos, besa en la mejilla a sus amigas y le da las dos manos al Jefe.

—Buenos días, mi don.

—Buenos días, ¿cómo durmió?

—Excelente.

—¿Cómo amaneciste? ¿Infinito y santo? —lo molesta Denisse.

Todos se ríen.

—Exactamente, infinito y santo —dice Lencho.

Desayunan. También el Jefe se come un pan con salami y toma un poco de café, dándole tragos intermitentes a su anforita. De pronto se dirige a Mauro.

—¿Y a ti? ¿Cómo te trató la medicina? ¿Te enseñó lo que buscabas?

—Yo creo que me enseñó lo que no buscaba.

—Eso está mejor.

Todos se ríen.

—¿Y a ti, muchacha? —el Jefe ve a Denisse.

—Es una cosa muy impresionante —dice Denisse—. Todo el mundo debería de conocer al abuelo.

—¿Se lo recomendarías a quien sea? —el Jefe la ve.

Denisse se lo piensa. Los demás aguardan su respuesta.

—Bueno, a lo mejor no a quien sea…

—¿A quién no se lo recomendarías? —quiere saber Mauro.

Denisse sopea un poco de pan en su taza antes de responder:

—Pues… a alguien que no pueda… ¿aguantar su verdad?

Nadie dice más. Todos siguen comiendo en silencio, rumiando en sus propias circunstancias. Al cabo de un rato, Lencho mira a su alrededor y pregunta:

—¿Y Javi?

—Sigue jetona —Irene mira su tienda.

—Cómo jetea esa morra… —dice Karla—. Yo ya hasta corrí mis cinco kilómetros.

Claudio le sonríe a Irene, que está untándole miel a un pan, y no le lanza un beso porque no quiere ser imprudente.

—Estás cabrona, Karl… qué disciplina —dice Mauro.

—Me gusta. Y ya me acostumbré. Si no lo hago me siento mal.

—¿Te da como eriza del ejercicio? —sugiere Lencho.

—Ándale, me da como eriza —confiesa.

—¿Y tu dolor de espalda? —pregunta Claudio.

Karla se sorprende al comprobar que el dolor desapareció. Incluso lo había olvidado. Gira el cuello hacia un lado y hacia el otro.

—Pues ahorita no lo siento.

—No será por lo cómoda y derecha que dormiste en la tienda… —dice Mauro.

—No, pues no.

El Jefe se adelanta.

—¿Ahora sí ya vistes que es medicina?

Karla piensa que quizá lo que le quitó el dolor de espalda, la losa que cargaba, fue contarle la verdad a Irene. Asume que nunca lo sabrá. En cuanto Lorenzo se termina el último bocado de su segundo pan, se pone de pie y se sacude las migajas de las manos y de la ropa, buscando algo.

—Oigan, ¿alguien ubica un bote o una bolsa de plástico?

—¿Para?

—Me quiero llevar tierra de aquí.

—Buenísima idea. ¿Vas a plantar algo? —pregunta Denisse.

—Yes en inglés. Voy a plantar marihuana, hermana.

—¡Ole! ¿De plano? —Claudio se sorprende.

—Sí. Ya estuvo de comprarle a ese pinche negocio criminal.

—Bravo —opina Irene—. Yo te apoyo.

—Lo malo es que no tienes cocos porque los tiras —lo molesta Mauro.

—Ya conseguiré.

Lencho encuentra una bolsa de supermercado.

—Nada más no se lleven peyotes, muchachos —advierte el Jefe.

—No, ¿cómo cree? —replica Lencho—. Ya nos dijo ayer, don. Son cuatro años de cárcel por cada cabeza.

—Eso.

—No se preocupe. Además hay que dejarlos aquí pa' que sigan creciendo y no se acaben —dice Denisse.

—Muy bien.

—¿En serio hay riesgo de que se extinga el peyote? —Irene mastica su pan, consternada.

El Jefe vuelve a meditar su respuesta:

—El peyote sabe cuidarse, se esconde debajo de plantas espinosas. No es fácil que se acabe, pero pues... sí hay que cuidarlo.

—El día en que falte el peyote en el mundo, ahí sí ya nos jodimos... —concluye Mauro.

—Eso es —el Jefe se ríe, con su risa franca—. ¿Y cómo les fue con los aguaceros?

—¡Tremendos! Pero es impresionante la velocidad con que se seca la tierra aquí —dice Karla.

—¡Es que aquí todo se aprovecha! —dice el Jefe.

Javiera sale en ese momento de la tienda, frotándose las manos, despeinada y con los ojos hinchados de dormir.

—Buenos días, chula —le dice Denisse.

—Buenos días.

Javiera saluda de beso y abrazo a todos, incluyendo al Jefe.

—¿Cómo descansó? —le pregunta.

—Increíble.

—¿Quieres un pancito con miel? —pregunta Mauro.

—Sí, gracias. ¿Queda café?

—Ya no. Pero ahorita ponemos más.

Mauro se apresta a poner un nuevo pan en la parrilla, limpiar la olla y calentar más agua para café. Claudio e Irene se percatan de su diligencia y se miran. Denisse deja su plato limpio sobre sus rodillas y dice:

—Ok. Pues ahora sí ya estamos todos... Estábamos diciendo de ir a Real de Catorce antes de jalar para la ciudad, ¿cómo ven?

Karla se pone tensa. Aunque Irene y ella están llevando la situación con cordialidad, lo cierto es que Karla preferiría regresar a la ciudad cuanto antes.

—¿En plan comer ahí? —pregunta Claudio.

—Sí. De aquí está como a hora y media —explica Denisse—. Si salimos de ahí tipo a las cinco, llegaríamos a la ciudad pasadita la medianoche.

—Por mí está perfecto —dice Lencho.

—Creo que es mejor que jalemos de una vez para la ciudad. No vayamos a tener algún pedo... —dice por fin Karla.

—Tú tenías ganas de conocer Real de Catorce, ¿no? —se extraña Javiera.

—Pues sí. Pero como que ya se está acabando el veinte, ¿no? Ya mañana es lunes... —dice Karla.

—¿Y se rompe el encanto? —Mauro mira un reloj imaginario en su muñeca—. ¡Pero si todavía no son las doce! Es más. ¡No son ni las doce del día!

—Jajajajaja.

Irene se levanta para ayudar a Mauro a preparar más café y dice:

—Por mí está chido. Venir hasta acá sin conocer Real de Catorce sería una pena.

Karla la mira con una mezcla de suspicacia y esperanza. Irene le sostiene la mirada, sin sonrisas ni guiños, pero sin resquemor. Karla ya no dice más.

Con la punta de los dedos, Mauro levanta un pan tostado de la parrilla y lo echa en un plato, se sopla los dedos.

—Uf... sale otro.

Le pasa el plato a Javiera.

—Ahí hay mielecita...

—Gracias —dice Javi.

—A mi mujer le gusta Catorce —dice el Jefe.

—¿Cómo conoció a su esposa? —quiere saber Irene.

—Aquí, desde chiquillos. Ella también es de por aquí. Yo ya recogía lechuguilla, hacía lo que podía, como ahora. Ella quería casarse, yo le dije: Mira, yo no tengo nada que ofrecerte. Sus papás la mandaron a Estados Unidos. Y pus que se regresa un año después para estar conmigo... —el Jefe le sopla a la piedra que está tallando y se ríe—: Está loca.

Todos se ríen con él.

—Ok. El café está listo —anuncia Mauro—. ¿Quién dijo yo?

—¡Yo! Por favor —Javiera alza la mano—. ¿Y un cigarrito? ¿Please?

—Ni has tocado tu pan. ¿Ya vas a fumar? —le espeta Mauro.

—Cálmate, papá —dice Javiera—. ¿Un cigarrito? —repite—. ¿Irene?

—Ya no fumo.

—¡Ah, sí es cierto! ¿Sigues?

—Sigo.

—¿Desde cuándo? —pregunta el Jefe, con interés.

—Desde hoy a las cuatro de la mañana —responde Irene.

—Y se fumaba dos cajetillas... —dice Denisse.

—Ah, caray.

—No sé si sea buena idea que tomes café... —dice Karla.

Irene ve su taza.

—¿Por?

—¿No se te va a antojar el cigarro con el café?

Lencho media:

—Se le va a antojar el cigarro con todo. Con hablar, con respirar. Entre más rápido te acostumbres a hacer todo lo que hacías pero sin cigarro, mejor, flaca.

—Es cierto —interviene Denisse—. Yo cuando dejé de fumar me esperé como dos meses para tomarme una chela y cuando me la tomé se me antojó un cigarro como la muerte. Entre más rápido hagas vida normal, mejor.

—Ok... gracias —Irene se abre una paleta de caramelo de las que compraron en la carretera.

—¿Ya tan temprano vas a empezar con las paletitas? Mal te veo, comadre... —la regaña Javi.

—¿Lo dices porque voy a subir de peso?

—¿Por qué va a ser? —dice Denisse.

—La neta, me vale —asegura Irene.

—Así se habla, chingá —Lorenzo alza la mano y la choca con la de Irene.

—El peyote es muy bueno para dejar malos hábitos —dice el Jefe—. Yo por ejemplo, dejo la sobriedad todos los días… —muestra su anforita con aguardiente.

—Jajajajajajaja.

Lencho enjuaga su plato y su taza, y sale a buscar tierra del desierto. Llena la bolsa de supermercado. No es suficiente para llenar una maceta, pero sí para aderezar unas cuantas con algo muy especial. De regreso en el campamento, se sienta en una esquina de la pared de piedras, que es como una ventana abierta al desierto y al cielo, a escribir en un cuaderno de pasta roja. Al cabo de media hora, Denisse se le acerca.

—¿Qué escribes?

Lorenzo se retrae insintivamente, cierra el cuaderno.

—Nada… huevadas mías.

—¿Me enseñas?

—Este… ¿algún día?

Denisse nada más sonríe y lo deja solo. Regresa a donde los demás terminan a recoger los cacharros. Irene y Karla mantienen una distancia prudente, intentan no toparse demasiado. Denisse lo nota. Se lleva a Irene aparte:

—¿Qué chingados?

—¿Con qué?

—¿Con qué? —la remeda Denisse—. ¡Con Claudio, güey!

Irene la ve y sonríe de oreja a oreja:

—Todo.

—¡No!

—Sip.

A Denisse se le llenan los ojos de lágrimas. Jala a Irene hacia sí y la abraza tan fuerte que la sofoca.

—Pérate, me vas a romper un hueso.

Al separarse:

—¿Y con Karla qué pex?

—¿De qué?

—Andan medias raras, ¿no?

—¿Se nota?

—¿Qué pasó?

—Es largo de contar. Pero ya sabe de Claudio…

En ese momento se acerca Javiera.

—Ya, no hagan grupitos.

Irene le lanza a Denisse una mirada de luego te cuento.

—¿Me prestan pasta de dientes?

En otro punto del campamento, Claudio llega con Mauro a quitar el toldo.

—Felicidades, chato —dice Mauro.

—Gracias.

—Se te desborda la melcocha, mano, no te vayas a resbalar.

—Jajajaja.

—¿Me vas a contar o qué?

—Obviamente no, güey —Claudio desamarra la cuerda que sostiene una de las esquinas del toldo.

—Ah, bueno. ¿Pero se cumplieron tus expectativas? —Mauro suelta el otro extremo, detenido con piedras en la pared.

—¿Qué clase de pregunta es ésa, güey?

—No sé, no sé, yo nomás digo que son muchos años de blue balls, güey. Claudio se ríe y desvía el tema:

—Oye, hay que darle algo al Jefe, ¿no?

—Sí, hay que juntarle un agradecimiento.

Claudio y Mauro terminan de doblar el toldo y después reúnen la cooperación entre todos y se la dan al Jefe, que la acepta agradecido. Karla y Claudio además le compran un fósil tallado para sus hijos. Después, los siete se ponen a levantar las tiendas. Denisse sugiere que guarden la suya entre todos, para que sea más rápido. Mientras lo hacen, Mauro les cuenta:

—Ayer en algún punto de la noche, topé algo muy copal.

—Tengo miedoooo —canta Denisse.

—Jajaja.

—Ya, no me repriman —dice Mauro—. Topé que la vida sigue siendo la misma desde el principio de la vida. O sea… esto que todos sentimos de que somos parte de lo mismo, no es nada más una sensación. Es que *en realidad* somos el mismo organismo vivo, seguimos siéndolo desde que empezó la vida.

—¿Tipo LUCA? —plantea Lencho.

—¿El que vive en el second floor, como la canción? —dice Javi.

—Jajajaja, no, güey. LUCA es el Last Universal Common Ancestor. El organismo vivo del que salimos todos los demás —explica Lencho.

—Pero eso ya lo sabía Darwin. Es es el principio de la genética, ¿no? La información que se transmite generación tras generación… —dice Claudio.

—Pero no es sólo un rollo genético, la vida también se prolonga en un plano orgánico —asocia Irene.

—¿Cómo, cómo? —cuestiona Javi.

—Con la transformación de la materia, pues. Cuando se nos cae la piel sin darnos cuenta y esa piel se la come un bicho y a ese bicho se lo come un pájaro y el pájaro caga, y así…

—¿Y entonces esta vida cómo se llamaría? En la que estamos ahorita… —dice Denisse.

—Yo le llamaría algo así como… la vida del cuerpo y la mente consciente —responde Mauro.

—Vida física, se podría llamar —sugiere Karla.

—Ándale. Más cortito.

—Oigan, físicos, ¿qué hacemos con todas esas bolsas grandes que están en la pared? —señala Javiera.

—Son con las que tapamos las ramas, yo las puse a secar. Hay que doblarlas y guardarlas —indica Claudio.

—Sale.

Javiera se pone con ello.

—Yo agregaría otra —dice Karla.

—¿A ver? —se interesa Mauro.

—La vida psíquica.

—¿Los pensamientos?

—No, porque ésos forman parte de la vida física, ¿no? Para tener pensamientos necesitas tener cerebro.

—Ok... ¿entonces?

—Pues es cómo la gente sigue viva *después* de su vida física a través de los pensamientos de otros.

—Wórale, eso sí que está copal —Javiera dobla una bolsa.

El Jefe, que sigue ahí, sentado cerca y escuchándolo todo, se ríe.

—Y eso puede ser bueno o puede ser malo —añade Karla.

—¿Por qué malo? —pregunta Claudio.

—Imagínate tener en tu mente a tu madre muerta hablándote como si viviera, controlando tu vida.

Irene se estremece. Javiera opina:

—Eso es como de película de terror.

—Pues ésas son las películas de terror que me dan de comer, manita —dice Karla.

—Jajajaja.

—Escríbela, Lencho —propone Irene.

—No necesito escribirla, es la historia de mi vida.

—Jajajajaja.

—Yo les tengo otra —dice el Jefe.

—¿Otro tipo de vida? —pregunta Denisse.

—Hey.

—¡Venga, don! —dice Claudio—. ¿Cuál?

—Ustedes pónganle el nombre que quieran. Pero es lo que tú estabas haciendo hace ratito, ahí subido en la pared —señala a Lorenzo con la cabeza.

—¿Escribir?

—Ándale. Pero pueden ser más cosas. Miren, yo tengo doce nietos y cinco bisnietos.

—Sí, ayer nos contó —dice Mauro.

—Mucha vida genética ahí... —Irene quita una estaca y la echa a un montón.

El Jefe asiente y describe:

—Mi abuelita inventaba canciones. Se iba a caminar en el desierto a recoger lechuguilla, como yo y como mi papá, y así, se ponía a inventar canciones... y luego nos las cantaba, y nos las aprendíamos. Yo y mi mujer se las enseñamos a nuestros hijos. Mis bisnietos se saben esas canciones. Y cuando las cantan, pus... ahí sigue mi abuela.

—Qué lindo —Irene echa las estacas en su bolsa.

—¿Pero eso no es como la vida psíquica que decía Karla? —Denisse comienza a doblar una de las varillas de la tienda.

Mauro se entusiasma:

—Yo creo que es diferente. En la vida psíquica, vive en tu mente gente que conociste, ¿no? En la que dice el Jefe puedes vivir en la mente de *mucha* gente a lo largo del tiempo, aunque no las hayas conocido, gracias a que creaste algo… como si hubieras impreso ahí tu alma. Es un tipo de vida transcendental. ¿No?

—Ándele, eso podría ser —asiente el Jefe—. Miren, ya hasta nos pusimos filosóficos, muchachos…

Todos se ríen.

—Es que si se dan cuenta, la verdad es que todos los humanos somos huérfanos —dice Lencho—. ¿Dónde están poniendo las estacas?

—En esta bolsa —muestra Irene—. ¿Cómo que huérfanos?

—Sí. Somos como eternos huérfanos. Llegamos al mundo en blanco. O en negro, como quieran. Venimos de un chingo de muertos que dejamos detrás… que estuvieron pero ya no están… Lo único que tenemos para enfrentar la vida son los conocimientos que esos güeyes nos dejaron para sobrevivir. Desde cómo hacer fuego hasta… cómo fabricar unos zapatos.

—¿Y luego? —pregunta Javi.

—¿Y luego, qué?

—¿Ése qué tipo de vida es?

—No sé. Lo que quiero decir es que en esta vida hay que tratar de dejar algo, ¿no? No podemos llegar nada más a gastar los recursos y a hacer basura —dice Lencho.

—¿Y si tienes hijos, no cuenta? —pregunta Karla.

—Pues está chido. Pero sólo si les dejas algo más que su existencia —piensa Lencho en voz alta—. O sea… lo chido es que les dejes alguna herramienta para sobrevivir que puedan transmitir. Para mí eso sería tener una vida "trascendental", como dice aquí el licenciado —ve a Mauro.

—Totalmente de acuerdo —afirma Claudio.

—¿Y la reencarnación? —Javiera está en cuclillas, enrollando un sleeping bag.

—¿Qué con la reencarnación? —dice Mauro.

—¿Ésa no puede ser otro tipo de vida?

—Deja, güera, ese sleeping es mío, yo lo doblo —dice Karla.

—Ay, ya, da igual… —Javiera voltea a ver a Mauro—. ¿Cuáles eran las otras vidas?

—La orgánica, la psíquica y la trascendental —recuenta Irene.

—Y la física —dice Karla.

—Y la genética —dice Claudio.

—Eso. ¿No creen que haya una sexta vida que sea la reencarnación? Tú creías en la reencarnación, ¿no, Claudio? Estuviste clavado en la onda budista un rato —dice Javi.

Claudio está en medio de una maniobra complicada, doblando la tienda junto con Lencho y Denisse.

—La reencarnación es una mamada —se adelanta Lencho.

—*Claudio*, dije... —gruñe Javiera.

Él termina de doblar su sección y responde:

—La neta, no tengo la más puta idea. O sea... no creo ni *no* creo que pase algo después de la muerte. Es imposible saber. Y se me hace ocioso preocuparse por eso.

—El arte y la filosofía parten del ocio, man... —dice Lencho.

Claudio se detiene y busca las palabras.

—Pero la muerte no se puede comprender. Sólo podemos fantasear con ella, siempre es imaginaria. En la vida sólo existe o el dolor por la muerte de otros, o la... preocupación por la muerte de uno. Creer en lo que sea es una chaqueta mental, no hay antídotos.

—Exacto. ¿A alguien le sirvió "creer" en algo cuando Adam se murió? —Mauro les clava a todos una estaca invisible.

Se quedan callados. De pronto Denisse sugiere:

—A mí no se me hace tan malo que las religiones ayuden a aceptar la muerte. De todas formas va a llegar, entonces mejor no vivir apanicado, ¿no?

Lencho enreda una de las cuerdas del toldo:

—Vivimos apanicados por eso de todas formas. Y tanto choro de aceptar la muerte... o hasta verla como algo deseable porque siempre hay algo mejor después... chale, a mí me suena sospechoso. Se me hace que también ha sido una estrategia de los poderosos para que siempre haya gente que vaya y se muera por ellos.

—¡Eso! Si todo el mundo pensara en su vida como lo más valioso, nadie se iría a pelear a una guerra, ni aceptaría quitarle la vida a nadie —dice Irene.

El Jefe sigue tallando su piedra con una sonrisa.

—Es más —sigue Irene—, si todo en el universo está cambiando, algo que supuestamente no cambia *nunca*... también es como sospechoso, ¿no?

Karla medita y añade:

—El problema no son las religiones. O sea, sí, pero no por sí solas. El problema es cualquiera que te diga que *sabe* lo que tienes que hacer. Que te diga "yo sé cómo es el pedo".

—Por eso me caga el chamanismo... —dice Mauro.

—¿Por qué? —se interesa el Jefe.

Lencho y Javiera ayudan a Denisse a meter la tienda ya doblada en su bolsa mientras Mauro explica:

—Pues vean por ejemplo esta experiencia que tuvimos. Todos llegamos aquí con nuestros rollos y nuestros... huecos y con ganas de descubrir cosas a través del peyote, ¿no? Y el peyote nos echó la mano. Tan tan. Lo que te pueda decir otro mortal vale pito. O sea... la experiencia con lo sagrado es personal y no hay nadie en el mundo que pueda decir que es más "espiritual" que tú ni que tiene más "derecho" sobre lo sagrado que tú... ni que te va a dar "chance" de que entres a ese mundo, porque decidió que eres digno de él. ¿Como de parte de quién?

Irene y Claudio asienten, convencidos.

—Pero también estás de acuerdo que no fue el peyote por sí solo... lo que descubriste ya lo traías, le habías estado dando muchas vueltas... —dice Karla.

Mauro afirma.

—Para mí eso es lo más importante, la neta —dice Karla.

—¿Qué cosa? —pregunta Javiera.

—Que somos responsables. De nuestra vida, de lo que nos pasa. Cuando le avientas ese paquete a una droga o a un Dios... o a un gobernante o a tus jefes o cualquier cosa externa... es como el esoterismo... —Karla alza ambos pulgares—: chingón que te digan que vas a tener buena suerte, ¿pero qué estás haciendo tú para que eso pase?

—Pues sí... —admite Javi—. Pero bien que te echó a andar la bruja esa que te predijo a Mercedes, no te hagas.

Hay risitas, Karla termina riéndose también, acorralada. Irene la ve y piensa, Te odio, cabrona. Te odio por todo lo que te quiero y ya no puedo quererte como antes. ¿Algún día podré quererte como antes?

—Yo les confieso que sí se me antoja pensar que hay algo más para la mente o para el alma después de morir —dice Mauro.

—¿En serio, güey? —Claudio lo ve.

—La neta, sí. A veces de veras creo que la conciencia nos tiene que llevar a otro lado. ¿Si no, para qué tanto? ¿Para qué darse cuenta de todo? ¿Para qué soñar en las noches?

El Jefe inclina la cabeza, coincidiendo. Mauro continúa:

—Y además, esta sensación que tenemos de que todo es así... delimitado y concreto... es una ilusión. Es una de las cosas de las que te das cuenta con los psicodélicos. O sea... el pedo es mucho más... no sé, hay *mucho* más. Muerte, vida... ¿qué es eso? Conceptos limitados formulados con nuestras mentes limitadas.

—Exacto. No tenemos idea de qué pedo con nada, realmente —dice Mauro.

Lencho termina de cerrar la bolsa de la tienda, se seca unas gotas de sudor de la frente y declara:

—Pues sí, y como dice aquí López, todo lo que pueda pasar después, es pura especulación. La única realidad palpable... aunque sea limitada... es que nos vamos a ir a la verga. Como dijo el buen Schopenhauer, fuimos y seremos nada. ¿Y qué tenemos contra eso? —Lencho abre los brazos y gira sobre sí mismo—: ESTO. Nada más y nada menos. Éste es el antídoto.

Denisse, que está cerca, le hace un cariño sentido al pasar.

—Y lo bueno es que nada más nos vamos a morir una vez —dice Javiera.

Todos se ríen.

El Jefe levanta la vista de su piedra y los mira:

—Mi abuela decía: "¿Por qué te preocupas por la muerte? No hay que preocuparse por la muerte. ¡No vas a estar vivo cuando pase!".

56

Cuando están subiendo las cosas de vuelta a la cajuela de la Liberty y del Peugeot, Irene se para sobre una piedra, abre los brazos y grita:

—¡No me quiero ir de aquíiiiii!

—Luego regresan —dice el Jefe—, al fin que ya saben cómo llegar.

—Eso sí.

Claudio se le acerca a Irene y se dan un abrazo largo. A unos metros, Javiera los ve y le dice a Lencho:

—Okeeeeey… no entiendo qué está pasando aquíiii… somebody help me?

—A mí no me veas. Yo estoy en las mismas —dice Lencho.

Javiera busca a su alrededor alguna mirada cómplice, pero todos parecen atareados con la partida.

—Güey… te digo que algo está pasando con estos dos.

—No te alucines. Es un reencuentro de amigos.

—Me extraña que con la malicia que tienes para unas cosas seas tan inocente para otras, cabrón.

Lencho nota que Irene y Claudio están hablando con sus rostros a centímetros de distancia.

—¿Te acuerdas que te lo dije desde que vivíamos juntos? —insiste Javiera.

—¿Qué cosa? —Lencho se hace idiota, pero lo recuerda a la perfección.

—Una noche que estuvimos haciendo esos ñoquis que nos quedaron espantosos y que fuimos a regalar a la calle…

Acorralado, Lencho desvía:

—Esa noche estábamos ciegos y morados de coca, Javiera. No cuenta.

—Sí cuenta. Y te aposté dos mil pesos a que estos dos tenían algo, nomás te recuerdo.

Javiera camina hacia el centro del campamento y da dos palmadas:

—Bueno. ¡Una foto ahora sí, por amor de Dior!

—Mi teléfono ya no tiene pila —dice Karla.

—El mío sí —Lencho le pasa su celular a Javiera.

Todos empiezan a acomodarse en torno a la fogata, que ya está casi apagada.

—Yo se las tomo, muchachos —dice el Jefe.

—No, no, espérense, para eso está el pinche timer, espérense… —Javiera intenta colocar el teléfono en la pared de piedra. La maniobra se le dificulta y Lencho va en su ayuda. Instantes después exclama:

—¡Listo!

Javiera y Lencho corren a colocarse para la foto.

—¡Todos digan *hikuri*! —sonríe Lencho.

—*¡Hikuriiii!*

Entre risas, Javi regresa corriendo a checar la foto. Levanta el pulgar.

—¡Perfecta!

Javiera les muestra la pantalla del teléfono a todos.

—No, pues sí salimos muy guapos, muchachos.

—Sobre todo usted, Jefe —dice Denisse.

—Es que hoy sí me lavé los dientes...

—Jajajajajaja.

—¿Ahora sí me dan un aventón, ya que van de salida?

—¡Claro! Véngase acá, Jefe —Lencho señala el Peugeot.

—¡No! Acá va a estar más cómodo —dice Denisse.

—Bueno, pero no se peleen.

Más risas. El Jefe camina hacia la camioneta.

—Si van a Catorce, ahorita que salgan a la carretera no se vayan por el camino de terracería. Es más corto, pero no es para estos carros que traen. Hay otro camino que rodea, es más largo, pero no les va a tronar la espalda.

—Perfecto. Gracias, Jefe —dice Lencho.

—¡No mames! ¡No mames! —grita Mauro.

—¿Qué? ¿Qué?

—¡Aquí está! ¡Mi mochila!

—¿La desaparecida? ¿Dónde estaba? —pregunta Denisse.

—Debajo del asiento del peyotito.

—¿Y cómo no la viste antes?

—¡No sé! ¡No sé!

Mauro abre la mochila y extrae un papel.

—¿Qué es eso? —se acerca Javiera.

—¡Amigos! —Mauro llama.

Los demás se congregan en torno al Peugeot.

—Esto, señoras y señores, es mi certificado de bachillerato por la Universidad Nacional Autónoma de México.

—Noooo —Javiera se lo arranca de las manos para verlo. A Javiera se lo arranca Irene.

—No mames, Mauro, pareces Bob Esponja en esta foto —dice Irene.

Javiera se carcajea.

—Cállense, perras del mal.

Todos se ríen.

—¿En qué momento? ¿Cómo? —quiere saber Denisse.

—Estuvo cabrón. Hace seis meses fue el examen. Tuve que sacar credencial para votar y todo el numerito. Llegué y no la llevaba. No pude presentar el examen. Estuve como tres sesiones hablando de por qué me había metido el pie de esa manera.

—¿En tu terapia con Marta? —pregunta Javiera.

—Con María. Sí.

—¿Y por qué te metiste el pie de esa manera? —quiere saber Karla.

—Así que seis meses después, o sea hace dos semanas, ella me llevó —explica Mauro, sin responder a la pregunta—. No nos subimos a su coche hasta que vio que llevaba yo la credencial de elector. Cuando llegamos a donde era el examen no la encontraba, y yo así de... "¡La dejé, la dejé otra vez, vámonos!", y María así de, "No mames, yo vi que la traías, cabrón". Y la morra me bajó del coche y se puso a hurgar por todas partes, arrancó las alfombras, hasta que la encontró en el piso, debajo del tapete.

—Qué rifada —dice Karla.

—Y pues presenté el pinche examen. Y ahora soy un bachiller. Fin.

—Bravo —Lencho empieza a aplaudir. Los demás lo imitan.

—Felicidades, hermano —Claudio lo abraza.

—Gracias.

A Irene se le cierra la garganta de la emoción.

Uno a uno, los amigos lo estrechan. El Jefe los observa sonriendo desde el asiento delantero de la Liberty.

—¿Y ahora qué vas a hacer? —pregunta Denisse.

—Oh, que la chingada. ¿Por qué siempre lo que importa es lo que va a hacer uno después? "¿Y sí se van a casar?" —Mauro ejemplifica, remedando un tono meloso.

—¿Los hijos para cuándo? —Irene le sigue el juego.

—¿Y para cuándo la parejita? —Karla hace voz cursi.

—Exacto —dice Mauro—. ¿Por qué no se puede estar contento con lo de ahorita y ya?

—Tienes razón, Mau —Denisse lo abraza otra vez—. Pero vamos a festejar, ¿no?

—¡A huevísimo!

—¡Shot en el peyotito! —exclama Irene. Claudio se sube con ella en el asiento de atrás.

Javiera se le acerca a Mauro y le da un golpecito con la cadera.

—Oye, eso está muy sexy, ¿eh?

—¿Qué?

—Siempre quise coger con un bachiller —dice muy seria. Luego se troncha de risa y abre la puerta delantera del Peugeot. Mauro se queda inmóvil.

—¿No te vienes acá, güera? —pregunta Denisse.

—El chisme bueno está acá —dice Javiera, críptica.

Karla y Mauro se suben a la Liberty, atrás. Irene y Claudio se abrazan sin empacho en el Peugeot. Irene pregunta, feliz:

—¿Qué disco nos vas a poner, Lench?

—¿Cuál quieren?

Los coches arrancan por el camino de piedras marinas, dejando el desierto atrás.

57

El Jefe se despide de ellos a la entrada de su casa. Inclina su gorra de la DEA con una sonrisa amplia, rodeado de niños pequeños, unos en pañales, otros pedaleando triciclos o jalándolo de la ropa. Media hora después, Irene, Claudio, Lorenzo y Javiera toman cervezas Barrilito que compraron en la tiendita al salir de El Tejocote. El Peugeot se mece al ritmo de Ganja. Los cuatro están fascinados con las cumbres del altiplano y con un cielo cobalto demasiado azul para ser cierto, con nubes tan blancas que los ciegan. El sol está pleno, igual que sus corazones. Llevan las ventanas abajo y el aire alto y cristalino los despeina. Javiera y Lencho cantan:

—*Wowowowoooo, caminando… No hay, no hay prisa de llegar…*

En la parte trasera del coche, Claudio le dice a Irene:

—Veo que sí te leíste a Sabines…

—Completito.

Claudio trenza sus dedos con los de Irene y sonríe. Ella le dice:

—Hoy me levanté pensando en lo que platicamos en Viena de las posibilidades. ¿Te acuerdas?

—Me acuerdo perfecto. ¿Qué pensaste?

—Por mucho tiempo pensé que conforme creces, las posibilidades en la vida sí se reducen.

—Yo también —confiesa Claudio.

—Pero luego pensé que a los veinte años seguramente no hubiera podido hacer este viaje. No tenía dinero, no tenía tiempo por la escuela, estaba atada a mi mamá, con mil miedos y con mil temas…

—Así es.

—Entonces mi conclusión es que las posibilidades no es que se reduzcan, es que cambian. Nada más cambian. Pero siempre hay.

—Siempre hay —asiente él, concordando—. Imagínate todo lo que vamos a poder hacer a los sesenta…

—Sí.

Irene resplandece. Claudio se muere por besarla y se aproxima un poco para intentarlo, pero la voz de Lorenzo lo detiene:

—Güey, cuando lleguemos a Real voy a buscar fitupish hasta por debajo de las piedras.

—Mejor pídele a algún piedroso —sugiere Irene.

—Ésa siempre es la mejor opción —se ríe Javiera.

Por la carretera desértica cruzan algunos pueblos y después bordean un cerro casi por completo. Llegando a Huamantla, suben una larguísima pendiente adoquinada. Les da tiempo de escuchar todo el disco de Ganja y la mitad de La Dulzura de Cultura Profética.

—*Baja la tensión amor no es presión, no se consigue amor bajo obligación…* —canta Lorenzo—. Okeeey… ¿y aquí qué onda? —frena con velocidad y luego hace un alto total.

Justo adelante de ellos, la Liberty se ha detenido tras una larga fila de vehículos. Al fondo hay un túnel.

—¿Huelga de traileros? —bromea Irene.

—Cancela en chinga —dice Javiera.

—Ya llegamos —anuncia Claudio—. Eso es el Ogarrio.

—¿El qué?

—El Ogarrio. Es un túnel de las épocas mineras. Hay que cruzarlo a fuerza para llegar a Real de Catorce, pero es nada más de un sentido.

—¿Y ora? —Javiera asoma por la ventana.

—No vamos a poder pasar hasta que no liberen el tránsito de nuestro lado. Voy a ver cómo va —al decir lo último, Claudio ya está afuera del coche.

Se acerca a un grupo con pinta de turistas locales que también esperan, sentados en unas bancas de herrería. Luego camina hacia a la Liberty, les dice algo a los demás y finalmente vuelve al Peugeot.

—Faltan como diez minutos. Yo voy a buscar un baño. ¿Alguien ocupa?

—Ahorita no —responde Irene.

—Ok. Voy, vengo —Claudio se calza el sombrero y se aleja con las manos en los bolsillos, cojeando cadenciosamente. Irene lo ve con la boca medio abierta. En el camino se le unen Denisse y Mauro, que bajaron de la Liberty. Mauro le brinca al cuello a Claudio, amagando con derribarlo.

—¡Qué lugar! ¿Ya vieron ese pozo? —señala Irene—. Debe tener como trescientos años. ¿Y esa Virgen cuál es?

—La que te está hablando, cabroncita —la corta Javiera—. Ahora sí.

—¿Ahora sí, qué?

—No te hagas pendeja. Con Claudio.

Lencho mira por la ventana, incómodo, pero tan ávido del chisme como Javiera.

Irene suelta el aire largamente, tratando de no sonreír en el proceso.

—Pues no tengo idea.

—¿Andan?

—¡No mames, Javi! —la reprime Lencho.

—No sé, no tengo idea —repite Irene.

—¡Pero están en algo! No estoy alucinando. ¿O sí? —dice Javi.

Irene cede:

—No, no estás alucinando. Pero es una historia larga y muy complicada, no vayan a creer que apenas…

—¡AJAJÁ! —la interrumpe Javiera, y acto seguido empuja a Lencho con ambas manos—. ¡Me debes dos mil pesos!

—¿Apostaron? ¿Es neta? —dice Irene.

Javiera brinca en su asiento y menea los brazos mientras canta:

—Me debes dos mil pesos, me debes dos mil pesos…

—Nel.

—Sé un caballero, Lorenzo. Apostamos. Aceptaste. Gané. Págame.

Javiera extiende la mano. Irene se baja del coche negando mientras los escucha discutir. Se busca en automático sus cigarros, pero recuerda que los echó a la fogata. Siente la punzada de la abstinencia y se pregunta si no cometió una locura. "Locura, fumar", se responde, y en eso ve a un trío de jovencitas que venden fruta picada. Les compra unos mangos. De pronto desciende Lencho, que se recarga en la parte trasera del coche junto a ella.

—Estoy un poco… perplejo.

—No es para menos.

—¿Dónde compraste ese manguito? —interrumpe Javiera.

—Esa chava —señala Irene.

Javiera camina en dirección a la vendedora. Irene y Lencho se quedan solos.

—¿Debería estar indignado o… encabronado o algo así?

—No lo sé, gordito. Ahora sí que… —Irene no termina la frase.

—Supongo que primero tengo que escuchar la historia completa.

—Me gustaría mucho contártela. Pero tienes que saber que nunca quisimos lastimar, que siempre tratamos de no lastimar. Se nos ha ido media vida en eso, pues.

—Eso me imagino porque los conozco, pero… —Lencho resopla—, es un poquito ominoso verlos, la verdad. Como una regresión al pasado. Lo familiar y lo extraño, juntos… ¿ya sabes cómo?

—Sí, pero Claudio es otra persona, te lo aseguro.

—No mames, eso lo sé. Lo sé.

—Y el amor tiene rutas extrañas.

—Uta. Eso me queda clarísimo.

Lencho suelta el aire y cruza los brazos.

—Y es raro. Al mismo tiempo como que los veo contentos y con eso me basta. Los veo *sonreír*, coño, después de tres años de puto infierno, y no necesito más. Te lo digo neto, aunque suene cursi.

Irene toma su brazo enorme con toda la fuerza de su mano libre, y apoya la cabeza en él.

—No suenas cursi. Gracias.

—Hemos pasado por tantísimo dolor. Todos.

—Sí.

—Adam, mi mamá, tu mamá… hemos pasado por tanta muerte… algo bueno tiene que salir de ver la muerte tan de cerca, ¿no crees? —dice Lorenzo.

—Lo creo totalmente.

—Y cuando hay amor, las cosas eventualmente se equilibran. Aunque se tarden.

—No podría estar más de acuerdo —asiente Irene, apretando los párpados, aferrada a su amigo.

Lencho se desprende de ella, sólo para abrazarla bien.

—Tengo miedo de que se acabe —dice Irene.

—¿Qué?

—Esto. Este momento, estos días, esta alegría. Tengo miedo de que vuelva a pasar algo horrible —se le quiebra la voz.

—Yo también —Lencho la abraza más fuerte—. Pero antes de que eso pase, viviremos.

—Exacto. Antes viviremos.

—Ya, ya, ¿a poco ya están de llorones otra vez? Coman jicamitas, anden —interrumpe Javiera.

Irene y Lencho se separan y se secan las lágrimas y aceptan jícamas con chile y limón del vaso de plástico que Javi les ofrece. En eso ven que los coches empiezan a avanzar.

—¡No mamen! ¿Dónde está Claudio? —Irene busca con la mirada.

—Güey, en la Liberty no hay nadie. El trío de tetos se bajaron a tomarse fotos —dice Javi.

—¿Habrán dejado la llave puesta? —se pregunta Lencho.

—Voy a ver.

Irene corre hacia la Liberty, que sí tiene la llave puesta. Arranca. Tanto ella como Lencho empiezan a tocar el claxon mientras avanzan, y ya que los coches están a punto de entrar al túnel, aparecen Claudio, Denisse, Mauro y Karla corriendo desde distintos puntos del parador. Riéndose, abordan los coches en marcha.

58

Es domingo y Real de Catorce está a tope. El peyote está presente en múltiples representaciones, conviviendo con vírgenes, santos y una extensa imaginería religiosa, todo a la venta. Las calles están inundadas de flores de cempasúchitl, calaveras y un festín de colores por el Día de Muertos que se aproxima. Los siete caminan señalando detalles de la arquitectura vernácula del que fuera un pueblo minero.

—Qué cagado que esté tan mezclado el peyote con la mochería, ¿no? —observa Denisse—. ¿No se supone que la Iglesia lo prohibió?

—Pues sí, pero los nativos lo defendieron a muerte. En el gringo, los indios hasta tienen su iglesia peyotera —explica Mauro.

—¿Neta? Qué chingón… —opina Javi.

—A mí se me hace que Jesucristo se dio algo… —dice Denisse.

—En Asia había mota por todas partes, dato cultural… —Lencho sube y baja las cejas.

—A mí se me hace que la manzana del Génesis no era manzana —dice Karla.

—Jajajajaja.

Denisse comienza a rezagarse, atraída por los puestos de chácharas y artesanías que proliferan a su paso. Karla y Javi, que también son chachareras, se le unen.

—Si ven algo como para Alicia y Mer, me dicen —pide Karla.

—¿Y a tu mamá no le llevas algo? —le recuerda Denisse.

—Sí debería, ¿no?

—Mira, éste está bien chulo —Javi le muestra un collar de ámbar.

—¡Órale, chatas, no se rezaguen! —exclama Lencho la segunda vez que las tres salen de una tienda mientras los demás las esperan bajo el rayo del sol.

—Adelántense ustedes, estamos comprando regalos —dice Karla.

—Y yo necesito un sombrero —dice Javi.

—Quédate con el mío —le ofrece Irene.

—Gracias. Mejor aprovecho y me consigo uno chido. Hay unos lindos aquí.

—Eso sí…

A Mauro le encantaría comprarle uno, pero no tiene un peso. Comenta con Claudio:

—Pinche consumo. Cómo de inmediato jala a las viejas como un pinche imán.

—A todos, güey —dice Claudio, que ya le lleva a su hijo una magnífica piedra fosilizada tallada por el Jefe, pero aun así ha estado todo el rato pendiente de los juguetes y la ropita artesanal.

Lencho se acerca a Irene, cómplice:

—Nosotros nos salvamos de los recuerditos. Es lo bueno de no tener familia.

—Ya sé —sonríe ella, agridulce—. Aunque la verdad no estaría mal llegar a Mérida con algún regalo para mi papá y su mujer…

Claudio alcanza a escucharla y se queda desencajado, pero no dice nada. Y piensa que cuando su hermano se refería al amor como su motor, seguramente se refería al mismo sentimiento que los movió a todos en el desierto, pero que fue secuestrado por una institución perversa para afianzar su poderío al idealizar ese afecto en una figura inmaculada, rodeada de liturgias y dogmas. Pero ese amor en realidad no obedece a ningún dueño, no se ciñe a ningún mandato, no se doma. Y así es el amor de Irene. Así es el amor, le guste a Claudio, o no.

* * *

Al cabo de otra calle y media de pausas, un sombrero y una guitarrita de madera después, Denisse y Karla no han terminado con sus compras, así que deciden separarse y verse dentro de una hora para comer. Claudio, Javiera, Irene, Mauro y Lorenzo siguen aparte. Al pasar por una plaza ven a un anciano de barba blanca, ojos azules y atavíos huicholes hablándoles con muchos aspavientos a unos rubios y bronceados bastante más jóvenes y con atuendos también autóctonos, que lo escuchan atentos.

—Qué raro ver gente, ¿no? Ya me había desacostumbrado… —dice Javi.

—A mí me caga el tipo de banda que viene aquí porque ya se aburrió del trip en Tulum —gruñe Mauro.

—Güey, no seas prejuicioso. Ni sabes qué pedo con ellos —le espeta Claudio.

—Conozco perfectamente a esa fauna. Por culpa de esos putines se va a acabar el peyote.

—¡No mames, qué dramático! —se ríe Javiera.

Mauro se prende un cigarro y sonríe con una mueca. Le gusta ser provocador y sabe que Javiera lo sabe.

—Pero sí, como que aquí el turismo es más bien psicodélico, ¿no? —Irene estudia el panorama.

—¿Por qué lo dices?

—Son tres calles. ¿Qué haces en este lugar si no vienes a comer peyote?

—Puedes ir a la iglesia, mira —Javiera señala la iglesia de la Purísima Concepción—. ¿Entramos?

—Yo zafo. Se me hace que es de ésas con Cristos en ataúdes con peluca —opina Lencho.

—Güey, por lo menos hay que ver la arquitectura —dice Mauro.

Claudio les dibuja una señal de la cruz imaginaria.

—Gocen, hermanos.

—A mí sí me gustan los Cristos con peluca. Son súper kitsch. Vamos —Javiera toma de la mano a Mauro y se meten al templo.

59

Después de recorrer la iglesia, Javiera y Mauro se sientan en una banca. Hablan en voz baja.

—Oye, felicidades por ese examen. En serio —Javiera le pasa la mano por el pelo.

—Mi primer paso dentro del redil... no sé si reír o llorar —dice Mauro.

Javiera no le da cuerda por ese lado.

—Y también me tiene muy impactada que te hayas salido de tu casa.

—Eso está más cabrón.

—¡No tenía idea!

—Pus ya ves.

—Esa María se ve que te está haciendo bien...

—Mucho.

Javiera se mira el barniz carcomido de las uñas de las manos y duda unos segundos antes de preguntar:

—¿Te gusta?

A Mauro le encanta detectar celos en Javiera, pero lo esconde.

—No sé si es exactamente eso...

—¿Te la cogerías, o no?

—No. Para nada. Se iría todo a la verga y necesito ese espacio.

Javiera vuelve a su barniz y al pellejo de su dedo gordo, disimulando una sonrisa.

—¿Qué te dijeron tus papás cuando te fuiste de tu casa?

Mauro sonríe, insuflado.

—Fue memorable.

—Jaja, pinche Mauro...

—Shhhhh... —una mujer los reprime desde una banca contigua.

Mauro se acerca a Javiera, coloca su brazo en el respaldo de la banca, y le cuenta en voz baja:

—Mis jefes estaban en el comedor, comiendo codornices.

—¿Eso no es lo que se comen al final de los cuentos?

—No, ésas son perdices.

—Ah.

—Me planté ahí y les dije: Gracias a ustedes soy muy educado, así que primero quiero darles las gracias por darme la vida.

Lisandro tardó un segundo en despegar la vista de su celular. Itzel, que estaba recogiendo los platos de la ensalada, salió del comedor como alma que lleva el diablo. Mauro continuó dirigiéndose a su padre:

—Llevas no sé cuánto tiempo llamándome parásito. Pero tú has construido bienestar sobre la desdicha y el sufrimiento de otros. ¿Eso cómo se llama?

Lisandro cruzó los brazos y se fingió mortalmente aburrido. Luisa respingó.

—Lo más grave que podemos hacer como humanos es traicionarnos los unos a los otros, y eso es lo que tú te la pasas haciendo, todos los días de tu vida.

—Mauro… —suplicó Luisa.

Pero Mauro no se detuvo:

—¿Pero sabes qué? Te compadezco. Porque tienes que vivir contigo mismo. De hoy en adelante, no quiero ni necesito ni espero nada de ti.

Mauro hizo camino para salir por la puerta del comedor.

—¿A dónde vas? —atinó a preguntar Luisa, con un temblor en la voz.

Mauro no respondió y no se detuvo. Lo hizo cuando escuchó:

—Alto ahí, joven.

Mauro se giró a medias.

—¿Quién te has creído para hablarme así? Soy tu padre.

Mauro terminó de voltear hacia él lentamente, disfrutando cada segundo de aquel momento, y dijo:

—Ah. Claro. Gracias por eyacular, Lisandro.

Luego vio a Luisa:

—Suerte, mamá.

—Naaaaah, no puedo creer que les hayas dicho eso… —Javiera está encantada—. ¡Suena a que lo ensayaste!

—Lo mejor es que lo improvisé.

—Ay, sí.

—Es neta. Yo no miento, guapa.

Javiera sabe que eso es verdad.

—Aunque sí, también es cierto que fantaseé con decirles un choro similar durante años.

—¿Y entonces ya no les has aceptado ni un peso?

—Nada. ¿Por qué crees que ando tan prángana?

—Uy.

—Primero mi jefa insistió en darme lana. Hasta se obsesionó. Un día me interceptó afuera del centro donde ahora vivo.

—¿Qué vas a hacer, Mauro? No tienes carrera, no tienes casa, no tienes nada… por favor…

—Me tengo a mí mismo, jefa. Gracias.

—Qué huevos, yo no sé si podría hacer eso —dice Javi.

Mauro encoge los hombros:

—Es fácil una vez que sabes que no tienes nada que perder.

—¡Sssshhht! —los vuelve callar la mujer. Mauro voltea y repara en ella. No es una beata típica, anciana, vestida de negro y con exceso de vello facial. Es una mujer joven, con una blusa, una coleta y una bolsa de mercado, pero con una cara de insatisfacción monumental.

—Oye… —susurra Mauro.

—¿Qué? —Javi imita el susurro.

—Tanta beatitud como que me pone…

—A mí también.

En ese momento aparece el sacerdote y los asistentes se ponen de pie. Va a comenzar la misa. La joven beata les lanza una mirada reprobatoria antes de persignarse.

—¿Y si nos casamos? —dice Mauro.

—Yo tengo una idea mejor.

Mauro sigue la mirada de Javi. Está viendo uno de los confesionarios.

—Ave María Purísima —dice Mauro, sentado en la silla con cojín de terciopelo rojo del confesor.

Javiera responde desde el otro lado de la rejilla, hincada en el reclinatorio.

—¿Purísima o putísima?

—Cht. ¡No seas blasfema, hija! —se ríe Mauro—. Cuéntame tus pecados.

—Bueno, he tenido malos pensamientos...

—Interesante...

—No, la verdad es que sí tengo algo que confesar.

—Dímelo todo —Mauro sigue jugando.

Pero Javi guarda silencio. Y Mauro siente una punzada de inquietud, que se justifica un segundo después:

—Tuve un aborto. Nadie sabe.

Mauro se queda perplejo, sin saber qué diablos responder. Escucha cómo Javiera comienza a llorar. Se siente un idiota. Finalmente sale del lugar del confesor y se pasa del lado de Javiera. Se pone en cuclillas junto a ella.

—¿Cuándo...?

—Me estaba separando de Roy, fue antes de divorciarnos —explica Javi—. Me acababa de enterar de lo de... eso... cuando vi a la putarraca esa de Heidi metida en mi casa. Ese mismo día fui y terminé el asunto sin pensarlo. No quería tener nada que ver con ese cabrón. No sabes cómo me arrepentí...

—¿Por qué?

A Javiera le cuesta trabajo hilar las sílabas por el llanto.

—Va a sonar horrible, pero llegué a pensar que con un hijo de por medio, Roy sí me hubiera dado lo que me tocaba. Pero luego pienso que es una mamada tener un hijo por eso...

—Es una mamada total. Güey, perdón que te lo diga así, pero fue lo mejor que pudiste hacer. Imagínate quedar atada de por vida a un cabrón así, y al pobre niño ahí en medio como moneda de cambio. Si un día quieres ser mamá, que sea porque lo deseas de verdad y lo vas a tener con gusto, güey, con alegría.

Javiera hunde los dedos entre los huecos de la rejilla.

—¿Por qué no se lo contaste a nadie? ¿No le dijiste ni a Denisse?

—No. No sé... quise que pasara rápido y darle carpetazo. Como si no hubiera pasado.

A Mauro se le está entumiendo un pie. Lo arrastra a otra posición tanto como el espacio reducido se lo permite. Javiera mueve un brazo.

—Y ahora siento que me toca soplarme a mi hermano. Y no quiero —el llanto arrecia de nuevo.

—¿Por qué? O sea… ¿por qué te toca?

—Porque no doy una, güey. En la chamba no la he armado, me caso y es un desastre… le presenté a Denisse al pendejo de César, les saqué un chingo de lana a mis jefes para lo de la demanda mientras me cogía al pendejo de Cutreño… pero yo pensé que eso iba a funcionar, no lo hubiera hecho si no hubiera creído que iba a funcionar…

Mauro está confundido con la información, no sabe quién es César y no estuvo muy al tanto de los detalles de todo el proceso de divorcio con Roy. En lugar de preguntar, asevera:

—Pero no mames, Javi, eso no quiere decir que "te toque". Fabio tiene a sus papás, güey. Les toca a ellos.

Javiera lo ve con la mirada empañada:

—Como que no… —busca las palabras—, como que siento que no me merezco nada chido.

Mauro le agarra la cara y mira sus ojos que centellean con lágrimas y restos de mescalina y otros cincuenta prodigios.

—Javi, no mames. Güey, tú eres… ufff…

—No vayas a empezar con que soy una diosa y no sé qué, porque te zapeo.

—No eres una diosa. Eres una mujer humana maravillosa. No mames, tienes un corazón de oro, güey.

Javiera sonríe y baja la mirada. Mauro sigue:

—Ya sé que no soy ninguna autoridad para decir nada, pero…

Afuera se oye la voz magnificada del sacerdote:

—Palabra de Dios.

—Te alabamos, señor —responden los feligreses.

—Gracias, gracias —Mauro alza la mano con los dedos estirados.

Se ríen un poco y ajustan la posición. Se hacen un poco bolas en el reclinatorio, pero no se salen de ahí. Ese rincón oscuro y con olor a madera, incienso y nardo los reconforta.

—Yo a ratos me siento igual —dice Mauro de pronto, y repasa la cornisa de la rejilla con el dedo—: A veces siento que tampoco merezco nada chido.

—No mames, Mau. Tú eres un suertudo. A ti te pasa lo chido aunque te lo espantes a palazos. Ve los amigos que tienes, güey.

—Sí, ¿verdad?

—Pus sí.

—Pues son los mismos amigos que tú tienes, sonsa.

—Sí, ¿verdad?

Se ríen. Hasta que dejan de reírse.

—Es que… yo también quiero confesarme —dice Mauro.

—Okey…

—Sí. El viernes, con los polis… ¿sabes por qué nos dejaron ir?

Veinte años atrás, la misma semana del incidente con la camioneta y el tapetazo, Lisandro les dio a Mauro y a Renata un código para usar en caso de emergencia. Les explicó que si se encontraban en un problema, o los detenía la policía por cualquier motivo, bastaba con que mencionaran ese código para salir de la situación, al menos temporalmente. El código cambiaba cada seis meses, y Lisandro se los mandaba por correo electrónico rigurosamente. Mauro nunca los memorizaba, pero recordó las primeras letras del último y con eso logró destantear a los policías.

—Nunca lo había usado. Ni siquiera cuando llegó la tira a mi casa cuando armé esos reventones. El viernes no sabía si iba a funcionar, pero me la jugué y pues… coló.

—Wow. ¿Pero qué es? ¿Cómo un pedo masónico? ¿Es un número, o…? —Javiera está intrigada.

—Es un código. Equis, olvídalo, por favor, no sabes la vergüenza que me da… —Mauro tiene la cara roja de rabia.

—Güey, no es para tanto —Javiera aprieta su mano.

—Yo ya no quería nada de él, pero el cabrón me persigue, nunca voy a dejar de depender de ese… mierda.

—Mau, bájale. Era una emergencia. Y sí te vas a librar de él, pero es poco a poco.

—¿Tú crees?

—Estoy segura.

Mauro murmura un "gracias" y posa la cabeza en su cuello un instante. Desde ahí, anuncia:

—Y tengo otra cosa que confesar.

—¿*Otra*? —Javiera suelta una risita.

Mauro toma aire y valor, y la mira a los ojos:

—La verdad es que yo ya no quiero ser tu amigo. De hecho estoy hasta los huevos de ser tu amigo.

Javi se ríe con nervios, pero no le despega la mirada. Mauro ve sus ojos brillantes y nublados. Y esa boca color manzana que lo es aunque Javiera se empeñe en pintársela de color fresa, uva o naranja. Sus ojos, su boca, su boca, sus ojos. Sin resistencias. Hasta que la besa. Y cuando ella lo besa de regreso, Mauro siente como si hubiera retornado a un hogar soleado después de una travesía infame y estúpida en que no paró de llover ni un solo día. Y sabe que es un milagro. Empiezan a meterse mano con desesperación. En un segundo, Mauro está sin camisa y Javiera con los jeans a medio muslo. Afuera comienza un canto grupal y desafinado:

—… *Llenos están el cielo y la tierra de tu gloria… hosanna, hosanna, hosanna en el cielo…*

—Ok, esto no está sexy —Javiera se separa.

—No, ¿verdad?

Salen del confesionario dando tumbos, con la ropa a medio quitar o a medio poner. Javiera tiene la pierna derecha completamente dormida y al salir casi se va de boca, directo a los brazos de un señor que está juntando los ofrenderos para recoger la limosna. La gente que está oyendo la misa voltea a verlos mientras ellos atraviesan el portal, riéndose como niños.

60

Lorenzo analiza por enésima vez la estatua de San Francisco de Asís y da otra vuelta por la plaza, muerto de nervios, hasta que se decide y marca. A los cuatro tonos está a punto de colgar, pero de repente una voz contesta:

—¿Bueno?

—Bueno.

—¿Toño?

—¿Sí?

—¿Qué pasó, carnal? Soy yo.

Un silencio al otro lado de la línea. Las últimas palabras que se dijeron retumban en la cabeza de Lorenzo con un latido en las sienes: A la verga. Pues a la verga.

De pronto:

—Órale. Qué milagro —dice Toño, al fin.

—Ya ves… —Lencho exhala.

—¿Cambiaste de número?

—Sí, güey. No vas a creer dónde estoy.

La mano le suda tanto a Lencho que pega el celular a su oreja para que no se le resbale.

—¿Dónde?

—En Real de Catorce.

—¿Ah, neta?

—Sí. Está brutal este lugar.

—Me han contado. ¿Y comiste peyote?

—¿Tú qué crees?

—¿Mande?

—¿Bueno? ¿Me oyes? —Lencho se mueve por el lugar—. ¿Toño?

—Sí, sí, ahí te oigo.

—Ah. ¿Y qué? ¿Tú sigues en Tulum?

—Nel, ya tiene rato que volví a la capital.

—¿Y eso?

—Larga historia, carnal.

—¿Pero estás bien?

—Sí, sí. Todo en orden. Bueno, ahí con cosas, pero bien.

Una pausa. Lencho reúne la última pizca de valor que necesita y dispara:

—¿Cuándo nos tomamos una chela, güey? Hace mucho que no hablamos.

Lencho se muerde el dedo índice y sufre con cada segundo de silencio al otro lado de la velocidad de la luz.

—Pus ando tranqui —dice Toño—. Échame un toque cuando llegues. ¿Cuándo llegas?

—Hoy. Mañana. No sé. Pero de que llego, llego.

—Jajaja, cámara.

—Ya estás. Un abrazo, carnal.

—Un beso, mano.

Lencho cuelga mareado de alegría y de adrenalina. El corazón le late tan rápido que tiene que sentarse en la orilla de la fuente apagada. Mientras respira sube la vista y descubre una edificación antigua bajo cuya cornisa hay una cenefa con una serie de figuras peculiares, talladas en piedra. Lencho aguza la vista y se da cuenta de que son peyotes.

—A huevo... —se ríe solo.

En eso llega hasta él un olor familiar. Proviene del pequeño grupo de extranjeros que antes hablaban con el anciano hippie. Es marihuana. Y buena. Cultivada con amor. Los extranjeros le sonríen. Él les sonríe de vuelta. Calma, calma, que no se te note que estás urgido, cabrón. Al cabo de un rato prudente camina hacia ellos silbando una tonada distraídamente, mientras anticipa la alegría por venir y celebra la existencia de esta bendita y tácita hermandad, que no conoce la barrera del idioma ni las trampas de la institución.

* * *

Denisse y Karla son las primeras en llegar a la taberna donde quedaron para comer. Dejan sus bolsas de compras al fondo de una larga mesa de madera.

—Me encantó el vestido que te compraste —dice Karla.

—¿No está muy floripondio?

—Cero. Se te ve súper lindo.

En ese momento entra Lencho:

—*Y dale alegría, alegría a mi corazón, y que se enciendan las luces de este amor...* —mira a su alrededor—: ¿Qué pedo? Me siento en el Green Dragon.

—¿Cómo te fue? —pregunta Denisse.

—Excelente.

Y al decirlo, abre la mano y les muestra una cola de marihuana color verde claro con filamentos marrones y transparentes. Denisse aplaude como niña chiquita.

—Órale —Karla alza una ceja.

—Huele muy bien —dice Denisse.

—Lo malo es que no encontré papel por ningún lado.

—Yo acabo de comprar una pipa. Era para mi hermano, pero la estrenamos —dice Denisse.

—Eeeeh. Por eso me junto contigo, guapa.

Denisse se pone a buscar entre las bolsas de compras. Lencho se estira:

—Hablando de hermanos... adivinen con quién acabo de colgar.

Denisse se detiene:

—No mames. ¿Le hablaste a Toño?

—Yes en inglés.

—¿Y qué tal?

Lorenzo se abraza.

—Bien. Raro. No sé...

—Bueno, los pendientes que traen no se van a resolver nomás con una llamada, ¿no? —dice Karla.

Denisse intercede:

—Oye, no es *nomás* una llamada, ¿eh? Hay gente que le saca la vida entera a hacer "esa" llamada.

—Gracias, Den —Lencho inclina la cabeza.

Karla trata de explicarse:

—¡Yo no le quito mérito a la llamada! Yo namás digo que sí se vean y platiquen y hagan lo que tengan que hacer...

—¿Qué les voy a ofrecer? —interrumpe un mesero, bajito y afable.

Le piden tres cervezas oscuras de barril. Denisse encuentra la pipa nueva de cristal en tonos azules y la saca, triunfal:

—¡Acá está!

Karla estira los brazos y los deja caer encima de la cabeza.

—¿Entonces ya se van a poner pachecos todos? Qué hueva.

—Llevas mil años juntándote con nosotros así, y nunca te hemos dado hueva —dice Denisse.

—Eso es lo que ustedes creen —Karla se ríe.

—Jajaja.

—Esto va alcanzar como para dos jalones para cada uno, si bien nos va. Pero bueh... algo es algo —Lorenzo limpia la hierba por debajo de la mesa y la coloca con maestría en el cuenco de la pipa.

En ese momento entran al lugar Irene y Claudio, con cara de quien acaba de hacer una travesura y está disimulando. Denisse, Karla y Lencho también disimulan. Media hora antes, mientras estaban en el probador de una tienda, Karla se animó a indagar con Denisse lo que sabía al respecto.

—Irene me contó de Claudio...

Denisse se quedó paralizada, con un tirante mal cruzado por la espalda.

—¿... Qué te dijo?

—Que llevan años clavadísimos y súper azotados, básicamente. Y que tú lo sabías desde hacía mucho.

Denisse no supo qué responder, pero sintió un alivio gigantesco al saberse librada de la exclusividad de ese secreto. Karla siguió deduciendo:

—Cuando Irene ventiló lo de que Orestes era casado... tú ya sabías, ¿verdad? —Denisse sólo asiente, batallando con el tirante—. Por eso te encabronaste así con Irene...

—Pues sí.

—Uf. No sé cómo pudiste guardártelo por tanto tiempo... a mí se me hubiera quemado la lengua —dijo Karla.

—Yo tampoco sé, la neta.

Karla sintió el impulso de abrazarla, pero en ese momento Denisse se giró, dándole la espalda.

—Ayúdame con esto, please, se me está cortando la circulación...

En la taberna, cuando Irene y Claudio llegan todos colorados y chispeantes, ninguna de las dos sabe si Lencho sabe y él tampoco sabe si ellas saben, con lo cual todo el mundo se hace el idiota.

—¿Qué onda? ¿Cómo les fue? Me muero de hambre. Qué chido está este lugar —parlotea Irene, con agitación de adolescente.

—Parece la taberna de los hobbits —comenta Claudio.

Denisse y Karla se miran.

—Salud, mano —Lencho alza su tarro de cerveza.

—Espérate, necesito una de ésas.

Claudio busca al mesero con la mirada. En ese momento entran Javiera y Mauro, todos risueños, más despeinados y colorados que hace una hora. Javiera trae la camiseta puesta al revés.

—Buenas, buenas —canturrea Mauro.

—¿Qué pedo con ese escalón? Está mortal —Javiera señala una elevación de madera a la entrada de la taberna.

—Sí, hay que tener cuidado con ése —dice el mesero.

Denisse y Karla se miran otra vez, con interrogación. Irene alza las cejas viendo a Javiera en cuanto se sientan. Ella se hace la loca:

—¡Muero de hambre! ¿Qué hay rico aquí en la taberna de los hobbits? Todos los demás se ríen. Javiera no entiende.

—¿Qué dije?

Luego de que piden la comida, Mauro anuncia:

—Amigos, Javi y yo nos vamos a quedar.

—¿De plano? —Denisse se alegra al confirmar que su paranoia de que Javiera se pudiera enredar con Lorenzo fue infundada, y está sorprendida con los pendientes añejos que se están desanudando ese fin de semana. La pregunta es… ¿y el suyo?

—Sip. Encontramos una posada que está poca madre y baratísima aquí a dos cuadras —dice Javi.

—¿La del cráneo de vaca en el pasillo? —pregunta Irene sin pensarlo, con candor. Claudio sonríe para sí.

—Está chida, ¿verdad? —Mauro ve a Irene directamente, con descaro.

A Irene se le suben todos los colores. Lencho se apura a salvarla:

—Hey. Gente. ¿Quién quiere? —muestra la pipa de Denisse, ya cargada. Piden la comida y en un minuto están todos afuera. Cuando Karla se encuentra sola en la mesa, decide seguirlos, a regañadientes.

A la vuelta de la taberna hay una calle en reparación, y más allá, una plazoleta solitaria. Ahí se aposentan. Lencho le pasa la pipa a Denisse para que haga los honores y la prenda.

—¿Y cómo se van a regresar, Mau? —Denisse acciona el encendedor.

—En autobús. Ya veremos.

—¿Ustedes sí me dan aventón a Matehuala? —Claudio ve a Lorenzo.

—Seguro, bro. ¿A poco te vas a ir desde ahí a la Baja? Hay que cruzar medio país, ¿no?

—Sip. Luego es ferry a La Paz.

—Qué cool —dice Javi.

608

Irene hace una mueca de nostalgia anticipada. Como lo hizo quince minutos antes y dos orgasmos después, en la habitación gemela de la planta baja de la posada con un cráneo de res en el pasillo donde también estaban Javiera y Mauro, sin que ninguno lo supiera. Acostado en la cama, Claudio fumaba un cigarro imaginario, viendo el techo de madera cruzado con vigas mientras acariciaba el pelo de Irene.

—Si quieres prende uno. Me tengo que acostumbrar —dijo ella.

—Estoy bien.

—Amo estos techos altos. Este lugar debe tener por lo menos cien años... —notó Irene.

Claudio guardó silencio.

—¿Qué piensas?

—Nada —respondió él.

—No mames.

—Tú te lo pierdes.

Irene tardó en entender el doble sentido. Se rió y se incorporó para tomar agua.

—Da igual lo que esté pensando —dijo Claudio—. Lo que te pedí ya te lo pedí hoy en la mañana, y te dije que no te lo iba a pedir dos veces.

Irene dejó el vaso y recargó la cabeza en la palma de su mano, viéndolo.

—Tengo una mudanza en dos días, güey. Mi vida entera está en cajas. Estoy en curva, me tengo que organizar. Déjame hacer esto bien.

Claudio apretó los labios y arrugó la frente, como si hiciera memoria.

—Mmm... ¿de dónde me suena esa frase...?

A Irene se le borró la sonrisa. La había pronunciado en Acapulco mientras unos violines tocaban "Bésame mucho" y unos meseros descargaban refrescos de un camión.

—Es diferente. Nada que ver con... —volvió a mirarlo—: Oye... no hay prisa. Irene lo tomó de la cara y lo hizo mirarla—. Ya estamos aquí. No hay prisa. ¿O sí?

Claudio vio el reloj de su celular.

—Un poquito. Tenemos como... menos de cinco minutos.

Y al decirlo se hundió bajo las sábanas, arrancándole a Irene una carcajada y un gemido poco después.

—Uf, qué rica está —Javiera cierra los ojos al terminar de soltar el humo.

—Se me hace que es una purple haze —dice Lorenzo, conocedor.

—Me desespera todo el pedo gourmet con la mois. Mois es mois, y es sabrosa. Si pone, ya con eso —dice Claudio.

—Nah, pero sí está chido saberle... —difiere Lencho.

—No siempre está chido saber tanto —dice Mauro—. El *expertise* hace que las cosas chidas se vuelvan inaccesibles, güey. La intelectualidad le ha dado en la madre al arte.

—Dijo el cumbiero intelectual —Javiera lo empuja.

Todos se ríen.

—¿Segura que no quieres, Karli? —Javi le ofrece la pipa.

Karla niega, agradeciendo con la mano.

Claudio recibe la pipa de manos de Javiera:

—Dicen que hay que probar todo tres veces. La primera para quitarte el miedo, la segunda para aprender a hacerlo, y la tercera para decidir si te gusta o no te gusta.

Claudio fuma.

—A huevo —se ríe Lencho.

—Y la cuarta para quitarte la eriza del tabaco —Irene toma el encendedor y la pipa que Claudio le pasa, y la prende.

Lencho abraza a Karla diciendo:

—A mí se me hace que siempre fumas peda, güey, por eso te palideas y no te cae bien la mois. Ahorita te sentaría de maravilla.

—Güey, por culpa de la mota me perdí de una de las noches más importantes de mi vida —confiesa Karla.

—Ah, caray, ¿cuándo? —pregunta Denisse.

—¿Te acuerdas de Luis?

—¿Luis, el cacarizo? —dice Javi.

—*No* era cacarizo… Bueno, en la secu. Pero luego ya no —dice Karla.

—Fue el crush de Karla toda la prepa —Denisse les explica a los demás.

—Pues por fin estábamos juntos en la graduación, y todo se fue a la yesga porque fumé mota en el estacionamiento del Royal con Martín, Gallo y esos güeyes, y me quedé jetona en unas sillas del salón de fiestas por horas. Cuando por fin me pude parar, Luis ya se había ido.

—No mames, nunca me contaste eso —le increpa Denisse—. Yo pensé que fue por peda.

—¿Y habías chupado? —quiere saber Irene.

—Pues sí, todos nos pusimos hasta el dedo —dice Karla.

—¿Y por qué le echas la culpa a la mota y no al alcohol? —apuntala Lorenzo.

—Porque lo que me mata es la combinación —responde Karla.

—¿Y por qué no fumas y no chupas? —propone Irene.

—¡Porque lo que me gusta es el chupe, güey!

—Cada quién sus venenos… —dice Claudio.

—Exacto. Cada quien sus venenos. Gracias —Karla junta las manos.

De pronto, Javiera los asusta:

—¡¡¡Nooooo, qué es esto!!!

Todos voltean. Javiera está en cuclillas, acariciando un perro callejero con roña en una pata y la oreja mordida.

—¿Qué te pasó, compañero? —Javiera hace voz melosa.

—No sé, pero ahorita te lavas tus manitas, ¿va? —le dice Mauro.

Denisse se carcajea.

—Creo que tiene sarna, Javi… —señala Lencho.

—No les hagas caso —le dice Javiera al perro—. Eres guapo. Sí. Eres muy guapo…

El perro mueve la cola, feliz.

—Se me hace que ahorita Javiera podría abrazar hasta a una iguana —dice Claudio.

Javiera voltea:

—¡Las iguanas son increíbles!

—Alguien sigue puestaaaa… —canta Denisse.

Todos se mueren de risa.

—Creo que todos estamos igual —dice Irene.

Javiera deja al perrito y se incorpora.

—¿Quieres? —Denisse le muestra la pipa a Mauro.

—¿Eh? Nop. Gracias —Mauro guarda las manos en los bolsillos de su pantalón y les hace una seña discreta con la mirada. Pasando la plazoleta, por una calle perpendicular, pasa un policía en bicicleta. Todos se tensan. El policía se sigue de largo. Lencho suelta el aire.

—Uta, qué hueva vivir así.

—Me cae —dice Irene—. Pinche paranoia.

—Imagínense que aquí en México se legalizara la mota. *Nada más* la mota —dice Javi.

—Eso nunca va a pasar —asegura Karla.

—Quién sabe. Los milagros sí pasan, a veces —Irene ve a Claudio, él le cierra un ojo.

Lencho se entusiasma:

—Güey, si se legalizara la mota aquí, nos volveríamos primera potencia mundial en tres años. Se los firmo. ¿Saben todo lo que se puede hacer con esta planta? Se puede hacer ropa, se puede hacer plástico, se pueden hacer biocombustibles…

—Crece todo el año, indoors y outdoors… Es la planta más benévola que hay —dice Claudio.

—Sirve para tratar enfermedades… —añade Irene.

—Pero como todos van a estar *bien* pachecos, ¡nadie va a hacer nada! —Karla levanta los brazos.

Denisse, Javiera y Mauro se ríen.

—Yo estoy seguro de que va a suceder pronto. Pero van a poner un chingo de restricciones —afirma Claudio.

—Y va a ser más cara —dice Irene.

—Y va a haber anuncios infernales hechos por publicistas —dice Mauro.

—Lo bueno de que sea legal, aunque la anuncien en los parabuses, es que puedes saber qué te fumas —dice Lencho.

—Puedes saberlo desde ahora si la plantas tú —lo pica Mauro.

—Ya voy a plantar, güey, ya se los dije —gruñe Lencho.

De pronto, como salido de la nada, se les acerca un personaje muy raro. Es un tipo con el pelo largo y ralo bajo un sombrero, pantalones de mezclilla muy pegados y la camisa abierta hasta el ombligo. Se mueve con mucho contoneo, y tiene la cara surcada con golpes recientes, quemaduras viejas y llagas.

—Hola, hola, amiguitos, ¿cómo están?

El tipo extiende la mano para dársela a todo el mundo. A Irene le recuerda a los leprosos bíblicos. Ninguno tiene el valor de negarse a darle la mano a excepción de Mauro, que de plano se aleja del círculo con el pretexto de prenderse un cigarro.

—Me llegó un olorcito. ¿Me comparten, amiguitos?

Denisse no se lo piensa. Le da la pipa y el encendedor al hombre.

—Toma, ya casi no tiene.

—Gracias, gracias.

Mientras el tipo intenta prenderse la pipa, vuelve a pasar el policía por la calle perpendicular. Esta vez atestigua toda la acción, pero no se detiene ni hace nada. En ese momento todos comprenden que es una escena recurrente y que se está haciendo de la vista gorda. Después de fumar, el tipo devuelve la pipa.

—Bendiciones, bendiciones. Gracias, amiguitos.

No se queda un segundo más de lo necesario, no trata de hacer conversación. Tiene las mismas ganas de estar solo que ellos de estar sin él. Mientras lo ven alejarse, Javiera dice:

—Qué pedo.

—Mi amor peyotero acaba de tambalearse fuertemente —dice Lencho.

Todos sueltan el cuerpo con una risita liberadora.

—¿Tengo que sentirme mal por no querer… abrazarlo? —Denisse se abraza a sí misma.

—¿Él te pidió que lo abraces? —dice Mauro.

Denisse guarda silencio.

—Le diste lo que necesitaba, listo —dice Javiera, convencida.

—Lo siento, amigos. Es que yo crecí oyendo que había que amar al prójimo como a uno mismo —Denisse se explica y les increpa a la vez.

—Los que dijeron eso han desatado más guerras y matanzas que nadie en la historia —dice Mauro.

—Y eso no es amor, eso es culpa —Claudio ve al muchacho raro internarse en una callejuela.

Denisse ya no rebate. Retoman el camino de regreso al restaurante. A punto de llegar, ven que el tipo está ahora con otro grupo de turistas, haciendo una especie de baile mientras el grupo se ríe de él. Javi plantea:

—Fuera de broma. ¿Qué tiene que pasar para que no termine así?

Nadie se atreve a lanzar una respuesta.

61

Cuando regresan a la taberna, Irene es la penúltima en entrar, viene distraída platicando con Lorenzo y no ve el escalón alto de la entrada. Casi sale volando, Lencho la agarra al vilo un segundo antes de azotar contra el suelo.

—Woooou. ¿Estás bien?

—Sí. Creo que no me rompí nada…

Todos ocupan sus lugares con un grado de tensión. De repente Javiera empieza a cantar a voz en cuello, viendo a Claudio:

—*Tropecé de nuevo y con la misma piedraaaaaa...*

La carcajada es general y catártica. Irene se tapa la cara. Claudio la abraza. Es como si todo quedara así dicho y explícito, por fin. Los siete se ríen dos minutos seguidos. Cuando terminan de secarse las lágrimas, llegan los platos.

—¡Ya se los había traído pero no estaban! —dice el mesero.

Hay ovaciones ante el caldo de carnero que la mayoría pidió. Chocan sus tarros de cerveza. Lorenzo exclama:

—¡Por la salud de los vivos!

—¡Salud!

Beben y luego, uno a uno, comienzan a meter la cuchara en sus respectivos platos. Lorenzo pone los ojos en blanco.

—Esto es gloria.

Comen con avidez y con gozo. Comen y beben lo que les gusta, sin preocupaciones. Esa tarde lo tienen todo.

—Qué puestez, ¿eh? —dice Denisse.

—Está cabrón... —coincide Lencho—. No sé si es la comida o fue el toquecín, pero siento como si me hubiera tomado dos tazas de té desierto.

—Está muy locochón. Sí se parece al ajo, pero al mismo tiempo no, porque el peyote es como acá y el ajo nada que ver... —dice Javi.

—No te preocupes, güera, sí te entendimos y todo —dice Claudio.

Javiera le avienta una servilleta hecha bola y todos se ríen.

—Imagínense que todo el mundo comiera peyote... —dice Irene—. El mundo se compondría en cinco años.

—Tampoco hay que idealizar. No a todo el mundo le ha de ir igual de bien que a nosotros... —Karla se le queda viendo al salero. Tiene forma de peyote.

—Pero igual, yo digo que todo el mundo debería tener aunque sea una experiencia psicodélica en su vida —insiste Irene—. Por lo menos tener la posibilidad y que cada quien decida

—Eso es diferente —dice Lencho.

—Pero mientras la ley nos siga cortando las manos de esa manera... —Claudio le sopla a su cuchara.

—Güey, la ley es necesaria. Si no, ya nos hubiéramos matado todos —opina Karla.

—¿Cómo sabes? —Javi muerde el elote que acompaña el caldo de Mauro.

—No es que yo sepa. Es que así es. ¿Cómo crees que se repartió el mundo y se evitó que cualquiera se chingara la vaca del vecino?

—Se las chingan de todas maneras, güey. Con todas las leyes del mundo de por medio —revira Claudio.

—El problema no son las leyes, es el poder —se ampara Karla.

—La cosa es que las leyes *siempre* se generan desde un lugar de poder —dice Mauro.

—Y si algo es ilegal, no se puede investigar ni perfeccionar el uso —alega Claudio.

— Y más bien se perfecciona el abuso —dice Mauro.

Hay risitas. Claudio sigue:

—Güey, el café estuvo prohibido un chingo de tiempo. Fue hasta que un papa lo probó y dijo no mames, esto es lo máximo, cuando se destrabó toda la vaina y ya se volvió la primera droga mundial.

—Cafetum est chidum —Lencho levanta una mano juntando dos dedos.

—Jajajaja.

—¡Rólenle un *hikuri* a Francisco! —exclama Denisse.

—¡Salud!

Al tiempo que chocan los tarros, Karla observa:

—No mames, mejor no, se acabaría en dos semanas.

Siguen comiendo. Karla se limpia la boca, pensativa, y retoma:

—Pero se los digo en serio. Las drogas no nos van a salvar de nada. Ni las tachas van a hacer que todos se quieran, ni la mota va a cambiar al mundo y más bien qué hueva todo su discurso antisistema cuando lo único que hace la mota es ahuevar a la banda y volverla toda… pasivota.

Hay una protesta general.

—¡Es neta, güeyes! —sigue Karla—. Lo veo todo el tiempo en mi consultorio. Chavos infelices yéndose todavía más al hoyo por culpa de la mota.

—Pero entonces la culpa no es de la mota, es que tus pacientes están infelices —dice Claudio.

—Ok. ¿Cuántos pachecos "creativos" conocen que hagan algo realmente significativo? —incita Karla.

Lencho finge pensar:

—Errrr… ¿Bob Marley?

—¿Carl Sagan? —dice Irene, en el mismo tono.

—¿Steve Jobs? —agrega Claudio—, ¿Alfonso Cuarón?

Karla ya no alega. Lencho sigue:

—Además, el que el pacheco no "produzca", no le quita valor a su transgresión. Desafía la ley y eso ya es bastante mérito. Que cambie la realidad ya es otra cosa… pero tiene las mismas probabilidades de hacerlo que un sobrio relamido que nomás toma agüita de limón.

—Pero yo estoy de acuerdo con Karla en que no se puede generalizar. Nada es bueno para todos ni malo para todos. Es cosa de conocerse —opina Mauro.

—¡Gracias! ¡Gracias! Eso es a lo que quiero llegar. *Conocerse*. De eso se trata —exclama Karla—. El tema es que habría que conocerse bien *antes* de probar cualquier sustancia.

—Eso está un *poquitito* cabrón, Karli… —Claudio ironiza.

—Jajajaja.

—Bueno. Pero por lo menos hay que hacerlo *durante*. En algún momento hay que hacerlo —concluye Karla.

Todos se sumergen en sus platos y en sus pensamientos. Lorenzo se limpia las manos y comenta, de pronto:

—Pues sí. Yo me tardé un chingo de años en aceptar que me cuesta escribir estando pacheco —dice Lencho.

—Ahora lo aceptas, pero lo sigues haciendo —dice Mauro.

—Jajajajaja.

—Yo me tardé también un chingo de años en asumir que no me va la química del MDMA —dice Irene.

—Nunca te cayó bien, ¿verdad? —Claudio la ve.

—Yo no me tardé nada en comerme este caldito maravilloso, y creo que ahora voy a ir al baño. Con permiso —dice Mauro.

Todos se mueven y se recorren en la banca para que Mauro pase desde el fondo de la mesa.

—¿Vas a despedir a un amigo del interior? —dice Lencho.

—Sí, güey. Y a clonarte.

—Jajajajajaja.

—Güey. Está de la chingada que no te caiga bien la Molly —le dice Javiera a Irene, ya entonada con la cerveza y el toque—. No hay nada como la Molly. En Molly lo amas todo.

Irene encoge los hombros.

—Yo prefiero el peyote. No es que se ame "todo". Es que amas lo que es por lo que *es*. Y no se necesitan más milagros.

Irene y Claudio se miran, absolutamente enamorados. Lencho suelta un silbido y les avienta un popote.

El mesero aparece y todos piden otra ronda de cervezas.

—No sé si sea buena idea… ya mero nos vamos a ir, ¿no? —Denisse se aflige.

—Ay, otra cervecita. ¿Qué va a ser una hora de diferencia? —la sonsaca Lencho, y Denisse no opone resistencia.

. Irene persevera:

—Yo creo que si se siguieran investigando bien bien los psicodélicos, sí se podrían usar para algo más… trascendente.

—¿Como qué? —pregunta Denisse.

—Pues para que no nos matemos y nos extingamos. Para impulsar nuestro salto evolutivo.

—A lo mejor los psicodélicos son los que nos han salvado de no palmarla. A lo mejor son los que nos han dado el equilibrio en medio de tanta mierda —Claudio la apoya.

Lencho se detiene a pensar. Karla se adelanta:

—Yo creo que en sí mismos, no van a impulsar nada, güey. Pero por la libertad que implican, igual y sí. Para que la gente ejerza su libertad y lo que decíamos: se conozca mejor.

Mauro vuelve del baño. Todos se recorren para que llegue a su lugar al fondo de la mesa. Claudio añade:

—Y para que la banda explore caminos distintos y pensamientos paralelos, güey. No vivir bajo las mismas tres ideas que tuvieron los mismos tres pendejos cuando tuvieron el poder en sus manos.

—Eso ya es bastante ganancia... —dice Irene.

—Y además ya estuvo bueno de que las instituciones metan las narices en todo. Hasta en lo más sagrado —Mauro ocupa su lugar junto a Javiera.

—¿Cómo que en lo más sagrado? —respinga Denisse.

—Pues el derecho de cada quién a tener sus experiencias místicas, güey. Probar sustancias para explorar el interior es de lo más... humano que hay —dice Mauro—. "La tentación de las drogas es una manifestación de nuestro amor por el infinito."

—Salud por Baudelaire —Lencho alza su tarro vacío y bebe un par de gotas restantes.

—Salud —dice Mauro.

Llegan las nuevas cervezas. Mauro apura el resto de la suya. Todos ayudan a reunir los tarros vacíos para pasárselos al mesero y a repartir los nuevos.

—Yo lo veo así: todo crece en la naturaleza por alguna razón —reflexiona Irene—. La tierra nos lo da todo, sin ponerse los moños. *Todo*. Hay cosas que sirven para alimentar el cuerpo y hay otras que sirven para alimentar la mente.

—Y luego llegan las personas y se atascan con lo del cuerpo y lo de la mente y todo se va a la verga —dice Karla.

Todos se ríen; Irene, apenas.

—Pues sí, pero nadie puede decirte qué puedes tomar de la Tierra y qué no. En cuanto te haces adulto, esa decisión debería ser personal y tú asumes las consecuencias —dice Claudio.

—Salud por eso —dice Karla.

Claudio y Karla hacen chocar sus cervezas. Lencho participa:

—Vean a nuestros ancestros, güey, eran mucho más fuertes. Acarreaban agua. Parían a sus hijos, joder. Se les morían y parían más. Trabajaban de sol a sol. No se deprimían.

—No entiendo a lo que quieres llegar —dice Karla.

—A que vivíamos mejor cuando no transgredíamos tanto a la naturaleza —dice Lencho.

Denisse refuta:

—No mames, Lorenzo. ¿Vivíamos mejor? Imagínate cuando no había penicilina. Imagínate las pestes. Sacarte una pinche muela sin anestesia...

Lencho no le rebate.

—Pero es neto, ¿eh? Si se fijan, todo lo que hacemos transgrede a la naturaleza. O sea... estar vestidos ya es una transgresión. Si siguiéramos las leyes de la naturaleza, y usáramos la piel que nos tocó, migraríamos cada invierno —advierte Karla.

—En lugar de asentarnos y levantar ciudades —completa Irene.

—Si siguiéramos a la naturaleza, no volaríamos —dice Javiera—. No navegaríamos...

—La medicina es un gran ejemplo —dice Claudio—. Desafía la muerte. Eso es rebeldía esencial contra la naturaleza.

Javiera mira los huesos de carnero en los platos de sus amigos con malestar.

—Güey, fumar, chupar, comer carne... nos la vivimos en una especie de envenenamiento lento... raro. Es como si viniéramos programados para hacer desaparecer todo este pedo. Como si no fuéramos de aquí...

—O como si estuviéramos involucionando... —dice Mauro, siniestro.

Irene traga saliva.

—Épaleee. ¿En qué momento empezó el fatalismo alienígena? —dice Lencho.

—Sí, no, güera, bájale a tu trip... —se ríe Denisse, nerviosa.

—Pues no sé. Pero a mí sí me gustaría volver a vivir según las leyes de la naturaleza —retoma Javi—. Como decía la flaca en la fogata: que los días duren lo que duran, no este pinche acelere artificial...

—Jajaja, ya quiero ver a Javiera Durán acarreando agua del pozo, ordeñando vacas y cortando leña... —se burla Denisse.

—¡Copal! —exclama Lencho.

—¡Lo haría! Les juro que lo haría. Al menos lo intentaría, en serio —Javiera le da un sorbo a su limonada sin azúcar y sin jarabe. Mauro la rodea con un brazo y la mira a punto de explotar de amor.

—Con peyote, igual y sí aguantarías.

—Jajajaja.

Denisse se levanta y busca un contacto para poner a cargar su celular:

—¿Por qué nos hacemos tantas bolas, güey? Mejor hay que alegrarnos con lo que tenemos. Podemos bañarnos todos los días. Hay celulares, hay coches, hay internet...

—Amo el internet. Los pinches millennials tetacles nunca sabrán lo que implica tener internet —dice Lencho.

—Cálmate, paciente de geriatría —lo molesta Mauro—. Los millennials deberían de trollearte por ser tan ñoño.

—Salud por el internet —Javiera alza su vaso.

—¿Me conectas el mío? —Irene le pasa su teléfono y su cargador a Denisse—. Pero no todos tienen eso que dices, Den. La mayoría de los seres humanos no sabe lo que es un celular, y por culpa de la pinche... producción en serie, nos hemos chingado casi la mitad de las especies del planeta en cuarenta años.

—No mames, ¿eso es neto? —se angustia Javiera.

Irene asiente, grave:

—Netísimo.

Se hace un silencio en la mesa y cobran protagonismo los ruidos de la calle.

—Somos un asco. ¿Saben qué? Esto está horrible. Ya vámonos —Denisse pega en la mesa con ambas manos y amaga con levantarse.

Todos se ríen. Lencho le unta frijoles a un pan sin alterarse:

—Estamos en la infancia de la humanidad, güeyes. Somos como niñitos que agarramos todo sin preguntar y lo destruimos sin decir con permiso ni gracias.

Irene se revuelve en su lugar.

—Uta, pues a ver si no se nos acaba el veinte antes de aprender a decir "porfa".

Claudio la abraza y le dice, con sentimiento:

—Vamos a evolucionar hacia un mejor modelo humano. Estoy seguro.

—¿Cómo sabes? —Irene está a punto de llorar.

—No sé. Pero tenemos que darnos esa oportunidad.

—Pero lo malo es que si evolucionamos en "adultos" educados, nos vamos a volver políticamente correctos, sin imaginación y de hueva —augura Lencho.

—Pus ojalá que no. Ojalá nos equilibremos chido... —Javiera chupa un limón.

—Eso.

—Y además, la pinche Gaia ha aguantado de todo. Heladas, sobrecalentamiento, meteoritos... güey, eso de que tenemos que "salvar" a la Tierra es muy soberbio, también, la neta —dice Mauro.

Javiera se termina su limonada y declara:

—Y más bien tenemos que salvarnos a nosotros, güey. Nosotros también estamos todos rotos y jodidos... nos estamos desencuadernando.

Mauro toma su mano y se apresura a concluir:

—Es cierto. Las primeras víctimas de la rapacidad del Monstruo somos las personas.

Denisse se recarga en el hombro de Lorenzo:

—Tenemos que querernos y cuidarnos los unos a los otros, güey. Un chingo.

—No traicionarnos —Javiera ve a Mauro.

El mesero llega a recoger los platos. De nuevo, todos ayudan a pasárselos. Irene busca una servilleta de papel para limpiarse otra lágrima inesperada.

—Ahorita me acordé de una frase chida de Sagan.

—¿A ver?

—"We are a way for the cosmos to know itself."

—Qué chingón —suspira Denisse.

—Cuántas cosas bonitas dijo el maestro Sagan —dice Lorenzo.

—Sobre todo cuando estaba pacheco —Claudio voltea a ver a Karla.

—Jajajajajaja.

A Mauro se le acalambra un pie. Se levanta para apoyarse en él diciendo:

—Pffft. Mírenos, güeyes. Estamos recién cogidos, recién comidos, y en lugar de retozar y ser felices, estamos aquí tratando de arreglar el pinche mundo...

Después de las risas, un silencio. Lorenzo juega con las moronas de pan que quedaron esparcidas en la mesa y plantea, serio:

—Vamos a valer verga. Se acabe o no la especie, nosotros sí nos vamos a morir, igual que todo lo demás. Pero sí hay que vivir diferente. *Tenemos* que vivir diferente. Si no vivimos con verdadera libertad, nuestra conciencia del mundo va a servir para pura madre.

—¿Pero qué es la "verdadera" libertad, güey? La libertad también está sobrevalorada —dice Mauro—. Somos prisioneros de nuestra propia libertad.

—¿Por qué? —dice Javi.

Karla responde por Mauro:

—Es como un paciente que tengo, cada fin de semana se coge a dos, tres chavas diferentes, cree que es muy libre, pero está atado a su personaje de don Juan, no quiere ni se deja querer.

—¿Libertad contra libertinaje? —sugiere Denisse.

—"Libertinaje"… pft. Qué hueva esa palabrita. Me recuerda a las monjas de mi prepa —Irene se contorsiona. Claudio se ríe.

—O… cuando crees que la lana te da mucha libertad porque puedes comprar lo que quieras, pero cada una de esas cosas que compras te esclaviza —Denisse se come una galleta salada con mantequilla, distraídamente.

Lencho, Irene y Mauro se miran sorprendidos con su afirmación.

—No hay nada que esclavice más que la comodidad —afirma Claudio.

—Pues sí, eso sí —Javiera se muerde el pellejo del dedo gordo con ambivalencia.

Tras unos instantes, Mauro declara:

—Yo digo que la libertad consiste en ser esclavo de lo que uno elige.

—Eso, chingá —dice Claudio.

—¡Qué inspirado, Roblesgil! —Lencho le lanza un petardo de servilleta con el popote.

—Ok. ¿Pero entonces ya, a la chingada? ¿Al diablo con los límites? ¿Ser libre es hacer lo que se te salga del… chocho, o qué? —dice Denisse.

Todos se ríen un poco y lo meditan otro tanto. Karla concluye:

—Pues sí. Básicamente, sí. Si te quieres poner chichis o fumarte toda la heroína de Asia Oriental y comerte tu propia caca, vas. Pero respeta la libertad del otro. No lo chingues, no lo bulees.

—Se dice fácil —observa Mauro.

—Debería serlo.

—Pero la libertad es peligrosa, amiguitos… —Lencho imita la voz del tipo raro de la plaza.

—Jajajajajaja.

—¡Claro que es peligrosa! ¿Qué no es peligroso? —dice Claudio—. Cruzar la calle es peligroso. Nacer es peligroso.

—Vivir es estar en peligro —dice Mauro.

—Y los seres humanos somos un desmadre. Hay que asumirlo, y ya —dice Javiera.

—Y si no fuéramos el desmadre que somos… ¿qué seríamos? —plantea Irene.

—Dinosaurios —dice Karla.

—¡Qué hueva! —Javiera abre los brazos.

—Jajajajajaja.

El mesero bajito se para junto a la mesa empuñando su block de comandas para tomar la orden de los postres y los cafés, y sonríe:

—Vienen del desierto, ¿verdad?

62

En lo que llegan los cafés y los postres, se salen a fumar. Unos tabaco, otros mota. Esta vez, Karla prefiere quedarse en la taberna y esperarlos ahí. En la misma plazoleta de antes, Denisse, Lencho, Claudio, Irene y Javiera terminan de rolar la pipa de Denisse. Les alcanza para una calada a cada uno, y con eso se termina la mota que Lencho consiguió. Luego Claudio, Javiera y Mauro prenden cigarros. Irene los ve mientras abre una paleta.

—¿En serio no estás sufriendo cabrón por no poder fumar? —Javi está sorprendida.

—Pues es que acabo de fumar.

—Pero mota…

—Pues es fumar… y aliviana.

—¿Pero no te da angustia? —pregunta Denisse.

—Me da más angustia no saber si lo dejé a tiempo…

Claudio sonríe, viendo sus zapatos. Mauro molesta a Irene:

—Ay sí, ay sí. Eso dices ahorita que traes los cincuenta alcaloides del amor envolviendo de beatitud peyotera cada poro de tu ser.

—Pinche envidioso lleno de odio… —dice Javiera.

Mauro finge ofenderse, luego pesca a Javiera por la cintura y la carga. Dan vueltas y acaban jugando luchitas en una jardinera. Denisse rueda los ojos.

—Piedad. Cuántos años tienen, ¿cinco?

—¡Lo que no quiero es irme de aquí! —Irene mira al cielo.

Todos emiten una especie de suspiro colectivo.

—Y no sé ustedes, pero la verdad estoy puestísima —Denisse ve a Lencho—: ¿Cómo te sientes tú para manejar?

—Yo me siento bastante bien. Creo que con una Coca la armo.

—El gordo tiene aguante… —dice Mauro.

—Y si no, Karla puede manejar. Ella no ha fumado —dice Irene, y se arrepiente de inmediato por dar alternativas para partir.

—Aunque tampoco creo que sea la mejor idea irnos ahorita —se sincera Lencho—. No se me hace lo más seguro del mundo, la neta.

Denisse hace una mueca, se lo piensa. Javiera se da cuenta y aventura:

—¿Crees que tu jefe de plano te mate si faltas mañana a tu junta, Denisse?

—No es que me mate. Es que esa junta no puede *suceder* sin mí.

Todos intercambian miradas. Denisse vuelve a dirigirse a Lencho:

—¿A poco tú te quedarías? ¿Y tu chamba?

—Pues… no me he reportado enfermo en un buen rato… —admite él.

Claudio e Irene se miran, esperanzados de tener más tiempo juntos.

—Venga, Den, nadie es indispensable —la provoca Irene.

—Yo, sí —asegura ella.

—Te apuesto a que no —dice Claudio.

—Te apuesto a que mi jefe me manda a la verga.

—Ya estás —dice Lencho.

—¿Cuánto?

—Dos mil pesos —Lencho voltea a ver a Javiera, quien niega con la cabeza.

—Juega.

Denisse y Lencho se dan la mano.

—Aunque el pedo de faltar a la junta en realidad es otro, ¿verdad? —la pica Lencho.

—¿Cuál? —pregunta Claudio.

Denisse mira a Lorenzo con reproche, pero aprovecha la oportunidad de desahogarse.

—Equis. Un ascenso acompañado de un bono con el que pensaba invitarlos a todos a un crucero.

—Aaaah, no, ¡pues entonces ya vete a tu junta!... —la empuja Mauro—. ¡Vete ya! ¡Llega desde hoy a la oficina!

Todos se ríen.

—A ver, ¿te puedo hacer una pregunta? Ya, de netas —dice Claudio.

—Tengo miedo... —Denisse cruza los brazos.

—Si te quedaran seis meses de vida, ¿ésta es la chamba que te gustaría estar haciendo?

Denisse baja la mirada y resopla:

—Ta madre, cómo dan lata...

—A ver, no se claven... —media Javi—. Denisse no tiene que definir ahorita su futuro. La única pregunta es si puede faltar a su pinche junta mañana, o no. Am I right?

—Gracias, güera —dice Denisse.

—Yo tengo que ir al baño —Irene mira en dirección a la taberna.

—Ya se ha de haber enfriado el café —observa Claudio.

—Vamos.

Todos empiezan a caminar de vuelta a la taberna. Lencho y Denisse se rezagan unos pasos. Ella reúne valor y plantea:

—¿Sólo por eso quieres que me quede?

—¿Por qué?

—Porque no es seguro regresarnos ahorita...

Lencho se queda extrañado con la pregunta. Voltea a ver a Denisse. Sus ojos, ávidos. Podría eludirlos, revirar la pregunta con humor, pero decide que ya es hora de declararse dueño de su cariño. Responde muy serio:

—No. No sólo es por eso.

Y subraya:

—Por favor, quédate.

* * *

621

De regreso en la taberna, todos comparten pan de elote, flan con cajeta y toman cafés de olla. Denisse regresa cinco minutos después y rodea la mesa para sentarse junto a Karla, que se quedó esperándolos ahí, y decirle en corto:

—Karli, Lorenzo y yo estamos pensando en quedarnos a dormir y salir mañana temprano.

—¿De plano?

—Más bien ya avisé que no llego.

Karla luce contrariada.

—No mames, Denisse. ¿Y qué te dijo tu jefe?

—Pues... igual y tengo que hacer un FaceTime mañana desde la carretera. Pero fuera de eso, parece que todo bien... —Denisse sonríe, casi sin creérselo.

—¿No que era de vida o muerte esa junta?

—Pues más bien me di cuenta de que eran mis paranoias laborales... pero la neta es que Camacho puede hacerse cargo sin un pedo.

A Karla le gustaría alegrarse al escuchar eso, sabe que es un paso importante en la relación de Denisse con su trabajo, pero su propia situación le produce desasosiego. Denisse lo adivina por su expresión:

—Tú sí te tienes que regresar a huevo hoy, ¿no? Tienes que estar a primera hora mañana.

—Sí, ya sabes que sí —responde Karla—. Tengo trabajo y tengo que llevar a mi hija a la escuela.

—Pues si quieren se pueden llevar mi camioneta para que no te vayas tú sola... —propone Denisse.

—¿Quiénes?

—Tú, Irene y Claudio.

—¡No me quiero ir con Irene y Claudio, güey!

Denisse se extraña.

—¿Por?

Karla le da un trago nervioso a su taza de té de menta. Denisse no está al tanto de lo que sucedió entre Karla y Adam en Puebla, y Karla no está con ánimos de contárselo en ese momento. Convivir con Irene ha sido soportable por el contexto grupal que ha venido diluyendo la tensión, pero Karla no tiene ganas de viajar ocho horas con ella. Responde con otra pregunta:

—¿Neta Lorenzo también se quiere quedar? ¿O sea, qué pedo? ¿Todos piensan faltar a trabajar, o qué?

Denisse se pone a jugar con su anillo de plata.

—No es nada más por eso. Es por descansar bien. Son ocho horas de carretera... —Denisse mira a Karla—: Y todos seguimos medio puestos, la verdad. Como que esa madre no termina de bajar... —reprime una sonrisa.

Karla voltea a ver a sus amigos. Toda la mesa es una algarabía de azúcar, arrumacos y carcajadas simplonas. Karla siente un aguijonazo de malestar.

—No, y si encima se ponen a fumar mota, está cabrón... —gruñe Karla.

—Ay, equis, nomás fue un jalón... —Denisse baja la voz, un poco culpable, y le da una cucharada furtiva a un resto de pan de elote que está cerca.

Karla le da otro sorbo a su té, que ya está más bien frío, y voltea a ver a Irene, que está dándole una cucharada de flan a Claudio y besándolo después en la boca.

—No le has dicho a Irene, ¿verdad? —pregunta Karla.

—¿Qué?

—Lo de que yo me vaya con ellos.

—No, apenas le avisé a Camacho, pero no creo que tenga pedo…

Karla resopla y se levanta, diciendo audiblemente:

—Y la que tiene una hija y un trabajo al que llegar, que se joda…

Se hace un silencio en la mesa. Denisse se incorpora.

—Oye, Karla, ¡te estoy diciendo que les dejo mi camioneta! Nadie se tiene que chingar…

Se instala una incomodidad confusa. Nadie mueve una pestaña.

—La que tiene que joderle su plan a las parejitas y ser la mala del cuento soy yo. No, pus más bien yo me agarro un pinche camión. Eso es lo que le toca al mal tercio, ¿no?

—Karla, ¿qué te pasa?… Espérate, güey.

Karla se sale del restaurante, encabronada. Denisse va tras ella. Por último se levanta Lencho, que intercepta a Denisse en la calle, a unos pasos de la taberna.

—What the fuck?

—Karla quiere regresarse a huevo hoy y no se quiere regresar con Irene.

—¿Por?

Denisse alza las manos con cara de interrogación.

—No, pus por eso te digo que entonces ya vámonos… —resopla Lencho, frustrado.

Denisse ve la calle con desilusión:

—Como decía mi abuelita, no hay mejor pensamiento que el primero. Vámonos a México, pues.

—Fue bonita idea mientras duró.

* * *

Salen de la taberna cerca de las seis de la tarde. Todavía hay luz del sol, pero no por mucho tiempo. Caminan en pares bajando por la calle empinada, cada dueto con un estado de ánimo diferente. Javiera y Mauro son como niños de la familia de los primates que se trepan encima de los hombros del otro, corren, se atacan y se mordisquean; Irene y Claudio están pegados, inundados de amor y melancolía, y Claudio comprende esa melancolía y al mismo tiempo no: una parte de él sabe que es absurda e improcedente, por más que una veintena de buenas razones patenten lo contrario. Entre Denisse y Lencho, que caminan separados, hay un gigantesco, pesado, largamente arrastrado signo de interrogación. Irene y Claudio se detienen a besarse en una esquina. Lorenzo pasa junto a ellos, se rasca la cabeza y repite:

—*Un poquito* ominoso, nomás…

—Ya supéralo, güey —le dice Denisse—. Más bien es milagroso. Ominoso andar mil años con alguien que no te pone así.

Abren la cajuela de la Liberty y meten las bolsas con las compras que hicieron en el pueblo.

—Pues ya está —suspira Lencho—. De regreso a la vida real.

—Toda la vida es real… —dice Claudio.

—Desafortunadamente.

De pronto Lencho tiene una idea. Se dirige a Irene y a Claudio:

—Oigan. ¿Y ustedes dos no se quieren quedar? Les puedo dejar el Peyotito…

—¿Y yo te llevo a Matehuala? —Irene mira a Claudio, quien inclina la cabeza, poco convencido.

—Pero luego tendría que manejar sola hasta la ciudad…

—Olvídalo. Mejor ya, en caliente —dice Claudio.

Irene asiente sin un gramo de ganas, a punto de llorar.

En ese momento, Karla emerge al fondo de la calle, caminando a buen paso. Llega con ellos anunciando con tono jovial:

—Ok. Ya lo arreglé.

Denisse se gira hacia ella.

—¿Cómo?

—Moví mis pacientes de la mañana y Mer va a llevar a Alicia a la escuela. Quedémonos. Yo tampoco quiero agarrar carretera ahorita. No estamos para ésas.

—YES! —grita Javiera.

Todos se ponen felices. Se abrazan y festejan. Irene y Karla no llegan a tanto, pero cruzan una sonrisa.

—¡Ea! —aplaude Mauro.

—¡Esto no se acaba hasta que se acaba, chingá! —Lencho levanta el puño.

—Nomás que yo sí tengo que salir temprano mañana. Tengo que llegar por Alicia cuando salga de clases y chambear en la tarde —previene Karla.

—Yo también quedé de apersonarme en la editorial en algún momento —aclara Lencho.

—Yo también —confiesa Denisse.

—Bueno, ahorita es ahorita y la tarde es joven. ¡Mezcales! —vocea Javiera, como grito de guerra.

Mauro se pone tenso de pronto.

—Antes hay que ir por otro cuarto para nosotros tres… —Denisse mira a Lencho y a Karla.

—Yo ya me aparté uno ahorita para mí sola —avisa Karla.

—¿Por? —Denisse intenta no hacer demasiado obvio lo que cada vez se torna más evidente.

Los demás se miran.

—Zafo los ronquidos de Lencho, neta —miente Karla.

—Cómo chingan —se queja él.

—Bueno, pero yo te disparo el cuarto, Karl —dice Denisse.

—Sheeee, sheshé… —Karla le da el avión.

Javiera da dos palmadas:

—Pus vamos por esos mezcales, ¿no? ¿O qué?

—¡Vamos!

Javiera se engancha del brazo de Mauro y se van corriendo calle arriba; Lencho, Denisse y Karla van abrazados los tres. Irene y Claudio caminan despacio, rodeando la cintura del otro. Juntos, los siete desandan el camino y despiden la tarde.

63

Pese a que aún es relativamente temprano y es domingo, el pueblo ya está de fiesta. Pasan por un par de bares con mucho ambiente: uno con las bocinas a tope con una cumbia, y en la esquina de la misma calle, otro con electrónica.

—¡Reven! —Javiera se frota las manos.

—No te emociones, que mañana tenemos que madrugar y manejar —dice Denisse.

—Ya deja de preocuparte por mañana, güey. Eres como mi tía Gabita de setenta años. Hoy somos inmortales —Javi la abraza. Y Mauro se pone todavía más inquieto.

Mientras deciden a qué local entrar que satisfaga el purismo musical de Lencho, Denisse acompaña a Irene a una tiendita a comprar más paletas para sortear su abstinencia de tabaco.

—¿Y entonces?

—Bien, ahí voy. Las paletas alivianan.

—No, pendeja. Con Claudio.

Irene voltea por instinto detrás de su espalda, pero Claudio está del otro lado de la plaza. Sonríe involuntariamente.

—Pues increíble, pero no sé…

—¿Qué no sabes?

Irene guarda silencio.

—¿Qué no sabes? —repite Denisse—. ¿Qué chingados va a pasar? ¿Cómo le van a hacer?…

—¡No sé! ¡No sé! —manotea Irene—. Está cabrón, tenemos planes totalmente diferentes. Vamos a tener que… pues que ver qué pedo.

—Llevan diez años viendo qué pedo.

Finalmente los siete se meten a un bar con decoración peculiar. Los techos son muy altos y las paredes tienen anaqueles repletos con juguetes antiguos. Algunos son clásicos, como triciclos, carritos, trompos y valeros; también hay cientos de muñecas y una sorprendente colección de juguetes de acción que tienen más de cincuenta años. Por la temporada, también hay calaveras subidas en triciclos, en norias y en caballitos. Lencho canturrea, siguiendo el ritmo de la canción que suena:

—*There is a wait so long… You'll never wait so long… Here comes your man…*

Encuentran una mesa alargada que esta vez no resulta tan conveniente porque hay mucho más ruido que en la taberna y las conversaciones se fragmentan.

Mauro se sienta en una cabecera, con Javiera junto a él de un lado e Irene del otro. Junto a Irene, Claudio y después Denisse, para terminar con Lencho en la cabecera opuesta. Al lado está Karla, y junto a ella una silla con sus bolsas y sus mochilas. Lencho saca su libreta del bolsillo trasero de sus jeans y se la entrega a Denisse:

—¿Puedo guardar esto en tu bolsa? No quiero que se me pierda.

—Claro.

Denisse mete la libreta roja a su bolsa y la cierra. Llega una mesera, llena de tatuajes y percings, con una sonrisa beatífica. Lencho piensa que viene de comer peyote hace tipo dos horas. Todos le piden cervezas y mezcales, pero Mauro pide un agua mineral.

—¿Y ora, tú? —le pregunta Javiera, extrañada.

—Mezcal ya es rubro aparte para mí, chula.

—¿Por?

—Es como cruzar el puente de Neverland a vete a la verge.

—¡Pero si te acabas de tragar dos cabezas de peyote! —se pitorrea Javiera. Mauro mira el servilletero con incomodidad.

—Es diferente, créeme. No puedo quitar el freno tan… así.

A Javiera se le diluye la sonrisa. Mauro nota la decepción en su rostro y se quiere morir. Daría lo que fuera por tener una noche de locura con ella. Recuerda la frase de Baudelaire y suena tan chingón y tan cierto… ¿Qué hacer con su deseo en estos momentos? Podrían incluso conseguir un ácido, en este pinche pueblo seguro hay de todo, piensa, y darle rienda suelta al desenfreno. Soltar amarras y perder el sentido con ella. Volver a estar hasta el cepillo con el cuerpo de Javiera y la risa de Javiera. Y de pronto está tentado a mandar todo al diablo. A María, al centro. El estúpido certificado de la prepa, la vidita que más o menos se empieza a trazar. Toma la mano de Javiera, pero lo que le sugiere es otra cosa:

—¿Y si mejor nos vamos al hotel?

—No mames, Mau. Es nuestra última noche aquí. Claudio ya se va a ir otra vez… quién sabe cuándo nos vamos a volver a ver todos ni qué vaya a pasar…

Mauro se tensa todavía más. De pronto lo invade el pánico de que Javiera se lo haya cogido nada más por gusto y lo mande al diablo en cuanto pisen la Ciudad de México.

—¿Qué va a pasar de qué?

—Pues no sé. De todo, de nada. Aliviánate y échate un mezcal. No pidas chela, tómatelo con tu agüita mineral…

—No puedo —insiste Mauro.

Javiera ya no dice más, pero se desprende de su mano para tomar su propio vasito relleno de mezcal que la mesera de los piercings acaba de dejar frente a ella, y Mauro lo vive como un rechazo frontal. Piensa que estaba mucho mejor cuando las alas de la pasión dejaron de revolotear en su corazón, aunque estuviera solo como perro y yéndose en el camión de la basura junto con un montón de bolsitas de coca y papeletas de ácido. La voz de Lencho al otro extremo de la mesa, con su vaso mezcalero en alto, lo distrae:

—Como dijo Galeano: "Cuando somos niños, todos somos paganos y todos somos poetas. Ya después el mundo se encarga de achicarnos el alma". ¡Salud!

Todos alzan su vaso.

—¿Por qué "salud"? ¡Es una puta tragedia! —Mauro exclama desde el extremo opuesto.

—Pues porque hoy somos como niños otra vez, y tenemos todo lo que deseamos.

—Ah, órale… —Mauro detiene a la mesera—. Señorita, llévese el mezcal de este señor y tráigale un Chocomilk, por favor.

Hay carcajadas.

—Mejor un Chocoyote —dice Javiera, y esta vez hasta la mesera se ríe. Mauro se levanta y anuncia:

—Ahorita vengo.

Pero no va al baño, sino que se sale por la puerta. Javiera se concentra en su mezcal, intentando que no le afecte, sin demasiado éxito.

Irene revisa su celular. Tiene un mensaje de su papá. Dice: "Cómo te fue" y un montón de emoticones, incluyendo coyotes y cactus. Irene le dijo a Raúl que iba a Real de Catorce, nunca le mencionó el peyote, aunque él posiblemente lo dedujo. Luego abre su galería.

—Órale, ¿quién tomó estas fotos? —Irene voltea el teléfono, mostrando una foto de todos en el desierto, con expresiones arrobadas, viendo el arcoíris.

—Yo —responde Javi.

—No mames, qué absoluta y radical puestez —Claudio ve la pantalla mientras Irene pasa las imágenes.

—Están buenas, ¿eh? Tienes buen ojo, güera.

—¿Tú crees? —Javi se entusiasma—. ¡Pero si llevas años viendo fotos mías, güey!

—Pero de las pedas y de ti misma, güey.

Todos se ríen pero Javiera no. Toma un sorbo de su vasito y mira hacia la puerta con inquietud. Luego estira la mano para tocar a Irene.

—Está increíble tu chal. ¿Dónde lo compraste?

—Era de mi tía Theresa. Me lo heredé a mí misma en Viena.

Irene deja el celular sobre la mesa y Claudio le da un beso espontáneo. Javiera los ve y se dirige a Denisse:

—¿No te digo? Vivimos diez años en la pendeja.

Denisse bebe por respuesta.

—Tú sí sabías, ¿verdad, perra del mal? Siempre lo supiste.

—No se te ocurra juzgarme, pendeja —es la respuesta de Denisse.

—Lo único bueno es que Lorenzo me debe dinero.

Pero Lencho no alcanza a escuchar porque está conversando con Karla.

—Está cabrón. Real de Catorce pasó de tener cuarenta mil habitantes a mil cuando la plata se agotó a fines del siglo diecinueve —Lencho está viendo un tríptico turístico que le dieron en la plaza.

627

—¿En serio? —Karla le da un sorbito a su mezcal. Es un Tobalá exquisito. Lo paladea.

—Yo creo que revivió gracias al peyote, la verdad —añade Lencho.

—No sé si eso es bueno o malo... no está chido que se explote ese cacto de esa manera, con todo lo que tarda en crecer —dice Karla—. O sea... me parece increíble que la gente se acerque a esto y lo conozca. Pero tendría que regularse la explotación.

—Uta. Es que ése es el problema con los recursos *del mundo.* Yo, la neta, casi prefiero que siga siendo prohibido y que siga siendo tabú.

—Nada debería estar prohibido, Lench. Eso no es garantía de que no se explote. Al contrario. La regulación legal sí podría ayudar.

Lencho bebe de su vasito y rebate, con ironía:

—Uta, como en este país se puede confiar un chingo en nuestros legisladores...

—Bueno, pero hay que confiar en algo. Si no podemos confiar en nada, estamos jodidos.

—Pues sí —asiente Lencho—. El problema principal es el pinche saqueo enloquecido del país. De *todo* el país. Y no es que esté chillando por nacionalista, la tierra es de todos los seres vivos. Aquí la bandera vale pito. El tema es que al vender el territorio se cargan el ecosistema, la cultura...

—Claro. Lo que deberían hacer los activistas es traer a los capos de las compañías depredadoras del mundo a comer peyote. Te apuesto a que en cuanto lo probaran se retractarían de todos sus expansionismos pendejos —afirma Karla.

—Como el güey de la DEA que le regaló su gorra al Jefe.

—Exactamente —Karla asiente.

—Lo malo es que la verdadera historia trágica de nuestra especie es otra, Karl.

—¿Cuál?

—Pues la naturaleza depredadora del homo pendejus que dizque piensa pero en realidad no discurre, no le gira —Lencho se da golpecitos con el índice en la sien—. Esta cosa que nos compele a ir y nada más... agarrar las pinches cosas, apañarlas antes de que otro nos las gane.

—Ésa no es la naturaleza de toda nuestra especie... —reflexiona Karla—. También hay un instinto de cuidado y protección muy cabrón.

Lencho sonríe.

—¡No me des el avión, güey! —se queja Karla.

—Para nada, para nada te estoy dando el avión, Karl...

—El amor que sentimos ahí en el desierto... güey, eso está en nosotros. Es parte de nosotros. Nos conforma.

Se miran a los ojos. Amigos.

—¿Sabes qué creo? Que nuestro futuro como especie depende de las mujeres —dice Lencho.

—Ah, chingá.

—No. Es neta. Dependemos de que las mujeres despierten. Las mujeres tienen que ponerse las pilas —declara Lorenzo.

—¡Ay, qué pinche comodino me saliste, cabrón!

—Es muy neto lo que te estoy diciendo, Karla. Escúchame. Los hombres somos unos pendejos. Las mujeres tienen que dejar de pensar en verse bonitas y cómo ser más flaquitas que las demás o nos va a cargar la chingada. Nuestra supervivencia depende de que las mujeres espabilen y se solidaricen las unas con las otras y de que los hombres se pongan a cocinar y a cuidar niños —Karla no se ríe, le da un trago pensativo a su mezcal.

—También.

En el otro extremo de la mesa, Mauro, que ya regresó de hacer su ronda de cinco minutos por la plaza, le cuenta a Javiera:

—Cuando estuve en rehab conocí a un vato, Rubén se llamaba; decía que para dejar el chupe lo único que realmente sirve es Alcohólicos Anónimos.

—Yo acompañé a mi papá a una junta una vez —dice Javiera—. No me latió. Me dio hueva todo el rollo mocho. Como que sustituyes una adicción por otra, ¿no?

—Sobre todo por la onda de hablar…

—¡Exacto! Se la pasan hablando. De todas las mamadas que hicieron cuando tocaron fondo, de que si las veinticuatro horas… pft.

—Pero justo así luchan contra su a-dicción. Dejan de estar mudos ante lo que los domina —dice Mauro.

—Ájale… pues sí. ¿Eso te lo dijo tu terapeuta guapa?

—Lo hemos platicado, sí.

Mauro se entretiene con el agua mineral intentando no pensar demasiado en ello. Ya se tomó dos cervezas en la taberna y decidió que no quiere más. Continúa:

—Lo que no puedes decir, te lo comes, te lo esnifas, te lo fumas o te lo… algo.

Javiera estudia su vasito de veladora con mezcal, en la base tiene una cruz. Lo hace girar sobre la mesa, y sin ver a Mauro, suelta un bombazo:

—Mi mamá chupó todo el embarazo de Fabio.

Mauro se queda seco.

—¿En serio?

—Sip. Como que nací yo y se le acabó el reven y eso la bajoneó durísimo.

—Ok…

—Y a Fabio no lo esperaban para nada, los escuché decir mil veces que después de mí ya no querían más hijos, pero pues… abortar no era opción. El mismo año que se embarazó, se murió su mamá, yo creo que eso no ayudó. Se me hace que Susana se deprimió mal pedo.

—Ay, güera, no tenía idea…

Javiera encoge los hombros y lo mira a los ojos:

—La vez que fuimos a comer tú y yo solos, me preguntaste si teníamos que preocuparnos por todo el vino que tomaba.

—Me acuerdo.

—Desde ese día le bajé. Pensé: "No puedo estar regañando a este idiota si yo hago lo mismo". Como que de repente sí ayuda que alguien te desahueve y te haga verlo. Sí sirve decir. Si no te dicen nada, y tú no te dices nada, te puedes hacer pendejo forever.

Mauro asiente:

—A mí también me ayudó que me lo dijeran.

—Cuando mi papá tuvo el infarto y dejó de chupar estuve dos tres leyendo. Una señal de alarma es sentir mucho alivio cuando chupas. Así, en situaciones de la vida diaria. Me acuerdo que eso me espantó.

Mauro sostiene su vaso con ambas manos, prestándole toda su atención. Javiera sigue:

—Y me di cuenta de que yo también… cuando más chupo es cuando estoy triste.

—¿También?

—Como mi mamá.

Mauro inclina la cabeza una vez. Jamás se imaginó estar teniendo esta conversación con Javiera.

—Pero ahorita no estás triste. ¿O sí?

Javi voltea a verlo. Niega enfáticamente, sonriendo; deja su vasito, toma la cara de él entre sus manos y lo besa hasta que le duelen los labios. Al separarse, aventura:

—¿Tú tendrías hijos?

—¿Yo? Por supuesto.

—Jajaja, no me chorees.

—¡No te estoy choreando! Me encantaría tener hijos.

—¿Neta, Mau?

—Creo que es una pinche irresponsabilidad, tal y como está el mundo. Pero sí, mi narcisismo me incita a buscar mi trascendencia y quiero enseñarle a alguien todas las pendejadas que sé. Y los bebés… hhm. Gorditos. Suavecitos. Sí.

—Jajajajajaja.

—¿Tú?

Javiera se detiene en su vaso antes de mirarlo y responder:

—¿Contigo?

Irene, Claudio, Denisse, Karla y Lencho han conseguido agazaparse en una esquina de la mesa donde no llega tanto ruido. Denisse ve una carta de comida.

—No sé si quiero los nachos o las alitas. ¿Ustedes qué quieren?

—Tú, tú eres la que tiene hambre —dice Lencho.

—Mañana agarramos carretera. ¿Qué me hará menos daño a la panza?

—Decide por lo que más se te antoje, güey, no por lo que te haga menos daño —dice Irene.

—Amén… —dice Claudio, viendo por la ventana.

—Pero decidas lo que decidas, hazlo con fe y valor, mana —dice Karla.

—"Fortune favors the bold" —recita Lorenzo, con el puño en alto.

—¡Qué bonito! —Irene cruza las manos sobre el pecho, olvidando que tiene la paleta en la mano.

—Aguas, no te vayas a embarrar tu... cosa esta... —Karla le aleja la mano del chal, con instinto protector. Irene reacciona haciéndose para atrás, con algo de tirantez aún presente entre ellas. Claudio hace un redoble con las manos sobre la mesa:

—Como me dijo una vez un amigo muy sabio: "No hay malas decisiones, sólo hay maneras de tomárselas".

—O más bien de comérselas... —dice Karla.

—Jajajaja.

—En cualquier caso, lo peor es la IN decisión, ¿no? —Denisse alza muchas veces las cejas, viendo a Irene. Ella se escapa señalando:

—Miren, ahí está la chava.

Irene levanta la mano y la mesera de los piercings se acerca.

—¿Te pido los nachos y las alitas, por favor? Para compartir —sonríe Denisse.

La mesera no apunta nada, le sonríe de vuelta y se lleva la carta.

—¡Ah! Y una Coca Cola —dice Denisse.

La mesera levanta el pulgar, ya alejándose.

—Pero es mejor TuCola —Lencho repite el acento cubano.

—Toma TuCola.

—Goza TuCola.

—Rica TuCola.

—Jajajajajaja.

—Miren, éstos ya agarraron fiesta... —señala Irene.

Todos voltean. Mauro y Javiera están bailando en una pista improvisada. Pronto están ahí los siete, brincando juntos.

Show me, show me, show me how you do that trick, the one that makes me scream she said, the one that makes me laugh she said...

—Que vivan los clásicos —Lorenzo levanta el brazo, apuntando al techo.

Javiera rodea a Lencho con un brazo y a Karla con el otro.

—No quiero empezar a decirles a todos cuánto los amo, pero sí saben que los amo, ¿verdad? Sí lo saben...

—Sí, güeris.

—Pero es muy, muy neto. No es choro de borracha. Apenas llevo un mezcal. No es eso. Es amor que explota en mi corazón, que corre por todas mis neuronas y mis células y mis venas.

—Copal, hermana... —Lencho le da un beso en la frente.

—Jajajaja.

—De pronto extrañé al Inge... —le dice Denisse a Lencho.

—A la otra lo invitamos.

—¿Vamos a volver?

—Pus, yo digo, ¿no...? —y se le ocurre otra cosa—: ¿En un año?

Denisse sonríe con cosquillas en la barriga y alza su cerveza, convocando:

—¡Hey, todos! ¡Nosotros, aquí, dentro de un año!

—¡Síiiii!

—¡Sin pretextos!

—¡A huevo!

—¡Salud!

Luego de volver a abrazar a cada uno de sus amigos, Javiera se cuelga del cuello de Mauro:

—Ándale, tómate un mezcal…

—Oh, qué la chingada…

—Está deli, ¿qué te puede pasar? —Javiera le acerca el vasito de vidrio a los labios.

—¿Qué te pasa? —se desprende él, sin alzar la voz, pero ya ofuscado.

—¿Qué me pasa de qué?

Irene y Denisse paran las antenas.

—¿Estás loca o qué? Ayer estabas a punto de matarme por querer darme peyote y hoy quieres que me dé cocido de maguey por la vena.

Javiera se detiene.

—A ver. Una cosa no tiene que ver con la otra. Si toda nuestra vida va a ser en función de lo que te puedas meter o no, está cabrón.

Mauro está impávido. Javiera sigue:

—O sea, si yo voy a tener que empezar a contar la cantidad de copas que *yo* me tomo porque *tú* no te vayas a sentir mal, mejor…

—Ay, no mames, cállate, por favor… —la interrumpe.

Javiera se corta y se aleja, ofendida.

—¿A dónde vas?

Mauro va tras ella, abriéndose paso. Irene y Denisse se alarman.

—¿Hacemos algo? —dice Irene.

Denisse se lo piensa un poco:

—Nah. Ya están grandes.

—Se me hace que esto va a ser a little bit of history repeating… —intuye Irene.

—Si gritan, ya vamos.

Mauro intercepta a Javiera en el pasillo de los baños.

—Espérate, güey.

Javiera voltea, enojada.

—A ver, tú ganas. Dame un traguito, pues.

Javiera no responde ni sonríe. Le da un sorbo a su vasito, mirándolo a los ojos, retadora. De pronto se acerca a sus labios y le pasa el contenido con un beso largo. Se enganchan. Los besos se vuelven desesperados. La temperatura sube a niveles intraterrestres en cuestión de segundos.

—Vamos a hacerlo aquí…

Javiera se zafa.

—No me quieras usar, cabrón. No soy un pinche objeto.

—Cálmate, objeto. No te quiero usar, ni que fueras un foco. Lo que quiero es comerte.

Mauro la sigue besando. Javiera está prendidísima, pero se separa para instruirlo:

—No me calles. Ni aunque sea a besos. Nunca.

Mauro se separa:

—Ok. ¿Sabes qué? Esto va a ser un pedo. Mejor hubiéramos seguido siendo amigos.

—Un poco tarde para eso, ¿no?

—Estamos a tiempo. Yo digo que mejor a la verga.

—¿Estás pendejo o qué?

Javiera lo trae de regreso a sus labios. Mauro la empuja contra la pared. Javiera lo abraza con las piernas. Denisse aparece en el pasillo en ese momento con cara de preocupación y al ver lo que sucede, vuelve sobre sus pasos. Ellos ni siquiera notan su presencia. Un minuto después, una chica sale del baño. Javiera y Mauro apenas alcanzan a sacar las manos de todos los recovecos donde las tienen metidas. Se ven con un chispazo en los ojos, se meten al baño de mujeres y ponen el seguro.

La música está ahora a cargo de un DJ y los clásicos parecen haber llegado a su fin. Lencho, Karla y Denisse se quedan medio bailando y medio hablando cerca de la barra. Irene y Claudio aprovechan para volver a la mesa y hacerse arrumacos. Entre besos, enredan las manos, enredan los pies, se tocan la cara, se pellizcan los codos. Son como un juguete nuevo mutuo con el que no quieren dejar de jugar ni un segundo. Irene se separa un poco.

—Uf...

—Uf...

—Me siento como novia de camellón.

—¿Como novia?

Irene le da un trago a su cerveza, Claudio la secunda. Ven a la gente bailando.

—Como que ya no está tan buena la música, ¿no? —detecta Claudio.

—Pero es como en las bodas, ¿no? La banda se tarda como canción y media para darse cuenta de que la nueva selección ya no está chida.

—Jajaja, total. Cómo le puede dar en la madre a una fiesta un mal DJ, ¿no? —dice Claudio.

—Cañón.

Irene ve a Claudio y no lo puede creer, pero en lugar de decir eso, dice otra cosa:

—Qué loco que todavía hoy en la mañana estábamos en el desierto.

—Es loquísimo.

—O sea... estoy feliz aquí, nunca pensé que volveríamos a reventar todos juntos así, pero estar ahí acampando fue como estar... no sé. En un mundo nuevo —mira a su alrededor—. Aquí como que todo vuelve a ser lo de siempre.

Claudio concuerda.

—Ya te digo. Si te gustó el desierto, deja que conozcas la Baja. Vas a flipar.

—¿Pero tiene la ondota que tiene el desierto de aquí?

—Es diferente. Pero chingón.

Guardan silencio unos instantes y Claudio asocia:

—Lo más loco es que entre más lugares conoces, más sientes que te falta, ¿sabes? Hace poco estaba viendo un foto reportaje de un güey que se fue a recorrer Siberia en coche durante seis meses, tomando fotos solamente de la gente. No te imaginas la belleza…

Irene abre su mochila y empieza a buscar otra paleta.

—¿Qué te falta conocer? —pregunta.

—Uta, todo. No conozco Rusia, no conozco Australia, para empezar. Ya con eso tengo…

—¿Prefieres viajar más por las personas o por los lugares?

Claudio lo medita.

—A ver, me encanta la naturaleza… y está chingón ir a lugares donde no hay nadie. Pero lo que más me gusta… lo que más *nos* gusta a la gente, es la gente. Aunque nos cague —se ríe Claudio.

Irene sonríe, pero por dentro siente un extraño malestar. Es claro y distinguible: son celos. Todos los lugares donde Claudio ha estado, la gente que ha conocido. Todo el horizonte que lleva detrás de los ojos. Mundos a los que ella jamás podrá acceder. Eso por momentos le provoca todavía más celos que la mujer que tuvo en Canadá. Ignorando los pensamientos de Irene, Claudio sigue hablando:

—Parte de lo chido de viajar es eso: te das cuenta de que todos podríamos ser amigos. El miedo es lo único que nos separa.

Irene sigue buscando una paleta sin éxito. Empieza a inquietarse. ¿Qué pasa si se fuma un cigarro? ¿Uno solo…? Ya logró pasar todo el día sin fumar. Tal vez podría dosificarlo, fumar nada más uno al día, o cuando verdaderamente se le antoje.

—¿Qué pasa? —Claudio detecta la intranquilidad en Irene.

—Nada.

—¿Nada? —Claudio le quita un rizo de la frente.

—Nunca voy a ser una viajera como tú —Irene lo ve.

Claudio se sorprende con la respuesta.

—¿Qué dices, loca?

Irene encoge los hombros. Claudio exclama:

—Puedes hacer lo que quieras… ir a donde quieras. Coño. ¡Puedes hacer lo que quieras! —repite—. ¿Qué te lo impide?

—¿Y a ti?

—¿A mí, qué?

—¿Y tu hijo? —Irene le da la estocada. A Claudio se le borra la sonrisa. Irene se siente fatal. No era su intención lastimarlo. Quiere regresarse corriendo al desierto, donde todo lo entendían, donde todo era claro y prístino, y no había este mar de confusión y resentimientos y miedos y cosas no dichas. Además de ganas de fumar, de pronto siente unas horribles ganas de llorar. Pero no son de alegría.

—Carajo, había comprado cinco paletas… —Irene revuelve su mochila, enojada.

Claudio mira a su alrededor. Además de la merma en la calidad musical, el bar se ha ido llenando, hay mucha gente de pie, calor y ruido. Acaba de llegar un grupo de gringos especialmente estridente.

—¿Quieres salir tantito? —pregunta él.

—Por favor.

Se salen a la plaza y es como salir a otro continente. El alma le regresa al cuerpo a Irene en cuanto respira el fresco de la noche de otoño. La plaza está prácticamente vacía salvo por un grupito que fuma afuera de otro bar, y parejas que cruzan intermitentemente. Irene se abraza con su chal y se sienta en el respaldo de una banca.

—Mira —señala Claudio.

Irene voltea. La luna está ahí, acompañándolos, callada y fiel.

—Ahí sigue… —sonríe Irene—. Parece mentira.

—Sip. Ahí está todo el tiempo.

El aire trae un olor que atrapa a Irene, se concentra para distinguirlo.

—¿Qué es lo que huele…? ¿Es jazmín?

Claudio aguza el olfato.

—Creo que es gardenia, ¿no?

Irene inhala e inesperadamente, lo que le llega es un sonido. Muy a lo lejos, en alguna casa, en algún bar, en algún coche, está sonando "Unfinished Sympathy". Nadie repararía en ello salvo alguien que tiene encendido ese radar específico.

—Esa rola…

Claudio presta atención.

—Es un rolón. Ya viejita, pero rolón.

Irene explica:

—La escuchamos ayer en la mañana en el coche de Lencho.

—¿Esa rola o todo el disco?

—Todo el disco, obviamente —sonríe Irene.

—En vivo es alucinante.

—Uf, me imagino.

Irene duda si hacer una confesión. El olor dulce de la noche la sosiega y le abre el corazón.

—La vez de los Dinamos… en la madrugada, después de que te fuiste… la puse.

—¿Ah, sí? —Claudio trata en vano de ocultar su entusiasmo.

—No es mi canción favorita de Massive Attack, pero me dieron ganas de escucharla con el último cigarro.

Irene omite que la canción es parte de su lista Boyhood 2, donde tiene todas las canciones que le recuerdan a Claudio. Tampoco le dice que la última canción que añadió a la lista fue "Azul" de Cristian Castro, un placer culposo que buscó en iTunes durante la borrachera en la boda de Javiera, y tampoco dice que ha evitado escuchar cualquier canción de la lista desde el desencuentro que tuvieron en Viena. Tal vez algún día se lo cuente, hoy todavía no.

Claudio la rodea por la cintura.

—Yo también escuché una canción esa vez… —confiesa.

—¿Cuál?

A diferencia de Irene, Claudio no durmió esa noche de viernes. Llegó en la moto a la casa de Lorenzo, donde se estaba quedando, y se bebieron media discografía de Bob Marley & The Wailers, hablando de cualquier cosa menos de Irene, hasta que a las cuatro y media, Lorenzo se fue a dormir. Claudio se quedó en la sala, se puso los audífonos de alta fidelidad de Lorenzo, y repitió la misma canción hasta el amanecer.

—"Waiting in vain" —se delata en la plaza.

—¿En serio? —Irene sonríe con travesura.

—Eres mala, canija.

—¡Claro que no!

—Eres muy, muy mala. Me haces sufrir.

—¡*Yo* te hago sufrir!

—Llevas años haciéndome sufrir.

Pero de pronto Irene se pregunta si no radicará en eso su atractivo. Si en el momento en que se vuelva disponible para Claudio todo se va a apagar y a diluir. Pero no hay que decidir por miedo sino por ganas, piensa. Primero hay que quedarse a averiguarlo. El asunto es… ¿cómo? ¿Dónde? Claudio parece haber seguido un hilo similar de pensamiento:

—¿Por qué te tienes que ir a Mérida?

—¡¿Por qué te tienes que ir a Baja California?!

—¡Porque tengo un chamaco que mantener! —Claudio suelta una risita amarga.

Irene baja la mirada. Claudio la estrecha más.

—Oye…

—Qué.

—¿Te das cuenta de que estás a punto de cumplir veinticuatro horas sin haberte fumado un solo cigarro?

—Sí, ¿verdad?

—Dicen que si pasas el primer día, ya la armaste.

—Es toda mi intención. Le hice una promesa al fuego, y con el fuego no se fuega. Digo, se juega.

—Jajajaja. ¿Y fue tan difícil?

Por respuesta, Irene lo besa. Es un beso largo y profundo. Se estrechan y se regodean en su aliento compartido, en el sabor del mezcal con un resabio de cereza. Al separarse, Irene dice:

—Ahorita, mucho menos difícil.

—Oye… ¿y si vamos a dormir? —sugiere Claudio.

—¿A "dormir"? —se ríe ella.

Claudio entorna los ojos con falsa inocencia y le arranca una carcajada a Irene. Viéndola reír, se sumerge en sus ojos. En el brillo que por un tiempo creyó perdido. El destello recuperado en la mirada de Irene lo conmueve, y piensa que con eso es suficiente. Da igual lo que pase en unas horas o en un año. Por ahora, no necesitan más.

64

Adentro del bar, Karla, Denisse y Lencho se piden otro mezcal, observan a la gente bebiendo, hablando y riendo a muy alto volumen. Karla nota el lenguaje corporal de sus amigos: están formando un binomio, cargados hacia la esquina de la barra, casi pegados hombro con hombro. Le da un sorbo a su mezcal, sin prisa pero sin pausa. Hace rato dejaron la mesa, con los platos de comida a medio terminar. Denisse repara en una pared al fondo del bar, libre de anaqueles con juguetes, donde hay un mural, una ilustración que emula una monografía con diferentes plantas.

—¿Ya vieron la pared de allá?

Lencho y Karla voltean. Denisse lee el letrero que encabeza la ilustración:

—Plantas de poder que crecen en México: Agave...

Lencho entrecierra los ojos para ver bien:

—Cacao, psilocybe...

—Peyote, cannabis y... ¿cuál es la última? —dice Karla.

—Amapola. Wow —dice Lencho.

—En México se produce mucho opio, ¿verdad? —asocia Denisse—. La verdad es que los mexicanos somos unos chingones.

—Tener cannabis, hongos, amapola, agave y cacao no nos hace chingones, si acaso nos hace suertudos —se ríe Karla.

—Pero sí somos chingones. Ve a Del Toro, a Iñárritu... —dice Denisse.

—A Pedrito Fernández, a Memín Pinguín... —dice Lencho. Denisse se descose de risa—. Me caga que a todo el mundo le parezca lo máximo que les den un Oscar. ¿El pinche Oscar, qué? Es una gringada, ahí, toda politizada.

—Pero tienes que saber hacer lo que haces para que te lo den... no te lo van a dar por hacer una mugre —argumenta Denisse.

Lencho no dice ni sí ni no. Denisse insiste en su punto:

—Y claro que los mexicanos somos unos chingones, güey. Cada mañana cuando voy manejando a la oficina pienso cómo putas funciona la ciudad con todo el chingo madral de gente que hay. Cómo no nos hemos matado. Es alucinante.

—Mañana tendrás tiempo de reflexionarlo otra vez, Den... —dice Karla.

—¡Noooo! ¡Qué tristeza, no me lo recuerdes! ¡Todavía no me quiero regresar!

—Oye, la noche es joven... —Lencho la mira con intensidad y se le pega un poco más.

Karla se termina el mezcal y busca un billete en su monedero de tela.

—Y yo también quiero seguir siendo joven unos años más, así que me voy a dormir, chicos.

—¡No! —dice Denisse, sin querer decirlo en realidad.

Lencho levanta la mano buscando en todas las direcciones hasta que divisa a la chica de los tatuajes. Le hace la seña universal para pedir la cuenta y ella alza el pulgar desde la barra.

—¿Ya estamos pidiendo la cuenta? ¿Y los demás? —dice Denisse.

—Los demás ya no van a regresar —asegura Lencho.

—¿Cómo sabes?

—Conozco a mi gente…

Karla abre los brazos para estrecharlos a los dos al mismo tiempo.

—Queridos míos… fue un día hermosísimo. Descansen.

—Tú también, Karli.

—Que sueñes con los angelitos paganos del desierto —recomienda Lorenzo.

—Eso haré. Que sigan infinitos y no muy santos.

—Jajajaja.

Karla levanta la mano, les lanza otro beso y sale del bar. Lencho y Denisse se quedan ahí. Cerquita. Ella no pierde el tiempo.

—Entonces. Retomando…

—Ajá.

—Dijiste que no querías que nos quedáramos sólo por no manejar hoy hasta México.

—Eso dije, sí.

—Pero no dijiste por qué.

Lencho siente una revolución en las entrañas. Los mezcales lo envalentonan un poco, lo relajan hasta cierto punto. Pero hay algo que no consigue traspasar, un terror elemental y básico que no logra erradicar, y sabe que no lo lograría ni con todo el alcohol de la tierra. Como medida emergente, trata de distraerlo yéndose por una tangente que se recuesta cómodamente sobre una curva tibia y suave.

—Me gustaría mucho enseñarte lo que escribí en la mañana en el desierto.

—Me encantaría leerlo.

El garrazo, hermano, el garrazo. Bésala, chingada madre. Bésala ya. Pero Lencho es incapaz. Como si una fuerza invisible lo atara de manos. Tal vez simplemente no quiero dejar de ser su amigo, piensa. Tal vez este pinche miedo de perderla como amiga sea pinches válido y tengo que hacerle puto caso. ¿Pero y deseo? ¿Qué hago con el maldito deseo? La voz de Denisse lo saca de su soliloquio en frío y por los pelos:

—Escríbeme algo ahorita.

Lorenzo la mira. Sus ojos detrás de sus anteojos, sus ojos que lo han acompañado por tantas y tantas noches, le infunden valor. Se busca una pluma pero no tiene, voltea y ve una encima de la barra, junto a un block de comandas. La toma y luego agarra la mano de Denisse. Sobre su palma abierta, escribe:

Tu boca me hace crepitar.

Denisse sonríe con un escalofrío, y cierra los ojos. El beso resulta bastante rico para ser un primer beso. La primera prueba está superada: a los dos les gusta esta nueva cercanía física, les gusta a lo que saben. Al separarse, Lorenzo está sudando. Confiesa:

—Siento que acabo de perder la virginidad.

Denisse suelta una carcajada. Lorenzo se termina su mezcal y se pone su chamarra.

—¿A dónde vas?

—Dame cinco minutos. No. Tres. Espérame aquí.

—¿Para?

—Porfa. No te vas a arrepentir.

—Ok.

Denisse supone que Lencho va al baño, pero lo ve salir del bar. Lo siguiente que se le cruza por la cabeza es que fue por condones, pero a contra esquina hay una farmacia abierta, y a través de la cristalera del bar que da a la plaza, ve que Lorenzo no se mete ahí, y en cambio cruza la calle para ir a otro lado. Denisse suspira, decide dejar de ser controladora y esperar a que vuelva. Al cabo de un rato empieza a desesperarse. Abre su bolsa para sacar su celular y entonces lo ve: el cuaderno de Lencho. Duda por unos instantes pero al final lo abre. Después de todo, él mismo acaba de decirle que quería mostrarle lo que había escrito esa mañana. Cuando termina de leer, Denisse llora sin pudor, con el alma estrujada, en la esquina del bar. Una chica con atavíos huicholes que está cerca de ella, le pasa un pañuelo desechable con una sonrisa de comprensión y empatía absolutas.

Denisse se cuelga su bolsa cruzada y sale del bar en busca de Lorenzo. Se mete a dos locales diferentes en la plaza, pero no lo ve. Finalmente lo encuentra en una plazoleta contigua, comprándole mota a un tipo con barba de chivo y aretes de corcho.

—Está medio seca, ¿no? Que sean doscientos… —negocia.

Denisse lo jala antes de que concluya la transacción.

—¿Qué pex? Ya mero iba…

Denisse lo interrumpe:

—Eres el hombre más hermoso que conozco.

—¿Qué?

—No necesitas aditivos. Me gusta tu corazón tal cual es. Me gusta tu alma. Me encanta lo que haces con las palabras. ¿Te gusto yo así, como soy?

Lorenzo se siente en una montaña rusa. Está casi mareado. Como puede, atina a balbucear:

—Siempre me has gustado. Con desesperación. No mames cómo me encantas, Denisse. Nunca me ha importado que estés gord…

Lencho se tapa la boca.

—Dilo, dilo.

—No me importa que estés gorda. Que de hecho *no* estás gorda. Bueno, has estado un poco más. Yo también. Equis. No mames, qué torpe soy con las palabras cuando estoy lejos del papel, caraja madre.

—Sigue.

—Creo que eres la mujer más fantástica sobre la tierra. Y la mejor amiga del mundo. Y me sentiría el hombre más afortunado si te dignaras a voltear a verme como… pues… como hombre.

Ella lo abraza. Se tocan la cara entre lágrimas.

—Pero me da mucho miedo no gustarte y que todo se vaya a la verga.

—¿Cómo que no gustarme?

—Que no te guste a lo que huelo, mi tacto… que no te guste mi cuerpo…

—Güey, a mí también me da miedo. Pero creo que ya cruzamos la raya. O sea… ahorita ya qué, ¿estás de acuerdo? Ya cruzamos la pinche línea, ya vamos a cruzarla bien.

Lorenzo se limpia las lágrimas de la cara con el dorso de la mano. Después vuelve a los labios de Denisse.

En diez minutos están en la cama del hostal, en los torpes movimientos de la primera sesión de amor. Lorenzo le quita los jeans y se instala en un trance peculiar con sus nalgas. De repente recuerda algo, mira a su alrededor.

—Necesitamos algo.

—Ya. Por favor. No necesitamos chupar ni fumar ni nada.

—No. Algo más indispensable que todo eso.

Lencho brinca de la cama y busca su teléfono en sus pantalones:

—Esto.

Lencho manipula el teléfono.

—Es un sacrilegio escucharlo con estas bocinas, pero bueno…

De pronto comienza a sonar *Big Calm* de Morcheeba, y se sumergen en el amor. Y conforme avanzan, y se descubren, y la vergüenza se diluye y la temperatura sube, Denisse está más y más sorprendida. No es éste el mismo Lorenzo que conocía, es otra persona. Transformado. Tanto, que llegado un punto, Denisse le pide:

—Dime algo sucio.

—¿Cómo…?

—Algo como… de tus cuentos eróticos.

Lorenzo se detiene y dice con extrema seriedad:

—Soy tu hermana, ando con nuestro primo y mi papá nos está viendo mientras coge con nuestro tío.

Denisse se queda inmóvil y luego suelta una carcajada estruendosa.

* * *

En su habitación, Karla intenta leer pero no logra concentrarse. En segundo plano se escuchan risas, gemidos, gritos y traqueteos provenientes de todo el hostal. Karla toma su teléfono y marca.

—Hola, guapa. ¿Cómo estás?

Mercedes la saluda desde su estudio, en el video de WhatsApp.

—Bien. Extrañándote.

—¿No te desperté?

—Estoy con una entrega de resultados. Ahora sí cuéntame bien. ¿Cómo es que se quedan?

Karla se rasca la cabeza.

—Nomás te voy a decir una cosa: me siento como en escena de *Delicatessen*.

—¿Cuál de todas?

—En donde todos cogen y uno es el payaso.

Mercedes se parte de risa.

—¿Qué pasó? ¿Por qué?

—Todo. Todo pasó.

—A ver. Déjame adivinar… ¿Mauro y Javiera?

—Para empezar.

—Noooo. ¿Quién más?

Karla hace una pausa suspensiva y sonríe a su pesar:

—Irene y Claudio.

—¿Cómo? ¿Irene no andaba con el hermano…?

—Así es.

—¿Y entonces?

—Resulta que se amaron en secreto toda la vida.

—¡No jodas!

—… Y puede que también pase algo entre Denisse y Lencho, si es que no pasó ya.

Mercedes chasquea la lengua:

—Esos dos no van a coger hasta dentro de tres reencarnaciones.

—No me extrañaría que sí pasara, ¿eh? El peyote hace magias.

—¿Más de las que me estás contando?

—*Más.*

—Ah, carajo, ¡y tú que estabas escéptica! ¿Tuviste el Huxley feeling?

Karla asiente enfáticamente:

—Feeling of belonging, total. Aunque cuando hubo una situación ahí… difícil.

—¿Cuál?

—Pues una que prefiero contarte en persona.

—Ya. ¿Y sigues pensando que tienes que estar en análisis o en terapia para que jale la "medicina"?

—No creo que sea para todo el mundo. Y no es el plan si quieres evadir y echar desmadre.

—Ya…

—Pero sí te desapendeja. Si vas dispuesta, sí te aclara.

—Wow.

En eso se escucha un grito de Mauro desde el piso de abajo.

—¿Qué fue eso? —pregunta Mercedes.

—No sé. No quiero saberlo.

—No, pues si estás tan solita, hazme canchita…

Karla sonríe, encantada.

—Va. Espérame tantito.

Karla se quita el suéter, la camiseta y los jeans, se queda en ropa interior y se mete en la cama.

—Lista.

—Oye, te ves preciosa —Mercedes lo dice con un filo de intriga.

—Tú también.

—Pero tú mucho.

Karla se lleva las manos a la cara.

—¿En serio?

—O sea… muy puesta, pero muy linda.

Karla está a punto de apagar la luz y ponerse cómoda cuando escucha una voz.

—¿Es mi mamá?

Alicia se asoma al teléfono. Karla se incorpora en la cama, cubriéndose un poco con la colcha.

—Hola, Ali, ¿qué haces despierta? ¡Mañana tienes escuela!

—Es que nos desvelamos viendo el *Cristal Negro* por tercera vez.

—Ya no le pongas ochenteradas, Mercedes. Me la vas a volver forever antes de los diez.

Mercedes se ríe.

—¿Por qué estás toda roja, ma?

—Porque estuve en el desierto y me quemé con el sol.

—Ah. ¿Y anduviste en camello?

—No estuve en ese tipo de desierto, amor.

—En el desierto de México no hay camellos —aclara Mercedes.

—Pero hay muchas plantas locochonas —dice Karla—. Y puedes acampar y hacer sopa en una fogata. Y el cielo se ve completito.

—¿Hay muchísimas estrellas?

—Sí. Y la luna.

—Ah. ¿Cuándo vamos? —dice Alicia—. ¿Puede ser ahorita en diciembre para mi cumpleaños?

—Hace mucho frío. Mejor en la primavera.

—Pero la primavera dentro de diez años… —Mercedes bromea.

Alicia voltea a verla sin entender:

—¿Eh?

—Vamos a ir un día —afirma Karla.

—¿Me lo prometes?

—Trato hecho jamás desecho.

Alicia sonríe. Acerca su mano para tocar la pantalla. Karla besa su propia mano antes de colocarla a la par.

—Ya vámonos a dormir, pingüina —le dice Mercedes—. Te acompaño.

—Buenas noches, ma —dice Alicia.

—Buenas noches, amora mía. Nos vemos mañana.

Mercedes espera a que Alicia salga de cuadro y de la habitación para decirle a Karla, en voz baja:

—Te marco en cinco —y guiña un ojo.

—Va.

Karla cuelga, se acurruca en la cama y abraza la almohada, con el corazón repleto. Pero de repente algo sucede. Del mismo núcleo de esa dicha surge un miedo irracional y terrible de que algo la destruya. Un miedo que lo invade todo de pronto. La vida es dura. La vida es una cueva honda y oscura que tenemos que ir alumbrando como se pueda y dilucidando a cada paso, a ciegas, y donde la tragedia acecha. Luego Karla recuerda que la tragedia ya la vivió. Ya tuvo la certeza de que jamás volvería a ser feliz, cuando perdió a su mejor amigo, y no fue así: volvió a serlo, contra todo pronóstico; lo está siendo en ese momento. Pero ahora el miedo es mucho mayor. Es de la misma proporción que su alegría. Y es que ahora las apuestas son más altas. Ahora existe Mercedes. Y no está muy segura de poder soportar que algo le pase a ella o a Alicia. De repente, sin darse cuenta, Karla está mojando la almohada con lágrimas de angustia.

—No, pues lo bueno es que tú eras la psicóloga, güey… —se dice en voz alta.

Reírse de sí misma le ayuda. Le sirve para pensar que ya lidiará con lo que tenga que lidiar cuando toque, si es que toca. Y mientras, hay que disfrutar lo que hay. No es mucho, pero no es poco. Y no hay más. En ese momento suena el teléfono del WhatsApp. Karla se limpia las lágrimas, vuelve a incorporarse y contesta.

—Hola. ¿Ya?

65

Una mañana de domingo de octubre, desierto de San Luis Potosí. Sentado frente a una ventana abierta al cosmos.

Mauro, Irene, Javiera, Claudio, Denisse y Karla. Mis hermanos, mi familia. Estamos levantando el campamento.

¿Por qué escribo? Porque me ayuda a vivir y no importa lo que pase con ello. No soy mejor escritor que muchos ni soy peor escritor que muchos, tampoco. Pero hoy necesito decir esto, y necesito decirlo con mi voz.

Gracias. No hay nada que entender. Puras gracias puras. Puras gracias por todo esto. Por tener gusto y olfato en este planeta. Por tener pies en este planeta. Por tener manos que tocan y pelos que se levantan bajo esta brisa, y se estremecen con el frío y con el primer contacto con el fuego. Glándulas, células, poros. Gracias. No hay más que eso. Agradecer que aquí vinimos a dar. En un universo inconmesurable donde quién sabe qué, y quién sabe quién, y quién sabe cómo. Con tantas estrellas como granos de arena. Aquí estamos. Y nos damos cuenta. ¡Nos damos cuenta! Podemos decírnoslo, y abrazarnos, y llorar y enjuagarnos por dentro. Bañar el alma. Podemos nombrar al sol y cerrar los ojos al sentir su caricia. La luna y el sol. Astros a la mano. Gracias por la sopa de lentejas, el café y el pan. Por el jamón, el queso y el vino. Gracias por el agua, gracias gracias gracias gracias por el agua. Gracias por un mundo donde hay agua. Salada, dulce, caliente, fresca, tibia, agua. En regaderas, en manantiales, en océanos, entre nuestras manos, en nuestros labios, por fuera y por dentro. Y toda el agua es bendita. Toda. Gracias por las articulaciones y los músculos, por las cuerdas vocales y las sinapsis. Gracias por el cielo, que nos cubre noche y día. Gracias por la oscuridad y las estrellas, por esa luna que nos mira y que miramos, y se ilumina. Y cambia. Crece y mengua, como todo. Todo se mueve. Coqueto, seductor. Como las mujeres y como las flores, para que todo esto siga. Techo de nubes. Gracias por todos los bichos que nos alimentan. Por poder hacer fuego y cocinar para los que amamos. Por las noches plácidas en nuestras camas. Por el sueño. Gracias por el sueño y por nuestros sueños. Por ese respiro. Gracias por el trabajo, porque podemos hacer, y darnos, y dar. Gracias porque mientras tenga a esta gente en mi vida, no me voy a matar, ahora lo sé, y me la pela la muerte y el dolor. Bienaventurados los que están vivos, porque de ellos es la Tierra. Gracias porque en esta vida tenemos tres obligaciones: disfrutar. Y disfrutar. Y disfrutar. Porque es nuestra única y última oportunidad. Disfrutar esta brillante e intensa vida. Con todo su corolario, con toda su mierda. Sí, esta vida pestilente. Porque nada es ideal y nada es perfecto. Porque todos nos echamos pedos y a veces nos regodeamos en sus olores y todos tenemos pelos en el culo. Y envidia. Y también una capacidad profunda de amor. Y eso es lo que nos hace. Todo es. Así, sin adjetivos. Gracias por este eterno presente. Gracias porque vamos todos trepados en esta nave espacial, orbitando un océano de estrellas. Porque lo sagrado no tiene dueño. Lo sagrado es para todos, y no requiere de intermediarios, membresías ni pruebas de aptitud. Lo sagrado somos, y cada quien llega a ello como puede y cuando puede. Gracias, desierto. Gracias, abuelo.

LUNES

66

A las cinco de la mañana, Lorenzo sale de la cama donde dormía abrazado de Denisse y del hostal con todo su pesar, arrastrado por un malestar estomacal cruento. Después de sacar el Pepto Bismol de su mochila, que había dejado en la cajuela, y de dar un buen sorbo directo del frasco, se da cuenta de que el lugar donde está estacionado es prohibido a partir de las seis de la mañana de lunes a viernes. El hallazgo le parece providencial hasta que intenta mover el Peugeot. El coche no arranca.

—Putísima madre.

Primero cree que dejó alguna luz prendida y busca quien le pase corriente, pero cuando finalmente consigue a un buen samaritano, comprueba que no es la batería, sino alguna falla más grave lo que tiene detenido el coche. Para este momento, los demás ya están despiertos y listos para irse.

—Güey, háblale a una grúa para que se lo lleve —sugiere Mauro.

—¿Sabes en cuánto me va a salir eso?

—Si tienes seguro, debería ser gratis —dice Claudio—. Nomás le das su propela al chofer.

—Les dije que iba a haber pedos si nos quedábamos —rezonga Karla.

En ese momento aparecen Javiera, Irene y Denisse rodeando la esquina con un par de charolas de cartón con cafés y pan.

—¡¿Dónde consiguieron eso?! —Mauro se acerca para ayudarlas.

—Había un lugarcito abierto —dice Irene.

—En este bendito lugar se consigue de todo… —dice Denisse.

—Puras magias, gracias —Claudio recibe el café de manos de Irene con un beso.

—A ver si no nos sucede la "magia" de salir de aquí a las once de la mañana y perder nuestros trabajos —dice Karla.

Lencho le habla al seguro y se dispone a quedarse solo en el pueblo a esperar mientras los demás parten a la ciudad en la Liberty. Mauro se ofrece a acompañarlo. Pero una hora después llega la grúa, que estaba terminando un trabajo en San Luis. Con una efectividad sorprendente, el Peugeot parte en dirección a Matehuala enganchado a la grúa, y todos los demás viajan detrás, apretujados en la Liberty. Son las siete cincuenta de la mañana.

* * *

Durante los primeros diez minutos van en silencio, con el espectro sonoro tomado por Mind Debris:

This is Water, gliding down the creek to be purified... This is water, breezing thoughts that give me a painless mind... I am Water, trickling towards the tide... This is Water, and it reaches far more than I can see.

De pronto Javiera dice:

—Oigan, ¿a ustedes cómo les gustaría morirse?

—Pffft. ¿Es neta, Javi? ¿Tan temprano? —bufa Karla.

—Yo, después de cenarme un pulpo al ajillo del Pirata Feliz —responde Lencho, desde el volante.

—¿Pero *cómo*?

—En un triste callejón, con sida, muerto a traición, me vale. Pero con ese pulpo en la panza.

—Jajajajajaja.

—A mí me gustaría morirme flotando boca arriba sobre algún tipo de manto acuífero, viendo el cosmos —dice Denisse, que va de copiloto.

—¿De día o de noche? —Lencho voltea a verla.

—Me da igual. Es que, en serio. ¿Qué pedo con el cosmos? Yo en el desierto veía las nubes y sentía como que me *hablaban*, güey.

—¿Como cuando la prima nos hizo su baile locochón? —dice Javi.

—Todo el tiempo. Todo el día. Es un espectáculo.

—Ya puedes cancelar Prime video, Denisse —dice Mauro.

—Jajajaja.

—Yo lo único que pido es que no tengamos una muerte fea —dice Javi.

—Güey, uno se muere como puede —dice Mauro.

Todos se ríen.

—¿Por qué nos la pasamos hablando de la muerte? —Karla muerde una manzana.

—Porque somos mexicanos, güey. ¿No viste *Coco*? —responde Javiera.

—Pinche comercial de Pixar... —los provoca Lencho.

Todos protestan simultáneamente.

—Es broma, es broma...

—Yo todavía no puedo creer que estuvimos ahí... en el lugar más apartado del mundo, en medio de la nada, sin cagarnos del susto —dice Javi.

—Yo me sentí súper segura en el desierto. Nunca tuve miedo —admite Denisse.

—Yo tampoco —dice Karla—. ¿Por qué será?

—Pues porque sabíamos que ahí estaba el don, ¿no? —sugiere Mauro.

—Y porque al mismo tiempo estábamos en el lugar más familiar posible. No hay nada más familiar que la tierra y el sol —dice Claudio.

—Pero yo ni de noche tuve miedo... —subraya Karla.

—De noche está la luna y está el fuego —dice Mauro—. ¿Qué más quieres?

Lencho declama:

—"Después del amor, la tierra. Después de la tierra, todo."

—Qué hermoso. ¿Es tuyo? —Denisse voltea a verlo.

—Pffft... ojalá. Es de Miguel Hernández.

—¿Qué pedo? Ayer seguíamos puestísimos, ¿verdad? —dice Javiera.

—¿*Seguíamos*? —Karla alza las cejas.

—Y a ver cómo nos va en la semana... —dice Claudio, y él y Mauro intercambian una mirada.

—¿Por qué? ¿Vamos a tener una regresión peyotesca? —se aflige Denisse.

—Sí, güey. Te va a dar a la mitad de una junta con Sauron —dice Mauro. Javiera le festeja el chiste y se muerden la boca.

—Hace mucho calor en esta camioneta... —Karla se abanica con la mano.

Risitas. Claudio ve por la ventana, pensativo. Irene, quien va callada a su lado, observa su mano aferrada a su vaso de cartón con café. Irene se pregunta por qué no toma la suya, por qué no la mira ni la besa como lleva haciéndolo las últimas veinticuatro horas. Es nuestro último rato juntos, carajo. Nunca habían dormido juntos. Fue un acoplamiento de cuerpos como ninguno. Y entre sueños, cada tanto sentía el aliento de Claudio con un beso en la base del cuello.

—Siento que este fin de semana duró como dos años —dice Javi—. Siento que fue hace *siglos* que salimos de la ciudad.

—Yo también. Es increíble cómo cambia la perspectiva del tiempo cuando uno viaja, ¿no? —dice Karla.

—¿Cuando uno "viaja", o cuando uno viaja? —dice Mauro.

—Las dos.

—La vida se alarga en los viajes. Y es literal. La sensación del paso del tiempo es distinta. Los días duran más —dice Lencho.

—¿Por qué será? —voltea Denisse.

—Porque haces más cosas, o cosas diferentes. Le cambias a la rutina —deduce Lorenzo.

—¿Tú sientes lo mismo todavía, Claudio? ¿Después de tanto tiempo viajando? —quiere saber Javi.

Claudio se lo piensa antes de responder, generando expectativa. Finalmente declara:

—Yo lo que pienso es que... indudablemente... en el mar, la vida es más sabrosa.

Todos se ríen. Se hace un nuevo silencio.

—Carajo, ¿sí les he dicho que me caen muy bien, güeyes? —dice Karla.

—Nop.

—Nunca.

—Yo los extraño un chingo —dice Javi.

—¿Cómo que nos extrañas? ¡Si aquí estamos! —Denisse voltea.

—Pero ya nos vamos. Y sólo estuvimos juntos tres días. Extraño cuando nos veíamos todas las semanas, cuando armábamos planes así... espontáneos. Nunca vamos a volver a ser eso.

Claudio es el único que escucha el "ser" que quiso decir Javiera y no el "hacer" que escuchan todos los demás.

—Pero seremos otra cosa.

Javiera no tiene ganas de pensar en lo que tiene que ser a partir del momento en el que pise la ciudad.

—No quiero que se termine este fin de semana —se le rompe la voz. Mauro la abraza.

Irene mira a Claudio, con algo parecido a la súplica. Él sostiene ahora su mano, pero sigue viendo por la ventana.

—Yo tampoco —admite Lorenzo—. No quiero volver a mi vida y que pase una semana desde el desierto y luego tres y luego dos años… y que no vuelva a haber nada tan feliz como este fin de semana.

—¡Ya sé! Yo no quiero acordarme de esto como de un sueño o de unos fuegos artificiales muy chingones —se suma Denisse.

—¿Por qué tendría que pasarte eso? —pregunta Karla.

—Porque la vida no es así.

—¿Así, cómo?

—Como este fin de semana.

—La vida es. Y ya. El cómo es lo decides tú —afirma Claudio.

—Exacto. Los fuegos no a huevo tienen que ser artificiales —dice Mauro.

—Se tuvieron que terminar un chingo de cosas para que pudiéramos tener este viaje. Así que seguramente habrá más después —dice Karla—. Güeyes, ¿ustedes se dan cuenta de lo improbable que era que volviéramos a viajar todos juntos?

—Está cabrón… —asiente Denisse.

—Yo lo que no entiendo es cómo nos seguimos juntando después de tanta mamada —dice Mauro.

Irene habla por fin:

—Porque somos adictos los unos a los otros.

* * *

Llegan a la estación de autobuses de Matehuala. Irene siente un nudo marítimo en las entrañas cuando todos comienzan a bajar de la camioneta para despedir a Claudio.

—Güey, deberíamos hacer una banda.

—Ya somos una banda, Javiera —replica Lorenzo.

—No, teto. Yo digo una banda musical. Denisse canta y tú tocas la lira.

—¿Y los demás qué hacemos? —pregunta Karla.

—Nos meneamos. Así —Javiera emula un movimiento de corista musical.

—Jajajajaja.

—Va. La próxima semana empezamos los ensayos.

—Conste.

Todos se abrazan.

—El próximo sábado chelas en mi casa —dice Karla.

—Yo no voy a estar. Pero brindan por mí —dice Claudio.

—Yo tampoco voy a estar —dice Irene.

—¡Claro! ¡Pasado mañana te vas a Mérida! ¿Y hoy qué vas a hacer? —dice Denisse.

—Tengo chingo mil pendientes.

Claudio le da un trago a su cantimplora en medio de una tensión que se corta con cuchara.

—Por eso les digo que los que puedan, ahí nos vemos —dice Karla.

—¿Qué prefieren? ¿Pendientes por toda la eternidad, o descomposturas mecánicas por toda la eternidad? —dice Javi.

—Uta, de los pendientes por toda la eternidad no nos zafamos ni a patadas —dice Karla.

—Yo por eso prefiero descomposturas —Lorenzo bromea.

—Jajajaja.

—¿De dónde salió eso de qué prefieres, güey? —Mauro ve a Javi.

—Una vez Fabio fue a una especie de camp y se lo enseñaron. Llegó mamado con eso y fue el chasca de toda una vacación con mi familia.

—Pinche Fabio cagado… —sonríe Denisse.

Karla ve el reloj.

—Amigos no quiero ser quitarrisas, pero…

Lencho abre sus brazos formidables:

—Amigos, fue precioso.

—¡No! —exclama Javi de pronto.

—¿Qué? —salta Irene.

—¡Foto de la despedida!

Mauro mira a su alrededor. No hay nadie a la mano.

—Va a tener que ser selfish.

—Pues va.

Lencho saca su celular. Todos se acomodan y él estira el brazo.

—Ok. Ya saben lo que hay que decir…

—*Hikuriiiiii.*

—Jajajaja, qué tetos.

Claudio saca su mochila de la cajuela y se calza su sombrero. Sus amigos se despiden de él, efusivos.

—Bien bajado ese balón con ese chat del desierto, manito —lo abraza Lencho—. Que la diosa te lo pague con muchas pachecas.

—Eso espero.

—Carnalito… —Mauro y Claudio se dan un abrazo largo y sentido.

—Me alegro de que estés bien —dice Claudio.

—Yo también.

—Nos vemos pronto.

—Claudi. Te quiero mucho, güey. Te visitamos pronto en algún lado —lo estrecha Denisse.

—Sí, ya visítenme ustedes, ¿no?

—Cuídate, amigo. Besos al chamaquín.

—Gracias, Karli.

—You rock —Javi le revuelve el pelo después de abrazarlo.

Irene y Claudio se apartan un momento. Los demás se fuman el último ciga-rro antes de abordar la camioneta, tratando de ser discretos y no voltear dema-siado a ver la acción.

—Bueno, pues nos vemos… —dice Irene.

—Nos vemos, Cacle. Cuídate muchísimo.

Se dan un abrazo largo y Claudio le da besos cortos en los labios y en la fren-te. A Irene se le hace un nudo en la garganta, sumado al que ya tenía en el estó-mago. Algo no está bien. Algo no cuadra en su cuerpo.

—Nos vemos pronto, ¿verdad? —dice ella.

—Claro que sí —sonríe él.

Los demás comienzan a abordar otra vez la camioneta.

—Tú manejas hasta Querétaro. Luego yo —indica Denisse.

—Sí, señora —Lencho le da una nalgada.

—¡Riau! —grita Javiera.

—Güey, no supero tantos noviazgos en un día —Karla niega con la cabeza.

—No pienses que son noviazgos. Todos somos amantes —dice Javiera.

—Amantes bandidos —dice Mauro.

—Hasta podemos aplicar el poliamor —sugiere Lencho.

—No, yo ahí sí zafo —dice Mauro.

—¡Zafo! —gritan las demás.

El chofer de la grúa que lleva el Peugeot toca el claxon. Lencho también. Claudio le da un último beso a Irene, quien en un instante de valentía o de cobar-día se desprende de sus brazos y se sube al asiento de atrás de la camioneta junto con Mauro, Javiera y Karla. Todos ven cómo Claudio se da media vuelta y cami-na hacia el primer autobús que parte hacia el Oeste. La Liberty arranca y sale de la estación. A Irene se le desata el nudo en forma de llanto. Sus amigos la ven sin saber qué hacer. Buscando un kleenex en su mochila, Irene ve el ojo turco, viéndola. Al levantar la mirada, se encuentra con el toldo rosa y morado de una estética: la estética Penélope. Irene recuerda las palabras de Karla en el desierto y repentinamente cae en plena cuenta de su significado: para que haya un Uli-ses, tiene que haber una que espera. La que espera eternamente, tejiendo y des-tejiendo el mismo lienzo una y otra vez. La que no decide. Ni por miedo ni por ganas ni por nada.

—Párate. Para, Lench. ¡Para!

Lencho frena de golpe, obligando a los que viajan atrás a agarrarse de lo que pueden. Denisse voltea a ver a Irene:

—Vas. ¡Pero ya!

Irene obedece y se baja corriendo. Ya que va como a dos metros Lencho le grita:

—¡Tus cosas!

Y le abre la cajuela, con un concierto de bocinazos alrededor. Denisse pone las intermitentes mientras se le escurren las lágrimas de emoción. Karla sonríe con todo su cuerpo. Irene agarra su mochila y su chamarra, cierra la cajuela y les avienta un beso.

—¡Adiós, familia! Les hablo desde La Paz.

Y corre detrás del autobús que ya está en marcha. Por primera vez no tiene que darse explicaciones, ni disculparse, ni justificarse; no tiene que convencerse de nada. Corre con todas sus fuerzas, con el corazón a todo galope y con una sola idea en la cabeza:

la vida,

la vida,

la vida.

UN AÑO DESPUÉS

67

Javiera recuperó el dinero de su divorcio. Navegando en las honduras de la red, su hermano Fabio encontró un video de Roy en pleno acto sexual en su cama de casado con Heidi y un dueto de europeas del Este, con su anillo de matrimonio puesto y la foto de su boda con Javiera detrás. El video llegó a una página rusa porque una de las integrantes de la orgía era una moscovita traída a México con engaños, quien gracias al apoyo de su familia logró escapar de una red de trata de blancas y volver a su país. El video fue su venganza y su puerta de entrada a la industria porno local. Gracias a él, la reputación y la carrera política de Heidi y de Roy parecieron tambalearse durante algunas semanas, pero al final la cosa se mitigó a punta de billetazos y no pasó del escándalo y de ganarse ambos el apodo mediático de *Los Rusos*. Pero la coyuntura sirvió para arrinconar a Roy, y Javiera y Zubiate sacaron toda la artillería legal para presionarlo. Javiera no recuperó el cincuenta por ciento de todos los bienes adquiridos durante el matrimonio, pero sí una parte de la casa. Con el dinero terminó de pagar sus deudas, repuso el fondo de ahorro de Fabio y se asoció con Denisse, quien a su vez renunció a la Philip Morris. Abrieron una marca de ropa sustentable a precios competitivos, con tienda en internet. Javiera creó todo el concepto y supervisa los diseños, y Denisse aportó capital y toda su experiencia empresarial y comercial. Nunca habían trabajado tanto, pero tampoco habían estado tan contentas. Denisse lleva once meses yendo a terapia y Javiera trata de pasar los fines de semana fuera de la ciudad.

Mauro y Javiera tienen una relación complicada. Él duda de las intenciones monógamas de Javiera y de que esté tan resuelta a andar con alguien tan poco reventado y tan pobre; ella tiene miedo de que vuelva a recaer. A veces se pelean y se mandan al diablo, pero no terminan de dejarse, porque lo cierto es que se aman con locura. Mauro sigue siendo paciente de María, pero ahora también es colaborador fijo en el centro de adicciones. Da un taller de lectura y apoya en los acompañamientos terapéuticos, por lo cual recibe un sueldo que le permite vivir modestamente. No está seguro de estudiar la carrera de Filosofía. No ha vuelto a recibir dinero de su padre y cada tanto come con su hermana y con su mamá. Renata se divorció de Rafa y conoció a un nuevo galán, feo y veinte años mayor. Parece feliz, pero con un asomo de frustración porque su relación no resulta digna de un artículo en la *Quién*. Todavía tiene la esperanza de tener hijos.

Lorenzo sigue en la editorial. Dejó las colaboraciones anónimas de cuentos eróticos y ahora firma con su nombre en una columna de reciente apertura y de mucha afluencia en una revista virtual sobre cannabis. Comenzó con un blog donde narraba su propia experiencia con el autocultivo: desde la muerte de sus dos primeros germinados y el sacrificio de su primer cultivo porque todas las plantas le salieron machos, hasta los ensayos de camuflaje de sus macetas para ocultarlas de la vecina de enfrente, una anciana cascarrabias que lo espiaba desde su balcón y Lencho estaba seguro que lo iba a denunciar, hasta que un día llegó a pedirle un poquito de "hierbabuena para sus reumas". Sus crónicas tenían la energía que la revista necesitaba y lo invitaron a colaborar de manera fija para hablar de lo que quisiera, siempre y cuando incluyera un porro en la narración. La más reciente publicación trató de las contraindicaciones de ir fumado a una clase de preparación para el parto. Denisse está embarazada. Llevaban tres meses durmiendo juntos todas las noches, casi siempre en el departamento de él, por aquello de regar las plantas dos veces al día, cuando sucedió. En cuanto la última cosecha esté lista, se mudarán a un departamento común, con buena luz y una habitación adicional.

Irene sigue sin fumar. Subió siete kilos a punta de paletas y golosinas. Ella y Claudio llevan casi un año viviendo juntos en una casita a tan sólo una calle de distancia del mar en el sur de la península, pero se quieren ir de ahí porque unos canadienses que el propio Claudio llevó se enamoraron del lugar y ahora les están construyendo una casa de tres pisos enfrente, en primerísima fila marítima. Él sigue armando viajes con Thom y ella maneja una camioneta cuatro por cuatro para tomar las carreteras tortuosas que llevan a las distintas comunidades donde alfabetiza a los niños locales. Claudio le dice que parece Furiosa de *Mad Max*. Han ido juntos a Mérida y también a Montreal. Claudio irá por Ashoka en diciembre para que pase su primera Navidad en México.

Irene y Karla han estado en contacto por las redes sociales, pero no han vuelto a llamarse ni a reunirse. En parte porque Irene se fue a Baja California, y en parte porque necesitaban darse un tiempo para acomodar las cosas. Volverán a verse en la boda de Karla y Mercedes, que será dentro de un mes, en Tepoztlán. La fiesta promete ser memorable. Todos están contando los días.

En el viaje de Anaí López
se terminó de imprimir en el mes de junio de 2019
en los talleres de Diversidad Gráfica S.A. de C.V.
Privada de Av. 11 #4-5 Col. El Vergel, Iztapalapa,
C.P. 09880, Ciudad de México.